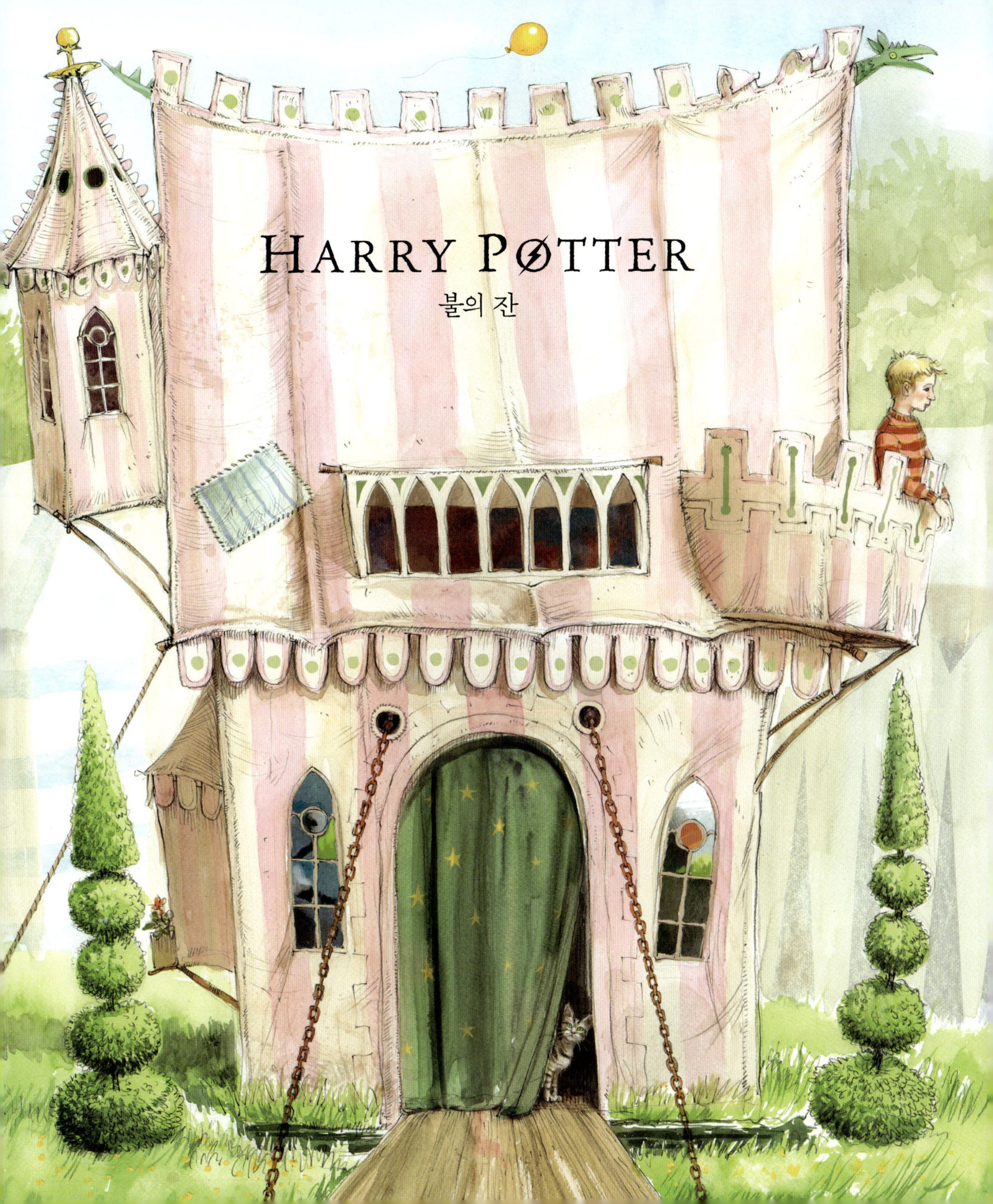

해리 포터 시리즈

읽는 순서:

해리 포터와 마법사의 돌
해리 포터와 비밀의 방
해리 포터와 아즈카반의 죄수
해리 포터와 불의 잔
해리 포터와 불사조 기사단
해리 포터와 혼혈 왕자
해리 포터와 죽음의 성물

라틴어로도 읽을 수 있는 책:

해리 포터와 마법사의 돌
해리 포터와 비밀의 방

웨일스어, 고대 그리스어, 아일랜드어로도 읽을 수 있는 책:

해리 포터와 마법사의 돌

함께 읽을 책

신비한 동물 사전
퀴디치의 역사
(코믹 릴리프와 루모스를 돕고자 출간되었음)
음유시인 비들 이야기
(루모스를 돕고자 출간되었음)

이 세 권은 또한 다음의 시리즈로 출간되었습니다:
호그와트 라이브러리
(코믹 릴리프와 루모스를 돕고자 출간되었음)

일러스트 에디션

짐 케이 일러스트
해리 포터와 마법사의 돌
해리 포터와 비밀의 방
해리 포터와 아즈카반의 죄수

올리비아 L. 길 일러스트
신비한 동물 사전

크리스 리델 일러스트
음유시인 비들 이야기

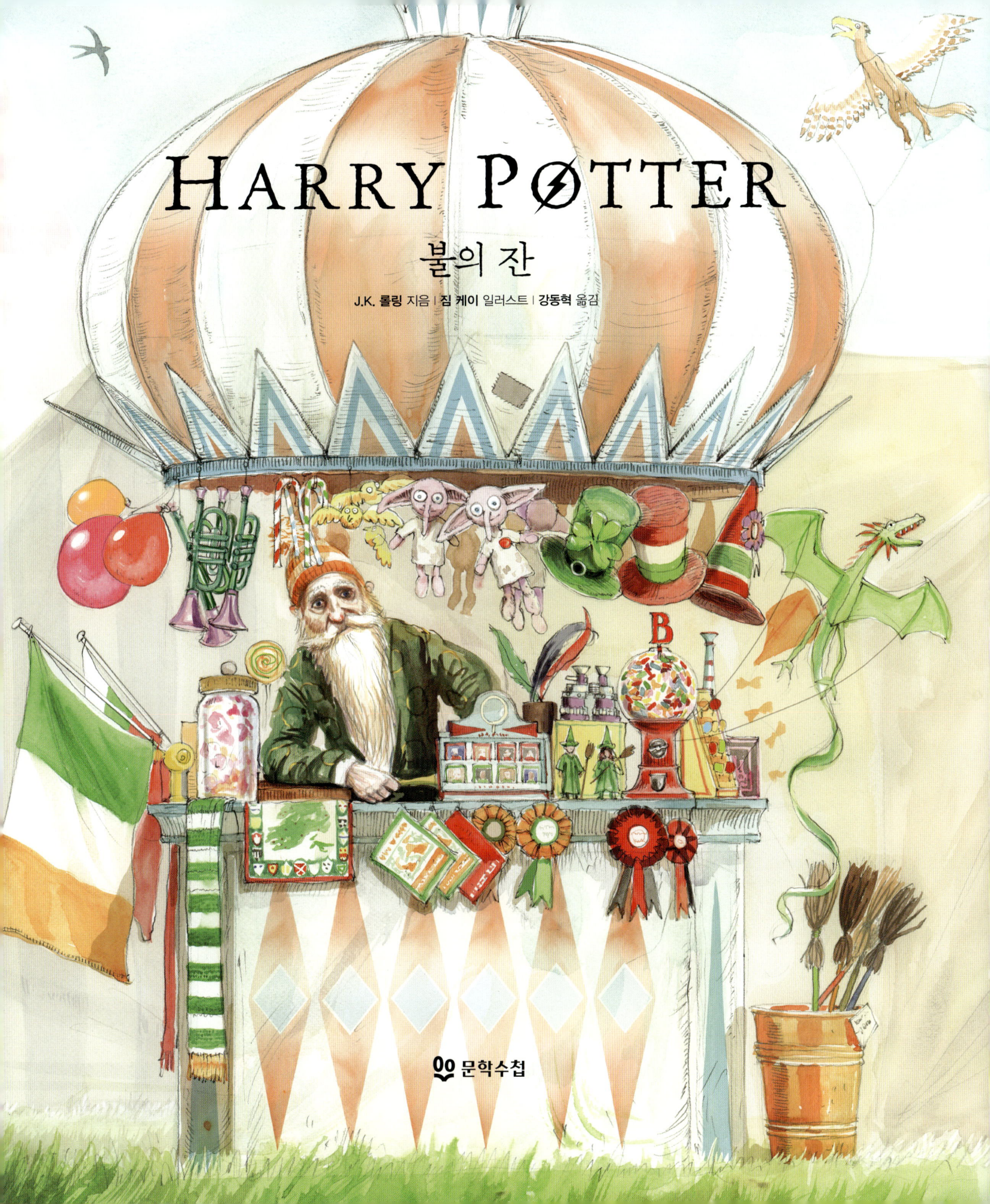

해리 포터와 불의 잔

초판 1쇄 인쇄 2020년 9월 1일
초판 3쇄 인쇄 2024년 1월 26일

지은이 | J.K. 롤링 옮긴이 | 강동혁 발행인 | 강봉자, 김은경 펴낸곳 | (주)문학수첩
주소 | 경기도 파주시 회동길 503-1(문발동 633-2) 출판문화단지
전화 | 031-955-9088(마케팅부), 9536(편집부)
팩스 | 031-955-9066 등록 | 1991년 11월 27일 제16-482호
홈페이지 | www.moonhak.co.kr 블로그 | blog.naver.com/moonhak91 이메일 | moonhak@moonhak.co.kr
ISBN 978-89-8392-829-0 04840

「이 도서의 국립중앙도서관 출판예정도서목록(CIP)은 서지정보유통지원시스템 홈페이지(http://seoji.nl.go.kr)와
국가자료공동목록시스템(http://www.nl.go.kr/kolisnet)에서 이용하실 수 있습니다.(CIP제어번호: CIP2020029097)」

* 파본은 구매처에서 바꾸어 드립니다.

HARRY POTTER & THE GOBLET OF FIRE
First published in Great Britain in 2000 by Bloomsbury Publishing Plc
This edition Published in October 2019
Text © J.K. Rowling 2000
Illustrations by Jim Kay © Bloomsbury Publishing Plc 2019
Wizarding World is a trade mark of Warner Bros. Entertainment Inc.
Wizarding World Publishing Rights © J.K. Rowling
Wizarding World characters, names and related indicia
are TM and © Warner Bros. Entertainment Inc. All rights reserved.
Korean translation copyright © 2020 by Moonhak Soochup Publishing Co., Ltd.

저자와 일러스트레이터의 저작인격권이 보장되어 있습니다.
이 책에서 등장하는 모든 인물과 사건은 허구이며 실존 인물과 사건을
연상시키는 부분이 있더라도 이는 저자의 의도와 무관합니다.
이 책은 저작권사와의 독점계약으로 (주)문학수첩에서 출간되었습니다.
저작권법에 의해 한국 내에서 보호를 받는 저작물이므로 무단 전재와 무단 복제를 금합니다.

리들리 씨를 추모하며
피터 롤링에게,
또한 해리가 벽장에서 나올 수 있게 해 준
수전 슬래든에게.
J.K. 롤링

케이트에게.
너를 알았던 모두에게 기쁨을 준 너를
우리는 언제까지나 기억할 거야.
짐 케이

CONTENTS

CHAPTER 1
리들 저택 1

CHAPTER 2
흉터 12

CHAPTER 3
초대 18

CHAPTER 4
다시 버로로 25

CHAPTER 5
위즐리 형제의 위대하고 위험한 장난감 34

CHAPTER 6
포트키 45

CHAPTER 7
배그먼과 크라우치 52

CHAPTER 8
퀴디치 월드컵 66

CHAPTER 9
어둠의 징표 81

CHAPTER 10
아수라장이 된 마법 정부 100

CHAPTER 11
호그와트 급행열차를 타고 107

CHAPTER 12
트라이위저드 대회 116

CHAPTER 13
매드아이 무디 127

CHAPTER 14
용서받지 못하는 저주들 137

CHAPTER 15
보바통과 덤스트랭 147

CHAPTER 16
불의 잔 161

CHAPTER 17
네 명의 대표 선수 175

CHAPTER 18
마법 지팡이 검사 184

CHAPTER 19
헝가리 혼테일 199

CHAPTER 20
첫 번째 과제 217

CHAPTER 21
집요정 해방 전선 234

CHAPTER 22
예상치 못한 과제 246

CHAPTER 23
크리스마스 무도회 256

CHAPTER 24
리타 스키터의 특종 274

CHAPTER 25
알과 눈 288

CHAPTER 26
두 번째 과제 299

CHAPTER 27
패드풋의 귀환 317

CHAPTER 28
크라우치 장관의 광기 330

CHAPTER 29
꿈 345

CHAPTER 30
펜시브 354

CHAPTER 31
세 번째 과제 367

CHAPTER 32
살과 피와 뼈 385

CHAPTER 33
죽음을 먹는 자들 395

CHAPTER 34
프라이오리 인칸타템 405

CHAPTER 35
베리타세룸 415

CHAPTER 36
갈림길 428

CHAPTER 37
시작 440

CHAPTER 1
리들 저택

리들 가족이 그곳에 살았던 건 오래전 일이지만 리틀 행글턴 마을 사람들은 아직도 그 집을 '리들 저택'이라고 불렀다. 마을을 내려다보는 언덕 위에 서 있는 그 저택은 창문 몇 개가 널빤지로 막혀 있고 지붕 타일 장식이 군데군데 떨어져 나갔으며, 건물 정면에는 담쟁이덩굴이 제멋대로 뻗어 있었다. 한때 훌륭한 대저택이자 인근 몇 킬로미터 안에서 가장 크고 웅장했던 리들 저택은 지금 우중충하고 버려진 채 아무도 살지 않는 건물이 되었다.

리틀 행글턴 사람들은 하나같이 이 낡은 저택이 "소름 끼친다"고 입을 모았다. 반세기 전 그곳에서 뭔가 이상하고 끔찍한 일이 일어났던 것이다. 마을의 나이 든 주민들은 지금까지도 얘깃거리가 떨어지면 그 일에 대해 떠들기 좋아했다. 이야기가 너무 여러 번 걸러지고 덧대어져 더 이상은 누구도 어떤 것이 진실인지 장담하지 못했지만, 어느 이야기든 시작은 모두 같았다. 리들 저택이 아직 잘 관리되고 웅장한 위용을 자랑하던 시절인 50년 전 어느 맑은 여름날 새벽, 하녀 한 명이 응접실에 들어갔다가 리들 가족 세 명이 모두 죽어 있는 것을 발견했다.

하녀는 비명을 지르며 언덕 아래 마을로 달려가 닥치는 대로 사람들을 깨웠다.

"눈을 부릅뜨고 누워 있다니까! 얼음처럼 차가워! 저녁도 다 먹지 않았던데!"

누군가가 경찰을 불렀다. 리틀 행글턴 전체가 충격 어린 호기심과 감출 수 없는 흥분으로 들끓었다. 리들 가족이 당한 일을 슬퍼하는 시늉이라도 하는 사람은 아무도 없었다. 리들 가족만큼 평판이 안 좋은 집안도 없었기 때문이다. 늙은 리들 부부는 부유한 속물인 데다 무례했으며, 성인이 된 아들 톰은 한술 더 떴다. 마을 사람들은 모두 살인자의 정체를 궁금해했다. 멀쩡해 보였던 세 사람이 모두 같은 날 밤 아무 이유 없이 죽었을 리는 없었으니까.

마을 전체가 살인 사건 이야기를 하러 오면서 그날 밤 마을의 선술집 '행드 맨'은 손님으로 북적였다. 그 와중에 리들 가족의 요리사가 극적으로 등장했다. 그

녀는 돌연 조용해진 선술집에 방금 프랭크 브라이스라는 남자가 체포되었다고 알렸다. 마을 사람들 모두 자기 집 벽난로 곁을 떠나 여기 온 보람이 있었던 셈이다.

"프랭크라니!" 몇몇 사람이 소리쳤다. "그럴 리가!"

프랭크 브라이스는 리들 가족의 정원사로, 리들 저택 정원에 있는 다 쓰러져 가는 오두막집에 혼자 살았다. 그는 한쪽 다리가 매우 뻣뻣해지고 군중과 시끄러운 소리를 지독하게 싫어하게 된 채 전쟁터에서 돌아와 그 뒤로 줄곧 리들 저택에서 일했다.

사람들은 요리사에게 술을 사 주며 더 자세한 이야기를 들으려고 몰려들었다.

"옛날부터 이상하다 싶었다니까." 요리사는 셰리주를 넉 잔째 마신 다음 귀를 쫑긋 세운 마을 사람들에게 말했다. "불친절하다고 해야 하나? 같이 차 한잔 마시려면 백 번은 졸라야 했어. 정말 사람들이랑 어울리는 걸 싫어했지."

"아, 그것 참." 바에 있던 한 여자가 말했다. "전쟁을 호되게 겪었잖아, 프랭크는. 조용히 살고 싶은 거야. 그런 걸로 무슨……."

"뒷문 열쇠를 가진 사람이 또 누가 있는데?" 요리사가 쏘아붙였다. "내가 기억하기로 정원사 오두막에는 아주 오래전부터 여벌 열쇠가 걸려 있었어! 어젯밤에 억지로 문을 연 사람은 아무도 없었고! 창문 한 장 안 깨졌다니까! 프랭크라면 모두가 잠들었을 때 저택으로 살금살금 올라가기만 해도……."

마을 사람들은 어두운 표정을 주고받았다.

"어쩐 표정이 항상 험상궂다 싶었어. 그럼 그렇지." 바에 있던 한 남자가 툴툴거렸다.

"전쟁 때문에 정신이 나간 모양이구먼." 술집 주인이 말했다.

"내가 그랬잖아, 프랭크는 왠지 건드려선 안 될 것 같다고. 안 그래, 닷?" 구석에서 한 여자가 흥분해서 말했다.

"성질이 더럽지." 닷이 격하게 고개를 끄덕이며 말했다. "기억나. 프랭크가 어릴 때……."

다음 날 아침이 되자 리틀 행글턴에서 프랭크 브라이스가 리들 가족들을 죽였다는 데 의심을 품는 사람은 거의 없었다.

그러나 이웃 마을인 그레이트 행글턴의 어둡고 침침한 경찰서에서 프랭크는 고집스럽게 결백을 주장하고 있었다. 그는 리들 가족이 죽은 날 저택 근처에서 본 사람이라고는 검은색 머리카락에 얼굴이 창백한, 처음 보는 10대 소년 한 명뿐이었다고 거듭 주장했다. 하지만 마을의 다른 사람들은 누구도 그런 소년을 보지 못했다. 경찰은 프랭크가 그 얘기를 지어냈을 거라고 확신했다.

그때, 프랭크에게 일이 무척 심각하게 돌아가던 바로 그 시점에, 리들 가족의 시체 검시 보고서가 도착해서 모든 상황을 바꾸어 놓았다.

그것은 경찰이 여태껏 받아 본 것 가운데 가장 이상한 보고서였다. 시체를 부검한 의사들은 리들 가족 중 누구도 독살되거나 칼에 찔리거나 총에 맞거나 교살당하거나 질식사하거나 (그들이 알아볼 수 있는 한) 아무런 해를 입지 않았다고 결론 내렸다. 사실 보고서는 누가 봐도 당황한 어조로, 죽었다는 사실을 제외하면 리들 가족 모두가 완벽히 건강한 상태라는 내용으로 이어졌다. 다만 의사들은 (시체에서 뭐라도 잘못된 점을 찾으려고 결심한 듯) 리들 가족 모두 겁에 질린 표정을 짓고 있었다고 지적했다. 하지만 낙심한 경찰이 한 말처럼, 겁에 질려 죽었다는 게 가당키나 한 말인가?

리들 가족이 살해당했다는 증거가 전혀 없었으므로 경찰은 어쩔 수 없이 프랭크를 석방했다. 리들 가족은 리틀 행글턴 교회 묘지에 묻혀 잠깐 호기심의 대상이 되었다. 놀랍게도 프랭크 브라이스는 의심의 먹구름이 자욱한 가운데 리들 저택 정원에 있는 오두막으로 돌아왔다.

"내 생각엔 저 인간이 죽였을 거야. 경찰이 뭐라든

믿을 수 없어." 행드 맨에서 닷이 말했다. "조금이라도 염치가 있으면 여길 떠나야지. 우리가 다 안다는 걸 자기도 뻔히 알 텐데."

그러나 프랭크는 떠나지 않았다. 그는 남아서 리들 저택에 입주한 다음 가족을 위해, 또 그다음 가족을 위해 정원을 돌봤다. 두 가족 다 오래 머물지는 않았다. 새 주인들이 이곳에서 불쾌함을 느낀 데는 프랭크 탓도 어느 정도 있었을 것이다. 그렇게 사는 사람이 없어지자 리들 저택은 서서히 황폐해져 갔다.

현재 리들 저택을 소유하고 있는 부유한 남자는 그곳에 살지도 않았고, 다른 목적으로 그 건물을 사용하지도 않았다. 마을 사람들은 정확히 무슨 문제인지는 모르지만 그가 '세금 문제' 때문에 저택을 가지고 있는 걸 거라고 수군거렸다. 아무튼 그 부유한 주인은 프랭크에게 정원사 급료를 계속 지불했다. 일흔일곱 번째 생일을 앞둔 지금 프랭크는 귀가 심하게 먹고 아픈 다리는 어느 때보다 뻣뻣한 상태였다. 하지만 날씨가 좋을 때면 그가 꽃밭 주위를 어슬렁거리는 모습이 목격되곤 했다. 비록 잡초가 무성해지면서 슬금슬금 그의 신경을 건드리고 있긴 했지만.

프랭크가 맞서 싸워야 하는 것은 잡초만이 아니었다. 마을 소년들은 상습적으로 리들 저택 창문에 돌을 던졌다. 프랭크가 애써 깔끔하게 가꾼 잔디밭으로 자전거를 몰고 들어오기도 했다. 모험을 한답시고 낡은 집에 침입한 적도 한두 번 있었다. 나이 든 프랭크가 리들 저택과 그 정원을 헌신적으로 돌본다는 사실을 아는 그들은 그가 정원을 절뚝절뚝 걸어오면서 지팡이를 흔들어 대고 쉰 목소리로 고함을 지르는 모습을 보며 즐거워했다. 프랭크는 프랭크대로 소년들이 그를 괴롭히는 건 그들의 부모나 조부모처럼 그를 살인자라고 생각하기 때문이라고 믿었다. 그래서 8월의 어느 날 밤, 잠에서 깨어 저 낡은 저택에서 뭔가 굉장히 이상한 일이 벌어지고 있는 것을 보고서도 프랭크는 그저 소년들이 그를 괴롭히려는 시도를 한 단계 더 밀고 나간 게 아닐까 짐작할 뿐이었다.

프랭크가 잠에서 깬 건 아픈 다리 때문이었다. 나이가 들면서 다리는 그 어느 때보다도 심하게 아팠다. 그는 자리에서 일어나 절뚝거리며 부엌으로 내려갔다. 뜨거운 물을 병에 다시 채워 뻣뻣한 무릎을 풀어 보려는 생각이었다. 그는 싱크대 앞에 서서 주전자에 물을 받다가 리들 저택을 올려다보았다. 2층 창문에서 깜빡거리는 불빛들이 보였다. 프랭크는 무슨 일이 벌어지고 있는지 단번에 알아차렸다. 소년들이 다시 저택에 침입한 것이다. 불빛이 깜빡이는 모양을 보니 불을 피운 것 같았다.

프랭크의 오두막에는 전화기가 없었다. 리들 가족의 석연찮은 죽음 때문에 끌려가서 취조당한 뒤로 어쨌든 경찰을 깊이 불신하게 되기도 했다. 프랭크는 곧바로 주전자를 내려놓고 아픈 다리를 질질 끌면서 최대한 빠르게 위층으로 올라갔다. 곧 옷을 갖춰 입고 부엌으로 돌아온 그는 문 옆에 달린 고리에서 녹이 슨 낡은 열쇠를 집어 들었다. 그러고는 벽에 기대어 있던 지팡이를 짚고 오두막을 나섰다.

리들 저택 현관에는 억지로 문을 연 흔적이 전혀 없었다. 창문들도 마찬가지였다. 프랭크는 절뚝거리면서 저택 뒤로 돌아가 담쟁이덩굴에 거의 가려진 문 앞에 다다랐다. 그는 낡은 열쇠를 꺼내 자물쇠에 밀어 넣은 다음 소리가 나지 않도록 조심스럽게 문을 열었다.

그는 휑뎅그렁한 부엌에 들어섰다. 오랫동안 들어와 본 적이 없었지만, 칠흑 같은 어둠 속에서도 복도로 나가는 문이 어디에 있는지는 똑똑히 떠올랐다. 그는 더듬더듬 그쪽으로 나아갔다. 썩은 내가 콧구멍을 가득 채웠다. 혹시 머리 위에서 발소리나 목소리가 들리지 않을까 싶어 귀를 기울였다. 그는 문을 지나 복도로 나아갔다. 현관문 양옆에 있는, 중간 문설주 달린 커다란 창문 때문에 복도는 다른 곳보다 조금 밝았다. 그는 계단을 오르기 시작했다. 돌계단에 먼지가 두껍게 쌓인 덕분에 발소리와 지팡이 짚는 소리가 들리지 않아 다행이었다.

 층계참에서 오른쪽으로 돌자 곧바로 침입자들이 어디에 있는지 알 수 있었다. 복도 맨 끝에 문 하나가 열려 있고 그 사이로 깜빡이는 불빛이 새어 나와 어두운 바닥에 황금색 기다란 빛줄기를 드리우고 있었다. 프랭크는 지팡이를 단단히 쥐고 가까이 다가갔다. 문에서 몇 미터쯤 떨어진 곳에 이르자 방 안이 살짝 들여다보였다.

 프랭크는 깜짝 놀랐다. 이제 보니 벽난로 안에서 불이 활활 타오르고 있었던 것이다. 그는 움직임을 멈추고 방 안에서 들려오는 한 남자의 목소리에 열심히 귀를 기울였다. 소심하고 겁에 질린 듯한 목소리였다.

 "병에 좀 더 남아 있습니다, 주인님. 시장하시다면 더 드세요."

 "나중에 먹겠다." 또 다른 목소리가 말했다. 이번에도 남자 목소리였지만 이상할 만큼 음이 높았고 얼음장 같은 바람이 일 만큼 차가웠다. 그 목소리에 깃든 뭔가가 프랭크 목덜미의 몇 없는 머리카락을 쭈뼛 서게 만들었다. "나를 불가로 더 가까이 옮겨 놓아라, 웜테일."

 프랭크는 더 잘 들리는 오른쪽 귀를 문에 가까이 댔다. 병을 뭔가 단단한 것 위에 내려놓는 달그락 소리에 이어 무거운 의자가 바닥에 끌리는 듯 둔탁하게 긁히는 소리가 들렸다. 문을 등진 채 의자를 미는 왜소한 남자의 모습이 힐끗 보였다. 그는 긴 검은색 망토를 걸쳤고 뒤통수는 부분적으로 머리카락이 벗어져 있었다. 이윽고 남자는 다시 시야에서 사라졌다.

 "내기니는 어디 있느냐?" 차가운 목소리가 말했다.

 "모, 모르겠습니다, 주인님." 처음 들렸던 목소리가 초조한 듯 말했다. "저택을 살펴보러 간 것 같은데요……."

 "잠자리에 들기 전에 내기니의 독을 뽑아라, 웜테일." 두 번째 들렸던 목소리가 말했다. "밤에 먹어야겠다. 이번 여행은 굉장히 피곤하구나."

 프랭크는 이마를 잔뜩 찌푸리고 잘 들리는 귀를 문

에 더 바짝 갖다 댄 채 열심히 귀 기울였다. 잠깐 침묵이 흐르더니 웜테일이라는 남자가 다시 입을 열었다.

"주인님, 여기에 얼마나 머무실지 여쭤 봐도 될까요?"

"1주일." 차가운 목소리가 말했다. "그보다 길어질 수도 있다. 이 정도면 그럭저럭 지낼 만한 데다 아직 계획을 실행할 수 없으니. 퀴디치 월드컵이 끝나기 전에 움직이는 건 멍청한 짓이다."

프랭크는 울퉁불퉁한 손가락으로 귓구멍을 후볐다. 귀지가 가득한 탓에 '퀴디치'라는, 전혀 단어 같지도 않은 단어가 들린 게 틀림없었다.

"퀴, 퀴디치 월드컵 말씀이십니까, 주인님?" 웜테일이 말했다. (프랭크는 손가락으로 귓속을 더 거칠게 후볐다.) "용서해 주십시오. 하지만…… 이해가 가지 않아서……. 어째서 월드컵이 끝날 때까지 기다려야 하나요?"

"어리석은 놈. 지금 전 세계 마법사들이 이 나라로 몰려들고 있다. 오지랖 넓은 마법 정부 놈들이 모두 근무를 서지 않겠느냐. 평소와 다른 움직임의 징후가 조금이라도 보이는지 감시하고 신원을 거듭 확인하겠지. 머글들이 아무것도 눈치채지 못하도록 보안을 철저히 할 것이다. 그러니 기다려야 한다."

프랭크는 귀 후비기를 멈췄다. 분명 '마법 정부', '마법사', '머글' 같은 단어들이 들렸다. 각각 비밀스러운 의미를 가진 표현들이 분명했다. 암호로 말하는 사람들이라니, 프랭크의 머릿속에는 딱 두 부류밖에 떠오르지 않았다. 스파이, 아니면 범죄자. 프랭크는 지팡이를 쥔 손에 다시 힘을 주고 더 바짝 귀를 기울였다.

"그러면 주인님의 결심에는 여전히 변함이 없나요?" 웜테일이 조용히 물었다.

"당연하다, 웜테일." 차가운 목소리에는 이제 위협적인 어조가 담겨 있었다.

잠깐 침묵이 이어졌다. 잠시 후 웜테일이 다시 말했다. 용기가 사라지기 전에 억지로 입을 연 듯 여러 개의 단어가 순식간에 튀어나왔다.

"해리 포터가 아니어도 가능합니다, 주인님."

이번에는 좀 더 긴 침묵이 이어졌고……

"해리 포터가 아니어도 된다?" 두 번째 목소리가 부드럽게 속삭였다. "그렇단 말이지……."

"주인님, 그 애를 걱정해서 이런 말을 하는 게 아니라요!" 웜테일이 쇳소리 섞인 높은 목소리로 말했다. "그 아이는 제게 아무것도 아닙니다. 절대로요! 그냥 누구든 다른 마법사를 쓰면 일이 훨씬 쉬워질 거란 얘깁니다. 제가 잠깐만 주인님 곁을 떠나도록 허락해 주시면……. 주인님께서도 제가 위장을 아주 잘한다는 걸 아시잖아요……. 제가 이틀 안에 적당한 사람을 찾아 오겠습니다……."

"다른 마법사를 쓸 수도 있다." 두 번째 목소리가 조용히 되뇌었다. "그건 사실이지……."

"주인님, 그게 더 합리적입니다." 웜테일이 말했다. 이제는 완전히 마음을 놓은 목소리였다. "해리 포터는 손대기가 아주 어려울 거예요. 그 아이는 엄중한 보호를 받고 있어서……."

"그래서, 네가 자진해서 대용품을 찾아 오겠다는 것이냐? 글쎄…… 그보다는 나를 돌보는 일이 지겨워져서 그런 것 아니냐, 웜테일? 너는 원래의 계획을 버리자고 말하지만 사실은 나를 버리려는 것 아니냐?"

"주인님! 저, 저는 주인님을 떠날 생각이 전혀 없습니다. 절대……."

"거짓말하지 마라!" 두 번째 목소리가 쉿쉿거리는 소리를 냈다. "나는 언제든 알 수 있다, 웜테일! 너는 내게 돌아온 걸 후회하고 있어. 너는 내가 역겨운 거야. 나를 볼 때마다 움찔거리는 게 보이고, 나를 만질 때마다 몸서리치는 게 느껴진다……."

"아닙니다! 주인님에 대한 제 충성은……."

"네 충성은 비겁함에 불과하다. 달리 갈 곳이 있었다면 너는 여기 오지 않았을 것이다. 몇 시간에 한 번씩 독을 먹어야 하는데 너 없이 어떻게 살아남으라는 말이냐? 내 기니의 독은 누가 뽑지?"

"하지만 훨씬 강해지신 것 같습니다, 주인님……."

"거짓말." 두 번째 목소리가 나직이 말했다. "나는 강해지지 않았다. 단 며칠만이라도 혼자 지냈다간 네 서툰 보살핌으로 그나마 회복한 힘마저 잃을 것이다. 입 다물어!"

앞뒤가 안 맞는 말을 더듬거리던 웜테일이 즉시 입을 다물었다. 잠깐 동안 난롯불이 타닥거리는 소리밖에 들리지 않았다. 잠시 후 두 번째 남자가 다시 입을 열었다. 쉭쉭거림에 가까운 속삭임이었다.

"내가 그 아이를 쓰려는 건, 너에게 이미 설명한 것처럼 그럴 만한 이유가 있기 때문이다. 다른 자를 쓰진 않을 것이다. 나는 13년을 기다려 왔어. 몇 달 더 기다린다고 달라질 건 없다. 그 아이를 둘러싼 보호조치에 대해서는 내 계획이 효과를 발휘할 거라고 믿는다. 네가 좀 더 용기를 내기만 하면 된다, 웜테일. 용기를 되찾아라. 볼드모트 경의 분노를 온몸으로 맞고 싶지 않다면……."

"주인님, 드릴 말씀이 있습니다!" 웜테일이 말했다. 이제 그의 목소리는 완전히 겁에 질려 있었다. "여행을 하는 내내 머릿속에서 그 계획을 굴려 보았어요. 주인님, 버사 조킨스의 실종이 언제까지고 숨겨지진 않을 겁니다. 만약 이대로 진행한다면, 제가 저주를 건다면……."

"만약?" 두 번째 목소리가 속삭였다. "만약이라? 웜테일, 만약 네가 계획을 따르기만 한다면 마법 정부는 누군가가 실종됐다는 사실을 결코 알지 못할 것이다. 소란 피우지 말고 조용히 해치우도록. 내가 직접 할 수 있다면 더 바랄 나위 없겠지만 지금 상태로는……. 자, 웜테일, 장애물 하나만 더 제거하면 해리 포터에게 가는 길이 열린다. 혼자 해내라는 게 아니다. 그때쯤이면 내 충실한 종도 우리에게 돌아올 테니……."

"제가 바로 충실한 종입니다." 웜테일은 시무룩한 기색이 살짝 깃든 목소리로 말했다.

"웜테일, 내게는 머리를 쓸 줄 아는 사람, 나에 대한 충성이 단 한 번도 흔들린 적 없는 사람이 필요하다. 불행하게도 너는 둘 중 하나도 만족시키지 못하지."

"제가 주인님을 찾아냈습니다." 웜테일이 말했다. 이제는 확실히 목소리에 샐쭉하니 날이 서 있었다. "주인님을 찾아낸 사람이 저라고요. 주인님께 버사 조킨스를 데려온 사람도 저고요."

"그건 맞다." 두 번째 남자가 말했다. 즐거워하는 목소리였다. "네가 그런 재치를 부릴 거라고는 생각 못 했다, 웜테일……. 그렇지만 솔직히 너는 그 여자를 잡고서도 얼마나 쓸모 있을지 몰랐잖느냐?"

"저, 저는 그 여자가 쓸모 있을 거라고 생각했습니다, 주인님……."

"거짓말." 두 번째 목소리가 다시 말했다. 냉혹한 즐거움이 두드러지는 목소리였다. "어쨌든 그 여자의 정보가 굉장히 유용했다는 걸 부정하지는 않겠다. 그게 없었다면 계획을 세울 수 없었겠지. 그것에 대해서는 너도 보상을 받을 것이다, 웜테일. 날 위해 중요한 임무를 수행하도록 해 주마. 나의 수많은 추종자들은 이 일을 할 수만 있다면 자기 오른팔이라도 기꺼이 내놓을 것이다……."

"저, 정말이십니까, 주인님? 무슨……?" 웜테일은 다시 겁에 질린 목소리였다.

"아, 웜테일. 내가 깜짝 선물을 망치길 바라는 건 아니겠지? 네 역할은 가장 마지막에 등장할 거야……. 하지만 약속하마. 너는 버사 조킨스만큼이나 유용해지는 영예를 누릴 것이다."

"주인님…… 주인님께서는……." 입이 바싹 마른 듯 웜테일의 목소리가 갑자기 거칠어졌다. "주인님께서는…… 저도…… 죽이시려는 겁니까?"

"웜테일, 웜테일." 차가운 목소리가 부드럽게 말했다. "내가 너를 왜 죽이겠느냐? 버사를 죽인 건 그래야만 했기 때문이다. 취조가 끝난 그 여자는 어디에도 쓸

수가 없었다. 정말 쓸모가 없었지. 어쨌든, 그 여자가 휴가 중에 널 만났다는 소식을 갖고 마법 정부로 복귀했다면 곤란한 질문이 쏟아지지 않았겠느냐? 죽은 걸로 돼 있는 마법사가 도로변 여관에서 마법 정부 마법사와 마주치는 일은 있을 수 없으니까……."

웜테일이 뭐라고 중얼거렸다. 소리가 너무 작아 프랭크에게는 들리지 않았지만 두 번째 남자는 웃었다. 즐거워하는 기색이라고는 전혀 없는, 말소리만큼이나 차가운 웃음이었다.

"기억을 조작했어야 했다고? 그러나 강력한 마법사는 망각 마법을 깨뜨릴 수 있다. 내가 그 여자를 취조했을 때 증명됐듯이 말이야. 그 여자에게서 빼낸 정보를 활용하지 않는다면 그녀의 기억에 대한 모독이 될 것이다, 웜테일."

복도에 있던 프랭크는 문득 지팡이를 쥔 손이 땀으로 미끌미끌한 것을 느꼈다. 차가운 목소리의 남자는 어떤 여자를 죽였다. 그러고도 아무 거리낌 없이, 오히려 즐거워하며 그 얘기를 하고 있었다. 위험한 자다. 미친놈이다. 게다가 저자는 더 많은 살인을 계획하고 있다. 누군지는 모르지만 해리 포터라는 아이가 위험에 처해 있다…….

프랭크는 뭘 해야 할지 알았다. 곧바로 경찰에 알려야 한다. 집 밖으로 몰래 빠져나가 마을 공중전화 부스로 직행해야 한다……. 하지만 차가운 목소리가 다시 입을 열었다. 프랭크는 그 자리에 굳은 채 온 신경을 귀에 집중했다.

"한 번 더 저주를 걸면…… 호그와트에 있는 내 충실한 부하가…… 해리 포터는 내 손아귀에 들어온 거나 다름없다, 웜테일. 이미 결정됐다. 더 이상의 논쟁은 없을 것이다. 그런데 가만…… 내기니 소리가 들리는 것 같은데……."

그러더니 두 번째 남자의 목소리가 묘하게 변했다. 그는 프랭크가 한 번도 들어 본 적 없는 소리를 내기 시작했다. 숨 넘어갈 듯이 쉭쉭거리며 내뱉는 소리였다.

프랭크는 저자가 발작 같은 것을 일으켰나 보다고 생각했다.

그때 등 뒤 어두운 복도에서 뭔가 움직이는 소리가 들렸다. 프랭크는 뒤를 보려고 몸을 돌렸다가 공포에 질려 자기도 모르게 얼어붙고 말았다.

뭔가가 어두운 복도 바닥을 스르르 미끄러져 오고 있었다. 그것이 방에서 새어 나오는 불빛에 점점 가까워지자 프랭크는 온몸에 소름이 돋는 것을 느꼈다. 그것은 길이 3미터가 훨씬 넘는 거대한 뱀이었다. 프랭크는 겁에 질려 꼼짝 못 한 채, 그 몸이 올라갔다 내려갔다 하면서 먼지가 두껍게 쌓인 바닥에 널찍하고 구불구불한 흔적을 남기며 점점 다가오는 것을 바라보았다. 어떻게 해야 할까? 도망치는 길은 두 남자가 살인 계획을 짜고 있는 방으로 들어가는 것뿐이었다. 그렇다고 이 자리에 가만히 있다간 뱀에게 죽을 게 뻔했…….

하지만 뱀은 프랭크가 채 결정을 내리기도 전에 그가 있는 문 앞에 이르렀다. 그러더니 믿을 수 없게도, 기적이라도 일어난 것처럼, 그냥 지나쳐 갔다. 뱀은 문 안쪽의 차가운 목소리가 내는 쉭쉭 소리를 따라가고 있었다. 다이아몬드 무늬가 있는 꼬리 끄트머리가 순식간에 문틈으로 사라졌다.

급기야 프랭크의 이마에 식은땀이 맺혔다. 지팡이를 쥔 손이 떨렸다. 방 안에서는 차가운 목소리가 계속 쉿쉿 소리를 내고 있었다. 프랭크의 머릿속에 이상한 정도를 넘어서 터무니없는 생각이 떠올랐다. '……저자는 뱀이랑 대화를 나눌 수 있구나.'

프랭크는 무슨 일이 벌어지고 있는 건지 이해할 수 없었다. 뜨거운 물병을 가지고 침대로 돌아갈 수만 있다면 소원이 없을 것 같았다. 문제는 두 다리가 말을 듣지 않는다는 것이었다. 그 자리에서 부들부들 떨면서 몸을 움직이려고 애쓰는데 차가운 목소리가 다시 영어로 말했다.

"내기니가 재미있는 소식을 가져왔다, 웜테일." 그자가 말했다.

"저, 정말입니까, 주인님?" 웜테일이 물었다.

"그럼 정말이지." 목소리가 대답했다. "내기니 말에 따르면 한 나이 든 머글이 이 방 앞에 서서 우리가 하는 말을 전부 듣고 있다는구나."

프랭크에게는 몸을 숨길 겨를도 없었다. 발소리가 들리는가 싶더니 갑자기 방문이 활짝 열렸다.

왜소한 몸집에 희끗희끗한 대머리, 뾰족한 코에 작고 물기 어린 눈을 가진 남자가 두려움과 놀라움이 뒤섞인 얼굴로 프랭크 앞에 서 있었다.

"안으로 초대해라, 웜테일. 예의범절은 다 잊은 것이냐?"

벽난로 앞에 있는 아주 낡은 안락의자에서 차가운 목소리가 들려올 뿐 말하는 사람은 보이지 않았다. 한편 뱀은 끔찍하게 반려견 흉내라도 내듯 난로 앞의 썩어 가는 깔개 위에 똬리를 틀고 있었다.

웜테일이 프랭크에게 방으로 들어오라고 손짓했다. 프랭크는 여전히 겁에 질린 상태였지만 지팡이를 더욱 단단히 쥐고 절뚝거리며 문턱을 넘었다.

오직 난롯불만이 방을 밝히고 있었다. 그 빛이 벽에 거미 같은 그림자를 길게 드리웠다. 프랭크는 안락의자 등받이를 뚫어지게 바라보았다. 뒤통수가 보이지 않는 걸 보니 거기에 앉아 있는 남자는 자기 부하보다도 몸집이 작은 모양이었다.

"전부 들었느냐, 머글?" 차가운 목소리가 물었다.

"날 뭐라고 부르는 거요?" 프랭크가 도전적으로 입을 열었다. 일단 방에 들어와 어떤 행동이라도 해야 할 순간이 되니 도리어 용감해지는 기분이었다. 전쟁터에서도 늘 그랬다.

"머글이라고 불렀다." 그 목소리가 싸늘하게 말했다. "네가 마법사가 아니라는 뜻이지."

"마법사라니 무슨 말인지 모르겠군." 프랭크가 대꾸했다. 목소리가 점점 안정되어 갔다. "내가 아는 건 오늘 밤 경찰이 흥미를 가질 만한 이야기를 들었다는 것뿐이오. 암, 들었고말고. 당신들, 이미 살인을 저질렀고 앞으로 더 저지를 계획이더군! 그리고 한 가지 더 말해두겠는데." 그는 갑자기 생각이 떠올라 덧붙였다. "아내는 내가 여기 와 있는 걸 알고 있소. 내가 돌아가지 않으면……."

"너한테는 아내가 없다." 차가운 목소리가 아주 조용하게 말했다. "네가 여기 있는 건 아무도 모른다. 여기에 온다는 말을 누구에게도 하지 않았으니까. 볼드모트 경에게 거짓말할 생각 마라, 머글. 그는 모두 알고 있으니……. 그는 언제나 다 알고 있다……."

"아, 그러쇼?" 프랭크가 거칠게 말했다. "'경'씩이나 된다 이건가? 글쎄, 당신 예의범절은 높이 사 줄 수 없을 것 같은데, 나리. 뒤돌아서 남자답게 날 마주 보는 건 어떻소?"

"하지만 난 보통 남자가 아니다, 머글." 차가운 목소리가 말했다. 이제 그 목소리는 불꽃이 타닥거리는 소리에 묻혀 거의 들리지도 않았다. "나는 인간을 훨씬, 훨씬 뛰어넘는 존재다. 그렇지만…… 안 될 건 없지. 너를 마주 보도록 하겠다. ……웜테일, 이리 와서 내 의자를 돌려놓아라."

그자의 부하가 코를 한번 훌쩍이면서 뭐라 뭐라 중얼거렸다.

"내 말 안 들리냐, 웜테일."

왜소한 남자는 자신의 주인에게, 그리고 깔개 위에 누워 있는 뱀에게 다가가는 것만 아니면 뭐든지 하겠다는 듯 잔뜩 구겨진 표정으로 천천히 다가가 의자를 돌리기 시작했다. 깔개가 의자 다리에 걸리자 뱀이 삼각형의 흉측한 머리를 들어 올리더니 살짝 쉿 소리를 냈다.

의자가 프랭크를 마주 보았다. 프랭크는 의자에 앉아 있는 존재를 보았다. 손에 쥐고 있던 지팡이가 바닥에 탁 떨어졌다. 그는 비명을 내질렀다. 어찌나 크게 소리를 질렀던지, 의자에 앉아 있는 존재가 마법 지팡이를 들어 올리며 한 말도 듣지 못했다. 녹색 빛이 번쩍였고 바람이 휘몰아치는 소리가 들렸다. 프랭크 브라이스가 쓰러졌다. 그는 몸이 바닥에 채 닿기도 전에 목숨을 잃었다.

그로부터 300킬로미터 넘게 떨어진 곳에서, 해리 포터라는 소년이 깜짝 놀라 잠에서 깨어났다.

CHAPTER 2

흉터

해리는 천장을 보고 누워서, 달리기라도 한 것처럼 숨을 몰아쉬었다. 두 손으로 얼굴을 감싼 채 생생한 꿈에서 막 깨어난 참이었다. 이마에 있는 번개 모양의 오래된 흉터가 손가락 아래에서 타는 듯이 아파 왔다. 하얗게 달군 철사를 살갗에 대고 짓누르는 것만 같았다.

그는 몸을 일으켜 앉았다. 한 손은 여전히 흉터에 댄 채 안경을 찾으려고 다른 한 손을 어둠 속으로 뻗었다. 침대 옆 탁자에 있던 안경을 쓰자 침실이 좀 더 또렷하게 보였다. 방은 창밖에서 커튼을 뚫고 들어오는 희미하고 부연 오렌지색 가로등 불빛으로 밝혀져 있었다.

해리는 손가락으로 다시 흉터를 쓸어 보았다. 여전히 타는 듯한 고통이 느껴졌다. 그는 옆에 있는 탁자 위의 등을 켠 뒤 침대를 빠져나와 방을 가로질러 가서 옷장을 열고 문에 달린 거울을 들여다보았다. 깡마른 열네 살 소년이 그를 마주 보았다. 단정치 못한 검은 머리카락 아래 밝은 초록색 눈은 그저 어리둥절해 보였다. 그는 거울에 비친 번개 모양 흉터를 더 자세히 살펴보았다. 보기에는 멀쩡했지만 아직도 찌르는 듯 아팠다.

해리는 깨어나기 전에 꾸었던 꿈을 떠올려 보려고 애썼다. 너무나 생생한 꿈이었다……. 아는 사람 두 명과 모르는 사람 한 명이 있었는데……. 그는 기억해 보려고 애쓰며 얼굴을 찌푸린 채 정신을 바짝 집중했다…….

어두운 방의 모습이 희미하게 떠올랐다……. 난로 앞 깔개 위에 뱀 한 마리가 있었고…… 웜테일이라는 별명을 가진 조그만 남자 피터와…… 차갑고 높은 목소리…… 볼드모트 경의 목소리가 들렸다. 그 목소리를 떠올리자 얼음 덩어리가 가슴속으로 쑥 미끄러져 들어온 것 같은 기분이 들었다.

그는 눈을 질끈 감고 볼드모트가 어떻게 생겼는지 떠올려 보려고 했지만 그럴 수 없었다……. 확실한 건 볼드모트의 의자가 돌아간 순간, 해리 자신이 그 의자에 앉아 있던 존재를 보고 공포로 소스라치며 깨어났다는 것뿐이었다……. 아니, 흉터의 통증 때문에 깬 걸까?

그 노인은 누구였을까? 분명 나이 든 남자가 한 명 있었는데. 해리는 그가 바닥으로 쓰러지는 모습을 지켜보았다. 모든 것이 혼란스러웠다. 해리는 두 손에 얼굴을 묻었다. 지금 그가 있는 침실의 모습을 가리고, 어슴푸레하던 그 방의 모습을 붙잡으려고 애썼다. 하지만 그건 마치 손을 오므려 물을 담아 두려는 행동과 같았다. 자세한 기억들은 해리가 붙잡으려고 할수록 빠르게 새어 나갔다……. 볼드모트와 웜테일은 자신들이 죽인 누군가에 대해서 이야기하고 있었다. 해리는 그 이름을 기억할 수 없었다……. 게다가 그들은 또 다른 누군가를 죽이려는 음모를 꾸미고 있었다……. 다름 아닌 *해리*를…….

해리는 손에서 얼굴을 들고 눈을 떴다. 그리고 범상치 않은 무언가를 보게 될 거라고 기대하듯 침실을 둘러보았다. 공교롭게도 이 방에는 이상한 물건들이 이상할 만큼 많았다. 침대 발치에 열린 채 놓여 있는 나무로 된 커다란 짐 가방 안에는 솥, 빗자루, 검은색 로브 여러 벌, 다양한 마법 책이 들어 있었다. 평상시 해리의 흰올빼미인 헤드위그가 들어가 있는 커다란 빈 새장이 놓인 책상 한쪽에는 양피지 두루마리가 어지럽게 흩어져 있었다. 침대 옆 바닥에는 해리가 어젯밤 잠들기 전에 읽던 책이 한 권 펼쳐져 있었다. 책 속 그림이 움직이고 있었다. 밝은 오렌지색 로브를 입은 사람들이 빗자루를 타고 시야 안으로 빠르게 들어왔다 나갔다 하며 서로에게 빨간 공을 던져 댔다.

해리는 그쪽으로 다가가 책을 집어 들고, 마법사 한 명이 15미터 높이의 고리에 공을 집어넣어 멋지게 득점하는 모습을 지켜보다가 책을 탁 덮었다. (해리가 세계 최고의 스포츠라고 생각하는) 퀴디치조차 이 순간에는 그의 관심을 끌지 못했다. 그는 《캐넌스와의 비행》을 침대 옆 탁자에 올려놓고 창가로 다가가 커튼을 걷고 거리를 내려다보았다.

프리빗가는 토요일 아침 이른 시간 고상한 교외 거리의 모습 그대로였다. 커튼은 죄다 닫혀 있었다. 어둠 속에서 보이는 한, 눈에 띄는 생명체는 전혀 없었다. 고양이 한 마리조차.

그치만…… 그렇지만……. 해리는 초조해하며 침대로 돌아가 앉았다. 손가락으로 다시 흉터를 쓸어 보았다. 그의 신경을 거스르는 건 통증이 아니었다. 고통이나 부상을 당하는 데는 익숙했다. 모조리 사라진 오른팔 뼈가 하룻밤 사이 고통스럽게 다시 자란 적도 있었다. 얼마 후에는 그 오른팔이 30센티미터 길이의 독송곳니에 꿰뚫리기도 했다. 하늘을 나는 빗자루에서 15미터 아래로 떨어진 것도 겨우 작년 일이었다. 특이한 사고와 부상은 그에게 드문 일이 아니었다. 호그와트 마법학교에 다니면서 이런저런 말썽거리를 끌어들이는 재주가 있는 사람이라면 피할 수 없는 숙명과도 같았다.

그렇다, 신경이 거슬리는 이유는 다른 데 있었다. 지난번 흉터가 아팠을 때는 볼드모트가 가까이 있었으니까……. 하지만 볼드모트가 지금, 여기에 있을 리는 없다……. 볼드모트가 프리빗가를 어슬렁거린다니 너무 터무니없는 생각이었다. 그건 불가능했…….

해리는 그를 둘러싼 침묵에 유심히 귀를 기울였다. 계단 삐걱거리는 소리나 망토가 휙 펄럭이는 소리라도 들릴까 봐 그런 걸까? 그때 사촌 더들리가 옆방에서 매우 요란하게 드르렁거리는 소리가 들려서 해리는 살짝 놀랐다.

그는 마음을 다잡았다. 바보 같은 생각이다. 버넌 이모부와 피튜니아 이모, 더들리를 제외하면 이 집에는 해리뿐이었다. 그 세 사람은 아직 잠들어 있는 게 틀림없다. 아무런 괴로움도, 고통도 없는 꿈을 꾸면서.

더즐리 가족은 잠들어 있을 때가 가장 좋았다. 그들이 깨어 있을 때 도움이 된 적은 한 번도 없었다. 버넌 이모부, 피튜니아 이모, 더들리는 해리의 유일한 친척이었다. 그들은 모든 형태의 마법을 증오하고 경멸하는 머글(비마법사)이었는데, 그 말은 해리가 이 집에서 병균 비슷한 취급을 받는다는 뜻이기도 했다. 해리가 지난 3년 동안 호그와트에서 지내느라 긴 시간 집을 비우자, 그들은 그가 '세인트 브루투스 구제 불능 소년범 보호시설'에 갔다고 떠벌리고 다녔다. 그들은 미성년 마법사인 해리가 호그와트 바깥에서 마법을 쓰지 못한다는 사실을 아주 잘 알고 있었지만, 집에 무슨 문제라도 생기면 여전히 그를 탓했다. 해리가 마법사 세계에서의 삶에 대해 그들에게 터놓고 말하거나 무슨 얘기라도 할 수 있었던 적은 단 한 번도 없었다. 더즐리 가족이 잠에서 깬다 한들, 그들에게 흉터가 아프다며 볼드모트에 대한 걱정을 늘어놓는다는 것은 우스꽝스럽기 짝이 없는 생각이었다.

그렇긴 하지만 애초에 해리가 더즐리 가족과 함께 살게 된 건 볼드모트 때문이었다. 볼드모트만 아니었다면 해리 이마에 번개 모양 흉터 같은 건 없었을 것이다. 볼드모트만 아니었다면 부모님은 여전히 살아 계셨을 것이다…….

볼드모트는 100년 만에 등장한 가장 강력한 어둠의 마법사로, 11년 동안 꾸준히 세력을 확장해 오다가 해리가 한 살 때 그의 집에 찾아와 아버지와 어머니를 살해했다. 볼드모트는 이어서 마법 지팡이를 해리에게 돌려, 세력을 키우는 과정에서 수많은 성인 마법사들을 없애 버린 저주 마법을 걸었다. 그런데 믿을 수 없게도 그 저주는 통하지 않았다. 저주는 작은 소년을 죽이는 대신 볼드모트에게 되돌아갔다. 해리는 이마에 번개 모양의 상처만 하나 생겼을 뿐 살아남은 반면, 볼드모트는 살아 있다고 하기도 힘든 존재가 되고 말았다. 볼드모트는 힘을 잃고 생명은 거의 소진된 채 도망쳤다. 비밀스러운 마법사들의 세계는 오랜 기간 겪어 온 공포에서 해방되었다. 볼드모트의 추종자들은 뿔뿔이 흩어졌고 해리 포터는 유명해졌다.

열한 살 생일에 자기가 마법사라는 사실을 알게 된 해리는 큰 충격을 받았다. 숨겨져 있던 마법사 세계의 모든 사람이 그의 이름을 알고 있다는 얘기를 들었을 때는 더더욱 당황스러웠다. 호그와트에 도착하니 가는 곳마다 사람들이 그를 쳐다봤고 귓속말들이 그를 따라다녔다. 하지만 이제는 거기에도 익숙해졌다. 이번 여름방학이 끝나면 호그와트에서 4학년 생활을 시작하게 된다. 그는 벌써부터 호그와트 성으로 돌아갈 날짜를 세고 있었다.

하지만 학교로 돌아가기까지는 아직도 보름이나 남아 있었다. 그는 절망적으로 방 안을 다시 둘러보았다. 그의 눈이 7월 말에 가장 친한 친구 두 명이 보내 준 생일 카드에 잠깐 머물렀다. 편지에 흉터가 아프다는 얘기를 써서 보내면 두 사람은 뭐라고 할까?

곧바로 헤르미온느 그레인저의 날카롭고 겁에 질린 목소리가 머릿속을 가득 채웠다.

"흉터가 아프다고? 해리, 그건 정말 심각한 일이야……. 덤블도어 교수님한테 편지를 써! 나는 《일반적인 마법 질병과 통증》을 한번 확인해 볼게……. 어쩌면 거기에 저주로 생긴 흉터에 관한 내용이 있을지도 몰라……."

헤르미온느는 이렇게 조언할 것이다. 호그와트의 교장에게 즉시 연락하되 한편으로는 책을 찾아보라고. 해리는 창밖의 칠흑같이 어두운 짙은 군청색 하늘을 내다보았다. 지금 상황에 과연 책이 도움이 될지 매우 의심스러웠다. 그가 아는 한, 볼드모트가 건 종류의 저주 마법에서 살아남은 사람은 그뿐이었다. 그러므로 《일반적인 마법 질병과 통증》에서 그의 증상에 관한 기록을 찾아낼 가능성은 굉장히 낮았다. 교장에게 알리는 일도 그랬다. 해리는 덤블도어가 여름방학 동안 어디에 머무는지 전혀 몰랐다. 그는 긴 은빛 턱수염에 발목까지 내려오는 마법사 로브와 뾰족 모자 차림으로 어딘가의 해변에 몸을 쭉 뻗고 누운 채 길고 구부러진 코에 선탠로션을 바르는 덤블도어의 모습이 떠올라 잠깐 즐거웠다. 하긴 덤블도어가 어디에 있든, 헤드위그라면 틀림없이 그를 찾을 수 있을 것이다. 해리의 올빼미는 단 한 번도, 심지어 주소가 없을 때도 편지를 배달하는 일에 실패한 적이 없었다. 하지만 편지에 뭐라고 쓴단 말인가?

'덤블도어 교수님께. 귀찮게 해 드려서 죄송하지만 오늘 아침에 제 흉터가 아팠어요. 해리 포터 올림.'

상상만으로도 멍청하게 들렸다.

그래서 그는 또 다른 단짝 친구인 론 위즐리의 반응을 떠올려 보았다. 순간, 긴 코에 주근깨가 가득한 론의 얼굴이 멍한 표정을 띠고 해리의 눈앞에 떠오르는 듯했다.

"흉터가 아프다고? 근데…… 그치만 '그 사람'이 지금 네 근처에 있을 리 없잖아. 안 그래? 내 말은…… 만약 그랬으면 네가 알았을 거 아냐. 그놈이 또다시 널 해치우려고 할 테니까. 아닌가? 모르겠다, 해리. 어쩌면 저주로 생긴 흉터는 항상 조금씩 따끔거리는 걸지도 몰라……. 아빠한테 물어볼게……."

위즐리 씨는 마법 정부의 머글 제품 오용 관리과에서 일하는, 완전한 자격을 갖춘 마법사였다. 하지만 해리가 알기로 위즐리 씨도 저주에 대해 특별히 전문 지식을 갖고 있진 않았다. 더욱이 해리 자신이 잠깐잠깐 찾아드는 통증으로 안절부절못한다는 사실을 위즐리 가족 모두가 알게 되는 건 싫었다. 위즐리 부인은 헤르미온느보다 심하게 소란을 떨 것이고, 열여섯 살인 론의 쌍둥이 형 프레드와 조지는 해리가 겁쟁이가 되어 간다고 생각할지도 모른다. 위즐리 가족은 해리가 세상에서 가장 좋아하는 사람들이었다. 해리는 그들이 지금 당장에라도 자신을 초대해 주기를 바라고 있었는데(론이 퀴디치 월드컵 얘기를 한 적이 있었기 때문이다), 그 집에서 지내는 시간이 흉터에 관한 불안한 질문들로 뚝뚝 끊기는 게 왠지 싫었다.

해리는 손가락으로 이마를 문질렀다. (스스로 인정하는 것도 부끄러웠지만) 그가 정말로 원하는 것은 누군가…… 부모 같은 사람이었다. 한심해진 기분을 느끼지 않고도 조언을 구할 수 있는 성인 마법사, 그를 아껴 주는 누군가, 어둠의 마법을 경험해 본 사람…….

그때 답이 떠올랐다. 너무나 단순하고 뻔한 답이었다. 그 사람을 떠올리기까지 이렇게 오래 걸렸다는 게 믿기지 않았다. 시리우스.

해리는 침대에서 뛰어내려 얼른 책상 앞에 앉았다. 그는 양피지를 끌어당겨 놓고 독수리 깃펜에 잉크를 채운 뒤 '시리우스에게'라고 썼다가 잠깐 멈추고 이 일을 어떻게 설명하는 게 가장 좋을지 고민했다. 곧바로 시리우스를 떠올리지 못했다는 사실이 아직도 놀라웠다. 하긴, 그렇게 놀랄 일은 아닐지도 몰랐다. 어쨌거나 그는 시리우스가 자신의 대부라는 사실을 겨우 두 달 전에 알게 됐으니까.

그때까지 해리의 인생에서 시리우스가 완전히 빠져 있었던 이유는 단순했다. 시리우스는 아즈카반에 갇혀 있었다. 디멘터라는 존재가 지키는 무시무시한 마법사 감옥에. 디멘터는 사람의 영혼을 빨아내는 눈먼 악마들로, 시리우스가 탈옥하자 그를 잡으러 호그와트까지 왔다. 그렇지만 시리우스는 결백했다. 시리우스가 유죄판결을 받았던 살인 사건은 사실 볼드모트의 추종자인 웜테일이 저지른 짓이었다. 다들 웜테일이 죽었다고 생각했지만 해리, 론, 헤르미온느는 지난번 웜테일과 직접 마주치면서 그게 사실이 아니었다는 것을 알게 되었다. 그러나 그들의 말을 믿어 준 사람은 덤블도어 교수뿐이었다.

시리우스가 누명을 벗으면 바로 함께 살자고 제안했기 때문에, 해리는 짧게나마 이제야 더즐리네를 떠나게 됐다고 믿으며 가슴 벅찬 시간을 보냈다. 하지만 그 기대는 물거품이 되고 말았다. 진실을 밝히기 위해 마법 정부로 데려가기 직전 웜테일이 쥐로 변신해서 달아나 버렸기 때문이었다. 시리우스는 살기 위해 어쩔 수 없이 도망쳐야 했다. 해리는 시리우스가 벅빅이라는 히포그리프를 타고 도망치도록 도와주었고, 그 뒤로 시리우스는 계속 숨어 지내고 있었다. 웜테일이 달아나지 않았다면 집이 생겼을지도 모른다는 생각이 여름방학 내내 해리를 괴롭혔다. 더즐리 가족에게서 영원히 벗어날 기회를 코앞에서 놓쳤다고 생각하니 그들에게 돌아가기가 두 배는 더 힘들어졌다.

그러나 함께할 수 없는 처지임에도 시리우스는 어느 정도 도움이 되었다. 해리가 지금 학교 물건들을 모두 침실에 둘 수 있게 된 건 시리우스 덕분이었다. 예전에 더즐리 부부는 이런 일을 결코 용납하지 않았다. 언제나처럼 해리를 되도록 비참하게 만들려는 소망과 그의 능력에 대한 두려움이 맞물리면서 그들은 작년까지 매년 여름방학 때마다 해리의 학교 짐을 계단 밑 벽장에 넣고 문을 잠가 버렸다. 하지만 해리에게 위험한 살인자 대부가 있다는 사실을 알게 된 뒤로는 태도가 돌변했다. 해리는 시리우스가 결백하다는 사실을 그들에게 굳이 말해 주지 않았다.

해리는 프리빗가에 돌아온 이후 시리우스에게서 두 통의 편지를 받았다. 두 편지 모두 (마법사들이 흔히 하는 것처럼) 부엉이가 아니라, 현란한 색깔의 커다란 열대지방의 새들이 배달해 주었다. 헤드위그는 이 화려한 침입자들을 탐탁잖게 여겼다. 그 새들이 다시 날아가기 전 물통에서 물을 마시도록 해 주는 것도 아주 못마땅한 듯했다. 반면 해리는 그 새들이 마음에 들었다. 그 새들을 보면 야자수와 백사장이 생각났고, 시리우스가 어디에 있든(시리우스는 누가 편지를 가로챌 것에 대비해 자기가 어디에 있는지 절대 말해 주지 않았다) 즐거운 시간을 보내고 있기를 바랐다. 어째서인지 디멘터들은 밝은 햇빛 아래 오래 있지 못할 것 같았다. 그래서 시리우스가 남쪽으로 간 것인지도 몰랐다. 지금 해리의 침대 밑 꽤 쓸모 있는 헐거운 마룻바닥 아래 숨겨져 있는 시리우스의 편지들은 즐거운 기분으로 쓴 것인 듯했다. 두 편지 모두 도움이 필요할 때면 언제든지 연락하라는 당부를 담고 있었다. 그래, 지금이 바로 시리우스의 도움이 필요한 때였다. 분명히…….

일출 전의 차가운 회색빛이 천천히 방으로 새어 들어오면서 해리가 켜 놓은 등불은 조금씩 흐릿해지는 것처럼 보였다. 마침내 해가 떠오르면서 침실 벽이 황금빛으로 물들고 버넌 이모부와 피튜니아 이모의 방에서 움직이는 소리가 들렸을 때쯤, 해리는 책상 위에서 구겨진 양피지를 치우고 완성한 편지를 읽어 보았다.

시리우스에게.
지난번 편지 감사합니다. 새가 진짜 크더라고요. 하마터면 창문으로 못 들어올 뻔했어요.
여긴 평소랑 똑같아요. 더즐리는 다이어트가 잘

안 되나 봐요. 어제는 방으로 몰래 도넛을 가져가다가 이모한테 들켰어요. 이모랑 이모부가 계속 그러면 용돈을 줄일 거라니까 엄청 성질을 부리면서 플레이스테이션을 창밖으로 던져 버리더라고요. 플레이스테이션은 게임을 할 수 있는 컴퓨터 같은 거예요. 솔직히 좀 멍청한 짓이죠. 이젠 먹을 것 생각을 덜어 줄 〈대 파괴〉 3탄도 없어진 거잖아요.

전 잘 지내요. 제가 부탁하면 아저씨가 나타나서 자기들을 전부 박쥐로 만들어 버릴까 봐 더즐리 가족이 겁먹은 덕분이지만요.

근데 오늘 아침에는 이상한 일이 있었어요. 흉터가 다시 아프더라고요. 지난번에는 볼드모트가 호그와트에 있어서 아팠던 거거든요. 하지만 지금 볼드모트가 근처에 있을 리 없잖아요. 저주 때문에 생긴 흉터가 몇 년이 지나서까지 아프기도 하나요?

헤드위그가 돌아오면 편지를 부칠게요. 지금 사냥 나갔거든요. 벅빅한테 안부 전해 주세요.

해리

그래, 괜찮네, 하고 해리는 생각했다. 꿈 얘기를 할 필요는 없었다. 너무 걱정하는 것처럼 보이기는 싫었다. 그는 헤드위그가 돌아오면 보내려고 양피지를 접은 다음 책상 한쪽에 올려놓았다. 그런 다음 자리에서 일어나 기지개를 켜고 다시 한 번 옷장을 열었다. 그는 거울 속 모습에는 눈길도 주지 않고 옷을 챙겨 입은 다음 아침 식사를 하러 내려갔다.

CHAPTER 3

초대

해리가 부엌에 도착했을 때 더즐리 세 식구는 이미 식탁에 둘러앉아 있었다. 해리가 부엌에 들어오건 식탁 앞에 앉건 누구도 눈길을 주지 않았다. 버넌 이모부는 크고 불그죽죽한 얼굴을 그날 아침 《데일리메일》 신문으로 가리고 있었고, 피튜니아 이모는 입술을 꽉 다물어 말처럼 툭 튀어나온 치아를 가린 채 자몽을 네 조각 내고 있었다.

더들리는 화나고 부루퉁한 표정이었다. 왠지 평소보다 더 많은 공간을 차지하고 있는 것처럼 보였는데, 항상 혼자서 정사각형 식탁 한 면을 다 차지한다는 것을 생각하면 대단한 일이 아닐 수 없었다. 피튜니아 이모가 살짝 떨리는 목소리로 "여기 있단다, 더디 아가야"라고 말하며 네 등분 한 무설탕 자몽 한 조각을 더들리의 접시에 올려놓았다. 더들리가 그녀를 쏘아보았다. 여름방학이 되어 기말 성적표를 들고 집으로 돌아온 뒤로 더들리의 인생은 최고로 불쾌한 전환기를 맞았다.

버넌 이모부와 피튜니아 이모는 언제나처럼 더들리가 받아 온 형편없는 성적에 대한 변명거리를 찾아냈다. 피튜니아 이모는 늘 더들리가 선생들이 이해하지 못하는 뛰어난 재능을 가진 아이라고 우겼고, 버넌 이모부는 '어쨌든 내 아들이 공부만 하는 계집애 같은 아이가 되는 건 바라지 않는다'는 입장을 유지했다. 그들은 또한 성적표에 더들리가 다른 애들을 괴롭힌다고 적혀 있는 것도 외면했다. "활기가 좀 넘치긴 하지만 파리 한 마리도 해치지 못할 애란 말이에요!" 피튜니아 이모가 울먹이며 부르짖었다.

그러나 성적표 맨 밑에 양호교사가 조심스럽게 단어를 골라 적어 둔 의견에는 버넌 이모부와 피튜니아 이모도 뭐라고 반박할 수가 없었다. 피튜니아 이모가 더들리는 원체 체격이 우람하고, 몸무게가 많이 나가는 건 젖살 때문이며, 충분한 음식을 섭취해야 하는 성장기 소년이라고 아무리 울부짖어도, 교복점에 더 이상 더들리의 몸에 맞는 니커보커스가 없다는 것은 엄연한 사실이었다. 양호교사는 반들거리는 벽에 묻은 지문을 발견하거나 이웃들의 일거수일투족을 관찰할 때는 그토록 예리한 피튜니아 이모의 눈이 무작정 보지 않으려 들던 사실, 즉 더들리가 영양분을 더 섭취해야 하기는커녕 덩치에서나 몸무게에서 어린 범고래에 육박한다는 사실을 간과한 것이다.

그리하여, 더들리가 수도 없이 성질을 부리고 해리의 침실 바닥마저 흔들릴 정도로 소리를 지르고 피튜니아 이모의 눈에서 눈물이 줄줄 흐른 끝에, 새로운 나날이 시작되었다. 스멜팅스 양호교사가 보내온 다이어트 식단이 냉장고에 붙었다. 탄산음료와 케이크, 초콜릿바, 햄버거 등 더들리가 좋아하는 음식들이 죄다 냉장고에서 비워지고 대신 과일과 채소, 버넌 이모부가 '토끼 밥'이라고 부르는 것들이 채워졌다. 피튜니아 이모는 이러한 상황에서 더들리의 기분이 조금이라도 더 나아지도록 온 가족이 같은 식단을 따라야 한다고 우겼다. 그녀는 해리에게도 자몽 조각을 건넸다. 해리는 자기 몫의 자몽이 더들리 것보다 훨씬 작다는 사실을 눈치챘다. 피튜니아 이모는 더들리의 사기를 높이는 가장 좋은 방법은 적어도 해리보다는 많이 먹게 해주는 것이라고 생각하는 것 같았다.

그러나 피튜니아 이모는 2층의 느슨한 마룻바닥 아래 무엇이 숨겨져 있는지 알지 못했다. 그녀는 해리가 다이어트 식단을 전혀 따르지 않고 있다는 사실을 까맣게 몰랐다. 여름 내내 당근 쪼가리를 먹으며 생존해야 할 판국이라는 낌새를 채자마자 해리는 헤드위그를 보내 친구들에게 구조 요청을 했고, 그들은 참으로 감명 깊은 수완을 발휘해 주었다. 헤드위그는 헤르미온느의 집에서 무설탕 간식(헤르미온느의 부모님은 치과 의사였다)이 잔뜩 들어 있는 커다란 상자를 갖고 돌아왔다. 호그와트 숲지기인 해그리드는 직접 만든 수제 록케이크가 가득 담긴 자루를 보냈다(해그리드의 요리라면 충분히 겪어 봤기에 해리는 여기에 손도 대지 않았다). 한편 위즐리 부인은 가족 올빼미인 에롤을 통해 큼직한 과일 케이크와 갖가지 고기 파이를 보내 주었다. 나이가 많고 비실비실한 가엾은 에롤이 여행으로 소진된 체력을 회복하는 데는 꼬박 닷새가 걸렸다. 그리고 (더즐리 가족이 완전히 무시하고 넘어간) 그의 생일에는 론과 헤르미온느와 해그리드와 시리우스에게서 각각 하나씩, 모두 네 개의 멋진 생일 케이크를 받았다. 그중 두 개가 아직 남아 있었기에, 해리는 2층으로 올라가서 먹을 진짜 아침 식사를 기대하며 아무런 불평 없이 자몽을 먹기 시작했다.

버넌 이모부는 못마땅하다는 듯 세차게 콧방귀를 뀌더니 신문을 옆으로 밀쳐놓고 자기 몫의 자몽 조각을 내려다보았다.

"이게 다야?" 그가 언짢은 듯 피튜니아 이모에게 말했다.

피튜니아 이모가 매서운 눈으로 그를 흘겨보더니 고갯짓으로 날카롭게 더들리 쪽을 가리켰다. 더들리는 자기 몫의 자몽 조각을 벌써 먹어 치운 뒤 무척 뚱한 기색을 띠고 돼지 같은 조그만 눈으로 해리 몫의 자몽을 노려보고 있었다.

버넌 이모부가 크고 덥수룩한 콧수염이 흔들릴 정도로 크게 한숨을 내쉬고는 숟가락을 집어 들었다.

초인종이 울렸다. 버넌 이모부는 의자에서 무거운 몸을 일으켜 복도로 나갔다. 어머니가 주전자에 정신이 팔린 사이, 더들리는 번개처럼 빠른 움직임으로 버넌 이모부의 자몽을 슬쩍했다.

현관에서 이야기 나누는 소리가 들려왔다. 누군가가 웃음을 터뜨렸고 버넌 이모부는 퉁명스럽게 대꾸하고 있었다. 이윽고 현관문이 닫히고 복도에서 종이 뜯는 소리가 들려왔다.

피튜니아 이모는 찻주전자를 식탁에 내려놓고 호기심 어린 얼굴로 복도 쪽으로 고개를 돌렸다. 그녀가 무슨 영문인지 알기까지는 별로 오래 걸리지 않았다. 약 1분 뒤 버넌 이모부가 몹시 화난 표정으로 돌아왔던 것이다.

"너." 그가 해리에게 버럭 소리쳤다. "거실로 와. 당장."

당황한 해리는 이번에는 대체 뭘 잘못한 건지 궁금해하며 자리에서 일어났다. 그는 버넌 이모부를 따라 부엌을 나가 옆에 있는 거실로 들어갔다. 버넌 이모부가 같이 들어오더니 문을 쾅 닫았다.

"그러니까." 그가 벽난로로 성큼성큼 걸어가더니 체포 선언이라도 하려는 듯 몸을 돌려 해리를 마주 보았다. "그러니까."

해리는 "그러니까 뭐요?"라고 묻고 싶은 마음이 굴뚝같았지만 이렇게 이른 아침부터 버넌 이모부의 성질을 건드려서는 안 될 것 같다는 생각이 들었다. 이모부가 음식 부족으로 이미 심한 스트레스를 받는 상황에서는 특히 그랬다. 그래서 해리는 예의 바르게 어리둥절한 표정을 짓는 것으로 만족했다.

"방금 이게 도착했다." 버넌 이모부가 말했다. 그는 자주색 편지지를 해리 앞에서 마구 휘둘렀다. "편지다. 네 일과 관련된."

해리는 더욱 혼란스러웠다. 누가 버넌 이모부에게 해리와 관련된 일로 편지를 쓴단 말인가? 그가 아는 사람 가운데 집배원을 통해 편지를 보낼 사람이 있던가?

버넌 이모부는 해리를 노려보더니 큰 소리로 편지를 읽어 내려갔다.

더즐리 부부께.

정식으로 인사를 나눈 적은 없지만 해리한테서 제 아들 론 얘기는 아주 많이 들으셨을 거예요.

해리가 말했을지도 모르지만 다음 주 월요일 밤에 퀴디치 월드컵 결승전이 열리는데, 제 남편 아서가 방금 마법 스포츠부의 아는 사람을 통해 1등석 티켓을 얻어 왔답니다.

저희가 해리를 그 경기에 데려가도록 허락해 주셨으면 해요. 이건 정말 평생 단 한 번 있을까 말까 한 기회거든요. 영국에서 30년 만에 열리는 월드컵이라 표를 얻기가 아주 힘들어요. 물론 남은 여름방학 동안 해리를 저희 집에서 지내게 해 주시고, 학교로 돌아가는 기차에 안전하게 태워 보내게 해 주신다면 더 좋겠지요.

해리가 되도록 빨리 정상적인 방법으로 두 분의 대답을 전해 주길 바라겠습니다. 머글 집배원은 저희 집에 배달을 온 적이 한 번도 없는 데다 저희 집 위치를 아는지조차 모르겠거든요.

곧 해리를 만날 수 있었으면 좋겠네요.

몰리 위즐리 드림

추신: 우표를 충분히 붙인 것이어야 할 텐데요.

초대

버넌 이모부는 읽기를 마치고 손을 다시 주머니에 넣더니 뭔가를 또 꺼냈다.

"봐라." 그가 으르렁거렸다.

그가 위즐리 부인의 편지가 들어 있던 봉투를 들어 올리자 해리는 터져 나오는 웃음을 억누르려고 애써야 했다. 위즐리 부인이 깨알 같은 글씨로 더즐리네 집 주소를 적어 놓은 작고 네모난 공간을 제외하면 봉투 앞면이 우표로 온통 뒤덮여 있었던 것이다.

"우표를 충분히 붙이시긴 했네요." 위즐리 부인의 실수는 누구든 저지를 수 있는 것이라는 투로 해리가 말했다. 버넌 이모부가 눈을 번뜩였다.

"집배원이 관심을 보였단 말이다." 그가 악다문 이 사이로 내뱉었다. "이 편지가 어디에서 온 건지 굉장히 궁금해했어. 그래서 초인종을 누른 거다. 웃기다고 생각한 거지."

해리는 아무 말도 하지 않았다. 다른 사람들은 버넌 이모부가 우표 좀 많이 붙인 걸 갖고 왜 이렇게까지 야단인지 이해하지 못할 것이다. 그러나 더즐리 가족과 이미 오랫동안 함께 지낸 해리는 그들이 평범함에서 조금이라도 벗어난 것에 대해 얼마나 민감하게 구는지 너무도 잘 알고 있었다. 더즐리 가족이 가장 두려워하는 일은 그들이 위즐리 부인 같은 사람들과 (멀게나마) 연결되어 있다는 사실을 누군가가 알아 버리는 것이었다.

버넌 이모부는 여전히 해리를 향해 눈을 부라리고 있었다. 해리는 애써 아무렇지 않은 표정을 지어 보였다. 바보 같은 말이나 행동만 하지 않으면 일생일대의 선물을 받을 수 있는 상황이었다. 그는 버넌 이모부가 입을 열기를 기다렸지만 이모부는 계속 노려보기만 했다. 해리는 마침내 침묵을 깨기로 결심했다.

"그러니까…… 가도 되는 거죠, 그럼?" 그가 물었다.

버넌 이모부의 커다란 자줏빛 얼굴에 미세한 경련이 일었다. 콧수염이 곤두섰다. 해리는 그 콧수염 뒤에서 무슨 일이 벌어지고 있는지 알 것 같았다. 버넌 이모부의 가장 원초적인 두 가지 본능이 충돌하면서 격렬한 전투를 벌이고 있었다. 허락하면 해리가 행복해질 텐데 그건 버넌 이모부가 지난 13년 동안 부득부득 막아 온 일이었다. 하지만 해리를 남은 여름방학 동안 위즐리네 집으로 보낸다면 예상한 것보다 두 주나 빨리 그를 치워 버릴 수 있었다. 버넌 이모부는 해리가 집에 있는 것을 굉장히 싫어했다. 그는 생각할 시간을 벌려는 듯 위즐리 부인의 편지를 다시 한 번 내려다보았다.

"이 여자는 누구냐?" 그가 불쾌한 기색을 담아 서명을 쏘아보며 물었다.

"이모부도 보신 적 있어요." 해리가 말했다. "제 친구 론의 어머니예요. 지난 학기가 끝나고 호그…… 아니, 학교 기차가 도착했을 때 론을 마중 나오셨어요."

그는 하마터면 '호그와트 급행열차'라고 말할 뻔했다. 그것은 이모부의 성질을 돋우는 확실한 방법이었다. 더즐리네 집에서는 누구도 해리가 다니는 학교 이름을 입에 올리지 않았다.

버넌 이모부는 엄청나게 불쾌한 기억을 떠올리려고 애쓰는 듯 큼직한 얼굴을 잔뜩 찡그렸다.

"그 땅딸막한 여자 말이냐?" 그가 마침내 투덜거리듯 말했다. "빨간 머리 애들을 잔뜩 데리고 있던?"

해리는 눈썹을 찌푸렸다. 아들인 더들리가 세 살 때부터 그럴 듯 말 듯 조짐을 보이다가 마침내 키보다 몸둘레가 더 커져 버린 마당에 버넌 이모부가 누군가를 '땅딸막하다'고 표현하는 게 조금 어처구니없었던 것이다.

버넌 이모부는 편지를 다시 한 번 꼼꼼하게 읽었.

"퀴디치?" 그가 목소리를 잔뜩 낮추고 중얼거렸다. "퀴디치라니…… 이 쓰레기 같은 건 뭐냐?"

해리는 또다시 짜증이 솟구치는 것을 느꼈다.

"스포츠예요." 그가 짤막하게 대답했다. "빗자루를 타고 하……."

"됐다, 됐어!" 버넌 이모부가 큰 소리로 해리의 말을 끊었다. 해리는 이모부가 희미하게나마 겁에 질리는 모습을 조금 만족스러운 마음으로 바라보았다. 자기 집 거실에서 버젓이 '빗자루'라는 말이 들리는 것을 견딜 수 없는 게 분명했다. 버넌 이모부는 도망치듯 다시 편지에 집중했다. 그의 입술이 '정상적인 방법으로 두 분의 대답을 전해 주길'이라는 말을 중얼거렸다. 버넌 이모부가 눈을 부라렸다.

"정상적인 방법이라니, 이게 무슨 뜻이냐?" 그가 내뱉듯 물었다.

"저희한테 정상적이라는 뜻이에요." 해리는 그렇게 말하고, 버넌 이모부에게 말을 끊을 틈을 주지 않기 위해 얼른 덧붙였다. "그러니까, 부엉이 우편요. 마법사들한테는 그게 정상적인 방법이거든요."

버넌 이모부는 해리가 방금 더러운 욕설이라도 내뱉은 것처럼 격분한 표정을 지었다. 그는 분노로 몸을 떨면서, 이웃 사람들이 창문에 귀를 대고 듣고 있기라도 한 것처럼 창밖으로 불안한 시선을 던졌다.

"내 집에서 그런 비정상적인 말은 꺼낼 생각 말라고 대체 몇 번을 말해야 하는 거냐?" 그가 식식댔다. 그의 얼굴은 이제 짙은 자두 색깔을 띠고 있었다. "피튜니아랑 내가 입혀 준 옷을 입고 내 눈앞에 서서 고마운 줄도 모르고……."

"어차피 더들리가 입었던 옷이잖아요." 해리가 차갑게 말했다. 실제로 그가 입은 셔츠는 너무 커서 손을 움직이려면 소매를 다섯 번은 접어 올려야 했고, 옷자락은 지나치게 헐렁한 청바지 무릎까지 늘어져 있었다.

"그만 소리를 하다니!" 버넌 이모부가 화가 나서 부들부들 떨며 말했다.

하지만 해리도 참고만 있을 생각은 없었다. 더즐리 가족의 멍청한 규칙 하나하나를 어쩔 수 없이 받아들여야 했던 나날은 지났다. 그는 더들리의 다이어트 식단을 따르지 않았고, 버넌 이모부가 퀴디치 월드컵에 못 가게 한다면 웬만해서는 가만있지 않을 작정이었다.

해리는 마음을 진정시키려고 심호흡을 한 뒤 말했다. "알겠어요. 월드컵 못 간다는 거죠? 그럼 이제 가도

돼요? 시리우스한테 쓰던 편지를 마무리해야 해서요. 제 대부 말이에요."

해 버렸다. 마법의 말을 내뱉고 말았다. 이제 그는 자줏빛이었던 버넌 이모부의 얼굴이 아무렇게나 섞은 블랙베리 아이스크림 색깔로 변하는 모습을 보았다.

"펴, 편지를 쓰고 있었다고?" 버넌 이모부가 평정심을 가장한 목소리로 말했다. 하지만 해리는 그의 조그만 두 눈에서 동공이 갑작스러운 공포로 수축하는 것을 보았다.

"뭐…… 네." 해리가 아무렇지도 않게 말했다. "소식을 전한 지 좀 됐거든요. 제 소식을 듣지 못하면 뭔가 잘못됐다고 생각하실 거예요."

그는 잠시 멈춰서 그 말이 가져다주는 효과를 즐겼다. 깔끔하게 가르마를 탄 버넌 이모부의 숱 많은 검은색 머리카락 아래서 톱니바퀴가 이리저리 돌아가고 있을 게 뻔했다. 시리우스에게 편지를 보내지 못하게 한다면 시리우스는 해리가 학대를 당하고 있다고 생각할 것이다. 퀴디치 월드컵에 가지 못하게 하면 해리가 시리우스에게 편지로 그 소식을 전할 테고 그러면 시리우스는 해리가 학대당하고 있다는 것을 알게 된다. 버넌 이모부가 할 일은 하나뿐이었다. 무성한 콧수염이 달린 그 얼굴이 투명해지기라도 한 것처럼, 버넌 이모부의 머릿속에서 결론이 만들어지는 모양이 뻔히 보였다. 해리는 웃음을 눌러 참았다. 되도록 무표정한 얼굴을 유지하려고 애썼다. 그때……

"뭐, 그럼 좋다. 그 망할…… 멍청한…… 월드컵인지 뭔지에 가도 좋다고. 이…… 이 *위즐리*인지 뭔지한테 편지를 써서 널 데려가라고 해라. 난 온 나라 이곳저곳에 너를 데려다줄 시간 따위 없어. 남은 여름방학은 거기서 보내도 좋다. 그리고 네, 네 대부…… 그놈…… 그 사람한테도 그 집에 간다고 말해라."

"알겠어요." 해리가 밝은 목소리로 말했다.

그는 펄쩍 뛰면서 환호성을 지르고 싶은 마음을 억누르고 몸을 돌려 거실 문으로 걸어갔다. 간다……. 위즐리네로, 퀴디치 월드컵을 보러 간다!

해리는 복도에서 그가 야단맞는 소리를 듣고 싶어서 문 뒤에 숨어 있던 더들리와 부딪칠 뻔했다. 더들리는 활짝 웃는 해리를 보고 깜짝 놀란 것 같았다.

"훌륭한 아침 식사였어. 그치?" 해리가 말했다. "난 진짜 배부르던데, 넌?"

해리는 경악으로 가득한 더들리의 얼굴을 보고 웃으며, 한 번에 세 칸씩 계단을 올라 침실로 뛰어들어 갔다.

가장 먼저 눈에 들어온 건 어느새 돌아온 헤드위그였다. 헤드위그는 새장 안에 앉아 커다란 호박색 눈으로 해리를 뚫어지게 바라보면서, 뭔가에 짜증이 난 듯 부리를 딱딱거리고 있었다. 헤드위그가 정확히 무엇 때문에 화를 내는지는 곧 밝혀졌다.

"**아얏!**" 해리가 소리쳤다.

깃털 달린 조그만 회색 테니스공처럼 보이는 뭔가가 막 해리의 머리에 날아와 부딪쳤다. 해리는 머리를 세게 문지르며, 뭐가 와서 부딪쳤는지 보려고 고개를 들었다. 해리의 한 손에 쏙 들어올 만큼 작은 부엉이가 발사된 폭죽처럼 방 안을 신나게 쌩쌩 날아다니는 모습이 보였다. 해리는 그제야 그 부엉이가 그의 발밑에 편지 한 통을 떨어뜨렸다는 사실을 알아차렸다. 해리는 허리를 구부려 편지를 집어 든 다음 론의 글씨를 알아보고 봉투를 뜯었다. 안에는 다급하게 휘갈겨 쓴 편지가 들어 있었다.

> 해리, *아빠가* 표를 구했어. 월요일 밤, 아일랜드 대 불가리아의 경기야. 엄마가 널 보내 달라고 머글들한테 편지를 쓰고 있어. 벌써 받았으려나? 머글 우편이 얼마나 빠른지 모르겠네. 아무튼 이 편지는 피그 편에 보내는 게 좋을 것 같았어.

해리는 '피그', 즉 돼지라는 단어를 응시하다가, 고개를 들어 이제는 천장 전등갓 주위를 쌩쌩 날아다니는 작디작은 부엉이를 바라보았다. 어딜 봐도 돼지와 닮은 구석은 없었다. 어쩌면 론의 글씨를 잘못 읽은 것일지도 몰랐다. 그는 다시 편지를 읽어 내려갔다.

머글들이 어떻게 생각하든 우린 널 데리러 갈 거야. 월드컵을 놓칠 수는 없잖아. 엄마 아빠는 일단 허락을 구하는 시늉이라도 하는 게 낫다고 생각하신 거고. 머글들이 가도 된다고 하면 곧바로 피그 편에 답장을 보내. 그럼 일요일 오후 5시에 데리러 갈게. 안 된다고 해도 곧바로 피그 편에 답장을 보내. 우린 어쨌든 일요일 5시에 널 데리러 갈 거야.

헤르미온느는 오늘 오후에 도착한대. 퍼시는 국제 마법 협력부에 취직했어. 우리 집에 있는 동안 외국에 대한 얘기는 절대 꺼내지 마. 안 그랬다간 지겨워서 죽을지도 몰라.

곧 보자.
론

"진정해!" 해리가 말했다. 조그만 부엉이는 미친 듯이 지저귀며 그의 머리 위를 낮게 날아다니고 있었다. 해리는 그 부엉이가 편지를 받을 사람에게 제대로 배달했다는 자부심에 저러는 거라고 추측할 뿐이었다. "이리 와. 답장을 가져가야지!"

부엉이가 퍼덕거리며 헤드위그의 새장 꼭대기에 내려앉았다. 헤드위그는 어디 올 테면 와 보라는 듯 싸늘한 눈길로 녀석을 올려다보았다.

해리는 다시 한 번 독수리 깃펜을 들고 새 양피지를 가져다가 답장을 썼다.

론, 잘됐어. 머글들이 가도 된대. 내일 5시에 보자. 정말 기대된다.
해리

그는 편지를 아주 작게 접어, 흥분해서 제자리에서 폴짝폴짝 뛰는 조그만 부엉이의 다리에 어렵사리 묶었다. 편지가 단단히 묶인 것을 확인한 순간 부엉이는 다시 창밖으로 날아가 시야에서 사라졌다.

해리는 헤드위그에게 고개를 돌렸다.
"긴 여행이 될 텐데, 괜찮겠어?" 그가 헤드위그에게 물었다.

헤드위그는 제법 위엄 있게 부엉부엉 울었다.
"이걸 시리우스한테 가져다줄래?" 그가 편지를 집어 들며 말했다. "잠깐만…… 마무리를 좀 해야 돼."

그는 접었던 양피지를 다시 펼쳐 추신을 적었다.

저한테 연락하실 일이 있을까 봐 말씀드려요. 저는 남은 여름방학을 제 친구 론 위즐리네 집에서 보낼 거예요. 걔네 아빠가 퀴디치 월드컵 표를 구하셨대요!

해리는 편지를 마무리하고 헤드위그의 다리에 묶었다. 진정한 우편 부엉이라면 어떻게 행동해야 하는지 보여 주려고 결심이라도 한 듯 헤드위그는 평소보다 더 얌전했다.

"네가 돌아올 때쯤엔 난 론네 집에 있을 거야. 알았지?" 해리가 헤드위그에게 말했다.

헤드위그는 다정스레 해리의 손가락을 살짝 깨물더니 부드럽게 휙 소리를 내며 커다란 날개를 펼치고 열린 창밖으로 날아올랐다.

해리는 헤드위그가 시야에서 사라질 때까지 지켜보다가 침대 밑으로 들어가 헐거운 마룻바닥을 열고 큼직한 생일 케이크 한 덩이를 꺼냈다. 그는 바닥에 앉아 케이크를 먹으며 온몸에 넘치는 행복감을 만끽했다. 그에게는 케이크가 있고 더들리에게는 자몽뿐이었다. 오늘은 눈부신 여름날이고 내일 그는 프리빗가를 떠날 예정이었다. 이마의 흉터도 완벽히 멀쩡한 상태로 돌아온 것 같았다. 그는 퀴디치 월드컵을 보러 갈 것이다. 지금 당장은 걱정할 게 아무것도 없었다. 심지어 볼드모트 경조차도.

CHAPTER 4

다시 버로로

이튿날 12시쯤 되자, 해리의 짐 가방은 학교 물품들과 그가 가장 아끼는 모든 물건들, 그러니까 아버지에게 물려받은 투명 망토와 시리우스에게 받은 빗자루, 작년에 프레드와 조지 위즐리가 준 호그와트 도둑 지도 등으로 가득 차 있었다. 그는 이미 헐거운 마룻바닥 밑에 숨겨 두었던 음식을 모조리 먹어 치우고, 빠뜨린 마법 책이나 깃펜이 있는지 침실 구석구석을 여러 번 확인한 다음, 9월 1일까지 남은 날을 헤아리며 끼적이던 표도 벽에서 떼어 냈다. 그는 여태껏 호그와트로 돌아갈 때까지 남은 날들을 기꺼운 마음으로 하루하루 지워 오고 있었다.

프리빗가 4번지의 분위기는 극도로 긴장되어 있었다. 한 무리의 마법사가 곧 집에 들이닥친다는 사실이 더즐리 가족을 초조하고 예민하게 만들었다. 위즐리 가족이 다음 날 5시에 도착할 거라고 해리가 알렸을 때 버넌 이모부는 완전히 겁에 질린 것처럼 보였다.

"그 인간들한테 옷이나 제대로 입으라고 말해 줬길 바란다." 그가 곧이어 으르렁거렸다. "너 같은 족속들이 걸치고 다니는 옷을 본 적이 있어. 정상적인 옷을 입을 만큼의 염치는 있는 게 좋을 거야. 내가 할 말은 그것뿐이다."

해리는 조금 불길한 예감이 들었다. 위즐리 부부는 더즐리 가족이 '정상적'이라고 부를 만한 옷을 입은 적이 거의 없었던 것이다. 아이들은 방학 동안 머글 옷을 입을지 몰라도 위즐리 부부는 주로 허름한 각양각색의 긴 로브를 입었다. 이웃들이 뭐라고 생각하든 상관없었지만, 위즐리 가족이 더즐리네가 생각하는 최악의 마법사 차림으로 나타날 경우 더즐리 가족이 그들을 얼마나 무례하게 대할지 벌써부터 걱정되었다.

버넌 이모부는 가장 좋은 정장을 차려 입었다. 어떤 사람한테는 이것이 환영의 표시로 보이겠지만, 해리는 버넌 이모부가 위압감을 주고 싶어서 그런 차림을 했다는 사실을 알고 있었다. 반면 더들리는 왠지 위축되어 보였다. 다이어트가 마침내 효과를 발휘해서가 아니라 겁에 질렸기 때문이었다. 지난번 한 성인 마법사와 맞닥뜨렸을 때는 더들리의 엉덩이에서 꼬불꼬불한 돼지 꼬리가 튀어나오는 바람에 피튜니아 이모와 버넌 이모부가 그를 런던의 개인 병원으로 데려가 그 꼬리를 제거해야 했다. 더들리가 계속 초조하게 엉덩이 쪽을 만지작거리며 적들에게 같은 표적을 노출하지 않으려고 이 방 저 방으로 옆걸음질 치는 것도 전혀 놀라운 일은 아니었다.

침묵에 가까운 점심 식사가 이어졌다. 더들리는 심지어 음식 투정도 하지 않았다(메뉴는 코티지치즈와 강판에 간 셀러리였다). 피튜니아 이모는 아예 아무것도 먹지 않았다. 그녀는 팔짱을 끼고 입술을 꽉 다문 채 혀를 씹고 있는 것처럼 보였다. 마치 해리에게 던지고 싶은 분노 어린 비난의 말을 씹어 삼키고 있는 듯했다.

"당연히 차를 타고 오겠지?" 버넌 이모부가 식탁 건너편에서 큰 소리로 말했다.

"어······." 해리가 입을 열었다.

그 생각은 해 본 적이 없었다. 위즐리 가족은 그를 어떻게 데려갈 *생각일까*? 한때 낡은 포드 앵글리아가 있긴 했지만 그 차는 지금 호그와트의 금지된 숲을 멋대로 돌아다니고 있었으므로 이제 그들에게는 차가 없었다. 하지만 위즐리 씨는 작년에도 마법 정부의 자동차를 빌린 적이 있었다. 아마 오늘도 그렇게 하지 않을까?

"아마 그럴 거예요." 해리가 말했다.

버넌 이모부가 콧수염이 들썩일 정도로 세게 콧방귀를 뀌었다. 평소라면 그는 위즐리 씨가 어떤 차를 모는지 물었을 것이다. 버넌 이모부는 자동차가 얼마나 크고 비싸냐에 따라 사람을 평가하곤 했다. 설령 위즐리 씨가 페라리를 몬다 해도 버넌 이모부가 그에게 호감을 느낄지는 의문이었지만.

해리는 오후 시간 대부분을 자신의 방에서 보냈다. 피튜니아 이모가 코뿔소 탈출 경보라도 들은 사람처럼 몇 초에 한 번씩 레이스 커튼 사이로 밖을 내다보는 모습을 보고 있기가 힘들었던 것이다. 마침내 5시 15분 전이 되자 해리는 다시 거실로 내려갔다.

피튜니아 이모는 강박적으로 쿠션들의 주름을 펴고 있었다. 버넌 이모부는 신문을 읽는 척했지만 작은 두 눈은 움직이지 않았다. 실은 다가오는 자동차 소리에 열심히 귀를 기울이고 있는 게 틀림없었다. 더들리는 안락의자에 푹 파묻힌 채, 깔고 앉은 투실투실한 손으

로 엉덩이를 꽉 쥐고 있었다. 해리는 그 긴장감을 견디지 못하고 거실을 나와 복도 계단에 앉았다. 눈은 손목시계에 고정되어 있었고 심장은 흥분과 긴장 탓에 두근거렸다.

그러나 5시는 왔다가 그냥 지나가 버렸다. 버넌 이모부는 정장 차림으로 땀을 비질비질 흘리며 현관문을 열고 거리 이쪽저쪽을 살핀 다음 재빨리 머리를 들

여놓았다.

"늦잖아!" 그가 해리에게 버럭 소리쳤다.

"그러게요." 해리가 말했다. "어쩌면…… 어…… 길이 막힌다거나 뭐 그럴 거예요."

5시 10분…… 5시 15분……. 이제는 해리도 슬슬 불안해졌다. 30분이 지나자 버넌 이모부와 피튜니아 이모가 거실에서 퉁명스럽게 웅얼웅얼 이야기를 주고받는 소리가 들렸다.

"배려라곤 눈곱만큼도 없는 사람들이네."

"우리한테 다른 약속이 있을 수도 있는데."

"늦게 오면 저녁 식사에라도 초대받을 줄 아나 보죠."

"흥, 어림도 없는 소리." 버넌 이모부가 말했다. 해리는 그가 자리에서 일어나 거실을 왔다 갔다 하기 시작하는 소리를 들었다. "애만 데리고 바로 떠나게 해야지. 어딜 어슬렁거려? 하긴, 그것도 그자들이 올 때의 얘기지만. 아마 날짜를 잘못 알았겠지. 그 족속들은 시간 약속 같은 건 별로 중요하게 생각하지 않을 테니까. 아니면 웬 싸구려 자동차를 끌고 오다가 고장…… **아아아아아아아아아악!**"

해리는 깜짝 놀라 그 자리에서 벌떡 일어났다. 거실 문 안쪽에서 더즐리 세 식구가 어쩔 줄 모르고 허둥지둥 방을 가로지르는 소리가 들렸다. 다음 순간, 더즐리가 잔뜩 겁에 질린 얼굴을 하고 복도로 뛰쳐나왔다.

"무슨 일이야?" 해리가 물었다. "왜 그래?"

하지만 더즐리는 대답할 수 있는 상태가 아니었다. 그는 여전히 양손으로 엉덩이를 감싼 채 있는 힘을 다해 부엌으로 뒤뚱뒤뚱 뛰어들어 갔다. 해리는 서둘러 거실로 향했다.

거실에는 가짜 석탄이 타오르고 있는 벽난로가 있었는데, 널빤지로 막아 놓은 벽난로 안쪽에서 요란하게 쿵쾅대는 소리와 판자 긁는 소리가 들려오고 있었다.

"뭐야?" 피튜니아 이모가 숨을 헉 들이켰다. 그녀는 벽으로 물러나 잔뜩 겁먹은 표정으로 벽난로를 바라보고 있었다. "뭐예요, 버넌?"

하지만 그 의혹은 1초도 지나지 않아 풀렸다. 가로막힌 벽난로 안쪽에서 목소리들이 들렸던 것이다.

"아얏! 프레드, 아냐, 돌아가라, 돌아가. 무슨 실수가 있었나 보다. 조지한테도 오지 말…… **아얏!** 조지, 아니, 거긴 공간이 없어. 얼른 돌아가서 론한테……."

"어쩌면 해리가 우리 소리를 들었을지도 몰라요, 아빠. 우리를 꺼내 줄지도……."

전기 벽난로 뒤에서 여러 개의 주먹이 시끄럽게 널빤지를 두드려 댔다.

"해리? 해리, 우리 소리 들려?"

더즐리 부부가 한 쌍의 성난 족제비처럼 해리를 홱 돌아보았다.

"이게 뭐냐?" 버넌 이모부가 으르렁거렸다. "대체 무슨 일이야?"

"그게…… 플루 가루로 여기에 오려고 하셨나 봐요." 해리는 미치도록 웃고 싶은 마음을 억누르며 말했다. "저분들은 벽난로를 통해서 이동할 수 있거든요. 이모부가 벽난로를 막아 놓지만 않았어도……. 잠깐만요."

그는 벽난로로 다가가 널빤지 너머로 소리쳤다.

"위즐리 아저씨? 들리세요?"

두드리는 소리가 멈췄다. 벽난로 선반 안쪽에서 누군가가 말했다. "쉿!"

"위즐리 아저씨, 저 해리인데요……. 벽난로가 막혀 있어요. 그리로는 못 나와요."

"젠장!" 위즐리 씨의 목소리가 들렸다. "대체 왜 벽난로를 막아 놓는 거야?"

"전기로 불을 피울 수 있거든요." 해리가 설명했다.

"정말?" 잔뜩 흥분한 위즐리 씨의 목소리가 말했다. "'청기'라고? 플러그도 달려 있니? 세상에, 그건 꼭 봐야겠는데……. 생각 좀 해 보자…… 아얏, 론!"

이제는 다른 사람들의 목소리에 론의 목소리까지 더해졌다.

"우리 여기서 뭐 하는 거예요? 무슨 문제 있어요?"

해리 포터와 불의 잔

"응, 아냐, 론." 프레드의 목소리가 잔뜩 비꼬는 투로 말했다. "문제 있을 리가. 여기만큼 오고 싶었던 데가 또 있겠냐?"

"그래, 우린 여기서 최고의 시간을 보내고 있어." 조지가 말했다. 벽에 짓눌리기라도 한 것처럼 꽉 막힌 목소리였다.

"얘들아, 얘들아……." 위즐리 씨가 얼떨떨한 투로 말했다. "아빠가 어떡해야 할지 생각 중이니…… 그래…… 이 방법뿐이구나……. 물러서거라, 해리."

해리는 소파로 물러섰다. 그러나 버넌 이모부는 앞으로 나섰다.

"잠깐 기다리쇼!" 그가 벽난로에 대고 소리쳤다. "당신들 대체 뭘 하려는……?"

쾅.

널빤지로 막혀 있던 벽난로가 터지면서 전기 벽난로가 방 저편으로 날아갔다. 위즐리 씨, 프레드, 조지, 론이 돌조각과 흩어진 파편 들의 구름을 헤치고 나타났다. 피튜니아 이모는 비명을 지르다가 등 뒤 커피 탁자에 걸려 뒤로 벌렁 넘어갔지만 바닥에 쓰러지기 전에 버넌 이모부가 그녀를 붙잡아 주었다. 버넌 이모부는 아무 말도 하지 못하고 입을 쩍 벌린 채, 주근깨 하나까지 똑같은 프레드와 조지를 비롯해 모두가 밝은 빨간색 머리카락을 갖고 있는 위즐리 가족을 바라보았다.

"좀 낫구나." 위즐리 씨가 긴 초록색 로브에서 먼지를 털어 내고 안경을 바로잡으며 헐떡거렸다. "아, 해리의 이모와 이모부시군요!"

큰 키에 마른 체격, 머리가 벗어져 가는 그가 손을 뻗으며 다가갔지만 버넌 이모부는 피튜니아 이모를 끌고 뒤로 몇 걸음 물러났다. 버넌 이모부는 아무 말도 하지 못했다. 그의 가장 좋은 정장은 뽀얀 먼지로 뒤덮

여 있었다. 머리카락과 콧수염에도 먼지가 내려앉아 그를 30년은 더 늙어 보이게 만들었다.

"어, 네…… 저건 미안합니다." 위즐리 씨가 손을 내리고 폭발한 벽난로를 돌아보며 말했다. "다 제 잘못이에요. 벽난로로 나갈 수 없을 거라고는 생각 못 했거든요. 선생님 댁 벽난로를 플루 네트워크에 연결했습니다. 그러니까, 오늘 오후에만, 해리를 데려갈 수 있게 말이죠. 엄밀히 따지면 머글 벽난로는 연결해선 안 되지만…… 플루 규제 위원회에 아는 사람이 있어서 그 친구가 처리해 줬어요. 그래도 눈 깜짝할 사이에 고칠 수 있으니까 걱정 마세요. 불을 피워서 애들을 먼저 보낸 다음 벽난로를 고쳐 드리겠습니다. 순간이동 하기 전에 말이죠."

해리는 더즐리 부부가 이 얘기를 한 마디도 이해하지 못했다고 장담할 수 있었다. 그들은 벼락이라도 맞은 것처럼 여전히 입을 떡 벌린 채 위즐리 씨를 바라보고 있었다. 피튜니아 이모가 비틀거리며 몸을 일으키더니 버넌 이모부 뒤에 숨었다.

"안녕, 해리!" 위즐리 씨가 밝은 목소리로 말했다. "짐 가방은 다 챙겼니?"

"2층에 있어요." 해리가 마주 미소 지으며 말했다.

"우리가 가져올게." 프레드가 곧바로 말했다. 그와 조지는 해리에게 눈을 찡긋하더니 거실을 나섰다. 그들은 해리의 침실이 어디에 있는지 알고 있었다. 그 방에서 해리를 한 번 구출한 적이 있었기 때문이다. 해리에게서 더즐리 얘기를 많이 들었던 만큼 더즐리를 슬쩍 한번 보고 싶어 하는지도 몰랐다.

"뭐." 위즐리 씨가 어색한 침묵을 깰 말을 찾느라 양 팔을 살짝 흔들며 말했다. "집이, 어…… 집이 아주 좋네요."

평소에 얼룩 한 점 없는 거실이 지금은 먼지와 벽돌 부스러기로 뒤덮여 있었으니 그 말이 더즐리 부부에게 먹힐 리는 없었다. 버넌 이모부의 얼굴이 또 한 번 붉으락푸르락했고 피튜니아 이모는 다시 혀를 씹기 시작했지만, 둘 다 너무 겁을 먹어 실제로 무슨 말을 내뱉지는 못하는 듯했다.

위즐리 씨는 주위를 둘러보았다. 그는 머글들과 관련된 물건이라면 무엇이든 아주 좋아했다. 해리가 보니 그의 얼굴에는 텔레비전과 비디오카메라를 가까이서 살펴보고 싶어 안달 난 기색이 역력했다.

"저게 청기로 작동되는 거군요?" 그가 알은체하며 말했다. "아 역시, 플러그가 보이네요. 전 플러그를 수집하거든요." 그가 버넌 이모부에게 덧붙였다. "배터리도요. 배터리는 아주 많이 모았죠. 아내는 제가 미쳤다고 생각하지만, 어쩔 수가 없어요."

버넌 이모부도 위즐리 씨가 미쳤다고 생각하는 게 틀림없었다. 그는 오른쪽으로 아주 살짝 움직여 피튜니아 이모를 가렸다. 위즐리 씨가 갑자기 달려들어 공격할지도 모른다고 생각하는 것 같았다.

갑자기 더들리가 다시 거실에 나타났다. 계단에서 짐 가방이 덜컹거리는 소리가 들리자 그 소리에 놀란 더들리가 부엌에서 뛰쳐나온 것이다. 더들리는 겁에 질린 눈으로 위즐리 씨를 뚫어지게 쳐다보며 벽에 붙은 채 어머니와 아버지 뒤로 조금씩 조금씩 이동했다. 불행하게도 버넌 이모부의 몸집은 빼빼 마른 피튜니아 이모를 숨기기엔 충분했으나 더들리를 가리기엔 턱없이 부족했다.

"아, 얘가 네 사촌이구나. 그치, 해리?" 위즐리 씨가 또 한 번 용감하게 대화를 시도했다.

"네." 해리가 말했다. "쟤가 더들리예요."

그와 론은 눈짓을 주고받은 다음 얼른 시선을 돌렸다. 그들은 당장에라도 터질 것 같은 웃음을 가까스로 참았다. 더들리는 엉덩이가 떨어져 나가기라도 할까 봐 두려운지 아직도 꽉 붙들고 있었다. 한편 위즐리 씨는 더들리의 이상한 행동이 진심으로 걱정되는 모양이었다. 솔직히 위즐리 씨가 다시 입을 열었을 때 그의 목소리에 깃든 어조를 들으면, 더들리 부부가 위즐리 씨를 미쳤다고 생각하는 것만큼이나 위즐리 씨 역시 더들리를 미쳤다고 생각하는 게 분명했다. 다만 위즐리 씨는 더들리에게 두려움보다는 연민을 느낀다는 게 다를 뿐이었다.

"방학 잘 보내고 있니, 더들리?" 그가 상냥하게 물었다.

더들리가 훌쩍거렸다. 두 손으로 거대한 궁둥이를 더욱 꽉 움켜쥐는 모습이 보였다.

프레드와 조지가 해리의 학교 짐을 들고 거실로 돌아왔다. 들어오면서 주위를 힐끗 둘러보던 그들은 더들리를 발견했다. 두 사람의 얼굴에 서로를 꼭 닮은 사악한 미소가 번졌다.

"아, 그래." 위즐리 씨가 말했다. "그럼, 시작해야겠군요."

그는 로브 소매를 걷어 올리고 마법 지팡이를 꺼냈다. 더즐리 가족이 일제히 벽으로 물러났다.

"*인센디오!*" 위즐리 씨가 마법 지팡이로 벽에 뚫린 구멍을 겨누며 말했다.

벽난로에서 금방 불길이 치솟아 몇 시간째 타고 있었던 것처럼 즐겁게 타닥거렸다. 위즐리 씨는 주머니에서 졸라매는 끈이 달린 조그만 자루를 꺼내 풀고는 안에 들어 있던 가루를 조금 집어 불 속에 던졌다. 불길은 에메랄드빛 녹색으로 변하며 어느 때보다 높게 타올랐다.

"자, 너 먼저 가라, 프레드." 위즐리 씨가 말했다.

"알았어요." 프레드가 말했다. "아, 이런, 잠깐만요……."

프레드의 주머니에서 사탕 한 봉지가 떨어지더니 내용물이 사방으로 흩어져 굴러갔다. 현란한 색깔의 포장지에 싸인 큼직하고 통통한 토피 사탕들이었다.

프레드는 허둥지둥 뛰어다니며 사탕들을 도로 주머니에 주워 담았다. 그러고는 더즐리 가족을 향해 유쾌하게 손을 흔들고 앞으로 나아가 곧장 불길 속으로 걸어 들어가면서 "버로!"라고 소리쳤다. 피튜니아 이모가 몸서리를 치면서 헉하고 숨을 들이켰다. 휙 소리와 함께 프레드의 모습이 사라졌다.

"좋아, 그럼. 조지." 위즐리 씨가 말했다. "네가 짐 가방을 가져가거라."

해리는 조지를 도와 가방을 불 속으로 옮기고 조지가 잡기 쉽게 돌려놓았다. 곧이어 조지가 "버로!" 하고 외쳤고 그와 동시에 또다시 휙 소리가 나더니 그 역시 사라졌다.

"론, 다음은 너다." 위즐리 씨가 말했다.

"또 만나요." 론이 더즐리 가족을 향해 밝은 목소리로 말했다. 그는 해리에게 활짝 웃어 보인 뒤 불 속으로 들어가 "버로!"라고 외치고 사라졌다.

이제 해리와 위즐리 씨만 남았다.

"뭐 그럼…… 안녕히 계세요." 해리가 더즐리 부부에게 말했다.

그들은 아무런 대꾸도 하지 않았다. 해리는 불 쪽으로 걸어갔지만 벽난로 앞에 도착하기 무섭게 위즐리 씨가 손을 뻗어 그를 붙잡았다. 위즐리 씨는 놀란 얼굴로 더즐리 부부를 바라보았다.

"해리가 작별 인사를 하잖아요." 그가 말했다. "못 들으셨나요?"

"괜찮아요." 해리가 위즐리 씨에게 중얼거렸다. "솔직히, 상관없어요."

그러나 위즐리 씨는 해리의 어깨에서 손을 떼지 않았다.

"내년 여름까지 조카를 못 본다고요." 그가 조금 화난 목소리로 버넌 이모부에게 말했다. "작별 인사 정도는 당연히 하시겠죠?"

버넌 이모부의 얼굴이 격렬하게 실룩거렸다. 방금 자기 집 거실 벽을 반쯤 날려 버린 사람에게서 배려에 관한 가르침을 받는다는 생각이 엄청난 고통을 일으키는 듯했다.

그러나 위즐리 씨는 여전히 마법 지팡이를 들고 있었다. 버넌 이모부가 조그만 눈으로 지팡이 쪽을 슬쩍 보는가 싶더니 매우 분한 어조로 말했다. "잘 가라."

"또 봬요." 해리가 한 발을 녹색 불길 속에 내디디며 말했다. 불길은 따뜻한 숨결처럼 기분 좋게 느껴졌다. 그런데 그 순간, 뒤에서 구토를 하는 듯 끔찍한 소리가 터져 나왔다. 피튜니아 이모가 비명을 지르기 시작했다.

해리는 휙 돌아보았다. 더즐리는 더 이상 부모님 뒤에 서 있지 않았다. 그는 커피 탁자 옆에 무릎을 꿇은 채 구역질을 하면서 캑캑거리고 있었다. 입에서 약 30센티미터 길이의 푸르죽죽하고 미끌미끌한 무언가가 튀어나와 있는 것이 보였다. 해리는 한순간 당황했지만 그 30센티미터짜리 무언가가 더즐리의 혀라는 것, 그리고 더즐리 앞에 현란한 색깔의 토피 사탕 포장지가 놓여 있는 것을 눈치챘다.

피튜니아 이모가 더즐리 옆으로 달려가더니 불어난 혀끝을 잡고 입에서 뽑아내려 했다. 당연히 더즐리는 비명을 지르고 조금 전보다 더 심하게 캑캑거리며 피튜니아 이모를 떨쳐 내려고 발버둥 쳤다. 버넌 이모부가 고함을 지르며 팔을 마구 휘젓고 있었기에 위즐리 씨는 자기 말이 들리도록 소리를 질러야 했다.

"걱정할 일 아닙니다. 제가 고칠 수 있어요!" 그가 마법 지팡이를 들고 더즐리에게 다가가며 외쳤지만 피튜니아 이모는 더 요란한 비명을 지르며 더즐리 위로 몸을 날려 위즐리 씨에게서 그를 보호했다.

"아뇨, 정말입니다!" 위즐리 씨가 절박하게 말했다. "간단해요. 토피 사탕 때문에 그런 건데…… 제 아들 프레드가 좀 짓궂어서요. 하지만 그냥 부풀리기 마법일 뿐이에요. 적어도 제 생각엔 그렇습니다만…… 부탁드립니다, 제가 고칠 수 있어요."

하지만 더즐리 가족은 안심하기는커녕 더욱더 겁에 질렸다. 피튜니아 이모가 신경질적으로 흐느끼며, 뽑아 버리기로 결심이라도 한 듯 더즐리의 혀를 잡아당겼다. 더즐리는 어머니와 혀의 압박 탓에 질식할 것처럼 보였고, 완전히 이성을 잃은 버넌 이모부는 서랍장 위에 있던 도자기 인형 장식품을 집어 위즐리 씨를 향해 힘껏 던졌다. 위즐리 씨가 피하는 바람에 인형은 폭발한 벽난로에 부딪혀 박살 나고 말았다.

"저기, 이봐요!" 위즐리 씨가 화가 나서 마법 지팡이를 휘두르며 소리쳤다. "도와주겠다니까요!"

다시 버로로

버넌 이모부가 상처 입은 하마처럼 소리를 지르며 또 다른 장식품을 집어 들었다.

"해리, 가라! 그냥 가!" 위즐리 씨가 버넌 이모부에게 마법 지팡이를 겨눈 채 소리쳤다. "여긴 내가 해결하마!"

해리는 그 재미있는 광경을 놓치고 싶지 않았지만 버넌 이모부가 또 한 번 던진 장식품이 위쪽 귀를 가까스로 비켜 가자, 모든 것을 감안할 때 상황을 위즐리 씨에게 맡기는 게 최선이라는 생각이 들었다. 그는 "버로!"라고 외치면서 어깨 너머를 돌아보며 불 속으로 들어갔다. 마지막으로 거실을 힐끗 봤을 때 그의 눈에 들어온 광경은, 위즐리 씨가 마법 지팡이로 버넌 이모부 손에 들린 세 번째 장식품을 날려 버리는 모습과 피튜니아 이모가 더들리 위에 엎드려 비명을 지르는 모습, 더들리의 혀가 거대하고 미끌미끌한 구렁이처럼 축 늘어진 모습이었다. 하지만 다음 순간 해리가 아주 빠른 속도로 빙글빙글 돌기 시작하자 더들리네 거실은 솟구치는 에메랄드색 불길 속에서 빠르게 사라졌다.

CHAPTER 5

위즐리 형제의
위대하고 위험한 장난감

해리는 옆구리에 팔꿈치를 딱 붙인 채 점점 더 빠르게 빙글빙글 돌았다. 흐릿한 벽난로 여러 개가 휙휙 지나쳐 갔다. 급기야 멀미가 나기 시작하자 그는 눈을 질끈 감았다. 잠시 후 마침내 속도가 느려지기 시작했다. 그는 제때 손을 뻗은 덕분에 위즐리네 부엌 벽난로 바깥으로 나왔을 때 바닥에 얼굴을 처박고 넘어지는 꼴을 면했다.

"먹었어?" 프레드가 손을 내밀어 해리를 일으켜 세우며 신이 난 목소리로 물었다.

"응." 해리가 몸을 똑바로 펴면서 말했다. "그게 뭐였어?"

"1톤 혓바닥 토피." 프레드가 유쾌한 목소리로 대답했다. "조지랑 내가 발명한 거야. 여름 내내 그걸 시험해 볼 사람을 찾고 있었는데……."

조그만 부엌이 웃음소리로 떠나갈 듯했다. 해리는 주위를 둘러보았다. 론과 조지가 두 명의 또 다른 빨간 머리와 함께 반들반들한 나무 식탁 앞에 앉아 있는 모습이 보였다. 한 번도 본 적 없는 사람들이었지만 해리는 단번에 그들이 누구인지 알아차렸다. 위즐리 형제 가운데 첫째인 빌과 둘째인 찰리가 틀림없었다.

"안녕, 해리?" 둘 중 해리와 좀 더 가까운 곳에 앉아 있던 사람이 씩 웃으며 큼직한 손을 내밀자 해리는 그 손을 잡고 흔들었다. 손가락에서 굳은살과 물집이 만져졌다. 루마니아에서 용을 연구하는 찰리가 틀림없었다. 쌍둥이와 마찬가지로 찰리 역시 키가 껑충했다. 호리호리한 퍼시나 론보다는 작지만 다부진 체격이었다. 넓적하고 성격 좋아 보이는 얼굴은 햇볕에 그을리고 주근깨가 너무 많아 선탠을 한 것처럼 보였다. 팔은 근육질이었으며, 한쪽 팔에 크고 반들반들한 화상 자국이 있었다.

빌도 미소를 머금고 일어나 해리와 악수했다. 빌의 첫인상은 상당히 놀라웠다. 해리는 빌이 마법사들의 은행인 그린고츠에서 일하고 있으며 호그와트 시절 남학생 회장이었다는 것을 알았기에 그가 나이 든 퍼시, 즉 규칙을 조금이라도 어기면 야단법석을 떨고 모두에게 이래라저래라 하는 사람일 거라고 늘 상상해 왔다. 그러나 빌은 '멋있다'고밖에는 달리 표현할 말이 없는 사람이었다. 그는 키가 컸고 긴 머리를 하나로 묶고 있었다. 귀에는 송곳니 같은 것이 달랑거리는 귀고리가 달려 있었다. 일반 가죽이 아닌 용 가죽으로 만들어진 부츠가 눈에 띄기는 했지만 록 콘서트장에 있어도 어색하지 않을 차림새였다.

누가 무슨 말을 더 할 새도 없이 희미한 펑 소리가 나더니 위즐리 씨가 조지 옆 허공에서 갑자기 나타났다. 해리는 그렇게 화가 난 위즐리 씨의 모습은 처음 보았다.

"무슨 뚱딴지같은 짓이냐, 프레드!" 그가 소리쳤다. "대체 그 머글 아이에게 뭘 준 거야?"

"준 게 아니에요." 프레드가 또 한 번 사악한 미소를 지으며 말했다. "그냥 떨어뜨린 거지…… 굳이 가서 집어 먹은 게 잘못이죠. 전 그러라고 한 적 없어요."

"일부러 떨어뜨린 거잖아!" 위즐리 씨가 고함을 질렀다. "그 애가 먹을 줄 알았겠지. 그 애가 다이어트 중이라는 걸 알고 있었잖아."

"혀가 얼마나 커졌는데요?" 조지가 기대에 찬 말투로 물었다.

"1미터 넘게 늘어나고서야 걔 부모가 혀를 줄이게 해 주더구나!"

해리와 위즐리 형제들이 다시 웃음을 터뜨렸다.

"웃을 일이 아니라니까!" 위즐리 씨가 소리쳤다. "그런 행동은 마법사와 머글의 관계를 심각하게 손상시킬 수 있어! 내 인생의 반을 머글 학대에 반대하는 캠페인을 벌이면서 보냈는데, 다른 사람도 아니고 내 아들들이……."

"걔가 머글이라서 준 게 아니에요!" 프레드가 억울하다는 듯 말했다.

"맞아요. 다른 사람을 괴롭히는 얼간이라서 준 거죠." 조지가 말했다. "그렇지, 해리?"

"네, 맞아요, 위즐리 아저씨." 해리가 진지하게 말했다.

"그게 중요한 게 아니야!" 위즐리 씨가 화를 냈다. "기다려라. 너희 엄마한테 얘기할 테니……."

"뭘?" 등 뒤에서 어떤 목소리가 물었다.

위즐리 부인이 막 부엌에 들어온 것이다. 그녀는 작고 통통한 체구에 상냥한 인상을 지닌 여성이었지만 지금은 의심으로 눈을 가느다랗게 뜨고 있었다.

"아, 해리. 잘 있었니?" 그녀가 해리를 발견하고 미소를 머금으며 말했다. 잠시 후 그녀의 눈이 다시 남편에게로 휙 돌아갔다. "나한테 뭘 얘기할 건데, 아서?"

위즐리 씨는 망설였다. 프레드와 조지에게 화가 나긴 했지만, 무슨 일이 있었는지 위즐리 부인에게 정말로 얘기할 생각은 없었던 게 분명했다. 침묵이 흐르는 가운데 그는 초조하게 아내를 바라보았다. 그때 위즐리 부인 뒤에 있는 부엌문에서 두 소녀가 모습을 드러냈다. 숱이 풍성한 갈색 머리에 앞니가 조금 큰 소녀는 해리와 론의 친구인 헤르미온느 그레인저였다. 작고 머리카락이 빨간 또 다른 소녀는 론의 여동생 지니였다. 둘 다 해리를 보며 미소 지었다. 해리가 마주 씩 웃어 주자 지니의 얼굴이 빨개졌다. 그녀는 해리가 처음 버로에 왔을 때부터 그에게 푹 빠져 있었다.

"나한테 뭘 얘기하냐니까, 아서?" 위즐리 부인이 조금 위협적으로 들리는 목소리로 다시 물었다.

"아무것도 아냐, 몰리." 위즐리 씨가 어물거렸다. "그냥 프레드랑 조지가…… 근데 내가 야단을 쳤으니까……."

"이번엔 또 무슨 짓을 했는데?" 위즐리 부인이 말했다. "혹시 '위즐리 형제의 위대하고 위험한 장난감'이랑 조금이라도 관련이 있다면……."

"해리가 지낼 방을 보여 주지 그래, 론?" 헤르미온느가 문 앞에 서서 말했다.

"해리는 이미 그 방을 알아." 론이 말했다. "작년에도 내 방에서……."

"우리 다 같이 가 보자." 헤르미온느가 날카롭게 그의 말을 잘랐다.

"아." 론이 눈치를 채고 말했다. "그래."

"그래, 우리도 가야지." 조지가 말했지만……

"넌 거기 가만히 있어!" 위즐리 부인이 으르렁거렸다.

해리와 론은 살금살금 부엌을 빠져나갔다. 그리고 헤르미온느, 지니와 함께 좁은 복도를 지나 집 안을 지그재그로 뻗어 올라가는 곧 무너질 듯한 계단을 올랐다.

"'위즐리 형제의 위대하고 위험한 장난감'이 뭐야?" 해리가 계단을 오르며 물었다.

론과 지니 모두 웃음을 터뜨렸지만 헤르미온느는 웃지 않았다.

"엄마가 프레드랑 조지 방을 청소하다가 주문서 한 무더기를 찾아냈어." 론이 목소리를 낮추고 말했다. "형들이 발명한 물건들의 가격이 적힌 엄청나게 긴 목록이었지. 장난감 같은 것 말이야. 속임수 마법 지팡이에 속임수 사탕, 뭐 그런 게 엄청 많았어. 끝내주더라. 그런 걸 다 만들고 있을 줄은 꿈에도 몰랐어……."

"예전부터 오빠들 방에서 뭐가 터지는 소리가 들리긴 했지만 실제로 뭘 만들고 있을 거라고는 전혀 생각 못 했어." 지니가 말했다. "그냥 시끄러운 걸 좋아하는 줄 알았지."

"다만 문제는 그 물건들이 대부분…… 아니지, 사실은 하나같이 조금 위험하다는 거야." 론이 말했다. "뭐랄까, 형들은 호그와트에서 그 물건들을 팔아서 돈 벌 계획을 세우고 있었어. 엄마가 엄청 화를 냈고 다시는 만들지 말라면서 주문서를 몽땅 태워 버렸어……. 그게 아니라도 형들한테 엄청 화가 나시긴 했지만. 엄마가 기대한 만큼 O.W.L.을 받지 못했거든."

O.W.L.이란 보통 마법사 등급으로, 호그와트 학생들이 열다섯 살에 치르는 시험이었다.

"그러고 나서 엄청난 말다툼이 벌어졌어." 지니가 말을 받았다. "엄마는 오빠들이 아빠처럼 마법 정부에 들어가기를 바라는데, 오빠들은 엄마한테 장난감 가게를 여는 것 말고는 아무것도 하고 싶지 않다고 했거든."

바로 그때 두 번째 층계참에 있는 방문이 열리더니 뿔테 안경을 쓴 얼굴이 불쑥 나왔다. 심히 짜증이 나 있는 얼굴이었다.

"안녕, 퍼시." 해리가 말했다.

"아아, 안녕, 해리." 퍼시가 말했다. "누가 이렇게 시끄럽게 구나 했네. 저기, 내가 지금 일하는 중이라서…… 회사에 제출해야 하는 보고서가 있거든. 계속 쿵쾅대면서 계단을 오르내리면 집중하기가 좀 힘들어."

"쿵쾅댄 적 없는데." 론이 화가 나서 비꼬듯 말했다. "그냥 걸어가고 있었어. 마법 정부의 일급 기밀 업무를 방해했다니 미안해서 몸 둘 바를 모르겠네."

"무슨 일을 하는데?" 해리가 물었다.

"국제 마법 협력부에 제출할 보고서를 쓰고 있어." 퍼시가 잘난 척 말했다. "솥 두께를 표준화하려는 중이야. 외국에서 수입해 오는 것 가운데 몇 개가 너무 얇아서…… 누출률이 1년에 대략 3퍼센트씩 증가하고 있는데……."

"아주 세상을 바꿔 놓겠네, 그 보고서가." 론이 이죽거렸다. "《예언자일보》 1면에 실리겠어. 솥단지 누출률이니 뭐니 하면서."

퍼시의 얼굴이 살짝 붉어졌다.

"그래, 론. 실컷 비웃어." 그가 열을 내며 말했다. "하지만 그런 국제법들을 적용하지 않으면 바닥이 얇은 조잡한 제품들이 시장에 넘쳐날 거고 그러면 심각한 위험이……."

"그래, 그래, 알았어." 론은 그렇게 말하고 다시 계단을 오르기 시작했다. 퍼시가 방문을 쾅 닫았다. 해리, 헤르미온느, 지니가 론을 따라 세 층을 더 올라갔을 때 저 아래 부엌에서 고함 지르는 소리가 그들이 있는 곳까지 울려 퍼졌다. 위즐리 씨가 위즐리 부인에게 토피 사탕 얘기를 한 것 같았다.

론이 잠을 자는 꼭대기 방은 해리가 지난번 와서 지냈을 때와 거의 달라진 게 없었다. 벽과 기울어진 천장에 붙은 포스터에서는 론이 가장 좋아하는 퀴디치 팀인 처들리 캐넌스의 선수들이 전처럼 빙글빙글 돌며 손을 흔들어 댔고, 개구리 알이 들어 있던 창턱의 어항에는 이제 엄청나게 큰 개구리가 들어 있었다. 론의 늙은 쥐 스캐버스는 이제 없었지만, 대신 프리빗가에 있는 해리에게 론의 편지를 배달해 주었던 조그만 회색 부엉이가 있었다. 녀석은 작은 새장 안에서 팔짝팔짝 뛰면서 미친 듯이 지저귀고 있었다.

"시끄러워, 피그." 론이 방에 욱여넣은 네 개의 침대 중 두 개 사이로 옆걸음질 하며 말했다. "프레드랑 조지가 여기서 같이 잘 거야. 빌이랑 찰리가 그 두 사람 방을 쓰고 있거든." 그가 해리에게 말했다. "퍼시는 일을 해야 해서 방을 혼자 써야겠대."

"어…… 근데 저 부엉이를 왜 피그라고 부르는 거야?" 해리가 론에게 물었다.

"론이 멍청하게 구는 거야." 지니가 말했다. "원래 이름은 피그위전이거든. 아주 작다는 뜻이야."

"그래, 피그위전이라니 전혀 멍청해 보이지 않는 이름이네." 론이 빈정대듯 말했다. "지니가 지은 이름이야." 그가 해리에게 설명했다. "그게 귀엽대. 내가 바꿔보려고 했는데 이미 늦었어. 다른 이름으로는 아무리 불러도 대꾸를 안 해. 그래서 이젠 피그가 돼 버렸지. 저 녀석이 에롤이랑 헤르메스를 귀찮게 해서 여기 둘 수밖에 없었어. 그렇게 따지면 나도 귀찮긴 하지만."

피그위전은 큰 소리로 부엉부엉 울면서 기분 좋은 듯 새장 안을 붕붕 날아다녔다. 론을 잘 아는 해리는 그 말을 진지하게 받아들이지 않았다. 론은 예전에 키우던 쥐 스캐버스에 대해서도 잔뜩 불평을 늘어놓았지만 헤르미온느의 고양이인 크룩섕스가 스캐버스를 잡아먹은 줄 알았을 때는 매우 속상해했다.

"크룩섕스는 어디 있어?" 문득 생각났는지 해리가 헤르미온느에게 물었다.

"아마 정원에 있을 거야." 그녀가 말했다. "땅요정 쫓

아다니는 게 재밌나 봐. 그런 건 한 번도 본 적이 없으니까."

"그럼 퍼시는 일을 재미있어하는 건가?" 해리가 침대에 앉아 처들리 캐넌스 선수들이 천장에 붙은 포스터를 쌩쌩 드나드는 모습을 바라보며 말했다.

"재미있어하냐고?" 론이 험악한 어조로 되물었다. "아빠가 부르지 않았다면 집에도 안 왔을걸. 일에 푹 빠졌어. 퍼시가 상사 얘기를 꺼내지 않게 조심해. '크라우치 장관님에 따르면…… 내가 크라우치 장관님께도 말씀드렸지만…… 크라우치 장관님 의견은…… 크라우치 장관님이 나한테 말씀하시길……' 당장 약혼 발표라도 할 기세야."

"여름방학은 어땠어, 해리?" 헤르미온느가 물었다. "우리가 보낸 음식 소포랑 다 받았어?"

"응, 정말 고마워." 해리가 말했다. "그 케이크들 덕분에 살았어."

"소식은 들었어? 시리……." 론은 말을 꺼냈다가 헤르미온느의 눈총에 입을 다물었다. 해리는 론이 시리우스에 관해 물어보려고 했다는 것을 알았다. 시리우스가 마법 정부로부터 도망치는 것을 돕는 데 크게 한몫한 론과 헤르미온느 역시 해리만큼이나 그의 대부를 걱정하고 있었다. 하지만 지니 앞에서 시리우스 얘기를 꺼내는 건 좋은 생각이 아니었다. 시리우스가 어떻게 탈출했는지를 알고 있고 그의 결백을 믿어 주는 사람은 그들과 덤블도어 교수뿐이었다.

"싸움이 끝났나 봐." 헤르미온느가 어색한 순간을 무마하려고 입을 열었다. 지니가 호기심 어린 눈으로 론뿐만 아니라 해리까지 바라보고 있었기 때문이다. "내려가서 너희 엄마가 저녁 차리시는 거 도와드릴까?"

"그래, 좋아." 론이 말했다. 네 사람은 론의 방을 나와 아래층으로 내려갔다. 부엌에서는 위즐리 부인이 매우 언짢은 표정을 짓고 있었다.

해리 포터와 불의 잔

"저녁은 정원에서 먹을 거란다." 그들이 들어오자 그녀가 말했다. "여기에는 열한 명이 앉을 자리가 없거든. 지니랑 헤르미온느가 접시를 날라 줄래? 빌이랑 찰리가 식탁을 준비하고 있단다. 너희 둘은 칼이랑 포크를 가져가거라." 그녀가 론과 해리에게 말하고는 싱크대 위에 있는 감자 더미를 가리켰다. 그런데 의도했던 것보다 힘이 들어갔는지, 껍질이 정신없이 마구 벗겨지면서 감자들이 벽과 천장에 부딪혀 튕겨 나왔다.

"아, 진짜 *미치겠네*." 그녀는 그렇게 내뱉고 이제는 쓰레받기 쪽으로 마법 지팡이를 돌렸다. 쓰레받기가 옆으로 폴짝 뛰더니 바닥을 스르르 미끄러져 다니며 감자들을 쓸어 담기 시작했다. "저 두 녀석 때문에!" 이제 그녀는 찬장에서 냄비와 프라이팬을 꺼내며 거칠게 소리쳤다. 해리는 그녀가 말하는 사람이 프레드와 조지라는 사실을 눈치챘다. "애들이 도대체 뭐가 되려고 저러나 몰라. 야심도 없고. 부릴 수 있는 말썽은 모두 부리겠다는 마음도 야심이라 할 수 있다면 또 모르겠지만……."

그녀는 큼직한 구리 냄비를 부엌 식탁에 쾅 내려놓고 마법 지팡이를 집어넣더니 휘휘 젓기 시작했다. 휘젓는 족족 지팡이 끝에서 크림 같은 소스가 쏟아져 나왔다.

"머리나 나쁘면 말도 안 해." 그녀가 냄비를 레인지 위로 가져가 또 한 번 마법 지팡이로 쿡 찔러 불을 켜면서 화난 목소리로 말을 이었다. "그 좋은 머리를 엉뚱한 데 쓰고 있으니. 빨리 정신 차리지 않으면 큰일 날 거야. 쟤들 때문에 호그와트에서 날아온 부엉이가 다른 애들 걸 다 합친 것보다 많다니까. 계속 저러다간 결국 마법 부당 사용 관리과에 불려 가고 말 텐데."

위즐리 부인이 다시 마법 지팡이를 들어 포크와 나이프 등이 들어 있는 서랍을 쿡 찌르자 서랍이 활짝 열렸다. 해리와 론은 펄쩍펄쩍 뛰면서 서랍 안에서 솟구쳐 날아오는 칼들을 피했다. 칼들은 부엌을 가로질러

위즐리 형제의 위대하고 위험한 장난감

날아가 쓰레받기가 싱크대에 쏟아 놓은 감자를 썰기 시작했다.

"대체 우리가 어떻게 키웠길래 애들이 저 모양이지?" 위즐리 부인이 마법 지팡이를 내려놓고 냄비를 더 꺼내며 말했다. "매년 이런 식이야. 산 넘어 산이지. 말을 잘 듣는 것도 아니고…… 아, 또야!"

위즐리 부인이 식탁에서 집어 든 마법 지팡이가 시끄럽게 찍찍거리면서 거대한 고무 쥐로 변해 버린 것이다.

"또 저 녀석들이 만든 속임수 마법 지팡이야!" 그녀가 소리쳤다. "아무 데나 놔두지 말라고 그렇게 얘기했는데!"

그녀는 진짜 마법 지팡이를 들고 돌아섰다. 레인지에 올려놓은 소스에서 연기가 피어오르고 있었다.

"가자." 론이 서랍에서 포크와 나이프를 한 움큼 집으며 얼른 해리에게 말했다. "가서 빌이랑 찰리나 도와주자."

그들은 위즐리 부인을 뒤로하고 뒷문을 통해 정원으로 나갔다.

겨우 몇 발짝 걸어갔을 때 헤르미온느의 안짱다리 적갈색 고양이 크룩섕스가 정원에서 튀어나왔다. 크룩섕스는 병 닦는 솔처럼 생긴 꼬리를 높이 쳐든 채, 다리 달린 진흙투성이 감자처럼 생긴 무언가를 쫓아다니고 있었다. 해리는 곧 그것이 땅요정이라는 것을 알아보았다. 키가 겨우 25센티미터쯤 되는 땅요정은 딱딱하고 거친 작은 발을 빠르게 타닥거리며 정원을 가로지르더니 문 주위에 흩어져 있던 장화 속으로 머리부터 뛰어들었다. 크룩섕스가 장화 속으로 앞발을 집어넣어 녀석을 잡으려고 애쓰자 땅요정이 미친 듯이 낄낄대는 소리가 들렸다. 한편 집 반대편에서도 뭔가 쾅쾅대는 아주 시끄러운 소리가 들려왔다. 소동의 원인은 정원에 들어섰을 때 밝혀졌다. 빌과 찰리가 각

각 마법 지팡이를 꺼내 들고 오래된 낡은 식탁 두 개를 잔디밭 위로 높이 띄워 올려 서로 충돌시키면서 상대방의 식탁을 공격하고 있었다. 프레드와 조지가 환호성을 질러 댔고, 지니는 웃음을 터뜨렸으며, 헤르미온느는 분명 즐거움과 걱정 사이에서 어찌할 바를 모르는 얼굴로 산울타리 주위를 맴돌고 있었다.

빌의 식탁이 커다란 쿵 소리를 내며 찰리의 식탁에 부딪쳐 다리 하나를 부러뜨렸다. 머리 위에서 덜컥 소리가 나자 모두가 고개를 들었다. 3층 창문 밖으로 머리를 삐죽 내밀고 있는 퍼시의 모습이 보였다.

"조용히 좀 해 줄래?" 그가 소리쳤다.

"미안, 퍼스." 빌이 씩 웃으며 말했다. "솥 바닥 일은 어떻게 되어 가?"

"엉망진창이야." 퍼시가 성마르게 말하더니 창문을 쾅 닫았다. 빌과 찰리는 킥킥 웃으며 식탁들을 잔디밭으로 무사히 내려오게 한 다음 한 줄로 붙였다. 이어 빌이 마법 지팡이를 한 번 탁 튕겨 식탁 다리를 다시 붙이고 공중에서 식탁보를 만들어 냈다.

7시가 되자 두 개의 식탁은 위즐리 부인의 훌륭한 요리를 담은 그릇들로 휘청거릴 정도였다. 아홉 명의 위즐리 가족과 해리와 헤르미온느는 맑고 짙푸른 하늘 아래 앉아 있었다. 여름 내내 조금씩 상해 가는 케이크를 먹고 살았던 누군가에게 이곳은 천국과도 같았다. 처음에 해리는 닭고기와 햄이 들어간 파이, 삶은 감자, 샐러드를 먹느라 묵묵히 귀만 기울였다.

식탁 저 끝에서는 퍼시가 아버지에게 솥 바닥 보고서에 관한 이야기를 잔뜩 늘어놓고 있었다.

"크라우치 장관님께 화요일까지 준비해 놓겠다고 말씀드렸어요." 퍼시가 젠체하며 말했다. "크라우치 장관님이 예상하셨던 것보다는 조금 빠르긴 하지만 저는 모든 일에서 최고이고 싶어요. 제가 일을 미리 마치면 크라우치 장관님도 고마워하시겠죠. 제 말은 그러니까, 지금 저희 부서가 굉장히 바쁘거든요. 월드컵 때문에 온갖 준비를 해야 해서요. 마법 스포츠부에서 필요한 지원을 받지 못하고 있어요. 루도 배그먼이……."

"나는 루도 좋던데." 위즐리 씨가 부드럽게 말했다. "우리한테 그런 좋은 좌석 티켓을 구해 준 사람이 바로 루도란다. 내가 힘을 좀 써 준 적이 있거든. 루도의 동생 오토가 약간 곤란한 지경에 처한 적이 있는데…… 초자연적인 힘이 깃든 잔디깎이 문제랄까…… 아빠가 다 수습해 줬지."

"아, 물론 배그먼 씨가 호감 가는 사람이긴 하죠." 퍼시가 도도한 말투로 말했다. "하지만 저는 그 사람이 어떻게 한 부서의 수장이 됐는지 모르겠어요……. 크라우치 장관님이랑 비교해 보세요! 우리 부서 사람이 실종됐는데 크라우치 장관님이 무슨 일인지 알아보려고 노력도 하지 않는다는 건 상상도 안 가요. 버사 조킨스가 실종된 지 한 달이 넘었다는 건 아시죠? 알바니아로 휴가를 갔다가 돌아오지 않았다는 것 말이에요."

"그래, 나도 루도한테 물어봤단다." 위즐리 씨가 이마를 찌푸리며 말했다. "루도 말로는 버사가 전에도 여러 번 사라진 적이 있었다는구나. 그래도 버사가 우리 부서 사람이었다면 난 정말이지 걱정됐을 테지만……."

"아, 버사는 정말 구제 불능이에요." 퍼시가 말했다. "오랫동안 이 부서 저 부서로 옮겨 다녔다고도 들었어요. 능력이 있어서가 아니라 자꾸 문제를 일으켜서요……. 하지만 그렇더라도 배그먼 씨 입장에서는 버사를 찾으려고 노력해야죠. 크라우치 장관님은 이 일에 개인적으로 관심을 기울이고 계세요. 예전에 버사가 우리 부서에서도 일한 적이 있다면서요. 장관님께서 버사를 꽤 마음에 들어 하셨던 것 같아요. 그런데 정작 배그먼 씨는 그저 껄껄 웃기만 하면서 버사가 지도를 잘못 보고 알바니아가 아니라 오스트레일리아에 갔을 거라는 얘기만 하고 있잖아요. 아무튼……." 퍼시는 과장되게 한숨을 푹 내쉬더니 딱총나무 꽃 와인을 길게 한 모금 들이켰다. "우리 국제 마법 협력부는 다른 부서 사람들을 찾으러 다니는 업무가 아니어도 이미 일이 산더미 같아요. 월드컵 직후에 열리는 또 다른 큰 행사를 준비해야 하잖아요."

그는 의미심장하게 목을 가다듬고 해리, 론, 헤르미온느가 앉아 있는 쪽을 바라보았다. "아버지는 제가 무슨 말을 하는지 아실 거예요." 그가 목소리를 조금 높였다. "일급비밀에 해당하는 그 행사 말이에요."

론이 눈을 흘기며 해리와 헤르미온느에게 중얼거렸다. "마법 정부 일을 시작하고부터 퍼시는 우리가 무슨 행사인지 물어보게 만들려고 애쓰는 중이야. 뭐, 바닥이 두꺼운 솥단지 전시회라도 하나 보지."

식탁 한가운데서는 위즐리 부인이 귀고리 문제로 빌과 말다툼을 벌이고 있었다. 빌이 최근에 장만한 물건인 모양이었다.

"……그렇게 크고 끔찍한 송곳니까지 달려 있고. 정말이지, 빌, 은행에서 뭐라고 안 하던?"

"엄마, 은행 사람들은 보물만 많이 가져다주면 제가 옷을 어떻게 입고 다니든 전혀 신경 안 써요." 빌이 참을성 있게 말했다.

"게다가 머리 모양도 점점 이상해지는구나, 얘야." 위즐리 부인이 애정이 담긴 손길로 마법 지팡이를 만지작거리며 말했다. "내가 좀 다듬어 줬으면 하는데……."

"난 마음에 드는데?" 빌 옆에 앉아 있던 지니가 말했다. "엄마가 너무 구식인 거예요. 어쨌든 덤블도어 교수님이랑 비교하면 별로 긴 것도 아니잖아요……."

위즐리 부인 옆에서는 프레드, 조지, 찰리가 신이 나서 월드컵 얘기를 하고 있었다.

"아일랜드가 우승할 거야." 찰리가 감자를 입에 가득 물고 웅얼거렸다. "준결승에서 페루를 밟아 버렸잖아."

"그래도 불가리아에는 빅토르 크룸이 있다고."

"크룸도 괜찮은 선수지. 아일랜드엔 그런 선수가 일곱 명이나 있지만." 찰리가 딱 잘라 말했다. "그래도 잉글랜드가 결승에 갔으면 했는데. 그게 웬 망신이냐."

"무슨 일이 있었는데?" 해리가 기대에 찬 어조로 물었다. 프리빗가에 틀어박혀 있느라 마법사 세계에서 단절됐던 게 지금처럼 안타까웠던 적이 없었다. 퀴디치는 해리가 정말 좋아하는 스포츠였다. 그는 호그와트 1학년 때부터 그리핀도르 기숙사 퀴디치 팀 수색꾼으로 활약해 왔으며, 세계 최고의 경주용 빗자루 가운데 하나인 파이어볼트를 갖고 있었다.

"트란실바니아한테 깨졌어. 390 대 10으로." 찰리가 우울하게 말했다. "충격적인 결과지. 웨일스는 우간다한테 지고, 스코틀랜드는 룩셈부르크한테 무너졌어."

모두가 후식(수제 딸기 아이스크림)을 먹기 전, 위즐리 씨가 마법으로 양초 여러 개를 만들어 어둠이 내리고 있는 정원을 밝혔다. 식사를 마쳤을 무렵에는 나방들이 식탁 위를 낮게 날아다녔고 따뜻한 공기에는 풀과 인동덩굴 내음이 배어 있었다. 해리는 푸짐하게 잘 먹은 기분을 느끼며, 땅요정들이 장미 덤불 사이로 전력 질주하는 광경을 세상 편안한 마음으로 지켜보았다. 크룩섕스가 미친 듯이 웃음을 터뜨리는 땅요정들을 바짝 뒤쫓고 있었다.

론은 조심스럽게 식탁을 훑어보며 다른 가족들이 모두 대화에 정신이 팔려 있는지 확인한 다음 아주 작은 목소리로 해리에게 물었다. "그래서…… 최근에 시리우스 소식 들은 적 있어?"

헤르미온느도 주위를 두리번거리며 바짝 귀를 기울였다.

"응." 해리가 조용히 말했다. "두 번. 잘 지내는 것 같았어. 그저께 시리우스한테 편지를 한 통 보냈는데 여기서 지내는 동안 답장이 올지도 몰라."

그는 문득 시리우스에게 편지를 쓴 이유를 떠올렸다. 한순간 론과 헤르미온느에게 흉터가 다시 아프기 시작한 것이나 그의 잠을 깨운 꿈 이야기를 할 뻔했다……. 하지만 지금 당장은 그들을 걱정시키고 싶은 마음이 조금도 들지 않았다. 해리 자신이 이토록 행복하고 평화로운 기분이 들 때는 더더욱.

"벌써 시간이 이렇게 됐네." 위즐리 부인이 손목시

계를 확인하더니 불쑥 말했다. "이제 정말로 자야겠다. 너희 모두. 월드컵에 가려면 새벽에 일어나야 해. 해리, 학용품 목록 두고 가면 아줌마가 내일 다이애건 앨리에 가서 사다 주마. 다른 애들 것도 사 와야 하니까. 월드컵 이후에는 시간이 없을지도 몰라. 지난번에는 경기가 닷새 동안이나 계속됐거든."

"와, 이번에도 그랬으면 좋겠네요!" 해리가 신이 나서 말했다.

"글쎄, 난 안 그랬으면 좋겠는데." 퍼시가 점잔을 빼며 말했다. "닷새나 자리를 비우면 내 미결 서류함 상태가 어떻게 될지 생각만 해도 몸이 떨린다."

"그래, 누가 또 그 안에다 용 똥을 집어넣으면 어떡해. 안 그래, 퍼스?" 프레드가 말했다.

"그건 노르웨이에서 온 비료 견본이었어!" 퍼시가 얼굴을 새빨갛게 물들이면서 말했다. "개인적인 감정으로 보낸 게 절대 아니라고!"

"개인적인 감정으로 보낸 거 맞아." 프레드가 식탁에서 일어서며 해리에게 속삭였다. "우리가 보냈거든."

CHAPTER 6

포트키

론의 방에 누워 겨우 잠들었나 싶었는데 어느새 위즐리 부인이 해리를 흔들어 깨우고 있었다.

"출발할 시간이다, 해리." 그녀가 론을 깨우러 가면서 속삭였다.

해리는 주위를 더듬어 안경을 찾아서 쓰고 몸을 일으켰다. 바깥은 아직 어두웠다. 어머니가 깨우자 론은 알아들을 수 없는 소리를 웅얼거렸다. 해리는 맞은편 침대에서 크고 부스스한 두 형체가 담요 뭉치에서 기어 나오는 모습을 보았다.

"벌써 갈 시간 됐어?" 프레드가 비몽사몽간에 입을 열어 물었다.

네 사람은 너무 졸린 나머지 아무런 말 없이 옷을 갈아입은 다음 하품을 하고 기지개를 켜면서 부엌으로 내려갔다.

위즐리 부인은 레인지에 올려놓은 커다란 냄비를 휘젓고 있었고, 위즐리 씨는 식탁에 앉아 커다란 양피지 티켓 다발을 확인하고 있었다. 아이들이 들어오자 그는 고개를 들더니, 입고 있는 옷이 확실히 보이도록 두 팔을 벌렸다. 그는 골프 점퍼처럼 보이는 상의에 꽤 낡은 청바지를 입고 있었는데, 바지가 살짝 커서 두꺼운 가죽 허리띠로 고정한 모습이었다.

"어떠니?" 그가 불안한 듯 물었다. "눈에 안 띄고 가야 하는데……. 머글처럼 보이니, 해리?"

"네." 해리가 미소 지으며 말했다. "정말로요."

"빌이랑 찰리랑 퍼, 퍼, 퍼시는 어디 있어요?" 조지가 늘어지게 하품을 하면서 말했다.

"뭐, 순간이동으로 가지 않겠니?" 위즐리 부인이 커다란 포리지 냄비를 식탁으로 들고 와 그릇 여러 개에 나눠 담으며 말했다. "그래서 조금 늦게 일어나도 된단다."

해리는 한 장소에서 사라져 곧바로 다른 장소에 나타나는 순간이동이 굉장히 어렵다는 것을 잘 알고 있었다.

"그럼 여태 자는 거예요?" 프레드가 포리지 한 그릇을 끌어당기면서 투덜거렸다. "왜 우린 순간이동으로 갈 수 없는 거죠?"

"너흰 나이도 안 됐고 시험도 안 봤잖아." 위즐리 부인이 쏘아붙였다. "그런데 여자애들은 어디 갔지?"

위즐리 부인이 부산스럽게 부엌을 나가더니 잠시 후 계단을 오르는 소리가 들렸다.

"순간이동을 하려면 시험을 통과해야 하나요?" 해리가 물었다.

"아, 그렇고말고." 위즐리 씨가 청바지 뒷주머니에 티켓을 안전하게 밀어 넣으며 말했다. "일전에 마법 교통부가 면허증 없이 순간이동 한 사람 두 명에게 벌금을 물린 적이 있었지. 순간이동은 쉬운 일이 아니거든. 제대로 하지 않으면 끔찍한 일이 벌어질 수 있어. 좀 전에 말했던 그 두 사람은 분할돼 버렸단다."

해리를 제외하고 식탁에 앉은 모두가 몸서리를 쳤다.

"어…… 분할됐다뇨?" 해리가 물었다.

"몸의 반쪽만 이동했단 얘기야." 위즐리 씨가 숟가락으로 엄청난 양의 당밀을 떠서 포리지에 넣으며 말했다. "그러니까 당연히 옴짝달싹 못 하게 됐지. 어느 곳으로도 이동할 수 없었어. 마법 사고 복구반이 문제를 해결할 때까지 기다려야 했단다. 다시 말하면 상당량의 서류 작업을 해야 했다는 뜻이지. 그들이 두고 간 신체 일부를 발견한 머글들도 처리해야 했고……."

문득 해리의 머릿속에 프리빗가의 포장도로에 다리 한 쌍과 눈알 하나가 굴러다니는 장면이 떠올랐다.

"그 사람들은 괜찮았어요?" 해리가 깜짝 놀라 물었다.

"물론이지." 위즐리 씨가 사무적인 투로 말했다. "하지만 막대한 벌금을 물어야 했어. 그런 일을 금방 다시 시도할 것 같지는 않구나. 순간이동을 갖고 장난쳐서는 안 된다. 성인 마법사들 중에는 순간이동을 아예 거들떠보지도 않는 사람들도 많아. 빗자루를 선호하는 거지. 느리긴 해도 안전하니까."

"근데 빌이랑 찰리랑 퍼시 모두 순간이동을 할 수 있는 거예요?"

"찰리는 시험을 두 번 봐야 했어." 프레드가 씩 웃으며 말했다. "처음에는 떨어졌거든. 목적지에서 남쪽으로 8킬로미터 떨어진 지점에, 쇼핑을 하고 있던 어떤 불쌍한 사람 머리 바로 위에 나타났어. 기억나지?"

"그래. 하지만 두 번째에는 통과했단다." 다들 쾌활하게 킬킬거리는 가운데 위즐리 부인이 부엌으로 성큼성큼 다시 걸어 들어왔다.

"퍼시는 겨우 2주 전에 통과했어." 조지가 말했다. "그때부터 매일 아침 아래층으로 순간이동을 해. 그냥 할 줄 안다는 걸 증명하려고."

복도를 걸어오는 발소리가 들리더니 헤르미온느와 지니가 졸음에 겨워 하얗게 질린 얼굴로 부엌에 들어왔다.

"왜 이렇게 일찍 일어나야 돼요?" 지니가 눈을 비비며 식탁에 앉아 물었다.

"좀 걸어야 하거든." 위즐리 씨가 말했다.

"걸어요?" 해리가 물었다. "아니, 월드컵 경기장까지 걸어간다고요?"

"아니, 아니. 거긴 몇 킬로미터나 떨어져 있어." 위즐리 씨가 미소를 머금고 말했다. "조금만 걸으면 된다. 머글들의 관심을 끌지 않고 그 많은 마법사들이 모이

는 건 굉장히 어려운 일이거든. 상황이 좋을 때도 여행 방법에 대해서는 아주 신중해야 하는데, 하물며 퀴디치 월드컵 같은 대규모 행사에서는……."

"조지!" 갑작스럽게 터져 나온 위즐리 부인의 날카로운 외침에 모두 화들짝 놀랐다.

"왜요?" 조지가 누구도 속지 않을 순진무구한 말투로 대꾸했다.

"네 주머니에 들어 있는 거, 그거 뭐야?"

"아무것도 아닌데요!"

"어디서 거짓말을 해!"

위즐리 부인이 조지의 주머니를 향해 마법 지팡이를 겨누고 외쳤다. "아씨오!"

조지의 주머니에서 현란한 색깔의 조그만 물건들이 빠져나와 쌩 날아갔다. 조지는 그 물건들을 붙잡으려다가 놓쳤다. 그것들은 곧장 위즐리 부인이 내민 손으로 빠르게 날아들어 갔다.

"분명히 없애라고 했을 텐데!" 위즐리 부인이 머리 끝까지 화가 나서 소리쳤다. 그녀의 손에는 1톤 혓바닥 토피가 잔뜩 들려 있었다. "싹 버리랬잖아! 주머니에 있는 거 다 꺼내. 어서, 둘 다!"

그리 기분 좋은 광경은 아니었다. 쌍둥이들은 토피 사탕들을 가능한 한 많이 집 밖으로 몰래 가지고 나가려던 게 틀림없었다. 위즐리 부인은 소환 마법으로 그 토피 사탕들을 모두 찾아냈다.

"아씨오! 아씨오! 아씨오!" 그녀가 소리를 지르자 조지의 재킷 안감과 프레드의 청바지 밑단을 비롯해 도저히 있을 법하지 않은 온갖 곳에서 토피 사탕들이 튀어나와 붕붕 날아갔다.

"그거 개발하는 데 여섯 달이나 걸렸단 말이에요!" 어머니가 토피 사탕들을 몽땅 내버리자 프레드가 소리쳤다.

"아, 그래. 아주 보람 찬 여섯 달을 보냈구나!" 그녀가 빽 소리 질렀다. "O.W.L.을 그것밖에 못 받은 것도 이상할 게 없네!"

출발할 때의 분위기도 대체로 화기애애함과는 거리가 멀었다. 위즐리 부인은 위즐리 씨의 뺨에 입을 맞추면서도 여전히 눈에 쌍심지를 켜고 있었고, 심지어 쌍둥이들은 배낭을 하나씩 둘러멘 채 어머니에게 한 마디도 하지 않고 쌩하니 걸어 나갔다.

"그래, 즐거운 시간 보내라." 위즐리 부인이 말했다. "얌전히 굴고." 그녀가 멀어지는 쌍둥이의 등 뒤에 대고 소리쳤지만 그들은 뒤돌아보지도 않고 대답도 하지 않았다. "정오 무렵에 빌, 찰리, 퍼시를 보낼게." 프레드와 조지에 뒤이어 위즐리 씨가 해리, 론, 헤르미온

포트키

느, 지니를 데리고 어두운 마당을 가로지를 때 위즐리 부인이 말했다.

날은 싸늘했고 아직 달이 떠 있었다. 오른쪽 지평선의 우중충한 초록빛만이 새벽이 다가오고 있음을 알려 주었다. 퀴디치 월드컵을 보러 발걸음을 서두르는 수천 명의 마법사를 생각하던 해리는 발걸음을 빨리해 위즐리 씨와 나란히 걸었다.

"어떻게 머글들 눈에 띄지 않고 거기 다 모일 수 있어요?" 그가 물었다.

"준비하기 엄청나게 까다로웠지." 위즐리 씨가 한숨을 쉬었다. "문제는, 대략 10만 명의 마법사가 월드컵을 보러 오는데 당연히 그들을 모두 수용할 만큼 큰 마법 공간이 없다는 거였단다. 머글들이 뚫고 들어오지 못하는 장소들이 있긴 하지만, 10만 명이나 되는 마법사가 다이애건 앨리나 9와 4분의 3번 승강장에 몰려든다고 생각해 보거라. 그래서 사람이 살지 않는 괜찮은 황무지를 찾아서 가능한 한 많은 머글 방지 조치를 취해야 했단다. 마법 정부 전체가 몇 달씩 그 일에 매달렸지. 물론 가장 먼저 해결해야 할 문제는 도착 시간에 차이를 두는 거였어. 더 저렴한 티켓을 산 사람들은 2주 전에 미리 가 있어야 했어. 한정된 수의 마법사들이 머글 이동 수단을 이용하는 건 괜찮지만, 너무 많은 수가 머글 버스나 기차로 몰려들어서는 안 되잖니? 전 세계의 마법사들이 몰려온다는 것을 기억하렴. 물론 일부는 순간이동을 하지. 하지만 머글들 눈에 띄지 않고 나타날 수 있도록 안전한 지점들을 설정해야 해. 아마 순간이동 지점으로 쓰기 알맞은 숲이 있을 거다. 순간이동을 하고 싶지 않거나 할 수 없는 사람들은 포트키를 사용한단다. 포트키는 마법사들을 미리 정해진 시간에 한 장소에서 다른 장소로 이동시키는 데 쓰는 물건이야. 경우에 따라 한 번에 아주 여러 명을 이동시킬 수도 있지. 영국 전역의 요충지에 대략 200개의 포트키가 설치되어 있는데, 여기서 가장 가까운 포트키는 스토츠헤드산 꼭대기에 있단다. 그래서 우린 지금 거기로 가고 있어."

위즐리 씨가 저 앞 세인트 캐치폴 너머로 치솟아 있는 검은 산등성이를 가리켰다.

"포트키는 어떤 물건인가요?" 해리가 궁금한 듯 물었다.

"음, 어떤 물건이든 될 수 있지." 위즐리 씨가 말했다. "눈에 띄지 않는 물건이어야 하는 건 분명하고. 그래야 머글들의 관심을 끌지 않을 테니까……. 머글들은 그냥 쓰레기라고 생각할 만한 물건들이야……."

그들은 어둡고 축축한 길을 터벅터벅 걸으며 마을로 향했다. 오직 그들의 발소리만이 정적을 깨뜨렸다. 마을을 가로지르는 동안 하늘이 매우 천천히 밝아 왔고, 칠흑 같던 검은색은 엷어져서 진한 푸른색이 되었다. 해리의 손발이 꽁꽁 얼었다. 위즐리 씨는 계속 시계를 확인했다.

스토츠헤드산을 오르기 시작하자 말을 할 여유도

없었다. 이따금 숨겨진 토끼 굴에 발이 걸렸고, 풀이 무성한 어두운 둔덕을 밟고 미끄러지기도 했다. 숨 쉴 때마다 가슴이 아렸고, 마침내 평지에 다다랐을 때에는 다리가 움직이지 않을 지경이었다.

"휴." 위즐리 씨가 안경을 벗어 스웨터에 닦으며 헐떡거렸다. "제때 도착했구나. 10분쯤 남았어…….'

마지막으로 헤르미온느가 결리는 옆구리를 부여잡고 산꼭대기에 도착했다.

"이젠 포트키만 있으면 된다." 위즐리 씨가 다시 안경을 쓰더니 눈을 가늘게 뜨고 땅을 둘러보며 말했다. "그렇게 크지는 않을 거야……. 어디 보자…….'

그들은 포트키를 찾아 흩어졌다. 그런데 몇 분이 채 지나지 않아 고요를 깨뜨리는 외침이 들려왔다.

"여기일세, 아서! 여기라니까, 친구. 우리가 찾아 냈어!"

맞은편에서 키가 훤칠한 두 형체가 별이 총총한 하늘을 배경으로 윤곽을 드러냈다.

"에이머스!" 위즐리 씨가 조금 전 소리친 남자에게 성큼성큼 다가가며 미소 지었다. 나머지 일행도 위즐리 씨의 뒤를 따랐다.

위즐리 씨는 불그레한 얼굴에 갈색 턱수염이 무성한 마법사와 악수를 나누었다. 그 마법사는 한 손에 곰팡이가 슨 듯한 낡은 부츠 한 짝을 들고 있었다.

"얘들아, 이 아저씨는 에이머스 디고리란다." 위즐리 씨가 말했다. "마법 생명체 통제 관리부에서 일하지. 이 친구 아들인 세드릭은 알지?"

세드릭 디고리는 열일곱 살가량의 굉장히 잘생긴 소년이었다. 호그와트에서는 후플푸프 기숙사 퀴디치 팀의 주장이자 수색꾼이기도 했다.

"안녕." 세드릭이 그들 모두를 둘러보며 말했다.

모두가 "안녕" 하고 답했지만 프레드와 조지는 고개만 살짝 까닥일 뿐이었다. 둘은 작년에 열린 첫 퀴디치 경기에서 그들의 팀인 그리핀도르를 꺾은 세드릭을 아직 용서하지 않았다.

"많이 걸었나 보지, 아서?" 세드릭의 아버지가 물었다.

"그렇게 많이 걷진 않았어." 위즐리 씨가 말했다. "우린 저 마을 바로 건너에 살거든. 자넨?"

"2시에 일어나야 했어. 그렇지, 세드? 저 애가 순간이동 시험을 통과하면 정말 기쁠 거야. 하지만…… 불평할 일이 아니지……. 퀴디치 월드컵이라니, 갈레온 한 부대를 준다 해도 놓칠 수 없어. 하긴 표 값이 그 정도는 되겠군. 거 참, 말하고 보니 배부른 소리 같은데……." 에이머스 디고리가 부드러운 눈길로 위즐리 형제 셋과 해리, 헤르미온느, 지니를 바라보았다. "전부 자네 아이들인가, 아서?"

"아, 아니야. 빨간 머리 애들만일세." 위즐리 씨가 자기 자식들을 가리키며 말했다. "이쪽은 론의 친구인 헤르미온느야. 그리고 이 아이는 해리…….'

"멀린의 턱수염 같으니." 에이머스 디고리가 눈을 휘둥그레 뜨고 말했다. "해리? 해리 포터?"

"아…… 네." 해리가 대답했다.

해리는 처음 만난 사람들이 그를 호기심 어린 눈으로 바라보는 일이나 한순간 그들의 눈길이 그의 이마의 번개 모양 흉터로 향하는 일에 이미 익숙해져 있었지만 불편한 기분이 드는 건 여전했다.

"당연한 말이지만 세드가 네 얘기를 했단다." 에이머스 디고리가 말했다. "작년에 너와 시합에서 맞붙었던 얘기를 전부 해 줬지……. 나는 세드한테 이렇게 말했어. 세드, 그건 자손 대대로 들려 줄 만한 얘기구나. ……네가 해리 포터를 이기다니!"

해리는 뭐라고 대꾸해야 할지 몰라 그저 침묵을 지켰다. 프레드와 조지가 또 한 번 눈을 부라렸다. 세드릭은 살짝 당황한 표정이었다.

"해리는 빗자루에서 떨어졌어요, 아빠." 그가 중얼거렸다. "말씀드렸잖아요…… 사고가 있었다고……."

"그래, 하지만 너는 떨어지지 않았잖아?" 에이머스가 큰 소리로 쾌활하게 말하며 아들의 등을 찰싹 쳤다. "늘 겸손하다니까, 우리 세드는. 항상 신사답지……. 어쨌든 최고가 이기는 거야. 해리도 그렇게 생각할걸? 안 그러냐, 해리? 한 사람은 빗자루에서 떨어지고 다른 사람은 안 떨어졌다면, 누가 더 비행을 잘하는지는 꼭 천재가 아니어도 알겠지!"

"시간이 거의 다 됐겠는데." 위즐리 씨가 재빨리 말하며 다시 시계를 꺼냈다. "누구 더 올 사람이 있나, 에이머스?"

"아니, 러브굿네 가족은 벌써 1주일 전부터 거기 있었고 포셋네는 티켓을 구하지 못했대." 디고리 씨가 말했다. "이 지역에는 마법사들이 더 없지 않나?"

"내가 알기로는 없어." 위즐리 씨가 말했다. "그래, 1분 남았군……. 준비하는 게 좋겠어……."

그가 해리와 헤르미온느를 돌아보았다. "포트키를 건드리기만 하면 된단다. 손가락 하나만 대도 될 거야……."

그들 아홉 명은 빵빵한 배낭 때문에 조금은 힘겹게 에이머스 디고리가 들고 있는 낡은 부츠 주위로 모여들었다.

모두가 둥글게 붙어 섰을 때 서늘한 산들바람이 산꼭대기를 쓸고 지나갔다. 아무도 입을 열지 않았다. 해리는 문득 생각했다. 어떤 머글이 지금 여기로 걸어 올라온다면 이 광경이 얼마나 이상하게 보일까? 어른 두 명이 포함된 아홉 사람이 어스레한 시간에 이런 지저분하고 낡은 부츠 하나를 꽉 붙들고 서 있는 꼴이라니…….

"셋……." 위즐리 씨가 한 눈은 여전히 손목시계에 둔 채 중얼거렸다. "둘…… 하나……."

그 일은 곧바로 일어났다. 해리는 배꼽 바로 안쪽에 있는 고리가 걷잡을 수 없이 앞으로 확 당겨지는 느낌을 받았다. 발이 땅에서 떨어졌다. 론과 헤르미온느의 어깨가 해리의 어깨에 자꾸 부딪쳤기에 양옆에 그들이 있다는 것을 느낌으로 알 수 있었다. 그들 모두 울부짖는 바람과 색깔의 소용돌이 속에서 앞으로 빠르게 나아가고 있었다. 마치 자석에 계속 끌어당겨지는 것처럼 그의 집게손가락이 부츠에 딱 달라붙었다. 그러더니……

발이 땅바닥을 쿵 디뎠다. 론이 부딪치는 바람에 해리는 땅바닥에 넘어지고 말았다. 포트키가 육중한 소리를 내며 해리의 머리 근처에 떨어졌다.

해리는 고개를 들었다. 위즐리 씨와 디고리 씨, 세드릭은 여전히 서 있었지만 강풍에 잔뜩 시달린 듯한 모습이었다. 다른 사람은 모두 바닥에 쓰러져 있었다.

"스토츠헤드산에서 출발, 5시 7분 도착." 어떤 목소리가 말했다.

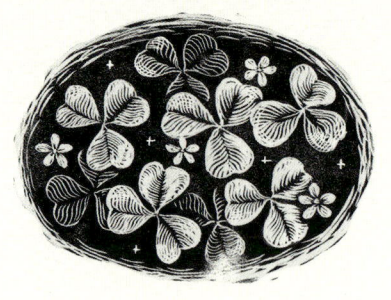

CHAPTER 7

배그먼과 크라우치

해리는 론과 한데 엉킨 몸을 떨어뜨리고 일어섰다. 그들은 아무도 없는 안개 자욱한 황무지 같은 곳에 와 있었다. 눈앞에는 지치고 성마른 표정의 남자 마법사 둘이 서 있었는데, 그중 한 명은 커다란 황금 시계를 들었고 다른 사람은 묵직한 양피지 두루마리와 깃펜을 들고 있었다. 둘 다 머글 옷을 입기는 했지만 차림새는 형편없었다. 시계를 든 남자는 허벅지까지 올라오는 긴 방수용 덧신에 트위드 정장 차림이었고 그의 동료는 킬트에 판초를 걸치고 있었다.

"좋은 아침, 바질." 위즐리 씨가 부츠를 집어 킬트 차림의 마법사에게 건네며 말했다. 바질은 쓰고 난 포트키들을 넣어 놓은 큰 상자에 부츠를 던져 넣었다. 상자에는 오래된 신문, 빈 음료수 캔, 바람 빠진 축구공이 들어 있었다.

"안녕한가, 아서." 바질이 지친 목소리로 말했다. "비번인가 보지? 팔자 좋은 사람들이 꼭 있다니까……. 우린 밤새 여기 있었네……. 비키는 게 좋을 거야. 5시 15분에 블랙 포레스트에서 대부대가 도착하기로 돼 있거든. 잠깐, 야영장을 찾아 주지……. 위즐리…… 위즐리……." 그는 양피지 목록을 들여다보았다. "저쪽으로 400미터쯤 가다가 처음 나오는 야영장일세. 야영장 관리인 이름은 로버츠 씨고. 디고리는…… 두 번째 야영장일세. 페인 씨를 찾게나."

"고맙네, 바질." 위즐리 씨가 말하더니 모두에게 따라오라고 손짓했다.

그들은 인적 없는 황무지를 걸어가기 시작했다. 안개 때문에 앞이 잘 보이지 않았다. 20분쯤 걸어가자 야영장 입구에 있는 조그만 돌 오두막이 천천히 시야에 들어왔다. 오두막 뒤로 엄청난 수의 텐트가 설치되어 있는 광경이 흐릿하게 엿보였다. 지평선에 걸린 어두운 숲을 향해 드넓고 완만한 경사지가 뻗어 있고, 텐트들은 그 위로 삐죽삐죽 솟아 있었다. 그들은 디고리 가족에게 작별 인사를 하고 오두막으로 다가갔다.

한 남자가 오두막 문 앞에 서서 텐트들을 바라보고 있었다. 해리는 한눈에 이 사람이 사방 수천 제곱미터 안에 유일하게 존재하는 진짜 머글이라는 사실을 알아차렸다. 남자가 발소리를 듣고 고개를 돌려 그들을 바라보았다.

"안녕하세요!" 위즐리 씨가 밝은 목소리로 말했다.

"안녕하세요." 머글이 답했다.

"로버츠 씨, 맞으시죠?"

"네, 맞습니다." 로버츠 씨가 말했다. "이름이 어떻게 되시죠?"

"위즐리입니다. 며칠 전에 텐트 두 개를 예약했는데요."

"네." 로버츠 씨가 문에 붙여 둔 목록을 살펴보며 말했다. "저 나무 옆에 있는 야영장이네요. 하룻밤만 묵으시는 거죠?"

"맞습니다." 위즐리 씨가 대답했다.

"그럼 계산은 지금 하실 겁니까?" 로버츠 씨가 물었다.

"아, 그렇지. 물론이죠……." 위즐리 씨가 말했다. 그는 오두막에서 조금 물러나 해리를 손짓해 불렀다. "아저씨 좀 도와다오, 해리." 그가 주머니에서 돌돌 말아 놓은 머글 돈을 꺼내 지폐를 한 장씩 빼내며 중얼거렸다. "이게 어…… 어…… 10짜리인가? 아, 그래. 이제 보니 숫자가 작게 써 있네……. 그럼 이게 5짜리고?"

"20파운드예요." 로버츠 씨가 말 한 마디 한 마디 모두 들으려고 귀를 쫑긋 세우자 해리는 불편한 듯 나지막한 목소리로 정정해 주었다.

"아, 그래. 그렇구나……. 모르겠네, 이 작은 종잇조각이……."

"외국인이세요?" 위즐리 씨가 맞는 액수를 챙겨서 돌아오자 로버츠 씨가 물었다.

"외국인요?" 위즐리 씨가 어리둥절한 얼굴로 되물었다.

"돈 세는 걸 어려워한 분이 그쪽이 처음은 아니라서요." 로버츠 씨가 위즐리 씨를 빤히 훑어보며 말했다. "10분 전에 온 두 분은 자동차 타이어만 한 금화를 내려고 합디다."

"정말 그랬습니까?" 위즐리 씨가 불안한 듯 물었다.

로버츠 씨가 거스름돈을 꺼내려고 깡통을 뒤적거렸다.

"이렇게 사람이 몰린 적이 없었는데." 그가 불쑥 말하며 안개 낀 야영장을 다시 바라보았다. "사전 예약이 수백 건이나 됐어요. 보통은 예약 없이 그냥 오는데……."

"정말요?" 위즐리 씨가 말하며 거스름돈을 받으려고 손을 내밀었지만 로버츠 씨는 거스름돈을 주지 않았다.

"네." 로버츠 씨가 생각에 잠긴 듯 말했다. "전 세계에서 왔더라고요. 외국인들이 엄청 많더군요. 단순한 외국인이 아니었어요. 뭐랄까, 이상한 사람들이었죠. 킬트에 판초를 입고 돌아다니는 얼간이도 하나 있고."

"그러면 안 되나요?" 위즐리 씨가 불안한 듯 물었다.

"그게 뭐랄까…… 모르겠네요……. 무슨 집회 같은 건지." 로버츠 씨가 말했다. "서로 다 아는 것 같더군요. 무슨 큰 파티라도 하나 봐요."

그 순간, 플러스포스(니커보커스의 별칭 — 옮긴이) 바지를 입은 웬 마법사가 난데없이 로버츠 씨의 오두막 문 앞에 나타났다.

"오블리비아테!" 그가 마법 지팡이로 로버츠 씨를 가리키며 날카롭게 외쳤다.

로버츠 씨의 눈에서 곧바로 초점이 사라졌다. 찌푸린 미간이 펴지는가 싶더니 그의 얼굴에 꿈꾸는 듯한 무심함이 떠올랐다. 해리는 그것이 막 기억이 조작된 사람에게 나타나는 증상이라는 것을 알아챘다.

"이건 야영장 지도입니다." 로버츠 씨가 차분한 목소리로 위즐리 씨에게 말했다. "거스름돈 여깄습니다."

"정말 고맙습니다." 위즐리 씨가 말했다.

플러스포스 바지를 입은 마법사가 그들을 데리고 야영장 입구로 향했다. 그는 매우 지쳐 보였다. 턱수염을 깎은 자리가 파르스름했고 눈 밑에는 짙푸른 그림자가 드리워져 있었다. 로버츠 씨에게서 멀리 떨어진 곳에 이르자 그 마법사가 위즐리 씨에게 중얼거렸다. "저 사람 때문에 이만저만 곤란한 게 아니야. 기분 좋게 해 주려면 하루에도 열 번은 망각 마법을 걸어야 한다니까. 게다가 루도 배그먼은 전혀 도움이 안 되고, 블러저니 쿼플이니, 큰 소리로 떠들어 대며 돌아다니고 있어. 머글 상대 보안 수칙 같은 건 조금도 신경 쓰지 않더군. 제기랄, 빨리 좀 끝나면 좋겠네. 나중에 보세, 아서."

그는 순간이동으로 사라졌다.

"배그먼 씨는 마법 스포츠부 장관이잖아요." 지니가 놀란 표정으로 말했다. "머글 앞에서 블러저 얘기를 해선 안 된다는 것쯤은 알아야 하는 거 아니에요?"

"그래야지." 위즐리 씨가 싱긋 웃으며 말하고는 일행을 야영장으로 데리고 들어갔다. "하지만 루도는 보안 문제에는 항상…… 뭐랄까…… 느슨했어. 그래도 루도만큼 열정적인 스포츠부 장관도 없을 거다. 그 사람부터가 잉글랜드 퀴디치 국가 대표였잖니. 윔본 와스프스 역대 최고의 몰이꾼이었단다."

그들은 길게 늘어선 텐트 사이로 안개 낀 들판을 터덜터덜 걸어갔다. 텐트들은 대부분 매우 평범해 보였다. 텐트 주인들 입장에서는 가능한 한 머글 텐트처럼 보이려고 애를 쓴 게 분명했지만 간혹 굴뚝이나 초인종, 풍향계를 다는 실수를 저지르기도 했다. 하지만 마법을 건 게 너무 뻔해 보이는 텐트들도 군데군데 있어서 로버츠 씨가 의심을 품는 것도 그다지 놀랍지 않았다. 야영장을 걸어가다 보니 화려하고 정교한 디저트 같기도 한, 줄무늬 비단으로 된 작은 궁전 모양 텐트가 나왔다. 그 텐트 입구에는 살아 있는 공작새 몇 마리가 묶여 있었다. 좀 더 가다가는 꼭대기에 작은 탑 여러 개가 달린 3층짜리 텐트를 지나치기도 했다. 거기서 조금 떨어진 곳에는 앞에 정원이 딸린 텐트가 있었는데, 새들이 먹을 감는 물통과 해시계, 분수까지 완벽하게 갖춰져 있었다.

"늘 이렇다니까." 위즐리 씨가 미소를 머금으며 말했다. "한데 모이면 자랑하고 싶은 마음을 이기질 못하지. 아, 다 왔다. 자, 여기가 우리 자리야."

그들은 야영장 가장 높은 지대에 있는 숲 가장자리에 다다랐다. 공터에 '위즐리'라고 적힌 작은 팻말이 땅에 박혀 있었다.

"이만한 자리도 없지!" 위즐리 씨가 기분 좋게 말했다. "경기장은 바로 저 숲 맞은편에 있단다. 이만큼 가까울 수가 없어." 그가 어깨에 메고 있던 배낭을 내려놨다. "좋아." 그가 신이 나서 다시 입을 열었다. "엄밀히 말하면, 이렇게 여럿이서 머글 영토에 나왔을 때는 마법을 쓸 수 없어. 우리 손으로 직접 텐트를 설치할 거란다! 그렇게 어렵진 않을 거야……. 머글들은 항상 하는 일이니까……. 자, 해리. 어디부터 시작하면 좋겠니?"

해리는 야영을 해 본 적이 없었다. 더즐리 가족은 휴가를 가면서 해리를 데려간 적이 단 한 번도 없었다. 그들은 그를 이웃 노인 피그 부인과 남겨 두는 쪽을 더 선호했다. 하지만 그와 헤르미온느는 폴대와 말뚝을 어디에 설치해야 하는지 대부분 알아냈다. 비록 나무 망치를 쓸 때가 되자 위즐리 씨가 너무 흥분하는 바람에 도움이 되기보다는 오히려 방해가 됐지만 그들은 결국 초라한 2인용 텐트 두 개를 설치할 수 있었다.

그들은 모두 물러서서 자신들이 손수 해낸 일을 감탄하며 바라보았다. 이 텐트를 보는 사람은 누구도 이것을 마법사들의 텐트라고 생각하지 못할 것 같았다. 문제는 빌, 찰리, 퍼시가 도착하면 그들 일행이 열 명이 될 거라는 사실이었다. 헤르미온느도 이 문제를 알아차린 것 같았다. 위즐리 씨가 손을 짚고 무릎걸음으로 첫 번째 텐트에 들어가자 그녀는 영문을 모르겠다는 얼굴로 해리를 바라보았다.

"좀 비좁겠는데." 위즐리 씨가 소리쳤다. "하지만 어떻게든 끼어서 들어갈 수는 있을 것 같다. 다들 들어와서 한 번 봐라."

해리는 허리를 구부리고 텐트 차양 아래로 들어갔다. 그리고 자기도 모르게 입을 떡 벌렸다. 들어가 보니 텐트 안은 조금 구식이긴 해도 욕실과 부엌까지 완벽하게 갖춘 방 세 개짜리 공동주택처럼 되어 있었다. 희한하게도 그곳은 피그 부인의 집과 똑같은 스타일로 꾸며져 있었다. 이 공간에 어울리지 않는 의자 몇 개에 뜨개질로 뜬 덮개가 씌워져 있는 데다 고양이 냄새가 심하게 났다.

"뭐, 오래 있을 건 아니니까." 위즐리 씨가 손수건으로 벗어진 머리를 훔치고 침실에 있는 2층 침대 네 개를 바라보면서 말했다. "같은 사무실의 퍼킨스한테 빌려 온 거란다. 그 사람은 이제 야영을 잘 다니지 않거든. 불쌍하게도, 허리가 아프대."

그는 먼지로 뒤덮인 주전자를 들어 안을 들여다보았다. "물이 있어야겠는데……."

"그 머글이 준 지도에 수돗가가 표시되어 있어요." 해리를 따라 텐트 안으로 들어온 론이 말했다. 그는 놀라운 내부 크기에도 전혀 감명받지 않은 얼굴이었다. "야영장 맞은편이에요."

"그래. 그럼 해리, 헤르미온느랑 같이 가서 물을 좀 받아 올래?" 위즐리 씨가 주전자와 냄비 몇 개를 건네주었다. "그리고 나머지는 불 피울 나무를 모아 오자."

"하지만 오븐이 있잖아요." 론이 말했다. "그냥 그걸 쓰면……."

"론, 머글 상대 보안 수칙 명심해라!" 위즐리 씨가 말했다. 그의 얼굴이 기대감으로 환하게 빛났다. "실제로 머글들은 야영할 때 야외에 불을 피워 요리를 한단다. 그렇게 하는 걸 봤어!"

해리, 론, 헤르미온느는 고양이 냄새는 나지 않지만 남자들 텐트보다는 조금 작은 여자들 텐트를 빠르게 둘러본 뒤 주전자와 냄비 들을 들고 야영장 맞은편으로 출발했다.

이제는 아침 해가 뜨고 안개가 걷히면서 사방으로 펼쳐진 텐트촌이 보였다. 그들은 사방을 열심히 둘러보면서 줄지은 텐트 사이를 천천히 나아갔다. 해리는 전 세계에 얼마나 많은 마법사가 있는지 그제야 비로소 실감했다. 사실 그는 다른 나라의 마법사들에 대해서는 별로 생각해 본 적이 없었다.

다른 야영객들이 깨어나기 시작했다. 가장 먼저 소란스러워진 건 어린아이가 포함된 가족들이었다. 해리는 이토록 어린 마법사들은 한 번도 본 적이 없었다. 많아 봐야 두 살 정도로 보이는 조그만 남자아이가 커다란 피라미드 모양 텐트 앞에 웅크린 채 마법 지팡이로 풀밭에 있는 민달팽이를 즐겁게 쿡쿡 찌르고 있었다. 마법에 걸린 민달팽이가 살라미 소시지 크기로 천천히 부풀어 올랐다. 세 사람이 아이가 있는 곳까지 다가갔을 때 아이 어머니가 허겁지겁 텐트에서 나왔다.

"대체 몇 번을 말하니, 케빈? *아빠, 마법 지팡이는, 만지면, 안 된다니까!* 윽!"

그녀는 그만 거대 민달팽이를 밟아 터뜨리고 말았다. 그녀의 꾸지람 소리가 아이의 울부짖는 소리와 뒤섞여 고요한 공기를 가르며 그들을 뒤따랐다. "엄마가 달팽이 터뜨렸쩌! 엄마가 달팽이 터뜨렸쩌!"

좀 더 걸어가자 케빈과 비슷한 또래의 어린 여자아이 마법사 둘이 보였다. 그 애들은 이슬 맺힌 풀에 발이 스칠 만큼만 날아오르는 장난감 빗자루를 타고 있었다. 마법 정부에서 나온 마법사가 이미 그들을 보고 해리, 론, 헤르미온느를 빠르게 지나쳐 가면서 심란한 듯 투덜거렸다. "해가 훤하게 떴는데 저러면 어쩐담! 부모들은 아직 안 일어났나 보네."

여기저기에서 성인 마법사들이 텐트 밖으로 나와 아침을 짓기 시작했다. 몇몇은 몰래 주위를 두리번거리며 마법 지팡이로 불을 피웠다. 몇몇 사람들은 이런 걸로 불을 피울 수 있을 리가 없다는 듯 미심쩍은 표정으로 성냥을 그어 댔다. 아프리카에서 온 남자 마법사 세 사람은 긴 하얀색 로브를 걸치고 밝은 자주색 불로 토끼처럼 보이는 것을 구우며 앉아서 진지한 대화를 나누고 있었다. 한편 미국에서 온 중년 여자 마법사 무리는 텐트 사이에 걸린 성조기 무늬 현수막 아래에서 기분 좋게 수다를 떨고 있었다. 현수막에는 '세일럼 마녀 협회'(미국의 세일럼은 마녀 사냥이 벌어졌던 곳으로 유명하다 —옮긴이)라고 적혀 있었다. 그들이 지나쳐 가는 텐트들에서 저마다 자기 나라 말로 이야기 나누는 소리들이 간간이 들려왔다. 한 마디도 알아들을 수

없었지만 다들 흥분된 목소리였다.

"어…… 내 눈이 이상한 거야, 아니면 모든 게 초록색으로 변한 거야?" 론이 물었다.

론의 눈은 잘못되지 않았다. 그들이 들어선 구역의 텐트들은 모두 무성하게 자란 토끼풀(아일랜드의 상징 ─ 옮긴이)로 뒤덮여 있어, 희한하게 생긴 작은 언덕들이 땅에서 불쑥불쑥 솟아난 것처럼 보였다. 차양을 걷어 올린 텐트 아래로 씩 웃는 얼굴들이 보이는가 싶더니 그 안에서 세 사람을 부르는 소리가 들렸다.

"해리! 론! 헤르미온느!"

그리핀도르 4학년 동급생인 셰이머스 피니건이었다. 셰이머스는 토끼풀로 뒤덮인 텐트 앞에 그의 어머니가 틀림없어 보이는 모래색 머리카락의 여성, 그리고 같은 그리핀도르 학생이자 그의 가장 친한 친구인 딘 토머스와 함께 앉아 있었다.

"장식 마음에 들어?" 해리, 론, 헤르미온느가 인사하러 다가가자 셰이머스가 씩 웃으며 말했다. "마법 정부 사람들은 별로 마음에 안 들어 하던데."

"나 참, 우리 색깔을 보이면 안 되는 이유가 뭐야?" 피니건 부인이 말했다. "불가리아 사람들이 *자기들* 텐트에 뭘 매달아 놨는지 봤어야 해. 너희는 당연히 아일랜드를 응원하겠지?" 그녀가 반짝반짝 눈을 빛내며 해리, 론, 헤르미온느를 바라보았다.

그들은 그녀에게 정말로 아일랜드를 응원한다는 확신을 심어 준 다음에야 다시 길을 나설 수 있었다. 론이 말했다. "저 사람들 앞에서 어떻게 다른 말을 할 수 있겠어?"

"불가리아 사람들이 텐트에 뭘 매달아 놨는지 궁금한데?" 헤르미온느가 말했다.

"가서 한번 보자." 해리가 야영장 반대편, 빨간색과 초록색과 하얀색으로 이루어진 불가리아 국기가 바람에 펄럭이고 있는 넓은 구역을 가리키며 말했다.

그곳의 텐트들은 식물로 꾸며져 있진 않았지만 하나같이 똑같은 포스터가 붙어 있었다. 짙은 검은색 눈썹에 꽤 무뚝뚝한 얼굴이 실려 있는 포스터였다. 사진은 물론 움직이고 있었지만 그저 눈을 깜박이거나 부라리는 게 다였다.

"크룸이다." 론이 나직한 목소리로 말했다.

"뭐?" 헤르미온느가 물었다.

"크룸!" 론이 말했다. "빅토르 크룸 말이야. 불가리아의 수색꾼!"

"성격 정말 안 좋아 보인다." 눈을 깜빡이거나 그들을 노려보는 수많은 크룸을 둘러보며 헤르미온느가 말했다.

"'성격 정말 안 좋아 보인다'고?" 론이 눈썹을 치켜올렸다. "생긴 게 무슨 상관이야? 크룸은 굉장한 선수야. 엄청 어리기도 하고. 열여덟 살밖에 안 됐을걸? 크룸은 천재야. 오늘 밤이 지나면 너도 알게 될 거야."

야영장 한구석에 있는 수돗가에는 이미 짧은 줄이 서 있었다. 해리, 론, 헤르미온느는 열띤 말다툼을 벌이고 있는 두 남자 뒤에 줄을 섰다. 둘 중 한 명은 긴 꽃무늬 슬립(소매 없는 원피스 모양의 여성용 잠옷 ─ 옮긴이)을 입은 나이 든 남자 마법사였고 다른 사람은 정부에서 나온 마법사가 틀림없었다. 정부 마법사는 가느다란 세로줄무늬가 들어간 바지를 들고 있었는데, 화가 나서 거의 울 것 같은 표정이었다.

"그냥 좀 입어요, 아치. 자, 착하죠? 그리고 돌아다니면 안 돼요. 정문에 있는 머글이 벌써 의심하기 시작했단 말이에요."

"이건 머글 가게에서 산 거야." 나이 든 마법사가 고집스럽게 말했다. "머글들이 입는 거라고."

"머글 *여자들*이 입는 거라니까요, 아치. 남자들이 입는 게 아니에요. 남자들은 이걸 입어요." 정부 마법사가 그렇게 말하며 세로줄무늬 바지를 흔들었다.

"그런 건 안 입어." 늙은 아치가 화를 내며 말했다. "사타구니에 상쾌하게 바람이 통하는 게 좋거든. 그럼 이만."

헤르미온느는 이 시점에서 터진 웃음을 참지 못하

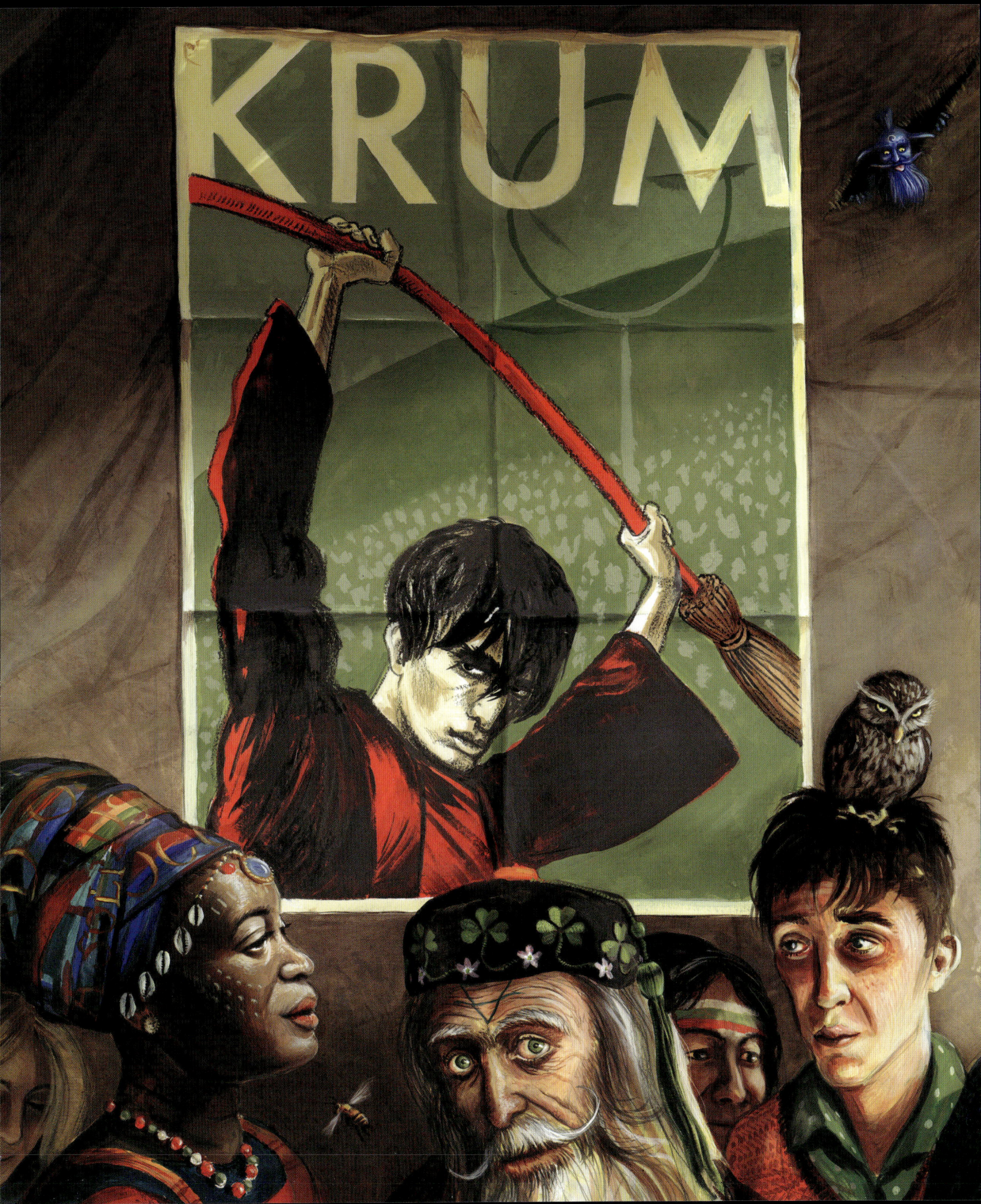

고 줄에서 벗어나야만 했다. 그녀는 아치가 물을 받아 간 뒤에야 돌아왔다.

그들은 물의 무게 때문에 더욱 느려진 걸음으로 야영장을 되짚어 갔다. 여기저기서 익숙한 얼굴들이 더 많이 보였다. 가족과 함께 온 다른 호그와트 학생들이었다. 얼마 전 호그와트를 졸업한 해리의 기숙사 퀴디치 팀 옛 주장 올리버 우드는 해리를 부모님의 텐트로 끌고 가서 소개하고, 자신이 방금 퍼들미어 유나이티드 2군 선수 계약을 마쳤다고 신이 나서 말해 주었다. 다음에는 후플푸프 4학년생 어니 맥밀런이 와서 인사했다. 좀 더 걸어가자 래번클로 팀에서 수색꾼으로 활약하고 있는 아주 예쁜 소녀, 초 챙이 보였다. 그녀가 해리를 보며 손을 흔들고 미소 지었다. 해리는 마주 손을 흔들다가 엄청난 양의 물을 쏟고 말았다. 해리는 무엇보다도 론이 더 이상 히죽거리지 못하게 하려고 한 번도 본 적 없는 10대 청소년 무리를 재빨리 가리켰다.

"쟤들은 누굴까?" 해리가 물었다. "호그와트 애들은 아니겠지?"

"무슨 외국 학교에 다니는 애들 같은데." 론이 말했다. "다른 학교에 다니는 애들을 만난 적은 한 번도 없지만 그런 학교들이 있다는 건 알고 있어. 빌이 브라질 학교에 다니는 친구랑 펜팔을 한 적이 있거든……. 아주 오래전 일인데…… 빌과 그 친구는 서로의 집을 방문하고 싶어 했지만 엄마 아빠한테는 그렇게 해 줄 여유가 없었지. 빌이 안 간다고 하니까 그 펜팔 친구는 기분이 상했는지 저주가 걸려 있는 모자를 보냈어. 빌이 그 모자를 쓰니까 귀가 쪼글쪼글해지더라."

해리는 웃음을 터뜨리면서도 다른 마법사 학교들이 있다는 얘기를 듣고 놀란 티는 내지 않았다. 이토록 다양한 국적을 대표하는 사람들이 야영장에 모여 있는 것을 보니 호그와트가 유일한 학교일 리 없다는 사실을 진작 깨닫지 못했다는 게 바보처럼 느껴졌다. 헤르미온느를 힐끗 보니 그녀는 그 말에 전혀 놀라지 않은 표정이었다. 틀림없이 무슨 책에선가 다른 마법사 학교에 관한 이야기를 읽었을 것이다.

"목 빠질 뻔했다." 그들이 마침내 위즐리 가족의 텐트에 도착하자 조지가 말했다.

"사람들 좀 만나느라고." 론이 물통을 내려놓으며 말했다. "아직 불 안 피웠어?"

"아빠가 성냥으로 장난을 치고 계셔." 프레드가 말했다.

위즐리 씨는 불을 피우는 데 전혀 성공하지 못했지만 그것은 노력이 모자라서가 아니었다. 부러진 성냥개비가 위즐리 씨 주위에 어지럽게 흩어져 있었다. 위즐리 씨는 그의 평생 가장 즐거운 시간을 보내고 있는 것처럼 보였다.

"아이고!" 그는 간신히 불을 켜는 데 성공했지만 깜짝 놀라 곧바로 성냥을 떨어뜨리고 말았다.

"이쪽으로 오세요, 위즐리 아저씨." 헤르미온느가 친절하게 말하더니 그에게서 성냥 상자를 받아 들고 불을 제대로 켜는 방법을 가르쳐 주었다.

요리를 할 만큼 타오르기까지 적어도 한 시간은 더 걸렸지만 마침내 그들은 불을 피웠다. 그래도 기다리는 동안 볼거리는 많았다. 그들이 텐트를 친 곳이 경기장으로 향하는 길 바로 옆이었는지, 마법 정부 직원들이 그 길을 다급히 오가면서 위즐리 씨를 향해 반갑게 인사했던 것이다. 위즐리 씨는 계속해서 실황 중계를 해 주었다. 대체로 해리와 헤르미온느를 위해서였다. 위즐리 씨의 자식들은 정부 사람들을 너무나 잘 알고 있어서 그다지 큰 관심을 보이지 않았다.

"방금 지나간 사람은 고블린 교섭과장 커스버트 모크리지란다. ……저기 길버트 웜플이 오는구나. 저 사람은 실험 마법 위원회 소속이야. 저런 뿔이 돋은 지 좀 됐지……. 안녕하세요, 아니. ……아널드 피즈굿, 망각 마법사지. 마법 사고 복구반 소속이란다……. 그리고 저 사람은 보드랑 크로커고……. '입에 담지 말아야 할 자들'이란다……."

"어떤 자들이라고요?"

"미스터리부 소속으로 최고 기밀을 다뤄. 무슨 일을 하는지는 나도 도통 모르겠다……."

마침내 불이 적당히 피어올랐다. 막 달걀과 소시지를 요리하기 시작했을 때 빌, 찰리, 퍼시가 숲에서 천천히 걸어 나왔다.

"방금 순간이동으로 도착했어요, 아버지." 퍼시가 큰 소리로 말했다. "아, 좋네요. 점심이군요!"

접시에 담긴 소시지와 달걀을 먹던 도중 위즐리 씨가 벌떡 일어나, 그들을 향해 성큼성큼 다가오는 남자에게 환하게 웃으며 손을 흔들었다. "아하!" 그가 말했다. "주인공이 오는군! 루도!"

루도 배그먼은 해리가 지금까지 본 누구보다도 눈에 띄는 사람이었다. 여성용 꽃무늬 슬립을 입은 늙은 아치를 포함하더라도 그랬다. 그는 밝은 노란색과 검은색의 굵은 가로줄무늬가 들어간 기다란 퀴디치 로브를 입고 있었다. 로브 가슴팍에는 거대한 말벌 그림이 그려져 있었다. 그는 한창 나이를 살짝 지난 건장한 남자로, 잉글랜드 퀴디치 대표팀에서 활약할 때는 없었을 게 분명한 불룩한 배 때문에 로브가 팽팽하게 당겨져 있었다. 코는 납작하게 찌부러져 있었다(해리는 아마 갑자기 날아온 블러저에 맞아 부러진 게 아닐까 생각했다). 하지만 동그란 푸른 눈과 짧은 금발, 발그레한 얼굴빛 때문에 마치 겉늙은 학생처럼 보였다.

"여어!" 배그먼이 기분 좋게 소리쳤다. 그는 발바닥에 용수철이라도 달린 것처럼 걷고 있었고 분명 잔뜩 흥분한 얼굴이었다.

"아서, 이 친구." 그가 모닥불 앞에 다다라 숨을 헐떡거리며 말했다. "정말 멋진 날 아닌가? 이 얼마나 멋진 날이야! 이보다 더 완벽한 날씨가 있을까? 구름 한 점 없는 밤이 다가오고 있어……. 준비에도 전혀 문제가 없고……. 내가 할 일은 별로 없군!"

배그먼의 등 뒤로 초췌한 모습의 정부 소속 마법사들이 다급한 발걸음을 옮기며 지나갔다. 그들은 저 멀리 공중으로 5미터 이상 보라색 불똥을 튀기는 어떤 마법 불 같은 것을 가리키고 있었다.

퍼시가 손을 쭉 뻗으며 얼른 앞으로 나섰다. 루도 배그먼의 부서 운영 방식이 마음에 들지 않는다고 해서 그에게 좋은 인상을 남기고 싶은 마음까지 없는 것은 아닌 듯했다.

"아, 그러게 말입니다." 위즐리 씨가 씩 웃으며 말했다. "이쪽은 내 아들 퍼시예요. 이제 막 마법 정부 일을 시작했습니다. 그리고 얘는 프레드……가 아니라 조지군요. 죄송합니다. 쟤가 프레드예요. 빌, 찰리, 론…… 내 딸 지니…… 그리고 론의 친구인 헤르미온느 그레인저와 해리 포터입니다."

배그먼은 해리의 이름을 듣고 뒤늦게 살짝 놀란 표정을 지어 보였다. 다른 사람들이 그러듯 그 또한 해리 이마의 흉터로 시선을 돌렸다.

"얘들아." 위즐리 씨가 말을 이었다. "이분이 루도 배그먼 장관님이란다. 우리가 그렇게 좋은 자리에서 경기를 볼 수 있게 된 건 이분 덕분이야."

배그먼이 활짝 웃으며 별일 아니라는 듯 손을 내저었다.

"경기 결과를 두고 내기를 하는 건 어때, 아서?" 그가 노란색과 검은색이 섞인 로브 주머니에 두둑이 들어 있는 듯한 금화를 짤랑거리며 기대감에 차서 말했다. "난 이미 로디 폰트너랑 내기했네. 로디는 불가리아가 선제골을 넣는다는 데 걸었어. 아일랜드의 최전방 공격수 세 명이 내가 몇 년 동안 본 선수들 중 가장 뛰어나다는 걸 고려해서 판돈을 올렸지. 애거서 팀스 녀석은 경기가 1주일 동안 이어질 거라는 데 뱀장어 농장 지분의 반을 걸었고."

"아…… 그럼 나도 해 볼까요?" 위즐리 씨가 말했다. "가만있자…… 아일랜드가 이기는 쪽에 1갈레온?"

"1갈레온?" 루도 배그먼은 조금 실망한 표정을 지어 보였지만 곧 자세를 가다듬었다. "좋지, 아주 좋아……. 또 내기할 사람?"

"이 아이들은 도박을 하기엔 아직 어려요." 위즐리

씨가 말했다. "몰리가 알면……."

"37갈레온 15시클 3크넛 걸게요." 프레드가 말했다. 그와 조지는 가진 돈 전부를 얼른 내놓았다. "아일랜드가 이기겠지만 스니치를 잡는 건 빅토르 크룸일 거예요. 아, 그리고 속임수 마법 지팡이도 쾌척하겠습니다."

"배그먼 장관님께 그런 쓰레기를 보여 드리다니……." 퍼시가 식식댔지만, 배그먼은 그 마법 지팡이를 전혀 쓰레기라고 생각하지 않는 것 같았다. 프레드에게서 지팡이를 받아 든 그의 소년 같은 얼굴이 오히려 흥분으로 환하게 빛났다. 지팡이가 시끄럽게 꽥 소리를 내며 고무 닭으로 변하자 배그먼은 큰 소리로 웃음을 터뜨렸다.

"멋진걸! 이렇게 그럴싸한 건 오랜만에 본다! 이걸 5갈레온에 사마!"

퍼시는 못마땅한 기색이 역력한 얼굴을 하고 가만히 서 있었다.

"얘들아." 위즐리 씨가 작은 소리로 말했다. "아빠는 너희가 내기를 하지 않았으면 좋겠다……. 그건 너희가 저금한 돈 전부잖니……. 엄마가……."

"흥 좀 깨지 말라고, 아서!" 루도 배그먼이 신이 나서 주머니를 짤랑거리며 큰 소리로 말했다. "얘들도 자기가 뭘 하고 싶은지 정도는 알 나이잖나! 아일랜드가 이기겠지만 스니치를 잡는 건 크룸일 거라는 말이지? 어림없다, 이 녀석들. 어림없고말고……. 판돈을 크게 올려 주마……. 저 재밌는 마법 지팡이 값으로 5갈레온을 더해야겠고. 그럼…… 그러면……."

위즐리 씨는 루도 배그먼이 수표책과 깃펜을 꺼내 쌍둥이의 이름을 휘갈겨 쓰는 모습을 그저 바라볼 뿐이었다.

"그럼 거래된 거예요." 배그먼이 건넨 양피지 전표를 받아 조심스럽게 챙기며 조지가 말했다.

배그먼이 한껏 기분 좋아진 얼굴로 위즐리 씨를 돌아보았다. "차 한잔 주지 않겠어? 나는 계속 바티 크라우치를 찾고 있었네. 불가리아 쪽 관계자 때문에 골치

배그먼과 크라우치

가 아파서 말이야. 그 사람이 뭐라고 하는지 한 마디도 못 알아듣겠거든. 바티가 해결해 줄 거야. 바티는 150개 언어를 구사하니까."

"크라우치 장관님이요?" 퍼시가 갑자기 못마땅한 듯 굳어 있던 표정을 버리고 흥분으로 몸을 배배 꼬며 말했다. "장관님은 200개 넘는 언어를 구사하세요! 인어어, 고블린어, 트롤어……."

"트롤어는 아무나 해." 프레드가 무시하듯 말했다. "손가락질을 하면서 그르렁대기만 하면 되잖아."

퍼시는 아주 심술 사나운 눈길로 프레드를 흘겨보더니 세차게 불을 쑤석여 주전자가 다시 끓어오르도록 했다.

"버사 조킨스 소식은 아직 없나요, 루도?" 배그먼이 그들 곁 풀밭 위에 앉자 위즐리 씨가 물었다.

"전혀." 배그먼이 아무렇지도 않게 말했다. "하지만 곧 나타날 거야. 불쌍한 버사…… 기억력은 새는 솥단지 같지, 방향감각이라곤 전혀 없지. 길을 잃은 게 확실해. 정처 없이 헤매다가 10월쯤 돼서 사무실로 어슬렁어슬렁 돌아오겠지, 아직 7월이라고 생각하면서."

"이제는 사람을 보내서 찾아봐야 하는 것 아닐까요?" 위즐리 씨가 잠깐 망설이다가 입을 열었다. 배그먼은 퍼시가 건넨 차를 받아 들었다.

"바티 크라우치도 계속 그런 말을 하더군." 배그먼이 말했다. 그는 동그란 눈을 천진스레 떴다. "하지만 당장은 인원 한 명 뺄 수가 없어. 아, 호랑이도 제 말 하면 온다더니! 바티!"

마법사 한 명이 순간이동으로 지금 막 모닥불 근처에 나타났다. 그의 모습은 낡은 웜본 와스프스 로브를 입고 풀밭에 퍼져 앉아 있는 루도 배그먼과는 완전히 대조적이었다. 바티 크라우치는 뻣뻣하고 꼿꼿한 자세의 나이 든 남자로, 주름 하나 없는 정장에 넥타이 차림이었다. 짧은 회색 머리카락은 부자연스러울 만큼 곧게 가르마를 탔고, 칫솔 같은 얇은 콧수염은 자를 대고 다듬은 것처럼 보였다. 신발은 유난히 반짝거렸다. 해리는 퍼시가 왜 크라우치를 존경하다 못해 숭배하는지 단번에 알 수

있었다. 퍼시는 규칙을 엄수해야 한다고 굳게 믿는 사람이었는데, 크라우치 장관은 은행 지점장이라고 해도 손색이 없을 만큼 머글식 옷차림을 철저히 따르고 있었다. 해리가 보기에는 버넌 이모부라도 그의 정체를 알아채지 못할 것 같았다.

"좀 쉬었다 가요, 바티." 루도가 땅바닥을 툭툭 치며 밝은 목소리로 말했다.

"괜찮네, 루도." 크라우치가 말했다. 목소리에 살짝 조바심하는 기색이 어려 있었다. "자네를 찾으려고 사방을 돌아다녔네. 불가리아 측에서 탑박스 1등석 열두 개를 더 내달라고 요구하고 있어."

"아, 그자들이 요구하던 게 그거였어요?" 배그먼이 말했다. "나는 좌석 열두 개를 달라는 게 아니라, 좌석을 두고 혈투하게 해 달라는 줄 알았네. 억양이 좀 세던데요."

"크라우치 장관님!" 퍼시가 꼽추처럼 보일 만큼 허리를 90도 각도로 깊숙이 숙이면서 숨 가쁜 목소리로 말했다. "차 한잔 드시겠습니까?"

"아." 크라우치 장관이 살짝 놀란 듯 퍼시를 바라보며 말했다. "그래, 고맙네, 웨더비."

프레드와 조지는 그만 사레가 들려 버렸다. 퍼시는 귀가 새빨개진 채 주전자를 들고 수선을 떨었다.

"아서, 자네한테도 할 말이 있네." 크라우치 장관이 날카로운 눈길을 위즐리 씨에게 돌리며 말했다. "알리 바시르가 잔뜩 성이 났더군. 날아다니는 양탄자 수출을 금지한 일로 자네와 이야기하고 싶다던데."

위즐리 씨가 긴 한숨을 내쉬었다. "바로 지난주에 그 문제로 부엉이를 보냈습니다. 한 번만 더 하면 백 번째 말하는 거예요. 양탄자는 마법 금지 물품 등록부에 등재된 머글 물건입니다. 도대체가 말을 들어야 말이지요."

"글쎄." 크라우치 장관이 퍼시에게서 찻잔을 받아 들며 말했다. "영국으로 수출하고 싶어 안달하던데."

"뭐, 영국에서 양탄자가 빗자루를 대체할 일은 없지 않겠어요?" 배그먼이 말했다.

"알리는 가족용 운송 수단으로서 틈새시장을 노려볼 만하다고 생각하더군." 크라우치 장관이 말했다. "우리 조부께서 열두 명이 올라탈 수 있는 액스민스터 양탄자를 갖고 계셨던 게 기억나네. 물론 그때는 양탄자가 금지되기 전이었지."

그는 자신의 조상 모두가 법을 엄격하게 지켰다는 점을 아무도 의심하지 않기를 바란다는 투로 말했다.

"그런데 그간 바빴어요, 바티?" 배그먼이 경쾌한 어조로 물었다.

"꽤 바빴네." 크라우치 씨가 무미건조하게 말했다. "다섯 개 대륙에 포트키를 설치하는 건 결코 쉬운 일이 아니지, 루도."

"두 분 다 이번 일이 끝나기만을 바라시겠군요." 위즐리 씨가 말했다.

루도 배그먼은 충격을 받은 표정이었다. "끝나기를 바란다고! 난 지금처럼 즐거웠던 적이 없었는데....... 그래도, 기대할 일이 없지는 않지. 안 그래요, 바티? 그렇죠? 준비할 게 많잖아요."

크라우치 씨가 배그먼을 향해 눈썹을 치켜올렸다. "세부 사항 하나까지 모두 확정되기 전에는 공개하지 않기로 합의했네만."

"아, 세부 사항 같은 소리!" 배그먼은 그 말이 각다귀 떼라도 되는 것처럼 손을 내저었다. "사인 끝났잖아요, 합의했잖아요. 이 아이들도 어쨌든 곧 알게 될 텐데요, 뭐. 그러니까, 호그와트에서 무슨 일이 일어나는지......."

"루도, 우린 불가리아 사람들을 만나야 하네." 크라우치 장관이 배그먼의 말을 자르며 날카롭게 말했다. "차 잘 마셨네, 웨더비."

그는 입도 안 댄 찻잔을 퍼시에게 돌려주고 루도가 일어나기를 기다렸다. 배그먼은 남은 차를 벌컥벌컥 들이켜고 힘겹게 일어났다. 주머니 속 금화가 기분 좋게 짤랑거리는 소리를 냈다.

"다들 나중에 보자!" 그가 말했다. "1등석에서 다시 보게 될 거야. 내가 중계를 맡았거든!" 그는 손을 흔들었고 바티 크라우치는 짧게 고개를 끄덕였다. 두 사람 다 순간이동으로 사라졌다.

"호그와트에서 무슨 일이 일어나는데요, 아빠?" 프레드가 대번에 물었다. "무슨 얘기를 한 거예요?"

"곧 알게 될 거다." 위즐리 씨가 미소 지으며 말했다.

"정부에서 발표하기로 한 시간까지는 기밀이야." 퍼시가 뻣뻣하게 말했다. "크라우치 장관님이 그걸 공개하지 않은 건 옳은 행동이야."

"아, 시끄러워, 웨더비." 프레드가 면박을 주었다.

오후가 되면서 흥분된 분위기가 마치 손에 만져질 듯 야영장 위로 피어올랐다. 해 질 녘에는 잔잔하던 여름 공기가 기대감으로 떨리는 듯했고, 경기가 시작되기를 기다리는 수천 명의 마법사 위로 어둠의 장막이 드리우자 머글인 척하려는 최소한의 시도조차 사라졌다. 마법 정부도 어쩔 수 없이 무릎을 꿇고, 이제는 사방에서 노골적으로 터져 나오는 마법의 조짐들과 싸우기를 포기한 듯했다.

곳곳마다 외판원들이 특별한 상품으로 가득 찬 상자며 손수레와 함께 펑펑 모습을 드러냈다. 높은 소리로 선수들의 이름을 외쳐 대는 야광 장미 장식(아일랜드는 초록색, 불가리아는 빨간색)과 춤추는 토끼풀로 꾸며진 초록색 뾰족 모자, 실제로 포효하는 사자가 그려진 불가리아 스카프, 흔들면 국가를 연주하는 두 나라의 국기가 있었다. 진짜로 공중을 날아다니는 조그만 파이어볼트 모형도 있었다. 유명 선수들을 본뜬 수집용 피규어도 있었는데, 이 모형들은 우쭐거리며 사람들의 손바닥 위를 걸어 다녔다.

"이것 때문에 올 여름 내내 용돈을 모았어." 론이 해리에게 말했다. 세 사람은 외판원들 사이를 돌아다니며 기념품을 샀다. 론은 춤추는 토끼풀 모자와 커다란 초록색 장미 장식을 샀고 불가리아 수색꾼 빅토르 크룸의 작은 피규어도 하나 샀다. 크룸 모형은 론의 머리 위 초록색 장미 장식을 노려보면서 그의 손바닥 위를 왔다 갔다 했다.

"우아, 여기 좀 봐!" 해리가 놋쇠 쌍안경처럼 생긴 물건이 잔뜩 쌓여 있는 손수레로 얼른 다가가며 소리쳤다. 그 쌍안경에는 온갖 종류의 이상한 손잡이와 다이얼이 달려 있었다.

"옴니오큘러스란다." 외판원 마법사가 열띤 목소리로 말했다. "지나간 움직임을 다시 볼 수 있지……. 속도를 늦춰서 볼 수도 있고…… 필요하면 전술 분석 화면도 띄워 준단다. 할인 행사 중이야. 한 개에 10갈레온."

"이걸 사지 말 걸 그랬나 봐." 론이 춤추는 토끼풀 모자를 가리키면서 갈망하는 듯한 눈으로 옴니오큘러스를 바라보았다.

"세 개 주세요." 해리가 외판원 마법사에게 단호하게 말했다.

"아냐, 굳이 그럴 거 없어." 론이 얼굴을 붉히며 만류했다. 그는 해리가 부모님에게서 상당한 재산을 물려받아 자기보다 훨씬 돈이 많다는 사실에 항상 민감하게 굴었다.

"대신 크리스마스 선물은 안 줄 거야." 해리가 그와 헤르미온느의 손에 옴니오큘러스를 쥐여 주면서 론에게 말했다. "뭐, 한 10년쯤."

"괜찮네." 론이 씩 웃으며 말했다.

"와아, 고마워, 해리." 헤르미온느가 말했다. "그럼 내가 경기 일정표를 좀 가져올게, 있어 봐."

그들은 주머니가 한결 가벼워진 채 텐트로 돌아갔다. 빌, 찰리, 지니 모두 초록색 장미 장식을 자랑스럽게 내보이고 있었다. 위즐리 씨는 아일랜드 국기를 들고 있었다. 프레드와 조지는 가진 돈을 모두 배그먼에게 줘 버렸기 때문에 기념품을 살 수가 없었다.

그때 숲 너머 어딘가에서 깊고 우렁찬 징 소리가 들렸다. 동시에 나무숲 속에서 녹색과 붉은색 등불들이 일제히 타오르며 경기장으로 가는 길을 밝혔다.

"시간 됐다!" 위즐리 씨가 다른 일행만큼 신이 난 표정으로 외쳤다. "자, 가자!"

CHAPTER 8

퀴디치 월드컵

그들은 앞장선 위즐리 씨를 따라 각자 산 물건을 꽉 움켜쥐고 불이 밝혀진 길을 따라 서둘러 숲으로 들어갔다. 주위에서 수천 명이 웃고 소리 지르고 간간이 노래하면서 이동하는 소리가 들렸다. 과열된 흥분의 분위기는 매우 전염성이 높았다. 해리는 얼굴에서 웃음을 지울 수가 없었다. 그들은 왁자지껄 떠들고 농담을 주고받으며 20분 동안 걸어간 끝에 숲 반대편에 다다라 어느새 거대한 경기장의 그늘 속에 들어와 있었다. 경기장을 둘러싼 엄청난 크기의 황금색 벽 일부밖에 보이지 않았으나 경기장이 대성당 열 채라도 넉넉히 들어갈 만큼 크다는 것은 알 수 있었다.

"10만 명을 수용할 수 있단다." 해리의 얼굴이 경이감으로 가득 찬 것을 본 위즐리 씨가 말했다. "500명으로 구성된 정부 프로젝트 팀이 1년 내내 애썼지. 곳곳에 머글 쫓기 마법이 걸려 있단다. 지난 1년 동안 머글들은 이 근처에 다가올 때마다 갑자기 중요한 약속이 떠올라 서둘러 돌아가야 했어……. 가엾기도 하지." 그는 애정 어린 말투로 덧붙이며 가장 가까운 출입구 쪽으로 일행을 안내했다. 그곳은 이미 고함을 지르는 마법사 무리로 둘러싸여 있었다.

"1등석입니다!" 출입구의 정부 마법사가 그들의 표를 확인하고 말했다. "1등석이에요! 곧장 위로 올라가세요, 아서. 올라갈 수 있는 만큼 높이요."

경기장으로 들어가는 계단에는 짙은 자주색 카펫이 깔려 있었다. 그들은 다른 사람들과 함께 위로 올라갔다. 사람들이 왼쪽과 오른쪽에 있는 문을 통해 조금씩 관중석으로 빠져나갔다. 일행은 위즐리 씨를 따라 계속 올라갔고 마침내 계단 꼭대기에 도착했다. 어느새 그들은 경기장에서 가장 높은 곳에 설치된, 황금색 골대 사이 정중앙에 위치한 작은 방에 들어와 있었다. 방 안에는 자주색과 금색으로 장식된 의자 스무 개 정도가 두 줄로 놓여 있었다. 해리는 위즐리 가족과 함께 앞쪽 의자에 나란히 앉아 상상조차 못 했던 광경을 내려다보았다.

10만 명의 마법사들이 타원형 경기장을 둘러싸고 층층이 설치된 좌석에 앉아 있었다. 주위 모든 것이 경기장 자체에서 뿜어 나오는 듯한 신비로운 황금빛에 잠겨 있었다. 높은 좌석에서 내려다본 경기장은 벨벳을 깔아 놓은 것처럼 부드러워 보였다. 경기장 양 끝에는 각각 15미터 높이 골대 세 개가 서 있었다. 바로 맞은편, 거의 해리의 눈높이에 이르는 곳에는 어마어마한 크기의 칠판이 있었다. 투명한 거인의 손이 휘갈겨 쓰기라도 하듯 칠판에 황금빛 글자가 빠르게 쓰였다 지워졌다 하고 있었다. 그 광경을 잠자코 지켜보던 해리는 칠판이 경기장 전체에 획획 비춰 주고 있는 것들이 광고 문구라는 사실을 깨달았다.

블루보틀:
온 가족을 위한 빗자루. 안전하다,
믿음직스럽다.
도난 방지 장치 내장

스카워 부인의 만능 마법 오물 제거제:
힘들이지 말고 얼룩을 지우세요!

글래드래그스 마법사 의류 전문점:
런던, 파리, 호그스미드

해리는 광고판에서 눈을 떼고 누가 1등석에 함께 앉아 있는지 어깨 너머로 고개를 돌려 살펴보았다. 바로 뒷줄 끝에서 두 번째 자리에 앉아 있는 조그만 생명체를 제외하면 1등석은 아직까지 비어 있었다. 의자에 올라앉은 몸 앞으로 짧디짧은 다리가 삐죽 튀어나와 있는 그 생명체는 토가처럼 늘어진 마른행주를 걸친 채 두 손으로 얼굴을 가리고 있었다. 그런데 박쥐처럼 생긴 기다란 귀가 이상하게 낯이 익었다……
"도비?" 해리가 미심쩍다는 듯 입을 열었다.
그 조그만 생명체가 고개를 들고 손가락을 벌리자 커다란 갈색 눈과 꼭 큼직한 토마토처럼 생긴 코가 보였다. 그 생명체는 도비가 아니었다. 하지만 해리의 친구이자, 해리가 옛 주인인 말포이 가족한테서 해방시켜 주었던 도비와 같은 집요정이 틀림없었다.
"방금 저를 도비라고 부르셨나요?" 집요정이 신기하다는 듯 손가락 사이로 끽끽거렸다. 조그맣게 끽끽대는 그 목소리는 도비의 목소리보다도 높았고 바르르 떨리고 있었다. 해리는 (집요정이어서 참 알기 어려웠지만) 이 집요정이 여자일지도 모른다고 생각했다. 론과 헤르미온느가 앉은 자리에서 몸을 돌려 집요정을 바라보았다. 그들은 해리에게서 도비 얘기를 많이 들었지만 실제로 그를 만나 본 적은 없었다. 위즐리 씨까지 관심을 보이며 눈길을 주었다.
"미안." 해리가 집요정에게 말했다. "내가 아는 집요정인 줄 알았어."
"하지만 저도 도비를 안답니다!" 집요정이 꽥꽥거리는 목소리로 말했다. 1등석 불이 그렇게 밝지 않았는데도 그녀는 빛 때문에 눈이 부시기라도 한 듯 얼굴을 가리고 있었다. "제 이름은 윙키예요. 그리고 당신은…… 당신은……." 그녀의 짙은 갈색 눈동자가 해리의 흉터에 머무는가 싶더니 이내 접시만큼 휘둥그레졌다. "당신은 틀림없이 해리 포터로군요!"
"응, 맞아." 해리가 말했다.
"도비는 늘 당신 얘기를 한답니다!" 그녀는 손을 아주 살짝 내리고 경이로워하는 얼굴로 말했다.
"도비는 잘 지내?" 해리가 물었다. "자유를 만끽하고 있어?"
"아." 윙키가 고개를 내저으며 말했다. "아, 무례하게 굴려는 건 아닌데요, 저는 당신이 도비에게 베풀어 주신 게 호의인지 아닌지 잘 모르겠어요. 도비를 해방시켜 주신 것 말이에요."
"왜?" 해리가 깜짝 놀라 물었다. "무슨 문제라도 있어?"
"도비는 자유를 얻고 우쭐해졌어요." 윙키가 슬픈 듯 말했다. "분수에 넘치는 생각들을 하게 된 거죠. 도비는 다른 일자리를 얻지 못하고 있답니다."

"어째서?" 해리가 물었다.

윙키는 목소리를 반 옥타브쯤 낮추고 속삭였다. "도비는 일을 하고 돈을 받길 원해요."

"돈?" 해리가 멍하니 말했다. "뭐, 돈을 받으면 안 되는 거야?"

윙키는 그런 생각을 하는 것 자체가 두렵다는 듯 다시 얼굴이 반쯤 가려지도록 손가락을 살짝 오므렸다.

"집요정들은 돈을 받지 않아요!" 그녀가 소리 죽여 꽥꽥거렸다. "안 돼요, 안 돼요, 안 돼요. 도비한테도 이야기했어요. 빨리 훌륭한 집안을 찾아서 정착해, 도비, 하고요. 도비는 집요정답지 않게 온갖 수준 높은 저주 마법까지 걸고 있어요. 저는 '도비, 이렇게 소란을 피우고 다니다간 다음에는 마법 생명체 통제 관리부에 불려 갈 거야, 상스러운 고블린처럼' 하고 말했어요."

"뭐, 도비도 이제 조금은 즐기며 살아도 되잖아." 해리가 말했다.

"집요정은 즐겁게 살아선 안 돼요, 해리 포터." 윙키가 손으로 얼굴을 가린 채 단호하게 말했다. "집요정은 시키는 대로만 해요. 저는 높은 곳을 전혀 좋아하지 않는답니다, 해리 포터." 그녀는 1등석 가장자리를 힐끗 보고 꿀꺽 침을 삼켰다. "……하지만 주인님께서 저를 여기로 보내셨으니까 온 거예요."

"네가 높은 데를 싫어하는 걸 알면서 왜 널 여기에 보낸 거야?" 해리가 얼굴을 찡그리며 물었다.

"주인님께서는…… 주인님께서는 제가 자리를 맡아 두기를 바라셨어요, 해리 포터. 아주 바쁘시거든요." 윙키가 고갯짓으로 옆의 빈자리를 가리키며 말했다. "윙키는 주인님의 텐트로 돌아갔으면 좋겠어요, 해리 포터. 하지만 윙키는 시키는 대로 한답니다. 윙키는 착한 집요정이니까요."

그녀는 1등석 가장자리로 다시 한 번 겁에 질린 눈길을 던지더니 눈을 완전히 가렸다. 해리는 친구들 쪽으로 고개를 돌렸다.

"그러니까 저게 집요정이란 말이지?" 론이 중얼거렸다. "이상한 녀석들이다. 그치?"

"도비는 더 이상했어." 해리는 솔직히 말했다.

론은 옴니오큘러스를 꺼내 작동시켜 보았다. 그는 옴니오큘러스로 경기장 맞은편 관중석을 내려다보았다.

"끝내준다!" 그가 옴니오큘러스 옆에 붙은 반복 재생 손잡이를 빙빙 돌리며 말했다. "이걸 돌리면 저 밑에 앉아 있는 녀석이 또 코를 후비게 만들 수 있어…… 또 해 볼까…… 한 번 더……."

한편 헤르미온느는 벨벳 장정이 되어 있고 술 장식이 달린 경기 일정표를 빠르게 훑어보고 있었다.

"경기 시작 전 팀 마스코트의 공연이 있을 예정입니다.'" 그녀가 큰 소리로 읽었다.

"아, 그건 항상 볼 만하지." 위즐리 씨가 말했다. "국가 대표팀들이 각자 자기 나라의 생명체를 데려오거든. 공연을 위해서 말이야."

이후 30분 넘는 시간이 흐르는 동안 주위의 좌석이 천천히 채워졌다. 위즐리 씨는 굉장히 중요한 인물인 게 분명해 보이는 마법사들과 계속해서 악수를 나눴다. 퍼시는 너무 자주 벌떡벌떡 일어나서 고슴도치 위에라도 앉아 있나 싶을 정도였다. 마법 정부 총리인 코닐리어스 퍼지가 도착했을 때는 허리를 너무 깊숙이 숙이는 바람에 안경이 바닥에 떨어져 박살 났다. 그는 굉장히 당황하면서 마법 지팡이로 안경을 고치더니 자리에 앉아, 코닐리어스 퍼지가 옛 친구에게 하듯 해리에게 인사를 건네는 모습을 질투 어린 눈길로 바라보았다. 해리는 퍼지 총리와 예전에 만난 적이 있었다. 퍼지는 짐짓 아버지 같은 태도로 해리와 악수를 나누고 안부를 묻더니 양옆에 앉은 마법사들에게 그를 소개했다.

"이쪽은 해리 포터입니다." 그가 가장자리가 금색으로 장식된 멋진 검은색 벨벳 로브를 걸친 불가리아 마법 정부 총리에게 큰 소리로 말했다. 불가리아 총리는 영어를 한 마디도 못 알아듣는 것 같았다. "해리 포터요……. 아, 이러깁니까? 누군지 아시잖아요……. '그 사람'에게서 살아남은 소년 말입니다....... 누군지 당연히 알 텐데."

불가리아 마법사가 문득 해리의 흉터를 발견하더니 그것을 가리키고 흥분해서 큰 소리로 떠들어 대기 시작했다.

"이제야 통했구나." 퍼지가 지친 듯 해리에게 말했다. "나는 외국어를 잘 못한단다. 이런 일에는 바티 크라우치가 필요해. 아, 크라우치의 집요정이 자리를 맡아 둔 게 보이는군....... 좋은 생각이야. 여기 불가리아 놈들이 좋은 자리는 모두 차리하려고 난리거든. ...... 아, 루시우스가 왔군!"

해리, 론, 헤르미온느는 빠르게 돌아보았다. 두 번째 줄을 따라, 위즐리 씨 바로 뒤에 아직 비어 있는 세 자리로 다가오는 세 사람의 모습이 보였다. 다름 아닌 집요정 도비의 옛 주인 루시우스 말포이와 그의 아들 드레이코, 드레이코의 어머니로 보이는 여자였다.

해리와 드레이코 말포이는 처음 호그와트로 가는 길에서 만난 이래로 앙숙이었다. 흰색에 가까운 금발을 가진 갸름하고 허여멀건 얼굴의 소년 드레이코는 아버지를 쏙 빼닮은 것 같았다. 그의 어머니도 금발이었다. 키가 크고 날씬한 그녀는 코 밑에서 고약한 냄새라도 나는 듯 얼굴을 잔뜩 찌푸리지만 않았다면 상당한 미인이었을 것이다.

"아, 퍼지." 말포이 씨가 마법 정부 총리에게 다가와 손을 내밀며 말했다. "안녕하십니까? 제 아내 나르시사와는 첫 만남이실 것 같은데요. 우리 아들 드레이코도 그렇고요."

"잘 지냈나? 안녕하십니까?" 퍼지가 미소를 머금고 말포이 부인에게 허리를 숙이며 말했다. "오블란스크 씨를 소개해 드리지요. ......아니, 오발론스크였나. 뭐, 아무튼, 불가리아 마법 정부 총리입니다. 제가 하는 말은 어차피 한 마디도 못 알아들으니 신경 쓰지 마십시오. 또 누가 있더라...... 아서 위즐리는 아시겠죠?"

긴장된 순간이었다. 위즐리 씨와 말포이 씨가 서로를 바라보았다. 해리의 머릿속에 그들이 지난번 마주쳤을 때의 광경이 생생하게 떠올랐다. 그때 둘은 플러리시 앤 블러츠 서점에서 싸움을 벌였다. 말포이 씨의 차가운 회색 눈동자가 위즐리 씨를 훑어보더니 그가 앉은 줄을 왔다 갔다 했다.

"이런, 아서." 그가 조용히 입을 열었다. "대체 뭘 팔아서 1등석을 산 건가? 자네 집이 그렇게 비싸게 팔리진 않았을 텐데?"

퍼지는 그 말을 못 들은 척 말을 이었다. "루시우스가 방금 세인트 멍고 마법 질병 상해 병원에 *상당히* 후한 기부를 했네, 아서. 여기엔 내 손님으로 온 걸세."

"정말...... 정말 멋지군요." 위즐리 씨가 한껏 경직된 미소를 지으며 말했다.

말포이 씨의 눈이 헤르미온느에게로 향했다. 헤르미온느는 얼굴을 살짝 붉혔지만 결연한 태도로 그를 마주 보았다. 해리는 말포이 씨의 입가가 말려 올라가는 이유를 정확히 알고 있었다. 말포이 가족은 본인들이 순수 혈통이라는 사실에 자부심을 느꼈다. 달리 말해, 그들은 헤르미온느 같은 머글 태생은 모두 자기들보다 열등하다고 생각했다. 하지만 아무리 말포이 씨라도 감히 마법 정부 총리가 지켜보는 앞에서 그런 말을 할 수는 없었다. 그는 피식 웃으며 위즐리 씨를 향해 고개를 까닥하더니 좌석을 따라 자기 자리로 걸어갔다. 드레이코는 경멸 가득한 눈으로 해리, 론, 헤르미온느를 쓱 바라보더니 어머니와 아버지 사이에 자리를 잡았다.

"재수 없는 인간들." 론이 중얼거렸다. 그와 해리, 헤르미온느는 다시 경기장으로 눈길을 돌렸다. 다음 순간, 루도 배그먼이 1등석으로 뛰어들어 왔다.

"다들 준비됐나?" 그가 말했다. 동그란 얼굴이 환하게 빛나는 것이 꼭 잔뜩 신이 난 큼직한 에담 치즈 같았다. "총리님, 준비되셨습니까?"

"자네만 준비되면 되지, 루도." 퍼지가 아무 문제 없다는 듯 말했다.

루도가 마법 지팡이를 획 꺼내 자기 목에 대고 "소노루스!"라고 주문을 외더니 이제는 관중으로 가득 찬 경기장의 함성 소리를 누르고 소리쳤다. 그의 목소리가 관중의 머리 위로 메아리치면서 스탠드 구석구석까지 쩌렁쩌렁 울렸다. "신사 숙녀 여러분…… 어서 오십시오! 제422회 퀴디치 월드컵 결승전에 오신 것을 환영합니다!"

관중은 일제히 환호성을 지르며 손뼉을 쳤다. 수천 개의 깃발이 나부끼면서 서로 어우러지지 않는 국가들이 울려 퍼지는 바람에 장내는 더욱 소란스러워졌다. 맞은편 거대한 칠판에서 마지막 광고 문구("버티보트의 모든 맛이 나는 강낭콩 젤리 — 한입마다 위험이 도사리고 있다!")가 깨끗이 사라지고 이제는 **불가리아: 0, 아일랜드: 0**이라는 글자가 보였다.

"자, 긴말하지 않겠습니다. 소개합니다…… 불가리아 팀의 마스코트들입니다!"

단단한 진홍색 덩어리로 보였던 오른쪽 관중석에서 응원의 함성이 터져 나왔다.

"뭘 데려왔을지 궁금한데?" 위즐리 씨가 자리에 앉은 채 몸을 앞으로 기울이며 말했다. "아아!" 그는 갑자기 안경을 벗고 얼른 로브 자락에 닦았다. "빌라였군!"

"빌라가 뭔데요?"

하지만 곧 백 명의 빌라가 경기장으로 미끄러져 나오며 해리의 물음에 답해 주었다. 빌라는 여자들…… 해리가 여태껏 본 가운데 가장 아름다운 여자들이었다. 다만, 인간이 아니었을 뿐이다. 저렇게 아름다운 인간이 있을 리 없었다. 이 생각에 해리는 잠깐 어리둥절했다. 그는 그들이 정확히 무엇인지 추측해 보려고 애썼다. 어떻게 피부가 저렇게 달빛처럼 빛날 수 있는지, 바람이 불지도 않는데 어떻게 화이트골드 빛깔의 머리카락이 뒤로 흩날릴 수 있는지……. 하지만 그때 음악이 시작됐고, 그들이 인간이 아니라는 사실에 대

앞선 상황에서 경기는 더욱 과열되기 시작했다.

멀릿이 옆구리에 퀴플을 꽉 끼고 다시 한 번 골대를 향해 쏜살같이 날아가자 불가리아 파수꾼 조그라프가 그녀를 맞으러 나왔다. 무슨 일인가 일어났지만 너무 빨라서 해리는 그 장면을 놓치고 말았다. 그러나 아일랜드 관중의 분노 어린 함성과 무스타파의 길고 날카로운 호루라기 소리 덕분에 반칙이 일어났다는 사실을 알 수 있었다.

"무스타파 심판이 불가리아 수비수에게 코빙 반칙을 선언합니다. 팔꿈치를 과하게 사용했군요!" 배그먼이 소리를 질러 대는 관중에게 알려 주었다. "그리고…… 네, 아일랜드가 페널티 슛을 얻습니다!"

멀릿이 반칙을 당하자 화가 나서 번쩍거리는 말벌 떼처럼 공중으로 날아올랐던 레프러콘들이 다 같이 빠르게 날아다니면서 "하 하 하!"라는 글자를 만들어 냈다. 경기장 맞은편에 있던 빌라들이 벌떡 일어나더니 화가 난 듯 머리카락을 홱 젖히고 다시 춤을 추기 시작했다.

위즐리 형제들과 해리는 얼른 귀를 틀어막았다. 전혀 영향을 받지 않는 헤르미온느가 곧 해리의 팔을 잡아당겼다. 해리가 고개를 돌리자 그녀는 보채듯 그의 귀에서 손가락을 떼어 냈다.

"심판 좀 봐!" 그녀가 킥킥 웃으며 말했다.

해리는 경기장을 내려다보았다. 춤추는 빌라 바로 앞에 내려선 하산 무스타파는 정말이지 아주 희한한 행동을 하고 있었다. 신이 난 듯 근육 자랑을 하면서 콧수염을 매만지고 있었던 것이다.

"자, 저런 일은 용납할 수 없죠!" 루도 배그먼은 그렇게 말했지만 목소리는 무척 재미있어하는 듯했다. "누가 심판 따귀 좀 때려 줘요!"

의료 마법사 한 명이 손가락으로 귀를 틀어막은 채 경기장을 달려와 무스타파의 정강이를 세게 걷어찼다. 무스타파가 정신을 차린 모양이었다. 다시 옴니오큘러스로 상황을 지켜보는 해리의 눈에 심판이 무척 당황한 얼굴로 빌라들에게 소리를 지르는 모습이 보였다. 빌라들은 춤을 멈추고 반란이라도 일으킬 듯한 표정을 짓고 있었다.

"제가 잘못 생각한 게 아니라면 무스타파 심판은 실제로 불가리아의 팀 마스코트를 퇴장시킬 모양입니다!" 배그먼의 목소리가 말했다. "자, 이런 일은 전례가 없는데요……. 아, 이거 골치 아파질 수도 있겠습니다……."

실제로 그랬다. 불가리아의 몰이꾼인 볼코브와 불차노브가 무스타파의 양쪽에 내려서더니 레프러콘 쪽을 가리키며 격렬하게 항의하기 시작했다. 레프러콘들은 고소해하면서 "히 히 히"라는 글자를 만들어 내고 있었다. 그러나 무스타파는 불가리아 선수들의 항의에도 별 반응을 보이지 않고 다시 비행하라는 듯 손가락으로 허공을 쿡쿡 찌르기만 했다. 그들이 물러서지 않자 무스타파는 두 차례 짧게 호루라기를 불었다.

"아일랜드가 페널티 슛을 두 개 얻습니다!" 배그먼이 소리치자 불가리아 관중이 화가 나서 고함을 질러 댔다. "볼코브와 불차노브는 다시 빗자루에 오르는 게 좋겠네요……. 네…… 갑니다……. 트로이가 퀴플을 잡습니다……."

이제 경기는 여태까지 보았던 수준 이상으로 사나워졌다. 양 팀의 몰이꾼들 모두 상대 선수에게 조금의 자비도 보이지 않았다. 특히 볼코브와 불차노브는 블러저가 맞든 사람이 맞든 상관없다는 듯 난폭하게 방망이를 휘두르고 있었다. 디미트로브가 퀴플을 가지고 있던 모런을 향해 곧바로 돌진해 하마터면 그녀를 쳐서 떨어뜨릴 뻔했다.

"반칙!" 아일랜드 응원단이 벌떡 일어서서 입을 모아 소리쳤다. 아일랜드 관중석에 거대한 녹색 물결이 일어났다.

"반칙!" 루도 배그먼의 목소리가 울려 퍼졌다. "디미트로브가 모런을 아슬아슬하게 스치고 지나갑니다.

원석에 우레와 같은 함성과 갈채의 물결이 일었다.

경기는 더욱 빠르고 거칠어졌다. 불가리아의 몰이꾼인 볼코브와 불차노브가 있는 힘껏 아일랜드 추격꾼들을 향해 블러저를 과격하게 날려 보내며 그들이 최선의 움직임을 보이지 못하도록 방해하기 시작했다. 아일랜드 추격꾼들은 어쩔 수 없이 두 번이나 흩어져야 했다. 그러다가 마침내 이바노바가 아일랜드의 대열을 뚫고 들어가 파수꾼 라이언을 제치고 불가리아의 첫 득점을 올렸다.

"귀 막아라!" 빌라들이 축하의 춤을 추기 시작하자 위즐리 씨가 소리쳤다. 해리는 눈까지 질끈 감았다. 경기에 집중하고 싶었기 때문이다. 몇 초가 지나서야 그는 경기장을 힐끗 바라보았다. 빌라들은 어느새 춤을 멈췄고, 또다시 불가리아가 쿼플을 갖고 있었다.

"디미트로브! 레브스키! 디미트로브! 이바노바…… 어엇!" 배그먼이 고함을 질렀다.

두 명의 수색꾼, 크룸과 린치가 추격꾼들 한가운데를 가르며 급속히 하강하자 10만 명의 마법사들은 숨을 삼켰다. 그 속도가 워낙 빨라 두 선수는 마치 낙하산 없이 비행기에서 뛰어내린 것처럼 보였다. 해리는 스니치가 어디에 있는지 보기 위해 눈을 가늘게 뜨고 옴니오큘러스로 그들이 날아내려 가는 모습을 좇았다.

"부딪치겠어!" 헤르미온느가 해리 옆에서 소리쳤다.

헤르미온느의 말은 반만 맞았다. 마지막 순간 빅토르 크룸이 급강하를 멈추고 나선형을 그리며 날아올랐다. 반면 린치는 경기장 전체에 울려 퍼지는 둔탁한 쿵 소리를 내며 땅바닥에 떨어졌다. 아일랜드 관중석에서 커다란 탄식이 터져 나왔다.

"멍청아!" 위즐리 씨가 투덜거렸다. "크룸이 페인트를 쓴 거잖아!"

"타임아웃입니다!" 배그먼의 목소리가 외쳤다. "훈련받은 의료 마법사들이 에이든 린치를 살피려고 서둘러 경기장으로 들어오고 있습니다!"

"괜찮을 거야. 그냥 땅에 쓸렸을 뿐이니까!" 찰리가 지니를 안심시키려는 듯 그렇게 말했다. 지니는 잔뜩 겁먹은 표정으로 1등석 가장자리에 매달려 있었다. "물론 크룸이 노린 게 그거겠지만……."

해리는 재빨리 옴니오큘러스의 '반복 재생' 버튼과 '전술 분석' 버튼을 누르고 속도 조절 다이얼을 돌린 뒤 다시 눈에 갖다 댔다.

그는 크룸과 린치가 급강하하는 모습을 슬로모션으로 다시 보았다. 화면에 '브론스키 페인트: 위험한 수색꾼 유인 전술'이라는 자줏빛 글자가 번쩍거렸다. 해리는 크룸이 집중하느라 얼굴을 잔뜩 일그러뜨린 채 제때 급강하를 멈추는 모습과 린치가 땅바닥에 곤두박질치는 모습을 보고 상황을 이해했다. 크룸은 결코 스니치를 본 게 아니었다. 그냥 린치가 그를 따라 하도록 만들었을 뿐이다. 해리는 크룸처럼 비행하는 사람은 처음 보았다. 크룸은 아예 빗자루를 사용하지 않는 것 같았다. 그는 지지대도 없고 몸무게도 나가지 않는 것처럼 자유자재로 하늘을 가로지르고 있었다. 해리는 옴니오큘러스를 정상으로 돌려놓고 크룸에게 초점을 맞췄다. 의료 마법사들이 마법약 몇 잔으로 린치를 회복시키는 가운데, 크룸은 그 위에서 원을 그리며 날고 있었다. 크룸의 얼굴에 더 가까이 초점을 맞추던 해리는 그의 검은색 눈동자가 30미터 아래의 경기장 전체를 빠르게 훑는 모습을 보았다. 그는 린치가 회복하는 동안 누구의 방해도 받지 않고 스니치를 찾아 날아다닐 수 있었다.

마침내 린치가 일어섰다. 초록색 옷을 입은 응원단이 큰 소리로 환호성을 내질렀다. 린치는 파이어볼트에 올라타고 다시 공중으로 날아올랐다. 그의 회복이 아일랜드 팀 선수들에게 새로운 용기를 불어넣어 준 것 같았다. 무스타파가 다시 호루라기를 불자 추격꾼들은 해리가 지금껏 봐 온 어떤 것과도 비교되지 않는 기술을 발휘하기 시작했다.

빠르고 격정적인 15분이 더 흐르고 아일랜드가 열 번 더 득점해 앞서 나갔다. 아일랜드가 130 대 10으로 두 개, 그리고 아주 작고 날개가 달린 골든 스니치 한 개였다(해리는 시야 밖으로 빠르게 날아가기 전 아주 짧은 순간 스니치를 보았다). 무스타파가 호루라기를 날카롭게 삑 불더니 공을 따라 쏜살같이 하늘로 솟구쳤다.

"선수드ㅇㅇㅇㅇ을이 **날아올랐습니다!**" 배그먼이 소리쳤다. "멀릿이 공을 잡습니다! 트로이! 모런! 디미트로브! 다시 멀릿! 트로이! 레브스키! 모런!"

해리는 이런 경기는 생전 처음 보았다. 옴니오큘러스를 얼굴에 어찌나 꽉 누르고 있었는지 안경이 콧등에 파고들 정도였다. 선수들은 믿어지지 않을 만큼 빨랐다. 추격꾼들이 서로에게 쿼플을 던지는 속도가 워낙 빨라서 배그먼은 선수들의 이름만 외치기도 바빴다. 해리는 다시 한 번 옴니오큘러스 오른쪽에 달린 '천천히' 다이얼을 돌리고 맨 위 '전술 분석' 버튼을 눌렀다. 반짝이는 자주색 글자들이 렌즈를 가로지르며 곧바로 슬로모션 화면이 보였다. 관중이 내지르는 함성이 고막을 세차게 두드렸다.

서로 가까이 붙어서 날아가는 아일랜드 추격꾼 세 명 쪽으로 옴니오큘러스를 돌리자 '매 머리 공격 대형'이라는 글자가 화면에 떴다. 트로이가 대형의 중앙에서 멀릿과 모런보다 약간 앞선 채 불가리아 선수들을 향해 돌진하고 있었다. 이어 '포르스코프 전술'이라는 글자가 번쩍였다. 트로이가 쿼플을 들고 쏜살같이 위로 날아가 불가리아의 추격꾼 이바노바를 끌어내더니 모런 쪽으로 흘리듯 쿼플을 패스했다. 불가리아의 몰이꾼 중 한 명인 볼코브가 지나가는 블러저에 작은 방망이를 힘껏 휘둘러 모런 앞으로 날려 보냈다. 모런이 블러저를 피하느라 급하게 몸을 숙이다가 쿼플을 놓치자 밑에서 날아오르던 레브스키가 쿼플을 잡았다.

"트로이가 득점합니다!" 배그먼이 고함을 지르자 경기장은 우레와 같은 갈채와 환호성으로 진동했다. "10 대 0으로 아일랜드가 앞섭니다!"

"뭐?" 해리가 옴니오큘러스로 정신없이 사방을 둘러보며 소리쳤다. "레브스키가 쿼플을 잡았는데!"

"해리, 정상 속도로 보지 않으면 경기를 놓치게 될 거야!" 트로이가 경기장을 한 바퀴 돌며 골 세리머니를 하는 동안 펄쩍펄쩍 뛰면서 팔을 공중으로 흔들어 대던 헤르미온느가 소리쳤다. 해리는 재빨리 옴니오큘러스에서 눈을 떼고 앞을 바라보았다. 사이드라인에서 지켜보던 레프러콘들이 일제히 다시 하늘로 날아오르더니 커다랗고 반짝거리는 토끼풀 모양을 만들고 있었다. 경기장 맞은편에서는 빌라들이 시무룩하게 그 모습을 지켜보고 있었다.

해리는 득점 장면을 놓친 스스로에게 화가 났다. 그는 경기가 다시 시작되자 옴니오큘러스의 속도 다이얼을 정상으로 되돌려 놓았다.

퀴디치를 잘 아는 해리는 아일랜드의 추격꾼들이 훨씬 뛰어나다는 사실을 곧 알아챘다. 그들은 한 점 어긋남 없는 팀워크를 보여 주었고, 위치를 선정하는 방식을 보니 마치 서로의 생각을 읽는 듯했다. 해리의 가슴에 달린 장미 장식이 높은 소리로 끊임없이 그들의 이름을 외치고 있었다. "트로이…… 멀릿…… 모런!" 10분도 지나지 않아 아일랜드가 두 차례 더 득점하며 30 대 0으로 앞섰다. 그 덕분에 초록색으로 뒤덮인 응가 입장합니다!"

다음 순간 거대한 초록색과 황금색이 뒤섞인 별똥별 같은 것이 경기장으로 붕 날아들어 왔다. 그것은 경기장을 한 바퀴 돌더니 더 작은 두 개의 별똥별로 쪼개졌다. 각각의 별똥별이 골대를 향해 돌진했다. 돌연 무지개가 경기장을 가로지르는 아치를 그리며 두 개의 빛나는 공을 연결했다. 관중은 불꽃놀이라도 구경하듯 "우아아아", "이야아아아아" 하고 함성을 내질렀다. 이윽고 무지개는 사라지고, 빛의 공들이 다시 뭉치고 합쳐지면서 번쩍번쩍 빛나는 거대한 토끼풀을 만들어 냈다. 토끼풀이 하늘로 날아올라 관중석 위를 날아다니기 시작하자 황금 빗방울 같은 것이 떨어지는 듯했다.

"멋지다!" 론이 소리쳤다. 토끼풀이 머리 위로 날아오르자 묵직한 금화가 비처럼 쏟아져 머리와 좌석 위로 튀어 올랐다. 해리는 눈을 가늘게 뜨고 토끼풀을 올려다보다가 그것이 사실 붉은 조끼 차림에 턱수염이 난 조그만 남자 수천 명으로 이루어져 있다는 사실을 깨달았다. 그들은 각각 작디작은 황금색과 초록색 등불을 들고 있었다.

"레프러콘이다!" 위즐리 씨가 관중의 우레와 같은 갈채 너머로 말했다. 많은 관중이 아직도 금화를 주우려고 아등바등하며 의자 밑을 더듬고 있었다.

"자, 여기." 론이 기분 좋게 소리치며 금화 한 주먹을 해리의 손에 쥐여 주었다. "옴니오큘러스 값이야! 이제 나한테 크리스마스 선물 사 줘야 돼. 하!"

거대한 토끼풀이 천천히 사라졌다. 레프러콘들은 빌라 맞은편으로 날아가 경기를 보기 위해 책상다리를 하고 자리를 잡았다.

"자, 신사 숙녀 여러분, 열렬하게 맞이해 주시길 바랍니다. 불가리아 퀴디치 국가 대표팀입니다! 지금 들어오는 선수는…… 디미트로브!"

진홍색 옷차림을 한 형체가 빗자루를 타고 저 아래 있는 출입구에서 경기장으로 쏜살같이 튀어나왔다. 너무 빨라 흐릿하게 보일 정도였다. 불가리아 응원단이 격렬한 박수로 그를 맞았다.

"이바노바!"

진홍색 로브를 입은 두 번째 선수가 붕 날아왔다.

"조그라프! 레브스키! 불차노브! 볼코브! 그리고…… 크룸입니다!"

"저 선수야, 저 선수!" 론이 옴니오큘러스로 크룸을 뒤쫓으며 소리쳤다. 해리도 재빨리 옴니오큘러스의 초점을 맞췄다.

빅토르 크룸은 호리호리한 체격이었으며 어둡고 누르께한 피부에 크고 구부러진 코, 숱 많은 검은색 눈썹을 지니고 있었다. 갑작스레 거대하게 성장한 맹금류를 보는 듯했다. 그의 나이가 겨우 열여덟 살이라는 사실을 도저히 믿을 수 없을 정도였다.

"자, 환영해 주십시오. 아일랜드 퀴디치 국가 대표팀입니다!" 배그먼이 외쳤다. "소개합니다. 코널리! 라이언! 트로이! 멀릿! 모런! 퀴글리! 그리고…… 린치입니다!"

일곱 개의 흐릿한 녹색 형체가 경기장을 휩쓸듯 날아다녔다. 해리는 옴니오큘러스 옆에 달린 작은 다이얼을 돌려 선수들이 날아다니는 속도를 늦췄다. 빗자루 하나하나에 새겨진 '파이어볼트'라는 글자가 보였다. 선수들의 등에 은실로 수놓인 이름도 보였다.

"그리고 저 멀리 이집트에서 온 심판, 칭송받는 국제 퀴디치 연맹 회장인 하산 무스타파입니다!"

머리가 완전히 벗겨졌지만 콧수염은 버넌 이모부에 필적할 만큼 무성한 작고 깡마른 남자 마법사가 경기장과 잘 어울리는 황금색 로브를 입고 성큼성큼 걸어 나왔다. 콧수염 아래로 은색 호루라기가 삐죽 튀어나와 있는 것이 보였다. 그는 한쪽 팔 아래에 커다란 나무 상자를, 다른 쪽 팔 아래에는 빗자루를 끼고 있었다. 해리는 옴니오큘러스의 속도 다이얼을 정상으로 돌려놓고, 무스타파가 빗자루에 올라탄 뒤 상자 뚜껑을 발로 걷어차 여는 모습을 자세히 바라보았다. 공 네 개가 하늘로 솟구쳤다. 진홍색 퀴플 하나, 검은 블러저

한 걱정은 눈 녹듯 사라졌다. 사실 해리는 더 이상 아무 걱정도 하지 않았다.

빌라가 춤을 추기 시작하자 해리는 정신을 완전히 빼앗기고 행복에 겨워서 멍해졌다. 이 세상에서 가장 중요한 일은 빌라를 계속 바라보는 것뿐이었다. 저 춤이 멈춘다면 끔찍한 일이 벌어질 것만 같았다…….

빌라가 점점 더 빠르게 춤을 추자 사납고 형체를 갖추다 만 생각들이 해리의 멍한 정신을 뒤쫓기 시작했다. 그는 뭔가 강렬한 인상을 남길 만한 일을 하고 싶었다. 지금 당장. 1등석에서 경기장으로 뛰어내리는 것도 좋은 생각 같았다. ……그런데 그걸로 충분할까?

"해리, 너 *대체 뭐 하는 거야?*" 멀리서 헤르미온느의 목소리가 들려왔다.

음악이 멈췄다. 해리는 눈을 깜빡였다. 그는 어느새 의자에서 일어나 있었다. 한쪽 다리를 1등석 난간 위에 올려놓은 채였다. 옆에서는 론이 다이빙대에서 뛰어내리기 일보 직전인 것 같은 자세로 굳어 있었다.

성난 외침이 경기장을 가득 채웠다. 관중은 빌라가 경기장에서 떠나기를 바라지 않았다. 해리도 같은 생각이었다. 그는 당연히 불가리아를 응원할 작정이었다. 대체 왜 가슴에 커다란 초록색 토끼풀을 달고 있는지 어렴풋한 궁금증이 일었다. 한편 론은 넋을 잃고 모자에 달린 토끼풀을 갈기갈기 찢어 버리고 있었다. 위즐리 씨가 슬쩍 미소 지으며 론 쪽으로 몸을 기울이고 그의 손에서 모자를 빼냈다.

"그 모자 필요할걸." 그가 말했다. "아일랜드 차례가 되면 말이다."

"에?" 론은 입을 벌린 채 빌라를 바라보았다. 빌라들은 이제 경기장 한쪽에 죽 늘어서 있었다.

헤르미온느가 큰 소리로 혀를 찼다. 그녀는 팔을 뻗어 해리를 자리로 끌어당겼다. "*참 나!*" 그녀가 말했다.

"자, 이제." 루도 배그먼의 목소리가 주위를 쩌렁쩌렁 울렸다. "부디 마법 지팡이를 하늘로 들어 올려 주시길 바랍니다. ……아일랜드 국가 대표팀 마스코트

일부러 부딪치려고 저렇게 비행한 거죠. 페널티를 한 번 더 받아야겠는데요. 네, 호루라기가 울립니다!"

레프러콘들이 다시 하늘로 날아올라 이번에는 커다란 손을 만들더니, 경기장 맞은편 빌라들을 향해 굉장히 무례한 손짓을 했다. 그것을 본 빌라들은 그만 자제력을 잃고 말았다. 빌라들은 경기장 맞은편으로 돌진하면서 레프러콘들에게 불덩이 같은 것들을 던지기 시작했다. 해리가 옴니오큘러스를 통해 바라보니 빌라들의 모습은 이제 아름다움과는 거리가 멀었다. 얼굴이 점점 길어지면서 뾰족하고 위협적인 부리가 달린 새의 머리처럼 변했고, 어깨에서는 비늘 달린 긴 날개들이 불쑥 돋아났다.

"*저것 봐라, 사내 녀석들아.*" 위즐리 씨가 아래쪽 관중이 만들어 내는 소란스러움 너머로 소리쳤다. "*저게 바로 외모만 보고 좋아해서는 안 되는 이유란다!*"

정부 마법사들이 빌라와 레프러콘 들을 떼어 놓으려고 경기장으로 쏟아져 들어왔지만 별 성공을 거두진 못했다. 하지만 밑에서 벌어지는 그 격전은 위에서 벌어지는 싸움에 비하면 아무것도 아니었다. 해리는 옴니오큘러스를 이쪽저쪽으로 돌리며 경기장에서 벌어지는 싸움을 뚫어지게 바라보았다. 쿼플이 선수들 사이에서 총알처럼 빠르게 이 손에서 저 손으로 옮겨 다니고 있었다.

"레브스키…… 디미트로브…… 모런…… 트로이…… 멀릿…… 이바노바…… 다시 모런입니다. 모런…… **모런이 득점합니다!**"

하지만 아일랜드 응원석에서 터져 나온 환호성은 빌라들의 비명 소리와 정부 마법사들이 마법 지팡이로 불꽃을 내뿜는 소리, 불가리아 관중의 분노 가득한 함성에 묻혀 거의 들리지 않았다. 경기는 곧바로 다시 시작되었다. 이제 레브스키가 쿼플을 잡고 있었고, 뒤이어 디미트로브가 받았다.

아일랜드의 몰이꾼 퀴글리가 지나가는 블러저를 있는 힘껏 후려쳐 크룸 쪽으로 날려 보냈다. 크룸은 미처 피할 시간이 없었다. 블러저가 그의 얼굴을 강타했다.

관중석에서 귀청이 터질 듯한 탄식이 터져 나왔다. 크룸은 코가 부러졌는지 얼굴이 피투성이가 되어 있었다. 그러나 하산 무스타파는 다른 데 정신이 팔려 호루라기를 불지 않았다. 해리는 그를 탓할 수 없었다. 빌라 하나가 불덩이를 던져 무스타파의 빗자루 꼬리에 불을 붙였던 것이다.

해리는 크룸이 부상당한 것을 누구라도 알아채기를 바랐다. 아일랜드를 응원하고 있긴 했지만 크룸은 경기장에서 그를 가장 흥분시키는 선수였다. 론도 같은 생각인 게 틀림없었다.

"타임아웃! 아, 왜 이래. 저 상태로 어떻게 경기를 해. 크룸을 보란 말이야."

"*린치를 봐!*" 해리가 소리쳤다.

아일랜드의 수색꾼 린치가 갑자기 급강하하기 시작했다. 해리는 이번엔 브론스키 페인트가 아니라고 확신했다. 이번엔 진짜였다…….

"스니치를 본 거야!" 해리가 소리쳤다. "스니치를 봤다고! 움직임을 봐!"

관중 절반은 무슨 일이 벌어지는지 깨달은 듯했다. 아일랜드 응원단이 거대한 초록색 물결을 일으키며 자리에서 일어나 자기편 수색꾼의 이름을 외쳐 댔다……. 하지만 크룸이 그를 바짝 따라붙었다. 해리는 크룸이 대체 어떻게 날아갈 방향을 가늠하는지 감도 잡을 수 없었다. 등 뒤로 핏방울을 흩날리면서도 크룸은 이제 린치를 거의 따라잡은 상태였다. 두 사람은 다시 한 번 땅바닥을 향해 돌진했다.

"부딪치겠어!" 헤르미온느가 날카로운 비명을 질렀다.

"아냐!" 론이 고함쳤다.

"린치는 부딪칠걸!" 해리가 소리쳤다.

해리의 말이 맞았다. 린치는 또 한 번 아주 세게 땅바닥에 곤두박질치더니 곧바로 분노한 빌라 무리에 짓밟혔다.

"스니치, 스니치는 어디 있어?" 끝자리에 앉아 있던 찰리가 소리쳤다.

"잡았어, 크룸이 잡았어, 경기 끝났어!" 해리가 외쳤다.

크룸이 공중으로 부드럽게 날아올랐다. 코에서 흘러나온 피로 붉은 로브가 번들거렸다. 높이 쳐든 크룸의 주먹에 반짝이는 황금빛 물건이 쥐어 있었다.

전광판이 관중을 향해 **불가리아: 160, 아일랜드: 170**이라는 글자들을 번쩍번쩍 비춰 주었다. 관중은 무슨 일이 일어났는지 깨닫지 못한 것 같았다. 그러다 천천히, 거대한 점보제트기에 시동이 걸리듯 아일랜드 응원단의 함성이 점점 커지다가 탄성으로 바뀌었다.

"**아일랜드의 승리입니다!**" 배그먼이 소리쳤다. 그 역시 경기가 갑작스럽게 끝나서 놀란 듯했다. "**크룸이 스니치를 잡았지만, 아일랜드가 이겼습니다.** 세상에, 이런 결과를 예상한 사람은 아무도 없을 것 같은데요!"

"왜 스니치를 잡은 거야?" 론은 머리 위로 손뼉을 치며 펄쩍펄쩍 뛰면서도 그렇게 소리쳤다. "아일랜드가 160점이나 앞서 있을 때 끝내 버리다니, 저런 멍청이!"

"절대 따라잡지 못할 거란 걸 안 거야." 해리가 온갖 소음 너머로 외쳤다. 그 역시 열렬하게 박수를 보내고 있었다. "아일랜드 추격꾼들이 너무 잘했어……. 크룸은 그냥 자기 방식대로 끝내고 싶었던 거야…….."

"되게 용감하더라. 그치?" 헤르미온느가 크룸이 내려서는 모습을 보려고 몸을 앞으로 기울이며 말했다. 의료 마법사 무리가 싸움을 벌이고 있는 레프러콘들과 빌라들 사이에 폭발 마법을 써서 길을 뚫고 크룸에게 다가가고 있었다. "아주 엉망진창이 됐나 봐……."

해리는 다시 옴니오큘러스를 눈에 댔다. 레프러콘들이 경기장 전체를 신나게 붕붕 날아다니고 있었기 때문에 밑에서 무슨 일이 벌어지는지 보기 어려웠지만 의료 마법사들에게 둘러싸여 있는 크룸은 겨우 알아볼 수 있었다. 그는 피를 닦아 주겠다는 의료 마법사들의 손길을 어느 때보다도 무뚝뚝한 표정으로 거부했다. 그의 팀 동료들이 크룸 주위에서 낙심한 표정으로 고개를 젓고 있었다. 조금 떨어진 곳에서는 아일랜드 선수들이 마스코트가 뿌리는 금화 소나기를 맞으며 신나게 춤을 추고 있었다. 경기장 전체에 깃발이 나부꼈고 사방에서 아일랜드 국가가 울려 퍼졌다. 빌라들은 의기소침하고 허탈한 표정을 지으면서도 다시 몸집을 줄여 처음의 아름다운 모습으로 돌아왔다.

"뭐, 우린 용감하게 싸웠습니다." 등 뒤에서 우울한 목소리가 들렸다. 해리는 뒤를 돌아보았다. 불가리아 마법 정부 총리였다.

"영어 할 줄 아시네요!" 퍼지가 격분해서 소리쳤다. "그런데도 제가 하루 종일 모든 걸 손짓 발짓으로 전달하게 했단 말입니까!"

"뭐, 굉장히 재미있었습니다." 불가리아 총리가 어깨를 으쓱하며 말했다.

"아일랜드 팀 선수들이 양쪽에 마스코트들을 거느리고 승리를 축하하면서 경기장을 돌고 있습니다. 퀴디치 월드컵이 1등석으로 옮겨집니다!" 배그먼이 소리쳤다.

해리는 갑자기 눈앞이 새하얘지는 것을 느꼈다. 관중석에 앉은 모두가 볼 수 있도록 1등석이 마법의 빛으로 밝혀진 것이다. 눈을 가늘게 뜨고 출입구 쪽을 바라보던 해리는 두 명의 마법사가 숨을 헐떡이며 커다란 황금빛 우승컵을 1등석으로 들여오는 모습을 보았다. 그들은 그 우승컵을 코닐리어스 퍼지에게 건넸다. 퍼지는 하루 종일 쓸데없이 몸짓으로 의사소통을 했다는 사실에 여전히 무척 기분이 상한 것처럼 보였다.

"용감한 패자, 불가리아에게도 큰 박수 보냅시다!" 배그먼이 소리쳤다.

경기에서 진 일곱 명의 불가리아 선수들이 계단을 올라와 1등석으로 들어왔다. 아래쪽에서 관중이 감탄이 뒤섞인 갈채를 보내 주었다. 수만 개의 옴니오큘러스 렌즈가 그들을 향해 번뜩이며 깜박거렸다.

불가리아 선수들이 하나하나 1등석 박스의 줄지은 좌석 사이로 들어왔다. 선수들이 불가리아 총리, 이어서 퍼지와 악수할 때마다 배그먼은 그들 하나하나의 이름을 큰 소리로 불러 주었다. 줄 맨 뒤에 서 있는 크룸은 말 그대로 만신창이가 된 것처럼 보였다. 피투성이가 된 얼굴에서 그의 검은 눈동자만이 강렬하게 빛나고 있었다. 그는 아직도 스니치를 들고 있었다. 해리는 크룸이 땅에 내려서 있을 때 훨씬 어색하게 움직인다는 사실을 알아차렸다. 약간 팔자걸음이었으며 어깨도 눈에 띌 만큼 구부정했다. 하지만 크룸의 이름이 불리자 경기장 전체에 귀청이 찢어질 듯한 함성이 울려 퍼졌다.

잠시 후 아일랜드 팀 선수들이 1등석에 들어왔다. 에이든 린치는 모런과 코널리의 부축을 받고 있었다. 그는 두 번째 충돌로 정신이 멍한 듯했으며 눈은 이상하게 초점이 맞지 않았다. 하지만 트로이와 퀴글리가 우승컵을 공중으로 들어 올리고 밑에서 관중이 우레와 같은 응원을 보내자 그도 기쁘게 씩 웃었다. 해리는 손뼉을 치느라 손이 얼얼했다.

마침내 아일랜드 팀 선수들이 1등석을 나가 빗자루에 오르더니 또 한 번 승리를 자축하며 경기장을 돌았다(코널리 뒤에 탄 에이든 린치는 그의 허리를 꽉 잡고 여전히 어리벙벙한 얼굴로 웃고 있었다). 배그먼이 마법 지팡이를 자기 목에 겨누고 "콰이어투스"라고 중얼거렸다.

"앞으로 몇 년은 이야깃거리가 되겠는걸." 그가 쉰 목소리로 말했다. "정말 예기치 못한 반전이었어……. 경기가 더 오래 이어지지 않은 게 아쉽네……. 아, 그래…… 그래, 너희한테 줄 돈이 있었지……. 얼마더라?"

어느 틈에 좌석 등받이를 넘어온 프레드와 조지가 얼굴 가득 웃음을 띤 채 두 손을 내밀고 루도 배그먼 앞에 서 있었다.

CHAPTER 9

어둠의 징표

"엄마한테는 도박했다는 말 하지 마라." 다 함께 자주색 카펫이 깔린 계단을 천천히 내려갈 때 위즐리 씨가 프레드와 조지에게 애원하듯 말했다.

"걱정 마세요, 아빠." 프레드가 신이 나서 말했다. "이 돈으로 큰일을 계획하고 있거든요. 뺏기긴 싫어요."

위즐리 씨는 잠깐 그 큰일이라는 게 뭔지 묻고 싶은 표정이었지만 다시 생각해 보더니 모르는 편이 낫다고 판단한 듯했다.

그들은 곧 경기장 밖으로 쏟아져 나와 야영장으로 돌아가는 관중의 물결에 휩쓸렸다. 등불로 밝힌 길을 따라 되돌아가는데 밤공기에 시끌벅적한 노랫소리가 실려 왔다. 레프리콘들이 쉬지 않고 깔깔거리며 등불을 흔들어 대고 머리 위로 뭔가를 쏘아 올리고 있었다. 마침내 텐트에 도착했을 때 자고 싶어 하는 사람은 아무도 없었다. 주위도 시끄러웠기에 위즐리 씨는 잠자리에 들기 전 마지막으로 다 함께 코코아를 마시게 해 주었다. 그들은 어느새 경기와 관련해 즐거운 논쟁을 벌이고 있었다. 위즐리 씨는 코빙 반칙에 대해 찰리와 의견이 갈렸다. 그는 지니가 작은 식탁에서 잠이 들어 코코아를 바닥에 온통 흘리고 나서야, 입으로 하는 반복 재생은 이제 그만하고 모두 잠자리에 들라고 말했다. 헤르미온느와 지니가 옆 텐트로 가자 해리와 나머지 위즐리 가족들은 잠옷으로 갈아입고 침대로 들어갔다. 야영장 반대편에서는 아직도 노랫소리와 이상하게 울리는 쿵쿵 소리가 들려오고 있었다.

"아, 비번이어서 다행이다." 위즐리 씨가 졸음에 겨운 목소리로 중얼거렸다. "가서 아일랜드 사람들한테 축하하는 그 정도로 하라고 말해야 한다니 생각만 해도 끔찍하다."

해리는 론과 함께 쓰는 2층 침대 위층에 누워 캔버스 천으로 된 텐트 천장을 멍하니 쳐다보거나 가끔씩 머리 위로 날아다니는 레프리콘의 등불 빛을 바라보면서, 크룸의 멋진 동작들 중에서도 특별히 멋진 움직임들을 눈앞에 다시 그려 보았다. 그는 파이어볼트를 타고 브론스키 페인트를 해 보고 싶어서 좀이 쑤실 지경이었다…… 올리버 우드는 화살표들이 꿈틀거리

어둠의 징표

던 그 온갖 도표를 가지고도 그 동작이 어떻게 보여야 하는지 제대로 설명하지 못했다……. 등에 이름이 새겨진 로브를 입은 해리 자신의 모습이 눈앞에 떠오르는 것 같았다. 그는 수백 수천 관중이 힘껏 내지르는 함성이 들리는 가운데, 루도 배그먼의 목소리가 경기장 전체에 쩌렁쩌렁 울려 퍼질 때의 느낌을 상상해 보았다. "소개합니다…… *포터!*"

깜빡 잠이 들었는지 정신이 몽롱했다. 크룸처럼 날고자 하는 공상이 꿈으로 슬쩍 변한 걸지도 몰랐다. 위즐리 씨가 소리를 지르고 있다는 사실만 문득 깨달았을 뿐이었다.

"일어나거라! 론, 해리. 자, 어서, 일어나. 비상사태야!"

해리가 재빨리 일어나 앉자 그의 머리가 캔버스로 된 천장에 부딪혔다.

"무슨 일이에요?" 해리가 물었다.

그는 어렴풋하게나마 뭔가 잘못됐다는 것을 느꼈다. 야영장의 소음이 달라져 있었다. 노랫소리도 들리지 않았다. 대신 비명, 그리고 사람들이 달려가는 소리가 들렸다.

해리는 2층 침대에서 미끄러지듯 내려와 옷 쪽으로 손을 뻗었다. 하지만 잠옷 위에 청바지를 겹쳐 입은 위즐리 씨가 말했다. "시간 없다, 해리. 그냥 재킷만 챙겨서 밖으로 나가. 빨리!"

해리는 그의 말대로 얼른 텐트 밖으로 나갔다. 론이 그를 바로 뒤쫓아 왔다.

아직까지 타오르고 있는 몇 안 되는 모닥불 불빛에 비쳐 숲속으로 달아나는 사람들의 모습이 보였다. 그들은 이상한 불빛과 총소리 같은 소음을 내며 들판을 가로질러 다가오는 무언가를 피해 달아나고 있었다. 시끄럽게 야유하는 소리, 우렁찬 웃음소리, 술에 취한 고함 소리가 들려왔다. 그때 강렬한 초록빛이 터져 나와 주위를 밝혔다.

한 무리의 마법사들이 마법 지팡이를 꼿꼿이 들고 서로서로 바짝 붙어서 야영장을 천천히 행진하고 있었다. 해리는 눈을 가늘게 뜨고 그들을 바라보았다……. 처음에 그자들은 얼굴이 없는 것처럼 보였지만…… 이제 보니 머리에 복면을 뒤집어쓰고 얼굴은 가면으로 가리고 있었다. 그들 머리 위 높은 곳에는 마구 몸부림치는 네 개의 형체가 공중에 둥둥 뜬 채 기괴하게 몸을 비틀고 있었다. 마치 땅 위의 가면 쓴 마법사들은 인형 조종사이고 그 위에 떠 있는 사람들은 꼭 두각시인데, 마법 지팡이에서 보이지 않는 줄이 튀어나와 그들을 조종하고 있는 것 같았다. 위에 떠 있는 사람 중 둘은 몸집이 매우 작았다.

더 많은 마법사가 행진하는 무리에 동참했다. 그들은 공중에 떠 있는 몸뚱이들을 보고 웃음을 터뜨리며 손가락질하고 있었다. 행진하는 무리가 불어나면서 텐트 여러 개가 찌그러지고 무너졌다. 행진하는 자들 가운데 하나가 길을 막은 텐트를 마법 지팡이로 날려 버리는 모습도 한두 번 보였다. 몇몇 텐트에는 불이 붙었다. 비명 소리는 더욱 커지고 있었다.

마법사 무리가 불붙은 텐트 근처를 지나가자 그 불빛에 공중에 떠다니는 사람들의 모습이 드러났다. 해리는 그중 한 사람을 알아보았다. 야영장 관리인인 로버츠 씨였다. 다른 세 사람은 그의 아내와 아이들인 것 같았다. 밑에서 행진하던 마법사 한 명이 마법 지팡이를 휘둘러 로버츠 부인의 몸을 거꾸로 뒤집었다. 그녀의 잠옷이 흘러내리면서 헐렁한 속바지가 드러났다. 밑에 있는 마법사들이 새된 소리를 지르며 신나게 조롱하자 그녀는 몸을 가리려고 버둥거렸다.

"역겨워." 론이 지상 20미터쯤 되는 높이에서 팽이처럼 빙글빙글 돌기 시작한 가장 작은 머글 아이를 바라보며 중얼거렸다. 아이의 머리가 축 늘어진 채 이쪽저쪽으로 흔들리고 있었다. "진짜 역겹다……."

헤르미온느와 지니가 잠옷 위에 코트를 걸치며 서둘러 다가왔다. 위즐리 씨가 그들을 뒤따라왔다. 그와 동시에 빌, 찰리, 퍼시가 옷을 완전히 갖춰 입고 소매를 걷어 올린 채 마법 지팡이를 꺼내 들고 남자 텐트에서 나왔다.

"우린 정부 사람들을 도우러 갈 거다." 위즐리 씨가 소매를 걷어붙이며 온갖 소음 너머로 소리쳤다. "너희는…… 숲으로 들어가라. 꼭 붙어 있어야 돼. 상황이 진정되면 내가 너희를 데리러 가마!"

빌, 찰리, 퍼시는 이미 가까이 다가오는 마법사 무리를 향해 전속력으로 내달리고 있었다. 위즐리 씨가 그 뒤를 쫓아 뛰어갔다. 사방에서 정부 마법사들이 문제가 발생한 곳으로 쏜살같이 달려가고 있었다. 로버츠 가족을 머리 위에 둥둥 띄우고 행진하던 마법사 무리가 점점 가까워지고 있었다.

"가자." 프레드가 지니의 손을 꽉 잡고 숲 쪽으로 끌어당기며 말했다. 해리, 론, 헤르미온느, 조지가 그 뒤를 따랐다. 숲속에 도착하자 모두가 뒤를 돌아보았다. 행진하는 마법사 무리는 어느새 훨씬 늘어나 있었다. 정부 마법사들이 인파를 헤치고 무리 한가운데 복면을 뒤집어쓴 마법사들에게 다가가려고 하는 모습이 보였지만 좀처럼 쉽지 않은 모양이었다. 그들은 로버츠 가족이 땅으로 추락할까 봐 어떤 주문도 걸지 못하는 것 같았다.

경기장으로 가는 길을 밝혔던 다양한 색깔의 등불은 이미 꺼진 뒤였다. 어두운 형체들이 더듬더듬 숲을 헤치며 나아가고 있었다. 아이들이 울음을 터뜨렸다. 불안한 외침들과 겁에 질린 목소리들이 차가운 밤공기 속에서 주위에 울려 퍼지고 있었다. 해리는 이 사람 저 사람에게 이리저리 떠밀리는 느낌이었다. 잠시 후 론이 고통 어린 비명을 내질렀다.

"왜 그래?" 헤르미온느가 걱정스럽게 물으며 갑자기 걸음을 멈추는 바람에 해리는 그녀에게 부딪치고 말았다. "론, 너 어딨어? 아, 마법을 쓰면 되는데, 이런 바보…… 루모스!"

그녀는 마법 지팡이에 불을 밝히고 그 가느다란 빛을 길 쪽으로 향했다. 론이 땅바닥에 널브러져 있었다.

"나무뿌리에 걸려 넘어졌어." 그가 바닥에서 일어나면서 툴툴거렸다.

"뭐, 발이 그렇게 큰데 안 넘어지는 게 이상하지." 뒤쪽에서 질질 늘어지는 목소리가 말했다.

해리, 론, 헤르미온느는 홱 돌아섰다. 드레이코 말포이가 지극히 평온한 얼굴로 혼자 근처 나무에 기대서 있었다. 팔짱을 낀 채 나무들 사이로 야영장의 광경을 지켜보고 있었던 듯했다.

론이 위즐리 부인 앞에서는 감히 입에 담지도 못할 것 같은 말을 말포이에게 퍼부었다.

"말조심해야지, 위즐리." 말포이가 색이 엷은 두 눈을 빛내며 말했다. "빨리 도망치는 게 낫지 않을까? 쟤가 눈에 띄기를 바라진 않을 텐데?"

그가 고갯짓으로 헤르미온느를 가리켰다. 바로 그때, 야영장에서 폭탄이 터지는 것 같은 소리가 들려왔다. 한순간 초록빛 섬광이 번뜩이며 주위의 나무들을 환하게 비쳤다.

"그게 무슨 뜻이야?" 헤르미온느가 도전적인 말투로 물었다.

"그레인저, 저 사람들은 머글을 잡으러 다니는 거야." 말포이가 말했다. "너도 하늘에 둥둥 떠서 속바지를 자랑하고 싶어? 그렇다면 조금만 기다려……. 저 사람들이 이쪽으로 오고 있으니까. 우리 모두를 즐겁게 해 주고 싶다면 말이야."

"헤르미온느는 마법사야." 해리가 으르렁거리듯 말했다.

"좋을 대로 생각해, 포터." 말포이가 심술궂은 미소를 띠며 말했다. "저 사람들이 머드블러드를 못 찾아낼 거라고 생각한다면 그대로 있든가."

"입조심해라!" 론이 소리쳤다. 그곳에 있는 사람들 모두 '머드블러드'가 머글 부모를 둔 마법사를 가리키는 굉장히 모욕적인 단어라는 것을 알고 있었다.

"신경 쓰지 마, 론." 론이 말포이에게 한 발 다가서자 헤르미온느가 얼른 그의 팔을 붙잡았다.

숲 건너편에서 지금까지 들려온 것 가운데 가장 요란한 폭발음이 들렸다. 근처에 있던 사람들이 비명을 질렀다.

말포이가 조용히 키득거렸다. "정말 겁쟁이들 아니냐?" 그가 느릿느릿 말했다. "너희 아빠가 다 숨어 있으라고 했지? 정작 너희 아빠는 뭘 하고 있으려나? 머글들 구출하겠다고 애쓰고 있나?"

"너희 부모님은 어디 있는데?" 해리가 쏘아붙였다. 속에서 화가 부글부글 끓었다. "가면 쓰고 저기 나가 있는 거 아니야?"

말포이는 여전히 미소 띤 얼굴을 해리 쪽으로 돌렸다. "글쎄…… 만약 그렇다고 해도 내가 너한테 말해 주겠냐, 포터?"

"가자, 얼른." 헤르미온느가 역겹다는 눈길로 말포이를 한 번 쏘아보고 말했다. "가서 다른 사람들을 찾아보자."

"그 폭탄 머리는 좀 숙이고 다녀라, 그레인저." 말포이가 빈정거렸다.

"가자니까." 헤르미온느가 재차 말하면서 해리와 론을 끌고 다시 길을 나섰다.

"저 자식 아빠가 저 가면 쓴 놈들 중 한 명이라는 데 내 전 재산 건다!" 론이 흥분해서 말했다.

"뭐, 운이 따라 준다면 정부에서 잡겠지!" 헤르미온느가 열이 오른 목소리로 말했다. "아, 말도 안 돼. 다른 사람들은 어딜 간 거야?"

길은 엄청난 수의 사람들로 빽빽했지만 프레드, 조지, 지니의 모습은 어디에도 보이지 않았다. 사람들은 하나같이 초조한 얼굴로 야영장에서 일어난 소동을 어깨 너머로 돌아보고 있었다.

잠옷을 입은 한 무리의 10대들이 길을 따라가며 떠들썩하게 말다툼을 벌이고 있었다. 해리, 론, 헤르미온느를 보자 그들 중 숱 많은 곱슬머리 소녀가 고개를 돌려 빠르게 입을 열었다. "우 에 마담 막심? 누 라봉 페르뒤……."

"어…… 뭐라고?" 론이 물었다.

"아……." 말을 걸었던 소녀가 등을 돌리고 계속 걸어가면서 분명 이렇게 말하는 것이 들렸다. "오그와트."

"보바통이네." 헤르미온느가 중얼거렸다.

"뭐?" 해리가 말했다.

"분명 보바통에 다니는 애들일 거야." 헤르미온느가 말했다. "있잖아…… 보바통 마법학교……. 《유럽 마법 교육의 평가》에서 읽었어."

"아…… 그래…… 알겠어." 해리가 말했다.

"프레드랑 조지도 그렇게 멀리 가진 못했을 거야." 론이 마법 지팡이를 꺼내 헤르미온느처럼 불을 켜고 가늘게 뜬 눈으로 길을 내다보며 말했다. 해리는 마법 지팡이를 꺼내려고 재킷 주머니에 손을 넣었다. 하지만 마법 지팡이는 거기에 없었다. 손으로 아무리 뒤적거려도 잡히는 것은 옴니오큘러스뿐이었다.

"이런, 안 돼. 어떡하지…… 나 마법 지팡이 잃어버렸어!"

"정말?"

론과 헤르미온느는 가느다란 빛이 더 넓은 곳까지 비추도록 마법 지팡이를 높이 들어 올렸다. 해리가 사방을 둘러보았지만 마법 지팡이는 어디에도 보이지 않았다.

"어쩌면 텐트에 두고 왔을지도 몰라." 론이 입을 열었다.

"뛰다가 주머니에서 빠진 건가?" 헤르미온느가 걱정스럽게 말했다.

"응." 해리가 말했다. "그럴지도…….".

그는 대체로 마법사 세계에 있을 땐 항상 마법 지팡이를 지니고 다녔다. 이런 상황에서 마법 지팡이가 없으니 너무나 약해진 기분이 들었다.

갑자기 부스럭거리는 소리가 들려서 세 사람 모두 깜짝 놀랐다. 집요정 윙키가 근처 덤불숲을 헤치고 나왔다. 윙키는 굉장히 힘에 겨운 것처럼 매우 특이하게 움직이고 있었다. 마치 보이지 않는 누군가가 그녀를 못 가게 뒤에서 잡고 있기라도 한 것 같았다.

"나쁜 마법사들이 있어요!" 그녀는 몸을 앞으로 구부리고 계속 달아나려고 애쓰면서 정신 나간 듯 새된 소리로 꽥꽥거렸다. "사람들이 높은 곳에…… 높은 곳에 둥둥 떠 있어요! 윙키는 도망치고 있어요!"

그러더니 윙키는 자신을 못 가게 붙잡고 있는 힘과 싸우느라 헐떡거리고 꽥꽥 소리를 지르며 길 반대편 숲속으로 사라졌다.

"쟨 왜 저래?" 론이 윙키가 사라진 곳을 의아하게 바라보며 말했다. "왜 제대로 뛰지 못하지?"

"숨어도 된다는 허락을 못 받아서 그렇겠지." 해리가 말했다. 그는 도비를 생각하고 있었다. 말포이 가족이 좋아하지 않을 만한 일을 하려 들 때마다 도비는 어쩔 수 없이 자신의 몸을 때리곤 했다.

"정말이지 집요정들은 *너무* 부당한 대우를 받고 있어!" 헤르미온느가 발끈하며 말했다. "그게 노예가 아니고 뭐야! 그 크라우치 장관이라는 사람은 윙키가 경기장 꼭대기까지 올라가게 만들었어. 윙키가 높은 곳을 무서워하는데도 말이야. 게다가 그 사람은 저 마법사들이 텐트를 짓밟기 시작하는데도 윙키가 도망치지 못하게 만들어 놨어! 왜 아무도 이 일에 대해 뭔가 하려고 나서지 않는 거지?"

"뭐, 집요정들은 행복해하잖아. 안 그래?" 론이 말했다. "너도 경기장에서 윙키가 한 말 들었을 거 아냐……. '집요정은 즐겁게 살아선 안 돼요'……. 쟤는 누가 시키는 대로 하는 게 좋은 거야……."

"너 같은 사람들 때문이야, 론." 헤르미온느가 열을 내며 말했다. "썩어 빠진, 불공평한 체제를 떠받치는 사람들 때문이라고. 그저 너무 게을러서……."

숲 가장자리에서 또 한 차례 시끄러운 폭발음이 들렸다.

"그냥 계속 가지 않을래?" 론이 말했고, 해리는 그가 헤르미온느를 초조하게 힐끔거리는 것을 보았다. 말포이의 말이 사실인지도 몰랐다. 아마 헤르미온느는 그들보다 더 *위험한* 상황일 것이다. 그들은 다시 발걸음을 옮기기 시작했다. 해리는 마법 지팡이가 없다는 걸 알면서도 계속 주머니를 뒤적거렸다.

그들은 프레드와 조지와 지니를 찾으며 어두운 길을 따라 숲속 더 깊은 곳으로 들어갔다. 잠시 후 세 사람은 고블린 한 무리를 지나쳤다. 고블린들은 시합에서 내기로 딴 게 분명한 금화 한 자루를 놓고 킬킬거리고 있었는데, 야영장에서 일어난 소란 따위는 전혀 아랑곳하지 않는 것 같았다. 계속 걷다 보니 은색 빛이 드리워진 공터가 나왔다. 나무들 사이로 아름다운 외모에 키가 큰 빌라 셋이 시끄러운 젊은 남자 마법사들에게 둘러싸여 있는 모습이 보였다. 마법사들 모두 목청껏 떠들어 대고 있었다.

"나는 1년에 갈레온을 100자루씩 벌어들인다고." 그중 한 명이 소리쳤다. "위험 생물 처분 위원회에서 용을 죽이는 일을 하고 있으니까."

"네가 무슨." 그의 친구가 소리쳤다. "리키 콜드런에서 접시 닦는 일을 하는 주제에……. 하지만 난 뱀파이어 사냥꾼이야. 지금까지 아흔 마리쯤 죽였지."

빌라의 어스름한 은색 빛에도 여드름이 두드러져 보이는 세 번째 젊은 마법사가 끼어들었다. "나는 최연소 마법 정부 총리가 될 거야. 그렇고말고."

해리는 피식 웃고 말았다. 그는 저 여드름 난 마법사를 알고 있었다. 그의 이름은 스탠 션파이크로, 사실은 나이트 버스라는 3층 버스의 차장이었다.

해리는 이 말을 해 주려고 론에게 고개를 돌렸지만 론의 얼굴은 묘하게 풀려 있었다. 다음 순간 론이 소리쳤다. "내가 목성까지 가는 빗자루를 발명했다고 말 안 했나?"

"*아, 진짜!*" 헤르미온느가 다시 짜증스럽게 내뱉었다. 그녀와 해리는 론의 팔을 한쪽씩 움켜잡고 그를 돌려세운 다음 멀리 끌고 갔다. 빌라들과 그 숭배자들의 소리가 완전히 사라졌을 때쯤 그들은 숲 한가운데로 들어와 있었다. 이제 그들뿐인 듯 사방이 한결 조용해졌다.

해리는 주위를 둘러보았다. "그냥 여기에서 기다리면 될 것 같은데. 누가 오면 1킬로미터 전부터 소리가 들리겠어."

그 말을 하기 무섭게 바로 앞쪽에 있는 나무 뒤에서 루도 배그먼이 나타났다.

두 개의 마법 지팡이에서 나오는 희미한 빛만으로도 해리는 배그먼에게 엄청난 변화가 있었다는 사실을 알 수 있었다. 그의 얼굴은 더 이상 쾌활한 장밋빛을 띠고 있지 않았다. 발걸음도 더는 용수철이라도 달린 듯 경쾌하지 않았다. 그는 하얗게 질린 얼굴을 하고 있었고 몹시 긴장한 기색이었다.

"거기 누구야?" 배그먼이 눈을 깜빡이면서 그들의 얼굴을 알아보려고 애쓰며 말했다. "너희끼리 여기서 뭐 하니?"

세 사람은 놀라서 서로 시선을 주고받았다.

"어…… 폭동 같은 게 벌어지고 있어서요." 론이 말했다.

배그먼이 그를 빤히 바라보았다. "뭐?"

"야영장에서요……. 어떤 사람들이 머글 가족을 붙잡았어요……."

배그먼이 큰 소리로 욕을 했다. "망할 놈들!" 그는 마음이 딴 데 가 있는 듯한 얼굴로 그렇게 내뱉고는 다른 말은 한 마디도 없이 조그맣게 '펑' 소리를 내며 순간이동으로 사라졌다.

"뭔가 일을 제대로 하는 사람은 아닌 것 같네. 배그먼 장관 말이야. 그치?" 헤르미온느가 얼굴을 찌푸리며 말했다.

"그래도 훌륭한 몰이꾼이었어." 론이 앞장서서 작은 공터로 들어가더니 한 나무 밑 마른 풀 위에 앉으며 말했다. "저 아저씨가 있을 때 윔본 와스프스는 리그에서 세 번 연속 우승했다고."

그는 주머니에서 조그만 크룸 피규어를 꺼내 땅바닥에 내려놓고 걸어 다니는 모습을 잠시 지켜보았다. 그 모형은 진짜 크룸처럼 살짝 팔자걸음에 어깨가 구부정했다. 양발이 벌어진 채 서 있으니 빗자루를 타고 있을 때만큼 멋져 보이진 않았다. 해리는 야영장에서 들려오는 소음에 귀를 기울였다. 여전히 모든 것이 조용했다. 폭동이 끝난 모양이었다.

"제발 다들 무사했으면 좋겠다." 잠시 뒤 헤르미온느가 입을 열었다.

"무사할 거야." 론이 말했다.

"너희 아빠가 루시우스 말포이를 붙잡는다고 생각해 봐." 해리는 론 옆에 앉아서 낙엽 위에 구부정하게 서 있는 조그만 크룸 피규어를 보며 말했다. "늘 그 사람 꼬리를 잡고 싶어 하셨잖아."

"그러면 드레이코 녀석 얼굴에서 그 히죽거리는 웃음이 지워지겠네." 론이 말했다.

"그런데 그 불쌍한 머글들은 어쩌지?" 헤르미온느가 초조하게 말했다. "그 사람들을 구하지 못하면 어떡해?"

"구해 줄 거야." 론이 헤르미온느를 안심시켜 주었다. "방법을 찾아내겠지."

"그렇더라도, 오늘 밤 마법 정부 전체가 여기에 와 있는데 그런 짓을 저지르다니 말도 안 되는 일이야!" 헤르미온느가 말했다. "그러니까 내 말은, 그런 짓을 저지르고도 그냥 빠져나갈 수 있을 거라 생각한 건가? 술에 취해 있었던 걸까? 아니면 그냥……."

하지만 그녀는 갑자기 말을 멈추고 어깨 너머를 돌아보았다. 해리와 론도 빠르게 뒤돌아보았다. 누군가 그들이 있는 공터로 비틀거리며 다가오는 소리가 들렸다. 그들은 어두운 숲속에서 들려오는 불규칙한 발소리에 귀를 기울이며 가만히 서 있었다. 발소리가 갑자스레 멈췄다.

"누구세요?" 해리가 소리쳤다.

침묵만이 돌아올 뿐이었다. 해리는 땅바닥에서 일어나 나무 주위를 살펴보았다. 어두워서 아주 멀리까지 보이진 않았지만 바로 저기 시야가 닿지 않는 곳에 누군가가 서 있는 것은 느낄 수 있었다.

"거기 누구 있어요?" 그가 물었다.

그때 아무런 경고도 없이, 그들이 숲에서 들었던 그 어떤 소리와도 다른 목소리가 침묵을 찢어발겼다. 하지만 그 목소리가 내뱉은 것은 겁에 질린 비명이 아니라 마법 주문처럼 들리는 소리였다.

"모즈모드레!"

해리가 꿰뚫어 보려고 애쓰던 어둠 속에서 크고 초록빛으로 빛나는 뭔가가 나무 꼭대기로 튀어 올라 가더니 이어서 하늘로 치솟았다.

"저게 무슨……?" 론이 숨을 헉 들이켜며 벌떡 일어서서 방금 나타난 것을 올려다보았다.

해리는 아주 잠깐 레프러콘들이 또 다른 모양을 만들어 낸 것이라고 생각했다. 그런 다음에야 그는 그것이 에메랄드빛 별처럼 보이는 것들이 모여 만들어 낸 거대한 해골이라는 사실을 깨달았다. 해골의 입에서 뱀 한 마리가 마치 혀처럼 튀어나와 있었다. 그들이 지켜보는 가운데 해골 형상은 점점 더 높이 솟아오르더니 어른어른한 초록색 연기 속에서 이글거리며 새로운 별자리인 양 검은 하늘에 새겨졌다.

갑자기 숲 사방에서 비명이 터져 나왔다. 이유는 알 수 없었지만 가장 가능성 높은 유일한 원인은 해골의 갑작스러운 출현뿐이었다. 해골은 이제 소름 끼치는 네온사인처럼, 숲 전체를 밝힐 만큼 높이 떠올라 있었다. 해리는 해골을 만들어 낸 사람을 찾아 어둠 속을 훑어보았지만 누구의 모습도 보이지 않았다.

"거기 누구야?" 그가 다시 소리쳤다.

"해리, 얼른. *가자!*" 헤르미온느가 그의 재킷을 잡고 끌어당겼다.

"왜 그래?" 겁을 먹고 하얗게 질린 헤르미온느의 얼굴을 보고 놀란 해리가 물었다.

"어둠의 징표야, 해리!" 헤르미온느가 있는 힘껏 그를 잡아당기며 신음했다. "'그 사람'의 징표라고!"

"볼드모트의……?"

"해리, 어서 *가자니까!*"

해리는 몸을 돌렸다. 론은 얼른 크룸 모형을 챙겼다. 세 사람은 발걸음을 옮기기 시작했다. 그러나 빠른 걸음을 몇 발짝 내딛기도 전에 펑 하는 소리가 연달아 들리더니 난데없이 허공에서 스무 명이나 되는 마법사가 나타나 그들을 둘러쌌다.

해리는 주위를 둘러보았다. 잠깐 사이에 한 가지 사실이 분명해졌다. 그 마법사들은 하나같이 마법 지팡이를 빼들고 있었고, 마법 지팡이들은 모두 그와 론, 헤르미온느를 곧장 겨누고 있었다. 그는 멈춰서 생각할 겨를도 없이 "**피해!**"라고 소리쳤다. 그는 두 사람을 붙잡고 땅바닥으로 끌어당겼다.

"스튜페파이!" 스무 명의 목소리가 소리쳤다. 눈이 멀 듯한 빛이 연달아 번뜩였다. 거센 바람이 공터를 휩쓸고 간 것처럼 머리카락이 휘날렸다. 머리를 살짝 들자 마법사들의 지팡이에서 튀어나온 타는 듯한 빨간색 불빛이 머리 위로 날아가 교차하더니 나무둥치에 맞고 어둠 속으로 튕겨 나가는 것이 보였다.

"그만!" 해리가 아는 어떤 목소리가 외쳤다. "그만! *쟤는 내 아들이야!*"

해리의 머리카락은 더 이상 흩날리지 않았다. 그는 머리를 조금 더 들어 올렸다. 앞에 있는 마법사가 마법 지팡이를 아래로 늘어뜨리고 있었다. 해리는 바닥에 나동그라진 자세로, 위즐리 씨가 겁에 질린 얼굴로 성큼성큼 다가오는 모습을 바라보았다.

"론…… 해리……." 위즐리 씨의 목소리가 떨렸다. "헤르미온느…… 너희 괜찮니?"

"비키게, 아서." 차갑고 무뚝뚝한 목소리가 말했다.

크라우치 장관이었다. 그와 마법 정부의 마법사들이 다가왔다. 해리는 자리에서 일어나 그들을 마주 보았다. 크라우치 장관의 얼굴이 분노로 딱딱하게 굳었다.

"누가 한 짓이냐?" 그가 날카로운 눈으로 그들을 번갈아 노려보며 쏘아붙였다. "너희 중 누가 어둠의 징표를 만들었지?"

"저희가 한 게 아니에요!" 해리가 위에 있는 해골을 가리키며 말했다.

"저희는 아무 짓도 안 했어요!" 론이 말했다. 그는 팔꿈치를 문지르며 화가 치미는 듯 아버지를 바라보았다. "왜 저희를 공격한 거죠?"

"거짓말은 그만두지, 학생!" 크라우치 장관이 소리쳤다. 그의 마법 지팡이는 여전히 론을 곧장 겨눈 채였고 눈은 튀어나올 듯했다. 약간 미친 사람처럼 보이기도 했다. "너희는 현장에서 발각된 거야!"

"바티." 긴 모직 가운을 입은 마법사가 속삭였다. "애들이에요, 바티. 저런 일은 절대 할 수……."

"저 징표가 어디에서 나왔니, 얘들아?" 위즐리 씨가 재빨리 물었다.

"저기서요." 헤르미온느가 부들부들 떨면서 좀 전에 목소리가 들려온 곳을 가리키며 말했다. "나무 뒤에 누가 있었어요……. 그 사람들이 뭐라고 외쳤어요. 무슨 마법 주문 같은 걸요."

"아, 저기 서 있었다 이거냐?" 크라우치 장관이 이번엔 툭 튀어나온 눈을 헤르미온느에게 돌리며 불신 가득한 얼굴로 추궁했다. "그자들이 주문을 외쳤다고?

그 징표를 소환하는 방법을 아주 잘 아는 것 같은데, 꼬마 아가씨."

하지만 크라우치 장관을 빼면 정부 마법사 중 누구도 해리, 론, 헤르미온느가 해골을 만들어 냈다고 생각하지 않는 것 같았다. 헤르미온느의 말에 오히려 그들은 마법 지팡이를 다시 치켜들고 눈을 가늘게 뜬 채 어두운 수풀을 들여다보며, 그녀가 가리킨 곳을 지팡이로 겨눴다.

"너무 늦었어요." 모직 가운을 입은 마법사가 고개를 저으며 말했다. "전부 순간이동으로 사라졌을 거예요."

"제 생각은 다릅니다." 갈색 턱수염이 덥수룩한 마법사가 말했다. 세드릭의 아버지인 에이머스 디고리였다. "우리가 쏜 기절 마법이 저 수풀을 바로 관통했어요……. 우리가 놈들을 붙잡았을 가능성이 커요……."

"에이머스, 조심해!" 디고리 씨가 지팡이를 든 채 어깨를 곧게 펴고 공터를 가로질러 어둠 속으로 들어가자 몇몇 마법사가 경고를 담아서 소리쳤다. 헤르미온느는 손으로 입을 가리고 디고리 씨가 수풀 속으로 사라지는 모습을 지켜보았다.

잠시 후 디고리 씨의 고함 소리가 들렸다.

"됐어! 잡았다! 여기 누가 있어요! 의식을 잃었어요! 그런데…… 그게…… 제기랄……."

"잡았나?" 크라우치 장관이 의심 가득한 목소리로 외쳤다. "누구지? 누군가?"

잔가지 꺾이는 소리와 나뭇잎이 부스럭거리는 소리, 저벅저벅하는 발소리가 들리더니 디고리 씨가 수풀 뒤에서 다시 모습을 드러냈다. 그는 축 늘어진 조그만 형체를 안고 있었다. 해리는 단번에 그 형체를 감싼 마른행주를 알아보았다. 윙키였다.

디고리 씨가 크라우치 장관의 집요정을 그의 발밑에 내려놓는 동안 크라우치 장관은 아무런 말 없이 미동도 하지 않았다. 정부 마법사들 모두 크라우치 장관을 뚫어지게 바라보고 있었다. 크라우치 장관은 한동안 그 자리에서 꼼짝도 하지 않고, 하얗게 질린 얼굴에 이글이글 타오르는 눈으로 윙키를 내려다보았다. 그러더니 잠시 후 되살아난 것 같았다.

"이건…… 이럴 리가…… 없어." 그가 경련하듯 말했다. "이럴 리가……."

그는 디고리 씨를 빠르게 지나쳐 윙키가 발견된 곳으로 성큼성큼 걸어갔다.

"확인하실 것도 없습니다, 크라우치 장관님." 디고리 씨가 그의 뒤에 대고 소리쳤다. "거기 다른 사람은 아무도 없어요."

하지만 크라우치 장관은 그 말을 받아들일 준비가 되어 있지 않은 듯했다. 그가 주위를 돌아다니며 덤불을 뒤지고 수색하면서 나뭇잎이 부스럭거리는 소리가 들렸다.

"좀 당황스럽군." 디고리 씨가 의식을 잃은 윙키의 몸을 내려다보며 우울하게 말했다. "바티 크라우치의 집요정이라니……. 원 이런……."

"그만둬, 에이머스." 위즐리 씨가 조용히 말했다. "정말로 집요정이 한 짓이라고 생각하는 건 아니겠지? 어둠의 징표는 마법사의 상징일세. 그걸 만들려면 마법 지팡이가 있어야 해."

"그래." 디고리 씨가 말했다. "그런데 저 집요정은 마법 지팡이를 *가지고* 있었어."

"*뭐라고?*" 위즐리 씨는 깜짝 놀랐다.

"자, 봐." 디고리 씨가 마법 지팡이를 들어 올려 위즐리 씨에게 보여 주었다. "손에 쥐고 있더군. 그러니까 일단 마법 지팡이 사용 규정 3조 위반이지. '비인간 생명체는 마법 지팡이를 소지하거나 사용해서는 아니 된다.'"

바로 그때 또다시 '펑' 소리가 나더니 루도 배그먼이 순간이동으로 위즐리 씨 바로 옆에 나타났다. 그는 혼란스러운 기색이 역력한 얼굴로 숨을 헐떡거리면서 눈을 휘둥그렇게 뜨고 그 자리에서 빙글빙글 돌며 에메랄드빛 해골을 올려다보았다.

"어둠의 징표잖아!" 그가 가쁜 숨을 쉬면서 외쳤다.

그는 어리둥절한 얼굴로 동료들을 둘러보다가 하마터면 윙키를 밟을 뻔했다. "누가 저런 짓을 했지? 잡았나? 바티! 무슨 일이에요?"

크라우치 장관이 빈손으로 돌아왔다. 그의 얼굴은 여전히 유령처럼 창백했고 손과 칫솔 같은 콧수염 모두 경련하듯 움찔거리고 있었다.

"어디 갔었어요, 바티?" 배그먼이 물었다. "시합 보러는 왜 안 왔죠? 집요정이 자리를 맡아 뒀던데.……이런, 가고일이 가글이라도 할 노릇이군!" 배그먼이 바닥에 누워 있는 윙키를 이제 막 발견하고 소리쳤다. "이 집요정이 왜 여깄죠?"

"바빴네, 루도." 크라우치 장관이 입술을 거의 움직이지 않고 여전히 경련하듯이 말했다. "그리고 내 집요정은 기절 마법에 맞았네."

"기절 마법이라니? 자네들이 걸었나? 그런데 왜……?"

갑자기 배그먼의 동그랗고 번들거리는 얼굴에 뭔가 이해했다는 표정이 떠올랐다. 그는 해골을 올려다보고 윙키를 내려다본 다음 크라우치 장관을 바라보았다.

"그럴 리가!" 그가 말했다. "윙키가? 윙키가 어둠의 징표를 만들어 냈다고? 어떻게 하는지도 모를 텐데! 일단 마법 지팡이도 있어야 하고!"

"갖고 있었어요." 디고리 씨가 말했다. "저 집요정이 마법 지팡이를 들고 있는 걸 내가 발견했어요, 루도. 크라우치 장관님, 괜찮으시다면 윙키가 뭐라고 해명할지 들어 봐야 할 것 같습니다만."

크라우치는 디고리 씨의 말을 들은 내색을 전혀 하지 않았지만, 디고리 씨는 그의 침묵을 동의로 받아들인 듯했다. 그는 마법 지팡이를 들고 윙키를 가리키며 주문을 내뱉었다. "레네르바테!"

윙키가 미세하게 몸을 떨었다. 커다란 갈색 눈이 번쩍 뜨이더니 멍한 듯 몇 차례 깜빡였다. 윙키는 침묵에 잠긴 마법사들의 시선을 받으며 부들부들 떨면서 몸을 일으켜 앉았다. 윙키는 디고리 씨의 발을 보고 천천히, 조심스럽게 눈을 들어 그의 얼굴을 바라보았다. 그런 다음 더욱 천천히 하늘로 시선을 향했다. 해리는 집요정의 큼직하고 흐리멍덩한 두 눈에 공중에 뜬 해골이 비치는 것을 보았다. 그녀는 숨을 헉 들이켜더니 사람으로 가득한 공터를 거칠게 둘러보고 겁에 질려 흐느끼기 시작했다.

"집요정!" 디고리 씨가 엄격한 목소리로 말했다. "내가 누군지 알겠나? 나는 마법 생명체 통제 관리부 소속 마법사다!"

윙키는 바닥에 주저앉은 채 숨을 날카롭게 헐떡거리며 앞뒤로 몸을 흔들기 시작했다. 명령을 어길 때마다 겁에 질리곤 했던 도비의 모습이 해리의 머릿속에서 자연스럽게 떠올랐다.

"집요정, 보다시피 방금 이곳에서 누군가가 어둠의 징표를 만들어 냈다." 디고리 씨가 말했다. "그리고 곧이어 네가 바로 그 밑에서 발견됐지! 어디 해명해 보거라!"

"저, 저, 저는 그런 짓을 하지 않아요!" 윙키는 숨도 제대로 쉬지 못했다. "저는 어떻게 하는지도 몰라요!"

"너는 마법 지팡이를 갖고 있었어!" 디고리 씨가 윙키 앞에 그 마법 지팡이를 휘두르며 을러댔다. 머리 위 해골에서 흘러나와 공터를 가득 채우고 있는 초록빛이 지팡이를 비춘 순간 해리는 그것을 알아보았다.

"어? 그거 내 건데!" 그가 말했다.

공터에 있는 모든 사람이 그를 바라보았다.

"뭐라고?" 디고리 씨가 미심쩍은 듯 되물었다.

"그건 제 마법 지팡이예요!" 해리가 말했다. "떨어뜨렸거든요!"

"떨어뜨렸다고?" 디고리 씨가 못 믿겠다는 듯 되풀이했다. "자백이라도 하는 거냐? 징표를 만들어 낸 다음 이걸 버렸다고?"

"에이머스, 자네가 지금 누구한테 이야기하고 있는지 생각해!" 위즐리 씨가 버럭 화를 내며 말했다. "해리 포터가 어둠의 징표를 만들어 낼 것 같나?"

"어…… 물론 아니지." 디고리 씨가 웅얼거렸다. "미안하다……. 내가 지나치게 흥분했어."

"아무튼 저곳에 떨어뜨리진 않았어요." 해리가 해골이 떠 있는 곳 아래쪽의 수풀을 엄지손가락으로 휙 가리키며 말했다. "숲에 들어온 직후에 잃어버렸거든요."

"그러니까" 하고, 디고리 씨가 고개를 돌려 싸늘한 눈길로 발밑에 웅크린 윙키를 다시 바라보며 말했다. "네가 이 마법 지팡이를 발견한 거로구나. 그렇지, 집요정? 그리고 마법 지팡이를 주운 김에 장난이나 좀 쳐 보기로 한 거야."

"저는 마법 지팡이로 마법을 부리지 않아요!" 윙키가 날카롭게 소리쳤다. 그녀의 찌부러지고 둥글납작한 코 양옆으로 눈물이 흘러내렸다. "저는…… 저는…… 저는 그냥 그 마법 지팡이를 주웠을 뿐이에요! 저는 어둠의 징표를 만들지 않아요. 어떻게 만드는지 모르는걸요!"

"집요정 짓이 아니에요!" 헤르미온느가 나섰다. 이 많은 정부 마법사들 앞에서 목소리를 높인 탓에 무척 긴장한 것처럼 보였지만 늘 그렇듯 결연한 태도였다. "윙키의 목소리는 높고 작은데 저희가 들은 주문 외는 목소리는 훨씬 낮았어요!" 그녀는 거들어 달라고 간청하듯 해리와 론을 돌아보았다. "윙키 목소리랑은 전혀 다르지 않았어?"

"맞아." 해리가 고개를 끄덕이며 말했다. "확실히 집요정 목소리는 아니었어요."

"그래요, 사람 목소리였어요." 론이 말했다.

"뭐, 곧 알게 되겠지." 디고리 씨가 별 감흥 없는 표정으로 으르렁거리듯 말했다. "마법 지팡이가 마지막으로 건 주문을 알아내는 간단한 방법이 있다, 집요정. 그건 알고 있나?"

윙키는 부들부들 떨면서 미친 듯이 고개를 저었다. 그녀의 양 귀가 펄럭였다. 디고리 씨가 자신의 마법 지팡이를 다시 들어 올리더니 해리의 마법 지팡이와 끝을 맞댔다.

"프라이오르 인칸타토!" 디고리 씨가 큰 소리로 외쳤다.

두 개의 마법 지팡이가 만난 지점에서 뱀 혓바닥이 달린 거대한 해골 형상이 나타났다. 헤르미온느가 겁에 질려 숨을 들이켰다. 하지만 그 해골은 저 높은 곳에 떠 있는 초록빛 해골의 그림자에 불과했다. 짙은 회색 연기로 만들어진 것처럼 보이기도 했다. 저 위에 떠 있는 마법의 허상 같은 것이랄까.

"델리트리우스!" 디고리 씨가 소리치자, 자욱한 연기로 이루어졌던 해골이 한 줄기 가느다란 아지랑이처럼 아른거리다 사라졌다.

"자." 디고리 씨가 잔혹한 승리감 비슷한 것이 어린 표정으로 윙키를 내려다보며 말했다. 윙키는 아직도 발작적으로 떨고 있었다.

"저는 그런 짓 안 해요!" 윙키가 겁에 질려 눈알을 마구 굴리며 새된 목소리로 외쳤다. "저는 그런 짓 안 해요, 안 해요, 어떻게 하는지 몰라요! 저는 착한 집요정이에요, 저는 마법 지팡이를 쓰지 않아요, 어떻게 하는지도 몰라요!"

"너는 현행범으로 붙잡혔다, 집요정!" 디고리 씨가 고함을 질렀다. "그 일을 저지른 마법 지팡이를 손에 쥔 채 붙잡힌 거야!"

"에이머스." 위즐리 씨가 다시 큰 소리로 입을 열었다. "생각해 보게……. 저 주문을 걸 줄 아는 마법사는 극소수야……. 이 집요정이 어디서 그걸 배웠겠나?"

"아마도 에이머스는……." 크라우치 장관이 한 마디 한 마디에 차가운 분노를 실으며 입을 열었다. "내가 평소 하인들에게 어둠의 징표 만드는 법을 가르친다고 말하는 것 같군."

어색한 침묵이 흘렀다.

에이머스 디고리는 순간 겁먹은 얼굴이 되었다. "물론 크라우치 장관님은…… 전혀…… 그럴 분이……."

"지금 자네는 저 징표를 만들어 낼 가능성이 가장 낮은 두 사람을 이 자리에서 고발할 뻔했네!" 크라우치 장관이 호통쳤다. "해리 포터와…… 나 말일세! 저 아이 얘기는 알고 있을 거라 생각하는데, 에이머스?"

"물론입니다. 다들 아는 얘기인데요……." 디고리 씨가 매우 당황한 기색으로 어물거렸다.

"그리고 긴 세월 공직에 있으면서 내가 어둠의 마법과 그걸 사용하는 자들을 경멸하고 혐오한다는 사실을 수없이 입증해 왔다는 건 자네도 기억하리라 믿네만?" 크라우치 장관이 또다시 눈을 부릅뜨면서 큰 소리로 말했다.

"크라우치 장관님, 저는, 저는 결코 장관님이 이 일과 관련되었다고 말한 적 없습니다!" 에이머스 디고리가 이제는 갈색 턱수염이 덥수룩한 얼굴을 붉히며 웅얼거렸다.

"내 집요정을 의심하는 건 나를 의심하는 거나 마찬가지일세, 디고리!" 크라우치 장관이 소리쳤다. "저 집요정이 달리 어디서 그 마법을 배웠겠나?"

"어디선가…… 어디선가 주웠을지도……."

"바로 그거야, 에이머스." 위즐리 씨가 얼른 끼어들었다. "어디선가 주웠을지도 몰라……. 그렇지, 윙키?" 위즐리 씨가 집요정에게 고개를 돌리며 다정하게 물었지만 윙키는 또다시 고함을 들은 것처럼 움찔했다. "해리의 마법 지팡이를 정확히 어디에서 발견했지?"

윙키가 손가락으로 어찌나 세게 비틀어 댔던지 마른행주 가장자리가 해어질 지경이었다.

"저, 저는 그걸…… 저기서……." 그녀가 속삭이듯 말했다. "저기…… 숲속에서 찾았어요……."

"알겠지, 에이머스?" 위즐리 씨가 말했다. "누군지는 몰라도 그 징표를 만들어 낸 사람은 그 짓을 저지른 직후 순간이동으로 사라졌을 거야. 해리의 마법 지팡이를 놔두고 말이지. 본인의 마법 지팡이를 사용하지 않은 건 영리한 행동이었어. 그랬더라면 나중에 그자의 소행이라는 게 드러났을 수도 있으니까. 그리고 여기 윙키는 운이 없게도 얼마 안 있다 마법 지팡이를 발견하고 주운 거지."

"하지만 그렇다면 저 집요정은 진짜 범인과 얼마 떨어지지 않은 곳에 있었을 거야!" 디고리 씨가 조바심을 내며 말했다. "집요정, 누구 본 사람 없나?"

윙키는 조금 전보다 더욱 심하게 떨기 시작했다. 큼직한 눈이 디고리 씨에게서 루도 배그먼에게로, 다시 크라우치 장관에게로 향하며 깜빡거렸다.

그녀가 침을 꿀꺽 삼키더니 말했다. "저는 아무도 못 봤어요…… 아무도요……."

"에이머스." 크라우치 장관이 무뚝뚝하게 말했다. "자네가 일반적인 절차에 따라 윙키를 자네 부서로 데려가서 취조하기를 바라는 건 잘 알고 있네. 하지만 윙키 문제는 내게 맡겨 줬으면 좋겠군."

디고리 씨는 이 제안을 전혀 탐탁지 않게 생각하는 것 같았지만, 해리가 보기에 마법 정부 요직에 있는 크라우치 장관을 감히 거역하지 못하는 게 분명했다.

"윙키는 합당한 벌을 받을 테니 안심하게." 크라우치 장관이 차갑게 덧붙였다.

"주, 주, 주인님……." 윙키가 크라우치 장관을 올려다보며 말을 더듬었다. 눈에는 눈물이 그렁그렁했다. "주, 주, 주인님, 제, 제, 제발……."

크라우치 장관이 윙키를 마주 쏘아보았다. 그의 얼굴은 어쩐지 날카로웠고, 주름 하나하나가 더 깊이 패는 듯했다. 윙키를 바라보는 그 눈길에는 조금의 연민도 보이지 않았다. "윙키는 오늘 밤 내가 상상할 수도 없는 행동을 했네." 그가 천천히 말했다. "나는 윙키에게 텐트에 남아 있으라고 말했어. 내가 문제를 해결하러 가 있는 동안 텐트에 머무르라고 했지. 그런데 이제 보니 내 명령을 거역했군. 이건 옷을 줘야 한다는 뜻일세."

"안 돼요!" 윙키가 크라우치 장관의 발밑에 엎드리며 찢어질 듯한 목소리로 외쳤다. "안 돼요, 주인님! 옷은 안 돼요, 옷은 안 돼요!"

해리는 집요정을 해방시키는 유일한 방법은 제대로 된 옷을 주는 것이라는 사실을 알고 있었다. 크라우치 장관의 발 앞에서 흐느끼며 마른행주를 꽉 쥐고 있는 윙키의 모습은 보기에 딱할 정도였다.

"하지만 겁에 질려 있었잖아요!" 헤르미온느가 크라우치 장관을 쏘아보면서 화난 목소리로 내뱉었다. "장관님의 집요정은 높은 곳을 무서워해요. 그런데 저 가면 쓴 마법사들은 사람들을 공중에 띄워 올리고 있었다고요! 그자들한테서 도망치고 싶어 했다고 해서 나무랄 수는 없어요!"

크라우치 장관은 뒤로 한 걸음 물러나 집요정의 손이 닿는 곳에서 벗어났다. 그는 지나치게 광을 낸 구두를 더럽히는 불결하고 끔찍한 존재라도 되는 것처럼 집요정을 내려다보고 있었다.

"내 말에 거역하는 집요정은 필요 없다." 그가 헤르미온느를 보면서 차갑게 말했다. "주인과 주인의 명예에 대한 의무를 잊는 하인은 필요 없어."

윙키는 공터 전체에 메아리칠 만큼 큰 소리로 흐느꼈다.

꽤 어색한 침묵이 이어졌다. 위즐리 씨가 그 침묵을 깨고 조용히 말했다. "음, 저는 이만 아이들을 데리고 텐트로 돌아가겠습니다, 이의가 없으시다면요. 에이머스, 그 마법 지팡이로 알아낼 수 있는 건 다 알아냈네. 해리한테 돌려줬으면 좋겠군."

디고리 씨가 마법 지팡이를 내밀자 해리는 그것을 받아서 주머니에 넣었다.

"가자, 얘들아." 위즐리 씨가 조용히 말했다. 그러나 헤르미온느는 가고 싶지 않은 모양이었다. 그녀의 눈은 여전히 흐느끼는 집요정에게 머물러 있었다. "헤르미온느!" 위즐리 씨가 좀 더 다급한 목소리로 그녀를 불렀다. 그녀는 체념한 듯 몸을 돌려 해리와 론을 따라 공터를 벗어나 숲길을 걷기 시작했다.

"윙키는 어떻게 되는 거예요?" 공터를 나선 순간 헤르미온느가 물었다.

"나도 모르겠다." 위즐리 씨가 말했다.

"저런 취급을 하다뇨!" 헤르미온느가 길길이 뛰었다. "디고리 씨는 윙키를 내내 '집요정'이라고 불렀어요……. 크라우치 장관은 또 어떻고요! 윙키가 그런 게 아니라는 걸 알면서도 해고하려 하다니! 그 사람은 윙키가 얼마나 겁에 질렸었는지, 얼마나 속상해했는지 하나도 신경 쓰지 않았어요. 윙키가 사람도 아니라는 것처럼요!"

"그야, 사람은 아니잖아." 론이 말했다.

헤르미온느가 그를 홱 돌아보았다. "그렇다고 윙키가 감정을 느끼지 못하는 건 아니야, 론. 그런 혐오스러운 방식으로……."

"헤르미온느, 나도 너와 같은 생각이란다." 위즐리 씨가 그녀를 손짓해 부르며 재빨리 말했다. "하지만 지금은 집요정의 권리를 논의할 적당한 때가 아니야. 되도록 빨리 텐트로 돌아가자꾸나. 다른 애들은 어떻게 됐니?"

"어두워서 놓쳤어요." 론이 말했다. "아빠, 왜 다들 저 해골 같은 것 때문에 저렇게 불안해하는 거예요?"

"텐트로 돌아가서 다 설명해 주마." 위즐리 씨가 긴장한 듯 말했다.

하지만 숲 가장자리에 이르렀을 때 뭔가가 길을 가로막았다.

겁에 질린 표정의 마법사 한 무리가 거기에 모여 있었다. 위즐리 씨가 다가오는 것을 보자 그들 중 많은 수가 앞으로 몰려 나왔다. "저기서 무슨 일이 벌어지는 거죠?" "누가 만든 거예요?" "아서…… 그자는 아니죠?"

"물론 아닙니다." 위즐리 씨가 조바심을 내며 말했다. "누가 그랬는지는 몰라요. 순간이동으로 사라진 것 같아요. 자, 실례하겠습니다. 이만 자러 가야겠어요."

그는 해리, 론, 헤르미온느를 데리고 사람들을 헤치며 야영장으로 돌아갔다. 이제는 모든 것이 조용했다. 망가진 텐트 몇 곳에서 아직 연기가 나고 있긴 했지만 가면 쓴 마법사들의 모습은 전혀 보이지 않았다.

찰리가 남자 텐트에서 머리를 삐죽 내밀었다.

"아빠, 어떻게 됐어요?" 그가 어둠 속에서 소리쳤

다. "프레드, 조지, 지니는 무사히 돌아왔지만 다른 애들은……."

"여기 내가 데리고 왔다." 위즐리 씨가 몸을 구부리고 텐트로 들어가면서 말했다. 해리, 론, 헤르미온느가 그를 따라 들어갔다.

빌은 작은 식탁 앞에 앉아 피가 철철 흐르는 팔에 침대보를 대고 있었다. 찰리의 셔츠는 크게 찢겨 있었고 퍼시는 피가 흐르는 코를 자랑스럽게 내보이고 있었다. 프레드, 조지, 지니는 놀라긴 했으나 다치지는 않은 것 같았다.

"잡았어요, 아빠?" 빌이 날카로운 목소리로 물었다. "징표를 만들어 낸 사람요."

"아니." 위즐리 씨가 말했다. "바티 크라우치의 집요정이 해리의 마법 지팡이를 들고 있는 걸 발견했지만, 실제로 누가 징표를 만들어 냈는지는 알아내지 못했다."

"뭐라고요?" 빌, 찰리, 퍼시가 동시에 외쳤다.

"해리의 마법 지팡이라뇨?" 프레드가 말했다.

"크라우치 장관님의 집요정이요?" 퍼시가 깜짝 놀란 듯 소리쳤다.

위즐리 씨는 해리, 론, 헤르미온느에게 간간이 도움을 받아 가며 숲에서 일어난 일을 설명했다. 그들이 이야기를 마치자 퍼시가 분한 듯 몸을 부풀렸다.

"흠, 크라우치 장관님이 그런 집요정을 쫓아낸 건 당연한 처사야!" 그가 말했다. "그러지 말라고 분명히 말했는데도 도망치다니…… 정부 사람들이 다 보는 앞에서 주인을 망신시키고…… 그 녀석이 마법 생명체 통제 관리부에 불려 갔으면 어쩔……."

"걘 아무 짓도 안 했어. 그냥 우연히 그곳에 있었을 뿐이야!" 헤르미온느가 매섭게 쏘아붙이자 퍼시는 깜짝 놀랐다. 헤르미온느는 항상 퍼시와 사이가 좋았다. 사실, 그녀만큼 퍼시를 이해해 주는 사람도 없었다.

"헤르미온느, 크라우치 장관님 정도의 위치에 있는 마법사는 마법 지팡이를 들고 미쳐 날뛰는 집요정한테 신경 쓸 여유가 없어!" 퍼시가 자세를 가다듬으며 거만하게 말했다.

"윙키는 미쳐 날뛰지 않았어!" 헤르미온느가 소리쳤다. "그냥 땅에 떨어져 있던 마법 지팡이를 주웠을 뿐이야!"

"저기, 그 해골이 대체 뭐길래 그 난리인지 누가 좀 말해 줄래?" 론이 조바심을 내며 말했다. "그 해골이 누굴 해친 것도 아니잖아……. 왜들 호들갑이야?"

"말했잖아, '그 사람'의 상징이라고, 론." 다른 사람이 대답할 겨를도 없이 헤르미온느가 말했다. 《어둠의 마법, 그 흥망성쇠》에서 읽었어."

"그리고 13년 동안 보이지 않았지." 위즐리 씨가 조용히 덧붙였다. "사람들이 겁에 질린 것도 당연해……. '그 사람'이 다시 돌아왔다는 뜻이나 마찬가지니까."

"이해가 안 가요." 론이 이마를 찌푸리며 말했다. "그러니까…… 그냥 하늘에 떠 있는 형상일 뿐이잖아요……."

"론, '그 사람'과 그의 추종자들은 사람을 죽일 때마다 어둠의 징표를 쏘아 올렸어." 위즐리 씨가 말했다. "그 징표가 불러일으킨 공포는…… 너는 모를 거야, 너무 어리니까. 집에 돌아왔는데 위에 어둠의 징표가 떠 있다고 상상해 봐. 집 안에서 뭘 발견하게 될지는 뻔하고……." 위즐리 씨가 움찔했다. "모든 사람이 가장 두려워하던 일이었어……. 끔찍한 일이지……."

잠깐 침묵이 흘렀다.

그때 빌이 상처를 살피려고 팔에 대고 있던 침대보를 떼면서 입을 열었다. "뭐, 누가 만들어 냈는지는 몰라도 오늘 밤 우리한테는 아무 도움도 안 됐어. 죽음을 먹는 자들이 그걸 보자마자 겁에 질리고 말았거든. 누구라도 잡아서 가면을 벗겨야 했는데 다들 순간이동으로 사라져 버리는 바람에 그러지 못했어. 그래도 로버츠 가족은 땅바닥에 떨어지기 전에 간신히 붙잡았어. 지금 그 사람들 기억을 수정하는 중이야."

"죽음을 먹는 자들?" 해리가 물었다. "죽음을 먹는

자들이 뭐야?"

"'그 사람'의 추종자들이 자기들을 부르는 이름이야." 빌이 말했다. "오늘 밤에 우리가 본 자들은 그 잔당일 거야. 용케 아즈카반에 갇히지 않은 자들 말이야."

"그걸 입증할 증거는 없다, 빌." 위즐리 씨가 말했다. "네 말이 맞겠지만." 그는 절망 어린 말투로 덧붙였다.

"맞아요, 확실히 그럴 거예요!" 론이 불쑥 내뱉었다. "아빠, 숲에서 드레이코 말포이를 만났어요. 그 자식이 우리한테 자기 아빠가 저 가면 쓴 미친놈들 중 하나라고 말하다시피 했어요! 말포이네가 '그 사람'이랑 가까운 사이였다는 건 우리 모두 알잖아요!"

"그런데 볼드모트의 추종자들은……." 해리가 입을 열자 모두가 움찔했다. 마법사 세계 대부분의 사람들처럼 위즐리 가족도 늘 볼드모트의 이름을 직접 말하는 일을 피했다. "죄송해요." 해리가 재빨리 말했다. "'그 사람'의 추종자들은 뭐 때문에 머글들을 하늘에 띄워 올린 거죠? 그러니까, 그게 무슨 의미가 있나요?"

"의미?" 위즐리 씨가 허탈한 듯 웃으며 말했다. "해리, 그자들은 그런 일이 재미있다고 생각하는 거야. '그 사람'이 권력을 쥐고 있을 때 죽은 머글의 절반은 재미로 살해당한 거란다. 내 생각에 그자들은 오늘 밤 술을 몇 잔 마시다가 자기들 중 많은 수가 아직까지 남아 있다는 것을 우리 모두에게 알려 주고 싶어 견딜 수 없어진 거야. 그자들에게는 멋진 친목회였던 셈이지." 그는 진저리를 치면서 말을 마쳤.

"하지만 그자들이 죽음을 먹는 자들이었다면, 왜 어둠의 징표를 보고 순간이동으로 사라진 거죠?" 론이 말했다. "그걸 보고 기뻐해야 하는 거 아니에요?"

"머리 좀 써 봐, 론." 빌이 말했다. "그자들이 죽음을 먹는 자들이었다면 '그 사람'이 힘을 잃었을 때 아즈카반에 잡혀 들어가지 않으려고 갖은 발악을 했을 거야. 사람들을 죽이고 고문한 건 그자가 강요했기 때문이라면서 온갖 거짓말을 늘어놨겠지. 그랬으니 그자가 돌아온 걸 보고 누구보다도 더 겁을 먹었을 게 틀림없어. 그자가 힘을 잃자, 그자와 관련됐다는 사실을 부정하고 자신들의 일상으로 돌아갔으니까……. 내 생각엔 '그 사람'도 그자들한테 별로 감정이 좋진 않을 것 같은데?"

"그럼…… 그 어둠의 징표를 만들어 낸 사람은……." 헤르미온느가 천천히 입을 열었다. "죽음을 먹는 자들을 지지한다는 걸 보여 주려고 그런 짓을 한 걸까요? 아니면 반대로 그자들을 쫓아 버리려고 그런 걸까요?"

"우리도 그 정도 추측밖에는 할 수가 없구나, 헤르미온느." 위즐리 씨가 말했다. "하지만 이것만은 확실해……. 그 징표를 만들어 내는 방법을 아는 사람은 죽음을 먹는 자들뿐이었다. 그 징표를 만들어 낸 사람이 비록 지금은 죽음을 먹는 자가 아니라고 해도, 예전에도 아니었을 가능성은 거의 없단다……. 자, 너무 늦었다. 너희 어머니가 무슨 일이 일어났는지 들으면 걱정돼서 기절할 지경일 거야. 몇 시간 자고 나서 일찍 포트키를 이용해서 여기를 떠나자."

해리는 머리가 윙윙거리는 것을 느끼며 침대로 돌아갔다. 새벽 3시가 가까웠으니 기진맥진해야 마땅했다. 하지만 정신은 오히려 말똥말똥했다. 불안하기도 했다.

사흘 전(훨씬 오래전처럼 느껴졌지만 겨우 사흘 전 일이었다) 그는 흉터가 타들어 가는 듯한 고통에 잠에서 깼다. 그리고 오늘 밤, 13년 만에 처음으로 볼드모트 경의 징표가 하늘에 나타났다. 이게 무슨 뜻일까?

그는 프리빗가를 떠나기 전 시리우스에게 쓴 편지를 떠올렸다. 시리우스는 아직 편지를 받지 못한 걸까? 언제쯤 답장을 보낼까? 해리는 캔버스 천장을 올려다보며 누워 있었지만, 이제는 날아다니는 상상을 하면서 잠들 수 있을 것 같지도 않았다. 해리가 마침내 곯아떨어진 건 찰리의 코 고는 소리가 텐트를 가득 채우고도 한참이 지난 뒤였다.

CHAPTER 10

아수라장이 된 마법 정부

겨우 몇 시간 눈을 붙였을 뿐인데 위즐리 씨가 모두를 깨웠다. 위즐리 씨가 마법을 써서 텐트를 걷자, 그들은 되도록 빠르게 야영장을 떠났다. 가는 길에 그들은 오두막 문 앞에 서 있는 로버츠 씨를 지나쳤다. 로버츠 씨는 이상할 정도로 멍한 표정을 짓고 있었다. 그가 흐리멍덩하게 "메리 크리스마스" 하고 인사하며 손을 흔들었다.

"괜찮을 거야." 황무지로 걸어가면서 위즐리 씨가 조용히 말했다. "가끔씩 사람들은 기억이 수정됐을 때 잠깐 혼란을 느끼기도 해……. 저 사람이 잊도록 만들어야 하는 일이 워낙 엄청난 사건이기도 했고."

포트키가 놓인 곳으로 다가가자 다급한 목소리들이 들렸다. 도착해 보니 엄청난 수의 마법사가 포트키 관리자인 바질 근처에 모여 하나같이 빨리 야영장을 떠나게 해 달라며 아우성치고 있었다. 위즐리 씨가 다급히 바질과 무언가를 의논했다. 그들은 줄을 섰고, 해가 완전히 떠오르기 전에 스토츠헤드산으로 돌아가는 낡은 고무 타이어를 받을 수 있었다. 그들은 새벽빛을 받으며 오터리 세인트 캐치폴을 지나 버로로 돌아갔다. 너무 피곤하고 아침밥 생각이 간절해서 말은 거의 오가지 않았다. 길모퉁이를 돌아 버로가 시야에 들어온 순간, 축축한 길을 따라 한 사람의 외침이 울려 퍼졌다.

"아, 감사합니다, 감사합니다!"

위즐리 부인이 그들에게 달려오고 있었다. 앞마당에서 그들을 기다리고 있었던 게 틀림없었다. 그녀는 침실용 슬리퍼 차림에 하얗게 질린 얼굴은 긴장되어 있었으며, 손에는 잔뜩 구겨진 《예언자일보》를 움켜쥐고 있었다. "아서, 얼마나 걱정했는지 몰라. 정말 걱정했어."

그녀가 위즐리 씨의 목을 꽉 끌어안았다. 그녀의 손에서 《예언자일보》가 떨어졌다. 해리는 시선을 밑으로 내려 헤드라인을 봤다. **퀴디치 월드컵 테러 현장**. 거기에는 우듬지 위에 떠 있는 어둠의 징표를 찍은 번뜩이는 흑백사진까지 실려 있었다.

"너희 다 무사하구나." 위즐리 부인이 정신없이 중얼거리며 위즐리 씨에게서 떨어지더니 눈이 충혈되어 있는 아이들 모두를 둘러보았다. "살아 있어……. 아, 얘들아……."

모두가 깜짝 놀랐다. 그녀가 프레드와 조지를 붙잡고 둘의 머리가 부딪칠 정도로 거세게 끌어안았던 것이다.

"아얏! 엄마. 목 졸려 죽겠어요."

"너희가 집을 나서기 전에 소리만 질렀어!" 위즐리 부인이 흐느끼며 말했다. "그 생각만 나더구나! 너희가 '그 사람'한테 붙잡혔는데, 내가 너희에게 마지막으로 한 말이 O.W.L.을 그것밖에 못 받았냐는 거였으면 어쩔 뻔했니? 아, 프레드…… 조지……."

"자자, 몰리. 우린 정말 괜찮아." 위즐리 씨가 그녀를 쌍둥이에게서 떼어 내 집 쪽으로 이끌면서 달래듯 말했다. "빌." 그가 목소리를 낮추고 덧붙였다. "신문 챙겨라. 뭐라고 났는지 봐야겠다……."

모두가 조그만 부엌에 꾸역꾸역 들어갔다. 헤르미온느가 위즐리 부인에게 아주 진한 차를 타 주었다. 위즐리 씨의 요청대로 오그던의 올드 파이어위스키를 넣은 것이었다. 빌이 아버지에게 신문을 건넸다. 위즐리 씨가 1면을 훑어보는 동안 퍼시는 그의 어깨 너머로 신문을 읽었다.

"이럴 줄 알았어." 위즐리 씨가 무거운 어조로 말했다. "'마법 정부의 큰 실수…… 범인들은 잡히지 않았다…… 허술한 보안…… 고삐 풀린 어둠의 마법사들…… 국가적 망신…….' 누가 이렇게 쓴 거야? 아…… 그럼 그렇지…… 리타 스키터로군."

"저 여자는 마법 정부하고 무슨 원수를 졌나 봐요!" 퍼시가 격하게 화를 내며 말했다. "지난주에는 뱀파이어들을 몰아내야 할 때에 솥단지 두께에 트집을 잡느라 시간 낭비한다고 뭐라 하더니! '비마법사 반인간의 처우에 관한 지침' 12항에 구체적으로 명시된……."

"부탁 하나만 들어줄래, 퍼스." 빌이 하품을 하면서 말했다. "좀 닥쳐 줘."

"내 얘기도 나오네." 위즐리 씨가 말했다. 《예언자일보》 기사 맨 끝부분에 이르자 그의 두 눈이 안경 너머에서 휘둥그레졌다.

"어디?" 위스키를 넣은 차를 마시다 사레에 들렸는지 위즐리 부인이 콜록콜록 기침을 하며 말했다. "그걸 봤으면 살아 있는 줄 알았을 텐데!"

"이름이 실린 건 아냐." 위즐리 씨가 말했다. "들어 봐. '겁에 질린 채 숲 근처에서 소식이 들려오기만 숨죽여 기다리던 마법사들은 마법 정부가 그들을 안심시켜 주기를 기대했을지도 모른다. 하지만 애석하게도 그들은 실망하고 말았다. 어둠의 징표가 나타나고 얼마 지나지 않아 정부 직원이 모습을 드러내더니 아무도 다치지 않았다고 주장하며 더 이상의 정보 제공을 거부했다. 그로부터 한 시간 뒤 숲에서 시체 몇 구가 옮겨졌다는 소문이 돌았는데, 마법 정부의 입장 표명이 이 소문을 잠재우기에 충분했는지는 두고 보아야 할 것이다.' 나 참." 위즐리 씨는 잔뜩 화가 나서 퍼시에게 신문을 넘겨주었다. "아무도 다치지 않았어. 대체 뭘 말하라는 거야? '숲에서 시체 몇 구가 옮겨졌다는 소문'이라니……. 뭐, 신문에 실었으니 이제 확실히 소문이 나겠네."

그가 깊은 한숨을 내쉬었다. "몰리, 회사에 가 봐야겠어. 좀 수습해야겠는데."

"저도 같이 갈게요, 아버지." 퍼시가 거드름을 피우며 말했다. "크라우치 장관님께는 도움이 많이 필요할 거예요. 솥단지 관련 보고서도 직접 전해 드릴 수 있을 거고요."

그는 그렇게 말한 뒤 부산을 떨면서 부엌을 나갔다.

위즐리 부인은 더욱 불안한 얼굴이 되었다. "아서, 휴가잖아! 이건 당신 업무랑 아무 상관 없는 일이야. 당신 없어도 얼마든지 처리할 수 있어!"

"가야 돼, 몰리." 위즐리 씨가 말했다. "내가 사태를 악화시켰어. 로브만 갈아입고 가야겠어……."

"위즐리 아줌마." 해리가 참지 못하고 불쑥 입을 열었다. "헤드위그가 제 편지를 가져오지 않았나요?"

"헤드위그라고, 애야?" 위즐리 부인이 잠깐 다른 데 정신이 팔린 채 되물었다. "아니…… 아니, 우편물은 한 통도 안 왔단다."

론과 헤르미온느가 호기심이 깃든 눈으로 해리를 바라보았다.

해리가 의미심장한 눈길로 두 사람을 보며 말했다. "네 방에서 짐 좀 풀어도 될까, 론?"

"응…… 나도 그래야겠다." 론이 곧바로 말했다. "헤르미온느, 넌?"

"그래." 그녀가 재빨리 대답했다. 세 사람은 부엌을 나와 계단을 올라갔다.

"무슨 일이야, 해리?" 꼭대기 방에 들어서자마자 론이 문을 닫고 물었다.

"너희한테 얘기 안 한 게 있어." 해리가 말했다. "토요일 아침에 또 흉터가 아파서 깼어."

론과 헤르미온느의 반응은 프리빗가의 침실에서 상상했던 것과 거의 똑같았다. 헤르미온느는 숨을 헉 들이켜더니 즉시 이런저런 제안을 쏟아 내면서 수많은 참고 서적과 알버스 덤블도어에서 호그와트 양호교사 폼프리 선생에 이르는 온갖 사람을 늘어놓았다.

론은 그냥 놀라서 말을 잃은 표정이었다. "하지만…… 그자가 거기에 있었던 건 아니잖아. 치? '그 사람' 말이야. 그러니까 내 말은…… 지난번에 흉터가 계속 아팠을 때는 그자가 호그와트에 있었잖아."

"프리빗가에 없었던 건 확실해." 해리가 말했다. "하지만 그자가 꿈에 나왔어……. 그자와 피터…… 그러니까, 웜테일 말이야. 내용이 다 기억나는 건 아니지만 그자들은…… 어떤 사람을 죽일 계획을 짜고 있었어."

해리는 하마터면 '나를 죽일 계획'이라고 말할 뻔했지만, 헤르미온느가 지금보다 더 겁에 질린 표정을 짓게 만들고 싶지는 않았다.

"그냥 꿈이야." 론이 훌훌 털어 버리라는 듯 말했다. "그냥 악몽."

"그래. 근데 진짜 그럴까?" 해리가 창밖으로 고개를 돌려 밝아 오는 하늘을 바라보며 말했다. "이상하잖아…… 흉터가 아프더니 사흘 뒤에는 죽음을 먹는 자들이 행진을 벌이고 볼드모트의 징표가 다시 하늘에 뜨다니."

"그, 이름, 말하지, 말라니까!" 론이 이를 악물고 식식거렸다.

"트릴로니 교수가 했던 말 기억해?" 해리는 그런 론을 무시하고 말을 이었다. "지난 학년 말에 했던 말 말이야."

트릴로니 교수는 호그와트의 점술 교수였다.

경멸 섞인 코웃음을 치느라 헤르미온느의 얼굴에서 겁먹은 표정이 싹 사라졌다. "아, 해리. 그 사기꾼이 하는 말을 조금이라도 신경 쓰는 건 아니지?"

"하지만 넌 거기 없었잖아." 해리가 말했다. "넌 그 사람이 하는 말을 못 들어서 그래. 좀 달랐어. 말했잖아, 트릴로니 교수는 무아지경에 빠져 있었어…… 진짜로. 어둠의 왕이 부활할 거라고 말했어……. '어느 때보다도 위대하고 끔찍한 모습으로…….' 그자의 부하가 놈에게 돌아간 덕분에 그럴 수 있게 될 거라고 했어……. 그리고 그날 밤 웜테일이 도망쳤고."

침묵이 흐르는 동안 론은 멍한 얼굴로 처들리 캐넌스 침대보에 뚫린 구멍을 초조하게 만지작거렸다.

"헤드위그가 왔는지는 왜 물어봤어, 해리?" 헤르미온느가 물었다. "기다리는 편지라도 있니?"

"시리우스한테 흉터 얘기를 했거든." 해리가 어깨를 으쓱하며 말했다. "답장을 기다리는 중이야."

"좋은 생각이야!" 그렇게 말하는 론의 얼굴이 활짝 펴졌다. "시리우스라면 분명 뭘 해야 할지 알 거야!"

"빨리 답장이 왔으면 좋겠다." 해리가 말했다.

"하지만 시리우스가 어디 있는지 모르잖아……. 아프리카나 뭐 그런 곳에 있는 거 아니야?" 헤르미온느가 이성적으로 말했다. "아무리 헤드위그라도 그런 곳에 며칠 만에 갈 수는 없을 거야."

"그래, 나도 알아." 해리가 말했다. 헤드위그가 보이지 않는 창밖 하늘을 내다보고 있자니 마음이 납덩이처럼 무거웠다.

"과수원에 가서 퀴디치나 한판 하자, 해리." 론이 말했다. "얼른. 3 대 3으로. 빌이랑 찰리랑 프레드랑 조지도 할 거야……. 브론스키 페인트를 해 볼 수도 있을 거야……."

"론." 좀 무신경한 것 아니냐는 투로 헤르미온느가 말했다. "해리는 지금 퀴디치를 할 기분이 아닐 거야……. 걱정도 되고 피곤한 상태니까……. 우리 모두 자야지……."

"아냐, 퀴디치 하고 싶어." 해리가 불쑥 말했다. "잠깐만. 파이어볼트 가져올게."

헤르미온느는 "남자들이란"처럼 들리는 무슨 말을 중얼거리며 방을 나갔다.

그다음 주에는 위즐리 씨도, 퍼시도 집에 있을 새가 없었다. 둘 다 다른 가족들이 일어나기 전 이른 아침에 집을 나섰다가 매일 밤 저녁 식사 이후에 돌아왔다.

"난리도 그런 난리가 없었어." 호그와트로 돌아가기 전날 일요일 저녁 퍼시가 거드름을 피우며 말했다. "1주일 내내 불 끄느라 정신이 없었어. 사람들이 계속 하울러를 보내와서 말이야. 당연한 얘기지만 하울러는 바로 열어 보지 않으면 폭발하잖아. 내 책상은 그을린 자국 천지야. 내 제일 좋은 깃펜도 재가 되고 말았어."

"왜 다들 하울러를 보내는 거야?" 거실 벽난로 앞 깔개 위에 앉아 마법 테이프로 《1,000가지 마법 약초와 버섯》을 수선하고 있던 지니가 물었다.

"월드컵 보안 상태에 불평하는 거지." 퍼시가 말했다. "재산상의 피해를 보상해 달라는 거야. 먼덩거스 플레처는 자쿠지(물에 기포가 올라오게 만든 욕조 ― 옮긴이)가 딸린 방 열두 개짜리 텐트를 보상해 달라고 했는데, 뻔한 수작이지. 막대기로 받쳐 놓은 망토 밑에서 잔 거 다 아는데."

위즐리 부인이 구석의 괘종시계를 힐끗 보았다. 해리는 그 시계를 좋아했다. 시간을 알고 싶은 사람한테는 아무 짝에도 쓸모가 없지만 다른 방면으로 매우 유용했기 때문이다. 시계에는 황금 바늘 아홉 개가 달려 있고 그 바늘에는 각각 위즐리 가족의 이름이 하나씩 새겨져 있었다. 숫자판에는 숫자 대신 가족들이 있을 만한 장소가 적혀 있었다. '집', '학교', '직장'도 있었지만 '실종', '병원', '감옥'도 있었고, 보통 시계에서 숫자 12가 있어야 할 자리에는 '치명적 위험'이라고 적혀 있었다.

바늘 여덟 개는 현재 '집'을 가리키고 있었지만 그중 가장 긴 위즐리 씨의 바늘은 여전히 '직장'을 가리키고 있었다. 위즐리 부인이 한숨을 쉬었다.

"'그 사람'이 힘을 잃은 뒤로는 너희 아버지가 주말에 출근해야 하는 일이 없었는데." 그녀가 말했다. "너무 심하게 일을 시키는구나. 금방 퇴근하지 않으면 음식이 다 맛없어질 텐데."

"뭐, 아버지는 퀴디치 월드컵 때 저지른 실수를 만회해야겠다고 생각하시는 거겠죠." 퍼시가 말했다. "솔직히 말하면, 부서 수장과 먼저 상의하지 않고 공식 발표를 한 건 좀 현명하지 못한 처사……."

"그 망할 스키터라는 여자가 쓴 걸 갖고 감히 아버지를 비난하지 마라!" 위즐리 부인이 벌컥 화를 내며 말했다.

"아빠가 아무 말 안 했다면 그 여자는 정부에서 누구도 논평하지 않은 걸 가지고 물고 늘어졌을 거야." 론과 체스를 두던 빌이 말했다. "리타 스키터는 절대 누군가를 좋게 묘사한 적이 없어. 기억나? 그 여자가 그린고츠의 저주 해제 전문가 전원을 인터뷰한 적이 있는데 그때 나를 '장발 멍청이'라고 불렀던 것 말이야."

"글쎄, 머리가 조금 길긴 하구나, 얘야." 위즐리 부인이 부드럽게 말했다. "엄마가 좀……."

"싫어요, 엄마."

빗방울이 거실 창문을 두들겼다. 헤르미온느는 《마법 주문에 관한 표준 교과서: 4학년용》에 푹 빠져 있었다. 위즐리 부인이 다이애건 앨리에서 헤르미온느, 해리, 론에게 사다 준 책이었다. 찰리는 불에 타지 않는 털모자를 꿰매는 중이었다. 해리는 발밑에 헤르미온느가 열세 번째 생일 선물로 준 빗자루 손질 용품 세트를 펼쳐 놓고 파이어볼트를 광이 나게 닦았다. 프레드와 조지는 저쪽 구석에 앉아 깃펜을 꺼내 놓고 양피지 위로 고개를 숙인 채 뭔가 속닥거리고 있었다.

"너희 둘은 뭘 또 꾸미고 있어?" 위즐리 부인이 쌍둥이를 보며 날카롭게 물었다.

"숙제하는데요." 프레드가 얼버무리듯 말했다.

"말도 안 되는 소리 하지 마라. 아직 방학이잖아." 위즐리 부인이 말했다.

"네, 숙제가 좀 늦게 끝나서요." 조지가 말했다.

"혹시 새 주문서를 쓰는 건 아니겠지?" 위즐리 부인이 꼬치꼬치 캐물었다. "'위즐리 형제의 위대하고 위험한 장난감'을 다시 시작할 생각은 아닐 거야. 그렇지?"

"아, 엄마." 프레드가 괴롭다는 듯 그녀를 쳐다보며 말했다. "내일 호그와트 급행열차에 사고가 일어나서 조지랑 내가 죽었는데, 우리가 엄마한테 마지막으로 들은 말이 근거 없는 비난이라는 걸 알면 기분이 어떻겠어요?"

위즐리 부인을 포함한 모두가 웃음을 터뜨렸다.

"아, 너희 아버지 오신다!" 그녀가 다시 눈을 들어 문득 시계를 보고 말했다.

위즐리 씨의 시곗바늘이 갑자기 '직장'에서 '이동 중'으로 돌아가더니 잠시 후 부르르 떨다가 다른 시곗바늘들이 모여 있는 '집'에 멈췄다. 부엌에서 위즐리 씨의 외침이 들려왔다.

"지금 가, 아서!" 위즐리 부인이 서둘러 방을 나가며 말했다.

잠시 후, 위즐리 씨가 저녁 식사 거리가 담긴 쟁반을 들고 따뜻한 거실로 들어왔다. 그는 완전히 기진맥진한 모습이었다.

"나 참, 엎친 데 덮친 상황이야." 그는 벽난로 근처 안락의자에 앉아 조금 쭈글쭈글해진 꽃양배추를 깨작거리며 위즐리 부인에게 말했다. "리타 스키터가 기사로 쓸 만한 정부 실책이 더 없는지 찾겠다면서 1주일 내내 들쑤시고 돌아다니다가 가엾은 버사가 실종된 사실을 알고 말았어. 내일 《예언자일보》의 헤드라인이 되겠지. 배그먼한테 버사를 찾으러 사람을 보내라고 한참 전부터 그렇게 얘기했는데."

"크라우치 장관님도 몇 주째 똑같은 얘기를 하셨죠." 퍼시가 재빨리 말을 보탰다.

"크라우치 장관 입장에서는 리타 스키터가 윙키에 관한 일을 알아내지 못해서 다행이지." 위즐리 씨가 짜증이 난다는 듯 말했다. "크라우치의 집요정이 어둠의 징표를 만들어 낸 마법 지팡이를 들고 있다가 잡힌 게 알려지면 1주일 내내 헤드라인감일 거다."

"그 집요정이 무책임하긴 했지만 징표를 만들어 내진 *않았다*는 것에는 모두 동의한 줄 알았는데요?" 퍼시가 열을 내며 말했다.

"제 생각에 크라우치 장관이 가장 다행스러워해야 할 건 《예언자일보》 기자 중 누구도 그 사람이 집요정들에게 얼마나 못되게 구는지 모른다는 거예요!" 헤르미온느가 화를 내며 말했다.

"이봐, 헤르미온느!" 퍼시가 말했다. "크라우치 장관님 같은 정부 고위 간부는 하인들에게서 흔들림 없는 복종을 받을 자격이 있……."

"하인이 아니라 노예겠지!" 헤르미온느가 목소리를 높이며 날카롭게 말했다. "윙키한테 돈을 주지는 않잖아?"

"다들 올라가서 짐을 제대로 쌌는지 확인해 보는 게 좋겠다!" 위즐리 부인이 말싸움을 중단시키며 말했다. "자, 어서. 너희 모두……."

해리는 빗자루 손질 용품 세트를 챙기고 파이어볼트를 어깨에 걸친 채 론과 함께 위층으로 올라갔다. 집 꼭대기에서는 빗소리가 더 요란하게 들렸다. 다락에 사는 굴이 이따금 울부짖는 소리는 물론 바람이 불어 대는 시끄러운 휘파람 소리와 신음 소리가 빗소리에 뒤섞여 들려왔다. 해리와 론이 들어가자 피그위전이 또다시 끽끽 소리를 내며 새장 안을 쌩쌩 날아다니기 시작했다. 싸다 만 짐 가방을 보고 잔뜩 흥분한 모양이었다.

"부엉이 간식 좀 던져 줘." 론이 간식 한 상자를 해리에게 툭 던지며 말했다. "그럼 입 다물지도 몰라."

해리는 부엉이 간식 몇 개를 피그위전의 새장 창살 사이로 밀어 넣은 다음 본인의 짐 가방으로 고개를 돌렸다. 그 옆에 있는 헤드위그의 새장은 여전히 비어 있었다.

"1주일이 넘었어." 해리가 새장 속 빈 횃대를 보며 말했다. "론, 시리우스가 잡히진 않았겠지?"

"그럴 리가. 그랬으면 《예언자일보》에 났겠지." 론이 말했다. "정부는 누굴 잡았든 그걸 자랑하고 싶어 할 테니까. 안 그래?"

"그래, 그렇겠지……."

"자, 여기 엄마가 다이애건 앨리에서 사 온 네 물건들이 있어. 너 대신 금고에서 금화도 꺼내 오셨네……. 네 양말도 다 빨아 놓고."

론은 해리가 쓰는 간이침대에 꾸러미를 잔뜩 쌓아 놓고 돈 자루와 양말 더미를 그 옆에 내려놓았다. 해리는 위즐리 부인이 사다 준 물건들을 풀기 시작했다. 미란다 고스호크가 쓴 《마법 주문에 관한 표준 교과서: 4학년용》 외에도 새 깃펜 한 세트와 양피지 두루마리 열 몇 개, 마법약 제조 세트에 보충할 재료들이 있었다(라이온피시의 척추와 벨라도나 진액이 떨어져 가던 터였다). 솥단지 안에다 속옷을 가득 채우고 있는데 론이 뒤에서 치를 떠는 소리가 들렸다.

"론, 그게 뭐야?"

론은 긴 고동색 벨벳 드레스 같은 무언가를 들고 있었다. 옷깃에는 곰팡이가 슨 것처럼 보이는 레이스가 달려 있고 소매에도 그와 똑같은 레이스가 달려 있었다.

문 두드리는 소리가 나더니 위즐리 부인이 새로 세탁한 호그와트 로브를 한 아름 안고 들어왔다.

"여기 있다." 그녀가 로브를 두 무더기로 나누며 말했다. "자, 구겨지지 않게 신경 써서 잘 싸렴."

"엄마, 지니의 새 옷을 저한테 주셨던데요." 론이 그녀에게 옷을 내밀며 말했다.

"그럴 리가." 위즐리 부인이 말했다. "그건 네 옷이야. 정장 로브란다."

"뭐라고요?" 론이 충격을 받은 얼굴로 소리쳤다.

"정장 로브!" 위즐리 부인이 다시 말했다. "학교 준비물 목록에 올해에는 정장 로브를 가져와야 한다고 적혀 있더라……. 공식 행사에서 입을 로브 말이야."

"농담하는 거죠?" 론이 믿을 수 없다는 듯 말했다. "저건 절대 안 입어요."

"다들 입는 거야, 론!" 위즐리 부인이 짜증이 나는 듯 말했다. "정장은 다 저렇게 생겼어! 아버지도 말쑥하게 차려 입고 파티에 갈 때를 대비해서 몇 벌 갖고 계시잖아!"

"저걸 입느니 벌거벗고 말지." 론이 고집스럽게 말했다.

"바보같이 굴지 마라." 위즐리 부인이 말했다. "준비물 목록에 정장 로브를 가져오라고 적혀 있어! 해리 것도 샀어……. 얘한테 보여 주렴, 해리……."

해리는 두려운 마음을 품고 간이침대에 놓인 마지막 꾸러미를 풀어 보았다. 하지만 예상했던 것만큼 나쁘지는 않았다. 그의 정장 로브에는 레이스가 전혀 달려 있지 않았다. 사실, 그 로브는 검은색이 아니라 암녹색이라는 것만 빼면 학교 로브와 별다를 게 없었다.

"이 옷을 입으면 네 눈 색깔이 돋보일 것 같았단다, 얘야." 위즐리 부인이 애정 가득한 목소리로 말했다.

"뭐야, 저건 괜찮잖아요!" 론이 해리의 로브를 보고 성이 나서 말했다. "왜 내 건 저런 게 아닌데요?"

"그야…… 네 건 중고로 구해야 해서 선택의 여지가 별로 없었어!" 위즐리 부인이 얼굴을 붉히며 말했다.

해리는 눈을 돌렸다. 그는 그린고츠 지하 금고에 있는 모든 돈을 기꺼이 위즐리 가족과 나누고 싶었지만 그들이 절대 받지 않으리라는 것을 알고 있었다.

"절대 안 입을 거예요." 론이 고집스럽게 말했다. "절대로."

"좋아." 위즐리 부인이 쏘아붙였다. "그럼 벌거벗고 가라. 해리, 쟤 사진 꼭 찍어 놓으렴. 원 없이 웃어나 보자."

그녀는 문을 쾅 닫으며 방을 나갔다. 등 뒤에서 이상하게 캑캑대는 소리가 났다. 피그위전이 부엉이 간식을 먹다가 너무 큰 게 부리에 걸린 것이다.

"왜 내가 가진 건 다 쓰레기야?" 론이 버럭 화를 내며 말했다. 그러고는 피그위전의 달라붙은 부리를 떼어 주려고 성큼성큼 걸어갔다.

CHAPTER 11

호그와트 급행열차를 타고

다음 날 아침 해리가 깨어났을 때 공기 중에는 방학이 끝난 우울함이 확실히 감돌고 있었다. 큰비가 계속 창문을 두드리는 가운데 그는 청바지와 셔츠를 입었다. 호그와트 급행열차에서 학교 로브로 갈아입을 생각이었다.

아침을 먹으러 내려가던 그와 론, 프레드와 조지가 2층 층계참에 다다랐을 때 위즐리 부인이 잔뜩 지친 모습으로 계단 밑에서 나타났다.

"아서!" 그녀가 계단 위에 대고 소리쳤다. "아서! 정부에서 긴급 메시지가 왔어!"

해리는 벽에 몸을 바짝 붙였다. 위즐리 씨가 로브를 거꾸로 입은 채 쿵쾅거리며 나타났다가 보이지 않는 곳으로 달려갔다. 해리와 다른 아이들이 부엌에 들어가 보니 위즐리 부인은 걱정스러운 얼굴로 서랍장을 뒤지고 있었고("여기 어디에 깃펜을 뒀는데!") 위즐리 씨는 벽난로 쪽으로 허리를 구부린 채 누군가와 대화를 나누고 있었다.

해리는 자기가 제대로 본 게 맞는지 확인하려고 눈을 질끈 감았다가 다시 떴다.

에이머스 디고리의 머리가 턱수염 달린 커다란 달걀인 양 불꽃 한가운데 놓여 있었다. 그는 주위에 날리는 불똥이며 귀를 핥는 화염에도 아랑곳하지 않고 속사포처럼 말을 쏟아 내고 있었다.

"……근처에 있던 머글들이 폭발음과 고함 소리를 들었다더군. 그래서 전화를 걸었다는 거야. 그, 뭐라더라…… '공찰'한테. 아서, 자네가 좀 가 봐야겠어."

"여기 있다!" 위즐리 부인이 위즐리 씨의 손에 양피지와 잉크, 찌그러진 깃펜을 건네면서 숨을 헐떡였다.

"내가 얘기를 들은 게 천만다행이지." 디고리 씨의 머리가 말했다. "몇 군데 부엉이를 보내야 해서 일찍 출근했거든. 마법 부당 사용 관리과 사람들이 몰려 나가는 것도 봤고. 아서, 만약 리타 스키터가 냄새를 맡으면……."

"매드아이는 뭐라고 하던가?" 위즐리 씨가 잉크병 뚜껑을 열고 깃펜을 적셔 받아 적을 준비를 하며 물었다.

디고리 씨의 머리가 눈알을 굴렸다. "마당에서 누가

침입하는 소리를 들었다더군. 그 침입자들은 집으로 몰래 다가오다가 쓰레기통들한테 기습을 당했대."

"쓰레기통이 뭐 어쨌다고?" 위즐리 씨가 정신없이 글자를 휘갈겨 쓰며 물었다.

"쓰레기통이 엄청나게 시끄러운 소리를 내면서 사방으로 쓰레기를 발사했다는 거야." 디고리 씨가 말했다. "공찰이 나타났을 때까지도 그중 하나가 여전히 이리저리 날아다니고 있었던 것 같아."

위즐리 씨가 신음을 내뱉었다. "그럼 침입자는?"

"아서, 자네도 매드아이가 어떤 사람인지 알잖아." 디고리 씨의 머리가 다시 눈을 굴리며 말했다. "누가 한밤중에 그 사람 집 마당에 몰래 들어가겠어? 감자 껍질을 뒤집어쓰고 돌아다니는 미친 고양이라면 모를까. 하지만 마법 부당 사용 관리과 사람들이 매드아이를 붙잡으면 그 사람은 끝장이야. 전과를 생각해 봐. 그 전에 가벼운 혐의로 처리해야 돼, 자네 부서에서 처리할 만한 것으로. 폭발하는 쓰레기통이면 어느 정도야?"

"경고 정도." 위즐리 씨가 말했다. 그는 이마를 찌푸린 채 여전히 아주 빠른 속도로 글씨를 쓰고 있었다. "매드아이가 마법 지팡이를 쓰진 않았나? 실제로 누굴 공격하진 않았어?"

"틀림없이 잠자리를 박차고 나와 창밖에 대고 닥치는 대로 모든 것에 저주 마법을 퍼붓기 시작했겠지." 디고리 씨가 말했다. "하지만 그걸 증명하기는 어려워. 피해자가 없거든."

"알겠네, 지금 가지." 위즐리 씨가 말했다. 그는 메모한 양피지를 주머니에 구겨 넣고 부엌을 달려 나갔다.

디고리 씨의 머리가 눈을 돌려 위즐리 부인을 보았다.

"미안합니다, 몰리." 머리가 좀 더 침착해진 목소리로 말했다. "이렇게 이른 시간부터 방해한 것도 그렇고 전부 다요……. 하지만 매드아이를 처리할 수 있는 사람은 아서뿐인 데다 매드아이가 오늘부터 새 일을 시작하기로 했거든요. 왜 하필이면 어제……."

"걱정 말아요, 에이머스." 위즐리 부인이 말했다. "가시기 전에 토스트나 뭐 좀 드실래요?"

"아, 그럼 부탁합니다." 디고리 씨가 말했다.

위즐리 부인이 부엌 식탁에 쌓여 있던 버터 바른 토스트 한 조각을 부젓가락으로 집어 디고리 씨의 입으로 옮겼다.

"고맙습다." 그는 입안에 있는 빵 때문에 목 막힌 소리로 말하더니 작게 '펑' 소리를 내며 사라졌다.

위즐리 씨가 빌, 찰리, 퍼시, 여자아이들에게 다급히 작별 인사를 하는 소리가 들렸다. 5분도 지나지 않아, 그는 이번에는 로브를 똑바로 입고 머리를 빗으며 부엌으로 다시 들어왔다.

"서둘러야겠다. 이번 학기도 즐겁게 보내라, 얘들아." 위즐리 씨가 망토를 어깨에 걸치고 순간이동 할 준비를 하며 해리, 론, 쌍둥이에게 말했다. "몰리, 당신 혼자 애들을 킹스크로스까지 데려다줘도 괜찮겠어?"

"당연하지." 그녀가 말했다. "우린 괜찮으니까 매드아이 일이나 잘 처리해."

위즐리 씨가 사라지자 빌과 찰리가 부엌에 들어왔다.

"지금 매드아이라고 하지 않으셨어요?" 빌이 물었다. "이번엔 또 무슨 짓을 했대요?"

"간밤에 누가 자기 집에 침입하려고 했다더라." 위즐리 부인이 말했다.

"매드아이 무디 말하는 거예요?" 조지가 토스트에 마멀레이드를 펴 바르면서 생각에 잠긴 채 말했다. "미친 사람 아닌가……."

"너희 아버지는 매드아이 무디를 아주 높게 평가하신다." 위즐리 부인이 엄한 말투로 말했다.

"네, 뭐. 아빠는 플러그도 수집하시잖아요. 안 그래요?" 위즐리 부인이 부엌을 나가자 프레드가 조용히 말했다. "유유상종이지 뭐……."

"무디도 전성기 때는 굉장한 마법사였어." 빌이 말했다.

"덤블도어 교수님의 옛 동료 아니야?" 찰리가 말했다.

"물론 덤블도어도 정상이라 할 만한 사람은 아니지." 프레드가 말했다. "그러니까 내 말은, 천재라는 것도 알고 다 아는데……"

"매드아이가 누군데?" 해리가 물었다.

"예전에 마법 정부에서 일하다 은퇴한 사람이야." 찰리가 말했다. "아빠가 날 데리고 사무실에 갔을 때 한 번 만난 적 있어. 그 사람은 오러였어. 최고의 오러 중 한 명이었지…… 어둠의 마법사를 잡는 사람 말이야." 그가 해리의 멍한 표정을 보고 덧붙였다. "아즈카반 감옥의 절반이 그 사람 덕분에 차 있는 거지. 적이 많아……. 주로 무디가 붙잡은 사람들의 가족이지만……. 나이가 들면서 편집증이 엄청 심해졌다는 얘기를 들었어. 더 이상 아무도 안 믿는 거야. 어디서나 어둠의 마법사들이 보인다면서."

빌과 찰리도 킹스크로스역으로 가서 모두를 배웅하기로 했다. 그러나 퍼시는 유난스럽게 사과하면서 일하러 가지 않을 수가 없다고 말했다.

"지금은 쉴 핑계를 댈 수가 없어." 그가 말했다. "크라우치 장관님께서 정말로 나한테 의지하기 시작하셨거든."

"그래, 근데 그거 알아, 퍼시?" 조지가 진지하게 말했다. "내 생각에 좀 있으면 크라우치가 형 이름을 알게 될 것 같아."

위즐리 부인은 과감하게 마을 우체국의 전화기를 이용해, 그들을 런던까지 데려다줄 평범한 머글 택시 세 대를 불렀다.

"아서가 정부 차를 빌려 오려고 했어." 모두 비에 젖은 마당에 서 있을 때 위즐리 부인이 해리에게 속삭였다. 그녀는 택시 기사들이 무거운 짐 가방 여섯 개를 자동차에 싣는 모습을 지켜보고 있었다. "하지만 남는 차가 한 대도 없었단다……. 이런, 저 사람들 기분이 썩 좋아 보이지 않는걸."

해리는 머글 택시 기사들은 과하게 흥분한 부엉이들을 태울 일이 거의 없는 데다 지금 피그위전이 귀청이 찢어져라 소동을 부려서 그런 거라는 말을 굳이 하지 않았다. 프레드의 짐 가방이 갑자기 열리면서 예상치 못하게 '필리버스터 박사의 축축하게 불붙어 뜨겁지 않은 기막힌 폭죽'이 터졌고, 그 바람에 크룩섕스가 문제의 가방을 들고 가던 택시 기사의 다리를 할퀴어서 택시 기사가 놀람과 고통으로 소리를 지른 것도 별 도움이 되지 않았다.

다들 짐 가방과 함께 택시 뒷자리에 구겨 앉았기에 킹스크로스역까지 가는 길은 불편했다. 크룩섕스가 폭죽에 놀란 마음을 가라앉히기까지는 꽤 시간이 걸렸다. 런던에 들어섰을 때쯤에는 해리, 론, 헤르미온느 모두 여기저기 할퀸 자국투성이가 되었다. 비가 더 세차게 내리고 있었지만 킹스크로스에 도착하자 그들은 크게 안심했다. 그리고 짐 가방을 들고 붐비는 도로를 건너 역으로 들어가는 동안 모두 흠뻑 젖고 말았다.

이제 해리는 9와 4분의 3번 승강장에 들어가는 일에 익숙했다. 9번과 10번 승강장을 나누고 있는, 겉보기에 단단한 벽으로 곧장 걸어가면 되는 간단한 일이었다. 유일하게 까다로운 부분은 머글들의 관심을 끌지 않고 해내는 것뿐이었다. 오늘은 여러 명이 함께 벽을 통과했다. 해리, 론, 헤르미온느가 제일 먼저 들어갔다(피그위전과 크룩섕스를 데리고 있어서 그들이 가장 눈에 띄었기 때문이다). 그들은 태연하게 수다를 떨면서 아무렇지 않은 듯 벽에 기댔다가 옆으로 스르르 기울어지듯 들어갔다……. 그러자 다음 순간 9와 4분의 3번 승강장이 눈앞에 나타났다.

번쩍이는 진홍색 증기기관차, 호그와트 급행열차가 이미 승강장에 도착해 증기구름을 내뿜고 있었다. 그 구름 사이로 승강장에 있는 수많은 호그와트 학생과 학부모 들의 모습이 마치 으스름한 유령처럼 보였다. 피그위전은 연기 속에서 들려오는 여러 부엉이들의 울음에 응답하느라 더 시끄럽게 굴었다. 해리, 론, 헤르미온느는 자리를 찾으러 나섰고 머잖아 열차 중간쯤에 있는 객실에 짐을 실었다. 그런 다음 그들은 위즐리 부인, 빌, 찰리에게 작별 인사를 하려고 다시 승강장으로 뛰어내려 갔다.

"생각보다 일찍 너희와 다시 만나게 될지도 몰라." 지니를 껴안고 작별 인사를 하던 찰리가 씩 웃으며 말했다.

"왜?" 프레드가 날카로운 어조로 물었다.

"두고 보면 알아." 찰리가 말했다. "퍼시한테는 내가 이런 얘길 했다고 말하지 마……. '정부에서 발표하기로 한 시간까지는 기밀'이거든."

"그래, 올해에는 나도 호그와트에 다시 가고 싶다." 빌이 주머니에 손을 넣고 거의 애석해하는 표정으로 열차를 바라보며 말했다.

"왜?" 조지가 조바심이 나는 듯 물었다.

"재미있는 한 해가 될 거야." 빌이 눈을 반짝이며 말했다. "나도 휴가 내고 가서 구경이나 할까 싶은데……."

"뭘 구경하는데?" 론이 물었다.

하지만 그때 출발을 알리는 경적이 울렸고, 위즐리 부인은 그들을 다급히 열차 문 쪽으로 몰아갔다.

"초대해 주셔서 고맙습니다, 위즐리 아줌마." 헤르미온느가 열차에 올라 문을 닫고 객실 창밖으로 몸을 내밀며 말했다.

"네, 전부 다 감사드려요, 위즐리 아줌마." 해리가 뒤이어 말했다.

"아, 내가 좋아서 한 일이란다, 얘들아." 위즐리 부인이 말했다. "크리스마스에도 초대하고 싶다만…… 글쎄, 내 생각엔 너희 모두 호그와트에 머물고 싶을 거야. 그…… 뭐, 이런저런 일이 있으니까."

"엄마!" 론이 버럭 짜증을 냈다. "우리는 모르고 셋만 아는 일이 뭔데요?"

"아마 오늘 저녁이면 알게 될 거야." 위즐리 부인이 미소를 머금으며 말했다. "정말 재밌을 거다. 그래, 규칙을 바꿨다니 정말 다행이야."

"무슨 규칙요?" 해리, 론, 프레드, 조지가 동시에 물었다.

"덤블도어 교수님이 분명히 얘기해 주실 거야……. 아무튼, 얌전히 지내거라. 알겠지? 알겠니, 프레드? 조지 너도?"

열차가 시끄럽게 칙칙 소리를 내더니 움직이기 시작했다.

"호그와트에서 무슨 일이 일어나는지 말해 줘요!" 프레드가 창밖에 대고 소리쳤다. 위즐리 부인, 빌, 찰리가 빠르게 멀어져 갔다. "무슨 규칙을 바꿨다는 거예요?"

하지만 위즐리 부인은 그저 미소 지으며 손만 흔들 뿐이었다. 열차가 모퉁이를 돌기 전에 그녀와 빌과 찰리는 순간이동으로 사라졌다.

해리, 론, 헤르미온느는 객실로 돌아갔다. 창문을 두드리는 세찬 빗줄기 때문에 바깥을 보기가 어려웠다. 론은 짐을 풀고 고동색 정장 로브를 꺼내 피그위전의 새장에 휙 덮어씌웠다. 시끄럽게 울던 피그위전의 소리가 잠잠해졌다.

"배그먼도 우리한테 호그와트에서 무슨 일이 일어나는지 말하고 싶어 했어." 그가 해리 옆에 앉으며 심통 난 듯 말했다. "퀴디치 월드컵에서. 기억나지? 근데 남도 아니고 우리 엄마가 말을 안 해 주다니. 대체 무슨……."

"쉿!" 헤르미온느가 갑자기 입술에 손가락을 대고 옆 객실을 가리키며 속삭였다. 해리와 론은 귀를 기울였다. 열린 문으로 질질 끄는 익숙한 목소리가 흘러들어 왔다.

호그와트 급행열차를 타고

"……사실 아버지는 나를 호그와트가 아니라 덤스트랭에 보낼 생각도 하셨어. 거기 교장이랑 아는 사이거든. 솔직히 그렇잖아. 우리 아버지가 덤블도어를 어떻게 생각하시는지는 너희도 잘 알 거 아냐. 머드블러드를 그렇게 좋아하는 사람이라니. 덤스트랭은 그런 쓰레기들은 받아 주지 않아. 하지만 어머니는 내가 그렇게 멀리 있는 학교에 가는 걸 별로 탐탁잖아 하셨어. 아버지는 덤스트랭이 호그와트보다 어둠의 마법에 대해 훨씬 합리적인 기준을 가지고 있다고 하셨지만. 덤스트랭 학생들은 실제로 어둠의 마법을 *배운대*. 우리처럼 방어법 나부랭이만 배우는 게 아니라……."

헤르미온느가 자리에서 일어나 까치발로 객실 문까지 걸어가더니 문을 슬쩍 닫으며 말포이의 목소리를 차단했다.

"그러니까 자기한텐 덤스트랭이 맞았을 거라고 생각한다는 거네?" 그녀가 화를 내며 말했다. "그냥 거기에 *갔다면* 좋았을 텐데. 그러면 저런 애를 참아 줄 필요도 없었을 거 아냐."

"덤스트랭은 또 다른 마법학교야?" 해리가 물었다.

"응." 헤르미온느가 콧방귀를 뀌며 말했다. "악명 높은 곳이야. 《유럽 마법 교육의 평가》에 따르면, 어둠의 마법을 중점적으로 가르친대."

"나도 들어 본 것 같다." 론이 정확히는 모르겠다는 듯 말했다. "어디에 있더라? 어느 나라였지?"

"글쎄, 아무도 모르지 않을까?" 헤르미온느가 눈썹을 치켜올리며 말했다.

"어…… 왜?" 해리가 물었다.

"전통적으로 모든 마법학교 사이에 경쟁이 심했거든. 덤스트랭이랑 보바통은 아무도 자기네 비밀을 훔쳐 가지 못하도록 학교가 있는 곳을 숨기고 싶어 해." 헤르미온느가 설명조로 말했다.

"말도 안 돼." 론이 피식 웃으며 말했다. "덤스트랭도 호그와트만 할 텐데, 그 더럽게 큰 성을 어떻게 숨기냐?"

"하지만 호그와트도 숨겨져 있잖아." 헤르미온느가 놀라며 말했다. "다 아는 얘기 아닌가.…… 뭐, 《호그와트의 역사》를 읽은 사람이라면 말이야."

"그럼 너만 아는 거네." 론이 말했다. "그렇다면, 말해 봐. 호그와트 같은 곳을 어떻게 숨긴다는 거야?"

"마법이 걸려 있어." 헤르미온느가 말했다. "머글 눈에는 '위험, 들어가지 마시오, 안전하지 않음'이라고 적힌 표지판이 걸려 있는 썩어 가는 오래된 폐허만 보일 뿐이야."

"그럼 덤스트랭도 외부인의 눈에는 폐허처럼 보일 거라는 얘기야?"

"그럴지도 모르지." 헤르미온느가 어깨를 으쓱하며 말했다. "아니면 월드컵 경기장처럼 머글 쫓기 마법이 걸려 있거나. 그리고 외부 마법사가 발견하지 못하게 하려고 위치 파악 불가 마법을……."

"뭐라고?"

"그러니까, 건물이 지도에 표시되지 않도록 마법을 걸 수도 있지 않겠어?"

"어…… 그렇겠네." 해리가 말했다.

"하지만 내 생각에 덤스트랭은 저 멀리 북쪽 어딘가에 있을 거야." 헤르미온느가 생각에 잠겨서 말했다. "아주 추운 곳에 말이야. 덤스트랭 교복 중에 털 달린 짧은 망토가 있었거든."

"아, 여러 가지 방법이 떠오른다." 론이 꿈꾸듯 말했다. "말포이를 빙하에서 밀어 떨어뜨린 다음 사고로 위장하면 일이 아주 쉬울 텐데……. 걔네 엄마한테는 안 됐지만……."

기차가 북쪽으로 나아갈수록 빗줄기는 더욱 거세졌

다. 하늘이 너무 어둡고 창문에 김이 심하게 서려서 정오쯤 되자 등이 켜졌다. 점심을 파는 수레가 달그락거리며 통로를 지나가자 해리는 함께 나누어 먹을 커다란 솥단지 케이크를 샀다.

오후가 되면서 셰이머스 피니건과 딘 토머스, 네빌 롱보텀을 포함한 친구 몇 명이 그들을 만나러 왔다. 네빌은 동그란 얼굴에 건망증이 아주 심하고 엄청나게 무서운 마법사 할머니 손에 자란 소년이었다. 셰이머스는 아직도 아일랜드 장미 장식을 달고 있었다. 그 장식은 여전히 높은 소리로 "트로이! 멀릿! 모런!" 하고 소리치고 있었지만 이제 마법 효과가 떨어진 듯 상당히 약하고 지친 목소리였다. 30분쯤 지나자, 끝없이 이어지는 퀴디치 얘기에 질린 헤르미온느는 또다시 《마법 주문에 관한 표준 교과서: 4학년용》에 파묻혀 소환 마법을 공부하기 시작했다.

네빌은 다른 아이들이 월드컵 경기를 생생히 떠올

리자 시샘하듯 그 대화에 귀를 기울였다.

"할머니가 가기 싫다고 하셨어." 그가 우울하게 말했다. "표도 안 사려고 하시더라. 근데 들어 보니까 굉장했겠다."

"굉장했어." 론이 말했다. "이것 봐, 네빌……."

그는 선반에 올려 두었던 짐 가방을 뒤져 빅토르 크룸의 피규어를 꺼냈다.

"와, 우아." 론이 네빌의 통통한 손바닥에 크룸을 올려놓자 그가 부러운 듯 감탄을 내뱉었다.

"아주 가까이서 보기도 했어." 론이 말했다. "1등석에 있었거든."

"평생 처음이자 마지막일 거다, 위즐리."

드레이코 말포이가 어느새 문 앞에 나타났다. 그의 뒤에는 덩치 큰 깡패 친구 크래브와 고일이 서 있었다. 둘 다 여름방학 동안 적어도 30센티미터는 더 큰 것 같았다. 그들은 딘과 셰이머스가 들어올 때 열어 놓은 객실 문 사이로 대화를 엿들은 게 틀림없었다.

"너한테 오라고 말한 적 없는 것 같은데, 말포이." 해리가 싸늘하게 말했다.

"위즐리…… 저건 뭐냐?" 말포이가 피그위전의 새장 쪽을 가리키며 말했다. 론의 정장 로브 소매가 열차의 움직임에 따라 달랑거리고 있었다. 곰팡이가 슨 것 같은 소매 끝의 레이스가 아주 뚜렷하게 보였다.

론은 그 로브를 보이지 않는 곳에 치우려 했지만 말포이가 더 빨랐다. 말포이는 정장 로브의 소매를 잡아당겼다.

"이것 좀 봐!" 말포이가 론의 로브를 들어 올려 크래브와 고일에게 보여 주면서 신나게 지껄였다. "위즐리, 설마 이걸 입으려는 건 아니지? 그러니까, 1890년쯤에 유행했을 것 같은 옷이라서 말이야……."

"똥이나 처먹어, 말포이!" 똥이라니, 그것은 론이 말포이의 손에서 도로 낚아챈 정장 로브와 같은 색깔이었다. 말포이는 조롱 섞인 웃음을 터뜨리며 자지러졌다. 크래브와 고일도 멍청하게 웃어 댔다.

"그래서…… 참가할 거냐, 위즐리? 가문의 명예를 조금이나마 빛내 보시겠나? 하긴, 돈도 걸려 있긴 하지……. 우승하면 괜찮은 로브도 살 수 있을 거야……."

"무슨 소리 하는 거야?" 론이 쏘아붙였다.

"참가할 거냐니까?" 말포이가 다시 말했다. "너는 참가하겠지, 포터? 뽐낼 기회는 절대 안 놓치잖아. 안 그래?"

"무슨 얘길 하는 건지 제대로 설명해. 아니면 가 버리든가, 말포이." 헤르미온느가 《마법 주문에 관한 표준 교과서: 4학년용》 너머로 매몰차게 말했다.

말포이의 허여멀건 얼굴에 고소해하는 미소가 번졌다.

"설마 모르는 건 아니지?" 그가 즐거운 듯 말했다. "아버지랑 형이 정부에서 일하는데도 모른다고? 세상에, 우리 아버지는 한참 전에 말씀해 주셨는데……. 코닐리어스 퍼지 총리한테 직접 들으셨거든. 하긴, 아버지는 항상 정부 고위층 사람들이랑 교제하시니까……. 너희 아버지는 직급이 너무 낮아서 모르나 보다, 위즐리……. 그래…… 아마 너희 아버지 앞에서 중요한 얘기를 하지는 않겠지……."

말포이가 또 한 번 웃으며 크래브와 고일에게 손짓했다. 세 사람은 곧 객실을 나갔다.

론이 자리에서 일어나 객실 미닫이문을 있는 힘껏 쾅 닫는 바람에 창유리가 부서졌다.

"론!" 헤르미온느가 나무라듯 소리치고 마법 지팡이를 꺼내 "레파로"라고 중얼거렸다. 유리 조각들이 한 장의 판유리로 되돌아가더니 도로 문에 끼워졌다.

"그래…… 자기는 모든 걸 알고 우리는 모르는 것처럼 보이게 만드시겠지……." 론이 으르렁거렸다. "'아버지는 항상 정부 고위층 사람들이랑 교제하시니까'라고……? 우리 아빠도 진작 승진할 수 있었어……. 그냥 지금 있는 데가 마음에 들어서 그러시는 거지……."

"당연하지." 헤르미온느가 조용히 말했다. "말포이 같은 애한테 휘둘리지 마, 론."

"내가 저 자식한테? 휘둘린다고? 퍽이나!" 론이 남아 있는 솥단지 케이크 한 조각을 집어 들고 곤죽이 되도록 으깨며 말했다.

론의 기분은 여행이 끝날 때까지 풀리지 않았다. 그는 학교 로브로 갈아입을 때도 별말 하지 않았고, 호그와트 급행열차가 마침내 속도를 늦추다 호그스미드역의 칠흑 같은 어둠 속에 멈춰 섰을 때도 여전히 도끼눈을 뜨고 있었다.

열차 문이 열리자 머리 위에서 천둥소리가 들려왔다. 헤르미온느는 크룩섕스를 망토로 둘둘 감쌌고 론은 정장 로브를 피그위전 위에 덮은 그대로 두었다. 그들은 고개를 숙이고 눈을 가늘게 뜬 채 폭우를 맞으며 기차를 떠났다. 이제 비가 어찌나 세차게 퍼붓는지, 머리 위로 얼음물이 든 양동이를 끊임없이 들이붓는 것 같았다.

"안녕하세요, 해그리드!" 해리가 승강장 저 끝의 거대한 윤곽을 보고 소리쳤다.

"잘 있었냐, 해리?" 해그리드가 손을 흔들며 마주 소리쳤다. "빠져 죽지 않으면 개강 연회에서 보자!"

1학년들은 전통적으로 해그리드와 함께 배를 타고 호수를 건너 호그와트 성에 도착했다.

"아아, 나라면 이런 날씨에 호수를 건너고 싶지 않을 거야." 헤르미온느가 다른 아이들과 함께 어두운 승강장을 천천히 나아가는 내내 부들부들 떨면서 진심을 담아 말했다. 말이 묶여 있지 않은 마차 100대가 역 바깥에 서서 그들을 기다리고 있었다. 해리, 론, 헤르미온느, 네빌은 기꺼이 그중 한 대에 올라탔다. 문이 탁 닫히더니 잠시 뒤 마차가 크게 한 번 휘청거렸다. 긴 마차 행렬이 물을 튀기면서 덜컹덜컹 호그와트 성으로 가는 길을 따라갔다.

CHAPTER 12
트라이위저드 대회

마차들은 날개 달린 멧돼지 조각상이 양옆에 서 있는 교문을 통과한 다음, 빠르게 돌풍으로 변해 가는 바람에 위험하게 흔들리며 넓은 길을 덜컹덜컹 나아갔다. 해리는 창문에 기댄 채 호그와트가 점점 가까워지는 모습을 지켜보았다. 빗줄기가 드리운 두꺼운 커튼 뒤로 불 켜진 창문들이 부옇게 빛나고 있었다. 마차가 거대한 오크나무 정문 앞 돌계단 아래 멈춰 섰을 때 번개가 하늘을 가르며 번쩍였다. 앞쪽 마차에 타고 있던 아이들은 이미 계단을 올라 성으로 들어가고 있었다. 해리, 론, 헤르미온느, 네빌도 마차에서 뛰어내려 빠르게 계단을 올랐다. 그들은 횃불로 밝혀진 휑뎅그렁한 현관홀에 들어선 다음에야 겨우 고개를 들었다. 현관홀에는 웅장한 대리석 계단이 있었다.

"제기랄." 론이 고개를 흔들어 사방으로 물을 튀기며 말했다. "비가 계속 저렇게 오다간 호수가 넘칠 거야. 난 쫄딱 젖…… 아악!"

천장에서 커다란 빨간색 물풍선이 론의 머리에 날아와 떨어지더니 터졌다. 론은 흠뻑 젖은 채 푸푸거리며 해리 쪽으로 비틀비틀 옆걸음질 했다. 바로 그때 두 번째 물풍선이 헤르미온느를 가까스로 비껴가 해리의 발 앞에서 터지면서 차가운 물이 그의 운동화와 양말을 적셨다. 주위에 있던 학생 모두가 비명을 지르며 물풍선의 사정거리를 벗어나려고 서로를 밀치기 시작했다. 해리는 고개를 들었다. 종이 잔뜩 달린 모자를 쓰고 오렌지색 나비넥타이를 한 조그만 남자, 폴터가이스트 피브스가 그들의 머리 위 5미터 높이에 둥둥 떠 있었다. 다시 목표물을 조준하느라 그의 넙데데하고 심술궂은 얼굴이 일그러졌다.

"피브스!" 화난 목소리가 소리쳤다. "피브스, 당장 이리 내려와!"

교감이자 그리핀도르 기숙사 담임 교수인 맥고나걸 교수가 대연회장에서 달려 나왔다. 젖은 바닥을 딛고 미끄러진 그녀는 넘어지지 않으려고 헤르미온느의 목을 붙들었다. "이런, 미안하구나, 그레인저 양."

"괜찮아요, 교수님!" 헤르미온느가 목을 문지르며 캑캑거렸다.

"피브스, 이리 내려와, 당장!" 맥고나걸 교수가 뾰족 모자를 고쳐 쓰고 네모난 안경테 너머로 피브스를 올려다보면서 호통쳤다.

"난 아무 짓도 안 했는데!" 피브스가 5학년 여학생 몇 명한테 물풍선을 던지며 킥킥대자 그 학생들이 비명을 지르며 대연회장으로 뛰어들어 갔다. "이미 젖어 있었잖아? 조금 더 적신 걸 가지고! 휘이이이이이!" 그러더니 그는 방금 도착한 2학년들에게 또다시 물풍선을 조준했다.

"교장 선생님을 불러야겠구나!" 맥고나걸 교수가 소리쳤다. "경고하는데, 피브스……."

피브스는 혀를 빼물고 공중에 마지막으로 물풍선을 던지더니 미친 듯이 낄낄거리며 대리석 계단을 쌩 올라갔다.

"자, 그럼 가자꾸나!" 맥고나걸 교수가 잔뜩 젖은 아이들에게 소리쳤다. "대연회장으로. 어서!"

해리, 론, 헤르미온느는 미끄러지고 넘어질 뻔하면서 현관홀을 걸어가 오른쪽에 있는 양쪽 여닫이문을 지났다. 론은 흠뻑 젖은 머리카락을 얼굴에서 떼어 내며 목소리를 낮추고 구시렁댔다.

개강 연회를 위해 장식되어 있는 대연회장은 언제나 그랬듯 훌륭한 모습이었다. 황금색 접시들과 잔들이 식탁 위 공중에 떠 있는 수많은 촛불 빛을 받아 번쩍거렸다. 긴 기숙사 식탁 네 곳은 수다를 떠는 학생들로 가득했다. 대연회장 가장 안쪽에는 교직원들이 학생들을 바라보고 나란히 앉아 있었다. 이곳은 바깥보다 훨씬 따뜻했다. 해리, 론, 헤르미온느는 슬리데린, 래번클로, 후플푸프 식탁을 지나 대연회장 끝에 있던 다른 그리핀도르 학생들과 함께 앉았다. 그리핀도르 유령인 목이 달랑달랑한 닉 옆자리였다. 허연 진줏빛에 반투명한 형상의 닉은 오늘 밤에도 평소처럼 유난히 풍성한 주름 깃이 달린 더블릿을 입고 있었는데, 그 주름 깃은 분위기를 더 흥겹게 만드는 한편 완전히 잘리지 않은 목 위에 얹힌 머리가 지나치게 흔들리지 않도록 해 주는 두 가지 쓸모가 있었다.

"기분 좋은 저녁이네." 그가 활짝 웃으며 말했다.

"누가 그래요?" 해리가 운동화를 벗어 물을 쏟아 버리며 대꾸했다. "빨리 기숙사 배정식을 했으면 좋겠어요. 굶어 죽겠어요."

신입생들을 기숙사에 배정하는 의식은 매 학년이 시작할 때마다 열렸다. 하지만 여러 가지 상황이 안 좋게 꼬이는 바람에 해리는 본인이 배정받은 이후로 기숙사 배정식에 참석해 본 적이 없었다. 그래서인지 상당히 기대가 됐다.

바로 그때, 식탁 저쪽에서 한껏 들떠서 헐떡거리는 목소리가 소리쳤다. "안녕, 해리!"

해리를 영웅 비슷하게 여기는 3학년생 콜린 크리비였다.

"안녕, 콜린." 해리가 조금 경계하며 말했다.

"해리, 무슨 일이 있었는지 알아? 한번 맞혀 봐, 해리. 내 동생이 입학했어! 내 동생 데니스가!"

"어…… 잘됐다." 해리가 말했다.

"걔 정말 신났어!" 콜린이 앉은 자리에서 통통 뛰다시피 하며 말했다. "그리핀도르가 되면 참 좋을 텐데! 행운을 빌어 줄 거지, 해리? 응?"

"어…… 그래, 그럴게." 해리가 말했다. 그는 헤르미온느, 론, 목이 달랑달랑한 닉에게 고개를 돌렸다. "형제자매는 보통 같은 기숙사에 들어가지 않아?" 그가 물었다. 일곱 명 모두 그리핀도르에 들어간 위즐리 형제를 보고 든 생각이었다.

"아니, 꼭 그렇지는 않아." 헤르미온느가 말했다. "파르바티 파틸의 쌍둥이는 래번클로거든. 일란성인데도 말이야. 꼭 둘이 같은 데 들어갈 것 같은데, 그치?"

해리는 교직원 식탁을 바라보았다. 평소보다 빈자리가 많은 것 같았다. 물론 해그리드는 아직 1학년들을 데리고 호수를 건너느라 애쓰고 있을 테고, 맥고나걸 교수는 아마도 현관홀 바닥을 말리는 일을 감독하고 있을 것이다. 하지만 빈 의자가 하나 더 있었다. 또 누가 없는지 도통 떠오르지 않았다.

"새로 온 어둠의 마법 방어법 교수님은 어디 계시지?" 헤르미온느가 말했다. 그녀도 교수들을 바라보고 있었다.

지금까지 1년 이상을 버틴 어둠의 마법 방어법 교수는 한 명도 없었다. 해리가 가장 좋아했던 루핀 교수도 지난 학기에 사임했다. 해리는 교직원 식탁을 이리저리 둘러보았다. 분명 새로운 얼굴은 보이지 않았다.

"사람을 구할 수가 없었나 봐!" 헤르미온느가 불안한 표정을 지으며 말했다.

해리는 식탁을 더 주의 깊게 살펴보았다. 키가 아주 작은 일반 마법 담당 플리트윅 교수가 쿠션을 잔뜩 쌓아 놓고, 흩날리는 회색 머리카락 위에 모자를 비스듬히 눌러쓴 약초학 담당 스프라우트 교수 옆에 앉아 있었다. 스프라우트 교수는 천문학 담당 시니스트라 교수와 이야기를 나누고 있었다. 시니스트라 교수의 반대쪽 옆에는 누르께한 얼굴에 매부리코, 기름진 머리카락을 가진 마법약 교수 스네이프가 있었다. 그는 호그와트에서 해리가 가장 싫어하는 사람이었다. 스네이프에 대한 해리의 증오심에 필적할 만한 것은 해리에 대한 스네이프의 증오심뿐이었다. 과연 가능한 일인지는 모르겠지만, 지난 학기에 해리가 스네이프의 그 커다란 코앞에서 시리우스의 탈출을 도우면서 스네이프는 전보다 더욱 해리를 싫어하게 되었다. 스네이프와 시리우스는 학창 시절부터 줄곧 앙숙이었던 것이다.

스네이프의 반대쪽 옆에 빈 의자가 있었다. 해리는 그것이 맥고나걸 교수의 자리일 거라고 생각했다. 그리고 그 옆, 식탁 한가운데에 교장인 덤블도어 교수가 앉아 있었다. 긴 은색 머리카락과 턱수염이 촛불 빛에 반짝이는 가운데, 그는 수많은 달과 별이 수놓인 멋진 암녹색 망토를 입고 있었다. 덤블도어는 길고 가느다란 손가락 끝을 한데 모으고 턱을 받친 채 생각에 잠긴 듯 반달 모양 안경 너머로 천장을 올려다보고 있었다.

해리도 천장을 힐끗 올려다봤다. 천장은 바깥의 하늘과 똑같이 보이도록 마법이 걸려 있었는데 지금처럼 험악한 날씨는 처음 보았다. 검은색과 자주색 구름이 천장 전체에 소용돌이쳤고, 바깥에서 또 한 번 천둥 치는 소리가 들리자 여러 갈래로 갈라진 번개가 온 천장에 번쩍였다.

"아, 빨리 좀 하지." 해리 옆자리에 앉은 론이 신음했다. "히포그리프라도 잡아먹을 지경이니까."

그 말이 떨어지기가 무섭게 대연회장 문이 열리고 침묵이 내려앉았다. 맥고나걸 교수가 길게 줄지어 선 1학년들을 대연회장 가장 안쪽까지 데리고 갔다. 해리, 론, 헤르미온느도 젖어 있긴 했지만 1학년들의 몰골에 비하면 아무것도 아니었다. 그들은 배를 탄 게 아니라 호수를 헤엄쳐 건넌 것 같은 모습으로 교직원 식탁을 따라 줄지어 가다가 다른 학년들을 마주 보고 멈춰 섰는데, 그러는 내내 모두 추위와 긴장으로 부들부들 떨고 있었다. 다만 가장 작고 칙칙한 갈색 머리카락을 가진 소년만은 예외였다. 그는 해그리드의 것으로 보이는 두더지 가죽 외투로 몸을 감싸고 있었는데, 코트가 너무 커서 검은색 털이 잔뜩 달린 천막을 걸친 것처럼 보였다. 옷깃 위로 비죽 나온 그의 작은 얼굴은 견딜 수 없을 만큼 흥분한 빛으로 가득했다. 겁에 질린 얼굴의 다른 학생들과 같이 줄을 선 그는 콜린 크리비와 눈이 마주치자 양손 엄지를 치켜들더니 입을 벙긋거렸다. "나 호수에 빠졌어!" 그 사실이 굉장히 즐거운 듯했다.

이제 맥고나걸 교수가 1학년들 앞에 다리 세 개짜리 의자를 놓고 그 위에 굉장히 낡고 더럽고 여기저기 기운 마법사 모자를 올려놓았다. 1학년들은 모자를 뚫어지게 바라보았다. 다른 사람들도 마찬가지였다. 잠깐 침묵이 흘렀다. 잠시 후 모자챙 근처의 찢어진 부분이 입처럼 활짝 벌어지더니 모자가 노래를 부르기 시작했다.

천 년도 더 전에
내가 새로 만들어졌을 때
네 명의 유명한 마법사가 살았다네.
그들의 이름은 지금까지도 잘 알려져 있지.
거친 황야의 용감한 그리핀도르,
좁은 골짜기의 아름다운 래번클로,
넓은 계곡의 다정한 후플푸프,
늪의 약삭빠른 슬리데린.
그들은 하나의 소망, 희망, 꿈을 나눴다네.
어린 마법사들을 가르치려는
대담한 계획을 함께 품었지.
그렇게 호그와트 마법학교가 시작됐다네.
네 명의 창립자들은 각각
자신만의 기숙사를 세웠어.
저마다 가르칠 학생에게서
서로 다른 덕목을 귀하게 여겼으니까.
그리핀도르는 누구보다도
용감한 학생들을 더 높이 평가했고
래번클로에게는 영리한 자들이
언제나 우선이었지.
후플푸프는 성실한 노력가들에게
가장 먼저 입학할 자격을 주었고
힘에 굶주린 슬리데린은
야망이 큰 자들을 사랑했다네.
살아 있는 동안 그들은
여럿 가운데서 가장 좋아하는 이들을 분류했어.
하지만 그들이 죽어 사라진 지금
어떻게 사람들을 골라낼 수 있을까?
그리핀도르가 그 방법을 찾아냈다네.
그가 머리에 쓰고 있던 나를 휙 벗자
창립자들이 내게 조금씩 지혜를 넣어 주었지.
내가 대신 선택할 수 있도록!
이제 나를 귀까지 푹 눌러 써 보렴.
나는 한 번도 틀린 적이 없다네.
내가 너희 마음속을 들여다보고
너희가 어디에 속하는지 말해 줄게!

기숙사 배정 모자가 노래를 마치자 대연회장이 박수 소리로 떠나갈 듯했다.

"우리를 배정할 때 불렀던 노래가 아니네." 해리가 다른 사람들과 함께 손뼉을 치며 말했다.

"매년 다른 노래를 불러." 론이 말했다. "꽤 지루한 인생 아니냐? 모자로 산다니. 아마 1년 내내 다음 해에 부를 노래를 만들며 지낼걸."

곧 맥고나걸 교수가 커다란 양피지 두루마리를 펼쳤다.

"내가 이름을 부르면 모자를 쓰고 저 의자에 앉습니다." 그녀가 1학년들에게 말했다. "모자가 기숙사를 알려 주면 맞는 식탁에 가서 앉으세요. 애컬리, 스튜어트!"

한 소년이 머리부터 발끝까지 눈에 띄게 떨면서 걸어 나와 기숙사 배정 모자를 쓰고 의자에 앉았다.

"래번클로!" 모자가 소리쳤다.

스튜어트 애컬리는 모자를 벗고 재빨리 래번클로 식탁으로 갔다. 래번클로 학생들 모두가 박수를 치고 있었다. 해리는 래번클로의 수색꾼 초가 자리에 앉는 스튜어트 애컬리에게 환호를 보내는 모습을 힐끗 보았다. 아주 잠깐, 해리는 자신도 래번클로 식탁에 앉고 싶은 이상한 충동을 느꼈다.

"배덕, 맬컴!"

"슬리데린!"

대연회장 저쪽에 있는 식탁에서 환호성이 터져 나왔다. 배덕이 슬리데린 학생들이 있는 곳으로 가자 말포이가 손뼉을 치는 모습이 보였다. 해리는 배덕이 다른 어떤 기숙사보다 슬리데린에서 어둠의 마법사가 가장 많이 나왔다는 사실을 알고 있는지 궁금했다. 배덕이 자리에 앉자 프레드와 조지가 그에게 휘익 하고 야유하듯 휘파람을 불었다.

"브랜스톤, 엘리너!"
"후플푸프!"
"콜드웰, 오언!"
"후플푸프!"
"크리비, 데니스!"

쥐방울만 한 데니스 크리비가 해그리드의 두더지 가죽 외투 자락에 발이 걸려 휘청거리며 앞으로 나왔다. 마침 그때 교직원 식탁 뒤에 있는 문으로 외투의 주인인 해그리드가 들어왔다. 키는 보통 사람의 두 배, 덩치는 세 배쯤 되는 해그리드는 길고 거칠고 잔뜩 엉킨 검은색 머리카락과 턱수염까지 기르고 있어 조금 위협적으로 보였다. 오해할 만한 첫인상이었지만 해리, 론, 헤르미온느는 해그리드가 천성적으로 아주 다정하다는 사실을 알고 있었다. 해그리드는 교직원 식탁 끝에 앉으며 그들에게 눈을 찡긋하고, 데니스 크리비가 기숙사 배정 모자를 쓰는 모습을 지켜보았다. 모자챙 근처의 찢어진 부분이 활짝 벌어지더니……

"그리핀도르!" 모자가 소리쳤다.

해그리드는 그리핀도르 학생들과 함께 손뼉을 쳤다. 데니스 크리비는 활짝 웃으며 모자를 벗어 다시 의자에 올려놓고 얼른 형에게 달려갔다.

"콜린, 나 호수에 빠졌어!" 그가 빈 의자에 털썩 앉으며 높은 목소리로 말했다. "끝내줬어! 물속에서 뭔가가 나를 잡고 배 위로 밀어 주더라니까!"

"멋진데!" 콜린이 똑같이 흥분해서 말했다. "아마 대왕오징어였을 거야, 데니스!"

"우아!" 폭풍이 휩쓰는 깊디깊은 호수에 빠졌다가 거대한 바다 괴물에 의해 다시 밀려 나온 것이 아무도 꿈꾸지 못할 행운이라도 되는 것처럼 데니스가 탄성을 질렀다.

"데니스! 데니스! 저기 저 사람 보여? 검은 머리에 안경 쓴 사람 말이야. 저 사람이 누군지 알아, 데니스?"

해리는 시선을 돌려, 이제 에마 돕스를 배정하고 있는 기숙사 배정 모자를 뚫어지게 바라보았다.

배정식은 계속 이어졌다. 저마다 다른 표정으로 겁먹은 얼굴을 하고 있는 남학생, 여학생 들이 차례차례 세 발 의자로 향했다. 맥고나걸 교수가 'L'로 시작하는 이름을 다 부르자 줄이 천천히 짧아졌다.

"아, 빨리 좀." 론이 신음하며 배를 문질렀다.

"이보게, 론. 배정식은 음식보다 훨씬 중요한 것이라네." 목이 달랑달랑한 닉이 말했다. "매들리, 로라!"가 후플푸프에 배정됐을 때였다.

"죽은 사람한테는 당연히 그렇겠죠." 론이 쏘아붙였다.

"올해 그리핀도르 학생들도 잘하기를 바랄 뿐이네." 목이 달랑달랑한 닉이 "맥도널드, 내털리!"가 그리핀도르 식탁에 합류하자 박수를 보내며 말했다. "연승 행진이 끊기면 안 되지 않겠나?"

그리핀도르는 지난 3년간 연속으로 기숙사 챔피언십에서 우승했다.

"프리처드, 그레이엄!"
"슬리데린!"
"쿼크, 올라!"
"래번클로!"

그리고 "휘트비, 케빈!"("후플푸프!")을 마지막으로 배정식이 끝났다. 맥고나걸 교수가 모자와 의자를 치웠다.

"이제 됐다." 론이 나이프와 포크를 들고 기대감에 찬 얼굴로 황금 접시를 바라보며 말했다.

덤블도어 교수가 자리에서 일어났다. 그는 환영의 뜻으로 양팔을 활짝 벌린 채 미소를 머금고 학생들을 둘러보았다.

"할 말은 하나뿐입니다." 덤블도어가 학생들에게 말하자 그의 깊은 목소리가 대연회장 가득 울려 퍼졌다. "욱여넣으세요."

"옳소! 옳소!" 해리와 론이 시끄럽게 소리친 순간 빈 접시들이 눈앞에서 마법처럼 채워졌다.

목이 달랑달랑한 닉은 서글픈 눈으로 해리, 론, 헤

르미온느가 개인 접시를 가득 채우는 모습을 지켜보았다.

"아아, 훨씬 나따." 론이 으깬 감자를 입안 가득 물고 말했다.

"오늘 연회가 열린 것만도 다행이라네." 목이 달랑달랑한 닉이 말했다. "아까 주방에서 말썽이 있었거든."

"왜요? 무슨 일인데오?" 해리가 큼직한 스테이크 덩어리를 입에 물고 말했다.

"당연히 피브스 때문이지." 목이 달랑달랑한 닉이 고개를 저으며 말하자 머리가 위험하게 흔들거렸다. 그는 주름 깃을 목 위로 좀 더 높이 끌어 올렸다. "뭐, 늘 있었던 말다툼이었네. 피브스는 연회에 참석하고 싶어 했지. 한데, 그건 말도 안 되는 일이잖나. 자네들도 피브스가 어떤지 알 테니까. 교양과는 담을 쌓았지. 음식 접시만 봤다 하면 던져 버리고 말이야. 우리는 유령 회의를 열었네. 뚱보 수도사는 피브스에게 기회를 주자고 의견을 냈지만, 피투성이 남작이 반대했다네. 내 생각엔 현명한 판단이었지."

피투성이 남작은 슬리데린의 유령으로, 은색 핏자국으로 뒤덮인 깡마르고 과묵한 유령이었다. 호그와트에서 실제로 피브스를 통제할 수 있는 유일한 존재이기도 했다.

"그랬구나. 어쩐지 짜증이 난 것 같더라니." 론이 험악한 어조로 말했다. "그래서 주방에서 무슨 짓을 했는데오?"

"아, 평소 하던 짓을 했다네." 목이 달랑달랑한 닉이 어깨를 으쓱하며 말했다. "난장판에 아수라장을 만들어 놨어. 사방에 냄비며 프라이팬이 널브러졌지. 주방 전체가 수프 천지라네. 집요정들이 정신을 놓을 만큼 겁을 줘서……"

'땡그랑.' 헤르미온느가 황금 잔을 엎었다. 호박 주스가 천천히 식탁보에 번지면서 하얀 천이 오렌지색으로 물들어 갔지만 헤르미온느는 전혀 신경 쓰지 않았다.

"여기에 집요정이 있다고요?" 그녀가 충격을 받은 얼굴로 목이 달랑달랑한 닉을 쳐다보며 말했다. "여기 호그와트에요?"

"당연하지." 목이 달랑달랑한 닉이 그녀의 반응에 놀란 얼굴로 말했다. "내 생각엔, 영국에 있는 주거지를 통틀어 여기 사는 집요정의 숫자가 가장 많을 거라네. 백 명이 넘거든."

"저는 한 명도 못 봤는데요!" 헤르미온느가 말했다.

"뭐, 대낮에는 거의 주방을 떠나지 않으니 그렇지 않겠나?" 목이 달랑달랑한 닉이 말했다. "집요정들은 밤에 나온다네. 청소도 좀 하고…… 불도 지피고, 뭐 그러려고 말이야……. 내 말은, 자네들이 집요정을 못 보는 건 당연한 일이라는 말일세. 왜 아니겠나? 그게 좋은 집요정의 조건이야. 존재한다는 걸 모르게 하는 것 말일세."

헤르미온느는 그를 빤히 바라보았다.

"하지만 돈은 받고 일하는 거죠?" 그녀가 말했다. "휴가도 있고요. 그쵸? 그리고, 병가라든지 연금이라든지, 다 있겠죠?"

목이 달랑달랑한 닉이 너무 웃어 대는 바람에 주름 깃이 내려가면서 머리가 훌렁 젖혀졌다. 그의 머리가 아직까지도 목에 붙어 있는 유령 피부와 몇 센티미터 근육에 매달려 대롱거렸다.

"병가나 연금?" 그가 머리를 다시 어깨 위로 밀어 올리고 주름 깃으로 고정시키며 말했다. "집요정들은 병가나 연금을 바라지 않는다네!"

헤르미온느는 거의 손대지 않은 음식 접시를 내려다보더니 나이프와 포크를 그 위에 올려놓고 접시를 멀리 밀어냈다.

"아, 왜 그래, 허미옹느." 론이 의도치 않게 해리에게 요크셔 푸딩 조각을 튀기며 말했다. "이런, 미안, 해리." 그는 음식을 꿀꺽 삼켰다. "네가 밥을 안 먹는다고 걔들이 병가를 얻는 건 아니잖아!"

"이건 노예 노동이야." 헤르미온느가 콧김을 세차게 내뿜으며 말했다. "이 저녁 식사를 만든 게 바로 그거라고. 노예 노동."

그녀는 한 입이라도 더 먹기를 거부했다.

여전히 빗줄기가 높고 어두운 창문을 세차게 두드리고 있었다. 또 한 번 천둥이 창문을 뒤흔들었다. 폭풍우가 몰아치는 천장이 번쩍하면서, 남아 있던 첫 번째 요리가 사라지고 황금 접시들이 디저트들로 대체되는 모습을 비쳤다.

"당밀 타르트다, 헤르미온느!" 론이 일부러 타르트 냄새를 그녀에게 날려 보내며 말했다. "스포티드 딕(말린 과일을 넣은 스펀지케이크—옮긴이)이야, 봐! 초콜릿 케이크도 있어!"

하지만 헤르미온느가 유난히 맥고나걸 교수를 떠오르게 하는 눈길을 던지자 론은 포기하고 말았다.

디저트를 다 먹고 마지막 부스러기까지 사라져 접시가 반짝반짝 깨끗해졌을 때, 알버스 덤블도어가 다시 자리에서 일어났다. 대연회장을 채우던 수다스러운 웅성거림이 단번에 멈추고 울부짖는 바람 소리와 빗줄기가 떨어지는 소리만 들려왔다.

"자!" 덤블도어가 그들 모두에게 미소를 지으며 말했다. "우리 모두 먹고 마셨으니, (헤르미온느가 "흥!" 콧방귀를 뀌었다) 다시 한 번 주목해 줬으면 좋겠습니다. 몇 가지 공지 사항을 전달해야 하거든요. 건물 관리인인 필치 씨의 요청으로, 올해 성안에서 사용이 금지된 물건 목록에 비명을 지르는 요요, 송곳니 원반, 부숴부숴 부메랑 등이 추가되었음을 알려 드립니다. 전체 목록은 내가 알기로 437개의 품목으로 구성되어 있으며, 내용을 보고 싶은 학생은 필치 씨의 사무실에서 확인할 수 있어요."

덤블도어의 입가가 씰룩거렸다.

그가 말을 이었다. "언제나 그렇듯, 교내에 있는 숲은 학생들에게 출입이 금지된 곳임을 다시 알려 드리고 싶습니다. 3학년이 안 된 학생들은 호그스미드 마을도 방문할 수 없어요. 가슴 아픈 소식이지만, 올해에는 기숙사 간 퀴디치 대회가 열리지 않는다는 소식도 알려 드립니다."

"뭐?" 해리가 숨을 헉 들이켰다. 그는 퀴디치 팀 동료 선수인 프레드와 조지를 돌아보았다. 그들은 아무 소리도 내지 못하고 덤블도어를 보며 입만 벙긋거리고 있었다. 너무 놀라 할 말을 잃은 듯했다.

덤블도어가 말을 이어 나갔다. "10월에 시작되어 이번 학년 내내 지속될 행사 때문입니다. 이 일에 교수님들이 시간과 에너지를 많이 빼앗기실 거예요. 하지만 여러분 모두 틀림없이 이번 행사를 한껏 즐기게 될 겁니다. 기쁜 마음으로 알립니다. 올해 호그와트에서……."

하지만 그 순간 귀청이 찢어질 듯한 천둥소리가 울려 퍼지며 대연회장 문이 벌컥 열렸다.

한 남자가 문 앞에 서 있었다. 긴 지팡이를 짚고 검은색 여행용 망토를 걸친 차림이었다. 대연회장에 있는 모든 사람이 낯선 이를 향해 고개를 돌렸다. 갑자기 온 천장에 번개가 번뜩이며 그를 환하게 비쳤다. 그는 후드를 벗고 반백이 된 짙은 회색빛의 덥수룩한 장발을 흔들더니 교직원 식탁으로 걸어가기 시작했다.

그가 한 걸음 내디딜 때마다 둔탁한 '턱' 소리가 대연회장에 울려 퍼졌다. 그는 상석에 이르러 오른쪽으로 돌아서더니 다리를 심하게 절뚝거리며 덤블도어에게로 향했다. 또 한 차례 천장에서 번개가 번쩍했다. 헤르미온느가 숨을 들이켰다.

번갯불에 비쳐 남자의 얼굴이 선명하게 도드라졌다. 해리는 그런 얼굴은 한 번도 본 적이 없었다. 마치 사람의 얼굴이 어떻게 생겨야 하는지 잘 알지 못하고 끌을 다루는 솜씨도 그리 뛰어나지 않은 누군가가 오래된 나무를 깎아 만든 것 같은 모습이었다. 피부는 온통 흉터로 가득했다. 입은 사선으로 쭉 그어 놓은 것처럼 생겼으며, 코는 한 움큼 사라지고 없었다. 하지만 그 남자를 두려워하게 만드는 건 바로 눈이었다.

그의 한쪽 눈은 작고 어두운 색에 초롱초롱했다. 그러나 다른 눈은 크고 동전처럼 둥글고 선명한 밝은 파란색이었다. 그 파란 눈은 한 번 깜빡이지도 않고 위아래, 양옆으로 데굴데굴 구르며, 멀쩡한 한쪽 눈과는 별개로 끊임없이 움직이고 있었다. 그러다가 그 눈이 완전히 뒤집혀 뒤통수 쪽으로 향했다. 사람들 눈에는 오직 흰자위만 보일 뿐이었다.

그 낯선 사람이 덤블도어에게 다가갔다. 그가 얼굴에 있는 것 못지않게 심한 흉터가 있는 손을 내밀자 덤블도어는 해리한테까지는 들리지 않는 말을 중얼거리며 그와 악수했다. 덤블도어는 낯선 이에게 뭔가 질문을 던지는 듯했고, 낯선 이는 웃는 기색 하나 없이 고개를 젓더니 소리 죽여 대답했다. 덤블도어는 고개를 끄덕이고 손짓으로 남자에게 오른쪽 빈자리를 가리켰다.

낯선 이는 자리에 앉아 길고 덥수룩한 짙은 잿빛 머리카락을 흔들어 얼굴에서 떼어 내더니 소시지가 담긴 접시를 끌어당겼다. 그는 접시를 들어 올려 남아 있는 코로 냄새를 맡았다. 그런 다음 주머니에서 작은 칼을 꺼내 그 끝에 소시지를 꽂고 먹기 시작했다. 그의 멀쩡한 눈은 소시지에 고정됐지만 파란 눈은 여전히 안구 속에서 쉼 없이 구르며 대연회장과 학생들을 살피고 있었다.

"새 어둠의 마법 방어법 교수님을 소개하겠습니다." 고요한 가운데 덤블도어가 밝은 목소리로 입을 열었다. "무디 교수님입니다."

새로운 교직원은 박수로 환영하는 게 보통이었지만 덤블도어와 해그리드를 제외한 교직원이나 학생 중 누구도 손뼉을 치지 않았다. 두 사람이 손을 모아 보내는 갈채는 음울하게 울려 퍼지다 잦아들더니 그마저도 곧 멈췄다. 다른 사람들은 모두 무디의 괴상한 모습에 얼어붙은 나머지 그를 쳐다보는 것 말고는 아무것도 할 수 없는 듯했다.

"무디?" 해리가 론에게 중얼거렸다. "매드아이 무디? 오늘 아침에 너희 아빠가 도와주러 간 사람 아니야?"

"맞아." 론이 경외감 깃든 목소리로 나직이 말했다.

"무슨 일이 있었던 거야?" 헤르미온느가 속삭였다. "저 사람 얼굴이 왜 저렇게 된 거지?"

"몰라." 론이 마주 속삭이며 마치 사로잡히기라도 한 것처럼 무디를 바라보았다.

무디는 따뜻하다고는 할 수 없는 환영 인사에도 전혀 아랑곳하지 않는 것 같았다. 그는 앞에 놓인 호박주스 주전자를 외면한 채 다시 여행용 망토에 손을 넣어 휴대용 술병을 꺼내더니 길게 벌컥벌컥 들이켰다. 그걸 마시느라 팔을 들어 올리자 망토가 바닥에서 한 뼘쯤 들려 올라갔다. 식탁 아래로 끄트머리에 발톱 달린 발이 새겨진 나무 다리가 살짝 보였다.

덤블도어가 다시 목을 가다듬었다.

"앞서 말한 것처럼" 하고, 그가 앞에 있는 학생들의 바다를 향해 미소 지으며 말을 이었다. 그들 모두 여전히 매드아이 무디에게서 눈을 떼지 못하고 있었다. "우리는 앞으로 몇 달 동안 굉장히 신나는 행사를 주최할 영예를 누리게 되었습니다. 100년 넘게 열리지 않았던 행사지요. 여러분에게 올해 호그와트에서 트라이위저드 대회가 열린다는 사실을 알려 주게 되어 매우 기쁘네요."

"**농담이죠!**" 프레드 위즐리가 큰 소리로 말했다.

무디가 도착한 이래 대연회장을 가득 채웠던 긴장감이 갑자기 깨졌다.

대부분이 웃음을 터뜨렸고 덤블도어도 그에 답하듯 빙그레 웃었다.

"*농담을 하는 게 아니란다, 위즐리 군.*" 그가 말했다. "하지만 말이 나왔으니 말인데, 이번 여름에 아주 훌륭한 농담을 하나 듣긴 했지. 트롤과 마귀할멈, 레프러콘이 함께 주점에 들어갔는데……."

맥고나걸 교수가 큰 소리로 목청을 가다듬었다.

"어…… 하지만 지금은 그 농담을 들려줄 때가 아닌 것 같군요……. 그렇지……." 덤블도어가 말했다. "무슨 얘기를 하고 있었더라? 아 그래, 트라이위저드 대회……. 네, 여러분 중에는 이 대회가 뭔지 모르는 사람도 있을 테니 내가 잠깐 설명하더라도 *이미 아는* 사람들은 이해해 주길 바랍니다. 얼마든지 딴생각을 해도 좋아요. 트라이위저드 대회는 대략 700년 전에 처음 시작됐습니다. 유럽에서 가장 큰 마법학교인 호그와트, 보바통, 덤스트랭 세 곳의 친선 대회로 말이죠. 각 학교를 대표하는 선수를 뽑아서, 세 명의 선수가 세 가지 마법 과제를 놓고 경쟁을 벌였지요. 5년마다 각 학교가 돌아가면서 대회를 열었습니다. 일반적으로 이 행사는 서로 국적이 다른 어린 마법사들 사이의 유대를 돈독히 하는 가장 훌륭한 방법으로 여겨졌어요. 그러니까, 사망자 수가 너무 늘어나서 대회가 중지될 때까지는 말이에요."

"사망자라니?" 헤르미온느가 깜짝 놀란 표정으로 속삭였다. 하지만 대연회장에 있는 학생들 대다수는 그런 그녀의 불안을 공유하지 않는 것 같았다. 많은 수가 신이 나서 귓속말을 주고받았고, 해리 자신도 수백 년 전에 일어난 사망 사건을 걱정하기보다는 대회에 관한 이야기에 훨씬 관심이 갔다.

"수백 년 동안 대회를 다시 시작하려는 시도가 몇 번 있었습니다." 덤블도어가 말을 이었다. "한 번도 큰 성공을 거두지는 못했지요. 하지만 우리 정부의 국제 마법 협력부와 마법 스포츠부는 또 한 번 시도해 볼 때가 됐다고 판단했습니다. 우리는 지난여름 내내, 이번만큼은 어떤 선수도 치명적인 위험에 처하는 일이 없게 하려고 노력했습니다. 10월에 보바통과 덤스트랭의 교장 선생님들이 예선에서 선발된 도전자들과 함께 도착할 겁니다. 그리고 핼러윈에 세 명의 대표 선수를 선정할 거예요. 공정한 심판이 어느 누가 트라이위저드 우승컵과 학교의 명예, 개인에게 주어지는 1,000갈레온의 상금을 걸고 경쟁할 자격이 있는지 결정할 겁니다."

"나는 할 거야!" 프레드 위즐리가 식탁 저쪽에서 작게 소리쳤다. 그의 얼굴이 명예와 부를 향한 열정으로 환하게 빛났다. 호그와트 대표 선수가 된 스스로의 모습을 떠올리는 것처럼 보이는 사람은 프레드만이 아니었다. 기숙사 식탁마다 덤블도어를 넋 놓고 바라보거나 옆에 있는 친구에게 뭔가를 열심히 속삭이는 학생들이 보였다. 그러나 그때 덤블도어가 다시 입을 열자 대연회장은 또 한 번 조용해졌다.

그가 말했다. "여러분 모두 호그와트에 트라이위저드 우승컵을 안기고 싶은 마음이 굴뚝같다는 건 알겠습니다만, 참가하는 학교의 교장 선생님들은 물론 마법 정부와도 올해의 도전자들에게 나이 제한을 두기로 합의했습니다. 해당 나이가 된 학생들, 즉 열일곱 살 이상의 학생들만 후보로 이름을 제출할 수 있어요. 이것은……." 덤블도어가 살짝 목소리를 높였다. 그 말을 듣자 몇몇이 화가 나서 떠들어 댔고 위즐리 쌍둥이는 갑자기 분노한 얼굴이 되었기 때문이다. "꼭 필요한 조치라고 생각합니다. 우리가 아무리 주의를 기울인다 해도 대회 과제는 여전히 어렵고 위험할 것이고, 6, 7학년이 안 된 학생들이 그런 과제를 해결할 가능성은 매우 낮아요. 나이가 안 되는 학생이 공정한 심판을 속여서 호그와트 대표 선수가 되는 일이 없도록 내가 직접 조치할 겁니다." 그의 밝은 파란색 눈이 반란이라도 일으킬 듯한 프레드와 조지의 얼굴을 스치듯 보면서 반짝거렸다. "그러니, 본인이 열일곱 살 미만이라면 대회에 참가하려고 시간 낭비 하는 일이 없기를 바랍니다. 보바통과 덤스트랭의 대표단은 10월에 도착해 올해 대부분을 우리와 함께 지낼 겁니다. 나는 외국 손님들이 여기서 지내는 동안 여러분이 모든 예의를 갖출 거라고, 또 호그와트 대표 선수가 뽑히면 진심으로 응원해 줄 거라고 믿습니다. 자, 시간이 늦었군요. 내일 아침 수업을 들어야 하니 충분한 휴식을 취하고 일어나는 것이 여러분에게 얼마나 중요한지 알고 있습니다. 자러 갑시다! 빨리빨리!"

덤블도어는 다시 자리에 앉아 매드아이 무디와 이야기를 나누기 위해 고개를 돌렸다. 전교생이 의자에서 일어나 현관홀로 향하는 문으로 몰려가면서 바닥이 긁히고 쿵쾅대는 요란한 소리가 났다.

"이럴 수는 없어!" 조지 위즐리가 말했다. 그는 문으로 향하는 아이들과 함께하지 않고 자리에서 일어나 덤블도어를 노려보았다. "내년 4월이면 우리도 열일곱 살이야. 왜 우리는 시도조차 할 수 없다는 거야?"

"내가 참가하는 걸 막지는 못할걸." 프레드가 고집스럽게 말했다. 그 역시 상석을 노려보고 있었다. "대표 선수들은 평소라면 결코 허용되지 않을 온갖 일을 할 수 있을 거야. 게다가 상금이 1,000갈레온이나 된다니!"

"그러게." 론이 꿈꾸는 듯한 표정으로 말했다. "그러게, 1,000갈레온……."

"가자." 헤르미온느가 재촉했다. "빨리 가지 않으면 우리만 남겠어."

해리, 론, 헤르미온느, 프레드와 조지는 현관홀로 향했다. 프레드와 조지는 덤블도어가 열일곱 살이 안 된 학생들이 대회에 참가하지 못하게 하려고 쓸 법한 방법들에 대해 토론하고 있었다.

"대표 선수를 결정할 공정한 심판은 누굴까?" 해리가 물었다.

"모르겠어." 프레드가 말했다. "누구든 그 사람을 속여야겠지. 노화 마법약 몇 방울이면 되지 않을까, 조지……."

"하지만 덤블도어는 형들 나이가 안 됐다는 걸 알잖아." 론이 말했다.

"그래. 하지만 대표 선수를 결정하는 사람은 덤블도어가 아니잖아?" 프레드가 약삭빠른 말투로 말했다. "들어 보니까 그 심판은 일단 참가하고 싶어 하는 사람의 명단만 확보되면 각 학교 최고의 학생을 뽑는 데만 관심을 갖지 나이는 신경 쓰지 않을 것 같던데. 덤블도어는 우리가 아예 이름을 제출하지 못하게 하려는 거잖아."

"그래도 사람들이 죽었다잖아!" 태피스트리 뒤에 감춰져 있던 문을 지나 또 하나의 비좁은 계단을 올라갈 때 헤르미온느가 걱정스러운 목소리로 말했다.

"그래." 프레드가 대수롭지 않다는 듯 말했다. "하지만 그건 아주 오래전 일이잖아? 어쨌거나 하나도 위험하지 않으면 뭐가 재미있겠냐? 야, 론, 우리가 덤블도어의 눈을 속일 방법을 찾아내면 어떻게 할래? 참가할래?"

"네 생각은 어때?" 론이 해리에게 물었다. "참가한다면 굉장히 멋지지 않을까? 하지만 좀 더 나이를 먹은 사람이 나가야 할 것 같긴 한데……. 우리가 충분히 배웠는지도 모르겠고……."

"난 확실히 더 배워야 해." 프레드와 조지 뒤에서 네빌의 우울한 목소리가 들려왔다. "그래도 할머니는 내가 시도해 보길 바라실 거야. 내가 가족의 명예를 드높여야 한다고 항상 말씀하셨거든. 그냥 해 봐야 할 것…… 엇……."

계단을 반쯤 올라갔을 때 네빌의 발이 계단 아래로 쑥 빠졌다. 호그와트에는 이런 함정 계단이 많았다. 고학년 학생 대부분에게는 이런 특별한 계단을 뛰어넘는 것이 제2의 본능이나 마찬가지였지만 네빌은 기억력이 나쁘기로 유명했다. 해리와 론이 그의 겨드랑이 밑에 손을 넣고 끌어당겼다. 계단 꼭대기에 있는 갑옷들이 쌕쌕대며 웃느라 삐걱거리고 덜컹거렸다.

"시끄러워." 론이 지나가면서 갑옷 면갑을 쾅 쳤다.

그들은 분홍색 비단 드레스를 입은 뚱뚱한 귀부인의 커다란 초상화 뒤에 가려진 그리핀도르 탑 입구로 갔다.

"암호?" 그들이 다가가자 그녀가 물었다.

"허튼소리." 조지가 말했다. "밑에서 반장한테 들었지."

초상화가 앞으로 홱 열리며 벽에 뚫린 구멍을 드러내자 그들은 모두 그 구멍으로 들어갔다. 난롯불이 타닥거리며, 푹신한 안락의자와 탁자로 가득한 둥근 휴게실을 따뜻하게 데워 주고 있었다. 헤르미온느는 즐겁게 춤추는 난롯불에 어두운 시선을 던졌다. 그녀가 잘 자라는 인사를 하고 여학생 기숙사로 통하는 문으로 사라지면서 "노예 노동"이라고 중얼거리는 소리가 해리의 귀에 분명히 들렸다.

해리, 론, 네빌은 마지막 나선형 계단을 올라 탑 꼭대기에 있는 침실에 도착했다. 짙은 빨간색 커튼이 달린 사주식 침대 다섯 개가 벽에 붙어 있었고, 각각의 침대 발치에는 침대 주인의 짐 가방이 놓여 있었다. 딘과 셰이머스는 이미 잠자리에 든 뒤였다. 셰이머스는 침대 머리맡에 아일랜드 장미 장식을 꽂아 두었고, 딘은 빅토르 크룸의 포스터를 침대 옆 탁자에 압정으로 붙여 놓고 있었다. 원래 붙어 있던 웨스트햄 축구팀 포스터 옆이었다.

"말도 안 돼." 론은 전혀 움직이지 않는 축구 선수들을 보고 고개를 설레설레 저으며 한숨을 쉬었다.

해리, 론, 네빌은 잠옷으로 갈아입고 잠자리에 들었다. 누군가가(물론 집요정이겠지만) 이불 밑에 워밍팬(침대를 따뜻하게 데울 때 쓰는 숯불 다리미 비슷한 기구─옮긴이)을 놓아두었다. 침대에 누워 바깥에 불어 닥치는 폭풍우 소리를 듣고 있으니 무척 편안했다.

"있잖아, 나도 해 볼 거야." 론이 어둠 저편에서 졸린 목소리로 말했다. "프레드랑 조지가 방법을 알아내면…… 트라이위저드 대회 말이야…… 혹시 모르잖아?"

"그렇지……." 해리는 침대에서 몸을 뒤척였다. 그의 눈앞에 눈부신 새로운 장면들이 연이어 떠올랐다……. 공정한 심판을 속여서 그를 열일곱 살이라고 생각하게 만들었다……. 그가 호그와트 대표 선수로 뽑혔다……. 교정에 서서 전교생을 앞에 두고 의기양양하게 두 팔을 들어 올리자 모두가 손뼉을 치고 환호성을 질렀다……. 해리가 방금 트라이위저드 대회에서 우승한 것이다……. 흐릿하게 보이는 관중 속에서 감탄의 빛으로 물든 초의 얼굴만 특별히 선명했다…….

해리는 베개에 얼굴을 묻고 씩 웃었다. 론이 이런 생각들을 볼 수 없어서 정말 다행이었다.

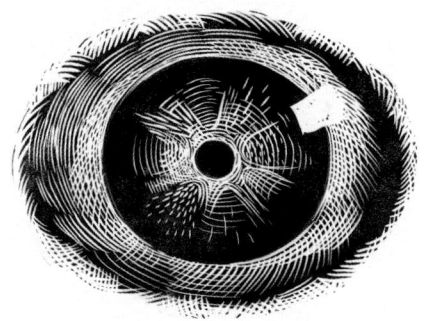

CHAPTER 13

매드아이 무디

다음 날 아침이 되자 폭풍우는 점점 잦아들었다. 그러나 대연회장의 천장은 여전히 어두컴컴했다. 해리, 론, 헤르미온느가 새로운 시간표를 살펴보던 아침 식사 시간에는 칙칙한 납빛을 띤 짙은 구름이 머리 위에서 소용돌이쳤다. 조금 떨어진 곳에서는 프레드, 조지, 리 조던이 나이를 속여서 트라이위저드 대회에 참가할 마법적 방법들을 궁리하고 있었다.

"오늘은 나쁘지 않네……. 오전 내내 야외 수업이야." 시간표를 손가락으로 훑던 론이 말했다. "후플푸프랑 같이 약초학 수업을 듣고, 그다음에는 마법 생명체 돌보기야……. 젠장, 이번에도 슬리데린이랑 같이 듣네……."

"오후에는 점술 연강이고." 해리가 시선을 내리며 신음했다. 점술은 마법약 다음으로 그가 가장 싫어하는 과목이었다. 트릴로니 교수가 계속 해리의 죽음을 예언하면서 그를 굉장히 짜증 나게 만들었기 때문이다.

"나처럼 수강 취소를 했어야지. 안 그래?" 헤르미온느가 토스트에 버터를 바르며 활기차게 말했다. "그랬다면 숫자점 같은 합리적인 과목을 공부하고 있었을 텐데."

"다시 음식 먹는구나?" 헤르미온느가 버터 바른 토스트에 다시 잼을 듬뿍 바르는 것을 보고 론이 말했다.

"집요정의 권리를 지킬 더 좋은 방법들이 있다고 판단했거든." 헤르미온느가 도도하게 말했다.

"그래…… 배도 고팠을 거고." 론이 씩 웃으며 대꾸했다.

갑자기 머리 위에서 푸드덕거리는 소리가 나더니 부엉이 100마리가 아침 우편물을 들고 열린 창문으로 날아들었다. 해리는 반사적으로 고개를 들었지만 갈색과 회색 무리 사이에서 흰색은 흔적도 찾아볼 수 없었다. 부엉이들이 편지와 소포를 전해 줄 사람들을 찾아 식탁을 빙빙 돌았다. 커다란 황갈색올빼미가 네빌 롱보텀에게 날아내려 와 그의 무릎에 소포 하나를 내려놓았다. 네빌은 항상 뭔가를 빼놓고 왔다. 대연회장 저쪽에서는 평소처럼 집에서 보내는 과자와 케이크를 가져온 드레이코 말포이의 수리부엉이가 그의 어깨

위에 앉아 있었다. 해리는 실망감에 가슴이 내려앉는 것을 애써 무시하며 다시 포리지로 고개를 돌렸다. 헤드위그에게 무슨 일이 생겨서 시리우스가 그의 편지를 아예 받지 못한 건 아닐까?

흠뻑 젖은 채소밭을 가로질러 3번 온실에 도착할 때까지 그 생각이 머리를 떠나지 않았다. 하지만 스프라우트 교수가 학생들에게 해리가 여태까지 본 것 가운데 가장 흉측하게 생긴 식물을 보여 주는 바람에 온실에서는 다른 생각을 할 수 있었다. 사실 그것은 식물이라기보다는, 굵직한 검은색 거대 민달팽이 여러 마리가 흙 속에서 튀어나와 꼿꼿이 서 있는 것처럼 보였다. 그것들은 조금씩 꿈틀거리고 있었고 여기저기가 잔뜩 부풀어 올라 번들거렸는데, 부푼 곳은 액체로 가득 차 있는 듯했다.

"멍울초란다." 스프라우트 교수가 활기차게 말했다. "저걸 짜 줘야 해. 너희는 그 고름을 모아서……."

"뭘 모은다고요?" 셰이머스 피니건이 역겹다는 표정을 지으며 말했다.

"고름 말이다, 피니건. 고름." 스프라우트 교수가 말했다. "아주 귀한 거니까 함부로 쓰면 안 돼. 아무튼, 이 병에다 고름을 모을 거야. 용 가죽 장갑을 끼거라. 희석하지 않은 상태에서 멍울초 고름이 피부에 닿으면 이상한 일이 벌어질 수 있거든."

멍울초를 짜는 일은 역겨웠지만 이상한 만족감을 주었다. 멍울을 짤 때마다 휘발유 냄새가 심하게 나면서 엄청난 양의 찐득찐득한 연두색 액체가 터져 나왔다. 학생들은 스프라우트 교수가 시키는 대로 그 고름을 병에 담았고 수업이 끝날 때쯤에는 몇 리터를 모을 수 있었다.

"덕분에 폼프리 선생님이 기뻐하시겠구나." 스프라우트 교수가 마지막으로 나온 병을 코르크 마개로 막으며 말했다. "멍울초 고름은 잘 없어지지 않는 여드름에 특효약이란다. 학생들이 여드름을 없애려고 절망적인 방법에 기댈 필요가 없지."

"가엾은 엘로이즈 미전처럼 말이죠." 후플푸프 학생 해너 애벗이 목소리를 낮추고 말했다. "그 애는 저주 마법을 걸어서 여드름을 없애려고 했거든요."

"바보 같은 짓이었지." 스프라우트 교수가 고개를 저으며 말했다. "하지만 결국 폼프리 선생님이 그 애 코를 원래대로 고쳐 주셨단다."

성에서 수업이 끝났다고 알리는 종소리가 축축한 교정에 쩌렁쩌렁 울려 퍼지자 학생들은 뿔뿔이 흩어졌다. 후플푸프 학생들은 돌계단을 올라 변환 마법 수업을 들으러 갔고, 그리핀도르 학생들은 발길을 돌려 금지된 숲 가장자리에 있는 해그리드의 작은 나무 오두막을 향해 비탈진 잔디밭을 걸어갔다.

해그리드는 오두막 앞에 서서 한 손으로 엄청난 덩치의 검은색 사냥개 팽의 목줄을 잡고 있었다. 그의 발밑에는 나무 상자 몇 개가 열린 채 놓여 있었는데 팽은 그 안에 들어 있는 것을 더 자세히 보고 싶어 안달이 난 듯 낑낑거리며 목줄을 팽팽하게 당기고 있었다. 그들이 가까이 다가가자 요상하게 달그락거리는 소리 사이로 작은 폭발음 같은 것이 들렸다.

"좋은 아침!" 해그리드가 해리, 론, 헤르미온느에게 씩 웃으며 말했다. "슬리데린 애들을 기다리는 게 좋겠다. 걔들도 이건 놓치고 싶지 않을 테니. 폭발 꼬리 스크루트야!"

"네?" 론이 어리둥절한 얼굴로 물었다.

해그리드가 아래쪽 상자를 가리켰다.

"으엑!" 라벤더 브라운이 뒤로 재빨리 물러나며 새된 소리를 질렀다.

해리 생각에 '으엑' 정도면 폭발 꼬리 스크루트를 그럭저럭 잘 설명하는 단어였다. 그것들은 껍데기 없는 바닷가재 같은 모습에 소름 끼칠 만큼 희멀겋고 찐득찐득해 보였으며, 다리는 아주 이상한 곳에 삐죽삐죽 튀어나와 있고 머리는 보이지 않았다. 상자 하나에 길이가 15센티미터쯤 되는 스크루트가 100마리 정도 들어 있었는데, 그것들은 서로를 짓밟고 기어 다니면서 앞이 보이지 않는 듯 상자 벽을 마구 들이받았다. 스크루트들은 생선 썩는 냄새를 강하게 풍겼다. 때때로 꼬리에서 조그맣게 '팡' 소리를 내며 불꽃이 튀어나오면 스크루트는 한 뼘 정도 앞으로 밀려 나갔다.

"방금 부화했어." 해그리드가 자랑스럽게 말했다. "그러니까 너희가 직접 키울 수 있을 거야! 그걸 이번 과제로 삼을까 생각했지!"

"그래서, 저걸 키워야 하는 이유는?" 차가운 목소리가 말했다.

슬리데린 학생들이 와 있었다. 그렇게 말한 사람은 드레이코 말포이였다. 그의 말이 웃긴 듯 크래브와 고일이 낄낄거렸다.

해그리드는 그 질문에 쩔쩔매는 표정이었다.

"그렇잖아. 저것들이 뭘 할 줄 아는데요?" 말포이가 물었다. "무슨 쓸모가 있냐니까요?"

해그리드는 명백하게 골똘히 생각에 잠긴 표정으로 입을 벌렸다. 그는 곧바로 대답하지 않고 잠깐 침묵한 뒤 둘러대듯 말했다. "그건 다음 수업에서 배울 거다, 말포이. 오늘은 그냥 먹이만 줄 거야. 자, 몇 가지 먹이를 먹여 봐라. 나도 전에 키워 본 적이 없어서 뭘 좋아할지 잘 모르겠다. 개미 알이랑 개구리 간이랑 풀뱀 살점을 준비해 놨으니까 각각 조금씩 줘 보거라."

"아까는 고름이더니 이젠 이거야." 셰이머스가 구시렁거렸다.

해그리드를 향한 깊은 애정이 아니었다면 해리, 론, 헤르미온느도 절벅거리는 개구리 간을 한 움큼씩 집어 나무 상자 속에 넣고 폭발 꼬리 스크루트를 꾀어내는 짓 따위 하지 않았을 것이다. 해리는 이 모든 일에 무슨 의미가 있을까 하는 생각을 떨칠 수가 없었다. 스크루트한테는 입이 없는 것처럼 보였기 때문이다.

"아얏!" 10분쯤 흘렀을 때 딘 토머스가 소리를 질렀다. "이게 날 공격했어!"

해그리드가 걱정스러운 표정을 지으며 허둥지둥 그에게 다가갔다.

"꼬리가 폭발했어요!" 딘이 해그리드에게 손에 입은 화상을 보여 주면서 화를 냈다.

"아, 그래. 꼬리가 폭발하면 그럴 수 있어." 해그리드가 고개를 끄덕이며 말했다.

"으엑!" 라벤더 브라운이 다시 말했다. "으엑, 해그리드, 여기 달린 이 뾰족한 건 뭐예요?"

"아, 침이 달린 녀석들도 있지." 해그리드가 신이 나서 설명했다(라벤더는 얼른 상자에 넣었던 손을 뺐다). "그것들은 수컷일 거다……. 암컷들은 배에 흡착판 같은 게 달려 있거든……. 아마 그걸로 피를 빨아먹는 것 같아."

"뭐, 이것들을 왜 굳이 살려 두려 하는지 확실히 알겠네." 말포이가 비꼬듯 말했다. "불태우고 침을 쏘고 깨물기까지 하는 반려동물을 누가 안 갖고 싶어 하겠어?"

"귀엽지 않다고 쓸모가 없는 건 아니야." 헤르미온느가 쏘아붙였다. "용의 피가 놀랄 만큼 마법적인 힘을 갖고 있다고 용을 반려동물로 키우진 않잖아. 안 그래?"

해리와 론은 해그리드에게 씩 웃어 보였다. 그는 덥수룩한 턱수염 뒤에서 슬쩍 미소 지었다. 해그리드가 용을 너무나 키우고 싶어 한다는 사실을 해리, 론, 헤르미온느는 잘 알고 있었다. 세 사람이 1학년 때 해그리드는 잠깐 용을 기른 적이 있었다. 노버트라는 이름의 난폭한 노르웨이 리지백이었다. 해그리드는 그저 괴물 같은 생물들을 사랑하는 것일 뿐이었다. 위험할수록 더 좋아했다.

"뭐, 적어도 스크루트는 작기라도 하지." 한 시간 뒤 점심을 먹으러 성으로 돌아가는 길에 론이 말했다.

"*지금이야* 그렇지." 헤르미온느가 화난 목소리로 말했다. "하지만 해그리드가 뭘 먹여야 할지 알아내면 곧바로 180센티미터까지 자랄걸."

"뭐, 그것들이 뱃멀미든 뭐든 고치는 것으로 밝혀지면 그쯤이야 문제겠냐?" 론이 장난스럽게 씩 웃었다.

"내가 그 말을 한 건 말포이 입을 닥치게 하기 위해서였어. 너도 잘 알 텐데." 헤르미온느가 말했다. "사실 난 말포이 말이 맞다고 생각해. 그것들이 우리 모두를 공격하기 전에 밟아 죽이는 게 가장 좋아."

그들은 그리핀도르 식탁에 앉아 양갈비와 감자를 먹었다. 헤르미온느가 허겁지겁 입에 음식을 밀어 넣기 시작하자 해리와 론은 물끄러미 그녀를 바라보았다.

"어…… 이게 집요정 권리를 지키는 새로운 방법이야?" 론이 물었다. "단식하는 대신 토하는 게?"

"아니." 헤르미온느는 새싹 채소가 입에서 튀어나온 상황에서 끌어낼 수 있는 최대한의 위엄을 끌어 올리며 말했다. "그냥 도서관에 가고 싶을 뿐이야."

"*뭐?*" 론이 믿을 수 없다는 듯 말했다. "헤르미온느…… 개학 첫날이잖아! 아직 숙제도 없다고!"

헤르미온느는 어깨를 으쓱하더니 며칠 굶은 사람처럼 계속 음식을 욱여넣었다. 그러더니 벌떡 일어나 "저녁 먹을 때 보자!"라고 말하고는 빠른 속도로 사라졌다.

오후 수업 시작을 알리는 종이 울리자 해리와 론은 북쪽 탑으로 향했다. 탑 꼭대기에는 가파른 나선형 계단과 천장에 난 동그란 뚜껑문으로 이어진 은색 사다리, 그리고 트릴로니 교수가 머무는 방이 있었다.

사다리를 타고 올라가자 언제나처럼 벽난로에서 뿜어 나오는 들척지근한 향수 냄새가 코를 찔렀다. 늘 그렇듯 커튼은 모두 닫혀 있었다. 둥근 방은 하나같이 스카프와 숄로 덮인 수많은 등불이 드리우는 어둠침침한 붉은빛에 물들어 있었다. 해리와 론은 방 안에 어지럽게 놓인 친츠(화려한 무늬를 넣은 무명천 — 옮긴이) 의자와 쿠션 들을 차지하고 앉아 있는 학생들 사이를 지나 늘 앉던 작은 원형 탁자 주위에 앉았다.

"안녕." 바로 뒤에서 트릴로니 교수의 신비로운 목소리가 들리자 해리는 화들짝 놀랐다.

트릴로니 교수, 거대한 안경 탓에 얼굴에 비해 눈이 매우 커 보이는 깡마른 여성이, 해리를 볼 때마다 짓곤 하는 비극적인 표정으로 그를 내려다보고 있었다. 평소처럼 수많은 구슬과 목걸이, 팔찌 들이 불빛을 받아 그녀의 몸에서 반짝거렸다.

"다른 데 정신이 팔려 있구나, 애야." 그녀가 애절한 말투로 해리에게 말했다. "내 내면의 눈은 네 용감한 얼굴 너머 고통받는 영혼을 본단다. 유감스럽게도 네 걱정에 근거가 없는 건 아니로구나. 네 앞에 놓여 있는 힘겨운 시간들이 보여. 이런…… 굉장히 힘들겠다……. 네가 끔찍이도 걱정하는 그 일이 정말로 일어날 것 같아 두렵구나……. 아마 네가 생각하는 것보다 빨리 일어날지도……."

그녀의 목소리가 귓속말 수준으로 줄어들었다. 론은 해리에게 눈을 굴렸고, 해리는 한껏 굳은 얼굴로 그를 바라보았다. 트릴로니 교수는 그들을 지나쳐 벽난로 앞에 놓인 커다란 윙백 안락의자에 앉아 학생들을 마주 보았다. 트릴로니 교수를 열렬히 숭배하는 라벤더 브라운과 파르바티 파틸은 그녀와 아주 가까운 쿠션에 앉아 있었다.

"얘들아, 이제는 별들을 살펴볼 시간이란다." 그녀가 말했다. "행성들의 움직임, 그리고 그 천상 무용의 보법을 이해하는 사람들에게만 드러나는 신비로운 징조들. 서로 얽히고설키는 행성들의 빛을 통해 인간의 운명을 판독할 수 있단다……."

하지만 해리의 생각은 다른 데 가 있었다. 벽난로에서 나오는 냄새는 항상 그를 졸립고 멍하게 만들었다. 그는 결코 점술에 관한 트릴로니 교수의 장황한 이야기에 몰입한 적이 없었다. 하지만 그녀가 방금 그에게 한 말에 대해서는 생각하지 않을 수 없었다. '네가 끔찍이도 걱정하는 그 일이 정말로 일어날 것 같아 두렵구나…….'

하지만 해리는 화가 나서, 헤르미온느 말이 맞다고 생각했다. 트릴로니 교수는 정말로 망할 사기꾼일 뿐이었다. 지금 그에게 끔찍이 두려운 일 따위는 아무것도 없었다……. 그래, 시리우스가 붙잡혔을지도 모른다는 두려움만 빼면……. 하지만 트릴로니 교수가 그걸 어떻게 알겠는가? 해리는 이미 오래전에 트릴로니의 점은 사실상 운 좋게 들어맞은 추측과 으스스한 태도 이상도 이하도 아니라고 결론 내렸다.

물론 지난 학기 말에 볼드모트가 부활할 거라고 예언했을 때를 제외하면……. 게다가 해리의 설명을 듣고, 다른 사람도 아닌 덤블도어 교수가 그 무아지경 상태는 진짜였을 거라고 말했으니…….

"*해리.*" 론이 중얼거렸다.

"응?"

해리가 시선을 돌렸다. 학생 모두가 그를 바라보고 있었다. 그는 몸을 똑바로 하고 앉았다. 하마터면 후텁지근한 열기와 생각 속에서 길을 잃고 졸 뻔했다.

"애야, 네가 토성의 불길한 영향 아래 태어난 게 틀림없다는 말을 하고 있었단다." 트릴로니 교수가 말했다. 해리가 자기 말에 귀 기울이지 않았다는 사실이 분명해지자 그녀의 목소리에 살짝 노기가 어렸다.

"뭐 아래에서 태어났다고요? 잘 못 들었어요." 해리가 말했다.

"토성 말이야, 애야. 토성이라는 행성!" 다시 해 준 말에도 해리가 집중하지 않자 트릴로니 교수가 확실히 짜증이 난 목소리로 말했다. "네가 태어나던 순간 토성이 천상에서 강력한 힘을 발휘하는 위치를 차지하고 있었던 게 틀림없다는 말을 하고 있었단다……. 새까만 머리카락이며…… 평균에 해당하는 키…… 그토록 어린 나이에 겪은 비극적 상실……. 너는 한겨울에 태어났을 것 같구나, 애야. 맞니?"

"아뇨." 해리가 말했다. "전 7월생인데요."

론이 터져 나오는 웃음을 재빨리 헛기침으로 바꿨다.

30분 뒤 그들은 각각 복잡한 원형 도표에 본인이 태어난 순간의 행성 위치를 그려 넣으려 애쓰고 있었다. 시간표를 수없이 들여다보고 각도를 여러 번 재야 하는 따분한 작업이었다.

"여기 해왕성이 두 개 있는데." 잠시 후 해리가 자신의 양피지를 보고 눈살을 찌푸리며 말했다. "그럴 수는 없지?"

"아아아." 론이 트릴로니 교수의 수수께끼 같은 속삭임을 흉내 내며 말했다. "하늘에 두 개의 해왕성이 나타나면, 그건 안경 쓴 꼬마가 태어날 거라는 확실한 징조란다, 해리……."

근처에 있던 셰이머스와 딘이 큰 소리로 킬킬거렸지만 라벤더 브라운이 흥분해서 높게 내지른 외침 탓에 다행히 들리지 않았다. "와, 교수님, 보세요! 각이 잡히지 않는 행성이 있는 것 같아요! 와, 이건 무슨 행성이에요, 교수님?"

"이건 천왕성이란다, 얘야." 트릴로니 교수가 도표를 내려다보며 말했다.

"나도 천왕성을 좀 볼 수 있을까, 라벤더?" 론이 여전히 그 목소리로 말했다.

굉장히 불행하게도 트릴로니 교수가 그의 말을 듣고 말았다. 수업이 끝날 때 그녀가 그토록 숙제를 많이 내준 건 아마 그 때문이었을 것이다.

"개인 도표를 참조해서 다음 달 행성의 움직임이 너희에게 미칠 영향을 자세히 분석해 오거라." 그녀가 평소의 몽롱한 모습이 아닌 맥고나걸 교수와 훨씬 비슷하게 들리는 목소리로 쏘아붙였다. "다음 주 월요일까지 준비해서 제출해. 변명은 소용없을 거야!"

"심통 맞은 늙은 박쥐 같으니." 대연회장에서 저녁 식사를 하려고 사람들과 함께 계단을 내려갈 때 론이 씁쓸하게 말했다. "주말 내내 숙제만 해야겠네……."

"숙제가 많니?" 그들 곁으로 다가온 헤르미온느가 밝은 목소리로 말했다. "벡터 교수님은 우리한테 숙제를 하나도 안 내주셨는데!"

"그래, 벡터 교수님 끝내준다." 론이 침울하게 말했다.

그들은 현관홀에 다다랐다. 현관홀은 저녁을 먹으려고 줄을 서 있는 사람들로 가득했다. 세 사람이 줄 끝에 가서 서자마자 등 뒤에서 시끄러운 목소리가 쩌렁쩌렁 울렸다.

"위즐리! 야, 위즐리!"

해리, 론, 헤르미온느가 고개를 돌렸다. 말포이, 크래브, 고일이 서 있었다. 셋 다 무슨 일인지 무척 즐거워하는 표정이었다.

"뭐냐?" 론이 짧게 답했다.

"위즐리, 너희 아빠 신문에 났더라!" 말포이가 《예언자일보》를 흔들었다. 그러고는 현관홀을 가득 채운 사람들이 다 들을 수 있도록 매우 큰 소리로 말했다. "들어 봐!"

마법 정부의 계속된 실수

리타 스키터 특파원에 따르면 마법 정부의 문제는 아직 끝나지 않은 것으로 보인다. 퀴디치 월드컵에서의 미숙한 관중 관리로 집중포화를 맞았을 뿐만 아니라 여전히 소속 마법사 한 사람의 실종을 해명하지 못하고 있는 정부는 어제 머글 제품 오용 관리과 소속 아널드 위즐리의 괴상한 행동으로 또다시 곤경에 처했다.

말포이가 고개를 들었다.

"이름도 틀렸네, 위즐리. 너희 아빠가 얼마나 별 볼 일 없으면 그렇겠어. 안 그래?" 그가 깔깔대고 웃었다.

이제는 현관홀에 있는 모든 사람이 귀를 기울이고 있었다. 말포이는 보란 듯이 신문을 쫙 펼치더니 계속 읽어 나갔다.

2년 전 날아다니는 자동차를 소유한 일로 고발당했던 아널드 위즐리는 어제 굉장히 공격적인 쓰레기통 여러 개를 놓고 머글 법 집행인('경찰') 몇 명과 벌어진 몸싸움에 연루되었다. 위즐리 씨는 더 이상 악수와 살인 시도를 구분할 수 없게 되어 마법 정부에서 은퇴한 노령의 전직 오러 '매드아이' 무디를 도우려고 달려갔던 것으로 추정된다. 당연히 위즐리 씨는 경비가 삼엄한 무디 씨의 집에 도착하자마자 무디 씨가 또다시 허위 신고를 했음을 깨달았다. 위즐리 씨는 몇 건의 기억 수정 작업을 거치고 나서야 경찰에게서 풀려났는데, 그처럼 품위 없고 망신스러울 수 있는 현장에 정부가 개입한 까닭이 무엇이냐는 《예언자일보》의 질문에는 아무런 대답도 하지 않았다.

"사진도 실렸어, 위즐리!" 말포이가 신문을 뒤집어 들면서 말했다. "너희 집 앞에서 찍은 네 부모님 사진이야. 저것도 집이라 부를 수 있다면 말이지만! 너희 어머니는 살 좀 빼야겠다?"

론은 분노로 부들부들 떨었다. 모두가 그를 뚫어지게 쳐다보고 있었다.

"꺼져 버려, 말포이." 해리가 말했다. "가자, 론······."

"아 그래, 너도 이번 여름에 쟤네 집에 있었지, 포터?" 말포이가 피식 웃으며 말했다. "얘기 좀 해 봐. 쟤네 어머니가 진짜로 저렇게 돼지 같아? 아니면 그냥 사진이 저렇게 나온 거냐?"

"너희 어머니는 어떤지 알아, 말포이?" 해리가 말했다. 그와 헤르미온느 둘 다 말포이에게 달려들려는 론을 막으려고 그의 로브 뒷자락을 움켜쥐고 있었다. "그 표정 말이야. 코 밑에 똥이라도 묻은 것 같은 그 표정. 원래 표정이 그런 거냐, 아니면 네가 같이 있어서 그랬던 거냐?"

말포이의 허여멀건 얼굴이 약간 붉어졌다. "감히 우리 어머니를 모욕하지 마라, 포터."

"그럼 그놈의 입 좀 닥치고 있어." 해리가 돌아서며 내뱉었다.

쾅!

몇몇 사람이 비명을 질렀다. 해리는 하얗게 달아오른 뭔가가 얼굴을 스치고 지나가는 것을 느꼈다. 그는 마법 지팡이를 꺼내려고 로브 안에 손을 집어넣었지만 손이 닿기도 전에 두 번째로 요란한 쾅 소리가 들렸다. 웬 고함 소리가 현관홀 전체에 쩌렁쩌렁 울려 퍼졌다.

"그만두지 못해, 이놈!"

해리는 홱 돌아보았다. 무디 교수가 다리를 절뚝거리며 대리석 계단을 내려오고 있었다. 그는 마법 지팡이를 꺼내, 돌바닥 위 말포이가 서 있던 바로 그 자리에서 덜덜 떨고 있는 새하얀 족제비를 겨누고 있었다.

겁에 질린 침묵이 현관홀을 가득 채웠다. 무디를 제외한 어느 누구도 손가락 하나 까딱하지 않았다. 무디가 고개를 돌려 해리를 바라보았다. 적어도 그의 멀쩡한 눈은 해리를 보고 있었다. 다른 눈은 무디의 머리 뒤쪽으로 돌아간 상태였다.

"맞았느냐?" 무디가 낮고 걸걸한 목소리로 으르렁대듯 말했다.

"아뇨." 해리가 말했다. "빗나갔어요."

"놔둬!" 무디가 소리쳤다.

"놔두다니······ 뭘요?" 해리가 당황해서 물었다.

"너 말고, 저 녀석!" 무디가 흰족제비를 집어 들려다가 그대로 얼어붙은 크래브를 어깨 너머로 가리키며 으르렁거렸다. 무디의 굴러다니는 눈은 마법이 걸려 있어 등 뒤에서 벌어지는 일을 볼 수 있는 모양이었다.

무디가 크래브와 고일, 흰족제비를 향해 절뚝거리며 걸어가기 시작했다. 족제비는 겁에 질려 끽끽대면서 지하 감옥 쪽으로 내빼려 했다.

"그렇게는 안 되지!" 무디가 흰족제비에게 다시 마법 지팡이를 겨누며 고함을 질렀다. 흰족제비는 공중으로 3미터쯤 떠올랐다가 바닥에 쾅 떨어지더니 또 한 번 위로 튀어 올랐다.

"나는 상대가 등을 돌리고 있을 때 공격하는 놈들을 경멸한다." 무디가 거칠게 소리쳤다. 흰족제비는 아픔에 끽끽거리면서 점점 더 높이 튀어 올랐다. "더럽고 비겁한, 쓰레기 같은 짓이야······."

흰족제비가 다리와 꼬리를 무력하게 버둥거리며 다시 공중으로 날아올랐다.

"다시는, 그런 짓, 하지, 마라." 무디는 흰족제비가 돌바닥에 부딪쳐 재차 튀어 오를 때마다 한 글자씩 내뱉었다.

"무디 교수님!" 충격을 받은 듯한 목소리가 들려왔다.

맥고나걸 교수가 책을 한 아름 안고 대리석 계단을 내려오고 있었다.

"안녕하십니까, 맥고나걸 교수." 무디가 흰족제비를 더 높이 튕겨 올리며 태연하게 말했다.

"무슨…… 뭘 하시는 겁니까?" 맥고나걸 교수가 공중으로 튀어 오르는 족제비의 움직임을 눈으로 좇으며 말했다.

"교육 중입니다." 무디가 말했다.

"교육이라니…… 무디, 그게 학생이란 말씀입니까?" 맥고나걸 교수가 빽 소리 질렀다. 그녀의 팔에서 책이 우르르 떨어졌다.

"그렇소만." 무디가 대답했다.

"안 됩니다!" 맥고나걸 교수가 계단을 달려 내려오면서 마법 지팡이를 꺼내 들고 소리쳤다. 다음 순간, 요란한 딱 소리가 나더니 드레이코 말포이가 다시 나타났다. 그는 새빨개진 얼굴 위로 매끄러운 금발이 흐트러진 채 바닥에 널브러져 있었다. 말포이가 움찔거리며 자리에서 일어났다.

"무디, 우리는 절대 변환 마법을 처벌에 사용하지 않습니다!" 맥고나걸 교수가 힘 빠진 목소리로 말했다. "덤블도어 교수님께서 분명 말씀하셨을 텐데요?"

"그래요, 그런 말을 했던 것도 같군요." 무디가 대수롭지 않다는 듯 턱을 긁적이며 말했다. "하지만 이 녀석 버릇을 고치려면 이 정도 충격은 줘야……."

"우리는 방과 후 징계를 줍니다, 무디! 규칙을 어긴 학생의 기숙사 담임 교수에게 알리거나요!"

"그럼 그렇게 합시다." 무디가 혐오에 가까운 눈빛으로 말포이를 바라보며 말했다.

아픔과 굴욕감으로 눈가에 여전히 눈물이 고여 있던 말포이가 적개심 어린 눈으로 무디를 올려다보며 "우리 아버지" 어쩌고 하는 말을 중얼거렸다.

"아, 그래?" 무디가 조용히 말하며 앞으로 몇 발짝 절뚝거리며 걸어 나오자 나무로 만든 다리가 바닥에 부딪치는 둔탁한 소리가 현관홀 전체에 울려 퍼졌다. "뭐, 네 아버지라면 옛날부터 잘 알고 있다, 꼬마야……. 네 아버지한테 무디가 아들을 가까이에서 지켜보고 있다고 전해라……. 내가 그렇게 말했다고 말이야……. 자, 네 기숙사 담임 교수는 스네이프겠지?"

"네." 말포이가 분한 어조로 내뱉었다.

"그 녀석도 오랜 친구지." 무디가 으르렁거리듯 말했다. "스네이프 녀석이랑 수다 떨 일을 목 빠지게 기다려 왔는데……. 가자, 너 이 녀석……." 그는 말포이의 팔을 잡고 지하 감옥 쪽으로 끌고 갔다.

맥고나걸 교수는 잠시 그들의 뒷모습을 불안하게 바라보다가 떨어진 책들을 향해 마법 지팡이를 휘둘렀다. 책들이 공중으로 날아오르더니 다시 그녀의 팔 안으로 들어갔다.

"말 걸지 마." 잠시 후 그리핀도르 식탁에 자리를 잡고 앉았을 때 론이 해리와 헤르미온느에게 조용히 말했다. 주위에 있는 모두가 흥분해서 방금 일어난 일에 대해 이야기를 나누고 있었다.

"왜 그래?" 헤르미온느가 놀라서 물었다.

"방금 그 장면을 내 기억 속에 영원히 새겨 놓고 싶어서." 론이 말했다. 그는 눈을 감은 채 행복한 표정을 짓고 있었다. "놀라운 뜀뛰기를 보여 준 흰족제비, 드레이코 말포이……."

해리와 헤르미온느 모두 웃음을 터뜨렸다. 헤르미온느가 그들의 접시에 각각 소고기 캐서롤을 덜기 시작했다.

"하지만 말포이가 정말 다칠 수도 있었어." 그녀가 말했다. "맥고나걸 교수님이 말리셔서 천만다행이었지……."

"헤르미온느!" 론이 눈을 다시 번쩍 뜨고 크게 화를 내며 말했다. "네가 내 인생 최고의 순간을 망치고 있어!"

헤르미온느는 못 들어주겠다는 듯 짜증스럽게 중얼거리더니 또다시 음식을 허겁지겁 먹기 시작했다.

"오늘 저녁에도 도서관에 가려는 건 아니지?" 해리가 그런 그녀를 바라보며 물었다.

"가야 해." 헤르미온느가 목이 막힌 소리로 말했다. "할 일이 너무 많아."

"하지만 벡터 교수님은……."

"숙제 때문이 아니야." 그녀가 말했다. 그녀는 5분 만에 접시를 비우고 가 버렸다.

그녀가 사라지자마자 프레드 위즐리가 그 자리에 앉았다. "무디 교수 말이야!" 그가 말했다. "정말 멋있지 않냐?"

"그냥 멋있는 정도가 아니야." 조지가 프레드 맞은편에 앉으며 말했다.

"초특급 멋있음이지." 쌍둥이의 가장 친한 친구 리

조던이 조지 옆자리에 미끄러지듯 앉으며 말했다. "오늘 오후에 무디 수업이 있었거든." 그가 해리와 론에게 말했다.

"어땠어?" 해리가 기대감에 차서 물었다.

프레드, 조지, 리는 의미심장한 눈빛을 주고받았다.

"그런 수업은 처음이었어." 프레드가 말했다.

"진짜 *제대로* 아는 사람이야." 리가 말을 받았다.

"뭘?" 론이 몸을 앞으로 숙이며 물었다.

"현장에 나가서 실제로 하는 게 어떤 건지 안다고."

조지가 의미심장하게 말했다.

"뭘 하는데?" 해리가 물었다.

"어둠의 마법에 맞서 싸우는 거 말이야." 프레드가 대답했다.

"무디는 모든 걸 봤어." 조지가 말했다.

"끝내줘." 리가 감탄한 듯 맞장구를 쳤다.

론은 어둠의 마법 방어법 수업 일정을 확인하려고 가방에 손을 넣어 시간표를 꺼내 보았다.

"목요일이나 돼야 하잖아!" 그가 실망한 듯 말했다.

CHAPTER 14

용서받지 못하는 저주들

그다음 이틀은 별다른 사건 없이 지나갔다. 물론 네빌이 마법약 시간에 벌써 여섯 번째로 솥을 녹여 버린 사건은 빼야겠지만. 여름방학 동안 앙심의 새로운 경지에 다다른 듯한 스네이프 교수는 네빌에게 방과 후 징계를 주었고, 네빌은 나무통 한가득 들어 있던 뿔두꺼비의 내장을 제거하고 나서 신경쇠약 상태가 되어 돌아왔다.

"스네이프의 기분이 왜 그렇게 더러운지는 알지?" 론이 해리에게 물었다. 그들은 헤르미온느가 네빌에게 손톱에 낀 두꺼비 내장을 없애는 세척 마법을 가르쳐 주는 모습을 지켜보고 있었다.

"응." 해리가 말했다. "무디 교수 때문이지."

스네이프가 어둠의 마법 방어법 교수 자리를 몹시 탐내고 있다는 것은 누구나 아는 사실이었다. 그는 올해로 4년 연속 그 자리를 차지하는 데 실패했다. 스네이프는 이전 어둠의 마법 방어법 교수들을 모두 싫어했고, 굳이 그런 기색을 숨기지도 않았다. 하지만 이상하게도 매드아이 무디한테는 노골적인 적의를 드러내기가 조심스러운 듯했다. 사실 해리는 식사 시간이든 복도에서 마주칠 때든 두 사람이 같이 있는 모습을 볼 때마다 스네이프가 명백히 무디의 눈(마법의 눈이건 정상적인 눈이건)을 피하는 것 같은 느낌을 받았다.

"내 생각엔 스네이프가 무디 교수를 좀 무서워하는 것 같아." 해리가 생각 끝에 말했다.

"무디가 스네이프를 뿔두꺼비로 변신시킨다고 생각해 봐." 론이 말했다. 그의 눈빛이 몽롱해졌다. "그리고 지하 감옥 여기저기에다 튕겨 올리는 거야……."

목요일이 되자 그리핀도르 4학년생들은 무디의 첫 수업이 너무나 기대된 나머지 점심을 먹고 나서 수업 종이 치기도 전에 도착해 교실 앞에 줄을 섰다.

빠진 사람은 헤르미온느뿐이었다. 그녀는 수업 시간에 딱 맞춰 나타났다.

"나는……."

"……도서관에 있었겠지." 해리가 헤르미온느 대신 말을 끝맺었다. "자, 서둘러. 안 그러면 좋은 자리에 앉지 못할 거야."

그들은 교탁 바로 앞 세 자리에 얼른 앉아 《어둠의 힘: 자기방어를 위한 안내서》를 꺼내 놓고 평소와 다르게 조용히 기다렸다. 곧 복도를 턱턱 걸어오는 무디의 독특한 발소리가 들리는가 싶더니 그가 교실에 들어왔다. 언제나 그렇듯 괴상하면서 무시무시한 모습이었다. 로브 아래로 발톱 달린 나무 발이 비어져 나와 있었다.

"그건 치워도 된다." 그가 교탁으로 쿵쿵 걸어가더니 의자에 앉으며 으르렁거리듯 말했다. "책 말이다. 책은 필요 없어."

아이들은 책을 가방에 도로 집어넣었다. 론은 흥분한 표정이었다.

무디는 출석부를 꺼내더니 고개를 흔들어 반백이 된 잿빛의 헝클어진 장발을 흉터투성이 일그러진 얼굴에서 떼어 낸 다음 출석을 부르기 시작했다. 그의 멀쩡한 눈이 차례차례 명단을 따라 내려가는 동안 마법 눈은 주위를 두리번거리며 대답하는 학생에게 머물렀다.

"좋다." 마지막까지 출석을 다 부르자 그가 말했다. "루핀 교수한테서 이 학급에 관한 편지를 받았다. 어둠의 생명체를 다루는 데서는 기초를 꽤 철저히 다진 것 같던데. 보가트와 레드 캡, 힝키펑크, 그린딜로, 갓파, 늑대인간을 배웠더군. 맞나?"

다들 맞다고 웅얼거렸다.

"하지만 저주 대처법에서는 뒤처져 있어. 한참 뒤처졌지." 무디가 말했다. "따라서 나는 마법사들이 서로에게 어떤 일을 저지를 수 있는지 조금이나마 알려 주고자 한다. 내가 여기에 있는 1년 동안 너희에게 어둠의 마법 방어법을……."

"네? 계속 계시는 게 아닌가요?" 론이 불쑥 내뱉었다.

무디의 마법 눈이 빙그르르 돌아 론을 뚫어지게 바라보았다. 론은 굉장히 불안한 표정이었지만 잠시 후 무디는 미소를 머금었다. 해리는 그가 미소 짓는 모습을 처음 보았다. 그 미소는 흉터투성이 얼굴을 더욱 뒤틀리고 일그러지게 만들었지만, 그럼에도 그가 미소 짓는 것 같은 친근한 행동을 하기도 한다는 사실을 알자 안심이 되었다. 론은 크게 안도한 것처럼 보였다.

"넌 아서 위즐리의 아들이구나?" 무디가 말했다. "며칠 전 너희 아버지가 나를 엄청난 곤경에서 구해 줬지……. 그래, 나는 1년만 있을 예정이다. 덤블도어 교수의 특별 부탁으로…… 1년만 있다가 조용한 은퇴 생활로 돌아갈 거다."

그가 거친 웃음소리를 내더니 울퉁불퉁한 손으로 짝 손뼉을 쳤다.

"그럼, 바로 시작하자. 저주. 저주는 힘도, 형태도 다양하다. 자, 마법 정부 방침에 따르면 나는 너희에게 저주를 막는 방법만 가르쳐야 한다. 6학년이 될 때까지는 너희에게 금지된 어둠의 저주가 어떤 모습을 하고 있는지 보여 줘선 안 된다는 말이다. 그 나이가 되기 전에는 그 저주들을 충분히 잘 다룰 수 없다는 거겠지. 하지만 덤블도어 교수는 너희의 배짱을 높이 평가하면서 너희가 잘 해낼 거라고 생각하더군. 나 역시 너희가 맞서야 할 것에 관해서는 빨리 알수록 좋다고 생각한다. 한 번도 본 적 없는 것으로부터 어떻게 스스로를 지킬 수 있겠나? 너희에게 불법 저주를 걸려는 마법사는 자기가 무슨 마법을 걸지 너희에게 말해 주지 않는다. 너희 얼굴에 대고 친절하고 정중하게 저주를 걸지는 않는단 말이다. 그러니 대비해야 한다. 그러니 경계하고 조심해야 한다. 그건 치워라, 브라운 양. 내가 말하는 동안에는."

라벤더가 깜짝 놀라 얼굴을 붉혔다. 그녀는 책상 밑으로 파르바티에게 완성된 12궁도를 보여 주고 있었다. 무디의 마법 눈은 머리 뒤에 있는 것은 물론 단단한 나무도 꿰뚫어 볼 수 있는 게 틀림없었다.

"자, 마법사 법에 따라 가장 엄중한 처벌을 받는 저주가 뭔지 아는 사람 있나?"

론과 헤르미온느를 포함한 몇몇의 손이 주춤주춤 공중으로 올라갔다. 무디가 마법의 눈을 여전히 라벤더에게 고정한 채 론을 가리켰다.

"어……." 론이 머뭇거리며 입을 열었다. "아빠가 하나 얘기해 주셨어요…… 임페리우스 저주였던가."

"아, 그래." 무디가 인정했다. "네 아버지는 그 저주를 잘 아실 게다. 한때 임페리우스 저주 때문에 정부가 엄청난 곤경에 빠진 적이 있지."

무디는 길이가 서로 다른 다리로 힘겹게 일어나 교탁 서랍을 열고 유리병을 꺼냈다. 커다란 검은 거미 세 마리가 그 안을 빠르게 기어 다니고 있었다. 해리는 옆에서 론이 살짝 몸서리치는 것을 느꼈다. 론은 거미를 끔찍하게 싫어했다.

무디는 유리병 안으로 손을 넣어 거미 한 마리를 집더니 모두가 볼 수 있도록 손바닥에 올려놓았다.

그런 다음 지팡이를 겨누고 중얼거렸다. "임페리오."

거미는 가느다란 거미줄에 매달린 채 무디의 손에서 뛰어내려 공중그네라도 타듯 앞뒤로 흔들렸다. 그러고는 다리를 뻣뻣하게 폈다가 뒤로 공중제비를 돌면서 실을 끊고 책상에 내려서더니 옆으로 재주넘기를 하며 빙글빙글 돌기 시작했다. 무디가 지팡이를 확 젖히자 거미는 뒷다리 두 개로 버티고 서서 영락없는 탭댄스를 추었다.

모두가 웃음을 터뜨렸다. 무디를 제외한 모두가.

"이게 우습나?" 무디가 으르렁거렸다. "내가 너희에게 이 마법을 걸어도 즐거울까?"

웃음소리가 순식간에 잦아들었다.

"이것은 완전한 통제다." 무디가 조용히 말했다. 거미는 몸을 동그랗게 말고 데굴데굴 구르기 시작했다. "나는 이 거미가 창밖으로 뛰어내리게 만들 수도 있고, 물에 빠져 죽게 할 수도 있고, 너희 중 한 사람의 목구멍 속으로 기어들게 만들 수도 있다……."

론이 자기도 모르게 몸을 떨었다.

"예전에는 임페리우스 저주에 걸려 조종당하는 마법사들이 많았다." 무디가 말했다. 해리는 그가 볼드모트의 힘이 절정에 달했을 때의 이야기를 하고 있다는 것을 알았다. "조종당해서 행동하는 자와 자유의지로 행동하는 자를 가려내는 일은 마법 정부에게 만만찮은 과제였다. 임페리우스 저주와는 맞서 싸울 수 있다. 너희에게 그 방법을 가르쳐 주마. 하지만 그러자면 정말로 강인한 정신력을 갖추어야 한다. 모두가 지니고 있는 자질은 아니지. 그러니 가능하면 이 저주는 피하는 게 좋다. **지속적 경계!**" 그가 버럭 소리치자 모두가 화들짝 놀랐다.

무디는 공중제비를 도는 거미를 집어 들고 유리병 안에 다시 넣었다. "또 다른 불법적인 저주를 아는 사람?"

헤르미온느의 손이 또다시 공중으로 솟아올랐다. 네빌 또한 손을 들었기에 해리는 조금 놀랐다. 보통 네빌이 자발적으로 발표를 하는 과목은 그가 가장 잘하는 게 확실한 약초학 수업뿐이었다. 네빌도 스스로의 대담함에 놀란 듯했다.

"그래." 무디가 말했다. 그의 마법 눈이 곧바로 데구르르 굴러가 네빌에게 머물렀다.

"하나 있어요. 크루시아투스 저주요." 작지만 또렷한 목소리로 네빌이 말했다.

이번에 무디는 두 개의 눈으로 네빌을 빤히 바라보고 있었다.

"네 이름이 롱보텀이냐?" 그가 마법 눈을 쓱 내려 출석부를 확인하더니 물었다.

네빌이 소심하게 고개를 끄덕였지만 무디는 더 이상 묻지 않았다. 그는 다시 학생들에게로 고개를 돌리고 유리병 안에 손을 집어넣더니 또 다른 거미를 꺼내서 책상 위에 올려놓았다. 거미는 너무 무서워서 움직일 수 없는지 그 자리에서 꼼짝도 하지 않았다.

"크루시아투스 저주." 무디가 말했다. "너희를 이해시키려면 이놈을 좀 크게 만들어야겠군." 그가 마법 지팡이로 거미를 가리키며 말했다. "엔고르지오."

거미가 부풀어 올랐다.

거미는 이제 타란툴라 거미보다도 더 컸다. 론은 괜찮은 척하던 건 다 집어치우고 의자를 무디의 책상에서 가능한 한 멀리 떨어뜨렸다.

무디가 다시 마법 지팡이를 들고 거미를 겨누며 중얼거렸다. "크루시오."

그 즉시 거미의 다리들이 몸통 쪽으로 구부러졌다. 거미가 벌렁 뒤집어지더니 끔찍하게 떨면서 이리저리 몸을 뒤틀기 시작했다. 아무런 소리도 들리지 않았지만, 목소리가 주어졌다면 비명을 지르고 있을 게 틀림없었다. 무디는 마법 지팡이를 떼지 않았고 거미는 부들부들 떨면서 더욱 격렬하게 경련하기 시작했다.

"그만하세요!" 헤르미온느가 날카로운 목소리로 외쳤다.

해리는 고개를 돌려 그녀를 바라보았다. 그녀는 거미가 아니라 네빌을 보고 있었다. 그녀의 시선을 따라가던 해리는 손마디가 하얘질 정도로 책상을 꽉 움켜쥐고 있는 네빌을 보았다. 그는 겁에 질린 눈을 휘둥그렇게 뜨고 있었다.

무디가 마법 지팡이를 들어 올렸다. 거미는 다리가 풀렸지만 계속 움찔거리고 있었다.

"리듀시오." 무디가 중얼거리자 거미는 다시 원래 크기로 줄어들었다. 무디는 거미를 유리병에 도로 집어넣었다.

"고통 그 자체다." 무디가 조용히 말했다. "크루시아투스 저주를 걸 수 있다면 엄지손가락을 죄는 구식 고문 도구나 칼 같은 것 없이도 사람을 고문할 수 있다……. 이 저주도 한때 아주 인기가 많았지. 좋아…… 다른 저주 아는 사람?"

해리는 주위를 둘러보았다. 표정을 보니 다들 마지막 거미에게 무슨 일이 일어날지 궁금해하는 듯했다. 세 번째로 들어 올려진 헤르미온느의 손이 살짝 떨렸다.

"그래." 무디가 그녀를 바라보며 답을 재촉했다.

"'아바다 케다브라'입니다." 헤르미온느가 작은 소리로 말했다.

론을 포함해 몇몇 사람이 불편한 표정을 지으며 그녀를 돌아보았다.

"아." 무디가 말했다. 또 한 번 희미한 미소가 그의 비뚤어진 입을 비틀었다. "그래. 최후이자 최악의 저주

지. 아바다 케다브라……. 살해 저주다."

그가 유리병 안으로 손을 넣자 세 번째 거미는 무디의 손가락을 피하려고 허둥지둥 유리병 바닥을 빠르게 기어 다녔다. 하지만 무디는 거미를 잡아 교탁에 올려놓았다. 거미는 나무 표면을 가로질러 미친 듯이 달아나기 시작했다.

무디가 마법 지팡이를 들어 올렸다. 해리는 불길한 예감에 문득 몸을 떨었다.

"아바다 케다브라!" 무디가 소리쳤다.

눈이 멀 듯한 초록색 불빛이 번뜩이더니 보이지 않는 거대한 무언가가 허공을 가르는 것 같은 획 소리가 났다. 거미는 단번에 뒤집어졌다. 눈에 띄는 상처는 없었지만 거미는 틀림없이 죽어 있었다. 여학생 몇 명이 울음을 억눌렀다. 거미가 그를 향해 미끄러지자 론은 몸을 뒤로 젖히다가 하마터면 의자에서 떨어질 뻔했다.

무디는 죽은 거미를 책상에서 획 쓸어 바닥으로 떨어뜨렸다.

"멋있지 않다." 그가 담담하게 말을 이었다. "유쾌하지도 않다. 해제 주문도 없다. 이걸 막을 방법은 없어. 여기에서 살아남았다고 알려진 사람은 단 한 명뿐이다. 그 사람이 바로 내 앞에 앉아 있구나."

해리는 무디의 눈(두 눈 모두)이 자신의 눈을 똑바로 바라보자 얼굴이 달아오르는 것을 느꼈다. 모두가 고개를 돌려 자신을 보고 있는 것도 느낄 수 있었다. 해리는 텅 빈 칠판에 홀리기라도 한 것처럼 그것을 뚫어지게 바라봤지만, 실은 전혀 보고 있지 않았다…….

그러니까 부모님은 그렇게 돌아가신 것이다……. 저 거미가 죽은 것과 똑같은 방법으로. 그의 부모님에게도 상처 하나, 흔적 하나 남지 않았을까? 생명이 몸에서 빠져나가기 직전, 단지 초록색 빛이 번뜩이는 것만 보이고 죽음이 빠르게 다가오는 소리만 들렸을까?

해리는 두 분이 죽임을 당했다는 사실을 알게 된 뒤로, 그날 무슨 일이 있었는지 알게 된 뒤로, 지금까지 3년 동안 끊임없이 부모님의 죽음을 상상해 왔다.

웜테일이 부모님이 있는 곳을 볼드모트에게 밀고하자 볼드모트가 부모님의 보금자리로 찾아온 일. 볼드모트가 아버지를 먼저 죽인 일. 제임스 포터가 볼드모트를 막으려고 애쓰며 아내에게 해리를 데리고 도망치라고 소리쳤던 일……. 볼드모트가 릴리 포터에게 달려들어 해리를 죽여야 하니 비키라고 말했던 일……. 그녀가 아들을 지키는 것을 포기하지 않겠다고 비키기를 거부하며 대신 자기를 죽이라고 애원한 일……. 볼드모트가 해리에게 마법 지팡이를 돌리기 전 그녀 또한 살해한 일…….

해리가 이런 자세한 내용을 아는 건 작년에 디멘터들과 싸우면서 부모님의 목소리를 들었기 때문이었다. 희생자에게 평생 가장 괴로운 기억을 생생히 떠올리게 해서 무기력한 절망에 빠져 허우적거리게 만드는 것이 바로 디멘터들이 가진 끔찍한 능력이었다…….

무디가 다시 말하고 있었지만 해리에게는 아주 먼 곳에서 들려오는 말처럼 느껴졌다. 그는 가까스로 현실로 돌아와 무디의 말에 귀를 기울였다.

"아바다 케다브라는 강력한 마력을 필요로 하는 저주 마법이다. 너희 모두가 지금 당장 마법 지팡이를 꺼내 내게 겨누고 주문을 읊는다 한들 내가 코피라도 흘릴지 모르겠다. 하지만 그건 중요하지 않아. 이 저주를 거는 방법을 가르쳐 주려는 건 아니니까. 자, 대응할 방법이 없는데 내가 왜 이 저주를 보여 줬을까? 알아야 하기 때문이다. 너희는 최악이 어떤 것인지 제대로 알고 있어야 해. 자기도 모르는 새 이 저주에 맞닥뜨리는 상황에는 처하지 말아야 한다. **지속적 경계!**" 그가 부르짖자 학생 모두가 또다시 깜짝 놀라 움찔했다.

"자…… 아바다 케다브라, 임페리우스, 크루시아투스, 이 세 저주는 용서받지 못하는 저주들로 알려져 있다. 이 중 하나라도 같은 인간에게 사용했다간 아즈카반에서 종신형을 받기 딱 좋지. 이게 바로 너희가 맞서야 하는 것들이다. 내가 너희에게 맞서 싸우도록 가르쳐야 하는 것들이기도 하다. 너희는 준비해야 한다. 무장해야 한다. 그러나 무엇보다도 지속적이고 결코 멈

추지 않는 경계를 실천해야 한다. 깃펜을 꺼내라……. 받아 적는다…….»

그들은 용서받지 못하는 저주들 하나하나에 대해 필기하면서 나머지 수업 시간을 보냈다. 종이 울릴 때까지 아무도 입을 열지 않았다. 그러나 무디가 수업을 끝내자, 그들은 교실을 나서면서 봇물 터진 듯 왁자지껄 떠들어 댔다. 대부분의 아이들은 경외감에 휩싸인 목소리로 저주에 대해 이야기하고 있었다. "경련하는 거 봤어?" "……죽였을 때도. 그렇게 쉽게 죽이다니!"

다들 멋진 쇼라도 본 것처럼 수업에 대해 떠들어 대고 있었다. 그러나 해리는 그 수업이 별로 즐겁지 않았다. 헤르미온느도 마찬가지인 듯했다.

"빨리 가자." 그녀가 한껏 굳은 목소리로 해리와 론에게 말했다.

"그놈의 도서관에 다시 가려는 건 아니지?" 론이 물었다.

"아냐." 헤르미온느가 옆 통로를 가리키며 짧게 말했다. "네빌 때문에 그래."

네빌은 복도를 걸어가다 말고 홀로 서서, 무디가 크루시아투스 저주를 보여 줬을 때처럼 겁에 질린 눈을 휘둥그레 뜨고 눈앞의 돌벽을 바라보고 있었다.

"네빌?" 헤르미온느가 부드러운 목소리로 그를 불렀다.

네빌이 돌아보았다.

"어, 안녕." 그가 말했다. 목소리가 평소보다 훨씬 높았다. "재미있는 수업이었지? 저녁 메뉴가 뭘까. 배가, 배가 엄청 고픈데. 너흰 안 그래?"

"네빌, 너 괜찮아?" 헤르미온느가 물었다.

"아, 그럼. 괜찮아." 네빌은 여전히 부자연스럽게 높은 목소리로 빠르게 말했다. "아주 재미있는 저녁…… 그러니까, 재미있는 수업이었어. 메뉴는 뭐래?"

론이 해리 쪽을 보며 놀란 표정을 지어 보였다.

"네빌, 왜……?"

하지만 그때 뒤에서 쿵쿵거리는 이상한 소리가 들려왔다. 고개를 돌려 보니 무디 교수가 절뚝거리며 다가오고 있었다. 네 사람은 모두 조용해져서 불안한 얼굴로 그를 가만히 지켜보았다. 하지만 무디가 입을 열었을 때 흘러나온 목소리는 걸걸하면서도 그 어느 때보다 나직하고 부드러웠다.

"괜찮다, 얘야." 그가 네빌에게 말했다. "내 연구실로 같이 올라가지 않겠느냐? 자…… 차 한잔하자꾸나……."

무디와 차를 마신다는 생각에 네빌은 더욱 겁에 질린 얼굴이 되었다. 그는 움직이지도, 입을 열지도 않았다.

무디가 마법 눈을 해리에게로 돌렸다. "너는 괜찮냐, 포터?"

"네." 해리는 공포에 맞서려는 듯 꿋꿋하게 대답했다.

해리를 살펴보는 무디의 파란 눈이 눈구멍 안에서 살짝 흔들렸다.

잠시 후 그가 다시 말했다. "너는 알아야 한다. 어쩌면 가혹해 보일지도 모르지만, 그래도 알아야 한다. 모르는 척하는 건 아무 의미도 없다……. 자…… 가자, 롱보텀. 네가 관심을 가질 만한 책이 몇 권 있다."

네빌은 애원하듯 해리, 론, 헤르미온느 쪽을 봤지만 그들은 아무 말도 하지 않았다. 무디가 울퉁불퉁한 손을 어깨에 올려놓고 있었기에 네빌은 무디가 이끄는 대로 따라가는 수밖에 없었다.

"저게 무슨 소리야?" 론이 모퉁이를 도는 네빌과 무디의 뒷모습을 지켜보며 물었다.

"모르겠어." 헤르미온느가 생각에 잠긴 얼굴로 말했다.

"그래도 엄청난 수업이었어. 그치?" 대연회장으로 향할 때 론이 해리에게 말했다. "프레드랑 조지 말이 맞았어. 무디는 진짜 제대로 아는 사람이야. 그렇지 않아? 아바다 케다브라를 거니까 거미가 그냥 죽어 버렸잖아. 바로 뒈졌……."

하지만 론은 해리의 표정을 보더니 갑자기 입을 다물고 아무 말도 하지 않았다. 대연회장에 도착한 다음에야 그는 트릴로니 교수의 점술 숙제를 하려면 시간이 좀 걸릴 테니 오늘 밤에는 시작해야겠다고 말했다.

헤르미온느는 저녁 식사를 하는 동안 해리와 론의 대화에도 끼지 않고 맹렬한 속도로 음식을 먹어치우더니 다시 도서관으로 가 버렸다. 해리와 론은 그리핀도르 탑으로 돌아갔다. 저녁 식사 내내 그 생각밖에 안 했던 해리가 먼저 용서받지 못하는 저주들에 관한 이야기를 꺼냈다.

"우리가 그 저주를 본 걸 알면 무디 교수님, 덤블도어 교수님이랑 정부 사이에 문제가 생기지 않을까?" 해리가 뚱뚱한 귀부인에게 다가가며 물었다.

"뭐, 그렇겠지." 론이 말했다. "하지만 덤블도어는 항상 자기 방식대로 문제를 처리했잖아? 게다가 무디는 몇 년째 문제를 일으켜 온 것 같고. 어쨌든 일은 벌일 테니 질문은 나중에 하라는 식이지. 그 쓰레기통 사건을 봐. 허튼소리."

뚱뚱한 귀부인이 앞으로 홱 젖혀지면서 입구를 드러냈다. 그들은 북적북적 시끄러운 그리핀도르 휴게실로 들어갔다.

"그럼 점술 숙제나 시작해 볼까?" 해리가 말했다.

"그래야지." 론이 신음했다.

그들은 책과 도표를 가지러 침실로 올라갔다가, 홀로 침대에 앉아 무언가를 읽고 있는 네빌을 발견했다. 아직도 충격에서 완전히 벗어난 것 같진 않지만 무디의 수업이 끝난 직후보다는 훨씬 차분한 표정이었다. 그의 눈이 조금 빨개져 있었다.

"괜찮아, 네빌?" 해리가 그에게 물었다.

"응, 괜찮아." 네빌이 말했다. "난 괜찮아. 고마워. 그냥, 무디 교수님이 빌려주신 책을 읽고 있었어……."

그가 책을 들어 올렸다. 《지중해의 마법 수생식물과 그 특성》이었다.

"스프라우트 교수님이 무디 교수님한테 내가 약초학을 아주 잘한다고 말씀하신 것 같아." 네빌이 말했다. 그의 목소리에 전에는 들어 본 적 없는 희미한 자부심이 깃들어 있었다. "내가 이 책을 좋아할 거라고 생각하셨대."

뭐라도 잘한다는 얘기를 듣는 일이 거의 없는 네빌에게 스프라우트 교수의 말을 전해 주는 건 그의 기운을 북돋는 아주 적절한 방법이라고 해리는 생각했다. 그런 건 루핀 교수나 했을 법한 일이었다.

해리와 론은 《미래의 안개 걷어 내기》를 꺼내 들고 휴게실로 다시 내려가서 탁자 하나를 차지하고 앉아 다음 달에 일어날 일들을 예측하기 시작했다. 한 시간 뒤, 계산식과 기호 들이 적힌 양피지로 탁자가 잔뜩 어질러져 있었는데도 그들은 거의 진도를 나가지 못했다. 해리의 머릿속은 트릴로니 교수의 벽난로에서 나오는 향으로 가득 찬 것처럼 안개에 휩싸여 있었다.

"이것들이 뭘 의미하는지 도저히 모르겠다." 그가 기다란 수식 목록을 내려다보며 말했다.

"있잖아." 론이 말했다. 숙제하는 내내 짜증이 나서 손가락으로 쓸어 대는 바람에 그의 머리카락은 잔뜩 곤두서 있었다. "내 생각엔 미리 준비해 둔 예언을 써먹어야 할 것 같아."

"뭐, 지어내자고?"

"그래." 론이 말했다. 그는 탁자 위에 뒤죽박죽 섞여 있는 휘갈겨 쓴 종이들을 쓸어 버리고 펜을 잉크에 적신 뒤 뭔가를 쓰기 시작했다.

"다음 주 월요일……." 그가 글씨를 끼적이며 말을 이었다. "나는 목감기에 걸릴 거야. 화성과 목성의 불운한 결합 때문이지." 그가 고개를 들어 해리를 바라보았다. "너도 그 여자가 어떤지 알잖아. 그냥 불행한 일을 잔뜩 적어 놓으면 곧이곧대로 받아들일걸."

"그렇네." 해리가 쓰고 있던 숙제를 구긴 뒤 수다를 떨고 있는 1학년들의 머리 위로 휙 던져 난롯불에 넣으면서 말했다. "좋아…… 월요일에 나는 엄청난 위험에 처할 거야. 어…… 화상을 입겠지."

"그래, 틀림없이 그럴 거야." 론이 음험하게 말했다. "월요일에는 스크루트들을 다시 보게 될 테니까. 좋아, 화요일에 나는…… 음……."

"아끼는 물건을 잃어버린다." 해리가 말했다. 그는 아이디어를 얻으려고 《미래의 안개 걷어 내기》를 휙휙 넘기고 있었다.

"좋은데." 론이 받아 적으며 말했다. "왜냐하면, 음…… 수성 때문에. 너는 친구라고 믿었던 사람한테 배신을 당하는 게 어때?"

"좋아…… 멋진데……." 해리가 감탄하며 그 내용을 휘갈겨 썼다. "그건…… 금성이 12궁 가운데 열두 번째 자리에 있기 때문이고."

"그리고 수요일에는 내가 싸움에서 완패를 당할 거야."

"아아, 내가 싸우려고 했는데. 좋아, 그럼 나는 내기에서 질게."

"그래, 넌 내가 싸움에서 이긴다는 데 걸면 되겠네……."

그들은 한 시간 동안 계속해서 예언을 지어냈다(예언의 내용은 점점 비극으로 치달았다). 그러는 사이 아이들이 자러 올라가면서 휴게실은 서서히 비어 갔다. 크룩섄스가 다가와 빈 의자에 가볍게 뛰어오르더니 묘한 표정으로 해리를 바라보았다. 그들이 숙제를 제대로 하지 않은 걸 알았을 때 헤르미온느가 지을 법한 표정이었다.

해리는 휴게실을 둘러보며 아직 쓰지 않은 불운한 일이 있는지 떠올리려 애쓰다가, 프레드와 조지가 맞은편 벽에 붙어 앉아 머리를 맞댄 채 깃펜을 꺼내 들고 양피지를 들여다보고 있는 모습을 보았다. 프레드와 조지가 구석에 숨어서 조용히 공부하는 모습은 굉장히 보기 드문 광경이었다. 그들은 보통 사건의 중심에서 떠들썩하게 관심 끄는 일을 좋아했던 것이다. 양피지를 들여다보는 그 모습에는 뭔가 비밀스러운 구석이 있었다. 해리의 머릿속에 버로에 있을 때 그들이 같이 앉아 뭔가를 끼적이던 기억이 떠올랐다. 그때는 그 양피지가 위즐리 형제의 위대하고 위험한 장난감 주문서라고 생각했는데 이번에는 그게 아닌 것 같았다. 만약 주문서였다면 틀림없이 리 조던도 그 장난에 끼워 주었을 테니까. 해리는 그것이 트라이위저드 대회 참가와 관련된 일일지 궁금했다.

해리가 지켜보고 있는데 조지가 프레드에게 고개를 저으며 깃펜으로 뭔가를 쫙쫙 긋더니, 아주 작지만 사람이 거의 없는 휴게실에서는 잘 들리는 목소리로 말했다. "안 돼, 그럼 비난하는 것 같잖아. 조심해야 돼……."

그때 조지가 고개를 들어, 그를 지켜보고 있던 해리를 보았다. 해리는 씩 웃고 얼른 점술 숙제로 눈을 돌렸다. 엿듣고 있었다고 여겨지는 건 싫었기 때문이다. 잠시 후 쌍둥이는 양피지를 돌돌 말고 잘 자라는 인사를 한 다음 나란히 침실로 향했다.

프레드와 조지가 떠나고 10분쯤 지났을까, 초상화 구멍이 열리더니 헤르미온느가 휴게실에 들어왔다. 한 손에는 양피지 다발이, 다른 손에는 걸을 때마다 달그락거리는 소리가 나는 상자 하나가 들려 있었다. 크룩섄스가 가르랑거리며 몸을 둥글게 말았다.

"안녕." 그녀가 말했다. "방금 다 끝났어!"

"나도!" 론이 깃펜을 던지며 의기양양하게 말했다.

헤르미온느는 자리에 앉아 들고 있던 물건들을 빈 안락의자에 내려놓고 론의 점술 숙제를 끌어당겼다.

"한 달 운세가 별로 좋진 않구나?" 그녀가 빈정대듯 말했다. 크룩섄스가 그녀의 무릎 위로 뛰어올라 몸을 웅크렸다.

"뭐, 하지만 적어도 미리 알게 됐으니까." 론이 쩌억 하품했다.

"두 번이나 익사할 건가 봐?" 헤르미온느가 어이없다는 투로 말했다.

"아, 그래?" 론이 예측한 것을 내려다보며 말했다. "둘 중 하나를 미쳐 날뛰는 히포그리프한테 밟혀 죽는 걸로 바꿔야겠다."

"지어낸 티가 너무 나는 것 같지 않니?" 헤르미온느가 말했다.

"감히 그런 소릴!" 론이 짐짓 화가 난 척 소리쳤다. "우리는 지금까지 집요정들처럼 죽어라 숙제했단 말이야!"

헤르미온느가 눈썹을 치켜올렸다.

"그냥 말이 그렇다는 거야." 론이 다급히 말했다.

해리도 깃펜을 내려놓았다. 그 자신이 참수당해 죽는다는 것을 막 예견한 뒤였다.

"상자에 든 게 뭐야?" 그가 상자를 가리키며 물었다.

"그런 걸 다 물어보고 별일이네." 헤르미온느가 못마땅한 빛을 띤 눈은 론에게 둔 채 그렇게 대꾸했다. 그녀는 상자 뚜껑을 열고 안에 들어 있는 것을 보여 주었다.

상자 속에는 50개쯤 되는 배지가 들어 있었다. 색깔은 모두 달랐지만 하나같이 'S.P.E.W.'라는 글자가 적혀 있었다.

"'스퓨(spew)'? 토한다고?" 해리가 배지를 들고 바라보며 물었다. "이게 뭐야?"

"'스퓨'라고 읽는 게 아냐." 헤르미온느가 못 참겠다는 듯 말했다. "S, P, E, W라고 따로따로 읽어야 돼. 집요정 복지 증진 협회(Society for the Promotion of Elfish Welfare)라는 뜻이야."

"들어 본 적 없는데." 론이 말했다.

"뭐, 당연히 그렇겠지." 헤르미온느가 쾌활하게 말했다. "내가 방금 만들었거든."

"그래?" 론이 조금 놀라며 물었다. "회원은 몇 명인데?"

"뭐, 너희 둘이 가입하면⋯⋯ 세 명." 헤르미온느가 대답했다.

"넌 우리가 '토사물'이라고 써 있는 배지를 달고 돌아다닐 것 같냐?" 론이 말했다.

"S, P, E, W라니까!" 헤르미온느가 열을 내며 말했다. "원래는 '동료 마법 생명체에 대한 말도 안 되는 학대를 그만두고 그들의 법적 지위 변화를 위한 캠페인 벌이자'로 하려고 했는데, 앞 글자만 따도 글자가 다 안 들어갔어. 그래서 그건 우리 선언의 첫머리로 삼을 거야."

그녀가 그들을 향해 양피지 다발을 흔들었다. "그동안 도서관에서 철저히 조사했어. 집요정 노예제도는 수백 년 전까지 거슬러 올라가. 지금까지 누구도 이 문제와 관련해서 아무 일도 하지 않았다니 믿을 수가 없더라."

"헤르미온느, 제발 다른 사람 말 좀 들어." 론이 큰 소리로 말했다. "걔들은, 그걸, 좋아해. 걔들은 노예로 사는 걸 좋아한다고!"

"우리의 단기 목표는" 하고, 헤르미온느가 들은 척도 하지 않고 론보다 더 큰 목소리로 말했다. "집요정들에게 공평한 임금과 노동 조건을 보장해 주는 거야. 장기 목표에는 마법 지팡이 사용 금지와 관련된 법을 바꾸고 집요정 한 명을 마법 생명체 통제 관리부에 들여보내는 것도 포함돼 있어. 집요정들의 의견을 대표하는 존재가 충격적일 만큼 적거든."

"그래서 우리가 이 모든 일을 어떻게 한다는 거야?" 해리가 물었다.

"회원 모집부터 시작해야지." 헤르미온느가 밝은 목소리로 말했다. "가입비로 2시클을 내고 배지를 사게 하는 방법을 생각했어. 그러면 그 수익금으로 전단지 캠페인 기금을 모을 수 있을 거야. 네가 회계 담당이야, 론. 네가 쓸 모금함을 위층에 마련해 놨어. 그리고 해리, 너는 서기야. 그러니까 지금 내가 말하는 걸 다 적어 두는 게 좋을 거야. 우리의 첫 회의록으로 말이지."

헤르미온느가 두 사람에게 활짝 웃는 가운데 짧은 침묵이 흘렀다. 해리는 헤르미온느 때문에 짜증이 나면서도 론의 얼굴에 떠오른 표정이 너무 웃겨서 어쩔 줄을 몰랐다. 침묵을 깬 건 어이가 없어서 일시적으로 말문이 막힌 것처럼 보였던 론이 아니라 창문을 '톡, 톡' 두드리는 조그만 소리였다. 해리는 텅 빈 휴게실 저편을 바라보았다. 흰올빼미가 환한 달빛을 받으며 창턱에 앉아 있었다.

"헤드위그!" 그가 소리치며 의자에서 벌떡 일어나 창가로 걸어가 창문을 열어 주었다.

안으로 날아들어 온 헤드위그가 방을 가로지르더니 탁자에 놓인 해리의 점술 숙제 위에 앉았다.

"이제야 왔구나!" 해리가 얼른 헤드위그를 뒤쫓아 오며 말했다.

"답장을 가져왔어!" 론이 헤드위그의 다리에 묶인 지저분한 양피지를 가리키며 흥분해서 소리쳤다.

해리는 다급한 손놀림으로 헤드위그의 다리에서 양피지를 풀었다. 그가 자리에 앉아서 편지를 읽는 동안 헤드위그가 그의 무릎으로 푸드덕 날아와 앉더니 부드럽게 부엉부엉 울었다.

"뭐래?" 헤르미온느가 숨죽이고 물었다.

편지는 아주 짧았고, 무척 서둘러서 휘갈겨 쓴 듯했다. 해리는 소리 내어 편지를 읽었다.

    해리.
    나는 곧바로 북쪽으로 날아갈 거다. 네 흉터에 관한 소식 이전에도 이곳에서 여러 가지 이상한 소문을 들었다. 또 흉터가 아프면 즉시 덤블도어 교수님을 찾아가거라. 은퇴한 매드아이를 불렀다는 얘기가 있던데, 그렇다면 다른 사람들은 몰라도 덤블도어 교수님은 그 징조들을 읽고 있다는 뜻이다.
    곧 다시 연락하마. 론이랑 헤르미온느에게도 안부 전해 다오. 정신 바짝 차리고 있어라, 해리.
    시리우스

해리는 고개를 들고 론과 헤르미온느를 바라보았다. 그들도 그를 마주 응시하고 있었다.

"북쪽으로 날아간다고?" 헤르미온느가 속삭였다. "다시 여기로 오고 있다는 거야?"

"덤블도어가 무슨 징조를 읽고 있다는 거지?" 론이 어리둥절한 얼굴로 말했다. "해리, 왜 그래?"

론이 주먹으로 자신의 이마를 치는 해리에게 물었다. 그 바람에 헤드위그가 해리의 무릎에서 떨어졌다.

"말하지 말았어야 했어!" 해리가 화가 나서 길길이 뛰며 말했다.

"무슨 소리야?" 론이 놀라서 물었다.

"시리우스는 나 때문에 돌아와야겠다고 마음먹은 거야!" 해리가 말했다. 이번에는 탁자를 주먹으로 쾅쾅 내리쳤다. 헤드위그가 론의 의자 등받이에 내려앉아 화가 나서 부엉부엉 울었다. "내가 곤경에 처했다고 생각해서 돌아오는 거라고! 나는 아무렇지도 않은데! 그리고 너 줄 거 없어." 해리는 기대감에 가득 차 부리를 딱딱거리던 헤드위그에게 쏘아붙였다. "뭘 먹고 싶으면 부엉이장으로 올라가."

헤드위그는 몹시 기분 상한 눈길을 던지더니 쭉 뻗은 날개로 그의 머리를 툭 치고 열린 창문으로 날아가 버렸다.

"해리." 헤르미온느가 달래려는 듯 입을 열었다.

"가서 잘게." 해리가 짧게 말했다. "아침에 보자."

해리는 침실로 올라가 잠옷을 입고 사주식 침대에 누웠지만 조금도 피곤하지 않았다.

시리우스가 돌아왔다가 붙잡힌다면 그건 바로 그, 해리의 잘못이었다. 왜 가만히 입 다물고 있지 못했을까? 잠깐 아팠던 걸 못 참고 떠벌리다니……. 혼자만 알고 있었어야 했는데. 그 정도 분별력도 없어서…….

그는 잠시 후 론이 침실로 올라오는 소리를 들었지만 말을 걸지는 않았다. 해리는 한참 동안 누워서 어두운 침대 천장을 올려다보았다. 침실은 아주 고요했다. 해리가 다른 데 정신이 팔려 있지만 않았다면 평소와 달리 네빌의 코 고는 소리가 들려오지 않는다는 것을 알아차리고 지금 깨어 있는 사람이 자기 혼자만이 아니라는 사실을 깨달았을 것이다.

CHAPTER 15
보바통과 덤스트랭

다음 날 이른 아침 해리가 눈을 떴을 때 그의 머릿속에는 완성된 계획이 들어 있었다. 마치 그가 자는 동안 뇌는 밤새도록 일을 한 것 같았다. 그는 자리에서 일어나 흐릿한 새벽빛을 받으며 옷을 갈아입은 뒤, 론을 깨우지 않고 침실을 나서서 아무도 없는 휴게실로 내려갔다. 그는 어제 하던 점술 숙제가 그대로 놓여 있는 탁자에서 양피지를 집어 들고 다음과 같이 편지를 썼다.

시리우스에게.
흉터가 아팠던 건 그냥 상상이었던 것 같아요. 지난번에 편지를 썼을 때는 잠이 덜 깬 상태였거든요. 여긴 아무 문제 없으니 돌아오실 필요 없어요. 제 걱정은 하지 마세요. 머리는 아주 멀쩡해요.
해리

그런 다음 그는 초상화 구멍으로 나와서 조용한 성안을 걸어가(5층 복도를 걸어가던 도중 피브스가 그에게 커다란 꽃병을 뒤엎으려고 해서 잠깐 방해가 되었을 뿐이다) 마침내 서쪽 탑 꼭대기에 있는 부엉이장에 도착했다.

부엉이장은 돌로 만든 둥그런 방으로, 창문에 유리가 하나도 없었기 때문에 찬바람이 숭숭 들어와 매우 추웠다. 바닥은 온통 짚과 부엉이 배설물, 먹고 뱉어 낸 생쥐와 들쥐 뼈로 뒤덮여 있었다. 상상할 수 있는 온갖 종류의 부엉이와 올빼미 수백 마리가 바닥에서부터 탑 꼭대기까지 곧장 올라가는 횃대들에 자리를 잡고 앉아 있었다. 여기저기서 동그란 호박색 눈이 해리를 노려보기는 했지만 새들은 대부분 잠들어 있었다. 그는 외양간올빼미와 황갈색올빼미 사이에 자리 잡은 헤드위그를 발견하고 서둘러 다가가다가 똥이 잔뜩 떨어진 바닥에 살짝 미끄러졌다.

잠든 헤드위그를 깨우고, 해리에게 꼬리만 보이도록 횃대 위에서 계속 몸을 돌리는 헤드위그가 다시 그를 보도록 설득하는 데 시간이 조금 걸렸다. 헤드위그는 지난밤 해리가 고마워하지 않은 것에 여전히 화가 나 있는 게 틀림없었다. 결국 헤드위그는 네가 많이 피곤한 것 같으니 론에게 피그위전을 빌려 달라고 해야겠다는 해리의 말을 듣고서야 다리를 내밀고 편지를 묶을 수 있게 해 주었다.

"꼭 찾아야 해. 알았지?" 해리가 말했다. 그는 팔에 헤드위그를 얹은 채 벽에 난 구멍 중 하나로 데려가면서 등을 쓰다듬어 주었다. "디멘터들이 찾아내기 전에."

헤드위그는 평소보다 조금 센 강도로 해리의 손가락을 깨물면서도 안심하라는 듯 작은 소리로 부엉부엉 울었다. 헤드위그는 날개를 활짝 펼치고 아침놀을 향해 날아갔다. 해리는 익숙한 불안감에 마음이 다시 무거워지는 것을 느끼며, 헤드위그가 보이지 않는 곳으로 사라질 때까지 지켜보았다. 시리우스의 답장을 받으면 걱정이 줄어들 거라고 그토록 확신했건만 오히려 늘고 말았다.

"그건 거짓말이잖아, 해리." 아침 식사를 하던 중 헤르미온느가 날카롭게 말했다. 해리가 그녀와 론에게 자기가 무슨 일을 했는지 말했을 때였다. "흉터가 아프다고 상상한 게 아니었다는 건 너도 잘 알잖아."

"그래서 뭐?" 해리가 말했다. "나 때문에 시리우스가 다시 아즈카반에 가게 될 수도 있어."

"그만 좀 해라." 헤르미온느가 무슨 말을 더 하려고 입을 열자 론이 대번에 그녀에게 말했다. 이번에는 헤르미온느도 그의 말을 듣고 입을 다물었.

해리는 그다음 2주 동안 시리우스 걱정을 하지 않으려고 무진 애를 썼다. 물론 매일 아침 우편 부엉이들이 도착할 때마다 걱정스레 주위를 둘러보는 일을 그만두거나, 늦은 밤 잠들기 전 런던 어느 어두운 골목에서 시리우스가 디멘터들에 의해 구석에 몰리는 끔찍한 장면이 눈앞에 그려지는 것을 막을 수는 없었다. 하지만 그 밖의 시간에는 대부 생각을 하지 않으려고 애썼다. 그는 여전히 퀴디치가 그의 정신을 딴 데로 돌려 주기를 바랐다. 힘들지만 잘된 훈련만큼 괴로운 정신에 잘 듣는 약은 없었다. 한편, 수업은 어느 때보다도 어렵고 힘들어지고 있었다. 어둠의 마법 방어법이 특히 그랬다.

놀랍게도 무디 교수는 학생들 각자에게 임페리우스 저주를 걸겠다고 선언했다. 그 힘을 실제로 보여 주고 학생들이 저항할 수 있는지 살펴보겠다는 것이었다.

"하지만…… 하지만 불법이라고 하셨잖아요, 교수님." 무디가 마법 지팡이를 휘둘러 책상들을 치우고 교실 한가운데 커다란 공간을 만들자 헤르미온느가 자신 없는 말투로 말했다. "교수님께서 말씀하셨잖아요. 다른 사람에게 그 저주를 사용하는 건……."

"덤블도어 교수는 너희가 이 저주가 어떤 느낌인지 배우길 바란다." 무디가 말했다. 그의 마법 눈이 헤르미온느에게로 휙 돌아가더니, 한 번 깜빡이지도 않고 으스스하게 그녀를 응시했다. "더 힘들게 배우고 싶다면, 그러니까 누군가가 너희에게 그 저주를 걸어서 완전히 조종당하게 되기를 바란다면, 나야 상관없지. 괜찮다. 가도 좋아."

그가 울퉁불퉁한 손가락으로 문을 가리켰다. 헤르미온느는 얼굴을 잔뜩 붉히고 교실을 떠나고 싶다는 뜻은 아니었다느니 어쩌느니 중얼거렸다. 해리와 론은 서로를 보며 씩 웃었다. 그들은 헤르미온느가 중요한 수업을 놓치느니 차라리 멍울초 고름을 먹을 거라는 사실을 잘 알고 있었다.

무디는 학생들을 한 명씩 불러내 임페리우스 저주를 걸기 시작했다. 해리는 친구들이 하나하나 그 저주의 영향을 받아 매우 이상한 행동을 하는 모습을 지켜보았다. 딘 토머스는 국가를 부르며 팔짝팔짝 뛰면서 교실을 세 바퀴 돌았다. 라벤더 브라운은 다람쥐 흉내를 냈다. 네빌은 멀쩡한 상태였다면 결코 하지 못했을 놀라운 곡예를 연속으로 보여 주었다. 그들 중 누구도 저주를 떨쳐내지 못하는 것처럼 보였고, 모두 무디가 저주를 해제한 다음에야 원래 상태로 되돌아갔다.

"포터." 무디가 걸걸한 목소리로 해리를 불렀다. "다음은 너다."

해리는 교실 한가운데 무디가 책상을 치워 만든 공간으로 향했다. 무디가 마법 지팡이를 들어 올리고 해리를 겨누며 말했다. "임페리오."

끝내주는 기분이었다. 해리는 머릿속에서 온갖 생각과 걱정이 차츰 사라지고 모호하고 영문을 알 수 없는 행복감만 남은 채 둥실둥실 떠다니는 듯한 기분을 느꼈다. 그는 아주 느긋한 기분으로 그 자리에 서 있었다. 모두가 그를 지켜보고 있다는 사실만 어렴풋이 느껴질 뿐이었다.

그때 그의 텅 빈 머릿속 깊은 곳에서 매드아이 무디의 목소리가 울렸다. 책상 위로 뛰어올라라……. 책상 위로 뛰어올라…….

해리는 책상 위로 뛰어오를 준비를 하면서 고분고분 무릎을 구부렸다.

책상 위로 뛰어올라…….

근데, 왜?

그의 머릿속에서 또 다른 목소리가 깨어났다. 무슨 멍청한 짓이야? 그 목소리는 그렇게 말했다.

책상 위로 뛰어올라…….

아니, 그러지 않는 게 좋겠어. 사양할게. 다른 목소리가 좀 더 단호하게 말했다. 아니, 정말로 그러고 싶지 않은걸…….

뛰어! 당장!

다음 순간 상당한 고통이 느껴졌다. 그는 책상 위로 뛰어오른 동시에, 뛰어오르는 자신을 막으려 했다. 그 결과 곤두박질치며 책상을 넘어뜨리고 말았다. 다리의 느낌으로 보아 양 무릎이 깨진 것 같았다.

"자, 바로 이거다!" 무디의 걸걸한 목소리가 들리자, 해리는 머릿속을 공허하게 울리던 느낌이 갑자기 사라지는 것을 느꼈다. 정확히 무슨 일이 벌어졌는지가 떠올랐다. 그러자 무릎의 통증이 두 배로 커졌다.

"잘 봐라, 얘들아……. 포터는 싸웠다! 맞서 싸웠고, 거의 이길 뻔했다! 다시 해 보자, 포터. 나머지는 주목하도록. 포터의 눈을 봐라. 너희가 알아야 할 것이 거기 있다. 아주 잘했다, 포터. 아주 잘했어! 놈들이 너를 조종하려면 꽤 애를 먹겠구나!"

"무디가 말하는 걸 들으면…….." 한 시간 뒤 다리를 절뚝거리며 어둠의 마법 방어법 교실을 나서던 해리가 중얼거렸다(무디는 해리가 저주를 완전히 떨쳐 낼 수 있을 때까지 연달아 네 번이나 그의 기량을 시험해 보겠다고 우겼다). "우리 모두 지금 당장에라도 공격당할 것 같아."

"그래, 맞아." 론이 말했다. 임페리우스 저주 때문에 해리보다 훨씬 어려움을 겪었던 그는 발걸음을 한 번 떼어 놓을 때마다 깡충거렸지만, 무디는 점심시간 즈음이면 저주의 효과가 사라질 거라고 장담했다. "편집증 얘기가 나올 만하지……." 론은 초조하게 어깨 너머를 힐끔 돌아보고 무디가 들을 수 없는 곳에 있는 것을 확인하더니 말을 이었다. "무디가 은퇴하자 정부가 기뻐한 것도 놀랄 일은 아니야. 무디가 셰이머스한테 하는 얘기 들었어? 만우절에 등 뒤에서 '까꿍' 하면서 놀래킨 마법사한테 무슨 짓을 했는지 말이야. 게다가 안 그래도 할 게 많은데 임페리우스 저주에 맞서는 방법은 대체 언제 조사하라는 거야?"

4학년 학생들은 모두 이번 학기에 해야 할 공부가 늘어났다는 사실을 확실히 깨달았다. 맥고나걸 교수가 내준 변환 마법 숙제에 학생들이 유난히 시끄럽게 투덜거리자 그녀가 그 이유를 설명했다.

"여러분은 지금 마법 교육의 가장 중요한 단계에 들어서고 있는 겁니다!" 그녀가 사각 안경 너머로 눈을 위협적으로 번뜩이며 말했다. "보통 마법사 등급 시험이 다가오고 있……."

"O.W.L. 시험은 5학년 때부터 보잖아요!" 딘 토머스가 화가 나서 반박했다.

"그렇겠지, 토머스. 하지만 내 말을 믿어라. 준비는 진작부터 많이 할수록 좋아! 여기서 만족스러울 만큼 고슴도치를 바늘꽂이로 변신시킬 수 있는 사람은 여전히 그레인저 양뿐이다. 토머스, 네 바늘꽂이는 누가 바늘을 들고 다가오기만 하면 아직도 무서워서 몸을 움츠린다는 사실을 일깨워 줘야겠구나!"

다시 얼굴이 발그레해진 헤르미온느는 너무 자부심 깃든 표정을 짓지 않으려고 애쓰는 듯했다.

다음 수업인 점술 시간에 트릴로니 교수가 그들이 해 온 숙제에 최고점을 주자 해리와 론은 기분이 매우 좋아졌다. 그녀는 그들이 예측한 것 가운데 상당 부분을 읽어 주면서, 그들이 앞으로 다가올 끔찍한 일들을 꿋꿋이 받아들이고 있다고 칭찬했다. 하지만 그녀가 다다음 달에 대해서도 똑같은 숙제를 내줬을 때는 별로 기쁘지 않았다. 둘 다 대재앙과 관련된 아이디어가 떨어져 가고 있었기 때문이었다.

한편 마법의 역사를 가르치는 유령, 빈스 교수는 18세기 고블린 반란에 관한 작문 숙제를 매주 내주었다. 스네이프 교수는 해독제 연구를 강요했다. 그가 크리스마스 전에 학생 하나를 중독시킨 뒤 각자의 해독제가 잘 듣는지 확인해 볼 수도 있다고 암시했기에 학생들은 그 말을 꽤 심각하게 받아들였다. 플리트윅 교수는 소환 마법 수업에 대비해 책을 세 권이나 더 읽으라고 말했다.

해그리드마저 공부할 거리를 더해 주고 있었다. 폭발 꼬리 스크루트가 뭘 먹는지 알아낸 사람이 아무도 없었음에도 그것들은 놀라운 속도로 자라고 있었다. 해그리드는 무척 기뻐하면서, '연구'의 일환으로 이틀에 한 번씩 저녁마다 오두막에 와서 스크루트를 관찰하고 특이한 행동을 기록하라고 했다.

"싫은데요." 해그리드가 자루에서 특별히 큰 장난감을 꺼내는 산타클로스 같은 태도로 그런 제안을 내놓자 드레이코 말포이가 딱 잘라 말했다. "이 더러운 것들은 수업 시간에 보는 것만으로도 충분해서요. 사양합니다."

해그리드의 얼굴에서 미소가 사라졌다.

"시키는 대로 해라." 그가 으르렁거리듯 말했다. "아니면 무디 교수님처럼 할 거니까……. 족제비가 되면 착해진다면서, 말포이."

그리핀도르 학생들이 웃음을 터뜨렸다. 말포이는 화가 나서 얼굴을 붉혔지만 무디에게 받았던 처벌의 기억이 아직도 고통스러운지 말대꾸를 하지 못했다. 수업이 끝나자 해리, 론, 헤르미온느는 기분이 좋아져서 성으로 돌아왔다. 해그리드가 말포이를 잠잠하게 만드는 광경을 본 일이 무엇보다 만족스러웠다. 작년에 말포이가 해그리드를 해고시키려고 기를 썼던 일을 떠올리면 특히 그랬다.

현관홀에 도착한 그들은 잔뜩 몰려 있는 학생들 때문에 더 이상 나아갈 수가 없었다. 학생들은 하나같이 대리석 계단 아래 세워진 커다란 안내판 주위에 모여 있었다. 셋 중 가장 키가 큰 론이 까치발을 들고 눈앞에 있는 학생들의 머리 너머로 안내판 내용을 보고 두 사람에게 큰 소리로 읽어 주었다.

트라이위저드 대회

보바통과 덤스트랭 대표단이 10월 30일 금요일 오후 6시에 도착합니다. 수업은 30분 일찍 끝날 예정입니다.

"잘됐네!" 해리가 말했다. "금요일 마지막 수업은 마법약이야! 스네이프가 우리 모두에게 독을 먹일 시간이 없을 거야!"

학생들은 각자의 기숙사에 가방과 책을 갖다 놓고 성 앞에 모여 환영 연회 전에 손님들을 맞이할 것입니다.

"겨우 1주일 남았어!" 후플푸프의 어니 맥밀런이 사람들 무리에서 나오며 말했다. 그의 눈이 반짝반짝 빛나고 있었다. "세드릭도 알려나? 가서 말해 줘야겠다……."

"세드릭?" 어니가 다급히 자리를 뜨자 론이 멍하니 입을 열었다.

"디고리 말이야." 해리가 말했다. "트라이위저드 대회에 참가하려나 봐."

"그 멍청이가 호그와트 대표 선수가 된다고?" 론이

보바통과 덤스트랭

왁자지껄 떠드는 사람들을 헤치고 계단으로 향했다.

"세드릭은 멍청이가 아냐. 넌 그냥 퀴디치 시합에서 그리핀도르를 이겼다는 이유로 세드릭을 싫어하는 거잖아." 헤르미온느가 말했다. "난 세드릭이 정말 훌륭한 학생이라고 들었어. 게다가 반장이잖아."

그녀는 그것으로 모든 문제가 해결된다는 듯 말했다.

"넌 그냥 세드릭이 잘생겨서 좋아하는 거잖아." 론이 가차 없이 말했다.

"미안한데, 나는 잘생겼다는 이유만으로 사람을 좋아하진 않거든!" 헤르미온느가 화를 내며 말했다.

론이 큰 소리로 헛기침을 했는데, 그 기침 소리가 이상하게도 "록하트!"라고 하는 것처럼 들렸다.

현관홀에 내걸린 안내판은 성에 있는 모든 사람에게 눈에 띄는 영향을 미쳤다. 다음 한 주 동안에는 어디를 가든 트라이위저드 대회 이야기만 들렸다. 누가 호그와트 대표 선수에 도전할 것인지, 어떤 시합을 하게 될지,

보바통과 덤스트랭 학생들은 호그와트 학생들과 어떻게 다른지에 관한 소문들이 이 학생에서 저 학생에게로 전염성 높은 병균처럼 빠르게 퍼져 나갔다.

한편, 해리는 성에서 평소보다 더 철저한 청소가 이루어지는 것 같은 낌새를 챘다. 때 묻은 초상화 몇 점이 박박 닦였는데, 초상화 속 주인공들에게는 굉장히 불쾌한 일이었다. 그들은 액자 속에 웅크리고 앉아 험악하게 중얼거리면서, 벌겋게 드러난 자기 얼굴을 만지작거릴 때마다 움찔거렸다. 갑옷들은 갑자기 광이 나면서 움직일 때 삐걱거리는 소리를 내지 않게 되었다. 건물 관리인인 아거스 필치는 깜빡하고 신발을 털지 않고 들어오는 학생을 보면 사납게 화를 냈다. 그 바람에 1학년 여학생 두 명이 겁을 먹고 신경증에 걸릴 지경이 되었다.

다른 교직원들도 이상하게 긴장한 것처럼 보였다.

"롱보텀, 부디 덤스트랭 학생들 앞에서는 네가 간단한 바꾸기 마법도 할 줄 모른다는 사실을 드러내지 말거라!" 유난히 어려웠던 수업을 마치면서 맥고나걸 교수가 호통을 쳤다. 네빌이 실수로 선인장에 자신의 귀를 이식해 버린 것이다.

10월 30일 아침에 식사를 하려고 내려가 보니 대연회장은 밤사이 멋지게 장식되어 있었다. 벽에는 제각기 호그와트 기숙사를 상징하는 거대한 비단 현수막들이 걸려 있었다. 빨간색 바탕에 황금 사자는 그리핀도르, 파란색 바탕에 청동 독수리는 래번클로, 노란 바탕에 검

은 오소리는 후플푸프, 초록색 바탕에 은색 뱀은 슬리데린이었다. 교직원 식탁 뒤에 걸린 가장 큰 현수막에는 사자, 독수리, 오소리, 뱀이 커다란 H를 둘러싸고 있는 호그와트 문장이 그려져 있었다.

해리, 론, 헤르미온느는 그리핀도르 식탁에 앉아 있는 프레드와 조지를 바라보았다. 이번에도 그들은 평소와 무척 다르게 다른 사람들과 떨어져 앉아 나직한 목소리로 이야기를 나누고 있었다. 론이 앞장서서 그들에게 다가갔다.

"정말 실망스럽네." 조지가 우울한 목소리로 프레드에게 말했다. "하지만 우리와 직접 이야기하지 않으려 한다면 결국 편지를 보낼 수밖에 없어. 편지도 안 받겠다면 손에 쑤셔 넣기라도 해야지. 우릴 영원히 피할 수는 없을걸."

"누가 형들을 피하는데?" 론이 그들 옆에 앉으며 물었다.

"너였으면 좋겠다." 프레드가 방해를 받아 짜증이 난 얼굴로 말했다.

"뭐가 실망스럽다는 거야?" 론이 조지에게 물었다.

"너처럼 오지랖 넓은 멍청이를 동생으로 둔 거." 조지가 말했다.

"트라이위저드 대회와 관련된 아이디어는 아직 없어?" 해리가 물었다. "참가할 방법은 더 찾아본 거야?"

"맥고나걸한테 대표 선수를 어떻게 선발하는지 물어봤는데 말 안 해 주더라." 조지가 씁쓸하게 말했다. "그냥 닥치고 너구리를 변신시키는 일에나 집중하라던데."

"어떤 과제가 나올지 궁금한데?" 론이 생각 끝에 입을 열었다. "있잖아, 우리는 분명 해낼 수 있을 거야, 해리. 전에도 위험한 일들을······."

"심사위원단 앞에서 해 본 건 아니잖아." 프레드가 말했다. "맥고나걸은 대표 선수들이 과제를 얼마나 잘 해결했느냐에 따라 점수를 받게 될 거라고 했어."

"심사위원들은 누구야?" 해리가 물었다.

"뭐, 참가하는 학교의 교장들은 언제나 심사위원단에 들어가 있어." 헤르미온느가 말하자 모두 조금 놀란 눈으로 그녀를 돌아보았다. "1792년에 열린 대회에서 세 사람 모두 부상을 당했다고 나오거든. 대표 선수들이 잡기로 돼 있던 코카트리스(머리, 다리, 날개는 닭이고 몸과 꼬리는 뱀의 모습을 한 괴물—옮긴이)가 미쳐 날뛰는 바람에."

그녀는 다들 자기를 바라보고 있다는 것을 깨닫고, 본인이 읽은 책을 다 읽은 사람이 한 명도 없다는 사실에 언제나처럼 못 참겠다는 투로 말했다. "《호그와트의 역사》에 다 나오는 얘기야. 하긴, 물론 그 책이 완전히 믿을 만한 건 아니지만. '수정된 호그와트의 역사'가 더 정확한 제목일걸. 아니면 '학교의 추잡한 면은 얼버무리고 넘어가는 굉장히 편향되고 *선별된* 호그와트의 역사'라거나."

"뭔 소리야?" 론이 물었지만 해리는 그녀의 입에서 무슨 말이 나올지 알 것 같았다.

"집요정 말이야!" 헤르미온느가 큰 소리로 말하며 해리의 짐작이 들어맞았음을 증명했다. "1,000페이지가 넘는《호그와트의 역사》어디에서도 우리 모두가 백 명의 노예를 억압하는 일에 공모하고 있다는 사실은 한 번도 언급되지 않았어!"

해리는 고개를 설레설레 젓고 스크램블드에그에 집중했다. 그와 론이 아무런 열의를 보이지 않아도 집요정들을 위한 정의를 추구하겠다는 헤르미온느의 결심은 조금도 꺾이지 않았다. 사실 둘 다 S.P.E.W. 배지 값으로 2시클을 내긴 했지만 그건 단지 헤르미온느를 조용하게 만들기 위해서였다. 헤르미온느의 목소리를 더 키우는 것을 제외하고는 아무런 효과도 발휘하지 못했으니 결국 2시클만 낭비한 셈이었지만. 그녀는 그 이후로 해리와 론을 괴롭히고 있었다. 처음에는 배지를 달고 다니라고 하더니 그다음에는 다른 학생들이 배지를 사도록 설득하라고 했다. 게다가 매일 저녁 그리핀도르 휴게실을 열심히 돌아다니면서 사람들을 구석으로 몰아넣고 코앞에다 모금통을 흔들어 댔다.

"돈도 못 받고 노예노동을 하는 마법 생명체들이 너희의 이불 시트를 갈고 불을 피우고 교실을 청소하고 음식을 만든다는 사실을 알고 있니?" 그녀는 사납게 몰아쳤다.

네빌 같은 아이들은 그저 헤르미온느의 쏘아보는 눈길을 피하려고 돈을 냈다. 몇몇 아이들은 그녀가 하는 말에 약간 흥미를 보이는 듯했으나, 캠페인에서 더 적극적인 역할을 맡는 건 꺼렸다. 사람들 대부분은 이 모든 일을 장난으로 받아들였다.

론은 이제 가을 햇살이 넘쳐 들어오는 천장 쪽으로 눈알을 굴리고 있었고, 프레드는 베이컨에 엄청난 관심을 보였다(쌍둥이들은 모두 S.P.E.W. 배지를 사지 않겠다고 했다). 하지만 조지는 헤르미온느 쪽으로 몸을 기울이며 물었다.

"저기 말이야, 너 주방에 내려가 본 적은 있냐, 헤르미온느?"

"아니, 당연히 안 가 봤지." 헤르미온느가 딱 잘라 말했다. "학생들은 주방에 가선……."

"그게, 우리는 가 봤거든." 조지가 프레드를 가리키며 말했다. "엄청 여러 번, 음식을 훔치려고 말이야. 그리고 우리는 집요정들을 만나 봤어. 걔들은 아주 행복해. 세상에서 가장 좋은 일자리를 얻었다고 생각하지."

"그건 교육을 못 받고 세뇌됐기 때문이야!" 헤르미온느가 열을 내며 입을 열었지만 그다음 말은 머리 위에서 갑작스럽게 들려온, 우편 부엉이들이 획획 날아들어 오는 소리에 묻히고 말았다. 해리는 곧바로 고개를 들었다. 헤드위그가 날아오고 있었다. 헤르미온느는 문득 말을 멈췄다. 그녀와 론이 걱정스럽게 지켜보는 사이 헤드위그는 푸드덕거리며 해리의 어깨에 내려앉아 날개를 접고 지친 듯 다리를 내밀었다.

해리가 시리우스의 답장을 떼어 내고 베이컨 껍질을 주자 헤드위그는 맛있게 냠 받아먹었다. 해리는 프레드와 조지가 트라이위저드 대회 얘기에 몰두해 있는 것을 확인하고 작은 소리로 론과 헤르미온느에게 시리우스의 편지를 읽어 주었다.

제법인데, 해리.
나는 이 나라로 돌아와서 잘 숨어 있단다. 호그와트에서 벌어지는 모든 일을 계속 알려 줬으면 좋겠구나. 헤드위그는 보내지 말고 계속 부엉이를 바꾸거라. 그리고 내 걱정은 하지 말고 너만 몸조심하면 된다. 내가 네 흉터에 대해 했던 말을 잊지 말거라.
시리우스

"왜 계속 부엉이를 바꿔야 하는데?" 론이 나직한 목소리로 물었다.

"헤드위그는 너무 시선을 끌 거야." 헤르미온느가 바로 말했다. "너무 눈에 띄잖아. 어딘지는 모르겠지만 시리우스가 숨어 있는 곳에 계속 흰올빼미가 들락거리면…… 그러니까 내 말은, 흰올빼미는 이 나라에 서식하지 않으니까. 안 그래?"

해리는 편지를 말아서 로브 안에 슬쩍 집어넣었다. 전보다 걱정이 더 깊어졌는지 아닌지 알 수가 없었다. 그는 시리우스가 붙잡히지 않고 돌아온 것만으로도 대단하다고 생각했다. 시리우스가 훨씬 가까운 곳에 있다는 사실에 마음이 놓인다는 것도 부정할 수 없었다. 적어도 편지를 쓸 적마다 오랜 시간 마음 졸이면서 답장을 기다릴 필요는 없었다.

"고마워, 헤드위그." 그가 헤드위그를 쓰다듬으며 말했다. 헤드위그는 졸린 듯 부엉부엉 울더니 해리의 오렌지 주스 잔에 부리를 살짝 담갔다가 다시 날아갔다. 부엉이장에서 한잠 늘어지게 자고 싶은 마음이 굴뚝같은 듯했다.

그날 성안 분위기에는 유쾌한 기대감이 감돌았다. 수업에 집중하는 사람은 아무도 없었다. 저녁에 도착할 예정인 보바통과 덤스트랭 손님들에게 더 관심이 쏠려 있었던 것이다. 심지어 마법약 수업조차 평소보다 30분 짧아져서 견딜 만했다. 일찍 종이 울리자 해리, 론, 헤르미온느는 허겁지겁 그리핀도르 탑으로 올라가 지시받은 대로 가방과 책을 놓고 망토를 걸친 다음 다시 현관 홀로 달려 내려갔다.

기숙사 담임 교수들이 각자 맡은 학생들을 줄 세우고 있었다.

"위즐리, 모자 똑바로 써라." 맥고나걸 교수가 론에게 쏘아붙였다. "파틸 양, 그 우스꽝스러운 물건은 머리에서 빼거라."

파르바티가 눈을 흘기며 땋은 머리카락 끝에서 커다란 나비 모양 장식을 뺐다.

"따라오도록." 맥고나걸 교수가 말했다. "1학년이 앞에 섭니다…… 밀지 말고……"

그들은 줄지어 정문 계단을 내려가 성 앞에 늘어섰다. 조금 쌀쌀하긴 했지만 맑은 저녁이었다. 황혼이 드리워졌고, 금지된 숲 위로 창백하면서도 투명한 달이 떠올라 밝게 빛났다. 앞에서 네 번째 줄, 론과 헤르미온느 사이에 서 있던 해리는 데니스 크리비가 1학년들 사이에 서서 기대감에 부르르 떠는 모습을 보았다.

"6시 다 됐네." 론이 손목시계를 확인한 다음 성 입구로 이어지는 진입로를 내려다보며 물었다. "어떤 방법으로 올까? 기차?"

"아닐걸." 헤르미온느가 말했다.

"그럼 어떻게? 빗자루 타고?" 해리가 별이 총총한 하늘을 올려다보면서 말했다.

"아닐 거야…… 그렇게 멀리서 오는데……"

"포트키로 올까?" 론이 의견을 냈다. "아니면 순간이동을 할지도 몰라. 개네 나라에서는 열일곱 살 미만도 순간이동을 할 수 있을지 모르잖아?"

"호그와트 교내에서는 순간이동을 할 수 없다니까. 대체 몇 번이나 말해 줘야 하니?" 헤르미온느가 못 참겠다는 듯 말했다.

그들은 흥분한 채 점점 어두워지는 교정을 훑어봤지만 움직이는 건 아무것도 없었다. 모든 것이 여느 때처럼 고요하고 조용했다. 해리는 슬슬 추위를 느끼기 시작했다. 빨리 왔으면 좋겠는데……. 외국 학생들은 어쩌면 극적인 등장을 준비하고 있는지도 몰랐……. 그는 퀴디치 월드컵이 시작하기 전에 위즐리 씨가 야영장에서 했던 말을 떠올렸다. '늘 이렇다니까. 한데 모이면 자랑하고 싶은 마음을 이기질 못하지…….'

그때 다른 교수들과 함께 뒷줄에 서 있던 덤블도어가 외쳤다. "아하! 내가 단단히 오해한 게 아니라면 보바통 대표단이 오고 있군요!"

"어디요?" 수많은 학생이 제각기 다른 방향을 쳐다보며 기대에 차서 물었다.

"저깄다!" 6학년 학생 한 명이 금지된 숲 위쪽을 가리키며 소리쳤다.

빗자루보다 훨씬 큰, 또는 빗자루 100개를 합친 것보다 더 커다란 뭔가가 군청색 하늘을 가로질러 왔다. 그것은 성을 향해 돌진하면서 계속 커지고 있었다.

"용이다!" 1학년 한 명이 완전히 이성을 잃고 날카롭게 소리 질렀다.

"멍청한 소리 하지 마. ……저건 날아다니는 집이야!" 데니스 크리비가 말했다.

크리비의 추측이 더 사실에 가까웠다……. 거대한 검은색 형체가 금지된 숲의 우듬지 위를 훑을 때쯤 호그와트 성 창문에서 나오는 불빛이 그 형체를 비췄다. 엄청난 크기의 집채만 한 담청색 마차가 그들을 향해 날아오는 모습이 보였다. 코끼리만큼 큰 날개 달린 말 열두 마리가 공중에서 그 마차를 끌고 있었다.

점점 고도를 낮추며 돌진하던 마차가 엄청난 속도로 착륙하자 앞쪽 세 줄의 학생들이 뒤로 얼른 물러났다. 이윽고 만찬용 접시보다도 큰 말발굽들이 땅을 디디면서 엄청난 충돌을 일으키자 네빌은 뒤로 펄쩍 물러서다가 한 슬리데린 5학년생의 발을 밟고 말았다. 잠시 뒤 거대한 바퀴가 지면에서 튀어 오르면서 마차가 내려섰다. 황금빛 말들이 거대한 머리를 흔들며 불타오르듯 빨갛고 큼직한 눈을 뒤룩뒤룩 굴려 댔다.

해리는 마차 문이 열리기 전 가까스로 문에 붙어 있

는 문장을 보았다. 서로 엇갈린 두 개의 황금빛 마법 지팡이에서 각각 별 세 개가 튀어나오는 모양이었다.

엷은 파란색 로브를 입은 소년이 마차에서 뛰어내리더니 앞으로 몸을 구부려 잠시 마차 바닥을 더듬자 곧 황금색 계단이 펼쳐졌다. 그는 정중한 태도로 성큼 물러섰다. 잠시 후 해리는 마차 안에서 반짝거리는 검은색 하이힐이 나오는 것을 보았다. 어린아이 썰매만큼 큰 신발이었다. 그와 동시에 마차에서 해리가 여태껏 본 누구보다도 키가 큰 여자가 나왔다. 마차와 말이 왜 그렇게 큰지 단번에 이해되었다. 몇몇 사람이 크게 숨을 들이켰다.

해리는 살면서 이 여자만큼 큰 사람은 딱 한 명밖에 보지 못했다. 바로 해그리드였다. 둘은 키가 거의 비슷할 것 같았다. 하지만 해그리드에게는 이미 익숙해진 반면, 이제는 계단을 내려와 눈이 휘둥그레진 채 서 있는 사람들을 둘러보는 저 여자는 부자연스러울 만큼 더 커 보였다. 그녀가 현관홀에서 흘러나오는 빛 속으로 들어서자 잘생긴 올리브빛 얼굴과 크고 까맣고 촉촉해 보이는 눈, 새 부리처럼 살짝 구부러진 코가 드러났다. 머리카락은 뒤로 당겨서 목 아랫부분에 닿도록 매끄럽게 말아 올린 상태였다. 그녀는 머리부터 발끝까지 검은색 새틴 천을 걸치고 있었고, 목과 두꺼운 손가락에는 멋들어진 오팔 여러 개가 끼워져 빛나고 있었다.

덤블도어가 손뼉을 치기 시작했다. 학생들도 그를 따라 환영의 박수를 보냈다. 수많은 학생이 그 여자를 더 잘 보기 위해 까치발로 서 있었다.

그녀는 굳은 얼굴을 풀고 우아한 미소를 지어 보였다. 그녀가 덤블도어를 향해 걸어와 보석들로 반짝이는 손을 내밀었다. 덤블도어도 키가 컸지만 거의 허리를 구부리지 않고 그 손에 입을 맞출 수 있었다.

"친애하는 막심 교장 선생님." 그가 말했다. "호그와트에 오신 것을 환영합니다."

"덤블리도르." 막심 교장이 굵직하고 낮은 목소리로 말했다. "잘 지내셨나요?"

"저야 굉장히 잘 지냈습니다. 고맙습니다." 덤블도어가 대답했다.

"우리 악교 악생들입니다." 막심 교장이 커다란 한 손으로 무심히 뒤를 휙 가리키며 말했다.

막심 교장만 쳐다보고 있던 해리는 그제야 열두 명의 소년 소녀가 마차에서 내려 막심 교장 뒤에 서 있는 것을 보았다(외모로 보아 모두 10대 후반인 것 같았다). 그들은 부들부들 떨고 있었는데, 얇은 비단으로 만든 듯한 로브만 입었을 뿐 망토를 걸친 사람이 아무도 없는 것을 보면 그다지 놀라운 일도 아니었다. 그중 몇 명은 머리에 스카프와 숄을 두르고 있었다. 막심 교장의 거대한 그림자 속에서 살짝 드러난 얼굴들이 불안한 표정으로 호그와트를 올려다보고 있었다.

"카르카로프능 아직 도착하지 아난나요?" 막심 교장이 물었다.

"곧 도착할 겁니다." 덤블도어가 말했다. "여기서 기다리다가 인사를 하시겠어요, 아니면 안에 들어가서 몸을 좀 녹이시겠어요?"

"몸을 녹이능 게 좋겠어요." 막심 교장이 말했다. "그렁데 말들은……"

"우리의 마법 생명체 돌보기 교수님이 기꺼이 돌봐줄 겁니다." 덤블도어가 말했다. "그분의, 음…… 다른 일거리에서 발생한 사소한 문제만 해결하고 돌아오면 말이죠."

"스크루트구나." 론이 씩 웃으며 해리에게 중얼거렸다.

"내 말들을 다루려명, 어…… 강한 힘이 필요애요." 그렇게 말하는 막심 교장은 호그와트의 마법 생명체 돌보기 교수가 그 일을 할 수 있을지 의심스럽다는 표정이었다. "힘이 굉쟝히 세서……"

"해그리드라면 해낼 수 있을 겁니다. 제가 보장하지요." 덤블도어가 미소 지으며 말했다.

"조아요." 막심 교장이 살짝 고개를 숙이며 말했다. "그 애그리드라는 분께 이 말들은 싱글몰트 위스키만 마신다고 전애 주실 수 있을까요?"

"그렇게 하겠습니다." 덤블도어가 마주 고개를 숙이며 말했다.

"가자." 막심 교장이 거만한 태도로 자신의 학생들에게 말했다. 호그와트 학생들은 그녀와 학생들이 돌계단을 올라갈 수 있도록 길을 벌려 주었다.

"대체 덤스트랭 말들은 얼마나 클까?" 셰이머스 피니건이 해리와 론에게 말을 걸려고 라벤더와 파르바티 너머로 몸을 기울였다.

"글쎄, 저 말들보다 크면 아무리 해그리드라도 다루기 힘들겠는걸." 해리가 말했다. "물론 그것도 해그리드가 스크루트들한테 공격당하지 않았을 때의 얘기지만. 스크루트들은 또 어떻게 된 거야?"

"탈출했을지도 모르지." 론이 기대하듯 말했다.

"아, 그런 소리 하지 마." 헤르미온느가 진저리를 치면서 말했다. "그것들이 교정을 제멋대로 돌아다닌다고 생각만 해도……."

그들은 이제 조금씩 떨면서 덤스트랭 사람들이 도착하기를 기다렸다. 대부분의 학생들이 기대 가득한 얼굴로 하늘을 올려다보고 있었다. 한동안 막심 교장의 말들이 힝힝거리며 발을 굴러 대는 소리만 정적을 깨뜨릴 뿐이었다. 그런데 그때……

"무슨 소리 안 들려?" 론이 불쑥 말했다.

해리는 귀를 기울였다. 어둠 저편에서 요란하고 괴상망측한 소리가 들려왔다. 마치 거대한 진공청소기가 강바닥을 따라 움직이는 것처럼 우르릉거리고 뭔가를 빨아들이는 듯한 소리가 먹먹하게 울렸…….

"호수다!" 리 조던이 호수를 가리키며 소리쳤다. "호수를 봐!"

그들이 지금 서 있는 곳, 교정이 내려다보이는 잔디밭 가장 높은 지점에서는 매끄러운 검은색 호수 표면이 한눈에 들어왔다. 그러나 호수 표면은 별안간 더 이상 매끄러워 보이지 않았다. 호수 한가운데, 아주 깊은 곳에서 생겨난 듯한 물결이 일고 있었다. 호수 표면에 거대한 거품들이 생기고 출렁이는 물결이 진흙투성이 호숫가를 씻어 내렸다. 그러더니 마치 바닥에서 거대한 마개가 뽑힌 듯 호수 한가운데서 소용돌이가 일었…….

소용돌이 한복판에서 검은색을 띤 긴 막대 같은 것이 천천히 떠오르기 시작했……. 곧 거기에 묶인 밧줄 같은 것이 보이고……

"돛대야!" 해리가 론과 헤르미온느에게 말했다.

배가 달빛 속에서 환하게 빛나며 물 밖으로 천천히 위용을 드러냈다. 배는 물에서 건져 올린 난파선처럼 묘하게 뼈대만 남은 듯한 모습이었다. 어슴푸레하고 부연 빛이 어른거리는 유리창은 마치 유령의 눈 같았다. 마침내 크게 철썩하는 소리를 내면서 완전히 모습을 드러낸 그 배는 요동치는 수면에서 출렁거리며 슬슬 호숫가로 미끄러져 오기 시작했다. 잠시 뒤 물이 얕은 곳에 닻이 철퍽 떨어지는 소리와 호숫가에 널빤지를 내리는 소리가 들렸다.

사람들이 배에서 내렸다. 배의 유리창에서 나오는 불빛을 가리고 지나가는 그들의 검은 형체가 보였다. 다들 크래브와 고일처럼 덩치가 커 보였지만…… 막상 그들이 비탈진 잔디밭을 올라와 현관홀에서 흘러나오는 빛 속으로 가까이 다가오니, 덩치가 그렇게 커 보인 건 그들이 입고 있는 복슬복슬한 털 달린 망토 때문이었음을 알 수 있었다. 다만 학생들을 성으로 이끌고 온 사람은 그의 머리카락과 같은 은색을 띤 매끄러운 털옷을 입고 있었다.

"덤블도어!" 그가 비탈길을 올라오며 힘차게 외쳤다. "안녕하십니까, 친애하는 친구여. 어떻게 지내셨습니까?"

"아주 잘 지냈습니다. 고맙군요, 카르카로프 교장." 덤블도어가 대답했다.

카르카로프의 목소리는 낭랑하고 번지르르했다. 성 정문에서 흘러나오는 빛 속으로 들어온 그는 덤블도어처럼 키가 크고 호리호리했지만 하얗게 센 머리카락은 짧게 잘랐으며, 끄트머리가 살짝 말려 올라간 염소수염은 다소 빈약한 턱을 완전히 가려 주지 못했다. 그가 덤블도어에게 다가가더니 두 손으로 덤블도어의 손을 잡고 흔들었다.

"그리운 호그와트." 그가 성을 올려다보고 씩 미소 지으며 말했다. 치아는 조금 누랬으며, 입은 웃고 있지만 눈은 빈틈없이 차갑게 빛나는 모습이 해리의 눈에 띄었다. "여기에 오니 얼마나 기쁜지 모르겠군요. 얼마나 좋은지……. 빅토르, 이리 와라. 따뜻한 곳으로 가자……. 그래도 괜찮겠습니까, 덤블도어? 빅토르가 감기 때문에 머리가 아파서……."

카르카로프가 학생 한 명을 손짓해 불렀다. 그 소년이 옆을 지나갈 때 해리는 그 유난히 구부러진 코와 짙은 검은색 눈썹을 언뜻 보았다. 론이 해리의 팔을 툭 치며 귀에 대고 속삭였지만 그게 아니더라도 그 옆모습을 알아보는 데는 아무런 문제가 없었다.

"해리, 크룸이야!"

CHAPTER 16

불의 잔

"믿을 수가 없어!" 론이 충격을 받은 목소리로 말했다. 호그와트 학생들은 덤스트랭 일행을 뒤따라 줄지어 계단을 오르고 있었다. "크룸이라니까, 해리! 빅토르 크룸!"

"나 참, 론. 그냥 퀴디치 선수일 뿐이잖아." 헤르미온느가 말했다.

"그냥 퀴디치 선수일 뿐이라고?" 론이 자신의 귀를 믿을 수 없다는 듯 그녀를 보며 말했다. "헤르미온느, 크룸은 세계에서 가장 뛰어난 수색꾼 중 한 명이야! 아직 학생일 줄은 전혀 몰랐어!"

그들은 다른 호그와트 학생들과 함께 다시 현관홀을 지나 대연회장으로 향했다. 리 조던이 크룸의 뒤통수를 더 잘 보려고 발꿈치를 들었다 내렸다 하며 폴짝폴짝 뛰는 모습이 보였다. 6학년 여학생 몇 명은 걸어가면서 미친 듯이 주머니를 뒤지고 있었다("아, 이럴 수가. 깃펜 하나 없다니." "립스틱으로 모자에 사인해 달라고 하면 해 줄까?").

"참 나." 헤르미온느가 립스틱을 놓고 티격태격하는 여학생들을 지나치며 도도하게 말했다.

"나도 할 수만 있다면 사인 받을 거야." 론이 말했다. "깃펜 있어, 해리?"

"아니, 위층 가방에 있는데." 해리가 말했다.

그들은 그리핀도르 식탁으로 걸어가 자리에 앉았다. 론은 일부러 출입문을 마주 보고 앉았다. 크룸을 비롯한 덤스트랭 학생들이 어디에 앉아야 할지 모르겠다는 듯 여전히 그쪽에 모여 있었기 때문이다. 보바통 학생들은 래번클로 식탁을 골라 앉아 뚱한 표정으로 대연회장을 둘러보고 있었다. 그중 셋은 아직도 머리에 두른 스카프와 숄을 가슴 앞에서 꽉 쥐고 있었다.

"그렇게 춥지도 않은데." 그들을 지켜보던 헤르미온느가 짜증 난다는 듯 말했다. "망토는 왜 안 가지고 온 거야?"

"이쪽! 이쪽에 와서 앉아!" 론이 소리 죽여 외쳤다. "이쪽에! 헤르미온느, 비켜. 자리를 만들어야……."

"뭐?"

"늦었네." 론이 씁쓸하게 중얼거렸다.

빅토르 크룸을 비롯한 덤스트랭 학생들이 슬리데린 식탁에 자리를 잡은 것이다. 말포이, 크래브, 고일이 한껏 우쭐거리는 모양이 보였다. 해리가 지켜보고 있으려니 말포이가 허리를 구부려 크룸에게 말을 걸었다.

"그래, 그러시겠지. 아첨이나 해라, 말포이." 론이 매몰차게 말했다. "하지만 장담하는데 크룸은 저 녀석을 꿰뚫어 볼 거야……. 주위에 알랑거리는 사람들이 수두룩할 테니까……. 근데 재들은 어디에서 잘까? 우리 침실을 내줄 수도 있겠지, 해리? 난 크룸한테 침대를 내줘도 괜찮아. 간이침대에서 자면 되니까."

헤르미온느가 코웃음 쳤다.

"보바통 애들보다는 기분이 훨씬 나아 보이네." 해리가 말했다.

덤스트랭 학생들은 두꺼운 털옷을 벗고 흥미롭다는 듯 별이 총총한 검은 천장을 올려다보고 있었다. 그중 두엇은 황금 접시와 잔을 집어 살펴보고 있었는데, 확실히 깊은 인상을 받은 눈치였다.

건물 관리인 필치가 교직원 식탁에 의자를 더 가져다 놓았다. 그는 행사에 참석하기 위해 낡디낡은 연미복을 입고 있었다. 해리는 그가 덤블도어의 의자 양옆으로 두 개씩, 모두 네 개의 의자를 더 가져다 놓은 것을 보고 놀랐다.

"하지만 두 명 더 늘어났을 뿐이잖아." 해리가 말했다. "필치가 왜 의자를 네 개나 가져다 놨을까? 또 누가 오나?"

"응?" 론이 모호하게 대꾸했다. 그는 아직도 열심히 크룸만 쳐다보고 있었다.

모든 학생이 대연회장에 들어와서 각자의 기숙사 식탁에 자리를 잡자 교직원들이 들어와 줄지어 상석에 올라가 앉았다. 줄 맨 끝에 있는 사람은 덤블도어 교수와 카르카로프 교장, 막심 교장이었다. 자신들의 교장이 등장하자 보바통 학생들은 벌떡 일어섰다. 호그와트 학생 몇 명이 웃음을 터뜨렸다. 보바통 학생들은 별로 무안해하지도 않고, 막심 교장이 덤블도어 왼쪽 자리에 앉을 때까지 의자에 앉지 않았다. 덤블도어는 자리에 앉지 않고 계속 서 있었다. 대연회장에 침묵이 내려앉았다.

"안녕하십니까, 신사 숙녀 여러분, 유령 여러분, 특히 손님 여러분." 덤블도어가 외국에서 온 학생들에게 활짝 웃어 보이며 말했다. "여러분 모두 호그와트에 오신 것을 진심으로 환영합니다. 나는 여러분이 이곳에서 편하고 즐겁게 지내기를 바라고, 또 그럴 거라 믿습니다."

여전히 머리에 스카프를 두르고 있는 보바통 여학생 한 명이 누가 들어도 비웃음처럼 들리는 웃음소리를 흘렸다.

"누가 여기 억지로 앉아 있으래?" 헤르미온느가 발끈하며 작은 소리로 말했다.

"연회가 끝난 뒤에 공식적으로 대회가 시작될 겁니다." 덤블도어가 말했다. "자, 모두 마음껏 먹고 마시고 편히 즐기세요!"

덤블도어가 자리에 앉자마자 카르카로프가 몸을 기울이며 그에게 말을 거는 모습이 보였다.

언제나처럼 그들 앞의 접시가 채워졌다. 주방에서 일하는 집요정들이 온 힘을 기울인 모양이었다. 어느 때보다 다양한 요리들이 눈앞에 차려져 있었는데 그중 몇 가지는 외국 음식이 틀림없었다.

"저게 뭐지?" 론이 큼직한 스테이크앤키드니 푸딩 옆에 있는, 조개 스튜 비슷한 것이 담긴 커다란 접시를 가리키며 물었다.

"부야베스." 헤르미온느가 말했다.

"베려브려쓰?" 론이 말했다.

"프랑스 음식이야." 헤르미온느가 말했다. "작년 여름방학 때 먹어 봤어. 정말 맛있어."

"그래, 어련하려고." 론이 블랙 푸딩을 접시에 덜면서 말했다.

학생이 겨우 스무 명 늘어났을 뿐인데 대연회장은 어쩐지 평소보다 훨씬 붐비는 듯했다. 아마도 호그와트 학생들의 검은색 로브 사이에서 다른 색깔 교복들이 선명하게 도드라졌기 때문일 것이다. 털옷을 벗은 덤스트랭 학생들은 짙은 빨간색 로브를 입고 있었다.

연회가 시작되고 20분이 지나자 해그리드가 교직원 식탁 뒤쪽에 있는 문으로 옆걸음질을 하며 들어왔다. 그는 맨 끝 자기 자리에 슬며시 앉아 해리, 론, 헤르미온느에게 붕대로 친친 감은 손을 흔들었다.

"스크루트들은 괜찮아요, 해그리드?" 해리가 외쳤다.

"잘 크고 있어." 해그리드가 기쁜 듯 마주 소리쳤다.

"그야 그렇겠지." 론이 조용히 말했다. "드디어 좋아하는 음식을 찾은 것 같은데. 안 그래? 해그리드의 손가락 말이야."

그 순간 어떤 목소리가 말했다. "미앙한데, 그 부야베스 먹을 거니?"

덤블도어가 말할 때 웃었던 보바통 여학생이었다. 그녀는 이제 스카프를 두르고 있지 않았다. 은빛이 도는 긴 금발이 허리 가까이 늘어뜨려져 있었다. 크고 깊은 푸른색 눈에, 치아도 새하얬다.

론의 얼굴이 시뻘게졌다. 그는 그녀를 보며 대답하려고 입을 벌렸지만 희미하게 꾸르륵거리는 소리 말고는 아무 말도 나오지 않았다.

"아니, 가져가." 해리가 여학생 쪽으로 접시를 밀면서 말했다.

"너희능 다 먹웅 거야?"

"응." 론이 숨도 제대로 못 쉬며 대답했다. "응, 엄청 맛있더라."

여학생은 접시를 조심스럽게 래번클로 식탁으로 들고 갔다. 론은 마치 여자라고는 한 번도 본 적이 없었던 사람처럼 여전히 눈을 휘둥그렇게 뜨고 그녀를 바라보고 있었다. 해리가 웃음을 터뜨렸다. 론은 그 소리에 정신을 차린 모양이었다.

"빌라인가 봐!" 그가 쉰 목소리로 해리에게 말했다.

"그럴 리가!" 헤르미온느가 톡 쏘아붙였다. "헤벌쭉해 가지고 쟤를 쳐다보는 멍청이는 너밖에 없거든!"

꼭 그렇지는 않았다. 그 여학생이 대연회장을 걸어가자 수많은 소년이 고개를 돌렸고 그중 몇몇은 꼭 론처럼 일시적으로 말을 잃은 것처럼 보였다.

"확실해, 보통 여자애는 아냐!" 론이 그녀를 잘 보려고 옆으로 몸을 기울이며 말했다. "호그와트에는 저런 애가 한 명도 없잖아!"

"호그와트 애들도 괜찮긴 해." 해리가 무심코 내뱉었다. 은빛 머리카락 여학생에게서 조금 떨어진 곳에 마침 초 챙이 앉아 있었던 것이다.

"둘 다 눈 좀 다시 찾아올래?" 헤르미온느가 씩씩하게 말했다. "그래야 방금 누가 도착했는지 보일 테니까."

그녀가 교직원 식탁을 가리켰다. 남아 있던 빈자리 두 개가 막 채워진 뒤였다. 루도 배그먼이 카르카로프 교장 옆자리에 앉으려는 참이었다. 막심 교장 옆에는 퍼시의 상관인 크라우치 장관이 앉았다.

"저 사람들이 여긴 왜 온 거지?" 해리가 놀라서 물었다.

"저 사람들이 트라이위저드 대회를 준비했잖아." 헤르미온느가 말했다. "시작하는 걸 보고 싶어서 왔겠지."

두 번째 코스 요리가 나왔다. 디저트 중에도 낯선 것들이 꽤 눈에 띄었다. 론은 희끄무레한 블라망주(우유나 크림 등으로 만드는 하얀색 푸딩 — 옮긴이) 비슷한 것을 자세히 들여다보더니 그것을 래번클로 식탁에서 확실히 보이도록 조심스럽게 오른쪽으로 슬쩍 밀어놓았다. 하지만 빌라처럼 생긴 그 여학생은 먹을 만큼 먹었는지 그것을 가지러 오지 않았다.

황금 접시들이 깨끗하게 비워지자 덤블도어가 다시 일어섰다. 이제는 즐거운 긴장감이 대연회장을 가득 채우는 듯했다. 해리는 앞으로 무슨 일이 벌어질지 궁금해하면서 살짝 소름이 돋는 것을 느꼈다. 몇 자리 떨어진 곳에서는 프레드와 조지가 앞으로 몸을 기울인 채 엄청난 집중력으로 덤블도어를 바라보고 있었다.

"고대하던 순간이 다가왔습니다." 덤블도어가 위를 올려다보는 수많은 얼굴들의 바다를 향해 미소 지으며 말했다. "트라이위저드 대회가 곧 시작됩니다. 상자를 가져오기 전에 몇 마디 설명을 할까 하는데요."

"뭘 가져온다고?" 해리가 중얼거렸다.

론이 어깨를 으쓱했다.

"올해 우리가 따를 절차를 명확히 밝히기 위해서예요. 하지만 먼저, 모르는 사람들을 위해 이 두 분을 소개하고자 합니다. 국제 마법 협력부 장관 바티미어스 크라우치 씨와……." 정중한 박수가 조금 나왔다. "마법 스포츠부 장관 루도 배그먼 씨입니다."

크라우치보다는 배그먼에게 훨씬 요란한 박수가 쏟아졌다. 아마도 몰이꾼으로 유명했기 때문이거나, 그저 그가 훨씬 호감 가는 외모를 가지고 있었기 때문일 것이다. 배그먼은 쾌활하게 손을 흔들어 답례했다.

바티미어스 크라우치는 자기 이름이 불렸을 때에도 미소 짓거나 손을 흔들지 않았다. 퀴디치 월드컵에서 깔끔한 정장을 입고 있던 크라우치를 기억하는 해리에게는 마법사 로브를 입은 그의 모습이 어쩐지 어색하게 느껴졌다. 긴 은빛 머리카락과 턱수염을 한 덤블도어 옆에 있으니 그의 칫솔 같은 콧수염과 반듯한 가르마가 무척 이상해 보였다.

"배그먼 씨와 크라우치 씨는 트라이위저드 대회를 준비하느라 지난 몇 달 동안 쉴 틈 없이 일했습니다." 덤블도어가 말을 이었다. "그리고 이 두 분은 저와 카르카로프 교장, 막심 교장과 함께 대표 선수들의 노력을 평가할 심사위원단에 합류할 겁니다."

'대표 선수'라는 말이 나오자 귀를 기울이던 학생들이 신경을 바짝 곤두세우는 것 같았다.

갑작스러운 정적을 눈치챈 듯 덤블도어가 미소를 머금고 말을 이었다. "그럼, 필치 씨, 상자를 가져오세요."

대연회장 한쪽 구석에 있는 듯 없는 듯 움츠리고 있던 필치가 보석이 잔뜩 박힌 커다란 나무 상자를 들고 덤블도어에게 다가갔다. 엄청 오래돼 보이는 상자였다. 지켜보던 학생들이 흥분해서 관심을 보이며 웅성거리기 시작했다. 데니스 크리비는 나무 상자를 더 자세히 보려고 아예 의자 위에 올라섰지만 키가 너무 작아 누구의 머리도 넘겨다보지 못했다.

"올해 대표 선수들이 맞닥뜨릴 과제의 내용은 크라우치 씨와 배그먼 씨가 이미 다 검토했습니다." 덤블도어가 말했다. 필치가 덤블도어 앞 식탁 위에 나무 상자를 조심스럽게 내려놓았다. "그리고 두 분께서 각각의 도전 과제에 필요한 준비를 해 두셨지요. 1년에 걸쳐 일정한 간격을 두고 주어지는 세 가지 과제를 통해 다양한 방법으로 대표 선수들을 시험할 겁니다. 마법 실력, 용기, 추리력, 그리고 물론, 위험에 대처하는 능력까지 말이죠."

그의 마지막 말에 대연회장은 완벽한 침묵으로 가득 찼다. 아무도 숨조차 쉬지 않는 듯했다.

"여러분 모두 알고 있듯이 이 대회에서는 세 명의 대표 선수가 대결을 벌입니다." 덤블도어가 담담하게 말을 이었다. "참가하는 학교에서 각각 한 명씩이죠. 대표 선수들은 각각의 대회 과제를 얼마나 잘 해결하느냐에 따라 점수를 받고, 세 번째 과제를 마친 뒤 총점이 가장 높은 선수가 트라이위저드 우승컵을 차지하게 됩니다. 대표 선수들을 선정하는 건 공정한 심판인…… 불의 잔입니다."

덤블도어는 마법 지팡이를 꺼내 상자 위를 세 번 톡톡 두드렸다. 뚜껑이 삐걱거리며 천천히 열렸다. 덤블도어가 상자 안에 손을 넣어 거칠게 깎아 만든 커다란 나무 잔을 꺼냈다. 테두리 가득 일렁이는 청백색 불꽃이 없었다면 전혀 눈길을 끌지 않았을 물건이었다.

덤블도어는 상자를 닫고 대연회장에 있는 모든 사람이 확실히 볼 수 있도록 불의 잔을 그 위에 조심스럽게 올려놓았다.

"대표 선수가 되고자 하는 학생은 누구든 이름과 소속 학교를 양피지에 명확히 적어서 불의 잔에 넣어야 합니다." 덤블도어가 말했다. "장차 대표 선수가 되고 싶은 학생은 24시간 안에 이름을 넣으세요. 불의 잔은 각 학교를 대표할 만한 자격을 가장 충실히 갖춘 세 사람을 결정해 내일 밤 핼러윈 연회에서 그들의 이름을 돌려줄 겁니다. 불의 잔은 오늘 밤 현관홀에 놓아둘 거예요. 대회에 참가하고 싶은 사람은 누구나 자유롭게 불의 잔에 접근할 수 있습니다. 나이가 안 된 학생들이 유혹에 넘어가지 않도록……." 덤블도어가 말을 이었다. "현관홀에 가져다 놓자마자 내가 직접 불의 잔 주위에 나이 제한선을 그릴 거예요. 열일곱 살이 되지 않은 사람은 누구도 그 선을 넘을 수 없을 겁니다. 마지막으로, 참가를 희망하는 모든 학생에게 이 대회는 가벼운 마음으로 참가할 수 있는 게 아니라는 점을 확실히 일깨워 주고 싶군요. 일단 불의 잔에 의해 대표 선수로 선정되면 마지막까지 대회를 치러야 하는 의무를 지게 되는 겁니다. 불의 잔에 이름을 넣으면 구속력이 생겨요. 마법 계약의 요건이 성립된다는 얘기죠. 일단 대표 선수가 되고 나면 마음을 바꿀 수 없어요. 그러므로 불의 잔에 이름을 넣기 전에, 진정 경기에 임할 준비가 되었는지 진지한 마음으로 확인하기 바랍니다. 자, 이제 자러 갈 시간이군요. 모두 잘 자요."

"나이 제한선이라니!" 모두가 현관홀로 나가는 문을 향해 대연회장을 가로질러 갈 때 프레드 위즐리가 눈을 번뜩이며 말했다. "뭐, 노화 마법약으로 속일 수 있지 않을까? 그러고 나서 그 잔에 이름을 넣기만 하면 땡이잖아……. 그 잔은 내가 열일곱 살인지 아닌지 모를 거 아냐!"

"하지만 열일곱 살이 안 된 사람은 참가해 봐야 어림도 없을 거야." 헤르미온느가 말했다. "우린 아직 충분히 배우지 못했으니까……."

"그건 네 얘기고." 조지가 딱 잘라 말했다. "넌 해 볼 거지, 해리?"

해리는 덤블도어가 열일곱 살 미만은 누구도 이름을 넣어서는 안 된다고 강조한 것이 마음에 걸렸지만 곧 그 자신이 트라이위저드 우승컵을 들어 올리는 멋진 장면이 머릿속에 가득 차올랐다……. 열일곱 살이 안 된 누군가가 나이 제한선을 넘을 방법을 정말 찾아낸다면 덤블도어가 얼마나 화를 낼지 궁금하기도 했다…….

"어디 갔지?" 론은 이 대화에는 전혀 귀 기울이지 않은 채 크룸의 모습을 찾기 위해 주위에 가득한 인파를 둘러보고 있었다. "덤블도어가 덤스트랭 애들이 어디서 자는지 말 안 했지?"

하지만 이 의문은 곧바로 풀렸다. 그들이 슬리데린 식탁 근처에 이르렀을 때 카르카로프가 부산을 떨며 자신의 학교 학생들에게 다가왔던 것이다.

"자, 배로 돌아가자." 그가 말했다. "빅토르, 좀 어떠냐? 충분히 먹었니? 주방에 얘기해서 따뜻하게 데운 와인 좀 보내라고 할까?"

크룸이 고개를 저으며 다시 털옷을 입는 모습이 보였다.

"교슈님, 처는 와인을 좀 마시고 싶은데요." 다른 덤스트랭 남학생 하나가 기대에 차서 말했다.

"너한테 권한 게 아니다, 폴리아코프." 카르카로프가 아버지처럼 자상하던 태도를 싹 거두고 쏘아붙였다. "로브 앞자락에 또 음식을 잔뜩 흘렸구나. 지저분한 녀석……."

카르카로프는 몸을 돌려 학생들을 데리고 문으로 향했다. 바로 그때 해리, 론, 헤르미온느도 문 앞에 다다랐다. 해리는 그가 먼저 지나가도록 멈춰 섰다.

"고맙다." 카르카로프가 그를 힐끗 보며 무신경하게 말했다.

다음 순간 카르카로프가 우뚝 멈춰 섰다. 카르카로프는 해리에게 고개를 돌리더니 자기 눈을 믿을 수 없다는 듯 그를 뚫어지게 바라보았다. 덤스트랭 학생들도 교장 뒤에 멈춰 섰다. 해리의 얼굴을 천천히 따라가던 카르카로프의 눈이 곧 그의 흉터에 붙박였다. 덤스트랭 학생들도 호기심 어린 눈으로 해리를 빤히 바라보았다. 해리는 곁눈으로 그중 몇 명이 무슨 상황인지 이해했다는 표정을 짓는 것을 보았다. 로브 앞자락에 음식을 잔뜩 흘린 남학생이 옆에 있는 여학생을 쿡 찌르더니 대놓고 해리의 이마를 가리켰다.

"그래, 그 녀석이 해리 포터다." 등 뒤에서 걸걸한 목소리가 들렸다.

카르카로프가 홱 돌아섰다. 매드아이 무디가 지팡이를 짚고 서 있었다. 그의 마법 눈이 한 번 깜빡이지도 않고 덤스트랭 교장을 똑바로 쏘아보고 있었다.

해리가 지켜보는 가운데 카르카로프의 얼굴이 하얗게 질렸다. 그의 얼굴에 분노와 공포가 뒤섞인 끔찍한 표정이 떠올랐다.

"당신!" 카르카로프가 자신의 눈을 믿을 수 없다는 듯 무디를 뚫어지게 응시하며 소리쳤다.

"그래, 나다." 무디가 험악한 말투로 말했다. "그리고 포터에게 할 말이 있는 게 아니라면 비키는 게 좋을 거다, 카르카로프. 네놈이 문을 막고 있으니까."

그건 사실이었다. 대연회장에 있던 학생 절반이 지금 무엇 때문에 길이 막혔는지 보려고 앞사람의 어깨 너머를 바라보며 그들 뒤에서 기다리고 있었던 것이다.

카르카로프 교장은 더 이상 아무 말 없이 학생들을 데리고 대연회장을 떠났다. 무디는 마법 눈을 카르카로프의 등에 고정한 채 흉터투성이 얼굴 가득 강렬한 혐오가 깃든 표정을 짓고 그가 보이지 않게 될 때까지 카르카로프의 모습을 지켜보았다.

다음 날은 토요일이었으므로 보통 때라면 대부분의 학생이 아침을 늦게 먹었을 것이다. 그러나 평소 때의 주말보다 훨씬 일찍 일어난 사람은 해리, 론, 헤르미온느만이 아니었다. 현관홀에 내려가니 스무 명쯤 되는 학생들이 그곳을 서성거리고 있었다. 토스트를 먹는 학생 몇 명을 포함해 모두가 불의 잔을 살펴보고 있는 것이 보였다. 불의 잔은 현관홀 한가운데, 주로 기숙사 배정 모자가 놓이는 의자 위에 놓여 있었다. 바닥에는 불의 잔을 가운데 두고 반경 3미터쯤 되는 원이 가느다란 황금빛 선으로 그려져 있었다.

"이름을 넣은 사람은 아직 없어?" 론이 기대감 어린 말투로 어떤 3학년 여학생에게 물었다.

"덤스트랭 애들은 전부 넣었어." 그녀가 대답했다. "근데 호그와트 학생은 아직 한 명도 못 봤어."

"어젯밤에 우리 모두 자러 간 다음에 이름을 넣은 사람들도 분명 있을 거야." 해리가 말했다. "나라도 그렇게 했을걸……. 모두가 보는 건 싫었을 테니까. 불의 잔이 바로 내 이름을 뱉어 버리면 어떡해?"

등 뒤에서 누군가가 웃음을 터뜨렸다. 고개를 돌리자 프레드, 조지, 리 조던이 다급히 계단을 내려오는 모습이 보였다. 세 사람 다 무척 흥분한 표정이었다.

"해 버렸어." 프레드가 해리, 론, 헤르미온느를 보며 의기양양하게 속삭였다. "방금 마셨어."

"뭘?" 론이 물었다.

"노화 마법약 말이야, 멍청아." 프레드가 말했다.

"각자 한 방울씩." 조지가 신이 나서 두 손을 맞비비며 말을 받았다. "몇 달만 나이를 먹으면 되니까."

"우리 중 한 명이 우승하면 셋이서 1,000갈레온을 나눠 가질 거야." 리가 활짝 웃으며 말했다.

"글쎄, 그게 과연 통할까?" 헤르미온느가 경고하듯 싸늘한 목소리로 말했다. "덤블도어 교수님이 분명 생각해 뒀을걸."

프레드, 조지, 리는 그녀의 말을 들은 척도 하지 않았다.

"준비됐어?" 프레드가 흥분으로 몸을 떨며 다른 두 사람에게 말했다. "그럼 가자……. 내가 먼저……."

해리는 프레드가 주머니에서 '프레드 위즐리-호그와트'라고 적힌 양피지 조각을 꺼내는 모습을 넋 놓고 지켜보았다. 프레드는 나이 제한선 바로 앞까지 다가가 멈춰 서더니, 15미터 다이빙을 준비하는 선수처럼 까치발로 서서 몸을 앞뒤로 흔들었다. 이윽고 그는 현관홀에 있는 모든 사람의 시선을 받으며 크게 심호흡을 하고 선을 넘었다.

한순간 해리는 그들의 방법이 먹혔다고 생각했다. 승리의 환호성을 지르며 프레드를 따라 선 안으로 뛰어든 걸 보면 조지는 확실히 그렇게 생각한 모양이었다. 하지만 다음 순간 시끄럽게 지글지글하는 소리가 나는가 싶더니, 마치 보이지 않는 투포환 선수가 던지기라도 한 듯 쌍둥이 모두 황금 원 밖으로 내던져졌다. 그들은 불의 잔에서 3미터 떨어진 차가운 돌바닥에 나동그라졌다. 상처에 망신까지 더해 주려는 건지, 펑펑하는 시끄러운 소리가 나더니 둘의 얼굴에서 똑같이 길고 하얀 턱수염이 자랐다.

웃음소리가 현관홀을 가득 채웠다. 프레드와 조지도 일단 일어나 서로의 턱수염 난 얼굴을 보더니 그 웃음에 동참했다.

"난 경고했다." 즐거움을 잔뜩 머금은 굵직한 목소리가 들려왔다. 모두가 고개를 돌려 대연회장에서 걸어 나오는 덤블도어 교수를 보았다. 그가 눈을 반짝이면서 프레드와 조지를 이리저리 살펴보았다. "둘 다 폼프리 선생님한테 가 보는 게 좋겠다. 이미 래번클로의 포셋 양과 후플푸프의 서머스 군을 돌보고 계신단다. 그 둘도 나이를 좀 먹어 보려고 했지. 그래도 이거 하나는 인정해야겠다. 그 친구들 턱수염은 너희 것만큼 멋지지 않더구나."

프레드와 조지는 배를 잡고 웃어 대는 리와 함께 병동으로 출발했다. 해리, 론, 헤르미온느도 키득키득 웃으며 아침을 먹으러 갔다.

오늘 아침에는 대연회장의 장식이 바뀌어 있었다. 핼러윈인 만큼 살아 있는 박쥐 떼가 마법이 걸린 천장 주위를 푸드덕거리며 날아다녔고, 얼굴 모양으로 조각한 호박 수백 개가 사방 구석에서 음흉하게 학생들을 쳐다보고 있었다. 해리는 이름을 넣을 가능성이 있는 열일곱 살 이상 호그와트 학생들에 대해 이야기하고 있는 딘과 셰이머스 쪽으로 갔다.

"워링턴이 일찍 일어나서 이름을 넣었다는 소문이 돌던데." 딘이 해리에게 말했다. "나무늘보처럼 생긴 그 덩치 큰 슬리데린 녀석 말이야."

퀴디치 경기에서 워링턴을 상대한 적이 있는 해리는 질색하면서 고개를 저었다. "슬리데린에서 대표 선수가 나오면 안 되지!"

"후플푸프 애들은 죄다 디고리 얘기야." 셰이머스가 경멸스럽다는 투로 말했다. "하지만 그 녀석이 과연 그 잘난 얼굴을 위험에 빠뜨리고 싶어 할까?"

"잠깐, 들어 봐!" 헤르미온느가 갑자기 외쳤다.

현관홀에서 사람들이 환호성을 지르고 있었다. 모두 앉은 자리에서 몸을 돌렸다. 앤젤리나 존슨이 조금 쑥스러운 듯 씩 웃으며 대연회장으로 들어오고 있었다. 앤젤리나는 그리핀도르 퀴디치 팀에서 추격꾼을 맡고 있는 키 큰 여학생이었다. 그녀가 그들 쪽으로 다가와 앉으며 말했다. "해 버렸어! 방금 내 이름을 넣었어!"

"설마!" 론이 감명받은 표정으로 소리쳤다.

"그럼 열일곱 살이 된 거야?" 해리가 물었다.

"당연하지. 턱수염 난 거 안 보이냐?" 론이 장난스레 말했다.

"지난주가 생일이었거든." 앤젤리나가 말했다.

"뭐, 그리핀도르 사람이 참가한다니까 기분 좋네." 헤르미온느가 말했다. "꼭 되길 바랄게, 앤젤리나!"

"고마워, 헤르미온느." 앤젤리나가 그녀에게 미소 지으며 말했다.

"그래, 그 얼굴만 반반한 디고리보다야 앤젤리나가 훨씬 낫지." 셰이머스의 말에 그리핀도르 식탁을 지나가던 후플푸프 학생 몇 명이 그를 무섭게 쩨려 보았다.

"그럼 우리는 오늘 뭐 할까?" 아침을 다 먹고 대연회장을 나서며 론이 해리와 헤르미온느에게 물었다.

"그러고 보니 아직 해그리드를 찾아가지 않았네." 해리가 말했다.

"좋아." 론이 말했다. "우리더러 스크루트한테 손가락 몇 개를 기부해 달라고 하지만 않으면."

갑자기 헤르미온느의 얼굴에 엄청나게 흥분한 표정이 떠올랐다.

"맞다, 아직 해그리드한테 S.P.E.W.에 가입하라는 얘길 안 했네!" 그녀가 밝은 목소리로 말했다. "잠깐만 기다려 봐. 올라가서 배지를 좀 가져올 테니까."

"쟤 뭐냐?" 헤르미온느가 대리석 계단을 달려 올라가자 론이 짜증을 내며 말했다.

"야, 론." 해리가 불쑥 입을 열었다. "저기 네 여자 친구 온다……."

보바통 학생들이 교정에서 성 정문으로 들어오고 있었다. 그중에는 그 빌라 여학생도 있었다. 불의 잔 주위에 모여 있던 아이들이 기대감 어린 눈으로 그들을 지켜보며 길을 터 주었다.

막심 교장이 학생들을 뒤따라 현관홀에 들어오더니 그들을 줄 세웠다. 보바통 학생들은 한 명 한 명 나이 제한선을 넘어가 청백색 불길 속에 양피지를 집어넣었다. 이름이 하나씩 하나씩 들어갈 때마다 불길은 잠시 빨간색으로 변하며 불꽃을 튀겼다.

"선택받지 못한 사람들은 어떻게 될까?" 빌라 여학생이 불의 잔에 양피지를 넣을 때 론이 해리에게 중얼거렸다. "학교로 돌아갈까, 아니면 남아서 대회를 지켜볼까?"

"나도 몰라." 해리가 말했다. "아마 남겠지……. 막심 교장이 남아서 심사를 볼 거 아니야."

보바통 학생들 모두가 이름을 제출하자 막심 교장은 그들을 다시 현관홀 밖으로 데리고 나갔다.

"그런데 쟤들은 어디서 자는 거지?" 론이 성 정문까지 가서 그들의 뒷모습을 바라보며 멍하니 물었다.

등 뒤에서 시끄럽게 달각거리는 소리가 들렸다. 헤르미온느가 S.P.E.W. 배지 상자를 갖고 돌아왔다는 신호였다.

"좋아, 빨리 가자." 론은 그렇게 말하더니 돌계단을 훌쩍 뛰어내려 갔다. 그의 눈은 막심 교장과 함께 잔디밭을 반쯤 지나고 있는 빌라 여학생의 뒷모습에 붙박여 있었다.

금지된 숲 가장자리에 있는 해그리드의 오두막에 가까워지자 보바통 학생들이 어디서 묵는지에 대한 수수께끼가 풀렸다. 그들이 타고 온 거대한 담청색 마차가 해그리드의 오두막 현관에서 200미터쯤 떨어진 곳에 세워져 있고 보바통 학생들은 다시 그 안으로 들어가고 있었다. 마차를 끌고 온 코끼리만 한 날아다니는 말들은 지금 마차 옆에 임시로 마련한 작은 방목지에서 풀을 뜯고 있었다.

해리가 해그리드의 오두막 문을 두드리자 곧바로 팽이 우렁차게 짖으며 답했다.

"이제야 왔구나!" 해그리드가 문을 활짝 열고 누가 문을 두드렸는지 확인하더니 말했다. "내가 어디 사는지 까먹은 줄 알았다!"

"정말 바빴어요, 해그……." 헤르미온느는 입을 열다가 뚝 멈추고 할 말을 잃은 듯 해그리드를 올려다보았다.

해그리드는 가장 좋은(그리고 가장 끔찍한) 털 달린 갈색 정장에 노란색과 오렌지색이 섞인 체크무늬 넥타이를 매고 있었다. 그게 다가 아니었다. 머리에 수레바퀴에 칠하는 기름 같은 것을 듬뿍 발라 머리카락을 다스려 보려고 애를 쓴 게 틀림없었다. 빌처럼 하나로 묶으려 했지만 머리숱이 너무 많다는 것을 뒤늦게 깨달은 듯 머리카락이 두 뭉치로 곱게 나뉘어 있었다. 한마디로 해그리드에게는 전혀 어울리지 않는 모습이었다. 잠깐 눈을 휘둥그렇게 뜨고 그를 쳐다보던 헤르미온느는 그의 외모에 대해서는 아무 말도 하지 않기로 한 모양이었다. 그녀가 물었다. "음…… 스크루트들은 어디 있어요?"

"바깥에, 호박밭 옆에 있다." 해그리드가 기뻐하며 말했다. "엄청 커지고 있어. 이제는 거의 1미터쯤 될 거야. 한 가지 문제는, 서로를 죽이기 시작했다는 거지."

"아, 이런. 정말요?" 론이 해그리드의 괴상한 머리 모양을 뚫어지게 바라보다 뭔가 말하려고 막 입을 열었을 때 헤르미온느가 그에게 가만히 있으라는 눈길을 던지며 그렇게 말했다.

"응." 해그리드가 이번엔 슬퍼하며 말했다. "그래도 괜찮아. 지금은 상자 여러 개에 나눠 놨거든. 아직 스무 마리 정도 있어."

"와, 다행이네요." 론이 말했다. 해그리드는 그의 말에서 빈정대는 기색을 전혀 눈치채지 못했다.

해그리드의 단칸짜리 오두막 한구석에는 조각보 이불이 덮인 거대한 침대가 있었다. 마찬가지로 엄청난 크기의 나무 식탁과 의자들이 벽난로 앞에 놓여 있고 그 위로 상당량의 훈제 햄과 죽은 새들이 천장에 대롱대롱 매달려 있었다. 해그리드가 차를 끓이는 동안 그들은 식탁에 앉아 못다 한 트라이위저드 대회 얘기에 곧 빠져들었다. 해그리드도 그들만큼이나 신이 난 것 같았다.

"두고 봐라." 그가 씩 웃으며 말했다. "그냥 기다리기만 해. 여태껏 한 번도 보지 못했던 것들을 보게 될 테니까. 첫 번째 과제는…… 아, 근데 말해 주면 안 되지."

"말해 주세요, 해그리드!" 해리, 론, 헤르미온느가 재촉했지만 그는 씩 웃으며 고개만 저을 뿐이었다.

"미리부터 흥을 깨고 싶진 않아." 해그리드가 말했다. "하지만 굉장히 멋질 거라는 건 확실해. 대표 선수들도 최선을 다해야 할 거야. 내가 생전에 트라이위저드 대회를 다시 보게 될 줄이야!"

그들은 별로 먹은 것도 없이, 해그리드와 함께한 점심 식사를 마쳤다. 해그리드가 소고기 캐서롤이라며 뭔가를 만들었는데, 헤르미온느가 거기에서 큼직한 갈고리발톱을 발견한 뒤로는 그녀도 해리도 론도 식욕을 잃었던 것이다. 그래도 이름을 넣은 사람들 중 누가 대표 선수로 선정될지 추측하고 프레드와 조지의 턱수염이 이제는 없어졌을지 궁금해하며 해그리드에게서 대회 과제를 알아내려고 애쓰는 일은 재미있었다.

오후 중반쯤 되자 이슬비가 내리기 시작했다. 창문에 빗방울이 부드럽게 톡톡 떨어지는 소리를 들으며 난롯가에 앉아, 해그리드가 양말을 꿰매면서 헤르미온느와 집요정 문제로 옥신각신하는 모습을 보고 있자니 무척 편안했다. 헤르미온느가 배지를 보여 주면서 S.P.E.W.에 가입하라고 하자 해그리드는 단칼에 거절했다.

"그건 집요정들을 괴롭히는 짓이야, 헤르미온느." 그가 커다란 뼈바늘에 두꺼운 노란색 실을 꿰면서 진지하게 말했다. "사람들을 돌보는 건 집요정들의 본성이야. 걔들이 좋아하는 일이라니까? 일을 빼앗아 가면 오히려 불행해질 거다. 돈을 주면 집요정들을 모욕하는 셈이고."

"하지만 해리는 도비를 해방시켜 줬어요. 도비는 뛸 듯이 기뻐했고요!" 헤르미온느가 말했다. "게다가, 도비가 이제 임금을 요구하고 있다는 말도 들었어요!"

"그래, 뭐, 어느 종이든 이상한 녀석들은 있기 마련이지. 나는 자유를 받아들일 이상한 집요정이 한 명도 없다고 말하는 게 아냐. 하지만 대부분의 집요정이 그러도록 설득할 수는 없을 거다. 난 안 해, 헤르미온느."

헤르미온느는 무척 시무룩한 표정을 짓더니 망토 주머니에 배지 상자를 도로 집어넣었다.

5시 30분이 지나자 날이 점점 어두워졌다. 론, 해리, 헤르미온느는 핼러윈 연회에 참석하기 위해 성으로 돌아가기로 했다. 물론 연회보다 더 중요한 것은 각 학교의 대표 선수를 발표하는 일이었다.

"나도 같이 가자." 해그리드가 바느질감을 치우며 말했다. "잠깐만 기다려."

해그리드는 자리에서 일어나 침대 옆 서랍장으로 걸어가더니 안에서 뭔가를 찾기 시작했다. 그들은 그다지 관심을 기울이지 않았다. 진정 끔찍한 냄새가 코를 찌르기 전까지는.

론이 캑캑 기침을 하더니 물었다. "해그리드, 그게 뭐예요?"

"응?" 해그리드가 커다란 병을 손에 들고 돌아보며 물었다. "별로냐?"

"그거 면도하고 나서 바르는 로션이에요?" 헤르미온느가 살짝 숨 막히는 듯한 목소리로 말했다.

"어…… 향수인데." 해그리드가 웅얼거리더니 얼굴을 붉혔다. "좀 과했나." 그가 툴툴거리듯 말했다. "가서 좀 지우고 오마. 잠깐만 기다려……."

그는 쿵쿵거리며 오두막을 나갔다. 창밖으로 그가 물통에서 격렬하게 몸을 씻는 모습이 보였다.

"향수?" 헤르미온느가 놀라서 말했다. "해그리드가?"

"게다가 저 머리랑 정장은 또 뭐야?" 해리가 목소리

를 낮추고 말을 받았다.

"저기 봐!" 론이 불쑥 창밖을 가리키며 말했다.

해그리드가 막 허리를 펴고 돌아섰다. 좀 전에도 얼굴을 붉히긴 했지만 지금에 비하면 아무것도 아니었다. 해리, 론, 헤르미온느는 해그리드가 눈치채지 못하도록 아주 조심스럽게 자리에서 일어나 창밖을 내다보았다. 막심 교장과 보바통 학생들이 연회에 참석하려는 듯 막 마차에서 내리는 광경이 보였다. 말소리는 들리지 않았지만 해그리드는 뭔가에 푹 빠진 몽롱한 눈빛으로 막심 교장에게 말을 건네고 있었다. 해리는 전에 딱 한 번, 해그리드가 새끼 용 노버트를 바라볼 때 그런 눈빛을 했던 것을 본 적이 있었다.

"막심 교장이랑 같이 성에 가려나 봐!" 헤르미온느가 화가 나서 말했다. "우리를 기다린 줄 알았는데?"

해그리드는 오두막 쪽은 거들떠보지도 않고 막심 교장과 함께 교정을 천천히 걸어갔다. 보바통 학생들은 두 사람의 엄청난 보폭을 따라잡기 위해 가볍게 뛰면서 그들을 쫓아가고 있었다.

"막심 교장을 좋아하나 봐!" 론이 믿을 수 없다는 듯 말했다. "뭐, 둘이 자식을 낳게 되면 세계신기록이겠네……. 아기를 낳으면 분명 무조건 1톤은 나갈 거야."

그들은 오두막을 나와 문을 닫았다. 바깥은 이미 놀랄 만큼 어두워져 있었다. 그들은 망토를 더욱 바짝 끌어당기고 비탈진 잔디밭을 걸어 올라가기 시작했다.

"어, 그 사람들이다! 봐!" 헤르미온느가 속삭였다.

덤스트랭 일행이 호숫가에서 성으로 향하고 있었다. 빅토르 크룸이 카르카로프와 나란히 걷고, 다른 덤스트랭 학생들은 그들 뒤에서 여기저기 흩어져서 걸어가고 있었다. 론은 흥분한 얼굴로 크룸을 지켜봤지만, 헤르미온느, 론, 해리보다 약간 앞서 문 앞에 도착한 크룸은 그들을 돌아보지 않고 성으로 들어갔다.

그들이 들어갔을 때 촛불이 밝혀진 대연회장은 거의 꽉 차 있었다. 불의 잔은 이제 교직원 식탁 위, 덤블도어의 빈 의자 앞으로 옮겨져 있었다. 프레드와 조지는 실망감을 잘 해소한 것처럼 보였다(깨끗하게 면도한 모습이었다).

"앤젤리나가 됐으면 좋겠다." 해리, 론, 헤르미온느가 자리에 앉자 프레드가 말했다.

"나도!" 헤르미온느가 가쁜 숨을 내쉬며 말했다. "뭐, 곧 알게 되겠지!"

핼러윈 연회는 여느 때보다 훨씬 길게 느껴졌다. 이틀 사이 두 번째 만찬이어서 그렇겠지만 해리는 호화롭게 준비된 음식이 예전만큼은 마음에 들지 않았다. 그저 식사를 빨리 마치고 누가 대표 선수로 선정됐는지 듣고 싶을 뿐이었다. 계속 목을 쭉 빼고 조바심 나는 표정으로 안절부절못하면서 덤블도어가 식사를 마쳤는지 보려고 자리에서 일어나는 모습들을 보니 대연회장에 있는 다른 사람들도 모두 같은 마음인 듯했다.

한참이 지나서야 황금 접시들이 본래의 얼룩 한 점 없는 상태로 돌아갔다. 대연회장 안의 웅성거림이 갑자기 확 커졌다가 덤블도어가 자리에서 일어나자마자 잦아들었다. 그의 양옆에 앉아 있는 카르카로프 교장과 막심 교장도 누구 못지않게 긴장하고 기대에 찬 표정이었다. 루도 배그먼은 활짝 웃으며 여러 학생들에게 눈을 찡긋거리고 있었다. 반면 크라우치 장관은 별로 관심이 없는 듯 거의 지겨워하는 얼굴이었다.

"자, 불의 잔이 결정을 내릴 준비가 된 모양입니다." 덤블도어가 말했다. "내가 보기엔 1분쯤 더 기다리면 될 것 같군요. 이제 대표 선수들은 자신의 이름이 불리면 상석으로 올라와서 교직원 식탁 뒤에 있는 문을 통해 옆방으로 들어가기 바랍니다." 그는 교직원 식탁 뒤에 있는 문을 가리켰다. "그곳에서 첫 번째 지시를 받게 될 겁니다."

그가 마법 지팡이를 꺼내 크게 한 번 휘둘렀다. 곧 조각된 호박들에 들어 있는 촛불을 뺀 모든 불이 꺼지자 모두가 어슴푸레한 빛 속에 잠겼다. 이제 불의 잔은 대연회장에 있는 그 어떤 것보다 밝게 빛나고 있었다. 환하게 빛나는 청백색 불길에 눈이 아플 정도였다. 모두가 그 순간을 기다리며 지켜봤고…… 몇몇은 계속 시계를 확인했다…….

"조금 있으면……." 해리에게서 두 자리 떨어져 있던 리 조던이 속삭였다.

불의 잔 안에서 타오르던 불길이 갑자기 붉게 변했다. 불꽃이 튀기 시작했다. 다음 순간, 불길이 공중으로 길게 솟구치더니 그을린 양피지가 펄럭거리며 튀어나왔다. 모든 사람이 숨을 들이켰다.

덤블도어가 양피지를 잡아채더니 불빛에 비춰 읽을 수 있도록 팔을 폈다. 불길은 다시 청백색으로 바뀌어 있었다.

"덤스트랭의 대표 선수는……." 그가 힘 있고 또렷한 목소리로 말했다. "빅토르 크룸입니다."

"당연하지!" 박수갈채와 환호성이 한바탕 대연회장을 휩쓸자 론이 소리쳤다. 해리는 빅토르 크룸이 슬리데린 식탁에서 일어나 구부정한 자세로 덤블도어 쪽으로 걸어가는 모습을 바라보았다. 그는 오른쪽으로 돌아 교직원 식탁을 따라 걸어가더니 문을 통해 옆방으로 사라졌다.

"브라보, 빅토르!" 카르카로프가 우렁차게 소리쳤다. 목소리가 어찌나 큰지 요란한 박수 소리 속에서도 다 들릴 정도였다. "네가 될 줄 알고 있었다!"

박수 소리와 재잘거리는 소리가 점차 사그라들었다. 이제 모두의 관심은 다시 불의 잔에 쏠려 있었다. 잠시 뒤, 불의 잔이 다시 한 번 붉은색으로 변했다. 두 번째 양피지가 불길에 밀려 튀어나왔다.

"보바통의 대표 선수는……." 덤블도어가 말했다. "플뢰르 들라쿠르입니다!"

"그 애다, 론!" 해리가 소리쳤다. 빌라를 닮은 그 여학생이 우아하게 자리에서 일어나 은빛 도는 금발을 뒤로 젖히고 래번클로와 후플푸프 식탁 사이를 지나갔다.

"저런. 다들 실망했나 봐." 헤르미온느가 소란스러움 너머로 나머지 보바통 학생들 쪽을 고갯짓으로 가리키며 말했다. '실망'은 좀 부족한 표현 같다고 해리는 생각했다. 선택받지 못한 아이들 중 여학생 두 명은 눈물을 쏟다가 아예 양팔에 얼굴을 묻은 채 흐느끼고 있었다.

플뢰르 들라쿠르도 옆방으로 사라지자 다시 침묵이 내려앉았다. 그러나 이번에는 거의 만져질 듯한 흥분으로 아주 단단하게 뭉친 침묵이었다. 다음 차례는 호그와트 대표 선수였다…….

불의 잔이 다시 한 번 붉게 타올랐다. 불꽃이 쏟아지고 불길이 공중으로 길쭉하게 솟아오르자 덤블도어가 그 불길 끝에서 세 번째 양피지를 집었다.

"호그와트 대표 선수는" 하고 그가 소리쳤다. "세드릭 디고리입니다!"

"안 돼!" 론이 크게 소리쳤지만 해리 말고는 누구도 그 외침을 듣지 못했다. 옆 식탁에서 엄청난 소동이 일었던 것이다. 후플푸프 학생들 모두가 벌떡 일어나 소리를 지르고 발을 굴렀다. 세드릭은 활짝 웃으면서 그들을 지나 교직원 식탁 뒤에 있는 방으로 향했다. 사실, 세드릭을 향한 박수갈채가 너무 오래 이어지는 바람에 덤블도어는 한참이 지나서야 목소리를 낼 수 있었다.

"좋아요!" 마침내 소란이 가라앉자 덤블도어가 기분 좋게 소리쳤다. "자, 이제 세 명의 대표 선수가 결정됐군요. 보바통과 덤스트랭 학생들을 포함해 여러분 모두 각자의 대표 선수를 전심전력으로 응원할 거라 확신합니다. 여러분의 응원이 대표 선수들에게는 굉장히 큰 힘이……."

하지만 덤블도어는 문득 말을 멈췄다. 모두 그가 어디에 정신이 팔렸는지 알 수 있었다.

불의 잔 속에서 타오르는 불길이 다시 붉게 변한 것이다. 또다시 불꽃이 튀어 올랐다. 돌연 불길이 공중으로 길게 솟구치더니 또 다른 양피지를 토해 냈다.

덤블도어가 길쭉한 손가락을 뻗어 양피지를 잡은 건 거의 반사적인 행동인 듯했다. 그는 양피지를 들고 거기에 적힌 이름을 뚫어지게 들여다보았다. 덤블도어가 손에 들린 양피지를 바라보는 동안 기나긴 침묵이 흘렀다. 대연회장 안의 사람들 모두 그런 덤블도어를 쳐다보았다. 이윽고 덤블도어가 목소리를 가다듬고 거기에 적힌 이름을 읽었다.

"*해리 포터.*"

CHAPTER 17

네 명의 대표 선수

해리는 대연회장에 있는 모두가 고개를 돌려 그를 바라보고 있는 것을 의식하며 그 자리에 가만히 앉아 있었다. 손가락 하나 움직일 수 없었다. 정신이 멍했다. 꿈을 꾸고 있는 게 틀림없었다. 분명 잘못 들었을 것이다.

박수갈채 같은 것은 없었다. 대신 성난 벌 떼처럼 웅성대는 소리가 대연회장을 가득 채우기 시작했다. 몇몇 학생들이 꼼짝도 못 하고 자리에 그대로 앉아 있는 해리를 더 자세히 보기 위해 의자에서 일어났다.

상석에서는 맥고나걸 교수가 자리에서 일어나 루도 배그먼과 카르카로프 교장을 지나쳐 덤블도어 교수에게 가서 뭔가를 다급히 속삭였다. 덤블도어 교수는 얼굴을 살짝 찌푸린 채 그녀의 말에 귀를 기울였다.

해리는 론과 헤르미온느를 돌아보았다. 두 사람의 뒤로 긴 그리핀도르 식탁이 보였다. 모두가 입을 벌린 채 그를 바라보고 있었다.

"난 이름을 넣지 않았어." 해리가 어리둥절한 표정을 짓고 말했다. "너희도 알잖아."

론과 헤르미온느는 그저 멍한 표정으로 그를 바라볼 뿐이었다.

상석에서 덤블도어 교수가 맥고나걸 교수에게 고개를 끄덕이며 몸을 폈다.

"해리 포터!" 그가 다시 소리쳐 불렀다. "해리! 올라와 주겠니?"

"가." 헤르미온느가 해리를 살짝 밀며 속삭였다.

해리는 자리에서 일어나다가 로브 끝을 밟고 살짝 휘청거렸다. 그는 그리핀도르와 후플푸프 식탁 사이로 걸어가기 시작했다. 그 길이 한없이 길게만 느껴졌다. 상석이 조금도 가까워지지 않는 것 같았다. 수백 개의 눈이 하나하나 탐조등 불빛처럼 날아와 꽂히는 것이 느껴졌다. 웅성대는 소리는 점점 커졌다. 느낌상 한 시간쯤 흐른 뒤에야 그는 교수들 모두의 시선을 받으며 덤블도어 앞에 섰다.

"그래…… 저 문으로 들어가거라, 해리." 덤블도어가 말했다. 그의 얼굴에서 미소 같은 건 찾아볼 수 없었다.

해리는 교직원 식탁을 따라 걸어갔다. 맨 끝에 해그리드가 앉아 있었다. 그는 해리에게 눈을 찡긋하지도, 손을 흔들지도 않았고, 평소처럼 반가워하는 기색도 전혀 보이지 않았다. 그는 완전히 충격을 받은 표정을 짓고 다른 사람들처럼 해리가 지나가는 모습을 뚫어지게 바라보았다. 문을 통해 대연회장을 나선 해리는 마법사들의 초상화가 줄지어 걸려 있는 작은 방에 들어갔다. 맞은편 난로에서 넉넉한 불길이 일렁거리고 있었다.

초상화 속 얼굴들이 고개를 돌려 방으로 들어오는 그를 바라보았다. 그는 주름이 쪼글쪼글한 여자 마법사가 액자 밖으로 휙 나와, 팔자 콧수염을 기른 남자 마법사가 있는 옆 액자로 들어가는 것을 보았다. 주름 쪼글쪼글한 마법사가 남자 마법사의 귀에 대고 뭔가를 속닥거리기 시작했다.

빅토르 크룸, 세드릭 디고리, 플뢰르 들라쿠르가 벽난로 주위에 모여 있었다. 불빛에 드러난 그들의 몸 윤곽이 묘하게 인상적이었다. 크룸은 구부정하니 음울한 얼굴로 다른 두 사람과 조금 거리를 둔 채 벽난로 선반에 기대 있었다. 세드릭은 뒷짐을 진 채 불을 들여다보고 서 있었다. 플뢰르 들라쿠르는 해리가 들어오는 모습을 보고 은빛이 도는 긴 금발을 휙 넘겼다.

"무슨 일이야?" 그녀가 물었다. "우리앙테 다시 대연외창으로 들어오라고 하니?"

그녀는 해리가 심부름을 온 거라 생각한 것 같았다. 해리는 방금 전에 일어난 일을 어떻게 설명해야 할지 알 수 없었다. 그는 그냥 그 자리에 서서 세 명의 대표선수를 바라보았다. 셋 모두 키가 얼마나 큰지 새삼 와

닿았다.

뒤에서 종종거리는 발소리가 들리더니 루도 배그먼이 방에 들어왔다. 그가 해리의 팔을 붙잡고 앞으로 이끌었다.

"희한한 일이구나!" 그가 해리의 팔을 움켜쥐며 중얼거렸다. "참으로 놀라운 일이야! 신사 여러분……숙녀분도." 그가 벽난로 근처로 다가가 다른 세 사람에게 말했다. "소개하마. 믿기지 않을 테지만, 네 번째 트라이위저드 대표 선수다!"

빅토르 크룸이 몸을 폈다. 해리를 유심히 살펴보는 그의 뚱한 얼굴이 어두워졌다. 세드릭은 어찌할 바를 모르는 표정이었다. 그는 배그먼에게서 해리에게로 시선을 돌리더니, 잘못 들은 게 틀림없다는 듯 다시 배그먼을 바라보았다. 반면 플뢰르 들라쿠르는 머리를 넘기고 미소를 지으며 말했다. "오, 정말 재밌는 농담이네요, 배그먼 장관님."

"농담이라고?" 배그먼이 당황해서 되풀이했다. "아니, 아니야. 농담이 아닌데! 방금 해리의 이름이 불의 잔에서 나왔어!"

크룸의 짙은 눈썹이 살짝 꿈틀거렸다. 세드릭은 아직 예의를 갖추고 있었지만 얼굴에는 당황한 기색이 역력했다.

플뢰르가 얼굴을 찡그렸다. "하지만 실수가 있었덩게 틀림없어요." 그녀가 깔보는 투로 배그먼에게 말했다. "애랑은 대결할 수 엄서요. 너무 어리잖아요."

"뭐…… 놀라운 일이긴 하지." 배그먼이 미끈한 턱을 문지르면서 해리에게 미소 지어 보였다. "하지만 너희도 알다시피 나이 제한은 추가적인 안전 조치로 올해에만 실시된 거란다. 불의 잔에서 해리의 이름이 나왔으니…… 그러니까, 지금 단계에서 도망칠 수는 없다는 얘기지……. 규칙이 그래. 너희에겐 의무가 지워졌어……. 해리는 어쩔 수 없이 최선을 다해서……."

등 뒤의 문이 다시 열리고 여러 사람이 들어왔다. 덤블도어 교수가 가장 먼저 들어왔고, 그 뒤를 크라우치 장관과 카르카로프 교장, 막심 교장, 맥고나걸 교수와 스네이프 교수가 바짝 따랐다. 맥고나걸 교수가 문을 닫기 전 벽 저편에서 수백 명의 학생이 웅성거리는 소리가 들렸다.

"막심 교수님!" 플뢰르가 자기 학교 교장에게 성큼성큼 다가가면서 곧바로 말했다. "이 꼬마도 대회에 참가항다는데요!"

믿을 수 없는 일이 벌어져 얼떨떨한 와중에도 해리는 슬슬 분노가 치미는 것을 느꼈다. '꼬마?'

몸을 쭉 편 막심 교장의 키는 엄청날 정도였다. 깔끔하게 가르마를 탄 그녀의 정수리가 촛불이 가득 꽂힌 샹들리에에 스쳤고, 검은색 새틴으로 감싸인 거대한 가슴은 잔뜩 부풀었다.

"이게 무슨 말잉가요, 덤블리도르?" 그녀가 도도한 말투로 물었다.

"나도 알고 싶군요, 덤블도어." 카르카로프 교장이 말했다. 강철처럼 차가운 미소를 짓고 있는 그의 푸른 눈동자는 마치 얼음 조각 같았다. "호그와트 대표 선수가 둘이라? 대회를 주최하는 학교가 두 명의 대표 선수를 내보낼 수 있다는 얘기는 들어 본 적이 없는 것 같은데……. 내가 규칙을 꼼꼼하게 읽지 않은 겁니까?"

그가 짧고 심술궂은 웃음을 내뱉었다.

"세텅포시블르(말도 안 돼 ― 옮긴이)." 막심 교장이 말했다. 최상급 오팔이 잔뜩 끼워진 거대한 손이 플뢰르의 어깨에 얹혀 있었다. "오그와트만 대표 선수를 두 명 내보낸다는 겅 말도 안 돼요. 꽹장히 불공평한 일입니다."

"우리는 나이 제한선이 어린 참가자들을 접근하지 못하게 할 거라고 믿었습니다만, 덤블도어." 카르카로프가 말했다. 여전히 강철 같은 미소를 띠고 있었지만 두 눈은 조금 전보다 더 차가웠다. "그렇지 않았다면 우리도 학교에서 더 다양한 후보자들을 선발해 데려왔겠지요."

"이건 다른 누구도 아닌 포터의 잘못입니다, 카르카

로프." 스네이프가 조용히 입을 열었다. 그의 검은 눈동자가 악의로 번뜩였다. "포터가 규칙을 어기기로 마음먹었다고 해서 덤블도어 교수님을 비난하지는 마십시오. 이 녀석은 여기 온 이래 계속 선을 넘어……."

"고맙네, 세베루스." 덤블도어가 단호한 말투로 그의 말을 끊었다. 스네이프는 입을 다물었지만 두 눈만은 여전히 기름진 검은 머리카락 사이에서 심술궂게 빛났다.

덤블도어 교수는 이제 해리를 내려다보고 있었다. 해리는 그를 마주 보고, 반달 모양 안경 너머로 그의 두 눈에 떠오른 빛을 읽으려고 애썼다.

"네가 불의 잔에 이름을 넣었느냐, 해리?" 덤블도어가 침착하게 물었다.

"아뇨." 해리가 대답했다. 모두가 자신을 주시하고 있다는 사실이 무척 신경 쓰였다. 어둠 속에 서 있던 스네이프가 참지 못하고 조그맣게 불신 가득한 소리를 냈다.

"나이 많은 학생에게 대신 불의 잔에 이름을 넣어 달라고 했니?" 덤블도어 교수가 그런 스네이프를 무시하고 다시 물었다.

"아니에요." 해리가 발끈하며 말했다.

"아, 당연히 거짓말이죠!" 막심 교장이 소리쳤다. 스네이프는 이제 입가를 비틀며 고개를 젓고 있었다.

"나이 제한선을 넘을 수는 없었을 겁니다." 맥고나걸 교수가 날카롭게 말했다. "그 점에는 모두 동의한 것으로 아는데……."

"덤블리도르가 그 선을 그릴 때 실수핮 게 분명해요." 막심 교장이 어깨를 들썩이며 말했다.

"물론 그랬을 가능성도 있습니다." 덤블도어가 정중한 태도로 말했다.

"덤블도어, 실수하지 않았다는 건 본인이 더 잘 아시잖아요!" 맥고나걸 교수가 화를 내며 말했다. "정말이지, 무슨 말도 안 되는 소리입니까! 해리 본인이 나이 제한선을 넘는 건 불가능하고 덤블도어 교수님은 해리가 나이 많은 학생을 설득해서 그런 일을 하게 만들지 않았을 거라고 믿으시니, 다른 분들께도 이걸로 충분하리라 믿습니다!"

그렇게 말한 뒤 그녀는 스네이프 교수에게 단단히 화가 난 눈길을 던졌다.

"크라우치 장관님…… 배그먼 장관님……." 카르카로프가 다시 나긋나긋해진 목소리로 말했다. "두 분은 우리의…… 음, 객관적인 심사위원이십니다. 이 일이 규칙에 어긋난다는 데는 물론 동의하시겠지요?"

배그먼은 손수건으로 소년 같은 동그란 얼굴을 닦고 크라우치 장관을 바라보았다. 난로 불빛이 미치는 범위 바깥에 서 있는 크라우치의 얼굴 일부가 어둠에 가려져 있었다. 그는 조금 으스스하게 보였다. 반쯤 드리워진 어둠이 그의 얼굴을 훨씬 늙어 보이게 하고 해골처럼 보이게 만들었던 것이다. 크라우치가 입을 열자 평소처럼 무뚝뚝한 목소리가 흘러나왔다. "우리는 규칙을 따라야 합니다. 그 규칙은 불의 잔에서 이름이 나온 사람은 대회에 참가해야 한다고 명시하고 있소."

"뭐, 규칙에 대해서는 바티가 처음부터 끝까지 꿰뚫고 있으니까요." 배그먼이 활짝 웃으며 카르카로프와 막심 교장을 돌아보고 말했다. 이제 문제가 해결되었다는 투였다.

"나는 내가 데려온 다른 학생들도 다시 이름을 제출할 것을 강력하게 요구하는 바입니다." 카르카로프가 말했다. 나긋나긋한 목소리와 미소는 이제 찾아볼 수 없었다. 얼굴에는 매우 험악한 표정이 떠올라 있었다. "불의 잔을 다시 꺼내서, 각 학교마다 두 명의 대표 선수가 나올 때까지 계속 이름을 넣도록 합시다. 그래야 공평하지요, 덤블도어."

"하지만 카르카로프, 그런 식으로 할 수 있는 게 아니에요." 배그먼이 말했다. "불의 잔은 방금 꺼졌어요. 다음번 대회가 시작될 때까지는 다시 타오르지 않을 겁니다……."

"그렇다면 덤스트랭은 다음번 대회에 절대 참가하

지 않겠소!" 카르카로프가 고함을 질렀다. "그렇게 많은 회의와 협상과 타협을 거쳤는데도 이런 일이 벌어질 거라고는 생각도 못 했소! 지금도 반쯤은 떠나고 싶은 마음입니다!"

"허풍 떨기는, 카르카로프." 문 근처에서 어떤 걸걸한 목소리가 말했다. "지금 네놈 학교의 대표 선수를 두고 떠날 수는 없을 텐데. 그 녀석은 참가해야 해. 모두가 참가해야 한다. 덤블도어 교수 말처럼 이건 구속력이 있는 마법 계약이거든. 참 편리하지 않나?"

무디가 막 방으로 들어온 것이다. 그는 벽난로 쪽으로 절뚝절뚝 걸어왔다. 그가 오른발을 내디딜 때마다 '턱턱' 하는 소리가 크게 울렸다.

"편리하다고?" 카르카로프가 말했다. "미안하지만 무슨 말인지 모르겠군요, 무디."

해리가 보기에 카르카로프는 무디의 말에는 신경 쓸 가치도 없다는 듯 그를 무시하는 것처럼 말하려 애쓰고 있었다. 하지만 손은 그의 의지를 배반하고 불끈 주먹을 쥐고 있었다.

"모른다고?" 무디가 조용히 말했다. "아주 간단해, 카르카로프. 이름이 나오면 대회에 참가할 수밖에 없다는 걸 아는 누군가가 포터의 이름을 불의 잔에 넣은 거지."

"분명 호그와트에 기회를 두 번 주고 싶은 사람이었겠죠!" 막심 교장이 말했다.

"저도 같은 생각입니다, 막심 교장 선생님." 카르카로프가 그녀에게 허리를 숙이며 말했다. "마법 정부는 물론 국제 마법사 연맹에도 불만을 제기할……."

"불만을 제기할 사람이 있다면 그건 포터다." 무디가 거친 목소리로 말했다. "그런데…… 이상하군……. 저 녀석 얘기는 한 마디도 못 들었으니……."

"쟤가 왜 불평을 하겠어요?" 플뢰르 들라쿠르가 발을 동동 구르며 소리쳤다. "저 애능 참가할 기회를 얻었잖아요. 아닝가요? 우리능 모두 몇 주 동안이나 선택받기를 기다려 왔어요! 우리 학교의 명예를 위해서요! 상금이 1,000갈레온이라니…… 많응 사람이 목숨이라도 걸 기회잖아요!"

"어쩌면 포터가 정말로 목숨 걸기를 바라는 사람이 있을지도 모르지." 무디가 간간이 으르렁거리는 기색을 드러내며 말했다.

그 말에 팽팽하게 긴장된 침묵이 이어졌다.

루도 배그먼이 정말로 불안한 표정으로 초조하게 발을 들었다 내렸다 하며 말했다. "무디, 이 친구…… 무슨 그런 말을 하나!"

"무디 교수가 점심시간 전까지 자신을 살해하려는 음모를 여섯 건 발견하지 못하면 그날 아침을 헛되이 보냈다고 생각하는 사람이라는 건 다들 알잖습니까." 카르카로프가 큰 소리로 말했다. "이제는 분명 학생들한테까지 암살을 두려워하라고 가르치는 것이겠지요. 어둠의 마법 방어법을 가르치는 사람치고 이상한 자질이긴 하군요, 덤블도어. 이런 사람을 고용한 데는 분명 나름의 이유가 있겠지만 말입니다."

"내 상상에 불과하단 말인가?" 무디가 으르렁거렸다. "헛것을 보는 거라고? 불의 잔에 이 녀석의 이름을 넣은 건 노련한 마법사가 틀림없어……."

"아니, 무승 증거로 그런 말을 하나요?" 막심 교장이 큼직한 두 손을 들어 올리며 말했다.

"아주 강력한 마법의 물건을 속였지 않소!" 무디가 말했다. "그 잔을 속여서 대회에서 대결을 벌이는 건 오직 세 학교뿐이라는 사실을 잊어버리게 만들려면 특별히 강력한 혼돈 마법이 필요했을 거요……. 내 생각엔 포터의 이름을 네 번째 학교에 넣어 거기에 속한 유일한 학생이 되게 만든 것 같은데……."

"이 문제를 아주 깊이 생각해 본 것 같군요, 무디." 카르카로프가 싸늘하게 말했다. "게다가 매우 독창적인 이론입니다……. 그런데 내가 얼마 전에 들은 이야기에 따르면, 당신이 생일 선물 중에 교묘하게 위장한 바실리스크 알이 들어 있다고 생각해서 휴대용 시계인 줄도 모르고 그걸 산산이 부숴 버렸다더군요. 그러니 우리가 당신이 하는 말을 전혀 진지하게 받아들이지 않더라도 이해해야……."

"아무 관련 없는 상황을 이용하려는 자들은 항상 존재하는 법이지." 무디가 심술궂은 목소리로 반박했다. "어둠의 마법사들처럼 생각하는 건 내 일이다, 카르카로프. 네놈도 기억하겠지만……."

"앨러스터!" 덤블도어가 경고하듯 외쳤다. 해리는 그가 누구를 부른 건지 잠깐 의문을 느꼈지만 곧 '매드아이'가 무디의 진짜 이름일 리 없다는 사실을 깨달았다. 무디는 입을 다물었지만 여전히 흡족한 듯 카르카로프의 시뻘겋게 달아오른 얼굴을 바라보고 있었다.

"우리는 어떻게 해서 이런 상황이 벌어졌는지 모릅니다." 덤블도어가 방에 모인 모든 사람에게 말했다. "그러나 내가 보기에는 받아들이는 수밖에 없을 것 같군요. 세드릭과 해리 모두 대회 참가자로 선택받았습니다. 그러니 그렇게 해야……."

"아, 하지만 덤블리도르……."

"존경하는 막심 교장 선생님, 대안이 있다면 기꺼이 듣겠습니다."

덤블도어가 기다렸지만 막심 교장은 아무 말도 하지 못한 채 그를 쏘아보기만 했다. 그녀뿐만이 아니었다. 스네이프는 극도로 화가 난 표정이었고, 카르카로프는 분노로 하얗게 질려 있었다. 그러나 배그먼은 오히려 신난 기색이 역력했다.

"뭐, 그럼 계속할까요?" 그가 손을 맞비비며 미소 띤 얼굴로 방을 둘러보았다. "우리 대표 선수들에게 지시 사항을 전달해야겠지요? 바티, 당신이 이 영광스러운 일을 맡는 건 어때요?"

크라우치 장관은 깊은 몽상에서 깨어난 듯했다.

"그래." 그가 퍼뜩 입을 열었다. "지시 사항을 전달해야지. 좋아…… 첫 번째 과제는……."

크라우치가 불빛이 비치는 곳으로 걸어 나왔다. 가까이에서 본 그는 아픈 사람 같았다. 퀴디치 월드컵에서 봤을 때와 달리 눈 밑에는 어두운 그림자가 드리워져 있었고 얇은 종이 같은 피부는 쭈글쭈글했다.

"첫 번째 과제는 너희의 용기를 시험하기 위한 것이다." 그가 해리, 세드릭, 플뢰르, 크룸에게 말했다. "그러니 어떤 과제인지는 말해 주지 않겠다. 용기는 미지의 존재를 마주했을 때 마법사가 갖춰야 할 중요한 자질이니까…… 암, 중요하고말고……. 첫 번째 과제는 11월 24일, 다른 학생들과 심사위원단 앞에서 발표될 예정이다. 대표 선수들은 대회 과제를 완수하기 위해 교수들에게 어떤 형태의 도움도 요청하거나 받아서는 안 된다. 대표 선수들은 마법 지팡이로만 무장하고 첫 번째 도전 과제를 마주할 것이다. 첫 번째 과제가 끝나면 두 번째 과제에 관한 정보를 받게 된다. 많은 노력과 시간을 요구하는 대회의 속성을 감안해 대표 선수들은 학년말시험을 면제받는다."

크라우치 장관이 시선을 돌려 덤블도어를 바라보았다. "다 전달한 것 같습니다만, 알버스?"

"내 생각에도 그렇습니다." 덤블도어가 말했다. 그는 조금 걱정스러운 표정으로 크라우치 장관을 바라보고 있었다. "정말로 오늘 밤 호그와트에서 묵지 않을 건가요, 바티?"

"예, 덤블도어. 정부로 돌아가야 합니다." 크라우치 장관이 말했다. "지금 아주 바쁘고 힘든 시기여서요……. 젊은 웨더비에게 일을 맡기긴 했는데…… 아주 열정적인 친구입니다……. 사실은 좀 지나치게 열정적이지요……."

"아무리 그래도 가기 전에 한잔 정도는 해야지요." 덤블도어가 말했다.

"그래요, 바티. 나는 남을 거예요!" 배그먼이 밝은 목소리로 말했다. "지금은 호그와트에서 온갖 일이 벌어지고 있잖아요. 사무실보다는 여기가 훨씬 신나죠!"

"난 그럴 생각 없네, 루도." 크라우치가 특유의 초조한 기색을 드러내며 말했다.

"카르카로프 교장 선생님, 막심 교장 선생님, 자기 전에 한잔하시겠습니까?" 덤블도어가 말했다.

그러나 막심 교장은 이미 플뢰르의 어깨에 팔을 두른 채 신속히 그녀를 데리고 방을 나서고 있었다. 두 사람이 대연회장으로 나가면서 프랑스어로 아주 빠르게 대화를 나누는 소리가 들렸다. 카르카로프가 크룸에게 손짓했고, 그들도 떠났다. 다만 조용히 떠났을 뿐이었다.

"해리, 세드릭, 자러 가는 게 좋겠다." 덤블도어가 둘 모두에게 미소 지으며 말했다. "틀림없이 그리핀도르와 후플푸프 학생들이 너희를 축하해 주려고 기다리고 있을 테니. 한바탕 소란을 피우고 시끄럽게 떠들 좋은 핑계를 빼앗는다니 안 될 말이지."

해리는 세드릭을 힐끗 쳐다보았다. 그가 고개를 끄덕이자 둘은 함께 방을 나갔다.

대연회장은 이제 텅 비어 있었다. 거의 꺼져 가는 촛불들이 들쭉날쭉한 미소를 짓고 있는 호박들에 으스스하고 깜빡이는 효과를 더해 주었다.

"그래." 세드릭이 살짝 미소 지으며 말했다. "이번에도 대결하게 됐네!"

"그러게." 해리가 말했다. 할 말이 하나도 생각나지 않았다. 누가 뇌를 탈탈 털어 간 듯 머릿속이 완전히 뒤죽박죽이 된 것 같았다.

"그럼…… 말해 봐……." 현관홀에 도착하자 세드릭이 다시 말했다. 불의 잔이 사라진 그곳에는 이제 횃불만이 주위를 밝히고 있었다. "정말로 어떻게 이름을 넣은 거야?"

"안 넣었다니까." 해리가 그를 올려다보며 말했다. "내가 넣은 게 아냐. 난 사실대로 말한 거야."

"아…… 그래." 세드릭이 말했다. 해리는 세드릭이 그 말을 믿지 않는다는 것을 알았다. "뭐…… 그럼 나중에 보자."

세드릭은 대리석 계단을 오르는 대신 계단 오른쪽에 난 문으로 향했다. 해리는 가만히 서서 그가 돌계단을 내려가는 소리를 듣다가 천천히 대리석 계단을 올라갔다.

론과 헤르미온느 말고도 그를 믿어 줄 사람이 있을까? 다들 해리가 대회에 나가려고 자기 이름을 넣었다고 생각할까? 하지만 대체 어떻게 그런 생각을 할 수 있을까? 해리는 그보다 마법 교육을 3년이나 더 받은 경쟁자들과 겨뤄야 했다. 굉장히 위험할 것 같은 과제를, 그것도 수백 명이 보는 앞에서 수행해야 했다. 물론 해리도 생각은 해 봤다……. 공상을 펼치기는 했다……. 하지만 그것은 솔직히 장난에 가까웠다. 한가로운 꿈이나 마찬가지였다……. 정말로, 진지하게 대회 참가를 생각해 본 건 아니었다…….

하지만 다른 누군가는 그런 생각을 했던 것이다……. 그 누군가는 해리를 대회에 참가시키고 싶어 했고 그가 참가할 수밖에 없도록 만들었다. 왜? 선물을 주려고? 왠지 그건 아닐 것 같았다…….

그가 바보짓 하는 꼴을 보려고? 뭐, 그렇다면 소원을 이룰 가능성이 높겠지만…….

하지만 그를 죽이려고 그런 거라면? 무디는 늘 그랬듯이 편집증을 드러낸 것뿐일까? 누군가가 장난으로, 농담처럼 해리의 이름을 불의 잔에 넣는 일이 가능할까? 정말로 그의 죽음을 바라는 사람이 있을까?

그 질문에는 곧바로 답이 떠올랐다. 그렇다, 해리가 죽기를 바라는 사람이 있었다. 해리가 한 살이었을 때부터 줄곧 그의 죽음을 바란 사람…… 볼드모트 경. 하지만 볼드모트가 어떻게 해리의 이름이 불의 잔에 들어가게 만들 수 있단 말인가? 볼드모트는 먼 곳, 머나먼 나라에 홀로 숨어 있을 터였다……. 허약하고 무력하게…….

하지만 해리가 꾼 꿈, 흉터가 아파서 깨어나기 직전에 꾸었던 꿈에서 볼드모트는 혼자가 아니었다……. 그는 웜테일과 이야기하고 있었다……. 해리를 죽일 음모를 꾸미면서…….

발길이 어디로 향하는지도 거의 알아차리지 못했던 해리는 어느새 뚱뚱한 귀부인을 맞닥뜨리게 된 것을 깨닫고 깜짝 놀랐다. 액자 속에 뚱뚱한 귀부인 혼자만 있는 게 아니라는 점도 놀라웠다. 해리가 밑에서 대표 선수들을 만날 때 옆에 있는 그림으로 휙 들어갔던 쪼글쪼글한 마법사가 지금 뚱뚱한 귀부인 옆에 거들먹거리며 앉아 있었던 것이다. 해리보다 먼저 이곳에 도착하려고 일곱 층의 계단에 걸려 있는 그림들을 모두 쏜살같이 지나온 게 틀림없었다. 그녀와 뚱뚱한 귀부인 둘 다 흥미진진한 얼굴로 그를 내려다보고 있었다.

"이런, 이런, 이런." 뚱뚱한 귀부인이 말했다. "바이올렛이 방금 모든 걸 말해 줬다. 그럼 학교 대표 선수로는 누가 선택된 게냐?"

"허튼소리." 해리가 멍하니 내뱉었다.

"헛소리라니!" 주름이 쪼글쪼글한 마법사가 버럭 화를 냈다.

"아니, 아니야, 바이. 저건 암호야." 뚱뚱한 귀부인이 달래듯 말하더니 경첩에 매달린 채 앞으로 홱 젖혀지며 해리를 휴게실에 들여보내 주었다.

초상화가 채 닫히기도 전에 폭발하듯 들려온 소음 때문에 해리는 하마터면 뒤로 넘어질 뻔했다. 다음 순간 그는 열 쌍이 넘는 손에 붙들려 휴게실로 끌려들어 가 어느새 그리핀도르 학생 전체를 마주 보고 있었다. 모두가 소리를 지르고 손뼉을 치며 휘파람을 불어 댔다.

"우리한테는 이름을 넣었다고 얘기했어야지!" 프레드가 우렁차게 소리쳤다. 그는 반쯤은 화가 나고 반쯤은 감명받은 표정이었다.

"턱수염도 안 달고 어떻게 한 거야? 훌륭한데!" 조지가 고함을 질렀다.

"내가 넣은 거 아냐." 해리가 말했다. "나도 어떻게 된 건지 몰……."

그러나 그때 앤젤리나가 그를 와락 덮쳤다. "그래, 나는 못했지만 그래도 그리핀도르니까……."

"디고리한테 지난번 퀴디치 시합의 복수를 해 줄 수 있겠다, 해리!" 그리핀도르의 또 다른 추격꾼인 케이티 벨이 높은 소리로 외쳤다.

"음식이 있어, 해리. 와서 좀 먹어……."

"별로 배 안 고파. 연회에서 많이 먹어서……."

하지만 배가 고프지 않다는 그의 말을 듣고 싶어 하는 사람은 아무도 없었다. 아무도 그가 불의 잔에 이름을 넣지 않았다는 말에 귀 기울이지 않았다. 단 한 사람도 그가 전혀 축하받고 싶은 기분이 아니라는 사실을 눈치채지 못했……. 리 조던이 어디서 그리핀도르 현수막을 꺼내 와 해리에게 망토처럼 둘러 주겠다고 우겼다. 해리는 빠져나올 수가 없었다. 침실 계단 쪽으로 슬쩍 빠져나가려고 할 때마다 주위에 있던 아이들이 몰려와 버터맥주를 또 한 잔 억지로 먹이고 그의 손에 감자칩과 땅콩을 잔뜩 쥐여 주었다……. 다들 그가 어떻게 그 일을 해냈는지, 어떻게 덤블도어가 그어 놓은 나이 제한선을 속이고 불의 잔에 이름을 넣을 수 있었는지 알고 싶어 했다.

"내가 안 그랬다니까." 그는 계속 되풀이했다. "나도 어떻게 된 일인지 몰라."

하지만 모두 들은 척도 하지 않았다. 차라리 아무런 대꾸도 하지 않는 편이 나을 것 같았다.

"나 피곤해!" 결국 30분 가까이 지나서야 그가 소리쳤다. "아니, 정말이야, 조지. 자러 가야겠어."

그는 다른 무엇보다도 론과 헤르미온느를, 최소한의 이성을 갖춘 사람을 찾고 싶었지만 둘 다 휴게실에 없는 것 같았다. 해리는 자야 한다고 고집을 피우고, 계단 밑에서 기다리다가 그에게 말을 걸려던 조그만 크리비 형제를 때려눕히다시피 한 뒤에야 간신히 모두를 떨쳐 내고 재빨리 침실로 올라갈 수 있었다.

정말 다행스럽게도 자기 침대에 누워 있는 론을 제외하면 침실은 비어 있었다. 론은 아직도 옷을 완전히 갖춰 입은 채였다. 해리가 문을 쾅 닫으며 들어오자 그가 고개를 들었다.

"어디 있었어?" 해리가 물었다.

"어, 안녕." 론이 말했다.

론이 씩 웃었지만 아주 이상하고 긴장한 웃음처럼 보였다. 해리는 리가 매어 준 진홍색 그리핀도르 현수막을 아직도 두르고 있었다는 사실을 문득 깨달았다. 그는 얼른 현수막을 벗으려 했지만 매듭이 너무 단단하게 묶여 있었다. 론은 꼼짝 않고 침대에 누워 해리가 현수막을 벗으려고 낑낑대는 모습을 지켜보았다.

"그래." 해리가 마침내 현수막을 벗어 구석에 던지자 론이 입을 열었다. "축하해."

"무슨 뜻이야? 축하한다니?" 해리가 론을 빤히 바라보며 물었다. 론의 미소는 틀림없이 어딘가 잘못되어 있었다. 미소가 아니라 차라리 찡그림에 가까웠다.

"뭐…… 다른 사람은 아무도 나이 제한선을 넘지 못했잖아." 론이 말했다. "프레드랑 조지조차도. 뭘 사용한 거야? 투명 망토?"

"투명 망토로는 그 선을 넘을 수 없을 거야." 해리가 천천히 말했다.

"아, 맞네." 론이 말했다. "투명 망토를 썼다면 나한테 말해 줬겠지……. 우리 둘 다 덮을 수 있었을 테니까. 안 그래? 그럼 다른 방법을 찾은 거구나?"

"내 말 잘 들어." 해리가 말했다. "나는 불의 잔에 내 이름을 넣지 않았어. 다른 사람이 그런 짓을 한 게 분명해."

론이 눈썹을 치켜올렸다. "뭐 때문에 그런 짓을 해?"

"그건 나도 모르지." 해리가 말했다. '나를 죽이려고'라고 말하면 너무 신파극처럼 느껴질 것 같았다.

론의 눈썹이 머리카락 속으로 사라질 듯 높이 들렸다.

"그래, 좋아. 하지만 나한테는 사실대로 말해도 괜찮잖아." 그가 말했다. "아무한테도 알려 주고 싶지 않다면 뭐, 알겠어. 근데 왜 굳이 거짓말을 하는지 모르겠다. 그래서 무슨 문제가 생긴 것도 아니잖아. 뚱뚱한 귀부인의 친구 말이야, 그 바이올렛이라는 사람, 그 사람이 벌써 다 말해 줬어. 덤블도어가 네가 참가하도록 허락해 줬다던데. 상금 1,000갈레온이라고? 그렇지? 학년말시험도 칠 필요가 없고……."

"나는 그 잔에 이름을 넣지 않았다고!" 해리가 말했다. 슬슬 화가 나려 했다.

"그래, 알았어." 론이 세드릭과 똑같이 의심 어린 목소리로 말했다. "오늘 아침에라도 어젯밤에 이름을 넣었다고, 아무도 못 봤다고 말해 줬으면 될 것을……. 저기, 나도 바보는 아냐."

"그럼 바보 연기를 정말 잘하나 보네." 해리가 팩 쏘아붙였다.

"아, 그래?" 론이 말했다. 억지웃음이든 어떤 웃음이든 이제 그의 얼굴에는 미소의 흔적조차 싹 사라져 있었다. "너 자야겠다, 해리. 사진 촬영이든 뭐든 하려면 내일 아침 일찍 일어나야 할 테니까."

론은 사주식 침대의 커튼을 확 잡아당겼다. 해리가 자신을 믿어 줄 거라 확신했던 몇 안 되는 사람 중 한 명을 가리고 있는 진홍색 벨벳 커튼을 문 앞에 서서 빤히 바라보게 내버려 둔 채.

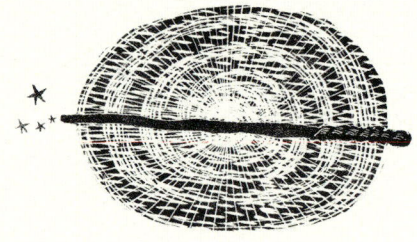

CHAPTER 18

마법 지팡이 검사

일요일 아침에 일어났을 때, 해리는 왜 이토록 비참하고 무거운 마음이 드는지 떠올리기까지 시간이 조금 걸렸다. 곧 지난밤의 기억이 밀려들었다. 그는 일어나 앉아 침대 커튼을 확 젖혔다. 론에게 말을 걸고 어떻게든 자신을 믿도록 만들 작정이었다. 하지만 론의 빈 침대만 눈에 들어왔다. 아침을 먹으러 내려간 게 틀림없었다.

해리는 옷을 입고 나선형 계단을 따라 휴게실로 내려갔다. 그가 나타나자마자, 이미 아침 식사를 마치고 온 사람들이 다시 박수를 보냈다. 대연회장으로 가서 그를 영웅처럼 대접할 다른 그리핀도르 학생들을 마주할 생각을 하니 별로 내키지 않았다. 하지만 그게 아니면 여기 있다가 미친 듯이 손을 흔들며 그의 이름을 부르는 크리비 형제에게 꼼짝없이 붙잡히는 수밖에 없었다. 해리는 결연하게 휴게실 입구로 걸어가 초상화를 열고 나가다가 헤르미온느와 마주쳤다.

"안녕." 그녀가 냅킨에 싸서 들고 온 토스트 몇 개를 들어 올리며 말했다. "너 먹으라고 가져왔어. ……산책 갈래?"

"좋은 생각이야." 해리는 고마움을 느끼며 말했다.

그들은 계단을 내려가 대연회장 쪽은 거들떠보지도 않고 빠르게 현관홀을 걸어갔다. 밖으로 나간 그들은 곧장 잔디밭을 성큼성큼 가로질러 호수로 향했다. 호숫가에 정박한 덤스트랭 배가 수면에 검은 그림자를 드리우고 있었다. 그들은 싸늘한 아침 공기 속에서 토스트를 우물거리며 계속 걸었다. 해리는 헤르미온느에게 전날 밤 그리핀도르 식탁을 떠난 뒤에 무슨 일이 있었는지를 자세히 설명해 주었다. 굉장히 다행스럽게도 헤르미온느는 아무런 의심 없이 그의 이야기를 믿어 주었다.

"뭐, 나는 당연히 네가 직접 이름을 넣지 않았다는 걸 알고 있었어." 해리가 대연회장에 딸린 방에서 있었던 일들을 다 말해 주자 그녀가 말했다. "덤블도어 교수님이 네 이름을 읽었을 때 네가 어떤 표정을 지었는데! 근데 문제는 *대체* 누가 네 이름을 넣었냐는 거야. 왜냐면 무디 교수님 말이 맞으니까. 해리…… 나는 학생이 그런 짓을 할 수는 없다고 생각해……. 학생은 불의 잔을 속일 수도 없었을 거고, 덤블도어 교수님이 그런……."

"너 론 봤어?" 해리가 그녀의 말을 끊고 물었다.

헤르미온느는 잠깐 망설였다.

"어…… 응…… 아침 먹으러 왔더라." 그녀가 말했다.

"걘 아직도 내가 직접 이름을 넣었다고 생각하는 거야?"

"음…… 아니, 그런 것 같지는 않아……. 진심으로 그렇게 생각하진 않을 거야." 헤르미온느가 어색하게 말했다.

"그게 무슨 뜻이야? '진심으로'라니?"

"아, 해리. 뻔하지 않니?" 헤르미온느가 어쩔 수 없다는 듯 말했다. "론은 널 질투하는 거야!"

"질투?" 해리가 믿을 수 없다는 듯 되물었다. "뭘 질투해? 전교생 앞에서 멍청이가 되고 싶다는 거야?"

"봐 봐." 헤르미온느가 참을성 있게 설명했다. "넌 항상 모든 관심을 독차지하잖아. 그건 너도 알 거야. 그게 네 잘못이 아니라는 건 나도 알아." 해리가 발끈해서 무슨 말을 하려고 하자 그녀가 빠르게 덧붙였다. "네가 그런 걸 바라지 않는다는 것도 알고……. 하지만 뭐, 그렇잖아, 론은 집에서도 형들이랑 경쟁해 왔고, 가장 친한 친구인 너는 정말 유명하고……. 사람들이 너에게 주목할 때마다 론은 항상 한 발짝 물러나 있어야 했어. 그래도 꾹 참고 거기에 대해서는 한 마디도 하지 않았어. 하지만 이번에는 견딜 수가 없었나 봐……."

"잘됐네." 해리가 씁쓸하게 말했다. "아주 잘됐어. 원한다면 언제든 입장을 바꿔 주겠다고 전해 줘. 기꺼이 바꿔 주겠다고……. 어딜 가든 사람들이 이마를 빤히 쳐다보는 처지로……."

"나는 아무 말 안 할 거야." 헤르미온느가 딱 잘라 말했다. "네가 직접 얘기해. 이 문제를 해결할 방법은 그것뿐이야."

"걔 철들라고 꽁무니 쫓아다닐 생각 없어!" 해리가 소리쳤다. 그 소리가 어찌나 컸는지 근처 나무에 있던 부엉이 몇 마리가 깜짝 놀라 날아갔다. "내 목이 부러지거나 하면 내가 마냥 즐겁지만은 않다는 걸 믿어 줄지도 모르겠네."

"안 웃겨." 헤르미온느가 조용히 말했다. "전혀 웃기지 않아." 그녀는 굉장히 걱정스러운 표정이었다. "해리, 내가 생각해 봤는데…… 너도 우리가 뭘 해야 하는지 알지? 지금 당장, 성으로 돌아가자마자 말이야."

"그래, 론 궁둥이나 한번 제대로 걷어차 주……."

"시리우스한테 편지를 써. 무슨 일이 일어났는지 시리우스한테 얘기해 줘야 해. 호그와트에서 무슨 일이 벌어지든 다 알려 달라고 했잖아……. 꼭 이런 일이 벌어질 거라고 예상이라도 한 것처럼. 내가 양피지랑 깃펜을 가지고 나왔으니까……."

"말도 안 되는 소리 하지 마." 해리가 엿듣는 사람이 없는지 황급히 주위를 두리번거리며 말했다. 하지만 교정은 텅 비어 있었다. "시리우스는 내 흉터가 조금 찌릿했다는 이유로 이 나라에 돌아온 사람이야. 누가 나를 트라이위저드 대회에 참가하게 만들었다는 얘기를 하면 곧바로 성에 쳐들어올걸?"

"시리우스는 네가 말해 주기를 바랄 거야." 헤르미온느가 고집스럽게 말했다. "어쨌든 알게 될 테고……."

"어떻게?"

"해리, 이 일이 알려지지 않을 수는 없어." 헤르미온느가 아주 심각한 어조로 말을 이었다. "이 대회도 유명하고 너도 유명하니까. 《예언자일보》에 네가 참가한다는 얘기가 한 줄도 안 실리면 그게 더 놀랍지……. 이미 '그 사람'에 관한 책 중 절반에는 네 얘기가 실려 있단 말이야……. 시리우스는 너한테 직접 듣고 싶을걸? 분명히 그럴 거야."

"알았어, 알았다고. 편지 쓸게." 해리가 마지막 남은 토스트 조각을 호수에 던지며 말했다. 그들은 둘 다 가만히 서서 물속에서 커다란 촉수가 솟구쳐 나와 물에 둥둥 떠 있던 토스트를 잡아채 수면 아래로 끌고 들어

가는 모습을 지켜보았다. 그런 다음 그들은 성으로 돌아갔다.

"누구 부엉이를 쓰지?" 계단을 오르며 해리가 말했다. "헤드위그는 다시 보내지 말랬는데."

"론한테 혹시 빌릴 수 있느냐고 물어……."

"론한테는 아무것도 물어보지 않을 거야." 해리가 딱 잘라 말했다.

"그래, 그럼 학교 부엉이 중 한 마리를 빌려. 그 부엉이는 아무나 쓸 수 있으니까." 헤르미온느가 말했다.

그들은 부엉이장으로 올라갔다. 헤르미온느는 해리에게 양피지와 깃펜, 잉크병을 주고 길게 이어진 횃대를 따라 돌아다니며 다양한 부엉이를 살펴보았다. 그러는 동안 해리는 벽에 기대앉아 편지를 썼다.

   시리우스에게.
   호그와트에서 일어난 일들을 계속 알려 달려고 하셔서 편지를 써요. 들으셨을지 모르겠지만 올해 트라이위저드 대회가 열리는데, 토요일 밤에 제가 네 번째 대표 선수로 뽑혔어요. 누가 불의 잔에 제 이름을 넣었는지 모르겠어요. 전 안 넣었거든요. 또 다른 호그와트 대표 선수는 후플푸프의 세드릭 디고리예요.

그는 여기서 잠시 멈추고 생각에 잠겼다. 어젯밤 이래로 가슴속에 자리 잡은 묵직한 불안감에 대해 말하고 싶은 충동이 일었다. 하지만 그 마음을 표현할 말이 생각나지 않았다. 해리는 깃펜을 잉크병에 다시 담갔다가 그냥 이렇게만 썼다.

   잘 지내시길 바랄게요. 벅빅도요. 해리.

"다 썼어." 그가 자리에서 일어나 로브에 묻은 지푸라기를 털어 내며 헤르미온느에게 말했다. 그 모습을 본 헤드위그가 퍼덕거리며 해리의 어깨에 내려앉아 다리를 내밀었다.

"널 보낼 수 없어." 해리가 헤드위그에게 말하며 학교 부엉이들을 둘러보았다. "쟤들 중 한 마리를 보내야 해……."

헤드위그가 아주 시끄럽게 부엉부엉 울더니 갑자기 푸드덕 날아가면서 해리의 어깨를 발톱으로 할퀴었다. 헤드위그는 해리가 커다란 외양간올빼미의 다리에 편지를 묶는 내내 그에게 등을 돌리고 있었다. 외양간올빼미가 날아간 뒤 해리가 쓰다듬어 주려고 손을 내밀었지만 헤드위그는 화가 난 듯 부리를 딱딱거리더니 그의 손이 닿지 않는 서까래 위로 날아가 버렸다.

"처음엔 론이더니, 이젠 너야?" 해리가 화를 내며 말했다. "이건 내 잘못이 아니라고."

해리는 그가 대표 선수가 되었다는 사실에 모두가 익숙해지면 상황이 좀 나아질 거라고 생각했다. 하지만 다음 날이 되자 그것이 얼마나 잘못된 생각이었는지가 곧 밝혀졌다. 일단 수업에 들어가면 해리는 더 이상 다른 학생들을 피할 수 없었다. 다른 기숙사 학생들도 그리핀도르 학생들처럼 해리가 자기 의지로 대회에 참가했다고 생각하는 게 분명했다. 다만 그리핀도르 학생들과 달리 그들은 그 일을 좋게 생각하지 않는 것 같았다.

평소 그리핀도르와 꽤 사이가 좋았던 후플푸프 학생들이 그리핀도르 학생들을 대하는 태도가 눈에 띄게 차가워졌다. 이 점은 약초학 수업 시간에 분명해졌다. 후플푸프 학생들은 해리가 후플푸프 대표 선수가 누려야 할 영광을 빼앗았다고 생각하는 게 틀림없었다. 후플푸프는 어떤 영예도 차지한 적이 거의 없던 데다가, 세드릭은 퀴디치 시합에서 그리핀도르를 꺾어 그 귀한 영예를 안겨 준 몇 안 되는 사람이었던 만큼 더 기분이 나쁜 것 같았다. 어니 맥밀런과 저스틴 핀치플레츨리는 평소 해리와 아주 사이가 좋았지만, 같은 상자에 탱탱 알뿌리를 옮겨 심으면서도 그에게 말 한 마디 걸지 않았다. 다만 탱탱 알뿌리 하나가 몸부림치며 해리의 손아귀에서 빠져나가 그의 얼굴을 후려치자 상당히 기분 나쁘게 웃음을 터뜨렸을 뿐이다. 론도 해리에게 말을 걸지 않았다. 헤르미온느가 두 사람 사이에 앉아 억지로 대화를 이어 갔지만 둘 다 그녀의 말에만 평범하게 대꾸할 뿐 서로 눈을 맞추는 일은 피했다. 스프라우트 교수까지도 해리를 피하는 것 같았다. 하긴 그녀는 후플푸프 기숙사의 담임 교수였다.

보통 때 같으면 해그리드와의 만남을 기대했겠지만 마법 생명체 돌보기 수업을 듣는다는 것은 슬리데린 학생들을 만나야 한다는 뜻이었다. 대표 선수가 되고 나서 그들과 얼굴을 마주하는 건 처음이었다.

예상대로, 말포이는 특유의 비웃음 가득한 얼굴로 해그리드의 오두막 앞에 와 있었다.

"야, 저기 좀 봐. 대표 선수 납셨다." 해리가 말소리를 들을 만큼 가까이 오자 말포이가 크래브와 고일에게 말했다. "사인북 챙겼어? 사인을 받으려면 지금 받는 게 좋을 거야. 쟤가 오래 버틸 거라는 생각은 안 들어서 말이지……. 트라이위저드 대표 선수 가운데 절반이 죽었다잖아……. 넌 얼마나 버틸 것 같냐, 포터? 난 네가 첫 번째 과제가 시작되고 10분쯤 버틴다는 데 걸게."

크래브와 고일이 비위를 맞추려는 듯 낄낄 웃었지만 말포이는 거기에서 멈춰야만 했다. 해그리드가 오두막 뒤에서 금방이라도 무너질 것처럼 상자를 탑처럼 쌓아 들고 나타났던 것이다. 각각의 상자에는 아주 커다란 폭발 꼬리 스크루트가 한 마리씩 들어 있었다. 뒤이어 해그리드는 스크루트들이 서로를 죽이는 이유는 발산하지 못한 에너지가 너무 많아서인데 그 문제는 학생들이 각각 스크루트에게 목줄을 채워 잠깐 산책을 다녀오면 다 해결된다고 설명했다. 학생들한테는 날벼락 같은 일이었다. 딱 한 가지 좋은 점은 말포이의 관심을 완전히 돌려놓았다는 것뿐이었다.

"이걸 데리고 산책을 가라고요?" 말포이는 역겹다는 듯 해그리드의 말을 되풀이하며 상자를 들여다보았다. "정확히 어디에다 목줄을 채우라는 거예요? 침? 폭발하는 꼬리? 흡착판?"

"중간쯤에 채워라." 해그리드가 시범을 보이며 말했다. "어…… 용 가죽 장갑을 끼는 게 좋을 거야. 그냥 추가적인 안전 조치로 말이야. 해리, 이리 와서 나 좀 도와다오. 이 커다란 녀석을……."

하지만 해그리드의 진짜 의도는 다른 학생들과 떨어진 곳에서 해리와 이야기를 나누는 것이었다.

그는 다른 학생들이 모두 스크루트들을 데리고 출발하기를 기다렸다가 해리를 돌아보고 아주 심각한 목소리로 말했다. "그러니까…… 너도 참가하는 거구나, 해리. 트라이위저드 대회에 말이야. 우리 학교 대표 선수로."

"우리 학교 대표 선수 중 한 명이겠죠." 해리가 해그리드의 말을 고쳐 주었다.

해그리드의 딱정벌레 같은 눈이 거친 눈썹 아래에서 매우 불안한 기색을 띠었다. "누가 네 이름을 집어넣었는지 전혀 모르겠냐, 해리?"

"그럼 제가 넣은 게 아니라는 걸 믿으시는 거예요?" 해그리드의 말에 해리는 솟구치는 고마움을 간신히 숨기며 말했다.

"당연하지." 해그리드가 툴툴거리듯 말했다. "네가 아니라고 하면 난 네 말을 믿는다. 덤블도어 교수님도 네 말을 믿으시고."

"실제로 누가 제 이름을 넣었는지 저도 알았으면 좋겠어요." 해리가 씁쓸하게 말했다.

두 사람은 잔디밭을 건너다보았다. 학생들은 이제 널리 흩어져 있었고 하나같이 무척 애를 먹고 있었다. 스크루트들은 이제 1미터 가까이 됐고 힘도 엄청났다. 잿빛으로 번쩍이는 두꺼운 갑옷 같은 모습으로 자란 그것들은 더 이상 껍데기 없는 상태도, 색깔 없는 상태도 아니었다. 거대한 전갈과 길쭉하게 늘여 놓은 게를 섞은 듯한 모습이었다. 하지만 머리나 눈처럼 보이는 것은 아직 없었다. 스크루트들은 엄청나게 힘이 세졌고 다루기도 매우 힘들었다.

"재미있어하는 것 같지 않니?" 해그리드가 좋아하며 말했다. 해리는 해그리드가 스크루트 얘기를 하는 거라고 생각했다. 학생들은 전혀 재미있어 보이지 않았기 때문이다. 스크루트들의 꼬리는 시시때때로 위협적인 '쾅' 소리를 내며 폭발했고, 그럴 때마다 스크루트가 몇 미터씩 앞으로 튀어나갔다. 한 명 이상의 학생들이 다시 일어서려고 처절하게 몸부림치면서 그것들에게 질질 끌려다니고 있었다.

"아, 나는 잘 모르겠다, 해리." 해그리드가 갑자기 한숨을 쉬며 걱정스러운 표정으로 다시 그를 내려다보았다. "학교 대표 선수라니……. 모든 일이 꼭 너한테만 일어나는 것 같아. 안 그러냐?"

해리는 대답하지 않았다. 그랬다, 모든 일이 그에게만 일어나는 것 같았……. 호수 주변을 산책할 때 헤르미온느가 했던 말도 바로 그런 뜻이었다. 게다가 헤르미온느에 따르면, 그것이 바로 론이 더 이상 해리와 말하지 않으려 드는 이유였다.

이후 며칠은 해리가 호그와트에서 보낸 최악의 나날로 꼽을 만했다. 2학년 시절, 학생 대부분이 그가 동료 학생을 공격한다고 의심했던 몇 달 동안에도 이와 비슷한 기분을 느낀 적이 있었다. 하지만 그때는 론이 그의 편이었다. 해리는 론과 다시 친구가 될 수 있다면 다른 학생들의 태도에는 얼마든지 대처할 수 있었다. 하지만 론이 그러고 싶어 하지 않는다면 굳이 그가 자신에게 말을  걸도록 설득할 생각은 없었다. 아무튼 사방에서 자신에 대한 적의가 쏟아진다는 건 외로운 일이었다.

후플푸프 학생들의 태도는, 마음에 들지는 않아도 이해할 수 있었다. 그들에게는 자신들이 응원할 기숙사 대표 선수가 있었기 때문이다. 슬리데린 학생들에게도 악랄한 모욕 말고는 기대하는 것이 없었다. 해리는 퀴디치 시합에서나 기숙사 챔피언십에서 그리핀도르가 슬리데린을 물리치는 데 종종 한몫했기에 예전부터 그들의 미움을 한 몸에 받고 있었다. 하지만 래번클로 학생들은 세드릭을 응원하는 만큼은 그를 응원해 줄지도 모른다고 기대했다. 하지만 그 생각은 틀렸다. 대부분의 래번클로 학생들은 해리가 불의 잔을 속이면서까지 자기 이름을 집어넣을 정도로 더욱 유명해지고 싶어서 안달하는 거라고 생각하는 것 같았다.

세드릭의 외모가 해리보다 훨씬 대표 선수답다는 사실도 한몫했다. 오뚝한 코에 검은 머리카락과 회색 눈동자를 가진 세드릭은 보기 드문 미남이었다. 요즘에는 세드릭과 빅토르 크룸 중 누가 더 많은 팬을 거느리고 있는지 가늠하기 어려울 지경이었다. 해리는 그토록 크룸의 사인을 받고 싶어 하던 6학년 여학생들이 어느 점심시간에 세드릭에게 책가방에 사인해 달라고 애원하는 모습을 실제로 목격했다.

한편 시리우스에게서는 답장이 없었고, 헤드위그는 해리 근처에도 오지 않으려 했으며, 트릴로니 교수는 그 어느 때보다 더욱 확신에 차서 그의 죽음을 예견하고 있었다. 플리트윅 교수의 수업 시간에는 소환 마법을 제대로 하지 못해 추가로 과제를 받았다. 그 과제를 받은 사람은 네빌을 제외하면 해리뿐이었다.

"진짜 그렇게 어렵지 않아, 해리." 헤르미온느는 플리트윅의 교실을 나서면서 그를 안심시키려고 애썼다. 그녀는 칠판지우개, 쓰레기통, 루나스코프를 끌어당기는 이상한 자석이라도 된 것처럼 수업 시간 내내 모든 물건이 자신을 향해 날아오도록 만들었다. "네가 제대로 집중하지 않아서 그런 것뿐이야."

"대체 왜 집중을 못 했을까? 진짜 궁금하네." 해리가 험악한 표정을 지으며 빈정거렸다. 그때 세드릭 디고리가 바보같이 웃어 대는 여학생들에게 둘러싸인 채 지나갔다. 여학생들은 모두 해리가 커다란 폭발 꼬리 스크루트라도 되는 것처럼 그를 쳐다보았다. "그래도…… 신경 쓰지 말아야겠지? 오늘 오후에는 기다리고 기다리던 마법약 연강이 있으니까……."

마법약 수업은 예전부터 끔찍했지만 요즘에는 고문 그 자체였다. 감히 학교 대표 선수가 된 해리에게 최대한 벌을 줘야겠다고 결심이라도 한 것 같은 스네이프와 슬리데린 학생들이랑 같이 한 시간 반 동안 지하 감옥에 갇혀 있는 건 해리가 상상할 수 있는 것 가운데 가장 불쾌한 일이었다. 그는 이미 곁에 앉은 헤르미온느가 목소리를 낮추고 "무시해, 무시해, 무시해"라고 읊조리는 가운데 금요일 몫의 고난을 겪어 낸 뒤였다. 오늘이라고 상황이 나아질 까닭은 전혀 없었다.

그와 헤르미온느는 점심시간이 지난 뒤 스네이프의 지하 감옥 앞에 도착했다. 슬리데린 학생들이 교실 앞에서 기다리고 있었다. 그들은 하나같이 로브 앞자락에 커다란 배지를 달고 있었다. 잠깐 동안 해리는 터무니없게도 그들이 S.P.E.W. 배지를 달고 있는 거라고 생각했다. 잠시 후 해리는 모든 배지에 똑같은 문구가 적혀 있는 것을 보았다. 어슴푸레하게 밝혀진 지하 통로에서 빨간색 야광 글자들이 번쩍거렸다.

**호그와트의 진정한 대표 선수
세드릭 디고리를 응원합니다!**

"마음에 드냐, 포터?" 해리가 다가가자 말포이가 큰 소리로 말했다. "이게 전부가 아니야. 봐 봐!"

그가 가슴에 달린 배지를 누르자 문구가 사라지고 또 다른 문구가 나타나 녹색으로 빛났다.

포터는 구려

슬리데린 학생들이 배꼽을 잡고 웃었다. 그들도 제각기 가슴에 달린 배지를 눌렀다. 해리의 주위에서 '포터는 구려'라는 문구가 번쩍번쩍 빛났다. 해리는 얼굴과 목이 뜨겁게 달아오르는 것을 느꼈다.

"와, 진짜 재미있네." 헤르미온느가 유독 심하게 웃고 있는 팬지 파킨슨과 그녀가 몰고 다니는 슬리데린 여학생들을 향해 비꼬듯 말했다. "아주 *재치*가 흘러넘친다."

론은 딘, 셰이머스와 함께 벽에 기대서 있었다. 웃지는 않았지만 해리 편을 들어 주지도 않았다.

"하나 줄까, 그레인저?" 말포이가 헤르미온느에게 배지를 내밀며 말했다. "엄청 많아. 근데 내 손은 만지지 마라. 방금 씻었거든. 내 손이 머드블러드로 찐득거리는 건 싫어서 말이야."

며칠간 가슴에 쌓인 분노가 살짝 터져 나오는 듯했다. 해리는 자신이 무슨 일을 하고 있는지 생각할 겨를도 없이 마법 지팡이로 손을 뻗었다. 주위에 있던 아이들이 복도를 따라 우르르 물러났다.

"해리!" 헤르미온느가 경고하듯 소리쳤다.

"그럼 해 봐, 포터." 말포이가 자신의 마법 지팡이를 꺼내며 조용히 말했다. "지금은 네 뒤를 봐줄 무디도 없어. 배짱이 있으면 덤벼 봐."

그들은 아주 잠깐 동안 서로의 눈을 바라보았다. 그리고 정확히 같은 순간 행동에 나섰다.

"*퍼넌큘러스!*" 해리가 소리쳤다.

"*덴사우기오!*" 말포이가 외쳤다.

두 개의 마법 지팡이에서 튀어 나간 빛이 공중에서 부딪쳐 제각기 튕겨 나갔다. 해리가 쏜 마법은 고일의 얼굴에 맞았고 말포이가 쏜 것은 헤르미온느를 맞혔다. 고일이 비명을 지르며 크고 흉측한 종기가 돋아나는 코를 손으로 감쌌다. 헤르미온느는 겁에 질린 채 훌쩍이며 입을 감싸 쥐었다.

"헤르미온느!" 론이 헤르미온느에게 무슨 문제가 생겼는지 보려고 황급히 뛰쳐나왔다.

해리는 고개를 돌려 론이 헤르미온느의 손을 얼굴에서 떼어 내려고 애쓰는 것을 보았다. 예쁘다고는 할 수 없는 모습이었다. 안 그래도 큰 편인 헤르미온느의 앞니가 지금 놀라운 속도로 자라고 있었던 것이다. 앞니가 아랫입술을 지나 턱까지 점점 내려가자 그녀는 점점 더 비버를 닮아 갔다. 그녀는 당황해서 앞니를 만져 보더니 겁에 질려 울부짖었다.

"이게 다 무슨 소란이지?" 조용하고 위협적인 목소리가 들려왔다. 스네이프가 도착한 것이다.

슬리데린 학생들이 떠들썩하게 변명을 지껄였다. 스네이프가 길고 누런 손가락으로 말포이를 가리키며 말했다. "설명해라."

"포터가 저를 공격했습니다, 교수님."

"서로 동시에 공격했잖아!" 해리가 소리쳤다.

"……그래서 고일이 맞았어요. 보세요."

스네이프가 고일을 살펴보았다. 이제 고일의 얼굴은 독버섯 관련 책에 나올 법한 그림과 비슷해져 있었다.

"병동으로 가라, 고일." 스네이프가 담담하게 말했다.

"말포이는 헤르미온느를 맞혔어요!" 론이 소리쳤다. "보세요!"

그는 헤르미온느의 앞니를 억지로 스네이프에게 보이게 했다. 헤르미온느는 두 손으로 앞니를 가리려고 했지만 이가 목깃 아래까지 길어져 있었기 때문에 쉽지 않은 일이었다. 팬지 파킨슨을 비롯한 슬리데린 여학생들이 스네이프의 등 뒤에서 헤르미온느를 가리키며 배를 잡고 숨죽여 낄낄거렸다.

스네이프가 차가운 눈으로 헤르미온느를 바라보더니 말했다. "뭐가 달라졌는지 모르겠는데."

헤르미온느가 울음을 터뜨렸다. 두 눈에 눈물이 가득 고인 채 그녀는 그 자리에서 홱 몸을 돌려 복도 저 멀리까지 달려가더니 보이지 않게 되었다.

해리와 론이 동시에 스네이프에게 소리를 지르기 시작한 건 어쩌면 다행스러운 일이었을지도 모른다. 그들의 목소리가 돌로 된 복도에 너무 심하게 울려서 마구 뒤섞인 소음이 되는 바람에 스네이프가 그들이 내뱉은 욕설을 정확히 들을 수 없었기 때문이다. 그래도 스네이프는 핵심은 파악한 듯했다.

"어디 보자." 그가 한없이 부드러운 목소리로 입을 열었다. "그리핀도르에 50점 감점, 그리고 포터와 위즐리는 각각 방과 후 징계다. 이제 교실로 들어가라. 안 그러면 1주일 내내 방과 후 징계를 받게 될 테니."

해리의 귓속이 윙윙거렸다. 이렇게까지 불공평하게 굴다니, 스네이프에게 저주를 걸어 갈가리 찢어 놓고 싶은 심정이었다. 그는 스네이프를 지나쳐 론과 함께 지하 감옥 교실 뒤로 걸어가 가방을 책상에 쾅 내려놓았다. 론도 화가 나서 부들부들 떨고 있었다. 잠깐 동안은 둘 사이가 완전히 원래대로 돌아온 것 같았다. 하지만 론은 곧 몸을 돌려 해리를 책상에 혼자 남겨 둔 채 딘, 셰이머스와 함께 앉았다. 교실 맞은편에서는 말포이가 스네이프를 등지고 배지를 누르며 히죽거리고 있었다. '포터는 구려'가 다시 한 번 교실 저편에서 번쩍거렸다.

수업이 시작되자 해리는 자리에 앉아 스네이프를 노려보며 그에게 끔찍한 일들이 일어나는 상상에 잠겼다. 크루시아투스 저주를 거는 방법만 알았어도……. 그는 스네이프를 그 거미처럼 뒤로 납작 눕혀 꿈틀거리고 경련하게 만들 것이었……

"해독제!" 스네이프가 학생 모두를 둘러보며 말했다. 그의 차가운 검은색 눈이 기분 나쁘게 번뜩였다. "너희 모두 지금쯤은 조제법을 마련했어야 한다. 조심스럽게 만들도록. 그런 다음 해독제 하나를 시험해 볼 사람을 고를 테니까……."

스네이프와 해리의 눈이 마주쳤다. 해리는 앞으로 무슨 일이 닥칠지 알았다. 스네이프는 그에게 독약을 먹일 생각이었다. 해리는 솥단지를 들고 교실 앞으로 전력 질주해서 스네이프의 기름진 머리를 내리치는 장면을 상상했다.

그때 지하 감옥 문을 두드리는 소리가 해리의 상상을 방해했다.

콜린 크리비였다. 그는 해리를 향해 활짝 웃어 보이며 살며시 들어와 교실 앞에 있는 스네이프의 책상으로 걸어갔다.

"뭐지?" 스네이프가 퉁명스럽게 물었다.

"죄송합니다, 교수님. 해리 포터를 데려가야 해서요."

스네이프가 매부리코 아래로 눈을 내리깔고 콜린을 쏘아보았다. 의욕으로 가득했던 콜린의 얼굴에 떠오른 미소가 희미해졌다.

"포터는 마법약 수업을 한 시간 더 들어야 한다." 스네이프가 차갑게 말했다. "이 수업이 끝나면 보내 주마."

콜린의 얼굴이 빨개졌다.

"교수님, 그게…… 배그먼 장관님이 데려오라고 하셔서요." 그가 초조한 듯 말했다. "대표 선수들은 전부 가야 해요. 사진을 찍으려는 것 같아요……."

콜린이 그 마지막 말을 못 하게 할 수만 있다면 해리는 전 재산이라도 내놓았을 것이다. 해리는 우연히 본 것처럼 론을 힐끗 봤지만 그는 결연히 천장만 노려보고 있었다.

"좋아, 그래." 스네이프가 쏘아붙였다. "포터, 소지품은 여기에 두도록. 조금 이따 네가 돌아오면 네 해독제를 시험해 볼 테니."

"죄송하지만, 교수님…… 소지품도 가져가야 해요." 콜린이 높은 소리로 말했다. "대표 선수들은 모두……."

"잘 알았다!" 스네이프가 말했다. "포터, 가방 가지고 내 눈앞에서 썩 꺼져!"

해리는 어깨에 가방을 걸치고 자리에서 일어나 문으로 향했다. 슬리데린 책상을 지날 때 사방에서 '포터는 구려'가 그를 향해 번쩍거렸다.

"놀랍지 않아, 해리?" 콜린이 말했다. 그는 해리가 지하 감옥 문을 닫으며 나오자마자 말을 걸기 시작했다. "그렇지 않아? 대표 선수가 된 것 말이야."

"그래, 엄청 놀랍다." 해리가 무거운 목소리로 말했다. 그들은 현관홀로 가는 계단으로 향했다. "사진은 왜 찍는대, 콜린?"

"《예언자일보》에 실으려고 그러는 것 같아!"

"잘됐네." 해리가 멍하니 말했다. "딱 그런 걸 원했는데. 더 유명해지는 거 말이야."

"행운을 빌어!" 목적지 앞에 도착하자 콜린이 말했다. 해리는 문을 두드리고 안으로 들어갔다.

그곳은 꽤 작은 교실이었다. 책상 대부분이 뒤로 밀려 교실 가운데 넓은 공간이 만들어져 있었다. 하지만 책상 세 개는 칠판 앞에 나란히 놓인 채 긴 벨벳 천으로 덮여 있었다. 그 책상들 뒤에는 의자 다섯 개가 놓여 있었다. 루도 배그먼이 그중 한 곳에 앉아 자홍색 로브 차림의 처음 보는 어떤 여자 마법사와 이야기를 나누고 있었다.

빅토르 크룸은 평소처럼 한쪽 구석에 음울하게 서서 누구와도 이야기를 나누지 않았다. 세드릭과 플뢰르는 대화를 나누고 있었다. 플뢰르는 해리가 지금까지 본 어느 때보다도 기분이 좋아 보였다. 그녀는 긴 은빛 머리카락이 빛을 받아 번쩍이도록 계속 머리를 뒤로 넘기고 있었다. 살짝 연기가 나고 있는 검은색 카메라를 든 배불뚝이 남자는 곁눈질로 플뢰르를 훔쳐보기 바빴다.

문득 해리를 발견한 배그먼이 재빨리 일어나 달려 나왔다. "아, 왔구나! 네 번째 대표 선수! 들어오너라, 해리, 들어와……. 걱정할 거 전혀 없어. 그냥 마법 지팡이 검사일 뿐이야. 다른 심사위원들도 곧 올 거야."

"지팡이 검사요?" 해리가 긴장한 듯 물었다.

"너희 마법 지팡이가 제대로 기능하고 있는지, 무슨 문제는 없는지 확인해야 하거든. 앞으로 주어질 과제에서는 마법 지팡이가 너희의 가장 중요한 도구니까 말이다." 배그먼이 말했다. "그와 관련해서 지금 전문가가 위층에 덤블도어 교수랑 같이 있단다. 그리고 사

진 촬영도 좀 할 거야. 이쪽은 리타 스키터 씨란다." 그가 자홍색 로브를 입은 여자 마법사를 가리키며 덧붙였다. "《예언자일보》에 대회에 관한 작은 기사를 쓰실 거다……."

"그렇게 작은 기사는 아닐지도 몰라요, 루도." 리타 스키터가 해리에게 시선을 둔 채 말했다.

정교하게 손질되어 신기할 정도로 꼬불꼬불한 곱슬머리가 사각 턱과 기묘한 대조를 이루고 있었다. 그녀는 보석이 박힌 안경을 쓰고 있었으며, 악어가죽 핸드백을 쥔 두꺼운 손가락 끝에는 진홍색으로 칠한 손톱이 5센티미터는 돼 보였다.

"시작하기 전에 해리와 몇 마디 나눌 수 있을까요?" 배그먼에게 말하면서도 그녀의 시선은 여전히 해리에게 붙박여 있었다. "최연소 대표 선수잖아요……. 기사가 좀 다채로워질 것 같은데?"

"당연하죠!" 배그먼이 소리쳤다. "물론, 해리가 거부하지 않는다면 말입니다."

"어……." 해리가 입을 열었다.

"멋지구나." 리타 스키터가 말하더니 진홍색 손톱이 달린 손가락으로 해리의 팔을 놀랄 만큼 세게 움켜잡았다. 그녀는 해리를 교실 밖으로 데리고 나가 근처에 있는 문을 열었다.

"저렇게 시끄러운 곳에 있을 수는 없잖니." 그녀가 말했다. "어디 보자…… 아, 그래. 여기가 아늑하고 좋겠다."

그곳은 빗자루를 보관하는 창고였다. 해리는 그녀를 빤히 바라보았다.

"이리 오렴, 얘야. 옳지, 멋지구나." 리타 스키터가 뒤집힌 양동이에 위태롭게 걸터앉았더니 해리를 종이 상자에 주저앉혔다. 문을 닫자 두 사람 모두 어둠에 휩싸였다. "어디 보자……."

그녀가 악어가죽 핸드백의 똑딱단추를 열어 양초를 꺼낸 다음 마법 지팡이를 한 번 휘둘러 불을 켜고 마법으로 공중에 띄웠다. 그러자 이제 서로가 뭘 하는지 보였다.

"속기 깃펜을 써도 괜찮겠지, 해리? 그걸 사용하면 평소처럼 너랑 자유롭게 이야기할 수 있거든……."

"뭘 쓴다고요?" 해리가 물었다.

리타 스키터의 얼굴에 떠오른 미소가 더 크게 번지면서 금니 세 개가 번쩍거렸다. 그녀는 다시 악어가죽 가방에 손을 넣어 긴 형광 녹색 깃펜과 양피지 두루마리를 꺼냈다. 그녀는 두 사람 사이에 있던 스카워 부인의 만능 마법 오물 제거제 상자 위에 양피지를 펼쳐 놓았다. 그러고는 깃펜 끝을 입에 넣고 즐겁게 쪽쪽 빨더니 양피지 위에 똑바로 세웠다. 그러자 깃펜은 끄트머리로 균형을 잡고 서서 살짝 흔들거렸다.

"테스트…… 내 이름은 리타 스키터, 《예언자일보》 기자입니다."

해리는 재빨리 깃펜을 내려다보았다. 리타 스키터의 말이 끝나자마자 깃펜이 양피지 위를 미끄러지듯 움직이며 글자를 휘갈기기 시작했다.

*사나운 깃펜으로 과장된 명성에
흠집을 내 온 금발의 매력적인 리타
스키터(43세)는…….*

"멋져." 리타 스키터가 다시 한 번 말하더니, 양피지 맨 윗부분을 찢어서 구긴 다음 핸드백에 쑤셔 넣었다. 이제 그녀는 해리 쪽으로 몸을 기울이고 말했다. "자, 해리…… 트라이위저드 대회에 참가하기로 결심한 이유가 뭐지?"

"저……." 해리가 다시 입을 열었다. 하지만 깃펜 때문에 집중할 수가 없었다. 그가 말을 하지 않는데도 깃펜은 양피지 위를 빠르게 움직이고 있었다. 깃펜이 지나간 자리에 새로운 문장이 보였다.

*비극적 과거의 흔적인 흉측한 상처가,
매력적이었을 게 분명한 해리 포터의 얼굴을*

망가뜨렸다. 그의 눈동자는…….

"깃펜은 무시하렴, 해리." 리타 스키터가 단호하게 말했다. 해리는 꺼림칙했지만 고개를 들고 그녀를 바라보았다. "자, 왜 대회에 참가하기로 결심했니, 해리?"

"결심하지 않았어요." 해리가 말했다. "제 이름이 어떻게 불의 잔에 들어갔는지 모르겠어요. 제가 넣은 게 아니에요."

리타 스키터가 짙게 그린 눈썹 한쪽을 치켜올렸다. "자자, 해리. 곤란해질까 봐 걱정할 필요는 없어. 네가 정말로 참가해선 안 된다는 건 모두 알고 있단다. 하지만 걱정하지 마. 독자들은 반항아를 사랑하거든."

"하지만 제가 넣은 게 아니라고요." 해리가 다시 말했다. "누가 그랬는지는 모르……."

"과제를 앞둔 심정이 어떠니?" 리타 스키터가 물었다. "흥분되니? 긴장돼?"

"별로 생각해 본 적 없는데……. 네, 긴장되는 것 같아요." 해리가 말했다. 말하는 동안에도 속이 불편하게 뒤틀렸다.

"과거에 대표 선수들이 죽은 적이 있었지?" 리타 스키터가 활기찬 어조로 말했다. "그에 대한 생각은 전혀 안 해 봤니?"

"뭐…… 올해에는 훨씬 안전할 거라고 하던데요." 해리가 말했다.

깃펜이 스케이트를 타듯 둘 사이에 있는 양피지 위를 앞뒤로 쌩쌩 움직였다.

"물론 그렇겠지. 전에도 죽을 뻔한 적이 있지?" 리타 스키터가 그를 유심히 바라보며 말했다. "그 사건이 너한테 어떤 영향을 미쳤을까?"

"어……." 해리는 또다시 입을 열었지만 무슨 말을 하지는 못했다.

"과거의 상처가 너 스스로를 증명하고 싶게 만들었다고 생각하니? 네 이름에 합당한 삶을 살기 위해? 트라이위저드 대회에 참가해야겠다는 유혹을 느낀 이유가 혹시……."

"제가 한 게 아니라니까요." 슬슬 짜증이 나기 시작한 해리가 말했다.

"부모님은 조금이라도 기억하니?" 리타 스키터가 해리의 목소리를 누르며 말했다.

"아뇨." 해리가 대답했다.

"네가 트라이위저드 대회에 나가는 걸 알았다면 그분들은 어떻게 생각하셨을까? 자랑스러워하셨을까? 걱정하셨을까? 화를 내셨을까?"

해리는 이제 정말로 짜증이 났다. 부모님이 살아 계셨다면 어떻게 생각했을지 그가 대체 어떻게 안단 말인가? 리타 스키터가 그를 매우 주의 깊게 지켜보는 것이 느껴졌다. 그는 얼굴을 찌푸리며 그녀의 시선을 피했다. 그리고 깃펜이 방금 끼적인 단어들을 내려다보았다.

거의 기억조차 안 나는 부모님 쪽으로 대화가 흐르자, 놀랄 만큼 초록빛을 띤 그의 눈에 눈물이 차올랐다.

"눈물 안 나요!" 해리가 큰 소리로 말했다.

리타 스키터가 뭐라고 대꾸하기도 전에 누군가가 창고 문을 열었다. 해리는 밝은 빛이 들어오는 바람에 눈을 깜빡이며 그쪽을 돌아보았다. 알버스 덤블도어가 좁은 창고 안에 앉아 있는 두 사람을 내려다보며 거기에 서 있었다.

"덤블도어!" 리타 스키터가 기쁨 가득한 얼굴로 소리쳤다. 하지만 해리는 마법 오물 제거제 상자에서 그녀의 깃펜과 양피지가 갑자기 사라졌다는 사실을 깨달았다. 긴 손톱이 달린 리타 스키터의 손가락들이 얼른 악어가죽 가방을 들고 똑딱단추를 잠갔다. "안녕하셨어요?" 그녀가 자리에서 일어나 큼직한 손을 덤블도어에게 내밀며 말했다. "여름에 제가 쓴 국제 마법사 연맹 관련 기사를 보셨는지 모르겠네요."

"매혹적일 만큼 심술궂은 기사더군요." 덤블도어가 눈을 반짝이며 말했다. "특히 나를 한물간 멍청이로 묘사한 게 재미있었소."

리타 스키터는 조금도 당황하지 않은 듯했다. "교수님의 사고방식 중 몇 가지는 약간 시대에 뒤떨어졌다는 얘기예요. 그리고 거리의 수많은 마법사가······."

"그 무례함의 이유를 들려주겠다니 고맙소만, 리타." 덤블도어가 정중하게 허리를 숙이고 미소를 머금으며 말했다. "유감스럽게도 그 문제는 나중에 이야기해야겠군요. 지팡이 검사가 곧 시작되는데, 대표 선수

하나가 빗자루 창고에 숨어 있으면 의식을 치를 수가 없다오."

해리는 리타 스키터에게서 벗어났다는 데 매우 기뻐하면서 서둘러 교실로 돌아갔다. 다른 대표 선수들은 이제 문 근처 의자에 앉아 있었다. 그는 재빨리 세드릭 옆에 앉아 벨벳을 씌운 탁자를 바라보았다. 지금 그곳에는 카르카로프 교장과 막심 교장, 크라우치 장관과 루도 배그먼 등 다섯 명의 심사위원 중 네 명이 앉아 있었다. 리타 스키터는 교실 한구석에 자리를 잡았다. 해리는 그녀가 다시 가방에서 양피지를 슬쩍 꺼내 무릎에 펼쳐 놓고 속기 깃펜 끄트머리를 쪽쪽 빨았다가 또 한 번 양피지에 올려놓는 모습을 보았다.

"올리밴더 씨를 소개해도 될까요?" 덤블도어가 심사위원석 자신의 자리에 앉아 대표 선수들에게 말했다. "올리밴더 씨가 대회 시작 전에 여러분의 지팡이를 검사해서 지팡이에 이상이 없는지 확인해 주실 겁니다."

주위를 둘러보던 해리는 색이 엷은 큼직한 눈을 가진 나이 든 남자 마법사가 창가에 조용히 서 있는 것을 보고 깜짝 놀랐다. 해리는 전에도 올리밴더 씨를 만난 적이 있었다. 그는 3년 전 다이애건 앨리에서 해리에게 마법 지팡이를 팔았던 지팡이 제작자였다.

"마드모아젤 들라쿠르, 가장 먼저 나와 주시겠습니까?" 올리밴더 씨가 교실 한가운데의 빈 공간으로 걸어가며 말했다.

플뢰르 들라쿠르는 바닥을 스치듯 다가가 올리밴더 씨에게 마법 지팡이를 건네주었다.

"흠……." 올리밴더 씨가 입을 열었다.

그가 기다란 손가락 사이에 마법 지팡이를 끼우고 지휘봉인 양 휘두르자 지팡이에서 분홍색과 황금색 불꽃 여러 개가 튀어나왔다. 그런 다음 그는 지팡이를 눈 가까이 대고 주의 깊게 살펴보았다.

"그렇지." 그가 조용히 말했다. "24센티미터…… 구부러지지 않고…… 자단목에…… 안에 들어 있는 건…… 이럴 수가……."

"빌라의 머리카락이에요." 플뢰르가 말했다. "할머니 거지요."

그러니까 진짜로 빌라 혈통이었던 거구나, 하고 해리는 생각했다. 론한테 말해 줘야겠다고 머릿속에 새기고 있는데…… 지금은 론과 말을 하지 않는다는 사실이 떠올랐다.

"그렇군요." 올리밴더 씨가 말했다. "그래요, 나는 물론 빌라의 머리카락을 써 본 적이 없습니다. 그걸 쓰면 지팡이가 조금 까다로워지더군요……. 하지만, 사람마다 어울리는 지팡이가 있기 마련이죠. 이 마법 지팡이가 숙녀분께 잘 맞는다면야……."

올리밴더 씨는 긁힌 곳이나 튀어나온 곳이 없는지 확인하듯 마법 지팡이를 손가락으로 쓸어 보았다. 그러더니 "오르키디우스"라고 중얼거렸다. 지팡이 끝에서 꽃 한 다발이 튀어나왔다.

"좋아, 아주 좋아요. 훌륭하게 작동하고 있군요." 올리밴더 씨가 꽃다발을 들어 올려 지팡이와 함께 플뢰르에게 건네며 말했다. "디고리 군, 다음 차례입니다."

플뢰르는 세드릭 곁을 지나면서 그에게 미소를 던지며 자리로 미끄러지듯 돌아갔다.

"아, 이런. 이건 내 작품이지요?" 세드릭이 지팡이를 건네자 올리밴더 씨가 훨씬 열정적인 어조로 말했다. "네, 분명히 기억납니다. 유난히 멋진 수컷 유니콘의 꼬리에서 뽑은 털 한 가닥이 들어 있지요……. 크기가 170센티미터도 넘었을 겁니다. 내가 꼬리털을 뽑자 뿔로 들이받으려고 했지요. 31센티미터…… 물푸레나무…… 기분 좋은 탄력이군요. 상태가 좋습니다……. 정기적으로 관리를 하나요?"

"어젯밤에 광을 냈어요." 세드릭이 씩 웃으며 말했다.

해리는 자신의 마법 지팡이를 내려다보았다. 온통 손자국이 나 있었다. 그는 무릎께의 로브를 쥐고 몰래 지팡이를 닦으려고 애썼다. 지팡이 끝에서 황금색 불꽃 몇 개가 튀어나왔다. 플뢰르 들라쿠르가 몹시 깔보듯 쳐다보자 해리는 지팡이를 닦던 손을 멈췄다.

올리밴더 씨는 세드릭의 마법 지팡이 끝에서 은빛 연기 고리를 연달아 교실 맞은편까지 날려 보내더니 만족스러움을 표시하며 말했다. "크룸 군, 나와 주세요."

빅토르 크룸이 구부정한 자세로 의자에서 일어나 어깨를 늘어뜨린 채 팔자걸음으로 올리밴더 씨에게 다가갔다. 그는 마법 지팡이를 건네고 양손을 로브 주머니에 찔러 넣은 채 노려보며 서 있었다.

"흠." 올리밴더 씨가 말했다. "내가 잘못 본 게 아니라면 그레고로비치 작품이군요. 훌륭한 지팡이 제작자지요. 그래도 나라면 이런 스타일은 절대…… 하지만……."

그는 지팡이를 들어 올려 눈앞에서 계속 뒤집으며 꼼꼼히 살펴보았다.

"그렇군…… 서어나무에 용의 심장 근육이군요?" 그가 크룸에게 말했다. 크룸은 고개를 끄덕였다. "흔히 보는 마법 지팡이보다 좀 두껍군요……. 꽤 단단하고…… 26센티미터……. 아비스!"

서어나무 지팡이가 총처럼 뭔가를 쏘아 냈다. 지팡이 끝에서 작은 새 여러 마리가 짹짹거리며 쏟아져 나와 열린 창밖의 희미한 햇빛 속으로 사라졌다.

"좋아요." 올리밴더 씨가 크룸에게 마법 지팡이를 돌려주면서 말했다. "그러면 남은 건…… 포터 군."

해리는 자리에서 일어나 크룸을 지나쳐 올리밴더 씨에게 다가갔다. 그러고는 그에게 마법 지팡이를 건네주었다.

"아아, 그래." 올리밴더 씨가 말했다. 그의 엷은 색 눈이 갑자기 반짝거렸다. "그래, 그래, 그래요. 똑똑히 기억합니다."

해리도 기억할 수 있었다. 마치 어제 일처럼…….

지금으로부터 네 번을 거슬러 올라간 여름, 열한 번째 생일에 그는 해그리드와 함께 마법 지팡이를 사러 올리밴더 씨의 가게를 찾았다. 올리밴더 씨는 해리의 몸 치수를 재더니 그가 시험해 볼 수 있도록 지팡이를 건네기 시작했다. 느낌상 가게에 있는 모든 마법 지팡이를 휘둘러 본 뒤에야 그는 마침내 자신에게 맞는 지팡이를 찾을 수 있었다. 호랑가시나무에 28센티미터, 불사조 꼬리 깃이 들어간 바로 이 마법 지팡이였다. 올리밴더 씨는 해리가 이 마법 지팡이와 그토록 잘 맞는다는 것에 무척 놀랐다. "신기해." 그는 그렇게 말했다. "……신기해." 해리가 무엇이 그렇게 신기한지 묻고 나서야 올리밴더 씨는 그의 지팡이에 들어 있는 불사조 깃털이 볼드모트 경의 지팡이에 들어간 깃털을 내준 바로 그 새의 꼬리 깃이라고 설명해 주었다.

해리는 이 사실을 누구에게도 말하지 않았다. 그는 이 마법 지팡이가 정말로 마음에 들었고, 그것이 볼드모트의 마법 지팡이와 관련돼 있다고 해도 어쩔 수 없는 일이라고 생각했다. 마치 해리가 어쩔 수 없이 피튜니아 이모와 친척이 된 것처럼. 하지만 그는 올리밴더 씨가 교실에 있는 사람들에게 이 얘기를 하지 않기를 진심으로 바랐다. 그랬다간 리타 스키터의 속기 깃펜이 흥분한 나머지 터져 버릴지도 모른다는 이상한 생각도 들었다.

올리밴더 씨는 다른 누구보다도 해리의 마법 지팡이를 살피는 데 더 긴 시간을 들였다. 하지만 마침내 그는 마법 지팡이 끝에서 와인이 솟아나게 만든 다음, 지팡이 상태가 여전히 완벽하다고 선언하며 해리에게 돌려주었다.

"모두 고맙습니다." 덤블도어가 심사위원석에서 일어서며 말했다. "이제 각자 수업으로 돌아가도 좋습니다. 아니, 그냥 아래층으로 저녁을 먹으러 가는 게 더 빠를지도 모르겠군요. 곧 수업이 끝날 테니……."

해리는 오늘은 이제야 일이 풀리려나 보다 생각하면서 자리에서 일어나 교실을 나서려 했다. 하지만 검은색 카메라를 든 남자가 벌떡 일어서서 목청을 가다듬었다.

"사진요, 덤블도어. 사진!" 배그먼이 신이 나서 소리쳤다. "심사위원과 대표 선수 전원의 단체 사진을 찍어야 합니다. 어때요, 리타?"

"어…… 네, 일단 그것부터 찍죠." 리타 스키터가 말했다. 그녀의 눈이 다시 해리에게 향했다. "그런 다음 개인 사진도 몇 장 찍고요."

사진 촬영에는 제법 오랜 시간이 걸렸다. 막심 교장은 어디에 서 있든 모든 사람에게 그림자를 드리웠고, 사진사는 그녀의 모습이 화면에 다 들어올 만큼 멀리 물러날 수가 없었다. 결국 그녀는 다른 사람들이 모두 둘러선 가운데 앉아 있어야 했다. 카르카로프는 염소수염이 더욱 꼬불거리도록 끊임없이 손가락으로 꼬아 댔다. 이런 일에 익숙할 것 같았던 크룸은 사람들 뒤로 몸을 반쯤 숨기고 있었다. 사진사는 플뢰르를 맨 앞에 세우려고 열을 올리는 듯했지만 리타 스키터가 계속 서둘러 달려와 해리를 더 잘 보이는 곳으로 끌어냈다. 그런 다음 그녀는 대표 선수 모두의 개인 사진을 찍어야 한다고 우겼다. 그들은 한참이 지나서야 교실을 나설 수 있었다.

해리는 저녁을 먹으러 내려갔다. 헤르미온느의 모습은 보이지 않았다. 아직 병동에서 앞니를 치료받고 있는 것 같았다. 식탁 끝에 홀로 앉아 식사를 마친 그는 아까 받은 소환 마법 추가 과제를 생각하며 그리핀도르 탑으로 돌아갔다. 그는 침실로 올라갔다가 론을 만났다.

"올빼미 왔더라." 해리가 들어가자마자 론이 퉁명스럽게 말했다. 그가 해리의 베개를 가리켰다. 학교 외양간올빼미가 해리를 기다리고 있었다.

"아, 그래." 해리가 말했다.

"그리고 내일 밤에는 방과 후 징계를 받아야 돼. 스네이프의 지하 감옥 교실에서." 론이 말했다.

그런 다음 그는 해리를 한 번 돌아보지도 않고 곧장 방에서 나가 버렸다. 잠깐 해리는 그를 쫓아갈까 생각했다. 론에게 말을 걸고 싶은 건지, 녀석을 한 대 때려 주고 싶은 건지 확신할 수 없었다. 두 생각 모두 끌렸지만 시리우스의 답장이 주는 유혹이 너무나 강했다. 해리는 외양간올빼미에게 성큼성큼 다가가 다리에서 편지를 풀고 펼쳐 보았다.

해리.
편지로는 하고 싶은 말을 다 할 수가 없구나. 누가 올빼미를 가로채기라도 하면 너무 위험하니까. 얼굴을 직접 보고 얘기해야겠다. 11월 22일 새벽 1시에 그리핀도르 탑 휴게실에 혼자 있을 수 있겠니?

나는 네가 스스로를 돌볼 수 있다는 걸 누구보다도 잘 알고 있다. 또 덤블도어 교수님와 무디 교수가 곁에 있으면 아무도 너를 해치지 못할 거야. 하지만 누군가가 그럴싸한 시도를 하고 있는 것 같구나. 너를 그 대회에 참가하게 만든 건 아주 큰 모험이었을 거다. 그것도 덤블도어의 코앞에서 말이지.

조심해라, 해리. 뭐든 이상한 일이 생기면 계속 알려 주고. 11월 22일에 볼 수 있는지 가능한 한 빨리 알려 다오.

시리우스

CHAPTER 19

헝가리 혼테일

01후 보름 동안 해리를 버티게 해 준 건 시리우스와 얼굴을 맞대고 이야기할 수 있다는 기대뿐이었다. 그것만이 더없이 어두운 지평선 위의 유일한 밝은 빛처럼 보였다. 졸지에 학교 대표 선수가 된 충격은 이제 어느 정도 가셨고, 앞으로 맞닥뜨릴 일에 대한 공포가 사무치기 시작했다. 첫 번째 과제가 점점 다가오고 있었다. 해리는 그것이 무슨 끔찍한 괴물처럼 그의 앞에 쭈그리고 앉아 길을 막고 있는 것 같은 기분이었다. 이런 긴장감에 시달려 본 적은 지금까지 단 한 번도 없었다. 그것은 퀴디치 시합 전에 느끼곤 했던 긴장을 훨씬 뛰어넘는 감정이었다. 지난 학기 퀴디치 우승컵이 걸려 있던 슬리데린과의 경기를 포함하더라도 그랬다. 앞으로 벌어질 일을 생각하는 것 자체가 어렵게 느껴졌다. 인생 전체가 첫 번째 과제를 향해 가다가 그것과 함께 끝날 것 같은 기분이었다…….

물론 시리우스가 수백 명 앞에서 힘겹고 위험한 미지의 마법 과제를 수행해야 하는 그의 기분을 조금이나마 나아지게 만들 수 있을 리는 없었다. 하지만 지금은 호의가 깃든 얼굴을 보는 것만으로도 큰 위안이 될 것 같았다. 해리는 시리우스에게 그가 말한 그 시간에 휴게실 벽난로 앞에 있겠다고 답장을 썼다. 그와 헤르미온느는 그날 밤 누군가가 휴게실에 남아 있는 일이 없도록 하기 위해 오랫동안 계획을 세웠다. 최악의 상황이 닥치면 똥폭탄을 한 자루 터뜨릴 생각이었지만 그 방법에 기댈 일은 생기지 않기를 바랐다. 필치가 산 채로 그들의 가죽을 벗기려 들 테니 말이다.

한편, 성안에서 보내는 해리의 일상은 더욱 악화되었다. 리타 스키터가 트라이위저드 대회에 관한 기사를 썼는데, 알고 보니 그 기사는 대회와 관련된 것이라기보다는 심각하게 과장된 해리의 인생 이야기였다. 1면의 상당 부분이 해리의 사진에 할애되었다. 2면, 6면, 7면으로 이어지는 기사는 모두 해리에 관한 것이었고, 보바통과 덤스트랭 대표 선수들의 이름은 (철자가 틀린 채) 기사 마지막 줄에 겨우 들어가 있었다. 세드릭은 아예 언급되지도 않았다.

신문에 기사가 난 건 열흘 전이었지만 해리는 아직

도 그 기사만 떠올리면 속이 메스껍고 수치심으로 얼굴이 화끈거렸다. 리타 스키터는 해리가 빗자루 창고에서는 물론, 살면서 한 번도 해 본 적 없는 온갖 끔찍한 말을 했다고 적어 놓았다.

"제 힘은 부모님에게서 물려받은 것 같아요. 지금 저를 보시면 분명 엄청 자랑스러워하실 거예요. ……네, 요즘도 가끔 밤에 부모님 생각을 하면서 울어요. 하지만 그 사실이 전혀 부끄럽지 않아요. ……저는 대회를 치르는 동안 그 무엇도 저를 해칠 수 없다는 걸 알아요. 부모님이 저를 지켜보고 계시니까요……."

하지만 리타 스키터는 해리의 "어……"를 길고 역겨운 문장들로 바꿔 놓는 데서 한 발 더 나아갔다. 해리와 관련해서 다른 사람들하고까지 인터뷰를 진행한 것이다.

해리는 마침내 호그와트에서 사랑을 찾았다. 그의 가까운 친구인 콜린 크리비는 해리가 헤르미온느 그레인저라는, 현기증 나도록 예쁜 머글 태생 소녀와 잠깐이라도 떨어져 있는 것을 거의 본 적이 없다고 말한다. 그녀 역시 해리와 마찬가지로 학교의 최상위권 학생 중 한 명이다.

이 기사가 나간 순간부터 해리는 그가 지나갈 때마다 사람들(주로 슬리데린 학생들)이 기사를 인용하면서 비웃음 섞인 말을 던져 대는 것을 견뎌야 했다.

"손수건 줄까, 포터? 변환 마법 시간에 네가 울음을 터뜨릴지도 모르니까 말이야."

"네가 대체 언제부터 학교 최상위권 학생이었냐? 아니면 여기서 말하는 학교가 너랑 롱보텀 둘만 있는 학교야?"

"해리, 잠깐만!"

"그래, 맞아!" 복도에서 누군가가 그의 이름을 부르자 해리는 몸을 빙글 돌리며 자기도 모르게 소리를 질렀다. 더 이상 참을 수 없었던 것이다. "돌아가신 엄마를 생각하면서 줄곧 눈이 빠지도록 울었어. 지금도 가서 울려고……."

"아니, 난 그냥…… 네가 깃펜을 떨어뜨렸길래."

그곳에는 초가 서 있었다. 해리는 얼굴이 달아오르는 것을 느꼈다.

"아, 응, 미안." 그가 깃펜을 건네받으며 웅얼거렸다.

"어…… 화요일에 행운을 빌어." 그녀가 말했다. "난 진심으로 네가 잘 해내길 바라."

해리는 완전히 바보가 된 기분이었다.

헤르미온느 역시 불쾌한 일을 당하고 있었지만 아직까지는 지나가는 죄 없는 사람들에게 소리를 지르거나 하지 않았다. 이 상황에 대처하는 그녀의 태도는 솔직히 존경스러울 정도였다.

"*현기증 나도록 예쁘다고? 쟤가?*" 리타 스키터의 기사가 나고 헤르미온느와 처음 마주쳤을 때 팬지 파킨슨은 그렇게 소리 질렀다. "뭘 기준으로 삼은 거야? 다람쥐?"

"무시해." 헤르미온느는 킥킥거리는 슬리데린 여학생들의 목소리 따위 들리지 않는다는 듯 고개를 빳빳이 들고 당당히 그들을 지나쳐 가면서 위엄 있는 목소리로 말했다. "그냥 무시해, 해리."

하지만 해리는 무시할 수가 없었다. 론은 스네이프의 방과 후 징계 이야기를 한 뒤로 한 번도 그에게 말을 걸지 않았다. 해리는 스네이프의 지하 감옥 교실에서 두 시간 동안 별수 없이 쥐의 뇌를 식초에 절이면서 론과 화해할 수 있을지도 모른다고 기대했지만, 그날은 마침 리타 스키터의 기사가 신문에 실린 날이었다. 그것이 해리가 그 모든 관심을 진심으로 즐기고 있다는 론의 믿음을 확고하게 만들어 준 것 같았다.

헤르미온느는 론과 해리에게 잔뜩 화가 나 있었다. 그녀는 두 사람 사이를 왔다 갔다 하며 억지로라도 둘이 다시 이야기하게 만들려고 했지만 해리의 태도는 단호했다. 해리는 론이 그가 불의 잔에 직접 이름을 넣지 않았다는 사실을 인정하고 그를 거짓말쟁이라고 불렀던 것에 사과해야 론과 다시 말할 작정이었다.

"내가 시작한 일이 아니잖아." 해리는 고집스럽게 말했다. "쟤가 문제라고."

"너도 론이 그립잖아!" 헤르미온느가 못 참겠다는 듯 말했다. "걔도 널 그리워한다는 걸 난 알아……."

"그 녀석이 그립다고?" 해리가 말했다. "난 전혀 그립지 않아……."

하지만 이는 뻔한 거짓말이었다. 해리는 헤르미온느를 무척 좋아했지만 그녀는 론과 달랐다. 헤르미온느와 가장 친한 친구로 지내고 보니 웃을 일은 훨씬 줄어들었고 대신 도서관에 있는 시간은 훨씬 늘어났다. 해리는 아직도 소환 마법을 제대로 익히지 못했다. 무슨 벽에 부딪힌 느낌이었다. 그러자 헤르미온느는 이론을 알면 도움이 될 거라고 주장했다. 결국 그들은 점심시간 내내 책을 들여다보며 오랜 시간을 보냈다.

빅토르 크룸도 도서관에 꽤 자주 모습을 보이고 있었다. 해리는 그가 도서관에서 뭘 하는지 궁금했다. 공부를 하는 걸까? 아니면 첫 번째 과제를 통과하는 데 도움이 될 만한 단서를 찾는 걸까? 헤르미온느는 크룸이 도서관에 오는 것에 대해 자주 불평했다. 크룸이 그들을 방해했기 때문이 아니라, 키득거리는 여학생 무리가 종종 책꽂이 뒤에서 그를 훔쳐보려고 나타났기 때문이었다. 헤르미온느는 그 소리가 신경에 거슬리는 것 같았다.

"심지어 잘생기지도 않았는데!" 헤르미온느가 크룸의 날카로운 옆얼굴을 쏘아보며 화가 나서 중얼거렸다. "쟤들은 그냥 유명하다는 이유만으로 크룸을 좋아하는 거야! 크룸이 봉키 페인트인지 뭔지를 할 줄 몰랐으면 거들떠도 안 봤을걸?"

"브론스키 페인트야." 해리가 웃지 않으려고 이를 앙다문 채 말했다. 퀴디치 용어를 바로잡고 싶은 마음과는 별개로, 헤르미온느가 봉키 페인트 얘기를 하는 걸 론이 들었다면 어떤 표정을 지었을지 생각하니 또 한 번 가슴이 저려 왔다.

희한하게도, 시간이란 앞으로 닥칠 일이 두려워서 늦출 수만 있다면 뭐든지 내놓겠다는 간절한 마음이 들수록 더욱 빨리 흘러가는 경향이 있다. 첫 번째 과제까지 남은 나날은 마치 누군가가 시간이 두 배로 빨리 흐르도록 시계를 고쳐 놓기라도 한 것처럼 순식간에 흘러갔다. 《예언자일보》 기사와 관련한 악의적인 말들이 그를 따라다니듯, 다스리기 힘든 두려움이 어딜 가든 그를 따라다녔다.

첫 번째 과제를 앞둔 토요일, 3학년 이상의 학생 모두에게 호그스미드 마을을 방문해도 좋다는 허락이 떨어졌다. 헤르미온느는 해리에게 잠깐이라도 성을 떠나 있는 게 좋을 거라고 말했고 해리도 그 제안에 기꺼이 동의했다.

"근데 론은?" 그가 물었다. "넌 론이랑 같이 가고 싶지 않아?"

"어…… 글쎄……." 헤르미온느가 얼굴을 살짝 붉혔다. "스리 브룸스틱스에 가면 만나지 않을까……."

"싫어." 해리가 단호하게 말했다.

"아, 해리. 바보처럼 굴지 마……."

"가긴 할 건데 론은 안 만날 거야. 그리고 투명 망토를 쓸 거야."

"아, 그래라, 그럼……." 헤르미온느가 쏘아붙였다. "하지만 난 그 망토를 뒤집어쓴 너랑 얘기하고 싶지 않아. 내가 널 보고 있는 건지 어쩌는 건지 도저히 알 수가 없단 말이야."

해리는 침실에서 투명 망토를 뒤집어쓰고 아래층으로 내려가 헤르미온느와 함께 호그스미드로 출발했다.

투명 망토를 뒤집어쓰고 있으니 기가 막히도록 자유로워진 기분이었다. 해리는 마을에 들어가면서 그들을 지나치는 다른 학생들을 지켜보았다. 대다수가

'세드릭 디고리를 응원합니다' 배지를 자랑스럽게 달고 있었지만, 학교 안에서와 달리 해리에게 끔찍한 소리가 날아드는 일도 없었고 그 멍청한 기사를 언급하는 사람도 없었다.

"이젠 사람들이 나를 계속 쳐다보네." 얼마 후 허니듀크스 과자 가게를 나서며 헤르미온느가 툴툴거렸다. 그들은 크림이 가득 들어 있는 커다란 초콜릿을 먹고 있었다. "내가 혼잣말을 한다고 생각하는 거야."

"입술을 많이 안 움직이면 되잖아."

"아 좀, 부탁인데 그 망토 잠깐이라도 좀 벗어. 여기서는 아무도 널 귀찮게 안 할 거야."

"아, 그래?" 해리가 말했다. "뒤를 좀 봐."

리타 스키터와 그녀의 사진사 동료가 막 술집 스리 브룸스틱스에서 나왔다. 그들은 목소리를 낮추고 이야기를 나누면서 헤르미온느는 거들떠보지도 않고 그 옆을 지나갔다. 해리는 리타 스키터의 악어가죽 핸드백에 부딪히지 않으려고 허니듀크스 외벽에 바짝 붙어섰다.

그들이 가 버리자 해리가 말했다. "이 마을에서 지내나 봐. 틀림없이 첫 번째 과제를 보러 오겠지."

그 말을 하자 뜨거운 공포가 가슴속에 흘러넘쳤다. 해리는 굳이 그 마음을 입 밖으로 내뱉지 않았다. 그와 헤르미온느는 첫 번째 과제가 무엇일지 별로 얘기한 적이 없었다. 헤르미온느는 그에 대해 생각하기 싫어하는 것 같았다.

"갔어." 헤르미온느가 투명한 해리의 몸을 통해 큰길 저쪽을 바라보며 말했다. "스리 브룸스틱스에 가서 버터맥주나 마시지 않을래? 좀 춥지 않아? 거기 간다고 론하고 꼭 얘기해야 되는 건 아니야!" 해리의 침묵을 제대로 이해한 그녀가 짜증 난다는 듯 덧붙였다.

스리 브룸스틱스는 사람들로 빽빽했다. 주로 오후의 자유 시간을 즐기는 호그와트 학생들이었지만, 다른 곳에서는 보기 힘든 다양한 마법 세계 사람들이 있었다. 영국에서 유일하게 마법사들만 사는 마을이니만큼, 다른 마법사들처럼 변장에 능숙하지 않은 마귀할멈 같은 생명체에게는 이곳 호그스미드가 천국이나 마찬가지일 거라는 생각이 들었다.

투명 망토를 입고 사람들 사이를 움직이는 건 아무래도 무척 어려웠다. 실수로 누군가의 발을 밟기라도 하면 곤란한 의심을 살 게 분명했다. 헤르미온느가 맥주를 사러 간 동안 해리는 천천히 구석에 있는 빈 탁자로 걸어갔다. 그러다 프레드, 조지, 리 조던과 함께 앉아 있는 론을 발견했다. 해리는 론의 뒤통수를 세게 한 방 갈기고 싶은 충동을 억누르며 마침내 빈 탁자에 도착해 자리를 잡고 앉았다.

잠시 후 헤르미온느가 와서 몰래 망토 밑으로 버터맥주를 건네주었다.

"여기 혼자 앉아 있으니까 나 진짜 바보 같다." 그녀가 투덜거렸다. "일거리를 가져왔으니 망정이지."

그녀는 S.P.E.W. 회원 명단을 적은 노트를 꺼냈다. 아주 짧은 명단 맨 꼭대기에 해리와 론의 이름이 보였다. 론과 함께 앉아 점술 숙제를 하던 때가, 헤르미온느가 나타나 그들을 회계 담당과 서기로 임명했던 때가 아주 먼 옛날 일처럼 느껴졌다.

"저기 있잖아, 마을 사람 몇 명을 S.P.E.W.에 가입시켜 봐야겠어." 술집을 둘러보던 헤르미온느가 생각 끝에 입을 열었다.

"아, 그래." 해리가 말했다. 그는 투명 망토를 뒤집어쓴 채 버터맥주를 한 모금 들이켰다. "헤르미온느, 넌 이 S.P.E.W. 일 언제 그만둘 거야?"

"집요정들이 적절한 임금과 노동 조건을 갖추고 나면!" 그녀가 식식거렸다. "음, 슬슬 더 직접적인 행동을 할 때가 된 것 같아. 학교 주방에는 어떻게 들어갈 수 있지?"

"모르겠는데. 프레드랑 조지한테 한번 물어봐." 해리가 말했다.

헤르미온느는 생각에 잠긴 채 입을 다물었고, 그사이 해리는 버터맥주를 마시며 술집 안에 있는 사람들을 둘러보았다. 모두 쾌활하고 평온해 보였다. 근처 탁자에서 어니 맥밀런과 해너 애벗이 개구리 초콜릿 카드를 교환하고 있었다. 둘 다 '세드릭 디고리를 응원합니다' 배지를 망토에 자랑스럽게 달고 있었다. 바로 저 문 옆에 초가 그녀의 래번클로 친구들 여럿과 함께 앉아 있었다. 그런데 그녀는 '세드릭 디고리를 응원합니다' 배지를 달고 있지 않았다……. 해리는 살짝 기분이 좋아졌다.

이 사람들 속에 섞일 수 있다면 뭔들 내놓지 못할까? 숙제 말고는 아무 걱정거리도 없이 앉아서 웃고 떠들 수만 있다면? 그는 불의 잔에서 그의 이름이 나오지 *않았더라면* 어떤 기분으로 여기에 왔을지 상상해 보았다. 일단 투명 망토를 뒤집어쓰고 있지 않았을 것이다. 론이 그와 함께 앉아 있었을 것이다. 그들 세 사람은 학교 대표 선수들이 화요일에 맞닥뜨릴 치명적으로 위험한 과제가 무엇일지 기분 좋게 상상하고 있었을 것이다. 그게 무엇이 됐든 해리는 학교 대표 선수들이 그 과제를 해결하는 모습을 보게 될 일을 손꼽아 기다렸을 것이다……. 관중석 뒷자리에서 안전하게, 다른 사람들처럼 세드릭을 응원하면서…….

그는 다른 대표 선수들은 어떤 기분일지 궁금했다. 최근 볼 때마다 팬들에게 둘러싸여 있었던 세드릭은 긴장하는 한편 기대하는 얼굴이었다. 가끔 복도에서 마주치는 플뢰르 들라쿠르는 평소와 똑같이 도도하고 냉정한 모습이었다. 한편 크룸은 그냥 도서관에 앉아 책만 파고 있었다.

해리는 시리우스를 떠올렸다. 그러자 가슴을 꽉 조이고 있던 팽팽한 긴장이 조금 느슨해지는 것 같았다. 오늘 밤 휴게실 벽난로에서 만나기로 했으니 열두 시간만 있으면 시리우스와 이야기하게 될 것이다. 최근에 벌어진 모든 일이 그랬듯 일이 꼬이지만 않는다면…….

"봐 봐, 해그리드야!" 헤르미온느가 말했다.

해그리드의 거대하고 덥수룩한 뒤통수(다행히 그는 양 갈래 머리를 포기했다)가 사람들 위로 불쑥 솟아 있었다. 저렇게 큰 해그리드를 왜 진작 알아보지 못했는지 의아해하면서도 해리는 조심스럽게 일어나, 해그리드가 허리를 구부린 채 무디 교수에게 이야기하는 모습을 바라보았다. 해그리드 앞에는 늘 그랬듯 커다란 맥주잔이 놓여 있었지만 무디는 휴대용 술병에 담긴 것을 마시고 있었다. 예쁘장한 술집 주인인 로즈메르타 씨는 그것이 못마땅한 모양인지 주변 탁자에서 잔을 치우며 무디를 흘겨보고 있었다. 아마도 무디의 행동을 자기네 데운 벌꿀술에 대한 모욕으로 받아들인 것 같았다. 하지만 해리는 잘 알고 있었다. 무디는 지난번 어둠의 마법 방어법 수업에서 자신은 언제나 먹고 마실 것을 직접 준비하는 편을 선호한다고 말했다. 어둠의 마법사들에게 잔에 몰래 독을 타는 일은 식은 죽 먹기라는 것이었다.

해리가 지켜보는 가운데 해그리드와 무디는 자리에서 일어났다. 해리는 손을 흔들다가 해그리드가 자기를 볼 수 없다는 사실을 떠올렸다. 그러나 무디는 걸음을 멈췄다. 그의 마법 눈이 해리가 서 있는 구석에 머물렀다. 무디가 해그리드의 등허리를 톡톡 두드리더니(어깨에는 팔이 닿지 않았기 때문이었다) 뭔가를 속삭였다. 그러더니 그들은 술집 안을 가로질러 해리와 헤르미온느가 있는 탁자로 다가왔다.

"잘 있었냐, 헤르미온느?" 해그리드가 큰 소리로 말했다.

"안녕하세요?" 헤르미온느가 마주 미소 지으며 말했다.

무디는 절뚝거리며 탁자 둘레를 돌아와 허리를 구부렸다. 해리는 그가 S.P.E.W. 노트를 들여다보고 있는 거라고 생각했다. 그런데 그때 무디가 중얼거렸다. "멋진 망토로구나, 포터."

해리는 놀란 눈으로 무디를 바라보았다. 아주 가까이에서 보니 살점이 뭉텅이로 떨어져 나간 그의 코가 유달리 눈에 띄었다. 무디가 씩 웃었다.

"교수님 눈에는 제가…… 그러니까, 절 보실 수가……?"

"그래, 이 눈은 투명 망토를 꿰뚫어 볼 수 있다." 무디가 조용히 말했다. "가끔은 꽤 쓸 만하지."

해그리드도 해리를 내려다보며 활짝 웃었다. 해리는 해그리드가 자신을 볼 수 없다는 사실을 알고 있었다. 무디가 그에게 해리가 그곳에 있다고 말해 준 게 틀림없었다.

해그리드 역시 S.P.E.W. 노트를 들여다보는 척 허리를 구부리고 해리에게만 들릴 만큼 작은 소리로 속삭였다. "해리, 오늘 밤 자정에 내 오두막에서 만나자. 투명 망토를 입고 와라."

해그리드가 허리를 펴며 큰 소리로 말했다. "만나서 반갑다, 헤르미온느." 그런 다음 그는 눈을 찡긋하고 술집을 나갔다. 무디가 그 뒤를 따랐다.

"왜 자정에 만나자는 거지?" 해리가 어리둥절한 목소리로 물었다.

"그랬어?" 헤르미온느가 깜짝 놀란 얼굴로 되물었다. "무슨 일인지 궁금하네? 근데 가도 될지 모르겠어, 해리……." 그녀는 초조하게 주위를 둘러보더니 작은 소리로 말했다. "그러다 시리우스와의 약속에 늦을지도 몰라."

자정에 해그리드의 집으로 가면 시리우스와 만날 시간에 맞추기가 매우 빠듯해지는 게 사실이었다. 헤르미온느는 해그리드에게 헤드위그를 보내 못 간다는 말을 전하는 게 어떻겠느냐고 제안했다(물론 헤드위그가 편지를 전해 주겠다고 승낙한다면 말이지만). 하지만 해리는 해그리드가 보자고 한 일을 빨리 처리하는 게 낫겠다고 생각했다. 무슨 일일지 무척 궁금하기도 했다. 해그리드는 한 번도 해리에게 그렇게 늦은 밤에 자기를 만나러 오라고 한 적이 없었기 때문이다.

그날 밤 11시 30분이 지나서 일찍 잠자리에 든 척하던 해리는 다시 투명 망토를 뒤집어쓰고 살금살금 내려와 휴게실을 가로질렀다. 제법 많은 사람들이 아직 그곳에 있었다. 크리비 형제는 '세드릭 디고리를 응원합니다' 배지를 한 무더기 구해 와서는 마법을 걸어 '해리 포터를 응원합니다'로 바꾸려고 애를 쓰고 있었다. 하지만 그들이 지금까지 간신히 해낸 일이라곤 배지에 '포터는 구려'라는 문구만 계속 나오게 한 것뿐이었다. 해리는 살금살금 그들을 지나 초상화 구멍으로 간 뒤 손목시계를 보며 1분 정도 기다렸다. 이윽고 미리 계획한 대로 헤르미온느가 밖에서 뚱뚱한 귀부인 초상화를 열어 주었다. 그는 "고마워!"라고 속삭인 뒤 헤르미온느를 지나쳐 성 밖으로 향했다.

교정은 아주 어두웠다. 해리는 해그리드의 오두막에서 새어 나오는 불빛을 향해 잔디밭을 걸어갔다. 거대한 보바통 마차 안에도 불이 밝혀져 있었다. 해리가 해그리드의 오두막 현관문을 두드렸을 때 보바통 마차 안에서 막심 교장의 말소리가 들렸다.

"왔냐, 해리?" 해그리드가 문을 열고 주위를 둘러보면서 목소리를 낮췄다.

"네." 해리는 잽싸게 오두막으로 들어가 머리에 쓰고 있던 투명 망토를 벗으며 말했다. "무슨 일이에요?"

"너한테 보여 줄 게 있어서 그래." 해그리드가 말했다.

해그리드의 얼굴에는 흥분한 기색이 역력했다. 그는 과하게 자란 아티초크처럼 생긴 꽃을 단춧구멍에 끼우고 있었다. 수레바퀴에 칠하는 기름을 쓰는 건 포기한 것 같았지만 머리를 빗으려고 애쓴 건 분명했다. 부러진 빗살이 머리카락에 엉켜 있었던 것이다.

"뭘 보여 주시려고요?" 해리가 피곤한 듯 물었다. 스크루트가 알이라도 낳았거나, 아니면 해그리드가 주점에서 만난 낯선 사람한테서 머리 셋 달린 거대한 개를 한 마리 더 사들였는지도 모른다는 생각이 들었다.

"따라와라. 조용히 하고, 그 망토 계속 쓰고 있어." 해그리드가 말했다. "팽은 데려가지 않을 거야, 별로 좋아하지 않을 테니까……"

"저, 해그리드. 전 오래 있을 수가 없어요. 1시에는 성으로 돌아가야……"

하지만 해그리드는 그의 말을 듣고 있지 않았다. 그는 오두막 문을 열고 어둠 속으로 성큼성큼 걸어 들어갔다. 해리는 얼른 그를 쫓아갔다. 놀랍게도 해그리드는 그를 보바통 마차로 데려가고 있었다.

"해그리드, 무슨……?"

"쉿!" 그러더니 해그리드는 황금빛 마법 지팡이 두 개가 엇갈린 문장이 그려진 문을 세 번 두드렸다.

막심 교장이 문을 열었다. 그녀는 드넓은 어깨에 비단 숄을 두르고 있었다. 해그리드를 본 그녀가 미소 지었다. "아, 애그리드…… 시간이 된 경가요?"

"봉수르." 해그리드가 환하게 웃으며 말하더니 손을 내밀어 그녀가 황금빛 계단을 내려오도록 도와주었다.

막심 교장이 마차 문을 닫자 해그리드가 그녀에게 팔을 내밀었고, 그들은 팔짱을 낀 채 막심 교장의 거대한 날개 달린 말들이 있는 방목지 가장자리를 따라 걸었다. 해리는 어쩔 줄을 모르고 그들을 따라잡기 위해 뛰어가다시피 했다. 해그리드가 보여 주고 싶었던 게 막심 교장이었을까? 막심 교장이야 언제든 볼 수 있었다…… 딱히 못 보고 지나칠 만한 사람도 아니었

으러 나온 모양이었다. 잠시 후 그녀가 농담을 건네듯 이렇게 말했다. "나를 어디로 데려가는 건가요, 애그리드?"

"좋아하실 겁니다." 해그리드가 걸걸한 목소리로 말했다. "볼 만한 가치가 있어요. 내 말 믿으세요. 다만…… 내가 보여 줬다는 걸 누구한테도 얘기해선 안 됩니다. 알겠죠? 원래 알려 줘선 안 되는 거라."

"당연하죠." 막심 교장이 길고 검은 속눈썹을 깜빡이며 말했다.

그들은 계속 걸었다. 해리는 이따금 손목시계를 확인하며 그들의 뒤를 쫓아 가볍게 뛰었다. 점점 짜증이 솟구쳤다. 해그리드에게 무슨 말도 안 되는 계획이 있는 모양인데, 그것 때문에 시리우스와의 약속을 놓칠 수도 있었다. 금방 도착하지 않으면 해리는 뒤돌아 곧장 성으로 돌아갈 생각이었다. 해그리드야 막심 교장과 달빛 아래서 산책이나 즐기라지……

하지만 그때였다. 성과 호수가 보이지 않을 만큼 금지된 숲 둘레를 멀리 돌아온 그때, 어떤 소리가 들렸다. 저 앞에서 사람들이 소리를 지르고 있었다…… 그리고 귀가 먹먹해지는, 고막이 찢어질 듯한 포효가 들려왔다……

해그리드와 막심 교장이 나무 수풀을 돌아 멈춰 섰다. 해리는 얼른 그들을 쫓아갔다. 아주 짧은 순간 군데군데 피워 둔 모닥불과 그 주위를 쏜살같이 뛰어다니는 사람들을 본 것 같았는데…… 이윽고 해리의 입

두꺼운 나무판자를 세운 울타리 안에서, 완전히 자란 사나운 모습의 거대한 용 네 마리가 뒷다리로 서서 으르렁거리며 콧김을 내뿜고 있었다. 송곳니가 돋은 쩍 벌어진 입에서 소용돌이치는 불길이 어두운 하늘로 뿜어 나갔다. 목은 15미터 높이까지 쭉 뻗어 있었다. 길고 뾰족한 뿔이 여러 개 달린 은빛 도는 푸른색 용이 땅 위에 있는 마법사들을 향해 주둥이를 딱딱거리며 으르렁댔다. 부드러운 비늘을 가진 초록색 용은 있는 힘껏 몸부림을 치며 발을 쿵쿵 굴렀고, 얼굴 주위에 황금색 돌기가 이상한 술 장식처럼 나 있는 붉은색 용은 버섯 모양 불구름을 공중으로 내뿜고 있었다. 그리고 그들과 가장 가까운 곳에는 다른 용들보다 더 도마뱀처럼 생긴 어마어마한 크기의 검은색 용이 있었다.

최소 서른 명은 되어 보이는 마법사들이 용 한 마리마다 일고여덟 명씩 달라붙어서 용들의 목과 다리에 묶인 두꺼운 가죽 끈에 연결된 쇠사슬을 잡아당기며 녀석들을 진정시키려 애쓰고 있었다. 해리는 최면에라도 걸린 듯 저 높은 곳을 올려다보았다. 눈동자가 고양이처럼 세로로 찢어진 검은 용의 눈이 보였다. 그 눈이 부릅떠져 있는 까닭이 공포 때문인지 분노 때문인지는 알 수 없었다……. 녀석은 울부짖고 날카롭게 소리 지르며 끔찍한 소음을 내고 있었다.

"가까이 오지 마세요, 해그리드!" 울타리 근처에 있던 마법사가 손에 쥔 쇠사슬을 팽팽하게 당기며 고함

을 질렀다. "용들은 6미터 범위까지 불길을 뿜을 수 있거든요! 이 혼테일은 12미터까지 불길을 내뿜는 걸 봤어요!"

"아름답지 않아요?" 해그리드가 조용히 물었다.

"별 소용이 없잖아!" 또 다른 마법사가 소리쳤다. "셋 하면 기절 마법을 건다!"

해리는 용 관리인들이 각각 마법 지팡이를 꺼내는 모습을 보았다.

"스튜페파이!" 그들이 한목소리로 소리치자 기절 마법이 로켓처럼 맹렬하게 어둠 속으로 날아가더니 비늘로 뒤덮인 용들의 가죽에 부딪쳐 사방으로 불꽃을 튀겼다.

해리는 그들과 가장 가까운 곳에 있던 용이 뒷다리로 위험하게 휘청거리는 모습을 지켜보았다. 그 용의 입이 돌연 크게 벌어지면서 소리 없는 비명을 내뱉었다. 용의 콧구멍에서 계속 연기가 나고 있었지만 불길은 갑자기 사라졌다. 용의 몸이 아주 천천히 기울어졌다. 몇 톤이나 되는 근육질 비늘투성이 검은 용이 바닥에 쿵 쓰러지자 해리는 등 뒤의 나무들이 진동하는 것을 확실히 느낄 수 있었다.

용 관리인들이 마법 지팡이를 내리고 각자가 맡고 있는 용들을 향해 걸어갔다. 바닥에 쓰러진 용들은 하나같이 작은 언덕만 했다. 마법사들은 서둘러 쇠사슬을 팽팽하게 당겨서 쇠못에 안전하게 묶고 마법 지팡

이를 이용해 못을 땅속 깊이 박아 넣었다.

"가까이서 보실래요?" 해그리드가 신이 난 듯 막심 교장에게 물었다. 그들은 울타리 바로 앞까지 다가갔고 해리도 그들을 뒤따랐다. 해그리드에게 가까이 오지 말라고 경고했던 마법사가 돌아섰다. 해리는 그가 누구인지 알아보았다. 찰리 위즐리였다.

"괜찮아요, 해그리드?" 그가 말을 걸기 위해 다가와 가쁜 숨을 내쉬었다. "지금쯤은 얌전해졌어야 하는데. 여기 오는 길에 수면 물약으로 기절시켰거든요. 어둡고 조용한 곳에서 깨어나는 편이 용들한테도 나을 것 같아서요. 그런데, 보셨다시피 별로 좋아하지 않네요. 전혀……."

"어떤 종을 데리고 왔냐, 찰리?" 해그리드가 가장 가까운 곳에 쓰러져 있는 검은색 용을 뚫어지게 바라보며 물었다. 그의 눈에는 숭배에 가까운 빛이 담겨 있었다. 검은 용의 눈은 아직도 간신히 뜨여 있었다. 주름진 검은색 눈꺼풀 아래 노란빛이 가느다랗게 번뜩였다.

"이 녀석은 헝가리 혼테일이에요." 찰리가 말했다. "저쪽에 좀 작은 용은 웨일스 그린이고요……. 저 청회색 용이 스웨덴 쇼트스나우트고…… 저 빨간색은 중국 파이어볼이에요."

찰리는 주위를 둘러보았다. 막심 교장이 울타리를 따라 멀리까지 거닐며 기절한 용들을 살펴보고 있었다.

"저분도 데려올 줄은 몰랐는데요, 해그리드." 찰리가 얼굴을 찌푸리면서 말했다. "대표 선수들은 어떤 과제가 나올지 모르도록 돼 있어요. 저분이 자기 학생에게 말해 주지 않을까요?"

"그냥 용을 보면 좋아할 것 같아서." 여전히 황홀경에 빠진 듯 용들을 바라보고 있던 해그리드가 어깨를 으쓱했다.

"이렇게 낭만적인 데이트도 없겠군요, 해그리드." 찰리가 고개를 설레설레 저으며 말했다.

"네 마리라……." 해그리드가 말했다. "그러니까 대표 선수 한 사람당 한 마리인 거지? 뭘 해야 하는 거야? 용이랑 싸워야 하나?"

"그냥 지나가기만 하면 될걸요." 찰리가 말했다. "상황이 심각해지면 우리가 끼어들어서 준비해 둔 주문을 발사할 거고요. 알을 품은 어미 용을 데려오라더군요. 이유는 모르겠지만……. 하지만 이거 하나만은 확실해요, 혼테일을 맡게 될 사람이 전혀 부럽지 않다는 거요. 사나운 녀석이에요. 꼬리 쪽도 머리만큼 위험하고요. 보세요."

찰리는 혼테일의 꼬리를 가리켰다. 꼬리를 따라 촘촘하게 돋아 있는 청동색의 길고 뾰족한 돌기들이 보였다.

그 순간 찰리의 용 관리인 동료 다섯 명이 화강암처럼 생긴 회색 알을 담요에 싸 들고 비틀거리며 혼테일에게 다가갔다. 그들은 혼테일 옆에 조심스럽게 알을 내려놓았다. 해그리드가 탐이 나서 못 견디겠다는 듯 신음했다.

"알의 숫자를 다 세어 놨어요, 해그리드." 찰리가 엄격한 목소리로 경고하더니 말을 이었다. "해리는 어때요?"

"괜찮아." 해그리드가 여전히 알들에게 시선을 둔 채 대답했다.

"이 녀석들을 마주한 뒤에도 괜찮기를 바라야죠." 찰리가 용 울타리 너머를 바라보며 으스스하게 말했다. "엄마한테는 해리가 첫 과제로 뭘 해야 하는지 말도 못 꺼냈어요. 안 그래도 벌써 해리를 걱정하고 계셔서……." 찰리는 걱정스러워하는 어머니의 목소리를 흉내 냈다. "'어떻게 그 애를 대회에 참가하게 할 수 있니? 너무 어리잖아! 나는 어린 학생들은 다 안전할 줄 알았다. 나이 제한이 있을 줄 알았다고!' 엄마는 《예언자일보》에 해리의 기사가 나온 뒤부터 눈물을 쏟고 계세요. '아직도 부모님 때문에 운다니! 아, 가엾은 것. 난 전혀 몰랐어!' 이러면서."

그 정도면 충분했다. 해리는 해그리드가 용들과 막심 교장에게 정신이 팔려 자기를 찾지 않을 거라 믿고 조용히 발걸음을 돌려 성으로 향했다.

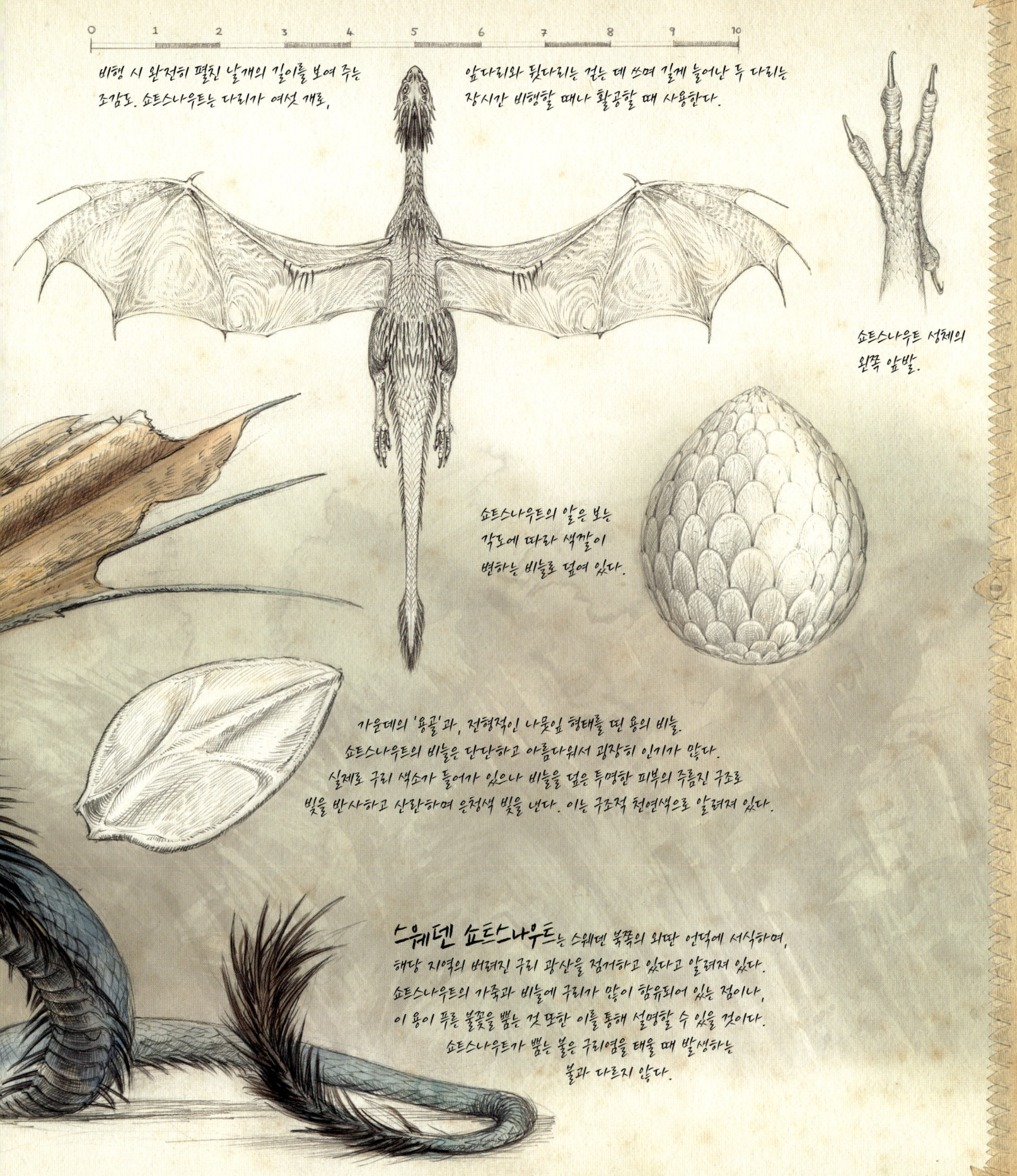

앞으로 일어날 일을 알게 되어 다행인지 아닌지 알 수가 없었다. 처음의 충격이 가신 지금은 아는 게 더 나은 것 같긴 했다. 화요일에 처음 용을 보았다면 전교생 앞에서 기절했을지도 모른다……. 하지만 어쨌든 기절할 것 같은 기분은 지금도 마찬가지였다. 그는 마법 지팡이(지금은 그저 가느다란 나무 막대기로만 여겨지는)로만 무장한 채, 15미터 크기에 비늘로 덮여 있고 뾰족한 돌기가 잔뜩 나 있으며 불을 뿜는 용과 맞서야 했다. 그 용을 지나가야 했다. 모두가 보는 앞에서. 대체 어떻게?

해리는 금지된 숲 가장자리를 따라 움직이며 속도를 올렸다. 벽난로 앞으로 돌아가 시리우스와 이야기를 나누기까지 15분도 채 남아 있지 않았다. 지금처럼 누군가와 이야기하고 싶었던 적이 있었나 싶었다. 바로 그때, 그는 느닷없이 뭔가 아주 단단한 것에 부딪쳤다.

해리는 안경이 비뚤어진 채, 몸에 두른 투명 망토를 꽉 붙잡고 뒤로 넘어졌다. 근처에서 어떤 목소리가 들렸다. "어이쿠! 거기 누구냐?"

해리는 재빨리 투명 망토가 몸을 덮고 있는지 확인하고 가만히 누운 채, 그와 부딪친 마법사의 어두운 윤곽을 올려다보았다. 눈에 익은 염소수염이 보였다. ……카르카로프였다.

헝가리 혼테일

"누구냐?" 카르카로프가 매우 수상쩍다는 듯 어둠 속을 둘러보며 다시 말했다. 해리는 가만히 누워 아무 소리도 내지 않았다. 잠시 후, 카르카로프는 웬 동물과 부딪쳤다고 판단한 듯했다. 그는 개라도 찾으려는지 허리 높이를 둘러보았다. 그러더니 살금살금 나무 사이로 몸을 숨기면서 용들이 있는 곳을 향해 나아가기 시작했다.

해리는 아주 천천히, 조심스럽게 몸을 일으키고 다시 걷기 시작했다. 그러고는 아무런 소리도 내지 않고 되도록 빠른 걸음으로 서둘러 어둠 속을 지나 호그와트 성으로 돌아갔다.

카르카로프가 뭘 꾸미고 있는지는 뻔했다. 배에서 몰래 빠져나와 첫 번째 과제가 뭔지 알아내려는 것이다. 어쩌면 해그리드와 막심 교장이 함께 금지된 숲을 돌아다니는 모습을 봤을지도 모른다. 두 사람은 상당한 거리에서도 눈에 띄지 않기가 힘들었으니……. 이제 카르카로프가 할 일은 목소리를 따라가는 것뿐이었다. 그 역시 막심 교장처럼 대표 선수들을 기다리고 있는 게 뭔지 알게 될 것이다. 보아하니, 화요일에 아무것도 모른 채 상대를 마주하게 될 유일한 대표 선수는 세드릭뿐이었다.

성에 도착한 해리는 살금살금 정문으로 들어가 대

리석 계단을 오르기 시작했다. 무척 숨이 찼지만 발걸음을 늦출 수는 없었다……. 벽난로 앞에 도착해야 할 시간까지 5분도 채 남아 있지 않았다…….

"허튼소리!" 그가 초상화 구멍 앞 액자 속에서 졸고 있던 뚱뚱한 귀부인에게 헐떡거리며 말했다.

"암호를 댄다면야." 그녀는 눈도 뜨지 않고 졸린 듯 중얼거렸다. 그림이 앞으로 홱 열리더니 그를 들여보내 주었다. 해리는 안으로 들어갔다. 휴게실에는 아무도 없었다. 평소와 똑같은 냄새가 나는 걸 보니 헤르미온느가 해리와 시리우스가 몰래 만날 수 있도록 똥폭탄을 터뜨릴 필요는 없었던 것 같았다.

해리는 투명 망토를 벗고 난로 앞 안락의자에 털썩 주저앉았다. 휴게실은 반쯤 어둠에 잠겨 있었으며 난롯불만이 유일하게 빛을 드리우고 있었다. 근처 탁자 위에서 크리비 형제가 고쳐 보려던 '세드릭 디고리를 응원합니다' 배지가 불빛을 받아 번쩍거렸다. 이제 그 배지에는 '포터는 진짜 구려'라고 적혀 있었다. 해리는 다시 벽난로로 시선을 돌렸다가 화들짝 놀랐다.

시리우스의 머리가 불 속에 놓여 있었던 것이다. 위즐리네 부엌에서 디고리 씨의 머리가 똑같이 저러고 있던 걸 보지 못했더라면 무서워서 정신을 잃었을 것이다. 하지만 해리는 그러는 대신 며칠 만에 처음으로 미소를 짓고 허겁지겁 의자에서 일어나 벽난로 앞에 웅크리고 앉았다. "시리우스, 어떻게 지내세요?"

시리우스는 해리의 기억 속 모습과 달랐다. 지난번 작별 인사를 할 때 시리우스는 길고 헝클어진 검은 머리카락이 야위고 퀭한 얼굴을 잔뜩 뒤덮은 모습이었다. 하지만 지금은 머리카락을 단정하니 짧게 잘랐으며 얼굴에는 살이 붙어서 더 젊어 보였다. 지금 그는 해리가 가지고 있는 유일한 시리우스의 사진, 그러니까 포터 부부의 결혼식 사진 속 모습과 훨씬 비슷했다.

"나는 걱정 마라. 넌 어떠니?" 시리우스가 심각한 어조로 물었다.

"저는……." 잠깐 동안 해리는 "괜찮아요"라고 말하려고 애써 봤지만 그럴 수 없었다. 멈출 새도 없이 그는 며칠 동안 한 말을 모두 합친 것보다도 더 많은 이야기를 쏟아 냈다. 자신의 의지로 대회에 참가한 게 아니라는 사실을 아무도 믿지 않은 것, 리타 스키터가 《예언자일보》에 그에 관한 거짓 기사를 실어 놓은 것, 복도를 걸을 때마다 사람들이 어김없이 그를 비웃는다는 것. 그리고 론 이야기도 했다. 론이 그를 믿어 주지 않는 것, 론의 질투에 대해…….

"……그리고 방금 해그리드가 첫 번째 과제에 뭐가 나오는지 보여 줬어요. 용이에요, 시리우스. 전 죽은 거나 마찬가지예요." 그는 절망에 빠진 채 말을 마쳤다.

시리우스가 걱정 가득한 눈으로 그를 바라보았다. 그 눈에는 아직 아즈카반이 그에게 남긴 흔적이 깃들어 있었다. 생기를 잃은, 공포에 질린 듯한 시선. 시리우스는 해리가 말을 마칠 때까지 잠자코 이야기를 듣다가 마침내 입을 열었다. "용이야 어떻게든 처리할 수 있다, 해리. 하지만 그 문제에 관해선 조금 이따 이야기하자. 난 여기 오래 머물 수가 없어……. 벽난로를 쓰려고 어느 마법사의 집에 침입했는데, 이 집 사람들이 언제 돌아올지 모르거든. 너한테 경고하고 싶은 게 몇 가지 있다."

"뭔데요?" 해리가 물었다. 사기가 몇 차례나 더 꺾이는 기분이었다……. 설마 용과 맞닥뜨리는 것보다 더 안 좋은 일은 아니겠지?

"카르카로프 얘기다." 시리우스가 말했다. "해리, 그자는 죽음을 먹는 자였어. 죽음을 먹는 자들이 어떤 사람들인지는 알지?"

"네, 카르카로프 교장이…… 뭐라고요?"

"놈은 체포됐었다. 나와 함께 아즈카반에 있었지만 풀려났지. 올해 덤블도어 교수님이 호그와트에 오르를 두려고 한 건 바로 그 때문이었을 거다. 그자를 감시하려는 거지. 무디가 카르카로프를 붙잡았거든. 애초에 그자를 아즈카반에 보낸 사람이 무디야."

"카르카로프가 풀려났다고요?" 해리는 천천히 입을 열었다. 또 하나의 충격적인 정보를 받아들이려니 머리에 과부하가 걸렸다. "왜 풀어 준 거예요?"

"그자는 마법 정부와 거래를 했어." 시리우스가 씁쓸하게 말했다. "지난날의 실수를 반성한다 말하고 동료들의 이름을 불었다……. 그 덕에 수많은 사람이 아즈카반에 들어갔지……. 확실히 그자는 아즈카반에서 별로 인기가 없었단다. 그리고 풀려난 뒤, 내가 아는 한 자기 학교를 거쳐 간 학생 모두에게 어둠의 마법을 가르쳤다. 그러니까 덤스트랭 대표 선수도 조심하거라."

"알겠어요." 해리가 가만히 말했다. "그러면…… 카르카로프가 제 이름을 불의 잔에 넣었다는 말씀이세요? 그랬다면 정말 연기력이 뛰어난데요. 엄청나게 화내는 것 같았거든요. 제가 참가하지 못하게 막고 싶어 했어요."

"그자의 연기력이야 알아주지." 시리우스가 말했다. "마법 정부까지 설득당해서 풀어 줬을 정도니까. 그리고《예언자일보》를 쭉 보고 있었는데 말이다, 해리……."

"온 세상 사람이 그렇죠." 해리가 비참한 듯 말했다.

"……그런데, 스키터라는 여자가 지난달에 쓴 기사를 읽어 보니 무디가 호그와트에 출근하기 전날 밤 공격을 당했나 보더구나. 그래, 스키터가 그걸 또 한 번의 허위 신고라고 말한다는 건 안다." 해리가 입을 열려는 걸 본 시리우스가 얼른 덧붙였다. "하지만 나는 그게 아닐 거라는 생각이 들어. 누군가 무디가 호그와트에 가는 걸 막으려던 것 같다. 무디가 가까이 있으면 일이 훨씬 어려워지리라는 걸 아는 거야. 아무도 그 일을 자세히 조사하지 않을 거라는 것도 말이야. 매드아이가 침입자들의 소리를 워낙 자주 들었어야 말이지. 하지만 그렇다고 무디가 진짜 위협을 눈치채지 못하는 건 아니거든. 무디는 정부에서 일했던 오러들 가운데 최고였어."

"그러니까…… 무슨 말씀이세요?" 해리가 천천히 입을 열었다. "카르카로프가 저를 죽이려 한다고요? 근데…… 왜요?"

시리우스는 바로 대답하지 못하고 망설였다.

"아주 이상한 소식들이 들리더구나." 그가 천천히 말을 이었다. "최근 죽음을 먹는 자들이 전보다 더 적극적으로 움직이는 것 같던데. 퀴디치 월드컵에서도 모습을 드러내지 않았니? 누군가가 어둠의 징표를 쏘아 올렸고, 그런 데다…… 너도 마법 정부 마법사가 실종된 얘기 들었지?"

"버사 조킨스요?" 해리가 말했다.

"맞다……. 조킨스는 알바니아에서 실종됐어. 바로 볼드모트가 마지막으로 머물렀다는 소문이 도는 곳이지……. 조킨스라면 트라이위저드 대회가 곧 열릴 거라는 사실을 알지 않았을까?"

"네, 그래도…… 조킨스가 하필 볼드모트와 딱 마주쳤을 리는 없잖아요?" 해리가 물었다.

"잘 들어. 난 버사 조킨스를 안다." 시리우스가 단호하게 말했다. "내가 호그와트에 다닐 때 조킨스도 있었거든. 너희 아빠와 나보다 몇 학년 위였어. 멍청이였지. 오지랖은 넓은데 꾀는 전혀 없었어, 전혀. 조킨스와 알바니아라니, 결코 좋은 조합이 아니란다, 해리. 내가 보기에 조킨스는 함정을 파서 꾀어내기가 아주 쉬운 사람이야."

"그럼…… 그럼 볼드모트가 대회에 대해 알아냈을 수도 있다는 거예요?" 해리가 물었다.

"그런 뜻으로 말씀하시는 거예요? 카르카로

프가 볼드모트의 명령으로 여기에 온 걸지도 모른다고요?"

"모르겠다." 시리우스가 천천히 말했다. "나도 모르겠어....... 내 생각에 카르카로프는 볼드모트가 자기를 보호해 줄 만큼 강해졌다는 확신이 들기 전에는 그자에게 돌아갈 사람이 아니야. 하지만 불의 잔에 네 이름을 넣은 자가 누구든, 그자에게는 이 대회가 사고로 위장해서 널 공격할 아주 좋은 기회일 거라는 생각을 떨칠 수가 없구나."

"제 처지를 생각해 보면 정말 좋은 계획이네요." 해리가 우울하게 말했다. "그자들은 그냥 뒤로 빠져서 용들이 일을 해치우는 걸 보기만 하면 되니까요."

"맞아, 그 용들 말인데." 시리우스는 이제 아주 빠르게 말하고 있었다. "방법이 하나 있다, 해리. 기절 마법을 쓰고 싶은 유혹에 넘어가선 안 돼. 용들은 아주 강하고 너무도 강력한 마법의 힘을 갖고 있기 때문에 단 한 번의 기절 마법으로는 쓰러뜨릴 수 없다. 용을 쓰러뜨리려면 마법사 여섯 명 정도가 힘을 합쳐야 해."

"네, 알아요. 방금 봤어요." 해리가 말했다.

"하지만 혼자서도 해낼 수 있다." 시리우스가 말했다. "방법이 하나 있어. 간단한 마법 하나면 돼. 그냥......."

하지만 해리는 얼른 손을 들어 조용히 하라는 신호를 보냈다. 갑자기 심장이 터질 듯 두근거렸다. 등 뒤의 나선형 계단을 내려오는 발소리가 들린 것이다.

"가세요!" 그가 시리우스에게 힘주어 속삭였다. "가요! 누가 오고 있어요!"

해리는 허겁지겁 자리에서 일어나 벽난로를 가렸다. 누군가가 호그와트 성벽 안에서 시리우스의 얼굴을 본다면 엄청난 소동이 일어날 것이다. 그럼 마법 정부가 개입할 테고, 그는, 해리는 시리우스의 행방에 대해 취조를 당할 게 뻔했다.

해리는 등 뒤 벽난로에서 작게 '펑' 소리가 나는 것을 듣고 시리우스가 떠났음을 알았다. 그는 나선형 계단 아래쪽을 바라보았다. 대체 누가 새벽 1시에 어슬렁거리고 나와서 그가 시리우스에게서 용을 지나가는 방법도 듣지 못하게 만든 걸까?

그 사람은 론이었다. 고동색 체크무늬 잠옷을 입고 있는 론이 휴게실 맞은편에서 해리를 보고 우뚝 멈춰 섰다가 주위를 둘러보았다.

"누구랑 얘기하고 있었어?" 그가 물었다.

"그게 너랑 무슨 상관인데?" 해리가 으르렁거리듯 말했다. "넌 이 시간에 여기서 뭐 하는 거야?"

"나는 그냥 네가 어디......." 론은 어깨를 으쓱하며 말을 끊었다. "아무것도 아냐. 다시 자러 갈 거야."

"뭘 그렇게 쑤시고 다니는 건데?" 해리가 소리쳤다. 그는 론이 자기가 어떤 순간에 끼어들었는지 전혀 모른다는 사실을 잘 알고 있었다. 일부러 그런 게 아니라는 것도 알았다. 하지만 상관없었다. 이 순간 그는 론의 모든 것이 싫었다. 론의 잠옷 바지 아래로 살짝 드러난 맨 발목까지.

"미안하게 됐다." 론이 화가 나서 얼굴을 붉히며 말했다. "네가 방해받기 싫어할 거라는 걸 알았어야 했는데. 방해하지 않을 테니까 다음 인터뷰 연습이나 계속해."

해리는 '포터는 진짜 구려' 배지를 탁자에서 집어 들고 있는 힘껏 휴게실 건너편으로 던졌다. 배지는 론의 이마에 맞고 튕겨 나왔다.

"자, 됐지?" 해리가 말했다. "화요일에 달고 나가. 운이 좋다면 흉터가 생겼을지도 모르겠네....... 네가 원하는 게 그거 아니야?"

그는 휴게실을 가로질러 나선형 계단 쪽으로 성큼성큼 걸어갔다. 마음 한구석에서는 론이 붙잡아 주기를 기대하는 마음도 있었다. 론이 자신을 한 대 쳤다면 차라리 기분이 나았을 것이다. 하지만 론은 너무 작아져 버린 잠옷을 입고 그냥 그 자리에 서 있었다. 해리는 쿵쿵거리며 위층으로 올라가 침대에 누워 오랫동안 식식댔다. 그래도 론이 침실로 올라오는 소리는 들리지 않았다.

CHAPTER 20
첫 번째 과제

일요일 아침에 잠에서 깨어난 해리는 완전히 넋이 나간 상태로 옷을 입느라 양말 대신 모자를 신으려 애쓰고 있었다는 것도 한참이 지나서야 깨달았다. 마침내 모든 옷을 제대로 된 신체 부위에 착용한 그는 서둘러 헤르미온느를 찾으러 나갔다. 그가 발견했을 때 헤르미온느는 대연회장의 그리핀도르 식탁에서 지니와 함께 아침을 먹고 있었다. 해리는 도저히 식사를 할 기분이 아니었기 때문에, 헤르미온느가 남아 있는 포리지 한 숟갈을 마저 먹을 때까지 기다렸다가 그녀를 끌고 또 한 번 산책을 하러 교정으로 나갔다. 그곳에서 그는 호수 주위를 오랫동안 거닐면서 그녀에게 용에 대해, 시리우스가 한 말에 대해 모두 털어놓았다.

카르카로프에 관한 시리우스의 경고에 깜짝 놀라면서도 헤르미온느는 용이 더욱 시급한 문제라고 말했다.

"일단 화요일 저녁까지 살아남고 보자." 그녀가 절박하게 말했다. "카르카로프 걱정은 그다음에도 할 수 있어."

그들은 용을 제압할 간단한 마법을 떠올리려 애쓰며 호수 주위를 세 바퀴 돌았다. 아무것도 생각나지 않았으므로 그들은 대신 도서관으로 갔다. 그곳에서 해리는 용에 관해 찾을 수 있는 책은 모조리 꺼내 놓았다. 그러고 나서 두 사람 모두 높이 쌓인 책 더미를 뒤지기 시작했다.

"'마법으로 발톱 깎는 법'…… '비늘 피부병을 치료하는'…… 이런 건 아무런 쓸모도 없어. 이건 용들을 건강하게 기르고 싶어 하는 해그리드 같은 정신 나간 사람들이 보는 책이야……."

"'용을 죽이는 것은 굉장히 어려운 일이다. 용의 두꺼운 가죽에 깃들어 있는 고대의 마법 때문이다. 그 가죽은 가장 강력한 마법으로만 꿰뚫을 수 있다'……. 하지만 시리우스는 간단한 마법으로도 할 수 있을 거랬잖아……."

"그럼 간단한 마법들을 좀 찾아보자." 해리가 《용을 지나치게 사랑하는 사람들》을 옆으로 치우며 말했다.

그는 마법 책을 한 더미 가지고 돌아와 탁자에 내려놓고 한 장 한 장 넘겨 보기 시작했다. 헤르미온느가 그의 옆에서 쉴 새 없이 소곤거렸다. "음, 바꾸기 마법이네……. 근데 바꾸기를 해서 뭘 해? 용의 송곳니를 젤리로 바꿀 게 아니라면 말이야. 그럼 덜 위험하긴 하겠지만……. 문제는, 책에서 말하듯이 용의 가죽을 뚫을 수 있는 게 별로 없다는 거지……. 변신을 시키면 어떨까 싶지만, 그렇게 큰 걸 상대로는 사실 희망이 없어. 맥고나걸 교수님이라 해도……. 네가 너 *자신*한테 마법을 거는 거라면 모를까. 어쩌면 어떤 능력을 갖게 될 수도 있지 않을까? 하지만 *그런 건* 간단한 마법이 아니야. 그러니까 내 말은, 수업 시간에는 그런 걸 해 본 적이 한 번도 없잖아. 내가 그 마법을 아는 건 그저 O.W.L. 기출문제를 풀어 보고 있어서…….”

"헤르미온느." 해리가 이를 악물고 말했다. "잠깐만 입 좀 다물어 줄래? 집중하려고 애쓰는 중이거든."

하지만 헤르미온느가 입을 다물고 나서도 해리의 머릿속은 아무 의미 없는 윙윙거리는 소리로만 가득 차 있었다. 이 소리 역시 집중할 공간을 내줄 생각이 없는 듯했다. 그는 절망스러운 심정으로 《급하고 곤란한 사람들을 위한 기초 공격 마법》의 차례를 내려다보았다. '즉석 탈모'…… 하지만 용한테는 머리카락이 없었다……. '후추 입김'…… 이건 아마도 용의 화력만 더 강화시킬 것 같았다……. '뿔 혓바닥'…… 바로 이거구나, 용에게 무기를 또 하나 더해 줄 방법이…….

"이런, 안 돼. 또 왔잖아. 왜 그 웃기게 생긴 배에서 책을 읽지 못하는 거야?" 헤르미온느가 짜증을 내며 말했다. 빅토르 크룸이 특유의 구부정한 자세로 도서관 안으로 들어와 무뚝뚝한 눈으로 두 사람을 한번 바라보더니 책 한 더미를 들고 멀리 떨어진 구석에 자리를 잡았다. "가자, 해리. 휴게실로 돌아가야겠어……. 조금 있으면 쟤 팬클럽이 시끄럽게 재잘거리면서 몰려올 테니까……."

아니나 다를까, 두 사람이 도서관을 나설 때쯤 한 무리의 여학생들이 발뒤꿈치를 들고 그들을 지나쳐 도서관으로 들어갔다. 그중 한 명은 허리에 불가리아 스카프를 매고 있었다.

해리는 그날 밤 거의 잠을 이루지 못했다. 월요일 아침에 깨어났을 때 그는 난생처음 호그와트에서 그냥 도망쳐 버리는 것을 진지하게 고려했다. 하지만 아침 식사 시간에 대연회장을 둘러보면서 성을 떠난다는 것이 그에게 어떤 의미인지 생각하고 결코 그럴 수 없다는 사실을 깨달았다. 호그와트는 그가 행복을 느낀 유일한 장소였다……. 물론 부모님과 함께 살았을 때도 분명 행복했을 테지만 그건 기억나지 않으니까.

왠지는 몰라도, 프리빗가로 돌아가 더들리와 함께하느니 여기에 남아 용과 대결하는 게 낫다는 사실을 깨닫자 기분이 나아졌다. 조금 차분해지기도 했다. 그는 간신히 베이컨을 마저 먹고(목구멍이 잘 움직여 주지 않았다) 헤르미온느와 함께 자리에서 일어났다. 그때 후플푸프 식탁에서 일어서는 세드릭 디고리의 모습이 보였다.

세드릭은 아직 용에 대해 모르고 있었다……. 막심과 카르카로프가 플뢰르와 크룸에게 말해 줬을 거라는 해리의 짐작이 맞다면, 세드릭은 과제 내용을 모르는 유일한 대표 선수였다.

"헤르미온느, 온실에서 보자." 대연회장을 나서는 세드릭을 보고 결심을 굳힌 해리가 입을 열었다. "빨리 가. 곧 따라갈게."

"해리, 그러다 늦어. 좀 있으면 종이 울린……."

"금방 갈게. 알았지?"

해리가 대리석 계단 아래 도착했을 때 세드릭은 계단 맨 꼭대기에 올라가 있었다. 6학년 친구들 여럿과 함께였다. 그들 앞에서 세드릭과 이야기를 나누고 싶지는 않았다. 그들도 해리가 지나갈 때마다 리타 스키터의 기사를 읊어 대던 사람들 가운데 하나였던 것이다. 멀찍이서 세드릭을 따라가던 해리는 그가 일반 마법 교실이 있는 복도로 가고 있다는 것을 알았다. 그러자 좋은 생각이 떠올랐다. 그는 세드릭 일행과 조금 떨어진 곳에 멈춰 서서 마법 지팡이를 꺼내 들고 조심스럽게 목표물을 겨눴다.

"디핀도!"

세드릭의 가방이 찢어졌다. 가방에 들어 있던 양피지,

깃펜, 책 등이 바닥으로 쏟아졌다. 잉크병 몇 개는 박살이 나고 말았다.

"신경 쓰지 마." 친구들이 그를 도와주려고 허리를 구부리자 세드릭이 살짝 짜증이 깃든 목소리로 말했다. "플리트윅 교수님한테 내가 곧 간다고 말씀드려 줘. 어서……."

해리가 바라던 그대로였다. 그는 마법 지팡이를 로브에 슬쩍 집어넣고 세드릭의 친구들이 교실로 사라질 때까지 기다렸다가 얼른 복도를 걸어갔다. 이제 복도에는 그와 세드릭밖에 없었다.

"안녕." 세드릭이 잉크가 튄 《고급 변환 마법 지침서》를 집어 들며 말을 걸었다. "방금 가방이 찢어지는 바람에…… 다 새거였는데……."

"세드릭." 해리가 말했다. "첫 번째 과제는 용이야."

"뭐?" 세드릭이 고개를 들었다.

"용이라고." 언제라도 플리트윅 교수가 밖으로 나와 세드릭이 왔는지 확인할 수 있었기에 해리는 되도록 빠르게 설명했다. "네 마리가 있어. 각자 한 마리씩 맡는 거야. 그 용들을 지나가야 해."

세드릭이 그를 뚫어지게 바라보았다. 해리는 세드릭의 회색 눈에서 토요일 밤 이래 자신이 느꼈던 공포가 번뜩이는 것을 보았다.

"확실해?" 세드릭이 목소리를 낮추고 물었다.

"틀림없어." 해리가 말했다. "내가 봤어."

"그런데 그걸 어떻게 알았어? 우리는 알면 안 되잖……."

"그건 신경 쓰지 마." 해리가 재빨리 말했다. 진실을 말했다간 해그리드가 곤란해질 게 틀림없다. "근데 나만 아는 건 아니야. 플뢰르랑 크룸도 지금쯤 알고 있을 거야. 막심이랑 카르카로프 둘 다 용을 봤거든."

세드릭은 허리를 폈다. 잉크로 더러워진 깃펜과 양피지, 책을 한 아름 안은 그의 어깨에서 찢어진 가방이 달랑거렸다. 그는 해리를 빤히 바라보았다. 그의 눈에 어리둥절하면서도 의심에 가까운 빛이 떠올라 있었다.

"왜 나한테 말해 주는 거야?" 그가 물었다.

해리는 기가 막히다는 듯 그를 바라보았다. 세드릭이 두 눈으로 직접 그 용들을 봤다면 이런 바보 같은 질문은 던지지 않았을 것이다. 해리는 아무리 철천지원수라도 아무 준비도 없이 그런 괴물들과 마주하게 놔둘 수 없었다. 뭐, 말포이나 스네이프라면 모르겠지만…….

"그냥…… 그래야 공평하잖아?" 그가 세드릭에게 말했다. "이제 우리 모두가 알고 있어……. 같은 출발선에 선 거야. 그치?"

세드릭은 여전히 조금 의심스럽다는 표정으로 그를 바라보고 있었다. 그때 뒤에서 귀에 익은 턱턱 소리가 들려왔다. 고개를 돌리자 근처 교실에서 매드아이 무디가 나오고 있었다.

"따라와라, 포터." 그가 거친 목소리로 말했다. "디고리, 너는 가거라."

해리는 걱정스러운 눈으로 무디를 바라보았다. 그들이 하는 말을 들은 걸까? "어, 교수님, 저는 약초학 수업을 들으러 가야 하는……."

"그건 신경 쓰지 마라, 포터. 내 연구실로 따라오거라."

해리는 이제 또 무슨 일이 벌어지려나 궁금해하며 그를 따라갔다. 용에 관해서 어떻게 알아냈는지 무디가 알고 싶어 하면 어떻게 하지? 무디는 덤블도어에게 가서 해그리드가 한 짓을 말해 버릴까? 아니면 그냥 그를 족제비로 만들어 버리는 건 아닐까? 뭐, 족제비가 된다면 용을 지나가기 쉬울지 모르겠다고, 해리는 멍하니 생각했다. 덩치가 작아지면 아무래도 15미터 높이에서 내려다보는 용의 눈에 포착되기 훨씬 어려워질 테니까…….

해리는 무디를 따라 그의 연구실로 들어갔다. 무디는 문을 닫고 해리를 돌아보았다. 멀쩡한 눈뿐만 아니라 마법 눈마저 그에게 고정되어 있었다.

"방금 한 일은 아주 훌륭했다, 포터." 무디가 조용히 입을 열었다.

해리는 뭐라고 대꾸해야 할지 알 수 없었다. 예상했던 반응과 전혀 달랐기 때문이었다.

"앉아라." 무디가 말하자 해리는 자리에 앉아 주위를 둘러보았다.

그는 이 연구실에 와 본 적이 있었다. 옛 주인 두 명이 이곳을 쓰고 있을 때였다. 록하트 교수가 있을 때는 환하게 웃으며 눈을 찡긋거리는 록하트 교수 본인의 사진으로 벽이 도배되어 있었다. 루핀이 쓰던 시절에는 수업에 사용하기 위해 그가 직접 구해 온 처음 보는 흥미로운 어둠의 생물 표본들을 볼 수 있었다. 그리고 지금의 연구실은 무디가 오리였을 때 사용했던 것으로 짐작되는 아주 특이한 물건들로 가득했다.

금이 간 커다란 유리 팽이 같은 것이 책상 위에 놓여 있었다. 해리는 그것이 스니코스코프라는 것을 한눈에 알아보았다. 무디의 것보다 훨씬 작지만 그도 똑같은 것을 하나 가지고 있었기 때문이다. 작은 탁자 한 귀퉁이에는 몹시 구불구불한 황금색의 TV 안테나 같은 물건이 놓여 희미하게 웅웅거리는 소리를 내고 있었다. 해리 맞은편에는 거울처럼 생긴 것이 벽에 걸려 있었는데, 방 안에 있는 어떤 것도 거기에 비치지 않았다. 그림자 같은 형상들이 그 안에서 움직이고 있었지만 그중 어느 것도 또렷하게 보이지 않았다.

"어둠의 마법 탐지기들이 마음에 드냐?" 가까이서 해리를 지켜보던 무디가 물었다.

"저건 뭐예요?" 해리가 구불구불한 황금색 안테나를 가리키며 물었다.

"거짓말 감지기다. 뭔가 숨겨진 것이나 거짓말을 감지하면 진동하지. ……물론 여기에서는 전파 방해가 너무 많아서 쓸모가 없다. 사방에 왜 숙제를 안 해 왔는지 거짓말을 하는 학생들투성이니까. 내가 여기에 온 뒤로 계속 진동하고 있다. 스니코스코프도 삑삑 소리를 멈추지 않기에 망가뜨려야 했지. 굉장히 예민해서 반경 1.5킬로미터 내에서 벌어지는 일들을 모두 잡아내거든. 물론, 학생들의 거짓말 같은 것보다 더 많은 것을 알아낼 수 있지." 그는 걸걸한 목소리로 덧붙였다.

"저 거울은요?"

"아, 저건 적 탐지경이다. 저기 살금살금 돌아다니는 놈들이 보이지? 놈들의 눈이 하얗게 뒤집어지기 전까지는 사실 위험하지 않아. 그때가 바로 내 가방을 열 때지."

그는 짧고 거친 웃음을 흘리더니 창문 아래 놓여 있는 커다란 짐 가방을 가리켰다. 가방에는 열쇠 구멍 일곱 개가 한 줄로 죽 달려 있었다. 해리는 가방 안에 뭐가 들어 있을지 궁금해졌다. 그때 이어지는 무디의 물음이 그를 곧바로 현실로 돌려놓았다.

"그래…… 용에 대해 알아냈다 이거지?"

해리는 망설였다. 걱정하던 일이 벌어졌다. 하지만 그는 세드릭에게 해그리드가 규칙을 어기고 그에게 과제에 대해 말해 주었다는 얘기를 하지 않았다. 무디에게도 결코 하지 않을 작정이었다.

"괜찮다." 무디가 자리에 앉아 신음을 토하며 나무다리를 쭉 뻗고 말했다. "속임수는 트라이위저드 대회의 전통이지. 항상 그랬다."

"전 속임수를 쓰지 않았어요." 해리가 날카롭게 반박했다. "그건…… 우연히 알게 된 거예요."

무디가 씩 웃었다. "널 나무라는 게 아니다, 이 녀석아. 나는 처음부터 덤블도어에게 고고하게 굴고 싶다면 어쩔 수 없지만 카르카로프 녀석과 막심한테 그런 걸 바라지는 말라고 했다. 그들은 자기 대표 선수한테 알려줄 수 있는 건 모두 알려 줬을 거야. 이기고 싶어 하니까. 그들은 덤블도어를 꺾고 싶어 한다. 덤블도어도 한낱 인간일 뿐이라는 걸 증명하고 싶어 하지."

무디가 거칠게 웃자 그의 마법 눈이 아주 빠르게 빙글빙글 돌았다. 그걸 보고 있으니 머리가 어지러웠다.

"그래서…… 용을 지나갈 방법은 아직 알아내지 못했느냐?" 무디가 물었다.

"네."

"글쎄, 나도 말해 주진 않을 거다." 무디가 걸걸한 목소리로 말했다. "편애하는 모습을 보이면 안 되지. 그냥 적당한, 일반적인 조언만 해 주마. 첫째…… *너의 강점을 활용해라.*"

"저는 강점이 없는데요." 해리는 자기도 모르게 그렇게 내뱉었다.

"이봐." 무디가 으르렁거렸다. "내가 강점이 있다고 하면 있는 거다. 생각해 봐라. 네가 가장 잘하는 게 뭐지?"

해리는 정신을 집중하려고 애썼다. 그가 가장 잘하는 것이 과연 뭘까? 그래, 그건 사실 쉬웠다.

"퀴디치요." 그가 멍하니 중얼거렸다. "엄청나게 도움이 되겠……."

"그래, 맞다." 무디가 해리를 뚫어지게 바라보며 말했다. 마법 눈도 거의 움직이지 않았다. "듣자 하니 네 비행 기술이 끝내준다더구나."

"네, 하지만……." 해리는 그를 빤히 쳐다보았다. "빗자루를 가지고 갈 수 없잖아요. 저는 마법 지팡이만……."

"두 번째 해 줄 일반적인 조언은" 하고, 무디가 해리의 말을 끊으며 큰 소리로 말했다. "네가 필요로 하는 것을 얻게 해 줄 그럴싸하고 간단한 마법을 사용하라는 거다."

해리는 멍하니 그를 바라보았다. 그가 필요로 하는 것이 뭘까?

"이 녀석아……." 무디가 속삭였다. "그 두 가지 조언을 잘 엮어 봐라……. 그렇게 어렵지 않아……."

그때 퍼뜩 떠올랐다. 그가 가장 잘하는 건 비행이었다. 그는 하늘을 날아서 용을 지나가야 했다. 그러려면 파이어볼트가 필요했다. 그리고 파이어볼트를 얻으려면……

"헤르미온느." 10분 뒤 3번 온실로 달려 들어간 해리는 허둥지둥 스프라우트 교수를 지나가면서 죄송하다고 말한 뒤 헤르미온느에게 가서 속삭였다. "헤르미온느, 네 도움이 필요해."

"그럼 넌 내가 지금껏 뭘 하고 있었다고 생각하는 거야?" 그녀가 마주 속삭였다. 떨고 있는 파닥파닥 덤불의 가지를 치는 그녀가 불안으로 눈을 휘둥그렇게 떴다.

"헤르미온느, 나는 내일 오후까지 소환 마법을 제대로 익혀야 해."

그래서 그들은 연습을 시작했다. 그들은 점심도 먹지 않고 빈 교실로 갔다. 그곳에서 해리는 다양한 물건들이 자신을 향해 날아오게 하려고 온 힘을 기울였다. 하지만 여전히 문제가 있었다. 책과 깃펜들은 교실을 날아오는 도중 계속 힘을 잃고 돌멩이처럼 쿵쿵 떨어졌다.

"집중해, 해리. 집중……."

"넌 내가 뭘 하려 한다고 생각해?" 해리가 화를 내며 말했다. "망할 놈의 거대 용이 계속 머릿속에 떠올라서 그런단 말이야. 도대체가 이유를 모르겠네……. 좋아, 다시 해 보자……."

그는 점술 수업을 빼먹고 계속 연습하고 싶었지만 헤르미온느는 숫자점 수업에 절대 빠지지 않겠다고 딱 잘라서 거절했다. 그녀 없이 연습을 계속해 봐야 아무 소용 없었다. 그래서 해리는 한 시간이 넘도록 트릴로니 교수를 견뎌야 했다. 그녀는 이 순간 토성과 관련된 화성의 위치는 7월에 태어난 사람들이 갑작스럽고 끔찍한 죽음의 위험에 처해 있다는 것을 의미한다고 말하는 데 수업 시간의 절반을 할애했다.

"뭐, 잘됐네요." 해리가 성질을 이기지 못하고 큰 소리로 말했다. "질질 끄는 죽음은 아니라서. 아픈 건 싫거든요."

론은 잠깐 웃음을 터뜨릴 것 같은 표정을 지었다. 며칠 만에 처음으로 그와 확실히 눈을 마주쳤지만 거기에 신경 쓰기에 해리는 아직 론에게 맺힌 게 많았다. 해리는 마법 지팡이를 사용해 탁자 밑으로 작은 물건들을 끌어당기려고 애쓰며 남은 수업 시간을 보냈다. 그는 날벌레 한 마리가 손으로 곧장 날아들게 만들 수 있었다. 그게 소환 마법 때문인지는 확신할 수 없었지만. 아니면 그냥 벌레가 멍청했던 것일지도 몰랐다.

점술 수업이 끝나자 그는 저녁을 억지로 입안에 밀어 넣은 뒤, 교수들의 눈을 피하려고 투명 망토를 쓴 채 헤르미온느와 함께 다시 빈 교실로 향했다. 그들은 자정이 지날 때까지 계속 연습했다. 더 오래 있으려고 했지만 피브스가 나타나 해리가 자기에게 물건을 던지려 한다는 양 의자들을 집어던지기 시작했다. 해리와 헤르미온느는 그 소리가 필치의 주의를 끌기 전에 서둘러 교실을 나가 그리핀도르 휴게실로 돌아갔다. 고맙게도 그곳은 비어 있었다.

새벽 2시, 해리는 책, 깃펜, 뒤집힌 의자 몇 개, 낡은 곱스톤 게임 세트, 네빌의 두꺼비 트레버 등 온갖 물건에 둘러싸인 채 벽난로 앞에 서 있었다. 마지막 순간 그는 간신히 소환 마법의 요령을 터득했다.

"좀 낫다, 해리. 훨씬 나아졌어." 헤르미온느가 기진맥진하면서도 무척 기쁜 표정으로 말했다.

"음, 이제 마법을 성공시키지 못할 경우 뭘 해야 하는지 알겠어." 해리가 다시 연습해 보기 위해 룬문자 사전을 헤르미온느에게 던지며 말했다. "누가 나를 용으로 위협하면 돼. 좋아……." 그는 다시 마법 지팡이를 들어 올렸다. "아씨오 사전!"

무거운 책이 헤르미온느의 손에서 솟아오르더니 휴게실을 가로질러 날아왔다. 해리는 사전을 잡았다.

"해리, 너 정말로 소환 마법을 터득한 것 같아!" 헤르미온느가 기뻐하며 말했다.

"내일도 통해야 할 텐데." 해리가 말했다. "파이어볼트는 여기 있는 물건들보다 훨씬 멀리 떨어져 있잖아. 파이어볼트는 성안에 있고 나는 저 바깥 교정에 있을 테니까……."

"그건 상관없어." 헤르미온느가 단호하게 말했다. "정말로 온 정신을 집중하면 날아올 거야. 해리, 가서 자는 게 좋겠어……. 넌 좀 자 둬야 해."

그날 저녁에는 소환 마법을 익히는 데 너무 집중한 나머지 걷잡을 수 없이 밀려들던 두려움도 어느 정도 사라졌다. 하지만 다음 날 아침이 되자 그 두려움은 고스란히 되살아났다. 학교는 긴장과 흥분의 도가니였다. 모든 학생이 용 울타리로 몰려갈 수 있도록 수업은 정오에 끝날 예정이었다. 물론 그들은 거기에서 무엇을 보게 될지 아직 모르고 있었다.

해리는 사람들이 지나가는 그에게 행운을 빌어 주든, "눈물 닦을 수 있게 휴지 준비해 갈게, 포터" 하면서 비웃든, 주위에 있는 모두와 묘하게 동떨어진 기분을 느꼈다. 너무 긴장한 나머지, 사람들이 그를 용이 있는 곳으로 데려가려 할 때 갑자기 미쳐서 눈앞에 보이는 모든 사람에게 저주 마법을 거는 건 아닐까 하는 생각도 들었다.

시간은 어느 때보다도 유난스럽게 굴면서, 큼직한 덩어리로 나뉘어 쏜살같이 지나갔다. 어느 순간 첫 수업인 마법의 역사 시간에 앉아 있는 듯했는데, 다음 순간에는 점심을 먹으러 가고 있는 것만 같은 기분이 들었…….그러고 나자(오전은 다 어디로 갔지? 용이 없는 마지막 몇 시간 말이야) 맥고나걸 교수가 대연회장으로 들어와 황급히 그에게 다가왔다. 수많은 사람의 눈길이 쏠렸다.

"포터, 대표 선수들은 이제 교정으로 나가야 한다……. 첫 번째 과제를 준비해야 해."

"네." 해리가 자리에서 일어서며 말했다. 포크가 쨍강 소리를 내면서 접시에 떨어졌다.

"행운을 빌게, 해리." 헤르미온느가 속삭였다. "괜찮을 거야!"

"응." 거의 자신의 것처럼 들리지 않는 목소리로 해리가 말했다.

그는 맥고나걸 교수와 함께 대연회장을 나섰다. 그녀도 평소와는 전혀 다른 모습이었다. 사실, 그녀는 헤르미온느만큼이나 불안해하는 듯했다. 그녀는 돌계단을 내려가 싸늘한 11월의 오후 공기 속으로 해리를 데리고 나가면서 그의 어깨에 손을 올렸다.

"자, 당황하지 말거라." 그녀가 말했다. "냉정을 유지해……. 뜻밖의 상황이 벌어져도 그 상황을 통제할 마법사들이 있다……. 중요한 건 최선을 다하는 거야. 그러면 아무도 너를 한심하다고 생각하지 않을 거다. ……괜찮니?"

"네." 해리는 자신의 말소리를 들었다. "네, 괜찮아요."

그녀는 금지된 숲 가장자리를 돌아 그를 용들이 있는 곳으로 데려갔다. 나무 수풀 뒤로 용 울타리가 선명하게 보일 만큼 가까이 다가갔을 때 해리는 용들이 아닌 커다란 천막을 보았다. 그들을 마주 보고 있는 천막 입구가 용들의 모습을 시야에서 가리고 있었다.

"너는 다른 대표 선수들과 함께 여기에 있다가 들어갈 거야." 맥고나걸 교수가 상당히 떨리는 목소리로 말했다. "여기서 네 차례를 기다릴 거다, 포터. 배그먼 장관님이 안에 계신다……. 그분이 너한테 저, 절차를 말해 주실 거다. ……행운을 비마."

"고맙습니다." 해리는 높낮이 없는 무심한 목소리로 말했다. 그녀는 천막 입구에 해리를 남겨 두고 떠났다. 해리는 천막 안으로 들어갔다.

한구석에는 플뢰르 들라쿠르가 나직한 나무 의자에 앉아 있었다. 평소 여유 만만했던 모습은 온데간데없이, 그녀는 하얗게 질린 얼굴로 식은땀을 흘리고 있었다. 빅토르 크룸은 평소보다도 더 뚱한 표정이었는데, 해리는 그것이 그 나름대로 배짱을 과시하는 방법이라고 생각했다. 세드릭은 이리저리 서성거리고 있었다. 해리가 들어오자 그는 엷은 미소를 지었고 해리도 마주 웃어 주었다. 얼굴 근육이 미소 짓는 법을 잊어버린 듯 제대로 움직이지 않았다.

"해리! 잘 왔다!" 배그먼이 그를 보며 흡족한 듯 말했다. "들어와라, 들어와. 편하게 있어라!"

창백하게 질린 대표 선수들 사이에 서 있는 배그먼의 모습은 어쩐지 조금 과장된 만화 속 등장인물처럼 보였다. 그는 그때의 와스프스 로브를 다시 입고 있었다.

"자, 이제 모두 모였으니, 자세히 설명해 줄 때가 됐군!" 배그먼이 밝은 목소리로 말했다. "관중이 모이면 내가 너희 한 명 한 명에게 이 자루를 내밀 거다." 그는 보라색 비단으로 만든 작은 자루를 들고 흔들어 보였다. "너희는 여기에서 각자가 마주하게 될 상대의 조그만 모형을 고르게 될 거야! 그게, 어…… 다양한 종류가 있거든. 그리고 또 말해 줄 게 있는데…… 아, 그래…… 너희가 해내야 할 과제는 황금 알 가져오기야!"

해리는 주위를 힐끔 둘러보았다. 세드릭은 배그먼의 말을 이해했다는 듯 한 차례 고개를 끄덕이더니 천막 안을 다시 서성거리기 시작했다. 그의 얼굴은 약간 파랗게 질려 있었다. 플뢰르 들라쿠르와 크룸은 아무런 반응도 보이지 않았다. 입을 열었다간 구역질을 할지도 모른다고 생각하는 것 같았다. 해리도 꼭 그런 기분이었다. 그렇지만 저들은 적어도 자발적으로 참가하지 않았나…….

곧이어 천막 앞을 지나가는 수많은 발소리가 들렸다. 발소리의 주인들은 웃고 농담을 하면서 신나게 이야기를 나누고 있었다……. 해리는 그들이 다른 종족이라도 되는 것처럼 동떨어진 기분을 느꼈다. 잠시 후(해리에게는 1초 정도로 느껴졌는데) 배그먼이 보라색 비단 자루를 열었다.

"숙녀 먼저." 그가 플뢰르 들라쿠르에게 자루를 내밀며 말했다.

그녀는 떨리는 손을 자루에 넣어 용과 똑같이 생긴 조그만 모형을 꺼냈다. 웨일스 그린이었다. 목에는 숫자 '2'가 묶여 있었다. 해리는 플뢰르가 조금도 놀란 기색을 보이지 않고 오히려 체념한 듯 결연한 표정을 짓는 모습을 보고 자신의 생각이 맞았다는 사실을 깨달았다. 막심 교장이 그녀에게 어떤 과제가 나올지 말해 준 것이다.

크룸도 마찬가지였다. 그는 진홍색 중국 파이어볼을 꺼냈다. 목에 숫자 '3'이 묶여 있었다. 그는 눈 한 번 깜빡하지 않고 그냥 바닥만 내려다보았다.

세드릭이 자루에 손을 넣었다. 이번에 나온 것은 청회색의 스웨덴 쇼트스나우트로, 목에는 숫자 '1'이 묶여 있었다. 해리는 뭐가 남아 있는지 알면서 비단 자루에 손을 넣어 숫자 '4'가 묶인 헝가리 혼테일을 꺼냈다. 해리가 내려다보자 그것은 날개를 펼치며 조그만 송곳니를 드러냈다.

"자, 됐다!" 배그먼이 말했다. "너희 각자가 상대할 용을 꺼낸 거다. 숫자는 너희가 용과 대면할 순서를 가리킨다. 이해했니? 자, 나는 잠시 후에 가 봐야 돼. 중계를 맡았거든. 디고리 군, 네가 첫 번째야. 호루라기 소리가 들리면 바로 울타리로 들어가라. 알겠지? 자…… 해리…… 잠깐 얘기 좀 할 수 있을까? 밖에서 말이야."

"어…… 네." 해리가 멍하니 대답했다. 그는 자리에서 일어나 배그먼과 함께 천막을 나섰다. 그는 조금 떨어진 곳의 나무들 사이로 해리를 데려가더니 아버지같이 자상한 표정을 지으며 그를 돌아보았다.

"기분은 괜찮니, 해리? 내가 도와줄 일은 없고?"

"네?" 해리가 말했다. "전…… 아뇨, 없어요."

"계획은 있어?" 배그먼이 음모라도 꾸미듯 목소리를 낮추고 말했다. "뭐랄까, 괜찮다면 내가 몇 가지 조언을 해 줄까 해서 말이야." 배그먼이 목소리를 더욱 낮추며 말을 이었다. "여기서 네가 제일 약하잖니, 해리……. 뭐든 내가 도울 수 있는 게 있으면……."

"아니에요." 해리가 말했다. 대답이 너무 빨라 무례하게 들렸을 게 뻔했다. "아뇨, 저, 저는 뭘 할지 결정했거든요. 고맙습니다."

"아무도 모를 거야, 해리." 배그먼이 그에게 눈을 찡긋하며 말했다.

"아뇨, 괜찮아요." 해리가 말했다. 왜 계속 사람들에게 괜찮다는 말을 하고 있는지, 과연 지금보다 덜 괜찮았던 적이 있기는 한지 의아했다. "계획을 세워 놨어요. 저는……."

어딘가에서 호루라기 소리가 들렸다.

"세상에, 뛰어야겠다!" 배그먼은 깜짝 놀라 말하더니 얼른 자리를 떴다.

해리는 다시 천막으로 향했다. 세드릭이 새파랗게 질린 얼굴로 천막에서 나오는 모습이 보였다. 해리는 그가 지나갈 때 행운을 빌어 주고 싶었지만, 입에서는 거칠게 끙 하는 소리만 나올 뿐이었다.

해리는 플뢰르와 크룸이 있는 천막 안으로 들어갔다. 곧 관중의 함성이 들렸다. 세드릭이 울타리에 들어가 그가 뽑은 모형의 실물을 마주하고 있다는 뜻이었다…….

가만히 앉아 귀를 기울이는 일은 상상한 것보다 더 끔찍했다. 세드릭이 스웨덴 쇼트스나우트를 지나가려고 할 때마다 관중은 몸 하나에 머리가 여러 개 달려 있는 것처럼 동시에 소리를 지르고…… 고함을 치고…… 숨을 들이켰다. 크룸은 여전히 땅만 응시하고 있었다. 이제는 플뢰르가 세드릭이 지나갔던 자리를 되짚으며 천막 안을 빙빙 돌고 있었다. 게다가 배그먼의 중계는 모든 것을 훨씬, 훨씬 끔찍하게 여기도록 만들었다…….

"아아아, 아슬아슬하게 비껴 나갔습니다, 정말 아슬아슬했습니다"라든가 "저건 위험을 무릅쓰는 행동인데요!"라든가 "영리한 움직임! 통하지 않다니 아쉽군요!" 같은 말을 듣고 있으려니 머릿속에서 끔찍한 장면들이 떠올랐다.

잠시 후 15분쯤 지났을 때 귀청이 터질 것 같은 함성이 들려왔다. 그것이 뜻하는 바는 단 하나였다. 세드릭이 용을 지나가서 황금 알을 잡은 것이다.

"아주 훌륭합니다!" 배그먼이 소리쳤다. "자, 심사위원단의 점수입니다!"

하지만 그는 점수를 외치지 않았다. 해리는 심사위원들이 점수를 들어 관중에게 보여 주고 있는 모양이라고 생각했다.

"한 명은 통과했고, 이제 세 사람이 남았습니다!" 다시 호루라기 소리가 울리자 배그먼이 외쳤다. "들라쿠르 양, 나와 주세요!"

플뢰르는 머리끝부터 발끝까지 부들부들 떨고 있었다. 머리를 꼿꼿이 들고 지팡이를 꽉 잡은 채 천막을 나서는 그녀의 모습이 해리에게는 어느 때보다 더 친근하게 느껴졌다. 그와 크룸은 단둘이 남겨진 채 각자 천막 맞은편에서 서로의 시선을 피하고 있었다.

똑같은 과정이 반복되었다……. "아, 저게 영리한 행동인지 모르겠네요!" 배그먼이 신이 나서 외치는 소리가 들렸다. "아…… 아슬아슬합니다! 이제 조심해야겠군요……. 세상에, 성공하는 줄 알았습니다!"

10분 뒤, 해리는 관중이 다시 박수갈채를 터뜨리는 소리를 들었다……. 플뢰르도 성공한 게 틀림없었다. 플뢰르의 점수가 발표되는 동안 잠시 침묵이 흐르고……

박수가 좀 더 이어지더니…… 세 번째 호루라기 소리가 울렸다.

"크룸 군이 입장합니다!" 배그먼이 소리쳤다. 크룸은 해리를 홀로 남겨 두고 어깨를 구부정하게 늘어뜨린 채 걸어 나갔다.

해리는 자신의 몸이 평소보다 더 잘 의식되는 느낌이었다. 심장이 거세게 두근거리고, 두려움으로 손가락이 저릿했다……. 하지만 동시에 몸 밖으로 빠져나와 멀리 떨어진 곳에서 천막 벽을 바라보고 관중의 소리를 듣고 있는 것 같았다…….

"정말 용감하군요!" 배그먼이 소리를 지르고 있었다. 해리는 중국 파이어볼이 무시무시하고 날카롭게 으르렁거리는 소리를 들었다. 관중은 일제히 숨을 죽였다. "상당한 배짱을 보여 주는데요. 그리고…… 네, 알을 잡았습니다!"

박수 소리가 유리를 깨뜨리듯 겨울 공기를 산산조각 냈다. 크룸이 임무를 마쳤으니 곧 해리 차례가 올 것이다.

해리는 자리에서 일어났다. 언뜻 다리가 마시멜로로 만들어진 것 같은 느낌이 들었다. 그는 기다렸다. 그리고 잠시 후 호루라기 소리를 들었다. 그는 천막 출입구로 걸어 나갔다. 그의 안에서 두려움이 점점 커지고 있었다. 이제 그는 나무들 사이로 걸어가 울타리 틈새를 지났다.

눈앞에 있는 모든 것이 무척 선명한 꿈만 같았다. 지난번 이곳에 왔을 때는 없었던, 마법으로 만든 관중석에 서 수많은 얼굴이 그를 내려다보고 있었다. 울타리 맞은 편 끝에는 바짝 웅크린 채 알들을 품고 있는 혼테일이 있었다. 날개는 반으로 접혀 있고, 사악하고 노란 눈은 해리에게 고정돼 있었으며, 엄청난 크기의 비늘 달린 검은색 도마뱀처럼 생긴 가시 돋친 꼬리가 세차게 휘둘러질 때마다 단단한 땅바닥이 푹 파였는데 그 자국이 1미터쯤 됐다. 관중이 엄청난 소음을 내고 있었지만 해리는 그것이 우호적인 함성인지 아닌지 알 수가 없었다. 신경 쓰이지도 않았다. 이제는 그가 해야만 할 일을 할 때였다……. 그의 유일한 기회가 될 물건에 정신을 온전히 집중해야 했다…….

해리는 마법 지팡이를 들어 올렸다.

"*아씨오 파이어볼트!*" 그가 소리쳤다.

그는 기다렸다. 온몸의 세포가 간절히 바라고 또 바랐다……. 주문이 통하지 않는다면…… 파이어볼트가 오지 않는다면……. 주위의 모든 것이 아지랑이처럼 어른거리는 투명한 장벽 같은 것을 통해 보이는 듯했다. 울타리와 주위를 둘러싼 수많은 얼굴이 이상하게 아른거리는 것처럼 보였다.

그때 등 뒤에서 뭔가가 공기를 가르며 빠르게 날아오는 소리가 들렸다. 그는 고개를 돌려, 나무숲 가장자리를 돌아 울타리 안으로 날아드는 파이어볼트를 보았다. 파이어볼트는 해리 옆에 우뚝 멈춰서 공중에 둥둥 뜬 채 그가 올라타길 기다리고 있었다. 관중이 내지르는 소

첫 번째 과제

리가 더 커졌다……. 배그먼이 뭐라뭐라 소리 지르고 있었다……. 하지만 해리의 귀는 더 이상 제대로 작동하지 않았다……. 듣는 건 이제 중요하지 않았다…….

그는 빗자루에 다리를 걸친 뒤 땅을 박차고 올랐다. 잠시 후, 기적 같은 일이 벌어졌다…….

위로 날아올랐을 때, 바람이 머리카락 사이로 휘몰아쳤을 때, 관중의 얼굴이 그저 저 아래 바늘구멍만 하게 보였을 때, 혼테일이 개 정도의 크기로 작아졌을 때, 해리는 땅에서만 멀어진 게 아니라 두려움에서도 멀어졌다는 사실을 깨달았다……. 여기는 그의 앞마당이었다.

이것은 그냥 또 다른 퀴디치 경기일 뿐이었다. 그게 다였다……. 그는 그저 또 다른 퀴디치 시합을 하고 있는 것이며, 저 혼테일은 또 다른 골치 아픈 상대 선수일 뿐이었다.

그는 알들을 내려다보았다. 시멘트 색깔의 알들 사이에서 번쩍이는 황금 알이 용의 앞다리 사이에 안전하게 놓여 있었다. "좋아." 해리는 혼잣말을 했다. "양동작전이다……. 가자……."

해리는 빠르게 곤두박질쳤다. 혼테일의 머리가 그를 쫓아왔다. 해리는 용이 뭘 하려는지 파악하고 때마침 다시 하늘로 솟구쳤다. 제때 방향을 틀지 않았더라면 해리가 지금 있었을 곳에 불길이 내뿜어졌다……. 하지만 해리는 신경 쓰지 않았다……. 그건 블러저를 피하는 일과 전혀 다를 바 없었다…….

"세상에, 비행을 제대로 아는군요!" 배그먼이 외쳤다. 관중은 비명을 지르고 숨을 삼켰다. "이거 보고 있나요, 크룸 군?"

해리는 원을 그리며 더 높이 날아올랐다. 긴 목 위에 달린 혼테일의 머리가 여전히 빙빙 돌면서 그가 날아가는 대로 쫓아오고 있었다. 계속 이렇게 돌면 녀석은 꽤 어지러울 것이다. 하지만 너무 오래 끌지 않는 게 좋았다. 안 그랬다간 용이 다시 불을 뿜을 테니까.

해리는 혼테일이 입을 벌린 순간 밑으로 뚝 떨어졌지만 조금 전만큼 운이 따라 주지는 않았다. 불길은 피했지만 대신 용의 꼬리가 채찍처럼 휘둘러지며 그를 맞이했다. 그가 왼쪽으로 방향을 확 틀었을 때 긴 가시 하나가 어깨를 스치면서 로브가 찢어졌다.

얼얼한 통증이 느껴졌다. 관중의 비명과 신음이 터져 나왔다. 하지만 상처가 깊지는 않은 것 같았다……. 이제 그는 혼테일의 등 뒤로 빙 돌아 날아갔다. 한 가지 가능성이 떠올랐다…….

혼테일은 날아오르고 싶어 하지 않는 것 같았다. 알을 지키려는 본능이 너무나 강했기 때문이다. 몸을 이리저리 비틀고 날개를 접었다 폈다 하며 그 무시무시한 노란 눈을 해리에게서 떼지 않으면서도 녀석은 알에서 너무 멀어지게 될까 봐 두려워하고 있었다……. 하지만 해리는 혼테일이 그렇게 하도록 만들어야 했다. 안 그러면 결코 알 근처에도 갈 수 없었다……. 비결은 조심스럽게, 조금씩 조금씩 해내는 것이었다…….

해리는 이쪽저쪽으로 방향을 바꾸면서 날아다니기 시작했다. 용이 내뿜는 불길에 가로막힐 만큼 가까이 가지는 않지만, 그래도 그에게서 시선을 떼지 않게 할 만큼 충분히 위협적인 거리를 유지했다. 혼테일은 머리를 이쪽저쪽으로 흔들며 송곳니를 드러낸 채 세로로 찢긴 동공으로 그를 감시하듯 바라보았다.

해리는 더 높이 날아올랐다. 혼테일의 머리가 그를 따라 솟구쳤다. 이제 혼테일의 목은 완전히 늘어나, 뱀 부리는 사람 앞의 코브라처럼 흔들리고 있었…….

해리가 몇 미터 더 솟아오르자 혼테일은 분노의 포효를 터뜨렸다. 혼테일에게 해리는 찰싹 쳐서 죽이고 싶은 파리나 마찬가지였다. 혼테일이 다시 한 번 꼬리를 휘둘렀지만 해리는 지금 그 꼬리가 닿기에는 너무 높은 곳에 있었다……. 혼테일이 공중으로 불을 내뿜자 해리는 재빨리 피했다……. 녀석의 주둥이가 또다시 크게 벌어졌다…….

"덤벼." 해리는 혼테일의 머리 위에서 감질나게 방향을 틀면서 녀석을 도발했다. "이리 와, 날 잡으라고……. 위로 올라와, 당장……."

그때 녀석이 작은 비행기만큼이나 넓은 거대한 검은색 가죽 날개를 펼치며 뒷다리로 섰다. 그 순간 해리는 급강하했다. 그가 무엇을 했고 또 어디로 사라졌는지 용이 알아채기도 전에 해리는 되도록 빠르게 땅으로, 더 이상 혼테일의 날카로운 앞발로 보호받고 있지 않은 알들을 향해 속도를 올렸다. 그는 파이어볼트에서 손을 뗐다. 그리고 황금 알을 덥석 움켜잡았다.

그런 다음 그는 묵직한 알을 상처 입지 않은 팔 아래 안전하게 낀 채 엄청난 속도로 날아올라 관중석 위로 솟구쳤다. 마치 누군가가 다시 소리를 높여 놓은 듯, 해리는 처음으로 관중이 내지르는 소리를 제대로 들었다. 그들은 월드컵에서 본 아일랜드 응원단처럼 요란한 함성과 박수를 보내고 있었다.

"저것 좀 보세요!" 배그먼이 외쳤다. "저것 좀 보시라고요! 우리의 최연소 대표 선수가 누구보다도 빠르게 알을 획득했습니다! 와, 이로써 포터 군이 우승에 한발 다가섰군요!"

해리는 용 관리인들이 혼테일을 제압하기 위해 앞으로 달려 나오는 것을 보았다. 울타리 출입구 너머 맥고나걸 교수, 무디 교수, 해그리드가 그를 맞으러 허겁지겁 달려오는 모습도 보였다. 그들 모두 그를 향해 손을 흔들고 있었다. 먼 거리에서도 그들의 웃는 얼굴이 똑똑히 보였다. 해리는 다시 관중석 위를 날았다. 관중의 함성이 고막을 세차게 두드렸다. 그는 부드럽게 땅에 내려섰다. 지난 몇 주 사이 마음이 가장 가벼웠다……. 첫 번째 과제를 통과했다. 통과했을 뿐만 아니라 살아남았다…….

"훌륭했다, 포터!" 그가 파이어볼트에서 내리자 맥고나걸 교수가 소리쳤다. 그녀치고는 엄청난 칭찬이었다. 해리는 그의 어깨를 가리키는 그녀의 손이 떨리고 있는 것을 알아차렸다. "심사위원들이 점수를 보여 주기 전에 폼프리 선생님한테 가 봐야겠구나……. 저쪽에 계신다. 디고리의 치료는 이미 끝났을 거다……."

"해냈구나, 해리!" 해그리드가 쉰 목소리로 말했다. "네가 해냈어! 그것도 혼테일을 상대로. 찰리가 말했잖아, 최악의……."

"고마워요, 해그리드." 해리는 해그리드가 그에게 미리 용들을 보여 줬다는 사실을 실수로 떠벌리다가 들킬까 봐 큰 소리로 그의 말을 가로막았다.

무디 교수도 무척 기쁜 표정이었다. 그의 마법 눈이 눈구멍 안에서 뱅글뱅글 춤을 추고 있었다.

"멋지고 간단한 해결법이었다, 포터." 그가 걸걸한 목소리로 말했다.

"자 그럼, 포터. 응급처치소로 가자……." 맥고나걸 교수가 말했다.

여전히 숨을 헐떡이며 울타리 밖으로 걸어 나온 해리는 걱정스러운 얼굴로 또 다른 천막 입구에 서 있는 폼프리 선생을 보았다.

"용이라니!" 그녀가 해리를 안으로 잡아끌면서 진저리 난다는 투로 말했다. 천막은 여러 개의 칸막이로 나뉘어 있었다. 캔버스 천에 비친 세드릭의 그림자가 보였다. 적어도 몸을 일으켜 앉아 있는 모습을 보니 심하게 다치지는 않은 것 같았다. 폼프리 선생은 해리의 어깨를 살펴보는 내내 화가 나서 불평을 늘어놓았다. "지난 학기에는 디멘터, 이번에는 용. 다음 학기에는 이 학교에 또 뭘 끌어들이려나? 넌 아주 운이 좋은 줄 알아라……. 상처가 별로 깊지 않구나……. 그래도 치료하기 전에 닦아야지……."

그녀는 연기가 피어오르는 보라색 액체를 조금 적셔 상처를 닦았다. 따끔했지만, 곧이어 그녀가 마법 지팡이로 어깨를 쿡 찌르자 상처가 즉시 낫는 느낌이 들었다.

"자, 잠깐 조용히 앉아 있어라. 앉아! 조금 있다가 가서 점수를 보면 돼."

그녀는 부산을 떨며 밖으로 나갔다. 옆 칸막이에서 그녀가 "지금은 좀 어떻니, 디고리?"라고 묻는 소리가 들렸다.

해리는 가만히 앉아 있고 싶지 않았다. 아직도 아드레날린이 흘러넘쳤다. 그는 바깥에서 무슨 일이 벌어지고 있는지 보고 싶어 자리에서 일어났지만, 천막 출입구에 도착하기도 전에 두 사람이 쏜살같이 뛰어들어 왔다. 헤르미온느와, 그녀의 뒤를 바짝 따라온 론이었다.

"해리, 정말 멋졌어!" 헤르미온느가 높은 목소리로 외쳤다. 겁이 나서 꽉 쥐고 있었는지 얼굴에 손톱자국이 여럿 나 있었다. "굉장해! 진짜야!"

하지만 해리는 론을 보고 있었다. 그는 하얗게 질린 얼굴로, 마치 해리가 유령이라도 되는 것처럼 그를 뚫어지게 바라보고 있었다.

"해리." 그가 아주 진지하게 입을 열었다. "누가 네 이름을 불의 잔에 넣었는지는 모르겠지만, 난…… 난 그놈들이 너를 끝장내려는 거라고 생각해!"

마치 지난 몇 주 동안의 일은 아예 일어나지도 않았고, 지금이야말로 해리가 대표 선수가 된 뒤로 처음 그를 만나는 순간이라는 듯한 태도였다.

"이제 알았냐?" 해리가 차갑게 말했다. "오래도 걸렸다."

헤르미온느는 긴장한 듯 둘 사이에 서서 그들을 번갈아 보고 있었다. 론이 머뭇거리며 입을 열었다. 해리는 그가 막 사과할 참이라는 것을 알았다. 그리고 문득 사과를 들을 필요가 없다는 생각이 들었다.

"괜찮아." 론이 말을 꺼내기도 전에 그가 말했다. "잊어버려."

"아냐." 론이 다급히 입을 열었다. "내가 그렇게 굴어선 안 되는 거였……."

"잊어버리라고." 해리가 말했다.

론이 그를 보며 멋쩍게 씩 웃자 해리도 마주 웃어 주

었다.

헤르미온느가 울음을 터뜨렸다.

"왜 우는 거야?" 해리가 당황해서 그녀에게 말했다.

"너희 둘 다 너무 멍청해!" 그녀가 발을 동동 구르며 소리쳤다. 그녀의 로브 앞자락에 눈물이 뚝뚝 떨어졌다. 그런 다음 그녀는 둘 중 누가 채 말리기도 전에 둘 모두를 끌어안더니, 급기야 아예 울부짖으며 쏜살같이 달려 나갔다.

"미쳤나 봐." 론이 고개를 저으며 말했다. "해리, 가자. 네 점수가 나올 거야……."

황금 알과 파이어볼트를 집어 든 해리는 한 시간 전까지만 해도 다시는 느끼지 못할 것처럼 여겨지던 행복을 느끼며 허리를 구부려 천막 바깥으로 나왔다. 론이 그의 곁에서 빠르게 떠들어 댔다.

"네가 제일 잘했어. 비교가 안 되더라. 세드릭은 땅 위에 있는 바위에 변환 마법을 거는 이상한 짓을 했어. 바위를…… 개로 변신시키더라고……. 용이 자기 대신 개를 쫓아가게 만들려던 거지. 뭐, 변환 마법 솜씨는 그럭저럭 괜찮았어. 작전도 어느 정도 통한 셈이지. 알을 가져왔으니까. 하지만 화상을 입었어. 용이 중간에 생각을 바꾸고 래브라도가 아니라 세드릭을 쫓아가기로 마음먹었거든. 세드릭은 겨우 도망쳤어. 그리고 플뢰르 그 여자애는 무슨 마법 같은 걸 걸었는데, 내 생각엔 용을 최면 상태에 빠뜨리려던 것 같아. 뭐, 그것도 효과가 있긴 했어. 용이 꾸벅꾸벅 졸다가 코를 골았는데 코에서 엄청난 불길이 뿜어져 나와서 플뢰르의 치마에 옮겨붙긴 했지만 말이야. 마법 지팡이에서 물을 조금 나오게 해서 불을 끄더라. 그리고 크룸은…… 못 믿겠지만, 날아갈 생각은 하지도 못했어! 그래도 아마 너 다음으로 잘했을 거야. 어떤 주문을 외워서 용의 눈을 적중시키더라고. 다만, 용이 아파서 쿵쿵거리며 사방을 짓밟는 바람에 진짜 알이 절반 정도 부서져 버렸어. 그것 때문에 감점됐고. 진짜 알에는 어떤 손상도 입혀선 안 되거든."

해리와 함께 울타리 가장자리에 도착하자 론은 긴 숨을 내쉬었다. 혼테일이 어딘가로 끌려간 지금, 해리는 다섯 명의 심사위원이 앉아 있는 곳을 볼 수 있었다. 바로 맞은편, 황금빛 휘장을 두른 상석이었다.

"각각 10점 만점으로 점수를 줘." 론이 말했다. 해리는 눈을 가늘게 뜨고 맞은편 상석을 올려다보다가 첫 번째 심사위원인 막심 교장이 마법 지팡이를 들어 올리는 모습을 보았다. 마법 지팡이에서 긴 은색 리본 같은 것이 튀어나오더니 저절로 꼬아지며 커다란 숫자 8을 만들어 냈다.

"나쁘지 않은데!" 관중이 갈채를 보내는 가운데 론이 말했다. "어깨에 상처를 입어서 점수를 깎은 것 같아……."

다음은 크라우치 장관이었다. 그는 공중으로 숫자 9를 쏘아 올렸다.

"좋은걸!" 론이 해리의 등을 툭 치며 소리쳤다.

다음은 덤블도어였다. 그도 9점을 쏘아 올렸다. 관중은 어느 때보다도 열렬히 환호했다.

루도 배그먼은…… *10점*이었다.

"10점?" 해리가 믿을 수 없다는 듯 말했다. "하지만…… 난 다쳤는데……. 뭐 하자는 거지?"

"해리, 뭘 그런 걸 불평하고 그래!" 론이 신이 나서 소리쳤다.

이제 카르카로프가 지팡이를 들어 올렸다. 잠깐 멈춰 있는 듯하더니 곧 그의 마법 지팡이에서도 곧 숫자가 튀어나왔다. 4점.

"*뭐?*" 론이 버럭 화를 내며 소리쳤다. "*4점?* 이 편파적이고 형편없는 쓰레기 같으니. 크룸한테는 10점 줘 놓고!"

하지만 해리는 신경 쓰지 않았다. 카르카로프가 0점을 주었더라도 상관없었을 것이다. 해리 편을 들어 주는 론의 분노는 그에게 100점의 가치가 있는 일이었다. 물론 론에게 이런 말을 하지는 않았지만, 발길을 돌려 울타리를 떠나는 해리의 마음은 공기보다 가벼웠다. 단지 론 때문만은 아니었다……. 관중석에서 환호를 보내는 것은 그리핀도르 학생들만이 아니었다. 막상 일이 닥치자, 해리가 무엇과 맞닥뜨렸는지를 보고 나자, 대부분의 학생들은 세드릭 못지않게 그 역시 응원해 주었다……. 슬리데린 애들이야 무슨 짓을 하든 상관없었다. 이제는 그들이 뭘 던져도 참을 수 있었다.

"공동 1위야, 해리! 너랑 크룸이!" 학교로 돌아가려는데 서둘러 그들을 만나러 온 찰리 위즐리가 말했다. "저기, 나는 가 봐야겠다. 엄마한테 올빼미를 보내야 하거든. 어떻게 됐는지 말씀드리기로 약속해서……. 근데 정말 믿기지 않는다! 아 맞다, 그리고 사람들이 너한테 조금만 더 남아 있으라고 전해 달래. ……배그먼이 할 말이 있다고 대표 선수 천막으로 다시 오라더라."

론이 기다리겠다고 말했으므로 해리는 다시 천막 안으로 들어갔다. 이제 천막은 어딘지 달라 보였다. 전과는 달리 친근하게 그를 반겨 주는 듯했다. 해리는 혼테일을 피해 다닐 때의 기분과, 대결하러 나가기 전 오랜 시간 기다릴 때의 기분을 비교해 보았다……. 비교도 할 수 없었다. 기다림의 시간이 훨씬 끔찍했다.

플뢰르, 세드릭, 크룸이 함께 들어왔다.

세드릭의 얼굴 한쪽은 웬 짙은 오렌지색 반죽으로 덮여 있었다. 아마도 화상을 치료하는 약 같았다. 그가 해리를 보고 씩 웃었다. "잘했어, 해리."

"너도." 해리가 마주 웃으며 말했다.

"너희 모두 잘했다!" 루도 배그먼이 통통 튀는 발걸음으로 천막 안으로 들어와, 본인이 직접 용을 통과하기라도 한 듯 잔뜩 신이 난 표정으로 말했다. "자, 잠깐 몇 마디만 하마. 너희는 두 번째 과제가 있기 전까지 오랫동안 휴식을 취하게 될 거야. 두 번째 과제는 2월 24일 아침 9시 30분에 시작될 거다. 하지만 그때까지 뭔가 생각할 거리를 주마! 너희가 지금 들고 있는 황금 알을 자세히 보면, 그 알들이 열린다는 걸 알게 될 거야. ……거기 홈 같은 게 보이지? 너희는 알 속에 들어 있는 단서를 풀어야 해. 그것이 두 번째 과제가 무엇인지 알려 주고 너희가 거기에 대비할 수 있게 해 줄 테니까! 잘 이해했지? 확실하지? 자, 그럼 가 보거라!"

해리는 천막을 나와 다시 론과 만났다. 그들은 열띤 대화를 주고받으며 금지된 숲 가장자리를 따라 걷기 시작했다. 해리는 다른 대표 선수들이 어떻게 했는지 더 자세히 듣고 싶었다. 잠시 후 처음으로 용의 포효를 들었던 나무 수풀을 빙 돌았을 때, 그들 뒤에서 한 여자 마법사가 뛰쳐나왔다.

리타 스키터였다. 오늘은 형광 녹색 로브를 입고 있었는데, 손에 쥔 속기 깃펜과 완벽한 조화를 이루고 있었다.

"축하해, 해리!" 그녀가 활짝 웃으며 말했다. "잠깐 한 마디라도 해 줄 수 있을까? 용과 마주했을 때 어떤 기분이었니? 점수의 공정성에 대해서는 *지금* 어떻게 느끼지?"

"네, 한 마디라고 하셨으니 해 드릴게요." 해리가 사나운 말투로 말했다. "안녕히 가세요."

그리고 그는 론과 함께 성으로 돌아갔다.

CHAPTER 21

집요정 해방 전선

그날 저녁 해리, 론, 헤르미온느는 피그위전을 찾으러 부엉이장으로 올라갔다. 시리우스에게 편지를 보내 해리가 무사히 용을 통과했다고 말해 주기 위해서였다. 해리는 부엉이장으로 가는 길에 론에게 시리우스가 카르카로프에 대해 했던 얘기를 전부 들려주었다. 론은 카르카로프가 죽음을 먹는 자였다는 이야기를 처음 듣고 깜짝 놀랐으면서도 부엉이장에 들어갈 때쯤에는 애초에 의심했어야 했다고 말했다.

"딱 들어맞잖아?" 그가 말했다. "말포이가 기차에서 한 말 기억하지? 자기 아빠가 카르카로프하고 친구라고 했잖아. 그자들이 어디서 서로를 알게 됐는지 이제 확실히 알겠다. 아마 월드컵에서 가면을 쓰고 같이 돌아다녔을걸……. 근데 이건 말해야겠다, 해리. 불의 잔에 네 이름을 넣은 사람이 정말 카르카로프라면 지금 완전히 바보가 된 기분 아닐까? 전혀 성공 못 했잖아. 안 그래? 너는 겨우 긁힌 상처만 입었을 뿐이니까! 이리 와. 내가 할게."

피그위전은 편지를 배달한다는 생각에 너무 흥분한 나머지 끊임없이 부엉부엉 울면서 해리의 머리 주위를 빙글빙글 돌고 있었다. 론은 피그위전을 공중에서 낚아채 해리가 다리에 편지를 묶는 동안 가만히 붙들고 있었다.

"다른 과제들은 그렇게 위험하지 않을 거야. 어떻게 이보다 더 위험할 수 있겠어." 론이 피그위전을 창문으로 데려가며 말을 이었다. "그거 알아? 난 네가 이 대회에서 우승할 수도 있을 것 같아, 해리. 진짜야."

해리는 론이 이런 말을 하는 이유가 지난 몇 주 동안의 행동을 보상하기 위해서라는 걸 알고 있었지만, 그래도 고맙긴 마찬가지였다. 그러나 헤르미온느는 부엉이장 벽에 기대 팔짱을 끼고 론을 향해 얼굴을 찌푸렸다.

"대회가 끝날 때까지는 갈 길이 멀어." 그녀가 심각한 표정을 지으며 말했다. "첫 번째 과제가 그 정도였는데 다음엔 뭐가 나올지 생각하기도 싫다."

"정말 한 줄기 햇빛과도 같은 말이구나. 그치?" 론이 말했다. "너 트릴로니 교수랑 언제 한번 만나야겠다."

그는 피그위전을 창밖으로 날렸다. 피그위전은 3미터 넘게 곤두박질친 끝에 간신히 몸을 위로 끌어 올렸다. 다리에 묶인 편지 두루마리가 평소보다 훨씬 길고 무거웠던 탓이다. 해리는 시리우스에게 자신이 어떻게 방향을 틀고 빙빙 돌며 혼테일을 피했는지 움직임 하나하나를 정확하게 말해 주고 싶은 마음을 억누를 수가 없었다.

그들은 피그위전이 어둠 속으로 사라지는 모습을 지켜보았다. 그때 론이 말했다. "음, 네 깜짝 파티가 열릴 테니까 아래층으로 내려가야 돼, 해리. 프레드랑 조지가 지금 주방에서 음식을 잔뜩 훔쳐 왔을 거야."

아니나 다를까, 그들이 그리핀도르 휴게실에 들어갔을 때 그곳은 다시 한 번 환호성과 고함 소리로 터질 듯했다. 평평한 곳이면 어디에나 케이크가 산더미처럼 쌓여 있었고 호박 주스며 버터맥주가 담긴 큰 병들이 놓여 있었다. 리 조던이 '필리버스터 박사의 축축하게 불붙어 뜨겁지 않은 기막힌 폭죽'을 터뜨렸기에 공중에는 별과 불꽃이 가득했다. 그림을 제법 잘 그리는 딘 토머스는 눈길을 끄는 새로운 현수막 여러 개를 걸어 놓았다. 대부분이 해리가 파이어볼트를 타고 혼테일의 머리 주위를 붕붕 날아다니는 모습을 묘사하고 있었다. 물론 몇 개에는 머리에 불이 붙은 세드릭의 모습이 그려져 있기도 했다.

해리는 음식을 먹었다. 제대로 배가 고픈 느낌이 어떤 건지 거의 잊고 있었다. 옆에는 론, 헤르미온느가 앉아 있었다. 얼마나 기분이 좋은지 믿기지 않을 정도였다. 론과 다시 친해졌고, 첫 번째 과제를 해결했으며, 두 번째 과제를 마주할 때까지는 석 달이 남아 있었다.

"젠장, 무겁네." 리 조던이 해리가 탁자 위에 올려 두었던 황금 알을 집어 들고 무게를 가늠해 보며 말했다. "열어 봐, 해리, 어서! 안에 뭐가 있나 보자!"

"해리 혼자 단서를 풀어야 해." 헤르미온느가 재빨리 말했다. "대회 규칙이야……."

"용을 어떻게 지나갈지도 나 혼자 생각해야 했지."

해리가 헤르미온느에게만 들리도록 중얼거리자 그녀는 조금 겸연쩍은 얼굴로 씩 웃었다.

"그래, 얼른. 해리, 열어 봐!" 몇몇 사람이 연이어 말했다.

리가 알을 건네자, 해리는 알 전체에 둘러 있는 홈에 손톱을 끼워 넣고 힘을 줘서 열었다.

알은 휑하니 텅 비어 있었다. 하지만 해리가 알을 연 순간 소름 끼치도록 무시무시하고 큰 소리로 절규하는 듯한 울부짖음이 휴게실을 가득 채웠다. 해리가 지금껏 들어 본 것 중에서 이것과 가장 비슷한 소리는 목이 달랑달랑한 닉의 사망일 파티에서 들었던 유령 오케스트라의 톱 연주 소리뿐이었다.

"빨리 닫아!" 프레드가 손으로 귀를 틀어막고 소리쳤다.

"뭐지?" 셰이머스 피니건이 해리가 다시 닫은 알을 뚫어지게 바라보며 말했다. "꼭 밴시 소리 같았는데……. 다음번에는 밴시를 지나가야 하는지도 몰라, 해리!"

"누가 고문당하는 소리 같았어!" 네빌이 말했다. 그는 얼굴이 새하얗게 질린 채 소시지 빵을 바닥에 떨어뜨렸다. "크루시아투스 저주와 맞서 싸워야 하나 봐!"

"멍청한 소리 하지 마, 네빌. 그건 불법이야." 조지가 말했다. "대표 선수들한테 크루시아투스 저주를 사용하지는 않을 거야. 내 귀엔 퍼시 노랫소리랑 좀 비슷하게 들렸는데. ……어쩌면 퍼시가 샤워하고 있을 때 공격해야 하는 걸지도 몰라, 해리."

"잼 타르트 하나 먹을래, 헤르미온느?" 프레드가 물었다.

헤르미온느는 그가 건네는 접시를 의심스럽게 바라보았다. 프레드가 씩 웃었다.

"괜찮아." 그가 말했다. "여기에는 아무 짓도 안 했어. 조심해야 하는 건 커스터드 크림이야……."

방금 커스터드 크림을 한 입 먹은 네빌이 목이 메어 그것을 뱉어 냈다.

프레드가 웃었다. "농담이야, 네빌……."

헤르미온느가 잼 타르트를 받아 들었다.

잠시 후 그녀가 말했다. "프레드, 이거 전부 주방에서 가지고 온 거야?"

"응." 프레드가 그녀를 향해 씩 웃으며 말했다. 그는 높은 목소리로 꽥꽥거리며 집요정을 흉내 냈다. "'저희가 드릴 수 있는 건 뭐든지 드릴게요. 뭐든지요!' 엄청난 도움이 됐지……. 좀 출출하다고 하면 소라도 한 마리 구워 줄걸."

"거기엔 어떻게 들어가?" 헤르미온느가 순진무구한 척 아무렇지도 않게 물었다.

"어렵지 않아." 프레드가 말했다. "과일 그릇이 그려진 그림 뒤에 숨겨진 문이 있어. 그 과일 그릇에 담겨 있는 배를 간질이면, 배가 낄낄거리다가……." 그가 말을 멈추고 의심스러운 눈초리로 그녀를 바라보았다. "근데 왜?"

"아무것도 아냐." 헤르미온느가 재빨리 말했다.

"주방에 가서 집요정들을 끌어내 파업이라도 시키려는 거야?" 조지가 말했다. "전단지 나눠 주는 일은 집어치우고, 집요정들을 부추겨서 반란이라도 일으키려고?"

몇몇 사람이 킥킥 웃었다. 헤르미온느는 아무런 대꾸도 하지 않았다.

"괜히 가서 옷이니 봉급이니 받아야 한다면서 걔들 속상하게 만들지 마!" 프레드가 경고하듯 말했다. "걔들 요리하는 데 방해된단 말이야!"

바로 그때, 네빌이 커다란 카나리아로 변하면서 모두의 시선을 끌었다.

"어, 미안, 네빌!" 프레드가 모두의 웃음소리를 누르고 소리쳤다. "깜빡했다. 우리가 마법을 걸어 놓은 건 커스터드 크림이 맞아."

그러나 채 1분도 안 되어 네빌은 깃털이 빠졌고, 일단 깃털이 다 빠지고 나자 완전히 본래 모습으로 돌아왔다. 그는 심지어 함께 웃기까지 했다.

"카나리아 크림이야!" 프레드가 잔뜩 신이 난 아이들에게 소리쳤다. "조지랑 내가 발명한 거야. 하나에 7시클, 할인 판매 중이요!"

해리는 새벽 1시가 다 되어서야 론, 네빌, 셰이머스, 딘과 함께 침실로 올라갔다. 사주식 침대의 커튼을 닫기 전, 해리는 침대 옆 탁자 위에 조그만 헝가리 혼테일 모형을 올려놓았다. 혼테일은 하품을 하고 웅크리더니 눈을 감았다. 해리는 침대 커튼을 닫으며 생각했다. 정말이지, 해그리드 말이 꼭 틀린 것만은 아니었다……. 솔직히 괜찮은 녀석들이었어. 용들 말이야…….

12월은 호그와트에 바람과 진눈깨비를 몰고 오면서 시작되었다. 겨울이면 항상 바람이 새어 들어 오긴 했지만, 해리는 호수에 떠 있는 덤스트랭 배를 지날 때마다 성안 벽난로와 두꺼운 성벽에 고마움을 느꼈다. 덤스트랭의 배는 강한 바람에 요동치며 어두운 하늘을 배경으로 검은 돛을 부풀리고 있었다. 보바통 마차도 상당히 추울 것 같았다. 해리가 보니 해그리드는 막심 교장의 말들이 좋아하는 싱글몰트 위스키를 먹이면서 그들을 꾸준히 돌보고 있었다. 방목지 한 귀퉁이에 있는 여물통에서 은은하게 풍겨 오는 술 냄새는 마법 생명체 돌보기 수업을 듣는 학생 모두를 어질어질하게 만들 정도였다. 학생들은 여전히 끔찍한 스크루트들을 돌보고 있었으며, 그러려면 정신을 똑바로 차리고 있어야 했기 때문에 이 점은 전혀 도움이 되지 않았다.

"스크루트들이 겨울잠을 자는지는 잘 모르겠다." 다음 수업 시간에 해그리드가 바람 부는 호박밭에서 벌벌 떨고 있는 학생들에게 말했다. "그냥 이 녀석들이 자는 걸 좋아하는지 지켜보려고 해……. 일단 이 상자들에 넣어 볼 거야……."

이제 남은 스크루트는 열 마리뿐이었다. 서로를 죽이고 싶어 하는 본능은 운동을 통해 없앨 수 없는 게 분명했다. 이제 스크루트들은 길이가 저마다 180센티미터에 가까워졌다. 두꺼운 회색 갑옷과 빠르게 움직이는

집요정 해방 전선

강력한 다리, 불을 내뿜는 꼬리, 침과 흡착판까지 모두 갖춘 스크루트들은 해리가 지금껏 본 어떤 생명체들보다 역겨웠다. 학생들은 해그리드가 꺼내 온 커다란 상자들을 의기소침하게 바라보았다. 상자들은 하나같이 베개와 폭신폭신한 담요로 안감이 대어져 있었다.

"그냥 이 안에 집어넣을 거야." 해그리드가 말했다. "그리고 뚜껑을 덮은 다음 무슨 일이 일어나는지 보자."

하지만 스크루트들은 겨울잠을 자지 않는 것으로 밝혀졌고, 베개가 딸린 상자에 억지로 들어가 머리 위로 뚜껑이 닫히는 일도 고맙게 여기지 않았다. 해그리드는 곧 스크루트들이 호박밭 주위에서 난동을 부리는 와중에 "당황하지 마라. 자, 당황할 것 없어"라고 소리를 지르고 있었다. 이제 호박밭에는 연기를 피워 올리는 상자 파편이 여기저기 흩어져 있었다. 말포이, 크래브, 고일을 비롯한 학생들 대부분은 뒷문을 통해 해그리드의 오두막 안으로 들어가 숨었다. 그러나 해리, 론, 헤르미온느는 다른 몇몇과 함께 바깥에 남아 해그리드를 도왔다. 수없이 화상을 입고 베이는 대가를 치르긴 했지만 그들은 다 함께 간신히 스크루트 아홉 마리를 붙잡아 묶을 수 있었다. 마침내 단 한 마리의 스크루트만 남았다.

"겁주지 마, 옳지!" 해그리드가 소리쳤다. 론과 해리는 등 쪽으로 구부린 침을 가볍게 흔들며 그들을 향해 위협적으로 다가오는 스크루트에게 마법 지팡이를 들이댄 채 불꽃을 날리고 있었다. "그냥 침에 밧줄을 감기만 해라. 다른 녀석들을 해치지 못하도록 말이야!"

"네, 우리도 그랬으면 좋겠네요!" 론이 화를 내며 소리쳤다. 그와 해리는 스크루트가 다가오지 못하도록 계속 불꽃을 튀기며 해그리드의 오두막 벽 쪽으로 물러났다.

"이런, 이런, 이런…… 정말 재미있어 보이는걸."

리타 스키터가 해그리드의 정원 울타리에 기대 아

수라장을 들여다보고 있었다. 오늘 그녀는 목 둘레에 자주색 털이 달린 두꺼운 심홍색 망토를 입고 악어가죽 핸드백을 팔에 끼고 있었다.

해그리드가 해리와 론을 구석으로 몰아넣던 스크루트 위로 뛰어올라 녀석을 깔고 앉았다. 스크루트의 꼬리가 불을 내뿜자 근처의 호박 줄기가 시들었다.

"누구쇼?" 해그리드가 밧줄로 만든 고리를 스크루트의 침에 걸고 꽉 조이며 리타 스키터에게 물었다.

"리타 스키터예요. 《예언자일보》 기자죠." 리타가 활짝 웃으며 말하자 그녀의 금니가 반짝였다.

"덤블도어 교수님이 당신을 더 이상 학교에 들어오지 못하게 한 걸로 아는데?" 해그리드가 얼굴을 살짝 찌푸리며 말했다. 그는 조금 찌부러진 스크루트 위에서 내려와 동료들이 있는 곳으로 녀석을 끌고 갔다.

리타는 해그리드의 말을 듣지 못한 것처럼 굴었다.

"이 매력적인 생명체들의 이름은 뭔가요?" 그녀가 더욱 활짝 미소를 지으며 물었다.

"폭발 꼬리 스크루트요." 해그리드가 툴툴거리듯 대답했다.

"정말요?" 리타가 열렬한 흥미를 느낀다는 표정을 지으며 말했다. "들어 본 적 없는 이름인데…… 어디서 데려왔죠?"

해리는 해그리드의 거친 검은색 턱수염에서부터 희미한 홍조가 번져 나가고 있음을 눈치챘다. 해리는 가슴이 철렁 내려앉았다. 해그리드는 스크루트를 어디에서 얻었을까?

비슷한 생각을 하고 있었던 듯 헤르미온느가 재빨리 입을 열었다. "정말 흥미로운 동물들이지? 안 그래, 해리?"

"응? 아, 그래…… 아얏…… 흥미롭지." 헤르미온느가 발을 꽉 밟자 해리가 말했다.

"아, 너도 여기 있었구나, 해리!" 리타 스키터가 시선을 돌리며 말했다. "그러니까 넌 마법 생명체 돌보기 과목을 좋아하는구나? 가장 좋아하는 과목 중 하나니?"

"네." 해리가 힘주어 말했다. 해그리드가 그를 향해 환하게 웃음 지었다.

"멋진걸." 리타가 말했다. "정말 멋져. 가르치신 지는 오래됐나요?" 그녀가 해그리드에게 물었다.

해리는 그녀의 시선이 딘(한쪽 뺨을 가로질러 고약한 상처가 나 있었다)과 라벤더(로브가 심하게 그슬려 있었다)와 셰이머스(불에 덴 손가락들을 살펴보고 있었다)를 거쳐 오두막 창문으로 향하는 것을 보았다. 그곳에서는 대부분의 학생들이 창문에 코를 바짝 대고 서서 사태가 정리되기를 기다리며 상황을 지켜보고 있었다.

"이제 겨우 2년째예요." 해그리드가 말했다.

"멋지군요……. 인터뷰하실 생각 있나요? 마법 생명체들과 관련된 경험을 독자들과 나누고 싶은 생각은요? 물론 알고 계시겠지만, 《예언자일보》에는 매주 수요일 동물학 칼럼이 실리거든요. 이…… 어…… 팡팡 꼬리 스쿠트를 특집 기사로 다룰 수 있을 거예요."

"폭발 꼬리 스크루트예요." 해그리드가 기대감에 가득 차서 말했다. "어…… 뭐, 안 될 건 없죠."

해리는 아주 불길한 예감이 들었지만 그 느낌을 리타 스키터의 눈에 띄지 않고 해그리드에게 전달할 방법이 없었으므로, 해그리드와 리타 스키터가 그 주 어느 날 스리 브룸스틱스에서 만나 긴 인터뷰를 하기로 약속을 잡는 모습을 가만히 지켜볼 수밖에 없었다. 그때 성에서 수업이 끝났음을 알리는 종이 울렸다.

"그럼 안녕, 해리!" 해리가 론, 헤르미온느와 함께 성으로 출발하려는데 리타 스키터가 즐거운 목소리로 그의 이름을 부르며 말했다. "그럼, 금요일 밤에 봐요, 해그리드!"

"해그리드가 하는 말을 전부 꼬아 버릴 거야." 해리가 목소리를 낮추고 말했다.

"저 스크루트들을 불법으로 얻었다거나 그런 것만 아니면, 뭐." 헤르미온느가 절망스럽게 말했다. 그들은 서로를 바라봤다. 그것이야말로 해그리드가 저지를 만한 일이었다.

"해그리드는 전에도 수없이 말썽을 일으켰지만 덤블도어는 결코 해그리드를 쫓아내지 않았잖아." 론이 위로하듯 말했다. "최악의 상황이 벌어진다고 해 봐야 해그리드가 스크루트들을 없애야 한다거나 뭐 그런 일일 거야. 미안…… 내가 최악이라고 했나? 최고라는 뜻이었어."

해리와 헤르미온느는 웃음을 터뜨렸다. 그들은 기분이 살짝 나아지는 것을 느끼며 점심을 먹으러 갔다.

그날 오후에 있었던 점술 연강 시간은 굉장히 즐거웠다. 그들은 여전히 행성의 위치를 그린 도표를 보고 미래를 예측하는 법을 배우고 있었지만, 다시 론과 친구가 된 지금은 모든 것이 무척 재미있게 느껴졌다. 두 사람이 각자의 끔찍한 죽음을 예견하자 매우 만족스러워하던 트릴로니 교수는, 명왕성이 일상생활에 지장을 주는 다양한 방식에 관한 그녀의 설명을 듣고 둘이 키득거리자 금세 짜증을 냈다.

"이런 *생각이* 드는구나." 그녀가 명백한 짜증이 감춰진 신비로운 어조로 속삭였다. "우리 중 *어떤 사람들*이……." 그녀는 아주 의미심장한 눈으로 해리를 바라보았다. "내가 어젯밤 수정구슬에서 본 것을 봤다면 조금은 덜 *경솔하게* 굴었을지도 모른다고. 여기에 앉아 뜨개질에 집중하고 있었는데, 수정구슬의 자문을 구해야겠다는 강한 충동이 나를 사로잡았단다. 나는 자리에서 일어나서 수정구슬 앞에 앉아 그 맑디맑은 심연을 들여다보았지……. 그 속에서 나를 마주 바라보던 건 무엇이었을까?"

"특대 안경을 쓴 못생긴 늙은 박쥐?" 론이 목소리를 낮추고 웅얼거렸다.

해리는 표정을 유지하려고 애썼다.

"*죽음*이었단다, 얘들아."

파르바티와 라벤더가 동시에 겁에 질린 얼굴로 손을 들어 입을 막았다.

"그렇단다." 트릴로니 교수가 과장되게 고개를 끄덕이며 말했다. "죽음이 점점 더 가까이 다가오고 있어. 그것은 독수리처럼 머리 위를 빙빙 돌면서 점점 낮게…… 이 성을 향해 점점 더 낮게……."

그녀는 입을 쩍 벌리면서 대놓고 하품을 하는 해리를 날카로운 눈으로 쏘아보았다.

"전에도 같은 말을 여든 번쯤 하지 않았다면 좀 더 인상적이었을 텐데." 마침내 트릴로니 교수의 교실 밑에 있는 계단에서 신선한 공기를 다시 마시게 됐을 때 해리가 말했다. "저 사람이 내가 죽을 거라고 말할 때마다 쓰러져 죽었다면, 나는 의학적으로 기적과도 같은 존재가 됐을 거야."

"초고농축 유령 같은 게 됐겠지." 그들의 맞은편에서 눈을 휘둥그렇게 뜨고 뭔가를 불길하게 응시하며 지나가는 피투성이 남작을 보고 론이 낄낄거리며 말했다. "그래도 숙제는 없네. 헤르미온느가 벡터 교수한테서 숙제나 왕창 받았으면 좋겠다. 난 헤르미온느가 공부할 때 옆에서 노는 게 제일 좋더라……."

하지만 헤르미온느는 저녁을 먹으러 오지 않았다. 식사를 마치고 찾으러 가 봤는데 도서관에도 없었다. 도서관에 있는 사람은 빅토르 크룸뿐이었다. 론은 잠시 책꽂이 뒤를 서성이면서 크룸을 지켜보았다. 그러면서 사인을 부탁할지 말지 해리와 귓속말로 토론했다. 하지만 론은 곧 예닐곱 명의 여학생이 바로 옆 책꽂이 뒤에 도사린 채 정확히 똑같은 문제를 토론하고 있는 것을 깨닫고 사인에 대한 열의를 잃었다.

"헤르미온느는 어디 갔지?" 해리와 함께 그리핀도르 탑으로 돌아갈 때 론이 말했다.

"모르겠어. ……허튼소리."

하지만 뚱뚱한 귀부인이 미처 다 열리기도 전에, 뒤에서 후다닥 달려오는 발소리가 헤르미온느의 도착을 알렸다.

"해리!" 그녀가 죽 미끄러져 그의 옆에 멈춰 서며 헐떡였다(뚱뚱한 귀부인이 눈썹을 치켜올리고 그녀를 내려다보았다). "해리, 이리 와 봐……. 꼭 가 봐야 해,

정말 놀라운 일이 벌어졌어. 빨리."

그녀는 해리의 팔을 움켜잡더니 그를 복도로 끌고 가려고 애썼다.

"무슨 일인데?" 해리가 물었다.

"가서 보여 줄게. 응, 가자, 어서."

해리는 론을 돌아보았다. 그는 아주 흥미로워하면서 해리를 마주 바라보았다.

"알았어." 해리가 헤르미온느와 함께 복도를 되돌아 걸어가며 말했다. 론이 얼른 그들을 따라잡았다.

"아, 나는 괜찮으니라!" 뚱뚱한 귀부인이 뒤에서 짜증을 내며 소리쳤다. "나를 귀찮게 했지만 사과할 것 없어! 난 너희가 돌아올 때까지 그냥 여기에 활짝 열린 채 걸려 있도록 하마. 그럼 되겠느냐?"

"네, 고마워요." 론이 어깨 너머로 돌아보며 소리쳤다.

"헤르미온느, 우리 어디 가는 거야?" 해리가 물었다. 헤르미온느가 여섯 층 아래로 그들을 끌고 가더니 현관홀로 향하는 대리석 계단을 내려가기 시작했던 것이다.

"조금 있으면 알게 될 거야!" 헤르미온느가 흥분한 목소리로 말했다.

그녀는 계단을 끼고 왼쪽으로 돈 다음, 불의 잔이 세드릭 디고리와 해리의 이름을 뱉어 낸 날 밤 세드릭이 해리와 헤어진 뒤 들어갔던 문으로 서둘러 다가갔다. 해리는 여태껏 한 번도 그 문을 지나가 본 적이 없었다. 그와 론은 헤르미온느를 따라 돌계단을 한 층 내려갔다. 하지만 계단을 내려가자 스네이프의 지하 감옥 교실로 가는 길처럼 음침한 지하 통로 대신 널찍한 복도가 나왔다. 돌로 된 그 복도는 횃불로 환하게 밝혀져 있고 주로 음식이 그려진 활기 넘치는 그림들로 장식되어 있었다.

"아, 잠깐만……." 해리가 복도를 걸어가다 말고 천천히 말했다. "잠깐 기다려, 헤르미온느……."

"왜?" 그녀가 그를 돌아보았다. 그가 무슨 말을 할지 아는 얼굴이었다.

"무슨 꿍꿍이인지 알겠다." 해리가 말했다.

그는 론의 옆구리를 쿡 찌르고 헤르미온느 바로 뒤에 있는 그림을 가리켰다. 거기에는 큼직한 은빛 과일 접시가 그려져 있었다.

"헤르미온느!" 론도 눈치를 챘다. "우리를 또 그 토사물인지 뭔지에 끌어들이려는 거지!"

"아니, 아니, 아니야!" 그녀가 재빨리 말했다. "그리고 토사물이 아니라니까, 론……."

"이름을 바꿨냐?" 론이 얼굴을 찌푸리며 말했다. "그럼 이제 뭐야? 집요정 해방 전선? 나는 저 주방으로 쳐들어가서 개들이 일을 그만두게 하는 짓 따위 하지 않을 거야. 안 할 거라고."

"누가 그래 달래?" 헤르미온느가 짜증을 내며 말했다. "방금 여기 내려와서 집요정들이랑 얘기해 봤어. 알고 보니…… 아, 어서, 해리. 너한테 보여 주고 싶은 게 있어!"

그녀는 다시 해리의 팔을 잡고 커다란 과일 그릇 그림 앞으로 끌고 가서는 검지를 뻗어 큼직한 초록색 배를 간질였다. 배는 꿈틀거리고 킬킬거리기 시작하더니, 갑자기 커다란 초록색 문고리로 바뀌었다. 헤르미온느는 그 문고리를 잡고 문을 연 다음 해리의 등을 힘껏 떠밀어 안으로 들어가게 했다.

해리는 천장이 높은 그 거대한 공간을 빠르게 한 번 둘러보았다. 그곳은 지상층의 대연회장만큼이나 넓었다. 번쩍번쩍 빛나는 놋쇠 솥과 프라이팬 무더기가 돌벽을 따라 잔뜩 쌓여 있고, 맞은편에는 벽돌로 만든 커다란 벽난로가 있었다. 그때 그 공간 한가운데에서 조그만 무언가가 높은 소리로 꽥꽥거리며 해리를 향해 달려왔다. "해리 포터! *해리 포터!*"

다음 순간, 꽥꽥대던 집요정이 명치를 세게 들이받고 갈비뼈를 부러뜨리기라도 할 듯 꽉 끌어안는 바람에 해리는 숨이 턱 막히고 말았다.

"도, 도비?" 해리가 숨을 헉 들이켰다.

"맞아요, 도비예요!" 그의 배꼽 근처에서 꽥꽥거리

는 목소리가 들려왔다. "도비는 해리 포터를 만나게 되기를 기대하고 또 기대했어요. 그런데 해리 포터가 도비를 만나러 왔군요!"

도비는 해리를 놓아주고 몇 걸음 물러나 해리를 올려다보며 환하게 웃었다. 테니스 공처럼 생긴 커다란 초록색 눈에 기쁨의 눈물이 고여 있었다. 도비는 해리가 기억하는 모습과 거의 똑같았다. 연필처럼 생긴 코, 박쥐 같은 귀, 긴 손가락과 발가락……. 옷만 빼고 모든 게 같았다. 옷차림은 아주 달라져 있었다.

말포이네 집에서 일할 때 도비는 늘 똑같은 더럽고 낡은 베갯잇을 걸치고 있었다. 하지만 지금 그는 해리가 지금까지 본 것 중에서 가장 희한한 차림새였다. 월드컵에서 본 마법사들보다도 옷차림새가 엉망이었다. 머리에는 찻주전자 덮개를 모자처럼 쓰고 거기에 밝은 색깔 배지를 여러 개 달아 놓았다. 말발굽 무늬가 들어간 넥타이가 맨 가슴에 늘어져 있었으며, 어린이용 축구 유니폼 같은 반바지에 이상한 양말을 신고 있었다. 자세히 보니 한 짝은 해리가 벗어서 말포이 씨에게 건네준 바로 그 검은색 양말이었다. 해리에게 속아 넘어간 말포이 씨는 그 양말을 도비에게 주었고 그 덕분에 도비는 자유의 몸이 되었다. 다른 양말 한 짝은 분홍색과 주황색 줄무늬로 가득했다.

"도비, 너 여기서 뭐 해?" 해리가 깜짝 놀라 물었다.

"도비는 호그와트에서 일하게 됐어요!" 도비가 신이 나서 꽥꽥거렸다. "덤블도어 교수님이 도비와 윙키에게 일자리를 주셨어요!"

"윙키?" 해리가 말했다. "윙키도 여기 있어?"

"네, 맞아요!" 도비가 말했다. 그는 해리의 손을 잡고 거기에 놓여 있는 네 개의 긴 식탁 사이를 지나 주방으로 끌고 들어갔다. 지나면서 보니 이 식탁들은 정확히 위층 대연회장에 있는 네 개의 기숙사 식탁 밑에 자리 잡고 있었다. 지금은 저녁 식사가 끝나 식탁에 음식이

없었지만, 한 시간 전만 해도 천장을 통해 바로 위에 있는 식탁으로 올려 보낼 접시들이 가득 놓여 있었을 것이다.

적어도 백 명은 되는 작은 집요정들이 주방에 서 있었다. 그들은 도비가 해리를 끌고 지나가자 활짝 웃으며 고개를 숙이고 무릎을 구부려 인사했다. 그들 모두 같은 제복을 입고 있었다. 하나같이 호그와트 문장이 찍혀 있는 행주를, 윙키가 그랬듯 토가처럼 둘러 매듭을 지은 차림새였다.

도비가 벽돌로 만든 벽난로 앞에 서서 손가락으로 가리켰다.

"윙키예요!" 그가 말했다.

윙키는 벽난로 앞에 놓인 의자에 앉아 있었다. 도비와 달리 그녀는 옷가지를 찾아다니지 않은 게 틀림없었다. 윙키는 깔끔한 작은 치마와 블라우스를 입고 거기에 어울리는 파란 모자를 쓰고 있었는데, 모자에는 커다란 귀가 빠져나오도록 구멍이 뚫려 있었다. 하지만 도비의 이상한 의류 수집품들이 아주 깨끗하고 잘 관리되어 새것처럼 보인 데 반해 윙키는 옷에 전혀 신경을 쓰지 않는 것 같았다. 블라우스에는 수프 얼룩이 잔뜩 묻어 있었고 치마에는 불에 탄 자국까지 있었다.

"안녕, 윙키." 해리가 말했다.

윙키의 입술이 떨렸다. 그러더니 그녀는 울음을 터뜨렸다. 퀴디치 월드컵에서와 마찬가지로 그녀의 커다란 갈색 눈에서 눈물이 흘러넘쳐 앞자락을 흠뻑 적셨다.

"아, 이런." 헤르미온느가 말했다. 그녀와 론은 해리와 도비를 따라 주방 가장 안쪽에 와 있었다. "윙키, 울지 말아요. 제발……"

하지만 윙키는 어느 때보다도 심하게 울부짖었다. 반면 도비는 활짝 웃으며 해리를 올려다보았다.

"해리 포터, 차 한 잔 드릴까요?" 그가 윙키의 흐느끼는 소리를 누르고 큰 소리로 꽥꽥거렸다.

"어…… 그래, 좋아." 해리가 말했다.

곧바로 여섯 명쯤 되는 집요정들이 그의 등 뒤로 종종걸음 쳐 왔다. 그들은 해리, 론, 헤르미온느에게 줄 찻주전자와 찻잔들이 담긴 커다란 은쟁반과 우유병, 커다란 비스킷 접시 등을 들고 있었다.

"서비스 좋은데!" 론이 감동받은 목소리로 말했다. 헤르미온느는 그를 향해 얼굴을 찡그렸지만 집요정들은 모두 기뻐하는 표정이었다. 그들은 깊숙이 허리를 숙이고 물러났다.

"여기 온 지는 얼마나 됐어, 도비?" 도비가 차를 한 잔씩 돌리자 해리가 물었다.

"1주일밖에 안 됐어요, 해리 포터!" 도비가 행복한 듯 말했다. "도비는 덤블도어 교수님을 만나러 왔어요. 해고당한 집요정이 새로운 일자리를 얻는 건 아주 어려운 일이에요. 정말 아주 어렵……"

이 말에 윙키는 더욱 심하게 울부짖었다. 찌부러진 토마토 같은 코에서 콧물이 뚝뚝 떨어지는데도 막으려고 애쓰지 않았다.

"도비는 2년 동안 온 나라를 여행했어요. 일자리를 찾으려고요!" 도비가 높은 목소리로 말했다. "하지만 도비는 일자리를 얻지 못했어요. 도비는 이제 돈을 받고 싶었으니까요!"

그들의 말에 귀 기울이며 관심을 갖고 지켜보던 주방 안의 집요정들은 도비가 무례하고 창피한 말이라도 한 것처럼 모두 고개를 돌렸다.

하지만 헤르미온느는 이렇게 말해 주었다. "잘한 일이에요, 도비!"

"고마워요!" 도비는 그녀를 향해 앞니가 드러날 정도로 씩 웃어 보였다. "하지만 대부분의 마법사들은 돈을 받고 싶어 하는 집요정을 원하지 않아요. '그게 무슨 집요정이야?'라고 말하곤 하죠. 그리고 도비의 눈앞에서 문을 쾅 닫아 버려요! 도비는 일하는 것을 좋아하지만, 옷을 입고 싶고 돈을 받고 싶어요, 해리 포터……. 도비는 자유로운 게 좋아요!"

호그와트 집요정들은 도비가 병을 옮기기라도 하는

것처럼 그에게서 슬금슬금 멀어지기 시작했다. 하지만 윙키는 울음소리가 확실히 더 커졌을 뿐 그 자리에 그대로 앉아 있었다.

"그리고 나서요, 해리 포터, 도비는 윙키를 만나러 갔다가 윙키도 해방되었다는 사실을 알게 됐어요!" 도비가 기뻐하며 말했다.

이 말에 윙키는 몸을 앞으로 홱 내밀다가 의자에서 떨어지고 말았다. 그녀는 그렇게 얼굴을 아래로 하고 돌바닥에 엎드린 채 그 조그만 주먹으로 바닥을 탕탕 치면서 비참한 듯 울부짖었다. 헤르미온느가 얼른 윙키 옆에 무릎을 꿇고 그녀를 위로하려 애썼다. 그러나 헤르미온느의 말은 윙키에게서 조금의 변화도 이끌어내지 못했다.

도비는 윙키의 찢어질 듯한 울음소리보다 더 시끄럽게 소리치며 자신의 이야기를 이어 갔다. "그때 도비는 어떤 생각을 떠올렸어요, 해리 포터! '도비와 윙키가 함께 일자리를 찾으면 어떨까?' 하고 도비가 말했어요. '집요정이 둘이나 필요할 만큼 일거리가 충분한 곳이 어디 있겠어?'라고 윙키가 말했죠. 도비는 생각했어요. 그러다 문득 떠올랐어요, 해리 포터! 호그와트요! 그래서 도비와 윙키는 덤블도어 교수님을 찾아갔어요, 해리 포터. 그러자 덤블도어 교수님이 우리를 고용해 주셨어요!"

도비가 무척 환한 웃음을 지었다. 그의 눈에 또다시 행복에 겨운 눈물이 가득 고였다.

"그리고 덤블도어 교수님은 도비한테 돈을 주겠다고 하셨어요. 도비가 돈을 받길 바란다면요! 그러니까 도비는 자유로운 집요정이에요. 도비는 1주일에 1갈레온을 받고, 한 달에 한 번 쉬어요!"

"너무 적어요!" 바닥에 앉아 있던 헤르미온느는 그때까지도 계속되고 있던 윙키의 울부짖음과 주먹으로 바닥을 쾅쾅 내리치는 소리보다 더 큰 목소리로 화를 냈다.

"덤블도어 교수님은 도비한테 1주일에 10갈레온과 주말마다 쉴 것을 제안하셨어요." 도비가 말하더니 갑자기 희미하게 떨었다. 그렇게 많은 휴가와 돈을 받는다는 생각 자체가 두려운 듯했다. "하지만 도비가 깎았어요……. 도비는 자유가 좋지만 너무 많은 걸 바라는 않아요. 도비는 일이 더 좋아요."

"그럼 덤블도어 교수님이 당신한테는 봉급을 얼마나 주나요, 윙키?" 헤르미온느가 다정하게 물었다.

그녀가 이런 말로 윙키의 기운을 북돋을 수 있을 거라고 생각했다면 그것은 엄청난 착각이었다. 윙키는 울음을 멈추기는 했지만, 몸을 일으켜 앉았을 때는 그 커다란 갈색 눈으로 헤르미온느를 노려보고 있었다. 흠뻑 젖은 윙키의 얼굴이 갑자기 분노에 휩싸였다.

"윙키는 주인의 총애를 잃은 집요정이지만, 아직 돈을 받고 있지는 않답니다!" 그녀가 꽥꽥거렸다. "윙키는 그렇게까지 타락하지는 않았어요! 윙키는 자유의 몸이 된 것을 마땅히 부끄러워하고 있어요!"

"부끄러워한다고요?" 헤르미온느가 멍하니 말했다. "하지만…… 윙키, 그러지 말아요! 부끄러워해야 할 사람은 크라우치 씨지 당신이 아니에요! 당신은 아무 잘못도 하지 않았어요. 그 사람이야말로 당신한테 정말 끔찍한……."

하지만 그 말을 들은 윙키는 한 마디도 들리지 않도록 두 손으로 모자 구멍을 꽉 막고 귀를 납작하게 누르며 날카롭게 소리쳤다. "제 주인님을 모욕하지 마세요! 크라우치 주인님을 모욕하지 마세요! 크라우치 주인님은 훌륭한 마법사예요! 크라우치 주인님이 못된 윙키를 해고하신 건 옳은 일이에요!"

"윙키는 적응하는 데 어려움을 겪고 있어요, 해리 포터." 도비가 비밀 얘기라도 하듯 새된 소리로 말했다. "윙키는 더 이상 크라우치 씨에게 매여 있지 않다는 사실을 잊어버려요. 이제는 자기 생각을 말해도 되지만 그러지 않으려고 해요."

"그럼 집요정들은 자기 주인에 대한 생각을 말할 수 없다는 거야?" 해리가 물었다.

"아, 그럼요. 안 되고말고요." 도비가 갑자기 진지한 표정이 되어서 말했다. "그건 집요정 노예제도에 포함된 부분이에요. 우리는 주인들의 비밀과 침묵을 지켜요. 우리는 집안의 명예를 지키고, 절대 우리가 모시는 사람들을 나쁘게 말하지 않아요. 덤블도어 교수님은 도비한테 굳이 그럴 필요 없다고 하셨어요. 덤블도어 교수님은 우리가 자유롭게…… 어……."

도비는 갑자기 긴장한 표정으로 해리를 가까이 손짓해 불렀다. 해리는 허리를 바짝 숙였다.

도비가 속삭였다. "덤블도어 교수님은 우리가 원한다면 얼마든지 그분을 어…… 정신 나간 늙은 영감태기라고 불러도 된다고 하셨어요!"

도비는 그렇게 말해 놓고 두려움을 감추려는 듯 어색하게 키득거렸다.

"하지만 도비는 그러고 싶지 않아요." 그가 다시 평소 말투로 말하며 고개를 흔들자 커다란 귀가 펄럭였다. "도비는 덤블도어 교수님을 무척 좋아해요. 그리고 덤블도어 교수님의 비밀을 지키는 게 자랑스러워요."

"하지만 이제 말포이네 집안에 대해서는 하고 싶은 말을 할 수 있지 않아?" 해리가 씩 웃으며 그에게 물었다.

도비의 커다란 눈에 살짝 겁에 질린 빛이 떠올랐다.

"도비는, 도비는 할 수 있어요." 그는 확신 없는 말투로 말했다. 그가 작은 어깨를 쭉 폈다. "도비는 해리 포터에게 옛 주인들이…… 옛 주인들이…… 나쁜 어둠의 마법사라고 말할 수 있어요!"

도비는 잠시 온몸을 부들부들 떨면서 서 있었다. 스스로의 대담함에 겁을 먹은 것 같았다. 그러더니 그는 가장 가까운 식탁으로 달려가 힘껏 머리를 박으며 꽥꽥 소리치기 시작했다. "못된 도비! 못된 도비!"

해리는 뒤에서 도비의 넥타이를 잡고 그를 식탁에서 끌어냈다.

"고마워요, 해리 포터. 고마워요." 도비가 머리를 문지르면서 가쁜 숨을 몰아쉬었다.

"연습이 좀 필요하겠다." 해리가 말했다.

"연습이라고요!" 윙키가 길길이 뛰며 꽥꽥거렸다. "너는 부끄러운 줄 알아야 해, 도비. 주인에 대해서 그런 식으로 말하다니!"

"그 사람들은 더 이상 내 주인이 아니야, 윙키!" 도비가 맞서듯 말했다. "도비는 그 사람들이 어떻게 생각하든 더 이상 신경 쓰지 않아!"

"아, 넌 못된 집요정이야, 도비!" 윙키가 신음했다. 또다시 그녀의 얼굴에 눈물이 줄줄 흘러내렸다. "우리 가엾은 크라우치 주인님, 윙키 없이 어쩌고 계실까? 그분께는 내가 필요한데, 내 도움이 필요한데! 나는 평생 크라우치 가족을 돌봐 왔어. 나 이전에는 우리 어머니가, 어머니 전에는 우리 할머니가 그렇게 하셨어……. 아, 윙키가 해방된 걸 알면 뭐라고 말씀하실까! 아, 부끄러워, 치욕스러워!" 그녀는 또 한 번 치마에 얼굴을 묻고 울부짖었다.

"윙키." 헤르미온느가 단호하게 입을 열었다. "난 크라우치 씨가 당신 없이도 완벽하게 잘 살고 있을 거라 확신해요. 우리가 그 사람을 봤는데……."

"우리 주인님을 보셨다고요?" 윙키가 눈물로 얼룩진 얼굴을 다시 들고 헤르미온느를 향해 눈을 휘둥그레 뜨면서 헐떡거렸다. "여기 호그와트에서 우리 주인님을 보셨다고요?"

"그래요." 헤르미온느가 말했다. "크라우치 씨하고 배그먼 씨는 트라이위저드 대회의 심사위원이거든요."

"배그먼 씨도 오신다고요?" 윙키가 날카로운 목소리로 외쳤다. 해리는 윙키가 다시 화난 얼굴을 하는 것을 보고 깜짝 놀랐다(표정을 보니 론과 헤르미온느도 놀란 듯했다). "배그먼 씨는 나쁜 마법사예요! 아주 나쁜 마법사예요! 우리 주인님은 그분을 좋아하지 않으세요. 아, 그럼요. 아주 싫어하세요!"

"배그먼이…… 나쁘다고?" 해리가 말했다.

"그럼요." 윙키가 미친 듯이 고개를 끄덕이며 말했다. "우리 주인님은 윙키한테 이런저런 말씀을 해 주셨어요! 하지만 윙키는 말하지 않을 거예요……. 윙키는…… 윙키는 주인님의 비밀을 지켜…….”

윙키는 또다시 울음을 터뜨렸다. 그들은 그녀가 치마에 얼굴을 묻고 흐느끼며 말하는 소리를 들었다. “불쌍한 주인님, 가엾은 주인님, 이제 옆에서 도와드릴 윙키도 없고!”

윙키에게서 제대로 된 말을 한 마디도 더 들을 수 없게 된 그들은 그녀를 울게 내버려 두고 차를 마셨다. 그러는 동안 도비는 자유로운 집요정의 삶에 대해, 앞으로 봉급을 어떻게 쓸지에 대해 즐겁게 재잘거렸다.

“도비는 다음에는 스웨터를 살 거예요, 해리 포터!” 그가 맨 가슴을 가리키며 행복한 듯 말했다.

“있잖아, 도비.” 론이 말했다. 그는 이 집요정이 아주 마음에 드는 것 같았다. “우리 엄마가 이번 크리스마스에 떠서 보내 주시는 스웨터를 너한테 줄게. 나는 매년 한 벌씩 받거든. 고동색이라도 괜찮아?”

도비는 크게 기뻐했다.

“네 몸에 맞게 하려면 조금 줄여야 할지도 몰라.” 론이 도비에게 말했다. “하지만 네 찻주전자 덮개랑 아주 잘 어울릴 거야.”

떠날 준비를 하는데, 근처에 있던 집요정들이 우르르 몰려들어 위로 가지고 올라갈 간식을 잔뜩 내밀었다. 헤르미온느는 계속 허리를 숙이고 무릎을 굽히는 집요정들을 가슴 아픈 눈길로 바라보며 거절했지만, 해리와 론은 크림 케이크와 파이로 주머니를 가득 채웠다.

“정말 고마워!” 집요정들이 하나같이 공손하게 작별 인사를 건네려고 문 주위에 모여 서자 해리가 말했다. “또 보자, 도비!”

“해리 포터…… 도비가 가끔씩 만나러 가도 될까요?” 도비가 머뭇거리며 물었다.

“당연하지.” 해리가 말하자 도비는 활짝 웃었다.

“그거 알아?” 헤르미온느, 해리와 함께 주방을 나선 뒤 현관홀로 향하는 계단을 오를 때 론이 말했다. “나는 지금까지 프레드랑 조지가 주방에서 음식을 훔쳐 오는 걸 보고 정말 대단하다고 생각했어. 근데 뭐, 별로 어렵지 않네. 안 그래? 다들 음식을 주고 싶어서 안달이잖아!”

“내 생각엔 집요정들한테 이보다 더 좋은 일은 없을 것 같아.” 헤르미온느가 앞장서서 대리석 계단을 올라가며 말했다. “도비가 여기에 일하러 온 것 말이야. 다른 집요정들도 자유로워진 도비가 얼마나 행복해하는지 보고 자신들도 자유를 원한다는 사실을 천천히 깨닫게 될 거야!”

“윙키를 너무 자세히 보지는 않기만을 바라야겠다.” 해리가 말했다.

“아, 윙키는 기운을 차릴 거야.” 헤르미온느가 말했다. 약간 자신 없는 목소리기는 했다. “일단 충격이 가시고 호그와트 생활에 익숙해지면, 그 크라우치라는 인간이 없어진 게 얼마나 잘된 일인지 알게 되겠지.”

“크라우치를 사랑하는 것 같던데.” 론이 목멘 소리로 말했다(방금 크림 케이크를 입에 욱여넣었던 것이다).

“근데 배그먼은 별로 좋게 생각하지 않았어. 그치?” 해리가 말했다. “크라우치가 집에서 배그먼에 대해 뭐라고 한 걸까?”

“아마 장관으로는 적당하지 않은 사람이라고 얘기했겠지.” 헤르미온느가 말했다. “그리고 인정할 건 인정하자……. 딱히 틀린 말은 아니잖아?”

“나는 크라우치 같은 사람 밑에서 일하느니 차라리 배그먼 밑에서 일하겠다.” 론이 말했다. “배그먼은 적어도 유머 감각은 있잖아.”

“그런 얘기 하다가 퍼시한테 들키지나 마.” 헤르미온느가 살짝 미소 지으며 말했다.

“그래, 뭐, 퍼시도 유머 감각 있는 사람 밑에선 절대 일하고 싶지 않을 거야.” 론이 이제 초콜릿 에클레어를 먹기 시작하며 말했다. “퍼시는 농담이라는 녀석이 도비의 찻주전자 덮개만 걸친 채 눈앞에서 벌거벗고 춤춰도 알아채지 못할걸?”

CHAPTER 22
예상치 못한 과제

"포터! 위즐리! 집중 좀 해라!"

목요일 변환 마법 수업 시간, 짜증이 깃든 맥고나걸 교수의 목소리가 채찍처럼 휘둘러졌다. 해리와 론 둘 다 화들짝 놀라 고개를 들었다.

수업이 끝날 무렵이었다. 이미 수업 과제도 마쳤다. 학생들이 기니피그(Guinea pig)로 바꿔 놓은 뿔닭(Guinea fowl)이 커다란 우리에 갇힌 채 맥고나걸 교수의 책상 위에 놓여 있었다(네빌의 기니피그에는 여전히 닭 털이 달려 있었다). 칠판에서 숙제도 옮겨 적었다("하나의 종을 다른 종으로 바꾸고자 할 때 적합한 변환 마법 주문에 대해 사례를 들어 설명하시오"). 종이 울리기 일보 직전이었다. 각각 프레드와 조지의 속임수 마법 지팡이를 들고 교실 뒷자리에서 칼싸움을 하던 해리와 론이 고개를 들었다. 론은 이제 깡통 앵무새를, 해리는 고무 생선을 들고 있었다.

"포터와 위즐리가 기꺼이 나이에 맞는 행동을 보여 준 김에……." 해리가 들고 있던 생선 머리가 툭 꺾이더니 바닥으로 소리 없이 떨어지자(론이 들고 있던 앵무새 부리가 조금 전 생선 머리를 잘랐기 때문이었다) 맥고나걸 교수가 화난 눈초리로 두 사람을 바라보며 말했다. "여러분 모두에게 알려 줄 소식이 있습니다. 크리스마스 무도회가 다가오고 있습니다. 트라이위저드 대회의 전통이자 외국에서 온 손님들과 친교를 맺는 기회이기도 하죠. 그리고, 무도회는 4학년 이상만 참가할 수 있습니다. 여러분이 원하면 하급생을 무도회에 초대할 수는 있지만……."

라벤더 브라운이 새된 소리로 키득거렸다. 파르바티 파틸이 그녀의 옆구리를 쿡 찔렀다. 웃지 않으려고 기를 쓰느라 파르바티의 얼굴도 잔뜩 일그러져 있었다. 두 사람 모두 해리를 힐끔힐끔 돌아보았다. 맥고나걸 교수는 그런 그들을 못 본 척했는데, 해리는 그녀가 방금 그와 론을 야단쳐 놓고 그렇게 구는 건 굉장히 불공평하다고 생각했다.

"정장 로브를 입도록 하세요." 맥고나걸 교수가 말을 이었다. "무도회는 크리스마스 당일 저녁 8시에 대연회장에서 시작해 자정에 끝날 겁니다. 자, 그럼……."

맥고나걸 교수는 일부러 말을 끊고 교실을 둘러보았다.

"크리스마스 무도회는 당연히 우리 모두가…… 음…… 머리를 풀고 느긋하게 즐길 수 있는 기회입니다." 그녀가 못마땅한 목소리로 말했다.

라벤더는 소리를 틀어막으려고 입을 꽉 누르며 아까보다도 심하게 키득거렸다. 이번에는 해리 또한 뭐가 웃긴지 알 수 있었다. 머리카락을 단단히 말아 올린 맥고나걸 교수는 머리카락이든 긴장이든 결코 풀어 본 적이 없는 모습이었던 것이다.

맥고나걸 교수가 말을 이었다. "하지만 그렇다고 우리가 호그와트 학생들에게 기대하는 품행의 기준이 완화될 거라는 얘기는 **아닙니다**. 만약 그리핀도르 학생이 어떤 식으로든 학교의 명예를 실추시킨다면 나는 굉장히 화가 날 겁니다."

종이 울리자 모두가 가방을 싸서 어깨에 걸치는 등 평소와 같은 부산스러움이 일었다.

맥고나걸 교수가 그 소리 너머로 소리쳤다. "포터, 괜찮으면 잠깐 얘기 좀 하자꾸나."

머리 잘린 고무 생선과 관련된 얘기일 거라 생각한 해리는 우울한 마음으로 교탁으로 다가갔다.

맥고나걸 교수는 다른 학생들이 다 나갈 때까지 기다렸다가 입을 열었다. "포터, 대표 선수와 그 파트너는……."

"무슨 파트너요?" 해리가 물었다.

맥고나걸 교수가 수상쩍다는 듯 그를 바라보았다. 그가 장난을 치려 한다고 생각한 것 같았다.

"크리스마스 무도회 파트너 말이다, 포터." 그녀가 차갑게 말했다. "네 댄스 파트너."

해리는 속이 오그라들고 오글거리는 것 같았다. "댄스 파트너요?"

그는 얼굴이 빨개지는 것을 느꼈다. "저는 춤 안 추는데요." 그가 재빨리 말했다.

"아니, 출 거다. 춰야 돼." 맥고나걸 교수가 짜증이 깃든 목소리로 말했다. "그 얘기를 하려고 불렀다. 대표 선수와 그들의 파트너들이 무도회를 시작하는 게 전통이니까."

갑자기 해리의 머릿속에 어떤 소녀를 데리고 무도회에 참석하는 자신의 모습이 떠올랐다. 소녀는 피튜니아 이모가 버넌 이모부의 회사 파티에 참석할 때마다 입곤 하는 주름이 잔뜩 들어간 드레스 같은 것을 입고 있었고, 그는 실크해트와 턱시도 차림이었다.

"저는 춤 안 춰요." 그가 말했다.

"전통이다." 맥고나걸 교수가 단호하게 말했다. "너는 호그와트 대표 선수니, 학교 대표로서 사람들이 기대하는 행동을 해야 돼. 그러니까 꼭 파트너를 찾도록 해라, 포터."

"하지만 저는 안 출……."

"나는 분명히 얘기했다, 포터." 맥고나걸 교수가 마지막으로 못 박았다.

1주일 전이었다면 해리는 무도회 파트너를 구하는 일쯤이야 헝가리 혼테일을 상대하는 것에 비하면 아무것도 아니라고 말했을 것이다. 하지만 이미 그 과제를 통과하고 여학생 한 명에게 무도회에 가자고 요청해야 하는 일을 앞두게 되자 차라리 혼테일과 한 번 더 붙고 싶다는 생각마저 들었다.

해리는 그렇게 많은 학생이 크리스마스 연휴에 호그와트에 남겠다고 이름을 적을 줄은 전혀 몰랐다. 물론 그렇지 않으면 프리빗가로 돌아가야 했던 해리는 항상 그 기간에 호그와트에 남는 소수에 속했다. 하지만 올해에는 4학년 이상 학생은 모두 남는 것 같았다. 게다가 해리의 눈에는 그들 모두가 다가오는 무도회에 집착하는 것처럼 보였다. 적어도 여학생들은 그랬다. 호그와트에 이렇게 많은 여학생이 있었는지 새삼 놀랄 정도였다. 전에는 별로 의식하지 못했던 것이다. 복도에서 키득거리며 귓속말을 나누는 여학생들, 남학생들이 곁을 지나갈 때면 높은 목소리로 웃어 대는 여학생들, 크리스마스 날 밤에 입을 옷을 놓고 신나게 쪽지를 주고받는 여학생들…….

"왜 꼭 몰려다니는 거지?" 열 몇 명의 여학생이 해리를 보면서 키득거리고 지나가자 해리가 론에게 물었다. "저 중 한 명한테 물어보려면 어떻게 해야 돼?"

"올가미를 던져서 한 명 잡아올까?" 론이 제안했다. "누구한테 물어볼지는 생각해 놨어?"

해리는 대답하지 않았다. 누구에게 물어보고 싶은지는 확실히 알고 있었지만, 그럴 용기를 끌어내는 건 다른 문제였다. ……초는 해리보다 한 학년 위였다. 그녀는 아주 예뻤다. 훌륭한 퀴디치 선수였고, 인기도 굉장히 많았다.

론은 해리의 머릿속에서 무슨 일이 벌어지고 있는지 아는 것 같았다.

"잘 들어. 넌 아무 문제 없을 거야. 너는 대표 선수잖아. 방금 헝가리 혼테일을 무찔른. 장담하는데, 여자애들은 너랑 같이 가려고 줄을 설걸?"

최근에 회복한 우정의 표시로 론은 목소리에 담긴 쓸쓸함을 최대한 숨기고 있었다. 게다가 놀랍게도 론의 말은 사실로 드러났다.

해리가 한 번도 말을 걸어 본 적이 없는 곱슬머리 후플푸프 3학년 여학생이 바로 다음 날 함께 무도회에 가자고 말했다. 해리는 너무 놀라서, 그 문제에 대해 잠깐 생각할 겨를도 없이 "싫어"라고 말해 버렸다. 그 여학생은 상당히 상처받은 표정으로 가 버렸고, 해리는 마법의 역사 시간 내내 딘, 셰이머스, 론이 그 일에 대해 놀려 대는 것을 견뎌야 했다. 다음 날에는 또 다른 여학생 두 명이 무도회에 함께 가자고 말했다. 2학년생 한 명과, (끔찍하게도) 거절하면 해리를 그대로 때려눕힐 것 같은 모습의 5학년생이었다.

"괜찮게 생겼던데." 론이 웃음을 멈추고 너무했다는 듯 말했다.

"나보다 30센티미터는 크잖아." 해리가 여전히 불안해하면서 말했다. "그 여자애랑 같이 춤을 추면 내가 어떻게 보일지 생각해 봐."

헤르미온느가 크룸에 대해서 했던 말이 계속 떠올랐다. '쟤들은 그냥 유명하다는 이유만으로 좋아하는 거야!' 해리는 파트너가 되어 달라고 말한 여학생들 중 그가 학교 대표 선수가 아니었어도 함께 무도회에 가고 싶어 했을 사람이 한 명이라도 있을지 매우 의심스러웠다. 그러다가 그는 초가 물었더라도 이런 일이 신경 쓰였을지 궁금해졌다.

크리스마스 무도회라는 당혹스러운 미래가 기다리고 있긴 해도, 해리는 첫 번째 과제를 통과한 이후 자신의 처지가 전보다 확실히 나아졌다는 사실은 대체로 인정할 수밖에 없었다. 이제는 복도에서 불쾌한 일을 당하는 일도 거의 없었다. 해리는 여기에 세드릭이 깊이 관여했을 거라고 생각했다. 해리가 용과 관련해서 힌트를 준 것에 대한 보답으로 세드릭이 후플푸프 학생들에게 해리를 가만히 두라고 말했을지도 몰랐다. 주위에서 '세드릭 디고리를 응원합니다' 배지도 거의 찾아볼 수 없었다. 물론 드레이코 말포이는 여전히 기회만 있으면 리타 스키터의 기사를 읊어 댔지만 그 말에 웃음을 터뜨리는 사람은 점점 줄어들었다. 그리고 더 안심이 되는 것은 《예언자일보》에 해그리드에 관한 기사가 실리지 않았다는 사실이었다.

"솔직히 마법 생명체들한테는 별 관심이 없어 보이더라." 크리스마스 연휴 전 마지막 마법 생명체 돌보기 수업 시간에 해리, 론, 헤르미온느가 리타 스키터와의 인터뷰가 어땠는지를 묻자 해그리드가 말했다. 굉장히 다행스럽게도 해그리드는 이제 스크루트와 직접적으로 접촉하는 일을 포기했다. 덕분에 오늘 그들은 해그리드의 오두막 뒤에 숨어서 탁자에 앉아 스크루트를 꾀어내려고 선별한 신선한 음식을 준비하고 있었다.

"그냥 해리 네 얘기만 하고 싶어 하던데." 해그리드가 나직한 목소리로 말을 이었다. "뭐, 더즐리네 집으로 너를 데리러 갔을 때부터 친구로 지냈다고 말했지. 그 여자가 묻더구나. '4년 동안 해리를 야단친 적이 있었나요?', '수업 시간에 장난을 친 적도 없고요?' 그래서 그런 적 없다고 말했어. 전혀 기뻐하는 표정이 아니더구나. 네가 아주 못된 녀석이라고 말해 주기를 바라는 것 같았어, 해리."

"당연히 그랬겠죠." 해리가 용의 간 덩어리들을 커다란 금속 그릇에 던져 넣고 좀 더 잘라 내려고 칼을 집어 들며 말했다. "제가 비극적인 꼬마 영웅이라는 얘기만 계속 쓸 수는 없잖아요. 지겨울 테니까."

"새로운 시각을 원하는 거예요, 해그리드." 론이 샐러맨더 알 껍질을 까며 알은체했다. "해리가 정신 나간 불량 청소년이라고 말했어야 하는 거죠!"

"하지만 사실이 아니잖아!" 해그리드가 정말로 충격받은 표정으로 말했다.

"그럴 거면 스네이프를 인터뷰했어야지." 해리가 싸늘하게 말했다. "얼마든지 나에 관한 좋은 기삿거리를 줬을 텐데. 포터는 이 학교에 처음 도착한 이래로 계속 선을 넘어 왔습니다……."

"스네이프 교수가 그렇게 말했어?" 론과 헤르미온느가 웃음을 터뜨린 가운데 해그리드가 말했다. "뭐, 상황에 따라 규칙을 몇 개 어겼을지도 모르지만, 해리 년 정말 괜찮은 학생이었어. 안 그러냐?"

"고마워요, 해그리드." 해리가 씩 웃었다.

"이번 크리스마스 무도회인지 뭔지에 오실 거예요, 해그리드?" 론이 물었다.

"들러 보긴 하겠지." 해그리드가 걸걸하게 대답했다. "멋진 파티가 될 거야. 네가 맨 처음 입장하잖아, 해리. 누구를 데려갈 거냐?"

"아직 아무도 없어요." 해리는 또다시 얼굴이 빨개지는 것을 느꼈다. 해그리드는 이 문제에 대해 더 이상 묻지 않았다.

학기 마지막 주는 날이 갈수록 점점 활기에 넘쳤다. 크리스마스 무도회와 관련된 소문들이 사방에 떠돌았지만 해리는 그 가운데 절반도 믿지 않았다. 예컨대, 덤블도어가 로즈메르타 씨에게서 데운 벌꿀술을 800통이나 샀다는 소문 같은 것 말이다. 하지만 덤블도어가 '운명의 세 여신'을 초청했다는 얘기는 사실인 것 같았다. 마법사 라디오를 들어 본 적이 없는 해리는 운명의 세 여신이 정확히 누구인지, 혹은 무엇인지 알지 못했다. 하지만 WWN(마법사 라디오 네트워크, Wizarding Wireless Network)을 들으며 자란 사람들이 엄청나게 흥분하는 것을 보면 아주 유명한 음악 밴드인 듯했다.

플리트윅 교수를 비롯한 몇몇 교수들은 대놓고 다른 데 정신을 팔고 있는 학생들에게 수업을 가르치는 일을 아예 포기했다. 플리트윅은 수요일 수업 시간에 학생들이 게임을 하면서 놀게 해 주고 그 시간 대부분을 해리에게 트라이위저드 대회 첫 과제에서 그가 쓴 소환 마법이 얼마나 완벽했는지 줄곧 이야기하는 데 썼다. 다른 교수들은 그렇게 너그럽지 않았다. 이를테면, 지겹게 이어지는 빈스 교수의 고블린 반란 관련 필기를 피할 방법은 전혀 없었다. 하긴 빈스 교수 자신의 죽음조차 그가 학생들을 계속 가르치는 것을 방해하지 못했으니, 다들 크리스마스 같은 하찮은 일로 수업을 향한 그의 의지를 막을 수는 없을 거라고 생각했다. 고블린 폭동 같은 유혈 낭자하고 잔인한 사건조차 퍼시의 솥단지 바닥 보고서처럼 지루한 이야기로 들리게 하는 빈스 교수의 솜씨는 참으로 놀라웠다. 맥고나걸 교수와 무디도 마지막 순간까지 수업을 계속했다. 물론 스네이프도 수업 시간에 학생들을 놀게 해 주느니 차라리 해리를 양자로 삼을 사람이었다. 그는 심술궂은 눈으로 학생 모두를 노려보면서, 학기 마지막 수업 시간에 해독제에 관한 시험을 보겠다고 알렸다.

"사악한 인간 같으니라고." 그날 밤 그리핀도르 휴게실에서 론이 앙심 가득한 목소리로 말했다. "학기 마지막 날에 갑자기 시험을 본다고 하다니. 시험공부를 엄청 시켜서 마지막 순간까지 괴롭히려는 거야."

"음…… 그렇다고 네가 그것 때문에 딱히 긴장하는 건 아니잖아?" 헤르미온느가 마법약 노트 너머로 그를 바라보며 말했다. 론은 폭발하는 카드를 가지고 성을 쌓느라 바빴다. 언제든 카드가 모조리 폭발할 수 있었기에 머글 카드보다 훨씬 재미있게 시간을 때울 수 있었다.

"크리스마스잖아, 헤르미온느." 해리가 태평하게 말했다. 그는 난롯가 안락의자에 앉아 《캐넌스와의 비행》을 열 번째로 읽고 있었다.

헤르미온느는 해리 역시 엄격한 눈초리로 바라보았다. "나는 네가 좀 더 건설적인 일을 할 줄 알았어, 해리. 해독제 공부는 하고 싶지 않더라도 말이야!"

"예를 들면?" 해리는 캐넌스의 조이 젠킨스가 밸리캐슬 배츠의 추격꾼에게 블러저를 날려 보내는 모습에서 눈을 떼지 않으며 물었다.

"그 알 말이야!" 헤르미온느가 식식거렸다.

"왜 이래, 헤르미온느. 2월 24일이 되려면 아직 멀었어." 해리가 말했다.

그는 황금 알을 위층 짐 가방에 넣어 두고 첫 과제 축하 파티 이후로 한 번도 열어 보지 않았다. 이러니저러니 해도 그 소름 끼치는 울부짖음이 뜻하는 바를 알아내기까지는 아직 두 달 반이나 남아 있었던 것이다.

"하지만 알아내는 데 몇 주씩 걸릴 수도 있잖아!" 헤르미온느가 말했다. "다른 사람들은 다음번 과제가 뭔지 다 아는데 너만 모른다면 진짜 멍청이처럼 보일 거야!"

"놔 둬, 헤르미온느. 해리는 좀 쉴 자격이 있어." 론이 말하면서 마지막 카드 두 장을 성 꼭대기에 올려놓는 순간, 카드가 일제히 폭발하면서 그의 눈썹을 태워 버렸다.

"멋진데, 론…… 네 정장 로브랑 잘 어울리겠다."

프레드와 조지가 나타났다. 론이 눈썹이 얼마나 탔는지 더듬어 보는 사이 그들은 해리, 론, 헤르미온느가 있는 탁자에 앉았다. "론, 피그위전 좀 빌려주지 않을래?" 조지가 물었다.

"안 돼, 편지 배달하러 갔어." 론이 말했다. "왜?"

"왜냐하면 조지가 피그위전을 무도회에 데려가고 싶어 하거든." 프레드가 빈정거렸다.

"우리도 편지를 보내려고 그런다, 초특급 멍청아." 조지가 말했다.

"둘 다 누구한테 그렇게 편지를 써 대는 거야?" 론이 물었다.

"오지랖은 넣어 둬, 론. 안 그러면 그 오지랖까지 다 태워 줄 테니까." 프레드가 마법 지팡이를 위협적으로 흔들며 말했다. "그래서…… 아직 무도회 파트너 못 구했냐?"

"응." 론이 말했다.

"서두르는 게 좋을 거다, 짜식아. 안 그랬다간 다른 녀석들이 괜찮은 애들은 다 채 갈 테니까." 프레드가 말했다.

"그러는 형은 누구랑 가는데?" 론이 물었다.

"앤젤리나." 프레드가 수줍어하는 기색이라고는 전혀 없이 곧바로 대답했다.

"뭐?" 론이 놀라며 물었다. "벌써 물어본 거야?"

"좋은 지적이야." 프레드가 말했다. 그는 고개를 돌려 휴게실 저쪽에 대고 소리쳤다. "어이! 앤젤리나!"

벽난로 근처에서 얼리샤 스피넛과 수다를 떨던 앤젤리나가 그를 돌아보았다.

"왜?" 그녀가 마주 소리쳤다.

"나랑 무도회 같이 갈래?"

앤젤리나는 잠깐 동안 재 보는 듯한 눈길로 프레드를 바라보았다.

"그래, 좋아." 그녀가 말하더니 다시 얼리샤에게 고개를 돌리고 수다를 이어 갔다. 그런 그녀의 얼굴에는 희미한 미소가 떠올라 있었다.

"봤지?" 프레드가 해리와 론을 보고 말했다. "식은 죽 먹기다."

프레드는 하품을 하며 자리에서 일어났다. "그럼 학교 부엉이를 써야겠다, 조지. 가자……."

그들은 휴게실을 나갔다. 론은 눈썹 더듬던 것을 멈추고, 불타는 카드 성 잔해 너머로 해리를 바라보았다.

"야, 움직여야겠다……. 아무한테라도 물어보자. 프레드 말이 맞아. 우리 둘 다 트롤이랑 짝이 되면 어떡해?"

그 말에 헤르미온느는 화가 나서 씩씩거렸다. "둘 다…… 뭐? 뭐라고 했어?"

"뭐, 알잖아." 론이 어깨를 으쓱하며 말했다. "만약…… 예컨대 엘로이즈 미전이랑 같이 가야 한다면 차라리 혼자 가겠다는 거지."

"그 애는 최근에 여드름이 많이 나았어. 게다가 얼마나 착한데!"

"코가 얼굴 중앙에서 벗어나 있어." 론이 말했다.

"아, 그러셔." 헤르미온느가 발끈하며 말했다. "그러니까 기본적으로 너는 성격이 아주 못됐더라도 너랑 같이 가 주겠다는 애들 중에서 제일 예쁜 애랑 가겠다는 거네?"

"어, 그래. 대충 맞는 말 같다." 론이 말했다.

"난 자러 갈게." 헤르미온느는 톡 쏘아붙이더니, 더 이상 한 마디도 하지 않고 여학생 기숙사 계단으로 휙 사라졌다.

호그와트 교직원들은 보바통과 덤스트랭에서 온 손님들에게 깊은 인상을 남기겠다는 끊임없는 열망에 사로잡힌 나머지 이번 크리스마스에 호그와트 성의 가장 멋진 모습을 보여 주기로 작정한 것 같았다. 장식을 마치자 해리는 그 장식들이 지금껏 학교 안에서 본 것 가운데 가장 아름답다는 사실을 깨달았다. 영원히 녹지 않는 고드름이 대리석 계단 난간에 매달려 있고, 항상 대연회장에 설치되었던 열두 그루의 크리스마스트리는 반짝이는 호랑가시나무 열매에서부터 부엉부엉 울어 대는 살아 있는 황금색 부엉이에 이르기까지 온갖 장식으로 꾸며졌으며, 갑옷들은 누군가가 지나갈 때마다 캐럴을 부르는 마법에 걸렸다. 가사를 절반밖에 모르는 빈 투구들이 부르는 "참 반가운 성도여"를 듣는 건 꽤 멋진 일이었다. 건물 관리인인 필치는 몇 번이나 갑옷 안에서 피브스를 끌어내야 했다. 피브스가 갑옷에 숨어서, 노래가 끊길 때마다 직접 지은 아주 저속한 가사를 채워 넣곤 했던 것이다.

해리는 그때까지도 초 챙에게 무도회에 같이 가자는 말을 하지 못하고 있었다. 해리와 론은 이제 아주 초조해졌다. 물론 해리가 지적한 것처럼, 다른 대표 선수들과 함께 무도회를 시작해야 하는 해리에 비해 론은 파트너가 없어도 덜 멍청해 보이긴 할 것이다.

"최악의 경우에는 울보 머틀이 있잖아." 해리가 3층 여자 화장실에 사는 유령을 언급하며 우울하게 말했다.

"해리, 이젠 정면 돌파뿐이야." 금요일 아침에 론이 말했다. 난공불락의 요새를 습격할 계획이라도 세우는 듯한 말투였다. "오늘 밤 휴게실로 돌아왔을 때는 우리 둘 다 파트너가 있어야 해. 알았지?"

"어…… 그래." 해리가 말했다.

하지만 그날 초는 마주칠 때마다 친구들에게 둘러싸여 있었다. 쉬는 시간에도, 점심시간에도, 마법의 역사 수업을 들으러 가는 길에도 그랬다. 어디든 절대 혼자 다니진 않는 건가? 화장실에 갈 때를 노리고 숨어 있으면 어떨까? 아니다. 그녀는 심지어 화장실에 갈 때도 너덧 명의 소녀들에게 둘러싸여 있을 것 같았다. 하지만 빨리 물어보지 않으면 다른 사람이 먼저 그녀를 초대할 게 뻔했다.

해리는 스네이프가 낸 해독제 시험에 집중하기가 어려웠고, 결국 핵심 재료인 베조아르 넣는 것을 잊어버리고 말았다. 그것은 곧 최악의 점수를 받을 거라는 뜻이었다. 하지만 그래도 상관없었다. 그는 이제부터 하려는 일에 필요한 용기를 끌어모으느라 정신이 없었다. 종이 울리자 그는 가방을 들고 허겁지겁 지하 감옥 문으로 향했다.

"저녁에 보자." 그는 론과 헤르미온느에게 말하고 계단을 달려 올라갔다.

초에게 단둘이 이야기할 수 있냐고 물어보기만 하면 된다. 그게 전부였다……. 그는 그녀를 찾아 사람들로 가득한 복도를 서둘러 걷다가, (예상했던 것보다 조금 빠르게) 어둠의 마법 방어법 수업을 받고 나오는 그녀를 발견했다.

"저…… 초? 얘기 좀 할 수 있을까?"

키득거리는 것을 법으로 금지해야 한다고, 해리는 화가 나서 생각했다. 초 주위에 있던 여학생들이 모두 그러기 시작했던 것이다. 하지만 초는 웃지 않았다. 그녀는 "그래" 하고 말하더니 친구들이 엿들을 수 없는 곳으로 그를 따라갔다.

해리는 고개를 돌려 그녀를 바라보았다. 마치 계단을 내려가다가 발을 헛디딘 것처럼 가슴이 이상하게 철렁했다.

"어……." 그가 입을 열었다.

물어볼 수가 없었다. 그럴 수 없었다. 하지만 해야만 했다. 초는 어리둥절한 표정으로 그를 지켜보며 그 자리에 서 있었다.

해리가 혀를 제대로 움직이기도 전에 그의 입에서 불쑥 말이 튀어나왔다.

"나람도회가찰래?"

"응?" 초가 되물었다.

"나랑…… 나랑 무도회 같이 갈래?" 해리가 말했다. 왜 지금 얼굴이 빨개져야 한단 말인가? 어째서?

"아!" 초가 입을 열더니 마찬가지로 얼굴을 붉혔다. "아, 해리. 정말 미안해." 그녀는 진짜로 미안해하는 표정이었다. "벌써 다른 사람하고 같이 가기로 했어."

"아." 해리는 자기도 모르게 내뱉었.

이상했다. 조금 전만 해도 뱀 여러 마리가 몸부림치는 것 같았던 가슴속이 갑자기 아예 텅 빈 것처럼 느껴졌다.

"아, 그렇구나." 그가 말을 이었다. "괜찮아."

"정말 미안해." 그녀가 다시 말했다.

"괜찮대도." 해리가 말했다.

그들은 서로를 바라보며 그 자리에 서 있었다. 잠시 후 초가 입을 열었다. "그럼……."

"그래." 해리가 말했다.

"그럼, 잘 가." 초가 여전히 새빨개진 얼굴로 그렇게 말하더니 걸어갔다.

해리는 자기도 모르게 그녀의 등 뒤에 대고 큰 소리로 물었다.

"누구랑 가?"

"아, 세드릭." 그녀가 말했다. "세드릭 디고리."

"아, 그렇구나." 해리가 중얼거렸다.

가슴속이 다시 채워졌다. 비어 있던 공간에 납덩이가 채워진 것 같았다.

그는 저녁 생각은 완전히 잊은 채 천천히 그리핀도르 탑으로 돌아갔다. 한 걸음 내디딜 때마다 초의 목소리가 귓속에 울렸다. '세드릭…… 세드릭 디고리.' 그는 세드릭이 꽤 좋아지기 시작하던 참이었다. 퀴디치 시합에서 한 번 진 것, 그가 잘생기고 인기 많고 학생 대부분이 가장 좋아하는 대표 선수라는 사실을 못 본 체할 준비가 되어 있었다. 하지만 이제는 새삼 세드릭이 사실은 삶은 달걀을 넣는 컵 하나를 채울 정도의 뇌도 없는, 얼굴만 반질반질한 녀석이라는 확신이 들었다.

"크리스마스 전구." 그는 뚱뚱한 귀부인에게 멍하니 말했다. 어제부터 바뀐 암호였다.

"그래, 메리 크리스마스다, 얘야!" 그녀가 장식용 반짝이가 붙어 있는 새 머리띠를 똑바로 하면서 명랑하게 말했다. 그리고 앞으로 휙 젖혀져 그를 들여보내 주었다.

해리는 휴게실에 들어서면서 주위를 둘러보다가, 놀랍게도 론이 잿빛이 된 얼굴로 저 먼 구석에 앉아 있는 모습을 보았다. 지니가 옆에 앉아 나직이 달래는 듯한 목소리로 그에게 뭔가 이야기하고 있었다.

"왜 그래, 론?" 해리가 그들에게 다가가 물었다.

론은 맹목적인 두려움 비슷한 것이 가득한 얼굴로 해리를 올려다보았다.

"내가 왜 그랬을까?" 그가 미친 사람처럼 중얼거렸다. "어쩌자고 그런 짓을 했는지 모르겠어!"

"뭔 짓을 했는데?" 해리가 물었다.

"론이 방금…… 어…… 플뢰르 들라쿠르한테 같이 무도회에 가자고 했어." 지니가 말했다. 그녀는 터져 나오려는 웃음을 억지로 참는 기색이 역력한 얼굴을 하고 있으면서도 끊임없이 동정하듯 론의 팔을 토닥거리고 있었다.

"뭘 어쨌다고?" 해리가 물었다.

"어쩌자고 그런 짓을 했는지 모르겠어!" 론이 다시 숨을 훅 내쉬었다. "내가 무슨 장난질을 한 거지? 온 사방에…… 사람들이 있었는데…… 내가 미쳤지, 다들 지켜보고 있었는데! 난 현관홀에서 플뢰르 옆을 지나가고 있었어. 플뢰르는 거기에 서서 디고리랑 이야기를 하고 있었는데…… 그때 뭔가에 씐 것 같아. 그리고 내가 그 애한테 무도회에 같이 가자고 말했어!"

론은 신음 소리를 내며 양손에 얼굴을 묻고 거의 알아들을 수 없는 말들을 계속 중얼거렸다. "내가 바다 민달팽이나 뭐 그런 거라도 되는 것처럼 쳐다보더라. 대답조차 안 하고. 그러다…… 모르겠어, 갑자기 제정신이 들어서 죽자 사자 도망쳤어."

"플뢰르는 빌라 피가 섞였어." 해리가 말했다. "네 말이 맞았어. 플뢰르의 할머니가 빌라였대. 네 잘못이 아니야. 아마 플뢰르가 디고리한테 마법을 걸고 있을 때 네가 지나가다가 맞은 걸 거야. 아무튼 플뢰르도 시간 낭비 했네. 세드릭은 초 챙이랑 간다는데."

론이 고개를 들었다.

"방금 내가 초 챙한테 같이 가자고 했거든." 해리가 멍하니 말했다. "그랬더니 그렇게 말하더라."

지니의 얼굴에서 돌연 미소가 사라졌다.

"돌겠네." 론이 말했다. "아직까지 파트너를 구하지 못한 사람은 우리밖에 없어. ……뭐, 네빌 빼고. 야, 네빌이 누구한테 같이 가자고 했는지 알아? 헤르미온느야!"

"뭐?" 해리는 이 놀라운 소식에 완전히 정신을 빼앗겼다.

"그러니까, 내 말이!" 론이 말하면서 웃음을 터뜨리자 그의 얼굴빛이 조금 돌아왔다. "마법약 수업 끝나고 말하더라! 헤르미온느가 항상 공부니 뭐니 도와주면서 엄청 잘해 줬다는 거야. 근데 헤르미온느가 네빌한테 벌써 같이 가기로 한 사람이 있다고 했대. 하! 퍽이나! 그냥 네빌하고 가기 싫었던 거겠지……. 그러니까 내 말은, 누가 같이 가고 싶겠냐?"

"그렇게 말하지 마!" 지니가 화를 내며 말했다. "놀리지 말라고……."

바로 그때 헤르미온느가 초상화 구멍으로 들어왔다.

"너희 둘 왜 저녁 먹으러 안 왔어?" 그녀가 다가오면서 물었다.

"그게…… 아, 둘 다 그만 좀 웃어. 둘 다 무도회에 같이 가자고 했던 여자애들한테 거절당했대!" 지니가 말했다.

그 말에 해리와 론은 입을 다물었다.

"진짜 고맙다, 지니." 론이 부루퉁하게 말했다.

"예쁜 애들은 다 파트너가 있다니, 론?" 헤르미온느가 도도하게 말했다. "이젠 엘로이즈 미전이 꽤 예뻐 보이지? 글쎄, 어디선가 너랑 함께 가 줄 사람을 찾을 수 있겠지."

하지만 론은 갑자기 헤르미온느가 완전히 새로운 시각으로 보인다는 것처럼 그녀를 뚫어지게 바라보고 있었다. "헤르미온느, 네빌 말이 맞네. 너 여자잖아……."

"아, 관찰력이 참 좋구나." 그녀가 매섭게 내뱉었다.

"뭐, 네가 우리 중 한 명하고 가면 되겠네!"

"아니, 안 돼." 헤르미온느가 쏘아붙였다.

"아, 왜 이래." 그가 조바심을 내며 말했다. "우린 파트너가 필요하단 말이야. 파트너가 없으면 진짜 멍청해 보일 거야. 다들 파트너가 있……."

"너희하고 못 간다니까." 헤르미온느가 이제는 얼굴을 붉히며 말했다. "이미 같이 갈 사람이 있어."

"그럴 리가 있냐!" 론이 말했다. "그건 네빌을 떼어 놓으려고 한 말이잖아!"

"아, 그래?" 헤르미온느가 말했다. 그녀의 눈이 위험하게 번뜩였다. "론, 네가 알아채기까지 3년 걸렸다고 해서 다른 사람도 내가 여자라는 사실을 눈치채지 못했을 거라는 생각은 하지 마!"

론은 잠깐 그녀를 뚫어지게 바라보았다. 그러더니 다시 씩 웃었다.

"그래, 그래. 우리도 네가 여자인 건 알아." 그가 말했다. "이제 됐지? 같이 갈 거지?"

"말했잖아!" 헤르미온느가 버럭 화를 내며 말했다. "다른 사람이랑 가기로 했다니까!"

그러더니 그녀는 여학생 기숙사로 쿵쿵거리며 사라졌다.

"거짓말하는 거야." 론이 그녀의 뒷모습을 보며 심드렁하게 말했다.

"아냐." 지니가 조용히 말했다.

"그럼, 누구랑 가는데?" 론이 날카로운 목소리로 물었다.

"나는 말 안 해 줄 거야. 헤르미온느 일이잖아." 지니가 말했다.

"그래라." 론이 한없이 심술궂은 표정을 지으며 말했다. "나 참 어이가 없어서. 지니, 네가 해리랑 가면 되겠다. 그리고 나는 그냥……."

"나도 안 돼." 지니가 말했다. 그녀의 얼굴도 빨개졌다. "내가…… 내가 네빌이랑 가기로 했거든. 헤르미온느가 안 된다고 하니까 네빌이 나한테 물어봤어. 그리고 나는…… 뭐, 그 방법이 아니면 무도회에 갈 수가 없을 것 같아서 가겠다고 했어. 나는 4학년이 아니잖아." 그녀는 아주 비참한 표정이었다. "가서 저녁이나 먹어야겠다." 그녀는 그렇게 말하더니 자리에서 일어나 고개를 숙인 채 초상화 구멍으로 나갔다.

론은 눈을 휘둥그렇게 뜨고 해리를 바라보았다.

"쟤들 왜 저래?" 그가 물었다.

하지만 해리는 마침 파르바티와 라벤더가 초상화 구멍으로 들어오는 모습을 보았다. 이제는 과감하게 행동해야 할 때였다.

"여기서 기다려." 그는 론에게 말하고 벌떡 일어나 곧장 파르바티에게 걸어갔다. "파르바티, 나랑 같이 무도회에 가지 않을래?"

파르바티가 발작적으로 키득거리기 시작했다. 해리는 로브 주머니 안에서 손가락을 십자로 포개 행운을 빌면서 그 웃음이 잦아들기를 기다렸다.

"그래, 그러자." 마침내 그녀가 격렬하게 얼굴을 붉히며 말했다.

"고마워." 해리가 안도한 듯 말했다. "라벤더, 넌 론이랑 가 줄래?"

"얘는 셰이머스랑 가." 파르바티가 말했다. 그러더니 둘 다 더욱 시끄럽게 키득키득 웃었다.

해리는 한숨을 쉬었다.

"론하고 같이 갈 만한 사람 없을까?" 그가 론이 듣지 못하도록 목소리를 낮추고 물었다.

"헤르미온느 그레인저는 어때?" 파르바티가 말했다.

"다른 사람이랑 간대."

파르바티는 깜짝 놀란 표정이었다.

"오오오오, 누구랑?" 그녀가 진심으로 궁금하다는 듯 날카롭게 물었다.

해리는 어깨를 으쓱했다. "그건 모르겠어." 그가 말했다. "그래서, 론은?"

"글쎄……." 파르바티가 천천히 말을 이었다. "아마 내 쌍둥이 동생이라면……. 있잖아, 래번클로의 파드마……. 괜찮다면 물어봐 줄게."

"그래, 그렇게 되면 정말 좋겠다." 해리가 말했다. "꼭 알려 줘. 알았지?"

그런 다음 그는 론에게로 돌아갔다. 문득 해리는 이까짓 무도회 때문에 이렇게 골치 아플 필요가 있을까 하는 생각이 들었다. 그리고 파드마 파틸의 코가 딱 얼굴 중앙에 붙어 있기를 간절히 바랐다.

CHAPTER 23

크리스마스 무도회

학기가 끝났을 때, 4학년들이 연휴 동안 해야 할 숙제가 엄청난 부담으로 다가오는데도 전혀 공부할 기분이 아니었던 해리는 크리스마스로 이어지는 한 주를 다른 사람들과 최대한 즐기면서 보냈다. 그리핀도르 탑은 학기 중과 별다를 바 없이 붐볐다. 연휴 동안 탑에 머무는 사람들이 평소보다 훨씬 떠들썩하게 굴었기에 오히려 조금 비좁은 느낌마저 들었다. 프레드와 조지의 카나리아 크림이 엄청난 성공을 거둔 덕분에, 방학이 시작되고 며칠 동안 여기저기서 사람들의 몸이 갑자기 깃털로 뒤덮이곤 했다. 그러나 머잖아 그리핀도르 학생들은 다른 사람이 준 음식에 혹시 카나리아 크림이 들어 있지는 않을까 극도로 주의를 기울이는 법을 배웠고, 그래서 조지는 해리에게 이제 프레드와 함께 다른 것을 개발하는 중이라고 털어놓았다. 해리는 앞으로 프레드와 조지가 내미는 음식은 감자칩 하나 받아먹지 않겠다고 다짐했다. 그는 아직 더즐리의 1톤 혓바닥 토피 사건을 잊지 못하고 있었다.

이제는 성에도, 교정에도 굵은 눈송이가 내렸다. 해그리드의 오두막은 설탕을 얹은 과자 집 같았고 그 옆 보바통의 담청색 마차는 차갑게 서리 덮인 커다란 호박처럼 보였다. 덤스트랭의 배는 유리창에 얼음이 끼고 돛대는 서리로 덮여 새하얘졌다. 주방의 집요정들은 평소보다 더 솜씨를 발휘해 따뜻하고 진한 스튜와 입맛 돌게 하는 디저트를 연달아 내놓았고, 여기에 불평을 늘어놓을 수 있는 사람은 오직 플뢰르 들라쿠르뿐인 듯했다.

"오그와트 음식들웅 전부 느끼해." 어느 날 저녁, 플뢰르 뒤에서 대연회장을 나서던 그들은 그녀가 언짢은 듯 말하는 소리를 들었다(론은 플뢰르의 눈에 띄지 않으려고 조심하면서 해리 뒤에 숨어 있었다). "이러다강 정장 로브가 앙 맞겠어!"

"아아아, 그것 참 비극적이네." 플뢰르가 현관홀로 나가자 헤르미온느가 신랄한 어조로 말했다. "쟨 정말 자기 자신을 엄청 생각하나 봐. 그치?"

"헤르미온느, 넌 대체 누구랑 무도회에 가는 거야?"

론이 물었다.

론은 끊임없이 헤르미온느에게 이 질문을 던지고 있었다. 전혀 예상치 못한 순간에 질문을 던져 그녀가 엉겁결에 대답하게 만들려는 속셈이었다. 하지만 헤르미온느는 얼굴을 찌푸리며 이렇게 말할 뿐이었다.

"말 안 할 거야. 놀릴 거잖아."

"농담이지, 위즐리?" 등 뒤에서 말포이가 말했다. "누가 저거한테 무도회에 같이 가자고 했단 말이야? 뻐드렁니 머드블러드한테? 그럴 리가!"

해리와 론 모두 홱 돌아보았다. 하지만 헤르미온느는 말포이의 어깨 너머로 누군가에게 손을 흔들면서 큰 소리로 말했다. "안녕하세요, 무디 교수님!"

말포이가 하얗게 질린 얼굴로 깜짝 놀라 뒤로 주춤하더니 미친 듯이 주위를 두리번거리며 무디를 찾았다. 그러나 무디는 아직 교직원 식탁에서 스튜를 마저 먹는 중이었다.

"우리 조그만 말포이 족제비가 무서워서 벌벌 떠는구나?" 헤르미온느가 가차 없이 말했다. 그녀와 해리, 론은 실컷 웃으면서 대리석 계단을 올라갔다.

"헤르미온느." 론이 그녀를 힐끔거리다 갑자기 눈썹을 찌푸리고는 말했다. "네 이 말이야……."

"내 치아가 왜?" 그녀가 물었다.

"음, 좀 달라진 것 같아서……. 방금 알았는데……."

"당연히 달라졌지. 말포이가 만들어 준 그 송곳니를 계속 달고 있을 줄 알았니?"

"아니, 내 말은, 그 자식이 너한테 공격 마법을 걸기 전하고 다르다는 거야……. 이가 전부…… 곧고, 어…… 그리고…… 보통 크기잖아."

헤르미온느는 갑자기 아주 장난스러운 미소를 지어 보였다. 해리도 눈치챘다. 헤르미온느의 미소는 해리가 기억하는 것과 많이 달랐다.

"뭐…… 앞니 크기를 줄이려고 폼프리 선생님한테 갔을 때 선생님이 거울을 보여 주면서 이가 원래 크기로 돌아가면 멈추라고 하셨어." 그녀가 말했다. "난 그냥…… 선생님이 좀 더 치료하게 놔뒀을 뿐이야." 그녀는 더욱 활짝 웃었다. "엄마 아빠는 별로 좋아하지 않으시겠지. 오래전부터 마법으로 이를 작게 만들 수 있게 해 달라고 부모님을 졸랐는데, 부모님은 내가 계속 교정기를 끼고 다니기를 바라셨거든. 그러니까, 두 분은 치과 의사잖아. 그분들 생각엔 안 될 말인 거야. 마법으로 치아를…… 앗! 피그위전이 돌아왔어!"

론의 조그만 부엉이가 다리에 양피지를 묶은 채 고드름 달린 난간 위에서 미친 듯이 울고 있었다. 지나가던 사람들이 손가락으로 가리키면서 웃음을 터뜨렸고, 어떤 3학년 여학생들은 멈춰 서서 이렇게 말했다. "와, 저 쪼그만 부엉이 좀 봐! *귀엽지 않니?*"

"이 멍청한 털 뭉치야!" 론이 씩씩대며 얼른 계단을 올라가 피그위전을 낚아챘다. "편지는 받는 사람한테 곧장 갖다 주는 거야! 여기저기 자랑하고 돌아다니는 게 아니라고!"

피그위전은 론의 움켜쥔 주먹 안에서 머리를 삐죽 내민 채 기분 좋은 듯 부엉부엉 울었다. 3학년 여학생들 모두 크게 놀란 표정이었다.

"비켜!" 론이 여학생들에게 쏘아붙이며 피그위전을 쥔 주먹을 휘둘렀다. 피그위전은 높이 날아오르며 어느 때보다도 기쁘게 울었다. "자, 받아, 해리." 그 여학생들이 아연실색한 얼굴로 황급히 도망치자 론이 목소리를 낮추고 말했다. 그가 시리우스의 답장을 피그위전의 다리에서 떼어 내자 해리는 그것을 주머니에 넣었다. 그들은 편지를 읽기 위해 서둘러 그리핀도르 탑으로 돌아갔다.

휴게실에서는 다들 크리스마스 연휴의 열기를 발산하느라 다른 사람이 뭘 하는지 지켜볼 정신이 없었다. 해리, 론, 헤르미온느는 다른 사람들과 떨어져서 점점 눈이 쌓여 가는 어두운 창가에 앉았다. 해리가 소리 내서 편지를 읽었다.

해리에게.
혼테일을 무사히 통과한 것을 축하한다. 누군지는 몰라도 네 이름을 불의 잔에 집어넣은 사람은 지금 기분이 별로 안 좋겠구나! 나는 결막염 저주를 권할 생각이었다. 용의 가장 큰 약점은 눈이거든.

"크룸이 그렇게 했는데!" 헤르미온느가 속삭였다.

하지만 네 방법이 더 나았다. 감동적이었어.
그래도 마음을 놓아서는 안 된다, 해리. 넌 과제 하나를 통과했을 뿐이야. 너를 대회에 끌어들인 사람이 누구든, 널 해치려는 거라면 기회는 얼마든지 있다. 눈 똑바로 뜨고 있거라. 전에 얘기한 사람이 가까이 있을 때는 특히. 난처한 상황에 처하지 않도록 조심해야 한다.
또 연락하거라. 어떤 이상한 일이라도 계속 알려 다오.
시리우스

"무디랑 똑같은 얘길 하네." 해리가 시리우스의 편지를 로브 안에 쑤셔 넣으며 조용히 말했다. "'지속적 경계!' 누가 들으면 내가 눈을 감고 계속 벽에 부딪치면서 돌아다니는 줄 알겠어……."

"하지만 맞는 말이야, 해리." 헤르미온느가 말했다. "넌 아직 해결해야 할 과제가 두 개나 *있잖아*. 진짜 그 알을 한번 살펴봐야 한다니까. 그게 뭘 의미하는지 슬슬 생각해 봐야……."

"헤르미온느, 아직 한참 남았잖아!" 론이 쏘아붙였다. "체스 한판 할래, 해리?"

"어, 그래." 해리가 말했다. 잠시 후 헤르미온느의 표정을 본 그가 다시 말했다. "왜 이래, 이렇게 시끄러운데 어떻게 집중할 수 있겠어? 이런 난리 통에서는 알이 내는 소리도 안 들릴걸."

"아니, 그건 아닐 것 같은데." 헤르미온느는 한숨을 쉬고 앉아서 그들의 체스 시합을 지켜보았다. 체스는 론이 신나게 체크메이트를 부르며 끝났다. 무모할 정도로 용맹한 폰 두어 개와 매우 난폭한 비숍이 이끌어 낸 승리였다.

크리스마스 당일, 해리는 별안간 잠에서 깨어났다. 왜 이렇게 갑자기 정신이 들었는지 의아해하며 눈을 뜨자 큼직하고 동그란 녹색 눈이 달린 뭔가가 어둠 속에서 그를 바라보고 있었다. 얼마나 가까운 거리에 있었던지 코가 맞닿을 정도였다.

"*도비!*" 해리가 소리쳤다. 그는 집요정에게서 허둥지둥 물러나다가 하마터면 침대에서 떨어질 뻔했다. "이런 *짓* 좀 하지 마!"

"도비는 죄송해요!" 도비가 긴 손가락으로 입을 가리고 뒤로 펄쩍 물러나며 걱정스러운 듯 꽥꽥 소리 질렀다. "도비는 그냥 해리 포터에게 '메리 크리스마스'라고 인사하고 선물을 주고 싶었어요! 해리 포터가 도비한테 가끔 만나러 와도 된다고 했으니까요!"

"만나러 오는 건 괜찮아." 해리가 말했다. 심장박동은 정상으로 돌아왔지만 아직도 숨이 가빴다. "그냥…… 그냥 다음에는 날 쿡 찌르거나 해. 알았지? 그런 식으로 가까이서 들여다보지 말란 말이야……."

해리는 사주식 침대의 커튼을 열고 옆 탁자에서 안경을 집어 썼다. 그가 소리를 지르는 바람에 잠에서 깬 론, 셰이머스, 딘과 네빌이 머리카락은 죄다 헝클어진 채 졸음에 겨운 눈으로 각자의 침대 커튼 틈새로 내다보고 있었다.

"누가 공격이라도 했어, 해리?" 셰이머스가 졸린 목소리로 물었다.

"아니, 도비였어." 해리가 웅얼거렸다. "다시 자."

"그럴 순 없지…… 선물이잖아!" 셰이머스가 침대 발치에 있는 커다란 꾸러미를 보고 말했다. 론과 딘과 네빌은 어차피 깬 마당에 침대에서 나와 함께 선물 개봉식을 하는 편이 낫겠다고 생각했다. 해리는 도비를 돌아보았다. 도비는 지금 해리의 침대 옆에서 안절부절못하고 서 있었다. 해리의 기분을 망친 것이 아직도 걱정되는 표정이었다. 머리에 쓴 찻주전자 덮개 꼭대기에는 크리스마스 장식용 방울이 달려 있었다.

"도비가 해리 포터에게 선물을 드려도 될까요?" 그가 머뭇거리며 높은 소리로 말했다.

"당연하지." 해리가 말했다. "어…… 나도 너한테 줄 게 있어."

거짓말이었다. 그는 도비에게 줄 선물을 전혀 준비하지 않았다. 하지만 그는 재빨리 짐 가방을 열고 둘둘 말아 놓은 양말 한 켤레를 꺼냈다. 유난히 여기저기가 늘어나서 튀어나온 양말이었다. 그가 가진 양말 중 가장 낡고 더러운 이 겨자색 양말은 한때 버넌 이모부의 것이었는데, 유독 곳곳이 튀어나온 까닭은 지금까지 1년 넘게 이것으로 스니코스코프를 둘둘 싸 놨기 때문이었다. 그는 스니코스코프를 빼내고 도비에게 양말을 건네며 말했다. "미안, 포장하는 걸 깜빡했네……"

하지만 도비는 무척 기뻐했다.

"양말은 도비가 제일제일 좋아하는 옷이에요!" 그가 신고 있던 이상한 양말을 벗어 버리고 버넌 이모부의 양말을 신으며 말했다. "이제는 양말이 일곱 개나 있어요……. 그런데……." 도비의 눈이 휘둥그레졌다. 그는 양말 두 짝을 반바지 밑에 닿을 만큼 최대한 끌어올려서 신고 있었다. "가게에서 실수를 했나 봐요, 해리 포터. 똑같은 양말을 두 짝 줬네요!"

"아, 이런, 해리. 어떻게 그걸 몰랐을 수가 있냐!" 론이 포장지가 잔뜩 흩어져 있는 본인의 침대에서 이쪽을 바라보고 씩 웃으며 말했다. "저기 말이야, 도비? 자, 여기…… 이 양말 두 짝을 줄게. 그러면 적당히 섞어 신을 수 있을 거야. 그리고 이건 네 스웨터."

그는 방금 포장을 뜯은 보라색 양말 한 켤레와 위즐리 부인이 손수 떠서 보낸 스웨터를 도비에게 던져 주었다.

도비는 기뻐서 어쩔 줄을 모르는 표정이었다. "아주 친절하시군요!" 도비가 꽥꽥거렸다. 론에게 깊숙이 허리를 구부리는 그의 눈에 다시 한 번 눈물이 차올랐다. "도비는 당신이 위대한 마법사라는 걸 알고 있었어요. 해리 포터의 가장 위대한 친구니까요. 하지만 이렇게 너그럽고 고귀하고 욕심 없는 분인 줄은 도비도 미처……."

"그냥 양말인데, 뭐." 론이 말했다. 귀가 살짝 빨개졌지만 어쨌든 기분은 좋은 듯했다. "와, 해리……." 그는 방금 해리가 준 선물을 연 터였다. 처들리 캐넌스 모자였다. "죽인다!" 그러면서 모자를 머리에 눌러썼는데 그의 머리카락 색깔과 끔찍할 만큼 어울리지 않았다.

도비가 해리에게 작은 꾸러미를 내밀었다. 그것은 바로…… 양말이었다.

"도비가 직접 만든 거예요!" 집요정이 기쁜 듯 소리쳤다. "봉급을 받아서 털실을 샀어요!"

왼쪽 양말은 밝은 빨간색에 빗자루 무늬가 들어가 있고, 오른쪽 양말은 초록색에 스니치 무늬가 들어가 있었다.

"이거…… 이것 참…… 음, 고마워, 도비." 해리가 말하고는 양말을 신자 도비의 눈에서 또다시 기쁨의 눈물이 흘러내렸다.

"도비는 이제 가 봐야 해요. 주방에서 벌써 크리스마스 만찬을 만들고 있거든요!" 도비가 말했다. 그러더니 론과 다른 사람들에게도 손을 흔들며 빠르게 침실을 나갔다.

해리가 받은 다른 선물들은 도비가 준 이상한 양말보다 훨씬 만족스러웠다. 물론 휴지 한 장을 보낸 더즐리 가족의 선물을 제외한다면 말이지만. 그것은 역대 최악의 선물이었다. 해리는 자신과 마찬가지로 그들 역시 1톤 혓바닥 토피를 아직 잊지 않은 모양이라고 생각했다. 헤르미온느는 해리에게 《영국과 아일랜드의 퀴디치 팀들》이라는 책을 주었다. 론의 선물은 두둑한 똥폭탄이었다. 시리우스는 어떤 자물쇠라도 딸 수 있고 어떤 매듭이라도 풀 수 있는 장치가 달린 주머니칼을 보냈다. 그리고 해그리드는 해리가 가장 좋아하는 온갖 간식이 잔뜩 들어 있는 커다란 상자를 보내왔다. 버티 보트의 모든 맛이 나는 강낭콩 젤리, 개구리 초콜릿, 드루블의 엄청 잘 불어지는 풍선껌, 피징 위즈비 등이었다. 물론 위즐리 부인이 매년 보내 주는 새 스웨터(용이 그려진 녹색 스웨터였는데, 해리는 찰리가 그녀에게 혼테일에 대해 전부 얘기해 주었을 거라고 생각했다)와 직접 만든 고기 파이가 잔뜩 들어 있는 꾸러미도 있었다.

해리와 론은 휴게실에서 헤르미온느를 만나 함께 아침 식사를 하러 갔다. 그들은 오전 대부분을 그리핀도르 탑에서 보냈다. 모두 각자 받은 선물을 풀어 보며 즐기고 있었다. 그런 다음 세 사람은 다시 대연회장으로 가서, 적어도 100마리는 되는 칠면조와 크리스마스 푸딩, 산더미처럼 쌓인 '크리비지 마법사용 크리스마스 크래커'가 포함된 훌륭한 점심 식사를 했다.

오후에는 교정으로 나갔다. 덤스트랭과 보바통 학생들이 성으로 오면서 만들어 놓은 깊게 파인 길을 제외하면 눈은 아무도 손대지 않은 상태였다. 해리와 위즐리 형제들은 눈싸움을 했고, 헤르미온느는 거기에 동참하기보다 그냥 지켜보는 쪽을 택했다. 5시가 되자 그녀는 무도회 준비를 하러 기숙사로 올라가겠다고 말했다.

"뭐, 세 시간이나 필요하다고?" 론이 믿을 수 없다는 듯 그녀를 바라보다가, 조지가 던진 커다란 눈덩이에 머리를 강타당하며 한눈판 대가를 치렀다. "누구랑 가냐니까?" 그가 헤르미온느의 등 뒤에 대고 소리쳤다. 하지만 그녀는 그저 손만 휘휘 내젓고 돌계단을 올라 성안으로 사라질 뿐이었다.

무도회에 연회가 포함되어 있었기 때문에 오늘은 크리스마스 차를 마시지 않았다. 그래서 저녁 7시가 되어 주위가 어두워지고 눈덩이를 정확히 조준하기 힘들어지자 다들 눈싸움을 멈추고 우르르 휴게실로 돌아갔다. 뚱뚱한 귀부인이 아래층에서 올라온 친구 바이올렛과 함께 액자 속에 앉아 있었다. 둘 다 무척 취해 있었고, 그림 바닥에는 빈 리큐어 초콜릿(고급 브랜디가 들어 있는 초콜릿—옮긴이) 상자들이 어질러져 있었다.

"크리스마스 정글, 맞아, 그거야!" 그들이 암호를 대자 그녀는 낄낄 웃더니 앞으로 확 열리며 그들을 들여보내 주었다.

해리와 론, 셰이머스, 딘, 네빌은 침실에서 정장 로브로 갈아입었다. 모두가 다른 사람의 시선을 무척 의식하는 기색이었는데 론이 가장 심했다. 그는 경악한 표정으로 구석에 있는 긴 거울에 자신의 모습을 비춰 보았다. 그의 로브가 더도 덜도 아닌 여자들이 입는 드레스처럼 보인다는 사실을 외면할 방법은 없었다. 그는 그 옷을 좀 더 남자답게 만들어 보려는 절박한 시도로 목깃과 소매에 절단 마법을 걸었다. 꽤 효과가 있었다. 적어도 이제 레이스는 달려 있지 않았다. 다만 솜씨는 그다지 깔끔하지 못해서, 계단을 내려갈 때 보니 목깃과 소매 가장자리는 여전히 비참하게 너덜거렸다.

"난 너희가 어떻게 우리 학년에서 가장 예쁜 여자애들이랑 파트너가 됐는지 아직도 모르겠다." 딘이 작은 소리로 투덜거렸다.

"동물적인 매력이지." 론이 소맷동에서 삐져나온 실밥을 뜯으며 우울하게 말했다.

평소처럼 검은 옷을 입은 무리가 아닌 다채로운 색깔의 옷을 입은 사람들로 가득 차 있는 탓에 휴게실은 낯설어 보였다. 파르바티가 계단 밑에서 해리를 기다리고 있었다. 그녀는 사실 꽤 예뻤다. 강렬한 분홍색 로브에 길고 검은 머리카락은 황금색 장식용 술로 땋아 올렸고 손목에는 황금색 팔찌가 반짝거리고 있었다. 해리는 그녀가 이제 키득거리지 않는 것을 보자 마음이 놓였다.

"너…… 음…… 멋지다." 해리가 어색하게 말했다.

"고마워." 그녀가 말했다. "파드마는 현관홀에서 기다리고 있어." 그녀가 론에게 덧붙였다.

"알았어." 론이 주위를 둘러보며 말했다. "헤르미온느는 어디 있지?"

파르바티가 어깨를 으쓱했다. "그럼 가 볼까, 해리?"

"그래." 해리는 그냥 휴게실에 머물렀으면 좋겠다고 생각하며 그렇게 대답했다. 초상화 구멍으로 나가는 길에 프레드가 해리를 지나치면서 눈을 찡긋했다.

현관홀도 학생들로 발 디딜 틈이 없었다. 모두가 대연회장 문이 활짝 열릴 8시를 기다리며 서성거리고 있었다. 다른 기숙사에서 파트너를 구한 학생들은 인파를 헤치며 서로를 찾으려고 애썼다. 파르바티가 쌍둥이 자매인 파드마를 데리고 해리와 론에게 다가왔.

"안녕." 파드마가 말했다. 밝은 터키옥색 로브를 입은 그녀는 파르바티만큼이나 예뻤다. 하지만 그녀는 론과 파트너가 된 것이 별로 기쁘지 않은 듯했다. 론을 위아래로 훑어보는 그녀의 까만 눈동자가 너덜너덜한 목깃과 소매에 길게 머물렀다.

"안녕." 론이 그녀가 아닌 주위에 있는 사람들을 둘러보며 말했다. "아, 이런……."

그는 무릎을 살짝 구부리고 해리 뒤에 숨었다. 은회색 새틴 로브를 입은 아찔할 정도로 아름다운 플뢰르 들라쿠르가 래번클로 퀴디치 팀 주장인 로저 데이비스와 함께 지나가고 있었던 것이다. 그들이 사라지자 론은 다시 허리를 펴고 사람들의 머리 너머를 바라보았다.

"헤르미온느는 *대체* 어디 있는 거야?" 그가 다시 말했다.

지하 감옥에 있는 휴게실에서 나온 한 무리의 슬리데린 학생들이 계단을 올라왔다. 말포이가 맨 앞에 있었다. 그는 높은 옷깃이 달린 검은색 벨벳 정장 로브 차림이었는데 해리 눈에는 꼭 성공회 사제처럼 보였다. 주름 장식이 잔뜩 들어간 연분홍색 로브를 입은 팬지 파킨슨이 말포이의 팔짱을 꼭 끼고 있었다. 크래브와 고일은 둘 다 녹색 옷을 입고 있어서인지 마치 이끼 낀 거대한 돌덩이 같았다. 둘 다 파트너를 구하지 못한 것을 보니 해리는 기분이 좋았다.

오크나무 정문이 열리며, 덤스트랭 학생들이 카르카로프 교장과 함께 성으로 들어왔다. 모두 고개를 돌려 그 모습을 바라보았다. 크룸이 푸른색 로브를 입은 예쁜 여학생과 함께 맨 앞에 서 있었다. 해리는 처음 보는 여학생이었다. 덤스트랭 학생들의 머리 너머로 보이는 성 앞 잔디밭은 수백 개의 꼬마전구로 밝힌 작은 동굴처럼 변해 있었다. 그 꼬마전구는 실제 살아 있는 요정들이었다. 요정들은 마법으로 만들어 낸 장미 덤불에 앉아, 산타클로스와 루돌프처럼 보이는 조각상 위에서 날개를 파닥거리고 있었다.

그때 맥고나걸 교수의 목소리가 들렸다. "대표 선수들은 이쪽으로 오세요!"

파르바티가 활짝 웃으며 팔찌를 다시 매만졌다. 그녀와 해리는 론과 파드마에게 "이따 보자"라고 말한 뒤 앞으로 걸어갔다. 재잘거리던 사람들이 길을 터 주었다. 빨간 격자무늬 정장 로브를 입고 모자챙에 상당히 볼썽사나운 엉겅퀴 화환을 두르고 있는 맥고나걸 교수가 대표 선수들에게 다른 학생들이 모두 안으로 들어갈 때까지 문 한쪽에서 기다리라고 말했다. 그들은 다른 학생들이 자리에 앉은 뒤에 줄을 지어 대연회장에 들어갈 예정이었다. 플뢰르 들라쿠르와 로저 데이비스가 문과 가장 가까운 곳에 서 있었다. 데이비스는 플뢰르와 파트너가 되는 행운을 차지했다는 사실에 좀처럼 정신을 못 차리겠는지 그녀에게서 눈을 떼

지 못했다. 세드릭과 초도 해리 근처에 있었다. 해리는 그들과 대화를 나눌 일이 없도록 눈을 피했다. 대신 그의 시선은 크룸 옆에 있는 여학생에게 향했다. 순간 해리의 입이 떡 벌어졌다.

헤르미온느였다.

하지만 그녀는 조금도 헤르미온느처럼 보이지 않았다. 머리에 뭔가 했는지, 우아하게 땋아 올린 머리카락은 더 이상 부스스하지 않을 뿐만 아니라 매끈하게 윤기가 흘렀다. 그녀는 아주 얇고 가벼운 재질의 연한 파란색 로브를 입고 있었는데 어쩐지 자세도 달라 보였다. 어쩌면 평소에 짊어지고 다니는 스무 권 넘는 책들이 없기 때문인지도 몰랐다. 헤르미온느는 또한 미소 짓고 있었는데(조금 초조해 보이긴 했다), 앞니 크기가 줄어든 것이 그 어느 때보다 눈에 띄었다. 해리는 자신이 왜 진작 그 사실을 눈치채지 못했는지 이해할 수 없었다.

"안녕, 해리!" 그녀가 말했다. "안녕, 파르바티!"

파르바티는 호의적이지 않은 불신 가득한 눈으로 헤르미온느를 빤히 바라보았다. 파르바티뿐만이 아니었다. 대연회장 문이 열리자 도서관을 들락거리던 크룸의 팬들이 헤르미온느에게 깊은 반감이 어린 눈길을 던지며 고개를 빳빳이 들고 지나갔다. 말포이와 함께 그 옆을 지나가던 팬지 파킨슨이 입을 떡 벌렸다. 심지어 말포이조차 헤르미온느에게 모욕적인 말을 던지지 못하는 것처럼 보였다. 그러나 론은 헤르미온느를 못 보고 그대로 지나쳤다.

모두가 대연회장에 자리를 잡자 맥고나걸 교수는 대표 선수와 파트너 들에게 한 쌍씩 줄을 서서 자기를 따라오라고 말했다. 그들은 그 말을 따랐다. 그들이 입장해서 심사위원들이 앉은 상석의 둥글고 커다란 탁자를 향해 걷기 시작하자 대연회장의 모두가 박수를 보냈다.

대연회장 벽은 온통 반짝이는 은빛 성에로 뒤덮여 있었다. 겨우살이와 담쟁이덩굴로 만든 화환 수백 개가 별이 총총한 새까만 천장 가득 매달려 있었다. 기숙사 식탁이 사라진 자리에는 등불로 밝혀진 작은 탁자가 100개 넘게 놓여 있었고 탁자마다 열두어 명씩 앉아 있었다.

해리는 혹시라도 발을 헛디뎌 넘어질까 봐 온 정신을 집중했다. 파르바티는 즐거운 듯 보였다. 그녀가 주위 모든 사람을 향해 활짝 웃으면서 힘주어 끌고 가는 바람에 그는 그녀를 따라 반려견 대회에 나온 개라도 된 것 같은 기분이었다. 상석에 거의 도착했을 때 론과 파드마의 모습이 그의 눈에 들어왔다. 론은 눈을 가늘게 뜨고 헤르미온느가 지나가는 모습을 지켜보고 있었다. 파드마는 부루퉁한 표정이었다.

대표 선수들이 상석에 다가오자 덤블도어는 기쁘게 미소 지은 반면 카르카로프는 가까이 온 크룸과 헤르미온느를 보고 놀랍도록 론과 비슷한 표정을 지었다. 오늘 밤에는 밝은 자주색 바탕에 큼직한 노란색 별이 들어간 로브를 입고 있는 루도 배그먼이 여느 학생들만큼이나 열정적으로 손뼉을 쳤다. 막심 교장은 평소 입는 검은 새틴 정장 대신 라벤더 색깔의 하늘하늘한 비단 가운을 입고 정중하게 갈채를 보내고 있었다. 그러나 해리는 그 자리에 크라우치 장관이 없다는 사실을 문득 눈치챘다. 그 대신 퍼시 위즐리가 상석의 다섯 번째 자리를 차지하고 앉아 있었다.

대표 선수들과 그 파트너들이 상석에 다다르자 퍼시는 의미심장한 눈으로 해리를 바라보며 옆의 빈 의자를 뒤로 뺐다. 해리는 무슨 뜻인지 알아차리고, 새 옷 티가 나는 짙은 남색 정장 로브를 입고 엄청난 자부심이 깃든 표정을 짓고 있는 퍼시 옆에 앉았다.

"나 승진했어." 해리가 묻지도 않았는데 퍼시가 말했다. 목소리만 들으면 우주 최고 통치자로 뽑혔다고 선언이라도 하는 듯했다. "이제는 크라우치 장관님의 개인 비서야. 그분 대신 여기 온 거고."

"왜 그 사람이 직접 안 오고?" 해리가 물었다. 저녁 식사 시간 내내 솥단지 바닥 두께에 관한 일장 연설을 듣고 싶지는 않았다.

"안타깝게도 건강이 많이 안 좋으셔. 월드컵 이후로 쭉 그랬어. 놀랄 것도 없지. 과로하신 거야. 그분도 전처럼 젊지 않으니까. 물론 여전히 총명하시고 여느 때처럼 훌륭한 정신을 갖고 계시지만 말이야. 하지만 퀴디치 월드컵은 정부 전체에 재앙을 안겨 주었어. 게다가 크라우치 장관님은 블링키인지 뭔지 하는 그 집요정 때문에 개인적으로도 큰 충격을 받으셨어. 당연히 곧바로 해고하시긴 했지만. 뭐, 내가 보기엔 이럭저럭 지내고 계시는데 돌봐 드릴 사람이 필요하신 것 같아. 그 집요정이 떠난 뒤로 집안 살림의 수준이 꽤 떨어졌다고 생각하시는 것 같더라. 거기다 트라이위저드 대회 준비도 하셔야 했고 월드컵 뒤처리도 하셔야 했지. 그 스키터라는 불쾌한 여자가 여기저기 들쑤시고 다니니까 말이야. 아, 가엾은 분. 지금은 조용한 크리스마스를 보내고 계셔. 충분히 그러실 자격이 있지. 난 그저 일을 믿고 맡길 수 있는 누군가가 있다는 걸 장관님이 알고 계신다는 사실이 기쁠 뿐이야."

해리는 크라우치 장관이 이제 퍼시를 '웨더비'라고 부르지 않는지 묻고 싶은 마음이 굴뚝같았지만 간신히 참았다.

번쩍거리는 황금 접시에는 아직 음식이 나오지 않았고 대신 각자의 앞에 작은 메뉴판이 놓여 있었다. 웨이터가 없었기에 해리는 머뭇거리며 메뉴판을 집어 들고 주위를 둘러보았다. 덤블도어가 메뉴를 신중하게 들여다보더니 접시에 대고 아주 또렷한 목소리로 말했다. "폭찹!"

그러자 폭찹이 나타났다. 어떻게 하는지 알게 된 다른 사람들도 접시에 대고 음식을 주문했다. 해리는 헤르미온느가 이 새롭고 좀 더 복잡해진 식사법을 어떻게 생각하는지 알고 싶은 마음에 그녀를 힐끔 바라보았다. 당연히 이 방법은 집요정들이 더 많은 일을 해야 한다는 뜻 아니겠는가? 하지만 헤르미온느도 이번만큼은 S.P.E.W. 생각을 하지 않는 것 같았다. 그녀는 빅토르 크룸과 이야기 나누는 데 푹 빠져서 자신이 뭘 먹고 있는지도 모르는 것 같았다.

해리는 문득 크룸이 말하는 소리를 실제로 들어 본 적이 없다는 사실을 떠올렸다. 그러나 지금 그는 분명히 말을 하고 있었다. 그것도 아주 열정적으로.

"음, 우리도 성이 있다. 이 성처럼 크치도 않고 편안하치도 않다고 나는 생각한다." 그가 헤르미온느에게 말했다. "우리 성은 4층이고, 불은 오직 마법적 목적으로만 피운다. 교정은 여기보다 넓다. 하치만 겨울에는 햇빛이 거의 들치 않아서 즐기지는 못해. 대신 여름에는 매일매일 비행을 한다. 호슈 위로, 샨 위로……."

"자자, 빅토르!" 카르카로프가 웃으며 말했지만 그 웃음은 차가운 눈까지는 번지지 않았다. "그 이상은 얘기하지 말거라. 안 그랬다간 네 매력적인 친구가 우리의 정확한 위치를 알게 될 테니까!"

덤블도어가 눈을 반짝이며 미소 지었다. "이고르, 그렇게 감출 것 있습니까? 누가 들으면 덤스트랭에서는 손님을 거부하는 줄 알겠어요."

"글쎄요, 덤블도어." 카르카로프가 누런 치아를 있는 대로 드러내며 말했다. "우리 모두 각자의 사적인 영역은 지키고 있지 않습니까? 우리 손에 맡겨진 배움의 전당을 빈틈없이 지키려 하지 않느냔 말입니다. 우리 학교의 비밀은 우리만 알고 있다는 사실을 자랑스럽게 여기고 그 비밀을 지키는 게 옳은 일 아니겠습니까?"

"아, 나는 내가 호그와트의 비밀을 다 안다고는 꿈에도 생각해 본 적이 없습니다, 이고르." 덤블도어가 친근하게 말했다. "예를 들면 오늘 아침만 해도 나는 화장실에 가다가 방향을 잘못 트는 바람에 한 번도 본 적 없는, 비례가 아주 잘 맞는 방에 들어가게 됐어요. 정말이지 훌륭한 변기들이 모여 있습디다. 좀 더 자세히 살펴보려고 다시 가 봤는데 그 방이 사라지고 없지 뭡니까? 그래도 지켜봐야지요. 어쩌면 새벽 5시 반에만 들어갈 수 있는지도 모르죠. 아니면 반달이 떴을 때만 나타난다든지요. 아니면 특별히 찾는 사람의 방광이 가득 차 있을 때만 나타나는 걸 수도 있고요."

해리는 굴라시 접시에 음식을 뿜을 뻔했다. 퍼시는 얼굴을 찡그렸지만, 덤블도어는 분명 그를 보며 눈을 살짝 찡긋한 것 같았다.

한편 플뢰르 들라쿠르는 로저 데이비스에게 호그와트의 장식에 대해 불평을 늘어놓고 있었다.

"이건 아무것도 아니야." 그녀가 깔보는 투로 대연회장의 반짝거리는 벽을 둘러보며 말했다. "보바통 궁전에서는 크리스마스에 연회장 전체에 얼음 조각을 만들어 놔. 물론 절대 녹지 않지……. 반짝거리며 주위를 밝히는 거대한 다이아몬드 조각상처럼. 음식이 훌륭하다는 건 말할 필요도 없고. 우리가 음식을 먹는 동안 세레나데를 불러 주는 나무의 정령 합창단도 있어. 우리 복도에는 저렇게 보기 싫은 갑옷 같은 건 하나도 없어. 폴터가이스트 같은 게 보바통에 들어왔다면 당장 쫓겨났을 거야." 그녀는 못 참겠다는 듯 손으로 탁자를 내려쳤다.

로저 데이비스는 그저 멍한 표정으로 그녀가 말하는 모습을 바라보느라 포크를 입에 넣는 데 자꾸 실패하고 있었다. 플뢰르를 쳐다보는 데만 정신이 팔려 그녀의 말을 한 마디도 이해하지 못한 것 같았다.

"정말 맞는 말이야." 그가 플뢰르를 따라 손으로 탁자를 탁 치며 재빨리 말했다. "당장 쫓아내야지. 맞아."

해리는 대연회장을 둘러보았다. 또 다른 교직원 탁자에 해그리드가 앉아 있었다. 그는 이번에도 그 끔찍한 털 달린 갈색 정장을 입고 상석을 올려다보고 있었다. 그가 살짝 손을 흔드는 모습이 보였다. 돌아보니 막심 교장이 마주 손을 흔들어 주고 있었다. 그녀의 손에 잔뜩 끼워져 있는 오팔 장신구가 촛불 빛을 받아 반짝반짝 빛났다.

헤르미온느는 이제 크룸에게 자신의 이름을 제대로 발음하도록 가르쳐 주고 있었다. 그는 계속 그녀를 '헬미오운'이라고 불렀다.

"헤르미-온-느." 그녀가 천천히 명확한 발음으로 말해 주었다.

"헤르미-오우-니니."

"그 정도면 비슷하네." 그녀가 해리와 눈을 마주치고 씩 웃으며 말했다.

음식이 바닥나자 덤블도어는 자리에서 일어나 학생들에게도 일어날 것을 요청했다. 이윽고 그가 마법 지팡이를 한 번 휘젓자 탁자들이 벽 쪽으로 붕 날아가면서 공간이 넓어졌다. 이어서 그는 마법으로 오른쪽 벽을 따라 무대가 불쑥 솟아오르게 만들었다. 무대 위에는 드럼과 기타, 류트, 첼로, 백파이프 몇 개가 놓여 있었다.

운명의 세 여신이 몹시 열광적인 갈채를 받으며 무대로 우르르 올라왔다. 그들은 모두 엄청나게 머리숱이 많았으며 일부러 솜씨 좋게 찢어발긴 검은색 로브를 입고 있었다. 그들이 악기를 집어 들었다. 그 모습을 흥미롭게 지켜보느라 다음에 뭘 해야 할 차례인지 거의 잊고 있던 해리는 갑자기 다른 탁자의 등불이 모두 꺼졌다는 사실을 알아차렸다. 다른 대표 선수들과 그 파트너들이 자리에서 일어서고 있었다.

"뭐 해?" 파르바티가 작은 목소리로 재촉하듯 속삭였다. "춤춰야지!"

해리는 일어나다가 정장 로브에 발이 걸리고 말았다. 운명의 세 여신이 느리고 애절한 곡조를 연주했다. 해리는 누구와도 눈을 마주치지 않도록 조심하면서 환하게 밝혀진 댄스 플로어로 걸어 나갔다(셰이머스와 딘이 그에게 손을 흔들며 히죽히죽 웃는 모습이 보였다). 다음 순간, 파르바티가 그의 손을 낚아채더니 한 손을 자신의 허리에 얹고 다른 한 손은 꽉 잡았다.

해리는 생각했던 것만큼 나쁘지는 않다고 생각하며 제자리에서 천천히 빙글빙글 돌았다(춤은 파르바티가 주도하고 있었다). 해리는 춤을 지켜보는 사람들의 머리 위에 시선을 고정했다. 머잖아 너무나 많은 사람이 댄스 플로어에 올라왔기 때문에 대표 선수들은 더 이상 관심의 중심에 있지 않았다. 근처에서는 네빌과 지니가 춤을 추고 있었다(네빌이 발을 밟을 때마다 지니가 움찔하는 모습이 자주 보였다). 덤블도어는 막심 교장과 왈츠를 추고 있었는데, 그녀와 함께 있는 덤블도어는 너무 작아 보였다. 그의 뾰족 모자 끝이 그녀의 턱에 닿을락 말락 했다. 하지만 막심 교장은 그토록 키가 큰 사람치고는 아주 우아하게 움직이고 있었다. 매드아이 무디는 불안불안하게 그의 나무다리를 피하는 시니스트라 교수와 극도로 어색한 투스텝을 추고 있었다.

"양말이 멋지구나, 포터." 지나가면서 해리의 로브 속을 꿰뚫어 본 매드아이 무디가 걸걸한 목소리로 말했다.

"아, 네. 도비라는 집요정이 떠 준 거예요." 해리가 씩 웃으며 말했다.

"저 교수님 너무 소름 끼쳐!" 무디가 턱턱 소리를 내며 멀어져 가자 파르바티가 속삭였다. "저런 눈은 못 쓰게 해야 돼!"

해리는 백파이프가 바르르 떨리며 마지막 음을 연주하는 소리를 듣고 마음을 놓았다. 운명의 세 여신이 연주를 멈추자 다시 한 번 박수갈채가 연회장을 가득 채웠다. 해리는 곧바로 파르바티의 손을 놓았다. "가서 앉지 않을래?"

"어, 하지만…… 이번 곡이 진짜 좋은데!" 운명의 세 여신이 훨씬 빠른 새 음악을 연주하기 시작하자 파르바티가 말했다.

"아니, 난 별로 마음에 안 들어." 해리는 거짓말을 하고 그녀를 댄스 플로어에서 데리고 나갔다. 지나가면서 보니 프레드와 앤젤리나는 주위에 있던 사람들이 다칠까 두려워 뒤로 물러날 만큼 열광적으로 춤을 추고 있었다. 해리는 론과 파드마가 앉아 있는 탁자로 향했다.

"잘돼 가?" 해리가 자리에 앉아 버터맥주 병을 따면서 론에게 물었다.

론은 아무런 대답도 하지 않았다. 그는 근처에서 춤을 추는 헤르미온느와 크룸을 뚫어지게 바라보고 있었다. 파드마는 팔짱을 낀 채 다리를 꼬고 앉아 한 발을 음악에 맞춰 흔들며, 그녀를 완전히 무시하고 있는 론에게 이따금씩 언짢은 시선을 던졌다. 파르바티도 해리의 옆에 앉아 팔짱을 끼고 다리를 꼬았다. 얼마 지나지 않아 보바통 남학생 하나가 그녀에게 춤을 청했다.

"괜찮지, 해리?" 파르바티가 물었다.

"응?" 초와 세드릭을 보고 있던 해리가 말했다.

"아, 됐어." 파르바티가 쏘아붙이더니 보바통 남학생과 함께 가 버렸다. 음악이 끝나도 그녀는 돌아오지 않았다.

헤르미온느가 다가와 파르바티가 앉았던 의자에 앉았다. 춤을 추느라 얼굴이 발그레해져 있었다.

"안녕." 해리가 말했다. 론은 아무 말도 하지 않았다.

"덥다. 그치?" 헤르미온느가 손으로 부채질을 하며 말했다. "빅토르가 방금 마실 걸 가지러 갔어."

론이 화난 눈초리로 그녀를 쏘아보았다.

"빅토르?" 그가 말했다. "비키라고 부르라는 애긴 아직 안 하디?"

헤르미온느가 놀라서 그를 쳐다보았다.

"너 왜 그래?" 그녀가 물었다.

"왜 이러는지 모른다면 굳이 말 안 할 거야." 론이 매몰차게 말했다.

헤르미온느가 그를 보더니 이어서 해리를 뚫어지게 바라보았다. 해리는 어깨를 으쓱했다. 그녀가 다시 말했다. "론, 무슨……?"

"걔는 덤스트랭이잖아!" 론이 내뱉었다. "해리의 경쟁자라고! 호그와트의 적! 넌…… 너는……." 론은 헤르미온느의 범죄를 설명할 만큼 강력한 단어를 찾고 있는 게 틀림없었다. "넌 적과 내통하는 거야. 넌 그런 짓을 하고 있는 거라고!"

헤르미온느의 입이 떡 벌어졌다.

"멍청한 소리 하지 마!" 잠시 후 그녀가 말했다. "적이라니? 나 참, 빅토르가 도착하는 걸 보고 그렇게 흥분하던 사람이 누군데? 사인 받고 싶어 하던 사람은 누구고? 기숙사 침실에 빅토르 모형을 세워 놓은 건 또 누구야?"

론은 이 말을 무시하기로 했다. "둘이 도서관에 있을 때 그 자식이 너한테 무도회에 같이 가자고 했냐?"

"응, 맞아." 헤르미온느가 말했다. 발그레한 얼굴이 더 빨갛게 달아올랐다. "그래서 뭐?"

"무슨 일이 있었던 거야? 크룸을 토사물에 끌어들이려고 했어?"

"아니, 안 그랬어! 정말로 알고 싶다면 말해 줄게. 빅토르는…… 빅토르는 나한테 말을 걸려고 매일 도서관에 왔다고 했어. 하지만 용기가 안 났대!"

헤르미온느는 속사포처럼 말을 쏟아 냈다. 얼굴이 너무 빨개져서 파르바티의 로브와 같은 색깔이 되었다.

"그래, 뭐, 그 자식은 그렇게 말하겠지." 론이 심술궂은 말투로 말했다.

"무슨 뜻이야?"

"뻔하잖아? 그 자식은 카르카로프의 제자야. 아냐? 네가 누구랑 어울려 다니는지 알 거라고. ……그냥 해리한테 접근하려고 한 거지. 해리에 대한 정보를 빼내거나, 저주를 걸 수 있을 만큼 가까워져서……."

헤르미온느는 론에게 뺨이라도 얻어맞은 듯한 얼굴이 되었다. 마침내 그녀가 떨리는 목소리로 입을 열었다. "뭘 잘못 안 것 같은데, 빅토르는 해리에 대해 한 마디도 묻지 않았어. 단 한 마디도……."

론은 재빠르게 전략을 바꿨다. "그럼 그 알의 의미를 알아낼 때 네가 도와줬으면 해서 그런 거겠지! 그 작고 아늑한 도서관에서 둘이 머리를 맞대고……."

"나는 빅토르가 그 알에 대해 알아내는 걸 절대 도와주지 않을 거야!" 헤르미온느가 머리끝까지 화가 난 얼굴로 소리쳤다. "절대로! 어떻게 그런 말을 할 수가 있어? 나는 해리가 대회에서 이기기를 바라. 그건 해리도 알아. 그렇지, 해리?"

"그 마음을 표현하는 방식이 아주 웃기구나." 론이 코웃음 쳤다.

"이 대회 전체가 다른 나라의 마법사들을 알고 그들과 친구가 되기 위한 거야!" 헤르미온느가 날카롭게 말했다.

"아니, 그렇지 않아!" 론이 마주 소리쳤다. "이기기 위한 거야!"

사람들이 그들을 뚫어지게 쳐다보기 시작했다.

"론." 해리가 조용히 말했다. "나는 헤르미온느가 크룸이랑 같이 와도 아무렇지 않……."

하지만 론은 해리의 말도 들으려고 하지 않았다.

"가서 비키나 찾아보지 그러냐? 네가 어디 있는지 궁금해할 텐데." 론이 말했다.

"*비키라고 부르지 마!*" 헤르미온느는 자리에서 벌떡 일어나 쏜살같이 댄스 플로어를 가로지르더니 사람들 사이로 사라져 버렸다.

론은 분노와 만족감이 뒤섞인 표정으로 그런 그녀의 뒷모습을 지켜보았다.

"너 나한테 춤추자고 하긴 할 거니?" 파드마가 그에게 물었다.

"아니." 여전히 헤르미온느의 뒷모습을 노려보면서 론이 말했다.

"알겠어." 파드마는 그렇게 쏘아붙이더니 자리에서 일어나 파르바티와 보바통 남학생 쪽으로 갔다. 보바통 남학생은 금방 함께할 친구를 불러냈다. 소환 마법으로 쌩 날아오게 했다고 말해도 될 정도였다.

"헤르미-오우-니니는 어디 있치?" 어떤 목소리가 말했다.

크룸이 버터맥주 두 병을 들고 막 그들의 자리에 도착했다.

"몰라." 론이 그를 올려다보며 고집쟁이처럼 말했다. "잃어버렸냐?"

크룸은 다시 뚱한 얼굴이 되었다.

"그래, 혹시 보게 되면 내가 마쓸 걸 가져왔다고 전해 취." 그는 어깨를 구부정하게 늘어뜨리고 멀어져 갔다.

"빅토르 크룸이랑 친구가 됐나 보구나, 론?"

퍼시가 손을 맞비비면서 잔뜩 젠체하는 모습으로 부산을 떨며 다가왔다. "훌륭해! 바로 그게 중요한 거야. 국제적인 마법 협력 말이지!"

짜증 나게도, 파드마가 비운 자리를 퍼시가 잽싸게 차지하고 앉았다. 상석은 이제 비어 있었다. 덤블도어 교수는 스프라우트 교수와, 루도 배그먼은 맥고나걸 교수와 춤을 추고 있었다. 막심 교장과 해그리드는 학생들 무리를 가르고 왈츠를 추면서 댄스 플로어를 휘젓고 다녔다. 카르카로프는 어디에도 보이지 않았다. 다음 곡이 끝나자 모두가 다시 한 번 박수갈채를 보냈다. 해리는 루도 배그먼이 맥고나걸 교수의 손에 입을 맞춘 뒤 사람들을 헤치고 가는 모습을 보았다. 그때 프레드와 조지가 루도 배그먼에게 성큼성큼 다가가 말을 걸었다.

"저 녀석들 뭐 하는 걸까? 정부의 높은 분을 귀찮게 하다니." 퍼시가 수상쩍다는 눈길로 프레드와 조지를 바라보며 식식거렸다. "존경심이라고는 전혀……."

하지만 루도 배그먼은 프레드와 조지를 아주 신속하게 떨쳐 내더니, 해리를 발견하고 손을 흔들며 그들의 자리로 다가왔.

"동생들이 귀찮게 해 드린 게 아니었으면 좋겠습니다, 배그먼 장관님." 퍼시가 즉시 입을 열었다.

"뭐? 아, 아냐, 전혀 아니야!" 배그먼이 말했다. "아니고말고. 그냥 나한테 그 속임수 마법 지팡이 얘기를 좀 더 해 주고 있었을 뿐이야. 내게 마케팅 관련 조언을 들을 수 있는지 궁금해하더군. 종코의 장난감 가게에서 내 지인 몇 명과 연결시켜 주기로 약속했지……."

퍼시는 그 말이 전혀 달갑지 않은 것 같았다. 해리는 그가 집에 도착하자마자 위즐리 부인에게 달려가 이 이야기를 전할 거라는 확신이 들었다. 학교 밖에 있는 사람들한테까지 물건을 팔고 싶어 하다니, 최근 들어 프레드와 조지가 더 야심찬 계획을 세운 모양이었다.

배그먼이 해리에게 뭔가 물으려고 입을 열었지만 퍼시가 끼어들었다. "대회는 어떻게 되어 간다고 보십니까, 배그먼 장관님? 저희 부서는 상당히 만족스러워하고 있습니다. 불의 잔과 관련된 문제는……." 그가 해리를 힐끗 보았다. "물론 조금 불행한 일이긴 합니다만, 이후에는 아주 순조롭게 진행되고 있는 것 같습니다. 그렇게 생각하지 않으십니까?"

"아, 그럼 물론이지." 배그먼이 활기찬 어조로 말했다. "전부 엄청나게 재미있었네. 바티 영감님은 어떠신가? 오지 못하신다니 아쉽군."

"아, 저는 크라우치 장관님께서 금방 털고 일어나실 거라고 확신합니다." 퍼시가 거들먹거리며 말했다. "하지만 그동안에는 제가 기꺼이 그분의 공백을 메우겠습니다. 물론, 무도회에 참석하는 것이 제 임무의 전부는 아니지만……." 그는 대수롭지 않다는 듯 웃었다. "네, 그분께서 자리를 비우신 동안 발생한 온갖 일을 처리해야 했죠. 알리 바시르가 날아다니는 양탄자를 밀반입하려다 붙잡혔다는 소식은 들으셨습니까? 그 다음에는 국제 결투 금지법에 서명하라고 트란실바니아 사람들을 설득해야 했죠. 새해에 트란실바니아 마법 협력부 장관과 회의를 할 예정인데……."

"나가서 좀 걷자." 론이 해리에게 중얼거렸다. "퍼시한테서 벗어나야지……."

해리와 론은 마실 것을 가지러 가는 척 탁자에서 일어나 댄스 플로어를 슬며시 돌아서 현관홀로 빠져나갔다. 성 정문이 열려 있었다. 정문 계단을 내려가니 장미 정원에서 파닥거리며 날아다니는 요정들이 깜빡깜빡 빛을 내고 있었다. 어느새 두 사람은 장미 덤불과 크리스마스 장식을 해 놓은 구불구불한 통로와 커다란 석재 조각상에 둘러싸여 있었다. 분수가 있는지, 물방울이 튀는 소리도 들렸다. 여기저기 조각이 새겨진 벤치에 사람들이 앉아 있었다. 해리와 론은 장미 덤불 사이로 구불구불 나 있는 길 중 한 곳을 따라 걸었다. 하지만 얼마 못 가 귀에 익은 불쾌한 목소리가 들려왔다.

"……소란 떨 일인가 싶은데, 이고르."

"세베루스, 이미 벌어지고 있는 일을 모른 척할 수는 없어!" 카르카로프가 불안이 깃든 목소리로 숨죽여 말하는 소리가 들렸다. 혹 엿듣는 사람이 있을까 안절부절못하는 듯했다. "몇 달 동안 점점 더 분명해지고 있어. 나는 심각하게 걱정되기 시작했네. 부정할 수가 없……."

"그럼 도망치든가." 스네이프의 목소리가 간단하게 말했다. "도망쳐. 핑계는 내가 대 주지. 하지만 난 호그와트에 남을 거야."

스네이프와 카르카로프가 모퉁이를 돌았다. 스네이프가 마법 지팡이를 꺼내 들고 한없이 악독한 표정으로 장미 덤불 여기저기에 주문을 날렸다. 덤불 곳곳에서 깍깍 소리가 터지더니 어두운 형체들이 튀어나왔다.

"후플푸프는 10점 감점이다, 포셋!" 여학생 한 명이 그를 지나쳐 달아나자 스네이프가 으르렁거리듯 말했다. "래번클로도 10점 감점이다, 스테빈스!" 남학생 하나가 그 여학생의 뒤를 쫓아 달렸다. "너희 둘은 뭘 하는 거지?" 그가 앞에 있는 해리와 론을 보고 물었다. 그들이 거기에 서 있는 것을 본 카르카로프는 살짝 당황한 것 같았다. 그는 긴장한 듯 염소수염으로 손을 뻗어 또다시 손가락으로 수염을 배배 꼬기 시작했다.

"걷고 있는데요." 론이 스네이프를 향해 간단하게 말했다. "규칙 위반은 아니잖아요?"

"그럼 계속 걸어!" 스네이프가 버럭 소리치더니 긴 검은색 망토를 펄럭이며 그들을 스치고 지나갔다. 카르카로프도 스네이프를 따라 황급히 자리를 떴다. 해리와 론은 계속 길을 걸었다.

"카르카로프는 뭘 저렇게 걱정하는 거야?" 론이 중얼거렸다.

"스네이프랑은 언제부터 서로 이름을 부르는 사이가 된 거지?" 해리가 고개를 갸웃거리며 말했다.

그들은 이제 돌로 만든 커다란 순록 조각상 앞에 다다랐다. 조각상 너머로 분수에서 높이 뿜어져 나와 반짝이는 물줄기가 보였다. 돌로 만든 벤치에는 달빛을 받으며 분수를 바라보는 두 사람의 큼직한 그림자가 드리워져 있었다. 그때 해그리드의 말소리가 들렸다.

"처음 보는 순간 알았어요." 그의 목소리는 이상하게 쉬어 있었다.

해리와 론은 그 자리에서 얼어붙었다. 왠지 끼어들어서는 안 될 장면 같기도 했다……. 해리는 주위를 둘러보고 뒤로 물러섰다. 근처 장미 덤불에 반쯤 몸을 숨기고 서 있는 플뢰르 들라쿠르와 로저 데이비스가 보였다. 해리는 론의 어깨를 두드리고 그들 쪽으로 고개를 까닥였다. 그쪽으로 눈에 띄지 않고 쉽게 몰래 빠져나갈 수 있다는 뜻이었다(플뢰르와 데이비스는 아주 바빠 보였다). 하지만 론은 플뢰르를 보고 겁에 질려 눈을 휘둥그렇게 뜬 채 고개를 힘차게 젓더니, 해리를 순록 조각상 뒤 더 깊은 어둠 속으로 끌어당겼다.

"뭘 알았다능 거죠, 애그리드?" 막심 교장이 굵은 목소리에 애교를 가득 담고 물었다.

해리는 결코 이런 얘기를 듣고 싶지 않았다. 이런 상황에서 누가 엿듣는다면 해그리드가 무척 싫어할 게 뻔했다(해리라면 확실히 그랬을 테니까). 가능하다면 손가락으로 귀를 막고 큰 소리로 흥얼거렸을 것이다. 하지만 그것은 불가능했다. 대신 그는 순록 조각상 등 위를 기어가는 딱정벌레에게 정신을 집중하려고 애썼다. 그러나 딱정벌레 같은 건 해그리드의 다음 말이 들리지 않을 만큼 흥미로운 존재는 아니었다.

"바로 알았어요……. 당신도 나랑 같다는 걸요……. 어머니 쪽이었나요? 아니면 아버지 쪽?"

"나, 난 무승 뜻잉지 모르겠네요, 애그리드……."

"나는 어머니 쪽이었어요." 해그리드가 조용히 말했다. "영국에 마지막으로 남은 존재 중 하나였죠. 물론 기억은 잘 안 나요. 떠나셨거든요. 내가 세 살쯤 됐을 때였어요. 모성애가 강한 분은 아니었죠. 뭐…… 본성이 그렇잖아요? 나중에는 어떻게 됐는지 모르겠네요. 내가 아는 한 돌아가셨을지도……."

막심 교장은 아무 말도 하지 않았다. 해리는 자기도 모르게 딱정벌레에서 시선을 돌려 순록 뿔 너머를 바라보며 귀를 기울였다. 그는 해그리드가 자신의 어린 시절 이야기를 하는 것은 한 번도 들어 본 적이 없었다.

"엄마가 떠나자 아빠는 마음 아파하셨어요. 아주 작은 사람이었죠, 아빠는. 여섯 살이 되자 나는 아빠가 성가시게 굴면 아빠를 번쩍 들어서 옷장 위에 올려놓을 수 있었어요. 그럴 때마다 아빠는 웃곤 했죠······."

해그리드의 묵직한 목소리가 갈라졌다. 막심 교장은 꼼짝 않고 귀를 기울였다. 보기에는 은빛 분수를 응시하고 있는 것 같았다. "아빠가 날 키웠는데······ 물론 돌아가셨죠, 내가 학교에 들어간 직후에요. 그다음부터는 내가 알아서 헤쳐 나가야 했어요. 덤블도어 교수님이 정말 많은 도움을 주셨어요. 아주 친절하게 대해 주셨죠······."

해그리드는 커다란 물방울무늬 비단 손수건을 꺼내 세차게 코를 풀었다. "그래서······ 아무튼······ 내 얘기는 이게 다예요. 당신은요? 어느 쪽인가요?"

하지만 막심 교장은 갑자기 자리에서 일어났다.

"쌀쌀하네요." 그녀가 말했다. 하지만 날씨가 아무리 쌀쌀해도 그녀의 목소리만큼 차갑지는 않았다. "나능 이제 들어가야겠어요."

"네?" 해그리드가 멍하니 말했다. "아니, 가지 말아요! 나, 나는 나 같은 사람은 한 번도 못 만나 봤단 말이에요!"

"정확히 어떤 사람을 말하능 거죠?" 막심 교장이 얼음장 같은 목소리로 말했다.

해리는 해그리드에게 대답하지 말라고 얘기하고 싶었다. 어둠 속에 서서 이를 악문 채 별 희망 없이 해그리드가 대답하지 않기를 바랐지만······ 아무 소용 없었다.

"당연히 거인 혼혈을 말하는 거죠!" 해그리드가 말했다.

"어떻게 감히 그렁 말을!" 막심 교장이 날카롭게 소리쳤다. 그녀의 목소리가 뱃고동 소리처럼 평화로운 밤공기를 갈랐다. 해리의 등 뒤에서 플뢰르와 로저가 장미 덤불 밖으로 넘어지는 소리가 들렸다. "내 평생 이렇게 모욕당한 것 처음이에요! 거인 혼혈? 무아?(내가? — 옮긴이) 나능, 나능 골격이 클 뿐이에요!"

막심 교장은 몸을 홱 돌려 멀어져 갔다. 그녀가 화가 나서 덤불을 헤치고 지나갈 때마다 각양각색의 요정 무리가 공중으로 날아올랐다. 해그리드는 여전히 벤치에 앉아 그녀의 뒷모습을 바라보고 있었다. 너무 어두워서 표정은 알아볼 수 없었다. 잠시 후 그는 자리에서 일어나 성으로 돌아가는 대신 오두막이 있는 어두운 교정으로 성큼성큼 멀어져 갔다.

"자." 해리가 아주 조용한 목소리로 론에게 말했다. "가자······."

하지만 론은 움직이지 않았다.

"왜 그래?" 해리가 그를 보며 물었다.

론은 해리를 돌아보았다. 그는 아주 심각한 표정을 짓고 있었다.

"너 알고 있었어?" 그가 속삭였다. "해그리드가 거인 혼혈이라는 거?"

"아니." 해리가 어깨를 으쓱하며 말했다. "그게 뭐?"

그는 론의 표정을 보고 자신이 다시 한 번 마법사 세계에 대한 무지를 드러냈다는 사실을 알아차렸다. 마법사들에게는 당연한 일도 더즐리 부부 손에서 자란 해리에게는 놀랍게 느껴지는 경우가 많았다. 학교에 오고 나서 그렇게 놀라는 일도 점점 줄어들긴 했지만 지금은 마법사 대부분이 친구의 어머니가 거인이었다는 사실을 알고 "그래서 뭐?" 하고 말하진 않을 거라는 사실을 알 수 있었다.

"들어가서 설명해 줄게." 론이 목소리를 더욱 낮추고 말했다. "가자······."

덤불 더 깊숙한 곳으로 들어갔는지 플뢰르와 로저 데이비스의 모습은 보이지 않았다. 해리와 론은 대연회장으로 돌아갔다. 파르바티와 파드마는 이제 여러 명의 보바통 남학생들에게 둘러싸인 채 멀리 떨어진 자리에 앉아 있었고, 헤르미온느는 또 한 번 크룸과 춤을 추고 있었다. 해리와 론은 댄스 플로어에서 멀찍이 떨어진 자리에 앉았다.

"그래서?" 해리가 론을 재촉했다. "거인인 게 뭐가 문제인데?"

"그게, 거인은…… 거인은……." 론은 어렵게 말을 골랐다. "별로 착하지 않거든." 그가 변변찮게 말을 마쳤다.

"그게 무슨 상관이야?" 해리가 말했다. "해그리드는 아무 문제 없잖아!"

"그건 나도 알아. 아는데…… 제기랄, 해그리드가 그 사실을 비밀로 한 것도 이상한 일은 아니야." 론이 고개를 저으며 말했다. "난 줄곧 해그리드가 어렸을 때 우연히 지독한 부풀리기 마법에 걸렸다거나 뭐 그랬을 거라고 생각했어. 굳이 물어보고 싶지도 않았고……."

"근데 해그리드의 어머니가 거인이었다는 게 뭐가 문제야?" 해리가 물었다.

"뭐…… 해그리드를 아는 사람들은 전혀 문제 삼지 않겠지. 해그리드가 위험하지 않다는 걸 아니까." 론이 천천히 말했다. "하지만…… 해리, 거인들은 말 그대로 사악해. 해그리드도 말했잖아. 본성이 그래. 트롤과 마찬가지라고……. 거인들은 그냥 죽이는 걸 좋아해. 모두가 아는 얘기야. 이제 영국에는 거인이 한 명도 남아 있지 않지만."

"왜 없는데?"

"뭐, 어차피 멸종되고 있기도 했고, 그 밖에는 상당수가 오러들한테 목숨을 잃었어. 하지만 다른 나라에는 아직 거인들이 살고 있대……. 대부분 산속에 숨어 있다고 하지만……."

"막심은 왜 그런 뻔한 거짓말을 하지?" 한껏 굳은 표정으로 심사위원 탁자에 혼자 앉아 있는 막심을 보고 해리가 말했다. "해그리드가 거인 혼혈이면 저 사람도 틀림없이 거인 혼혈일 거야. 골격이 클 뿐이라니…… 저 사람보다 골격이 큰 건 공룡밖에 없을걸."

해리와 론은 무도회가 끝날 때까지 구석에 틀어박혀 거인 이야기를 했다. 둘 다 춤을 추고 싶은 생각이 전혀 없었다. 해리는 초와 세드릭 쪽을 보지 않으려고 애썼다. 그들을 보고 있으면 뭔가를 걷어차고 싶은 강한 욕구가 솟구쳤던 것이다.

자정이 되어 운명의 세 여신이 연주를 마치자 모두 마지막으로 요란한 박수갈채를 보낸 뒤 천천히 현관 홀로 향했다. 무도회가 끝나서 아쉬워하는 사람도 많았지만 해리는 잠자리에 들게 되어 무척 기뻤다. 적어도 그는 그날 저녁이 조금도 즐겁지 않았다.

현관홀로 나온 해리와 론은 덤스트랭 배로 돌아가는 크룸에게 작별 인사를 하는 헤르미온느를 보았다. 그녀는 차디찬 눈길로 론을 쏘아보더니 말 한 마디 없이 그를 홱 지나쳐 대리석 계단을 올라갔다. 해리와 론도 그녀를 따라 올라갔다. 그런데 대리석 계단을 반쯤 올라갔을 때 누군가가 뒤에서 해리를 불렀다.

"어이, 해리!"

세드릭 디고리였다. 계단 밑 현관홀에서 세드릭을 기다리는 초의 모습이 보였다.

"왜?" 해리가 차갑게 대꾸했다. 세드릭이 그를 향해 계단을 달려 올라왔다.

무슨 일인지는 몰라도 세드릭은 론 앞에서는 말하고 싶지 않은 표정이었다. 론은 심통 맞은 표정으로 어깨를 으쓱하더니 그대로 계단을 올라갔다.

"잘 들어……." 론의 모습이 사라지자 세드릭은 목소리를 낮췄다. "네가 용 얘기를 해 줬으니 난 너한테 빚이 하나 있는 셈이야. 그 황금 알 있지? 네 것도 열면 소리를 질러?"

"응." 해리가 대답했다.

"음…… 목욕을 해 봐. 알았지?"

"뭐?"

"목욕을 해 보고…… 어…… 알을 가져가서…… 음…… 뜨거운 물속에서 이것저것 생각해 보라고. 생각하는 데 도움이 될 거야……. 내 말 믿어."

해리는 그를 뚫어지게 바라보았다.

"하나 말해 줄게." 세드릭이 말을 이었다. "반장 전용 욕실을 써. 6층에 있는 병벙한 보리스 조각상에서 왼쪽으로 네 번째 문이야. 암호는 '싱그러운 솔잎'이고. 가야겠다……. 인사하고 싶었어."

그는 다시 해리에게 씩 웃더니 초가 기다리는 곳으로 서둘러 계단을 내려갔다.

해리는 혼자 그리핀도르 탑으로 돌아갔다. 아주 이상한 조언이었다. 왜 목욕을 하면 울부짖는 알의 의미를 알아내는 데 도움이 된다는 걸까? 세드릭이 그를 골탕 먹이려는 걸까? 해리를 멍청이처럼 보이게 해서, 초가 그보다 세드릭 자신을 더 좋아하게 만들려는 걸까?

뚱뚱한 귀부인과 그녀의 친구인 바이올렛이 초상화 구멍을 막고 있는 그림 안에서 졸고 있었다. 해리는 "크리스마스 전구!"라고 소리를 질러서야 그들을 깨울 수 있었다. 그가 소리 지르자 그들은 몹시 짜증을 냈다. 휴게실로 들어간 해리는 론과 헤르미온느가 격렬한 말다툼을 벌이고 있는 광경을 보았다. 그들은 해리에게서 3미터쯤 떨어진 곳에 서서 새빨개진 얼굴로 서로에게 고함을 지르고 있었다.

"뭐, 그렇게 마음에 안 들면 해결책이 뭔지 알잖아. 안 그래?" 헤르미온느가 소리쳤다. 우아하게 틀어 올렸던 머리는 이제 풀어져 흘러내려 와 있고 얼굴은 분노로 일그러져 있었다.

"아, 그래?" 론이 마주 소리쳤다. "그게 뭔데?"

"다음번 무도회에서는 다른 사람이 물어보기 전에 네가 먼저 나한테 물어봐. 나를 보험처럼 생각하지 말고!"

헤르미온느가 홱 돌아서 여학생 기숙사로 향하는 계단을 올라가자 론은 물에서 건져 올린 금붕어처럼 입만 뻥긋거렸다. 그가 뒤돌아 해리를 바라보았다.

"그, 그래." 론은 엄청난 충격이라도 받은 양 말을 더듬었다. "뭐, 결국 내 말이 맞다는 거네……. 요점을 완전히 빗나간 얘길 하고 있어……."

해리는 아무 말도 하지 않았다. 그는 론과 다시 말을 하게 된 것이 너무 기뻐서 지금 당장은 속마음을 말할 수 없었지만, 왠지 헤르미온느가 론보다 훨씬 요점을 잘 짚었다는 생각이 들었다.

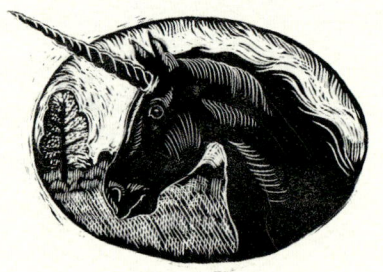

CHAPTER 24
리타 스키터의 특종

복싱 데이(영국 등지에서 크리스마스 다음 날인 12월 26일을 가리키는 말 — 옮긴이)에는 모두가 늦게 일어났다. 그리핀도르 휴게실은 최근 어느 때보다도 조용했다. 학생들은 연신 하품을 하면서 나른하게 대화를 이어 갔다. 헤르미온느의 머리카락은 다시 북슬북슬해졌다. 그녀는 해리에게 무도회 때문에 상당한 양의 '매끈매끈 머리카락 마법약'을 발랐다고 고백했다. "하지만 매일 그러는 건 너무 귀찮아." 그녀는 가르랑대는 크룩섕스의 귀 뒤를 긁어 주면서 무미건조하게 말했다.

론과 헤르미온느는 말다툼한 일을 언급하지 않겠다는 무언의 합의에 도달한 듯했다. 이상할 만큼 예의를 차리기는 했지만 그들은 서로에게 꽤 상냥하게 굴었다. 론과 해리는 자신들이 엿들은 막심 교장과 해그리드의 대화를 지체 없이 헤르미온느에게 전해 주었다. 하지만 헤르미온느는 해그리드가 거인 혼혈이었다는 사실을 론만큼 충격적으로 받아들이지는 않는 것 같았다.

"뭐, 틀림없이 그럴 거라고 생각했어." 그녀가 어깨를 으쓱하며 말했다. "순혈 거인일 리 없다는 건 알고 있었으니까. 순혈 거인은 키가 6미터쯤 되거든. 하지만 솔직히, 거인 공포증이 다 웬 말이야? 모든 거인이 끔찍할 리는 없잖아……. 사람들이 늑대인간에게 갖는 선입견이랑 비슷한 거야……. 그냥 편견이라고. 안 그래?"

론은 뭐라 쏘아붙이고 싶은 것 같았지만, 헤르미온느가 안 볼 때 의심스럽게 고개를 젓는 것으로 만족한 걸 보면 또 한 번 말다툼을 하고 싶지는 않은 모양이었다.

이제는 연휴 첫 주 동안 무시해 왔던 숙제를 생각해야 할 시간이었다. 크리스마스가 끝난 지금은 모두 맥이 빠진 듯했다. 해리를 제외한 모두가. 해리는 (다시 한 번) 슬슬 긴장하기 시작했다.

문제는 크리스마스가 지나자 2월 24일이 훨씬 가깝게 느껴졌다는 사실이었다. 여태껏 그는 황금 알이 품고 있는 단서를 풀려는 그 어떤 노력도 기울이지 않았다. 그래서 해리는 기숙사 침실에 올라갈 때마다 짐 가방에서 알을 꺼내 열고, 의미를 알 수 있는 소리가 들리기를 기대하며 주의 깊게 귀를 기울이기 시작했다. 그는 그 소리가 서른 개의 연주용 톱 말고 어떤 소리를 연상시키는지 생각하려고 애썼지만 그것은 생전 처음 들어 보는 소리였다. 그는 알을 닫고 세게 흔들었다가 다시 열어 소리가 달라졌는지 들어 봤지만 여전히 그대로였다. 알에 질문을 던져 보기도 하고 그 울부짖음보다 더 크게 고함을 지르기도 했지만 아무 일도 일어나지 않았다. 정말로 도움이 될 거라고 생각하지는 않았지만, 심지어 알을 방 저쪽에다 던져 보기까지 했다.

해리는 세드릭이 준 힌트를 잊지 않았지만, 세드릭을 향한 좋지 않은 감정 때문에 웬만해서는 그의 도움을 받고 싶지 않았다. 세드릭이 정말로 도움을 주고 싶었다면 훨씬 명쾌하게 말했어야 한다는 생각도 들었다. 해리는 세드릭에게 첫 번째 과제로 무엇을 맞닥뜨리게 될지 정확히 말해 주었다. 그런데 세드릭은 고작 목욕을 해 보라고 말하는 것을 공정한 거래라 생각한 것이다. 그래, 그런 식의 쓰레기 같은 도움은 필요 없었다. 어쨌든, 초와 손을 잡고 복도를 걸어 다니는 사람의 도움은 받지 않을 것이다. 그 때문에 해리는 새 학기 첫날 평소처럼 책과 양피지와 깃펜을 잔뜩 짊어지고 수업을 들으러 가면서도, 평소와 달리 알에 대한 걱정으로 마음이 무거웠다. 어딜 가든 꼭 그 알도 같이 가지고 다니는 것 같은 기분이었다.

땅에는 여전히 눈이 두껍게 쌓여 있었다. 온실 창문에 성에가 잔뜩 끼어 있어 약초학 수업 시간에는 바깥을 내다볼 수 없었다. 이런 날씨에 마법 생명체 돌보기 수업을 듣고 싶어 하는 사람은 아무도 없었다. 론이 말한 대로 스크루트들이 그들을 쫓아다니거나 해그리드의 오두막을 태울 정도로 강렬한 불꽃을 뿜어내 몸을 따뜻하게 만들어 주긴 하겠지만 말이다.

그러나 해그리드의 오두막에 도착하니 회색 머리를 짧게 자르고 턱이 유난히 튀어나온 한 나이 든 여자 마법사가 오두막 현관 앞에 서 있었다.

"자, 서둘러라. 5분 전에 종이 울렸어." 학생들이 힘겹게 눈을 헤치고 다가가자 그녀가 소리쳤다.

"누구세요?" 론이 그녀를 빤히 바라보며 물었.

"해그리드는요?"

"나는 그러블리플랭크 교수란다." 그녀가 활기차게 답했다. "너희에게 마법 생명체 돌보기를 가르칠 임시 교수지."

"해그리드는요?" 해리가 큰 소리로 다시 물었다.

"수업이 불가능한 상황이야." 그러블리플랭크 교수가 간단히 말했다.

해리의 귀에 작고 불쾌한 웃음소리가 들렸다. 돌아보니 드레이코 말포이를 비롯한 슬리데린 학생들이 수업에 들어오고 있었다. 하나같이 고소한 표정을 짓고 있었고, 그러블리플랭크 교수를 보고 놀란 얼굴을 한 사람은 아무도 없었다.

"이쪽으로 오너라." 그러블리플랭크가 말하더니 거대한 보바통 말들이 부들부들 떨고 있는 방목지를 돌아 성큼성큼 나아갔다. 해리, 론, 헤르미온느는 어깨 너머로 해그리드의 오두막을 돌아보면서 그녀를 따라갔다. 오두막 커튼이 모두 닫혀 있었다. 해그리드는 저 안에 있을까? 아픈 몸으로 혼자?

"해그리드한테 무슨 일이 있나요?" 해리가 다급히 그러블리플랭크 교수를 따라잡으며 물었다.

"네가 신경 쓸 일이 아니야." 그녀는 해리가 쓸데없이 참견한다고 생각하는 듯했다.

"신경 쓰이는데요." 해리가 발끈해서 말했다. "무슨 일인데요?"

그러블리플랭크 교수는 해리의 말을 못 들은 것처럼 굴었다. 그녀는 학생들을 이끌고 보바통 말들이 추위에 옹송그리고 서 있는 방목지를 지나 금지된 숲 가장자리에 있는 나무로 향했다. 나무에는 크고 아름다운 유니콘 한 마리가 묶여 있었다.

수많은 여학생들이 유니콘을 보고 "와아아아!" 소리 질렀다.

"아, 너무 아름다워!" 라벤더 브라운이 작게 소리쳤

다. "어떻게 데려온 거지? 잡기 무척 힘들 텐데!"

주위에 쌓인 눈이 회색으로 보일 만큼 새하얀 유니콘이었다. 유니콘은 황금빛 발굽으로 초조한 듯 땅을 긁으면서, 뿔이 달린 머리를 뒤로 홱 젖혔다.

"남학생들은 뒤로 물러나라!" 그러블리플랭크 교수가 한 팔을 뻗어 해리의 가슴을 세게 밀치며 소리쳤다. "유니콘들은 여자의 손길을 좋아한단다. 여학생들이 앞에 서도록. 조심스럽게 다가오렴. 자, 살살……."

그러블리플랭크 교수와 여학생들이 유니콘을 향해 천천히 다가갔다. 남학생들은 방목지 울타리 근처에 서서 그 모습을 지켜보고 있었다.

그러블리플랭크 교수가 멀어지자마자 해리는 론에게 고개를 돌렸다. "해그리드한테 무슨 일이 생긴 걸까? 혹시 스크루트한테……?"

"아, 공격당하지 않았어, 포터. 네가 생각하는 게 그거라면." 말포이가 조용히 말했다. "그보다는 너무 부끄러워서 그 커다랗고 못생긴 얼굴을 보여 주지 못하는 게 아닐까."

"무슨 뜻이야?" 해리가 날카롭게 물었다.

말포이는 로브 주머니에 손을 넣어 반으로 접은 신문 기사를 꺼냈다.

"옜다." 그가 말했다. "이런 소식을 알리게 돼서 유감이다, 포터……."

해리는 히죽거리는 말포이의 손에서 기사를 낚아채 펼치고 읽어 보았다. 론, 셰이머스, 딘, 네빌도 그의 어깨 너머로 기사를 들여다보았다. 엄청 찔린 표정을 짓고 있는 해그리드의 사진이 기사 상단에 실려 있었다.

덤블도어의 커다란 실수

(리타 스키터 특파원) 호그와트 마법학교의 특이한 교장, 알버스 덤블도어는 논란의 여지가 있는 직원을 채용하는 데 한 번도 주저한 적이 없다. 올해 9월, 그는 저주라면 사족을 못 쓰는 것으로 악명 높은 전직 오러 앨러스터 무디(속칭 '매드아이' 무디)를 어둠의 마법 방어법 교수로 임용했다. 누구든 갑작스러운 움직임을 보이면 바로 공격하는 무디의 습관은 잘 알려져 있으므로, 마법 정부의 많은 사람들이 이러한 결정에 눈을 흘겼다. 그러나 매드아이 무디의 경우는 덤블도어가 마법 생명체 돌보기 과목 교수로 혼혈 인간을 임용한 사실에 비하면 책임감 있고 사려 깊은 결정이었던 것으로 보인다.

3학년 때 호그와트에서 퇴학당했다는 사실을 인정한 루비우스 해그리드는 그 이후 줄곧 덤블도어가 마련해 준 숲지기의 직위를 누려 왔다. 작년 그는 교장에게 알 수 없는 영향력을 행사해, 더 훌륭한 자격을 갖춘 수많은 후보자를 제치고 마법 생명체 돌보기 교수 자리마저 얻어 냈다.

위협적인 거구에 사나운 용모를 갖춘 해그리드는 새로 얻은 권위를 이용, 연이어 끔찍한 생명체들을 동원해 그 자신이 돌봐야 할 학생들을 공포에 질리게 했다. 덤블도어의 묵인하에 그는 다수 학생이 "너무 무서웠다"고 시인한 수업 시간에 몇몇 학생들에게 상해를 입히기도 했다.

"저는 히포그리프한테 공격당했고요, 제 친구 빈센트 크래브는 플로버웜한테 심하게 물렸어요." 드레이코 말포이(14세, 학생)는 말한다. "우리는 모두 해그리드를 싫어하지만 너무 무서워서 아무 말 못 하고 있어요."

그러나 해그리드는 위협적인 행동을 중단할 마음이 전혀 없다. 지난달 《예언자일보》 기자와의 인터뷰에서 그는 직접 '폭발 꼬리 스크루트'라고 명명한, 만티코어와 불게를 교배시킨 굉장히 위험한 생명체를 키우고 있다고 인정했다. 물론 새로운 품종의 마법 생명체를 만들어 내는 일은 보통 마법 생명체 통제 관리부에서 면밀히 감시하는 활동이다. 해그리드는 본인이 그처럼 작은 규제는 무시해도 되는 위치에 있다고 생각하는 듯하다.

"전 그냥 재미로 해 본 거예요." 그는 이렇게 말하고 얼른 화제를 돌렸다.

이뿐만 아니라, 《예언자일보》가 파헤친 증거에 따르면 해그리드는 늘 행세해 온 것과는 달리 순혈 마법사가 아니다. 사실, 그는 순혈 인간도 아니다. 본지의 단독 보도에 따르면 그의 어머니는 다름 아닌 거인 프리드울파로, 현재 그녀의 소재는 알려져 있지 않다.

잔인하고 포악한 거인들은 지난 한 세기 동안 자기들끼리 전쟁을 벌인 끝에 멸종 위기를 자초했다. 남아 있는 몇 안 되는 거인들은 이름을 말해서는 안 되는 그 사람 편에 서서, 그자가 다스리던 공포의 시기에 벌어진 가장 끔찍한 대규모 머글 학살 사건을 수차례 일으켰다.

이름을 말해서는 안 되는 그 사람을 섬겼던 거인 중 상당수는 어둠의 세력과 맞서 싸우는 오러들에게 살해당했지만 프리드울파는 그중에 없었으며, 해외의 산악 지대에 지금껏 존재하는 거인 거주지 중 한 곳으로 도망쳤을 가능성이 있다. 마법 생명체 돌보기 수업에서 보여 주는 괴상한 행동으로 비추어 볼 때 해그리드는 프리드울파의 잔인한 천성을 물려받은 것으로 보인다.

당황스러운 반전은 해그리드가, '그 사람'을 몰락시킴으로써 '그 사람'의 추종자들과 함께 그의 어머니까지 숨어 살도록 만든 소년과 친밀한 우정을 쌓았다고 알려져 있다는 사실이다. 어쩌면 해리 포터는 이 덩치 큰 친구에 관한 불쾌한 진실을 모르는지도 모른다. 그러나 알버스 덤블도어에게는 해리 포터나 다른 학생들에게 거인 혼혈들과 교제할 때의 위험성에 대해 경고할 책임이 있는 게 분명하다.

해리는 기사를 다 읽고 눈을 들어 론을 바라보았다. 론의 입은 쩍 벌어져 있었다.

"어떻게 알았지?" 론이 속삭였다.

하지만 해리의 신경을 거스른 건 그 문제가 아니었다.

"이게 무슨 뜻이야? '우리는 모두 해그리드를 싫어하지만'?" 해리가 말포이를 향해 내뱉었다. "저 자식은 또 무슨 헛소리야?" 그가 크래브를 가리켰다. "플로버웜한테 심하게 물렸다고? 그 벌레는 아예 이빨이 없잖아!"

크래브는 아주 좋아 죽겠다는 듯 히죽거리고 있었다.

"뭐, 이 정도면 그 얼간이의 교직 생활은 끝인 것 같은데." 말포이가 눈을 빛내며 말했다. "거인 혼혈이라니…… 나는 그것도 모르고 그 인간이 어렸을 때 뼈가 쑥쑥 한 병을 통째로 삼킨 줄 알았다니까. 이 얘기를 마음에 들어 할 부모는 한 명도 없을걸? 다들 자기 자식이 잡아먹힐까 봐 걱정하겠지. 하하……."

"너……."

"너희, 집중하고 있냐?"

그러블리플랭크 교수의 목소리가 남학생들에게 날아들었다. 여학생들은 이제 모두 유니콘 주위에 모여 그 생물을 쓰다듬고 있었다. 해리는 눈뜬 장님처럼 멍하니 유니콘을 노려보았다. 너무 화가 나 손에 쥔 《예언자일보》가 부들부들 떨렸다. 이제 그러블리플랭크 교수는 남학생들에게도 들릴 만큼 큰 목소리로 유니콘의 마법적 속성을 열거하고 있었다.

"저 교수님이 계속 가르치셨으면 좋겠다!" 수업이 끝나고 모두 점심을 먹으러 성으로 돌아갈 때 파르바티 파틸이 말했다. "내가 생각한 마법 생명체 돌보기는 딱 이런 거였어. 괴물들이 아니라 유니콘 같은 제대로 된 생물들이 나오는 수업 말이야."

"해그리드는 어쩌고?" 계단을 오르면서 해리가 화난 목소리로 물었다.

"해그리드가 뭐?" 파르바티가 딱딱한 목소리로 되물었다. "계속 숲지기 일을 하면 되잖아?"

파르바티는 크리스마스 무도회 이후 해리에게 매우 쌀쌀맞게 굴었다. 그녀에게 좀 더 신경 썼어야 한다는 생각이 들긴 했지만, 한편으로는 그녀도 어쨌든 즐거운 시간을 보낸 것 같았다. 모두에게 다음번 주말 외출 때 호그스미드에서 보바통 남학생을 만나기로 했다고 떠들고 다녔던 것이다.

"정말 좋은 수업이었어." 대연회장에 들어가는데 헤르미온느가 말했다. "그러블리플랭크 교수님이 해 주신 유니콘 얘기 중에서 절반이 내가 몰랐던……."

"이것 좀 읽어 봐!" 해리가 《예언자일보》 기사를 헤르미온느의 코앞에 쑥 내밀며 고함을 질렀다.

기사를 읽는 헤르미온느의 입이 떡 벌어졌다. 론과 정확히 똑같은 반응이었다. "스키터 그 끔찍한 여자가 어떻게 알았을까? 해그리드가 말해 주지는 않았겠지?"

"아닐 거야." 해리는 화를 내며 그리핀도르 식탁까지 앞장서 걸어가 의자에 털썩 주저앉았다. "우리한테도 말 안 했잖아? 내 생각엔 해그리드가 나에 대해 안 좋은 얘기를 잔뜩 늘어놓아야 하는데 안 그러니까 화가 나서 보복할 거리를 찾아다닌 것 같아."

"어쩌면 무도회에서 해그리드가 막심 교장에게 한 말을 들었을지도 몰라." 헤르미온느가 조용히 말했다.

"그럼 정원에서 봤을 텐데!" 론이 말했다. "어쨌든 그 여자는 더 이상 학교에 들어올 수 없잖아. 해그리드 말로는 덤블도어가 출입을 금지했다고……."

"투명 망토를 갖고 있을지도 몰라." 해리가 말했다. 그는 화가 나서 치킨 캐서롤을 접시에 덜다가 사방에 튀기고 말았다. "스키터라면 그럴 만하잖아? 덤불에 숨어서 사람들 얘기를 엿듣는 것 말이야."

"너랑 론처럼 말이지." 헤르미온느가 말했다.

"우리는 엿들으려고 한 게 아니야!" 론이 펄펄 뛰며 말했다. "어쩔 수 없이 듣게 된 거라고! 바보같이, 아무나 들을 수 있는 데서 거인 어머니 얘기를 하다니!"

"우리가 가서 해그리드를 만나야 돼." 해리가 말했다. "오늘 점술 수업 끝나고 저녁에 가 보자. 가서 해그리드가 돌아왔으면 좋겠다고 말하는 거야. ……너 해그리드가 돌아오길 *바라긴* 하는 거지?" 그가 헤르미온느에게 쏘아붙이듯 말했다.

"난…… 그래, 굳이 숨기지 않을게. 난 한 번쯤 제대로 된 마법 생명체 돌보기 교수님한테 배우는 것도 괜찮은 변화라고 생각해. 하지만 나도 해그리드가 돌아오는 게 좋아! 당연하지!" 해리의 분노한 눈빛에 움찔한 헤르미온느가 얼른 덧붙였다.

그래서 세 사람은 저녁 식사를 마친 뒤 다시 한 번 성을 나와 해그리드의 오두막을 향해 얼어붙은 교정을 가로질러 갔다. 그들이 문을 두드리자 팽이 우렁차게 짖으며 대답했다.

"해그리드, 우리예요!" 해리가 문을 두드리며 소리쳤다. "문 열어 봐요!"

해그리드는 대답하지 않았다. 팽이 낑낑대며 문을 긁는 소리가 들렸지만 문은 열리지 않았다. 그들은 10분 동안이나 문을 더 두드렸다. 심지어 론이 창문까지 두드려 봤지만 아무런 반응이 없었다.

"왜 *우리를* 피하는 거야?" 마침내 포기하고 성으로 돌아가면서 헤르미온느가 말했다. "설마 자기가 거인 혼혈이라는 걸 우리가 신경 쓸 거라고 생각하는 건 아니겠지?"

하지만 해그리드는 신경을 쓰는 모양이었다. 그는 1주일 내내 코빼기도 보이지 않았다. 식사 시간에 교직원 식탁에도 나타나지 않았고, 교정을 돌아다니며 숲지기 일을 하는 모습도 보이지 않았다. 마법 생명체 돌보기 수업은 계속 그러블리플랭크 교수가 맡았다. 말포이는 기회만 있으면 고소하다는 듯 피식거렸다.

"잡종 친구가 그립냐?" 말포이는 주위에 해리의 보복으로부터 자신을 지켜 줄 교수가 있을 때마다 속삭거렸다. "그 코끼리 인간이 그립냐고."

1월이 반쯤 지나고 호그스미드를 방문하는 날이 돌아왔다. 헤르미온느는 해리가 호그스미드에 가려는 것을 알고 깜짝 놀랐다.

"난 네가 휴게실이 조용해진 기회를 이용하고 싶어 할 줄 알았는데!" 그녀가 말했다. "이젠 진짜 그 알 문제를 풀어야 하잖아."

"아, 그게…… 이제 그 알이 뭘 의미하는지 알게 된 것 같아." 해리는 거짓말을 했다.

"정말?" 헤르미온느가 감명받은 표정으로 말했다. "잘했어!"

죄책감으로 가슴이 철렁 내려앉았지만 그는 그 느낌을 모른 척했다. 어쨌든 알의 단서를 풀기까지는 아직 5주가 남아 있었다. 그 정도면 아주 긴 시간이었다……. 그리고 호그스미드에 가면 해그리드와 마주칠지도 몰랐다. 해그리드가 돌아오도록 설득할 수 있을 것이다.

토요일에 그와 론과 헤르미온느는 함께 성을 나와 싸늘하고 축축한 교정을 가로질러 교문으로 향했다. 호수에 정박한 덤스트랭 배를 지날 때 그들은 빅토르 크룸이 수영 팬티만 입고 갑판에 올라서 있는 모습을 보았다. 그는 비쩍 말랐지만 보기보다 훨씬 강인한 게 틀림없었다. 뱃전에 올라서더니 팔을 쭉 펴고 곧장 호수에 뛰어들었던 것이다.

"미쳤어!" 크룸의 검은 머리가 호수 한가운데를 향해 솟았다가 가라앉았다가 하는 것을 뚫어지게 바라보며 해리가 말했다. "얼어 죽을 거야. 지금 1월인데!"

"빅토르가 원래 사는 곳은 훨씬 춥대." 헤르미온느가 말했다. "빅토르한테는 꽤 따뜻하게 느껴질 거야."

"그래, 하지만 그래도 대왕오징어가 있잖아." 론이 말했다. 걱정스럽다기보다는 오히려 기대감에 찬 듯한 목소리였다. 그런 말투를 눈치챈 헤르미온느가 얼굴을 찌푸렸다.

"저기, 빅토르는 정말 괜찮은 애야." 그녀가 말했다. "덤스트랭에서 왔지만 네가 생각하는 거랑 전혀 달라. 나한테 여기가 훨씬 마음에 든다고 말했어."

론은 아무런 대꾸도 하지 않았다. 그는 무도회 이후 단 한 번도 빅토르 크룸 얘기를 꺼내지 않았다. 해리는 복싱 데이에 론의 침대 밑에서, 꼭 불가리아 퀴디치 국가 대표팀 로브를 입은 작은 피규어에서 떨어진 것처럼 보이는 인형 팔 한 짝을 발견했다.

해리는 질퍽거리는 큰길을 걸어가는 내내 눈이 빠져라 해그리드의 모습을 찾았다. 어느 가게에도 해그리드가 없는 것을 확인하고 나서야 그는 스리 브룸스틱스에 들러 보자고 제안했다.

스리 브룸스틱스는 여느 때처럼 사람들로 북적거렸지만 빠르게 자리를 다 훑어봐도 해그리드는 보이지 않았다. 해리는 가슴이 철렁 가라앉는 것을 느끼며 론, 헤르미온느와 함께 곧장 로즈메르타 씨에게 가서 버터맥주를 주문했다. 해리는 차라리 성에 남아 알이 울부짖는 소리나 들을 걸 그랬다고 우울하게 생각했다.

"저 사람은 출근을 아예 안 하는 거야?" 헤르미온느가 갑자기 귓속말을 했다. "봐!"

그녀는 바 뒤쪽의 거울을 가리켰다. 거울에 비친 루도 배그먼의 모습이 보였다. 그는 한 무리의 고블린과 함께 어두운 구석 자리에 앉아, 하나같이 팔짱을 낀 채 상당히 심술궂은 표정을 짓고 있는 고블린들에게 나직한 목소리로 아주 빠르게 뭔가를 지껄이고 있었다.

트라이위저드 시합이 열리지 않아서 심사할 일도 없는 주말에 배그먼이 이곳 스리 브룸스틱스에 와 있다니 정말로 이상한 일이라는 생각이 들었다. 해리는 거울을 통해 배그먼을 유심히 지켜보았다. 배그먼은 또다시 그날 밤 어둠의 징표가 나타나기 직전 숲에서 봤을 때만큼이나 긴장한 표정을 짓고 있었다. 하지만 바로 그때 바 너머를 힐끗 쳐다본 배그먼이 해리를 발견하고 자리에서 일어섰다.

"잠깐만요, 잠깐만!" 그가 고블린들에게 퉁명스럽게 말하는 소리가 들렸다. 배그먼이 황급히 술집을 가로질러 해리에게 다가왔다. 그의 얼굴에는 소년 같은 미소가 돌아와 있었다.

"해리!" 그가 말했다. "잘 지냈니? 안 그래도 널 봤으면 했다! 다 잘돼 가지?"

"네, 고맙습니다." 해리가 말했다.

"잠깐만 둘이서 얘기 좀 나눌 수 있을까, 해리?" 배그먼이 나름 간절한 어조로 말했다. "둘 다 우리한테 잠깐 시간 좀 내주겠니? 안 될까?"

"어…… 그러세요." 론이 말했다. 그와 헤르미온느는 다른 자리를 찾아 걸어갔다.

배그먼은 해리를 로즈메르타 씨에게서 가장 멀리 떨어진 바 저편으로 데려갔다.

"음, 그냥 다시 한 번 축하해 주고 싶었다, 해리. 혼테일을 상대로 그렇게 멋진 실력을 보여 주다니." 배그먼이 말했다. "정말 훌륭했어."

"고맙습니다." 해리는 그렇게 말하면서도 배그먼이 하고 싶어 하는 말은 이게 전부가 아니라는 사실을 알았다. 축하야 론과 헤르미온느 앞에서도 얼마든지 할 수 있었을 테니까. 하지만 배그먼은 급하게 속내를 털어놓을 생각은 딱히 없는 듯했다. 해리는 그가 바 너머 거울로 고블린들을 힐끔거리는 모습을 보았다. 고블린들은 하나같이 새까만 눈으로 해리와 배그먼을 조용히 곁눈질하고 있었다.

"그야말로 악몽이야." 해리도 고블린들을 보고 있다는 사실을 눈치챈 배그먼이 목소리를 낮추고 말했다. "영어도 잘 못하고…… 꼭 퀴디치 월드컵에서 만났던 불가리아 사람들이랑 같이 있는 것 같다니까……. 하지만 그 사람들은 적어도 다른 사람이 이해할 수 있는 몸짓이라도 했지. 저 작자들은 계속 고블린어로 떠들어 대고 있어……. 그런데 내가 아는 고블린어 단어는 하나밖에 없거든. '블라드바크'. '곡괭이'라는 뜻이지. 그 단어는 쓰고 싶지 않아. 저 녀석들이 내가 자기들을 위협한다고 생각할 수도 있으니까." 그는 짧게 웃음을 터뜨렸다.

"왜 저러는 거예요?" 고블린들이 배그먼을 아주 유심히 지켜보고 있는 것을 눈치챈 해리가 물었다.

"어, 글쎄……." 배그먼은 갑자기 초조한 표정을 지었다. "저들은…… 어…… 저들은 바티 크라우치 장관을 찾고 있어."

"왜 여기서 그 사람을 찾아요?" 해리가 말했다. "그분은 런던에 있는 정부에 있잖아요."

"어…… 솔직히 말하면 나도 크라우치 장관이 어디 있는지 모르겠다." 배그먼이 말했다. "크라우치 장관이, 뭐랄까…… 출근을 안 하고 있거든. 벌써 2주째 결근이야. 퍼시라는 젊은 비서 말로는 아프다더구나. 부엉이를 통해 지시 사항만 전달하고 있는 것 같아. 하지만 이 얘기는 아무에게도 안 했으면 좋겠구나. 그래 주겠니, 해리? 리타 스키터가 아직도 여기저기 쑤시고 다니는 중이거든. 그 여자라면 분명 바티의 병을 뭔가 불길한 것으로 부풀려 쓸 거야. 어쩌면 크라우치도 버사 조킨스처럼 실종됐다고 쓸지도 모르지."

"버사 조킨스는 아무 소식도 없나요?" 해리가 물었다.

"그래." 배그먼이 또다시 긴장한 표정으로 말했다. "당연히 사람들을 보내서 찾아봤지……. (하지만 해리는 너무 늦은 게 아닌가 싶었다.) 그런데 정말 이상하더구나. 알바니아에 도착한 건 확실해. 거기서 육촌 친척을 만났으니까. 육촌의 집을 떠나면서 남쪽에 사는 고모를 만나겠다고 했다는데…… 가는 길에 아무 흔적도 없이 사라진 모양이야. 버사가 어디로 갔는지 내가 어떻게 알겠냐……. 버사는, 뭐랄까, 누구랑 눈이 맞아서 달아날 만한 사람도 아니야……. 하지만 그렇더라도…… 근데 우리 지금 뭐 하는 거냐? 고블린이랑 버사 조킨스 얘기나 하고 있다니. 정말로 너한테 물어보고 싶은 건 따로 있는데." 그가 목소리를 낮췄다. "황금 알은 어떻게 돼 가니?"

"어…… 그럭저럭 잘되고 있어요." 해리는 또다시 거짓말을 했다.

배그먼은 해리가 솔직하게 말하지 않았다는 사실을 알고 있는 듯했다.

"잘 들어라, 해리." 그가 여전히 한껏 낮춘 목소리로 말했다. "난 이 모든 상황을 아주 유감스럽게 생각한다……. 넌 이 대회에 내던져졌어. 네가 자원한 게 아니잖니. 그러니까 만약…… (이제는 너무 작아 가까이 몸을 기울여야 들리는 목소리였다.) 내가 조금이라도 도움이 될 수 있다면…… 맞는 방향으로 가도록 살짝 귀띔해 줄 수 있다면…… 나는 네가 마음에 들거든……. 그런 방법으로 용을 통과하다니! 아무튼 말만 하거라."

해리는 눈을 들어 배그먼의 동그랗고 불그레한 얼굴과 큼직한 옅은 푸른색 눈을 바라보았다.

"문제의 단서는 혼자 풀어야 하는 거 아니에요?" 해리는 마법 스포츠부 장관이라는 사람이 규칙을 어긴다고 비난하는 것처럼 들릴까 봐 신경 쓰면서 그렇게 물었다.

"뭐…… 그건 그렇지." 배그먼이 조바심을 내며 말했다. "하지만…… 너도 알잖냐, 해리. 우리 모두 호그와트의 승리를 바라고 있어. 안 그러니?"

"세드릭한테도 도와주겠다고 하셨어요?" 해리가 물었다.

배그먼의 매끄러운 얼굴이 살짝 찌푸려졌다.

"아니, 안 했다." 그가 말했다. "나는, 어…… 이미 말했듯이, 네가 마음에 들거든. 그냥 도움을 주면 좋을 것 같아서……."

"아, 고맙습니다." 해리가 말했다. "근데 알 문제는 거의 푼 것 같아요……. 며칠만 더 있으면 알의 비밀이 풀릴 거예요."

해리는 자신이 왜 배그먼의 도움을 거절하는지 알 수가 없었다. 배그먼은 그에게 모르는 사람이나 다름없고, 그의 도움을 받아들이는 것은 어쩐지 론이나 헤르미온느, 시리우스에게 조언을 구하는 것보다 훨씬 속임수처럼 느껴진다는 것만 알 뿐이었다.

배그먼은 거의 모욕당한 표정이었지만 그 순간 프레드와 조지가 나타났기에 더 이상 말을 잇지는 못했다.

"안녕하세요, 배그먼 장관님." 프레드가 밝은 목소리로 말했다. "저희가 한잔 사 드릴까요?"

"어…… 아니." 배그먼은 마지막으로 한 번 실망한 눈길로 해리를 보며 말했다. "아니, 괜찮다, 얘들아……."

프레드와 조지는 배그먼만큼이나 실망한 표정이었다. 배그먼은 해리가 자신을 심하게 낙담시키기라도 한 것처럼 그를 바라보고 있었다.

"그럼, 난 어서 가 봐야겠다." 그가 말했다. "모두 만나서 반가웠다. 행운을 비마, 해리."

그는 허둥지둥 술집을 나갔다. 고블린들도 일제히 의자에서 미끄러져 내려와 그를 따라 나갔다. 해리는 론과 헤르미온느가 앉아 있는 곳으로 갔다.

"뭐래?" 해리가 앉자마자 론이 물었다.

"나한테 황금 알과 관련해서 도움을 주겠다던데." 해리가 말했다.

"그러면 안 되잖아!" 헤르미온느가 크게 충격받은 얼굴로 말했다. "심사위원 중 한 명인데! 게다가 넌 벌써 문제를 풀었고…… 그치?"

"음…… 거의." 해리가 말했다.

"음, 배그먼이 부정행위를 하라고 널 설득했다는 걸 알면 덤블도어 교수님이 별로 좋아하지 않으실 거야!" 헤르미온느는 여전히 매우 못마땅한 표정을 짓고 있었다. "세드릭도 똑같이 도와주려고 한 거였으면 좋겠네!"

"아니래. 내가 물어봤어." 해리가 말했다.

"디고리가 도움을 받든 말든 무슨 상관이야?" 론이 말했다. 해리도 속으로 동의했다.

"그 고블린들 별로 착해 보이지 않던데." 헤르미온느가 버터맥주를 홀짝이며 말했다. "여기서 뭘 하고 있었을까?"

"배그먼 말로는 크라우치 장관을 찾는 중이래." 해리가 말했다. "크라우치 장관은 아직도 몸이 안 좋다더라. 출근을 안 하고 있대."

"어쩌면 퍼시가 독약을 먹이고 있는지도 몰라." 론이 말했다. "크라우치가 죽으면 자기가 국제 마법 협력부 장관이 될 거라 생각하고 말이지."

헤르미온느는 론에게 '그런 농담은 하지도 마'라고

말하는 듯한 눈길을 던지고 입을 열었다. "이상하네, 고블린들이 크라우치 장관을 찾고 있다니……. 고블린들은 보통 마법 생명체 통제 관리부에서 상대할 텐데."

"하지만 크라우치는 엄청 다양한 언어를 할 줄 알잖아." 해리가 말했다. "통역이 필요한 걸지도 모르지."

"이젠 우리 불쌍하고 깜찍한 고블린들이 걱정되는 거야?" 론이 헤르미온느에게 물었다. "S.P.U.G.라든가 뭐 그런 걸 시작하려고? 못생긴 고블린 보호 협회 (Society for the Protection of Ugly Goblins) 말이야."

"하, 하, 하." 헤르미온느가 빈정거리듯 웃었다. "고블린들은 보호할 필요가 없어. 빈스 교수님이 고블린 반란에 대해 해 주신 얘기를 듣기는 한 거니?"

"아니." 해리와 론이 입을 모았다.

"뭐, 고블린들은 마법사들을 잘 다룰 줄 알아." 헤르미온느가 버터맥주를 좀 더 홀짝이며 말했다. "아주 영리하거든. 집요정 같지 않단 얘기야. 집요정들은 결코 자기 잇속을 챙기는 법이 없잖아."

"아, 이런." 론이 문 쪽을 뚫어지게 바라보며 말했다.

리타 스키터가 막 들어선 것이다. 그녀는 오늘 바나나 빛깔의 노란색 로브 차림이었고, 긴 손톱은 강렬한 분홍색이었으며, 배불뚝이 사진기자와 함께였다. 그녀가 마실 것을 사서 사진기자와 함께 인파를 헤치고 근처 탁자로 걸어왔다. 해리, 론, 헤르미온느는 가까이 다가오는 리타 스키터를 계속 노려봤다. 그녀는 뭔가 매우 만족스러운 표정으로 빠르게 말을 쏟아 내고 있었다.

"……우리랑 얘기하고 싶어 하지 않는 눈치였지, 보조? 자, 왜 그랬을 것 같아? 게다가 꽁무니에 고블린 무리는 왜 달고 있었을까? 관광시켜 주고 있다니 무슨 헛소리야……. 옛날부터 거짓말에 서툴렀어. 자기 생각에도 무슨 일이 있는 것 같지 않아? 좀 파헤쳐 봐야 할까? '마법 스포츠부 장관 루도 배그먼, 실각하다'……. 첫 문장으로 아주 산뜻하잖아, 보조. 그냥 여기에 맞는 이야깃거리만 찾아내면 되는데……."

"또 누구의 인생을 망치려는 건가요?" 해리가 큰 소리로 물었다.

몇몇 사람이 그를 돌아보았다. 누가 말했는지를 본 리타 스키터의 눈이 보석 박힌 안경 뒤에서 휘둥그레졌다.

"해리!" 그녀가 활짝 웃으며 말했다. "이런 멋진 일이! 이리 와서 같이……."

"당신 근처엔 얼씬도 하기 싫어." 해리가 화를 내며 말했다. "해그리드한테는 왜 그런 짓을 한 거예요? 네?"

리타 스키터가 진하게 그린 눈썹을 치켜올렸다.

"우리 독자들은 진실을 알 권리가 있어, 해리. 나는 그냥 내 일을……."

"해그리드가 거인 혼혈인 게 뭐가 중요한데요?" 해리가 소리쳤다. "해그리드는 아무 잘못도 없어요!"

술집 전체가 물을 끼얹은 듯 조용해졌다. 로즈메르타 씨는 큰 병에 채우던 벌꿀술이 넘치는 것도 모르고 바 너머를 멍하니 바라보고 있었다.

리타 스키터의 미소가 살짝 흔들렸다. 하지만 그녀는 곧바로 다시 웃음을 띠었다. 그녀가 악어가죽 핸드백을 열고 속기 깃펜을 꺼내며 말했다. "네가 아는 해그리드에 대해 인터뷰해 주지 않겠니, 해리? 근육 뒤에 감춰진 해그리드의 인간적 면모에 대해서 말이야. 너와 해그리드가 맺은 뜻밖의 우정과 그 뒤에 숨은 이유라든가. 너 혹시 해그리드를 아버지 대신이라고 보니?"

헤르미온느가 벌떡 일어섰다. 그녀는 버터맥주 잔을 수류탄이라도 되는 양 꽉 움켜쥐고 있었다.

"이 끔찍한 여자야." 그녀가 이를 악물고 말했다. "당신은 기사를 위해서라면 무슨 짓을 하든 상관없지? 그게 누구라도 상관없잖아. 안 그래? 루도 배그먼까지……."

"앉아, 이 멍청한 계집애 같으니, 모르면 가만있어." 리타 스키터가 매서운 눈길로 헤르미온느를 쏘아보며 차갑게 말했다. "나는 루도 배그먼에 대해 네 머리카락이 쭈뼛 설 정도의 사실을 알고 있어. ……뭐, 네 머리를 보면 굳이 그럴 필요도 *없겠네*." 그녀가 헤르미온느의 덥수룩한 머리카락을 힐끗 보며 덧붙였다.

"가자." 헤르미온느가 말했다. "어서, 해리, 론……."

그들은 자리에서 일어났다. 많은 사람의 시선이 그들을 쭉 따라왔다. 해리는 문에 다다라 잠깐 뒤돌아보았다. 리타 스키터의 속기 깃펜이 어느새 가방에서 나와, 탁자에 펼쳐 놓은 양피지 위를 쌩쌩 왔다 갔다 하고 있었다.

"다음엔 널 노릴 거야, 헤르미온느." 왔던 길을 되짚어 가면서 론이 작은 소리로 걱정스럽게 말했다.

"어디 해보라 그래!" 헤르미온느가 날카롭게 말했다. 그녀는 분노로 부들부들 떨고 있었다. "내가 저 여자한테 보여 줄 거야! 멍청한 계집애라고? 내가? 아, 꼭 갚아 줄 거야. 처음에는 해리, 그다음에는 해그리드……."

"리타 스키터는 건드리지 않는 게 좋아." 론이 안절부절못하며 말했다. "진짜야, 헤르미온느. 네 뒤를 캐고 다닐 거라고……."

"우리 부모님은 《예언자일보》 안 보셔. 내가 저 사람한테 겁먹고 숨을 일은 없을걸!" 헤르미온느가 말했다. 그녀가 어찌나 빠른 속도로 성큼성큼 걷고 있는지 해리와 론은 그녀를 따라잡기도 벅찰 지경이었다. 헤르미온느가 이렇게 화내는 모습은 드레이코 말포이의 얼굴을 때렸을 때 이후로 처음 보았다. "해그리드도 더 이상 숨어선 안 돼! 저런 사람 같지도 않은 사람 때문에 기분 상해선 절대로 안 된다고! *가자!*"

그녀는 갑자기 달리기 시작했다. 호그스미드의 거리를 되짚어 가서 날개 달린 멧돼지가 양옆에 서 있는 교문을 지난 뒤 교정을 가로질러 해그리드의 오두막으로 다다를 때까지 줄곧 헤르미온느가 앞장섰다.

오두막 창문에는 여전히 커튼이 쳐 있었다. 그들이 다가가자 팽이 짖는 소리가 들렸다.

"해그리드!" 헤르미온느가 문을 두드리며 소리쳤다. "해그리드, 그 정도면 됐어요! 안에 있는 거 다 알아요! 아저씨의 어머니가 거인이었다고 해도 아무도 신경 안 써요, 해그리드! 그 더러운 스키터라는 여자가 이런 행패를 부리게 놔두면 안 되죠! 해그리드, 나오라고요. 아저씬 그냥……."

문이 열렸다. 헤르미온느는 뭐라고 말을 이으려다가 문득 멈췄다. 해그리드가 아닌 알버스 덤블도어가 그녀를 마주 보고 서 있었다.

"안녕." 그가 상냥하게 미소 지으며 말했다.

"저희는…… 어…… 해그리드를 만나러 왔어요." 헤르미온느가 조그만 목소리로 말했다.

"그래, 그럴 것 같았다." 덤블도어가 말했다. 그의 두 눈이 반짝이고 있었다. "들어오지 그러니?"

"아…… 음…… 네." 헤르미온느가 말했다.

그녀와 론과 해리는 오두막으로 들어갔다. 해리가 들어가자마자 팽이 펄쩍 뛰어올라 미친 듯이 짖으면서 그의 귀를 핥으려 했다. 해리는 팽이 얼굴을 들이대는 것을 막으면서 주위를 둘러보았다.

커다란 찻잔 두 개가 놓인 탁자 앞에 해그리드가 앉아 있었다. 몰골이 그야말로 엉망진창이었다. 얼굴은 눈물로 범벅됐고 눈은 퉁퉁 부어 있었으며, 머리카락은 단정하게 길들이려던 노력과는 정반대 방향으로 간 듯했다. 이제 그의 머리카락은 철사를 얼기설기 꼬아서 만든 가발처럼 보였다.

"안녕하세요, 해그리드." 해리가 말했다.

해그리드가 눈을 들었다.

"안녕." 그가 잔뜩 쉰 목소리로 말했다.

"차가 더 있어야겠구나." 해리, 론, 헤르미온느가 들어오자 덤블도어가 문을 닫고 마법 지팡이를 꺼내 빙빙 돌리며 말했다. 빙글빙글 돌고 있는 차 쟁반이 케이크 한 접시와 함께 허공에 나타났다. 덤블도어가 마법으로 그 쟁반을 탁자에 올려놓자 모두 자리에 앉았다. 잠깐 침묵이 흐른 뒤 덤블도어가 입을 열었다. "혹시 그레인저 양이 한 말을 들었나, 해그리드?"

헤르미온느가 얼굴을 살짝 붉혔지만 덤블도어는 그녀에게 미소 지으며 말을 이었다. "문을 부수려던 걸 보면 헤르미온느와 해리, 론은 여전히 자네와 친하게 지내고 싶어 하는 것 같은데."

"당연히 아저씨랑 계속 친하게 지내고 싶죠!" 해리가 해그리드를 바라보며 말했다. "스키터 그 재수 없는 여자가 뭐라고 지껄이든…… 죄송해요, 교수님." 그는 재빨리 덤블도어를 보며 덧붙였다.

"내가 일시적으로 귀가 먹어서 네가 무슨 말을 했는지 전혀 모르겠구나, 해리." 덤블도어가 엄지손가락을 뱅글뱅글 돌리며 천장을 보면서 말했다.

"어…… 네." 해리가 멋쩍은 듯 얼버무리고는 말을 이었다. "제 말은 그냥…… 해그리드, 어떻게 우리가 그…… 그 사람이 아저씨에 대해 쓴 기사 따위에 신경 쓸 거라 생각할 수 있어요?"

검은 딱정벌레 같은 해그리드의 눈에서 굵직한 눈물이 흘러나와 잔뜩 꼬인 턱수염으로 천천히 흘러내렸다.

"내가 지금껏 한 말의 살아 있는 증거로군, 해그리드." 덤블도어가 여전히 조심스럽게 천장을 올려다보며 말했다. "자네의 학창 시절을 기억하는 학부모들이 보낸 셀 수 없이 많은 편지들을 보여 주지 않았나? 그들은 내게 자네를 해고하면 가만있지 않겠다고 아주 분명하게 말했네."

"모든 편지가 그런 건 아니었잖아요." 해그리드가 쉰 목소리로 말했다. "모든 사람이 제가 여기 머물기를 바라진 않았어요."

"정말이지, 해그리드. 전 세계 모든 사람에게 사랑받고 싶은 거라면, 유감스럽지만 자네는 이 오두막 안에 아주 오래 머물러야 할 거야." 덤블도어가 말했다. 이제 그는 반달 안경 너머로 엄격한 눈길을 던지고 있었다. "내가 이 학교 교장이 된 뒤로 단 한 주도 빠지지 않고 학교 운영 방침에 불평을 늘어놓는 부엉이가 날아왔네. 하지만 내가 어떻게 해야 됐겠나? 서재에 숨어서 아무와도 이야기하지 말아야 할까?"

"교수님은…… 교수님은 거인 혼혈이 아니시잖아요!" 해그리드가 꺽꺽댔다.

"해그리드, 제 친척들은 어떤데요!" 해리가 화를 내며 말했다. "더즐리 가족을 보라고요!"

"훌륭한 지적이로군." 덤블도어 교수가 말했다. "내 동생 애버포스도 염소에게 부적절한 마법을 건 죄로 기소당한 적이 있네. 신문이 온통 그 얘기로 도배됐지. 한데 그렇다고 애버포스가 숨었을까? 아니, 숨지 않았네! 고개를 빳빳이 들고 평소처럼 일을 보러 다녔지! 물론 애버포스가 글을 읽을 줄 아는지 어쩐지는 잘 몰라서 그것이 꼭 용기 때문이었다고는 못 하겠네만……."

"돌아와서 우릴 가르쳐 주세요, 해그리드." 헤르미온느가 조용히 말했다. "부탁이니까 돌아와요. 아저씨가 정말 보고 싶어요."

해그리드가 침을 꿀꺽 삼켰다. 더 많은 눈물이 그의 뺨을 따라 엉킨 턱수염으로 흘러내렸다. 덤블도어가 일어섰다.

"사직서는 반려하겠네, 해그리드. 월요일에는 수업에 복귀하기를 바라네." 그가 말했다. "8시 30분에는 대연회장에서 나와 함께 아침을 먹게 될 거야. 평계는 사절이네. 그럼, 다들 이만."

덤블도어는 잠깐 멈춰 서서 팽의 귀를 긁어 주고 오두막을 나갔다. 문이 닫히자 해그리드는 쓰레기통 뚜껑만 한 손에 얼굴을 묻고 흐느끼기 시작했다. 헤르미온느는 계속 그의 팔을 토닥거려 주었다. 마침내 해그리드가 고개를 들고 말했다. 그의 눈이 새빨개져 있었다. "훌륭한 분이야, 덤블도어 교수님은……. 훌륭한 분이셔……."

"네, 그럼요." 론이 말했다. "케이크 하나 먹어도 돼요, 해그리드?"

"먹어." 해그리드가 손등으로 눈을 훔치며 말했다. "그래, 당연히 덤블도어 교수님 말씀이 맞아……. 너희 말이 다 맞아……. 내가 멍청했어……. 내가 이렇게 군 걸 알면 아빠가 부끄러워하실 거야……." 눈물이 더 나왔지만 그는 좀 더 세게 눈을 훔치고 말했다. "우리 아빠 사진 보여 준 적 없지? 자, 여기……."

해그리드는 일어나 옷장으로 가더니 서랍을 열어 조그만 마법사 사진을 꺼냈다. 해그리드처럼 눈가에 잔주름이 많고 까만 눈을 가진 그는 해그리드의 어깨 위에 앉아 활짝 웃고 있었다. 옆에 있는 사과나무 크기로 미루어 볼 때 해그리드의 키는 2미터에서 2.5미터쯤은 족히 될 듯싶었다. 하지만 턱수염 없는 얼굴은 앳되고 동그랗고 털 한 가닥 없이 매끄러웠다. 열한 살은 넘지 않을 것 같았다.

"호그와트에 입학하자마자 찍은 거야." 해그리드가 껄껄거리며 말했다. "아빠는 숨 넘어갈 정도로 기뻐하셨지……. 내가 마법사가 못 될지도 모른다고 생각하셨거든. 그게, 엄마가 그러니까……. 뭐, 어쨌든. 물론 나는 마법 실력이 딱히 좋진 않았어……. 하지만 아빠는 적어도 내가 퇴학당하는 꼴은 못 보셨지. 내가 2학년 때 돌아가셨거든……. 아빠가 돌아가시고 날 돌봐 준 분이 덤블도어 교수님이야. 나한테 숲지기 일자리도 주셨고……. 덤블도어 교수님은 사람을 믿어 주시거든. 기회를 한 번 더 주시기도 하고……. 그게 다른 교장 선생님들하고 다른 점이야. 재능만 있다면 누구나 호그와트에 받아 주시니까. 어떤 사람의 혈통이…… 뭐…… 괜찮지 않더라도 그 사람은 괜찮을 수 있다는 걸 알고 계시는 거지. 하지만 그걸 이해 못 하는 사람들도 있어. 그런 사람들은 항상 그 문제로 트집을 잡아. 심지어 '나는 있는 그대로의 나이고, 전혀 부끄럽지 않다'고 당당하게 말하기보다 그냥 골격이 큰 척하는 사람도 있어. 우리 아빠는 이렇게 말씀하셨어. '절대 부끄러워하지 마라. 그걸 갖고 트집 잡는 사람들은 늘 있겠지만 그런 사람들은 신경 쓸 가치도 없단다.' 아빠 말이 맞았어. 내가 바보였어. 더는 그 여자한테 신경 쓰지 않을 거야. 정말이야. 골격이 크다는데…… 그냥 골격 큰 사람으로 봐 줘야지."

해리, 론, 헤르미온느는 안절부절못하고 서로를 바라보았다. 해리는 그가 막심 교장에게 하는 말을 몰래 들었다고 고백하느니 차라리 폭발 꼬리 스크루트 50마리를 산책시키는 쪽을 선택할 것이었다. 그러나 해그리드는 자기가 이상한 말을 내뱉었다는 사실을 전혀 의식하지 못한 듯 계속 말을 이어 나갔다.

"그거 아냐, 해리?" 그가 아버지의 사진에서 눈을 들고 말했다. 그의 눈이 초롱초롱했다. "널 처음 봤을 때 꼭 나를 보는 것 같았어. 엄마도 아빠도 없고, 너 자신이 호그와트에 어울리지 않을 거라 생각하던 모습이. 기억나니? 호그와트에 갈 준비가 되었는지 잘 모르겠다고 했잖아. ……그런데 지금 네 모습을 봐라, 해리! 학교 대표 선수라니!"

그는 해리를 잠깐 바라보더니 아주 진지하게 말을 이었다. "내가 정말 바라는 게 뭔지 아냐, 해리? 난 네가 이겼으면 좋겠어. 정말로. 그럼 모두에게 보여 줄 수 있을 거야……. 꼭 순수 혈통의 마법사만이 뭔가 해낼 수 있는 건 아니라는 사실을. 자기 자신을 부끄러워할 필요는 없어. 네가 우승하면 마법을 쓸 수 있는 사람이라면 누구든 받아 주는 덤블도어 교수님의 생각이 맞았다는 걸 증명할 수 있을 거야. 알은 어떻게 돼 가고 있냐, 해리?"

"잘돼 가요." 해리가 말했다. "정말로요."

해그리드의 비참한 얼굴이 활짝 개며 물기 어린 미소가 떠올랐다. "그래야지……. 네가 보여 주는 거야, 해리. 모두에게 보여 줘. 다 이겨 버려."

해그리드에게 거짓말을 하는 것은 다른 사람에게 거짓말을 하는 것과는 차원이 달랐다. 그날 오후 늦게 론, 헤르미온느와 함께 성으로 돌아가던 해리는 대회에서 우승한 그의 모습을 상상하면서 행복한 표정을 짓던 해그리드의 덥수룩한 얼굴을 머릿속에서 지울 수 없었다. 수수께끼의 알은 그날 저녁 어느 때보다도 해리의 양심을 무겁게 짓눌렀다. 잠자리에 들 때쯤 해리는 결심했다. 이제 자존심은 잠시 내려놓고 세드릭이 준 힌트가 뭔지 알아볼 때가 된 것이다.

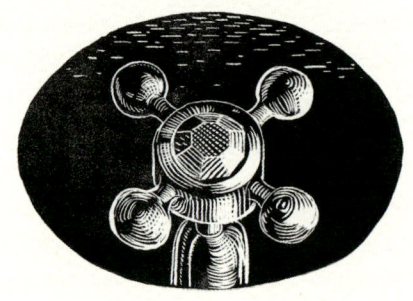

CHAPTER 25

알과 눈

얼마나 오랫동안 목욕을 해야 황금 알의 비밀을 풀 수 있는지 전혀 알 수 없었기에, 해리는 원하는 만큼 오래 시간을 쓸 수 있는 밤에 그 일을 하기로 결심했다. 세드릭의 호의를 더 받아들이긴 싫었지만 반장 전용 욕실도 사용하기로 했다. 들어갈 수 있는 사람이 적은 만큼 그곳에서는 방해를 받을 가능성이 훨씬 낮았다.

해리는 신중하게 모험 계획을 세웠다. 예전에도 한밤중에 침대를 빠져나가 돌아다녀선 안 될 곳을 돌아다니다 건물 관리인 필치에게 붙잡힌 적이 있었던 그는 결코 그 경험을 되풀이하고 싶지 않았다. 투명 망토는 필수였다. 추가적인 대비책으로 도둑 지도도 챙겨 가기로 했다. 도둑 지도는 해리가 가진 물건 중 투명 망토를 제외하면 교칙을 어길 때 가장 쓸모 있는 물건이었다. 그 지도는 수많은 지름길과 비밀 통로를 포함해 호그와트 전체를 보여 주었다. 가장 중요한 것은 이 지도에 복도를 돌아다니는 성안 사람들의 위치가 그 사람의 이름이 붙은 아주 작은 점으로 표시된다는 사실이었다. 그러므로 누가 욕실에 다가오면 미리 주의를 기울일 수 있었다.

목요일 밤, 해리는 자러 가는 척 몰래 기숙사 침실로 올라가 투명 망토를 걸치고 계단을 살금살금 내려갔다. 해그리드가 용을 보여 준 날 밤에 그랬듯 그는 초상화 구멍이 열리기를 기다렸다. 이번에는 론이 밖에서 기다리다가 뚱뚱한 귀부인에게 암호("바나나 튀김")를 댔다. "행운을 빈다." 해리가 슬며시 옆을 지나갈 때, 론이 휴게실로 들어가며 중얼거렸다.

한쪽 팔 아래 무거운 알을 끼고 다른 쪽 손에 지도를 들고 돌아다니려니 오늘 밤에는 망토를 걸치고 움직이기가 영 불편했다. 하지만 달빛이 비치는 복도는 텅 비어 있었고 고요했다. 전략적으로 간격을 두고 지도를 확인했기에 해리가 피하고 싶은 사람과 마주칠 일은 전혀 없었다. 장갑을 반대로 낀 얼빠진 표정의 마법사, 벙벙한 보리스 조각상 앞에 도착한 그는 세드릭이 알려 준 문을 찾아 거기에 대고 "싱그러운 솔잎"이라고 암호를 중얼거렸다.

문이 삐걱거리며 열렸다. 해리는 안으로 슬쩍 들어가 문을 잠그고 투명 망토를 벗은 뒤 주위를 둘러보았다.

곧바로 든 생각은, 이 욕실을 쓸 수 있다는 것만으로도 반장이 될 가치가 있다는 것이었다. 욕실은 촛불 가득한 훌륭한 샹들리에로 은은히 밝혀져 있었고, 바닥 한가운데 움푹 파인 텅 빈 직사각형 수영장 같은 것을 포함한 모든 것이 하얀 대리석으로 만들어져 있었다. 그 수영장 가장자리를 빙 둘러 100개쯤 되는 황금 수도꼭지가 설치되어 있었는데, 수도꼭지 손잡이에는 각각 다른 색깔의 보석이 박혀 있었다. 다이빙대도 있었다. 창문에는 길고 하얀 리넨 커튼이 걸려 있고, 폭신폭신하고 새하얀 수건들이 구석에 잔뜩 쌓여 있었다. 벽에는 황금 액자에 끼운 그림이 딱 한 점 걸려 있었다. 바위 위에서 깊이 잠들어 있는 금발의 인어 그림이었는데, 그녀가 코를 골 때마다 얼굴로 흘러내려 온 긴 머리카락이 흔들렸다.

해리는 망토와 알, 지도를 내려놓고 주위를 둘러보며 앞으로 나아갔다. 발소리가 욕실 벽에 울려 퍼졌다. 욕실은 무척 화려했고 수도꼭지 몇 개를 틀어 보고 싶은 마음이 간절했지만, 이곳에 온 지금 해리는 세드릭이 자기를 놀린 것일지도 모른다는 생각을 억누르기 힘들었다. 대체 이런 것들이 알의 비밀을 푸는 데 무슨 도움이 된단 말인가? 하지만 그는 수영장만 한 욕조 한쪽에 폭신한 수건과 투명 망토, 지도, 알을 내려놓은 다음 무릎을 꿇고 수도꼭지 몇 개를 틀어 보았다.

그는 수도꼭지 하나하나에서 서로 다른 종류의 거품 입욕제가 물 위로 쏟아져 나온다는 사실을 단번에 알아챘다. 하지만 해리가 여태껏 경험해 본 거품 입욕제와는 전혀 달랐다. 어떤 수도꼭지에서는 축구공만 한 분홍색과 파란색 거품이 쏟아져 나왔고, 또 어떤 수도꼭지에서는 몸을 던지면 그 무게를 받쳐 줄 만큼 진하고 얼음처럼 하얀 거품이 쏟아졌다. 또 다른 수도꼭지에서는 짙은 향기를 머금은 자주색 구름이 쏟아져 나와 수면 위를 맴돌았다. 해리는 수도꼭지를 틀었다가 잠갔다가 하면서 한동안 즐겼다. 특히 물줄기가 커다란 호를 그리며 수면에 부딪쳐 튕겨 나오는 수도꼭지가 재미있었다. 깊은 욕조는 곧 뜨거운 물과 비누 거품, 물거품으로 가득 찼다(욕조 크기를 생각하면 아주 짧은 시간밖에 걸리지 않았다). 해리는 수도꼭지를 모두 잠그고 잠옷과 슬리퍼, 가운을 벗은 뒤 물속으로 들어갔다.

너무 깊어서 발이 바닥에 닿지 않을 정도였다. 그는 실제로 욕조 이 끝에서 저 끝까지 두어 번 헤엄친 다음에야 욕조 가장자리로 돌아가 물장구를 치면서 알을 바라보았다. 다채로운 색깔의 증기 구름이 사방으로 퍼져 나가는 가운데 거품 가득한 뜨거운 물속을 헤엄치는 일은 제법 즐거웠지만 머릿속에서는 그 어떤 재기 넘치는 생각도, 갑작스러운 깨달음도 떠오르지 않았다.

해리는 팔을 뻗어 젖은 손으로 알을 들어 올린 다음 조심스레 열어 보았다. 날카로운 울부짖음이 욕실을 가득 채우고 대리석 벽에 부딪쳐 울려 퍼졌다. 그러나 이해할 수 없는 건 여전히 마찬가지였다. 아니, 오히려 메아리 때문에 더 알아듣기가 어려웠다. 해리는 다시 알을 닫았다. 알이 울부짖는 소리가 필치의 주의를 끌까 봐 걱정됐던 것이다. 문득 혹시 그것이 세드릭의 계획 아니었을까 하는 생각이 들었다. 그리고 다음 순간, 해리는 화들짝 놀라서 알을 떨어뜨렸다. 누군가가 말을 했기 때문이었다. 알은 욕실 바닥을 데구루루 굴러갔다.

"나 같으면 물에 한번 넣어 보겠다."

깜짝 놀라 거품을 잔뜩 삼킨 해리가 캑캑대며 일어섰다. 아주 우울한 표정의 소녀 유령이 수도꼭지 위에 책상다리를 하고 앉아 있었다. 평소 세 층 아래에 있는 화장실 변기의 S자형 파이프 안에서 흐느끼는 소리를 내는 울보 머틀이었다.

"머틀!" 해리는 화가 나서 소리쳤다. "나, 난 아무것도 안 입고 있단 말이야!"

물론 거품이 짙어서 들여다보일 리는 없었지만, 해리는 그가 도착하고부터 머틀이 줄곧 수도꼭지에 숨어서 엿보고 있었을 것 같은 끔찍한 기분이 들었다.

"네가 들어올 때는 눈 감고 있었어." 그녀가 두꺼운 안경 너머로 눈을 깜빡이며 말했다. "넌 아주 오랫동안 날 보러 오지 않았지."

"그래…… 뭐……." 해리는 머틀이 그의 머리 말고는 아무것도 보지 못하게 하려고 무릎을 살짝 굽혔다. "난 네 화장실에 들어가면 안 되잖아? 여자 화장실이니까."

"전에는 신경 안 써 놓고." 머틀이 애처롭게 말했다. "예전에는 늘 들어와 있었잖아."

그 말은 사실이었다. 하지만 그것은 단지 해리, 론, 헤르미온느가 머틀의 고장 난 화장실이 폴리주스 마법약을 몰래 끓이기 좋은 장소라는 사실을 알아냈기 때문이었다. 폴리주스 마법약은 해리와 론을 한 시간 동안 고일과 크래브의 살아 있는 복제품으로 만들어준 금지된 마법약이었다. 그 약 덕분에 그들은 슬리데린 휴게실에 몰래 들어갈 수 있었다.

"네 화장실에 들어간다고 야단맞았어." 해리가 말했다. 머틀의 화장실에서 나오다가 퍼시에게 한 번 들킨 적이 있었으니 반쯤은 진실이었다. "그다음부터는 다시 가지 않는 게 좋겠다고 생각했지."

"아……. 그래……." 머틀이 조금 뚱한 얼굴로 턱에 있는 점을 뜯어낼 듯 긁으며 말했다. "뭐…… 아무튼…… 나라면 물속에서 알을 열어 볼 거야. 세드릭 디고리는 그렇게 했거든."

"세드릭도 엿본 거야?" 해리가 버럭 화를 내며 말했다. "무슨 짓이야? 저녁마다 여기 몰래 들어와서 반장들이 목욕하는 걸 훔쳐보기라도 해?"

"가끔." 머틀이 음흉하게 말했다. "하지만 밖에 나와서 말을 걸어 본 건 이번이 처음이야."

"영광이네." 해리가 험악하게 말했다. "눈 감아!"

그는 머틀이 안경을 잘 가리고 있는지 확인한 다음에야 욕조 밖으로 나와 몸에 수건을 단단히 두르고 알을 가지러 갔다.

그가 다시 물속에 들어가자마자 머틀이 손가락 사이로 내다보며 말했다. "자, 열어……. 물속에서 열어 봐!"

해리는 거품이 잔뜩 떠 있는 수면 아래로 알을 집어넣고 열어 보았다. ……이번에는 울부짖는 소리가 들리지 않았다. 알에서 꾸르륵대는 노랫소리가 흘러나왔지만 물 밖에서는 가사를 알아들을 수 없었다.

"머리도 집어넣어야지." 머틀이 말했다. 해리에게 이래라저래라 하는 게 꽤 즐거운 모양이었다. "어서!"

해리는 숨을 깊이 들이마시고 물속으로 들어갔다. 거품으로 가득한 욕조 대리석 바닥에 앉아 있으려니 으스스한 목소리들의 합창이 들렸다. 해리가 들고 있는 열린 알에서 흘러나오는 소리였다.

목소리가 들리는 곳으로 우리를 찾아오렴.
우리는 물 밖에서는 노래할 수 없단다.
그리고 찾는 동안 이 사실을 염두에 두렴.
네가 가슴 아프게 그리워할 존재를 우리가
데려갔음을.
우리가 데려간 것을 되찾기까지
너에게 주어진 시간은 한 시간.
하지만 한 시간이 지나면, 미래는 어두울 뿐.
너무 늦으면 그 존재는 네 곁을 떠나 다시는
돌아오지 않을 거야.

해리는 거품 가득한 물 위로 몸이 다시 떠오르도록 한 다음 머리를 흔들어 눈에서 머리카락을 치웠다.

"들었니?" 머틀이 물었다.

"응…… '목소리가 들리는 곳으로 우리를 찾아오렴'……. 무슨 말인지 아직 모르겠…… 잠깐만, 한 번 더 들어 봐야겠어……." 그는 다시 물속으로 들어갔.

물속에서 공연되는 노래를 세 번이나 더 듣고 나서야 해리는 알이 부르는 노래를 다 외웠다. 그는 잠깐 물장구를 치며 열심히 머리를 굴렸다. 그동안 머틀은 수도꼭지에 앉아서 그런 그를 지켜보았다.

"물 밖에서는 목소리를 낼 수 없는 사람들을 찾아야겠는데……." 그가 천천히 입을 열었다. "어…… 그런 사람이 누굴까?"

"너, 정말 둔하구나?"

해리는 헤르미온느가 폴리주스 마법약을 마시고 얼굴 전체에 털이 나면서 고양이 꼬리가 생겼을 때를 제외하고, 울보 머틀이 저렇게까지 즐거워하는 모습을 한 번도 본 적이 없었다.

그는 생각에 잠긴 채 욕실을 둘러보았다……. 물속에서만 노래를 부를 수 있다면 물속에 사는 생물이어야 이치에 맞았다. 해리는 그를 보며 히죽 웃는 머틀에게 이런 생각을 말해 보았다.

"뭐, 디고리도 그렇게 생각했어." 그녀가 말했다. "아주 오랫동안 거기 누워서 혼잣말을 하더라. 아주 한참 동안 말이야……. 거품이 거의 다 사라질 때까지……."

"물속이라……." 해리가 천천히 입을 열었다. "머틀, 대왕오징어 말고 호수에는 또 뭐가 살아?"

"아, 온갖 생명체가 살지." 그녀가 말했다. "나는 가끔 거기로 내려가거든……. 내가 예상 못 하고 있을 때 누가 변기 물을 내려 버리면 어쩔 수 없이 가끔……."

해리는 울보 머틀이 변기 내용물과 함께 파이프를 따라 호수로 쓸려 내려가는 모습을 떠올리지 않으려고 애쓰며 다시 입을 열었다. "음, 거기 사는 것 중에 사람 목소리를 내는 건? 잠깐……."

해리의 눈길이 벽에 걸린, 졸고 있는 인어 그림으로 향했다. "머틀, 호수에는 인어들이 살지 않아? 그렇지?"

"우아아, 꽤 훌륭한걸." 그녀가 두꺼운 안경을 반짝거리며 말했다. "디고리는 그것보다 훨씬 오래 걸렸어! 그때는 저 여자도 깨어 있었는데……." 머틀은 우울한 얼굴에 혐오스럽다는 빛을 잔뜩 담아 인어 쪽으로 고개를 까딱했다. "낄낄거리면서 잘난 척 지느러미를 내보이더라……."

"그거구나? 맞지?" 해리가 신이 나서 말했다. "두 번째 과제는 호수에 사는 인어들을 찾아서…… 찾아서……."

하지만 그는 자기가 무슨 말을 하고 있는지 문득 깨달았다. 누군가가 몸속의 플러그를 잡아 뽑은 것처럼 흥분감이 쭉 빠져나가는 것이 느껴졌다. 그는 수영을 잘하지 못했다. 수영을 해 본 적도 별로 없었다. 더들리는 어렸을 때 수영 교습을 받았지만, 피튜니아 이모와 버넌 이모부는 해리가 언젠가 익사하기를 바랐는지 그에게 수영을 가르쳐 주지 않았다. 이만 한 욕조를 두어 차례 왔다 갔다 하는 정도는 괜찮았지만 호수는 아주 넓고 깊었다. 게다가 인어들은 분명 호수 가장 밑바닥에 살고 있을 것이다.

"머틀." 해리가 천천히 말했다. "숨을 어떻게 쉬어야 할까?"

이 말에 머틀의 눈에 또 한차례 갑작스럽게 눈물이 차올랐다.

"넌 눈치도 없니?" 그녀가 손수건을 찾느라 로브 속을 뒤지며 중얼거렸다.

"뭐?" 해리가 당황해서 물었다.

"내 앞에서 숨 쉬는 얘기를 했잖아!" 머틀이 날카롭게 소리치자 그녀의 목소리가 욕실에 시끄럽게 울렸다. "나는 숨 같은 거 못 쉬는데……. 오랫동안…… 쉬어 본 적 없는데……." 그녀는 손수건에 얼굴을 묻고 요란하게 코를 풀었다.

해리는 머틀이 그녀 자신의 죽음에 항상 민감하게 반응했다는 사실을 떠올렸다. 하지만 해리가 아는 어떤 유령도 이런 일을 가지고 그토록 유난을 떨지는 않았다. "미안." 그가 조바심을 내면서 말했다. "일부러 그런 건 아니야. 그냥 깜빡……."

"아, 그래. 머틀이 죽었다는 사실을 깜빡하는 건 아주 쉬운 일이지." 머틀이 훌쩍훌쩍 울음을 삼키고 퉁퉁 부은 눈으로 그를 노려보며 말했다. "나를 보고 싶어 하는 사람은 아무도 없어. 내가 살아 있을 때도 그랬고. 내 시체가 발견되기까지 몇 시간이나 걸렸어. 난 알아. 거기에 앉아서 사람들을 기다렸으니까. 올리브 혼비가 화장실에 들어왔어……. '너 또 삐쳐서 여기 온 거니, 머틀?' 하고 묻더라. '디핏 교수님이 나더러 너를 찾아보라고 하셔서…….' 그러고 나서 그 애는 내 시체를 봤어……. 우우, 그 애는 죽는 날까지 그 광경을 잊지 못했어! 내가 그렇게 만들었으니까……. 그 애를 쫓아다니면서 계속 생각나게 만들었어. 걔 오빠의 결혼식 날……."

하지만 해리는 그 말을 듣고 있지 않았다. 그는 다시 인어들의 노래를 생각하고 있었다. '네가 가슴 아프게 그리워할 존재를 우리가 데려갔음을.' 그들은 해리가 가지고 있는 무언가를 훔쳐 갈 모양이었다. 그가 되찾아야만 하는 무언가를. 뭘 가져가려는 걸까?

"……그다음에는 뻔하지. 그 애는 마법 정부를 찾아가서, 내가 스토킹을 하지 못하게 막아 달라고 탄원서를 냈어. 그래서 나는 여기로 돌아와 지금까지 내 화장실에서 살고 있는 거야."

"잘됐네." 해리가 멍하니 말했다. "음, 처음보다는 훨씬 진전이 있는 것 같다. 눈 좀 다시 감아 줄래? 나 나갈 거야."

그는 욕조 바닥에서 알을 챙겨 들고 나와 몸을 닦고 잠옷과 가운을 다시 입었다.

"언제 다시 내 화장실로 찾아와 줄래?" 해리가 투명 망토를 집어 들자 울보 머틀이 애절하게 물었다.

"어…… 노력해 볼게." 해리는 속으로 성안에 있는 다른 화장실이 모두 막히기 전에는 머틀의 화장실을 다시 찾을 일이 없을 거라고 생각하면서 그렇게 말했다. "나중에 보자, 머틀. 도와줘서 고마워."

"안녕." 그녀가 우울하게 대꾸했다. 투명 망토를 뒤집어쓴 해리는 그녀가 다시 수도꼭지로 빠르게 돌아가는 모습을 보았다.

해리는 어두운 복도로 나와 여전히 밖에 아무도 없는지 도둑 지도를 확인해 보았다. 지도는 깨끗했다. 필치와 노리스 부인을 표시하는 점은 그들의 사무실에 안전하게 들어 있었다. 위층 트로피 전시실에서 날뛰고 있는 피브스를 제외하면 아무것도 움직이지 않는 듯했다. 해리가 그리핀도르 탑으로 돌아가려고 한 발을 내디뎠을 때, 지도에서 또 다른 뭔가가 그의 눈길을 사로잡았다……. 정말 이상한 일이었다.

움직이는 건 피브스만이 아니었다. 점 하나가 지도 왼쪽 맨 아래 구석에 있는 방 근처를 돌아다니고 있었다. 그 방은 스네이프의 연구실이었다. 하지만 점에는 '세베루스 스네이프'라는 이름이 붙어 있지 않았다……. 점의 이름은 바티미어스 크라우치였다.

해리는 그 점을 뚫어지게 바라보았다. 크라우치 장관은 몸이 너무 안 좋아서 출근도 못 하고 크리스마스 무도회에 오지도 못한다고 했다. 그런 사람이 새벽 1시에 호그와트에 몰래 들어와서 뭘 하는 걸까? 해리는 그 점이 방 주위를 맴돌면서 여기저기에서 잠깐씩 멈춰 서는 모습을 자세히 살펴보았다.

잠시 망설이고 고민했지만…… 결국 그는 호기심을 이기지 못했다. 해리는 반대 방향으로 발걸음을 돌려 가장 가까운 계단으로 향했다. 크라우치가 뭘 하는지 살펴볼 작정이었다.

바닥이 삐거덕거리는 소리와 그의 잠옷이 바스락거리는 소리에 몇몇 초상화 속 얼굴들이 궁금한 듯 고개를 돌리기는 했지만, 해리는 되도록 조용히 계단을 내려갔다. 그는 아래층 복도를 따라 살금살금 나아가다가 통로 중간쯤에 있는 태피스트리를 밀치고 더 좁은 계단을 따라 나아갔다. 그 계단은 두 층 아래로 이어지는 지름길이었다. 그는 계속 의아해하면서 지도를 힐끔거렸다. 그토록 철두철미하고 준법정신 투철한 크라우치 장관이 이렇게 늦은 밤중에 다른 사람의 연구실 근처를 몰래 돌아다니다니, 왠지 어울리지 않는 행동이었다.

순간, 해리는 자기가 뭘 하는지도 모른 채 크라우치 장관의 이상한 행동 말고는 어떤 것에도 주의를 기울이지 않고 계단을 내려가다가 네빌이 항상 건너뛰는 것을 잊어 먹는 함정 계단에 갑자기 다리를 빠뜨리고 말았다. 그는 꼴사납게 비틀거렸다. 물에 젖어 아직 축축한 황금 알이 팔 밑에서 쑥 빠져나갔다. 해리는 몸을 앞으로 날려 알을 잡으려 했지만 너무 늦었다. 알은 한 단 한 단 베이스 드럼을 두드리는 것 같은 요란한 소리를 내며 긴 계단을 굴러 내려갔다. 투명 망토가 몸에서 미끄러졌다. 해리는 망토를 낚아챘지만 이번에는 도둑 지도가 팔락거리며 손에서 빠져나와 여섯 계단 밑으로 떨어졌다. 계단에 무릎까지 빠진 상태에서는 손이 닿지 않는 곳이었다.

계단 아래로 떨어진 황금 알이 데굴데굴 굴러가 태피스트리를 지났다. 알이 벌컥 열리더니 아래층 복도에서 시끄럽게 울부짖기 시작했다. 해리는 마법 지팡이를 꺼내 도둑 지도를 건드려서 그 내용을 지우려고 기를 썼지만 너무 멀어서 닿지 않았다.

다시 투명 망토를 뒤집어쓴 해리는 몸을 쭉 펴고 귀를 기울였다. 두려움에 눈을 질끈 감았다……. 그리고 다음 순간……

"피브스!"

그것은 분명 사냥에 나선 건물 관리인 필치의 고함 소리였다. 빠르게 발을 질질 끄는 소리와 분노로 높아진 쌕쌕거리는 목소리가 점점 가까이 들려왔다.

"이게 웬 난리야? 성 전체를 깨울 작정이냐? 내가 잡고 만다, 피브스. 잡고 말 거야. 넌 이제…… 이게 뭐지?"

필치의 발걸음이 멈췄다. 금속끼리 찰캉 부딪치는 소리가 들리더니 울부짖음도 멈췄다. 필치가 알을 집어 들고 닫은 것이다. 해리는 여전히 마법 계단에 한쪽 다리가 꽉 낀 채 가만히 귀를 기울였다. 필치가 피브스를 찾겠다는 생각에 지금 당장이라도 태피스트리를 걷을지 몰랐다. 하지만 그곳에는 피브스가 없을 것이다. 만약 계단을 올라온다면 도둑 지도를 발견할 테지. 그리고 투명 망토를 쓰고 있든 아니든 지도는 '해리 포터'가 있는 곳을 정확히 보여 줄 것이다.

"웬 알이지?" 필치가 계단 밑에서 조용히 중얼거렸다. "우리 귀염둥이!" 노리스 부인이 필치와 함께 있는 게 틀림없었다. "이건 트라이위저드 시합의 단서인데! 학교 대표 선수의 물건이야!"

해리는 속이 메슥거렸다. 심장이 거세게 뛰었다…….

"피브스!" 필치가 꼴 좋다는 듯 신이 나서 고함을 질렀다. "도둑질을 하고 있었구나!"

그는 다시 아래층 태피스트리를 젖혔다. 그의 끔찍하게 축 처진 얼굴이 보였다. 깜깜하고 (필치가 보기에는) 텅 빈 계단을 올려다보는, 툭 튀어나온 옅은 색 눈도 보였다.

"숨은 거냐?" 그가 조용히 말했다. "내가 가서 잡는다, 피브스……. 네놈이 트라이위저드 시합의 단서를 훔쳤어. 이번에야말로 덤블도어가 널 쫓아낼 거다, 이 더러운 좀도둑 폴터가이스트야……."

필치가 계단을 오르기 시작했다. 그의 비쩍 마른 먼지 색깔 고양이가 그를 바짝 뒤따랐다. 주인과 너무도 닮은 노리스 부인의 등잔불 같은 눈이 해리에게 곧장 붙박여 있었다. 예전에도 투명 망토가 고양이들에게 통하는지 궁금해한 적이 있었는데……. 해리는 불안감에 금방이라도 토할 것 같은 기분으로, 필치가 낡은 플란넬 가운을 입고 점점 가까이 다가오는 모습을 지켜보았다. 함정에 낀 다리를 빼내려고 필사적으로 버둥거렸지만 아래로 더 깊이 빠지기만 했다. 당장에라도 필치가 지도를 발견하거나 그에게 부딪칠 것이었다.

"필치? 무슨 일이지?"

필치는 해리에게서 몇 계단 아래 멈춰 서서 뒤를 돌아보았다. 계단 밑에 해리가 처한 상황을 더 악화시킬 수 있는 유일한 사람이 서 있었다. 스네이프였다. 그는 긴 회색 잠옷을 입고 서슬 퍼런 표정을 짓고 있었다.

"피브스입니다, 교수님." 필치가 악의가 깃든 말투로 소곤거렸다. "이 알을 계단 아래로 던져 버렸어요."

스네이프가 재빨리 계단을 올라와 필치 옆에 섰다. 해리는 이를 악물었다. 시끄럽게 쿵쾅거리는 심장 소리가 당장에라도 그의 위치를 드러낼 것만 같았…….

"피브스?" 스네이프가 필치의 손에 들린 알을 뚫어지게 바라보며 조용히 물었다. "하지만 피브스가 내 연구실에 들어올 수는 없을 텐데……."

"이 알이 교수님 연구실에 있었습니까?"

"그럴 리가." 스네이프가 쏘아붙였다. "나는 뭔가 쿵쾅거리더니 울부짖는 소리가 나는 걸 듣고……."

"네, 교수님. 알에서 나는 소리였어요……."

"무슨 일인지 살펴보러 나와서……."

"피브스가 던졌다니까요, 교수님."

"내 연구실 앞을 지나는데, 횃불이 켜져 있고 저장고 문이 열려 있는 게 보였소! 누가 내 연구실을 뒤지고 있었다고!"

"하지만 피브스는 그럴 수가……."

"그건 나도 알아, 필치!" 스네이프가 쏘아붙였다. "나는 오직 마법사만이 깨뜨릴 수 있는 주문으로 연구실을 봉인해 두니까!" 스네이프가 계단을 올려다보았다. 그의 시선이 해리를 곧장 꿰뚫더니 이어서 아래층 복도로 향했다. "나랑 함께 침입자를 수색해 줬으면 하는데, 필치."

"저는…… 네, 교수님…… 그런데…….."

필치는 안타까운 듯 해리가 있는 계단을 곧장 올려다보았다. 피브스를 궁지에 몰아넣을 기회를 놓치는 것이 못내 아쉬운 듯했다. '빨리 가.' 해리는 속으로 빌었다. '스네이프랑 같이 가……. 가 버리라고…….' 노리스 부인이 필치의 다리 근처에서 주위를 유심히 살피고 있었다. 해리는 확실히 노리스 부인이 그의 냄새를 맡을 수도 있다고 생각했다. ……뭐 하자고 욕조를 온갖 향기 나는 거품으로 가득 채웠을까?

"그게 말이죠, 교수님." 필치가 애처롭게 입을 열었다. "이번만큼은 교장 선생님도 제 얘기에 귀 기울여 주실 거예요. 피브스가 학생들의 물건을 훔치고 있으니, 이번에야말로 녀석을 아예 성에서 쫓아낼 기회일지도……."

"필치, 나는 그 망할 놈의 폴터가이스트에 대해서는 눈곱만큼도 관심이 없소. 내 연구실이……."

턱. 턱. 턱.

스네이프는 갑작스럽게 말을 멈췄다. 그와 필치 모두 계단 아래를 바라보았다. 해리는 두 사람의 머리 사이 좁은 틈으로 매드아이 무디가 절뚝거리며 다가오는 모습을 보았다. 무디는 잠옷 위에 낡은 여행용 망토를 걸치고 언제나처럼 지팡이를 짚고 있었다.

"파자마 파티라도 하나?" 그가 계단 위를 향해 걸걸한 목소리로 물었다.

"스네이프 교수님과 제가 무슨 소리를 들었습니다, 교수님." 필치가 곧바로 답했다. "폴터가이스트 피브스가 늘 하던 것처럼 물건을 던지고 있어서요. 그러고 있는데 스네이프 교수님이 누가 연구실에 침입한 걸 발견하고……."

"입 닥치지 못해!" 스네이프가 식식대며 필치에게 소리쳤다.

무디가 계단 밑으로 한 발짝 가까이 다가왔다. 해리는 무디의 마법 눈이 스네이프를 지나 자신에게 향하는 것을 확실히 보았다.

해리는 심장이 오그라드는 것을 느꼈다. '무디 교수는 투명 망토를 꿰뚫어 볼 수 있어…….' 오직 무디만이 이 이상한 장면을 전부 볼 수 있었다. 잠옷 바람의 스네이프, 알을 들고 있는 필치, 그리고 그들 뒤 계단에 다리가 낀 해리를. 무디의 비틀린 입이 놀란 듯 벌어졌다. 잠깐 동안 그와 해리의 눈이 똑바로 마주쳤다. 이어 무디는 입을 다물고 그 파란 눈을 다시 스네이프에게 돌렸다.

"내가 제대로 들은 게 맞나, 스네이프?" 그가 천천히 물었다. "누가 연구실에 침입했다고?"

"중요한 일은 아닙니다." 스네이프가 싸늘하게 말했다.

"그 반대지." 무디가 으르렁거리듯 말했다. "아주 중요한 일이야. 누가 자네 연구실에 침입하고 싶어 하겠나?"

"아마 학생일 겁니다." 스네이프가 말했다. 심기가 불편한지 스네이프의 기름진 관자놀이에서 핏줄이 불끈거리는 것이 보였다. "전에도 이런 일이 있었습니다. 개인 저장고에서 마법약 재료들이 사라진 적이 있었죠……. 틀림없이 불법 혼합물을 만들려는 학생들일 겁니다."

"학생들이 마법약 재료를 구하려 했다고?" 무디가 말했다. "자네 연구실에 뭔가 숨겨 놓은 건 아니고?"

해리는 스네이프의 누르께한 얼굴이 칙칙한 벽돌색으로 변하면서 관자놀이의 혈관이 더욱 빠르게 맥박치는 것을 보았다.

"내가 아무것도 숨기고 있지 않다는 건 당신도 아실 텐데요, 무디." 그가 조용하면서도 날 선 목소리로 말했다. "직접 내 연구실을 아주 철저히 수색했으니까."

무디의 일그러진 얼굴에 미소가 떠올랐다. "오러의 특권이지, 스네이프. 덤블도어가 나한테 자넬 주시하라고……."

"덤블도어 교수님은 날 믿습니다만." 스네이프가 이를 악물고 말했다. "덤블도어 교수님이 당신에게 내 연구실을 수색하라고 지시했다는 말은 믿을 수가 없습니다!"

"물론 덤블도어는 자네를 믿지." 무디가 거친 목소리로 말을 이었다. "남을 잘 믿는 사람이니까. 안 그런가? 다시 한 번 기회를 주는 게 옳다고 생각하는 사람이기도 하고. 하지만 나는…… 나는 지워지지 않는 얼룩이 있다고 믿네, 스네이프. 절대로 지워지지 않는 얼룩. 내 말 무슨 뜻인지 아나?"

스네이프는 갑자기 아주 이상한 행동을 했다. 오른손으로 왼쪽 팔꿈치 아래를 움켜쥐었던 것이다. 마치 아프기라도 한 것처럼.

무디가 웃었다. "이만 자러 가게, 스네이프."

"당신이 나한테 이래라저래라 할 권한은 없을 텐데요!" 스네이프는 스스로에게 화가 난다는 듯 팔을 놓고 씩씩거렸다. "당신과 마찬가지로 나한테도 해가 진 뒤 학교를 돌아다닐 권리가 있단 말입니다!"

"그럼 돌아다니든가." 무디가 말했지만 그 목소리는 매우 위협적으로 들렸다. "언젠가 어두운 복도에서 자네를 만날 일을 기대하고 있겠네……. 그나저나, 뭘 떨어뜨린 것 같은데……."

해리는 찌르는 듯한 공포를 느끼며, 무디가 여전히 여섯 계단 아래 놓여 있는 도둑 지도를 가리키는 모습을 바라보았다. 스네이프와 필치가 모두 고개를 돌려 그 지도를 본 순간, 해리는 더 이상 조심하고 말고 할 게 없다는 생각이 들었다. 그는 무디의 주의를 끌기 위해 투명 망토 아래서 미친 듯이 팔을 흔들며 "제 거예요! 제 거라고요!" 하고 입을 벙긋거렸다.

스네이프가 지도로 손을 뻗었다. 점차 상황을 파악한 그의 얼굴에 서서히 경악한 표정이 떠올랐다…….

"아씨오 양피지!"

그러나 공중으로 날아오른 지도는 스네이프의 손가락 사이로 빠져나가 계단 밑 무디의 손으로 들어갔다.

"깜빡했군." 무디가 담담하게 말했다. "내 물건일세. 일전에 떨어뜨린 것 같군."

하지만 스네이프의 검은 눈은 필치의 팔에 안겨 있는 알에서 무디의 손에 들린 지도로 빠르게 움직이고 있었다. 오직 스네이프만이 그 두 물건을 조합해서 결론을 내릴 수 있었다…….

"포터." 그가 조용히 입을 열었다.

"뭐?" 무디가 태연하게 지도를 접어 주머니에 넣으며 말했다.

"포터!" 스네이프가 고함을 지르더니 고개를 핵 돌려, 갑자기 그를 볼 수 있게 되기라도 한 것처럼 실제로 해리가 있는 곳을 똑바로 노려보았다. "그건 포터의 알입니다. 그 양피지도 포터의 물건이고요. 전에 본 적이 있어서 압니다! 포터가 여기 있어요! 포터가, 투명 망토를 뒤집어쓰고!"

스네이프는 눈먼 사람처럼 양손을 뻗고 계단을 오르기 시작했다. 안 그래도 큰 스네이프의 콧구멍이 해리를 찾아 쿵쿵거리며 더 커지는 것 같았다. 해리는 계단에 다리가 끼인 채로 몸을 뒤로 젖히며 스네이프의 손가락 끝을 피하려고 애썼다. 하지만 이제 언제라도……

"거기엔 아무것도 없네, 스네이프!" 무디가 고함을 질렀다. "하지만 교장에게 자네가 얼마나 성급하게 해리 포터를 의심했는지는 기꺼이 말해 주지!"

"그게 무슨 뜻입니까?" 스네이프가 다시 고개를 돌려 무디를 바라보며 으르렁거리듯 말했다. 여전히 쭉 뻗은 두 손은 해리의 가슴에 닿기 직전이었다.

"덤블도어는 누가 악의를 갖고 그 애를 지켜보고 있는지에 관심이 아주 많다는 뜻이야!" 무디가 절뚝절뚝 계단 쪽으로 다가오며 말했다. "나도 마찬가지일세, 스네이프. 아주 관심이 많지……." 그의 일그러진 얼굴 위로 횃불 빛이 일렁이면서, 살점이 떨어져 나간 코와 흉터가 어느 때보다도 깊고 어둡게 보였다.

스네이프가 무디를 내려다보았다. 해리가 있는 위치에서는 그의 표정이 보이지 않았다. 잠깐 동안 누구도 움직이거나 말을 하지 않았다. 잠시 후 스네이프가 천천히 손을 내렸다.

"나는 그저……." 스네이프가 애써 차분한 목소리로 입을 열었다. "포터가 또다시 이 늦은 시간에 학교 안을 돌아다니면…… 그게 그 애의 나쁜 버릇이니까…… 누군가가 그 애를 막아야 한다고 생각한 겁니다. 그러니까, 그 아이의 안전을 위해서요."

"그렇군." 무디가 부드럽게 말했다. "포터의 안전을 최우선으로 여기고 있다 이건가?"

잠깐 침묵이 이어졌다. 스네이프와 무디는 여전히 서로를 노려보고 있었다. 아직도 필치의 다리 근처에서 해리가 풍기는 거품 입욕제 냄새의 근원지를 찾아 주위를 두리번거리던 노리스 부인이 큰 소리로 야옹거렸다.

"이만 잠자리로 돌아가야겠군요." 스네이프가 간결하게 말했다.

"오늘 밤 자네가 떠올린 것 중 가장 좋은 생각이군." 무디가 말했다. "자, 필치. 그 알을 내게 넘기면……."

"안 됩니다!" 필치가 처음 얻은 자식이라도 되듯 그 알을 꼭 끌어안으며 말했다. "무디 교수님, 이건 피브스가 도둑질을 했다는 명백한 증거라고요!"

"그건 피브스가 훔친 대표 선수의 물건이네." 무디가 말했다. "넘기게, 당장."

스네이프는 미끄러지듯 계단을 내려가 아무런 말 없이 무디를 지나쳤다. 필치가 노리스 부인에게 쯧쯧 소리를 내자 노리스 부인은 몇 초 더 해리 쪽을 멍하니 응시하더니 몸을 돌려 주인을 따라갔다. 해리는 여전히 가쁜 숨을 쉬면서, 스네이프가 복도를 걸어가는 소리를 들었다. 필치도 무디에게 알을 건넨 뒤 노리스 부인에게 "걱정 마라, 얘야…… 아침에 덤블도어를 찾아갈 테니…… 피브스가 무슨 짓을 하고 다니는지 말할 거란다……" 하고 중얼거리며 시야에서 사라졌.

문이 쾅 닫히는 소리가 들렸다. 해리는 무디를 내려다보며 가만히 있었다. 무디는 짚고 서 있던 지팡이를 계단 맨 아래 내려놓고 힘겹게 해리를 향해 계단을 오르기 시작했다. 한 발 한 발 디딜 때마다 둔탁한 '턱' 소리가 울려 퍼졌다.

"아슬아슬했다, 포터." 그가 중얼거렸다.

"네…… 저는…… 어…… 고맙습니다." 해리가 기운이 빠진 듯 말했다.

"이건 뭐냐?" 무디가 주머니에서 도둑 지도를 꺼내 펼치며 물었다.

"호그와트 지도예요." 해리는 무디가 어서 자신을 계단에서 꺼내 주기를 바라며 대답했다. 다리가 정말 아팠던 것이다.

"멀린의 턱수염 같으니." 무디가 지도를 유심히 바라보며 중얼거렸다. 그의 마법 눈이 미친 듯이 움직였다. "이거…… 이거 대단한 지도로구나, 포터!"

"네, 뭐…… 꽤 쓸모가 있어요." 해리가 말했다. 다리가 아파서 급기야 눈물이 고이기 시작했다. "저…… 무디 교수님, 좀 도와주실 수 있을까요……?"

"뭐? 아! 그래…… 그렇지, 당연히 도와줘야지……."

무디가 해리의 팔을 잡고 당겼다. 다리가 함정 계단에서 빠져나오자 해리는 한 계단 위에 올라섰다.

무디는 아직도 지도를 들여다보고 있었다. "포터……." 그가 천천히 입을 열었다. "혹시 누가 스네이프의 연구실에 침입했는지 봤느냐? 이 지도에서 말이다."

"어…… 네, 봤어요……." 해리는 솔직히 털어놓았다. "크라우치 장관이었어요."

무디의 마법 눈이 지도 전체를 쓱 훑었다. 그는 갑자기 깜짝 놀란 표정을 지었다.

"크라우치?" 그가 다시 물었다. "확실하냐, 포터?"

"네." 해리가 대답했다.

"뭐, 이젠 없구나." 무디가 말했다. 그의 눈은 아직도 지도 전체를 획획 훑고 있었다. "크라우치라…… 그거 정말, 정말 흥미롭군……."

그는 1분 가까이 아무 말도 하지 않고 계속 지도를 들여다보았다. 해리는 이 소식이 무디에게 무언가를 의미한다는 것을 알 수 있었고 그것이 뭔지 무척 궁금했지만 감히 물어봐도 될지 알 수 없었다. 무디는 조금 무섭긴 해도…… 방금 엄청난 곤경에 빠질 뻔한 그를 도와주었다…….

"저…… 무디 교수님……. 왜 크라우치 장관이 스네이프 교수의 연구실을 둘러보고 싶어 했을까요?"

지도를 떠난 무디의 마법 눈이 살짝 떨리면서 해리에게 머물렀다. 꿰뚫어 보는 듯한 눈초리였다. 해리는 무디가 대답을 할지 말지, 또는 얼마나 말해 주어야 할지 고민하면서 자신을 재 보고 있는 것 같다는 느낌을 받았다.

"이렇게 생각해 봐라, 포터." 마침내 무디가 중얼거리듯 말했다. "다들 늙은 매드아이가 어둠의 마법사들을 잡는 데 혈안이 되어 있다고 말하지. ……하지만 매드아이는 바티 크라우치에 비하면 아무것도 아니다. 정말 아무것도 아니야."

그는 계속 지도를 바라보았다. 해리는 더 알고 싶은 마음이 굴뚝같았다.

"무디 교수님?" 그가 다시 말했다. "혹시…… 이 일이 그것과 무슨 관련이 있지 않을까요……? 어쩌면 크라우치 장관님은 무슨 일이 벌어지고 있다고 생각해서……."

"예를 들면?" 무디가 날카롭게 물었다.

해리는 어디까지 말해도 될지 알 수 없어서 고민했다. 호그와트 밖에서 해리에게 정보를 알려 주는 사람이 있다는 사실을 무디가 추측하도록 만들고 싶지는 않았다. 그랬다간 시리우스에 관한 곤란한 질문들이 이어질 수 있었다.

"모르겠어요." 해리가 중얼거렸다. "최근에 이상한 일들이 벌어지고 있잖아요? 《예언자일보》에 실리기도 했고……. 월드컵에 나타난 어둠의 징표라든가 죽음을 먹는 자들이라든가 뭐 그런 거요……."

무디의 짝이 안 맞는 눈 두 개가 모두 휘둥그레졌다.

"예리하구나, 포터." 그가 말했다. 마법의 눈이 두리번두리번하며 도둑 지도로 돌아갔다. "크라우치도 그런 생각을 하고 있었을지 모른다." 그가 천천히 말했다. "충분히 그럴 수 있지……. 최근 들어 이상한 소문이 퍼지고 있다. 물론, 리타 스키터가 한몫하기도 했지만. 그것 때문에 아주 많은 사람들이 초조해하는 것 같더구나." 음울한 미소가 그의 비뚜름한 입을 비틀었다. "아, 내가 싫어하는 게 하나 있다면……." 그는 해리에게 하는 말이라기보다는 혼잣말처럼 중얼거렸다. 그의 마법 눈은 지도 왼쪽 아래의 구석에 고정되어 있었다. "그건 자유롭게 풀려난 죽음을 먹는 자들이다……."

해리는 그를 바라보았다. 무디의 말은 해리가 생각하는 바로 그 의미일까?

"이제는 내가 너한테 물어보고 싶다, 포터." 무디가 좀 더 사무적인 어조로 말했다.

해리는 가슴이 철렁했다. 올 것이 오고야 말았다. 무

디는 이 지도가 어디에서 났는지 물을 것이다. 아주 수상한 마법의 물건이었기 때문이다. 하지만 이 지도가 그의 손에 들어오게 된 사연을 이야기하면 해리 자신뿐만 아니라 그의 아버지, 프레드와 조지 위즐리, 지난 학년 어둠의 마법 방어법 선생인 루핀 교수한테까지 혐의가 가게 될 터였다. 무디는 각오를 다지는 해리의 눈앞에 지도를 흔들었다.

"이걸 좀 빌려도 되겠느냐?"

"아!" 해리가 외마디 소리를 내뱉었다. 그는 그 지도가 정말 마음에 들었지만, 한편으로는 무디가 그것을 어디에서 얻었는지 묻지 않아 무척 마음이 놓였다. 무디에게 신세를 진 것도 분명한 사실이었다. "네, 그럼요."

"착하구나." 무디가 걸걸한 목소리로 말했다. "이건 내가 잘 쓰도록 하마……. 이거야말로 내가 찾던 물건일지도 몰라……. 좋아, 가서 자라, 포터. 자, 어서……."

그들은 함께 계단을 올라갔다. 무디는 그때까지도 난생처음 보는 보물을 보듯 지도를 살펴보고 있었다. 그들은 말없이 무디의 연구실 문 앞까지 갔다. 그가 멈춰 서더니 해리를 바라보았다. "오러라는 직업에 대해 생각해 본 적 있느냐, 포터?"

"아뇨, 없는데요." 해리가 깜짝 놀라 대꾸했다.

"한번 생각해 보거라." 무디가 고개를 끄덕이며 말하더니 생각에 잠긴 채 해리를 바라보았다. "그래, 정말로……. 그건 그렇고…… 오늘 밤 산책이나 하려고 그 알을 가지고 나온 건 아닐 텐데?"

"아, 네." 해리가 씩 웃으며 말했다. "단서를 풀고 있었어요."

무디는 눈을 찡긋했다. 그의 마법 눈이 또다시 미친 듯이 돌아가기 시작했다. "아이디어를 얻는 데 밤 산책만 한 게 없지, 포터. 아침에 보자……." 그는 다시 도둑 지도로 눈을 돌리고 연구실로 들어가 문을 닫았다.

해리는 스네이프와 크라우치, 그 모든 것이 뭘 의미하는지 생각하면서 천천히 그리핀도르 탑으로 걸어갔다……. 크라우치는 원한다면 언제든지 호그와트에 올 수 있는데 왜 아픈 척하는 걸까? 그는 스네이프가 연구실에 뭔가를 감추고 있다고 생각하는 걸까?

게다가 무디는 해리가 오러가 되면 좋을 것 같다고 생각했다! 흥미로운 생각이긴 하지만……. 10분 후 알과 투명 망토를 짐 가방에 다시 안전하게 넣고 사주식 침대에 조용히 기어들면서, 해리는 왠지 오러라는 직업을 선택하기 전에 다른 오러들의 흉터는 얼마나 심한지 확인해 봐야겠다는 생각이 들었다.

CHAPTER 26
두 번째 과제

"**알**단서는 벌써 풀었다고 했잖아!" 헤르미온느가 화를 내며 말했다.

"목소리 좀 낮춰!" 해리가 부루퉁하게 말했다. "난 그냥…… 좀 미세한 조정을 해야 했을 뿐이야. 알겠어?"

그와 론, 헤르미온느는 일반 마법 교실 맨 뒤에 책상 하나를 차지하고 앉아 있었다. 오늘은 소환 마법과 정반대의 마법인 쫓아 버리기 마법을 연습하는 날이었다. 플리트윅 교수는 물건들이 끊임없이 교실을 날아다니면서 일어날 수 있는 위험한 사고들에 대비해 학생 모두에게 쿠션을 잔뜩 나누어 주고 그걸 가지고 연습하도록 했다. 쿠션이라면 빗나가서 누가 맞더라도 다치지 않으리라는 생각에서였다. 이론은 그럴듯했지만 별 소용은 없었다. 네빌의 조준 실력은 너무 형편없어서 훨씬 무거운 것, 예컨대 플리트윅 교수를 계속 교실 저쪽으로 날려 보냈다.

"알 얘기는 잠깐 잊어버리라니까?" 해리가 식식댔다. 플리트윅 교수가 체념한 얼굴로 그들 옆을 붕 날아가 커다란 캐비닛 위에 떨어졌다. "스네이프랑 무디 얘기를 하려던 거란 말이야……."

모두 너무 즐거워하며 그들에게는 관심을 기울이지 않았던 만큼 비밀스러운 대화를 나누기에는 이상적인 수업이었다. 해리는 지금까지 30분에 걸쳐 귓속말로 지난밤의 모험을 조금씩 끊어서 이야기하고 있었다.

"무디가 자기 연구실을 뒤졌다고 말했단 말이야? 스네이프가?" 론이 속삭였다. 마법 지팡이를 휘둘러 쿠션을 날려 보내는 그의 눈이 호기심으로 반짝거렸다. 쿠션은 공중으로 날아가 파르바티의 모자를 떨어뜨렸다. "이런…… 그럼 넌 무디가 카르카로프는 물론 스네이프까지 감시하러 왔다고 생각하는 거야?"

"음, 덤블도어 교수님이 무디 교수님한테 그렇게 부탁했는지는 모르겠어. 하지만 무디 교수님이 그렇게 하고 있는 건 확실해." 해리가 그다지 집중하지 않고 마법 지팡이를 휘두르며 말했다. 그 바람에 쿠션은 철퍼덕하고 책상에 떨어지고 말았다. "무디 교수님 말로는 덤블도어 교수님이 스네이프한테 다시 한 번 기회를 주려고 여기 머물게 하는 거라나 뭐라나……."

"뭐?" 론이 눈을 휘둥그렇게 떴다. 그가 다음으로 날려 보낸 쿠션이 빙글빙글 돌며 공중으로 높이 솟아오르더니 샹들리에에 부딪쳐 플리트윅의 교탁 위에 묵직하게 쿵 떨어졌다. "해리…… 어쩌면 무디는 스네이프가 네 이름을 불의 잔에 넣었다고 생각하는 건지도 몰라!"

"야, 론." 헤르미온느가 의심스러운 듯 고개를 설레설레 저으며 말했다. "우리는 전에도 스네이프가 해리를 죽이려 한다고 생각했잖아. 근데 알고 보니 스네이프는 해리의 목숨을 구해 준 거였어. 기억나?"

그녀가 쿠션을 날려 보내자, 쿠션은 교실을 날아가 모두의 목표 지점인 상자에 안착했다. 해리는 생각에 잠긴 채 헤르미온느를 바라보았다……. 스네이프가 그의 목숨을 한 번 구해 준 것은 사실이었다. 하지만 이상한 일은, 스네이프가 학생 시절에 해리의 아버지를 미워했던 것처럼 해리를 명백히 미워한다는 사실이었다. 스네이프는 해리의 점수를 깎는 일을 즐겼고, 그에게 벌을 주거나 심지어 그를 정학시켜야 한다고 주장할 기회를 놓친 적이 단연코 한 번도 없었다.

"난 무디 교수님 말은 신경 안 써." 헤르미온느가 말을 이었다. "덤블도어 교수님은 바보가 아니야. 해그리드와 루핀 교수님에게 일자리를 줄 사람은 거의 없겠지만 덤블도어 교수님은 그 두 사람을 믿었고 그건 옳은 판단이었잖아. 근데 왜 스네이프에 대해서만 틀렸겠어? 물론 스네이프가 조금……."

"……사악하긴 하지." 론이 재빨리 말했다. "왜 이래, 헤르미온느. 그럼 왜 이 어둠의 마법사 사냥꾼들이 죄다 스네이프의 연구실을 뒤지고 다니겠어?"

"크라우치 장관은 왜 아픈 척하는 걸까?" 헤르미온느가 론의 말을 들은 척도 하지 않고 말했다. "좀 이상하잖아, 안 그래? 크리스마스 무도회에는 못 오지만, 자기가 오고 싶은 한밤중에는 올 수 있다?"

"너는 그냥 그 집요정 윙키 때문에 크라우치를 싫어하는 거야." 론이 쿠션을 날려 보내며 말했다. 쿠션은 창문에 부딪쳤다.

"너는 그냥 스네이프한테 무슨 꿍꿍이가 있다고 생각하고 싶은 거고." 헤르미온느가 쿠션을 상자 안으로 깔끔하게 날려 보내며 말했다.

"나는 그저 첫 번째 기회가 주어졌을 때 스네이프가 무슨 짓을 했는지 알고 싶어. 지금이 두 번째 기회라면 말이야." 해리가 단호하게 말했다. 매우 놀랍게도 그의 쿠션은 교실을 곧장 날아가더니 헤르미온느의 쿠션 위에 정확하게 내려앉았다.

호그와트에서 일어나는 어떤 이상한 일이라도 알고 싶다던 시리우스의 바람에 따라 해리는 그날 밤 솔부엉이 편에 시리우스에게 편지를 보내 크라우치 장관이 스네이프의 연구실에 침입한 일이며 무디와 스네이프의 대화에 대해 모두 설명했다. 그런 다음 해리는 눈앞에 닥친 가장 시급한 문제, 즉 2월 24일에 한 시간 동안 물속에서 살아남을 방법에 관심을 돌렸다.

론은 소환 마법을 다시 사용하는 아이디어를 꽤 마음에 들어 했다. 해리가 잠수용 호흡기에 대해 설명하자, 그는 가장 가까운 머글 마을에서 그것을 하나 소환하는 것도 안 될 이유는 없다고 생각했다. 헤르미온느는 해리가 한 시간이라는 정해진 시간 안에 잠수용 호흡기 사용법을 익힐 가능성이 낮은 것은 물론, 그럴 경우 국제 마법사 비밀 유지 법령을 어겼다는 이유로 실격될 게 뻔하다는 점을 지적하며 이 계획을 일축해 버렸다. 잠수용 호흡기가 시골 들판을 가로질러 호그와트로 날아가는 모습이 어떤 머글의 눈에도 띄지 않으리라고 기대하는 건 너무 지나치다는 이야기였다.

"물론, 이상적인 해결책은 네가 잠수함 같은 걸로 변신하는 거야." 그녀가 말했다. "우리가 인간을 대상으로 하는 변환 마법을 배우기만 했어도! 하지만 그건 6학년이 돼야 배우는 것 같아. 잘 모르고 썼다가 심각한 문제가 생길 수도 있고……."

"그래, 머리 위에 잠망경이 솟은 채 돌아다닌다니

별로 마음에 안 든다." 해리가 말했다. "무디 교수 앞에서 누군가를 공격하면 어떨까? 대신 변환 마법을 걸어 줄지도 모르는데……."

"하지만 뭘로 변하고 싶은지 고르게 해 주지는 않을걸." 헤르미온느가 진지하게 말했다. "아니야, 내 생각에 가장 가능성 높은 방법은 일반 마법 중 하나일 것 같아."

그래서 해리는 조금만 있으면 그가 평생 도서관에서 보낼 시간을 다 쓰게 될 거라고 생각하며, 다시 한 번 먼지가 잔뜩 쌓인 책에 파묻혀 사람을 산소 없이도 생존하게 해 줄 마법 주문을 조사했다. 그러나 그와 론, 헤르미온느가 점심 식사 시간, 저녁 시간, 주말을 통틀어 조사했는데도, 나아가 해리가 맥고나걸 교수에게 제한구역의 책을 볼 수 있는 허가서를 요청한 뒤 짜증을 잘 내는 독수리 같은 사서 핀스 선생에게까지 도움을 청했는데도, 물속에서 한 시간을 보내고도 살아남게 해 줄 마법은 발견되지 않았다.

이제 공포로 인한 익숙한 떨림이 해리를 방해하기 시작했다. 또다시 수업에 집중하기 어려워졌다. 교실 창가에 다가갈 때마다, 지금껏 교정의 또 다른 특색 중 하나로 당연하게 받아들여 왔던 호수가 새삼 그의 눈길을 끌었다. 쇠붙이 같은 잿빛을 띤 광대하고 싸늘한 호수, 그것의 어둡고 얼음장 같은 심연이 달처럼 멀게만 느껴지기 시작했다.

혼테일과의 대면을 앞두었을 때처럼, 누군가가 시계에 마법이라도 걸어 놓은 듯 시간은 쏜살같이 흘러갔다. 2월 24일까지는 1주일이 남아 있었다(아직 괜찮아)……. 5일(곧 뭔가 알아내야 할 텐데)……. 3일(제발 뭔가 알아내게 해 주세요…… 제발)…….

이틀이 남았을 때 해리는 다시 음식을 거부하기 시작했다. 월요일 아침 식사 시간에 유일하게 좋았던 일은 시리우스에게 보냈던 솔부엉이가 돌아온 것뿐이었다. 그는 새의 다리에서 양피지를 풀어 펼쳐 보았다. 시리우스가 여태껏 보낸 것 중에서 가장 짧은 편지였다.

다음번 호그스미드 방문 날짜를 적어서 부엉이 편에 답장을 보내 다오.

해리는 다른 내용이 더 있을 거라 기대하고 양피지를 뒤집어 봤지만 뒷장은 비어 있었다.

"다다음주 주말이야." 해리의 어깨 너머로 쪽지를 본 헤르미온느가 작은 소리로 말했다. "여기, 내 깃펜 써. 이 부엉이를 바로 다시 보내."

해리는 시리우스의 편지 뒷장에 날짜를 휘갈겨 쓰고 솔부엉이 다리에 묶은 다음, 부엉이가 다시 날아오르는 모습을 지켜보았다. 뭘 기대한 걸까? 물속에서 숨 쉬는 방법에 대한 조언? 그는 시리우스에게 스네이프와 무디 얘기를 쓰는 데 너무 열중한 나머지 알의 단서를 언급하는 것을 완전히 잊고 말았다.

"다음번 호그스미드 방문 날짜는 왜 알려는 거지?" 론이 물었다.

"모르겠어." 해리가 멍하니 말했다. 솔부엉이를 보자 마음속에서 순간적으로 솟구쳤던 기쁨이 순식간에 꺼져 버렸다. "가자……. 마법 생명체 돌보기 시간이야."

폭발 꼬리 스크루트 일을 만회하려는 건지, 아니면 스크루트가 두 마리밖에 남지 않아서인지, 그것도 아니면 그러블리플랭크 교수가 할 수 있는 일이라면 자신도 뭐든 할 수 있다는 사실을 보여 주려는 건지, 해그리드는 수업에 복귀한 뒤로 그러블리플랭크 교수가 하던 유니콘 수업을 이어 가고 있었다. 알고 보니 그는 괴물들을 아는 것만큼이나 유니콘에 대해서도 상당히 많은 지식을 갖고 있었다. 물론 유니콘에게 독니가 없다는 사실을 아쉬워하는 것도 분명한 사실이었지만.

오늘 그는 새끼 유니콘 두 마리를 데려왔다. 다 자란 유니콘과 달리 새끼들은 순수한 황금빛을 띠고 있었다. 파르바티와 라벤더는 새끼 유니콘들을 보고 황홀해했으며, 심지어 팬지 파킨슨조차 그 유니콘들이 마음에 드는 기색을 감추느라 애를 써야 했다.

"성체보다는 찾아내기 쉽지." 해그리드가 학생들에

게 설명했다. "이 녀석들은 두 살쯤 되면 은색으로 변하고, 네 살 때쯤 뿔이 생겨. 완전히 자라야 순백색으로 변한단다. 대략 일곱 살쯤이지. 어릴 때는 사람을 좀 더 잘 믿어서 남자라도 별로 개의치 않아. ……자, 좀 더 다가와라. 원한다면 만져 봐도 돼. 이 설탕 덩어리를 조금 줘 봐. ……괜찮냐, 해리?" 해그리드가 옆으로 슬쩍 다가와 작은 소리로 물었다. 다른 학생들은 대부분 새끼 유니콘 주위에 몰려들어 있었다.

"네." 해리가 대답했다.

"그냥 긴장하는 거지?" 해그리드가 물었다.

"조금요." 해리가 말했다.

"해리." 해그리드가 커다란 손으로 해리의 어깨를 탁 치자 그 묵직함에 해리의 무릎이 풀썩 꺾였다. "나도 네가 그 혼테일을 처리하는 걸 보기 전에는 걱정했지만, 지금은 네가 마음만 먹으면 뭐든 할 수 있다는 걸 알아. 전혀 걱정 안 한다. 넌 괜찮을 거야. 단서는 풀었지?"

해리는 고개를 끄덕이면서도, 호수 밑바닥에서 한 시간 동안 어떻게 살아남아야 할지 전혀 모르겠다고 고백하고 싶은 거센 충동에 사로잡혔다. 그는 해그리드를 올려다보았다. 어쩌면 해그리드는 그 안에 사는 생명체들을 돌보려고 가끔 호수에 들어가는지도 모른다. 어쨌거나 그는 교정에 있는 모든 것들을 돌보는 사람이니까.

"네가 이길 거야." 해그리드가 해리의 어깨를 다시 툭툭 두드리며 그르렁대는 목소리로 말했다. 해리는 실제로 몸이 진흙 바닥으로 몇 센티미터 가라앉는 것을 느꼈다. "난 알아. 느껴져. *네가 이길 거다, 해리.*"

해리는 차마 해그리드의 얼굴에 떠오른 그 행복하고 자신감 넘치는 미소를 지울 수 없었다. 그는 억지로 마주 미소 지어 보이고, 어린 유니콘들에게 관심 있는 척 앞으로 나아가 다른 아이들과 함께 유니콘들을 쓰다듬었다.

두 번째 과제 전날 저녁, 해리는 악몽 속에 갇힌 듯한 기분을 느꼈다. 뭔가 기적이 일어나서 적절한 마법 주문을 찾아낸다 해도 하룻밤 만에 그 주문을 완벽하게 익히는 건 분명 쉽지 않은 일이었다. 왜 일이 이 지경이 되도록 방치했을까? 왜 더 일찍 알의 단서를 풀지 않았을까? 왜 수업 시간에 딴 데 정신을 팔았을까. 한 번쯤은 어떤 교수님이 물속에서 숨 쉬는 법을 언급했을지 모르는데.

그와 론, 헤르미온느는 땅거미가 지는 동안 도서관에 앉아 마법 주문들이 적힌 페이지들을 미친 듯이 뒤졌다. 각자의 앞에 쌓인 엄청난 책 더미 때문에 서로가 보이지 않을 정도였다. 해리는 '물'이라는 단어를 볼 때마다 심장이 철렁했지만, 대개 "물 1리터에 잘게 썬 맨드레이크 잎사귀 0.5그램, 도롱뇽 한 마리를 넣고……" 같은 구절에 나오는 단어뿐이었다.

"안 될 것 같다." 책상 맞은편에서 론의 목소리가 단호하게 말했다. "아무것도 없어. *아무것도.* 그나마 비슷한 게 웅덩이와 연못을 말려 버리는 가뭄 마법인데, 호수 물을 말려 버릴 만큼 강력하진 않아."

"틀림없이 뭔가 있을 거야." 헤르미온느가 촛불을 가까이 끌어당기며 중얼거렸다. 그녀는 눈이 너무 침침해진 나머지 책에 얼굴을 바짝 들이대고 《옛 시절의 잊힌 주문과 마법》의 깨알 같은 글씨를 탐독하고 있었다. "불가능한 과제는 한 번도 나온 적이 없으니까."

"지금 나왔잖아." 론이 말했다. "해리, 그냥 내일 호수로 가서 물속에 머리를 처박고 인어들한테 무엇이든 훔쳐 간 걸 빨리 내놓으라고 소리 질러. 그런 다음 걔들이 그걸 돌려주는지 보는 거야. 그게 최선이다, 친구."

"방법이 있다니까!" 헤르미온느가 투덜거리며 말했다. "당연히 있어야 해!"

그녀는 도서관에 이 주제에 관한 쓸 만한 정보가 없다는 사실을 개인적인 모욕으로 받아들이는 것 같았다. 도서관은 지금까지 한 번도 그녀를 실망시킨 적이 없었다.

"내가 뭘 했어야 하는지 알겠어." 《사기꾼 같은 사람들을 위한 심술궂은 속임수들》에 얼굴을 파묻고 있던 해리가 말했다. "시리우스처럼 애니마구스가 되는 법을 배웠어야 해."

"그래, 그랬으면 필요할 때마다 금붕어로 변할 수 있었을 텐데!" 론이 말했다.

"개구리라든지." 해리가 하품했다. 기운이 하나도 없었다.

"애니마구스가 되려면 몇 년은 걸려. 그런 다음 등록도 해야 되고 할 일이 많아." 헤르미온느가 눈을 가늘게 뜨고 이제는《묘한 마법의 딜레마와 그 해결법》의 차례를 훑어보다가 중얼거리듯 말했다. "맥고나걸 교수님이 말씀하셨잖아. 기억 안 나? 마법 부당 사용 관리과에 무슨 동물로 변하는지, 어떤 특징을 갖고 있는지 등록해야 한다고……. 그래야 그 마법을 남용하지 않……."

"헤르미온느, 그냥 해 본 말이야." 해리가 지친 듯 말했다. "내일 아침까지 내가 개구리로 변신할 가능성이 없다는 건 나도 알아……."

"아, 이 책은 아무 쓸모가 없어." 헤르미온느가《묘한 마법의 딜레마와 그 해결법》을 탁 덮으며 말했다. "대체 누가 곱슬곱슬한 코털을 기르고 싶어 한다는 거야?"

"난 괜찮을 것 같은데." 프레드 위즐리가 말했다. "화젯거리가 될 거 아냐?"

해리, 론, 헤르미온느가 고개를 들었다. 프레드와 조지가 지금 막 책꽂이 뒤에서 나온 터였다.

"둘이 여기서 뭐 해?" 론이 물었다.

"널 찾고 있었지." 조지가 말했다. "맥고나걸이 오래, 론. 너도, 헤르미온느."

"왜?" 헤르미온느가 놀란 표정으로 물었다.

"몰라……. 근데 분위기가 좀 험악해 보이더라." 프레드가 말했다.

"우리가 너희를 맥고나걸 연구실까지 데려가야 해." 조지가 덧붙였다.

론과 헤르미온느는 해리를 뚫어지게 바라보았다. 해리는 가슴이 철렁 내려앉는 것을 느꼈다. 맥고나걸 교수가 론과 헤르미온느를 혼내려는 걸까? 해리 혼자 과제를 풀어야 하는 상황에서 두 사람이 많은 도움을 주고 있다는 사실을 알게 됐는지도 모른다.

"휴게실에서 다시 보자." 헤르미온느가 해리에게 말하며 론과 함께 일어났다. 둘 다 매우 불안한 표정이었다. "될 수 있는 대로 책을 많이 가져와. 알았지?"

"응." 해리가 걱정스러운 목소리로 대답했.

8시쯤 되자 핀스 선생이 등불을 다 끄더니 도서관에서 나가라고 해리를 재촉했다. 해리는 책을 가져갈 수 있을 만큼 잔뜩 짊어지고 그 무게에 비틀거리며 그리핀도르 휴게실로 돌아가 탁자 하나를 구석으로 끌어다 놓고 조사를 계속했다.《미친 마법사들을 위한 무분별한 마법》에는 아무것도 없었다…….《중세 마법 안내서》에도…….《18세기 마법 선집》이나《심연에 서식하는 섬뜩한 생물들》,《전에는 몰랐던 능력과 그 능력을 알게 된 지금 당신이 해야 할 일》에도 물속에서 움직이는 일에 대해서는 한 마디도 나와 있지 않았다.

크룩섕스가 해리의 무릎으로 기어올라 오더니 가르랑거리며 몸을 둥글게 말았다. 휴게실이 천천히 비어 갔다. 사람들은 해그리드처럼 쾌활하고 확신 가득한 목소리로 끊임없이 그가 다음 날 아침에 치를 과제에 행운을 빌어 주었다. 모두 해리가 첫 번째 과제를 해결했던 것처럼 또 한 번 놀라운 실력을 보여 줄 거라고 굳게 믿는 듯했다. 해리는 목구멍에 골프공이 걸린 것 같은 기분으로 아무런 대꾸 없이 그냥 고개만 끄덕였다. 자정이 되기 10분 전, 그는 크룩섕스와 단둘이 휴게실에 남겨졌다. 가져온 책을 모두 조사했는데도 론과 헤르미온느는 돌아오지 않았다.

끝났어, 하고 그는 혼잣말을 했다. 나는 할 수 없어. 그냥 아침에 호수로 가서 심사위원들에게 말하는 수밖에…….

그는 과제를 못하겠다고 말하는 자신의 모습을 상

상했다. 놀라서 눈을 휘둥그렇게 뜬 배그먼의 표정과 만족스러운 듯 누런 치아를 드러내는 카르카로프의 미소도 그려 보았다. 플뢰르 들라쿠르의 말이 들려오는 듯했다. "그럴 줄 알았어……. 저 애는 너무 어려요, 그냥 꼬마라고요." 관중 앞에서 '포터는 구려' 배지를 번쩍거리는 말포이의 모습이 보였고, 믿어지지 않는다는 듯 의기소침한 해그리드의 얼굴도 눈에 선했다…….

해리는 크룩섕스가 무릎에 올라와 있는 것도 잊고 갑자기 일어섰다. 크룩섕스는 바닥에 내려서면서 화가 난 듯 식식거리고 해리에게 넌더리 난다는 눈길을 던지더니, 병 닦는 솔 같은 꼬리를 치켜든 채 성큼성큼 멀어져 갔다. 하지만 해리는 이미 기숙사 침실을 향해 나선형 계단을 다급히 올라가고 있었다……. 그는 투명 망토를 갖고 도서관으로 돌아가, 그래야 한다면 밤새도록 그곳에 있을 생각이었다…….

"루모스." 15분 뒤, 해리는 도서관 문을 조심스레 열면서 중얼거렸다.

그는 마법 지팡이 끝에 불을 켜고 책꽂이들을 따라 살금살금 나아가며 더 많은 책을 끄집어냈다. 공격 마법과 그 밖의 마법에 관한 책, 인어와 수중 괴물에 관한 책, 유명한 마법사들에 관한 책, 마법 발명품에 관한 책, 혹은 물속에서 숨 쉬는 법이 살짝이라도 언급돼 있을 것 같은 책 등이었다. 그는 그 책들을 책상으로 가져가, 지팡이에서 나오는 가느다란 빛에 의지해 책을 뒤지기 시작했다. 가끔씩 손목시계를 확인하면서…….

새벽 1시…… 새벽 2시……. 조사를 이어 나갈 수 있는 유일한 방법은 끊임없이 스스로를 타이르는 것뿐이었다. '다음 책에는 있을 거야…… 다음 책에는…… 그다음 책에는…….'

반장 전용 욕실에 걸린 그림 속 인어가 웃음을 터뜨리며 해리의 머리 위로 그의 파이어볼트를 들고 있었다. 해리는 그녀가 앉아 있는 바위 옆 거품 가득한 물속에서 코르크마개처럼 위아래로 까닥거리고 있었다.

"와서 가져가 봐!" 그녀가 심술궂게 낄낄거렸다. "어서, 펄쩍 뛰어 봐!"

"난 못해." 해리가 파이어볼트를 낚아채려 하면서, 가라앉지 않으려고 안간힘을 쓰면서 헐떡거렸다. "내놔!"

하지만 그녀는 해리를 비웃으며 빗자루 끝으로 그의 옆구리를 세게 찌르기만 했다.

"아파. 그만해. 아얏."

"해리 포터는 일어나야 해요!"

"찌르지 말라니까."

"도비는 해리 포터를 찔러야만 해요, 해리 포터는 일어나야 해요!"

해리는 눈을 떴다. 그는 여전히 도서관에 있었다. 잠이 드는 바람에 머리에서 투명 망토가 벗겨지고, 한쪽 뺨에는 《지팡이가 있는 곳에 길이 있다》라는 책의 페이지가 붙어 있었다. 그는 안경을 고쳐 쓰고, 밝은 햇빛에 눈을 깜빡이며 일어나 앉았다.

"해리 포터는 서둘러야 해요!" 도비가 새된 목소리로 소리쳤다. "10분 뒤에 두 번째 과제가 시작돼요. 그리고 해리 포터는……."

"10분?" 해리가 잔뜩 쉰 목소리로 말했다. "10분 남았다고?"

그는 손목시계를 들여다보았다. 도비의 말이 맞았다. 지금은 9시 20분이었다. 가슴이 천근만근 내려앉았다.

"어서요, 해리 포터!" 도비가 해리의 소매를 잡아당기며 꽥꽥거렸다. "해리 포터는 다른 대표 선수들과 함께 호숫가에 있어야 해요!"

"너무 늦었어, 도비." 해리가 절망적으로 말했다. "나는 과제를 치르지 않을 거야. 어떻게 해야 할지도 몰라."

"해리 포터는 과제를 해낼 거예요!" 집요정이 꽥 소리쳤다. "도비는 해리가 알맞은 책을 찾지 못했다는 것을 알았어요. 그래서 도비가 대신 찾았어요!"

"뭐?" 해리가 말했다. "하지만 너는 두 번째 과제가 뭔지 모르……."

"도비는 알아요! 해리 포터는 호수로 들어가서 위지를 찾아야 해요."

"뭘 찾으라고?"

"인어들한테서 위지를 되찾아야 해요!"

"위지가 뭔데?"

"당신의 위지요. 해리 포터의 위지…… 도비에게 스웨터를 준 위지 말이에요!"

도비는 반바지 위에 받쳐 입은 줄어든 고동색 스웨터를 잡아당겼다.

"뭐?" 해리가 헉하고 숨을 들이켰다. "인어들이 훔쳐 간 게…… 인어들이 데려간 게 론이야?"

"해리 포터가 가장 그리워할 존재잖아요!" 도비가 꽥꽥거렸다. "그리고 한 시간이 지나면……."

"……'미래는 어두울 뿐.'" 해리가 공포에 질린 채 집요정을 뚫어지게 바라보며 가사를 읊었다. "너무 늦으면 그 존재는 네 곁을 떠나 다시는 돌아오지 않을 거야'……. 도비, 내가 뭘 어떻게 해야 되지?"

"이걸 먹어야 해요!" 집요정이 높은 목소리로 외치며 반바지 주머니에서 끈적끈적한 회녹색 쥐 꼬리 같은 것을 뭉쳐 놓은 뭔가를 꺼냈다. "호수에 들어가기 직전에 먹어야 해요. 아가미풀이에요!"

"이게 뭐 하는 건데?" 해리가 아가미풀을 빤히 바라보며 물었다.

"이건 해리 포터가 물속에서 숨을 쉬게 해 줘요!"

"도비." 해리가 한껏 흥분해서 말했다. "날 봐…… 확실한 거야?"

해리는 지난번 도비가 그를 '도우려' 했을 때 오른팔의 뼈가 모조리 없어졌던 일을 결코 잊을 수 없었다.

"도비는 확실해요!" 집요정이 진지하게 말했다. "도비는 이런저런 얘기를 들어요. 도비는 집요정이니까요. 도비는 온 성을 돌아다니면서 난로에 불을 지피고 바닥에 대걸레질을 해요. 도비는 맥고나걸 교수님과 무디 교수님이 교무실에서 다음번 과제에 대해 얘기하는 걸 들었어요. ……도비는 해리 포터가 위지를 잃게 놔둘 수 없어요!"

해리의 마음속에서 의구심이 사라졌다. 그는 자리에서 벌떡 일어나 투명 망토를 벗어서 가방에 쑤셔 넣고 아가미풀을 잡아채 주머니에 넣은 다음 쏜살같이 도서관을 나갔다. 도비가 그의 뒤를 따라 나왔다.

"도비는 주방에 있어야 해요!" 둘이서 복도로 달려 나왔을 때 도비가 높은 목소리로 외쳤다. "다들 도비를 찾을 거예요. 행운을 빌어요, 해리 포터. 행운을 빌어요!"

"나중에 보자, 도비!" 해리는 그렇게 소리치고 복도를 전력 질주한 뒤 한 번에 세 계단씩 뛰어내려 갔다.

현관홀에는 마지막 순간까지 꾸물거리는 사람들이 몇 남아 있었다. 모두 아침 식사를 마친 뒤 대연회장을 나서서 두 번째 과제를 지켜보려고 오크나무 양쪽 여닫이문으로 향하고 있었다. 그들은 해리가 밝고 싸늘한 교정을 향해 돌계단을 쏜살같이 내려가면서 콜린과 데니스 크리비 형제를 넘어뜨리는 모습을 빤히 바라보았다.

잔디밭을 쿵쿵거리며 달리던 해리는 11월에 용의 우리를 둘러싸고 있던 관중석이 이제는 호수 건너편 기슭을 따라 늘어서 있는 것을 보았다. 사람들이 터질 듯 들어찬 높다란 관중석이 그 밑에 있는 호수 표면에 비쳤다. 흥분한 관중이 왁자지껄 떠드는 소리가 호수 건너편에서 이상하게 메아리치는 가운데 해리는 심사위원들을 향해 죽어라 뛰었다. 그들은 황금색 덮개를 씌운 또 다른 탁자 앞에 앉아 있었다. 세드릭, 플뢰르, 크룸이 심사위원석 옆에서 해리가 전속력으로 달려오는 모습을 지켜보았다.

"저…… 왔어요……." 해리가 진흙탕에 미끄러져 멈추며 헐떡거렸다. 그 바람에 플뢰르의 로브에 흙탕물이 튀었다.

"어디 있었어?" 못마땅한 기색이 담긴 거만한 목소리가 들렸다. "과제가 곧 시작될 텐데!"

해리는 뒤를 돌아보았다. 퍼시 위즐리가 심사위원

석에 앉아 있었다. 크라우치 장관은 이번에도 참석하지 못한 모양이었다.

"자자, 퍼시!" 루도 배그먼이 말했다. 그는 해리를 보자 무척 안심한 듯했다. "숨이라도 고르게 해 줘야지!"

덤블도어는 해리에게 미소 지어 보였지만 카르카로프와 막심 교장은 그를 보게 되어 기뻐하는 기색이 전혀 없었다. 표정을 보니 해리가 나타나지 않을 거라고 생각한 것이 틀림없었다.

해리는 양손으로 무릎을 짚은 채 허리를 숙이고 숨을 골랐다. 갈비뼈를 칼로 쑤시는 듯 옆구리가 결렸지만 좀 나아지기를 기다릴 시간은 없었다. 루도 배그먼이 대표 선수들 사이를 돌아다니면서 호숫가를 따라 3미터씩 간격을 두고 서게 했다. 해리는 맨 끝, 크룸 옆에 섰다. 크룸은 수영복을 입고 마법 지팡이를 들고 있었다.

"괜찮니, 해리?" 배그먼이 해리를 크룸에게서 조금 떨어진 곳으로 데려가더니 작은 소리로 물었다. "뭘 해야 하는지 알아?"

"네." 해리는 옆구리를 주무르며 숨을 헐떡였다.

배그먼은 그의 어깨를 재빨리 한 번 쥐더니 심사위원석으로 돌아갔다. 그는 월드컵에서 그랬던 것처럼 마법 지팡이를 목에 대고 "소노루스!"라고 외쳤다. 그의 목소리가 어두운 호수 건너편 관중석을 향해 쩌렁쩌렁 울렸다.

"자, 대표 선수 전원이 두 번째 과제를 시작할 준비를 마쳤습니다. 제가 호루라기를 불면 시작합니다. 대표 선수들은 정확히 한 시간 안에 빼앗긴 것을 되찾아야 합니다. 그럼 셋을 세도록 하죠. 하나…… 둘…… 셋!"

호루라기 소리가 차갑고 고요한 공기 중에 날카롭게 울려 퍼졌다. 관중석에서 환호와 갈채가 터져 나왔다. 해리는 다른 대표 선수들은 뭘 하는지 살펴볼 겨를도 없이 신발과 양말을 벗고 주머니에서 아가미풀을 한 움큼 꺼내어 입에 넣으며 물살을 헤치고 호수로 들어갔다.

호수는 아주 차가웠다. 얼음장 같은 물이 아니라 불속에 들어온 듯 다리의 피부가 후끈거렸다. 깊이 들어갈수록 젖은 로브의 무게가 그를 짓눌렀다. 이제 물은 무릎 위까지 올라왔고, 급격히 얼얼해져 가는 발은 진흙과 납작하고 미끈미끈한 돌 위에서 자꾸 미끄러졌다. 그는 아가미풀을 될 수 있는 대로 빠르게 꼭꼭 씹었다. 아가미풀은 문어의 촉수처럼 불쾌하게 끈적거리는 고무 같았다. 그는 뼛속까지 얼어붙을 듯한 물속에 허리까지 잠긴 채 멈춰 서서 아가미풀을 삼키고 무슨 일이 일어나기를 기다렸다.

관중의 웃음소리가 들렸다. 마법을 쓰지도 않은 것 같은데 호수로 들어가다니, 멍청해 보일 게 틀림없었다. 아직 젖지 않은 몸에 소름이 돋았다. 해리는 얼음장 같은 물에 반쯤 잠긴 채, 매서운 바람이 머리카락을 휘날리는 가운데 온몸을 격렬하게 떨기 시작했다. 그는 관중석에서 눈을 돌렸다. 웃음소리가 점점 요란해졌다. 슬리데린 학생들의 야유와 조롱이 들려왔다……

그때, 꽤 갑작스럽게, 해리는 눈에 보이지 않는 베개가 입과 코를 누르는 듯한 느낌을 받았다. 숨을 들이마시려 했지만 머리만 핑핑 돌았다. 폐가 텅 비는 것 같았다. 별안간 목 양쪽에서 찌르는 듯한 통증이 느껴졌다.

해리는 양손으로 목을 감싸 쥐었다. 귀 바로 밑에 각각 길고 가느다란 틈이 생기더니 차가운 공기 속에서 파닥거리는 것이 느껴졌다. ……아가미였다. 멈춰서 생각할 틈도 없이, 그는 그 상황에 맞는 유일한 행동을 했다. 물속으로 첨벙 뛰어든 것이다.

처음으로 들이마신 호수의 얼음장 같은 물이 생명의 숨결처럼 느껴졌다. 머리는 더 이상 핑핑 돌지 않았다. 그는 또 한 번 물을 꿀꺽 삼키고, 그 물이 부드럽게 아가미를 지나 뇌로 산소를 보내는 것을 느꼈다. 그는 손을 뻗어 앞을 살펴보았다. 수면 아래에서 손은 초록색 유령처럼 보였고 물갈퀴가 생겨나 있었다. 이번에는 몸을 비틀어 발을 바라보았다. 발이 길어지고, 발가락 사이에는 물갈퀴가 달려 있었다. 마치 발끝에서 오리발이 생겨난 것 같았다.

물도 더는 얼음장처럼 느껴지지 않았다. 오히려 기

분 좋게 시원하고 아주 가벼운 기분이었다……. 한 번 더 발차기를 한 해리는 오리발처럼 변한 발이 그를 얼마나 멀리 그리고 빠르게 물을 뚫고 나아가게 해 주는지 알고 놀랐다. 그리고 시야가 아주 깨끗하다는 것도 알아챘다. 더 이상 눈을 깜빡거릴 필요가 없었다. 그는 곧 밑바닥이 보이지 않는 곳까지 헤엄쳐 갔다. 그리고 몸을 뒤집어 호수의 심연으로 들어갔다.

낯설고 어둡고 뿌연 풍경 속을 떠다니는 가운데 침묵이 귀를 짓눌렀다. 눈앞 3미터까지밖에 보이지 않아서, 빠르게 물살을 가르며 나아갈 때마다 어둠 속에서 새로운 광경들이 흐릿하게 불쑥불쑥 나타나는 것처럼 보였다. 살랑살랑 물결치는 뒤엉킨 검은 수초의 숲, 뭉툭하고 반짝이는 돌이 여기저기 흩어져 있는 진흙 평원. 호수 한가운데로 점점 더 깊이 헤엄쳐 들어간 해리는 기괴한 회색으로 빛나는 물속에서 눈을 크게 뜨고, 저 너머 물이 불투명해진 곳에 있는 그림자들을 응시했다.

작은 물고기들이 은빛 화살처럼 깜빡거리며 그를 지나쳐 갔다. 그는 한 번인가 두 번쯤 자기 몸보다 큰 뭔가가 앞에서 움직이는 것을 본 듯했지만, 더 가까이 다가가서 보면 다름 아닌 까맣게 썩은 커다란 통나무거나 빽빽하게 자란 수초였다. 다른 대표 선수들이나 인어, 론의 흔적은 전혀 없었다. 다행히 대왕오징어의 모습도 보이지 않았다.

눈앞에는 키가 60센티미터쯤 되는 연녹색 수초가 시선이 닿는 곳까지 뻗어 있었다. 마치 풀이 무성하게 자란 초원 같았다. 해리는 눈도 깜빡이지 않고 앞을 보면서 어둠 속 희미한 형체를 알아보려고 애썼다. ……그때 아무 예고도 없이, 뭔가가 그의 발목을 움켜잡았다.

해리는 몸을 비틀어 등 뒤를 봤다. 돌기가 잔뜩 난 작은 수중 괴물, 그린딜로가 뾰족한 송곳니를 드러낸 채 수초 밖으로 머리를 내밀고 긴 손가락으로 해리의 다리를 꽉 잡고 있었다. 해리는 물갈퀴 달린 손을 재빨리 로브 안으로 집어넣고 마법 지팡이를 찾아 더듬거렸다. 그가 지팡이를 쥐었을 때쯤에는 수초에서 그린딜로 두 마리가 더 튀어나와 해리의 로브를 움켜잡고 그를 밑으로 끌어내리려 하고 있었다.

"릴라시오!" 해리가 소리쳤다. 다만 소리는 전혀 나오지 않았다. 벌어진 입에서 커다란 거품이 뿜어져 나왔고, 마법 지팡이는 그린딜로들에게 불꽃을 날리는 대신 끓는 듯한 물줄기로 그들을 공격했다. 공격이 적중하자 놈들의 녹색 피부에 성난 붉은 자국들이 생겨났다. 해리는 그린딜로의 손아귀에서 발목을 빼내고 있는 힘을 다해 빠르게 헤엄치면서 가끔씩 어깨 너머로 뜨거운 물줄기를 마구 날려 보냈다. 이따금 그는 그린딜로가 다시 발을 잡아채는 것을 느끼고 세차게 발길질을 했다. 마침내 발이 뿔 달린 머리에 세게 부딪치는 것을 느끼고 돌아보니, 충격으로 멍해진 그린딜로가 눈동자가 가운데로 모인 채 둥둥 떠다니는 광경이 보였다. 다른 그린딜로들은 주먹을 휘두르며 해리를 위협하다가 다시 수초 속으로 들어가 버렸다.

해리는 속도를 조금 늦추고 마법 지팡이를 로브 속에 집어넣은 다음 다시 귀를 기울이며 주위를 둘러보았다. 그는 물속을 한 바퀴 돌았다. 정적이 어느 때보다도 무겁게 고막을 짓눌렀다. 이제 호수 더 깊은 곳으로 들어와 있다는 확신이 들었다. 그러나 잔잔하게 흔들리는 수초 말고 움직이는 것은 아무것도 없었다.

"잘돼 가니?"

해리는 너무 놀라 한순간 심장이 멎는 것 같았다. 그는 몸을 홱 돌려, 눈앞에서 흐릿하게 떠다니는 울보 머틀을 보았다. 그녀는 두껍고 뿌연 안경 너머로 그를 빤히 바라보고 있었다.

"머틀!" 해리는 소리를 지르려고 했지만, 이번에도 입에서는 아주 커다란 거품만 나올 뿐이었다. 울보 머틀은 실제로 낄낄 웃었다.

"저쪽을 찾아보는 게 좋을 거야!" 그녀가 손가락으로 가리키며 말했다. "난 같이 가지 않을 거지만……. 나는 쟤들을 별로 안 좋아하거든. 가까이 가면 항상 나를 쫓아온단 말이야."

해리는 그녀에게 엄지손가락을 들어 고마움을 표시한 뒤, 수초 속에 도사리고 있을지도 모르는 그린딜로들을 피하기 위해 좀 더 높은 곳에서 헤엄치려고 신경 쓰면서 다시 한 번 길을 떠났다.

적어도 20분은 더 헤엄친 것 같았다. 이제 그는 검은색의 드넓은 진흙 벌판을 지나고 있었다. 물을 휘저을 때마다 바닥에 깔린 진흙이 탁하게 소용돌이쳤다. 그때, 마침내 으스스하게 느껴지는 인어의 노래 한 구절이 들려왔다.

"우리가 데려간 것을 되찾기까지
너에게 주어진 시간은 한 시간……"

해리는 더욱 빠르게 헤엄쳤다. 머잖아 앞쪽 흙탕물 속에서 커다란 바위가 모습을 드러냈다. 바위에는 창을 들고 대왕오징어처럼 생긴 것을 뒤쫓는 인어들의 그림이 그려져 있었다. 해리는 그 바위를 지나서, 인어들의 노래를 좇아 계속 헤엄쳤다.

"……시간이 반이나 흘러갔으니 지체하지 말기를.
네가 찾는 존재가 여기 남아 썩지 않도록……."

갑자기 사방의 어둠 속에서 해조류로 얼룩덜룩 뒤덮인 조잡한 돌집들이 어렴풋이 모습을 드러냈다. 어두운 창문들 여기저기에서 인어들의 얼굴이 보였다……. 반장 전용 욕실에 있는 인어 그림과는 전혀 닮지 않은 얼굴들이었다…….

인어들은 회색 피부에, 길고 거친 진녹색 머리카락을 가지고 있었다. 눈도, 부러진 이빨도 노란색이었고, 목에는 조약돌을 꿰어서 만든 굵직한 목걸이가 걸려 있었다. 그들은 헤엄쳐 지나가는 해리를 보며 음흉하게 웃었다. 해리를 더 잘 지켜보려고 인어 한둘이 동굴에서 나왔다. 그들은 손에 창을 꽉 움켜쥔 채 강력한 은빛 꼬리지느러미로 물장구를 치고 있었다.

해리는 속도를 높이며 주위를 둘러보았다. 곧 더 많은 집이 나타났다. 몇몇 집 주위에는 수초 정원이 있었고, 심지어는 집에서 기르는 듯한 그린딜로가 문 밖 말뚝에 묶여 있기도 했다. 어느새 사방에서 모습을 드러낸 인어들이 기대감 어린 눈으로 그를 지켜보고 있었다. 그들은 해리의 물갈퀴 달린 손과 목에 생긴 아가미를 가리키며 입을 가리고 쑥덕거렸다. 해리는 빠르게 모퉁이를 돌았다. 그러자 아주 희한한 광경이 눈에 들어왔다.

인어들의 마을 광장처럼 보이는 곳을 따라 늘어선 집들 앞에 엄청난 수의 인어 무리가 있었다. 그 한복판에서 인어 합창단이 노래를 하면서 대표 선수들을 부르고 있었다. 그들 뒤로 조악한 조각상 비슷한 것이 서 있었는데, 그것은 커다란 바위를 깎아 만든 어마어마한 크기의 인어상이었다. 그 인어상의 꼬리에 네 사람이 꽉 묶여 있었다.

론은 헤르미온느와 초 챙 사이에 묶여 있었다. 기껏해야 여덟 살쯤 되어 보이는 소녀도 있었는데, 풍성한 은빛 머리카락을 보니 플뢰르 들라쿠르의 여동생이 틀림없었다. 네 사람 모두 아주 깊은 잠에 빠져 있는 것처럼 보였다. 고개는 어깨 위에 늘어져 있었고 입에서는 작은 공기 방울이 끊임없이 흘러나왔다.

해리는 인질들을 향해 빠르게 헤엄쳤다. 인어들이 창을 들고 달려들지도 모른다고 생각했지만 그들은 아무런 움직임도 보이지 않았다. 인질들을 묶은 수초 밧줄은 두껍고 끈적끈적했으며 매우 질겼다. 순간, 해리는 시리우스가 크리스마스 선물로 준 주머니칼을 떠올렸다. 하지만 그 칼은 400미터 떨어진 곳, 성에 있는 그의 짐 가방 안에 들어 있었다. 즉 아무런 쓸모가 없었다.

그는 주위를 둘러보았다. 수많은 인어가 창을 든 채 해리와 인질들을 둘러싸고 있었다. 해리는 긴 초록색 턱수염에 상어의 송곳니를 엮어 만든 목걸이를 하고 있는, 키가 2미터가 넘는 남자 인어에게 빠르게 헤엄쳐 갔다. 그리고 몸짓으로 창을 빌려 달라는 뜻을 전하려고 애썼다. 인어는 웃음을 터뜨리더니 고개를 저었다.

"우리는 돕지 않아." 그가 거칠게 쉰 목소리로 말했다.

"아, *진짜!*" 해리가 사납게 소리쳤다(하지만 입에서는 거품만 나올 뿐이었다). 그가 창을 빼앗으려고 하자 인어는 창을 홱 끌어당겼다. 인어는 여전히 고개를 저으며 웃고 있었다.

해리는 빠르게 몸을 돌려 주위를 살펴보았다. 날카로운 것…… 뭐든 날카로운 것…….

호수 바닥에는 돌이 널려 있었다. 그는 빠르게 곤두박질쳐서 유난히 삐죽삐죽한 돌을 집어 들고 조각상 쪽으로 돌아가 론을 묶은 밧줄을 자르기 시작했다. 몇 분 동안 힘들게 노력한 끝에 밧줄이 끊어졌다. 론은 의식을 잃은 채 호수 바닥에서 몇 센티미터 떠오르더니 물살에 따라 조금씩 흔들렸다.

해리는 주위를 둘러보았다. 다른 대표 선수들의 모습은 전혀 보이지 않았다. 뭐 하는 거야? 왜 서두르지 않는 거지? 그는 헤르미온느에게로 몸을 돌려, 삐죽삐죽한 돌을 치켜들고 그녀를 묶고 있는 밧줄도 자르기 시작했다.

당장 강력한 회색 손들이 그를 잡아챘다. 대여섯 명의 인어가 그를 헤르미온느에게서 떼어 놓더니 녹색 머리카락이 달린 머리를 흔들며 웃어 댔다.

"네 인질만 데려가는 거야." 그중 한 명이 말했다.

"나머지는 놔둬……."

"절대 안 돼!" 해리가 화를 내며 말했다. 하지만 입에서는 커다란 거품만 두 개 나올 뿐이었다.

"네 과제는 네 친구를 되찾는 거야……. 다른 사람들은 놔둬……."

"쟤도 내 친구란 말이야!" 해리가 헤르미온느를 가리키며 소리쳤다. 그의 입술 사이로 엄청난 크기의 은색 거품이 소리 없이 튀어나왔다. "저 사람들도 죽게 내버려 둘 순 없어!"

초의 머리가 헤르미온느의 어깨에 축 늘어져 있었다. 조그만 은발 소녀의 얼굴은 유령처럼 파랗게 질려 있었다. 해리는 인어를 떨쳐 내려고 발버둥쳤지만 그들은 더욱 크게 웃으며 그를 붙들었다. 해리는 미친 듯이 주위를 둘러보았다. 다른 대표 선수들은 어디 있는 거지? 론을 물 위로 데려간 다음 헤르미온느와 다른 사람들을 구하러 돌아올 시간이 있을까? 이 사람들을 다시 찾을 수는 있을까? 그는 시간이 얼마나 남았는지 보려고 손목시계를 내려다보았다. 시계는 고장 나 있었다.

하지만 그때 주위에 있던 인어들이 흥분해서 그의 머리 위를 가리키기 시작했다. 해리는 고개를 들어 세드릭이 헤엄쳐 오는 모습을 보았다. 엄청난 크기의 공기 방울이 그의 머리 주위를 둘러싸고 있었는데, 그 때문에 그의 얼굴은 이상하게 넓적하고 길게 늘어져 보였다.

"길을 잃었어!" 그가 겁에 질린 표정으로 입을 벙긋거렸다. "플뢰르와 크룸도 지금 오고 있어!"

해리는 엄청난 안도감을 느끼며 세드릭이 주머니에서 칼을 꺼내 초를 풀어 주는 모습을 지켜보았다. 그는 초를 데리고 헤엄쳐 올라가 시야에서 사라졌다.

해리는 대표 선수들이 오기를 기다리며 주위를 둘러보았다. 플뢰르와 크룸은 어디 있지? 시간이 흐르고 있었다. 노래에 따르면 한 시간 뒤에는 인질들을 잃고 말 것이다…….

인어들이 흥분해서 소리를 지르기 시작했다. 해리를 붙잡고 있던 인어들이 손아귀 힘을 풀고 뒤를 돌아보았다. 해리는 몸을 돌려, 뭔가 괴물 같은 것이 물살을 가르며 다가오는 광경을 보았다. 수영복을 입은 인간의 몸에 상어의 머리가 달려 있는 그 괴물은…… 크룸이었다. 변화 마법을 썼지만 제대로 성공하지 못한 듯했다.

상어 인간은 곧바로 헤르미온느에게로 헤엄쳐 가서는 그녀의 밧줄을 물어뜯기 시작했다. 문제는 크룸의 새 이빨이 돌고래보다 작은 것을 물어뜯기에는 너무 엉성하게 나 있다는 사실이었다. 자칫하다가는 헤르미온느를 반 토막 낼 지경이었다. 해리는 쏜살같이 앞으로 나아가 크룸의 어깨를 세게 두드리고 삐죽삐죽한 돌을 들어 올렸다. 크룸은 그 돌을 받아 들고 헤르미온느의 밧줄을 자르기 시작했다. 크룸은 몇 초 안에 과제를 끝냈다. 그는 헤르미온느의 허리를 안고 뒤도 돌아보지 않은 채 물 위로 빠르게 올라가기 시작했다.

이제 어쩌지? 해리는 필사적으로 생각했다. 플뢰르가 온다는 확신만 있으면……. 하지만 여전히 아무런 조짐도 보이지 않았다. 조짐 비슷한 것도 없었다…….

그는 크룸이 떨어뜨린 돌을 집어 들었지만, 또다시 론과 소녀 주위로 가까이 다가온 인어들이 그를 보며 고개를 젓고 있었다.

해리는 마법 지팡이를 꺼냈다. "비켜!"

입에서 거품만 나왔지만, 그는 인어들이 그의 말을 알아들었다는 뚜렷한 느낌을 받았다. 그들이 갑자기 웃음을 멈췄기 때문이다. 그들의 노르스레한 눈이 해리의 마법 지팡이에 고정되어 있었다. 겁을 먹은 표정들이었다. 숫자는 해리보다 훨씬 많을지 몰라도, 표정을 보니 인어들은 대왕오징어만큼도 마법을 모르는 게 분명했다.

"셋을 세겠어!" 해리가 소리쳤다. 그의 입에서 엄청난 거품이 쏟아져 나왔다. 하지만 그는 인어들이 확실히 알아들을 수 있도록 손가락 세 개를 들어 올렸다. "하나……." (그는 손가락 하나를 접었다.) "둘…….(두 번째 손가락을 접었다.)

인어들이 흩어졌다. 해리는 앞으로 튀어나가 작은 소녀를 조각상에 묶어 둔 밧줄을 자르기 시작했다. 마침내 그 소녀도 풀려났다. 해리는 소녀의 허리를 끌어안고 론의 로브 목덜미를 움켜쥔 채 호수 바닥을 박차고 올랐다.

속도가 매우 느렸다. 그는 더 이상 물갈퀴 달린 손을 사용해 앞으로 나아갈 수 없었다. 오리발 달린 다리를 격렬하게 휘저었지만 론과 플뢰르의 여동생은 감자를 잔뜩 넣은 자루처럼 자꾸만 그를 밑으로 끌어내렸다……. 그는 눈을 수면 쪽으로 고정시켰다. 머리 위의 물이 저렇게 어두운 걸 보면 아직도 꽤 깊은 곳에 있는 게 틀림없었…….

인어들이 그와 함께 떠오르고 있었다. 인어들은 태평하게 해리 주위를 빙빙 돌며, 그가 물속에서 힘겹게 버둥거리는 모습을 지켜보았다……. 주어진 시간이 지나면 저들이 그를 다시 물속 깊은 곳으로 끌어내릴까? 혹시 인간을 잡아먹는 건 아닐까? 끊임없이 힘겹게 헤엄치던 해리의 다리가 점점 굳어 갔다. 론과 소녀를 끌고 가느라 어깨가 끔찍하게 아팠…….

그는 너무나 힘겹게 숨을 들이쉬었다. 목 양쪽에서 다시 통증이 느껴졌다……. 물이 입안으로 새어 들어오는 것이 확실히 느껴졌다……. 하지만 이제 어둠은 분명 옅어지고 있었다. 머리 위로 햇빛이 보였다.

물갈퀴 달린 발로 세차게 발길질을 하던 그는 이제 그것이 그저 평범한 발이라는 사실을 알아차렸다. 물이 입을 통과해 폐로 쏟아져 들어왔다. 현기증이 나기 시작했지만, 빛과 공기는 겨우 3미터 위에 있었다……. 조금만 더 올라가면 된다. 조금만 더…….

너무 격렬하게 발길질을 했는지 근육이 반항하며 비명을 질러 대는 것 같았다. 다름 아닌 뇌가 물에 잠긴 것처럼 느껴졌다. 숨을 쉴 수 없었다. 산소가 필요했다. 계속 가야 돼, 멈춰선 안 돼…….

잠시 후 그는 머리가 수면 위로 솟아오르는 것을 느꼈다. 차갑고 신선한 끝내주는 공기가 닿자 얼굴이 따끔거렸다. 그는 한 번도 제대로 숨 쉬어 본 적이 없었던 것처럼 공기를 한껏 들이마셨다. 그리고 헐떡거리면서 론과 소녀를 끌어당겼다. 주위에서 거칠어 보이는 녹색 머리카락이 달린 머리들이 그와 함께 물 밖으로 나왔다. 하지만 그들은 그를 향해 미소 짓고 있었다.

관중석 사람들이 시끄럽게 떠들어 댔다. 고함을 치고 소리를 지르며, 모두가 일어나 있는 듯했다. 론과 소녀가 죽었을지도 모른다고 생각하는 것 같았다. 하지만 그들의 생각은 틀렸다……. 둘 다 눈을 뜨고 있었던 것이다. 소녀는 겁먹고 혼란스러운 표정인 반면, 론은 그저 엄청난 양의 물을 토하더니 밝은 빛에 눈을 깜빡이며 해리를 돌아보았다. "다 젖었네. 안 그래?" 그러더니 그는 플뢰르의 여동생을 발견했다. "쟤는 왜 데려왔어?"

"플뢰르가 나타나지 않았어. 두고 올 수는 없잖아." 해리가 헐떡거렸다.

"해리, 이 멍청아." 론이 말했다. "그 노래가 진짜라고 생각한 건 아니지? 덤블도어가 우리를 빠져 죽게 놔뒀겠냐!"

"하지만 노래는……."

"그저 대표 선수들을 제한 시간 안에 돌아오게 하려던 것뿐이야!" 론이 말했다. "영웅 노릇 하느라 저 밑에서 시간을 낭비한 건 아니지?"

해리는 멍청이가 된 것 같은 기분과 짜증을 동시에 느꼈다. 론이야 속 편했을 것이다. 그는 잠들어 있었으니까. 호수 저 밑에서 살인 정도는 거뜬히 해낼 것 같은 창 든 인어들에게 둘러싸여 있는 것이 얼마나 무시무시한 일인지도 못 느꼈을 테니까.

"가자." 해리가 무뚝뚝하게 말했다. "날 좀 도와줘. 저 애는 수영을 잘 못하는 것 같아."

그들은 플뢰르의 여동생을 데리고 심사위원들이 지켜보고 서 있는 기슭으로 헤엄쳐 갔다. 스무 명의 인어가 그 끔찍한 쇳소리로 노래를 부르며 근위대처럼 그들을 호위하고 있었다.

폼프리 선생이 법석을 떨면서 헤르미온느와 크룸, 세드릭과 초를 돌보는 모습이 보였다. 그들 모두 두꺼운 담요를 두르고 있었다. 해리와 론이 가까이 헤엄쳐 오자 덤블도어와 루도 배그먼이 자리에서 일어나 그들에게 활짝 미소 지었다. 하지만 퍼시의 얼굴은 백짓장처럼 하얗게 질려 있었고 왠지 평소보다 훨씬 어려 보였다. 그가 해리와 론을 맞이하러 물을 철벅거리며 달려왔다. 한편 막심 교장은 플뢰르 들라쿠르를 진정시키려 애쓰고 있었다. 플뢰르 들라쿠르는 매우 흥분한 기색으로 물에 다시 들어가려고 필사적으로 몸부림치고 있었다.

"*가브리엘! 가브리엘! 살아 있는 거예요? 다청나요!*"

"괜찮아!" 해리는 그녀에게 말하려 했지만, 너무 기진맥진해서 소리를 지르기는커녕 입을 열 수도 없을 지경이었다.

퍼시는 론을 붙잡고 기슭으로 끌고 갔다("저리 가, 퍼시. 괜찮다니까!"). 덤블도어와 배그먼이 해리를 일으켜 세워 주었다. 플뢰르가 막심 교장을 뿌리치고 달려와 동생을 끌어안았다.

"그린딜로들 때뭉이었어…… 그것들이 날 공격했어…… 아, 가브리엘, 나능…… 나능……."

"너, 이리 와라." 폼프리 선생이 말했다. 그녀는 해리를 붙잡고 헤르미온느와 다른 사람들이 있는 쪽으로 끌고 가더니, 구속복을 입은 기분이 들 만큼 단단히 담요로 감쌌다. 뒤이어 상당량의 아주 뜨거운 마법약을 그의 목구멍에 억지로 밀어 넣었다. 해리의 귀에서 김이 뿜어져 나왔다.

"해리, 잘했어!" 헤르미온느가 소리쳤다. "해냈어. 너 혼자서 방법을 찾아낸 거야!"

"그게……." 해리가 입을 열었다. 그는 도비 얘기를 해 주고 싶었지만, 카르카로프가 지켜보고 있다는 사실을 금방 알아차렸다. 카르카로프는 단 한 번도 심사위원석을 떠나지 않은 유일한 심사위원이었다. 해리, 론, 플뢰르의 여동생이 안전하게 돌아온 사실에 기쁨과 안도의 기색을 전혀 드러내지 않는 유일한 심사위원이기도 했다. "응, 그래." 해리가 카르카로프에게 들리도록 살짝 목소리를 높이며 말했다.

"너 머리카락에 물방개가 붙어 있다, 헤르미-오우-

니니." 크룸이 말했다.

해리는 크룸이 헤르미온느의 관심을 다시 끌어 보려 애쓰는 것 같은 인상을 받았다. 아마도 자신이 방금 호수에서 그녀를 구했다는 사실을 상기시키려는 것 같았다. 하지만 헤르미온느는 성마른 손놀림으로 물방개를 쓸어 내더니 다시 말했다. "그렇지만 넌 제한 시간을 한참 넘겼어, 해리……. 우리를 찾는 데 그렇게 오래 걸린 거야?"

"아니…… 너희를 찾는 건 문제 없었는데……."

멍청이가 된 기분이 점점 커지고 있었다. 지금 물 밖으로 나와서 생각해 보니, 대표 선수가 나타나지 않았다고 해서 덤블도어가 그 인질을 죽게 내버려 두었을 리가 없다는 사실은 아주 명백했다. 왜 그냥 론만 데리고 가지 않았을까? 1등으로 돌아올 수 있었는데……. 세드릭과 크룸은 다른 사람 걱정을 하느라 시간 낭비를 하지 않았다. 인어의 노래를 진지하게 받아들이지 않은 것이다…….

덤블도어는 호숫가에 웅크리고 앉아 우두머리처럼 보이는 인어와 깊은 대화를 나누고 있었다. 유난히 야성적이고 사나워 보이는 여자 인어였다. 덤블도어가 인어들이 물 밖으로 나왔을 때 내는 것 같은 쇳소리를 냈다. 인어어를 할 줄 아는 게 틀림없었다. 마침내 덤블도어가 허리를 펴고 동료 심사위원들에게 돌아서서 말했다. "점수를 주기 전에 회의를 해야 할 것 같군요."

심사위원들이 한데 모였다. 폼프리 선생은 퍼시의 손아귀에서 론을 구해 해리와 다른 사람들이 있는 곳으로 데리고 가서 담요와 페퍼업 마법약을 주었다. 그런 다음 그녀는 플뢰르와 그녀의 여동생을 데려왔다. 플뢰르는 얼굴과 팔에 상처가 많이 나 있고 로브는 찢겨 있었지만 신경 쓰지 않는 듯했다. 폼프리 선생이 상처를 닦아 주려는 것도 거절했다.

"가브리엘을 돌봐 주세요." 그녀가 폼프리 선생에게 말하더니 해리 쪽으로 고개를 돌렸다. "네가 내 동생을 구해 주었어." 그녀가 숨을 헐떡이면서 말했다. "네 인질이 아니었는데도……."

"그래." 해리가 말했다. 이제는 진심으로 세 소녀 모두 조각상에 묶여 있게 내버려 두고 왔어야 한다는 생각이 들었다.

플뢰르가 허리를 구부려 해리의 양 뺨에 각각 입을 맞췄다(해리는 얼굴이 달아오르는 것을 느꼈다. 귀에서 다시 김이 뿜어 나왔대도 놀라지 않았을 것이다). 그런 다음 그녀는 론에게 말했다. "그리고 너도. 너도 도와줬어……."

"응." 론이 엄청나게 기대에 찬 얼굴로 말했다. "맞아, 조금은……."

플뢰르는 허리를 구부리고 그의 뺨에도 입 맞춰 주었다. 헤르미온느는 그야말로 머리끝까지 화가 난 것 같았지만, 바로 그때 옆에서 마법으로 커진 루도 배그먼의 목소리가 쩌렁쩌렁 울렸다. 그 바람에 모두 화들짝 놀랐고 관중석 사람들은 아주 조용해졌다.

"신사 숙녀 여러분, 심사위원들이 결정을 내렸습니다. 인어 족장 머쿠스가 호수 밑바닥에서 무슨 일이 벌어졌는지 정확히 이야기해 주었고, 따라서 우리는 다음과 같이 각 대표 선수들에게 50점 만점 중 해당하는 점수를 주기로 했습니다……. 플뢰르 들라쿠르 양은 훌륭한 거품 머리 마법 솜씨를 보여 줬지만 목표물로 향하던 도중 그린딜로들의 공격을 받아 인질을 구하는 데 실패했지요. 들라쿠르 양에게 25점을 드립니다."

관중석에서 박수가 나왔다.

"나는 0점을 받아야 해." 플뢰르가 아름다운 머리를 흔들며 쉰 목소리로 말했다.

"세드릭 디고리 군도 거품 머리 마법을 사용해 1등으로 인질을 데리고 돌아왔습니다. 한 시간이라는 제한 시간을 1분 넘기기는 했지만요." 관중석의 후플푸프 학생들에게서 엄청난 환호성이 터져 나왔다. 해리는 초가 반짝반짝 빛나는 눈으로 세드릭을 바라보는 것을 보았다. "그러므로 디고리 군에게 47점을 드리겠습니다."

해리의 가슴이 철렁 내려앉았다. 세드릭도 제한 시간을 넘겼다면 해리는 말할 것도 없었다.

"빅토르 크룸 군은 불완전한 변환 마법을 썼지만, 어쨌거나 효과적이었습니다. 그래서 인질을 데리고 2등으로 돌아왔죠. 크룸 군에게는 40점을 드립니다."

카르카로프가 아주 거만한 표정으로 유난히 시끄럽게 손뼉을 쳤다.

"해리 포터 군은 아가미풀로 엄청난 효과를 보았습니다." 배그먼이 말을 이었다. "가장 마지막으로 돌아왔고 한 시간이라는 제한 시간도 훨씬 벗어났습니다. 하지만 인어 족장은 우리에게 인질들이 있는 곳에 가장 먼저 도착한 건 포터 군이고, 귀환이 늦은 건 포터 군이 자신의 인질만이 아니라 모든 인질을 구하려 했기 때문이었다고 알려 주었습니다."

론과 헤르미온느 모두 짜증과 위로가 반씩 섞인 눈으로 해리를 바라보았다.

"심사위원들 대부분은……." 배그먼은 그렇게 말하면서 카르카로프에게 아주 못마땅한 시선을 던졌다. "이것이 도덕심을 보여 주는, 만점을 받을 만한 행동이라고 봅니다. 하지만…… 포터 군의 점수는 45점입니다."

해리의 가슴이 철렁했다. 이제 그는 세드릭과 공동 1위였다. 깜짝 놀라 해리를 뚫어지게 바라보던 론과 헤르미온느도 곧 웃음을 터뜨리며 다른 관중과 함께 박수를 치기 시작했다.

"잘했어, 해리!" 론이 함성을 누르고 소리쳤다. "결국 넌 멍청했던 게 아니야……. 도덕심을 보여 준 거였어!"

플뢰르도 열심히 손뼉을 쳤지만 크룸은 전혀 기분 좋아 보이지 않았다. 그는 헤르미온느를 다시 대화에 끌어들이려고 애썼지만, 그녀는 해리에게 환호를 보내느라 그의 말에 귀 기울일 새가 없었다.

"세 번째이자 마지막 과제는 6월 24일 해 질 녘에 치러질 예정입니다." 배그먼이 말을 이었다. "대표 선수들은 정확히 한 달 전에 앞으로 치를 과제에 대해 통지받을 것입니다. 대표 선수들을 응원해 주신 모든 분들께 진심으로 감사드립니다."

폼프리 선생이 대표 선수와 인질 들을 마른 옷으로 갈아입히려고 성으로 몰고 가는 동안 해리는 이제 끝났다고, 멍하니 생각했다. 끝났다, 그가 해냈다. 이제 6월 24일까지는 아무것도 걱정할 필요가 없다…….

성으로 들어가는 돌계단을 오르면서, 해리는 다음번에 호그스미드에 가면 도비에게 1년 내내 신을 양말을 사다 줘야겠다고 생각했다.

CHAPTER 27
패드풋의 귀환

두 번째 과제는 좋은 여파를 남겼다. 그중 가장 좋은 것은 모두가 호수 밑에서 무슨 일이 벌어졌는지 자세히 듣고 싶어 안달했다는 점이었다. 다시 말해, 론도 이번만큼은 해리가 받는 관심을 나눠 갖게 되었다. 해리는 론이 사건에 대해 설명할 때마다 말이 조금씩 달라진다는 사실을 눈치챘다. 처음에 론은 진실에 가까운 이야기를 들려주었다. 어쨌거나 그의 이야기는 헤르미온느의 이야기와 일치했다. 맥고나걸 교수의 연구실에서 덤블도어가 먼저 너희는 안전할 것이며 물 위로 올라오면 정신을 차릴 거라는 말로 인질들을 안심시킨 다음 마법을 걸어 잠들게 했다는 내용이었다. 하지만 1주일 뒤 론은 중무장한 인어 50명을 상대로 혼자 싸웠다는 내용의 박진감 넘치는 납치 이야기를 하고 있었다. 그의 말에 따르면 인어들은 두들겨 패서 항복시킨 뒤에야 그를 묶을 수 있었다.

"하지만 나는 소매에 마법 지팡이를 숨겨 놓고 있었어." 론은 틀림없다는 듯 파드마 파틸에게 그렇게 말했다. 그녀는 엄청난 관심을 받고 있는 지금의 론이 훨씬 더 마음에 드는 듯했다. 그녀는 복도에서 론을 지나칠 때마다 그에게 꼭 말을 걸었다. "그 멍청한 인어들은 내가 마음만 먹으면 언제든 해치울 수 있었을 거야."

"뭘 어쩌려고 했는데? 코라도 골아 주려고 했어?" 헤르미온느가 팩하며 말했다. 그녀는 빅토르 크룸이 가장 그리워하는 존재가 되었다는 이유로 사람들이 하도 놀려 대는 바람에 신경이 잔뜩 곤두서 있었다.

론은 귀가 빨개지더니 그 뒤로는 마법에 걸려 잠들었다는 이야기로 돌아갔다.

3월에 접어들자 날씨가 더 건조해졌다. 하지만 교정에 나갈 때마다 손과 얼굴을 에는 지독한 바람은 여전했다. 부엉이들이 바람에 날려 계속 경로를 이탈하는 바람에 우편 배달이 지연되었다. 해리가 호그스미드에 가는 날짜를 적어 시리우스에게 보낸 솔부엉이는 깃털이 반이나 뒤집힌 채 금요일 아침 식사 시간에 나타났다. 그 부엉이는 해리가 시리우스의 답장을 떼어 내자마자 날아가 버렸다. 다시 바깥에 내보낼까 봐 무서워하는 게 분명했다.

시리우스의 편지는 이전 것만큼이나 짧았다.

토요일 오후 2시에 호그스미드에서 나가는 길 끝에 있는 울타리에 있거라(더비시 앤 뱅스를 지나서). 음식을 최대한 많이 가져와 다오.

"호그스미드에 온 건 아니겠지?" 론이 믿을 수 없다는 듯 말했다.

"그런 것 같은데?" 헤르미온느가 대꾸했다.

"말도 안 돼." 해리가 긴장한 듯 말했다. "잡히기라도 하면……."

"그래도 지금까지 잘 버텨 왔잖아." 론이 그를 안심시키려는 듯 말했다. "그 동네에 아직도 디멘터들이 우글우글하다면 모를까."

해리는 편지를 접으며 생각에 잠겼다. 솔직히 말해서 그는 정말로 시리우스를 다시 만나고 싶었다. 그래서인지 오후 마지막 수업인 마법약 연강을 들으러 가는데도 평소 지하 감옥 계단을 내려갈 때보다 훨씬 마음이 가벼웠다.

말포이, 크래브, 고일이 팬지 파킨슨을 비롯한 슬리데린 여학생 무리와 한데 모여 교실 문 앞에 서 있었다. 그들은 모두 해리의 눈에는 보이지 않는 무언가를 보면서 실컷 킬킬거리고 있었다. 해리, 론, 헤르미온느가 다가가자, 팬지가 신이 나서 고일의 넓은 등짝 옆으로 퍼그처럼 생긴 얼굴을 내밀었다.

"저기 온다, 저기 와!" 그녀가 킥킥 웃으며 말했다.

슬리데린 학생들의 무리가 흩어졌다. 팬지의 손에 들린 잡지가 보였다. 《주간 마녀》였다. 앞표지의 움직이는 사진에는 앞니를 드러낸 채 미소 지으며 마법 지팡이로 큼직한 스펀지케이크를 가리키고 있는 곱슬머리 여자 마법사가 실려 있었다.

"여기 네가 관심을 가질 만한 기사가 실린 것 같은데, 그레인저!" 팬지가 큰 소리로 말하며 헤르미온느에게 잡지를 던졌다. 헤르미온느는 깜짝 놀란 얼굴로 잡지를 받았다. 그 순간 지하 감옥 문이 열리더니 스네이프가 모두에게 들어오라고 손짓했다.

헤르미온느, 해리, 론은 언제나처럼 지하 감옥 교실 뒷자리로 향했다. 스네이프가 칠판에 오늘 만들 물약 재료를 적으려고 등을 돌리자마자 헤르미온느는 책상 밑에서 잡지를 빠르게 펄럭펄럭 넘겼다. 마침내 헤르미온느는 중간쯤에서 찾던 것을 발견했다. 해리와 론이 몸을 가까이 기울였다. 해리의 컬러 사진 밑에 짧은 기사가 실려 있었다. 제목은 이랬다.

해리 포터의 비밀스러운 속앓이

(리타 스키터) 아무리 남다른 소년이라도 청소년기의 평범한 고통은 모두 겪고 있을지 모르겠다. 부모의 비극적인 죽음 이후 사랑에 굶주렸던 열네 살 소년 해리 포터는 호그와트에서 계속 사귀어 온 머글 태생 여자 친구 헤르미온느 그레인저에게서 위안을 찾았다고 생각했다. 이미 개인적 상실로 얼룩진 삶에서 곧 또 한 번 감정적인 타격을 겪게 될 줄 몰랐던 것이다.

평범하지만 야심 찬 소녀인 그레인저 양은 해리만으로는 만족할 수 없는, 유명한 마법사들을 좋아하는 취향을 갖고 있는 것으로 보인다. 불가리아 퀴디치 국가 대표 수색꾼이자 지난 퀴디치 월드컵 영웅인 빅토르 크룸이 호그와트에 도착한 이래 그레인저 양은 두 소년의 마음을 가지고 장난을 쳐 왔다. 교활한 그레인저 양에게 푹 빠진 것으로 잘 알려진 크룸은 이미 여름방학에 자기를 만나러 오라고 그녀를 불가리아에 초대까지 한 상태다. 그는 "어떤 사람에게도 이런 감정을 느껴 본 적이 없다"고 주장하고 있다.

하지만 이 불행한 소년들의 마음을 사로잡은 것은 그레인저 양의 타고난 매력이 아닐지도 모른다(사실, 그녀에게 그런 매력이 있는지조차 의심스럽다).

"걔 진짜 못생겼어요." 예쁘고 명랑한 4학년 학생 팬지 파킨슨은 말한다. "하지만 사랑의 묘약을 만드는 재주가 뛰어날 거예요. 머리가 꽤 좋거든요. 그게 비법인 것 같아요."

물론 호그와트에서 사랑의 묘약은 금지되어 있으며, 알버스 덤블도어가 이러한 혐의를 조사해야 한다는 점에는 반론의 여지가 없다. 한편, 해리 포터가 잘 지내기를 바라는 사람들은 그가 다음번에는 좀 더 가치 있는 후보에게 마음을 주기를 바라야 할 것이다.

"내가 그랬지!" 론이 헤르미온느를 보며 식식댔다. 헤르미온느는 기사를 빤히 내려다보고 있었다. "리타 스키터를 건드리지 말랬잖아! 이 여자가 너를 무슨…… 무슨 부정한 여자처럼 만들어 놨어!"

헤르미온느는 놀란 표정을 거두고 코웃음을 쳤다.

"부정한 여자?" 그녀가 되풀이했다. 그녀는 고개를 돌려 론을 보면서 키득거리는 웃음을 참느라 부들부들 떨었다.

"우리 엄마가 쓰는 말이야." 론이 중얼거렸다. 그의 귀가 다시 빨개지고 있었다.

"이게 최선을 다한 거라면 그 사람도 감을 잃어 가나 본데." 헤르미온느가 여전히 키득거리며 말했다. 그녀는 옆에 있는 빈 의자에 《주간 마녀》를 던졌다. "진부한 헛소리나 잔뜩 늘어놓고."

그녀는 슬리데린 학생들 쪽을 바라보았다. 그들 모두 그녀와 해리가 기사를 보고 화내는 모습을 보기 위해 교실 건너편에서 두 사람을 지켜보고 있었다. 헤르미온느는 그들에게 비웃는 듯한 미소를 던지며 손을 흔들어 주었다. 그녀와 해리, 론은 초롱초롱 마법약을 만들 때 필요한 재료들을 준비하기 시작했다.

"근데 좀 이상하긴 하다." 10분 뒤, 헤르미온느가 풍뎅이가 들어 있는 사발 위로 막자를 든 채 말했다. "어떻게 알았지……?"

"뭘?" 론이 재빨리 물었다. "너, 사랑의 묘약을 만들고 있는 건 아니지? 그렇지?"

"멍청한 소리 하지 마." 헤르미온느가 다시 풍뎅이들을 빻기 시작하며 쏘아붙였다. "그게 아니라…… 빅토르가 나한테 여름방학 때 놀러 오라고 한 걸 어떻게 알았나 싶어서."

헤르미온느는 그 말을 하면서 얼굴을 붉히더니 확실히 론의 눈을 피했다.

"뭐?" 론이 막자를 떨어뜨리자 시끄럽게 쨍그랑하는 소리가 났다.

"호수에서 나를 꺼내 주자마자 물어보더라." 헤르미온느가 중얼거렸다. "상어 머리는 없애고 나서. 폼프리 선생님이 담요를 갖다 준 다음에 크룸이 나를, 뭐랄까 심사위원들이 듣지 못하는 곳으로 데려가더니 말했어. 여름방학에 별다른 일이 없으면……."

"그래서 뭐라고 했는데?" 다시 막자를 집어 든 론이 헤르미온느를 보느라 사발에서 15센티미터는 족히 떨어진 곳의 책상 위를 갈아 대며 물었다.

"그리고 다른 사람한테는 이런 감정을 느껴 본 적 없다는 말도 분명히 했어." 헤르미온느가 말을 이었다. 얼굴이 어찌나 빨간지 그녀에게서 나오는 열기가 느껴질 정도였다. "근데 리타 스키터가 그 말을 어떻게 들었지? 그 자리에 없었는데……. 아니, 있었나? 어쩌면 그 여자도 투명 망토를 갖고 있는지 몰라. 두 번째 과제를 보려고 학교에 몰래 들어왔을지도……."

"그래서 넌 *뭐라고* 했냐니까?" 론이 다시 물었다. 막자를 너무 세게 내리찍는 바람에 책상에 홈집이 생겼다.

"음, 난 너랑 해리가 괜찮은지 확인하느라 너무 정신이 없어서……."

"네가 매력적인 사회생활을 하고 있다는 데는 의심할 여지가 없다만, 그레인저 양." 바로 뒤에서 얼음처럼 차가운 목소리가 말했다. "내 수업 시간에는 그런 얘기를 하지 말라고 부탁하지 않을 수 없군. 그리핀도르 10점 감점."

세 사람이 이야기하는 동안 스네이프가 그들의 책상으로 스르르 다가와 있었던 것이다. 이제 학생 전체가 그들을 바라보고 있었다. 말포이는 교실 건너편에서 해리에게 '포터는 구려' 배지를 내보일 기회를 놓치지 않았다.

"아…… 책상 밑에서 잡지까지 읽고 있었나?" 스네이프가 《주간 마녀》를 낚아채듯 가져가며 덧붙였다. "그리핀도르 10점 더 감점. 아, 물론……." 리타 스키터의 기사를 본 스네이프의 까만 눈동자가 번뜩였다. "포터는 계속 자기 기사를 스크랩해야겠지……."

슬리데린 학생들의 웃음소리가 지하 감옥 교실 가득 울려 퍼졌다. 스네이프의 가느다란 입술이 불쾌한 미소를 띠며 비틀렸다. 해리 입장에서는 열 받게도, 스네이프는 그 기사를 큰 소리로 읽기 시작했다.

"'해리 포터의 비밀스러운 속앓이'라……. 이런이런, 포터. 이번에는 또 뭐가 문제냐? '아무리 남다른 소년이라도…….'"

해리는 얼굴이 달아오르는 것을 느꼈다. 스네이프는 슬리데린 학생들이 실컷 웃을 수 있도록 문장 하나가 끝날 때마다 잠깐씩 뜸을 들였다. 스네이프가 읽자 기사 내용이 열 배는 더 나쁘게 들렸다.

"'……해리 포터가 잘 지내기를 바라는 사람들은 그가 다음번에는 좀 더 가치 있는 후보에게 마음을 주기를 바라야 할 것이다.' 이렇게 감동적일 수가." 슬리데린 학생들이 계속 왁자지껄 웃어 대는 가운데 스네이프는 잡지를 둘둘 말면서 비웃었다. "글쎄, 내 생각에는 너희 셋을 갈라 놓는 게 좋을 것 같다. 그래야 너희가 꼬인 연애사보다 마법약에 더 집중할 수 있겠지. 위즐리, 너는 여기 그대로 있어라. 그레인저 양, 너는 저쪽 파킨슨 양 옆으로 가라. 포터, 넌 교탁 앞 책상으로. 움직여. 당장."

해리는 화가 머리끝까지 치솟은 채 재료들과 가방을 솥에 던져 넣고, 그 솥을 지하 감옥 교실 앞 책상까지 끌고 갔다. 스네이프는 그의 뒤를 따라와 교탁 앞에 앉더니 해리가 솥에서 물건들을 꺼내는 모습을 지켜보았다. 해리는 스네이프를 쳐다보지 않기로 결심하고 다시 풍뎅이를 으깨기 시작했다. 풍뎅이 한 마리 한 마리가 스네이프의 얼굴이라고 상상하면서.

"이 모든 언론의 관심이 안 그래도 잔뜩 바람이 들어간 너를 더욱 부풀린 것 같은데, 포터." 교실 분위기가 진정되자마자 스네이프가 조용히 입을 열었다.

해리는 대답하지 않았다. 그는 스네이프가 자신을 도발하고 있다는 사실을 알고 있었다. 전에도 이런 적이 있었다. 그가 수업이 끝나기 전에 그리핀도르의 점수를 50점쯤 깎을 핑계를 찾고 있다는 데는 의심의 여지가 없었다.

"마법사 세계 전체가 너한테 감명받았다는 착각에 사로잡혀 있는지는 모르겠지만……." 스네이프가 너무 작아서 다른 사람은 아무도 들을 수 없는 소리로 말을 이었다(이미 아주 고운 가루가 됐지만 해리는 계속 풍뎅이를 빻았다). "나는 네 사진이 신문에 얼마나 실리든 관심 없다. 포터, 나에게 너는 너 자신이 규칙 위에 있다고 생각하는 못된 꼬마일 뿐이야."

해리는 가루가 된 풍뎅이를 솥에 붓고 생강 뿌리를 자르기 시작했다. 손이 분노로 살짝 떨렸지만 그는 스네이프의 말이 들리지 않는 것처럼 계속 눈을 내리깔고 있었다.

"그래서 너에게 합당한 경고를 하려고 한다, 포터." 스네이프가 좀 더 조용하고 위협적인 목소리로 말을 이었다. "한 줌의 인기를 얻고 있는 유명인이든 아니든, 또 한 번 내 연구실에 침입했다가 들통나는 날엔……."

"전 교수님 연구실 근처에도 가지 않았어요!" 말이 안 들리는 척하던 것도 잊은 채 해리가 버럭 화를 내며 소리쳤다.

"거짓말 마라." 스네이프가 나직한 목소리로 말했

다. 깊이를 알 수 없는 검은 눈이 해리의 눈을 뚫어지게 바라보고 있었다. "붐슬랑 독사 가죽. 아가미풀. 둘 다 내 개인 저장고에 있던 거다. 나는 누가 그걸 훔쳤는지 알아."

해리는 스네이프를 마주 쏘아보았다. 결코 눈을 깜박이지도, 죄책감 깃든 표정을 짓지도 않을 작정이었다. 실제로 그는 그중 어떤 것도 스네이프에게서 훔치지 않았다. 2학년 때 붐슬랑 독사 가죽을 훔친 건 헤르미온느였고(폴리주스 마법약을 만드는 데 필요했다), 그때도 스네이프는 해리를 의심했지만 그가 훔쳤다는 것을 증명하지는 못했다. 물론, 아가미풀을 훔친 건 도비였다.

"무슨 말인지 모르겠는데요." 해리는 냉담하게 거짓말을 했다.

"누가 내 연구실에 침입한 날 밤 너는 침대 밖으로 나와 있었지." 스네이프가 나직이 말했다. "나는 알고 있다, 포터! 매드아이 무디는 네 팬클럽에 가입했는지 모르겠지만, 나는 네 행동을 용납하지 않아! 한 번만 더 한밤중에 내 연구실로 산책을 나왔다간 그 대가를 치르게 될 거다, 포터!"

"알았어요." 해리가 생강 뿌리로 눈을 돌리며 싸늘하게 말했다. "거기 들어가고 싶은 마음이 생긴다면 명심하죠."

스네이프의 눈이 번뜩였다. 그는 검은 로브 안으로 한 손을 집어넣었다. 순간 해리는 스네이프가 곧바로 마법 지팡이를 꺼내 저주 마법을 걸 거라고 생각했다. 잠시 후 그는 스네이프가 완전히 투명한 마법약이 들어 있는 작은 크리스털 병을 꺼내 놓은 것을 보았다. 해리는 그 병을 빤히 바라보았다.

"이게 뭔지 아나, 포터?" 스네이프가 또다시 눈을 위협적으로 번뜩이며 물었다.

"아뇨." 해리가 말했다. 이번에는 진짜로 솔직하게 대답했다.

"이건 베리타세룸이다. 워낙 강력해서 세 방울이면 네 마음속 가장 깊은 곳에 숨겨진 비밀도 이 교실에 있는 학생 모두에게 털어놓게 만드는 진실의 마법약이지." 스네이프가 악의를 가득 담고 말했다. "이 마법약의 사용은 정부의 엄격한 지침하에 규제된다. 그러나 앞으로 조심하지 않으면 내 손이 가끔 *미끄러지기도* 한다는 걸 알게 될 거다……." 그는 크리스털 병을 살짝 흔들었다. "……네가 저녁 식사 때 마시는 호박 주스 바로 위에서 말이야. 그때는, 포터…… 그때는 네가 내 연구실에 들어왔는지 아닌지 알게 되겠지."

해리는 아무 말도 하지 않았다. 그는 다시 한 번 생강 뿌리로 눈을 돌리고 칼을 집어 그것들을 얇게 썰기 시작했다. 진실의 마법약 얘기는 전혀 마음에 들지 않았다. 스네이프는 약을 넣고도 남을 사람이었다. 스네이프가 그런 짓을 했을 때 자기 입에서 무슨 말이 흘러나올지를 생각하자 그는 오싹함에 온몸이 부르르 떨리는 것을 간신히 억눌렀다. 수많은 사람이 곤란해질 것이다. 헤르미온느와 도비는 물론이고, 그 밖에도 해리가 숨기고 있는 것들이 얼마나 많은가……. 시리우스와 계속 연락하고 있다는 사실(생각만으로도 속이 뒤틀렸다), 초에 대한 감정……. 그는 생강 뿌리 역시 솥단지 안에 부어 넣고, 무디처럼 개인 휴대용 술병에 들어 있는 것만 마셔야 할지 고민했다.

지하 감옥 문을 두드리는 소리가 들렸다.

"네." 스네이프가 평소와 같은 목소리로 말했다.

문이 열리자 학생들이 일제히 돌아보았다. 카르카로프 교장이 교실 안으로 들어왔다. 그가 스네이프가 있는 교탁으로 걸어가는 모습을 모두가 지켜보았다. 그는 또다시 염소수염을 손으로 배배 꼬며 불안한 표정을 짓고 있었다.

"얘기 좀 하지." 스네이프 앞에 다다른 카르카로프가 불쑥 말했다. 누구도 자신의 말을 듣지 못하게 하려는 듯 거의 입술도 열지 않았다. 마치 형편없는 복화술사 같았다. 해리는 생강 뿌리에서 눈을 떼지 않고 열심히 귀를 기울였다.

"카르카로프, 수업이 끝나고 얘기……." 스네이프가 중얼거렸지만 카르카로프는 그의 말을 끊었.

"지금 얘기해야겠어. 세베루스 네가 빠져나갈 수 없을 때. 계속 나를 피했잖아."

"수업이 끝난 뒤에 얘기하자고." 스네이프가 쏘아붙였다.

해리는 아르마딜로 담즙을 충분히 부었는지 계량컵을 들고 보는 척하면서 그 두 사람을 곁눈질로 훔쳐보았다. 카르카로프는 굉장히 불안해 보였고 스네이프는 화가 난 듯했다.

카르카로프는 남은 수업 내내 스네이프의 교탁 뒤에서 서성거렸다. 수업이 끝나고 스네이프가 슬쩍 빠져나가지 못하게 하려는 심산인 듯했다. 카르카로프가 무슨 말을 하려는지 궁금해서 견딜 수 없었던 해리는 수업 종이 울리기 2분 전 일부러 아르마딜로 담즙이 담긴 병을 쳐서 넘어뜨렸다. 덕분에 다른 학생들이 시끄럽게 문 쪽으로 향하는 동안 솥단지 뒤에 웅크리고 걸레질을 할 핑계가 생겼다.

"뭐가 그렇게 급하지?" 스네이프가 카르카로프에게 나지막이 말하는 소리가 들렸다.

"이걸 봐." 카르카로프가 말했다. 해리는 솥단지 옆으로 고개를 내밀어, 카르카로프가 로브 왼손 소매를 걷어 스네이프에게 팔 안쪽을 보여 주는 모습을 보았다.

"어때?" 카르카로프가 여전히 입술을 움직이지 않으려고 용을 쓰며 말했다. "보이나? 이렇게 선명한 적이 없었어. 그때 이후로는 한 번도……."

"저리 치워!" 스네이프가 버럭 소리 질렀다. 그의 검은 눈이 교실 안을 훑었다.

"하지만 너도 분명 눈치챘을 텐데……." 카르카로프가 불안한 목소리로 입을 열었다.

"나중에 얘기해도 돼, 카르카로프!" 스네이프가 내뱉었다. "포터! 뭐 하는 거냐?"

"아르마딜로 담즙을 닦고 있는데요, 교수님." 해리는 허리를 펴고 아무것도 모르는 척 말하며 스네이프에게 들고 있던 젖은 걸레를 보여 주었다.

카르카로프가 홱 돌아서더니 성큼성큼 지하 감옥 교실을 나갔다. 불안한 동시에 화가 난 얼굴이었다. 평소보다 더 화가 나 있는 스네이프와 단둘이 있고 싶지는 않았기에 해리는 책과 재료들을 가방에 던져 넣고, 론과 헤르미온느에게 방금 목격한 일을 이야기해 주기 위해 최대한 빠르게 교실을 떠났다.

그들은 다음 날 정오에 성을 나섰다. 희미한 은빛 햇살이 교정을 비추고 있었다. 날씨는 한 해 중 어느 때보다 온화했으며, 호그스미드에 도착했을 때쯤에는 셋 모두 망토를 벗어 어깨에 걸치고 있었다. 시리우스가 가져오라고 한 음식은 해리의 가방에 들어 있었다. 점심 식탁에서 닭 다리 열두 개, 빵 한 덩이, 호박 주스 한 병을 몰래 가지고 나온 것이다.

세 사람은 도비에게 줄 선물을 사러 글래드래그스 마법사 의류 전문점에 들어가 화려한 양말이란 양말은 모두 고르면서 즐거운 시간을 보냈다. 그중에는 반짝이는 금색 은색 별들이 그려진 양말도 있고, 발 냄새가 심하면 비명을 질러 대는 양말도 있었다. 그런 다음 1시 30분이 되자 그들은 큰길로 나가서 더비시 앤 뱅스를 지나 마을 외곽으로 향했다.

이쪽으로는 한 번도 와 본 적이 없었다. 구불구불한 길이 그들을 호그스미드 부근의 거친 외곽 지대로 이끌었다. 이곳은 집이 더 드물었고 정원들은 더 널찍했다. 그들은 호그스미드를 산그늘에 품고 있는 산을 향해 걸어갔다. 모퉁이를 돌자 길 끝에 울타리가 보였다. 아주 크고 털이 북슬북슬한 검은 개가 울타리의 층계형 출입구 위에 앞발을 올려놓고 그들을 기다리고 있었다. 신문을 입에 물고 있는 모습이 꽤 낯이 익었다.

"안녕하세요, 시리우스." 그 앞에 다다라 해리가 말을 걸었다.

검은 개는 열심히 해리의 가방 냄새를 맡고 한차례 꼬리를 흔들더니 돌아서서 덤불이 무성한 길을 가로질러 총총히 멀어지기 시작했다. 바위투성이 산자락과 만나는 오르막길이었다. 해리, 론, 헤르미온느는 울타리를 넘어서 그를 따라갔다.

시리우스는 산 바로 밑까지 그들을 데려갔다. 그곳

은 온통 둥근 돌과 바위로 뒤덮여 있었다. 다리가 네 개인 시리우스는 쉽게 움직였지만 해리, 론, 헤르미온느는 곧 숨이 차서 헐떡거렸다. 그들은 시리우스를 따라 더 높은 곳까지 산을 올라갔다. 시리우스의 흔들리는 꼬리를 따라 30분 가까이 돌이 깔린 가파르고 구불구불한 길을 오르다 보니 햇볕에 온몸이 땀으로 젖었다. 묵직한 가방 끈이 해리의 어깨를 파고들었다.

잠시 후, 마침내 시리우스가 시야 밖으로 슬며시 사라졌다. 그가 사라진 곳에 도착하자 바위 사이로 좁은 틈이 보였다. 세 사람은 안으로 몸을 욱여넣었다. 어느새 그들은 시원하고 어둑어둑한 동굴에 들어와 있었다. 동굴 끝 바위에 매어 놓은 밧줄에 뭔가가 묶여 있었다. 반은 회색 말이고 반은 거대한 독수리의 모습을 한 히포그리프 벅빅이었다. 벅빅의 사나운 오렌지색 눈이 그들을 보고 번쩍 빛났다. 셋 모두 깊숙이 허리를 숙였다. 잠시 그들을 도도하게 바라보던 벅빅이 비늘로 덮인 무릎을 구부리자, 헤르미온느가 얼른 달려가 깃털로 뒤덮인 목을 쓰다듬어 주었다. 하지만 해리는 검은 개를 보고 있었다. 그가 방금 해리의 대부로 변한 터였다.

시리우스는 해진 회색 로브를 입고 있었다. 아즈카반을 탈출할 때 입었던 바로 그 옷이었다. 검은 머리카락은 벽난로 안에 나타났을 때보다 더 길었고 또다시 마구 헝클어져 있었다. 그는 매우 야위어 보였다.

"닭고기구나!" 그가 입에 물고 있던 《예언자일보》를 동굴 바닥에 뱉더니 쉰 목소리로 말했다.

해리는 가방을 열고 닭 다리와 빵 꾸러미를 건넸다.

"고맙다." 시리우스가 꾸러미를 열고 닭 다리를 쥐더니 동굴 바닥에 앉아 한입 크게 물어뜯으며 말했다. "보통은 쥐를 먹고 살았다. 호그스미드에서 음식을 너무 많이 훔칠 수는 없었거든. 그러면 주의를 끌게 되니까."

그가 해리를 올려다보며 씩 웃었지만 마주 웃는 해리의 마음은 편치 않았다.

"여기서 뭐 하는 거예요, 시리우스?" 그가 물었다.

"대부의 의무를 다하는 중이지." 시리우스가 진짜 개처럼 닭 뼈를 갉아 먹으며 말했다. "내 걱정은 마라. 나는 사랑스러운 떠돌이 개인 척하고 있으니."

계속 미소 짓던 그는 해리의 표정에서 불안을 읽고 좀 더 진지하게 말했다. "일이 벌어지는 곳에 있고 싶어서 그래. 네가 마지막으로 보낸 편지 말이다……. 뭐, 그냥 일이 점점 수상하게 돌아간다고만 해 두자. 매번 누가 버린 신문을 주워서 읽고 있는데, 돌아가는 꼴을 보니 앞날을 걱정하는 사람이 나만은 아닌 것 같더구나."

그는 동굴 바닥에 놓인, 누레져 가는 《예언자일보》를 고갯짓으로 가리켰다. 론이 신문을 들어 펼쳤다.

반면 해리는 시리우스한테서 눈을 떼지 않았다. "만약에 붙잡히면요? 누가 보기라도 하면 어쩌려고요?"

"이 근처에서 내가 애니마구스인 걸 아는 사람은 너희 셋과 덤블도어 교수님뿐이야." 시리우스가 어깨를 으쓱하며 말하더니 계속 닭 다리를 게걸스럽게 먹어치웠다.

론이 해리의 옆구리를 쿡 찌르며 《예언자일보》를 내밀었다. 신문은 두 부였다. 첫 번째 신문의 헤드라인은 '바티미어스 크라우치의 수상한 병'이었고 두 번째는 '정부 소속 마법사, 여전히 실종 중—마법 정부 총리가 직접 개입하다'였다.

해리는 크라우치 관련 기사를 살펴보았다. 문장들이 그에게로 달려드는 듯했다. '11월 이후 공식적으로 모습을 드러낸 적이 없다'……. '집은 방치된 것처럼 보인다'……. '세인트 멍고 마법 질병 상해 병원은 언급을 피했다'……. '정부는 심각한 병에 대한 소문 확인을 거부하고 있다'…….

"크라우치가 죽어 가기라도 하는 것처럼 썼네요." 해리가 천천히 입을 열었다. "하지만 여기까지 올 수 있을 정도면 그렇게 아플 리가 없어요……."

"우리 형이 크라우치의 개인 비서인데요." 론이 시리우스에게 알려 주었다. "형 말로는 크라우치가 과로로 아픈 거라던데요."

"하긴, 마지막으로 가까이에서 봤을 때 진짜로 아파 보이긴 했어요." 해리가 계속 기사를 읽으며 천천히 말했다. "불의 잔에서 제 이름이 나온 날 밤에요……."

"윙키를 해고한 벌을 받는 거 아니겠어?" 헤르미온느가 차갑게 말했다. 그녀는 시리우스가 먹고 남긴 닭뼈를 우적거리는 벅빅을 쓰다듬어 주고 있었다. "장담하는데, 지금쯤 그러지 말 걸 그랬다고 후회하고 있을 거야. 자기를 돌봐 줄 윙키가 없으니 틀림없이 차이를 느끼겠지."

"헤르미온느는 집요정에게 집착하고 있거든요." 론이 헤르미온느에게 험악한 눈길을 던지며 시리우스에게 웅얼거렸다.

하지만 시리우스는 그녀의 말에 관심을 보이는 듯했다. "크라우치가 집요정을 해고했니?"

"네, 퀴디치 월드컵에서요." 해리가 대답했다. 그는 어둠의 징표가 나타난 일, 윙키가 해리의 마법 지팡이를 들고 발견된 일, 크라우치 장관이 화를 낸 일에 대해 자세히 들려주었다.

해리가 이야기를 마치자 시리우스는 다시 자리에서 일어나 동굴 안을 이리저리 서성거리기 시작했다. "확실히 짚어 보자." 잠시 후 그가 새로운 닭 다리를 흔들며 말했다. "그 집요정을 1등석에서 처음 봤다고 했지? 집요정은 크라우치의 자리를 맡아 놓고 있었고. 맞니?"

"네." 해리, 론, 헤르미온느가 동시에 대답했다.

"그런데 크라우치는 경기장에 나타나지 않았다?"

"네." 해리가 말했다. "너무 바쁘다고 했던 것 같아요."

시리우스는 말없이 동굴 안을 왔다 갔다 했다. 잠시 후 그가 입을 열었다. "해리, 1등석을 나선 다음 마법 지팡이가 있는지 주머니를 확인했니?"

"음……." 해리는 열심히 생각했다. "아뇨." 그가 한참 만에 대답했다. "숲으로 들어가기 전까지는 마법 지팡이를 쓸 일이 없었거든요. 그때서야 주머니에 손을 넣어 봤는데 옴니오큘러스밖에 없더라고요." 그는 시리우스를 똑바로 바라보았다. "어둠의 징표를 만들어 낸 사람이 1등석에서 제 마법 지팡이를 훔쳤다는 말씀이세요?"

"충분히 그럴 수 있지." 시리우스가 말했다.

"윙키가 훔친 게 아니에요!" 헤르미온느가 날카롭게 소리쳤다.

"그 자리에 집요정만 있었던 건 아니지." 시리우스가 이마를 찌푸린 채 계속 서성거리면서 말했다. "해리 네 뒤에 또 누가 앉아 있었지?"

"여러 명 있었어요." 해리가 말했다. "무슨 불가리아 마법 정부 사람들이랑…… 코닐리어스 퍼지…… 말포이네……."

"말포이!" 론이 갑자기 소리쳤다. 어찌나 크게 외쳤던지 그의 목소리가 동굴 전체를 쩌렁쩌렁 울렸다. 벅빅이 긴장한 듯 고개를 홱 젖혔다. "루시우스 말포이가 그런 게 틀림없어요!"

"다른 사람은?" 시리우스가 물었다.

"없었어요." 해리가 말했다.

"아냐, 또 있었어. 루도 배그먼이 있었잖아." 헤르미온느가 상기시켜 주었다.

"아, 그러네……."

"나는 배그먼에 대해서는 잘 모른다. 예전에 웜본 와스프스 몰이꾼이었다는 것 말고는." 시리우스가 계속 왔다 갔다 하며 말했다. "어떤 사람이지?"

"나쁘진 않아요." 해리가 말했다. "트라이위저드 대회에서 계속 저를 도와주고 싶어 해요."

"아, 그래?" 시리우스가 이마를 더욱 찌푸리며 말했다. "왜 그러는지 궁금하구나."

"제가 마음에 든대요." 해리가 말했다.

"흠." 시리우스는 생각에 잠긴 듯 보였다.

"어둠의 징표가 나타나기 직전에 숲에서 그 사람을 봤어요." 헤르미온느가 시리우스에게 말했다. "기억나지?" 그녀가 해리와 론을 돌아보았다.

"그래, 하지만 숲에 계속 있지는 않았잖아." 론이 말했다. "우리가 폭동 얘기를 하자마자 야영장으로 갔어."

"네가 그걸 어떻게 알아?" 헤르미온느가 쏘아붙였다. "그 사람이 어디로 순간이동을 했는지 네가 어떻게 아냐고."

"그만해." 론이 어이가 없다는 듯 말했다. "루도 배그먼이 어둠의 징표를 불러냈다고 생각하는 거야?"

"윙키보다는 그 사람이 더 가능성이 높지." 헤르미온느가 고집스럽게 말했다.

"제가 그랬죠?" 론이 의미심장한 표정으로 시리우스를 보며 말했다. "쟤는 집요정들한테 집착……."

하지만 시리우스는 손을 들어 론의 말을 막았다. "어둠의 징표가 나타나고 해리의 마법 지팡이를 들고 있는 집요정이 발견되자 크라우치는 어떻게 행동했지?"

"덤불 속을 살펴보러 갔어요." 해리가 말했다. "하지만 거기에 다른 사람은 없었어요."

"물론 그렇겠지." 시리우스가 계속 왔다 갔다 하며 중얼거렸다. "뻔해. 크라우치라면 자기 집요정이 아닌 누구에게든 혐의를 뒤집어씌우려 했을 테니까……. 그런 다음에 집요정을 해고했다고?"

"네." 헤르미온느가 흥분한 목소리로 말했다. "해고했어요. 텐트에 남아서 가만히 사람들한테 짓밟히기를 기다리지 않았다는 이유로……."

"헤르미온느, 집요정 얘기는 잠깐 쉴 수 *없냐*?" 론이 짜증을 냈다.

하지만 시리우스는 고개를 젓더니 말했다. "크라우치에 대해서는 헤르미온느가 너보다 잘 판단하고 있다, 론. 어떤 사람을 알고 싶다면 그 사람이 자신과 동등한 존재가 아닌 자기보다 약한 존재들을 어떻게 대하는지 잘 살펴봐야 해."

그는 깊은 생각에 잠긴 듯, 수염이 까칠한 얼굴을 손으로 쓸었다. "바티 크라우치가 이렇게 오랫동안 자리를 비운 것도 그렇고…… 퀴디치 월드컵에서 집요정을 보내 일부러 자리까지 맡아 놓고 경기를 보러 오지 않은 것도 그래. 트라이위저드 대회를 다시 열기 위해 그렇게 애를 써 놓고 그 행사에도 오지 않았지……. 크라우치답지 않은걸. 그자가 아프다는 이유로 하루라도 출근하지 않은 적이 있다면 내가 벅빅이라도 잡아먹으마."

"크라우치를 아세요?" 해리가 물었다.

시리우스의 얼굴이 어두워졌다. 그는 해리와 처음 만난 날, 해리가 아직 그를 살인자라고 믿고 있던 날 밤처럼 갑자기 위협적으로 보였다.

"아, 크라우치야 잘 알지." 그가 조용히 말했다. "나를 아즈카반에 보내라고 명령한 게 바로 그 사람이니까. 재판도 없이 말이야."

"뭐라고요?" 론과 헤르미온느가 동시에 소리쳤다.

"말도 안 돼!" 해리가 큰 소리로 말했다.

"아니, 사실이야." 시리우스가 닭고기를 한 번 더 크게 베어 물며 말했다. "크라우치는 예전 마법 정부 사법부 장관이었거든. 몰랐니?"

해리, 론, 헤르미온느는 고개를 끄덕였다.

"다음번 마법 정부 총리가 될 거라는 얘기가 돌았지." 시리우스가 말했다. "바티 크라우치는 위대한 마법사다. 강력한 마법을 쓸 줄 알고…… 권력에 굶주려 있지. 물론, 볼드모트의 추종자는 절대 아니야." 그가 해리의 표정을 읽고 말했다. "그래, 바티 크라우치는 언제나 어둠의 편에 반대한다고 공공연하게 밝혔다. 하긴, 어둠의 편에 반대하던 많은 사람들도 결국은……. 뭐, 너희는 이해하지 못할 거다. 너무 어리니까."

"월드컵에서 우리 아빠도 그렇게 말하던데." 론이 짜증 섞인 목소리로 말했다. "이해하는지 못 하는지 한번 보시지 그래요?"

시리우스의 깡마른 얼굴에 미소가 스쳤다. "좋다, 시험해 보지."

그는 동굴 저쪽으로 걸어갔다가 돌아오며 말했다. "지금 볼드모트의 힘이 강력하다고 상상해 봐라. 너희는 누가 그자의 추종자인지, 누가 그자를 위해 일하고 누가 그렇지 않은지 모른다. 하지만 볼드모트가 사람들을 조종해서 그들이 통제력을 잃고 끔찍한 일을 하게 만들 수 있다는 건 알고 있어. 너희 자신도, 가족도, 친구들도 두렵게 느껴질 거다. 매주 더 많은 사망과 실종과 고문에 대한 소식이 들려오고…… 마법 정부는 혼란에 빠져서 뭘 해야 하는지도 모른 채 이 모든 걸 머글들에게 감추는 데 급급하지. 하지만 한편으로는 머글들도 죽어 가고 있어. 사방에 공포가 가득했다……. 공황…… 혼란…… 옛날엔 그랬어. 그래, 그런 시절은 사람들에게서 최고의 모습을 끌어내기도 하고 최악의 모습을 끌어내기도 하지. 크라우치의 원칙도 처음에는 좋았을 거야. ……나는 모르지만. 그는 정부에서 빠르게 승진했고, 볼드모트의 추종자들에게 매우 가혹한 조치를 내렸어. 오러들에게 새로운 권한이 주어졌지. 예컨대, 체포하기보다는 죽일 수 있는 권한이라든가. 게다가 재판도 없이 곧장 디멘터들에게 보내진 사람은 나뿐만이 아니었다. 크라우치는 폭력에 폭력으로 맞섰고, 혐의가 있는 사람들에게 용서받지 못하는 저주들을 쓰도록 승인해 주었지. 난 그자가 어둠의 편에 선 수많은 사람들만큼이나 무자비하고 잔인해졌다고 본다. 그래, 크라우치를 지지하는 사람들도 있었어……. 꽤 많은 사람이 그자가 일을 제대로 하고 있다고 생각했고, 그자가 마법 정부 총리 자리에 올라야 한다고 떠들어 대는 마법사도 아주 많단다. 볼드모트가 사라졌을 때, 크라우치가 최고의 자리에 오르는 건 그저 시간문제처럼 보였지. 하지만 그때 아주 불행한 일이 벌어졌어." 시리우스가 음울하게 웃었다. "크라우치의 아들이 죽음을 먹는 자들과 함께 체포된 거야. 말재주를 부린 덕분에 아즈카반에서 빠져나온 자들이었지. 듣자 하니 그자들은 볼드모트를 찾아서 그를 다시 권좌에 올려놓으려 했던 것 같다."

"크라우치의 아들이 붙잡혔다고요?" 헤르미온느가 숨을 헉 들이켰다.

"그래." 시리우스가 벅빅 쪽으로 닭 뼈를 던지며 말했다. 그런 다음 빵 덩어리 옆에 털썩 주저앉아 빵을 반으로 잘랐다. "바티 영감한테는 지독한 충격이었을 거다. 하지만 집에서 가족과 좀 더 시간을 보냈어야지. 가끔씩 일찍 퇴근하기도 하고…… 자기 아들에 대해 잘 알았어야 해."

그는 커다란 빵 덩어리를 게걸스럽게 먹기 시작했다.

"크라우치의 아들이 죽음을 먹는 자였어요?" 해리가 말했다.

"그건 모르겠다." 시리우스가 여전히 빵을 입에 밀어 넣으면서 말했다. "그 녀석이 잡혔을 때 나부터가 아즈카반에 있었으니까. 이 얘기들은 대부분 내가 탈출한 뒤에 알아낸 거다. 크라우치의 아들과 함께 붙잡힌 자들이 죽음을 먹는 자들이라는 것만은 내가 목숨 걸고 장담할 수 있어……. 하지만 그 아들 녀석은 하필 그때, 가서는 안 될 장소에 있었던 것뿐인지도 몰라. 그 집요정처럼 말이다."

"크라우치가 아들을 풀어 주려고 했나요?" 헤르미온느가 작은 소리로 물었다.

시리우스는 짖는 것에 가까운 웃음소리를 냈다. "크라우치가 아들을 풀어 줘? 난 네가 그자를 제대로 파악한 줄 알았는데, 헤르미온느. 그자는 자신의 명성을 더럽힐 수 있는 것이라면 무엇이든 없애 버리는 사람이야. 그자는 마법 정부 총리가 되려고 평생을 바쳤다. 자신을 또다시 어둠의 징표와 연관된 것처럼 보이게 했다는 이유로 헌신적인 집요정을 해고하는 걸 봤잖니. 그 정도면 그자가 어떤 사람인지 알 수 있지 않을까? 크라우치가 가진 부성애라는 건 고작 아들한테 재판받을 기회를 주는 것뿐이었다. 사람들 말로는 그 재판조차 크라우치가 그 애를 얼마나 싫어하는지 보여 줄 핑계에 지나지 않았다는구나……. 그런 다음 크라우치는 아들을 즉시 아즈카반으로 보내 버렸지."

"자기 아들을 디멘터들한테 보냈다고요?" 해리가 나직한 목소리로 물었다.

"그래." 시리우스가 대답했다. 이제 그는 전혀 즐거워 보이지 않았다. "나는 감방 문 창살 사이로 디멘터들이 그 녀석을 끌고 들어오는 걸 봤다. 기껏해야 열아홉 살이었을 거다. 디멘터들은 그 녀석을 내 감방 근처에 가뒀어. 밤이 되자 어머니를 찾으며 비명을 지르더구나. 하지만 며칠이 지나자 조용해졌지. ……결국은 모두가 조용해지거든. 잠자다가 비명을 지를 때만 빼면."

순간 눈동자 뒤에서 셔터가 닫히기라도 한 듯, 시리우스의 눈에 떠오른 생기 없는 빛이 어느 때보다 두드러졌다.

"그래서 지금도 아즈카반에 있나요?" 해리가 물었다.

"아니." 시리우스가 멍하니 말했다. "아니다. 이제 거기에 없어. 디멘터들이 그 녀석을 끌고 온 지 1년쯤 됐을 때 죽었거든."

"죽었다고요?"

"그 녀석만이 아니야." 시리우스가 쓸쓸하게 말했다. "그곳에서는 대부분 정신이 나가고, 결국엔 많은 사람들이 음식을 끊어 버리지. 살려는 의지를 잃는 거야. 죽음이 다가올 때마다 항상 알 수 있었어. 디멘터들이 그걸 느끼고 흥분하거든. 크라우치의 아들은 도착했을 때도 상태가 꽤 안 좋아 보였어. 크라우치는 정부의 주요 인사였기 때문에 아내와 함께 아들의 마지막을 지켜볼 수 있도록 면회를 허락받았지. 내가 바티 크라우치를 본 건 그때가 마지막이었어. 아내를 거의 끌고 가다시피 하면서 내 감방을 지나가더구나. 얼마 안 있어 그 아내도 죽은 모양이야. 슬픔에 못 이겨서. 아들처럼 그렇게 기운을 잃어 갔다지. 크라우치는 아들의 시체를 찾으러 오지도 않았어. 나는 디멘터들이 요새 밖에다 그 녀석을 묻는 걸 봤다."

시리우스는 방금 입 앞에까지 들어 올린 빵을 옆으로 던지더니 대신 호박 주스 병을 들어 단숨에 마셔 버렸다.

"그렇게 크라우치는 모든 걸 잃고 말았다. 마침내 모든 걸 이뤘다고 생각한 바로 그 순간에 말이야." 그는 손등으로 입을 닦으며 말을 이었다. "한순간 마법 정부 차기 총리로 주목받는 영웅이었다가…… 다음 순간 아들과 아내를 잃고 가족의 명예도 더럽혀진 처지가 된 거야. 탈옥하고 나서 들으니 그 일로 인기가 뚝 떨어졌다더구나. 아들이 죽자 사람들은 그 아이에게 동정심을 갖게 됐고, 좋은 가문 출신의 괜찮은 젊은이가 어쩌다 그렇게 나쁜 길로 빠지게 됐는지 묻기 시작했지. 그리고 아버지가 아들에게 많은 관심을 보였던 적이 한 번도 없었기 때문이라고 결론 내렸다. 그래서 총리 자리는 코닐리어스 퍼지가 차지했고 크라우치는 국제 마법 협력부로 밀려났어."

긴 침묵이 이어졌다. 해리는 퀴디치 월드컵 당시 숲 속에서 명령을 어긴 집요정을 내려다보며 눈을 부라리던 크라우치의 모습을 떠올렸다. 윙키가 어둠의 징표 아래에서 발견됐을 때 크라우치가 과민 반응을 보인 것도 이런 이유 때문이었을 것이다. 그 일이 아들에 대한 기억과 오래전의 충격적인 사건, 정부에서 실추된 명예를 떠올리게 한 것이다.

"무디 교수님은 크라우치가 어둠의 마법사들을 잡는 데 집착한다고 말했어요." 해리가 시리우스에게 말했다.

"그래, 크라우치가 그 일에 광적으로 집착한다는 얘기는 나도 들었다." 시리우스가 고개를 끄덕이며 말했다. "여전히 죽음을 먹는 자를 한 명이라도 더 잡으면 옛 인기를 되찾을 수 있을 거라 생각하는 거겠지."

"그래서 스네이프의 연구실을 조사하러 학교에 몰래 들어온 거구나!" 론이 그것 보라는 듯 헤르미온느를 보면서 말했다.

"그랬지. 그런데 그건 전혀 말이 안 돼." 시리우스가 말했다.

"아뇨, 말이 되죠!" 론이 흥분해서 말했다.

하지만 시리우스는 고개를 저었다. "들어 봐라. 크라우치가 스네이프를 조사하고 싶었다면 왜 대회 심사위원으로 오지 않았겠니? 그러면 호그와트에 정기적으로 방문해서 스네이프를 감시할 좋은 구실이 될 텐데 말이다."

"그러니까 아저씨도 스네이프를 의심하시는 거예요?" 해리가 물었지만 헤르미온느가 끼어들었다.

"저기, 전 아저씨가 뭐라고 하든 상관없어요. 덤블도어 교수님이 스네이프를 믿는……."

"아, 그만 좀 해, 헤르미온느." 론이 짜증을 내며 말했다. "덤블도어가 똑똑하다는 것도 알고 다 아는데, 그게 진짜 영리한 어둠의 마법사조차 덤블도어를 속일 수 없다는 뜻은 아니야."

"그럼 1학년 때는 왜 스네이프가 해리의 목숨을 구해 준 거야? 왜 그때 해리를 죽게 놔두지 않았는데?"

"그거야 나도 모르지. 덤블도어한테 쫓겨날 거라고 생각했거나……."

"어떻게 생각하세요, 시리우스?" 해리가 큰 소리로 물었다. 론과 헤르미온느는 말다툼을 그치고 귀를 기울였다.

"나는 둘 다 말이 된다고 생각한다." 시리우스가 생각에 잠긴 채 론과 헤르미온느를 바라보며 말했다. "스네이프가 여기에서 교수 노릇을 하고 있다는 사실을 안 순간 나는 덤블도어 교수님이 그 녀석을 채용한 이유가 무엇인지 궁금했어. 스네이프는 전부터 어둠의 마법을 좋아했고 학교에서도 그걸로 유명했거든. 머리카락이 끈적끈적하고 기름지고 지저분한 애송이였지." 시리우스가 덧붙였다. 해리와 론은 서로를 보며 씩 웃었다. "스네이프는 입학할 때부터 학생 절반이 7학년이 되어서야 겨우 알게 되는 것보다 더 많은 저주를 알고 있었어. 그 녀석이 속해 있던 슬리데린 패거리가 대부분 죽음을 먹는 자가 되기도 했고."

시리우스가 손가락을 들어 이름을 꼽기 시작했다. "로지어와 윌크스…… 둘 다 볼드모트가 몰락하기 전해에 오러들에게 죽임을 당했다. 그리고 레스트레인지 부부는 지금 아즈카반에 있어. 에이버리는 임페리우스 저주 때문에 그랬다는 말로 궁지를 벗어났다고 들었는데 아직 체포되지 않았지. 하지만 내가 아는 한 스네이프는 단 한 번도 죽음을 먹는 자였다는 혐의조차 받아 본 적이 없어. 그게 중요하다는 건 아니다만. 그중에는 한 번도 잡히지 않은 사람도 많으니까. 게다가 스네이프는 곤경을 계속 빠져나갈 만큼 확실히 똑똑하고 교활하지."

"스네이프는 카르카로프랑 꽤 잘 아는 사이 같던데 그 사실을 숨기고 싶어 해요." 론이 말했다.

"네, 어제 카르카로프가 마법약 수업에 나타났을 때 스네이프가 지은 표정을 보셨어야 하는데!" 해리가 재빨리 말을 이었다. "카르카로프는 스네이프랑 얘기하고 싶어 했어요. 스네이프가 자기를 피한다면서요. 카르카로프는 정말 불안해하는 표정이었어요. 그자가 자기 팔에 있는 뭔가를 스네이프한테 보여 줬는데 그게 뭔지는 못 봤어요."

"카르카로프가 스네이프한테 팔에 있는 것을 보여 줬다고?" 시리우스는 어리둥절한 표정을 감추지 못했다. 그는 심란한 듯 손가락으로 더러운 머리카락을 쓸어 올리더니 다시 어깨를 으쓱했다. "글쎄, 뭐였는지 전혀 모르겠구나. 하지만 카르카로프가 진심으로 걱정하면서 스네이프한테 답을 들으려고 한다면……."

시리우스는 동굴 벽을 뚫어지게 바라보더니 답답한 듯 얼굴을 찡그렸다. "그렇더라도 덤블도어 교수님이 스네이프를 믿는 건 엄연한 사실이야. 덤블도어 교수님은 분명 다른 사람들이 신뢰하지 않는 사람도 믿어주는 분이지. 하지만 만약 스네이프가 볼드모트를 위해 일한 적이 있다면 호그와트에서 교수 노릇을 하도록 내버려 두지 않으셨을 거다."

"그럼 무디랑 크라우치는 왜 그렇게 스네이프의 연구실에 들어가고 싶어서 안달이래요?" 론이 고집스럽게 말했다.

"글쎄." 시리우스가 천천히 입을 열었다. "나는 무디가 호그와트에 도착하자마자 교수 전원의 연구실을 하나하나 조사하고도 남을 사람이라고 본다. 무디 그 사람은 어둠의 마법 방어법을 진지하게 받아들이거든. 무디가 믿는 사람이 있기나 한지도 잘 모르겠어. 그가 보아 온 것들을 생각하면 그렇게 놀랄 일도 아니고. 어쨌든 이 말은 해 두마. 무디는 어쩔 수 없는 경우가 아니라면 결코 사람을 죽이지 않았어. 웬만하면 반드시 산 채로 데려왔지. 거칠긴 했지만 단 한 번도 죽음을 먹는 자들과 같은 수준으로 떨어지지는 않았다. 하지만 크라우치는…… 그자는 경우가 달라……. 정말 아픈 걸까? 만약 그렇다면 왜 굳이 아픈 몸을 이끌고 스네이프의 연구실까지 왔을까? 그리고 아픈 게 아니라면…… 무슨 일을 꾸미고 있는 걸까? 퀴디치 월드컵 때는 얼마나 중요한 일을 하고 있었기에 경기장에 나타나지 않은 걸까? 대회 심사를 보고 있어야 할 시간에 뭘 하고 있었을까?"

시리우스는 여전히 동굴 벽을 응시한 채 침묵에 잠겼다. 벅빅은 혹시 못 보고 지나친 뼈다귀가 있을까 싶어 바위 바닥을 여기저기 뒤지고 다녔다.

마침내 시리우스가 눈을 들어 론을 바라보았다. "네 형이 크라우치의 개인 비서라고 했지? 혹시 최근에 크라우치를 봤는지 물어볼 수 있을까?"

"물어볼 수는 있어요." 론이 불확실한 어조로 말을 이었다. "하지만 크라우치가 뭔가 수상한 일에 관련되어 있다고 생각하는 티를 내서는 안 될 거예요. 퍼시는 크라우치를 사랑하거든요."

"그러면서 버사 조킨스에 대해 뭔가 알아낸 게 있는지도 한번 알아봐 다오." 시리우스가 버사 조킨스 실종에 관한 기사가 실린 《예언자일보》를 가리키며 말했다.

"배그먼한테 물어봤는데 아직 못 찾았다고 했어요." 해리가 말했다.

"그래, 저 신문 기사에도 배그먼의 말이 실려 있더구나." 시리우스가 턱으로 신문을 가리키며 말했다. "버사의 기억력이 얼마나 나쁜지 아느냐고 떠벌렸던데. 글쎄, 내가 알던 때와는 다를지 모르지만 버사는 결코 건망증이 심하지 않았어. 오히려 그 반대였지. 조금 흐리멍덩한 구석도 있긴 했지만 소문이나 험담 같은 건 엄청나게 잘 기억했거든. 그래서 많은 말썽을 일으키기도 했지. 입을 다물어야 할 때를 몰랐으니까. 마법 정부에서도 약간 골칫거리였을 거다. 배그먼이 이렇게 오랫동안 굳이 버사를 찾지 않은 것도 그 때문일지 몰라."

시리우스가 땅이 꺼져라 한숨을 쉬더니 그늘진 눈을 비볐다. "몇 시지?"

손목시계를 확인한 해리는 호수에 한 시간 있다 나온 뒤부터 시계가 멈춰 버렸다는 사실을 떠올렸다.

"3시 30분이에요." 헤르미온느가 말했다.

"너희는 그만 학교로 돌아가는 게 좋겠다." 시리우스가 일어나며 말했다. "자, 잘 들어라……." 그는 특히 해리를 똑바로 바라보았다. "날 만나겠다고 학교를 몰래 빠져나와선 안 돼. 알겠지? 그냥 여기로 편지를 보내. 조금이라도 이상한 일이 생기면 나에게 알려 다오. 하지만 허락 없이 호그와트를 빠져나와서는 안 된다.

누군가 널 공격할 좋은 기회가 될 테니까."

"아직까지는 아무도 저를 공격하려 들지 않았어요. 용이랑 그린딜로 몇 마리를 빼면요." 해리가 말했다.

하지만 시리우스는 날카로운 눈으로 그를 바라보았다. "그런 건 상관없어. ……이 대회가 끝나야 나는 다시 편안하게 숨 쉴 수 있을 거다. 6월이 되었을 때의 얘기지. 그리고 잊지 마라. 너희끼리 내 얘기를 할 때에는 나를 멍멍이라고 불러. 알았지?"

그는 해리에게 빈 종이 봉지와 병을 건네준 다음 벅빅의 등을 토닥이며 작별 인사를 했다. "마을 근처까지 바래다주마." 시리우스가 말했다. "다른 신문을 구해봐야겠다."

그는 동굴을 나서기 전 커다란 검은 개로 변신했다. 그들은 시리우스와 함께 산비탈을 내려가 바위가 흩어져 있는 땅을 지나고 울타리로 돌아왔다. 시리우스는 세 사람이 그의 머리를 쓰다듬을 수 있게 해 준 다음 돌아서서 마을 외곽을 따라 달려가기 시작했다.

호그스미드로 돌아온 해리, 론, 헤르미온느는 호그와트로 향했다.

"퍼시도 크라우치에 관한 얘기를 다 알지 궁금한데?" 성으로 들어가는 마찻길을 따라가면서 론이 말했다. "하지만 신경 쓰지 않을지도 몰라……. 어쩌면 크라우치를 더 존경하게 될 수도 있어. 그래, 퍼시는 규칙을 사랑하잖아. 아마 아들이 관련된 일에서조차 크라우치가 규칙을 어기길 거부했다고 할걸."

"하지만 퍼시라면 절대 가족을 디멘터들에게 넘겨주지 않을 거야." 헤르미온느가 단호하게 말했다.

"글쎄다." 론이 말했다. "우리가 자기 출셋길을 막는다고 생각하면……. 퍼시는 야심이 엄청나잖아……."

그들은 돌계단을 올라가 현관홀로 들어갔다. 저녁 식사가 차려진 대연회장에서 맛있는 냄새가 퍼져 나왔다.

"불쌍한 멍멍이." 론이 숨을 깊게 들이쉬며 말했다. "너를 진짜 아끼는 게 틀림없어, 해리……. 쥐를 먹고 살아야 한다고 생각해 봐."

CHAPTER 28
크라우치 장관의 광기

해리, 론, 헤르미온느는 일요일에 아침을 먹고 부엉이장으로 올라갔다. 시리우스의 말대로 퍼시에게 편지를 보내, 최근에 크라우치 장관을 본 적이 있는지 물어보기 위해서였다. 헤드위그에게 일거리를 준 게 너무 오래전이었기에 이번에는 헤드위그를 보냈다. 그들은 헤드위그가 부엉이장 창밖으로 나가 보이지 않는 곳으로 날아가는 모습을 지켜본 다음 도비에게 새 양말을 주러 주방으로 내려갔다.

집요정들은 아주 쾌활하게 그들을 환영해 주었다. 허리를 굽히고 무릎을 구부려 인사하면서 또 차를 끓여 주겠다고 수선을 떨었다. 선물을 받은 도비는 황홀해했다.

"해리 포터는 도비에게 너무 잘해 줘요!" 그가 큼직한 두 눈에서 흘러나온 굵은 눈물방울을 닦으며 꽥꽥거렸다.

"그 아가미풀 덕분에 목숨을 구했어, 도비. 정말이야." 해리가 말했다.

"그때 그 에클레어 좀 더 먹을 수 없을까?" 허리를 숙인 채 활짝 웃는 집요정들을 둘러보며 론이 물었다.

"방금 아침 먹었잖아!" 헤르미온느가 짜증을 내며 말했지만, 이미 집요정 넷이 에클레어가 담긴 커다란 은접시를 들고 빠르게 다가오고 있었다.

"멍멍이한테 보낼 것도 좀 구해야 할 텐데." 해리가 중얼거렸다.

"좋은 생각이야." 론이 말했다. "피그한테 시키면 되겠네. 남는 음식 좀 줄래?" 그가 주위를 둘러싼 집요정들에게 말하자 집요정들은 기쁘게 허리를 숙이더니 서둘러 더 많은 음식을 가지러 갔다.

"도비, 윙키는 어디 있어요?" 헤르미온느가 주위를 둘러보다가 물었다.

"윙키는 저기 벽난로 앞에 있어요." 도비가 양쪽 귀를 축 늘어뜨리고 조용히 말했다.

"아, 이런." 헤르미온느가 윙키를 발견하고 신음을 내뱉었다.

해리도 벽난로 쪽을 바라보았다. 윙키는 지난번과 같은 의자에 앉아 있었지만, 몸이 더러워져도 신경 쓰지 않은 탓에 얼핏 봐서는 등 뒤 그을린 벽돌과 구분되지 않을 정도였다. 옷은 너덜너덜했고 세탁을 하지도 않았다. 그녀는 버터맥주 한 병을 움켜쥐고 의자에 앉아 몸을 조금씩 흔들며 벽난로를 들여다보고 있었다. 그들이 지켜보고 있는데, 윙키가 큰 소리로 딸꾹질을 했다.

"이제 하루에 여섯 병씩 마시고 있어요." 도비가 해리에게 속삭였다.

"뭐, 저게 센 술은 아니니까." 해리가 말했다.

하지만 도비는 고개를 저으며 말했다. "집요정한테는 센 술이랍니다."

윙키가 다시 딸꾹질을 했다. 에클레어를 갖다준 집요정들이 일하러 돌아가면서 탐탁잖은 눈으로 그녀를 쏘아보았다.

"윙키는 몹시 슬퍼하고 있어요, 해리 포터." 도비가 슬픈 듯 속삭였다. "윙키는 집으로 돌아가고 싶어 해요. 아직도 크라우치 씨가 자기 주인이라고 생각하고 있어요. 도비가 아무리 말해도 이제는 덤블도어 교수님이 주인이라는 사실을 받아들이지 않아요."

"저기, 윙키." 갑자기 뭔가를 떠올린 해리가 윙키에게 다가가 허리를 구부리고 말을 걸었다. "크라우치 장관님이 뭘 하고 계신지 알아? 트라이위저드 대회 심사를 하러 나오시지도 않던데."

윙키의 눈이 깜빡거렸다. 커다란 눈동자가 해리에게 초점을 맞췄다. 그녀는 또다시 살짝 몸을 흔들다가 입을 열었다. "주, 주인님이, 딸꾹, 아, 안 오신다고요?"

"그래." 해리가 말했다. "첫 번째 과제 이후로는 못 봤어. 《예언자일보》 기사를 보니 아프다던데."

윙키가 흐릿한 눈으로 해리를 바라보며 조금 더 몸을 흔들었다. "주인님이, 딸꾹, 편찮으시다고요?"

그녀의 아랫입술이 떨리기 시작했다.

"근데 그게 사실인지 잘 모르겠어요." 헤르미온느가 재빨리 말했다.

"주인님은 윙키가, 딸꾹, 필요하신 거예요!" 집요정이 훌쩍거렸다. "주인님 혼자서, 딸꾹, 모든 걸, 딸꾹, 돌보실 수는 없어요……."

"저기, 다른 사람들은 직접 집안일을 해요, 윙키." 헤르미온느가 엄격한 어조로 말했다.

"윙키는, 딸꾹, 주인님을 위해서, 딸꾹, 집안일만 하는 게 아니에요!" 윙키는 화가 나서 더욱 격렬하게 몸을 흔들며 꽥꽥거렸다. 그 바람에 이미 잔뜩 얼룩진 블라우스에 버터맥주가 출렁출렁 쏟아졌다. "주인님은, 딸꾹, 가장 중요하고, 딸꾹, 가장 비밀스러운 일을 맡기실 만큼, 딸꾹, 윙키를 믿으셨……."

"그게 뭔데?" 해리가 물었다.

하지만 윙키는 아주 세차게 고개를 저으며 옷에다 더 많은 버터맥주를 쏟았다.

"윙키는, 딸꾹, 주인님의 비밀을 지켜요." 그녀가 반발하듯 말했다. 이제는 아주 심하게 몸을 흔들며, 눈이 가운데로 몰린 채 해리를 향해 얼굴을 찡그리고 있었다. "당신은 진짜, 딸꾹, 참견쟁이네요."

"윙키는 해리 포터한테 그런 식으로 말하면 안 돼!" 도비가 화를 내며 말했다. "해리 포터는 용감하고 고

귀해. 해리 포터는 참견쟁이가 아니야!"

"참견하잖아, 딸꾹, 우리 주인님의, 딸꾹, 개인적이고 비밀스러운…… 딸꾹, 윙키는 착한 집요정이야…… 딸꾹, 윙키는 비밀을 지켜…… 딸꾹, 사람들이 캐묻고, 딸꾹, 찔러 봐도…… 딸꾹." 눈꺼풀이 처지는가 싶더니 윙키는 갑자기, 아무런 예고도 없이 의자에서 난로 앞 깔개로 미끄러져서 시끄럽게 코를 골았다. 빈 버터맥주 병이 돌바닥 저쪽으로 굴러갔다.

대여섯 명의 집요정이 넌더리가 난다는 표정으로 황급히 나섰다. 그중 하나가 병을 집어 들었고, 다른 집요정들은 커다란 체크무늬 식탁보로 윙키를 완전히 덮어 안 보이게 가렸다.

"이런 걸 보여 드려서 죄송해요!" 가까이 있던 집요정이 고개를 저으며 아주 부끄럽다는 표정으로 꽥꽥거렸다. "윙키를 보고 우리 모두를 평가하지는 말아 주세요!"

"윙키는 슬퍼하는 거예요!" 헤르미온느가 버럭 화를 내며 말했다. "왜 윙키를 가릴 생각만 하고 위로해 주지 않는 거죠?"

"죄송해요." 집요정이 다시 깊숙이 허리를 숙이며 말했다. "하지만 집요정들은 할 일이 있고 모셔야 할 주인이 있는 한 슬퍼할 권리가 없어요."

"아, 세상에!" 헤르미온느가 화를 냈다. "다들 들어 봐요! 당신들한테도 마법사들만큼이나 슬퍼할 권리가 있어요! 당신들도 임금과 휴일과 적절한 옷을 가질 권리가 있다고요. 시키는 일을 뭐든지 다 할 필요가 없다니까요. 도비를 봐요!"

"부디 도비는 이 일에서 빼 주세요." 도비가 겁에 질린 표정으로 웅얼거렸다. 주방 집요정들의 얼굴에서 쾌활한 미소가 사라졌다. 그들은 갑자기 헤르미온느가 미친 사람이나 위험한 존재라도 되는 듯 그녀를 바라보았다.

"음식을 더 가져왔어요!" 해리의 팔꿈치 근처에서 집요정 하나가 꽥꽥거리더니 커다란 햄과 케이크 열두 조각, 과일 몇 개를 안겨 주었다. "안녕히 가세요!"

집요정들이 해리, 론, 헤르미온느 주위에 몰려와 그들을 주방에서 몰아내기 시작했다. 수많은 조그만 손들이 그들의 등을 떠밀었다.

"양말 고마워요, 해리 포터!" 벽난로 근처에서 도비가 애처롭게 소리쳤다. 그는 식탁보로 덮인 윙키 옆에 서 있었다.

"넌 도대체 입을 다물 줄 모르는구나. 그치, 헤르미온느?" 그들 뒤에서 주방 문이 쾅 닫히자 론이 화를 내며 말했다. "쟤네는 이제 우리가 오는 걸 싫어할 거야! 윙키한테서 크라우치 얘기를 좀 더 캐 볼 수 있었는데!"

"아, 그것 때문에 그래?" 헤르미온느가 코웃음을 쳤다. "넌 그냥 음식을 먹으러 오는 게 좋은 거잖아!"

이후 짜증 나는 시간이 이어졌다. 휴게실에서 숙제를 하는 동안 계속 티격태격하는 론과 헤르미온느에게 넌더리가 난 해리는 그날 저녁 시리우스에게 보낼 음식을 들고 혼자 부엉이장으로 갔다.

피그위전은 햄 한 덩어리를 산 위로 나르기에는 너무 작았으므로, 해리는 학교 가면올빼미 두 마리에게 도움을 구했다. 가면올빼미들이 커다란 꾸러미를 양쪽에서 든 아주 이상한 모습으로 노을 속으로 날아가자 해리는 창턱에 기대서서 어두운 교정을 바라보았다. 금지된 숲의 우듬지가 부스럭거리고, 덤스트랭 배의 돛은 잔잔하게 나부끼고 있었다. 해그리드의 굴뚝에서 피어오르는 연기를 뚫고 수리부엉이 한 마리가 날아왔다. 수리부엉이는 성을 향해 날아올라 부엉이장을 돌더니 보이지 않는 곳으로 사라졌다. 해리는 아래를 내려다보다가 오두막 앞의 땅을 힘차게 파고 있는 해그리드를 발견했다. 그가 뭘 하는 건지 궁금했다. 아마도 채소밭을 새로 일구려는 모양이었다. 해리가 지켜보고 있는데, 막심 교장이 보바통 마차에서 나와 해그리드에게 걸어갔다. 그녀는 그에게 말을 걸려는 것처럼 보였다. 해그리드는 삽을 짚고 몸을 폈지만, 막심 교장이 얼마 지나지 않아 마차로 돌아간 것을 보면 대화를 이어 가고 싶어 하지 않는 것 같았다.

그리핀도르 탑으로 돌아가 론과 헤르미온느가 서로에게 으르렁대는 소리를 듣고 싶지 않았던 해리는 주위가 완전히 어두워질 때까지 해그리드가 땅 파는 모습을 지켜보았다. 주위의 부엉이들이 깨어나기 시작하더니 그를 휙휙 지나쳐 깜깜한 밤하늘로 날아갔다.

이튿날 아침 식사 시간에는 론과 헤르미온느의 안 좋은 기분도 진정되었다. 헤르미온느가 집요정들을 모욕해서 그들이 그리핀도르 식탁에 수준 미달의 음식을 올려 보낼 거라던 론의 암울한 예언은 다행히 거짓으로 밝혀졌다. 베이컨과 달걀, 훈제 청어는 평소와 같이 훌륭했다.

우편 부엉이들이 도착했을 때 헤르미온느는 기대감에 찬 눈으로 부엉이들을 올려다보았다. 뭔가 기다리는 게 있는 듯했다.

"아직 퍼시한테서 답장 올 때 안 됐어." 론이 말했다. "겨우 어제 헤드위그를 보냈잖아."

"아니, 그걸 기다리는 게 아니야." 헤르미온느가 말했다. "《예언자일보》 구독 신청을 했거든. 그 온갖 얘기를 슬리데린 애들을 통해 알게 되는 게 지긋지긋해서."

"좋은 생각이야!" 해리 또한 부엉이들을 올려다보며 말했다. "야, 헤르미온느. 너 운 좋다."

회색 부엉이가 헤르미온느를 향해 날아 내려왔다.

"근데 신문이 아니네." 그녀가 실망한 표정으로 말했다. "이건……."

하지만 당황스럽게도 회색 부엉이가 그녀의 접시 앞에 내려앉자마자 외양간올빼미 네 마리와 솔부엉이, 황갈색올빼미가 바로 뒤따랐다.

"대체 몇 부나 신청한 거야?" 해리가 부엉이 떼에 치여 엎어지기 직전인 헤르미온느의 잔을 붙잡으며 말했다. 부엉이들은 서로 제일 먼저 편지를 전하려고 그녀에게 바짝 다가들었다.

"대체 무슨……?" 헤르미온느가 회색 부엉이가 가지고 온 편지를 펼쳐서 읽기 시작했다. "아, 진짜!" 그녀가 빨개진 얼굴로 식식댔다.

"왜 그래?" 론이 물었다.

"이건…… 나 참, 기가 막혀서……." 그녀는 들고 있던 편지를 해리에게 휙 내밀었다. 그것은 손으로 쓴 것이 아니라 《예언자일보》에서 오려 낸 것처럼 보이는 글자들을 붙여서 만든 편지였다.

이 사악한 계집애야. 해리 포터는 너보다 나은 사람을 만날 자격이 있어.

네가 태어난 곳으로 돌아가, 머글아.

"전부 똑같아!" 헤르미온느가 편지를 하나하나 열어 보면서 절망적인 목소리로 말했다. "'해리 포터는 너 같은 것보다 훨씬 좋은 사람을 만날 수 있어'……. '너 같은 건 개구리 알이랑 같이 푹 삶아야 해'……. 아얏!"

헤르미온느가 마지막 봉투를 열자 휘발유 냄새가 심하게 나는 연두색 액체가 그녀의 손등에 쏟아졌다. 헤르미온느의 손에 크고 노란 물집이 생기기 시작했다.

"명울초 고름 원액이야!" 론이 조심스럽게 봉투를 집어 들고 냄새를 맡으며 말했다.

"아얏!" 헤르미온느가 소리쳤다. 냅킨으로 손등을 닦던 그녀의 눈에서 눈물이 흐르기 시작했다. 고통스러운 종기로 잔뜩 덮인 그녀의 손가락은 이제 두껍고 울퉁불퉁한 장갑을 낀 것처럼 보였다.

"병동에 가는 게 좋겠어." 헤르미온느 주위에 있던 부엉이들이 날아가자 해리가 말했다. "스프라우트 교수님한테는 우리가 말씀드릴게……."

"내가 경고했잖아!" 헤르미온느가 손을 감싼 채 다급히 대연회장을 나가자 론이 소리쳤다. "리타 스키터를 건드리지 말랬더니! 이걸 봐……." 그는 헤르미온느가 남기고 간 편지 한 통을 소리 내서 읽었다. "《주간 마녀》에서 네가 해리 포터를 어떻게 가지고 놀았는지 읽었어. 걘 이미 시련을 겪을 만큼 겪었어. 큰 봉투만 찾으면 다음번에는 저주를 써서 보내 주마.' 제기랄, 진짜 조심해야 할 것 같은데."

헤르미온느는 약초학 수업에 나타나지 않았다. 마법 생명체 돌보기 수업을 들으러 온실을 나서던 해리와 론은 말포이, 크래브, 고일이 성 돌계단을 내려오는 모습을 보았다. 그들 뒤에서는 팬지 파킨슨이 슬리데린 여학생 무리와 함께 뭔가를 속닥거리면서 킥킥 웃고 있었다. 해리를 발견한 팬지가 외쳤다. "포터, 여자 친구랑은 깨졌니? 걔, 아침 식사 시간에 왜 그렇게 기분이 나빴던 거야?"

해리는 그녀의 말을 들은 척도 하지 않았다. 그녀가 《주간 마녀》 기사가 얼마나 큰 말썽을 일으켰는지 알고 흐뭇해하는 꼴은 보고 싶지 않았다.

해그리드는 지난번 수업 시간에 유니콘에 대해 다 배웠다고 말했다. 그는 위가 뚫린 나무 상자 여러 개를 발밑에 새로 가져다 놓고 오두막 앞에서 학생들을 기다리고 있었다. 상자를 본 해리의 가슴이 철렁 내려앉았다(설마 또 스크루트를 부화시키는 건 아니겠지?). 하지만 상자 안이 보일 만큼 가까이 가자, 긴 주둥이에 털이 복슬복슬한 검은색 동물 여러 마리가 보였다. 마치 삽처럼 이상할 만큼 납작한 앞발을 가진 그 동물들은 이 모든 관심에 얌전히 어리둥절함을 표현하면서 학생들을 향해 눈을 깜빡거리고 있었다.

"이 녀석들은 니플러야." 학생들이 모여서자 해그리드가 말했다. "보통은 광산 깊은 데서 발견되지. 반짝이는 물건들을 좋아한단다……. 자, 봐라."

갑자기 니플러 한 마리가 펄쩍 뛰어올라 팬지 파킨슨의 손목시계를 물어뜯으려고 했다. 그녀는 날카롭게 소리 지르며 얼른 뒤로 물러났다.

"쓸모가 많고 귀여운 보물 탐지기지." 해그리드가 즐겁게 말했다. "오늘은 이 녀석들이랑 좀 놀아 볼까 한다. 저기 보이냐?" 해그리드는 새로 갈아엎은 넓은 땅뙈기를 가리켰다. 해리가 부엉이장 창밖으로 내려다볼 때 해그리드가 파고 있던 곳이었다. "내가 금화를 좀 묻어 놨거든. 가장 많은 금화를 파내는 니플러를 고른 사람에게 상을 주마. 귀중품은 다 떼 놓고 니플러를 고른 다음에 풀어놓을 준비를 해라."

해리는 습관처럼 차고 다니던 고장 난 손목시계를 풀어 주머니에 쑤셔 넣고 니플러를 골랐다. 녀석은 긴 주둥이를 해리의 귀에 갖다 대고 열심히 냄새를 맡았다. 꼭 안아 주고 싶을 정도로 귀여운 동물이었다.

"잠깐." 해그리드가 상자를 내려다보며 말했다. "여기 니플러가 한 마리 남는데……. 누가 안 왔지? 헤르미온느는 어디 있냐?"

"병동에 갔어요." 론이 말했다.

"나중에 설명할게요." 해리가 중얼거렸다. 팬지 파킨슨이 듣고 있었던 것이다.

지금까지 들었던 마법 생명체 돌보기 수업 중에서 단연 최고였다. 니플러들은 물속에 뛰어드는 것처럼 땅을 파고 들어갔다가, 자기를 풀어 준 학생에게 재빨리 돌아와 그들의 손에 금화를 뱉어 냈다. 론의 니플러가 유독 뛰어났다. 머잖아 론의 무릎 위는 금화로 가득해졌.

"이거 반려동물로 살 수 있어요, 해그리드?" 자신의 니플러가 로브에 흙을 튀기며 다시 땅속으로 뛰어들자 론이 신이 나서 물었다.

"엄마가 별로 안 좋아하실 거다, 론." 해그리드가 씩 웃으며 말했다. "이 녀석들은 집을 엉망진창으로 만들거든. 이제 거의 끝난 것 같은데." 그가 땅뙈기 주위를 왔다 갔다 하면서 덧붙였다. 그러는 동안 니플러들은 끊임없이 땅속을 파고들었다. "금화를 딱 100개만 묻어 놨거든. 어, 왔구나, 헤르미온느!"

헤르미온느가 잔디밭을 걸어오고 있었다. 그녀는 양손에 두껍게 붕대를 감고 시무룩한 얼굴을 하고 있었다. 팬지 파킨슨이 눈을 반짝이며 그런 그녀의 모습을 지켜보았다.

"자, 어떻게들 했는지 보자!" 해그리드가 말했다.

"금화를 세어 봐라! 훔치려고 해 봐야 소용없다, 고일." 그가 딱정벌레 같은 눈을 가늘게 뜨며 덧붙였다. "레프러콘 금화니까. 몇 시간 지나면 사라져."

고일은 한껏 부루퉁한 얼굴로 주머니를 비웠다. 론의 니플러가 가장 많은 금화를 모은 것으로 밝혀졌다. 해그리드는 그에게 상으로 커다란 허니듀크스 초콜릿을 주었다. 점심시간을 알리는 종이 교정에 울려 퍼졌다. 다른 학생들은 성으로 돌아갔지만 해리, 론, 헤르미온느는 남아서 해그리드가 니플러를 상자에 다시 넣는 것을 도왔다. 해리는 막심 교장이 마차 창밖으로 그들을 지켜보고 있다는 사실을 눈치챘다.

"손은 왜 그러냐, 헤르미온느?" 해그리드가 걱정스러운 얼굴로 물었다.

헤르미온느는 그날 아침에 받은 협박 편지와 명울초 고름으로 가득 찬 봉투 얘기를 해 주었다.

"아아, 걱정 마라." 해그리드가 그녀를 보며 부드럽게 말했다. "나도 리타 스키터가 우리 엄마에 관한 기사를 쓴 뒤에 그런 편지를 잔뜩 받았어. '너는 괴물이야. 없애 버려야 해.' '네 어머니는 무고한 사람들을 죽였어. 조금이라도 염치가 있다면 호수에 빠져 죽어라.'"

"말도 안 돼요!" 헤르미온느가 충격받은 표정으로 소리쳤다.

"그러게 말이다." 해그리드가 니플러 상자를 오두막 벽 쪽에 들어다 놓으며 말했다. "그냥 정신 나간 놈들이야, 헤르미온느. 또 편지가 오면 열어 보지 마라. 그대로 벽난로에 던져 버려."

"너, 진짜 좋은 수업을 놓쳤어." 성으로 돌아가는 길에 해리가 헤르미온느에게 말했다. "니플러 정말 멋진 동물이더라. 안 그래, 론?"

하지만 론은 눈썹을 찌푸린 채 해그리드가 준 초콜릿을 바라보고 있었다. 뭔가에 단단히 화가 난 것처럼 보였다.

"왜 그래?" 해리가 물었다. "맛이 이상해?"

"아니." 론이 짤막하게 말했다. "너 왜 나한테 금화 얘기 안 했냐?"

"무슨 금화?" 해리가 되물었다.

"퀴디치 월드컵 때 내가 너한테 준 금화." 론이 말을 이었다. "내가 1등석에서 옴니오큘러스 값으로 준 레프러콘 금화 말이야. 왜 그 금화가 사라졌다고 말 안 했어?"

해리는 잠깐 생각한 뒤에야 론이 무슨 얘기를 하는지 깨달았다.

"아……." 마침내 기억이 떠오르자 그가 말했다. "모르겠어……. 없어진 줄도 몰랐어. 그보다는 내 마법 지팡이가 더 걱정됐으니까. 안 그래?"

현관홀로 들어가는 계단을 올라간 그들은 점심을 먹으러 대연회장으로 향했다.

"좋겠다." 식탁에 앉아 구운 쇠고기와 요크셔 푸딩을 덜기 시작했을 때 론이 불쑥 입을 열었다. "주머니 가득 들어 있던 갈레온이 사라져도 모를 정도로 돈이 많다니."

"야, 그날 밤에 나는 딴생각을 하고 있었다고!" 해리가 화를 못 참고 말했다. "우리 모두가 그랬잖아. 기억 안 나?"

"나는 레프러콘 금화가 사라지는 건 줄 몰랐어." 론이 중얼거렸다. "너한테 돈을 갚았다고 생각했는데. 너는 나한테 크리스마스 선물로 처들리 캐넌스 모자를 주지 말았어야 했어."

"그냥 잊어버려. 응?" 해리가 말했다.

론은 포크로 구운 감자를 푹 찌르더니 그것을 노려보았다. 잠시 후 그가 말했다. "가난한 거 진짜 싫다."

해리와 헤르미온느는 서로 시선을 주고받았다. 정말이지 두 사람 모두 무슨 말을 해야 할지 알 수 없었다.

"쓰레기 같아." 론이 여전히 감자를 내려다보며 말했다. "프레드랑 조지가 돈을 많이 벌려고 하는 것도 뭐라 할 일은 아니야. 나도 그랬으면 좋겠는걸. 나도 니플러 한 마리 있었으면 좋겠다."

"그럼, 다음번 네 크리스마스 선물 고민은 끝!" 헤르미온느가 밝은 목소리로 말했다. 그래도 론이 계속 우울한 표정을 짓고 있자 그녀가 말을 이었다. "그러지 마, 론. 더 나쁜 일도 있어. 적어도 네 손가락은 고름으로 가득 차 있지 않잖아." 헤르미온느는 손가락이 너무 뻣뻣하고 잔뜩 부풀어 오른 탓에 나이프와 포크를 다루기 무척 힘들어하고 있었다. "그 스키터라는 여자, 너무 싫어!" 그녀가 사납게 소리 질렀다. "무슨 일이 있어도 이 빚은 갚아 줄 거야!"

그다음 주에도 헤르미온느에게 계속 협박 편지가 왔다. 그녀는 해그리드의 조언에 따라 더 이상 편지를 열어 보지 않았지만, 그녀가 잘못되기를 바라는 몇몇은 하울러를 보내기도 했다. 그리핀도르 식탁에서 터진 하울러는 온 연회장에 들리도록 날카로운 목소리로 그녀를 향해 욕설을 쏟아 냈다. 이제는 《주간 마녀》를 보지 않은 사람들도 해리와 크룸과 헤르미온느가 맺고 있다는 삼각관계에 대해 알게 됐다. 해리는 헤르미온느와 사귀는 사이가 아니라고 말하는 일에도 지쳐 갔다.

"그래도 수그러들 거야." 그가 헤르미온느에게 말했다. "우리가 그냥 무시하면…… 사람들은 지난번에 리타 스키터가 나에 대해 쓴 기사에도 질려서……."

"난 교내에 들어오지 못하게 되어 있는 사람이 어떻게 개인적인 대화를 들을 수 있었는지 알고 싶어!" 헤르미온느가 화를 내며 말했다.

헤르미온느는 다음번 어둠의 마법 방어법 수업이 끝나고 무디 교수에게 뭔가를 묻기 위해 교실에 남았다. 다른 학생들은 빨리 교실을 나가고 싶어 안달이었다. 무디가 공격 마법 반사 연습을 호되게 시키는 바람에 많은 학생이 작은 상처들을 치료하고 있었던 것이다. 해리는 씰룩 귀 마법에 너무 심하게 걸려 교실을 나가면서도 손으로 귀를 꽉 누르고 있어야 했다.

"그래, 리타 스키터가 투명 망토를 사용하지 않은 것은 확실해!" 5분 뒤 현관홀에서 해리와 론을 따라잡은 헤르미온느가 헐떡거리며 말했다. 그녀는 해리가 들을 수 있도록 그의 손을 씰룩거리는 귀에서 떼어 냈다. "무디 교수님은 두 번째 과제 때 심사위원석 근처 어디에서도 그 여자를 보지 못했대. 호수 근처에서도!"

"헤르미온느, 너한테 그만 좀 하라고 말하는 게 뭔가 의미가 있을까?" 론이 말했다.

"아니!" 헤르미온느가 고집스럽게 외쳤다. "난 리타 스키터가 내가 빅토르한테 하는 얘기를 어떻게 들었는지 알고 싶어! 그리고 해그리드의 엄마에 대해 어떻게 알아냈는지도!"

"너한테 도청을 붙였을 수도 있어." 해리가 말했다.

"도충?" 론이 어리둥절한 얼굴로 물었다. "도충이 무슨 곤충인데?"

해리는 남의 말을 엿듣기 위해 숨겨 놓은 마이크와 녹음 장비에 대해 설명하기 시작했다.

론은 설명에 푹 빠졌지만 헤르미온느가 그의 말을 끊었다. "너희 둘은 《호그와트의 역사》를 영원히 읽지 않을 생각이니?"

"그걸 뭐 하러 읽냐?" 론이 말했다. "네가 그 책을 다 외우고 있잖아. 그냥 너한테 물어보면 되지."

"머글들이 사용하는 그 모든 마법 대용품 말이야, 전기며 컴퓨터, 레이더, 그런 것들. 그것들은 모두 호그와트 가까이 오면 고장 나 버려. 공중에 너무 많은 마법이 걸려 있기 때문에. 아냐, 리타는 마법을 사용해서 엿들은 거야. 분명……. 어떤 마법인지만 알아도…… 아아, 불법을 저지른 거면 내가 확……."

"걱정거리는 이미 많지 않냐?" 론이 그녀에게 물었다. "리타 스키터를 상대로 복수까지 시작해야 돼?"

"너한테 도와 달라고 한 적 없어!" 헤르미온느가 쏘아붙였다. "내가 직접 할 거야!"

그녀는 뒤도 돌아보지 않고 단호한 발걸음으로 대리석 계단을 올라갔다. 해리는 그녀가 도서관에 가는 거라고 확신했다.

"쟤, '나는 리타 스키터가 싫어' 배지 한 상자 들고 올 것 같지 않냐?" 론이 말했다.

그러나 헤르미온느는 정말로 해리와 론에게 리타 스키터한테 복수하는 일을 도와 달라고 부탁하지 않았다. 부활절 연휴가 다가오면서 공부해야 할 것들이 산더미처럼 늘었기 때문에 두 사람 입장에서는 고마운 일이었다. 해리는 해야 하는 공부에 더해 마법적 도청 방법에 대한 조사까지 할 수 있는 헤르미온느가 말 그대로 경이롭게 느껴졌다. 해리는 숙제를 모두 끝내는 것만도 벅찼다. 물론 산속 동굴에 있는 시리우스에게 정기적으로 음식 꾸러미를 보내는 것은 잊지 않았다. 지난여름 이후로 해리는 계속 굶주린다는 것이 어떤 느낌인지 기억하고 있었다. 시리우스에게 보내는 편지도 동봉했다. 평소와 다른 일은 아무것도 전혀 일어나지 않았고 아직 퍼시의 답장을 기다리고 있다는 내용이었다.

헤드위그는 부활절 연휴가 끝나서야 돌아왔다. 퍼시의 편지는 위즐리 부인이 보낸 부활절 달걀 꾸러미에 들어 있었다. 해리와 론의 달걀 모두 용의 알 만한 크기였고 집에서 만든 토피 사탕으로 가득 차 있었다. 그러나 헤르미온느의 것은 보통 달걀보다도 작았다. 그걸 본 그녀가 속상한 표정을 지었다.

"혹시 너희 엄마가 《주간 마녀》를 읽으시는 건 아니지? 응? 론." 그녀가 조용히 물었다.

"읽으셔." 입에 토피 사탕을 가득 문 채 론이 말했다. "요리법을 보려고 구독하시거든."

헤르미온느는 슬픈 눈으로 작디작은 달걀을 바라보았다.

"퍼시가 뭐라고 썼는지 보지 않을래?" 해리가 재빨리 그녀에게 물었다.

퍼시의 짧은 편지는 짜증으로 가득했다.

《예언자일보》 측에도 계속 설명했지만, 크라우치 장관님은 정당한 휴식을 누리고 계셔. 정기적으로 부엉이를 통해 지시 사항을 보내시고. 그래, 그분을 직접 뵌 적은 없지만, 나는 내가 직속 상사의 손 글씨 정도는 알아볼 수 있을 거라고 믿는다. 이 우스꽝스러운 소문들을 잠재우는 것 말고도 지금 나에겐 할 일이 충분히 많아. 중요한 일이 아니라면 두 번 다시 날 방해하지 말았으면 좋겠다. 부활절 잘 보내라.

여름 학기가 시작되면 해리는 보통 그 시즌 마지막 퀴디치 경기를 위해 열심히 훈련했다. 그러나 그가 올해에 대비해야 할 것은 트라이위저드 대회의 세 번째이자 마지막 과제였다. 그는 아직도 뭘 해야 하는지 알지 못했다. 그러다가 마침내 5월 마지막 주, 맥고나걸 교수가 변환 마법 수업 시간에 그를 불렀다.

"오늘 밤 9시에 퀴디치 경기장으로 오너라, 포터." 그녀가 말했다. "그곳에서 배그먼 장관님이 대표 선수들에게 세 번째 과제에 대해 말해 주실 거다."

그래서 그날 밤 8시 30분이 되자 해리는 그리핀도르 탑에 있는 론과 헤르미온느를 뒤로하고 아래층으로 내려갔다. 현관홀을 지나는데 세드릭이 후플푸프 휴게실에서 올라왔다.

"어떤 과제가 나올까?" 함께 돌계단을 내려가 구름 낀 밤하늘 아래로 나가며 그가 해리에게 물었다. "플뢰르는 계속 지하 터널 얘기를 하더라. 보물을 찾는 과제가 나올 것 같다던데."

"그럼 그렇게 어렵지 않겠네." 해리는 해그리드에게서 자기 대신 그 일을 해 줄 니플러 한 마리를 빌리기만 하면 될 거라고 생각했다.

그들은 컴컴한 잔디밭을 지나 퀴디치 경기장으로 향했다. 두 사람은 관중석 사이를 지나 경기장으로 들어갔다.

"뭘 어떻게 한 거야?" 세드릭이 우뚝 멈춰 서서 화난 목소리로 말했다.

퀴디치 경기장은 더 이상 매끄럽지도, 평평하지도 않았다. 누군가가 경기장 전체에 구불구불하고 사방팔

방으로 엇갈리는 낮은 담을 길게 세워 놓은 것 같았다.

"울타리네!" 해리가 가장 가까운 곳에 있는 울타리를 살펴보려고 허리를 구부리며 말했다.

"거기 안녕!" 쾌활한 목소리가 외쳤다.

루도 배그먼이 크룸, 플뢰르와 함께 경기장 한가운데 서 있었다. 해리와 세드릭은 울타리를 넘어 그곳으로 향했다. 해리가 다가오자 플뢰르는 활짝 미소 지었다. 해리가 그녀의 동생을 호수에서 구해 준 뒤로 그에 대한 플뢰르의 태도는 완전히 달라졌다.

"자, 어떠냐?" 해리와 세드릭이 마지막 울타리를 넘어오자 배그먼이 신이 난 듯 말했다. "멋지게 자라고 있지 않니? 한 달만 있으면 해그리드가 이것들을 6미터까지 키워 놓을 거야. 아, 걱정할 것 없다." 그가 해리와 세드릭의 얼굴에서 언짢은 기색을 발견하고 씩 웃으며 덧붙였다. "너희 퀴디치 경기장은 과제가 끝나는 대로 본래 모습을 되찾을 테니까! 자, 우리가 여기서 뭘 만들고 있는 걸까?"

잠깐 동안 아무도 입을 열지 않았다. 그때……

"미로요." 크룸이 툴툴거리듯 말했다.

"그렇지!" 배그먼이 말했다. "미로다. 세 번째 과제는 정말 아주 간단해. 미로 중심부에 트라이위저드 우승컵이 놓여 있고, 우승컵에 가장 먼저 손을 대는 대표 선수가 만점을 받게 되지."

"그냥 미로만 통과하면 되나요?" 플뢰르가 물었다.

"물론 장애물이 있을 거야." 배그먼이 발끝으로 깡충깡충 뛰며 신나서 말했다. "해그리드가 수많은 생명체를 제공할 거다. 깨뜨려야 하는 마법 주문이라든가, 뭐 그런 게 아주 많을 거야. 자, 점수가 가장 높은 대표 선수 두 명이 먼저 미로로 들어갈 거다." 배그먼이 해리와 세드릭을 보며 씩 웃었다. "그다음 크룸 군이 들어가고…… 그다음이 들라쿠르 양 순서지. 하지만 장애물을 얼마나 잘 통과하느냐에 따라서 너희 모두에게 우승할 기회가 주어져. 재밌겠지? 응?"

해그리드가 이런 일에 어떤 생물들을 준비할지 뻔히 아는 해리는 결코 재미있을 것 같지 않았지만, 다른 대표 선수들처럼 예의 바르게 고개를 끄덕였다.

"아주 좋아……. 다른 질문이 없다면 성으로 돌아가자꾸나. 조금 쌀쌀하네……."

일행이 자라고 있는 미로를 나설 때 배그먼이 서둘러 해리 옆에 다가왔다. 해리는 그가 또다시 도움을 제안하려는 모양이라고 생각했다. 바로 그때, 크룸이 해리의 어깨를 탁 쳤다.

"잠깐 얘기 좀 할 슈 있을까?"

"응, 괜찮아." 해리가 조금 놀라며 말했다.

"같이 춤 걸을까?"

"그래." 해리는 그가 무슨 말을 하려는지 궁금했다.

배그먼은 살짝 당황한 듯 보였다. "내가 기다려 줄까, 해리?"

"아뇨, 괜찮아요, 배그먼 장관님." 해리가 웃음을 참으며 말했다. "성은 저 혼자서도 찾을 수 있거든요. 고맙습니다."

해리와 크룸은 함께 경기장을 나섰다. 크룸은 덤스트랭 배 쪽으로 향하는 대신 금지된 숲을 향해 걸었다.

"왜 이쪽으로 가는 거야?" 해그리드의 오두막과 불이 밝혀진 보바통 마차를 지나면서 해리가 물었다.

"누가 엿듣는 건 싫다." 크룸이 짧게 말했다.

그들은 마침내 보바통 말들이 있는 방목지에서 조금 떨어진 조용한 공터에 도착했다. 크룸은 나무 그늘 아래서 걸음을 멈추고 해리를 향해 돌아섰다.

"알고 싶다." 그가 눈을 번뜩이며 말했다. "너랑 헤르미-오우-니니가 어떤 사이인치."

크룸의 비밀스러운 태도를 보고 훨씬 심각한 얘기를 예상했던 해리는 놀라서 그를 멀뚱히 쳐다보았다.

"아무 사이도 아닌데." 해리가 대답했지만 크룸은 그를 매섭게 노려보고 있었다. 해리는 크룸의 키가 얼마나 큰지를 새삼 깨닫고 설명을 덧붙였다. "우린 친구 사이야. 헤르미온느는 내 여자 친구가 아니고, 여자 친구였던 적도 없어. 그냥 그 스키터라는 여자가 지어낸 얘기야."

"헤르미-오우-니니는 네 얘기를 아주 자주 한다." 크룸이 의심스러운 눈으로 해리를 바라보며 말했다.

"그렇겠지." 해리가 말했다. "그야 친구니까."

세계적으로 유명한 국가 대표 퀴디치 선수인 빅토르 크룸과 이런 대화를 나누고 있다니 도저히 믿을 수가 없었다. 마치 열여덟 살인 크룸이 그, 해리를 동등한 존재로, 즉 진짜 라이벌로 생각하는 것 같았다…….

"너는 한 번도…… 한 번도……."

"그런 적 없어." 해리가 아주 단호하게 말했다.

크룸은 기분이 조금 좋아진 듯했다. 그는 잠시 해리를 뚫어지게 바라보더니 입을 열었다. "비행을 아주 잘하던데. 첫 번째 과제 때 치켜봤다."

"고마워." 해리가 활짝 웃으며 말했다. 갑자기 키가 훨씬 커진 것 같은 기분이 들었다. "나도 퀴디치 월드컵에서 네 경기를 봤어. 그 브론스키 페인트 진짜……."

그때 크룸 뒤의 나무 사이에서 뭔가가 움직였다. 금지된 숲에 도사리고 있는 것들을 어느 정도 경험해 본 해리는 본능적으로 크룸의 팔을 잡고 끌어당겼다.

"왜 그러냐?"

해리는 움직임이 보였던 곳을 유심히 바라보면서 고개를 저었다. 그는 로브 안으로 슬쩍 손을 집어넣고 마법 지팡이를 뽑으려 했다.

다음 순간, 한 남자가 키 큰 오크나무 뒤에서 비틀거리며 나타났다. 잠깐 동안 해리는 그 남자가 누군지 알아보지 못했다……. 그러다가 그 사람이 크라우치 장관이라는 사실을 깨달았다.

그는 며칠 내내 여행을 한 것 같은 모습이었다. 로브의 무릎 부분이 찢어져 피투성이가 되어 있었고, 수염을 깎지 않은 얼굴은 잔뜩 긁히고 피로로 허옇게 질려 있었다. 깔끔하던 머리카락과 콧수염은 지저분하고 길게 자라 있었다. 하지만 이상한 겉모습은 그의 행동에 비하면 아무것도 아니었다. 중얼거리면서 손짓 발짓을 하는 모습이 꼭 그의 눈에만 보이는 누군가에게 이야기를 하고 있는 듯했다. 그 모습을 보자 해리의 머릿속에는 더즐리 가족과 함께 쇼핑하러 갔을 때 본 나이 든 부랑자의 모습이 생생하게 떠올랐다. 그 남자도 허공에 대고 미친 듯이 말을 걸고 있었다. 피튜니아 이모는 더즐리의 손을 잡고 그 남자를 피해 길을 건넜다. 그런 다음에는 버넌 이모부가 거지나 부랑자들을 어떻게 처리하고 싶은지에 대해 가족들에게 일장연설을 늘어놓았다.

"저 사람 심사위원 아닌가?" 크룸이 크라우치 장관을 빤히 바라보며 말했다. "너희 정부 사람?"

해리는 고개를 끄덕이고 잠깐 망설였다가 천천히 크라우치 장관을 향해 걸어갔다. 그는 해리 쪽은 보지도 않은 채 가까이 있는 나무에 대고 끊임없이 말을 걸고 있었다. "……그리고 웨더비, 그 일이 끝나면 덤블도어 교수에게 부엉이를 보내서 대회에 참석할 덤스트랭 학생들의 숫자를 확인하게. 카르카로프가 방금 열두 명이 올 거라고 전갈을 보냈네만……."

"크라우치 장관님?" 해리는 조심스럽게 말을 걸었다.

"……그런 다음에는 막심 교장에게 부엉이를 보내도록. 카르카로프가 학생 수를 열두 명으로 늘렸으니 막심 교장도 데려올 학생들의 숫자를 늘리고 싶어 할지 몰라……. 그렇게 하게, 웨더비. 알겠나? 알겠느냐고? 알겠……." 크라우치 장관은 눈을 부릅뜨고 있었다. 그는 소리 없이 입만 벙긋거리며 가만히 서서 나무를 뚫어지게 바라보았다. 잠시 후 그가 옆으로 비틀거리며 걷다가 무릎을 꿇고 쓰러졌다.

"크라우치 장관님?" 해리가 큰 소리로 물었다. "괜찮으세요?"

크라우치의 눈동자가 뒤로 돌아갔다. 해리는 크룸을 돌아보았다. 해리를 따라 숲속으로 들어온 그는 깜짝 놀란 얼굴로 크라우치를 내려다보고 있었다.

"이 사람 왜 이러지?"

"모르겠어." 해리가 중얼거렸다. "저기, 가서 누굴 좀 데려와 줄……."

"덤블도어!" 크라우치 장관이 숨을 헉 내뱉었다. 그가 손을 뻗어 해리의 로브를 움켜쥐더니 그를 가까이 끌어당겼다. 하지만 눈은 해리의 머리 뒤의 허공을 보고 있었다. "덤블도어를 만나야 해……. 알겠나……. 덤블도어…….."

"알았어요." 해리가 말했다. "크라우치 장관님, 일어나셔서 성으로……."

"나는…… 어리석은 짓을…… 저질렀어……." 크라우치 장관이 나직한 목소리로 말했다. 정신이 완전히 나간 것처럼 보였다. 툭 튀어나온 눈알은 이리저리 굴렀고, 턱으로는 침이 질질 흘러내렸다. 한 마디 한 마디 내뱉는 일이 엄청나게 힘들어 보였다. "반드시…… 말해야 해……. 덤블도어에게……."

"일어나세요, 크라우치 장관님." 해리가 크고 분명한 소리로 말했다. "일어나시라고요. 제가 덤블도어 교수님께 데려다드릴게요!"

크라우치 장관이 눈을 굴려 해리를 바라보았다.

"너…… 누구?" 그가 속삭이듯 물었다.

"저는 이 학교 학생이에요." 해리는 도와 달라는 듯 크룸을 돌아보며 말했다. 하지만 크룸은 엄청나게 불안한 얼굴로 멀찍이 물러나 있었다.

"너 설마…… *그자 편이냐?*" 크라우치가 입술을 늘어뜨리면서 속삭였다.

"아니에요." 크라우치가 무슨 말을 하고 있는지 전혀 모르면서도 해리는 그렇게 대답했다.

"그럼 덤블도어 편이냐?"

"맞아요." 해리가 말했다.

크라우치가 그를 더 가까이 끌어당겼다. 해리는 로브를 쥔 크라우치의 손을 풀려고 애썼지만 그의 힘이 너무 셌다.

"경고해라……. 덤블도어한테……."

"놔주시면 덤블도어 교수님을 데려올게요." 해리가 말했다. "놓으시라고요, 크라우치 장관님. 제가 가서 데려온다니까요……."

"고맙네, 웨더비. 그 일을 처리한 다음에는 차를 한 잔 마시고 싶군. 내 아내와 아들이 곧 도착할 거라네. 오늘 밤 퍼지 부부와 함께 콘서트를 보러 갈 거야……." 크라우치는 이제 나무를 상대로 다시 유창하게 말을 하고 있었다. 해리가 그곳에 있다는 사실을 전혀 의식하지 못하는 듯했다. 해리는 너무 놀라서 크라우치가 자신을 놓아준 것도 알아채지 못했다. "그래, 내 아들이 최근에 O.W.L 열두 개를 받았네. 그럼, 굉장히 만족스럽지. 고맙네. 그래, 솔직히 아주 자랑스러워. 자, 안도라 마법 정부 총리가 보낸 편지를 가져다주지 않겠나? 답장 초안을 쓸 시간이 조금은 있을 것 같은데……."

"이 사람이랑 같이 좀 있어 줘!" 해리가 크룸에게 말했다. "내가 덤블도어 교수님을 데려올게. 내가 더 빠를 거야. 교수님 연구실이 어딘지 알거든."

"이 사람은 미쳤어." 크룸이 미심쩍은 눈으로 크라우치를 내려다보며 말했다. 크라우치는 그것이 퍼시라고 확신하는 듯 여전히 나무를 향해 지껄이고 있었다.

"그냥 같이만 있어 줘." 해리가 몸을 일으키며 말했다. 하지만 그런 움직임이 크라우치 장관에게 또 한 번 급격한 변화를 이끌어 낸 것 같았다. 그는 해리의 무릎을 꽉 끌어안고 바닥에 주저앉았다.

"나를…… 두고 가지…… 마!" 그가 다시 눈을 부릅뜨고 작게 소리쳤다. "나는 도망쳤어…… 경고해야 해…… 말해야 해…… 덤블도어를 만나서…… 내 잘못이야…… 전부 내 잘못…… 버사…… 죽었어…… 전부 내 잘못…… 내 아들이…… 내 잘못이야…… 덤블도어한테 말해…… 해리 포터…… 어둠의 왕…… 더 강해져서…… 해리 포터……."

"크라우치 장관님, 놔주시면 덤블도어 교수님을 데려오겠다고요!" 해리가 말했다. 그는 화가 나서 크룸을 돌아보았다. "좀 도와줘."

크룸은 한껏 불안한 표정으로 앞으로 나와 크라우치 장관 옆에 쭈그리고 앉았다.

"그냥 여기에 붙들어만 놔." 해리가 크라우치 장관

에게서 몸을 빼내며 말했다. "덤블도어 교수님하고 같이 돌아올게."

"서둘러. 알았치?" 금지된 숲에서 전속력으로 달려 나가는 해리의 뒤에 대고 크룸이 소리쳤다. 해리는 어둠에 휩싸인 교정을 지났다. 교정은 텅 비어 있었다. 배그먼도, 세드릭도, 플뢰르의 모습도 보이지 않았다. 해리는 돌계단을 달려 올라가 오크나무 정문을 지났다. 그리고 대리석 계단을 올라 3층으로 향했다.

5분 뒤 그는 텅 빈 복도 중간에 서 있는 가고일 석상에게 돌진하고 있었다.

"셔, 셔벗 레몬!" 그가 석상에 대고 헐떡거리며 말했다.

덤블도어의 연구실로 향하는 비밀 계단의 암호였다. 아니, 적어도 2년 전에는 그랬다. 하지만 암호가 바뀐 게 틀림없었다. 가고일 석상은 퍼뜩 살아나 옆으로 비켜서기는커녕 꼼짝도 않고 서서 심술궂은 눈으로 해리를 노려보고만 있었다.

"움직여!" 해리가 소리쳤다. "어서!"

하지만 호그와트에서 그저 크게 소리 지른다고 움직이는 것은 아무것도 없었다. 해리도 아무 소용이 없다는 사실을 알고 있었다. 그는 어두운 복도 이쪽저쪽을 살폈다. 어쩌면 덤블도어는 교무실에 있을지도 모른다. 그는 최대한 빠르게 계단으로 달려갔다. 그런데……

"포터!"

해리는 바닥에 끼익 멈춰 서서 주위를 둘러보았다.

가고일 석상 뒤 숨겨진 계단에서 스네이프가 막 나타났다. 그가 해리를 손짓해 부르는 순간 그의 등 뒤에서 벽이 미끄러지듯 닫혔다. "여기서 뭘 하고 있지, 포터?"

"덤블도어 교수님을 만나야 해요!" 해리가 다시 복도를 달려와 스네이프 앞에 미끄러지듯 멈춰 서며 말했다. "크라우치 장관이…… 나타났어요……. 숲에 있어요……. 크라우치 장관이 부탁해서……."

"무슨 헛소리냐?" 스네이프가 검은 눈을 번뜩이며 말했다. "무슨 소리를 하는 거지?"

"크라우치 장관 말이에요!" 해리가 소리쳤다. "마법 정부의 그 장관! 아프거나 뭐 그런 건지, 그분이 지금 금지된 숲에 있다고요. 덤블도어 교수님을 만나고 싶어 해요! 그냥 올라가는 암호만 알려 주시면……."

"교장 선생님은 바쁘시다, 포터." 스네이프가 말했다. 그가 얇은 입술을 비틀며 불쾌한 미소를 지었다.

"덤블도어 교수님한테 말해야 한다고요!" 해리가 길길이 뛰며 소리쳤다.

"내 말 못 들었나, 포터?"

스네이프는 해리가 이토록 전전긍긍하면서 부탁하는 일을 거절하는 것이 굉장히 즐거운 모양이었다.

"저기요." 해리가 화를 내며 말했다. "크라우치 장관이 이상하다고요. 그분, 그 사람 정신이 나갔어요. 경고를 해야겠다고……."

스네이프의 등 뒤에서 돌벽이 스르르 열렸다. 긴 초록색 로브를 입은 덤블도어가 살짝 의아한 표정을 짓고 서 있었다.

"무슨 문제가 생겼나?" 그가 해리와 스네이프를 번갈아 보면서 물었다.

"교수님!" 스네이프가 입을 열기도 전에, 해리가 옆 걸음질로 나서며 말했다. "크라우치 장관이 여기 나타났어요. 저 아래 금지된 숲에 있는데, 교수님한테 할 말이 있대요!"

해리는 덤블도어가 이것저것 물을 거라 생각했지만 다행히 덤블도어는 그러지 않았다. "앞장서거라." 그는 신속하게 말한 뒤 해리를 따라 복도를 빠르게 나아갔다. 가고일 석상 앞에 남겨진 스네이프는 평소보다 두 배는 더 추해 보였다.

"크라우치 장관이 뭐라고 하더냐, 해리?" 대리석 계단을 빠르게 내려가면서 덤블도어가 물었다.

"교수님한테 경고하고 싶대요……. 자기가 뭔가 끔찍한 짓을 저질렀다고……. 아들 얘기를 했어요……. 버사 조킨스 얘기도요……. 그리고…… 그리고 볼드모트랑…… 볼드모트가 점점 강해지고 있다고…….”

"그랬구나." 덤블도어가 말했다. 그는 칠흑 같은 어둠 속으로 나아가며 속도를 높였다.

"정상이 아닌 것처럼 행동했어요." 해리가 열심히 덤블도어를 쫓아가면서 말했다. "본인이 어디에 있는지 모르는 것 같더라고요. 계속 퍼시 위즐리가 그곳에 있는 것처럼 말하다가, 돌변하더니 교수님을 만나야 한다고……. 빅토르 크룸한테 붙들어 놓으라고 했어요."

"그래?" 덤블도어가 날카롭게 대꾸하더니 더욱 큰 걸음으로 나아가기 시작했다. 해리는 그와 보조를 맞추느라 달리고 있었다. "누구 다른 사람이 크라우치 장관을 보지는 않았니?"

"아뇨." 해리가 말했다. "크룸이랑 저 둘이서 이야기하고 있었거든요. 배그먼 장관님이 막 세 번째 과제에 대해 얘기해 준 다음에요. 저희는 성에 돌아가지 않고 남아 있다가 크라우치 장관님이 금지된 숲에서 나오는 것을 봤어요."

"어디 있지?" 보바통 마차가 어둠 속에서 모습을 드러내자 덤블도어가 물었다.

"이쪽이에요." 해리가 덤블도어보다 앞서 수풀 사이로 움직이면서 말했다. 크라우치의 목소리는 더 이상 들려오지 않았지만 해리는 어디로 가야 하는지 알고 있었다. 보바통 마차에서 그리 떨어지지 않은 곳이었다……. 이 근처 어딘가…….

"빅토르?" 해리가 소리 높여 불렀다.

아무도 대답하지 않았다.

"여기 있었어요." 해리가 덤블도어에게 말했다. "확실히 이 근처 어디쯤에…….."

"루모스." 덤블도어가 주문을 외워 마법 지팡이 끝에 불을 켠 다음 높이 들어 올렸다.

마법 지팡이의 가느다란 빛이 바닥을 비추며 어두운 나무줄기에서 또 다른 나무줄기로 움직였다. 그러더니 한 쌍의 발을 비췄다.

해리와 덤블도어는 서둘러 앞으로 달려갔다. 크룸은 땅바닥에 대자로 뻗어 있었다. 정신을 잃은 듯했다. 크라우치 장관의 모습은 전혀 보이지 않았다. 덤블도어가 크룸 위로 몸을 구부리고 부드럽게 눈꺼풀을 젖혀 보았다.

"기절했구나." 그가 조용히 말했다. 주위 나무들을 둘러보는 그의 반달 안경이 마법 지팡이 빛에 비쳐 번쩍였다.

"가서 누굴 데려올까요?" 해리가 물었다. "폼프리 선생님이라도요."

"아니다." 덤블도어가 재빨리 말했다. "여기 있거라."

그는 마법 지팡이를 공중으로 들어 올리고 해그리드의 오두막 쪽을 가리켰다. 지팡이에서 은빛을 띤 뭔가가 쏜살같이 튀어나오더니 유령 새처럼 나무들 사이를 빠르게 날아갔다. 곧 덤블도어가 크룸 위로 다시 몸을 구부리고 마법 지팡이를 겨누면서 중얼거렸다. "레네르바테."

크룸이 눈을 떴다. 멍한 표정이었다. 그는 덤블도어를 보고 일어나 앉으려 했지만, 덤블도어는 그의 어깨에 손을 얹고 가만히 누워 있게 했다.

"그차가 나를 공격했습니다!" 크룸이 손으로 머리를 문지르며 중얼거렸다. "그 늙은 미치광이가 나를 공격했습니다! 나는 포터가 어디로 갔는치 보려고 추위를 둘러보고 있었는데, 그차가 등 뒤에서 공격했습니다!"

"잠시 가만히 누워 있거라." 덤블도어가 말했다.

천둥 같은 발소리가 들렸다. 해그리드가 팽을 데리고 헐떡거리며 달려왔다. 그는 석궁을 들고 있었다.

"덤블도어 교수님!" 그가 눈을 휘둥그레 뜨고 말했다. "해리, 이게 무슨……?"

"해그리드, 카르카로프 교장을 데려와 주게." 덤블도어가 말했다. "카르카로프의 학생이 공격을 당했네. 그리고 나서 무디 교수에게도 알려 주면 고맙겠군."

"그럴 필요 없습니다, 덤블도어." 바람이 새는 듯한 걸걸한 목소리가 말했다. "여기 왔으니까." 무디가 마법 지팡이에 불을 켠 채 늘 그랬듯 지팡이를 짚고 절뚝거리면서 다가왔다.

"망할 놈의 다리." 그가 성난 듯 말했다. "이것만 아니었어도 더 빨리 오는 건데……. 무슨 일입니까? 스네이프가 크라우치 어쩌고 하던데……."

"크라우치요?" 해그리드가 어리둥절한 얼굴로 물었다.

"카르카로프를 부탁하네, 해그리드!" 덤블도어가 날카롭게 소리쳤다.

"아, 네…… 바로 가겠습니다, 교수님……." 해그리드는 그렇게 말하고 몸을 돌려 어두운 숲속으로 사라졌다. 팽이 그를 따라 종종걸음 쳤다.

"바티 크라우치가 어디 있는지 모르겠군." 덤블도어가 무디에게 말했다. "하지만 지금은 무엇보다 그 사람을 찾는 게 먼저네."

"내가 찾아보죠." 무디는 으르렁거리듯 말하더니 마법 지팡이를 들고 절뚝거리며 숲속으로 사라졌다.

덤블도어도 해리도, 해그리드와 팽이 돌아오는, 그 잘못 알아들을 수 없는 소리가 들릴 때까지 아무 말도 하지 않았다. 카르카로프가 해그리드를 뒤따라 허겁지겁 달려왔다. 반지르르한 은빛 털옷을 입은 그는 하얗게 질린 얼굴에 걱정스러운 표정을 짓고 있었다.

"이게 뭡니까?" 그가 바닥에 드러누운 크룸을 보고 그 곁에 있던 덤블도어와 해리에게 소리쳤다. "이게 무슨 일이오?"

"공격을 당했습니다!" 크룸이 일어나 앉아 머리를 문지르며 말했다. "크라우치 창관인치 뭔치 하는 사람이……."

"크라우치가 너를 공격했다고? 크라우치가 너를 공격해? 트라이위저드 심사위원 말이냐?"

"이고르." 덤블도어가 입을 열었지만 카르카로프는 몸을 꼿꼿이 펴고 격노한 표정으로 몸에 두른 털옷을 꽉 잡았다.

"배반이로군!" 그가 덤블도어를 가리키며 소리쳤다. "음모야! 당신과 당신네 마법 총리가 능청스럽게 나를 여기로 꾀어낸 거로군, 덤블도어! 이건 공정한 시합이 아니야! 처음에는 나이가 안 된 포터를 대회에 슬쩍 참가시키더니 이제는 정부에 있는 당신 친구 하나가 우리 대표 선수를 움직이지 못하게 만들려 하다니! 이 모든 일에서 속임수와 부패의 냄새가 나는군. 그리고 당신, 덤블도어 당신 말이오, 국제 마법사들끼리 유대를 강화해야 한다느니, 예전의 연대를 되살려야 한다느니, 해묵은 대립은 잊자느니 떠들어 대더니만…… 이게 바로 당신에 대한 내 생각이오!"

카르카로프가 덤블도어의 발 앞에 침을 퉤 뱉었다. 해그리드가 단 한 번의 빠른 움직임으로 카르카로프의 멱살을 움켜쥐더니 그를 공중으로 들어 올려 근처에 있던 나무에 쾅 처박았다.

"사과해!" 해그리드가 으르렁거렸다. 해그리드의 거대한 주먹이 그의 목을 짓누르는 바람에 카르카로프는 숨이 막혀서 헐떡거렸다. 그의 발이 공중에서 달랑거렸다.

"해그리드, 안 돼!" 덤블도어가 눈을 번뜩이며 소리쳤다.

해그리드가 카르카로프를 나무에 짓누르고 있던 손을 떼자 그는 나무줄기를 따라 쭉 미끄러지더니 뿌리 위에 쿵 떨어졌다. 잔가지와 나뭇잎이 그의 머리 위로 우수수 쏟아졌다.

"해리를 성에 데려다주게, 해그리드." 덤블도어가 날카롭게 말했다.

해그리드는 거칠게 숨을 쉬며 카르카로프를 노려보았다. "제가 여기 있는 게 좋을 것 같은데요, 교장 선생님……."

"해리를 학교로 데려가게, 해그리드." 덤블도어가 다시 한 번 단호하게 말했다. "곧장 그리핀도르 탑으로 데리고 가게나. 그리고 해리, 너는 거기에 그대로 있어 주길 바란다. 뭔가를 하고 싶거나 올빼미를 보내고 싶을지도 모르겠다만 그런 일은 아침까지 기다렸다가

하면 된다. 내 말 알아듣겠니?"

"어…… 네." 해리가 그를 뚫어지게 바라보며 대답했다. 그 순간 해리는 시리우스에게 피그위전을 보내 무슨 일이 일어났는지 알려야겠다고 생각하고 있었다. 덤블도어가 그걸 어떻게 알았을까?

"그럼 팽을 남겨 놓겠습니다, 교장 선생님." 해그리드가 여전히 위협적인 눈으로 카르카로프를 바라보며 말했다. 카르카로프는 털옷과 나무뿌리에 뒤얽힌 채 아직도 나무 밑에 널브러져 있었다. "여기 있어, 팽. 가자, 해리."

그들은 조용히 보바통 마차를 지나 성으로 향했다.

"감히 그런 짓을." 호숫가를 성큼성큼 지나며 해그리드가 으르렁거렸다. "감히 덤블도어 교수님을 비난하다니. 덤블도어 교수님이 그런 짓을 할 리가 없잖아. 덤블도어 교수님이 애초에 너를 대회에 참가시키려고 작정했다는 것처럼. 그분은 걱정하고 계셔! 덤블도어 교수님이 이렇게 걱정하시는 모습을 언제 봤는지 모르겠다. 그리고 너도 그래!" 해그리드가 갑자기 화를 내며 해리에게 말했다. 해리는 깜짝 놀라 그를 올려다보았다. "크룸이란 녀석이랑 돌아다니면서 뭘 하고 있었던 거냐? 그 녀석은 덤스트랭 학생이야, 해리! 그 자리에서 너한테 저주를 걸 수도 있었다고! 도대체 무디 교수한테 뭘 배운 거야? 딴 데도 아니고 네가 다니는 학교에서 그놈이 너를 꾀어내서……."

"크룸은 괜찮은 애예요!" 현관홀로 들어가는 계단을 오르며 해리가 말했다. "크룸은 저한테 저주를 걸려던 게 아니었어요. 그냥 헤르미온느 얘기를 하고 싶어서……."

"내가 헤르미온느랑 다른 애들한테도 다 얘기해 둬야겠다." 해그리드가 쿵쿵거리며 계단을 올라가면서 엄하게 말했다. "이 외국인들이랑은 얽히지 않는 게 좋아. 한 놈도 믿을 수 없어."

"아저씨는 막심 교장하고 잘 지내시잖아요." 해리가 짜증이 나서 말했다.

"그 여자 얘기는 하지 마라!" 해그리드가 말했다. 그는 잠깐 아주 무서워 보였다. "무슨 속셈인지 이제는 알아! 나를 다시 구슬려서 세 번째 과제로 뭐가 나올지 알아내려는 거야. 하! 저것들은 아무도 믿을 수 없어!"

해그리드의 기분이 너무 안 좋아 보여서 해리는 뚱뚱한 귀부인 앞에서 그와 헤어지게 되자 무척 기뻤다. 해리는 초상화 구멍을 통해 휴게실로 들어가, 무슨 일이 있었는지 말해 주려고 얼른 론과 헤르미온느가 앉아 있는 구석으로 향했다.

CHAPTER 29

꿈

"결국 둘 중 하나야." 헤르미온느가 이마를 문지르며 말했다. "크라우치 장관이 빅토르를 공격했거나, 빅토르가 안 보는 사이에 다른 사람이 그 둘을 공격했거나."

"크라우치가 그랬겠지." 론이 곧바로 말했다. "그러니까 해리와 덤블도어가 도착했을 때 사라진 거야. 도망친 거라니까."

"내 생각은 달라." 해리가 고개를 저으며 말했다. "정말로 허약해 보였어. 순간이동이고 뭐고 할 수 없을 정도로."

"호그와트 교내에서는 순간이동을 할 수 없다고 몇 번을 말해야 해?" 헤르미온느가 말했다.

"알았어……. 이런 가설은 어때?" 론이 흥분해서 말했다. "크룸이 크라우치를 공격한 거야. 아니, 잠깐만…… 그런 다음에 자기 자신한테 기절 마법을 건 거지!"

"그럼 크라우치 장관은 증발했다 이거야?" 헤르미온느가 싸늘하게 말했다.

"아, 그렇구나……."

동이 틀 무렵이었다. 해리, 론, 헤르미온느는 아주 이른 시간에 기숙사를 나와 서둘러 함께 부엉이장으로 올라갔다. 시리우스에게 편지를 보내기 위해서였다. 지금 그들은 안개 자욱한 교정을 내다보며 서 있었다. 밤늦도록 크라우치 장관 얘기를 하느라 셋 모두 눈이 통통 붓고 얼굴이 하얗게 질려 있었다.

"다시 말해 봐, 해리." 헤르미온느가 말했다. "크라우치 장관이 뭐라고 했다고?"

"말했잖아, 말이 안 되는 소리였어." 해리가 말했다. "덤블도어 교수님한테 무슨 경고를 하고 싶다고 했어. 버사 조킨스에 대해서도 확실히 언급했는데, 그 사람이 죽었다고 생각하는 것 같았어. 계속 자기 잘못이라고 말했고…… 아들 얘기도 했어."

"뭐, 그건 그 사람 잘못이 맞지." 헤르미온느가 냉정하게 말했다.

"정신이 나가 있었어." 해리가 말했다. "어쩔 땐 아내와 아들이 아직 살아 있다고 생각하는 것 같더라. 계속 퍼시한테 일 얘기를 하면서 지시를 내리기도 했어."

"음…… '그 사람'에 대해서 뭐라고 했는지 다시 말해 줄래?" 론이 머뭇거리며 말했다.

"말했잖아." 해리가 멍하니 반복했다. "그자가 점점 강해지고 있다고 했어."

짧은 침묵이 흘렀다.

잠시 후 론이 씩씩한 척 꾸며 낸 목소리로 말했다. "하지만 네 말대로 정신이 나가 있었잖아. 그러니까 아마 절반 정도는 그냥 헛소리일 거야."

"볼드모트 얘기를 할 때 가장 정신이 멀쩡했어." 해리는 론이 움찔거리는 것을 못 본 체하고 말했다. "크라우치는 단어 두 개를 연결하는 것도 무척 힘들어했어. 하지만 그 얘기를 할 때는 자기가 어디에 있는지, 뭘 하고 싶은지 아는 것 같았어. 계속 덤블도어 교수님을 만나야 한다는 말만 하더라."

해리는 창문에서 눈을 돌려 서까래들을 올려다보았다. 그 많은 횃대가 절반쯤 비어 있었다. 밤 사냥을 마치고 돌아온 부엉이와 올빼미가 이따금씩 부리에 쥐를 물고 날아들었다.

"스네이프 때문에 시간을 지체하지만 않았어도." 해리가 분한 듯 말했다. "늦지 않게 도착할 수 있었을 거야. '교장 선생님은 바쁘시다, 포터……. 이건 무슨 헛소리지, 포터?' 그냥 길을 비켜 주면 되잖아?"

"네가 거기 들어가는 걸 바라지 않았을지도 몰라!" 론이 재빨리 말했다. "어쩌면…… 잠깐, 스네이프가 숲까지 가는 데 얼마나 걸렸을까? 너랑 덤블도어를 앞질러서 먼저 도착할 수 있었으려나?"

"박쥐로 변신하거나 그러지 않았으면 불가능할걸." 해리가 말했다.

"스네이프라면 그럴 수도 있어." 론이 중얼거렸다.

"무디 교수님을 만나 봐야 해." 헤르미온느가 말했다. "무디 교수님이 크라우치 장관을 찾았는지 알아봐야지."

"도둑 지도를 가지고 있으면 찾기 쉬울 거야." 해리가 말했다.

"크라우치가 이미 학교를 벗어나지만 않았다면 말이지." 론이 말했다. "도둑 지도는 학교 안만 보여 주잖아. 학교 밖은……."

"쉿!" 헤르미온느가 갑자기 말했다.

누군가가 부엉이장을 향해 계단을 오르고 있었다. 서로 다투는 두 목소리가 점점 가까이 다가왔다.

"……그건 협박 편지야. 맞잖아. 엄청 골치 아파질 수 있다고."

"……예의는 차릴 만큼 차렸어. 이젠 우리도 그 사람처럼 지저분하게 굴 때야. 그 사람도 마법 정부가 자기가 한 짓을 알게 되는 건 바라지 않을걸."

"말했잖아. 그 얘기를 넣으면 협박 편지가 된다니까!"

"그래, 하지만 우리가 두둑한 보상을 받으면 너도 불평하지 않을 거잖아?"

부엉이장 문이 벌컥 열렸다. 문턱을 넘어오던 프레드와 조지가 해리, 론, 헤르미온느를 보고 얼어붙었다.

"여기서 뭐 해?" 론과 프레드가 동시에 물었다.

"편지 보내려고." 해리와 조지가 똑같이 말했다.

"뭐? 이 시간에?" 헤르미온느와 프레드가 합창했다.

프레드가 씩 웃었다. "좋아. 너희가 묻지 않으면, 우리도 너희한테 뭘 하고 있느냐고 묻지 않을게." 그가 말했다.

그는 봉인된 봉투를 손에 들고 있었다. 해리는 그 봉투를 힐끗 봤지만 우연인지 고의인지 프레드가 손을 움직여 봉투에 적힌 이름을 가렸다.

"뭐, 우리 때문에 시간 낭비하실 것 없습니다." 그가 놀리듯 허리를 꾸벅 숙이며 말하더니 문을 가리켰다.

론은 그 자리에 서서 움직이지 않았다. "누구한테 협박 편지를 보낼 건데?" 그가 물었다.

프레드의 얼굴에서 미소가 사라졌다. 조지가 프레드를 힐끔 보더니 론을 향해 싱긋 웃었다.

"바보 같은 소리 하지 마. 그냥 농담이었어." 그가 아무렇지도 않게 말했다.

"아닌 것 같던데." 론이 말했다.

꿈

프레드와 조지는 서로 시선을 주고받았다.

프레드가 불쑥 말했다. "전에도 말했잖아, 론. 지금 모습을 그대로 유지하고 싶으면 남 일에 참견하지 말라고. 대체 왜 그러는지 모르겠지만……."

"형들이 누군가한테 협박 편지를 보내고 있다면 그건 내 문제이기도 해." 론이 말했다. "조지 말이 맞아. 그런 일을 했다간 결국 엄청 곤란해질 거야."

"말했잖아, 농담한 거라고." 조지가 말했다. 그는 프레드에게 다가가 그의 손에서 편지를 빼내 가장 가까운 곳에 있던 외양간올빼미의 다리에 묶기 시작했다. "동생아, 너 우리 사랑하는 형님과 좀 비슷해지는 것 같다. 진짜야, 론. 계속 그러다가는 반장이 되겠는걸."

"아니야!" 론이 열을 내며 말했다.

조지는 외양간올빼미를 뻥 뚫린 창으로 데려가 밖으로 휙 날려 보냈다.

그는 몸을 돌려 론에게 씩 웃어 보였다. "뭐, 그럼 더는 이래라저래라 하지 마. 나중에 보자."

그러고 나서 조지와 프레드는 부엉이장을 나갔다. 해리, 론, 헤르미온느는 멍하니 서로를 바라보았다.

"저 두 사람도 이 모든 일에 대해 뭔가 아는 것 같지 않아?" 헤르미온느가 속삭였다. "크라우치나 그 밖에 다른 일들 말이야."

"아닐걸." 해리가 말했다. "그렇게 심각한 일이었으면 누구한테든 말했겠지. 덤블도어 교수님이라든가."

하지만 론은 찜찜한 표정이었다.

"왜 그래?" 헤르미온느가 물었다.

"그게……." 론이 천천히 입을 열었다. "과연 그렇게 할까 싶어서. 형들은…… 저 둘은 요즘 돈 버는 일에 집착하고 있거든. 형들하고 어울릴 때 알아차렸어. 그러니까 언제냐면……."

"우리가 서로 말 안 할 때." 해리가 론 대신 문장을 맺어 주었다. "그래, 하지만 협박 편지라니……."

"장난감 가게를 생각하는 거야." 론이 말했다. "난 형들이 그냥 엄마를 화나게 하려고 그런 말을 하는 줄 알았는데 진심이더라고. 가게를 열고 싶어 해. 형들은 호그와트에 다닐 시간이 1년밖에 안 남았잖아. 이제 미래를 생각해야 할 때인데 아빠는 형들을 도와줄 수 없고 시작하려면 돈이 필요하다고 계속 그러더라."

이제는 헤르미온느도 불편해하는 얼굴이었다. "그래, 하지만…… 돈을 벌겠다고 법을 어기지는 않겠지?"

"과연 그럴까?" 론이 회의적인 표정으로 말했다. "난 모르겠다……. 형들은 규칙을 어기는 걸 딱히 신경 쓰지 않잖아."

"그래도 이건 법이잖아." 헤르미온느가 살짝 겁먹은 얼굴로 말했다. "무슨 시시한 교칙 같은 게 아니라고……. 협박 편지를 보내면 방과 후 징계보다 훨씬 심한 벌을 받게 돼! 론, 어쩌면 퍼시한테 얘기하는 게 좋을……."

"너 미쳤냐?" 론이 소리쳤다. "퍼시한테 얘기하라고? 그럼 퍼시는 크라우치 같은 짓을 할걸. 형들을 고발할 거라고." 그는 프레드와 조지의 올빼미가 날아간 창 쪽을 바라보다가 말했다. "가자. 가서 아침이나 먹자."

"무디 교수님을 만나러 가기에는 너무 이른 시간일까?" 나선형 계단을 내려가면서 헤르미온느가 물었다.

"응." 해리가 말했다. "이런 새벽에 깨웠다간 무디 교수님이 우리를 문 밖으로 날려 버릴걸? 잠자는 틈을 노려 공격하려는 줄 알고 말이야. 쉬는 시간까지 기다리자."

마법의 역사 시간은 오늘따라 유독 느리게 흘러갔다. 해리는 결국 고장 난 손목시계를 버리고 계속 론의 시계를 확인했지만, 그 시계도 고장 난 게 틀림없다고 생각될 정도로 매우 느리게 움직였다. 세 사람은 너무 지쳐서 기꺼이 책상에 머리를 대고 잠들 수 있을 지경이었다. 심지어 헤르미온느조차 평소처럼 필기를 하는 대신 턱을 괴고 앉아 초점 없는 눈으로 빈스 교수를 바라보고 있었다.

마침내 종이 울리자 그들은 서둘러 복도로 나가 어

둠의 마법 방어법 교실로 향하다가 무디 교수가 교실에서 나오는 모습을 보았다. 그는 세 사람만큼이나 피곤한 모습이었다. 멀쩡한 쪽 눈꺼풀이 축 처져서 평소보다도 얼굴이 심하게 비뚤어져 보였다.

"무디 교수님!" 해리가 소리쳤다. 셋은 사람들을 헤치고 그에게 다가갔다.

"잘 잤느냐, 포터?" 무디가 걸걸한 목소리로 말했다. 그의 마법 눈이 지나가는 1학년생 두어 명을 쫓아갔다. 1학년들은 긴장한 얼굴로 발걸음을 빨리했다. 마법 눈은 무디의 뒤통수 쪽으로 돌아가더니 1학년 아이들이 모퉁이를 돌아가는 모습을 끝까지 지켜보았다. 그가 다시 입을 열었다. "들어와라."

무디는 물러서서 그들을 빈 교실에 들여보낸 다음, 그들을 따라 절뚝거리며 들어와 문을 닫았다.

"찾으셨어요?" 해리가 단도직입적으로 물었다. "크라우치 장관님요."

"아니." 무디가 말했다. 그는 책상으로 다가가 앉더니 희미한 신음 소리를 내며 나무다리를 뻗고 휴대용 술병을 꺼냈다.

"지도는 써 보셨어요?" 해리가 물었다.

"물론이다." 무디가 술병에 든 것을 한 모금 마시며 말했다. "네 흉내를 내 봤다, 포터. 소환 마법으로 내 연구실에 있던 그 지도를 불러와서 숲으로 가지고 갔지. 크라우치는 어디에도 없었다."

"그럼 순간이동을 한 건가요?" 론이 물었다.

"학교 안에서는 순간이동을 할 수가 없다니까, 론!" 헤르미온느가 소리쳤다. "크라우치가 모습을 감출 다른 방법들이 있는 거죠, 교수님?"

헤르미온느에게 머문 무디의 마법 눈이 파르르 떨렸다.

"오러의 자질을 갖춘 사람이 여기 또 하나 있었군." 그가 말했다. "머리가 잘 돌아가는구나, 그레인저."

헤르미온느는 기쁨에 얼굴을 붉혔다.

"음, 크라우치가 눈에 안 보이게 되지는 않았을 거예요." 해리가 말했다. "지도에는 눈에 보이지 않는 사람들도 나타나거든요. 그렇다면 학교를 떠난 게 틀림없어요."

"근데 자기 의지로 떠났을까?" 헤르미온느가 열성적으로 말했다. "아니면 다른 사람이 떠나게 만들었을까?"

"그래, 다른 사람이 그랬을 수 있어. 크라우치를 빗자루에 태우고 날아간 거야. 어때요?" 론이 재빨리 말하더니 기대감에 차서 무디를 바라보았다. 자신에게도 오러의 자질이 있다는 말을 듣고 싶은 듯했다.

"납치 가능성도 배제할 수는 없다." 무디가 으르렁거리듯 말했다.

"그럼……." 론이 말했다. "교수님은 크라우치 장관이 호그스미드 어딘가에 있다고 생각하세요?"

"어디에든 있을 수 있지." 무디가 고개를 저으며 말했다. "확실하게 알 수 있는 건 그자가 여기에 없다는 것뿐이야."

그는 입을 쩍 벌리고 하품을 했다. 흉터가 죽 늘어나면서 비뚤어진 입에서 이가 빠진 자리들이 드러났다.

그가 말했다. "그래, 덤블도어 교수 말로는 너희 셋이 탐정 놀이를 좋아한다던데. 하지만 너희가 크라우치에게 해 줄 수 있는 일은 아무것도 없다. 이제는 정부에서 크라우치를 찾을 거야. 덤블도어 교수가 정부에 알렸으니까. 포터, 너는 그냥 세 번째 과제에만 집중해라."

"네?" 해리가 말했다. "아, 네……."

그는 어젯밤 크룸과 함께 미로를 떠난 이래로 그 생각은 한 번도 하지 않았다.

"이번 과제는 너에게 딱 맞을 거다." 무디가 눈을 들어 해리를 바라보면서, 흉터투성이에 수염이 까칠한 턱을 긁적거렸다. "덤블도어 교수한테 듣기로 너는 이런 일을 수없이 헤쳐 나갔다던데. 1학년 때 마법사의 돌을 지키는 장애물들을 돌파했다지?"

"우리가 도와줬어요." 론이 재빨리 말했다. "저랑 헤르미온느가요."

무디가 씩 웃었다. "흠, 이번에도 연습하는 것을 도

꿈

와줘라. 그러면 포터가 이기지 못하는 게 아주 놀라운 일이 되겠지." 그가 말했다. "동시에…… 지속적인 경계를 해라, 포터. 지속적 경계." 그는 술병에 든 것을 또 한 번 벌컥벌컥 들이켰다. 그의 마법 눈이 창문으로 휙 돌아갔다. 창밖으로 덤스트랭 배의 꼭대기에 달린 돛이 보였다.

"너희 둘은……." 무디의 정상적인 눈이 론과 헤르미온느에게 향했다. "포터 곁에서 떨어지지 마라. 알겠느냐? 내가 지켜보고 있겠지만, 그래도 마찬가지다……. 지켜보는 눈은 많을수록 좋지."

시리우스는 다음 날 아침 부엉이 편으로 답장을 보냈다. 그 부엉이가 푸드덕거리며 해리 옆에 앉는 것과 동시에, 《예언자일보》를 부리에 문 황갈색올빼미 한 마리가 헤르미온느 앞에 내려앉았다. 헤르미온느가 신문을 받아 앞의 몇 장을 훑어보고는 말했다. "하! 크라우치 소식은 못 들었나 보지!" 그러더니 그녀는 론, 해리와 함께 시리우스가 그저께 밤에 벌어진 이상한 사건들에 대해 쓴 내용을 읽었다.

해리, 빅토르 크룸과 둘이서 금지된 숲에 들어가다니 무슨 터무니없는 생각이냐? 다음번 답장에 다시는 밤에 다른 사람과 산책을 나가지 않겠다고 맹세해 다오. 호그와트에 아주 위험한 인물이 있어. 내 생각에 그자들은 크라우치가 덤블도어를 만나는 걸 막고 싶어 했던 것 같다. 너랑 얼마 떨어지지 않은 곳에서 어둠 속에 숨어 있었던 게 분명해. 넌 죽을 수도 있었어.

네 이름이 불의 잔에 들어간 건 우연이 아니야. 누가 너를 공격하려 한다면 그자에게는 이번이 마지막 기회다. 론, 헤르미온느와 꼭 붙어 있고 정해진 시간이 지나면 그리핀도르 탑에서 나가지 말거라. 세 번째 과제 준비도 단단히 해야 돼. 기절 마법과 무장해제 마법을 연습해 둬라. 몇 가지 공격 마법도 도움이 될 거다. 크라우치와 관련해서는 네가 할 수 있는 일이 없어. 눈에 띄는 짓은 삼가고 너 자신을 돌보도록 해라. 다시는 도를 넘어선 행동을 하지 않겠다고 약속해라. 편지 기다리마.

시리우스

"누가 누구한테 도를 넘어섰다고 훈계를 하는 거야?" 해리는 살짝 화를 내면서 시리우스의 편지를 접어 로브 속에 집어넣었다. "자기는 학교 다닐 때 별짓을 다 해 놓고!"

"걱정되니까 그렇지!" 헤르미온느가 날카롭게 소리쳤다. "무디랑 해그리드처럼! 말 좀 들어!"

"1년이 지나도록 누구한테서도 공격받은 적 없어." 해리가 말했다. "나한테 무슨 짓을 한 사람은 아무도 없단 말이야……."

"네 이름을 불의 잔에 넣은 걸 빼면." 헤르미온느가 말했다. "그런 짓을 한 데는 틀림없이 이유가 있을 거야, 해리. 멍멍이 말이 맞아. 어쩌면 때를 기다리고 있는 건지도 몰라. 어쩌면 이번 과제를 노리고 있는 것일 수도 있고."

"나 원." 해리가 짜증을 내며 말했다. "멍멍이 말이 맞다고 치자. 누가 크룸에게 기절 마법을 건 다음 크라우치를 납치했다고 말이야. 뭐, 그럼 그자들은 숲속에서 우리 근처에 있지 않았겠어? 하지만 그자들은 내가 그곳에서 떠날 때까지 기다렸다가 행동을 개시했어. 그러니까 그자들의 표적은 내가 아니었던 거지. 안 그래?"

"금지된 숲에서 널 죽이면 사고처럼 꾸밀 수가 없잖아!" 헤르미온느가 말했다. "하지만 네가 과제를 치르다가 죽으면……."

"크룸을 공격할 때는 조심하지 않았잖아." 해리가 말했다. "왜 동시에 나까지 해치우지 않았지? 크룸이랑 내가 결투를 벌였다거나, 뭐 그렇게 꾸밀 수도 있었을 텐데."

"해리, 그건 나도 잘 모르겠어." 헤르미온느가 절박한 목소리로 말했다. "내가 아는 건 그저 이상한 일이 잔뜩 벌어지고 있다는 것뿐이야. 그게 마음에 안 들어……. 무디 교수님 말이 맞아. 멍멍이 말이 맞아……. 넌 세 번째 과제에 대비해서 연습해야 해. 지금 당장. 그리고 꼭 멍멍이한테 답장을 보내서, 다시는 혼자 몰래 돌아다니지 않겠다고 약속해."

실내에 있어야 하는 지금보다 더 호그와트 교정이 매혹적으로 보였던 적은 없었다. 이후 며칠 동안 그는 자유 시간 전부를 헤르미온느, 론과 함께 도서관에서 공격 마법에 관한 책을 찾거나, 그들과 함께 빈 교실에 몰래 들어가 연습을 하면서 보냈다. 해리는 기절 마법에 집중했다. 전에는 한 번도 써 본 적 없는 주문이었다. 문제는 이 주문을 연습하려면 론과 헤르미온느의 희생이 어느 정도 뒤따른다는 점이었다.

"노리스 부인을 납치하면 어떨까?" 월요일 점심 식사 시간에 일반 마법 교실 한가운데 벌렁 드러누워 있던 론이 제안했다. 방금 해리가 그에게 기절 마법을 연속으로 다섯 번 걸었다가 깨운 뒤였다. "그 고양이를 잠깐 기절시키자. 아니면 도비를 써도 되잖아, 해리. 도비는 널 돕는 일이라면 뭐든지 할걸. 내가 불평을 한다거나 뭐 그런 건 아닌데……." 그는 등을 문지르면서 조심스럽게 일어섰다. "온몸이 아파서……."

"그거야 네가 계속 쿠션 바깥으로 쓰러지니까 그렇지!" 헤르미온느가 쫓아 버리기 마법을 연습할 때 썼던 쿠션 더미를 다시 정리하면서 답답하다는 듯 말했다. 플리트윅 교수가 캐비닛 안에 넣어 두었던 쿠션들이었다. "그냥 뒤로 넘어지려고 해 봐!"

"일단 기절 마법에 걸리면 조준이 잘 안 된단 말이야, 헤르미온느!" 론이 화를 내며 말했다. "네가 해 보지 그래?"

"뭐, 내 생각에는 해리가 이젠 이해한 것 같아." 헤르미온느가 재빨리 말했다. "그리고 무장해제 마법은 걱정할 필요 없어. 그건 해리가 아주 오래전부터 할 줄 알았던 거니까……. 오늘 저녁에는 이 공격 마법 중 몇 가지를 시작해야 할 것 같아."

그녀는 도서관에서 만들어 온 목록을 내려다보았다. "난 이게 좋아 보이는데." 그녀가 말했다. "방해 마법. 너를 공격하려 드는 건 무엇이든 느려지게 만든대, 해리. 이것부터 시작하자."

종이 울렸다. 그들은 황급히 쿠션들을 플리트윅 교수의 캐비닛에 던져 넣고 살금살금 교실을 빠져나왔다.

"저녁 식사 시간에 만나!" 헤르미온느는 그렇게 말하고 숫자점 교실로 향했다. 해리와 론은 북쪽 탑에 있는 점술 교실로 갔다. 높은 창문을 통해 눈부신 황금빛 햇살이 복도로 쏟아지고 있었다. 바깥의 하늘은 광택이라도 낸 것처럼 아주 밝은 파란색이었다.

"트릴로니 교실은 푹푹 찌겠구나. 그놈의 불을 절대 안 끄니까." 론이 말했다. 그들은 은사다리가 걸린 뚜껑문을 향해 계단을 올라갔다.

론의 말이 맞았다. 어슴푸레하게 밝혀진 방은 찌는 듯이 더웠다. 향료를 넣은 벽난로 불은 어느 때보다도 짙은 향내를 풍겼다. 커튼을 친 창문 쪽으로 다가가던 해리는 머리가 핑핑 돌 지경이었다. 트릴로니 교수가 등불에 걸린 숄을 푸느라 다른 곳을 보는 사이 그는 창문을 살짝 열고 친츠 안락의자에 앉아 편히 기댔다. 부드러운 산들바람이 얼굴을 간지럽혔다. 아주 편안했다.

"얘들아." 트릴로니 교수가 교실 앞 윙백 안락의자에 앉아 기묘하게 확대된 눈으로 모두를 둘러보며 말했다. "점성술 공부는 거의 마쳤단다. 하지만 오늘은 화성의 영향력을 살펴볼 훌륭한 기회가 될 거야. 지금 화성이 아주 흥미로운 곳에 자리 잡고 있거든. 모두 이쪽을 봐 주겠니? 조명을 좀 줄이마……."

그녀가 마법 지팡이를 흔들자 등불들이 꺼졌다. 이제 빛이 나오는 곳은 벽난로뿐이었다. 트릴로니 교수는 허리를 구부리고 의자 밑에서 유리 돔에 들어 있는

꿈

작은 태양계 모형을 꺼냈다. 아름다운 물건이었다. 불타는 태양과 아홉 개의 행성 주위를 맴도는 위성들이 각자의 자리에서 빛났다. 그 모든 것이 유리 돔 속 공중에 떠 있었다. 해리는 트릴로니 교수가 화성과 해왕성이 이루고 있는 매혹적인 각도를 짚어 내기 시작하는 모습을 나른하게 지켜보았다. 짙은 향기가 그를 덮쳤고 창문으로 불어 들어온 산들바람이 그의 얼굴을 간지럽혔다. 벌레 한 마리가 커튼 뒤에서 조용히 윙윙거리는 소리가 들렸다. 눈꺼풀이 감기기 시작했다…….

수리부엉이의 등에 올라탄 그는 맑고 푸른 하늘을 날아올라 언덕 위에 높이 자리한, 담쟁이덩굴로 뒤덮인 낡은 집을 향해 날아가고 있었다. 고도를 점점 낮추자 해리의 얼굴에 기분 좋은 바람이 불어왔다. 해리와 수리부엉이는 2층에 있는 어둡고 깨진 창문을 통해 집으로 들어갔다. 이제 그들은 음침한 복도를 따라 맨 끝 방을 향해 날아가고 있었다……. 그들은 문을 지나 널빤지로 창문을 막은 어두운 방에 들어갔다.

해리는 부엉이의 등에서 내렸다……. 그는 이제 그 부엉이를 지켜보고 있었다. 부엉이는 푸드덕거리며 방을 가로질러 해리를 등지고 있는 의자로 날아갔다……. 의자 옆 바닥에 두 개의 어두운 형체가 있었다……. 둘 다 몸을 꿈틀거리고 있었다…….

하나는 거대한 뱀이었고…… 다른 하나는 웬 남자였다. 키가 작고 머리가 벗겨지기 시작한, 축축한 눈에 뾰족한 코를 가진 남자. 그는 벽난로 앞 깔개 위에서 쌕쌕거리면서 흐느끼고 있었다.

"운이 좋구나, 웜테일." 부엉이가 내려앉은 의자 깊숙한 곳에서 차갑고 높은 목소리가 말했다. "그야말로 운이 좋아. 네 실수가 모든 걸 망쳐 놓지는 않았으니. 그자는 죽었다."

"주인님!" 바닥의 남자가 숨을 들이켰다. "주인님, 저는…… 저는 무척 기쁩니다……. 그리고 죄송합니다…….”

"내기니." 차가운 목소리가 말했다. "너는 운이 없구나. 결국 네게 웜테일을 먹이로 주지 못하게 됐으니……. 하지만 걱정 마라, 걱정 마……. 아직 해리 포

터가 있다…….."

뱀이 쉿 소리를 냈다. 해리는 뱀의 혀가 날름거리는 것을 보았다.

"자, 웜테일." 차가운 목소리가 말했다. "네 실수를 더 참아 주지 않는 이유를 상기시켜 줘야겠구나……."

"주인님…… 안 됩니다……. 이렇게 빌겠습니다……."

의자 깊숙한 곳에서 튀어나온 마법 지팡이 끝이 웜테일을 겨눴다. "크루시오." 차가운 목소리가 말했다.

웜테일은 온몸의 세포 하나하나가 불타는 것처럼 비명을 지르고 또 질렀다. 그 비명이 해리의 귀를 가득 채웠다. 동시에 이마의 흉터가 불로 지지는 것처럼 아팠다. 해리도 비명을 지르고 있었다……. 볼드모트가 그 소리를 듣게 될 것이다. 그가 어디에 있는지 알게 될 것이다…….

"해리! 해리!"

해리는 눈을 떴다. 그는 손으로 얼굴을 감싼 채 트릴로니 교수의 교실 바닥에 누워 있었다. 흉터가 아직도 심하게 타들어 가는 듯해서 눈에 눈물이 고였다. 그 고통은 현실이었다. 학생 모두가 그의 주위에 서 있고, 론은 겁에 질린 표정으로 그의 옆에 무릎을 꿇고 앉아 있었다.

"괜찮아?" 론이 물었다.

"괜찮을 리가 없지!" 트릴로니 교수가 굉장히 흥분한 얼굴로 말했다. 그녀의 큼직한 눈이 해리 위에 쏙 나타나더니 그를 뚫어지게 응시했다. "왜 그러니, 포터? 예감? 환영? 뭘 본 거니?"

"아무것도 아니에요." 해리는 거짓말을 했다. 그는 몸을 일으켜 앉았다. 온몸이 덜덜 떨렸다. 해리는 끊임없이 주위를 둘러보면서 등 뒤의 어두운 구석을 힐끔거렸다. 볼드모트의 목소리가 너무 가깝게 들렸다…….

"너는 흉터를 움켜쥐고 있었단다!" 트릴로니 교수가 말했다. "흉터를 움켜쥐고 바닥을 뒹굴고 있었어! 자, 포터. 나는 이런 문제에 경험이 많단다!"

해리는 그녀를 올려다보았다.

"병동에 가 봐야 할 것 같아요." 그가 말했다. "두통이 심해서요."

"애야, 너는 내 교실에서 나오는 특별한 예지력의 진동에 자극을 받은 게 틀림없어!" 트릴로니 교수가 말했다. "지금 떠나면 여태껏 봐 온 것보다 더 멀리 볼 기회를 잃어버릴지도 모른……."

"두통약 말고는 아무것도 보고 싶지 않은데요." 해리가 말했다.

그는 자리에서 일어섰다. 학생들이 길을 비켜 주었다. 모두가 불안해하는 표정이었다.

"나중에 보자." 해리는 론에게 작은 소리로 말한 뒤, 방금 엄청난 호의를 거절당했다는 듯 노골적으로 낙담한 표정을 짓고 있는 트릴로니 교수를 무시한 채 가방을 들고 뚜껑문으로 향했다.

하지만 사다리 밑으로 내려온 해리는 병동으로 가지 않았다. 사실 그는 병동에 갈 생각이 전혀 없었다. 시리우스는 다시 흉터가 아프면 뭘 해야 하는지 말해 주었다. 해리는 그의 조언을 따라 곧장 덤블도어의 연구실로 갈 생각이었다. 그는 성큼성큼 복도를 걸어가면서 꿈에서 본 장면을 떠올렸다……. 그것은 프리빗가에서 그를 깨웠던 꿈처럼 생생했다. 확실히 기억하기 위해 그는 그 자세한 광경을 머릿속에서 재빨리 훑어보았다……. 볼드모트가 웜테일에게 실수를 저질렀다고 비난하는 소리가 들렸다……. 하지만 부엉이가 실수는 바로잡혔고 누군가가 죽었다는 좋은 소식을 가져왔다……. 따라서 웜테일은 뱀의 먹이가 되지 않을 것이다……. 그가, 해리가 대신 먹이가 될 테니까…….

해리는 덤블도어의 연구실 입구를 지키고 있는 가고일 석상을 무심코 지나쳤다. 눈을 깜빡이며 주위를 둘러본 그는 자기가 무엇을 했는지 깨닫고 발걸음을 되짚어 석상 앞에서 멈췄다. 그때 암호를 모른다는 사실이 떠올랐다.

꿈

"셔벗 레몬?" 그는 머뭇거리며 말해 보았다.

가고일은 움직이지 않았다.

"좋아." 해리가 가고일을 쏘아보며 말했다. "배 드롭(서양배 모양의 눈깔사탕 — 옮긴이). 어…… 감초 지팡이. 피징 위즈비. 드루블의 엄청 잘 불어지는 풍선껌. 버티 보트의 모든 맛이 나는 강낭콩 젤리…… 아, 아니다. 그건 싫어하시지? ……아, 그냥 좀 열릴 수 없어?" 그가 화를 내며 말했다. "진짜로 교수님을 만나야 한다고. 급해!"

가고일은 여전히 움직이지 않았다.

해리는 석상을 걷어찼지만 엄지발가락의 극심한 통증 말고는 아무것도 얻지 못했다.

"개구리 초콜릿!" 그가 한 다리로 서서 화를 내며 소리쳤다. "설탕 깃펜! 바퀴벌레 과자!"

가고일이 갑자기 살아나더니 옆으로 펄쩍 비켜섰다. 해리는 눈을 깜빡거렸다.

"바퀴벌레 과자?" 그가 놀라서 말했다. "그냥 장난으로 말해 본 건데……."

그는 재빨리 벽이 열린 틈으로 들어가 나선형 돌계단에 올라섰다. 등 뒤에서 문이 닫히자 계단은 천천히 위로 올라가 그를 놋쇠 손잡이가 달린 반들반들한 오크나무 문 앞에 데려다주었다.

연구실 안에서 목소리들이 들렸다. 움직이는 계단에서 내려선 해리는 망설이다가 귀를 기울였다.

"덤블도어, 미안하지만 나는 연결 고리를 찾을 수가 없소. 전혀 모르겠소!" 마법 정부 총리, 코닐리어스 퍼지의 목소리였다. "루도 말로는 버사가 길을 잃었을 가능성이 아주 높답니다. 지금쯤이면 버사를 찾았어야 한다는 데는 나도 동의하지만, 그렇더라도 살인이 벌어졌다는 증거는 없소, 덤블도어. 그럼, 없고말고. 버사의 실종과 바티 크라우치의 실종이 서로 연관되어 있다는 증거도 마찬가지요!"

"그럼 바티 크라우치에게는 무슨 일이 일어난 거라고 생각하십니까?" 무디의 으르렁거리는 목소리가 들렸다.

"나는 두 가지 가능성이 있다고 보네, 앨러스터." 퍼지가 말했다. "크라우치가 마침내 무너져서…… 크라우치의 개인사를 생각하면 아주 가능성 높은 일이라는 데는 다들 동의할 걸세. 그렇게 정신이 나가서 어딘가를 헤매고 다닌 것이든지……."

"만약 그렇다면 굉장히 빠르게 헤매고 다니나 보군요, 코닐리어스." 덤블도어가 담담하게 말했다.

"그게 아니라면, 뭐……." 퍼지의 목소리에는 당황한 기색이 역력했다. "글쎄, 그 사람이 발견된 장소를 보기 전에는 판단을 보류하겠소만, 보바통 마차 근처라고 했나? 덤블도어, 그 여자가 무엇인지 알고 있소?"

"아주 유능한 교장으로 보고 있다오. 춤 실력도 훌륭하고." 덤블도어가 조용히 말했다.

"덤블도어, 이러지 마시오!" 퍼지가 화를 내며 말했다. "해그리드 때문에 그 여자도 좋게만 보이는 것 아니오? 그들 모두가 무해한 존재인 건 아니란 말입니다. ……물론, 이것도 해그리드를 무해하다고 할 수 있을 때의 얘기지만. 괴물에 대한 해그리드의 집착을 보면……."

"나는 해그리드만큼이나 막심 교장을 믿소." 덤블도어가 똑같이 태연한 목소리로 말했다. "편견을 가진 건 오히려 당신인 것 같소만, 코닐리어스."

"이 얘기는 그만 마무리하는 게 어떻습니까?" 무디가 으르렁거리듯 말했다.

"그래, 그래. 그럼 교정으로 가 봅시다." 코닐리어스 퍼지가 조바심을 내며 말했다.

"아니, 그게 아닙니다." 무디가 말했다. "포터가 교장 선생님과 얘기하고 싶어 합니다만, 덤블도어. 지금 문 앞에 있습니다."

CHAPTER 30

펜시브

연구실 문이 열렸다.

"잘 있었느냐, 포터." 무디가 말했다. "어서 들어와라."

해리는 안으로 들어갔다. 그는 예전에도 한 번 덤블도어의 연구실에 들어온 적이 있었다. 전직 호그와트 교장들의 초상화가 쭉 걸려 있는 아주 아름다운 둥근 방이었다. 초상화 속 교장들은 모두 가슴을 부드럽게 들썩거리면서 깊이 잠들어 있었다.

코닐리어스 퍼지는 평소처럼 가는 세로줄무늬 망토를 입고 연두색 중산모자를 든 채 덤블도어의 책상 옆에 서 있었다.

"해리!" 퍼지가 해리에게 다가오며 아주 쾌활한 목소리로 말했다. "잘 지냈니?"

"네." 해리는 거짓말을 했다.

"크라우치 장관이 교내에 나타난 날 밤 얘기를 하고 있었단다." 퍼지가 말했다. "크라우치를 발견한 사람이 너였지?"

"네." 해리는 그렇게 말한 다음, 그들의 말을 엿듣지 않은 척해 봐야 아무 의미가 없다는 생각에 덧붙였다. "하지만 막심 교장은 어디에도 보이지 않았어요. 막심 교장이 몸을 숨기는 건 보통 일이 아닐 텐데요?"

덤블도어가 퍼지의 등 뒤에서 싱긋 미소 지었다. 그의 두 눈이 반짝거렸다.

"그래, 뭐." 퍼지가 당황한 표정을 지으며 말했다. "우리는 교정을 잠깐 둘러볼 참이었단다, 해리. 이만 가 봐야 할 것 같은데……. 그냥 교실로 돌아가는 게……."

"드릴 말씀이 있어요, 교수님." 해리가 덤블도어를 바라보며 재빨리 말했다. 덤블도어는 살피는 듯한 눈으로 해리를 빠르게 훑었다.

"여기서 기다려 다오, 해리." 그가 말했다. "교정을 살펴보는 일은 오래 걸리지 않을 거다."

그들은 말없이 그를 지나쳐 가서는 문을 닫았다. 잠시 후 무디의 나무다리가 바닥에 부딪치는 소리가 아래층 복도를 향해 점점 희미해져 갔다. 해리는 주위를 둘러보았다.

"안녕, 폭스." 그가 말했다.

덤블도어 교수의 불사조인 폭스가 문 옆 황금 횃대에 앉아 있었다. 멋진 진홍색과 황금색 깃털을 가진 그 백조만 한 새는 긴 꼬리를 휙 움직이며 해리를 향해 온순하게 눈을 깜빡였다.

해리는 덤블도어의 책상 앞 의자에 앉았다. 그는 몇 분 동안 방금 들은 이야기에 대해 생각하며 역대 교장들이 액자 안에서 졸고 있는 모습을 지켜보았다. 손가락으로 흉터를 만져 보았다. 이제 흉터는 아프지 않았다.

조금 있으면 덤블도어에게 꿈 얘기를 하게 되리라는 것을 알고 덤블도어의 연구실에 있자니 왠지 훨씬 침착한 기분이 들었다. 해리는 책상 뒤의 벽을 올려다보았다. 여기저기 기워 놓은 낡은 기숙사 배정 모자가 선반 위에 놓여 있고, 그 옆 유리 상자에는 칼자루에 큼직한 루비 여러 개가 박힌 훌륭한 은제 검이 들어 있었다. 해리가 2학년 때 직접 기숙사 배정 모자에서 꺼냈던 그 검이었다. 한때 그 검은 해리가 속한 기숙사의 창립자인 고드릭 그리핀도르가 소유했던 물건이었다. 모든 희망이 사라졌다고 생각했을 때 그 검이 어떤 도움을 주었는지 생각하며 바라보는데, 유리 상자 위에서 춤추듯 어른거리는 은색 빛줄기가 보였다. 그 빛이 어디서 나오는지 보려고 주위를 둘러보던 해리는 등 뒤에 있는 검은색 캐비닛 안에서 흘러나오는 밝게 빛나는 은색 빛줄기를 발견했다. 캐비닛 문이 제대로 닫혀 있지 않았던 것이다. 해리는 망설이다가 폭스를 힐끗 보고 자리에서 일어나 연구실을 가로질러 가서는 캐비닛 문을 열었다.

캐비닛 안에는 돌로 만든 얕은 대야가 놓여 있었다. 대야 가장자리에는 해리가 알아볼 수 없는 룬문자와 기호 같은 이상한 무늬가 새겨져 있었다. 은색 빛줄기는 대야 안에서 흘러나오고 있었다. 그 안에 있는 것은 해리가 지금까지 본 어떤 것과도 달랐다. 액체인지 기체인지도 알 수 없었다. 그것은 흰색에 가까운 밝은 은색이었으며 끊임없이 움직이고 있었다. 그 표면은 바람에 일렁이는 수면처럼 잔물결을 일으키더니 다음 순간 구름처럼 흩어져 부드럽게 휘돌았다. 빛을 액체로 만들었거나, 혹은 바람을 고체로 만든 것 같았다. 어느 쪽으로도 단정할 수 없었다.

해리는 촉감이 어떨지 만져 보고 싶었지만 마법 세계에서 보낸 4년에 걸친 경험 덕분에 미지의 물질로 가득 찬 그릇에 손을 집어넣는 건 매우 멍청한 짓임을 알고 있었다. 그래서 해리는 로브 속에서 마법 지팡이를 꺼내 들고 초조하게 연구실을 둘러본 다음, 다시 대야의 내용물을 바라보며 쿡 찔러 보았다. 대야 속 은색 물질의 표면이 아주 빠르게 소용돌이치기 시작했다.

해리는 머리를 캐비닛 안에 집어넣고 더 가까이 몸을 구부렸다. 은색 물질은 유리처럼 투명해져 있었다. 해리는 돌 대야의 바닥이 보일 거라고 생각하면서 그 안을 들여다보았다. 하지만 신비한 물질 아래 보이는 것은 거대한 방이었다. 해리는 마치 천장에 난 둥근 창문을 통해 그 방을 들여다보고 있는 것 같았다.

방이 어슴푸레하게 밝혀져 있어서 해리는 그곳이 지하일지도 모른다고 생각했다. 창문이 없고, 호그와트의 지하 벽에 꽂혀 있는 것과 같은 횃불들만 있었기 때문이다. 코가 유리 같은 물질에 닿을락 말락 할 정도굴을 갖다 댄 해리는 벽을 빙 둘러 층층이 나열된 긴 의자에 줄지어 앉아 있는 마법사들을 보았다. 방 한가운데 빈 의자가 놓여 있었다. 왠지 불길한 느낌이 드는 의자였다. 거기에 앉는 사람을 보통 묶어 놓는 듯 의자 팔걸이에 쇠사슬이 묶여 있었다.

여기가 어디지? 호그와트는 분명히 아니었다. 해리는 성안에서 이런 곳을 본 적이 없었다. 게다가 대야 밑바닥 이상한 방 안에 있는 사람들은 모두 어른이었다. 호그와트에 저렇게 많은 선생들이 있을 리 없었다. 그들은 다들 뭔가를 기다리는 것 같았다. 해리의 눈에는 뾰족 모자의 꼭대기만 보였을 뿐이지만 모두 한 곳을 바라보는 듯했다. 이야기를 주고받는 사람은 아무도 없었다.

대야는 둥글고 그가 지켜보고 있는 방은 사각형이었으므로, 해리는 방의 구석에서 무슨 일이 벌어지는지 볼 수 없었다. 그는 그쪽을 보려고 머리를 바짝 기울인 채 더 가까이 다가갔다…….

해리의 코끝이 그가 들여다보던 이상한 물질에 닿았다. 덤블도어의 연구실이 크게 휘청거렸다. 해리는 대야에 담긴 물질 속으로 머리부터 내던져졌다…….

하지만 그의 머리는 돌바닥에 부딪치지 않았다. 그는 뭔가 얼음처럼 차갑고 새까만 것을 뚫고 떨어지고 있었다. 마치 캄캄한 소용돌이 속으로 빨려 들어 가는 것 같았다…….

갑자기 해리는 어느새 대야 속 방 안 구석진 곳의 의자에 앉아 있었다. 그 의자는 다른 사람들이 앉은 것보다 높이 솟아 있었다. 그는 높은 돌 천장을 올려다보았다. 그가 조금 전까지 들여다보던 둥근 창문이 보일 거라고 생각했지만 그곳에는 어둡고 단단한 돌뿐이었다.

해리는 거칠게 숨을 헐떡거리면서 주위를 둘러보았다. 그 방에 있는 마법사들(적어도 200명은 되는 것 같았다) 가운데 누구도 해리를 쳐다보지 않았다. 방금 열네 살짜리 소년이 천장에서 그들이 있는 곳 한가운데로 떨어졌다는 사실을 알아차린 사람은 아무도 없는 듯했다. 해리는 옆자리에 앉아 있는 마법사 쪽으로 고개를 돌렸다가 깜짝 놀라 큰 소리로 비명을 질렀다. 그의 비명이 고요한 방 안에 메아리쳤다.

알버스 덤블도어가 바로 옆에 앉아 있었다.

"교수님!" 해리가 목멘 소리로 속삭였다. "죄송합니다. 일부러 그런 게 아니고요, 전 그냥 교수님 캐비닛에 있는 대야를 보고 있었는데…… 제가…… 근데 여기가 어디죠?"

하지만 덤블도어는 움직이지도, 입을 열지도 않았다. 그는 해리를 전혀 못 본 척하고 있었다. 의자에 앉아 있는 다른 마법사들과 마찬가지로 방 건너편 구석을 응시하고 있을 뿐이었다. 그곳에는 문이 하나 있었다.

해리는 어찌할 바를 모르고 덤블도어를 뚫어지게 쳐다보다가, 조용히 지켜보는 사람들을 둘러본 다음 다시 덤블도어를 보았다. 그리고 깨달았다…….

전에도 해리는 누구도 그를 보지 못하고 그가 내는 소리를 듣지 못하는 곳에 가 본 적이 있었다. 그때 그는 마법에 걸린 일기장의 페이지 속으로 떨어져 곧장 다른 사람의 기억 속으로 들어갔다. 그가 단단히 착각한 게 아니라면 지금도 그와 비슷한 일이 다시 일어나고 있었다.

해리는 오른손을 들고 망설이다가 덤블도어의 얼굴 앞에 힘차게 흔들어 보았다. 덤블도어는 눈을 깜빡이지도, 해리를 돌아보지도 않았다. 사실상 아예 움직이지 않았다. 이것으로 확실해졌다. 덤블도어는 그런 식으로 해리를 무시하지 않을 것이다. 해리는 기억 속에 들어와 있으며, 이 사람은 현재의 덤블도어가 아니었다. 하지만 그렇게 오래전일 리는 없었다. 지금 그의 옆에 앉아 있는 덤블도어는 현재의 덤블도어와 똑같이 은발이었다. 그런데 여기는 어딜까? 이 마법사들은 모두 무엇을 기다리는 걸까?

해리는 방을 더욱 주의 깊게 살펴보았다. 위에서 내려다보면서 생각한 것처럼, 지하에 있는 방이라는 건 거의 확실했다. 방이라기보다는 지하 감옥에 가까운 것 같았다. 음산하고 으스스한 분위기가 감돌았으며, 벽에는 그림 하나 걸려 있지 않았고, 장식품도 전혀 없었다. 그저 방을 빙 둘러 층층이 놓인 긴 의자들만 있을 뿐이었다. 그 의자들은 하나같이 팔걸이에 쇠사슬이 달린 방 한가운데의 의자를 확실히 볼 수 있도록 배치되어 있었다.

해리가 아직 이곳이 어딘지 결론을 내리지 못하고 있을 때 여러 명이 내는 발소리가 들렸다. 방 한구석에 있는 문이 열리더니 세 사람이 들어왔다. 아니, 적어도 한 명은 사람이었다. 그 사람의 양옆에 있는 것은 디멘터들이었다.

해리는 가슴속이 싸늘해지는 것을 느꼈다. 키가 크고 후드로 얼굴을 가린 디멘터들이 썩어 가는 죽은 손으로 그 사람의 팔을 양쪽에서 붙들고 방 한가운데 있는 의자를 향해 천천히 미끄러져 갔다. 디멘터들 사이에 있는 남자는 금방이라도 기절할 것처럼 보였다. 해리는 그를 나무랄 수 없었다. 해리는 제아무리 디멘터라 하더라도 옛 기억 속에서는 자신을 건드릴 수 없다는 것을 알고 있었지만 그들의 힘은 생생하게 기억났다. 디멘터들이 남자를 쇠사슬 달린 의자에 앉히자 지켜보던 사람들이 움찔했다. 디멘터들이 나가자 문이 홱 닫혔다.

해리는 이제 의자에 앉아 있는 남자를 내려다보았다. 그는 바로 카르카로프였다.

덤블도어와 달리 카르카로프는 훨씬 젊어 보였다. 머리카락과 염소수염이 검은색이었다. 그는 반들반들한 털옷이 아니라 얇고 해진 로브를 걸친 채 부들부들 떨고 있었다. 해리가 지켜보고 있으려니 의자 팔걸이에 달린 쇠사슬이 갑자기 황금빛으로 번쩍이면서 카르카로프의 팔을 뱀처럼 기어올라 그를 묶었다.

"이고르 카르카로프." 해리의 왼쪽에서 무뚝뚝한 목소리가 들렸다. 해리는 고개를 돌렸다. 옆에 있는 긴 의자 한가운데에서 크라우치 장관이 일어났다. 크라우치는 머리카락이 검었고 얼굴에는 주름이 훨씬 적었으며, 건강하고 기민해 보였다. "너는 마법 정부에 증거를 제공하고자 아즈카반에서 이송되었다. 본 법정은 네가 우리에게 줄 중요한 정보가 있다고 전한 것으로 알고 있다."

카르카로프는 의자에 꽉 묶여 있는 상태에서 최대한 몸을 곧게 세웠다.

"그렇습니다, 장관님." 그가 말했다. 목소리는 매우 겁에 질려 있었지만, 특유의 번드르르한 어조는 여전했다. "저는 정부에 보탬이 되고 싶습니다. 협조하고 싶습니다. 저, 저는 정부가…… 어둠의 왕의 마지막 추종자들을 마저 잡아들이려 한다는 사실을 알고 있습니다. 제가 할 수 있는 어떤 방법으로든 도울 수 있기를 간절히 바랍니다……."

의자들 사이에서 웅성거림이 일었다. 몇몇 마법사는 흥미로운 눈으로 카르카로프를 살펴보았고, 어떤 사람들은 불신을 드러냈다. 그때 덤블도어의 반대쪽 옆에서 귀에 익은 성난 목소리가 들렸다. "쓰레기 같은 놈."

해리는 몸을 앞으로 기울이고 덤블도어의 옆자리를 바라보았다. 매드아이 무디가 앉아 있었다. 다만 지금의 모습과는 굉장히 눈에 띄는 차이가 있었다. 마법 눈이 아닌 멀쩡한 두 눈을 갖고 있었던 것이다. 두 눈 모두 카르카로프를 내려다보고 있었고, 둘 다 강렬한 혐오감에 가늘어져 있었다.

"크라우치는 저놈을 풀어 줄 겁니다." 무디가 덤블도어에게 나직이 속삭였다. "저놈과 거래를 했어요. 저놈을 추적하는 데 여섯 달이 걸렸는데, 크라우치는 저놈이 새로운 이름만 충분히 대면 내보내겠다는 거지요. 어디 한번 들어 보기는 해야지. 그런 다음 바로 디멘터들에게 다시 던져 버리면 좋겠지만."

덤블도어는 찬성할 수 없다는 듯 길고 구부러진 코로 작은 소리를 냈다.

"아, 깜빡했군요……. 그러고 보니 디멘터들을 좋아하지 않으시지요, 알버스?" 무디가 냉소를 띠고 말했다.

"그렇다네." 덤블도어가 담담하게 말했다. "미안하지만 나는 그들을 좋아하지 않아. 난 오래전부터 정부가 그런 생명체와 동맹을 맺은 건 잘못된 일이라고 생각해 왔네."

"하지만 저런 쓰레기한테는……." 무디가 중얼거리듯 말했다.

"우리에게 알려 줄 이름이 있다고 했는데, 카르카로프." 크라우치 장관이 말했다. "어디 들어 보지."

"먼저 한 가지 이해해 주셔야 합니다." 카르카로프가 다급히 입을 열었다. "이름을 말해서는 안 되는 그 사람은 언제나 아주 비밀스럽게 움직였습니다. 그자는 우리가…… 제 말은, 그의 추종자들이란 뜻입니다만, 지금 저는 그런 자들과 어울린 일을 아주 깊이 후회하고 있습니다."

"빨리 얘기나 하시지." 무디가 코웃음 쳤다.

"……우리가 동지들 하나하나의 이름을 결코 알지 못하게 했습니다. 오직 그자만이 모두를 정확히……."

"현명한 행동이지. 카르카로프 너 같은 인간이 모두를 고발하지 못하게 막으려고 그런 것일 테니까." 무디가 중얼거렸다.

"하지만 우리에게 알려 줄 이름이 몇 개쯤은 있겠지?" 크라우치 장관이 말했다.

"이, 있습니다." 카르카로프가 숨을 헐떡거렸다. "이들이 추종자들 중에서도 주요 인물이었다는 사실을 명심하셔야 합니다. 그자의 명령을 실행하는 것을 제 눈으로 직접 본 사람들입니다. 제가 그자를 완전히 저버렸다는 증표로 이 정보를 제공합니다. 너무나 깊은 회한이 제 마음속을 가득 채우고 있다는 증표…….

"그래서, 이름은?" 크라우치 장관이 날카로운 목소리로 물었다.

카르카로프는 깊은 숨을 들이마셨다.

"안토닌 돌로호프입니다." 그가 말했다. "저, 저는 그자가 수많은 머글과 어, 어둠의 왕을 따르지 않는 자들을 고문하는 걸 봤습니다."

"그리고 그걸 도왔지." 무디가 중얼거렸다.

"돌로호프는 이미 체포했다." 크라우치가 말했다. "네가 잡힌 직후에 잡혔다."

"정말입니까?" 카르카로프가 눈을 휘둥그렇게 뜨며 말했다. "그, 그렇다니 정말 기쁘군요!"

하지만 얼굴은 전혀 기뻐 보이지 않았다. 해리는 이 소식이 카르카로프에게 큰 충격을 안겨 주었다는 사실을 알 수 있었다. 그가 대려던 이름 중 하나가 쓸모없어진 것이다.

"다른 자들은?" 크라우치가 차갑게 물었다.

"아, 네…… 로지어가 있었습니다." 카르카로프가 얼른 대답했다. "에번 로지어요."

"로지어는 죽었다." 크라우치가 말했다. "그자도 네가 잡힌 직후에 체포됐다. 조용히 연행되기보다 맞서 싸우는 쪽을 선택했고, 전투 중에 사살됐다."

"내 몸 일부도 같이 가져갔지만." 해리의 오른쪽에서 무디가 나직이 중얼거렸다. 해리는 다시 한 번 고개를 돌려 무디를 바라보았다. 그는 넘블노어에게 살짐

이 뭉텅이로 떨어져 나간 코를 보여 주고 있었다.

"로, 로지어는 마땅한 벌을 받은 겁니다!" 카르카로프가 말했다. 그의 목소리에는 이제 진정 공포가 깃들어 있었다. 그는 자신이 가진 정보가 정부를 상대로 아무런 역할도 못 하게 될까 봐 걱정하기 시작했다. 카르카로프의 눈이 구석에 있는 문으로 빠르게 향했다. 저 문 뒤에서는 분명 디멘터들이 여전히 서서 기다리고 있을 것이다.

"더 없나?" 크라우치가 물었다.

"있습니다!" 카르카로프가 대답했다. "트래버스가 있습니다. 트래버스는 매키넌 가족을 몰살하는 데 가담했습니다! 물키베르는, 그자는 임페리우스 저주의 전문가로, 무수한 사람을 조종해서 억지로 끔찍한 일들을 저지르게 만들었습니다! 룩우드는 첩자였고요. 다른 곳도 아닌 정부에 있으면서 이름을 말해서는 안 되는 그 사람에게 유용한 정보를 빼돌렸습니다!"

이번에는 카르카로프가 대성공을 거두었다고 말할 수 있었다. 지켜보던 사람들이 일제히 웅성거리기 시작했던 것이다.

"룩우드?" 크라우치 장관이 앞에 앉아 있는 마법사에게 고갯짓을 하며 말했다. 그녀가 양피지 위에 뭔가를 휘갈겨 쓰기 시작했다. "미스터리부의 오거스터스 룩우드 말인가?"

"바로 그 사람입니다." 카르카로프가 열의를 띠고 말했다. "저는 그자가 정부 안팎으로 적재적소에 배치된 마법사들의 네트워크를 활용해 정보를 수집해 왔다고 믿습니다."

"하지만 트래버스와 물키베르는 이미 잡혔다." 크라우치 장관이 말했다. "좋다, 카르카로프. 그게 네가 아는 전부라면 우리가 결정을 내리는 동안 아즈카반으로 돌아가서……."

"아직입니다!" 카르카로프가 아주 처절한 표정으로 소리쳤다. "잠깐만요, 더 있습니다!"

해리는 횃불 빛 아래 땀을 흘리는 그의 모습을 보았다. 새하얀 피부가 머리카락과 턱수염의 검은색과 극명한 대조를 이뤘다.

"스네이프요!" 그가 소리쳤다. "세베루스 스네이프!"

"스네이프는 위원회의 판단에 따라 혐의를 벗었다." 크라우치가 차가운 목소리로 말했다. "알버스 덤블도어가 그자의 보증인이다."

"아닙니다!" 카르카로프가 자신을 묶은 쇠사슬을 바짝 당기며 소리쳤다. "제가 보증합니다! 세베루스 스네이프는 죽음을 먹는 자입니다!"

덤블도어가 자리에서 일어났다. "이 문제에 대해서는 제가 이미 증거를 제시했습니다." 그가 침착하게 말했다. "세베루스 스네이프는 실제로 죽음을 먹는 자였습니다. 그러나 그는 볼드모트 경이 몰락하기 전에 우리 편에 가담해 첩보원 임무를 수행했습니다. 개인적으로 큰 위험을 감수하면서 말이죠. 제가 죽음을 먹는 자가 아닌 것처럼 세베루스도 더 이상 죽음을 먹는 자가 아닙니다."

해리는 매드아이 무디를 돌아보았다. 그는 덤블도어의 등 뒤에서 회의감 짙은 표정을 짓고 있었다.

"좋다, 카르카로프." 크라우치가 차갑게 말했다. "네 정보가 도움이 되었다. 네 사건을 다시 검토하겠다. 그동안 아즈카반으로 돌아가서……."

크라우치 장관의 목소리가 점점 작아졌다. 해리는 주위를 둘러보았다. 지하 감옥이 연기로 만들어진 것처럼 스르르 사라지고 있었다. 모든 것이 흐려지면서, 해리는 오로지 그 자신의 몸만 볼 수 있었다. 그 밖에 모든 것은 그저 소용돌이치는 어둠이었…….

바로 그때, 지하 감옥이 다시 나타났다. 해리는 다른 자리에 앉아 있었다. 여전히 가장 높은 좌석이었지만 이번에는 크라우치 장관의 왼쪽이었다. 분위기가 상당히 달랐다. 긴장이 풀려 있었고 심지어 쾌활하기까지 했다. 벽을 따라 앉아 있는 마법사들은 무슨 스포츠 경기라도 보러 온 것처럼 담소를 나누고 있었다. 건너편 의자 중간쯤에 앉아 있는 한 여자 마법사가 해리의 눈길을 끌었다. 짧은 금발에 자홍색 로브를 걸친 그녀는 형광 녹색 깃펜 끝을 쪽쪽 빨고 있었다. 잘못 보려야 잘못 볼 수 없는 사람, 젊은 시절의 리타 스키터였다. 해리는 주위를 둘러보았다. 다른 로브를 입은 덤블도어가 이번에도 그의 옆에 앉아 있었다. 크라우치 장관은 더욱 피곤해 보였고, 왠지 더 사나워지고 야윈 듯했다. 해리는 왜 그런지 알았다. 이것은 다른 기억, 다른 날의 기억…… 다른 재판이었다.

구석의 문이 열리고 루도 배그먼이 걸어 들어왔다.

하지만 이 사람은 한창때를 넘긴 루도 배그먼이 아니라 퀴디치 선수로 이름을 날리던 전성기 때의 몸매를 확실히 갖추고 있는 루도 배그먼이었다. 코도 부러지지 않았고 큰 키에 호리호리했으며 근육질의 몸을 갖고 있었다. 그는 초조한 표정으로 쇠사슬이 달린 의자에 앉았지만 쇠사슬은 카르카로프가 앉았을 때처럼 그를 의자에 묶지 않았다. 이 사실에 용기를 얻었는지 배그먼은 자신을 지켜보는 사람들을 힐끗 둘러보고 그중 두어 명에게 손을 흔들더니 간신히 슬쩍 미소 지어 보였다.

"루도 배그먼, 피고는 죽음을 먹는 자들의 활동과 관련된 혐의에 응답하기 위해 마법 정부 사법위원회에 불려 나왔다." 크라우치 장관이 말했다. "우리는 피고에게 불리한 증거를 청취했으며, 곧 판결을 내리려는 참이다. 우리가 판결을 내리기 전 진술에 덧붙일 내용이 있나?"

해리는 자신의 귀를 의심했다. '루도 배그먼이 죽음을 먹는 자였다고?'

"전 그냥……." 배그먼이 어색한 미소를 지으며 입을 열었다. "그게…… 저도 제가 멍청했다는 건 아는데요……."

주위에 둘러앉아 있던 마법사 두어 명이 너그러운 미소를 지었다. 그러나 크라우치 장관은 그들과 같은 감정을 느끼지 않는 듯했다. 그는 극도의 엄격함과 혐오감을 담은 표정으로 루도 배그먼을 내려다보았다.

"그보다 더 정직한 말은 해 본 적이 없겠지, 저 녀석." 누군가가 해리 뒤에서 덤블도어에게 건조한 말투로 중얼거렸다. 해리는 뒤를 돌아보고 이번에도 무디가 그곳에 앉아 있는 것을 보았다. "저 녀석이 원래부터 어리석다는 걸 몰랐다면, 나는 저 녀석이 블러저에 하도 맞아서 뇌에 영구적 손상을 입었다고 생각했을 겁니다……."

"루도빅 배그먼, 너는 볼드모트 경의 추종자들에게 정보를 전달하다가 붙잡혔다." 크라우치 장관이 말했다. "이에 대해, 나는 아즈카반 징역형을 구형하는 바이다. 형기는 최소……."

하지만 방청석에서 분노 섞인 고함이 터져 나왔다. 마법사 몇 명이 고개를 설레설레 저으며 자리에서 일어났고 심지어 크라우치 장관에게 주먹을 휘둘러 대기도 했다.

"하지만 말씀드렸잖아요, 아무것도 몰랐다고요!" 배그먼이 동그랗고 푸른 눈을 휘둥그레 뜬 채 사람들이 떠드는 소리 너머로 호소했다. "전혀 몰랐어요! 룩우드 아저씨는 우리 아빠의 친구였어요……. 그분이 '그 사람' 편일 거라곤 꿈에도 생각 못 했어요! 저는 그냥 우리 편을 위해서 정보를 수집하는 줄 알았어요! 게다가 룩우드는 계속 저한테 나중에 정부에 자리 하나를 얻어 주겠다고 했어요. ……뭐, 제 퀴디치 선수 생활이 끝나면 말입니다. ……그러니까, 저도 남은 평생 블러저만 맞고 살 수는 없잖아요?"

사람들이 키득거렸다.

"투표로 결정할 것이다." 크라우치 장관이 차갑게 말했다. 그는 지하 감옥 오른쪽으로 고개를 돌렸다. "위원단은 손을 드시오. 수감에 찬성한다……."

해리는 지하 감옥 오른쪽을 돌아보았다. 단 한 사람도 손을 들지 않았다. 방청석에 둘러앉은 마법사 여럿이 손뼉을 치기 시작했다. 위원단의 한 여자 마법사가 자리에서 일어섰다.

"발언하시오." 크라우치가 쏘아붙이듯 말했다.

"우리는 지난주 토요일 터키와의 퀴디치 경기에서 배그먼 선수가 잉글랜드를 위해 거둔 그 놀라운 승리를 축하하고 싶습니다." 마법사는 단숨에 말을 내뱉었다.

크라우치 장관은 무척 화가 난 것 같았다. 지하 감옥은 이제 박수갈채로 떠나갈 듯했다. 배그먼이 자리에서 일어나 활짝 웃으며 꾸벅 인사했다.

"야비한 놈." 배그먼이 지하 감옥에서 나가자, 크라우치 장관이 자리에 앉으며 덤블도어에게 내뱉었다. "룩우드가 실제로 저자에게 일자리를 주긴 했소. 루도 배그먼이 마법 정부에서 일하게 되는 그날이 정부에게는 아주 슬픈 날이 되겠군요."

지하 감옥이 또 한 번 스르르 사라졌다. 지하 감옥이 다시 나타나자 해리는 주위를 둘러보았다. 그와 덤블도어는 이번에도 크라우치 장관 옆에 앉아 있었지만, 분위기는 전혀 달랐다. 크라우치 장관 옆에 앉아 있는 허약하고 가냘픈 여자 마법사의 메마른 흐느낌만이 완전한 침묵을 간간이 깨뜨릴 뿐이었다. 그녀는 떨리는 손으로 손수건을 꽉 쥔 채 입에 대고 있었다. 해리는 크라우치를 올려다보고, 그가 전보다 훨씬 수척해지고 머리카락도 희끗희끗해졌다는 사실을 알았다. 그의 관자놀이가 움찔거렸다.

"데리고 오도록." 크라우치가 말했다. 그의 목소리가 고요한 지하 감옥에 메아리쳤다.

구석의 문이 다시 한 번 열렸다. 이번에는 디멘터 여섯이 네 사람을 끌고 들어왔다. 방청석 사람들이 고개를 돌려 크라우치 장관을 올려다보았다. 그중 몇 명은 귓속말을 주고받았다.

디멘터들은 지하 감옥 바닥에 놓인 쇠사슬 달린 네 개의 의자에 네 사람을 각각 앉혔다. 그중 체격이 떡 벌어진 남자가 크라우치를 멍하니 올려다보았다. 그보다 마르고 좀 더 신경질적으로 보이는 남자는 눈으로 방청석을 빠르게 훑고 있었다. 풍성하고 윤기 나는 검은색 머리카락에, 눈꺼풀이 축 처져 반쯤 눈을 감은 것 같은 여자는 쇠사슬 달린 의자가 왕좌라도 되는 것처럼 앉아 있었다. 말 그대로 마비된 것처럼 보이는 10대 후반의 소년도 보였다. 밀짚 색깔 머리카락이 주근깨 박힌 우윳빛 얼굴을 뒤덮고 있는 그 소년은 부들부들 떨고 있었다. 크라우치 옆의 가냘픈 여자 마법사가 자리에 앉은 채 앞뒤로 몸을 흔들며 손수건으로 입을 막고 흐느끼기 시작했다.

크라우치가 일어섰다. 눈앞의 네 사람을 내려다보는 그의 얼굴에는 순수한 증오가 어려 있었다.

"너희는 우리의 판결을 받기 위해 마법 정부 사법위원회에 불려 나왔다." 그가 또렷한 목소리로 말했다. "너희가 저지른 극악무도한 범죄는……."

"아버지." 밀짚 색깔 머리카락의 소년이 말했다. "아버지…… 제발요……."

"……일찍이 이 법정에서도 들은 바가 없다." 크라우치가 아들의 목소리를 누르며 더욱 큰 소리로 말했다. "우리는 너희에게 불리한 증언을 청취했다. 너희 넷은 오러 프랭크 롱보텀이 너희의 추방당한 주인, 이름을 말해서는 안 되는 그 사람의 현 소재를 알고 있을 거라 믿으며 그를 사로잡아 크루시아투스 저주를 건 혐의로 이 자리에……."

"아버지, 전 아니에요!" 아래쪽에서, 쇠사슬에 묶인 소년이 소리쳤다. "전 아니에요, 맹세해요, 아버지. 저를 디멘터들한테 돌려보내지……."

"너희는 또한!" 크라우치 장관이 소리쳤다. "프랭크 롱보텀이 정보를 넘기려 하지 않자 그의 아내에게 크루시아투스 저주를 사용한 혐의를 받고 있다. 너희는 이름을 말해서는 안 되는 그 사람의 힘을 되찾아서, 그자가 강력하던 시절에 너희가 누렸을 것이라 짐작되는 폭력적인 인생을 다시 누리고자 획책했다. 이에 본 법정은 위원단에게……."

"어머니!" 소년이 비명을 지르자 크라우치 옆의 왜소한 마법사가 앞뒤로 몸을 흔들며 더 큰 소리로 흐느끼기 시작했다. "어머니, 막아 주세요, 어머니, 제가 안 그랬어요, 제가 한 게 아니에요!"

"이에 위원단에게 요청한다." 크라우치 장관이 말했다. "나와 마찬가지로 저들의 죄가 아즈카반에서의 종신형을 받을 만하다고 생각한다면 손을 들어 주시오."

지하 감옥 오른쪽에 나란히 앉아 있던 마법사들이 일제히 손을 들었다. 방청석에 앉은 사람들이 배그먼 때처럼 박수를 치기 시작했다. 그들의 얼굴은 잔혹한 승리감으로 가득했다. 소년이 비명을 지르기 시작했다.

"안 돼! 어머니, 안 돼요! 제가 안 그랬어요. 제가 한 짓이 아니에요! 전 모르는 일이에요! 저를 그곳으로 보내지 마세요! 아버지를 막아 주세요!"

디멘터들이 방으로 미끄러지듯 들어왔다. 소년의 동료 셋은 조용히 자리에서 일어났다. 눈꺼풀이 처진 여자가 크라우치를 올려다보고 소리쳤다. "어둠의 왕께서는 다시 일어나실 거다, 크라우치! 얼마든지 아즈카반에 넣어 봐, 우린 기다릴 것이다! 그분께서는 다시 일어나 우리를 구하러 오셔서, 어떤 추종자들보다도 우리에게 더 큰 보상을 내리실 거야! 우리만이 충성을 지켰다! 우리만이 그분을 찾으려고 했어!"

하지만 소년은 디멘터들을 떨쳐 내려 애쓰고 있었다. 생기를 빨아내는 그것들의 무시무시한 능력이 눈에 띌 정도로 소년에게 영향을 미치기 시작했음에도. 눈꺼풀 처진 여자가 지하 감옥 밖으로 끌려 나가고 소년이 계속 몸부림치는 동안 방청석에서 야유가 터져 나왔고 몇몇은 자리에서 일어났다.

"난 당신 아들이야!" 그가 크라우치에게 소리쳤다. "당신 아들이라고!"

"너는 내 아들이 아니다!" 크라우치 장관이 돌연 눈을 부릅뜨며 소리쳤다. "나한텐 아들이 없어!"

그의 곁에서 가냘픈 마법사가 숨을 크게 들이켜더니 자리에 털썩 널브러졌다. 기절한 것이다. 크라우치는 눈치채지 못한 것 같았다.

"데려가라!" 크라우치가 디멘터들에게 고함을 질렀다. 그의 입에서 침이 튀었다. "데려가서, 썩을 때까지 가둬 놓도록!"

"아버지! 아버지, 나는 관계없어요! 안 돼요! 안 돼요! 아버지, 제발!"

"해리, 이제 내 연구실로 돌아올 시간인 것 같구나." 조용한 목소리가 해리의 귀에 대고 말했다.

해리는 깜짝 놀랐다. 그는 주위를 둘러보았다. 그런 다음 자신의 양옆을 번갈아 보았다.

해리의 오른쪽에는 알버스 덤블도어가 앉아, 크라우치의 아들이 디멘터들에게 끌려가는 모습을 지켜보고 있었다. 그리고 그의 왼쪽에는 해리를 똑바로 바라보고 있는 알버스 덤블도어가 있었다.

"가자." 왼쪽의 덤블도어가 말하더니 해리의 팔짱을 꼈다. 해리는 몸이 공중에 붕 떠오르는 것을 느꼈다. 주위의 풍경이 스르르 사라졌다. 한순간 모든 것이 암흑으로 변하더니 곧이어 슬로모션으로 공중제비를 돈 것 같은 기분이 들었다. 갑자기 그의 발이 평평한 바닥에 닿았다. 그는 햇빛이 비치는 덤블도어의 연구실에서 눈부신 빛을 받으며 서 있었다. 돌 대야가 눈앞의 캐비닛 안에서 어스레하게 빛났다. 알버스 덤블도어가 그의 옆에 서 있었다.

"교수님." 해리가 더듬거렸다. "그러면 안 된다는 건 아는데…… 제가 일부러 그런 게 아니라요…… 캐비닛 문이 약간 열려 있어서……."

"충분히 이해한다." 덤블도어가 말했다. 그는 대야를 들어 올려 자신의 책상으로 가져가더니 반들반들한 책상 위에 올려놓고 의자에 앉았다. 그가 해리에게 맞은편에 앉으라고 손짓했다.

해리는 돌 대야를 뚫어지게 바라보면서 자리에 앉았다. 대야 속의 물질은 원래의 은백색 상태로 돌아가 그의 시선 아래에서 소용돌이치며 물결치고 있었다.

"그게 뭐예요?" 해리가 떨리는 목소리로 물었다.

"이것 말이니? 펜시브라고 한단다." 덤블도어가 말했다. "가끔 머릿속에 너무 많은 생각과 기억이 욱여넣어진 것 같은 기분이 들 때가 있지 않니."

"저……." 해리가 어물거렸다. 그는 사실 그런 기분을 느껴 본 적이 없었다.

"그럴 때 나는 펜시브를 쓴단다." 덤블도어가 돌 대야를 가리키며 말했다. "그냥 넘치는 생각을 머릿속에서 뽑아내 대야 안에 옮긴 다음, 여유가 있을 때 살펴보는 거지. 이런 형태로 저장하면 반복되는 형식이나 연결 고리를 찾기가 더 쉽거든."

"그럼…… 저게 교수님의 *생각*이라고요?" 해리가 대야 안에서 소용돌이치는 하얀 물질을 뚫어지게 바라보면서 물었다.

"그렇고말고." 덤블도어가 대답했다. "한번 보여 주마."

덤블도어는 로브 속에서 마법 지팡이를 꺼내더니 그 끝을 관자놀이 근처 은빛 머리카락 속에 갖다 댔다. 그가 마법 지팡이를 떼자 그 끝에 머리카락이 붙어 있는 것처럼 보였다. 하지만 해리는 곧 그 반짝거리는 머리카락 같은 것이 펜시브를 채우고 있는 이상한 은백색 물질 한 가닥이라는 사실을 알아차렸다. 덤블도어가 이 새로운 생각을 대야에 넣자 해리는 자신의 얼굴이 대야 속 물질 표면에 떠다니는 광경을 깜짝 놀라 바라보았다.

덤블도어는 마치 사금을 채취하는 사람이 금을 찾듯 긴 손으로 펜시브 양쪽을 붙잡고 흔들었다. 다음 순간 해리는 대야 속에 비친 자신의 얼굴이 스네이프의 얼굴로 서서히 바뀌는 것을 보았다. 스네이프가 입을 벙긋거리며 천장을 향해 말했다. 그의 목소리가 희미하게 울렸다. "돌아오고 있습니다……. 카르카로프의 것 역시……. 어느 때보다도 강하고 뚜렷하게……."

"이런 연결 고리는 펜시브의 도움 없이도 찾기 쉽지." 덤블도어가 한숨을 쉬었다. "하지만 신경 쓰지 말거라." 그는 반달 안경 너머로 해리를 바라보았다. 해리는 입을 떡 벌린 채 여전히 대야 안을 맴도는 스네이프의 얼굴을 보고 있었다. "내가 펜시브를 보고 있을 때 퍼지 총리가 회의를 하러 와서 조금 급하게 치우느라 캐비닛 문을 제대로 닫지 않은 게 분명하다. 네 관심을 끈 것도 당연해."

"죄송합니다." 해리가 웅얼거렸다.

덤블도어는 고개를 저었다.

"호기심은 죄가 아니란다." 그가 말했다. "하지만 호기심을 발휘할 때는 조심해야 하지. ……그래, 정말 그렇단다."

덤블도어는 얼굴을 살짝 찡그린 채 마법 지팡이 끝으로 대야 속의 생각들을 쿡 찔렀다. 곧바로 어떤 형체가 솟아올랐다. 열여섯 살쯤 되어 보이는 통통한 소녀가 얼굴을 잔뜩 찌푸리고 있었다. 그녀는 발을 여전히 대야에 담근 채 천천히 돌기 시작했다. 그녀는 해리나 덤블도어 교수의 존재를 전혀 알아채지 못했다. 그녀가 입을 열자, 스네이프의 목소리가 그랬던 것처럼 그녀의 목소리가 울렸다. 마치 돌 대야 깊숙한 곳에서 흘러나오는 것처럼 들렸다. "개가 저한테 공격 마법을 걸었어요, 덤블도어 교수님. 저는 그냥 놀린 건데요. 그냥, 지난주 목요일에 온실 뒤에서 개가 플로렌스한테 키스하는 걸 봤다고만 말했을 뿐이에요……."

"하지만 버사." 덤블도어가 서글픈 듯 말하며, 이제는 조용히 돌고만 있는 소녀를 올려다보았다. "애초에 왜 그 아이를 따라간 게냐?"

"버사요?" 해리가 그녀를 올려다보며 속삭였다. "저, 저 사람이 버사 조킨스예요?"

"그래." 덤블도어가 대야 속 생각들을 다시 쿡 찌르며 말했다. 버사가 대야 속으로 가라앉자 생각들은 다시 한 번 은빛을 띠며 불투명해졌다. "저게 내가 기억하는 학창 시절의 버사란다."

펜시브에서 흘러나오는 은빛이 덤블도어의 얼굴을 비췄다. 해리는 갑자기 덤블도어가 얼마나 늙어 보이는지 실감했다. 물론 그는 덤블도어가 굉장히 나이가 많다는 사실을 알고 있었지만, 어쩐지 그를 진정 노인으로 생각해 본 적은 한 번도 없었다.

"그래, 해리." 덤블도어가 조용히 입을 열었다. "내 생각에 빠져서 길을 잃어버리기 전에 나한테 하고 싶은 말을 하거라."

"네." 해리가 말했다. "교수님, 제가 방금 점술 수업을 듣고 있었는데요, 어…… 깜빡 잠이 들었어요."

그는 혹 야단맞을까 봐 이 대목에서 머뭇거렸지만 덤블도어는 이렇게만 말할 뿐이었다. "충분히 이해한다. 계속 얘기하거라."

"그게, 제가 꿈을 꿨거든요." 해리가 말을 이었다. "볼드모트 경에 대한 꿈이었어요. 그자가 웜테일을 고문하고 있었어요……. 웜테일이 누군지는 아시……."

"물론 안다." 덤블도어가 재빨리 말했다. "계속해 다오."

"볼드모트는 부엉이를 통해 편지 한 통을 받았어요. 웜테일이 저지른 실수가 바로잡혔다든가 뭐라든가 하는 얘기를 했고요. 누가 죽었다고 했어요. 그러더니, 웜테일한테 뱀의 먹이가 되지 않을 거라 하더라고요. ……그자의 의자 옆에 뱀이 한 마리 있었거든요. 그자가…… 그자가 뱀한테 대신 저를 먹이로 주겠다고 말했어요. 그런 다음 웜테일에게 크루시아투스 저주를 걸었고요……. 그때 흉터가 아프기 시작했어요." 해리가 말했다. "그래서 깼어요. 너무 아파서요."

덤블도어는 그를 바라보기만 했다.

"어…… 그게 다예요." 해리가 말했다.

"알겠다." 덤블도어가 조용히 말했다. "알겠어. 자, 올여름 말고 또 흉터가 아팠던 적이 있었니?"

"아뇨, 저는…… 제가 여름에 꿈을 꾸다 깬 건 어떻게 아셨어요?" 해리가 깜짝 놀라 물었다.

"시리우스와 편지를 주고받은 사람은 너만이 아니란다." 덤블도어가 말했다. "시리우스가 작년에 호그와트를 떠난 뒤 나도 계속 연락을 하고 지냈다. 시리우스가 머물기에 가장 안전한 장소로 산속의 동굴을 제안한 것도 나였단다."

덤블도어는 자리에서 일어나 책상 뒤를 왔다 갔다 하기 시작했다. 이따금 그는 마법 지팡이 끝을 관자놀이에 대고 또 다른 반짝이는 은빛 생각을 끄집어내 펜시브에 집어넣었다. 펜시브 안의 생각들이 너무나 빠르게 소용돌이치기 시작하자 해리는 그 무엇도 또렷이 알아볼 수가 없었다. 그것들은 단지 흐릿한 색깔의 소용돌이일 뿐이었다.

"교수님?" 잠시 뒤 해리가 조용히 입을 열었다.

덤블도어가 서성거리다 말고 해리를 바라보았다.

"미안하구나." 그가 조용히 말했다. 그러고는 다시 책상 의자에 앉았다.

"교수님은…… 교수님은 제 흉터가 왜 아픈지 아세요?"

덤블도어는 잠깐 해리를 아주 유심히 바라보더니 말했다. "짐작만 할 뿐이란다……. 내 생각엔 볼드모트 경이 네 주위에 있을 때나, 그자가 유독 강한 증오를 느낄 때 네 흉터가 아픈 것 같다."

"하지만…… 왜요?"

"너와 그자가 실패한 저주로 연결되어 있기 때문이지." 덤블도어가 말했다. "그건 평범한 흉터가 아니란다."

"그러니까 교수님은…… 그 꿈이…… 실제로 일어난 일이라고 생각하세요?"

"그럴 수도 있지." 덤블도어가 말했다. "그럴 가능성이 높다고 말해야겠구나. 해리…… 볼드모트를 봤니?"

"아뇨." 해리가 말했다. "그냥 그자가 앉아 있는 의자 등받이만 보였어요. 하지만…… 아무것도 안 보여야 하는 것 아닌가요? 그러니까 제 말은, 그자는 몸이 없잖아요? 그런데…… 어떻게 마법 지팡이를 들 수 있었을까요?" 그가 천천히 말했다.

"그래, 어떻게 그럴 수 있었을까?" 덤블도어가 중얼거렸다. "대체 어떻게……."

덤블도어도 해리도 잠시 말이 없었다. 덤블도어는 방 저쪽을 바라보면서, 이따금씩 마법 지팡이 끝을 관자놀이에 대고 또 한 가닥의 빛나는 은빛 생각을 꺼내 펜시브 속 소용돌이치는 덩어리에 더했다.

"교수님." 해리가 마침내 입을 열었다. "그자가 강해지고 있다고 생각하세요?"

"볼드모트 말이냐?" 덤블도어가 펜시브 너머로 해리를 보며 말했다. 예전에도 해리를 바라보곤 했던, 특유의 꿰뚫어 보는 듯한 시선으로. 해리는 그런 시선을 받을 때마다 항상 덤블도어가 무디의 마법 눈도 하지 못하는 방식으로 자신을 훤히 들여다보는 느낌을 받았다. "해리, 이번에도 짐작만 할 수 있을 뿐이다."

덤블도어가 다시 한숨을 쉬었다. 그는 어느 때보다도 늙고 지쳐 보였다.

"볼드모트의 힘이 강했던 시절에는······." 그가 말했다. "실종 사건이 유독 많이 일어나곤 했다. 버사 조킨스는 볼드모트가 마지막으로 머물렀던 것으로 알려진 장소에서 흔적도 없이 사라졌어. 크라우치 장관도 실종되었지······. 다름 아닌 이 학교 안에서 말이다. 게다가 또 다른 실종 사건도 있단다. 유감스럽게도 마법 정부에서는 전혀 중요하게 생각하지 않는 사건이지. 머글이 관련된 사건이거든. 실종된 사람의 이름은 프랭크 브라이스란다. 볼드모트의 아버지가 어린 시절을 보낸 마을에서 살고 있었는데 작년 8월 이후로 그를 본 사람이 없단다. 대부분의 정부 쪽 친구들과 달리 나는 머글 신문을 읽고 있거든."

덤블도어는 아주 심각한 표정으로 해리를 바라보았다. "내 생각에 이런 실종 사건들은 모두 연관되어 있어. 아마 너도 연구실 밖에서 기다리면서 들었겠지만 정부의 의견은 다르지."

해리는 고개를 끄덕였다. 둘 사이에 다시 침묵이 내려앉았다. 덤블도어는 이따금씩 생각들을 뽑아냈다. 해리는 돌아가야 할 것 같은 기분이 들었지만 호기심 때문에 자리를 뜰 수 없었다.

"교수님?" 그가 다시 말했다.

"그래, 해리." 덤블도어가 대답했다.

"저······ 뭘 좀 여쭤 봐도 될까요? 제가 펜시브 안에 들어가서 본 법정 말이에요······."

"그래, 괜찮다." 덤블도어가 무거운 어조로 말했다.

"나는 수많은 재판에 참석했지만 어떤 재판들은 유난히 선명하게 떠오르곤 하지. 요즘 같은 때는 특히······."

"교수님이······ 교수님이 저를 찾아내신 그 재판 말이에요, 크라우치의 아들이 나왔던 재판요. 음······ 그 사람들이 얘기하던 피해자가 네빌의 부모님인가요?"

덤블도어는 해리에게 아주 날카로운 눈길을 던졌다.

"네빌이 왜 할머니 손에서 자랐는지 얘기해 준 적 없느냐?" 그가 물었다.

해리는 고개를 끄덕이면서도, 어떻게 네빌을 안 지 4년이 다 되어 가는데도 그 일에 대해 한 번도 묻지 않을 수 있었는지 의문을 느꼈다.

"그래, 그들이 얘기하던 사람들이 바로 네빌의 부모님이다." 덤블도어가 말했다. "네빌의 아버지 프랭크는 무디 교수와 같은 오러였단다. 네가 들은 것처럼, 볼드모트가 몰락한 후 그자의 추종자들은 볼드모트의 행방을 알아내기 위해 프랭크와 그의 아내를 고문했다."

"그래서 돌아가셨나요?" 해리가 조심스럽게 물었다.

"아니." 덤블도어가 말했다. 그의 목소리는 해리가 한 번도 들어 본 적 없는 비통함으로 가득 차 있었다. "고문에 못 이겨 정신이 이상해지고 말았단다. 둘 다 세인트 멍고 마법 질병 상해 병원에 있지. 아마 네빌은 방학 동안 할머니와 함께 부모님을 만나러 가곤 할 거야. 두 사람은 네빌을 알아보지 못하지만."

해리는 충격에 할 말을 잃고 꼼짝없이 얼어붙었다. 그는 전혀 몰랐다. 전혀······. 네빌과 4년을 알고 지내는 동안, 굳이 알아보려 하지도 않았다······.

"롱보텀 부부는 인기가 아주 많았단다." 덤블도어가 말했다. "롱보텀 부부에 대한 공격은 볼드모트가 힘을 잃은 뒤, 모두가 그들이 안전하다고 생각했을 때 일어났어. 그 일은 어느 때보다 엄청난 분노를 불러일으켰지. 정부는 그런 짓을 한 자들을 잡아들이라는 강한 압박을 받았다. 불행하게도 롱보텀 부부의 증언은······ 그들의 상태를 고려할 때······ 별로 신빙성이 없었단다."

"그럼 크라우치 장관의 아들이 연루되지 않았을 수도 있겠네요?" 해리가 천천히 말했다.

덤블도어는 고개를 저었다. "그건 나도 모르겠다."

해리는 다시 한 번 조용히 앉아 펜시브 안에서 소용돌이치는 생각들을 바라보았다. 묻고 싶어 안달 난 질문이 두 개나 더 있었다. ……하지만 그것은 살아 있는 사람의 죄와 관련된 질문이었다.

"저……." 그가 입을 열었다. "배그먼 장관님은……."

"……그 이후로는 한 번도 어둠의 편에서 활동을 했다는 혐의를 받지 않았단다." 덤블도어가 담담하게 말했다.

"네." 해리가 얼른 대답하고 다시 펜시브 속을 들여다보았다. 덤블도어가 더 이상 생각들을 넣지 않았으므로 펜시브 속 생각들은 좀 더 천천히 돌아가고 있었다. "그리고…… 저……."

하지만 펜시브가 그의 질문을 대신 던져 주는 것 같았다. 스네이프의 얼굴이 다시 표면을 떠돌고 있었다. 덤블도어는 그것을 힐끗 내려다보더니 눈을 들어 해리를 보았다.

"스네이프 교수도 마찬가지야." 그가 말했다.

해리는 덤블도어의 밝은 파란색 눈을 들여다보았다. 미처 막을 겨를도 없이, 그의 입에서 정말 알고 싶었던 질문이 튀어나왔다. "스네이프가 이제 더 이상 볼드모트를 추종하지 않는다는 걸 어떻게 아세요?"

덤블도어는 해리와 잠시 눈을 마주친 다음 입을 열었다. "해리, 그건 스네이프 교수와 나 사이의 문제란다."

해리는 면담이 끝났다는 사실을 깨달았다. 덤블도어는 화가 난 것 같진 않았다. 하지만 그의 목소리에는 해리에게 이제 가야 할 시간이라고 말하는 듯한 단호함이 어려 있었다. 해리가 자리에서 일어나자 덤블도어도 일어났다.

"해리." 해리가 문 앞에 이르렀을 때 그가 말했다. "네빌의 부모님에 관해서는 다른 사람에게 말하지 말아 다오. 사람들에게 알려 줄 권리는 네빌한테 있어. 그 애가 준비됐을 때 말이다."

"네, 교수님." 해리가 뒤돌아 나가며 말했다.

"그리고……."

해리는 뒤를 돌아보았다.

덤블도어는 펜시브를 내려다보며 서 있었다. 밑에서 흘러나오는 펜시브의 은빛에 비쳐 얼룩덜룩해진 그의 얼굴은 어느 때보다도 늙어 보였다. 그는 잠깐 해리를 뚫어지게 바라보다가 입을 열었다. "세 번째 과제에서 행운을 빈다."

CHAPTER 31
세 번째 과제

"덤블도어도 '그 사람'이 다시 강해지고 있다고 생각한단 말이야?" 론이 작은 소리로 속삭였다.

해리는 펜시브에서 본 광경과 그 후 덤블도어가 말해 주고 보여 준 것 대부분을 론과 헤르미온느에게 들려주었다. 물론, 덤블도어의 연구실에서 나오자마자 부엉이를 보내 시리우스와도 소식을 나누었다. 해리, 론, 헤르미온느는 이번에도 밤늦게까지 휴게실에 남아 해리의 머릿속이 핑핑 돌 때까지 그 모든 일에 대해 이야기를 나눴다. 해리는 머릿속에 꽉 찬 생각을 덜어 놓을 수 있어 다행이라던 덤블도어의 말이 이제 이해될 지경이었다.

론은 휴게실 벽난로를 들여다보았다. 저녁 기온이 따뜻했는데도 론의 몸이 살짝 떨리는 것처럼 보였다.

"그런데도 스네이프를 믿는다고?" 론이 말했다. "진짜로 스네이프를 믿는단 말이야? 죽음을 먹는 자였는데?"

"응." 해리가 말했다.

헤르미온느는 두 손에 이마를 묻은 채 무릎을 뚫어지게 내려다보면서 10분 동안 아무 말도 하지 않았다. 해리는 그녀도 펜시브를 쓰면 좋을 것 같다고 생각했다.

"리타 스키터." 그녀가 마침내 중얼거렸다.

"넌 어떻게 이런 순간 그 여자 걱정을 할 수가 있냐?" 론이 어이가 없다는 듯 말했다.

"그 여자 걱정을 하는 게 아니야." 헤르미온느가 여전히 무릎을 내려다보며 말했다. "그냥 좀…… 생각하고 있었어. 스리 브룸스틱스에서 그 여자가 나한테 했던 말 기억해? '나는 루도 배그먼에 대해 네 머리카락이 쭈뼛 설 정도의 사실을 알고 있어.' 그 여자는 이 얘기를 했던 거야. 루도 배그먼의 재판을 취재했었으니까 그 사람이 죽음을 먹는 자들에게 정보를 제공한 적이 있다는 사실을 알고 있었던 거지. 그리고 윙키가 했던 말도 기억나지? '배그먼 씨는 나쁜 마법사예요.' 이렇게 말했잖아. 배그먼이 무죄판결을 받고 빠져나가자 크라우치 장관은 아마 화가 나서 집에 가서 그 얘기를 했을 거야."

"그래, 하지만 배그먼이 고의로 정보를 넘긴 건 아니었잖아?"

헤르미온느는 어깨를 으쓱했다.

"그런데 퍼지는 막심 교장이 크라우치를 공격했다고 의심했단 말이지?" 론이 다시 해리 쪽으로 고개를 돌리며 물었다.

"응." 해리가 대답했다. "근데 그냥 크라우치가 보바통 마차 근처에서 없어졌기 때문에 그렇게 말했을 뿐이야."

"왜 그 여자 생각을 못 했을까." 론이 천천히 말했다. "명심해. 막심 교장은 틀림없이 거인 혈통을 타고났어. 그리고 그 사실을 인정하고 싶어 하지 않……."

"당연히 인정하기 싫겠지." 헤르미온느가 눈을 들며 날카롭게 말했다. "리타 스키터가 해그리드의 어머니에 대해 파헤쳤을 때 해그리드한테 무슨 일이 벌어졌는지를 봐. 퍼지도 봐, 막심 교장이 거인 혼혈이라는 이유만으로 성급하게 판단하잖아. 그런 취급을 받고 싶은 사람이 어딨어? 진실을 말했을 때 어떤 대가가 돌아올지 알고 있다면 나라도 그냥 골격이 클 뿐이라고 말했을 거야."

헤르미온느가 손목시계를 보았다.

"연습을 하나도 안 했네!" 그녀는 충격받은 표정으로 소리쳤다. "방해 마법을 연습하기로 했는데! 내일은 진짜 시작해야 해! 서둘러, 해리. 너 좀 자야지."

해리와 론은 천천히 기숙사 침실로 향했다. 해리는 잠옷을 입으면서 네빌의 침대를 건너다보았다. 덤블도어에게 약속한 대로 그는 론과 헤르미온느에게 네빌의 부모님 얘기를 하지 않았다. 안경을 벗고 사주식 침대로 들어가면서, 그는 부모님이 살아 있지만 자신을 알아보지 못하면 어떤 기분이 들지 상상해 보았다. 해리 자신도 낯선 사람들에게서 종종 고아라는 이유로 동정을 받긴 했지만 네빌의 코 고는 소리를 듣고 있자니 그가 더 안됐다는 생각이 들었다. 어둠 속에 누워 있던 해리는 롱보텀 부부를 고문한 사람들에게 솟구치는 분노와 증오를 느꼈다. 크라우치의 아들과 그의 동료들이 법정에서 디멘터들에게 끌려 나갈 때 사람들이 야유하던 장면이 떠올랐다. 그 기분이 이해됐다. 그때, 비명을 지르던 소년의 백짓장처럼 하얗게 질린 얼굴이 떠오르고 그가 1년 뒤 사망했다는 사실이 생각나 가슴이 철렁했…….

해리는 어둠 속에서 침대 덮개를 올려다보며 이게 다 볼드모트 때문이라고 생각했다. 모든 것이 볼드모트로 이어졌다. 그자가 바로 이들의 가정을 파괴하고 이들의 인생을 망쳐 놓은 장본인이었다…….

론과 헤르미온느는 세 번째 과제를 치르는 날에 끝나는 학년말시험에 대비해 공부를 해야 했지만 주로 해리의 연습을 돕는 일에 힘을 쏟고 있었다.

"걱정 마." 해리가 그 사실을 일깨우며 이제 얼마 남지 않았으니 혼자 연습해도 상관없다고 하자 헤르미온느는 딱 잘라 말했다. "적어도 어둠의 마법 방어법에서는 최고 점수를 받겠지. 수업만 들어서는 절대로 이 공격 마법들에 대해 다 알아내지 못했을 거야."

"우리 모두 오러가 됐을 때를 대비한 좋은 훈련이지." 론이 신이 나서 말했다. 그는 윙윙거리며 교실로 날아들어 온 말벌에게 방해 마법을 걸어 공중에 멈춰 세우려고 애썼다.

6월이 되자 성안 분위기는 다시 흥분과 긴장으로 가득 찼다. 모두 세 번째 과제를 고대하고 있었다. 세 번째 과제는 학기가 끝나기 1주일 전에 치러질 예정이었다. 해리는 틈날 때마다 공격 마법을 연습했다. 지난번 두 과제보다 이번 과제를 앞두고 더 자신감이 느껴졌다. 분명 세 번째 과제도 어렵고 위험하겠지만, 무디가 말한 것처럼 해리는 예전에도 괴물들과 마법 장애물들을 통과할 방법을 찾아내곤 했다. 그런데 이번에는 앞으로 일어날 일에 대해 미리 듣고 대비할 기회까지 주어진 것이다.

학교 곳곳에서 그들과 맞닥뜨리는 데 지친 맥고나

걸 교수는 해리가 점심시간에 빈 변환 마법 교실을 쓸 수 있도록 허락해 주었다. 그는 머잖아 공격해 오는 상대의 속도를 느리게 만들어 움직임을 어렵게 만드는 방해 마법과, 길을 가로막는 단단한 물체들을 폭파시켜 버리는 분해 저주, 헤르미온느가 찾아낸 유용한 주문으로, 마법 지팡이 끝을 북쪽으로 향하게 해서 미로 안에서 맞는 방향으로 가고 있는지 확인할 수 있게 해 주는 나침반 마법을 완벽하게 익혔다. 하지만 방패 마법은 아직 어려웠다. 그것은 본래 주위에 일시적으로 보이지 않는 벽을 둘러쳐서 간단한 저주들을 굴절시키는 마법인데, 헤르미온느가 흐느적 다리 저주를 정확히 겨냥해 그 방어막을 산산조각 내 버린 것이다. 해리는 헤르미온느가 저주 해제 주문을 찾을 때까지 10분 동안 흐느적거리는 다리로 교실을 돌아다녀야 했다.

"그래도 아주 잘하고 있어." 헤르미온느가 목록을 내려다보고 이미 익힌 주문들을 지워 나가며 격려해 주었다. "이 중 몇 가지는 반드시 쓸모가 있을 거야."

"와서 이것 좀 봐." 론이 말했다. 그는 창가에 서서 교정을 내려다보고 있었다. "말포이 쟤 뭐 하는 거야?"

해리와 헤르미온느도 그쪽으로 갔다. 밑에 있는 나무 그늘에 말포이, 크래브, 고일이 서 있었다. 크래브와 고일이 낄낄거리며 망을 보고 있는 듯했다. 말포이는 손으로 입을 가린 채 뭔가를 말하고 있었다.

"무전기를 쓰는 것 같은데." 해리가 호기심 어린 목소리로 말했다.

"그럴 리가." 헤르미온느가 말했다. "말했잖아, 그런 것들은 호그와트 주위에서는 작동하지 않는다니까. 자, 해리." 그녀가 창가에서 몸을 돌려 다시 방 한가운데로 향하며 활기차게 덧붙였다. "방패 마법 다시 해 보자."

시리우스는 이제 매일같이 부엉이를 보내고 있었다. 그도 헤르미온느처럼 다른 것에 신경을 쓰기보다는 해리가 마지막 과제를 통과하는 일에 집중하고 싶어 하는 것 같았다. 그는 보내는 편지마다 호그와트 성벽 밖에서 무슨 일이 벌어지든 그건 해리의 책임이 아니며, 해리의 힘으로는 그런 일에 영향을 끼칠 수도 없다는 사실을 상기시켰다.

볼드모트가 정말로 힘을 되찾고 있다면[그는 이렇게 썼다] 나한테 가장 중요한 건 네 안전이야. 덤블도어 교수님의 보호를 받고 있는 한 그자는 너에게 결코 손댈 수 없을 거다. 그렇더라도 굳이 위험한 짓은 하지 말거라. 미로를 무사히 통과하는 일에만 집중해. 그런 다음에 다른 문제로 관심을 돌리면 된다.

6월 24일이 다가올수록 해리의 신경도 날카로워졌다. 하지만 첫 번째와 두 번째 과제 전에 그랬던 것만큼 심하게 긴장하지는 않았다. 일단 이번에는 최선을 다해 과제를 준비했다는 자신감이 있었다. 또 이번이 마지막 관문이기도 했다. 잘하든 못하든, 마침내 대회가 끝날 것이다. 그 사실만으로도 해리에게는 엄청난 위안이 되었다.

세 번째 과제를 치르는 날 아침, 그리핀도르의 아침 식탁은 무척 소란스러웠다. 먼저 우편 부엉이들이 나타나 해리에게 시리우스가 보낸 카드를 전달했다. 행운을 빌어 주는 그 카드는 반으로 접힌 양피지에 진흙투성이 동물 발자국이 찍혀 있었을 뿐이지만 그것만으로도 해리는 고마웠다. 헤르미온느에게는 평소처럼 매일 아침 《예언자일보》를 배달해 주는 가면올빼미가 도착했다. 신문을 펼쳐 들고 눈으로 1면을 훑던 그녀는 한입 가득 물고 있던 호박 주스를 죄다 뿜어 버렸다.

"왜 그래?" 해리와 론이 그녀를 보고 동시에 물었다.

"아무것도 아니야." 헤르미온느가 재빨리 말하며 신문을 안 보이는 곳으로 치우려 했지만 론이 낚아챘다. 그가 헤드라인을 보더니 말했다. "안 돼. 오늘은 안 되지. 나쁜 여자 같으니라고."

"뭔데?" 해리가 물었다. "또 리타 스키터야?"

"아니." 론이 헤르미온느와 마찬가지로 신문을 안 보이는 곳에 치우려 하며 말했다.

"나에 관한 거구나. 그치?" 해리가 물었다.

"아냐." 론이 대답했지만 조금도 신뢰가 가지 않는 목소리였다.

해리가 신문을 보여 달라고 말할 새도 없이 드레이코 말포이가 대연회장 저쪽에 있는 슬리데린 식탁에서 소리쳤다.

"어이, 포터! 포터! 머리는 좀 어떠냐? 괜찮냐? 미쳐서 우리한테 달려드는 건 아니지?"

말포이의 손에도 《예언자일보》가 들려 있었다. 슬리데린 식탁에 앉아 있는 모두가 낄낄거리면서, 해리의 반응을 보려고 앉은 자리에서 몸을 비틀었다.

"보여 줘." 해리가 론에게 말했다. "이리 내."

론은 전혀 내키지 않는다는 듯 신문을 건네주었다. 해리는 신문을 뒤집었다. 1면 톱기사 헤드라인 아래 그의 사진이 실려 있었다.

해리 포터의 '위험한 정신장애'

(리타 스키터 특파원) 이름을 말해서는 안 되는 그 사람을 물리친 소년의 정서가 불안정하고 위험할 수 있다는 가능성이 제기되었다. 최근 해리 포터의 이상행동과 관련된 우려스러운 증거가 드러나, 그가 트라이위저드 대회처럼 스트레스가 심한 경쟁에 참여하는 것은 물론 호그와트에 다니는 것조차 적합하지 않을 수 있다는 의혹이 일고 있다.

《예언자일보》가 독점 취재한 내용에 따르면 포터는 학교에서 빈번하게 정신을 잃으며, 자주 이마 흉터('그 사람'이 그를 죽이려고 걸었던 저주의 흔적)의 통증을 호소한다고 한다. 지난주 월요일, 점술 수업을 듣던 포터가 흉터가 아파서 수업을 들을 수 없다고 주장하며 교실을 뛰쳐나가는 것을 본지 기자가 목격했다.

세인트 멍고 마법 질병 상해 병원의 최고 권위 전문가들은 '그 사람'이 포터에게 가한 공격이 그의 뇌에 영향을 미쳤을 가능성이 있으며, 아직도 흉터가 아프다는 해리 포터의 주장은 의식 깊은 곳에 자리 잡은 혼돈의 표현일 수 있다고 말한다.

"증상을 꾸며 내는 것일 수도 있습니다." 한 전문가는 말한다. "관심을 호소하는 거죠."

그러나 《예언자일보》는 호그와트 교장인 알버스 덤블도어가 그동안 마법사 세계의 대중에게 조심스럽게 감춰 온 해리 포터에 관한 우려할 만한 사실들을 파헤쳤다.

"포터는 뱀의 말을 할 줄 알아요." 드레이코 말포이(호그와트 4학년)는 이와 같이 밝혔다. "몇 년 전, 수많은 학생이 습격당한 일이 있었어요. 포터가 결투 동호회에서 자제력을 잃고 한 남학생한테 뱀을 풀어놓은 뒤로 모두 그 애가 배후에 있을 거라고 생각했죠. 하지만 모두 쉬쉬했어요. 포터는 늑대인간이나 거인하고도 친구가 됐어요. 우리는 포터가 힘을 얻기 위해서라면 뭐든지 할 거라고 생각해요."

뱀과 대화할 수 있는 능력은 오랫동안 어둠의 마법으로 간주되어 왔다. 사실, 우리 시대의 가장 유명한 파셀마우스는 다름 아닌 바로 '그 사람'이다. 익명의 한 어둠의 힘 방어 연맹 회원은 뱀의 말을 할 줄 아는 마법사라면 누구든 "조사해야 합니다. 개인적으로 뱀과 대화할 수 있는 사람은 모두 의심스러워요. 뱀들은 가장 질 나쁜 어둠의 마법에 이용되는 경우가 많고, 역사적으로도 악당들과 연관되어 왔으니까요"라고 말했다. 또한 "늑대인간이나 거인 같은 사악한 생물들과의 친분을 추구하는 사람이라면 예외 없이 폭력을 선호하기 마련이죠"라고 덧붙였다.

알버스 덤블도어는 이런 소년의 트라이위저드 대회 참가를 허용해도 되는지 분명히 재고해야 할 것이다. 어떤 이들은 포터가 대회에서 우승하려는 절박함으로 어둠의 마법에 의지할지도 모른다는 우려를 드러냈다. 대회 세 번째 과제는 오늘 저녁 치러질 예정이다.

"이제 내가 좀 싫어졌나 보지?" 해리가 신문을 접으면서 가볍게 내뱉었다.

슬리데린 식탁에서는 말포이, 크래브, 고일이 손가락으로 머리를 톡톡 두드리거나 미친 사람처럼 기괴한 표정을 짓고 뱀처럼 혀를 날름거리며 해리를 비웃고 있었다.

"점술 시간에 네 흉터가 아팠던 건 어떻게 알았을까?" 론이 말했다. "리타 스키터가 거기에 있었을 리는 없고, 들을 방법이 없는데……."

"창문이 열려 있었어." 해리가 말했다. "내가 숨 좀 쉬려고 열어 놨거든."

"하지만 너희는 북쪽 탑 꼭대기에 있었잖아!" 헤르미온느가 소리쳤다. "네 목소리가 저 아래 교정까지 들렸을 리가 없어!"

"아니, 마법으로 도청하는 법을 조사하기로 한 건 너잖아!" 해리가 말했다. "어떻게 그럴 수 있었는지는 네가 나한테 말해 줘야지!"

"노력하고 있어!" 헤르미온느가 소리쳤다. "하지만 나는…… 그게……."

갑자기 헤르미온느의 얼굴에 꿈꾸는 듯 멍한 표정이 떠올랐다. 그녀는 천천히 손을 들어 올리더니 손가락으로 머리카락을 쓸어내렸다.

"너 괜찮냐?" 론이 얼굴을 살짝 찡그리고 헤르미온느에게 물었다.

"응." 헤르미온느가 숨을 헐떡거리며 대답했다. 그녀는 다시 손가락으로 머리를 쓸어내리더니, 마치 투명 무전기에 대고 말하는 것처럼 손으로 입을 가렸다. 해리와 론은 서로를 바라보았다.

"생각나는 게 있어서 그래." 헤르미온느가 허공을 지그시 바라보며 말했다. "알아낸 것 같아……. 아무도 못 봤다면…… 심지어 무디 교수님도 못 봤다면……. 그 방법이면 창틀로 올라갈 수 있었을 거야……. 하지만 그 여자는 허가받지 않았는데……. 분명 허가를 안 받았는데……. 우리가 그 여자를 잡은 것 같아! 잠깐 도서관 좀 갔다 올게. 확인해야겠어!"

헤르미온느는 그 말을 남긴 채 책가방을 들고 대연회장을 뛰쳐나갔다.

"야!" 론이 그녀의 등 뒤에 대고 소리쳤다. "10분 있으면 마법의 역사 시험이야! 제기랄." 그가 해리에게 다시 눈을 돌리며 말했다. "시험 시간에 늦을 위험까지 감수하다니, 쟤는 스키터가 진짜 싫은가 봐. 넌 시험 시간에 뭐 할 거야? 또 책 읽어?"

트라이위저드 대표 선수라는 이유로 학년말시험에서 면제됐기에, 해리는 지금까지 매 시험 시간 뒷자리에 앉아 세 번째 과제에 대비한 새로운 공격 마법들을 조사하곤 했다.

"아마도." 해리가 론에게 말했다. 그런데 그때 맥고나걸 교수가 그리핀도르 식탁을 따라 그들에게 다가왔다.

"포터, 대표 선수들은 아침 식사 후 대연회장 옆방에 모여야 한다." 그녀가 말했다.

"과제는 오늘 밤이잖아요!" 해리가 소리쳤다. 시간을 잘못 알았나 싶어 가슴이 철렁한 그는 그만 앞자락에 스크램블드에그를 흘리고 말았다.

"그건 나도 안다, 포터." 그녀가 말했다. "대표 선수들의 가족들이 초청을 받고 마지막 과제를 보러 왔다. 그냥 가족들과 인사할 시간을 주는 거야."

그녀가 곧 멀어져 갔다. 해리는 입을 딱 벌린 채 그녀의 뒷모습을 바라보았다.

"교수님이 설마 더즐리 가족이 올 거라 생각하는 건

아니겠지?" 그가 론에게 멍하니 물었다.

"글쎄." 론이 말했다. "해리, 난 서둘러야겠다. 빈스 시험에 늦겠어. 나중에 보자."

해리는 점점 비어 가는 대연회장에서 아침 식사를 마쳤다. 래번클로 식탁에서 일어난 플뢰르 들라쿠르가, 대연회장을 가로질러 온 세드릭과 함께 옆방으로 들어가는 모습이 보였다. 곧이어 크룸이 구부정한 걸음걸이로 뒤따라 들어갔다. 해리는 그 자리에 남아 있었다. 정말 들어가고 싶지 않았다. 그에게는 가족이 없었다. 어쨌거나, 그가 목숨 거는 모습을 보려고 이곳에 올 가족 같은 것은 없었다. 그런데 도서관에 가서 공격 마법이나 좀 더 복습하는 게 낫겠다고 생각하며 일어난 순간, 옆방 문이 열리고 세드릭이 고개를 내밀었다.

"해리, 빨리 와. 기다리고 계셔!"

해리는 완전히 당황한 채 자리에서 일어났다. 더즐리 가족이 여기까지 왔을 리는 없지 않은가. 그는 대연회장을 걸어가 옆방으로 통하는 문을 열었다.

문 바로 안쪽에는 세드릭과 그의 부모님이 있었다. 한쪽 구석에서는 빅토르 크룸이 검은색 머리카락의 부모님과 불가리아어로 빠르게 대화를 나누고 있었다. 그의 구부러진 코는 아버지를 빼다박았다. 맞은편에서는 플뢰르가 어머니에게 프랑스어로 마구 떠들어 대고 있었고, 그녀의 여동생 가브리엘이 어머니의 손을 잡고 있었다. 플뢰르가 해리에게 손을 흔들자 해리도 마주 손을 흔들어 주었다. 다음 순간 해리는 벽난로 앞에 서서 그에게 활짝 웃고 있는 위즐리 부인과 빌을 보았다.

"놀랐지!" 위즐리 부인이 신이 나서 말했다. 해리는 활짝 웃으며 그들에게 다가갔다. "널 보러 와야겠다고 생각했단다, 해리!" 그녀가 허리를 구부려 그의 뺨에 입을 맞췄다.

"괜찮아?" 빌이 씩 웃더니 해리의 손을 잡고 흔들며 말했다. "찰리도 오고 싶어 했지만 시간을 내지 못했어. 혼테일과 싸울 때는 네가 믿을 수 없을 만큼 멋지게 해냈다던데."

해리는 플뢰르 들라쿠르가 어머니의 어깨 너머로 빌에게 관심 가득한 눈길을 던지고 있다는 사실을 눈치챘다. 그녀는 확실히 긴 머리카락이나 송곳니 달린 귀고리에도 아무런 거부감이 없어 보였다.

"정말 고맙습니다." 해리가 위즐리 부인에게 웅얼거렸다. "저는 혹시 더즐리 가족이……."

"흠." 위즐리 부인이 입술을 꾹 다물었다. 그녀는 언제나 해리 앞에서 더즐리 가족에 대한 비난을 삼갔지만 그들 얘기가 나올 때마다 눈을 번뜩이곤 했다.

"여기 돌아오니까 좋네." 빌이 방을 둘러보며 말했다(뚱뚱한 귀부인의 친구인 바이올렛이 액자 속에서 그에게 눈을 찡긋했다). "5년 만에 처음 와 보는 거야. 그 미친 기사 그림은 아직도 있어? 캐도건 경 말이야."

"응, 있어." 해리가 말했다. 그는 작년에 캐도건 경을 만난 적이 있었다.

"뚱뚱한 귀부인도?" 빌이 물었다.

"뚱뚱한 귀부인은 내가 다닐 때도 있었단다." 위즐리 부인이 말했다. "언젠가 내가 새벽 4시에 기숙사로 돌아왔을 때 어찌나 야단을 치던지……."

"새벽 4시에 기숙사 밖에서 뭘 하고 계셨어요?" 빌이 놀란 얼굴로 그녀를 보며 물었다.

위즐리 부인은 눈을 반짝이며 씩 웃었다.

"네 아빠랑 같이 밤 산책을 하고 있었지." 그녀가 말했다. "그러다 네 아빠가 아폴리언 프링글한테 잡히고 말았단다. 그 시절의 건물 관리인 말이야. 너희 아빠한테는 아직도 그때 흔적이 남아 있어."

"학교 구경 좀 시켜 줄래, 해리?" 빌이 물었다.

"응, 알았어." 해리가 대답했다. 그들은 대연회장으로 통하는 문으로 향했다.

그들이 에이머스 디고리를 지나갈 때 그가 돌아보았다. "거기 있었니?" 그가 해리를 위아래로 훑어보며 말했다. "세드릭이 네 점수를 따라잡았으니 아주 자신감 넘치진 않겠구나."

"네?" 해리가 말했다.

"못 들은 척해." 세드릭이 아버지의 뒷모습을 향해 얼굴을 찌푸리며 나직한 목소리로 해리에게 말했다. "리타 스키터가 트라이위저드 대회와 관련해서 쓴 기사를 본 이후로 계속 화를 내서. 그 여자가 너를 호그와트의 유일한 대표 선수로 만들어 놓은 기사 말이야."

"저 녀석도 굳이 그 기사를 바로잡지는 않았잖니?" 위즐리 부인, 빌과 함께 문 밖으로 나서는데 에이머스 디고리가 해리에게 들릴 만큼 큰 소리로 말했다. "아무튼 본때를 보여 주거라, 세드. 예전에도 한 번 이긴 적 있잖아. 그렇지?"

"리타 스키터는 말썽을 일으키지 못해 안달인 사람이에요, 에이머스!" 위즐리 부인이 화를 내며 말했다. "정부에서 일하는 분이 그 정도는 알 거라 생각했는데요!"

디고리 씨는 화가 나서 뭔가 말하려는 듯했지만 아내가 팔에 손을 얹자 그냥 어깨만 으쓱하고 돌아섰다.

해리는 빌, 위즐리 부인과 함께 햇살 가득한 교정에서 아침 산책을 마음껏 즐겼다. 해리는 그들에게 보바통 마차와 덤스트랭 배를 보여 주었다. 위즐리 부인은 그녀가 졸업한 뒤에 심은 후려치는 버드나무를 보고 재미있어했다. 해그리드 이전에 숲지기로 일했던 오그라는 남자를 한참 동안 추억하기도 했다.

"퍼시는 잘 지내나요?" 온실 주위를 걸으면서 해리가 물었다.

"별로." 빌이 말했다.

"아주 속상해하고 있단다." 위즐리 부인이 목소리를 낮추고 주위를 힐끔 둘러보며 말했다. "정부에서는 크라우치 장관의 실종에 대해 쉬쉬하고 있어. 하지만 퍼시를 불러내서 크라우치 장관이 지시 사항을 써서 보낸 편지에 대해 캐묻고 있단다. 그 편지가 사실은 크라우치 장관이 쓴 게 아닐지도 모른다고 생각하는 것 같더구나. 퍼시는 엄청난 스트레스를 받고 있어. 오늘 밤에는 크라우치 장관 대신 다섯 번째 심사위원 자리에 앉는 것도 못 하게 됐어. 코닐리어스 퍼지가 심사를 볼 거라는구나."

그들은 점심을 먹으러 성으로 돌아왔다.

"엄마! 빌!" 론이 깜짝 놀란 표정으로 그리핀도르 식탁에 앉았다. "여기서 뭐 해요?"

"해리가 마지막 과제를 하는 걸 보러 왔지!" 위즐리 부인이 밝은 목소리로 말했다. "솔직히 이런 변화도 아주 괜찮네. 요리를 하지 않아도 된다니! 시험은 어땠니?"

"어…… 괜찮았어요." 론이 말했다. "고블린 반란군 이름을 전부 기억할 수 없어서 몇 개 지어냈어요. 괜찮아요." 그가 코니시 패스티(반달 모양에 고기와 채소가 들어 있는, 영국 콘월 지역의 파이 — 옮긴이)를 덜며 말했다. 위즐리 부인의 표정이 굳었다. "죄다 털보 보드로드, 구린 우르그, 뭐 이런 이름이라 어렵진 않았어요."

프레드와 조지, 지니도 와서 옆자리에 앉았다. 해리는 버로에 돌아간 듯한 기분이 들 만큼 즐거운 시간을 보냈다. 저녁에 있을 과제 걱정도 잊었고, 점심 식사 도중 헤르미온느가 나타날 때까지는 그녀가 리타 스키터에 대해 뭔가 생각해 냈다는 사실도 떠올리지 못했다.

"뭐였어?"

헤르미온느는 주의하라는 듯 고개를 젓더니 위즐리 부인을 힐끗 쳐다보았다.

"안녕, 헤르미온느." 위즐리 부인이 평소와 달리 훨씬 딱딱한 목소리로 말했다.

"안녕하세요." 헤르미온느가 말했다. 위즐리 부인의 차가운 표정에 그녀의 미소가 약간 흔들렸다.

해리가 둘을 번갈아 보더니 말했다. "위즐리 아줌마, 리타 스키터가 《주간 마녀》에다 쓴 그 헛소리를 믿으시는 건 아니죠? 헤르미온느는 제 여자친구가 아니에요."

"아!" 위즐리 부인이 말했다. "그럼, 당연히 안 믿지!"

하지만 위즐리 부인은 그 이후로 헤르미온느에게 눈에 띌 만큼 다정하게 굴었다.

해리, 빌, 위즐리 부인은 성 주위를 오랫동안 산책하며 그날 오후를 느긋하게 보낸 뒤 만찬을 먹으러 대연회장으로 돌아왔다. 어느새 루도 배그먼과 코닐리어스 퍼지가 교직원 식탁에 함께 앉아 있었다. 배그먼은 꽤 명랑한 표정이었지만 막심 교장 옆에 앉은 코닐리어스 퍼지는 딱딱한 표정으로 입을 다물고 있었다. 막심 교장은 자기 접시만 들여다보았다. 해리는 그녀의 눈시울이 붉어진 것 같다고 생각했다. 해그리드는 식탁 저쪽에서 그녀를 계속 힐끔거리고 있었다.

평소보다 다양한 음식이 나왔지만 해리는 별로 먹지 않았다. 이제는 정말로 초조했다. 머리 위 마법에 걸린 천장이 푸른색에서 어스름한 자주색으로 빛이 바래기 시작하고 덤블도어가 교직원 식탁에서 일어서자 침묵이 내려앉았다.

"신사 숙녀 여러분, 5분 뒤에 세 번째이자 마지막 트라이위저드 시합을 관람하러 퀴디치 경기장으로 내려가 주시길 바랍니다. 대표 선수들은 지금 바로 배그먼 장관님을 따라 경기장으로 가 주세요."

해리는 자리에서 일어섰다. 식탁에 앉아 있던 그리핀도르 학생 모두가 그에게 박수를 보냈다. 위즐리 가족과 헤르미온느가 그에게 행운을 빌어 주었다. 해리는 세드릭, 플뢰르, 크룸과 함께 대연회장을 나섰다.

"기분 괜찮냐, 해리?" 돌계단을 내려가 교정으로 향하면서 배그먼이 물었다. "자신 있어?"

"괜찮아요." 해리가 말했다. 어느 정도는 사실이었다. 긴장되기는 했지만 걸어가면서도 머릿속으로 그동안 연습해 온 공격 마법과 주문을 재빨리 떠올려 보고 있었다. 모든 게 기억난다는 걸 확인하자 기분이 나아졌다.

그들은 퀴디치 경기장으로 걸어갔다. 경기장은 이제 전혀 알아볼 수 없는 모습으로 변해 있었다. 6미터 높이의 산울타리가 경기장 전체에 둘러져 있었다. 대표 선수들 바로 앞에 틈이 하나 나 있었다. 거대한 미로의 입구였다. 그 안으로 뻗은 통로는 어둡고 으스스해 보였다.

5분 뒤 관중석이 채워지기 시작했다. 학생 수백 명이 줄지어 관중석으로 들어오면서 흥분한 목소리와 발소리가 사방에 울려 퍼졌다. 하늘은 이제 짙고 선명한 푸른색이었다. 첫 별들이 여기저기 모습을 드러냈다. 해그리드와 무디 교수, 맥고나걸 교수, 플리트윅 교수가 경기장으로 들어오더니 배그먼과 대표 선수들에게 다가왔다. 해그리드를 빼고 그들 모두 크고 반짝반짝 빛나는 빨간색 별을 모자에 달고 있었다. 해그리드의 별은 두더지가죽 코트 등짝에 붙어 있었다.

"우리는 미로 바깥에서 순찰하고 있을 겁니다." 맥고나걸 교수가 대표 선수들에게 말했다. "어려운 일이 생겨 도움을 청하고 싶으면 하늘로 빨간 불꽃을 쏘아 올리세요. 그럼 우리 중 한 명이 가서 여러분을 구할 겁니다. 알겠죠?"

대표 선수들은 고개를 끄덕였다.

"그럼, 출발하시죠!" 배그먼이 네 명의 순찰자를 향해 밝은 목소리로 말했다.

"행운을 빈다, 해리." 해그리드가 속삭였다. 네 사람은 서로 다른 방향으로 흩어져 미로 주위에 자리 잡았다. 배그먼이 마법 지팡이를 목에 대고 "소노루스"라고 중얼거렸다. 마법으로 확대된 그의 목소리가 관중석에 메아리쳤다.

"신사 숙녀 여러분, 트라이위저드 대회의 세 번째이자 마지막 과제가 이제 곧 시작됩니다! 현재 점수를 다시 알려드리겠습니다! 공동 1위로 각자 85점을 기록하고 있는 호그와트 소속의 세드릭 디고리 군과 해리 포터 군!" 환호성과 박수 소리가 터져 나오자 금지된 숲의 새들이 퍼덕거리며 어둠이 드리워지고 있는 하늘로 날아올랐다. "2위는 80점을 기록하고 있는 덤스트랭의 빅토르 크룸 군입니다!" 더 많은 갈채가 터져 나왔다. "그리고 3위는…… 보바통의 플뢰르 들라쿠르 양입니다!"

위즐리 부인, 빌, 론, 헤르미온느가 관중석 중간쯤에

서 플뢰르에게 예의 바르게 박수를 보내는 모습이 보였다. 해리가 손을 흔들자 그들도 환하게 웃으며 마주 손을 흔들었다.

"자…… 제 호루라기 소리와 함께 해리와 세드릭부터 출발하겠습니다!" 배그먼이 말했다. "셋, 둘, 하나."

그가 호루라기를 짧고 세게 불었다. 해리와 세드릭은 재빨리 미로 속으로 들어갔다.

높이 솟은 울타리들이 통로에 검은 그림자를 드리웠다. 울타리가 너무 높고 빽빽해서인지 아니면 마법에 걸린 탓인지, 미로에 들어가는 순간 주위에 울리던 관중의 소리가 싹 사라졌다. 해리는 다시 물속에 들어간 기분이었다. 그가 마법 지팡이를 꺼내 "루모스"라고 중얼거렸다. 세드릭도 등 뒤에서 똑같은 주문을 외우는 소리가 들렸다.

50미터 못 가서 갈림길이 나타났다. 그들은 서로를 바라보았다.

"나중에 보자." 해리는 그렇게 말하며 왼쪽 길을 택했고 세드릭은 오른쪽 길로 갔다.

배그먼의 호루라기 소리가 두 번째로 들렸다. 크룸이 미로에 들어온 것이다. 해리는 속도를 올렸다. 그가 선택한 길에는 아무런 장애물도 없는 것 같았다. 그는 오른쪽으로 돈 다음 발걸음을 빨리하면서 마법 지팡이를 머리 위로 높이 들고 되도록 먼 곳까지 보려고 애썼다. 여전히 아무것도 보이지 않았다.

멀찍이서 배그먼의 호루라기 소리가 세 번째로 들려왔다. 이제 대표 선수 모두가 미로에 들어와 있었다.

해리는 계속 뒤를 돌아보았다. 누가 지켜보는 듯한 익숙한 기분이 그를 따라다녔다. 시간이 조금씩 흐를수록 머리 위의 하늘이 짙은 남색으로 변하자 미로도 점점 어두워졌다. 그는 두 번째 갈림길에 이르렀다.

"어느 쪽?" 그는 마법 지팡이를 손바닥에 올려놓고 중얼거렸다.

마법 지팡이가 한 바퀴 돌더니 오른쪽에 있는 빽빽한 울타리를 가리켰다. 그곳이 북쪽이었다. 해리는 미로 중심부로 가려면 북서쪽으로 가야 한다는 사실을 알고 있었다. 가장 좋은 방법은 왼쪽 갈림길로 가다가 최대한 일찍 오른쪽으로 방향을 트는 것이었다.

앞을 보니 길은 여전히 비어 있었다. 해리는 오른쪽으로 방향을 틀었지만 이번에도 길을 막고 있는 것은 아무것도 없었다. 왠지 장애물이 없는 게 더 불안했다. 지금쯤이면 당연히 뭔가 맞닥뜨렸어야 하지 않을까? 마치 미로가 그를 속여 안전하다고 느끼게끔 만들려는 것 같았다. 그때, 바로 뒤에서 뭔가 움직이는 소리가 들렸다. 해리는 공격할 태세로 마법 지팡이를 꺼내 들었다. 하지만 불빛에 모습을 드러낸 것은 세드릭뿐이었다. 막 해리의 오른쪽에서 뛰쳐나온 그는 무척 놀란 표정이었다. 로브 소매에서 연기가 피어오르고 있었다.

"해그리드의 폭발 꼬리 스크루트야." 그가 목소리를 죽이고 말했다. "엄청 커. 겨우 도망쳤어."

그는 고개를 젓더니 또 다른 길로 뛰어들어 모습을 감췄다. 스크루트들에게서 멀리 떨어지고 싶은 마음에 해리는 다시 발걸음을 서둘렀다. 그리고 막 모퉁이를 돌아선 그때 뭔가가 보였다.

디멘터가 그를 향해 미끄러지듯 다가오고 있었다. 3미터가 넘는 키에 후드로 얼굴을 감춘 디멘터가 썩어 가는 딱지투성이 손을 뻗은 채 앞을 더듬거리며 다가왔다. 그르렁거리는 숨소리가 들렸다. 해리는 축축한 싸늘함이 온몸을 휩쓰는 것을 느꼈다. 하지만 해리는 뭘 해야 하는지 알고 있었다.

해리는 될 수 있는 한 가장 행복한 생각을 떠올렸다. 그는 미로를 빠져나가 론, 헤르미온느와 우승을 축하하는 장면에 온 정신을 집중하면서 마법 지팡이를 쳐들고 소리쳤다. "엑스펙토 패트로눔!"

해리의 마법 지팡이 끝에서 은빛 수사슴이 튀어나와 디멘터를 향해 돌진했다. 디멘터는 뒤로 물러서다가 로브 자락에 걸려 넘어졌다……. 디멘터가 비틀거리는 모습은 한 번도 본 적이 없었다.

"잠깐!" 해리가 은빛 패트로누스를 뒤따라 달려가면서 소리쳤다. "너 보가트구나! *리디큘러스!*"

시끄럽게 획 하는 소리가 들리더니, 변신에 능한 그 생명체가 한 줄기 연기와 함께 폭발했다. 은빛 수사슴은 희미해지더니 눈앞에서 사라졌다. 해리는 수사슴이 계속 남아 있었으면 좋겠다고 생각했다. 동료가 있으면 좋을 텐데……. 하지만 그는 마법 지팡이를 다시 한 번 높이 든 채 최대한 빠르고 조용하게 움직이면서 귀를 기울였다.

왼쪽…… 오른쪽…… 다시 왼쪽……. 그는 두 번이나 막다른 길에 이르렀다. 나침반 주문을 다시 써 보니 동쪽으로 너무 많이 와 있었다. 그는 돌아서서 오른쪽으로 방향을 틀었다. 저 앞에 이상한 황금빛 안개가 떠다니고 있었다.

해리는 마법 지팡이의 빛을 비추면서 조심스레 안개에 접근했다. 무슨 마법을 걸어 둔 것처럼 보였다. 해리는 과연 이 안개를 길에서 날려 버릴 수 있을지 궁금했다.

"*리덕토!*" 그가 말했다.

해리가 날린 주문이 곧장 안개를 뚫고 지나갔다. 하지만 안개는 사라지기는커녕 온전히 남아 있었다. 괜한 짓을 했다는 생각이 들었다. 리덕토 저주는 단단한 사물에 쓰는 마법이었던 것이다. 안개를 뚫고 걸어가면 무슨 일이 벌어질까? 그런 위험을 감수할 가치가 있을까? 아니면 왔던 길을 되돌아가야 할까?

해리는 여전히 망설이고 있었다. 그때 어떤 비명 소리가 주위의 정적을 깨뜨렸다.

"플뢰르?" 해리가 소리쳤다.

침묵이 이어졌다. 그는 허겁지겁 주위를 둘러보았다. 무슨 일이 일어난 걸까? 플뢰르의 비명은 앞쪽 어딘가에서 들려온 것 같았다. 해리는 심호흡을 한 뒤 마법에 걸린 안개를 뚫고 달려갔다.

다음 순간, 세상이 뒤집혔다. 해리는 어느새 땅에 거꾸로 매달려 있었다. 머리카락이 모조리 일어섰고, 안경은 끝없는 하늘을 향해 떨어질 것처럼 코에서 달랑거렸다. 해리는 코끝에 걸린 안경을 붙잡고 겁에 질린 채 꼼짝도 하지 못했다. 발이 이제는 천장이 되어 버린 잔디밭에 딱 달라붙은 느낌이었다. 밑으로는 별이 총총한 어두운 하늘이 끝없이 펼쳐져 있었다. 한 발이라도 움직이려 했다간 지구에서 아예 떨어져 나갈 것만 같았다.

'생각을 해.' 피가 온통 머리로 쏠리자 그는 스스로를 타일렀다. '생각하라고…….'

하지만 그가 연습한 주문 중에는 땅과 하늘의 갑작스러운 자리바꿈에 대처할 만한 것이 없었다. 감히 발을 움직여도 될까? 귀에서 맥박 뛰는 소리가 들렸다. 선택할 수 있는 것은 두 가지였다. 움직여 보는 것, 또는 빨간 불꽃을 쏘아 올려 구조를 받고 과제에서 탈락하는 것.

해리는 아래쪽 무한한 공간을 보지 않기 위해 눈을 질끈 감고 풀이 자란 천장에서 천천히 오른발을 뗐다.

순식간에 세상이 바로잡혔다. 무릎이 풀썩 꺾이면서 해리는 놀랄 만큼 단단한 땅 위에 넘어졌다. 충격에 일시적으로 다리에서 힘이 쭉 빠진 기분이 들었다. 그는 호흡을 고르려고 숨을 크게 들이켠 다음 다시 일어나 서둘러 나아갔다. 황금색 안개 밖으로 달려 나가며 어깨 너머를 돌아보니 안개는 여전히 아무 일도 없었다는 듯 달빛 속에서 빛나고 있었다.

해리는 두 길이 교차한 곳에 잠깐 멈춰 서서 플뢰르의 모습을 찾아 주위를 둘러보았다. 비명을 지른 사람은 플뢰르가 틀림없었다. 플뢰르는 뭘 맞닥뜨린 걸까? 괜찮을까? 붉은 불꽃을 쏘아 올린 흔적은 보이지 않았다. 플뢰르 스스로 난관을 빠져나갔다는 뜻일까? 아니면 너무 심각한 곤경에 처해서 마법 지팡이에 손도 대지 못한 걸까? 해리는 점점 불안해지는 마음을 안고 오른쪽 길을 선택했다. ……하지만 동시에 이런 생각이 드는 건 어쩔 수 없었다. '한 명은 제쳤어.'

우승컵이 근처 어딘가에 있는 게 틀림없었다. 소리

를 들어 보니 플뢰르는 더 이상 승산이 없는 것 같았다. 해리가 해냈다. 여기까지 오고야 말았다. 정말 우승할 수 있을까? 해리는 본의 아니게 대표 선수가 된 이후 처음으로, 다른 학생들 앞에서 트라이위저드 우승컵을 들어 올리는 자신의 모습을 아주 잠깐 다시 떠올렸다.

10분 동안 그가 마주친 것은 막다른 길뿐이었다. 그는 두 번이나 엉뚱한 방향으로 돈 끝에 마침내 새로운 통로를 찾아 천천히 달리기 시작했다. 마법 지팡이 불빛이 까딱거리면서 울타리 벽에 드리워진 그의 그림자를 흔들고 왜곡시켰다. 다음 순간 또 다른 모퉁이를 돈 그는 폭발 꼬리 스크루트와 정면으로 맞닥뜨리고 말았다.

세드릭의 말이 맞았다. 놈은 어마어마하게 컸다. 3미터 길이의 스크루트는 무엇보다도 거대 전갈과 비슷했다. 긴 침이 달린 꼬리가 등 위로 말려 있었다. 몸을 감싸고 있는 두꺼운 갑옷에 해리가 겨눈 지팡이 빛이 반사됐다.

"스튜페파이!"

주문이 스크루트의 갑옷에 맞아 튕겨 나왔다. 해리는 간신히 피했지만 희미하게 머리카락 타는 냄새가 났다. 머리끝이 그슬린 것이다. 스크루트가 꼬리에서 화염을 내뿜더니 곧바로 그를 향해 돌진했다.

"임페디멘타!" 해리가 소리쳤다. 주문이 또다시 스크루트의 갑옷에 맞아 튕겨 나왔다. 해리는 비틀거리며 몇 걸음 물러나다가 넘어졌다. "임페디멘타!"

스크루트는 해리의 코앞에서 멈췄다. 해리가 날린 주문이 껍데기로 덮여 있지 않아 맨살이 드러난 아랫배를 맞힌 것이다. 해리는 헐떡거리면서 스크루트를 밀치고 반대 방향으로 잽싸게 도망쳤다. 방해 마법은 영구적인 것이 아니었기에 스크루트가 언제든 다시 움직일 수 있었다.

왼쪽 길로 접어든 해리는 또다시 막다른 곳에 다다랐다. 다시 오른쪽으로 갔지만 그곳은 또 다른 막다른 길이었다. 그는 어쩔 수 없이 멈춰 서서, 심장이 쿵쾅거리는 가운데 다시 한 번 나침반 마법을 사용했다. 그리고 왔던 길을 되짚어 가서는 북서쪽으로 향하는 길을 선택했다.

몇 분 동안 새로운 길을 달려가던 그때, 해리는 울타리 너머로 그가 있는 길과 나란히 뻗은 길에서 무슨 소리를 듣고 우뚝 멈춰 섰다.

"뭐 하는 거야?" 세드릭의 고함 소리가 들렸다. "대체 무슨 짓을 하는 거냐고!"

이윽고 크룸의 목소리가 들려왔다.

"크루시오!"

갑자기 세드릭의 고통스러운 비명이 주위에 울려 퍼졌다. 깜짝 놀란 해리는 세드릭이 있는 통로로 갈 수 있는 길을 찾아 전력 질주하기 시작했다. 그 길이 보이지 않자 해리는 또다시 리덕토 저주를 시도했다. 큰 효과는 없었지만 울타리 한 곳이 불타오르더니 작은 구멍이 생겼다. 해리는 그 구멍에 다리를 억지로 집어넣고, 빽빽한 덤불과 나뭇가지들이 부러져 길이 생길 때까지 그것들을 걷어찼다. 구멍을 통과하려고 버둥거리다가 로브가 찢어졌다. 구멍을 빠져나온 해리는 오른쪽으로 고개를 돌렸다. 바닥에 쓰러져 몸을 움찔거리고 경련하고 있는 세드릭과, 그런 그를 내려다보고 서 있는 크룸의 모습이 보였다.

해리는 몸을 펴고 마법 지팡이로 크룸을 겨눴다. 바로 그때 크룸이 고개를 들었다. 크룸은 돌아서서 달리기 시작했다.

"스튜페파이!" 해리가 소리쳤다.

주문이 크룸의 등에 명중했다. 그는 우뚝 멈춰 섰다가 앞으로 쓰러져 얼굴을 풀밭에 묻은 채 꼼짝 없이 뻗어 버렸다. 해리는 세드릭에게 달려갔다. 세드릭은 경련을 멈추고 손으로 얼굴을 가린 채 그 자리에 드러누워 가쁜 숨을 쉬고 있었다.

"괜찮아?" 해리가 세드릭의 팔을 잡으며 다급히 물었다.

"응." 세드릭이 헐떡거렸다. "괜찮아. ……믿기지가 않아. 내 뒤를 살금살금 쫓아오는 소리를 듣고 고개를 돌렸는데…… 크룸이 나한테 마법 지팡이를 겨누고 있었어……."

세드릭이 일어섰다. 그는 아직도 떨고 있었다. 그와 해리는 크룸을 내려다보았다.

"믿을 수가 없네……. 괜찮은 사람인 줄 알았는데." 해리가 크룸을 뚫어지게 바라보며 말했다.

"나도." 세드릭이 말했다.

"조금 전에 플뢰르가 비명 지르는 소리 들었어?" 해리가 물었다.

"응." 세드릭이 대답했다. "크룸이 플뢰르도 공격했을 거라고 생각하는 거야?"

"모르겠어." 해리가 천천히 말했다.

"여기에 그냥 놔두고 가야 하나?" 세드릭이 중얼거렸다.

"아니." 해리가 말했다. "빨간 불꽃을 쏘아 올려야 할 것 같아. 누가 와서 데려갈 거야……. 안 그랬다간 스크루트한테 잡아먹힐지도 몰라."

"그래도 싸." 세드릭은 그렇게 중얼거리면서도 마법 지팡이를 들어 올려 공중으로 빨간 불꽃을 쏘아 올렸다. 소나기처럼 쏟아져 나온 불꽃들이 크룸 위에서 빙빙 돌며 그가 쓰러져 있는 자리를 표시했다.

해리와 세드릭은 잠깐 동안 어둠 속에 서서 주위를 둘러보았다. 잠시 후 세드릭이 입을 열었다. "음…… 가야 하지 않을까?"

"응?" 해리가 말했다. "아…… 그러네. 맞아……."

어색한 순간이었다. 잠시 크룸에 맞서 힘을 합쳤지만, 이제는 서로가 경쟁자라는 사실이 둘 모두에게 떠올랐다. 그들은 말없이 어두운 길을 따라 나아갔다. 그런 다음 해리는 왼쪽으로, 세드릭은 오른쪽으로 돌았다. 세드릭의 발소리가 곧 사라졌다.

해리는 맞는 방향으로 가고 있는지 확인하기 위해 계속 나침반 주문을 쓰면서 이동했다. 이제 그와 세드릭의 대결이었다. 우승컵에 먼저 도달하고 싶다는 욕망이 어느 때보다 강렬하게 타올랐지만, 한편으로는 방금 목격한 크룸의 행동이 여전히 믿기지 않았다. 무디는 같은 인간에게 용서받지 못하는 저주를 사용하는 것은 아즈카반에서 종신형을 산다는 것을 의미한다고 말했다. 크룸이 그렇게 비열한 방법을 써 가면서까지 트라이위저드 우승컵을 바랄 줄은 몰랐는데……. 해리는 속도를 올렸다.

더 많은 막다른 길에 맞닥뜨리면서도 해리는 점점 짙어지는 어둠 덕분에 미로 중심부로 다가가고 있다는 확신이 들었다. 곧은 통로를 따라 한참을 성큼성큼 나아가던 그때, 또다시 뭔가 움직이는 것이 보였다. 그의 마법 지팡이 불빛이 놀라운 생명체를 비췄다. 《괴물들에 관한 괴물 책》에서 그림으로만 봤던 생명체였다.

스핑크스였다. 커다란 사자 몸통에 날카로운 발톱이 달린 거대한 발, 끝에 갈색 술이 달린 길고 노란 꼬리를 가진 그것은 인간 여자의 머리를 하고 있었다. 해리가 다가가자 스핑크스는 긴 아몬드 모양의 눈을 그에게 돌렸다. 해리는 망설이며 마법 지팡이를 들어 올렸다. 스핑크스는 곧 뛰어오를 것처럼 웅크리는 대신 그가 나아가지 못하도록 옆으로 왔다 갔다 하면서 길을 막았다.

그녀가 낮고 거친 목소리로 말했다. "너는 목표에 아주 가까워졌다. 가장 빠른 길은 나를 지나가는 것이다."

"그럼…… 그럼 좀 비켜 주실래요?" 해리는 어떤 답이 나올지 뻔히 알면서도 그렇게 말했다.

"그럴 수 없다." 그녀가 계속 왔다 갔다 하면서 말했다. "내 수수께끼에 대답하기 전에는. 단번에 맞히면 지나가게 해 주겠다. 틀린 답을 말하면 공격할 것이다. 침묵을 지킨다면, 발걸음을 돌려 무사히 돌아가게 해 주마."

해리는 가슴이 철렁했다. 이런 일을 잘하는 건 그가 아니라 헤르미온느였다. 그는 가능성을 따져 보았다. 수수께끼가 너무 어려우면 침묵을 지키면 된다. 그러면 무사히 스핑크스에게서 벗어날 수 있다. 그런 다음 중심부로 가는 다른 경로를 찾아보면 된다.

"알겠어요." 그가 말했다. "무슨 수수께끼인데요?"

스핑크스는 뒷다리를 구부리고 통로 한가운데 앉아 수수께끼를 읊었다.

"가장 먼저, 위장한 채 사는 자를 떠올려라.
그는 비밀을 다루고 오직 거짓만 말한다.
그다음은 고칠 때 항상 마지막에 오는 것.
가운데의 가운데이자 끝의 끝이 무엇인지 말해다오.
마지막으로, 찾아내기 어려운 단어를 찾는 동안 자주 들리는 소리를 말하라.
이제 그 모두를 엮어 이 질문에 답해라.
입 맞추고 싶지 않은 이 생명체는 무엇인가?"

해리는 입을 딱 벌린 채 스핑크스를 바라보았다.

"다시 들려주실 수 있을까요? ……좀 천천히요." 그가 머뭇거리며 물었다.

스핑크스는 눈을 깜빡이고 미소 짓더니 시를 다시 읊어 주었다.

"이 모든 단서를 더하면 입 맞추고 싶지 않은 생명체가 된다고요?" 해리가 물었다.

그녀는 그저 특유의 신비로운 미소만 지어 보일 뿐이었다. 해리는 그 미소를 '그렇다'는 뜻으로 받아들였다. 그는 이리저리 궁리해 보았다. 입 맞추고 싶지 않은 생명체야 많았다. 곧바로 떠오른 것은 폭발 꼬리 스크루트였지만, 어쩐지 그건 답이 아닐 것 같았다. 단서를 풀어야 했다.

"위장한 사람이라." 해리가 그녀를 바라보며 중얼거렸다. "거짓만 말하는…… 어…… 그건 사기꾼이겠죠. 아니, 이게 답이라는 게 아니라요! 스, 스파이(spy)? 이건 나중에 풀어야겠다……. 그다음 단서를 다시 들려주실래요?"

스핑크스는 시의 다음 구절을 다시 읊었.

"고칠(mend) 때 항상 마지막에 오는 것." 해리가 따라서 말했다. "어…… 모르겠는데……. 가운데(middle)의 가운데……. 마지막 부분은요?"

스핑크스가 마지막 네 행을 들려주었다.

"찾아내기 어려운 단어를 찾는 동안 자주 들리는 소리라." 해리가 말했다. "어…… 그건…… 어…… 잠깐, '어(er)'구나! '어'도 소리잖아요!"

스핑크스가 싱긋 웃었다.

"스파이…… 어…… 스파이…… 어……." 해리가 이리저리 서성거리며 중얼거렸다. "입 맞추고 싶지 않은 생명체는…… '스파이더(spider)'! 거미요!"

스핑크스가 더욱 활짝 웃었다. 그녀는 자리에서 일어나 앞다리를 쭉 펴고 해리가 지나갈 수 있도록 비켜 섰다.

"고맙습니다!" 해리가 말했다. 스스로의 총명함에 놀라면서 그는 앞으로 달려갔다.

이제 목표 지점에 아주 가까이 와 있는 게 틀림없었다. 반드시 그럴 것이다……. 마법 지팡이가 그에게 맞는 길을 가고 있다고 말해 주었다. 너무 끔찍한 것과 마주치지 않는 한 승산이 있을지도 몰랐다…….

또다시 갈림길이 나왔다. 선택을 해야 했다. "어느 쪽?" 해리가 속삭이자 마법 지팡이는 빙글 돌더니 오른쪽 길을 가리켰다. 그는 그 길로 쏜살같이 달려갔다. 저 앞에서 빛이 보였다.

트라이위저드 우승컵이 100미터도 채 떨어지지 않은 곳에 있는 받침대 위에서 빛나고 있었다. 해리가 막 달리기 시작한 순간, 앞쪽에 있는 통로에서 어떤 어두운 형체가 불쑥 튀어나왔다.

세드릭이었다. 그가 목표 지점에 먼저 도착할 것 같았다. 그는 우승컵을 향해 전력 질주하고 있었고, 해리는 결코 그를 따라잡을 수 없다는 것을 알았다. 세드릭은 키가 훨씬 컸고, 다리도 훨씬 길었고…….

그때 해리는 왼쪽 울타리 위에서 뭔가 거대한 것이

그들이 달리고 있는 길과 교차하는 통로를 따라 빠르게 움직이는 모습을 보았다. 그 움직임이 너무 빨라서, 이러다간 세드릭이 그것에 부딪칠 것 같았다. 세드릭은 우승컵을 보느라 그것을 보지 못하고 있었다.

"세드릭!" 해리가 소리쳤다. "왼쪽을 봐!"

때맞춰 고개를 돌린 세드릭은 황급히 몸을 날려 충돌을 피했지만 다급히 움직인 나머지 발을 헛디디고 말았다. 해리는 세드릭의 손에서 마법 지팡이가 날아가는 것을 보았다. 통로로 들어온 거대한 거미가 세드릭에게 돌진했다.

"스튜페파이!" 해리가 다시 소리쳤다. 주문은 털이 숭숭 난 검은색 몸뚱이에 명중했지만 그 효과는 돌멩이를 집어던진 것과 별반 다르지 않았다. 거미는 움찔하더니 허둥지둥 돌아서서 대신 해리를 향해 달려들었다.

"스튜페파이! 임페디멘타! 스튜페파이!"

하지만 아무 소용 없었다. 거미의 몸집이 너무 크기 때문인지 아니면 마력이 너무 강하기 때문인지, 해리가 마법을 날릴수록 거미의 화만 돋울 뿐이었다. 해리는 겁에 질린 채, 번뜩이는 여덟 개의 검은 눈과 면도날처럼 날카로운 집게를 힐끗 바라보았다. 곧이어 거미가 그를 덮쳤다.

거미의 앞다리에 붙들린 채 공중으로 들어 올려진 해리는 마구 발버둥 치면서 거미를 발로 걷어차려고 애썼다. 집게발이 다리를 움켜쥐자 해리는 극심한 고통을 느꼈다. 마찬가지로 "스튜페파이!"를 외치는 세

드릭의 목소리가 들렸다. 하지만 그의 주문도 해리의 주문 이상의 효과를 내지는 못했다……. 거미가 다시 집게발을 벌린 순간 해리는 마법 지팡이를 들어 올리고 소리쳤다. "엑스펠리아르무스!"

그 주문은 통했다. 무장해제 마법에 걸린 거미는 그를 놓쳐 버렸다. 그 바람에 해리는 3미터 넘는 높이에서 떨어지고 말았다. 그는 이미 부상을 입은 다리로 땅바닥에 고통스럽게 착지했다. 잠깐 생각할 틈도 없이, 해리는 스크루트를 공격했을 때처럼 마법 지팡이를 높이 들어 올려 거미의 아랫배를 겨누고 "스튜페파이!"라고 소리쳤다. 바로 그때 세드릭도 같은 주문을 외쳤다.

두 개의 주문이 합쳐지자 혼자서는 도저히 할 수 없었던 일을 해낼 수 있었다. 거미는 옆으로 쓰러지더니 옆에 있는 울타리에 납작 처박힌 채 털이 뒤엉킨 다리를 통로로 뻗고 버둥거렸다.

"해리!" 세드릭이 외치는 소리가 들렸다. "괜찮아? 거미가 네 위로 넘어진 거야?"

"아니." 해리가 헐떡이면서 마주 소리쳤다. 그는 다리를 내려다보았다. 피가 많이 나고 있었다. 거미의 집게발에서 나온 듯한 걸쭉하고 끈적끈적한 물질이 찢어진 로브에 잔뜩 묻어 있었다. 해리는 일어나려고 애썼지만 후들후들 떨리는 다리는 그의 몸을 받쳐 주지 못했다. 그는 울타리에 기댄 채 숨을 고르며 주위를 둘러보았다.

세드릭은 트라이위저드 우승컵에서 조금 떨어진 곳에 서 있었다. 우승컵이 그의 등 뒤에서 환하게 빛났다.

"가져가." 해리가 숨을 헐떡거리며 세드릭에게 말했다. "얼른. 가져가라니까. 네가 더 가까이 있잖아."

하지만 세드릭은 움직이지 않았다. 그는 그냥 가만히 서서 해리를 바라보고 있었다. 그러더니 돌아서서 우승컵을 보았다. 해리는 황금빛 우승컵에 비친 그의 얼굴에서 갈망하는 표정을 읽었다. 세드릭은 이제 몸을 지탱하려고 울타리를 붙들고 있는 해리를 다시 돌아보았다.

세드릭이 깊은 숨을 내쉬었다. "네가 가져가. 네가 우승해야 해. 벌써 두 번이나 내 목숨을 구해 줬잖아."

"그런 식으로 승부가 나는 게 아니야." 해리가 말했다. 화가 났고, 다리가 너무 아팠다. 거미를 물리치느라 온몸이 쑤셨다. 그 모든 노력을 기울였건만 결국 세드릭이 한발 앞섰다. 해리보다 한발 앞서 초를 크리스마스 무도회에 초청했을 때처럼. "우승컵에 가장 먼저 손을 대는 사람이 점수를 얻는 거야. 그건 바로 너잖아. 분명히 말하는데, 이 다리로는 어떤 경주에서도 이길 수 없어."

세드릭은 고개를 저으면서 우승컵에서 떨어져, 기절 마법에 맞고 쓰러진 거미 쪽으로 몇 걸음 다가왔다.

"아니야." 그가 말했다.

"고상한 척하지 마." 해리가 짜증을 내며 말했다. "그냥 가지라고. 그래야 여기서 나가지."

세드릭은 해리가 울타리를 움켜잡고 자세를 가다듬는 모습을 지켜보았다.

"네가 나한테 용 얘기를 해 줬잖아." 세드릭이 말했다. "네가 얘기해 주지 않았다면 나는 첫 번째 과제에서 탈락했을 거야."

"그건 나도 도움받은 거였어." 해리는 피투성이가 된 다리를 로브로 닦아 내려 애쓰며 쏘아붙였다. "너는 알과 관련된 수수께끼 푸는 걸 도와줬잖아. 비긴 거야."

"알 수수께끼는 애초에 나도 도움을 받은 거였어." 세드릭이 말했다.

"그래도 비긴 거지." 해리가 말했다. 다리를 조심스럽게 디뎌 봤지만 몸무게를 싣자 다리가 격렬하게 후들거렸다. 거미가 그를 놓아주었을 때 바닥을 디디면서 발목을 삔 모양이었다.

"두 번째 과제에서도 네가 더 많은 점수를 받았어야 했어." 세드릭이 고집스럽게 말했다. "너는 인질들을 다 구하려고 남아 있었던 거니까. 나도 그랬어야 했어."

"그 노래를 진지하게 받아들일 만큼 멍청한 사람이 나밖에 없었던 거지!" 해리가 격앙된 목소리로 말했

다. "그냥 우승컵을 가져가라니까!"

"싫어." 세드릭이 말했다.

그가 거미의 뒤엉킨 다리를 넘어서 해리에게 다가왔다. 해리는 그를 뚫어지게 쳐다보았다. 세드릭은 진지했다. 그는 후플푸프 기숙사가 수백 년 동안 누려 보지 못한 영광을 등지려 하고 있었다.

"어서 가." 세드릭이 말했다. 이 말을 하는 데 그가 가진 결단력을 모두 끌어모은 듯했지만, 단호한 얼굴로 팔짱을 낀 그는 이미 결심한 것처럼 보였다.

해리는 세드릭에게서 우승컵으로 눈을 돌렸다. 잠깐의 빛나는 순간 동안, 그는 우승컵을 들고 미로에서 나오는 자신의 모습을 그려 보았다. 우승컵을 번쩍 치켜든 그 자신의 모습이 보였다. 관중의 함성이 들렸다. 감탄에 겨워 환하게 빛나는 초의 얼굴이 어느 때보다도 선명하게 보였다……. 하지만 잠시 후 그 장면이 희미해지더니 어느새 해리는 어둠에 묻혀 흐릿한 세드릭의 고집스러운 얼굴을 바라보고 있었다.

"둘이 같이 하자." 해리가 말했다.

"뭐?"

"동시에 잡는 거야. 어쨌든 호그와트가 우승하는 거잖아. 공동 우승으로 하자."

세드릭은 해리를 뚫어지게 바라보았다. 그가 팔짱을 풀었다. "너, 너 진심이야?"

"응." 해리가 말했다. "그래…… 우린 서로를 도왔잖아. 우리 둘 다 여기까지 왔어. 그냥 둘이 같이 우승하자."

잠깐 동안 세드릭은 자신의 귀를 믿을 수 없다는 듯한 표정이었다. 이윽고 그가 얼굴을 풀더니 씩 웃었다. "좋아." 그가 말했다. "이리 와."

그가 해리의 겨드랑이 밑으로 손을 넣어 팔을 잡아 주었다. 해리는 그의 부축을 받아 우승컵이 놓여 있는 받침대를 향해 절뚝절뚝 걸어갔다. 우승컵 앞에 다다른 그들은 번쩍번쩍 빛나는 손잡이 쪽으로 손을 뻗었다.

"셋을 셀게. 알았지?" 해리가 말했다. "하나, 둘, 셋."

해리와 세드릭이 동시에 우승컵 손잡이를 잡았다.

곧이어 해리는 배꼽 바로 안쪽이 어딘가로 확 당겨지는 느낌을 받았다. 그의 발이 땅에서 떨어졌다. 트라이위저드 우승컵을 잡고 있는 손은 떨어지지 않았다. 윙윙대는 바람 소리와 색채의 소용돌이 속에서, 우승컵은 그와 그의 옆에 있는 세드릭을 계속 끌어당기고 있었다.

CHAPTER 32

살과 피와 뼈

해리는 발이 땅바닥에 닿는 것을 느꼈다. 다친 다리가 힘없이 꺾이면서 그는 앞으로 고꾸라졌다. 마침내 트라이위저드 우승컵에서 손이 떨어졌다. 그는 고개를 들었다.

"여기가 어디지?" 해리가 물었다.

세드릭은 고개를 저었다. 그는 벌떡 일어나 해리를 일으켜 세워 주었다. 두 사람은 주위를 둘러보았다.

그들은 호그와트 교내를 완전히 벗어나 있었다. 성을 둘러싼 산까지 사라진 것을 보면 몇 킬로미터, 혹은 수백 킬로미터나 이동한 것이 틀림없었다. 그들은 잡초가 무성한 어두운 묘지에 서 있었다. 오른쪽에 있는 커다란 주목나무 뒤로 작은 교회의 검은 윤곽이 보였다. 왼쪽에는 언덕이 솟아올라 있었다. 해리는 언덕배기에 서 있는 훌륭한 옛 저택의 윤곽을 간신히 알아볼 수 있었다.

세드릭은 트라이위저드 우승컵을 내려다보더니 다시 눈을 들어 해리를 바라보았다.

"넌 우승컵이 포트키라는 얘기 들은 적 있어?" 세드릭이 물었다.

"아니." 해리가 대답했다. 그는 묘지를 둘러보고 있었다. 묘지는 아주 조용했고 조금 으스스했다. "이것도 과제의 일부일까?"

"모르겠어." 세드릭이 말했다. 살짝 긴장한 목소리였다. "마법 지팡이를 꺼내 놔야겠지?"

"응." 세드릭이 먼저 그런 제안을 한 것에 은근히 기뻐하며 해리가 말했다.

그들은 마법 지팡이를 꺼냈다. 해리는 계속 주위를 두리번거렸다. 이번에도 누가 지켜보고 있는 것 같은 이상한 기분이 들었다.

"누가 온다." 갑자기 해리가 말했다.

긴장한 채 눈을 가늘게 뜨고 어둠 저편을 바라보던 그들은 어떤 형체가 점점 다가오는 것을 보았다. 그 형체는 무덤 사이로 그들을 향해 계속 걸어오고 있었다. 얼굴은 잘 보이지 않았지만, 걸음걸이와 팔 모양을 보니 뭔가 들고 있는 것 같았다. 키가 작은 그 사람은 얼굴을 가리기 위해 망토에 달린 후드를 뒤집어쓰고 있

었다. 몇 걸음 더 다가올수록 거리는 계속 좁혀졌다. 그리고 해리는 그 사람의 팔에 뭔가 갓난아기 같은 형체가 안겨 있는 것을 보았다. ……아니, 아기가 아니라 그냥 로브 꾸러미일까?

해리는 마법 지팡이를 살짝 내리고 곁눈으로 세드릭을 바라보았다. 세드릭은 어리둥절한 표정으로 그를 마주 보았다. 둘 다 다가오는 형체를 향해 다시 시선을 돌렸다.

그 형체는 우뚝 솟은 대리석 묘비 옆에 멈춰 섰다. 두 사람에게서 겨우 2미터쯤 떨어진 곳이었다. 해리, 세드릭과 그 키 작은 형체는 잠깐 동안 서로를 바라보기만 했다.

바로 그때, 아무런 예고도 없이, 해리의 흉터에 격렬한 통증이 몰려왔다. 지금까지 한 번도 느껴 보지 못했던 고통이었다. 그는 손으로 얼굴을 감쌌다. 마법 지팡이가 손가락에서 미끄러져 떨어졌다. 무릎이 꺾였다. 바닥에 쓰러진 해리는 더 이상 아무것도 볼 수 없었다. 머리가 금방이라도 쪼개질 것 같았다.

머리 위 아득한 곳에서 높고 차가운 목소리가 들렸다. "다른 놈은 죽여라."

획 소리가 나더니 또 다른 목소리가 어둠 속을 날카롭게 가르며 울려 퍼졌다. "아바다 케다브라!"

녹색 섬광이 번쩍이면서 질끈 감긴 해리의 눈꺼풀을 뚫고 들어왔다. 옆에서 뭔가 묵직한 것이 쓰러지는 소리가 들렸다. 흉터의 통증은 구역질이 날 만큼 최고조에 이르렀다가 줄어들었다. 해리는 어떤 광경을 보게 될지 두려워하면서 따끔거리는 눈을 떴다.

세드릭이 팔다리를 뻗고 그의 옆에 쓰러져 있었다. 죽어 있었다.

영원처럼 느껴지는 한순간, 해리는 세드릭의 얼굴을 보았다. 버려진 집의 창문처럼 텅 비고 빛을 잃은 그의 부릅뜬 회색 눈동자를, 살짝 놀란 듯 반쯤 벌어진 그의 입을 바라보았다. 그때, 눈앞에 펼쳐진 광경을 미처 이해하기도 전에, 무감각한 비현실감 말고 뭔가 다른 것을 느끼기도 전에, 누군가가 그를 일으켜 세우는 것이 느껴졌다.

망토를 걸친 키 작은 남자가 꾸러미를 내려놓고 마법 지팡이에 불을 밝히더니 해리를 대리석 묘비 앞으로 끌고 갔다. 남자의 무지막지한 손이 그를 돌려 세우는 바람에 묘비에 등을 세게 부딪히기 전, 해리는 마법 지팡이의 깜빡거리는 불빛에 비친 묘비명을 보았다.

톰 리들

망토를 걸친 남자가 해리 주위에 팽팽한 끈을 만들어 내더니 그를 목에서부터 발목까지 묘비에다 꽁꽁 묶었다. 후드 깊숙한 곳에서 빠르고 가쁜 숨소리가 들려왔다. 해리가 몸부림을 치자 그자는 손을 들어 올려 해리를 때렸다. 손가락 하나가 없는 손으로. 해리는 후드로 얼굴을 감춘 그자가 누구인지 깨달았다. 바로 웜

테일이었다.

"당신!" 해리가 숨을 헉 들이켰다.

하지만 밧줄 묶는 일을 끝낸 웜테일은 아무런 대꾸도 하지 않았다. 그는 걷잡을 수 없이 떨리는 손으로 매듭을 더듬으면서 밧줄이 꽉 묶여 있는지 확인하느라 바빴다. 웜테일은 해리가 묘비에 단단히 묶여 꼼짝도 할 수 없는 상태라는 것을 확인하자마자 망토 속에서 웬 길고 검은 물건을 꺼내더니 해리의 입에 거칠게 쑤셔 넣었다. 그런 다음, 한 마디 말도 없이 해리에게서 몸을 돌려 허둥지둥 사라졌다. 해리는 소리를 낼 수도, 웜테일이 어디로 갔는지 볼 수도 없었다. 고개를 돌려 묘비 뒤쪽을 보는 것도 불가능했다. 오직 정면에 있는 광경만 볼 수 있을 뿐이었다.

세드릭의 시신은 6미터쯤 떨어진 곳에 쓰러져 있었다. 그 뒤로 조금 떨어진 곳에서 트라이위저드 우승컵이 별빛에 비쳐 반짝거렸다. 해리의 마법 지팡이는 세드릭의 발치에 떨어져 있었다. 해리가 아기라고 생각했던 로브 꾸러미는 그와 가까운 무덤 근처에 놓여 있었다. 그 꾸러미는 안달하며 움찔거리는 것처럼 보였다. 그것을 보자 이마의 흉터에서 다시 타들어 가는 듯한 고통이 느껴졌다……. 문득 그 로브 꾸러미 안에 있는 것을 보고 싶지 않다는 생각이 들었다. 저 꾸러미를 열어선 안 돼…….

발밑에서 무슨 소리가 들렸다. 해리는 밑을 내려다보았다. 거대한 뱀이 풀밭을 스르르 미끄러져 오더니 해리가 묶여 있는 묘비 주위를 빙빙 돌았다. 웜테일의 빠르고 쌕쌕거리는 숨소리가 다시 들려오고 있었다. 뭔가 무거운 것을 땅바닥에서 힘겹게 밀고 있는 모양이었다. 이윽고 그가 다시 해리의 시야에 들어왔다. 해리는 그가 돌로 만든 솥단지를 묘비 근처로 밀고 오는 것을 보았다. 물 같은 액체가 가득 차 있는 그 솥은(주위에 물이 흘러넘치는 소리가 들렸다) 해리가 여태껏 사용해 본 어떤 솥보다도 컸다. 성인 남자가 들어가 앉아도 될 만큼 거대한 돌로 된 솥이었다.

로브 꾸러미 속에 들어 있는 것이 더욱 고집스럽게 꿈틀거렸다. 꾸러미에서 빠져나가려고 애쓰는 것 같았다. 웜테일은 마법 지팡이를 들고 솥단지 밑에다 뭔가를 하느라 정신이 없었다. 솥단지 밑에서 갑자기 타닥거리는 불꽃이 일었다. 거대한 뱀이 어둠 속으로 미끄러져 갔다.

솥 안의 액체는 순식간에 뜨거워지는 듯했다. 표면이 부글부글 끓기 시작했을 뿐만 아니라 불이라도 붙은 듯 불꽃이 튀기까지 했다. 김이 자욱하게 피어오르면서 불길을 살피는 웜테일의 모습을 흐릿하게 가렸다. 로브 꾸러미 속 움직임이 더 격렬해졌다. 높고 차가운 목소리가 다시 들려왔다.

"서둘러라!"

이제는 수면 전체가 불꽃으로 빛났다. 흡사 다이아몬드로 가득 뒤덮인 것 같았다.

"준비되었습니다, 주인님."

"자, 어서……." 차가운 목소리가 말했다.

웜테일이 땅바닥에 놓여 있던 로브 꾸러미를 풀자 그 속에 있던 것이 모습을 드러냈다. 해리는 비명을 질렀지만, 입을 틀어막은 뭉치 때문에 아무런 소리도 나오지 않았다.

마치 웜테일이 돌을 뒤집어 추악하고 끈적끈적하고 앞을 보지 못하는 무언가를 드러내기라도 한 것 같았다. 아니, 그보다 더 끔찍했다. 백배는 끔찍했다. 웜테일이 가져온 그것은 웅크린 아기의 모습을 하고 있었다. 그렇게 아기 같지 않은 것은 한 번도 본 적이 없다는 사실을 제외하면 그랬다. 그것은 머리카락이 없고 비늘로 뒤덮인 것처럼 보이는, 살갗이 벗겨진 짙은 검붉은 색 덩어리였다. 팔다리는 가늘고 허약했으며, 납작 눌린 얼굴은(어떤 아기도 그런 얼굴을 갖고 있지는 않을 것이다) 뱀 같았다. 눈은 빨갛게 번뜩이고 있었다.

그것은 거의 무력해 보였다. 그것이 가느다란 팔을 웜테일의 목에 감자 웜테일은 그것을 들어 올렸다. 그 바람에 웜테일이 뒤집어쓰고 있던 후드가 뒤로 벗겨졌다. 웜테일이 그것을 안고 솥 가장자리로 걸어가는 동안 해리는 역겨워하는 빛이 역력한 그의 하얗게 질린 나약한 얼굴을 보았다. 잠깐 동안 해리는 마법약 표면에서 일렁이는 불꽃에 비친 그 사악하고 밋밋한 얼굴을 바라보았다. 잠시 후 웜테일이 그것을 솥 안에 내려놓았다. 쉭 하는 소리가 나더니 그것은 마법약 속으로 사라졌다. 해리는 그 허약한 몸뚱이가 솥 바닥에 부드럽게 부딪치는 소리를 들었다.

빠져 죽게 내버려 둬. 해리는 생각했다. 타는 듯한 흉터의 통증은 견딜 수 있는 한계를 넘어설 지경이었다. *제발…… 빠져 죽게 내버려 둬…….*

웜테일이 떨리는 목소리로 뭔가 말을 하고 있었다. 겁에 질려 제정신이 아닌 것처럼 보였다. 그는 마법 지팡이를 들고 눈을 감은 채 어둠을 향해 말했다. *"자신도 모르게 바쳐진 아버지의 뼈여, 네가 너의 아들을 새*

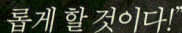

롭게 할 것이다!"

해리 발치에 있던 무덤 표면이 쩍 갈라졌다. 해리는 겁에 질린 채, 고운 먼지가 웜테일의 명령에 따라 공중으로 떠올랐다가 솥 안으로 부드럽게 떨어지는 광경을 지켜보았다. 다이아몬드 같은 수면이 갈라지면서 쉭 소리를 냈다. 마법약은 사방으로 불꽃을 튀기더니 선명하고 독성을 띤 것처럼 보이는 파란색으로 바뀌었다.

웜테일은 이제 훌쩍거리고 있었다. 그가 로브 속에서 길고 가늘고 빛나는 은빛 단검을 꺼냈다. 그의 목소리는 한없이 겁에 질린 흐느낌이 되었다. *"기꺼이 바쳐진…… 종의…… 살이여…… 네가…… 너의 주인을 되살릴 것이다."*

그는 오른손을 앞으로 뻗었다. 손가락 하나가 없는 그 손이었다. 그는 왼손으로 단검을 움켜쥐고 치켜들었다.

일이 벌어지기 직전이 되어서야 해리는 웜테일이 뭘 하려는 것인지 깨달았다. 해리는 될 수 있는 한 눈

을 질끈 감았지만 어둠을 꿰뚫는 웜테일의 비명까지 막을 수는 없었다. 마치 해리 자신이 단검에 찔린 것처럼, 웜테일의 비명 소리가 해리를 꿰뚫었다. 뭔가가 땅바닥에 쓰러지는 소리가 들리고 웜테일이 괴롭게 헐떡거리는 소리가 이어지더니 곧 또다시 뭔가가 솥 안에 첨벙 떨어지는 역겨운 소리가 들렸다. 해리는 차마 눈을 뜰 수가 없었다. 그러나 불타는 빨간색으로 변한 마법약이 내뿜는 빛이 해리의 눈꺼풀을 거침없이 파고들었다.

웜테일은 극심한 고통에 헐떡거리며 신음하고 있었다. 웜테일의 괴로워하는 숨결이 얼굴에 닿기 전까지 해리는 그가 자신의 코앞에 있다는 사실을 알지 못했다.

"가, 강제로 빼앗은…… 원수의 피여…… 네가 너의 적을 부활시킬 것이다."

해리는 그 일을 막기 위해 아무것도 할 수 없었다. 몸이 너무 꽉 묶여 있었던 탓이다……. 해리는 자신을 묶은 밧줄을 풀려고 절망적으로 몸부림치면서 눈을 가늘게 뜨고 아래를 내려다봤다. 웜테일의 남아 있는 한 손에 들린 번뜩이는 은빛 단검이 부들부들 떨리고 있었다. 해리는 칼끝이 오른쪽 팔꿈치 안쪽을 파고드는 것을 느꼈다. 찢어진 로브 소매로 피가 스미더니 뚝뚝 흘러내렸다. 웜테일은 여전히 고통으로 숨을 헐떡거리면서 주머니를 뒤져 유리병을 꺼낸 다음 해리의 상처에 대고 흘러내리는 피를 받았다.

그는 해리의 피가 담긴 유리병을 들고 비틀거리며 다시 솥단지 쪽으로 갔다. 그러고는 솥 안에 피를 부었다. 솥 안의 액체가 즉시 눈부신 하얀색으로 변했다. 자신의 임무를 마친 웜테일은 솥 앞에 털썩 무릎을 꿇고 그대로 옆으로 쓰러졌다. 그는 일부만 남아 피 흘리는 팔을 움켜쥐고 숨을 헐떡이면서 흐느끼고 있었다.

솥은 다이아몬드처럼 빛나는 불꽃을 사방으로 튀기면서 부글부글 끓고 있었다. 그 빛이 너무나 밝은 탓에 다른 것은 온통 벨벳 같은 암흑으로 변했다. 그리고 한동안 아무 일도 일어나지 않았다…….

빠져 죽게 놔둬. 해리는 생각했다. 일이 잘못되게 만들어 버려…….

다음 순간, 솥에서 뿜어져 나오던 불꽃들이 갑자기 사그라들었다. 대신 새하얀 수증기 구름이 자욱하게 피어오르면서 해리의 눈앞을 완전히 가렸다. 공중에 자욱한 수증기 말고는 웜테일도, 세드릭도, 그 무엇도 보이지 않았다……. 잘못된 거야. 해리는 생각했다……. 빠져 죽은 거야……. 제발…… 제발 죽었으면…….

하지만 그때, 눈앞의 수증기 사이로 한 남자의 어두운 윤곽이 보였다. 솥 안에서 키 크고 해골처럼 깡마른 남자가 천천히 일어섰다. 얼음 같은 공포가 밀려들었다.

"내게 로브를 입혀라." 수증기 속에서 높고 차가운 목소리가 들려왔다. 여전히 손이 잘려 나간 팔을 붙잡고 흐느끼고 신음하던 웜테일이 허겁지겁 바닥에서 검은색 로브를 집어 들고 일어나 남자에게 다가갔다. 그는 하나 남은 손으로 로브를 들어 올려 주인의 머리에 씌웠다.

깡마른 남자가 해리를 뚫어지게 바라보면서 솥에서 걸어 나왔다……. 해리는 지난 3년 동안 악몽 속에서 자신을 괴롭힌 그 얼굴을 마주 보았다. 분노를 담은 커다란 진홍색 눈, 콧구멍이 있어야 할 자리에 뱀처럼 쭉 찢어진 구멍만 있는 납작한 코, 해골보다 창백한 얼굴…….

볼드모트 경이 부활했다.

CHAPTER 33

죽음을 먹는 자들

볼드모트는 해리에게서 시선을 돌려 자신의 몸을 살피기 시작했다. 그의 손은 마치 창백한 빛을 띤 커다란 거미 같았다. 볼드모트의 길고 하얀 손가락들이 자신의 가슴과 팔과 얼굴을 어루만졌다. 고양이처럼 눈동자가 쭉 째진 빨간 눈이 어둠 속에서 더욱 날카롭게 번뜩였다. 그는 황홀하고 의기양양한 표정으로 손을 들어 올려 손가락을 풀었다. 바닥에 쓰러진 채 꿈틀거리면서 피를 흘리는 웜테일도, 다시 시야 안으로 스르르 미끄러져 들어와 쉭쉭거리며 해리 주위를 빙빙 돌고 있는 거대한 뱀도 신경 쓰지 않았다. 볼드모트는 한 손을 주머니 깊숙이 찔러 넣어 부자연스럽게 긴 손가락으로 마법 지팡이를 꺼냈다. 그는 그 마법 지팡이 역시 부드럽게 어루만져 보더니 그것을 치켜들고 웜테일을 가리켰다. 바닥에서 일으켜 세워진 웜테일은 해리가 묶여 있는 묘비 쪽으로 내던져졌다. 그는 묘비 아래 떨어져 몸을 잔뜩 웅크린 채 울음을 토했다. 볼드모트는 높고 차갑고 음산한 웃음을 터뜨리며 그 진홍색 눈을 해리에게 돌렸다.

손이 잘려 나간 팔 끝을 감싸고 있던 웜테일의 로브는 이제 피로 번들거리고 있었다. "주인님……." 그가 목멘 소리로 말했다. "주인님…… 약속하셨잖아요……. 저에게 약속하셨습니다……."

"팔을 내밀어라." 볼드모트가 느릿느릿 말했다.

"아, 주인님…… 고맙습니다, 주인님……."

그는 피가 흐르는 뭉툭한 팔을 내밀었지만 볼드모트는 다시 웃음을 터뜨렸다. "다른 팔 말이다, 웜테일."

"주인님, 제발…… *제발*……."

볼드모트는 허리를 구부려 웜테일의 왼팔을 잡아당겼다. 볼드모트가 웜테일의 로브 소매를 억지로 팔꿈치 위까지 걷어 올리자, 그의 피부에 선명한 붉은색 문신 같은 것이 새겨져 있는 것이 보였다. 입에서 뱀이 혀처럼 튀어나와 있는 해골. 퀴디치 월드컵 때 하늘에 나타났던 바로 그 문양이었다. 어둠의 징표. 볼드모트는 걷잡을 수 없이 터져 나오는 웜테일의 흐느낌을 무시한 채 그 징표를 주의 깊게 살펴보았다.

"돌아왔다." 그가 조용히 말했다. "다들 눈치챘을 것이다……. 그리고 이제, 보게 될 것이다……. 이제 알 게 될 것이다…….."

그는 길고 새하얀 집게손가락으로 웜테일의 팔에 새겨진 문신을 눌렀다.

해리 이마의 흉터가 다시 날카로운 고통으로 타들어 갔다. 웜테일이 처참하게 울부짖었다. 볼드모트는 웜테일의 문신에서 손가락을 뗐다. 해리는 웜테일의 팔에 새겨진 그 징표가 새까맣게 변한 것을 보았다.

볼드모트는 잔인한 만족감이 어린 얼굴로 허리를 펴고 머리를 뒤로 젖혀 어두운 묘지를 둘러보았다.

"이것을 느끼고 돌아올 용기를 낼 자들이 몇이나 될 것인가?" 그가 속삭였다. 그의 번뜩이는 붉은 눈은 하늘의 별에 붙박여 있었다. "외면할 만큼 어리석은 자들은 또 몇이나 될 것인가?"

그는 눈으로 줄곧 묘지를 훑으면서 해리와 웜테일 앞을 서성거리기 시작했다. 잠시 후, 그가 다시 해리를 내려다보았다. 잔인한 미소가 그의 뱀 같은 얼굴을 비틀었다.

"해리 포터, 너는 죽은 내 아버지의 유해 위에 서 있다." 그가 나직이 속삭였다. "머글에다 멍청했지……. 네 사랑하는 어머니처럼. 하지만 둘 다 쓸모는 있었다. 안 그런가? 네 어머니는 어린 너를 지키려다 목숨을 잃었다……. 나는 내 아버지를 죽였다. 그리고 죽은 그자가 얼마나 유용한지 알았지……."

볼드모트가 다시 웃었다. 그는 걸어 다니는 내내 주위를 둘러보면서 계속 이리저리 서성거렸다. 뱀은 풀밭을 끊임없이 빙빙 돌고 있었다.

"언덕배기의 저 집이 보이느냐? 내 아버지가 저기에 살았다. 이 마을에 살던 마법사인 내 어머니는 그자와 사랑에 빠졌지. 하지만 내 어머니가 정체를 밝히자 그자는 어머니를 저버렸다……. 그자는 마법을 좋아하지 않았어. 내 아버지 말이야……. 그자는 내가 태어나기도 전에 어머니를 두고 머글 부모에게 돌아갔다. 어머니는 나를 낳다가 죽고, 나는 머글 고아원에서 자라야 했어……. 하지만 나는 그자를 찾아내기로 맹세했다……. 그리고 내게 자기 이름을 물려준 그 멍청이에게 복수했다……. 톰 리들이라는……."

그는 계속 서성거렸다. 그의 붉은 눈이 이 무덤에서 저 무덤으로 빠르게 움직였다.

"이런, 가족사나 되뇌고 있다니……." 그가 조용히 말했다. "나도 꽤 감상적으로 변해 가는군……. 하지만 봐라, 해리! 내 진정한 가족이 돌아온다……."

갑자기 망토 자락이 휙휙 날리는 소리가 주위를 가득 채웠다. 무덤들 사이에서, 주목나무 뒤에서, 어둠이 드리운 모든 공간에서 마법사들이 순간이동으로 나타났다. 그들은 모두 후드를 뒤집어쓰거나 가면을 쓰고 있었다. 그들이 하나하나 앞으로 나섰다……. 천천히, 조심스럽게, 자기 눈을 믿을 수 없다는 듯. 볼드모트는 아무 말 없이 서서 그들을 기다렸다. 그때 죽음을 먹는 자 하나가 무릎걸음으로 볼드모트에게 다가가 그의 검은 로브 자락에 입을 맞췄다.

"주인님…… 주인님……." 그가 중얼거렸다.

그의 뒤에 있던 죽음을 먹는 자들도 똑같이 했다. 모두가 무릎을 꿇은 채 볼드모트에게 다가가 그의 로브에 입을 맞추고 뒤로 물러나 몸을 일으켰다. 그런 다음 조용히 원을 그리며 톰 리들의 무덤과 해리와 볼드모트, 엎어져서 흐느끼며 꿈틀거리는 웜테일을 빙 둘러쌌다. 더 많은 사람이 오길 기다리는 듯 그 원에는 군데군데 빈자리가 남겨져 있었다. 하지만 볼드모트는 더 이상 기다리지 않는 것 같았다. 그는 후드를 뒤집어쓴 얼굴들을 둘러보았다. 바람이 없는데도 원을 따라 부스럭거림이 일어나는 듯했다. 마치 그 원이 떨리기라도 하는 것처럼.

"어서 와라, 죽음을 먹는 자들이여." 볼드모트가 조용히 말했다. "13년…… 우리가 마지막으로 본 지 13년이 흘렀구나. 그러나 너희는 그때가 바로 어제였던 것처럼 내 부름에 답했다. ……그렇다면 우리는 여전히 어둠의 징표 아래 하나인 것이다! 아니, 정말 그럴까?"

그는 흉측한 얼굴을 뒤로 젖히고 킁킁거렸다. 쭉 째진 콧구멍이 벌름거렸다.

"죄악의 냄새가 난다." 그가 말했다. "죄악의 악취가 풍기는구나."

원을 따라 또 한 번의 전율이 일었다. 마치 그 원을 이루고 있는 모두가 볼드모트에게서 물러서기를 열망하면서도 감히 그러지 못하는 것 같았다.

"이토록 신속하게 나타나는 걸 보니, 너희 모두 멀쩡하고 건강하게 힘을 온전히 보존하고 있었다는 걸 잘 알겠구나! 그러므로 나 자신에게 묻는다. ……어째서 이 마법사들은 한 번도 주인을 도우러 오지 않았을까? 영원한 충성을 맹세한 그 주인을……."

아무도 입을 열지 않았다. 여전히 피가 흘러나오는 팔을 부여잡고 흐느끼고 있는 웜테일 말고는 아무도 움직이지 않았다.

"그리고 스스로 답한다." 볼드모트가 속삭였다. "이들은 내가 무너졌다고 믿은 게 틀림없다. 이들은 내가 사라졌다고 생각했다. 이들은 나의 적들 속으로 슬쩍 돌아가 자신들의 결백과 무지를 호소했다. 나쁜 마법에 걸렸기 때문이라고 변명했다……. 그러고 나서 나는 자문한다. 이들은 어떻게 내가 다시 일어서지 못할 거라고 믿었단 말인가? 내가 오래전부터 필멸의 죽음으로부터 나 자신을 지키고자 밟아 온 과정들을 아는 그들이, 내가 살아 있는 어떤 마법사보다도 강했던 시절에 그 위대한 힘의 증거를 두 눈으로 똑똑히 본 그들이. 그다음 스스로 답한다. 어쩌면 이들은 더 큰 힘이 존재할 수 있다고 믿었는지도 모른다고. 심지어 볼드모트 경조차 없앨 수 있는 힘이……. 어쩌면 이들은 다른 자에게 충성을 바치는지도 모른다……. 어쩌면 그자는 천한 것들, 머드블러드와 머글 들의 수호자인 알버스 덤블도어가 아닐까?"

덤블도어의 이름이 나오자, 원을 이루고 있는 자들 사이에서 동요가 일었다. 몇몇은 뭐라뭐라 중얼거리며 고개를 설레설레 젓기도 했다.

볼드모트는 그들을 본 척도 하지 않았다. "실망스러운 일이다…… 실망스럽다고 말하지 않을 수 없구나……."

무리 중 한 명이 갑자기 앞으로 뛰쳐나오며 원을 무너뜨렸다. 그는 머리부터 발끝까지 벌벌 떨면서 볼드모트의 발밑에 털썩 엎어졌다.

"주인님!" 그가 새된 목소리로 외쳤다. "주인님, 저를 용서해 주십시오! 저희 모두를 용서해 주십시오!"

볼드모트는 웃음을 터뜨렸다. 그가 마법 지팡이를

들었다. "크루시오!"

땅바닥에 엎어진 죽음을 먹는 자가 몸을 비틀며 비명을 내질렀다. 해리는 그 소리가 근처에 있는 마을까지 다 들릴 거라고 확신했다. ……경찰이 오게 해. 그는 간절히 바랐다……. 누구라도…… 뭐라도 좋으니까…….

볼드모트가 마법 지팡이를 들어 올렸다. 고문을 당한 죽음을 먹는 자가 바닥에 드러누운 채 숨을 헐떡였다.

"일어나라, 에이버리." 볼드모트가 조용히 말했다. "일어서라. 내게 용서를 구하는 거냐? 나는 용서하지 않는다. 나는 잊지 않는다. 13년이라는 긴 세월을……. 나는 널 용서하기 전에 13년이라는 세월의 대가를 치르게 하려는 것이다. 여기 있는 웜테일은 이미 빚을 일부 갚았다. 그렇지 않으냐, 웜테일?"

그는 여전히 흐느끼고 있는 웜테일을 내려다보았다.

"너는 충성심 때문이 아니라 네 옛 친구들에 대한 두려움 때문에 내게 돌아왔다. 너는 이런 고통을 겪어 마땅하다, 웜테일. 너도 알지 않느냐?"

"예, 주인님." 웜테일이 신음하듯 대답했다. "제발, 주인님…… 제발……."

"그러나 너는 내가 몸을 되찾도록 도와주었다." 볼드모트가 땅바닥에서 흐느끼고 있는 웜테일을 바라보며 싸늘하게 말했다. "너는 쓸모없는 배신자지만 나를 도왔다……. 그리고 볼드모트 경은 그를 돕는 자들에게 보상을 내린다……."

볼드모트는 다시 마법 지팡이를 들어 올려 허공에 대고 휘둘렀다. 은을 녹인 것처럼 생긴 뭔가가 마법 지팡이가 지나간 자리를 따라 빛났다. 아무 형체도 없던 그것이 곧 뒤틀리는가 싶더니 달빛처럼 밝게 빛나는 인간 손 모양으로 변했다. 그것이 날아와 웜테일의 피 흐르는 손목에 붙었다.

웜테일의 흐느낌이 즉시 멈췄다. 웜테일은 거칠게 헐떡거리면서 고개를 들고 믿을 수 없다는 표정으로 은빛 손을 바라보았다. 그 손은 마치 눈부신 장갑을 끼고 있는 것처럼 그의 팔에 완벽하게 달라붙어 있었다.

그는 빛나는 손가락들을 구부렸다 폈다 하더니, 부르르 떨면서 땅바닥에서 작은 나뭇가지를 집어 들고 으스러뜨려 가루로 만들어 버렸다.

"주인님." 그가 속삭였다. "주인님…… 정말 아름답습니다……. 고맙습니다……. 고맙습니다……."

그는 무릎을 꿇은 채 허둥지둥 앞으로 기어가 볼드모트의 로브 자락에 입을 맞췄다.

"다시는 네 충성심이 흔들리는 일이 없도록 해라, 웜테일." 볼드모트가 말했다.

"예, 주인님…… 절대 그러지 않겠습니다, 주인님……."

웜테일은 땅바닥에서 일어났다. 그리고 여전히 눈물이 흘러 번들거리는 얼굴로 새로 얻은 강력한 손을 바라보며, 원을 이루고 있는 사람들 사이에 끼었다. 볼드모트는 이제 웜테일의 오른쪽에 있는 남자에게 다가갔다.

"루시우스, 이 미꾸라지 같은 친구." 그가 남자의 앞에 멈춰 서서 속삭였다. "나는 네가 세상에 점잖은 얼굴을 내비치면서도 옛 방식을 버리지 않았다고 들었다. 지금도 머글 고문에 앞장설 준비가 되어 있겠지? 그러나 너는 한 번도 나를 찾으려 하지 않았다, 루시우스……. 퀴디치 월드컵에서 보여 준 네 활약이 흥미로웠다는 건 인정하지……. 하지만 네 주인을 찾아서 돕는 일에 힘을 기울였어야 하지 않았을까?"

"주인님, 저는 계속 주의를 기울이고 있었습니다." 후드 아래에서 루시우스 말포이의 목소리가 신속하게 들려왔다. "주인님이 계신다는 어떤 징후라도 있었다면, 주인님이 어딘가에 계신다는 속삭임이라도 있었다면, 저는 즉시 주인님 곁으로 달려갔을 것입니다. 아무것도 저를 막지 못했을……."

"그런데도 작년 여름, 내 충성스러운 죽음을 먹는 자가 하늘로 쏘아 올린 내 징표를 보고 도망쳤다는 말인가?" 볼드모트가 느릿느릿 말했다. 말포이 씨가 갑자기 말을 멈췄다. "그래, 나는 그때 일을 다 알고 있다,

"루시우스……. 넌 나를 실망시켰다……. 앞으로 더 충성스러운 봉사를 기대한다."

"물론입니다, 주인님. 물론입니다……. 정말 자비로우십니다. 고맙습니다……."

다시 걸음을 옮기던 볼드모트는 루시우스 말포이와 그다음 사람 사이의 빈자리를 바라보며 멈춰 섰다. 두 사람이 서 있을 만한 공간이었다.

"레스트레인지 부부가 여기에 서 있어야 한다." 볼드모트가 조용히 입을 열었다. "하지만 그들은 아즈카반에 갇혀 있다. 정말 충성스러운 자들이다. 나를 저버리느니 차라리 아즈카반에 갈 것을 선택했으니……. 아즈카반의 문이 열리는 순간, 레스트레인지 부부는 상상도 못 할 영광을 누릴 것이다. 디멘터들이 우리와 함께할 것이다……. 그들은 천성적으로 우리와 같은 부류다……. 추방당한 거인들도 다시 불러올 것이다……. 나는 내 헌신적인 종들을 모두 불러들일 것이다. 그리고 모두가 두려워하는 생명체들의 군대를 만들 것이다……."

볼드모트가 걸음을 옮겼다. 그는 몇몇 죽음을 먹는 자들은 말없이 그냥 지나쳤지만, 어떤 자들 앞에서는 멈춰 서서 말을 걸었다.

"맥네어…… 웜테일 말로는 요즘 마법 정부를 위해 위험한 짐승들을 없애고 있다던데? 머잖아 그보다 좋은 제물을 얻게 될 것이다. 볼드모트 경이 기꺼이 가져다주도록 하지……."

"고맙습니다, 주인님……. 고맙습니다." 맥네어가 중얼거리듯 말했다.

"그리고 여기……." 볼드모트는 후드를 뒤집어쓴 자들 중 덩치가 가장 큰 두 사람에게로 걸어갔다. "크래브가 와 있군……. 이번에는 더 잘 해내겠지? 안 그런가, 크래브? 너는 어떠냐, 고일?"

그들은 멍청하게 중얼거리면서 엉거주춤 허리를 숙였다.

"네, 주인님……."

"그러겠습니다, 주인님……."

"너도 마찬가지다, 노트." 볼드모트가 고일 씨의 그림자에 가려진 채 구부정하게 서 있는 사람을 지나가면서 조용히 말했다.

"주인님, 주인님 앞에 엎드립니다. 저는 주인님의 가장 충실한……."

"그 정도면 됐다." 볼드모트가 말했다.

그는 여러 개의 빈자리 가운데서도 가장 넓게 비어 있는 곳에 다다라, 그곳에 서 있어야 할 사람들이 보이기라도 하듯 텅 빈 붉은 눈으로 그 공간을 바라보았다.

"그리고 여기에 죽음을 먹는 자 여섯 명의 빈자리가 있다……. 셋은 나를 위해 봉사하다가 죽었다. 하나는 너무 겁이 많아 돌아오지 못했다……. 그자는 대가를 치를 것이다. 하나는 나를 영원히 떠난 것으로 생각된다. ……그자는 물론 죽임을 당할 것이다. ……그리고 나의 가장 충실한 종으로 남았던 하나는 이미 다시 나를 위해 일하고 있다."

죽음을 먹는 자들이 동요했다. 해리는 그들이 가면 너머로 서로 빠르게 눈길을 주고받는 모습을 보았다.

"그는, 그 충실한 종은 호그와트에 있다. 그리고 오늘 밤 우리의 어린 친구가 여기에 도착한 것은 그의 노력 덕분이다……. 그래." 볼드모트가 말했다. 원을 이루고 있는 자들의 눈이 해리를 향해 번뜩이자 볼드모트는 입술 없는 입을 비틀며 씩 웃었다. "친절하게도 해리 포터가 내 부활 파티에 참석해 주었다. 귀빈이라고 할 수 있겠지."

침묵이 흘렀다. 잠시 후 웜테일 오른쪽에 서 있던 죽음을 먹는 자가 앞으로 나섰다. 가면 아래에서 루시우스 말포이의 목소리가 흘러나왔다.

"주인님, 저희는 알고 싶습니다……. 부디 말씀해 주십시오……. 어떻게 이런…… 이런 기적을 일으키셨는지…… 어떻게 저희에게 돌아오실 수 있었는지……."

"아, 그건 굉장한 이야기다, 루시우스." 볼드모트가 말했다. "여기 있는 이 어린 친구에게서 시작됐다가 이

친구에게서 끝나는 이야기지."

그는 느릿느릿 걸어와 해리 옆에 섰다. 원을 그리고 선 자들의 눈길이 일제히 그들 두 사람에게 쏠렸다. 뱀은 끊임없이 주위를 빙빙 돌았다.

"너희도 물론 알고 있겠지. 사람들이 이 소년을 나를 몰락시킨 아이라고 부른다는 사실 말이다." 볼드모트가 작은 소리로 말했다. 그의 붉은 눈이 해리를 향했다. 흉터가 맹렬하게 타오르기 시작하자 해리는 아파서 비명을 지를 뻔했다. "너희 모두, 내가 힘과 육체를 잃은 그날 밤 이 소년을 죽이려 했다는 사실을 알고 있 다. 이 소년의 어미는 아들을 구하려다가 죽었다. 그리고 자기도 모르게 아이에게 보호막을 남겼지. 내가 그걸 예측 못 한 건 인정한다……. 나는 이 소년에게 손도 댈 수 없었다."

볼드모트는 길고 창백한 손가락을 해리의 뺨에 바짝 들어 올렸다. "소년의 어머니는 아들에게 그 희생의 흔적들을 남겼다……. 아주 오래된 마법이지. 기억했어야 하는데, 어리석게도 간과한 것이다……. 하지만 상관없어. 이제 이 소년을 만질 수 있으니."

차가운 손끝이 뺨에 닿자 극심한 통증으로 머리가

터질 것 같았다.

볼드모트는 해리의 귀에 대고 조용히 웃더니 손가락을 떼고 죽음을 먹는 자들을 향해 말을 이었다. "친구들이여, 내가 잘못 판단했다는 사실을 인정한다. 내가 날린 저주는 그 여자의 어리석은 희생에 튕겨 나와 나에게 되돌아왔다. 아…… 친구들이여, 그것은 고통을 넘어서는 고통이었다. 어떤 것에도 비할 바가 없었지. 나는 내 육체에서 떨어져 나가 영혼보다도 못한, 가장 비천한 유령보다도 못한 존재가 되어 버렸다……. 하지만 그래도 나는 살아 있었다. 내가 무엇이 었는지는 나조차도 알 수가 없다……. 내가, 불멸로 향하는 길을 따라 그 누구보다 멀리까지 갔던 이 내가 말이다. 너희는 내 목표를 알고 있다. 바로 죽음을 정복하는 것이지. 지금의 나는 시험을 치렀고, 하나 이상의 실험이 성공했음을 증명해 보였다……. 나는 되돌아온 저주에 맞아 죽었어야 했지만 죽지 않았다. 그럼에도 나는 이 세상에 살아 있는 가장 약한 생명체보다도 힘이 없었고 나 자신을 돌볼 수도 없었다……. 내게는 육체가 없었으니까. 내게 도움이 되는 주문은 모두 마법 지팡이가 있어야 쓸 수 있는 것이었다……. 잠도

자지 않고 끊임없이, 매초 나 자신을 존재하게 하려고 애썼던 것만 기억날 뿐이다……. 나는 머나먼 숲에 자리를 잡고 기다렸다……. 분명 나의 충실한 죽음을 먹는 자들 중 누군가가 와서 나를 찾아내고…… 또 누군가는 나 대신 마법을 걸어 내 몸을 되찾아 주기를……. 하지만 나의 기다림은 헛된 것이었다…….”

또 한 번의 전율이, 둥글게 서서 그 이야기를 듣고 있던 죽음을 먹는 자들을 휩쓸었다. 볼드모트는 끔찍한 침묵이 소용돌이치도록 기다렸다가 말을 이었다. “내게는 오직 한 가지 힘만 남아 있었다. 바로 다른 자들의 육체를 지배하는 능력이었지. 하지만 사람 많은 곳에는 감히 갈 엄두를 내지 못했다. 오러들이 여전히 여기저기에서 나를 찾고 있다는 사실을 알았기 때문이다. 가끔은 동물에 기생하기도 했다……. 물론, 뱀을 선호했지. 하지만 동물의 육체에 기생하는 건 순수한 영혼일 때보다 그다지 나을 것이 없었다. 동물의 몸은 마법을 쓰기에 적합하지 않았으니까……. 게다가 내가 기생한 놈들은 수명이 짧아졌다. 어느 놈도 오래 버티지 못했지……. 그러다가…… 4년 전…… 나의 부활이 거의 확실해진 것처럼 보였다. 젊고 멍청하고 잘 속아 넘어가는 남자 마법사 하나가 내가 살고 있는 숲을 헤매다 나와 마주친 것이다. 아, 그자는 내가 꿈꾸던 바로 그 기회처럼 보였다……. 덤블도어의 학교에서 학생들을 가르치는 교수였으니까……. 그자는 내 의지에 쉽게 굴복했다……. 그자가 나를 다시 이 나라로 데려와 주었고, 얼마 뒤 나는 그자의 몸을 차지했다. 그자가 내 명령을 수행하는 동안 나는 그자를 가까이에서 감시했다. 그러나 내 계획은 실패하고 말았지. 나는 마법사의 돌을 훔쳐 내지 못했다. 나는 영원한 삶을 손에 넣지 못했다. 나는 좌절당했다……. 또다시 해리 포터에 의해 좌절당한 것이다…….”

또 한 번의 침묵. 아무런 움직임도 없었다. 심지어 주목나무 잎사귀들조차 흔들리지 않았다. 죽음을 먹는 자들은 꼼짝도 않고 서서 가면 속에서 반짝이는 눈을 볼드모트와 해리에게 고정하고 있었다.

“내가 몸에서 떠나자 그 종은 죽어 버렸다. 그리고 나는 예전처럼 허약한 상태로 남겨졌다.” 볼드모트가 말을 이었다. “나는 멀리 떨어진 내 은신처로 돌아갔다. 두 번 다시 힘을 되찾지 못할지도 모른다는 두려움에 떨었다는 사실을 부정하지는 않겠다……. 그래, 어쩌면 그때가 나의 가장 어두운 시간이었을 것이다……. 몸을 지배할 또 다른 마법사가 찾아오리라는 기대도 할 수 없었다……. 죽음을 먹는 자들 중 누군가가 내 행방에 관심을 갖고 있을 거라는 희망도 버려야 했다…….”

주위를 빙 둘러싼 가면 쓴 마법사들 중 한두 명이 움찔했지만 볼드모트는 신경 쓰지 않았다.

“그러던 중 지금으로부터 겨우 몇 달 전, 거의 희망이 사라진 그때, 마침내 그 일이 일어났다……. 한 명의 종이 내게 돌아온 것이다. 바로 여기 있는 웜테일이다. 법의 심판을 피해 자신의 죽음을 꾸며 냈던 웜테일은 한때 친구라 여겼던 자들에 의해 은신처에서 쫓겨나자 주인에게 돌아가기로 결심했다. 웜테일은 오래전부터 내가 숨어 있다는 소문이 돌고 있던 지역에서 나를 찾았다. ……물론, 가는 길에 만난 쥐들의 도움을 받기도 했지. 웜테일은 쥐들과 신통한 친화력을 갖고 있으니까. 그렇지 않으냐, 웜테일? 웜테일의 그 더럽고 조그만 친구들이 알바니아의 깊은 숲에 자기들이 피해 다니는 장소가 있다고, 자기들 같은 작은 동물들이 어두운 그림자에 지배당해 죽음을 맞이한 장소가 있다고 말해 주었지……. 하지만 내게 오는 길은 그리 순탄치 않았다. 안 그런가, 웜테일? 어느 날 밤, 나를 찾을 수 있을 거라 기대한 바로 그 숲 근처에 도착한 웜테일은 배고픔을 견디지 못하고 어리석게도 음식을 먹으려고 여관에 들렀다. 그리고 하필이면 그곳에서 마법 정부 소속 마법사인 버사 조킨스를 만났다. 자, 운명이 볼드모트 경을 얼마나 총애하는지 봐라. 그 사건은 웜테일의 끝이자, 내가 부활할 마지막 기회의

끝일 수도 있었다. 그러나 웜테일은 내가 전혀 기대도 안 했을 침착함을 보여 주면서 버사 조킨스에게 밤 산책을 나가자고 설득했다. 웜테일은 그 여자를 제압해서…… 나에게 데리고 왔다. 그리고 모든 것을 망쳐 버릴 수도 있었던 버사 조킨스는 오히려 내가 꿈에도 생각 못 했던 선물이 되었다……. 조금 설득이 필요하긴 했지만, 그 여자는 진정한 정보의 보고가 되어 줬어. 버사는 나에게 올해 호그와트에서 트라이위저드 대회가 열릴 예정이라고 말해 주었다. 내가 접촉할 수만 있다면 기꺼이 나를 도와줄 한 명의 충실한 죽음을 먹는 자를 안다고도 했다. 그 여자는 나에게 많은 것을 말해 주었다……. 하지만 나는 버사에게 걸려 있던 망각 마법을 깨뜨리기 위해 강력한 수단을 동원해야 했다. 쓸 만한 정보를 모두 뽑아내고 나자 그 여자의 정신과 육체 모두 치유가 불가능할 정도로 손상되고 말았다. 그 여자는 이제 쓸모를 다했다. 그 육체를 지배할 수도 없었으므로 나는 그녀를 처분했다."

볼드모트는 특유의 끔찍한 미소를 지어 보였다. 붉은 눈동자는 공허하고 냉혹했다.

"물론 웜테일의 몸 또한 지배하기에 적합하지 않았다. 죽었다고 알려진 웜테일이 목격됐다간 지나친 관심을 끌게 될 테니까. 그러나 웜테일은 내가 필요로 했던, 건강한 육체를 가진 종이었다. 마법사로는 형편없지만 웜테일은 내가 내린 지시를 따를 수 있었다. 덕분에 나는 미완성의 허약한 몸이나마 갖게 되었고, 진정한 부활에 필요한 재료들을 구할 때까지 버틸 수 있었다. 내가 직접 발명한 한두 개의 마법 주문과…… 나의 사랑스러운 내기니에게서 약간의 도움을 받아……."

볼드모트의 붉은 눈이 끊임없이 빙빙 도는 뱀 쪽으로 향했다. "유니콘의 피와 내기니가 제공한 뱀의 독으로 만든 마법약으로 나는 곧 인간의 형상을 갖추고 여행할 수 있을 만큼 강해졌다. 이제 마법사의 돌을 손에 넣을 가능성은 없었다. 덤블도어가 그것을 파괴했을 게 뻔하니까. 하지만 나는 불멸을 추구하기 전에, 일단 필멸의 삶을 기꺼이 다시 받아들이기로 했다. 나는 눈을 낮추고…… 나의 옛 몸에, 나의 옛 힘에 만족하기로 했다. 나는 그 목표를 달성하려면, 즉 오늘 밤 나를 되살린, 오래된 어둠의 마법에 속하는 이 마법약을 만들려면 세 가지 강력한 재료가 필요하다는 사실을 알고 있었다. 자, 그중 하나는 이미 수중에 있었지. 안 그러냐, 웜테일? 종이 바친 살 말이다……. 또 하나의 재료인 아버지의 뼈는 당연히 그자가 묻혀 있는 이곳으로 와야 한다는 것을 의미했다. 하지만 마지막 재료인 원수의 피……. 웜테일은 내게 아무 마법사나 쓰자고 했다. 안 그러냐, 웜테일? 나를 증오한 마법사 누구라도……. 많은 자들이 여전히 나를 증오하고 있으니까. 하지만 나는 내가 몰락할 때보다 더 강해져서 부활하려면 누구의 피를 써야 하는지 알고 있었다. 내게는 해리 포터의 피가 필요했다. 나는 13년 전 내 힘을 빼앗아 간 자의 피를 원했다. 소년의 어머니가 언젠가 아들에게 주었던 지속적인 보호막이 내 핏줄에 깃들게 하기 위해……. 하지만 해리 포터에게 어떻게 접근할 수 있을까? 소년은 오래전 그의 미래를 준비할 임무를 떠맡은 덤블도어가 고안한 방법으로 자신도 모르게 철저히 보호받고 있을 텐데. 덤블도어는 고대의 마법을 사용해서, 소년이 친척들의 보호 아래 있는 한 누구도 손댈 수 없도록 만들었다. 심지어 나조차도 그곳에서는 해리 포터에게 손을 댈 수 없다……. 그리고 퀴디치 월드컵이 열렸다……. 나는 친척들과 덤블도어에게서 멀리 떨어진 그곳에서라면 해리 포터를 둘러싼 보호막이 약해질 거라고 생각했다. 하지만 나는 아직 정부 마법사들로 우글거리는 곳에서 납치를 시도할 만큼 강하지 않았다. 게다가 월드컵이 끝나면 소년은 호그와트로 돌아가 아침부터 밤까지, 그 멍청한 머글 애호가의 구부러진 코앞에 머물 예정이었다. 그렇다면 나는 어떻게 저 소년을 데려올 수 있었을까? 글쎄…… 당연히 버사 조킨스가 준 정보를 활용해야겠지. 호그와트에 있는 나의 충실한 죽음을 먹는 자를 이용해 소년의 이름이 반드시 불의 잔에 들어가도록 하는 것이다. 죽음을 먹는 자로 하여금 소년이 시합에서 반드시 승리하도록, 트라이위저드 우승컵을 가장 먼저 건드리도록 하는 것이다. 죽음을 먹는 자가 포트키로 바꿔 놓은 그 우승컵을…… 덤블도어의 도움과 보호가 닿지 않는 이곳, 그를 애타게 기다리는 내 품안으로 소년을 데려다줄 포트키를. 그렇게 소년은 이곳에 왔다……. 너희 모두 나를 몰락시켰다고 믿었던 그 소년이…….”

볼드모트는 천천히 앞으로 걸어 나와 해리 쪽으로 돌아섰다. 그가 지팡이를 들어 올렸다. "크루시오!"

해리는 지금껏 그가 경험했던 모든 고통을 뛰어넘는 고통을 느꼈다. 뼛속까지 불타오르는 느낌이었다. 이마의 흉터를 따라 머리가 둘로 쪼개지는 것 같았다. 눈알이 미친 듯이 빙글빙글 돌았다. 그는 고통이 멈추기를 바랐다……. 정신을 잃기를 바랐다……. 차라리 죽기를…….

다음 순간 고통이 사라졌다. 그는 볼드모트 아버지의 묘비에 꽁꽁 묶여 몸이 축 늘어진 채, 안개 비슷한 것 속에서 선명하게 빛나는 붉은 눈동자를 올려다보았다. 죽음을 먹는 자들의 웃음소리가 어둠 속에서 울려 퍼졌다.

"이 소년이 나보다 강할 수도 있다는 생각이 얼마나 어리석은 것인지 너희도 깨달았을 것이다." 볼드모트가 말했다. "하지만 나는 누구도 마음속으로나마 잘못 생각하지 않기를 바란다. 해리 포터가 내 저주에서 살아남은 건 운이 좋았기 때문이다. 그리고 나는 지금 여기, 너희의 눈앞에서 해리 포터를 죽임으로써 내 힘을 증명하고자 한다. 도움을 줄 덤블도어도 없고, 대신 죽어 줄 어머니도 없는 지금 이곳에서. 나는 해리 포터에게 기회를 줄 것이다. 해리 포터에게 싸울 기회를 줘서, 너희로 하여금 둘 중에 누가 더 강한지 한 점의 의혹도 품지 못하게 할 것이다. 조금만 더 기다리거라, 내기니." 그가 부드럽게 속삭이자 뱀은 죽음을 먹는 자들이 서서 지켜보고 있는 곳까지 풀밭을 스르르 미끄러져 갔다.

"이제 소년을 풀어 줘라, 웜테일. 그리고 마법 지팡이를 돌려주어라."

CHAPTER 34

프라이오리 인칸타템

웜테일이 해리에게 다가왔다. 해리는 밧줄이 풀리기 전에 똑바로 서서 몸을 지탱하려고 허둥거렸다. 웜테일은 새로운 은빛 손으로 재갈 삼아 해리의 입에 물렸던 뭉치를 꺼내고 손을 한 번 휘둘러 해리를 묘비에 묶어 놓았던 밧줄을 끊었다.

순간 해리는 도망쳐야겠다고 생각했지만, 잡초가 무성한 무덤 위에 서자 다친 다리가 그의 무게를 버티지 못하고 후들거렸다. 그러는 사이 죽음을 먹는 자들은 대열을 좁혀 이 자리에 없는 동료들의 자리를 채우면서 그와 볼드모트 주위를 더 빽빽하게 둘러쌌다. 대열에서 빠져나간 웜테일이 세드릭의 시신이 있는 곳으로 가서 해리의 마법 지팡이를 들고 돌아왔다. 그는 해리를 쳐다보지도 않은 채 그의 손에 마법 지팡이를 거칠게 쥐여 주었다. 그런 다음 구경하는 죽음을 먹는 자들 사이로 돌아갔다.

"결투하는 법은 배웠겠지, 해리 포터?" 볼드모트가 조용히 물었다. 그의 붉은 눈이 어둠 속에서 번뜩였다.

이 말에 해리는 전생처럼 아득하게 느껴지는 기억을 떠올렸다. 2년 전 잠깐 참가한 적 있었던 호그와트의 결투 동아리에 대한 기억이었다……. 그때 그가 배운 것이라고는 무장해제 주문인 '엑스펠리아르무스'뿐이었다……. 설령 그가 그 주문으로 볼드모트의 마법 지팡이를 빼앗는다고 한들, 혼자서 적어도 서른 명에 이르는 죽음을 먹는 자들에게 둘러싸여 있는데 무슨 소용이겠는가? 해리는 이런 상황에 맞는 그 어떤 마법도 배운 적이 없었다. 그는 자신이 무디가 항상 경고하던 그 상황에 맞닥뜨렸다는 사실을 알았다……. 무엇으로도 막을 수 없는 아바다 케다브라 저주. 게다가 볼드모트의 말이 맞았다. 이번에는 그를 위해 목숨을 바칠 어머니도 여기에 없었다……. 그를 보호해 주는 것은 아무것도 없었다…….

"먼저 서로 인사한다, 해리." 볼드모트가 허리를 살짝 숙이면서도 뱀 같은 얼굴은 계속 해리에게 향한 채 말했다. "자, 예의는 반드시 지켜야지……. 덤블도어는 네가 예의를 보이길 바랄 거다……. 죽음에게 인사해라, 해리……."

죽음을 먹는 자들이 다시 웃음을 터뜨렸다. 볼드모트의 입술 없는 입이 미소 짓고 있었다. 해리는 인사하지 않았다. 볼드모트의 손에 죽더라도 그자가 자신을 가지고 놀게 할 생각은 없었다…… 볼드모트에게 그런 만족감을 주지는 않을 것이다…….

"인사하라고 했다." 볼드모트가 마법 지팡이를 들어 올리며 말했다. 해리는 보이지 않는 거대한 손이 그의 몸을 앞으로 무자비하게 짓누르기라도 하는 것처럼 허리가 구부러지는 것을 느꼈다. 죽음을 먹는 자들이 더 큰 소리로 웃음을 터뜨렸다.

"아주 좋아." 볼드모트가 조용히 말하며 마법 지팡이를 들어 올리자 해리를 짓누르던 힘도 사라졌다. "이제는 나를 마주 본다. 사내답게 말이야…… 허리를 펴고 당당하게, 죽은 네 아비가 그랬던 것처럼……. 그리고 이제…… 결투를 시작한다."

볼드모트가 마법 지팡이를 들어 올렸다. 해리는 그 어떤 방어 행동을 할 새도 없이, 심지어 움직일 새도 없이 다시 크루시아투스 저주에 맞았다. 엄청난 고통이 그의 정신을 모조리 빼앗아 그 자신이 어디에 있는지조차 더 이상 알 수 없게 되었다……. 하얗게 달궈진 칼들이 그의 피부를 빈틈없이 찌르는 듯했고, 머리는 격한 통증으로 꼭 터질 것 같았다. 그는 태어나서 이렇게 소리 질러 본 적이 없을 만큼 큰 소리로 비명을 질렀다…….

다음 순간 고통이 사라졌다. 바닥에서 데굴데굴 구르던 해리는 간신히 몸을 일으켰다. 그는 손이 잘렸을 때의 웜테일처럼 걷잡을 수 없이 부들부들 떨고 있었다. 해리는 이 광경을 지켜보고 서 있는 죽음을 먹는 자들 쪽으로 비틀비틀 걸어갔다. 그들은 해리를 다시 볼드모트 쪽으로 밀었다.

"잠깐 쉬는 시간이다." 볼드모트가 쭉 찢어진 콧구멍을 흥분으로 벌름거렸다. "잠깐 쉬었다 하자……. 아프지 않았느냐, 해리? 그런 일을 또 당하고 싶진 않겠지?"

해리는 대답하지 않았다. 그는 세드릭처럼 죽을 것이다. 냉혹한 붉은 눈동자가 그렇게 말하고 있었다……. 해리는 죽게 될 테고, 그가 할 수 있는 것은 아무것도 없었다……. 하지만 해리는 장단 맞춰 주지 않을 생각이었다. 그는 볼드모트에게 복종하지 않을 것이다……. 애원하지도 않을 것이다…….

"또다시 그런 일을 당하고 싶으냐고 물었다." 볼드모트가 조용히 말했다. "대답해! 임페리오!"

해리는 태어나서 세 번째로 머릿속에서 모든 생각이 싹 사라지는 것을 느꼈다. ……아, 아무런 생각도 하지 않는다는 것은 축복과도 같은 일이었다. 마치 둥둥 떠다니면서 꿈을 꾸는 것 같은 기분이었다……. 그냥 아니요라고 대답해…… 아니요라고 말해……. 아니요라고만 대답하면 되잖아…….

싫어. 그의 머릿속에서 더 강한 목소리가 말했다. 대답하지 않을 거야…….

그냥 '아니요'라고 대답해…….

안 할 거야. 말 안 해…….

그냥 '아니요'라고 대답해…….

"안 할 거야!"

해리의 입에서 이 말이 터져 나왔다. 그 소리가 묘지 전체에 울려 퍼지자 찬물을 뒤집어쓴 듯 꿈같은 상태가 별안간 사라졌다. 크루시아투스 저주가 온몸에 남긴 통증이 다시 몰려왔다. 그 자신이 어디에 있고 무엇을 마주하고 있는지에 대한 깨달음이 썰물처럼 되돌아왔…….

"안 하겠다?" 볼드모트가 나직이 입을 열었다. 죽음을 먹는 자들은 더 이상 웃지 않았다. "'아니요'라고 대답하지 않겠단 말이냐? 해리, 아무래도 널 죽이기 전에 복종이라는 미덕을 가르쳐야겠구나. ……좀 더 고통을 주면 되겠지?"

볼드모트가 마법 지팡이를 들어 올렸지만 이번에는 해리도 준비가 되어 있었다. 그는 퀴디치 훈련으로 익힌 반사 신경을 발휘해 옆으로 몸을 날려 볼드모트 아버지의 대리석 묘비 뒤로 굴러갔다. 저주가 빗나가면서 묘비가 쩍 갈라지는 소리가 들렸다.

"우리는 숨바꼭질을 하고 있는 게 아니다, 해리." 볼드모트의 나직하고 차가운 목소리가 점점 가까이 다가왔다. 죽음을 먹는 자들이 웃음을 터뜨렸다. "내게서 숨을 수는 없다. 우리의 결투에 싫증이 난 거냐? 차라리 지금 끝내 달라는 뜻이냐, 해리? 나와라, 해리……. 나와서 승부를 보자……. 빨리 끝날 것이다……. 고통도 없을 것이다……. 잘은 모르겠지만……. 나야 죽어 본 적이 없으니까……."

묘비 뒤에 바짝 웅크린 해리는 최후가 다가왔음을 알았다. 아무런 희망이 없었다……. 도움을 받을 수도 없었다. 볼드모트가 더 가까이 다가오는 소리를 듣고 있는 지금, 해리에게는 오직 한 가지 생각뿐이었다. 그것은 두려움이나 이성을 뛰어넘는 생각이었다……. 그는 숨바꼭질하는 어린애처럼 여기에 웅크리고 있다가 죽을 생각이 없었다. 볼드모트의 발 앞에 무릎을 꿇은 채 죽지는 않을 것이다……. 그는 아버지처럼 당당하게 서서 죽음을 맞이할 것이다. 설령 방어가 불가능하다 해도, 스스로를 지키려고 애쓰다가 죽을 것이다…….

해리는 볼드모트가 묘비 주위로 뱀 같은 얼굴을 내밀기 전에 일어섰다……. 그는 마법 지팡이를 움켜쥐고 앞으로 치켜든 채, 묘비 뒤에서 뛰쳐나가 볼드모트를 정면으로 바라보았다.

볼드모트는 준비되어 있었다. 해리가 "엑스펠리아르무스!"라고 소리친 순간, 볼드모트도 "아바다 케다브라!"를 외쳤다.

볼드모트의 마법 지팡이에서 녹색 빛 한 줄기가 뿜어져 나오는 동시에 해리의 마법 지팡이 끝에서 빨간 빛이 튀어나왔다. 두 빛줄기가 공중에서 마주쳤다. 갑자기 전류가 흐르듯 해리의 마법 지팡이가 진동했다. 그의 손이 지팡이를 꽉 움켜잡았다. 놓고 싶어도 놓을 수가 없었다. 가느다란 광선이 두 개의 마법 지팡이를 연결하고 있었다. 빨간색도 녹색도 아닌, 밝고 짙은 황금색 광선이었다. 놀란 눈으로 그 광선을 바라보던 해리는 볼드모트 역시 길고 창백한 손가락을 부르르 떨면서 흔들리는 마법 지팡이를 잡고 있는 모습을 보았다.

바로 그때(해리가 여기에 대비할 수 있는 건 아무것도 없었다) 해리는 발이 땅에서 떠오르는 것을 느꼈다. 그와 볼드모트 둘 다 공중으로 떠올랐다. 두 사람의 마법 지팡이는 여전히 어슴푸레하게 빛나는 황금빛 광선으로 연결되어 있었다. 그들은 볼드모트 아버지의 묘비에서 천천히 미끄러지듯 날아가다가 무덤 없는 빈 땅에 내려앉았다……. 죽음을 먹는 자들이 아우성을 치면서 볼드모트에게 명령을 내려 달라고 청했다. 해리와 볼드모트 쪽으로 다가온 그들은 다시 원을 그리며 두 사람을 빙 둘러쌌다. 뱀이 그들을 따라 스르르 기어 왔다. 죽음을 먹는 자들 중 몇 명은 마법 지팡이를 빼 들고 있었다.

해리와 볼드모트를 연결하던 황금색 광선이 쪼개지면서 수천 개의 빛 가닥이 두 사람의 머리 위로 아치를 그리며 솟구쳤다. 빛 가닥들이 서로서로 엇갈리더니, 여전히 지팡이끼리 연결되어 있는 두 사람을 황금빛 돔 모양의 그물 안에, 그 빛으로 엮인 우리 안에 가둬 버렸다. 죽음을 먹는 자들이 자칼처럼 그 주위를 둘러쌌다. 빛의 우리 밖에서 들리는 그들의 고함 소리가 이상하게 작아졌다…….

"아무것도 하지 마라!" 볼드모트가 죽음을 먹는 자들을 향해 날카롭게 외쳤다. 지금 벌어지는 사태에 그의 붉은색 눈이 놀라움으로 휘둥그레졌다. 그는 여전히 해리의 마법 지팡이와 자신의 마법 지팡이를 연결하고 있는 광선을 끊으려 애쓰고 있었다. 해리는 마법 지팡이를 두 손으로 더욱 세게 붙잡았다. 황금색 광선은 끊어지지 않고 그대로 남아 있었다. "내가 명령을 내리기 전까지는 아무것도 하지 마라!" 볼드모트가 죽음을 먹는 자들에게 소리쳤다.

다음 순간 지상의 것 같지 않은 아름다운 소리가 주

위를 가득 채웠다……. 해리와 볼드모트를 둘러싼 빛 그물 한 가닥 한 가닥이 진동하면서 내는 소리였다. 해리는 딱 한 번 들어 본 적 있는 그 소리의 정체를 알아차렸다……. 그것은 불사조의 노래였다…….

해리에게 그것은 희망의 소리였다……. 지금까지 들어 본 것 가운데 가장 아름답고 반가운 소리……. 해리는 그 노래가 주위 어딘가가 아닌 자신의 몸속에서 들려오는 것 같은 기분이 들었다……. 해리에게 그 소리는 그와 덤블도어를 연결하는 소리였다. 마치 친구가 귀에 대고 속삭이는 것만 같았다…….

연결을 끊지 마라.

알아요. 해리는 그 음악 소리를 향해 그렇게 말했다. 그러면 안 되는 거 알아요……. 하지만 그런 생각을 하자마자 그렇게 하기가 훨씬 어려워졌다. 마법 지팡이가 더욱 격렬하게 떨리기 시작했다……. 이제는 그와 볼드모트를 연결하는 광선도 변했다. 마치 마법 지팡이를 연결한 광선을 따라 큼직한 빛의 구슬들이 미끄러지듯 왔다 갔다 하는 것 같았다……. 빛 구슬이 해리 쪽으로 천천히, 그리고 꾸준히 미끄러져 오자 해리는 손에 쥔 마법 지팡이가 몸서리치는 것을 느꼈다……. 어느새 그 광선이 해리를 향해 움직이고 있었던 것이다. 마법 지팡이가 분노로 부르르 떠는 것이 느껴졌다…….

가장 가까이 있는 빛의 구슬이 해리의 마법 지팡이 끝으로 바짝 다가오자 나무로 된 마법 지팡이가 이대로 불타 버리는 게 아닐까 걱정될 정도의 열기가 손가락에서 느껴졌다. 빛 구슬이 점점 다가올수록 해리의 마법 지팡이는 더 심하게 떨렸다. 그는 그 빛 구슬이 닿으면 마법 지팡이가 견디지 못할 거라고 확신했다. 마치 마법 지팡이가 해리의 손안에서 당장에라도 산산조각 날 것처럼 느껴졌다…….

그는 그 빛 구슬을 다시 볼드모트 쪽으로 보내는 데 온 정신을 집중했다. 귓가는 불사조의 노래로 가득했고, 눈은 아주 천천히 떨리며 멈췄다가 또 아주 천천히 반대 방향으로 움직이는 구슬들을 맹렬하게 응시하고 있었다……. 이제 더욱 심하게 진동하는 것은 볼드모트의 마법 지팡이였다……. 볼드모트는 깜짝 놀라다 못해 거의 두려워하는 표정을 짓고 있었다…….

빛 구슬 하나가 볼드모트의 마법 지팡이에서 불과 몇 센티미터 떨어지지 않은 곳에서 부르르 떨고 있었다. 해리는 자신이 왜 그런 행동을 하는지 알지 못했다. 그렇게 하면 어떤 일이 벌어질지도 확신할 수 없었다……. 하지만 이제 그는 그 빛 구슬을 볼드모트의 마법 지팡이로 억지로 되돌려 보내는 데 생애 최고의 집중력을 기울이고 있었다……. 천천히…… 아주 천천히…… 빛 구슬은 황금색 광선을 따라 움직였다……. 빛 구슬은 잠깐 부르르 떨더니…… 볼드모트의 지팡이 끝에 가닿았다…….

곧바로 볼드모트의 마법 지팡이가 고통스러운 비명을 내뿜기 시작했다……. 그러더니 (볼드모트의 붉은 눈이 충격으로 휘둥그레진 가운데) 마법 지팡이 끝에서 짙은 연기로 이루어진 손 하나가 튀어나왔다가 사라졌다……. 그가 웜테일에게 만들어 주었던 손의 환영이었다……. 더 많은 고통의 외침이 울리더니 볼드모트의 마법 지팡이 끝에서 훨씬 커다란 어떤 형상이 피어오르기 시작했다. 아주 단단하고 짙은 연기로 만들어진 듯한 거대한 회색의 무언가…… 머리…… 가슴과 팔……. 그것은 세드릭 디고리의 상반신이었다.

놀라서 마법 지팡이를 놓쳤다면 그것으로 끝이었겠지만, 해리는 본능적으로 지팡이를 꽉 움켜쥐고 황금색 광선이 끊어지지 않도록 했다. 볼드모트의 지팡이 끝에서 짙은 회색을 띤 세드릭 디고리의 유령(과연 유령일까? 그러기엔 너무 단단해 보였다)이 아주 좁은 터널을 간신히 빠져나오는 것처럼 몸 전체를 드러냈을 때도 해리는 지팡이를 놓지 않았다……. 세드릭의 유령이 일어서서 황금색 광선을 이리저리 살펴보더니 입을 열었다.

"버텨, 해리." 그가 말했다.

멀리서 메아리치듯 들리는 목소리였다. 해리는 볼드모트를 바라보았다……. 그의 큼직한 붉은 눈은 여전히 충격을 받은 것처럼 보였다……. 그도 해리처럼 이런 상황을 예상하지 못했던 것이다……. 죽음을 먹는 자들이 황금색 돔 주변을 서성거리며 겁에 질려 고함을 지르는 소리가 희미하게 들렸다…….

마법 지팡이에서 고통에 찬 비명 소리가 더 많이 튀어나왔다……. 그러더니 마법 지팡이 끝에서 뭔가 다른 것이 나타났다……. 또 다른 사람 머리 모양의 짙은 그림자에 이어 팔과 상반신이 빠르게 뒤따랐다……. 해리가 꿈에서 한 번 봤던 남자 노인이 세드릭이 그랬던 것처럼 마법 지팡이 끝에서 몸을 빼내고 있었다……. 그의 유령인지 그림자인지가 세드릭 옆에 내려섰다. 노인은 지팡이를 짚은 채 해리와 볼드모트와 황금빛 그물과 서로 연결된 두 개의 마법 지팡이

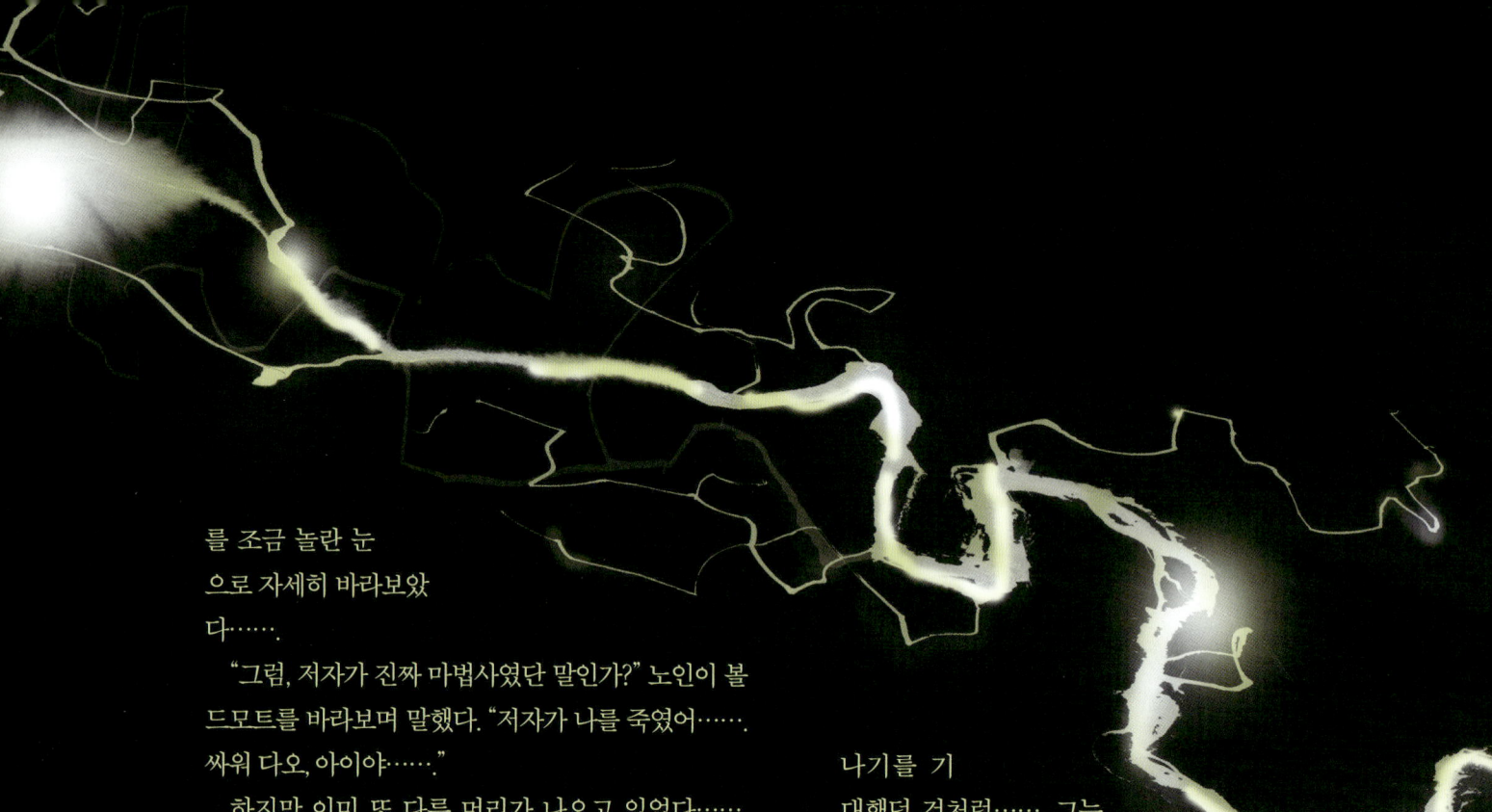

를 조금 놀란 눈으로 자세히 바라보았다…….

"그럼, 저자가 진짜 마법사였단 말인가?" 노인이 볼드모트를 바라보며 말했다. "저자가 나를 죽였어……. 싸워 다오, 아이야……."

하지만 이미 또 다른 머리가 나오고 있었다……. 연기로 만들어진 석상처럼 회색을 띤 여자의 머리였다……. 마법 지팡이를 붙들고 있느라 양팔을 부들부들 떨면서, 해리는 바닥에 내려선 그녀가 다른 사람들처럼 허리를 펴는 것을 보았다. 그녀가 눈을 떴다…….

버사 조킨스의 환영이 눈을 휘둥그레 뜨고 눈앞의 전투를 바라보았다.

"놓지 마!" 그녀가 소리쳤다. 세드릭의 목소리처럼 그녀의 목소리도 아주 먼 곳에서 메아리치는 것처럼 들렸다. "저자한테 잡히면 안 돼, 해리. 마법 지팡이를 놓지 마!"

그녀와 다른 두 형상이 황금빛 그물 벽 안쪽을 왔다 갔다 하기 시작했다. 한편 죽음을 먹는 자들은 황금빛 그물 바깥을 분주하게 서성거렸다. 볼드모트의 희생자들은 결투를 벌이는 두 사람 주위를 돌면서 해리에게 응원의 말을 속삭이고, 볼드모트에게는 해리에게 들리지 않는 말들을 쉭쉭 내뱉었다.

이제 볼드모트의 마법 지팡이 끝에서 또 다른 머리가 나오고 있었다……. 해리는 그 머리를 보자 그 사람이 누구인지 알아차렸다. 그는 알고 있었다. 세드릭이 마법 지팡이 끝에서 나타난 순간부터 이런 일이 일어나기를 기대했던 것처럼……. 그는 알았다. 지금 모습을 드러내고 있는 여성은 오늘 밤 해리가 어느 누구보다도 간절히 생각한 사람이었기에…….

긴 머리카락을 가진 젊은 여자의 연기 같은 그림자가 버사가 그랬던 것처럼 바닥에 내려서더니 몸을 펴고 그를 바라보았다……. 그리고 해리는 이제 양팔을 미친 듯이 떨면서 어머니의 유령 같은 얼굴을 마주 보았다.

"아버지가 오고 계셔……." 그녀가 조용히 입을 열었다. "너를 보고 싶어 하신단다……. 괜찮을 거야……. 꿋꿋이 버티렴……."

그리고 그가 나타났다……. 처음에는 머리가, 그다음에는 몸통이…… 키가 훌쩍하고 해리처럼 머리카락이 헝클어진 제임스 포터의 연기 같은 환영이 볼드모트의 마법 지팡이 끝에서 피어나 땅으로 내려서더니 아내처럼 몸을 똑바로 폈다. 그는 해리에게 다가가 아들을 내려다보며, 다른 이들과 똑같이 먼 곳에서 울리는 듯한 목소리로 말했다. 자신에게 희생당한 사람들이 주위를 서성거리자 두려움에 얼굴이 파랗게 질린 볼드모트에게는 들리지 않는 조용한 목소리였다…….

프라이오리 인칸타템

"연결이 끊기면 우리는 아주 잠깐만 머물 수 있어……. 하지만 우리가 시간을 벌어 주마……. 너는 포트키를 잡아야 돼. 포트키가 너를 호그와트로 돌려보내 줄 거다……. 알아들었니, 해리?"

"네." 해리가 숨을 헐떡였다. 그는 이제 손가락에서 자꾸 미끄러지는 마법 지팡이를 붙들고 있느라 애를 쓰고 있었다.

"해리……." 세드릭의 형상이 속삭였다. "내 시신을 가져가 줘. 그래 줄 거지? 내 시신을 부모님께 데려다 줘……."

"그럴게." 마법 지팡이를 놓치지 않으려고 얼굴을 일그러뜨린 채 안간힘을 쓰면서 해리가 말했다.

"지금이다." 아버지의 목소리가 속삭였다. "달릴 준비를 하거라……. 지금이야……."

"지금이야!" 해리가 소리쳤다. 어쨌든 한순간도 더 버틸 수 없을 것 같았다. 그가 온 힘을 다해 손을 비틀어 마법 지팡이를 위로 향하게 하자 황금빛 광선이 끊겼다. 빛으로 엮인 우리가 사라지고 불사조의 노래도 자취를 감췄다. 그러나 희생자들의 환영 같은 형상은 사라지지 않았다. 그들은 볼드모트가 해리를 보지 못하도록 그의 주위로 몰려들어 시야를 가렸다.

해리는 젖 먹던 힘을 다해 달렸다. 그는 깜짝 놀라 그 자리에서 얼어붙은 죽음을 먹는 자 두 명을 쳐서 넘어뜨리고 달려 나갔다. 묘비 사이로 요리조리 도망치는 가운데, 죽음을 먹는 자들이 그를 향해 날린 저주가 빗나가 묘비를 맞히는 소리가 들렸다……. 해리는 저주와 무덤 들을 피하면서 세드릭의 시신을 향해 맹렬히 달렸다. 이제는 다리의 통증도 느껴지지 않았다. 그의 온 존재가 자신이 해야만 하는 일에 집

중하고 있었다…….

"기절시켜!" 볼드모트가 부르짖는 소리가 들렸다.

세드릭의 시신을 3미터 앞두고, 해리는 붉은 빛줄기들을 피하기 위해 대리석 천사 뒤로 몸을 날렸다. 주문에 맞은 천사의 날개 끝이 산산조각 났다. 그는 마법 지팡이를 단단히 움켜쥐고 천사 뒤에서 달려 나갔다…….

"임페디멘타!" 그는 어깨 너머로 마법 지팡이를 빠르게 겨누고 자신을 향해 달려오는 죽음을 먹는 자들을 가리키며 소리쳤다.

목멘 고함 소리가 들린 덕분에 해리는 적어도 한 명은 명중시켰다고 생각했지만 돌아볼 여유 같은 것은 없었다. 등 뒤에서 더 많은 마법 지팡이가 해리를 향해 불꽃을 발사하는 소리가 들려왔다. 그는 우승컵을 훌쩍 뛰어넘고 바닥으로 몸을 날렸다. 땅바닥에 넘어진 순간 더 많은 빛줄기가 그의 머리 위를 지나갔다. 해리는 세드릭의 팔을 잡으려고 손을 뻗었다.

"비켜라! 저놈은 내가 죽이겠다! 저놈은 내 것이다!" 볼드모트가 날카롭게 소리쳤다.

해리의 손이 세드릭의 손목을 붙잡았다. 이제 그와 볼드모트 사이에는 묘비 하나만 있을 만큼 거리가 좁혀졌지만, 세드릭의 몸은 끌고 가기에 너무 무거웠고 우승컵에는 손이 닿지 않았다.

볼드모트의 붉은 눈이 어둠 속에서 번뜩였다. 해리는 볼드모트가 입가를 비틀며 마법 지팡이를 들어 올리는 모습을 보았다.

"아씨오!" 해리가 마법 지팡이로 트라이위저드 우승컵을 겨누고 소리쳤다.

우승컵이 공중으로 붕 떠올라 그에게 날아왔다. 해리는 우승컵 손잡이를 잡았다.

분노 가득한 볼드모트의 고함이 들려온 것과 동시에, 그는 몸 한가운데가 확 잡아당겨지는 느낌을 받았다. 포트키가 작동한 것이다. 바람과 색채의 소용돌이 속에서 포트키는 순식간에 그를 먼 곳으로 데려가고 있었다. 세드릭과 함께……. 그들은 돌아가고 있었다…….

CHAPTER 35
베리타세룸

해리는 몸이 바닥에 납작하게 떨어지는 것을 느꼈다. 잔디에 얼굴을 파묻은 탓에 풀 냄새가 콧구멍을 가득 채웠다. 포트키로 이동하는 동안에도 눈을 감고 있었던 해리는 여전히 눈을 뜨지 않았다. 움직이지도 않았다. 온몸의 기운이 빠져나간 것 같았다. 머리가 어찌나 핑핑 도는지, 바닥이 배의 갑판처럼 이리저리 흔들리고 있다는 생각이 들 정도였다. 마음을 진정시키기 위해 그는 그때까지 양손에 각각 쥐고 있던 것을 더욱 꽉 움켜쥐었다. 트라이위저드 우승컵의 매끄럽고 차가운 손잡이와 세드릭의 시신. 둘 중 하나라도 놓친다면 머리 한구석에서부터 몰려드는 암흑 속으로 미끄러져 들어갈 것만 같았다. 충격과 피로 때문에 그는 바닥에서 일어날 수가 없었다. 그는 풀 냄새를 맡으며 기다렸다……. 누군가가 뭐라도 해 주기를…… 무슨 일이 일어나기를……. 그러는 동안 이마의 흉터가 뭉근하게 타오르는 듯한 통증이 느껴졌다…….

소리의 소용돌이 탓에 귀가 멀 것 같았고 혼란스러웠다. 사방에서 목소리가 들려왔다. 발소리, 비명이 들렸다……. 그 소음에 얼굴을 잔뜩 찌푸린 채 해리는 그 자리에 가만히 있었다. 그것이 곧 지나갈 악몽이라도 되는 것처럼…….

그때 어떤 손이 그를 거칠게 잡아서 돌려 눕혔다.
"*해리! 해리!*"

그는 눈을 떴다.

별이 총총한 하늘이 보였다. 알버스 덤블도어가 웅크리고 앉아 그를 내려다보고 있었다. 어두운 그림자가 우르르 몰려들어 두 사람을 가까이서 에워쌌다. 해리는 머리를 대고 있는 땅이 사람들의 발걸음에 진동하는 것을 느꼈다.

그는 미로 바깥으로 돌아와 있었다. 그의 위로 솟아 있는 관중석이 보였고, 그 안에서 움직이는 사람들의 형체와 그 위의 별들이 보였다.

해리는 우승컵을 놓았지만 세드릭은 더욱 꽉 잡았다. 그는 다른 쪽 손을 들어 덤블도어의 손목을 잡았다. 초점이 맞지 않아 덤블도어의 얼굴이 흐릿하게 보였다.

"돌아왔어요." 해리가 중얼거렸다. "그자가 돌아왔

어요. 볼드모트요."

"무슨 일입니까? 어떻게 된 거예요?"

코닐리어스 퍼지의 얼굴이 해리 위에 나타났다. 해리의 눈에 거꾸로 보이는 그의 얼굴은 하얗게 질려 있었다.

"세상에, 디고리!" 퍼지가 속삭였다. "덤블도어! 애가 죽었소!"

같은 말이 반복되었다. 주위에 몰려든 어두운 형체들이 헉하고 숨을 들이켜면서 주위에 그 말을 전했다……. 어떤 사람들은 큰 소리로 외쳤다. 어떤 사람들은 비명을 질렀다. 그 말이 밤하늘에 울려 퍼졌다. *"죽었대!" "죽었대!" "세드릭 디고리가! 죽었대!"*

"해리, 손을 놓거라." 해리는 퍼지의 목소리를 듣고, 세드릭의 축 늘어진 시신에서 그의 손을 떼어 놓으려는 손길들을 느꼈다. 그러나 해리는 세드릭을 놓아주지 않을 작정이었다.

그때 여전히 흐릿하고 안개가 껴 있는 듯한 덤블도어의 얼굴이 가까이 다가왔다. "해리, 이제는 네가 어떻게 할 수 없다. 끝났어. 놓거라."

"저더러 데리고 돌아가 달라고 말했어요." 해리가 중얼거렸다. 이 사실을 설명하는 일이 무엇보다도 중요하게 느껴졌다. "저더러 자기를 부모님한테 데려다 달라고 했어요……."

"그래, 해리……. 이제 그만 놓거라……."

덤블도어가 허리를 구부렸다. 그리고 그렇게 나이 많고 깡마른 사람으로서는 남다른 힘으로 바닥에서 해리를 들어 올리더니 똑바로 일으켜 세웠다. 해리는 중심을 잃고 휘청거렸다. 머리가 윙윙 울렸다. 다친 다리로는 더 이상 몸을 지탱하지 못할 것 같았다. 주위에 있던 사람들이 더 가까이 다가오려고 몸싸움을 하며 서로를 밀쳤다. 사람들이 해리 주위로 몰려들었다. *"무슨 일이야?" "쟨 왜 저래?" "디고리가 죽었대!"*

"해리는 병동에 가야 합니다!" 퍼지가 큰 소리로 외쳤다. "다쳤어요. 덤블도어, 디고리의 부모님이 여기 와 있소. 관중석에……. 내가 해리를 데려가겠소, 덤블도어. 나한테 맡기……."

"아니, 그보다는……."

"덤블도어, 에이머스 디고리가 달려오고 있소……. 이쪽으로 오고 있군……. 당신이 말해 줘야 하지 않겠소? 그가 직접 보기 전에……."

"해리, 여기 있거라……."

여학생들이 발작적으로 흐느끼면서 비명을 질렀다……. 해리의 눈앞에서 그 광경이 이상하게 깜빡거리는 것처럼 보였다…….

"괜찮다, 이 녀석. 내가 데려다주마……. 가자…… 병동으로……."

"덤블도어 교수님이 여기 있으라고 했어요." 해리가 쉰 목소리로 말했다. 이마의 흉터가 쿵쿵 울리는 탓에 당장에라도 토할 것만 같았다. 눈앞이 점점 더 뿌옇게 흐려졌다.

"누워 있어야지……. 자, 어서……."

해리보다 크고 힘이 센 누군가가 그를 반쯤은 끌고 반쯤은 들어 올리면서, 겁에 질린 사람들 사이를 헤치고 성을 향해 나아갔다. 사람들이 숨을 들이켜고 비명을 지르고 고함치는 소리가 들렸다. 잔디밭을 가로지르고 호수와 덤스트랭 배를 지났다. 이윽고 그를 부축하고 있는 사람의 무거운 숨소리 말고는 아무것도 들리지 않게 되었다.

"무슨 일이 있었느냐, 해리?" 마침내 그 사람이 해리를 돌계단으로 끌어 올리면서 물었다. 턱. 턱. 턱. 매드아이 무디였다.

"우승컵이 포트키였어요." 현관홀을 가로지르면서 해리가 말했다. "저랑 세드릭을 묘지로 데려가서…… 그리고 볼드모트가 거기에 있었는데…… 볼드모트 경이……."

턱. 턱. 턱. 대리석 계단을 올라갔다…….

"어둠의 왕이 거기에 있었느냐? 그래서 무슨 일이 일어났지?"

"세드릭을 죽였어요……. 그놈들이 세드릭을 죽였어요……."

"그러고 나서?"

턱. 턱. 턱. 복도를 따라…….

"마법약을 만들었어요……. 몸을 되찾고……."

"어둠의 왕이 몸을 되찾았다고? 돌아왔다는 말이냐?"

"그리고 죽음을 먹는 자들이 왔어요……. 그런 다음 우리는 결투를 벌였는데……."

"네가 어둠의 왕과 결투를 벌였다고?"

"도망쳤어요……. 제 마법 지팡이가…… 뭔가 이상한 일을 해서…… 엄마 아빠를 봤어요……. 그자의 마법 지팡이에서 나왔어요……."

"이리 들어와라, 해리……. 들어와서 앉아라……. 이제 괜찮아질 거다……. 이걸 마셔라……."

해리는 자물쇠 안에서 열쇠가 돌아가는 소리를 듣고, 그의 두 손에 컵이 쥐어지는 것을 느꼈다.

"마셔라……. 기분이 나아질 거다……. 어서, 해리. 무슨 일이 일어났는지 정확히 알아야겠다……."

무디는 해리가 목구멍으로 그 음료를 넘기도록 도와주었다. 해리는 기침을 했다. 후추 향이 목구멍을 태우는 듯했다. 눈의 초점이 돌아오면서 무디의 연구실이 점점 또렷이 보였다. 무디의 모습도 보였다……. 그의 얼굴은 퍼지만큼이나 하얗게 질려 있었고, 두 눈은 깜빡이지도 않고 해리의 얼굴에 고정되어 있었다.

"볼드모트가 돌아왔느냐, 해리? 돌아온 게 확실해? 어떻게 그럴 수 있었지?"

"자기 아버지의 무덤에서 뭔가를 꺼냈어요. 웜테일하고 저한테서도 필요한 재료를 얻었고요." 해리가 말했다. 머리가 맑아진 기분이었다. 흉터도 그렇게 심하게 아프지는 않았다. 연구실이 어두웠는데도 이제는 무디의 얼굴이 또렷이 보였다. 저 멀리 퀴디치 경기장에서는 여전히 비명과 고함이 들려오고 있었다.

"어둠의 왕이 너한테서 뭘 가져갔느냐?" 무디가 물었다.

"피요." 해리가 팔을 들어 올리면서 말했다. 웜테일의 단검에 찔린 소매가 쭉 찢어져 있었다.

무디가 길고 낮은 숨을 내뱉었다. "그리고 죽음을 먹는 자들은? 그들이 돌아왔느냐?"

"네." 해리가 말했다. "꽤 많은 자가 돌아왔어요……."

"어둠의 왕이 그자들을 어떻게 대하더냐?" 무디가 조용히 물었다. "그자들을 용서했느냐?"

갑자기 해리의 머릿속에 뭔가가 떠올랐다. 덤블도어에게 이 얘기를 했어야 하는데, 곧바로 말했어야 하는데……. "호그와트에 죽음을 먹는 자가 있어요! 여기에 죽음을 먹는 자가 있다고요. 그자가 제 이름을 불의 잔에 넣고, 제가 반드시 마지막 과제까지 통과하도록……."

해리는 일어나려 했지만 무디가 그의 어깨를 눌러 다시 앉혔다.

"나는 그 죽음을 먹는 자가 누구인지 안다." 그가 나직한 목소리로 말했다.

"카르카로프인가요?" 해리는 정신없이 질문을 던졌다. "어디 있어요? 잡으셨어요? 갇혀 있나요?"

"카르카로프?" 무디가 묘한 웃음을 터뜨리며 말했다. "카르카로프는 오늘 밤 도망쳤다. 자신의 팔에 찍힌 어둠의 징표가 뜨겁게 타오르는 걸 느끼고 말이지. 그렇게 많은 어둠의 왕의 충성스러운 추종자들을 배신했으니 꿈에서라도 그들을 다시 만나긴 싫었을 테지. ……하지만 멀리 가지는 못할 거다. 어둠의 왕은 적을 추적하는 방법을 여럿 알고 있으니."

"카르카로프가 도망쳤다고요? 달아났다는 거예요? 하지만 그럼…… 그 사람이 제 이름을 우승컵에 넣은 게 아닌가요?"

"아니다." 무디가 천천히 입을 열었다. "아니야, 그자가 넣은 게 아니다. 내가 넣었다."

해리는 그 말을 똑똑히 들었지만 도저히 믿을 수 없었다.

"아뇨, 그럴 리가요." 그가 말했다. "그런 짓 안 하셨

잖아요……. 교수님이 그랬을 리 없잖아요…….'

"확실히 말하지만 내가 그랬다." 무디가 말했다. 그의 마법 눈이 휙 돌아가더니 문에 고정되었다. 해리는 그가 밖에 아무도 없는지 확인하고 있다는 사실을 알아차렸다. 그와 동시에 무디는 마법 지팡이를 꺼내 해리를 겨누었다.

"그럼 그자들을 용서하셨단 말이냐?" 그가 말했다. "자유롭게 풀려난 죽음을 먹는 자들을? 아즈카반을 빠져나간 그자들을?"

"네?" 해리가 되물었다.

그는 무디가 겨누고 있는 마법 지팡이를 바라보았다. 이건 너무나 짓궂은 장난이었다. 그래야만 했다.

"내가 묻지 않느냐?" 무디가 조용히 말을 이었다. "결코 그분을 찾으려 하지 않았던 그 쓰레기들을 그분께서 용서하셨느냔 말이다. 그분을 위해 아즈카반에 들어갈 용기도 내지 못했던 그 비겁한 배신자들을…… 퀴디치 월드컵에서 얼굴을 가리고 신나게 날뛸 용기는 있으면서 내가 하늘로 어둠의 징표를 쏘아 올리자 그걸 보고 도망쳤던 충성심 없고 쓸모없는 쓰레기들을……."

"교수님이 쏘아 올렸다니…… 지금 무슨 소리를 하시는 거예요……?"

"내가 말했지, 해리……. 전에 말하지 않았느냐. 내가 무엇보다 싫어하는 게 딱 한 가지 있다면 그건 자유롭게 풀려난 죽음을 먹는 자들이라고. 그자들은 내 주인께서 그들을 가장 필요로 하실 때 그분께 등을 돌렸다. 나는 그분께서 그자들을 벌하실 거라고, 고문하실 거라고 생각했다. 그분께서 그자들을 벌하셨다고 말해 다오, 해리……." 무디의 얼굴이 갑자기 미치광이 같은 웃음으로 빛났다. "그분께서 그자들에게 이 내가, 나만이 충성을 지켰다 말씀하셨다고 말해 다오……. 나는 그분께서 무엇보다도 원했던 한 가지를 바치기 위해 모든 것을 잃을 각오가 되어 있었다고……. 바로 너를 말이다……."

"그럴 리가 없어요……. 교, 교수님이 그런 짓을 할리가……."

"또 다른 학교가 있는 것처럼 불의 잔에 네 이름을 넣은 사람은 누구였을까? 나였다. 네가 시합에서 승리하는 것을 방해하거나 너를 해치려 들지 모르는 사람을 모조리 접줘서 쫓아 버린 건 누구였을까? 나였다. 해그리드를 부추겨서 너에게 용들을 보여 주게 한 사람은 누구였을까? 나였다. 네가 용을 이길 수 있는 유일한 방법을 깨닫도록 도와준 사람은 누구였을까? 나였다."

무디의 마법 눈은 이제 문을 떠나 해리에게 고정되어 있었다. 그의 삐뚤어진 입이 어느 때보다도 활짝 벌어진 채 음흉한 웃음을 흘렸다. "쉽지는 않았다, 해리. 의심을 불러일으키지 않으면서 네가 이 과제들을 해내도록 이끄는 것 말이야. 네가 거둔 성공에서 내가 손을 쓴 흔적을 없애려고 온갖 꾀를 짜내야 했지. 네가 모든 과제를 너무 쉽게 해낸다면 덤블도어는 꽤 의심스러워했을 거다. 나는 네가 그 미로에 들어가기만 한다면, 더 좋게는 상당히 앞서서 들어간다면, 나에게 다른 대표 선수들을 제거하고 네 앞에 있는 장애물을 치워 줄 기회가 생길 거라는 사실을 알고 있었다. 하지만 나는 너의 멍청함과도 싸워야 했지. 두 번째 과제 말이다……. 일이 실패할까 봐 가장 두려웠을 때가 바로 그때였다. 나는 줄곧 널 지켜보고 있었다, 포터. 난 네가 그 알의 단서를 풀지 못했다는 사실을 알고 있었기에 너에게 또 다른 힌트를 주어야 했다……."

"교수님이 준 게 아니었잖아요." 해리가 쉰 목소리로 말했다. "그건 세드릭이……."

"세드릭한테 그 알을 물속에서 열어 보라고 말해 준 사람이 누굴까? 나다. 나는 세드릭이 너에게 그 정보를 알려 줄 거라 믿었다. 선량한 사람들은 조종하기가 아주 쉽지, 포터. 나는 세드릭이 네가 용 얘기를 해 준 것에 대해 보답하고 싶어 할 거라고 확신했다. 역시나 그랬고. 하지만 그럼에도 포터 너는 실패할 가능성이 높아 보였다. 네가 도서관에서 그 오랜 시간을 보내는 동안 난 계속 지켜보고 있었다……. 너에게 필요한 책이 내내 네 기숙사에 있었다는 사실을 깨닫지 못했느냐? 내가 진작에 넣어 둔 것이지. 롱보텀 녀석에게 줘서 말이야. 기억나지 않느냐?《지중해의 마법 수생식물과 그 특성》. 그 책은 아가미풀에 대해 알아야 할 모든 것을 알려 주었을 것이다. 나는 네가 누구에게든 도움을 요청할 거라 생각했다. 롱보텀한테 물었다면 곧바로 말해 주었겠지. 하지만 너는 그렇게 하지 않았다……. 그러지 않았어……. 너의 오만함과 제멋대로인 성격이 모든 것을 망쳐 놓을 뻔했다. 그러면 내가 뭘 할 수 있었을까? 또 다른 순진한 정보원을 통해 네게 정보를 떠먹여 줘야지. 크리스마스 무도회에서 너는 도비라는 집요정한테 크리스마스 선물을 받았다고 말했다. 나는 로브 몇 벌을 세탁해 달라고 그 집요정을 교무실로 불렀다. 그리고 잡혀 간 인질들에 대해, 또 포터가 과연 아가미풀을 생각해 낼 수 있을지에 대해 맥고나걸 교수와 큰 소리로 대화하는 상황을 연출했지. 그러자 네 조그만 집요정 친구는 곧바로 스네이프의 저장고로 달려갔고, 그다음 다급히 널 찾으러 갔지…….”

무디는 마법 지팡이를 여전히 해리의 심장에 곧장 겨누고 있었다. 그의 어깨 너머로, 벽에 걸린 적 탐지경이 보였다. 적 탐지경에 흐릿한 형상들이 움직이는 모습이 비치고 있었다. “너는 그 호수 속에서 너무 오래 머물렀어, 포터. 나는 네가 빠져 죽은 줄 알았다. 하지만 다행스럽게도, 덤블도어는 네 명청함을 고결함으로 여기고 높은 점수를 줬지. 나는 다시 한숨 돌렸다. 당연히 너는 오늘 밤 그 미로에서도 원래 겪었어야 하는 것보다 수월한 시간을 보냈다.” 무디가 말을 이었다. “내가 주변을 순찰하고 있었기 때문이지. 나는 울타리 바깥에서 그 안을 들여다보면서 저주 마법으로 네가 가는 길에 있는 수많은 장애물을 치워 버릴 수 있었다. 플뢰르 들라쿠르가 지나갈 때는 그 애에게 기절 마법을 걸었다. 크룸에게는 임페리우스 저주를 걸어서 디고리를 끝장내도록 했지. 그렇게 네가 우승컵으로 가는 길을 열어 준 거다.”

해리는 무디를 뚫어지게 바라보았다. 그는 어떻게 이런 일이 벌어질 수 있는지 도무지 이해가 되지 않았다……. 덤블도어의 동료이자 유명한 오러…… 그 많은 죽음을 먹는 자들을 잡아들인 사람……. 이건 말도 안 되는 일이었……. 전혀 말이 되지 않았다…….

적 탐지경에 비친 흐릿한 형상들이 점점 선명해지더니 더욱 또렷하게 보였다. 해리는 무디의 어깨 너머로, 점점 가까이 다가오는 세 사람의 윤곽을 보았다. 하지만 무디는 그들을 보지 못했다. 그의 마법 눈은 오직 해리를 향해 있었다.

“어둠의 왕께서는 너를 죽이지 못했다, 포터. 하지만 그러고 싶어 하셨지.” 무디가 속삭이듯 말했다. “내가 그분을 위해 그 일을 해냈다는 사실을 아신다면 그분께서 내게 어떤 보상을 내려 주실지 상상해 봐라. 나는 너를 그분께 바쳤다. 그분께서 되살아나시는 데 무엇보다 필요로 했던 존재인 너를……. 그런 다음 그분을 위해 널 죽일 것이다. 나는 다른 어떤 죽음을 먹는 자들보다 큰 영광을 누리게 될 것이다. 그분께서 가장 총애하는 자, 그분과 가장 가까운 추종자가 될 것이다……. 아들보다도 가까운…….”

무디의 멀쩡한 눈이 튀어나올 지경으로 불거졌다. 마법 눈은 해리에게 고정된 채였다. 문에는 빗장이 걸려 있었고, 무디에게 저지당하기 전에 해리가 마법 지팡이를 뽑아 드는 것도 불가능해 보였…….

“어둠의 왕과 나는…….” 무디가 입을 열었다. 앞에 우뚝 서서 해리를 내려다보고 있는 그는 이제 완전히 미친 사람처럼 보였다. “닮은 점이 많다. 예컨대 우리 둘 다 매우 실망스러운 아버지를 뒀지. 참으로 실망스러운……. 우리 둘 다 치욕을 겪었다, 해리. 그 아버지의 이름을 그대로 물려받는 치욕 말이야. 그리고 우리 둘 다 같은 기쁨을 누렸다……. 엄청난 기쁨…… 어둠의 질서를 부활시키기 위해 아버지를 죽이는 기쁨을!”

“미쳤어.” 도저히 참을 수 없게 된 해리가 소리쳤다. “당신은 미쳤어!”

"내가 미쳤다고?" 무디가 말했다. 그의 목소리가 걷잡을 수 없이 커지고 있었다. "어디 보자! 미친 게 어느 쪽인지 보잔 말이다. 마침내 어둠의 왕께서 돌아오셨다. 그리고 그 곁에는 내가 있다! 그분이 돌아오신 거다, 해리 포터. 너는 그분을 무너뜨리지 못했어. 그리고 이제, 내가 널 무너뜨릴 것이다!"

무디가 지팡이를 들어 올리고 입을 벌렸다. 해리는 로브 속으로 손을 집어넣었다…….

"스튜페파이!" 눈이 멀 듯한 붉은빛이 번쩍이더니 뭔가가 쪼개지고 부서지는 엄청난 소리와 함께 무디의 연구실 문이 산산조각 났다.

무디는 뒤로 날아가 연구실 바닥에 널브러졌다. 그때까지도 무디의 얼굴이 있던 곳을 바라보고 있던 해리는 적 탐지경에 비친 알버스 덤블도어와 스네이프 교수, 맥고나걸 교수를 보았다. 해리가 고개를 돌리자 어느새 문 앞에 서 있는 세 사람의 모습이 보였다. 마법 지팡이를 앞으로 뻗은 덤블도어가 맨 앞에 서 있었다.

그 순간 해리는 사람들이 왜 덤블도어를 볼드모트가 두려워했던 유일한 마법사라고 말하는지 처음으로 온전히 이해할 수 있었다. 의식을 잃은 매드아이 무디를 내려다보는 덤블도어의 표정은 해리의 상상을 초월할 만큼 무시무시했다. 친절한 미소는 더 이상 찾아볼 수 없었고, 안경 뒤에서 반짝거리는 눈도 없었다. 나이 든 얼굴에 패어 있는 주름살마다 차가운 분노가 어려 있었다. 마치 불타는 열기가 뿜어져 나오듯 그에게서 강력한 힘이 발산되고 있었다.

연구실로 들어온 덤블도어가 무디의 의식 잃은 몸 아래 발을 집어넣고 그의 등을 걷어찼다. 무디의 몸이 뒤집히면서 얼굴이 드러났다. 덤블도어를 뒤따라 들어온 스네이프가 여전히 방 안을 노려보는 스네이프 자신의 얼굴이 비치고 있는 적 탐지경을 들여다보았다.

맥고나걸 교수가 곧바로 해리에게 향했다.

"따라오너라, 포터." 그녀가 작은 소리로 말했다. 그녀의 가느다란 입술이 금방이라도 울음을 터뜨릴 것처럼 움찔거리고 있었다. "따라오너라……. 병동으로 가자……."

"안 됩니다." 덤블도어가 날카롭게 말했다.

"덤블도어, 포터는 병동에 가야 합니다. 이 아이를 좀 보세요. 오늘 밤에 괴로움을 겪을 만큼 겪었다고요."

"해리는 여기 있을 겁니다, 미네르바. 그 아이도 알아야 하니까요." 덤블도어가 단호하게 말했다. "받아들이려면 먼저 이해해야 하고, 그래야만 상처를 치유할 수 있습니다. 해리는 오늘 밤 이런 시련을 겪도록 만든 사람이 누구인지 알아야 합니다. 왜 그랬는지도요."

"무디……." 해리가 입을 열었다. 그는 아직도 이 상황을 도저히 믿을 수 없는 듯했다. "무디 교수님이 어떻게 이럴 수가 있죠?"

"이자는 앨러스터 무디가 아니다." 덤블도어가 조용히 말했다. "너는 앨러스터 무디를 몰라. 진짜 무디라면, 오늘 밤 그런 일이 일어난 상황에서 너를 내가 볼 수 없는 곳으로 데려가지 않았을 거다. 나는 이자가 너를 데려간 순간 그 사실을 깨닫고 바로 뒤따라왔단다."

덤블도어가 허리를 구부리더니 축 늘어진 무디의 로브 속에 손을 집어넣어 휴대용 술병과 열쇠 꾸러미를 꺼냈다. 그런 다음 맥고나걸 교수와 스네이프에게 돌아섰다.

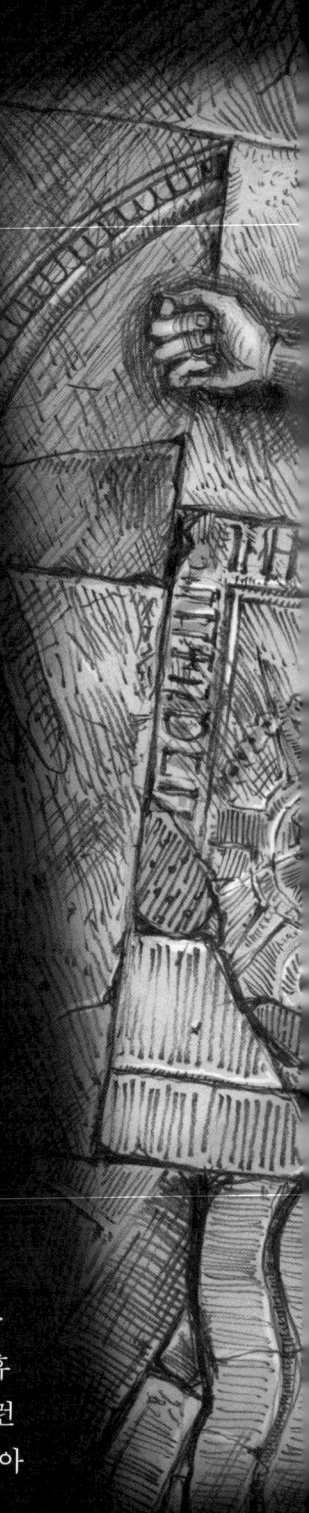

"세베루스, 자네가 가진 것 중에서 가장 강력한 진실의 마법약을 가져다주지 않겠나. 그리고 주방으로 내려가 윙키라는 집요정을 데리고 오게. 미네르바, 미안하지만 해그리드의 집에 가면 호박밭에 커다란 검은 개가 앉아 있을 겁니다. 그 개를 내 연구실로 데려가서 잠깐 기다리라고 말한 다음 여기로 다시 와 주세요."

속으로는 이런 지시 사항을 이상하게 여겼을지 몰라도 스네이프와 맥고나걸은 어리둥절한 티를 내지 않았다. 둘 다 곧바로 돌아서서 연구실을 나갔다. 덤블도어는 일곱 개의 자물쇠가 달린 짐 가방으로 걸어가 첫 번째 열쇠를 자물쇠에 넣고 가방을 열었다. 가방에는 마법 책이 잔뜩 들어 있었다. 덤블도어는 짐 가방을 닫고 두 번째 열쇠를 두 번째 자물쇠에 꽂은 뒤 다시 열었다. 마법 책은 온데간데없이 사라지고, 부서진 스니코스코프와 양피지, 깃펜 몇 자루, 은빛 투명 망토처럼 보이는 물건이 들어 있었다. 해리는 깜짝 놀라 덤블도어가 세 번째, 네 번째, 다섯 번째, 여섯 번째 열쇠를 각각의 자물쇠에 꽂고 짐 가방을 다시 여는 모습을 지켜보았다. 가방에는 매번 다른 물건들이 들어 있었다. 잠시 후 그가 일곱 번째 열쇠를 자물쇠에 꽂고 가방을 확 열었다. 해리는 놀라서 소리를 질렀다.

가방 속에는 구덩이 비슷한 지하의 방이 있었다. 그리고 3미터쯤 아래 있는 바닥에, 오래 굶주린 듯 뼈만 앙상한 진짜 매드아이 무디가 누워 있었다. 그는 깊이 잠든 것처럼 보였다. 나무다리는 어디론가 사라졌고, 마법 눈이 들어가 있어야 할 눈구멍은 눈꺼풀 아래 텅 비어 있었으며, 반백이 된 머리카락은 듬성듬성 잘려 있었다. 해리는 충격을 받은 얼굴로, 짐 가방 안에 잠들어 있는 무디와 연구실 바닥에 의식을 잃고 누워 있는 무디를 번갈아 보았다.

덤블도어는 짐 가방 안으로 들어가 잠든 무디 옆 바닥에 가볍게 내려섰다. 그가 무디 위로 허리를 숙였다.

"기절했구나. 임페리우스 저주에 조종당했어. 아주 약해져 있다." 그가 말했다. "물론, 무디를 살려 뒀어야 했겠지. 해리, 저 사기꾼의 망토를 던져 다오. 앨러스터의 몸이 차갑구나. 폼프리 선생님이 살펴봐야겠지만, 지금 당장 위급한 상태는 아닌 것 같다."

해리는 망토를 던져 주었다. 덤블도어는 무디에게 망토를 덮어 주고 다시 짐 가방 밖으로 나왔다. 그런 다음 책상에 놓여 있는 휴대용 술병을 들고 마개를 연 다음 병을 뒤집었다. 걸쭉하고 끈적끈적한 액체가 연구실 바닥으로 뚝뚝 떨어졌다.

"폴리주스 마법약이다, 해리." 덤블도어가 말했다. "너도 얼마나 간단하고 영리한 계획인지 알겠지. 무디는 자신의 휴대용 술병에 담긴 것 말고는 아무것도 마시지 않는다. 무디의 이런 습관은 잘 알려져 있지. 물론 이 사기꾼은 진짜 무디를 가까이 두어야 했다. 그래야 계속 마법약을 만들 수 있으니까. 무디의 머리카락을 보렴……." 덤블도어는 짐 가방 안에 있는 무디를 내려다보았다. "이 사기꾼은 1년 내내 무디의 머리카락을 잘랐던 거야. 머리카락 길이가 들쭉날쭉한 게 보이니? 하지만 내 생각에 오늘 밤에는 우리의 가짜 무디가 너무 흥분한 나머지 매번 정해진 시간에 약을 마셔야 한다는 사실을 잊었는지도 모르겠다……. 곧 알게 되겠지."

덤블도어는 책상 의자를 빼고 앉았다. 그의 눈은 의식을 잃고 바닥에 누워 있는 무디에게 고정되어 있었다. 해리도 그자를 물끄러미 바라보았다. 묵직한 침묵 속에서 몇 분이 흘러갔…….

잠시 후, 바로 해리의 눈앞에서 바닥에 쓰러진 남자의 얼굴이 변하기 시작했다. 흉터가 사라지고 피부가 매끄러워졌다. 망가진 코가 멀쩡해지더니 줄어들기 시작했다. 길고 희끗희끗한 갈기 같은 머리카락이 바짝 짧아지면서 밀짚 색깔로 변했다. 돌연 커다란 '턱' 소리가 나면서 나무다리가 떨어지고 정상적인 다리가 그 자리에 다시 자라났다. 다음 순간, 그자의 얼굴에서 마법 눈이 튀어나오고 진짜 눈이 그 자리를 대신했다. 바닥 저쪽으로 굴러간 마법 눈은 끊임없이 뱅글뱅글 돌고 있었다.

해리는 눈앞에 누워 있는 남자를 보았다. 창백한 피부와 약간의 주근깨, 부스스한 금발. 해리는 그 남자를 알아보았다. 해리는 이 남자를 덤블도어의 펜시브에서 본 적이 있었다. 그 남자가 크라우치 장관에게 자신의 결백함을 주장하면서 디멘터들에게 붙들려 법정에서 끌려 나가는 모습을 지켜보았다……. 하지만 지금의 그는 눈가에 주름이 져 있었고 훨씬 나이 들어 보였다…….

복도에서 다급히 달려오는 발소리가 들렸다. 스네이프가 윙키를 데리고 돌아왔다. 맥고나걸 교수가 그들을 바로 뒤따라 들어왔다.

"크라우치!" 스네이프가 문 앞에 우뚝 멈춰 서서 소리쳤다. "바티 크라우치!"

"세상에." 맥고나걸 교수도 걸음을 딱 멈추고 바닥에 있는 남자를 내려다보았다.

더럽고 단정하지 않은 모습의 윙키가 스네이프의 다리 사이로 그 광경을 바라보았다. 그녀는 입을 크게 벌리고 날카로운 비명을 질렀다. "바티 도련님, 바티 도련님, 여기서 뭘 하고 계세요?"

윙키가 젊은 남자의 가슴으로 뛰어들었다. "당신이 이분을 죽였어요! 당신이 이분을 죽였어요! 당신이 주인님의 아들을 죽였어요!"

"단지 기절 마법에 걸렸을 뿐이란다, 윙키." 덤블도어가 말했다. "좀 비켜 주지 않겠니. 세베루스, 마법약은 가져왔나?"

스네이프는 덤블도어에게 완전히 투명한 액체가 담긴 작은 유리병을 건넸다. 그가 수업 시간에 해리에게 먹이겠다고 협박한 베리타세룸이었다. 의자에서 일어난 덤블도어가 바닥에 쓰러진 남자 쪽으로 허리를 구부리더니 그를 적 탐지경 아래의 벽에 기대 앉혔다. 적 탐지경 안에서는 덤블도어와 스네이프, 맥고나걸의 형상이 여전히 그들 모두를 내려다보고 있었다. 윙키는 무릎을 꿇은 채 양손에 얼굴을 묻고 부들부들 떨고 있었다. 덤블도어는 남자의 입을 억지로 벌리고 마법약을 세 방울 떨어뜨렸다. 그런 다음 남자의 가슴에 마법 지팡이를 겨누고 주문을 외웠다.

"레네르바테."

크라우치의 아들이 눈을 떴다. 그러나 얼굴은 멍하니 풀려 있었고 눈에는 초점이 없었다. 덤블도어는 그의 앞에 무릎을 꿇고 눈높이를 맞췄다.

"내 말이 들리느냐?" 덤블도어가 조용히 물었다.

남자의 눈꺼풀이 깜빡거렸다.

"네." 남자가 중얼거렸다.

"우리에게 말해 주었으면 한다." 덤블도어가 나직한 목소리로 말했다. "어떻게 해서 여기에 왔는지. 어떻게 아즈카반에서 빠져나왔는지?"

크라우치는 부르르 떨면서 깊은 숨을 들이쉬더니, 아무런 감정도 실려 있지 않은 단조로운 목소리로 이야기를 시작했다. "어머니가 구해 주었습니다. 어머니는 자기 목숨이 얼마 남지 않았다는 사실을 알고 있었습니다. 어머니는 마지막 소원이라면서 아버지를 설득해 나를 구해 주게 했습니다. 아버지는 나를 결코 사랑한 적 없지만 그만큼 어머니를 사랑했습니다. 아버지는 어머니의 부탁을 받아들였습니다. 그들은 나를 만나러 와서 내게 어머니의 머리카락이 들어 있는 폴리주스 마법약을 주었습니다. 어머니는 내 머리카락이 들어 있는 폴리주스 마법약을 마셨습니다. 우리는 서로의 모습으로 변했습니다."

윙키는 부들부들 떨면서 고개를 저었다. "더는 말하지 마세요, 바티 도련님. 더 이상 말하지 마세요. 도련님은 아버지를 곤경에 빠뜨리고 계세요!"

하지만 크라우치는 또 한 번 심호흡을 하더니 똑같이 단조로운 목소리로 말을 이었다. "디멘터들은 앞이 보이지 않습니다. 그들은 건강한 사람 한 명과 죽어 가는 사람 한 명이 아즈카반에 들어가는 것을 감지했습니다. 그리고 건강한 사람 한 명과 죽어 가는 사람 한 명이 그곳을 나가는 것을 감지했습니다. 아버지는 죄수들이 문틈으로 지켜볼 경우에 대비해 나를 어머니로 위장시키고 몰래 빼냈습니다. 어머니는 머잖아 아즈카반에서 죽었습니다. 어머니는 마지막 순간까지 폴리주스 마법약을 마시는 것을 잊지 않았습니다. 어머니는 내 이름이 적힌 묘비 아래 내 모습을 하고 묻혔습니다. 모두 어머니를 나라고 믿었습니다."

남자의 눈꺼풀이 다시 깜빡였다.

"그럼 널 집으로 데리고 온 다음에는 어떻게 했느냐?" 덤블도어가 담담하게 물었다.

"어머니의 죽음을 꾸몄습니다. 조용한 비공개 장례식을 치렀습니다. 그때 만든 무덤은 비어 있습니다. 내가 건강을 되찾을 때까지 집요정이 나를 돌봐 주었습니다. 그런 다음 나는 숨겨져야 했습니다. 통제되어야 했습니다. 아버지는 나를 굴복시키기 위해 수많은 주문을 사용했습니다. 힘을 되찾았을 때, 나는 주인님을 찾고…… 그분께 다시 봉사할 생각뿐이었습니다."

"네 아버지가 널 어떤 식으로 굴복시켰지?" 덤블도어가 다시 물었다.

"임페리우스 저주를 걸었습니다." 크라우치가 말했다. "나는 아버지의 통제하에 있었습니다. 나는 낮이고 밤이고 억지로 투명 망토를 써야 했습니다. 나는 언제나 집요정과 함께했습니다. 집요정이 나의 감시인이자 간병인이었습니다. 집요정은 나를 불쌍히 여겼습니다. 집요정은 아버지를 설득해 가끔씩 내게 보상을 주게 했습니다. 착한 행동에 대한 보상 말입니다."

"바티 도련님, 바티 도련님." 윙키가 두 손으로 얼굴을 가린 채 흐느꼈다. "이 사람들에게 말씀하시면 안 돼요. 우리가 곤란해지고 있어요……."

"네가 아직 살아 있다는 사실을 안 사람이 있느냐?" 덤블도어가 부드럽게 말을 이었다. "네 아버지와 집요정을 빼고 말이야."

"네." 크라우치가 말했다. 그의 눈꺼풀이 다시 깜빡거렸다. "아버지의 직장에서 일하는 마법사, 버사 조킨스가 알았습니다. 그 사람이 아버지의 서명을 받을 서류를 가지고 집으로 왔을 때였습니다. 아버지는 집에 없었습니다. 윙키는 그 사람을 집 안으로 안내하고 부엌에 있는 나에게 왔습니다. 하지만 버사 조킨스는 윙키가 나에게 말하는 소리를 듣고 말았습니다. 버사 조킨스는 무슨 일인지 알아보러 부엌에 왔다가, 투명 망토 아래 누가 숨어 있는지 추측할 수 있을 만큼 많은 얘기를 들었습니다. 아버지가 집에 도착했습니다. 버사 조킨스가 아버지를 추궁했습니다. 아버지는 버사 조킨스에게 아주 강력한 망각 마법을 걸어 그 여자가 알아낸 것을 잊게 만들었습니다. 너무나 강력한 망각 마법이었습니다. 아버지는 그 마법이 버사 조킨스의 기억력을 영구적으로 손상시켰다고 말했습니다."

"그 여자는 왜 우리 주인님의 사적인 일에 참견하나요?" 윙키가 흐느꼈다. "왜 우리를 그냥 놔두지 않나요?"

"퀴디치 월드컵에서 일어난 일에 대해 말해 다오." 덤블도어가 말했다.

"내가 퀴디치 월드컵을 보러 갈 수 있도록 윙키가 아버지를 설득했습니다." 크라우치가 아까와 같은 단조로운 목소리로 말했다. "윙키는 몇 달 동안 아버지를 설득했습니다. 내가 몇 년 동안이나 집 밖으로 나간 적이 없다고, 내가 퀴디치를 아주 좋아한다고, 보러 가게 해 달라고 윙키는 말했습니다. 투명 망토를 쓰고 관람하면 될 거라고, 한 번이라도 신선한 공기를 마시게 해 달라고 설득했습니다. 윙키는 내 어머니가 그러길 바랐을 거라고 말했습니다. 윙키는 아버지에게 내 어머니가 죽은 건 내게 자유를 주기 위해서라고 말했습니다. 평생 갇힌 채 살게 하려고 나를 구한 게 아니라고 말했습니다. 아버지는 결국 허락했습니다. 그 일은 치밀하게 계획되었습니다. 아버지는 그날 이른 시간에 나와 윙키를 데리고 1등석으로 갔습니다. 윙키는 아버지를 위해 자리를 맡아 놓는 거라고 말하기로 했습니다. 그곳에는 모습이 보이지 않는 내가 앉아 있었습니다. 우리는 모두가 1등석을 떠난 뒤에 나오기로 했습니다. 윙키는 혼자 있는 것처럼 보일 테고 아무도 모를 것이었습니다. 하지만 윙키는 내가 점점 강해지고 있다는 사실을 몰랐습니다. 나는 아버지의 임페리우스 저주에 맞서 싸우기 시작했습니다. 가끔은 거의 나 자신을 되찾을 때도 있었습니다. 내가 아버지의 통제에서 벗어난 것 같은 짧은 순간들도 있었습니다. 그 일이 그곳, 1등석에서 일어났습니다. 깊은 잠에서 깨어나는 것 같았습니다. 퀴디치 월드컵 경기가 한창 벌어지고 있는 도중에 나는 사람들 사이에 있는 나 자신을 발견했습니다. 내 앞에 앉은 소년의 주머니에서 마법 지팡이가 삐죽 나와 있는 것이 보였습니다. 나는 아즈카반에 들어가기 전부터 줄곧 마법 지팡이를 허락받지 못했습니다. 나는 그 마법 지팡이를 훔쳤습니다. 윙키는 몰랐습니다. 윙키는 높은 곳을 무서워했습니다. 윙키는 얼굴을 가리고 있었습니다."

"바티 도련님, 나쁜 아이로군요!" 윙키가 손가락 사이로 눈물을 뚝뚝 떨어뜨렸다.

"네가 마법 지팡이를 가져간 거구나." 덤블도어가 말했다. "그 마법 지팡이로 뭘 했느냐?"

"우리는 텐트로 돌아갔습니다." 크라우치가 말했다. "그때 들었습니다. 죽음을 먹는 자들의 목소리를 들었습니다. 아즈카반에는 한 번도 들어간 적이 없는 자들이었습니다. 나의 주인을 위해 한 번도 고통받은 적이 없는 자들이었습니다. 그들은 주인님께 등을 돌렸습니다. 그들은 나와 달리 노예 상태가 아니었습니다. 자유롭게 그분을 찾을 수 있었는데도 그들은 그렇게 하지 않았습니다. 그들은 그저 머글들을 데리고 장난만 치고 있었습니다. 그들의 소리가 나를 일깨웠습니다. 내 정신은 지난 몇 년 사이 어느 때보다도 맑았습니다. 나는 화가 났습니다. 내게는 마법 지팡이가 있었습니다. 나는 주인님께 불충한 그들을 공격하고 싶었습니다. 아버지는 머글들을 구하러 가는 바람에 텐트에 없었습니다. 그토록 화가 난 나를 본 윙키는 겁에 질렸습니다. 윙키는 자기 나름의 마법을 써서 나를 자신에게 묶어 두었습니다. 윙키는 나를 텐트에서 끌어내 죽음을 먹는 자들에게서 멀리 떨어진 숲으로 데려갔습니다. 나는 윙키를 막으려 했습니다. 나는 야영장으로 돌아가고 싶었습니다. 나는 죽음을 먹는 자들에게 어둠의 왕에 대한 충성을 바친다는 게 어떤 건지 보여 주고 싶었고, 그런 충성심이 없는 그들을 벌하고 싶었습니다. 나는 훔친 마법 지팡이를 사용해 어둠의 징표를 하늘로 쏘아 올렸습니다. 정부 마법사들이 도착했습니다. 그들은 사방으로 기절 마법을 발사했습니다. 그중 하나가 윙키와 내가 서 있던 나무들 사이로 날아왔습니다. 우리 둘을 연결하고 있던 끈이 끊어졌습니다. 우리는 둘 다 기절 마법에 걸렸습니다. 윙키가 발견되자 아버지는 내가 근처에 있을 게 틀림없다는 걸 알았습니다. 아버지는 윙키가 발견된 덤불을 뒤져 거기에 누워 있는 나를 찾아냈습니다. 아버지는 다른 정부 직원들이 숲을 떠날 때까지 기다렸습니다. 아버지는 내게 다시 임페리우스 저주를 걸고 나를 집으로 데려갔습니다. 아버지는 윙키를 해고했습니다. 윙키가 아버지의 입장을 난처하게 만들었기 때문입니다. 윙키는 내가 마법 지팡이를 손에 넣도록 방치했습니다. 하마터면 내가 도망치게 할 뻔했습니다."

윙키가 절망적으로 울부짖었다.

"이제 집에는 아버지와 나 단둘뿐이었습니다. 그런 다음…… 바로 그때……." 크라우치의 머리가 목 위에서 돌아가더니 그의 얼굴에 미치광이 같은 미소가 번졌다. "주인님께서 내게 오셨습니다. 주인님께서는 그분의 부하 웜테일의 팔에 안긴 채 어느 날 밤늦게 우리 집에 도착했습니다. 주인님께서는 내가 아직도 살아 있다는 걸 알아내셨던 겁니다. 주인님은 알바니아에서 버사 조킨스를 붙잡았습니다. 그 여자를 고문했습니다. 그 여자는 주인님께 아주 많은 것을 말해 주었습니다. 트라이위저드 대회에 관해서 말했습니다. 나이든 오러 무디가 호그와트에서 학생들을 가르치게 되었다고 말했습니다. 주인님은 내 아버지가 그녀에게 걸어 둔 망각 마법이 깨질 때까지 그녀를 고문하셨습니다. 그 여자는 주인님께 내가 아즈카반에서 탈출했다고 말했습니다. 그녀는 주인님께 내가 주인님을 찾지 못하도록 아버지가 나를 가뒀다고 말했습니다. 그렇게 주인님께서는 내가 여전히 그분의 충실한 부하라는 사실을 알게 되신 겁니다. 아마도 가장 충직한 부하라는 사실을 말이죠. 주인님께서는 버사가 그분께 드린 정보를 토대로 한 가지 계획을 세우셨습니다. 그분께는 내가 필요했습니다. 그분은 자정이 가까울 무렵 우리 집에 도착했습니다. 아버지가 문을 열었습니다."

삶에서 가장 달콤한 기억을 떠올리는 것처럼 크라우치의 얼굴에 더욱 환한 미소가 번졌다. 윙키의 손가락 사이로 극도로 겁에 질린 그녀의 갈색 눈동자가 보였다. 윙키는 너무 겁을 먹어 입을 열지 못하는 것 같았다.

"그 일은 순식간에 일어났습니다. 아버지는 주인님에 의해 임페리우스 저주에 걸렸습니다. 이제는 아버지가 감금당하고 조종당하는 사람이 된 것입니다. 주인님은 아버지가 평소대로 일을 하도록, 아무런 문제도 없는 것처럼 행동하도록 했습니다. 그리고 나는 풀려났습니다. 깨어났습니다. 다시 나 자신이 되었습니다. 지난 몇 년 동안 잃어버렸던 나 자신을 되찾았습니다."

"볼드모트 경이 너에게 무슨 일을 시켰느냐?" 덤블도어가 물었다.

"주인님께서는 내가 그분을 위해 모든 것을 감당할 준비가 되어 있는지 물으셨습니다. 나는 준비가 되어 있었습니다. 그분께 봉사하는 것, 그분께 나 자신을 증명해 보이는 것은 나의 꿈이자 가장 위대한 야망이었습니다. 그분께서는 나에게 호그와트에 충실한 부하를 두어야 한다고 말씀하셨습니다. 아무에게도 들키지 않고 해리 포터를 트라이위저드 대회에 끌어들일 사람 말입니다. 해리 포터를 감시하고, 해리 포터가 반드시 트라이위저드 우승컵에 도달하도록 만들 사람, 우승컵을 포트키로 바꿔 거기에 첫 번째로 손대는 사람을 주인님께 데려가게 할 사람 말입니다. 하지만 일단은……."

"앨러스터 무디가 필요했겠군." 덤블도어가 말을 받았다. 목소리는 여전히 침착했지만 그의 푸른 눈은 활활 불타오르고 있었다.

"웜테일과 내가 그 일을 했습니다. 우리는 미리 폴리주스 마법약을 준비해 두었습니다. 우리는 무디의 집으로 갔습니다. 무디는 저항했습니다. 소동이 일었습니다. 우리는 간신히 그를 제압할 수 있었습니다. 그의 마법 가방 한 칸에 무디를 억지로 가뒀습니다. 그의 머리카락을 조금 잘라 마법약에 넣었습니다. 나는 그걸 마시고 무디의 복제품이 되었습니다. 나는 그의 다리와 눈을 가져갔습니다. 아서 위즐리가 소란스러운 소리를 들은 머글들을 정리하러 도착했을 때 나는 그를 맞이할 준비가 되어 있었습니다. 나는 쓰레기통들이 마당을 돌아다니도록 만들었습니다. 나는 아서 위즐리에게 누군가가 우리 집 마당에 침입하는 소리를 들었고, 그자들이 쓰레기통의 경보 장치를 울리게 한 거라고 말했습니다. 그런 다음 나는 무디의 옷과 어둠의 마법 탐지기들을 챙겨 무디가 들어 있는 짐 가방에 넣고 호그와트로 떠났습니다. 나는 무디에게 임페리우스 저주를 걸어 놓고 그를 계속 살려 두었습니다. 나는 그를 심문할 수 있어야 했습니다. 그의 과거를 캐고 그의 습관을 익혀 덤블도어조차 속일 수 있도록. 또한 폴리주스 마법약을 만들려면 그의 머리카락이 필요했습니다. 다른 재료들은 얻기 쉬웠습니다. 나는 지하 감옥에서 붐슬랑 독사 가죽을 훔쳤습니다. 마법약 교수가 자신의 연구실에서 나를 발견했을 때, 나는 그곳을 수색하라는 지시를 받았다고 말했습니다."

"그럼 네가 무디를 공격한 다음 웜테일은 어떻게 되었느냐?" 덤블도어가 물었다.

"웜테일은 주인님을 돌보고 아버지를 감시하기 위해 아버지의 집으로 돌아갔습니다."

"그런데 네 아버지가 도망친 거로구나." 덤블도어가 말했다.

"네. 시간이 지나자 아버지는 내가 그랬듯 임페리우

스 저주에 맞서 싸우기 시작했습니다. 가끔은 무슨 일이 벌어지고 있는지 깨닫기도 했습니다. 주인님께서는 아버지를 집 밖으로 내보내는 것이 더 이상 안전하지 않다고 판단하셨습니다. 주인님께서는 아버지에게 억지로 정부에 편지를 보내게 하셨습니다. 아버지에게 아프다는 편지를 쓰게 했습니다. 하지만 웜테일이 임무를 소홀히 하고 말았습니다. 감시에 충분히 주의를 기울이지 않았습니다. 아버지가 도망친 것입니다. 주인님께서는 아버지가 호그와트로 갈 거라고 추측하셨습니다. 아버지는 덤블도어에게 모든 것을 말할 터였습니다. 본인이 저지른 일을 고백할 것이었습니다. 나를 아즈카반에서 몰래 빼냈다는 사실을 인정할 작정이었습니다. 주인님께서 나에게 아버지가 도망쳤다는 소식을 전해 주셨습니다. 주인님께서는 나에게 어떤 수를 써서라도 아버지를 막으라고 말씀하셨습니다. 그래서 나는 기다리며 지켜보았습니다. 나는 해리 포터에게서 얻은 지도를 사용했습니다. 하마터면 모든 것을 망쳐 버릴 뻔했던 지도 말입니다."

"지도라니?" 덤블도어가 재빨리 말했다. "무슨 지도 말이냐?"

"포터가 가지고 있던 호그와트 지도 말입니다. 포터는 그 지도에서 나를 봤습니다. 포터는 어느 날 밤 내가 스네이프의 연구실에서 폴리주스 마법약 재료를 훔치는 것을 보았습니다. 나와 내 아버지의 이름이 같으므로, 포터는 내 아버지를 보았다고 생각했습니다. 그날 밤 나는 포터에게서 그 지도를 얻었습니다. 나는 포터에게 내 아버지가 어둠의 마법사들을 싫어한다고 말했습니다. 포터는 내 아버지가 스네이프를 쫓고 있다고 믿었습니다. 1주일 동안 나는 아버지가 호그와트에 도착하기를 기다렸습니다. 마침내 어느 날 저녁, 지도는 아버지가 교정에 들어오는 것을 보여 주었습니다. 나는 투명 망토를 걸치고 아버지를 만나러 갔습니다. 아버지는 금지된 숲 근처를 돌아다니고 있었습니다. 그때 포터와 크룸이 왔습니다. 나는 기다렸습니다. 나는 주인님께 필요한 포터를 해칠 수 없었습니다. 포터가 덤블도어를 부르러 가자 나는 크룸에게 기절 마법을 걸었습니다. 나는 아버지를 죽였습니다."

"안돼애애애!" 윙키가 울부짖었다. "바티 도련님, 바티 도련님, 무슨 말씀을 하시는 거예요?"

"네가 아버지를 죽였군." 덤블도어가 여전히 담담한 목소리로 말했다. "시신은 어떻게 했지?"

"금지된 숲으로 옮겼습니다. 투명 망토로 시체를 덮었습니다. 나는 지도를 가지고 있었습니다. 나는 포터가 성으로 들어가 스네이프를 만나는 것을 지켜봤습니다. 덤블도어가 그들과 합류했습니다. 나는 포터가 덤블도어를 성에서 데리고 나오는 것을 지켜보았습니다. 금지된 숲에서 걸어 나온 나는 그들의 뒤에서 왔던 길을 되돌아간 다음 그들을 만나러 갔습니다. 덤블도어한테는 스네이프에게 이야기를 듣고 온 거라고 말했습니다. 덤블도어는 나에게 가서 아버지를 찾아보라고 했습니다. 나는 아버지의 시체가 있는 곳으로 돌아갔습니다. 지도를 보았습니다. 모두가 성으로 돌아가자 나는 아버지의 시체를 변신시켰습니다. 아버지는 뼈가 되었습니다……. 나는 투명 망토를 걸친 채 그 뼈를 해그리드의 오두막 앞, 새로 파헤친 흙 아래 묻었습니다."

무거운 침묵이 흐르는 가운데 윙키의 흐느낌만 끊임없이 이어졌다.

잠시 후 덤블도어가 입을 열었다. "그리고 오늘 밤……."

바티 크라우치가 작은 목소리로 말했다. "나는 저녁 식사 전에 트라이위저드 우승컵을 미로에 가져다 놓겠다고 했습니다. 그리고 그것을 포트키로 바꿔 놓았습니다. 주인님의 계획이 이루어진 것입니다. 주인님께서는 힘을 되찾으셨고, 나는 그분 곁에서 마법사들은 감히 꿈도 꾸지 못할 영광을 누리게 될 것입니다."

그의 얼굴에 또 한 번 미치광이 같은 미소가 떠올랐다. 윙키가 곁에서 울부짖고 흐느끼는 가운데 그의 머리가 어깨로 축 늘어졌다.

CHAPTER 36

갈림길

덤블도어가 일어섰다. 그는 잠깐 동안 혐오가 가득 담긴 눈으로 바티 크라우치를 내려다보았다. 그런 다음 다시 한 번 마법 지팡이를 들어 올렸다. 그의 마법 지팡이에서 밧줄이 튀어나오더니 저절로 바티 크라우치를 꽁꽁 묶었다.

그는 맥고나걸 교수에게 고개를 돌렸다. "미네르바, 내가 해리를 위층에 데려다주는 동안 이곳을 지켜 주시겠어요?"

"물론입니다." 맥고나걸 교수가 말했다. 그녀는 방금 누가 토하는 장면을 보기라도 한 것처럼 약간 메스껍다는 표정을 짓고 있었다. 하지만 마법 지팡이를 꺼내 바티 크라우치를 겨누는 그녀의 손은 전혀 흔들림이 없었다.

"세베루스." 덤블도어가 스네이프에게 고개를 돌렸다. "폼프리 선생님에게 여기로 와 달라고 전해 주게. 앨러스터 무디를 병동으로 데려가야 하네. 그런 다음 교정으로 나가 코닐리어스 퍼지를 찾아서 이 연구실로 데리고 오게. 분명 그 자신이 직접 크라우치에게 질문을 던지고 싶어 할 테니. 나를 찾으면 30분 뒤에 병동으로 가 있겠다고 말해 주게."

스네이프는 조용히 고개를 끄덕이고 방을 달려 나갔다.

"해리?" 덤블도어가 부드러운 목소리로 해리를 불렀다.

자리에서 일어난 해리는 다시 휘청거렸다. 크라우치의 말을 듣는 내내 알아차리지도 못했던 다리의 통증이 이제 완전히 돌아왔다. 몸이 떨리는 것도 느껴졌다. 덤블도어는 그의 팔을 움켜잡고 그를 부축해 어두운 복도로 나갔다.

"먼저 내 연구실로 가자꾸나, 해리." 복도를 걸어가며 그가 조용히 말했다. "시리우스가 거기서 기다리고 있단다."

해리는 고개를 끄덕였다. 얼떨떨하고 모든 것이 비현실적으로 느껴졌지만 아무래도 좋았다. 오히려 그런 상태가 달가웠다. 해리는 트라이위저드 우승컵을 처음 만진 순간부터 지금까지 일어난 일들 가운데 단

한 가지도 떠올리고 싶지 않았다. 끊임없이 그의 머릿속에 번쩍이며 떠오르는, 사진처럼 생생하고 선명한 그 기억들을 자세히 살피고 싶지 않았다. 짐 가방 안에 있던 매드아이 무디. 손이 잘려 나간 팔 끝을 감싼 채 바닥에 쓰러진 웜테일. 김이 자욱한 솥에서 일어서던 볼드모트. 세드릭…… 죽은…… 세드릭, 부모님에게 데려다 달라고 부탁하던 세드릭…….

"교수님." 해리가 중얼거렸다. "세드릭의 부모님은 어디에 계세요?"

"스프라우트 교수님과 함께 계신단다." 덤블도어가 말했다. 바티 크라우치를 취조하는 내내 무척이나 담담했던 그의 목소리가 처음으로 살짝 떨렸다. "스프라우트 교수님은 세드릭이 속한 기숙사의 담임 교수니 그 아이에 대해 가장 잘 아시지."

그들은 가고일 석상 앞에 도착했다. 덤블도어가 암호를 대자 석상은 옆으로 펄쩍 비켜섰고, 덤블도어와 해리는 움직이는 나선형 계단을 타고 오크나무 문으로 향했다. 덤블도어가 문을 밀어젖혔다.

시리우스가 그곳에 서 있었다. 그의 얼굴은 아즈카반에서 탈출했을 때처럼 창백하고 야위어 있었다. 그가 순식간에 방을 가로질러 왔다. "해리, 괜찮니? 이럴 줄 알았다. 이런 일이 일어날 줄 알았어. 무슨 일이 있었던 거냐?"

해리를 부축해 책상 앞 의자에 앉히는 그의 손이 떨렸다.

"무슨 일이야?" 그가 더욱 다급한 목소리로 물었다.

덤블도어는 시리우스에게 바티 크라우치가 했던 모든 이야기를 들려주었다. 해리는 반만 귀를 기울였다. 너무나 피곤한 나머지 온몸의 뼈가 쑤시지 않는 곳이 없을 지경이었다. 그는 아무런 방해도 받지 않고 오랫동안 그저 그 자리에 앉아 있다가, 무엇도 생각하거나 느낄 필요가 없도록 잠드는 것 말고는 아무것도 바라지 않았다.

부드럽게 퍼덕거리는 소리가 들렸다. 횃대를 떠나 연구실을 날아온 불사조 폭스가 해리의 무릎 위에 내려앉았다.

"안녕, 폭스." 해리는 조용히 인사를 건넸다. 그는 불사조의 아름다운 진홍색과 황금색 깃털을 쓰다듬었다. 폭스는 온화하게 그를 올려다보면서 눈을 깜빡였다. 폭스의 따뜻한 묵직함이 어쩐지 위로가 되었다.

덤블도어가 이야기를 멈췄다. 그는 해리의 맞은편, 자신의 책상 뒤 의자에 앉았다. 덤블도어가 자신을 바라보자 해리는 그의 눈을 피했다. 이제 덤블도어는 그에게 질문을 던질 것이다. 해리가 그 모든 일을 다시 겪게 만들 것이다.

"나는 네가 미로에서 포트키를 만진 뒤 무슨 일이 일어났는지 알아야 한단다, 해리." 덤블도어가 말했다.

"아침까지 기다릴 수 있잖습니까, 덤블도어 교수님?" 시리우스가 쉰 목소리로 말했다. 그는 해리의 어깨에 손을 얹고 있었다. "좀 자게 해 주십시오. 쉬게 해 주세요."

해리는 시리우스를 향한 고마움이 솟구치는 것을 느꼈지만 덤블도어는 시리우스의 말에 전혀 귀 기울이지 않았다. 그가 해리 쪽으로 몸을 구부렸다. 해리는 마지못해 고개를 들고 그 푸른 눈을 들여다보았다.

덤블도어가 부드럽게 말했다. "너를 마법으로 잠들게 해서, 오늘 밤 일어난 일들을 생각해야 하는 순간을 미루도록 해 주는 것이 너에게 정말 도움이 된다고 생각했다면 그렇게 했을 거다. 하지만 나는 잘 알고 있단다. 고통을 잠깐 마비시키면 결국 나중에 그것을 다시 느낄 때 더 괴로울 뿐이지. 넌 내가 너에게 기대할 수 있는 것 이상의 용기를 보여 주었다. 그 용기를 한 번 더 보여 줬으면 좋겠구나. 무슨 일이 일어났는지 우리에게 말해 다오."

불사조가 한 차례 부드럽게 떨리는 울음소리를 냈다. 그 소리가 공기를 울리자, 해리는 뜨거운 액체 한 방울이 목구멍을 지나 뱃속으로 들어가 몸을 데우고 힘을 주는 것 같은 기분이 들었다.

그는 심호흡을 하고 이야기하기 시작했다. 그날 밤의 장면 하나하나가 눈앞에 떠오르는 것 같았다. 볼드모트를 부활시킨 마법약의 반짝이는 표면이 보였다. 죽음을 먹는 자들이 주위의 무덤 사이사이로 순간이동해 오던 장면이 보였다. 우승컵 옆에 쓰러져 있는 세드릭의 시신이 보였다.

여전히 해리의 어깨를 꽉 잡고 있던 시리우스가 한두 번 무슨 말을 하려는 듯 입을 열었다. 하지만 덤블도어가 손을 들어 그를 막았고 해리는 그것이 다행스러웠다. 일단 시작한 지금은 말을 이어 가는 게 더 쉬웠기 때문이다. 심지어 마음이 홀가분해졌다. 속에서 독기가 빠져나가는 것 같은 기분이었다. 계속 말을 하려면 남아 있는 의지력을 모두 대가로 치러야 했지만, 그럼에도 일단 이야기를 다 하고 나면 기분이 나아질 것 같았다.

하지만 웜테일이 해리의 팔을 단검으로 찌른 대목에 이르자 시리우스는 화가 나서 버럭 소리를 질렀다. 덤블도어가 벌떡 일어서는 바람에 해리는 깜짝 놀랐다. 덤블도어는 책상을 돌아와 해리에게 팔을 뻗으라고 말했다. 해리는 두 사람에게 찢어진 로브 아래 상처를 보여 주었다.

"제 피가 다른 사람의 피를 썼을 때보다 자기를 더 강하게 만들어 줄 거라고 했어요." 해리가 덤블도어에게 말했다. "저한테 남아 있는 제, 제 어머니의 보호막이 자기한테도 깃들게 될 거라고 했어요. 그 말이 맞았어요. 그자는 고통을 느끼지 않고도 저를 만질 수 있었어요. 제 얼굴을 만지기까지 했어요."

아주 짧은 순간, 해리는 덤블도어의 눈에서 승리감 비슷한 것이 반짝이는 것을 본 듯했다. 하지만 다음 순간에는 그저 상상이었을 뿐이라는 확신이 들었다. 책상 뒤 자신의 자리로 돌아간 덤블도어는 지금까지 해리가 보았던 어떤 모습보다도 늙고 지쳐 보였다.

"잘 알겠다." 그가 다시 앉으며 말했다. "볼드모트가 그 특별한 장애물을 뛰어넘었구나. 해리, 부디 계속해 다오."

해리는 말을 이었다. 그는 볼드모트가 어떻게 솥 안에서 부활했는지 설명하고, 볼드모트가 죽음을 먹는 자들에게 뭐라고 연설했는지 기억나는 대로 전부 이야기했다. 그런 다음 그는 볼드모트가 자기를 풀어 주고 마법 지팡이를 돌려준 다음 결투를 제안했다고 말했다.

하지만 황금색 광선이 그와 볼드모트의 마법 지팡이를 연결한 대목에 이르자 해리는 목이 메는 것을 느꼈다. 말을 계속하려 했지만 볼드모트의 마법 지팡이에서 나온 것들에 대한 기억이 머릿속에 밀려들었다. 그는 세드릭이 나오는 것을 보았다. 노인과 버사 조킨스가 나오는 것을 보았다…… . 그의 어머니와…… 아버지가…… .

해리는 시리우스가 침묵을 깬 것이 고마웠다.

"마법 지팡이가 연결됐다고?" 그는 해리에게서 덤블도어에게로 눈길을 돌리며 물었다. "왜 그런 걸까요?"

해리는 다시 덤블도어를 올려다보았다. 덤블도어는 어떤 생각에 사로잡힌 듯한 표정이었다.

"프라이오리 인칸타템." 그가 중얼거렸다.

그의 눈이 해리의 눈을 응시했다. 둘 사이에 보이지 않는 이해의 빛이 오간 것 같았다.

"역추적 마법 말씀입니까?" 시리우스가 날카로운 목소리로 물었다.

"그렇다네." 덤블도어가 말했다. "해리의 마법 지팡이와 볼드모트의 마법 지팡이는 같은 심지를 가지고 있네. 둘 다 같은 불사조의 꼬리 깃이 들어 있지. 사실은 이 불사조의 깃털이라네." 그는 해리의 무릎에 평온하게 앉아 있는 주홍색과 황금색의 새를 가리키며 덧붙였다.

"제 마법 지팡이 깃털이 폭스 거라고요?" 해리가 놀라서 물었다.

"그렇단다." 덤블도어가 말했다. "올리밴더 씨가 나한테 편지로 네가 그 두 번째 마법 지팡이를 샀다고 전해 주었단다. 4년 전, 네가 그의 가게를 나서자마자 말이야."

"그럼 마법 지팡이가 형제를 만나면 어떤 일이 벌어지죠?" 시리우스가 물었다.

"서로에 대항해서는 제대로 작동하지 않는다네." 덤블도어가 말했다. "하지만 그 주인들이 억지로 싸우게 하면…… 아주 드문 효과가 일어나지. 마법 지팡이 하나가 다른 지팡이에게 이전에 썼던 마법을 되풀이하도록 강제하게 된다네. 역순으로 말이야. 먼저 가장 최근에 쓴 마법이 나오고…… 그다음에는 그전에 쓴 마법이 나오고……."

그가 실제로 그랬냐는 듯 해리를 바라보자 해리는 고개를 끄덕였다.

"그 말은……." 덤블도어가 해리의 얼굴에 시선을 둔 채 천천히 말을 이었다. "세드릭이 어떤 형상을 띠고 다시 나타났을 거라는 뜻이지."

해리가 다시 고개를 끄덕였다.

"디고리가 살아났다고요?" 시리우스가 큰 소리로 다시 물었다.

"어떤 마법도 죽은 자를 되살아나게 할 수는 없네." 덤블도어가 무거운 목소리로 말했다. "기껏해야 메아리 같은 것일 뿐이지. 마법 지팡이에서 세드릭의 움직이는 환영이 나왔을 테지……. 내 말이 맞니, 해리?"

"세드릭이 저한테 말을 걸었어요." 해리가 말했다. 그는 갑자기 다시 몸을 떨었다. "그…… 세드릭의 유령인지 뭔지는 모르겠지만, 아무튼 저한테 말을 걸었어요."

"메아리란다." 덤블도어가 말했다. "세드릭의 모습과 성격을 갖고 있는 메아리지. 그와 비슷한 다른 형상들도 나타났을 것 같은데……. 그보다 시간을 좀 더 거슬러 올라가서 볼드모트의 마법 지팡이에 희생당한 사람들 말이다……."

"어떤 노인이 있었어요." 해리가 말했다. 아직도 목구멍이 죄어 왔다. "버사 조킨스도요. 그리고……."

"네 부모님도?" 덤블도어가 조심스럽게 물었다.

"네." 해리가 대답했다.

시리우스는 이제 아플 정도로 해리의 어깨를 움켜쥐고 있었다.

"그 마법 지팡이가 마지막으로 저지른 살인들이 보인 게다." 덤블도어가 고개를 끄덕이며 말했다. "역순으로 말이야. 네가 계속 연결을 유지했다면 더 많은 사람들이 나타났겠지. 그래, 해리. 이 메아리들, 이 그림자들이…… 어떤 행동을 했느냐?"

해리는 마법 지팡이에서 나온 형상들이 황금 그물망 가장자리를 서성거린 일과 볼드모트가 그들을 두려워하는 것처럼 보였던 일, 해리 아버지의 환영이 그에게 뭘 해야 하는지 말해 준 일, 세드릭이 마지막으로 어떤 부탁을 했는지를 이야기했다.

이 대목에 이르자 해리는 더 이상 말을 이을 수가 없었다. 그는 시리우스에게 눈길을 돌려 그가 손에 얼굴을 묻고 있는 모습을 보았다.

해리는 문득 폭스가 자신의 무릎에서 날아갔다는 사실을 깨달았다. 불사조는 날개를 퍼덕여 바닥에 내려앉아 있었다. 불사조가 그 아름다운 머리를 해리의 다친 다리에 댔다. 폭스의 눈에서 굵고 진주 같은 눈물방울이 흘러나와 거미에게 입은 상처로 뚝뚝 흘러내렸다. 통증이 사라졌다. 상처가 아물었다. 그의 다리가 치료된 것이다.

"다시 말하마." 불사조가 공중으로 날아올라 다시 문 옆 횃대에 내려앉자 덤블도어가 말했다. "너는 오늘 밤 내가 너한테 기대할 수 있는 것 이상의 용기를 보여 주었다, 해리. 너는 가장 강력했던 시절의 볼드모트와 싸우다가 죽은 사람들에 맞먹는 용기를 보여 줬어. 너는 어른 마법사들이나 감당할 법한 짐을 졌고, 너 자신이 그 짐을 짊어질 수 있다는 사실을 증명했다. 우리가 이 이상을 기대한다면 그건 정당한 일이 아니다. 나와 함께 병동으로 가자. 오늘 밤에는 기숙사로 돌아가지 않았으면 좋겠다. 수면 마법약을 먹고 좀 쉬거라……. 시리우스, 자네가 해리와 같이 있어 주겠나?"

시리우스는 고개를 끄덕이고 일어섰다. 다시 커다란 검은색 개로 변신한 그는 해리와 덤블도어를 따라 연구실을 나선 뒤 그들과 함께 계단을 내려가 병동으로 향했다.

덤블도어가 문을 열자 위즐리 부인과 빌, 론, 헤르미온느가 잔뜩 시달린 표정의 폼프리 선생 주위에 모여 있는 것이 보였다. 폼프리 선생에게 해리가 어디에 있으며 그에게 무슨 일이 일어났는지 알려 달라고 요구하고 있었던 것 같았다.

해리와 덤블도어, 그리고 검은 개가 들어오자 모두가 홱 돌아섰다. 위즐리 부인은 소리 죽여 비명 비슷한 소리를 내질렀다. "해리! 아, 해리!"

서둘러 해리에게 다가오려 하는 그녀를 덤블도어가 가로막았다.

"몰리." 그가 손을 들어 올리며 말했다. "잠깐만 내 말을 들어주게. 해리는 오늘 끔찍한 시련을 겪었네. 방금 나 때문에 다시 그 시련을 떠올려야 했고. 지금 해리에게 필요한 건 잠과 평화와 고요라네. 만약 해리가 모두 함께 있어 주기를 바란다면……." 그는 론과 헤르미온느와 빌 또한 돌아보며 덧붙였다. "그건 괜찮네. 하지만 해리가 대답할 준비가 될 때까지는 질문을 던지지 않았으면 좋겠군. 오늘 저녁에는 확실히 안 되고."

위즐리 부인이 고개를 끄덕였다. 그녀의 얼굴은 새하얗게 질려 있었다.

그녀는 론과 헤르미온느와 빌이 시끄럽게 굴기라도 했던 것처럼 그들에게 돌아서서 숨죽인 목소리로 힘주어 말했다. "들었지? 조용히 해야 한다!"

"교장 선생님." 폼프리 선생이 커다란 검은 개의 모습을 한 시리우스를 보며 말했다. "저 개는……?"

"이 개는 잠시 해리와 함께 있을 겁니다." 덤블도어가 간단하게 말했다. "내가 보증하지요. 이 개는 훈련이 아주 잘돼 있어요. 해리, 어서 침대에 눕거라."

해리는 다른 사람들에게 질문을 던지지 말아 달라고 부탁한 덤블도어에게 뭐라 말할 수 없는 고마움을 느꼈다. 사람들이 그곳에 있는 것이 싫지는 않았지만 그 모든 일을 다시 한 번 떠올리면서 설명한다고 생각하니 도저히 견딜 수 없었다.

"퍼지를 만나고 바로 돌아오마, 해리." 덤블도어가 말했다. "내가 학생들에게 설명할 때까지는 내일도 여기에 그대로 있어 주면 좋겠구나." 그는 병동을 나갔다.

폼프리 선생이 근처 침대로 데려가는 동안 해리는 병동 저 끝의 침대에 꼼짝 없이 누워 있는 진짜 무디를 보았다. 그의 나무다리와 마법 눈이 침대 옆 탁자에 놓여 있었다.

"저분은 괜찮으세요?" 해리가 물었다.

"괜찮으실 거야." 폼프리 선생이 해리에게 잠옷을 주고 침대 주위에 가림막을 치면서 말했다. 해리는 로브를 벗고 잠옷을 입은 뒤 침대에 누웠다. 론과 헤르미온느, 빌, 위즐리 부인과 검은 개가 가림막 안으로 들어와 침대 양옆 의자에 앉았다. 론과 헤르미온느는 해리가 두렵기라도 한 듯 조심스럽게 그를 바라보았다.

"난 괜찮아." 그가 그들에게 말했다. "그냥 피곤해서 그래."

괜히 해리의 이불보 주름을 펴는 위즐리 부인의 눈에 눈물이 가득 고였다.

부산스럽게 사무실로 달려간 폼프리 선생이 잔과 웬 자주색 마법약이 담긴 작은 병을 가지고 돌아왔다.

"이걸 다 마셔야 한다, 해리." 그녀가 말했다. "꿈도 꾸지 않고 푹 자게 만들어 주는 마법약이야."

해리는 잔을 받아 몇 모금 삼켰다. 곧바로 졸음이 쏟아졌다. 주위의 모든 것이 흐릿해졌다. 병동 안의 등불들이 침대 가림막 너머로 그를 향해 다정하게 깜박거리는 것이 보였다. 몸이 깃털 매트리스의 온기 속으로 더욱 깊이 가라앉는 것 같았다. 너무나 피곤했던 그는 마법약을 다 마시기도 전에, 뭔가 다른 말을 하기도 전에 잠들어 버렸다.

아주 따뜻하고 나른한 상태에서 깨어난 해리는 다시

잠들고 싶은 마음에 눈을 뜨지 않았다. 방은 여전히 어슴푸레하게 밝혀져 있었다. 그는 아직 한밤중일 거라고 확신했다. 아주 오래 잠들어 있었던 것 같진 않았다.

그때 주위에서 속삭이는 소리가 들렸다.

"저 사람들이 입을 다물지 않으면 해리가 깨고 말 거야."

"뭐 때문에 소리치는 걸까요? 또 무슨 일이 일어났을 리는 없잖아요?"

해리는 게슴츠레하게 눈을 떴다. 누군가가 그의 안경을 벗겨 놓았다. 가까운 곳에 있는 위즐리 부인과 빌의 어렴풋한 윤곽이 보였다. 위즐리 부인은 일어서 있었다.

"퍼지 목소리인데." 그녀가 속삭였다. "그리고 저건 미네르바 맥고나걸 교수 목소리잖니? 그런데 뭐 때문에 싸우는 걸까?"

이제는 해리의 귀에도 그 소리가 들렸다. 사람들이 고함을 지르며 병동으로 달려오는 소리가 들려왔다.

"미안하지만, 그렇더라도 마찬가지요, 미네르바." 코닐리어스 퍼지가 큰 소리로 말하고 있었다.

"그런 걸 성안에 들여오시다니 절대 안 됩니다!" 맥고나걸 교수가 소리쳤다. "덤블도어 교수님이 아시면……."

해리는 병동 문이 활짝 열리는 소리를 들었다. 빌이 가림막을 열어젖히자 모두 문 쪽을 바라보았다. 해리는 침대 주위에 있는 사람들 모르게 일어나 앉아 안경을 썼다.

퍼지가 성큼성큼 병동으로 들어왔다. 맥고나걸 교수와 스네이프가 그의 뒤를 따르고 있었다.

"덤블도어는 어디 있습니까?" 퍼지가 위즐리 부인에게 물었다.

"여기 안 계세요." 위즐리 부인이 화가 난 듯 말했다. "여기는 병동입니다, 총리님. 이러시면 안 될……."

하지만 문이 열렸고, 덤블도어가 미끄러지듯 병동으로 들어왔다.

"무슨 일입니까?" 덤블도어가 퍼지에게서 맥고나걸 교수에게로 시선을 돌리며 날카로운 목소리로 물었다. "왜 이 사람들을 방해하는 거지요? 미네르바, 의외로군요. 내가 바티 크라우치를 지키고 있어 달라고 부탁했는데……."

"더 이상 그자를 지키고 있을 필요가 없습니다, 덤블도어!" 그녀가 날카롭게 소리쳤다. "총리께서 확실히 조치하셨으니까요!"

해리는 이렇게 이성을 잃고 화를 내는 맥고나걸 교수의 모습은 한 번도 본 적이 없었다. 양 뺨은 빨갛게 달아올랐고 두 손은 주먹을 꽉 쥐고 있었다. 그녀는 분노로 부들부들 떨고 있었다.

스네이프가 나직한 목소리로 입을 열었다. "저희가 퍼지 총리께 오늘 밤 사건에 책임이 있는 죽음을 먹는 자를 잡았다고 말하자, 총리께서는 본인의 안전에 문제가 있다고 느끼신 모양입니다. 디멘터를 소환해서 함께 성으로 들어가겠다고 고집을 부리셨습니다. 총리님이 바티 크라우치가 있는 연구실로 디멘터를 데리고 올라가자……."

"저는 교장 선생님이 동의하지 않으실 거라고 말했습니다, 덤블도어!" 맥고나걸 교수가 호통을 치듯 말했다. "교장 선생님은 디멘터가 성안에 발을 들이는 일은 결코 허락하지 않으실 거라고 했는데……."

"이것 봐요!" 퍼지가 소리쳤다. 그 역시 해리가 여태껏 보아 온 그 어느 때보다도 화가 난 듯했다. "마법 정부의 총리로서, 위험 가능성이 있는 자를 만날 때 보호책을 동원하는 건 내가 결정할 사안……."

하지만 맥고나걸 교수가 더 큰 목소리로 퍼지의 목소리를 눌렀다.

"그, 그것이 연구실에 들어간 순간……." 그녀가 온몸을 부들부들 떨면서 퍼지를 가리키며 소리쳤다. "크라우치에게 휙 날아들더니…… 그러더니……."

맥고나걸 교수가 어떤 일이 일어났는지 설명할 말을 찾으려고 애쓰는 가운데 해리는 가슴속이 싸늘해지는 것을 느꼈다. 해리는 그녀가 말을 끝맺지 않아도 디멘터가 무슨 짓을 했을지 알고 있었다. 디멘터는 바티 크라우치에게 그 치명적인 입맞춤을 집행한 것이다. 입으로 영혼을 빨아냈다. 바티 크라우치는 죽은 것보다 못한 상태가 되었다.

"어느 면으로 보나 그자를 잃은 건 손실이라 할 수 없소!" 퍼지가 고함쳤다. "그자는 몇 건의 사망 사건에 책임이 있지 않소!"

"그러나 이제 증언할 수 없게 됐군요, 코닐리어스." 덤블도어가 말했다. 그는 제대로 보는 게 처음이라는 것처럼 퍼지를 빤히 쳐다보았다. "그 사람들을 왜 죽였는지 증언할 수 없게 되어 버렸소."

"왜 죽였느냐고? 뭐, 그야 의문의 여지가 없지 않소?" 퍼지가 소리쳤다. "미쳐 날뛰는 정신병자니까! 미네르바와 세베루스가 말해 준 얘기에 따르면, 그자는 이 모든 일을 '그 사람'의 지시에 따라서 한 거라고 생각하는 것 같던데!"

"볼드모트 경이 정말 그에게 지시를 내리고 있었던 거요, 코닐리어스." 덤블도어가 말했다. "그 사람들의 죽음은 볼드모트가 힘을 완전히 되찾는 과정에서 발생한 사건에 불과하오. 그 계획은 성공했소. 볼드모트가 몸을 되찾았소."

퍼지는 마치 누군가가 그의 얼굴에 묵직한 추를 집어던진 것 같은 표정이었다. 그는 멍하니 눈을 깜빡이며 방금 자신이 들은 말을 도저히 믿지 못하겠다는 듯 덤블도어를 마주 보았다.

그는 여전히 휘둥그렇게 뜬 눈으로 덤블도어를 보며 말을 더듬기 시작했다. "'그 사람'이…… 돌아와? 말도 안 돼. 왜 이럽니까, 덤블도어……."

"미네르바와 세베루스가 확실히 말해 줬겠지만……." 덤블도어가 말했다. "우리는 바티 크라우치의 자백을 들었소. 베리타세룸의 효과로 그자는 우리에게 어떻게 아즈카반에서 몰래 빠져나왔는지, 버사 조킨스를 통해 크라우치가 여전히 살아 있다는 사실을 알게 된 볼드모트가 어떻게 그자를 그의 아버지에게서 해방시켰는지, 또 어떻게 그자를 이용해 해리를 납치했는지 말해 주었소. 장담하는데, 그 계획은 성공했소. 크라우치는 볼드모트의 귀환을 도운 거요."

"이보시오, 덤블도어." 퍼지가 말했다. 해리는 그의 얼굴에 가느다란 미소가 떠오르는 것을 보고 충격을 받았다. "그, 그 얘길 진심으로 믿는 건 아니겠지? '그 사람'이…… 돌아왔다고? 이보시오, 자자…… 확실히 크라우치는 자신이 '그 사람'의 명령에 따라 행동하고 있다고 믿었을지 모르지. 하지만 그런 미치광이의 말을 곧이곧대로 듣다니, 덤블도어……."

"오늘 밤 트라이위저드 우승컵을 만졌을 때, 해리는 곧바로 볼드모트가 있는 곳으로 옮겨졌소." 덤블도어가 침착하게 말을 이었다. "해리는 볼드모트 경의 부활을 목격했소. 내 연구실로 올라가면 전부 설명해 주겠소."

힐끗 시선을 돌려 해리가 깨어 있는 것을 본 덤블도어가 고개를 젓고 말했다. "미안하지만, 오늘 밤에는 해리에게 질문하는 걸 허용할 수 없소."

퍼지의 이상한 미소는 그의 얼굴에 그대로 남아 있었다.

그 역시 해리를 힐끔 보더니 덤블도어를 보며 말했다. "어…… 음…… 이 문제에 대해서 해리의 말을 그대로 믿을 참이오, 덤블도어?"

순간 정적이 흐르다가 시리우스가 으르렁거리는 소리에 곧 깨지고 말았다. 시리우스는 목덜미 털을 곤두세우고 퍼지에게 이빨을 드러냈다.

"물론 나는 해리를 믿소." 덤블도어가 말했다. 이제 그의 눈은 이글이글 타오르고 있었다. "나는 크라우치의 자백을 들었고, 해리에게 트라이위저드 우승컵에 손을 댄 이후 무슨 일이 벌어졌는지도 들었소. 두 이야기는 정확히 들어맞고, 작년 여름 버사 조킨스가 실종된 이후에 벌어진 일들을 모두 설명해 준다오."

퍼지의 얼굴에는 여전히 그 기묘한 미소가 떠올라 있었다. 그가 다시 한 번 해리를 힐끔 바라보더니 말했다. "당신은 볼드모트 경이 돌아왔다는 말을 믿을 셈이로군. 정신 나간 살인자와 어린애가 한 말을……. 게다가 그냥 어린애도 아니고……."

퍼지가 또 한 번 시선을 던지자 해리는 그가 지금 무슨 말을 하고 있는지 문득 깨달았다.

"리타 스키터의 기사를 읽으셨군요, 퍼지 총리님." 해리가 조용히 말했다.

론, 헤르미온느, 위즐리 부인, 빌 모두 깜짝 놀라서 펄쩍 뛰었다. 그들은 해리가 깨어 있었다는 사실을 전혀 알아차리지 못하고 있었다.

퍼지는 얼굴을 살짝 붉히면서도, 고집스럽고 완고한 표정을 지어 보였다.

"읽었다면 어쩔 거요?" 그가 덤블도어를 보며 말했다. "당신이 이 아이에 대해 꽁꽁 숨기고 있던 것들을 알게 된 게 뭐? 파셀마우스라니? 게다가 아무 데서나 졸도하지를 않나……."

"해리가 흉터에서 느끼는 통증을 말하는 거요?" 덤블도어가 싸늘하게 물었다.

"그럼 이 아이가 그런 통증을 느꼈다는 건 인정하는 거로군?" 퍼지가 재빨리 말을 이었다. "두통? 악몽? 어쩌면…… 환각?"

"내 말 잘 들으시오, 코닐리어스." 덤블도어가 퍼지에게 한 발짝 다가가며 말했다. 다시 한 번 그에게서, 그가 젊은 크라우치에게 기절 마법을 걸었을 때 느껴지던 뭐라 정의할 수 없는 힘이 뿜어 나오는 듯했다. "해리는 당신과 나만큼이나 제정신이라오. 이마의 저 흉터는 해리의 정신을 혼란스럽게 만들지 않았소. 나는 볼드모트 경이 가까이 있거나, 그자가 특별히 살인을 저지르고 싶은 기분을 느낄 때 해리의 흉터가 아픈 거라고 생각하오."

퍼지는 덤블도어에게서 반걸음 물러나 있었지만 고집스러운 표정은 조금도 사그라들지 않았다. "미안하지만, 덤블도어. 저주 흉터가 비상벨처럼 작동한다는 얘기는 들어 본 적이 없……."

"아니, 제가 볼드모트가 부활하는 것을 봤다니까요!" 해리가 소리쳤다. 그는 침대에서 일어나려 했지만 위즐리 부인이 억지로 그를 눌렀다. "제가 죽음을 먹는 자들을 봤다고요! 이름도 댈 수 있어요! 루시우스 말포이……."

갑자기 몸을 움찔했던 스네이프는 해리가 쳐다보자 빠르게 퍼지에게로 눈을 돌렸다.

"말포이는 누명을 벗었다!" 퍼지가 모욕이라도 당한 것처럼 소리쳤다. "아주 전통 있는 가문이야. 자선단체들에 기부도 하고……."

"맥네어!" 해리가 말을 이었다.

"마찬가지로 결백해! 지금은 정부를 위해 일하고 있다!"

"에이버리, 노트, 크래브, 고일……."

"너는 그저 13년 전 죽음을 먹는 자라는 혐의를 받았다가 무죄를 선고받은 사람들의 이름을 되풀이하고 있을 뿐이야!" 퍼지가 화를 내며 말했다. "오래된 재판 기록에서 그 이름들을 찾아낼 수 있었겠지! 세상에, 덤블도어. 이 녀석은 지난 학년 말에도 웬 희한한 이야기를 잔뜩 쏟아 냈소. 얘기가 점점 거창해지는군. 그런데도 여전히 덥석덥석 받아 주니……. 이 녀석은 뱀과 대화를 할 수 있소, 덤블도어. 그런데도 이 애가 믿을 만하다고 생각하는 거요?"

"이런 멍청이 같으니!" 맥고나걸 교수가 소리쳤다. "세드릭 디고리! 크라우치 장관! 이 사람들의 죽음은 정신병자가 닥치는 대로 벌인 일이 아닙니다!"

"그렇지 않다는 증거도 딱히 없는 것 같소만!" 퍼지가 맥고나걸에게 지지 않을 만큼 큰 소리로 외쳤다. 그의 얼굴이 붉으락푸르락했다. "내 눈에는 당신들이 우리가 지난 13년 동안 일구어 온 모든 것을 무너뜨리려고 발악하는 것처럼 보이는데!"

해리는 자신의 귀를 믿을 수 없었다. 그는 지금까지 퍼지를 친절한 사람이라고, 조금 잘난 척하고 허세를 부리기는 해도 본질적으로는 선량한 사람이라고 생각해 왔다. 하지만 지금 해리의 눈앞에 있는 이 조그맣고 분노에 가득 찬 마법사는 자신만의 안락하고 질서 잡힌 세계를 파괴할지도 모르는 추측을, 다시 말해 볼드모트가 부활했을지도 모른다는 믿음을 막무가내로 거부하고 있었다.

"볼드모트는 돌아왔소." 덤블도어가 다시 말했다. "퍼지, 이 사실을 있는 그대로 받아들이면, 그리고 필요한 조치를 취하면 아직 상황을 수습할 수 있을 거요. 가장 시급하고 중요한 일은 아즈카반을 디멘터들의 통제에서 벗어나게 하는……."

"말도 안 되는 소리!" 퍼지가 다시 소리쳤다. "디멘터들을 없앤다니! 그런 제안만 해도 나는 내 자리에서 쫓겨날 거요! 그나마 디멘터들이 아즈카반을 지키고 있다는 걸 알기 때문에 우리 중 절반이 안심하고 잠자리에 들 수 있는 거라고!"

"나머지 절반은 그리 깊이 잠들지 못합니다, 코닐리어스. 어둠의 왕이 요청하는 순간 그자에게 가담할 생명체들이 볼드모트의 가장 위험한 추종자들을 맡고 있다는 사실을 알고 있으니까!" 덤블도어가 말했다. "그들이 언제까지나 당신에게 충성하지는 않을 거요, 퍼지! 볼드모트는 당신이 그들에게 주는 것보다 더 많은 권한과 기쁨을 줄 수 있소! 디멘터들을 거느리게 된다면, 그리고 그자의 옛 추종자들이 그에게로 돌아간다면, 그자가 13년 전에 가졌던 힘을 되찾는 것을 막기는 어려울 거요!"

퍼지는 자신의 분노를 표현할 단어가 없는 듯 입을 벌렸다 다물었다 했다.

"두 번째로 즉각 취해야 할 조치는……." 덤블도어가 밀어붙였다. "거인들에게 특사를 보내는 거요."

"거인들에게 특사를 보내?" 퍼지가 말을 되찾았는지 꽥 소리를 질렀다. "이건 또 무슨 미친 소리요?"

"그들에게 우호의 손길을 내미는 거요. 당장, 너무 늦기 전에." 덤블도어가 말했다. "그렇지 않으면 전에도 그랬듯이 볼드모트가 그들을 설득할 거요. 오직 자신만이 거인들에게 권리와 자유를 찾아 줄 유일한 마법사라면서!"

"서, 설마 진심은 아니겠지!" 퍼지가 고개를 젓고 숨을 헉 들이켜더니 덤블도어에게서 더욱 물러났다. "내가 거인들에게 접근했다는 소문이 마법 사회에 돌면……. 사람들은 거인을 아주 싫어한단 말이오, 덤블도어. 그렇게 되면 내 경력은 끝이야."

"눈이 멀었군요." 덤블도어가 말했다. 이제는 목소리가 커지고 있었고, 주위로 뿜어 나오는 기운은 만져질 만큼 강력했다. 그의 눈이 또 한 번 이글거렸다. "당신이 차지하고 있는 자리를 너무 사랑해서 말이오, 코닐리어스! 당신은 예전부터 이른바 순수 혈통이라는 것을 지나치게 중요하게 여겨 왔소! 어떻게 태어났는지가 아니라 어떻게 자랐는지가 중요하다는 걸 깨닫지 못한 거요! 당신이 데려온 디멘터가 방금 어떤 가문만큼이나 유서 깊은 순수 혈통 가문의 유일한 후손을 망가뜨려 버렸소. 그전에 그자가 어떤 삶을 선택했는지 보시오! 분명히 말하는데, 내가 제안한 조치들을 취하도록 하시오. 그러면 당신은 그 자리를 잃든 유지하든, 지금까지 우리가 알았던 마법 정부 총리 가운데 가장 용감하고 위대한 사람으로 기억될 거요. 행동에 옮기지 못하면, 볼드모트에게 길을 비켜 줌으로써 우리가 애써 재건하고 있던 세상을 두 번째로 파괴할 기회를 준 사람으로 역사에 기억되겠지!"

"제정신이 아니군." 퍼지가 계속 물러나며 중얼거렸다. "미쳤어……."

한동안 침묵이 흘렀다. 폼프리 선생은 손으로 입을 가린 채 해리의 침대 발치에 얼어붙은 듯 서 있었다. 위즐리 부인은 여전히 해리 옆에 서서 그의 어깨에 손을 대고 그가 일어나지 못하게 막았다. 빌, 론, 헤르미온느는 퍼지를 노려보고 있었다.

"아무것도 못 본 척하려 해도 여기까지는 올 수 있었겠지만, 코닐리어스." 덤블도어가 말했다. "우리는 갈림길에 이른 것 같군요. 당신은 당신이 옳다고 생각하는 대로 하시오. 그리고 나는…… 나는 내가 옳다고 생각하는 대로 행동하겠소."

덤블도어의 목소리에는 위협적인 기색이 전혀 없었다. 그냥 어떤 사실을 담담하게 선언하는 것처럼 들렸다. 하지만 퍼지는 덤블도어가 마법 지팡이를 들고 다가오기라도 하는 것처럼 발끈했다.

"이보시오, 이것 보시오, 덤블도어." 그가 위협하듯 손가락을 흔들며 말했다. "나는 늘 당신에게 자율적인 재량권을 주었소. 나는 당신을 많이 존경해 왔소. 당신이 내린 몇몇 결정에는 동의하지 않았을 수도 있지만 침묵을 지켰소. 당신이 늑대인간들을 고용하게 놔두거나, 해그리드를 계속 데리고 있게 하거나, 정부의 의견을 참고하지 않고 학생들에게 무엇을 가르칠지 결정하도록 허용할 사람은 별로 없을 거요. 하지만 나에게 대항하려 든다면……."

"내가 대항하려는 유일한 사람은……." 덤블도어가 말을 이었다. "볼드모트 경뿐이오. 코닐리어스, 당신이 그에게 대항한다면 우리는 계속 같은 편으로 남겠지."

퍼지는 이 말에 아무런 대답도 떠올릴 수 없는 듯했다. 그는 작은 발로 바닥을 딛고 잠깐 앞뒤로 몸을 흔들더니 손에 든 중산모를 빙글 돌렸다.

마침내 그가 목소리에 거의 애원하는 기색을 띠고 말했다. "그자가 돌아왔을 리 없소, 덤블도어……. 절대 돌아왔을 리가……."

스네이프가 앞으로 성큼성큼 걸어 나와 덤블도어를 지나치면서 로브 왼쪽 소매를 걷어 올렸다. 그는 앞으로 내민 팔을 퍼지에게 보여 주었다. 퍼지가 움찔했다.

"보십시오." 스네이프가 사납게 말했다. "자, 어둠의 징표입니다. 한 시간 전쯤 검게 타올랐을 때만큼 선명하지는 않지만 그래도 보이시겠지요. 어둠의 왕은 죽음을 먹는 자들 모두에게 이러한 낙인을 찍었습니다. 이건 서로를 구분하는 방법이자 그자가 우리를 소환하는 수단이었습니다. 그자가 죽음을 먹는 자의 낙인에 손을 대면 우리는 순간이동으로 곧장 그자의 곁으로 가게 되어 있습니다. 이 징표는 1년 동안 점점 선명해졌습니다. 카르카로프의 것도 마찬가지였죠. 오늘 밤 카르카로프가 왜 도망쳤다고 생각하십니까? 우리 둘 다 징표가 타오르는 것을 느꼈습니다. 우리 둘 다 그자가 돌아왔다는 사실을 알았습니다. 카르카로프는 어둠의 왕에게 보복당할까 두려웠던 겁니다. 무리에서 다시 환영받기에는 동료였던 죽음을 먹는 자들을 너무 많이 배신했으니까."

퍼지는 스네이프에게서도 물러섰다. 그는 고개를 설레설레 젓고 있었다. 스네이프의 말을 한 마디도 받아들이지 않은 듯했다. 그는 노골적으로 역겹다는 티를 내며 스네이프의 팔에 찍힌 흉측한 징표를 바라보더니 눈을 들어 덤블도어를 향해 속삭였다. "당신과 당신네 교수들이 무슨 장난을 꾸미는 건지 모르겠군요, 덤블도어. 하지만 이만하면 들을 만큼 들었소. 더 이상 할 말은 없소. 내일 연락하겠소, 덤블도어. 이 학교의 운영에 대해 논의해야겠군. 나는 정부로 돌아가야겠소."

그는 거의 문에 이르렀다가 잠깐 멈춰 섰다. 그는 몸을 돌려 성큼성큼 병동으로 걸어오더니 해리의 침대 앞에서 걸음을 멈췄다.

"네 상금이다." 그가 주머니에서 금화가 들어 있는 커다란 자루를 꺼내 해리의 침대 옆 탁자에 떨어뜨리며 짧게 말했다. "1,000갈레온이다. 수여식을 해야 하지만, 상황이 이러니……."

그는 중산모를 머리에 눌러 쓰고는 병동을 나가 문을 쾅 닫았다. 그가 나가자마자 덤블도어는 해리의 침대 주위에 모여 있는 사람들에게로 시선을 돌렸다.

"할 일이 있습니다." 그가 말했다. "몰리…… 자네와 아서는 믿을 수 있다고 생각하는데, 맞나?"

"당연하죠." 위즐리 부인이 말했다. 그녀는 입술까지 하얗게 질려 있었지만 표정은 단호했다. "아서는 퍼지가 어떤 사람인지 알아요. 그이가 그 오랜 세월 정부를 떠나지 않은 건 머글에 대한 사랑 때문이었어요. 퍼지는 그런 아서한테 마법사로서 당연히 가져야 할 긍지가 부족하다고 생각하고요."

"그럼 아서에게 메시지를 전해야겠군." 덤블도어가 말했다. "우리가 진실을 납득시킬 수 있는 모든 사람에게 즉시 이 사실을 알려야 하네. 아서는 코닐리어스처럼 근시안적인 시각을 갖고 있지 않은 정부 사람들에게 연락을 취하기 좋은 위치에 있으니까."

"제가 아빠한테 갈게요." 빌이 일어서며 말했다. "지금 당장요."

"훌륭한 생각이다." 덤블도어가 말했다. "아버지한테 무슨 일이 일어났는지 말씀드리거라. 머잖아 내가 직접 연락할 거라고도 전하고. 하지만 신중하게 행동해야 할 거야. 만약 내가 정부 일에 간섭한다고 퍼지 총리가 생각하게 된다면……."

"그건 저한테 맡겨 주세요." 빌이 말했다.

그는 해리의 어깨를 한 번 짚고 어머니의 뺨에 입을 맞추더니 망토를 걸치고 서둘러 성큼성큼 병동을 나섰다.

"미네르바." 덤블도어가 맥고나걸 교수에게 돌아서며 말했다. "되도록 빨리 내 연구실에서 해그리드를 만나야겠습니다. 또, 와 준다고 동의할 경우의 얘기지만…… 막심 교장도요."

맥고나걸 교수는 고개를 끄덕이더니 말없이 나갔다.

"포피." 덤블도어가 이번에는 폼프리 선생을 불렀다. "무디 교수의 연구실로 가 주지 않겠습니까? 그곳에서 윙키라는 집요정이 상당히 괴로워하고 있을 거예요. 윙키에게 해 줄 수 있는 조치를 취하고, 다시 주방으로 데려다주세요. 아마 도비가 우리 대신 윙키를 돌봐 줄 겁니다."

"자, 잘 알겠습니다." 폼프리 선생이 깜짝 놀란 표정으로 말하더니 마찬가지로 병동을 떠났다.

문이 닫혀 있는지 확인한 덤블도어는 폼프리 선생의 발소리가 사라지자 다시 입을 열었다.

"그리고 이제……." 그가 말했다. "우리 중 두 사람이 서로의 진짜 모습을 알 때가 되었군. 시리우스…… 원래 모습으로 돌아와 주겠나."

커다란 검은 개는 덤블도어를 올려다보더니, 순식간에 사람의 모습으로 돌아왔다.

위즐리 부인이 비명을 지르며 침대 옆에서 펄쩍 뛰어 물러났다.

"시리우스 블랙!" 그녀가 그를 가리키며 날카롭게 소리쳤다.

"엄마, 조용히 좀!" 론이 소리쳤다. "괜찮아요!"

고함을 지르거나 깜짝 놀라 펄쩍 물러서지는 않았지만, 스네이프의 얼굴에는 분노와 공포가 뒤섞인 표정이 떠올라 있었다.

"저놈이!" 스네이프가 시리우스를 노려보며 으르렁거렸다. 시리우스의 얼굴에도 마찬가지의 증오가 드러났다. "저놈이 여기에서 뭘 하는 겁니까?"

"시리우스는 내 초대로 여기에 와 있는 거네." 덤블도어가 두 사람을 번갈아 보면서 말했다. "자네가 그렇듯이 말일세, 세베루스. 나는 자네들을 모두 믿네. 지금은 둘 다 해묵은 다툼은 내려놓고 서로를 믿어야 할 때야."

해리는 덤블도어가 기적에 가까운 것을 요구한다고 생각했다. 시리우스와 스네이프는 증오가 가득 담긴 눈으로 서로를 바라보았다.

"우선은" 하고, 덤블도어가 목소리에 약간 초조한 기색을 띠고 말했다. "적대감을 공공연하게 드러내지 않는 것으로 만족하겠네. 악수하거나. 이제 자네들은 같은 편이야. 남은 시간은 길지 않고, 진실을 아는 몇 사람끼리도 단합하지 않는다면 우리에게는 아무 희망이 없네."

시리우스와 스네이프는 아주 천천히, 하지만 여전히 상대방이 잘못되기만을 바라는 눈으로 서로를 노려보며 각자 앞으로 나아가 악수했다. 그러고는 굉장히 빠르게 손을 놓았다.

"그 정도면 괜찮은 시작이군." 덤블도어가 다시 그들 사이에 끼어들며 말했다. "이제 자네들 각자가 할 일을 맡기도록 하지. 예상 못 한 건 아니지만, 퍼지의 태도가 모든 걸 바꿔 놓는군. 시리우스, 자네는 즉시 출발하도록 하게. 자네의 옛 친구 리머스 루핀, 아라벨라 피그, 먼덩거스 플레처에게 경고해야 하네. 잠깐 루핀의 집에서 숨어 지내도록 하게. 그곳으로 연락하지."

"하지만……." 해리가 입을 열었다.

그는 시리우스가 남아 주었으면 했다. 또 한 번 이렇게 빨리 작별 인사를 하고 싶지 않았다.

"조만간 다시 보게 될 거다, 해리." 시리우스가 그를 돌아보며 말했다. "약속하마. 하지만 나는 내가 할 수 있는 일을 해야 해. 너도 알지?"

"네." 해리가 말했다. "네…… 당연히 알죠."

시리우스는 그의 손을 잠깐 잡았다가 덤블도어를 향해 고개를 끄덕이고는, 다시 검은 개로 변신하더니 병동을 가로질러 문으로 달려갔다. 그는 앞발로 손잡이를 돌려 문을 열고 사라졌다.

"세베루스." 덤블도어가 스네이프를 돌아보며 말했다. "자네는 내가 어떤 부탁을 하려는지 알 거야. 준비가 됐다면…… 각오가 되었다면……."

"준비되어 있습니다." 스네이프가 말했다.

그는 평소보다 조금 창백해 보였고, 차갑고 검은 두 눈은 이상하게 번뜩이고 있었다.

"그럼, 행운을 비네." 덤블도어는 걱정스러운 기색이 역력한 얼굴로, 시리우스에 뒤이어 아무 말 없이 병동을 나서는 스네이프의 뒷모습을 지켜보았다.

덤블도어가 다시 입을 열기까지 몇 분이 흘렀다.

"나는 내려가 봐야겠다." 그가 마침내 말했다. "디고리 부부를 만나야지. 해리, 마법약을 마저 마시거라. 다들 나중에 보자."

덤블도어가 사라지자 해리는 다시 베개 위로 털썩 드러누웠다. 헤르미온느, 론, 위즐리 부인 모두 그를 바라보고 있었다. 그들 중 누구도 꽤 오랫동안 입을 열지 않았다.

"마법약을 마저 마셔야지, 해리." 결국 위즐리 부인이 말했다. 병과 잔으로 손을 뻗던 그녀는 침대 옆 탁자 위의 금화 자루를 쿡 찔렀다. "오래 푹 자거라. 당분간은 다른 일을 생각하려고 해 보렴. ……상금으로 뭘 할지 생각해 보는 거야!"

"저는 그 금화 필요 없어요." 해리가 아무 감각 없는 목소리로 말했다. "아줌마 가지세요. 누구든 가져요. 제가 받아선 안 되는 상금이에요. 세드릭이 받았어야 해요."

미로에서 나온 이래 계속 억누르려던 생각이 걷잡을 수 없이 밀려들었다. 눈시울이 뜨거워지더니 따끔거렸다. 해리는 눈을 깜빡이고 천장을 올려다보았다.

"네 잘못이 아니었어, 해리." 위즐리 부인이 속삭였다.

"제가 세드릭한테 같이 우승컵을 잡자고 했어요." 해리가 말했다.

이제는 목구멍도 뜨거워지고 있었다. 그는 론이 눈을 딴 데로 돌려 주기를 바랐다.

위즐리 부인은 마법약을 침대 옆 탁자에 내려놓고 허리를 구부려 해리를 끌어안아 주었다. 그는 이렇게 어머니에게 안기듯 안겨 본 기억이 전혀 없었다. 위즐리 부인이 안아 주자 그날 밤 봤던 모든 것이 온전한 무게로 묵직하게 그에게로 떨어져 내리는 것 같았다. 어머니의 얼굴, 아버지의 목소리, 바닥에 쓰러진 세드릭의 시신, 모든 것이 견디기 힘들 만큼 그의 머릿속에서 빙빙 돌기 시작했다. 마침내 그는 터져 나오려는 비참한 울음을 억누르느라 얼굴을 잔뜩 일그러뜨렸다.

요란한 쾅 소리가 들린 순간 위즐리 부인과 해리는 서로에게서 떨어졌다. 헤르미온느가 손에 뭔가를 움켜쥔 채 창가에 서 있었다.

"미안." 그녀가 조그만 목소리로 말했다.

"마법약 먹어라, 해리." 위즐리 부인이 재빨리 말하며 손등으로 눈을 닦았다.

해리는 단숨에 약을 들이켰다. 곧바로 효과가 나타났다. 꿈조차 꿀 수 없는 묵직하고 저항할 수 없는 잠의 물결이 해리를 덮쳤고, 그는 다시 베개 위에 쓰러져 더 이상 아무런 생각도 하지 않았다.

CHAPTER 37

시작

한 달이 지난 뒤에 돌이켜봤을 때도, 해리의 머릿속에는 이어진 며칠 동안의 기억이 거의 없었다. 마치 머리가 더 이상 뭔가를 받아들이기에는 이미 너무 많은 일을 겪은 것 같았다. 떠오르는 기억들은 매우 고통스러웠다. 가장 고통스러웠던 기억은 아마도 다음 날 아침 디고리 부부를 만난 일이었을 것이다.

그들은 해리를 원망하지 않았다. 오히려 두 사람 모두 세드릭의 시신을 가지고 돌아온 것을 고마워했다. 디고리 씨는 만나는 동안 대부분 흐느꼈다. 디고리 부인의 슬픔은 눈물을 넘어서는 듯했다.

"그럼 고통은 아주 적었겠구나." 해리가 세드릭이 어떻게 죽었는지 들려주자 그녀가 말했다. "어쨌든, 에이머스…… 세드릭은 시합에서 우승하고 죽었어. 분명 행복했을 거야."

자리에서 일어선 그녀가 해리를 내려다보며 말했다. "이젠 네 몸을 돌보렴."

해리는 침대 옆 탁자에 놓아두었던 금화 자루를 집어 들었다.

"이거 가져가세요." 그가 그녀에게 웅얼거렸다. "세드릭이 받았어야 해요. 세드릭이 먼저 우승컵 있는 곳에 도착했으니까요. 가져가세요……."

하지만 그녀는 해리에게서 한 걸음 물러났다. "아니, 아니야. 그건 네 거란다, 얘야. 우리는 받을 수 없어……. 가져가거라."

해리는 다음 날 저녁 그리핀도르 탑으로 돌아갔다. 헤르미온느와 론의 말에 따르면 덤블도어는 그날 아침 식사 시간에 학생들에게 소식을 전했다. 그는 그저 학생들에게 해리를 가만히 내버려 두라고, 아무도 그에게 질문을 던지거나 미로에서 무슨 일이 있었는지 얘기해 달라고 조르지 말라고 부탁했다. 해리는 학생들 대부분이 복도에서 슬슬 그를 피하고 그의 눈길을 외면한다는 사실을 눈치챘다. 몇몇은 해리가 지나갈 때 입을 가리고 속삭거리기도 했다. 해리는 그들 중 많은 사람이 그가 정신적으로 불안하고 위험할 수 있다는 리타 스키터의 기사를 믿는 거라고 짐작했다. 어쩌면 세드릭이 어떻게 죽었는지 나름대로 추측해 보고 있는지도 몰랐다. 하지만 해리는 그다지 신경 쓰이지 않았다. 그는 론, 헤르미온느와 함께 있을 때가 가장 좋았다. 그들은 다른 일에 대해서 이야기하거나 둘이 체스를 두면서 해리가 조용히 앉아 있게 해 주었다. 그들 셋 모두 굳이 말을 주고받지 않고도 서로를 이해하는 경지에 도달한 것 같은 기분이었다. 그들은 각자 호그와트 밖에서 벌어지는 일에 대한 어떤 징조나 소식을 기다리고 있었다……. 뭔가 확실해지기 전에는 무슨 일이 닥쳐올지 추측해 봐야 아무런 의미가 없었다. 그들이 유일하게 이 주제를 입에 올린 건, 론이 해리에게 위즐리 부인이 집으로 돌아가기 전 덤블도어와 만났던 일을 이야기해 주었을 때였다.

"엄마가 덤블도어한테 올여름에 너를 우리 집으로 바로 데리고 가도 되는지 물어보러 갔었어." 그가 말했다. "하지만 덤블도어는 네가 더즐리네 집으로 돌아가서 지내기를 바랐어. 적어도 처음 며칠 동안은."

"왜?" 해리가 물었다.

"엄마는 덤블도어가 그렇게 말하는 데는 나름의 이유가 있을 거라고 했어." 론이 무겁게 고개를 저으며 말했다. "믿어야지, 뭐. 안 그래?"

론과 헤르미온느를 제외하면 해리가 유일하게 이야기할 수 있는 사람은 해그리드뿐이었다. 이제 어둠의 마법 방어법 교수가 없었으므로 그 수업은 자유 시간이 되었다. 세 사람은 목요일 오후 빈 수업 시간을 이용해 오두막으로 가서 해그리드를 만났다. 밝고 햇살 가득한 날이었다. 그들이 다가가자 팽이 컹컹 짖으며 미친 듯이 꼬리를 흔들면서 열린 문으로 달려 나왔다.

"누구야?" 뒤이어 해그리드가 집 밖으로 나오며 소리쳤다. "해리!"

성큼성큼 그들을 맞으러 나온 해그리드가 해리를 한 팔로 끌어안고 그의 머리카락을 헝클어뜨리며 말했다. "얼굴 보니까 좋구나, 이 녀석. 다시 보니까 좋아."

해그리드의 오두막에 들어선 그들은 벽난로 앞 나무 탁자 위에 양동이만 한 컵 두 개와 접시들이 놓여 있는 것을 보았다.

"올랭프와 차 한잔하고 있었어." 해그리드가 말했다. "방금 갔다."

"누구요?" 론이 궁금해하며 물었다.

"당연히 막심 교장이지!" 해그리드가 말했다.

"화해했나 보네요?" 론이 말했다.

"뭔 소린지 모르겠구나." 해그리드가 대수롭지 않다는 듯 찬장에서 더 많은 잔을 내오며 말했다. 해그리드는 차를 우리고 설구운 비스킷을 나눠 준 다음 의자에 뒤로 기대 딱정벌레 같은 검은 두 눈으로 해리를 자세히 살펴보았다.

"너 괜찮냐?" 그가 걸걸한 목소리로 물었다.

"네." 해리가 대답했다.

"아니, 괜찮지 않아." 해그리드가 말했다. "당연히 안 괜찮지. 하지만 괜찮아질 거다."

해리는 아무 말도 하지 않았다.

"그자가 돌아올 줄 알고 있었어." 해그리드가 말하자 해리, 론, 헤르미온느는 깜짝 놀라서 그를 올려다보았다. "몇 년 전부터 알고 있었다, 해리. 그자가 저 밖에서 시간을 벌고 있다는 걸 알았어. 일어날 수밖에 없던 일이야. 뭐, 이제는 그 일이 일어났으니 받아들여야겠지. 우린 싸울 거다. 어쩌면 그자가 힘을 제대로 되찾기 전에 막을 수 있을지도 몰라. 아무튼 그게 덤블도어 교수님의 계획이야. 덤블도어 교수님은 위대한 분이야. 덤블도어 교수님이 있는 한 난 별로 걱정 안 한다."

해그리드는 믿을 수 없다는 듯한 그들의 표정을 보고 덥수룩한 눈썹을 치켜올렸다.

"가만히 앉아서 걱정해 봐야 아무 소용 없어." 그가 말했다. "일어날 일은 일어나게 돼 있어. 그런 일이 일어나면, 우리는 그 일을 마주하면 돼. 덤블도어 교수님이 네가 한 일을 얘기해 주셨다, 해리."

해리를 바라보는 해그리드의 가슴이 부풀었다. "네 아버지가 했을 법한 일을 해냈더구나. 이거 이상으로

는 칭찬해 줄 수가 없겠는데."

해리는 그에게 마주 미소 지었다. 며칠 만에 처음으로 짓는 미소였다.

"덤블도어 교수님이 뭘 부탁하셨어요, 해그리드?" 그가 물었다. "맥고나걸 교수님한테 아저씨랑 막심 교장을 불러 달라고 하시던데……. 그날 밤에요."

"여름방학 동안 할 일을 좀 맡기셨지." 해그리드가 말했다. "근데 비밀이야. 그 얘기는 하지 못하게 돼 있어. 너희한테도. 올랭프는…… 그러니까 막심 교장은 나랑 같이 갈지도 몰라. 아마 그럴 거야. 내가 설득했거든."

"볼드모트와 관련된 일인가요?"

해그리드는 그 이름을 듣고 움찔했다.

"그럴지도." 그가 얼버무렸다. "자…… 나랑 마지막 남은 스크루트 보러 갈 사람? 농담이야. 농담한 거라니까!" 그는 그들의 표정을 보고 얼른 덧붙였다.

프리빗가로 돌아가기 전날 밤, 침실에서 짐 가방을 싸는 해리의 마음은 무거웠다. 보통은 기숙사 챔피언십의 우승자가 발표되고 축하를 받는 시간이었지만 이번만큼은 종강 연회가 두려웠다. 병동을 나온 이후 그는 사람이 가득 차 있는 대연회장을 줄곧 피해 왔다. 다른 학생들의 눈을 피해 대연회장이 거의 비었을 때 식사하는 게 나았다.

그와 론, 헤르미온느는 연회장에 들어선 순간 예전의 장식물이 없다는 사실을 알아차렸다. 종강 연회 때 대연회장은 보통 우승한 기숙사의 색깔로 장식되었다. 그러나 오늘 밤에는 교직원 식탁 뒤에 검은 휘장이 걸려 있었다. 해리는 세드릭에게 조의를 표하는 의미로 휘장이 걸렸음을 곧바로 알아차렸다.

교직원 식탁에는 진짜 매드아이 무디가 있었다. 그의 나무다리와 마법 눈도 제자리에 돌아와 있었다. 그는 심하게 움찔거렸고, 누가 말을 걸 때마다 소스라치게 놀랐다. 해리는 그를 탓할 수 없었다. 자신의 짐 가방에 열 달을 갇혀 있었으니, 공격당할지도 모른다는 무디의 두려움은 더 심해질 수밖에 없었다. 카르카로프 교장의 의자는 비어 있었다. 해리는 다른 그리핀도르 학생들과 함께 앉으면서 생각했다. 카르카로프는 지금 어디에 있을까? 볼드모트가 그를 붙잡았을까?

막심 교장은 아직 돌아가지 않고 해그리드 옆에 앉아 있었다. 그들은 조용한 목소리로 이야기를 나누고 있었다. 눈으로 식탁을 쭉 따라가자 맥고나걸 교수 옆에 앉아 있는 스네이프가 보였다. 해리는 그를 쳐다보았다. 그의 눈도 잠시 해리에게 머물렀다. 해리는 그의 얼굴에 떠오른 표정을 도무지 읽을 수가 없었다. 그는 여느 때만큼이나 시큰둥하고 불쾌한 얼굴이었다. 해리는 스네이프가 시선을 돌린 뒤에도 한참 동안 그를 바라보았다.

볼드모트가 돌아온 그날 밤, 덤블도어가 스네이프에게 지시한 일은 무엇이었을까? 그리고 왜…… 어째서…… 덤블도어는 스네이프가 정말로 그들의 편이라고 그렇게 확신하는 걸까? 스네이프는 우리 편 첩보원이었다고, 덤블도어는 펜시브에서 그렇게 말했다. 스네이프가 '개인적으로 큰 위험을 감수하면서' 볼드모트에 맞서 첩보원의 임무를 맡았다고 말했다. 이번에도 다시 그 일을 맡게 된 걸까? 어쩌면 죽음을 먹는 자들과 접촉한 건 아닐까? 진심으로 덤블도어 편에 선 적은 한 번도 없었던 척, 마치 볼드모트처럼 시간을 벌고 있었던 척하면서?

해리의 고민은 덤블도어 교수가 교직원 식탁에서 일어나면서 끝이 났다. 안 그래도 이전의 종강 연회에 비해 덜 소란스러웠던 대연회장이 아주 조용해졌다.

덤블도어가 모두를 둘러보며 말했다. "또 한 학년이 끝났습니다."

잠시 말을 멈춘 그의 눈길이 후플푸프 식탁으로 향했다. 후플푸프 식탁은 덤블도어가 일어나기 전부터 분위기가 가장 가라앉아 있었다. 학생들의 얼굴도 이 연회장 안에서 가장 슬프고 창백했다.

"오늘 밤에는 여러분 모두에게 하고 싶은 말이 무척

많습니다." 덤블도어가 말했다. "하지만 먼저 이곳에 앉아 있어야 할 아주 훌륭한 사람 하나를 잃었다는 사실을 언급하지 않을 수 없군요." 그는 후플푸프 학생들을 손짓했다. "여기에 앉아, 우리와 함께 연회를 즐겼어야 할 사람 말입니다. 여러분 모두, 부디 자리에서 일어나 세드릭 디고리를 위해 잔을 들어 주길 바랍니다."

그들은 모두 자리에서 일어나 잔을 들었다. 대연회장 안에 있는 모두가 일어서자 여기저기서 긴 의자가 바닥에 끌리는 소리가 들렸다. 일제히 잔을 들어 올린 그들은 크고 엄숙한 울림이 깃든 목소리로 말했다. "세드릭 디고리를 위하여."

해리는 사람들 사이로 초를 잠깐 보았다. 그녀의 얼굴에는 조용히 눈물이 흘러내리고 있었다. 모두가 다시 자리에 앉는 가운데 해리는 식탁을 내려다보았다.

"세드릭은 후플푸프 기숙사가 갖추고 있는 수많은 자질의 본보기가 되는 학생이었습니다." 덤블도어가 말을 이었다. "세드릭은 착하고 의리 있는 친구이자 성실한 학생이었으며, 무엇보다 정정당당한 경쟁을 중요하게 여겼습니다. 여러분이 그를 잘 알았든 아니든, 그의 죽음은 여러분 모두에게 영향을 미쳤습니다. 그러므로 나는 여러분에게 어떻게 이런 일이 벌어졌는지 정확히 알 권리가 있다고 생각합니다."

해리는 고개를 들고 덤블도어를 바라보았다.

"세드릭 디고리는 볼드모트 경에게 살해당했습니다."

공포에 사로잡힌 속삭임이 대연회장을 휩쓸었다. 학생들은 겁에 질린 채 믿지 못하겠다는 듯 덤블도어를 쳐다보고 있었다. 덤블도어는 놀랍도록 침착한 얼굴로, 학생들이 웅성거리다가 조용해지는 모습을 지켜보았다.

덤블도어가 말을 이었다. "마법 정부는 내가 여러분에게 이 사실을 알리기를 바라지 않습니다. 여러분의 부모님 중에는 내가 이런 말을 한 것에 경악하는 분들도 있을 겁니다. 볼드모트 경이 돌아왔다는 사실을 믿지 않기 때문일 수도 있고, 여러분처럼 어린 학생들에게 그런 말을 해서는 안 된다고 생각하기 때문일 수도 있습니다. 그러나 보통은 진실이 거짓보다 나으며, 세드릭이 우연한 사고나 또는 그 자신이 저지른 실수로 인해 죽었다고 꾸며 내려는 모든 시도는 우리의 기억 속에 있는 그에 대한 모독이라고 나는 생각합니다."

충격을 받고 겁에 질린 대연회장 안의 모든 얼굴…… 혹은 거의 모든 얼굴이 이제 덤블도어에게로 향해 있었다. 건너편 슬리데린 식탁에서 드레이코 말포이가 크래브와 고일에게 뭔가 중얼거리는 모습이 보였다. 해리는 속에서 역겨움과 뜨거운 분노가 솟구치는 것을 느꼈다. 그는 억지로 덤블도어 쪽으로 시선을 돌렸다.

"세드릭의 죽음과 관련해서 반드시 언급해야 하는 사람이 있습니다." 덤블도어가 말을 이었다. "물론, 해리 포터입니다."

몇몇 얼굴이 해리를 향했다가 다시 덤블도어 쪽으로 휙 돌아가면서 대연회장 안에 물결 비슷한 움직임이 만들어졌다.

"해리 포터는 볼드모트 경에게서 가까스로 도망쳤습니다." 덤블도어가 말했다. "해리는 세드릭의 시신을 호그와트로 가져오기 위해 목숨을 걸었습니다. 모든 면에서 그는 볼드모트 경을 마주한 소수의 마법사들만이 보여 주었던 용기를 보여 줬으며, 이 점에 대해 나는 그에게 경의를 표합니다."

덤블도어는 엄숙한 태도로 해리에게 고개를 돌리며 다시 한 번 잔을 들었다. 대연회장의 거의 모두가 그를 따라 했다. 그들은 세드릭의 이름을 중얼거렸듯 해리의 이름을 읊조리며 그를 위해 잔을 들었다. 하지만 해리는 서 있는 사람들 사이사이로 말포이, 크래브와 고일을 비롯한 수많은 슬리데린 학생들이 반항하듯 자리에 앉아 잔에는 손도 대지 않는 모습을 보았다. 마법 눈이 달리지 않은 덤블도어는 그런 그들을 보지 못했다.

모두 다시 자리에 앉자 덤블도어가 말을 이었다. "트라이위저드 대회의 목적은 마법사들 사이의 이해를 넓히고 증진하는 것입니다. 볼드모트 경의 부활이라는 지금의 상황에 비추어 볼 때, 그러한 결속은 그 어느 때보다도 중요합니다."

덤블도어는 막심 교장과 해그리드에게서 플뢰르 들라쿠르와 그녀의 동료 보바통 학생들에게로, 또 슬리데린 식탁에 있는 빅토르 크룸과 덤스트랭 학생들에게로 눈을 돌렸다. 해리가 보니 크룸은 지친 듯했고, 거의 겁에 질린 것처럼 보였다. 덤블도어가 뭔가 가혹한 말을 할 거라고 예상하는 것 같았다.

"이 연회장에 있는 손님 모두……." 덤블도어가 입을 열었다. 그의 눈이 덤스트랭 학생들에게 머물렀다. "이곳에 다시 오고 싶다면 언제든 환영받을 것입니다. 여러분 모두에게 다시 말합니다. 볼드모트 경이 부활한 지금, 우리는 단합하는 만큼 강해지고 분열하는 만큼 약해질 것입니다. 볼드모트 경은 불화와 적의를 퍼뜨리는 능력이 아주 뛰어납니다. 반대로 우리는 강력한 우정과 신뢰의 결속을 보여 줄 때만 그와 맞서 싸울 수 있습니다. 우리의 목표가 같고 마음이 열려 있다면 관습과 언어의 차이는 아무것도 아닙니다. 지금만큼 내가 착각한 것이기를 바란 적도 없습니다만, 나는 우리 모두 어둡고 험난한 시기를 앞두고 있다고 생각합니다. 이 연회장에 있는 여러분 가운데 몇 명은 이미 볼드모트 경에 의해 직접 고통을 겪었습니다. 여러분의 수많은 가족이 산산이 파괴됐습니다. 1주일 전에는 한 학생이 우리 곁을 떠났습니다. 세드릭을 기억하십시오. 옳은 것과 쉬운 것 사이에서 선택해야 할 때가 온다면, 착하고 친절하고 용감했던 한 소년이 볼드모트의 앞길에 잘못 들어섰다는 이유만으로 어떤 일을 당했는지를 기억하십시오. 세드릭 디고리를 기억하십시오."

해리는 이미 짐 가방을 꾸려 놓았다. 헤드위그도 가방 꼭대기에 얹힌 새장에 돌아와 있었다. 그와 론, 헤르미온느는 다른 4학년 학생들과 함께 사람들로 북적이는 현관홀에서 그들을 호그스미드역으로 데려다줄 마차들을 기다리고 있었다. 또 한 번의 아름다운 여름날이었다. 프리빗가는 덥고 녹음으로 우거져 있을 것이다. 그날 저녁 도착했을 때 꽃밭은 다채로운 색깔로 물들어 있을 것이다. 하지만 그 생각은 그에게 아무런 기쁨도 주지 못했다.

"애리!"

그가 돌아보았다. 플뢰르 들라쿠르가 성으로 들어오는 돌계단을 다급히 올라오고 있었다. 그녀의 등 뒤로 교정 저편에서 해그리드가 막심 교장을 도와 거대한 두 마리 말에게 마구를 씌우는 모습이 보였다. 보바통 마차가 출발하기 직전이었다.

"다시 볼 수 있었으면 좋겠어." 플뢰르가 해리 앞에 와서 손을 내밀며 말했다. "나능 여기에서 일자리를 얻을 생각이야. 영어를 더 잘하려고."

"지금도 아주 잘하는데." 론이 숨 막히는 듯한 목소리로 말했다. 플뢰르가 그에게 미소 지었다. 헤르미온느는 눈을 모로 뜨고 그 광경을 흘겨보았다.

"안녕, 애리." 플뢰르가 몸을 돌리며 말했다. "망나서 즐거웠어!"

다시 잔디밭을 가로질러 막심 교장에게 달려가는 플뢰르의 모습을 보자 기분이 좋아지는 건 해리도 어쩔 수 없었다. 그녀의 은빛 머리카락이 햇빛을 받으며 찰랑거렸다.

"덤스트랭 애들은 어떻게 돌아갈지 궁금하네?" 론이 말했다. "카르카로프가 없어도 저 배를 조종할 수 있나?"

"카르카로프가 초총한 게 아니다." 퉁명스러운 목소리가 말했다. "그 사람은 선실에 머물면서 우리에게 초총하도록 했다." 크룸이 헤르미온느에게 작별 인사를 하러 와 있었다. "얘기 좀 할 슈 있을까?" 그가 그녀에게 물었다.

"아…… 응…… 그래." 헤르미온느는 약간 당황해서 대답하고는 크룸을 따라 사람들 사이로 사라졌다.

"빨리 오는 게 좋을 거야!" 론이 그녀의 등 뒤에 대고 크게 소리쳤다. "조금 있으면 마차가 올 테니까!"

하지만 그는 해리에게 마차가 오는지 지켜보게 하고, 몇 분 동안 사람들 머리 위로 목을 쭉 내민 채 크룸과 헤르미온느가 뭘 하는지 보려고 애썼다. 그들은 금방 돌아왔다. 론이 헤르미온느를 뚫어지게 바라봤지만 그녀의 얼굴은 무표정했다.

"나는 디고리가 마음에 들었다." 크룸이 불쑥 해리에게 말했다. "디고리는 언제나 나에게 예의를 치렀다. 언제나. 내가 덤스트랭에서 왔는데도. 카르카로프와 함께 왔는데도." 그가 매서운 눈으로 덧붙였다.

"아직 새 교장은 안 왔어?" 해리가 물었다.

크룸은 어깨를 으쓱했다. 그는 플뢰르가 그랬듯 손을 내밀고 해리와 악수한 뒤 론과도 악수했다.

론의 내면에서 고통스러운 싸움이 벌어지고 있는 듯했다. 론은 크룸이 이미 멀리 걸어간 뒤에야 소리쳤다. "사인 좀 해 줄래?"

헤르미온느는 막 진입로를 따라 덜그럭거리며 다가오는 말 없는 마차를 향해 고개를 돌리고 싱긋 웃었다. 크룸은 놀란 눈으로, 하지만 기뻐하며 론이 내민 양피지에 사인했다.

킹스크로스로 돌아가는 길의 날씨는 작년 9월 호그와트로 오던 때와 완전히 달랐다. 하늘에는 구름 한 점 없었다. 해리, 론, 헤르미온느는 간신히 객실 한 칸을 차지할 수 있었다. 피그위전이 계속 부엉부엉 우는 바람에 다시 한 번 론의 정장 로브로 새장을 덮어 버렸다. 헤드위그는 날개 아래 머리를 묻은 채 졸고 있었으며, 크룩섕스는 커다랗고 북슬북슬한 적갈색 쿠션처럼 빈 좌석에 웅크리고 있었다. 기차가 빠르게 그들을 남쪽으로 데려가는 동안 해리, 론, 헤르미온느는 지난 한 주 그 어느 때보다 홀가분한 마음으로 이야기를 나누었다. 해리는 종강 연회에서 덤블도어의 연설을 듣고 왠지 속이 뻥 뚫린 기분이었다. 이제는 무슨 일이 일어났는지 이야기하는 것도 덜 고통스러웠다. 그들은 덤블도어가 지금이라도 볼드모트를 막기 위해 어떤 조치를 취할지 이야기를 나누다가 간식 수레가 도착하자 잠깐 대화를 멈췄다.

수레에서 돌아온 헤르미온느는 거스름돈을 가방에 집어넣고 가방에 들어 있던 《예언자일보》를 꺼냈다.

해리는 어떤 기사가 실렸는지 정말로 보고 싶은지 아닌지 확신이 안 서는 상태에서 신문을 바라봤다. 하지만 그런 해리의 표정을 읽은 헤르미온느가 담담하게 말했다. "여기엔 아무것도 없어. 봐도 돼. 아예, 아무것도 없어. 내가 매일 확인하고 있거든. 세 번째 과제 다음 날 짧은 기사가 실렸을 뿐이야. 네가 시합에서 우승했다고. 세드릭에 대해서는 언급조차 안 했어. 그 일에 관해선 아무것도 안 실렸어. 내 생각엔, 퍼지가 억지로 조용히 시키고 있는 것 같아."

"리타는 절대 조용하게 만들 수 없을걸." 해리가 말했다. "이런 기삿거리를 두고는 말이야."

"아, 리타는 세 번째 과제 이후로 아무것도 안 썼어." 헤르미온느가 이상하게 부자연스러운 목소리로 말했다. "실은……." 그녀가 살짝 떨리는 목소리로 덧붙였다. "리타 스키터는 한동안 아무것도 쓰지 않을 거야. 내가 *자기* 비밀을 폭로하기를 바라지 않는다면 말이지."

"무슨 소리야?" 론이 물었다.

"교내에 들어오지 못하게 되어 있는 리타 스키터가 어떻게 사적인 대화들을 들을 수 있었는지 알아냈거든." 헤르미온느가 단숨에 말했다.

해리는 지난 며칠 동안 헤르미온느가 그들에게 뭔가를 말하고 싶어 입이 근질근질하는 것 같은 느낌을 받았다. 하지만 그녀는 온갖 일이 벌어진 만큼 말하는 것을 꾹 참고 있었다.

"어떻게 한 건데?" 해리가 곧바로 물었다.

"어떻게 알아냈어?" 론이 그녀를 뚫어지게 바라보며 물었다.

시작

"뭐, 사실 나한테 아이디어를 준 건 너였어, 해리." 그녀가 말했다.

"내가?" 해리가 어리둥절해서 물었다. "어떻게?"

"네가 '도청'을 붙였을 수도 있다고 하니까 론이 '도충'이 무슨 곤충이냐고 물었잖아." 헤르미온느가 즐거워하며 말했다.

"하지만 네가 도청 장치는 작동하지 않는다고……."

"아, 도청 장치가 아니라 진짜 곤충이었어." 헤르미온느가 말했다. "그러니까…… 리타 스키터는……." 헤르미온느의 목소리가 조용한 승리감으로 떨렸다. "미등록 애니마구스야. 그 여자는 변신을 할 수 있어."

헤르미온느가 가방에서 봉인된 작은 유리병을 꺼냈다.

"……딱정벌레로."

"설마." 론이 믿을 수 없다는 듯 말했다. "너 설마…… 그게 혹시……."

"응. 맞아, 그 여자." 헤르미온느가 그들 앞에서 유리병을 마구 흔들며 만족스러운 듯 말했다.

유리병 안에는 나뭇가지, 잎사귀 몇 개와 함께 크고 통통한 딱정벌레 한 마리가 들어 있었다.

"설마…… 농담이지?" 론이 유리병을 얼굴 앞으로 들어 올리며 작게 속삭였다.

"아닌데." 헤르미온느가 활짝 웃으며 말했다. "병동 창틀에 있는 걸 잡았어. 아주 자세히 보면, 더듬이 주

위에 그 여자가 쓰고 다니는 그 더러운 안경이랑 정확히 똑같은 무늬가 있다는 걸 알 수 있을 거야."

해리는 자세히 살펴보고 헤르미온느의 말이 맞다는 것을 깨달았다. 다른 기억도 떠올랐다. "해그리드가 막심 교장한테 엄마 얘기를 하던 날 밤에도 조각상 위에 딱정벌레가 있었어!"

"바로 그거야." 헤르미온느가 말했다. "그리고 호숫가에서 이야기를 나눈 다음 빅토르가 내 머리카락에 붙은 딱정벌레를 떼어 주었거든. 점술 수업 시간에 네가 흉터에서 통증을 느꼈을 때도 틀림없이 교실 창틀에 앉아 있었을 거야. 1년 내내 기삿거리를 찾아서 붕붕 날아다닌 거지."

"말포이가 나무 밑에서 손으로 입을 가리고 뭔가를 지껄이고 있었을 때도……." 론이 천천히 말했다.

"리타 스키터한테 말하고 있었던 거야, 손에 쥐고서." 헤르미온느가 말했다. "말포이는 당연히 알고 있었겠지. 그런 방법으로 그 여자는 슬리데린 애들과 그 멋진 인터뷰를 할 수 있었던 거야. 걔들은 우리랑 해그리드에 대한 끔찍한 이야깃거리만 줄 수만 있으면 리타 스키터가 어떤 불법적인 일을 저질러도 전혀 신경 쓰지 않았어."

헤르미온느는 론에게서 다시 유리병을 받아 들고 딱정벌레를 보며 미소 지었다. 딱정벌레는 화가 난 듯 윙윙거리면서 유리병에 부딪쳤다.

"런던에 돌아가면 내보내 주겠다고 했어." 헤르미온느가 말했다. "변신하지 못하도록 내가 이 유리병에 안 깨짐 마법을 걸어 놨거든. 그리고 리타 스키터한테 1년 동안 깃펜은 그냥 간직하고만 있으라고 했어. 사람들에 대해 지독한 거짓말을 써 대는 습관을 고칠 수 있는지 보자고."

헤르미온느는 평온하게 미소 지으며 딱정벌레가 들어 있는 병을 다시 가방 안에 집어넣었다.

객실 문이 스르르 열렸다.

"아주 똑똑한데, 그레인저." 드레이코 말포이가 말했다.

크래브와 고일이 그의 뒤에 서 있었다. 셋 모두 어느 때보다 즐거워 보였고, 더 거만하고 더 심술궂어 보였다.

"그러니까……." 말포이가 객실로 살짝 발을 들여 놓으며 천천히 말했다. 그러고는 히죽거리는 웃음을 입가에 띤 채 그들을 둘러보았다. "너는 웬 한심한 기자를 잡았고, 포터는 다시 덤블도어가 가장 아끼는 녀석이 됐다는 거지. 대단하네."

그의 히죽거리는 웃음이 얼굴 가득 퍼져 나갔다. 크래브와 고일이 음흉하게 웃었다.

"그 일은 생각하지 않으려나 보네. 그치?" 말포이가 셋 모두를 둘러보며 조용히 말했다. "없었던 일인 셈 치려고?"

"나가." 해리가 말했다.

그는 덤블도어가 세드릭에 관한 연설을 하던 중 말포이가 크래브와 고일에게 뭐라고 중얼거리는 모습을 본 이후 한 번도 말포이 근처에 간 적이 없었다. 귓속이 응응 울리는 것 같았다. 그의 손이 로브 속에서 마법 지팡이를 움켜잡았다.

"넌 잘못된 편에 선 거야, 포터! 내가 경고했지! 난 너한테 친구를 좀 더 신중하게 골라야 한다고 말했어. 기억나냐? 처음 호그와트로 가던 날, 기차에서 만났을 때 말이야. 너한테 이런 쓰레기들하고 어울리지 말라고 했어!" 그는 고개를 홱 젖혀 론과 헤르미온느를 가리켰다. "이제 너무 늦었어, 포터! 이제 어둠의 왕이 돌아왔으니, 저놈들이 가장 먼저 죽을 거야! 머드블러드와 머글 애호가들이 첫 번째지! 아니, 두 번째구나. 디고리가 첫 번······."

누군가가 객실 안에서 불꽃놀이 폭죽 한 상자를 터뜨린 것 같았다. 사방에서 날아든 마법 주문들의 불꽃에 눈이 부셨고 연이은 폭발음에 귀가 먹먹해졌다. 해리는 눈을 깜빡이다가 바닥을 내려다보았다.

말포이, 크래브, 고일 모두 정신을 잃고 문 앞에 쓰러져 있었다. 그와 론, 헤르미온느는 서 있었다. 셋 모두 각각 다른 공격 마법을 사용한 것이다. 그런데 공격 마법을 사용한 건 셋만이 아니었다.

"저 세 녀석이 뭔 짓을 꾸미는지 봐야 할 것 같아서." 프레드가 고일을 밟고 객실로 들어오며 아무렇지도 않게 말했다. 그는 마법 지팡이를 꺼내 들고 있었고 조지도 마찬가지였다. 그는 프레드를 따라 들어오면서 일부러 말포이를 지르밟았다.

"흥미로운 효과네." 조지가 크래브를 내려다보며 말했다. "퍼넌큘러스 마법을 쓴 건 누구야?"

"나." 해리가 말했다.

"희한하다." 조지가 가벼운 어조로 말했다. "나는 흐느적 다리 저주를 썼거든. 그 둘을 섞어서 쓰면 안 되나 봐. 얼굴 전체에 작은 촉수가 잔뜩 돋아난 것처럼 보이는데. 뭐, 여기에 두지는 말자. 미관상 좋지가 않아서 말이지."

론, 해리, 조지는 의식을 잃은 말포이, 크래브, 고일(그들은 각각 얻어맞은 혼합된 마법 때문에 확실히 더 못생겨 보였다)을 걷어차고 굴리고 밀쳐서 복도로 내보낸 다음 객실로 돌아와 문을 닫았다.

"폭발하는 카드 게임 할 사람?" 프레드가 카드 한 상자를 꺼내며 말했다.

다섯 번째 게임을 하던 도중 해리가 그들에게 물었다.

"근데, 말 안 해 줄 거야?" 그가 조지에게 물었다. "누구한테 협박 편지를 보내고 있었어?"

"아." 조지가 우울하게 말했다. "그거?"

"별거 아니야." 프레드가 짜증스러운 듯 고개를 저으며 말했다. "별로 중요한 일 아니야. 어쨌든 지금은."

"이제 포기했거든." 조지가 어깨를 으쓱하며 말했다.

하지만 해리, 론, 헤르미온느가 계속 묻자 마침내 프레드가 말했다. "알았어, 알았어. 그렇게 알고 싶으면 말해 줄게. ······루도 배그먼이었어."

"배그먼?" 해리가 날카로운 목소리로 말했다. "그 사람도 이 일에 연루되었다는······."

"아냐." 조지가 힘 빠진 목소리로 말했다. "그런 건 전혀 아니야. 그 사람은 멍청한 얼간이거든. 그럴 만한 머리도 없어."

"그래? 그럼 뭔데?" 론이 물었다.

프레드는 망설이다가 입을 열었다. "퀴디치 월드컵에서 우리가 그 사람이랑 내기했던 거 기억나? 경기는 아일랜드가 이기지만 스니치는 크룸이 잡을 거라고 했던."

"응." 해리와 론이 천천히 대답했다.

"뭐, 그 얼간이가 우리한테 아일랜드 마스코트한테서 얻은 레프러콘 금화를 줬어."

"그래서?"

"그래서" 하고, 프레드가 못 참겠다는 듯 말을 이었다. "금화가 사라졌지 뭐겠냐? 다음 날 아침에 사라졌다고!"

"하지만······ 모르고 그런 거 아닐까?" 헤르미온느가 말했다.

조지는 아주 씁쓸하게 웃었다. "그래, 우리도 처음엔 그렇게 생각했어. 그 사람한테 편지를 보내서 실수했다고 말해 주면 금화를 토해 낼 거라고 생각했지. 하지만 어림도 없더라. 우리 편지를 무시했어. 우리는 호그와트에서 계속 배그먼한테 그 얘기를 하려고 했는데, 배그먼은 항상 이런저런 핑계를 대면서 우리를 피했어."

"결국에는 꽤 추잡해지더라고." 프레드가 말했다. "우리는 도박을 하기엔 너무 어리기 때문에 아무것도 줄 수 없다는 거야."

"그래서 우리 돈을 돌려 달라고 했어." 조지가 도끼눈을 하고 말했다.

"거절한 건 아니지?" 헤르미온느가 숨을 들이켰다.

"바로 그거야." 프레드가 말했다.

"하지만 그건 형들이 모은 돈 전부였잖아!" 론이 말했다.

"내 말이." 조지가 말했다. "물론, 우리도 결국 일이 어떻게 된 건지 알아냈어. 리 조던의 아빠도 배그먼한테서 돈을 받는 데 조금 어려움을 겪었대. 알고 보니까 배그먼이 고블린들하고 문제가 좀 있었더라고. 고블린들한테서 금화를 엄청 빌린 거지. 월드컵이 끝난 뒤에 고블린 무리가 숲에서 배그먼을 구석에 몰아넣고, 그가 가지고 있던 금화를 다 빼앗았대. 그랬는데도 배그먼의 빚을 다 갚기에는 모자랐다는 거야. 고블린들은 배그먼을 감시하려고 이 먼 호그와트까지 따라왔어. 배그먼은 도박에서 모든 걸 잃었어. 먹고 죽으려도 갈레온 두 냅조차 없게 됐지. 그런데 그 멍청이가 고블린들한테 어떻게 돈을 갚으려고 한 줄 알아?"

"어떻게 했는데?" 해리가 물었다.

"너한테 내기를 걸었단다, 친구." 프레드가 말했다. "네가 시합에서 우승하는 쪽에 엄청난 돈을 걸었대. 고블린들을 상대로."

"계속 내가 이기도록 도와주려고 했던 이유가 그거였구나!" 해리가 말했다. "뭐, 내가 이겼잖아. 안 그래? 그럼 배그먼이 금화를 돌려줄 수 있겠네!"

"아냐." 조지가 고개를 저으며 말했다. "고블린들도 배그먼만큼 지저분하게 굴거든. 고블린들은 너랑 디고리가 비겼다면서, 배그먼은 네가 완전한 승리를 거두는 쪽에 돈을 건 거라고 말했어. 그래서 배그먼은 목숨 걸고 튀어야 했지. 세 번째 과제가 끝난 직후에 필사적으로 도망치더라."

조지는 깊은 한숨을 내쉬더니 다시 카드를 나눠 주기 시작했다.

나머지 시간은 아주 즐겁게 흘러갔다. 해리는 솔직히 이 시간이 여름 내내 계속되었으면 좋겠다고, 킹스크로스에 절대 도착하지 않았으면 좋겠다고 생각했다……. 하지만 해리가 지난 1년 동안 어렵게 배운 것처럼, 불쾌한 일이 기다리고 있을 때 시간은 결코 느려지지 않는다. 순식간에 9와 4분의 3번 승강장에 도착한 호그와트 급행열차가 속도를 늦췄다. 학생들이 내리기 시작하자 늘 그랬던 것처럼 소란과 소음이 열차 통로를 가득 채웠다. 론과 헤르미온느는 짐 가방을 들고 말포이, 크래브와 고일을 지나가느라 애를 먹었다.

하지만 해리는 일어나지 않았다. "프레드, 조지, 잠깐만."

쌍둥이가 돌아섰다. 해리는 짐 가방을 열고 트라이위저드 상금을 꺼냈다.

"이거 받아." 그가 말하더니 조지의 손에 금화 자루를 밀어 넣었다.

"뭐라고?" 프레드가 어리둥절한 표정으로 물었다.

"가져." 해리가 단호한 목소리로 되풀이했다. "난 갖기 싫어."

"너 미쳤구나." 조지가 돈 자루를 다시 해리 쪽으로 밀어내면서 말했다.

"아니, 난 멀쩡해." 해리가 말했다. "가져. 이걸로 계속 발명해. 장난감 가게를 위해서야."

"진짜 미쳤네." 프레드가 놀라다 못해 경이감에 사로잡힌 목소리로 말했다.

"들어 봐." 해리가 단단히 결심한 목소리로 말했다. "두 사람이 안 받겠다면 나는 이걸 하수구에 던져 버릴 거야. 난 이 돈을 갖고 싶지 않아. 필요도 없어. 하지만 웃음은 필요해. 우리 모두에게 웃음이 필요할지도 몰라. 나는 머잖아 어느 때보다도 우리에게 더 많은 웃음이 필요하게 될 것 같은 기분이 들어."

"해리." 조지가 양손으로 돈 자루의 무게를 재 보며 작은 목소리로 말했다. "여기에 1,000갈레온이 들어 있어."

"응." 해리가 씩 웃으며 말했다. "카나리아 크림을 얼마나 많이 만들 수 있을지 생각해 봐."

쌍둥이가 그를 뚫어지게 바라보았다.

"아주머니께는 이 돈이 어디서 났는지 얘기하지 말아 줘……. 이젠 형들이 정부에 취직하길 바라지도 않으시겠지만……."

"해리." 프레드가 입을 열었지만 해리는 마법 지팡이를 꺼냈다.

"봐." 해리가 단호하게 말했다. "가져가. 안 그러면 공격 마법을 걸 거야. 이제는 몇 가지 괜찮은 주문들을 알거든. 그냥 부탁만 하나 들어줘. 알았지? 론한테 새 정장 로브를 사 주고, 형들이 산 거라고 말해 줘."

그는 쌍둥이가 다른 말을 할 겨를을 주지 않고, 아직도 공격 마법이 남긴 흔적으로 뒤덮인 채 바닥에 드러누워 있는 말포이, 크래브, 고일을 타 넘으면서 객실을 나갔다.

9와 4분의 3 승강장 벽 너머에서 버넌 이모부가 그를 기다리고 있었다. 그 근처에 위즐리 부인이 있었다. 해리를 본 그녀가 그를 꼭 끌어안더니 귀에 대고 속삭였다. "내 생각엔 덤블도어 교수님이 네가 늦여름쯤 우리 집에 오도록 해 주실 것 같다. 계속 연락하자꾸나, 해리."

"나중에 봐, 해리." 론이 해리의 등을 탁 치며 말했다.

"잘 가, 해리!" 헤르미온느가 말하더니 전에는 한 번도 한 적이 없는 행동을 했다. 그의 뺨에 입을 맞춘 것이다.

"해리, 고마워." 조지가 중얼거렸다. 그의 옆에서 프레드가 열정적으로 고개를 끄덕이고 있었다.

해리는 그들에게 눈을 찡긋하고 버넌 이모부 쪽으로 돌아서서 그를 따라 조용히 역을 빠져나갔다. 더즐리네 차 뒷자리에 타면서 해리는 아직은 걱정할 필요가 없다고 스스로를 타일렀다.

해그리드의 말대로, 일어날 일은 일어나게 돼 있다……. 그리고 그 일이 일어나면 해리는 그것을 똑바로 마주해야 할 것이다.

감사의 말

짐 케이는 다음과 같은 분들께 감사드린다.

스테퍼니 앰스터, 시티 오브 런던에서의 앤드루 버킹엄, 앨리슨 콜드웰,
클레이 콜드웰(나의 해리!), 어밀리아 클라크, 루이스 클라크, 마크 콜스,
린과 던컨 쿠퍼(또한 옥스퍼드셔의 버퍼드 학교 학생들), 앨리슨 엘드리드,
이저벨 포드, 하워드 글랜스필드, 새러 굿윈, 존 하우, 그레이엄 존슨, 로자 주러,
제프리 루이스, 에이미 매케이(또한 노샘프턴셔의 코비 비즈니스 아카데미 학생들),
앤서니 매덕, 로레인 매리너, 패트릭 네스, 데이비드 니콜스,
올리버 스테이시, 애덤 쇼트, 조이 윙, J.K.롤링,
그리고 당연히 엄마와 아빠.